Ulrike Schweikert

Die Tochter
des Salzsieders

~ · ~

Die Herrin
der Burg

Ulrike Schweikert, 1966 in Schwäbisch-Hall geboren, gab nach sechs Jahren ihren Job als Wertpapierhändlerin auf und studierte zunächst Geologie, später Journalismus. Nebenher begann sie über die Geschichte ihrer Heimat zu recherchieren. So entstanden ihre historischen Romane

Ulrike Schweikert

Die Tochter des Salzsieders

Die Herrin der Burg

Zwei Romane
in einem Band

Weltbild

Besuchen Sie uns im Internet:
www.weltbild.de

Genehmigte Lizenzausgabe für Verlagsgruppe Weltbild GmbH,
Steinerne Furt, 86167 Augsburg
Die Tochter des Salzsieders
Copyright der deutschen Ausgabe © 2000 by
Droemersche Verlagsanstalt Th. Knaur Nachf., München
Die Herrin der Burg
Copyright der deutschen Ausgabe © 2003 by
Droemersche Verlagsanstalt Th. Knaur Nachf., München
Umschlaggestaltung: Hauptmann & Kompanie, München – Zürich
Umschlagmotiv: Corbis, Köln (© Ali Meyer)
Gesamtherstellung: CPI Moravia Books s.r.o.,
Brněnská 1024, CZ-69123 Pohořelice
Printed in Czech Republic

ISBN 3-8289-8625-0

2009 2008 2007 2006
Die letzte Jahreszahl gibt die aktuelle Lizenzausgabe an.

Ulrike Schweikert

Die Tochter des Salzsieders

Roman

Weltbild

Am Kochen Hall die löblich Statt
Vom Saltzbrunn ihren Ursprung hat.
Das Saltzwerck Gott allzeit erhalt
Und ob der Stadt mit Gnaden walt.

Hans Schreyer 1643

Für Peter, meinen lieben Mann,
der immer an mich geglaubt hat.

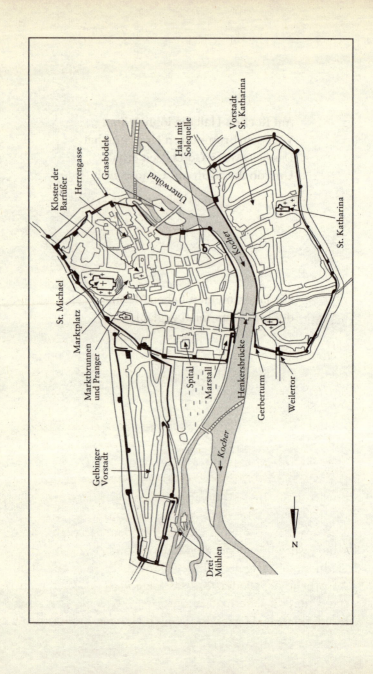

Anstelle eines Vorworts

Die Haller Salzsieder

Schwäbisch Hall verdankt der Salzquelle am Haal nicht nur ihren Namen. Schon sehr früh brachte das Salz den Bürgern Wohlstand. Die Stauferkönige verliehen Hall das Stadtrecht und richteten eine Münze ein. Der Haller Heller war bald weit verbreitet. Doch bereits im hohen Mittelalter besaßen die Könige gerade noch fünf der einhundertelf Siedensrechte oder auch Pfannen genannt. Eigentümer der Pfannen waren Klöster, Kirchen und vor allem der Stadtadel, der sich zum Teil aus den von den Stauferkönigen eingesetzten Ministerialen herausgebildet hat. Namen wie »Münzmeister«, »Schultheiß« oder »Sulmeister«, die sich später Senft nannten, zeugen davon. Später kamen die »Gemeinbürger« und der Rat der Stadt als Eigentümer hinzu.
Die »Herren der Sieden«, und damit Eigentümer der Solquelle, verpachteten ihre Rechte an die Sieder. Jährlich wurden gegen eine Abgabe die Pfannen für die Zeit der Siedenswochen an die Sieder vergeben. Mit dem »Bestand« wurden nur die Sieddauer und der Preis für eine Siedperiode festgelegt. Es entstanden hieraus keinerlei Ansprüche des Sieders für das folgende Jahr. Dieser Zustand der Unsicherheit änderte sich im Laufe der Jahrhunderte. Die »Herren der Sieden« gingen immer mehr

dazu über, die Sieden längerfristig zu verpachten – erst auf Lebenszeit und dann schließlich vererblich. Dies hatte für die Sieder nicht nur Vorteile, denn die Lehensherren wälzten damit auch die Instandhaltungsarbeiten und -kosten der Haalhäuser und der Geräte auf die Sieder ab. Die Eigentümer nahmen nur noch die Pachtbeträge – meist zu Weihnachten – entgegen.

Durch die Erblichkeit der gepachteten Siedensrechte entstanden im 15. Jahrhundert Siederfamilien, deren Reichtum, Ansehen und Einfluß auf die Stadt ständig wuchsen und die, nach dem Auszug des Stadtadels 1512, auch die meisten Ratsherren stellten. Als Stammsieder werden die vierzig Sieder bezeichnet, deren Nachkommen noch heute die Siedensrechte, und damit den Anspruch auf eine Siedensrente, weitervererben. Unter ihnen befinden sich die in diesem Roman immer wieder auftauchenden Namen Vogelmann, Blinzig, Firnhaber, Dötschmann, Seyboth, Feyerabend, Eisenmenger und Schweycker.

Sehr vereinzelt gab es auch Eigensieden, das heißt, Handwerker, die – meist Bruchteile von – Sieden besaßen und diese selbst sotten.

Die Siederschaft bildete eine Art Genossenschaft unter der Führung der vier Meister des Haals, denen je ein Viertel der Haalhäuser unterstand. Sie wechselten jährlich. Die Siederschaft konnte dem Rat zehn Kandidaten vorschlagen, von denen die Ratsherren vier auswählten. Die Viermeister leiteten und überwachten das Siedensgeschäft, den Holz- und Eisenhandel für Pfannen und Geräte und das Flößerwesen. Ohne Erlaubnis des Meisters durfte nicht mit dem Sieden begonnen werden, sonst konnte der Meister »die Pfanne in den Herd werfen« (Haalordnung von 1385).

Die Sieder waren nicht nur die Erzeuger des Salzes, sie

übernahmen auch den Handel auf eigenen Gewinn und eigenes Risiko. Als Rückfracht war vor allem Wein sehr begehrt, und so stammt der Reichtum mancher Siederfamilie eher aus dem Handel mit Wein denn vom Salz.

KAPITEL 1

Tag der heiligen Hadelog,
Samstag, der 2. Februar
im Jahr des Herrn 1510

Es war Frühling, die Obstbäume standen in voller Blüte und glänzten rosa und weiß im hellen Sonnenschein. Das Summen der Bienen verwob sich mit dem Flüstern des warmen Windes, der durch das zarte Grün junger Blätter strich. Einen Kirschblütenzweig in den Händen, lief Anne Katharina Vogelmann mit wehenden Röcken über die Wiese zu dem alten, knorrigen Apfelbaum, unter dem ein weißes Leinentuch ausgebreitet war. Schon hatten ihre Schwägerin Ursula und die Magd Agnes all die Leckereien ausgebreitet, die diesen herrlichen Tag krönen sollten. Ihr älterer Bruder Ulrich hob gerade einen Krug und goß blutroten Wein in den Becher, den Peter Vogelmann ihm entgegenhielt. Von überall strömten Freunde und Bekannte herbei, setzten sich ins duftende Gras, lachten und scherzten. Glücklich und ein wenig außer Atem ließ sich Anne Katharina neben ihrer Schwägerin auf den Boden sinken.
»Liebes, warum bist du denn so ruhig?«
Sie faßte Ursula an der Schulter, aber die eisige Kälte unter ihrer Hand ließ sie zurückzucken. Sie stieß einen Schrei aus, als ihre junge Schwägerin nach hinten kippte

und hart auf dem Boden aufschlug. Das bleiche Gesicht war verzerrt, die Augen weit aufgerissen, aus dem Leib ragte der Griff eines riesigen Dolches. Blut, rot wie der Wein, den Ulrich ausschenkte, sickerte durch ihr Gewand. Anne Katharina wollte erneut schreien, doch kein Ton kam aus ihrem Mund. Sie schüttelte Peter am Arm, doch auch der schien seltsam steif. Als sie die starren Augen sah, wußte sie, daß auch ihr Bruder tot war. Sein Hals zeigte blutunterlaufene Striemen und ein Stück Seil lag in seinem Schoß. Auch Ulrich, der gerade noch den Weinkrug in Händen gehalten hatte, lag plötzlich mit verrenkten Gliedern und Schaum vor dem Mund bewegungslos zwischen Blumen und Gräsern.
Vom Grauen geschüttelt, sprang Anne Katharina auf und sah sich verzweifelt nach Hilfe um, doch die fröhliche Gesellschaft war völlig unerwartet vom Sensenmann wie Grashalme geschnitten worden. Unter den tiefhängenden Zweigen, an den Stamm des alten Baumes gelehnt, erkannte das Mädchen die Junker Rudolf und Gabriel Senft. Die Haut in ihren Gesichtern begann bereits, sich schwarz zu verfärben, und löste sich in fauligen Fetzen.
Verwesungsgeruch hing in der Luft, vertrieb die süßen Frühlingsdüfte, lag schwer über der Lichtung und ließ sich auch nicht vom warmen Wind vertreiben. Von überallher, aus den Schüsseln und Krügen, aus der Erde und von den Bäumen herab, krochen Maden, Käfer, Würmer und Spinnen, um sich über die Leichen herzumachen.
Kreischend drehte sich Anne Katharina um, rannte und schrie, lief und stolperte immer weiter, nur nicht umdrehen. Ein höhnisches Lachen schallte in ihren Ohren. Sie rannte durch Wälder, über blühende Wiesen, an einem Fluß entlang. Plötzlich tauchten Häuser auf, und die Straßen kamen ihr bekannt vor. Von irgendwoher erklang

Musik. Völlig außer Atem trat sie auf einen Platz – es war der Marktplatz. Sie erkannte das Kloster und St. Michael oberhalb der großen Freitreppe.
Ein paar Gaukler spielten fröhliche Musik, die Menschen klatschten und sangen mit und tanzten in einem bunten Reigen.
Wie könnt ihr singen, tanzen und fröhlich sein, wenn solch Entsetzliches unter euch geschieht? dachte sie voller Verzweiflung, doch dann entdeckte sie in den Reihen der Tänzer ihren Bruder Peter. Da waren ja auch Ulrich und Ursula, die Junker Rudolf und Gabriel, die Magd Agnes und all die anderen. Erleichtert lief Anne Katharina zu ihnen und berührte ihre Gesichter, die sich seltsam starr anfühlten.
»Warum tragt ihr denn Masken? Was ist mit euch?«
Sie lachten, doch es war kein fröhliches Lachen. Es war das höhnisch-böse Lachen der Dämonen, das das Blut in den Adern gefrieren läßt.
»Wer seid ihr? Zeigt eure wahren Gesichter!«
»Die willst du doch gar nicht sehen! Du liebst die Masken, du hast sie dein Leben lang einfach hingenommen. Warum willst du plötzlich dahintersehen?«
»Ich will es eben!« schrie sie und riß ihrem Bruder die Maske vom Gesicht. Eine schwarze, häßliche Fratze grinste sie an, spottete über das entsetzte Mädchen.
Nun taten es die anderen Tanzenden ihm gleich, warfen die Masken weg und rissen sich die Kleider vom Leib. Bald tummelten sich nur noch mehr oder minder scheußliche, dämonische Gestalten auf dem Platz.
»Ursula, Agnes, nein, ihr auch?«
Die teuflischen Gestalten faßten sich an den Händen, tanzten im Kreis und zogen diesen immer enger um das Mädchen.

»Wir reißen auch dir die Maske ab. Wir reißen auch dir die Maske ab«, sangen sie im Takt der dumpf dröhnenden Trommeln, zogen den Ring immer enger um das Mädchen, griffen mit ihren eisigen Klauen nach ihr, rissen ihr die Kleider vom Leib und hinterließen blutige Striemen in dem zarten, jungen Fleisch. Anne Katharina fühlte sich emporgehoben, fortgerissen in einem wilden Strudel. Die Häuser der Stadt rasten an ihr vorbei, und ein mächtiger grauer Turm tauchte vor ihr auf. Die schweren Tore schwangen auf, ließen feuchte, kalte Luft in den Frühling fließen. Wie Ranken umflossen sie das Mädchen, hakten sich an seinem Rock fest und zogen es in die Finsternis der alten, mächtigen Mauern. Der Tanz der Dämonen verklang in der Ferne, ein Fallgitter rasselte herab, eine eisenbeschlagene Tür fiel ins Schloß und ließ Anne Katharina verwirrt und blutend in einem stinkenden Kerker in der lichtlosen Einsamkeit zurück.

Schweißgebadet fuhr Anne Katharina in die Höhe. Es war noch dunkel, in ihrer Kammer war es eisig kalt, doch von unten ertönten schon die vertrauten, morgendlichen Geräusche. Agnes holte Holz, schürte die schwache Glut vom Vorabend und entfachte das Feuer im Herd, um Milchsuppe zu kochen.

Mit einem Seufzer der Erleichterung ließ sich Anne Katharina in ihre Kissen zurücksinken, zog das daunengefüllte Deckbett bis ans Kinn und lauschte dem beruhigenden Klappern aus der Küche.

Ein Traum ohne Bedeutung! Aber waren Träume nicht von Gott oder dem Teufel geschickt? Dieser konnte nur aus der tiefsten Hölle stammen! Sollte dieser Alptraum ihr etwas sagen?

Sie wollte nicht mehr an den Schrecken zurückdenken, nicht noch einmal die furchtbaren Bilder sehen. Entschlossen schlug sie die Decke beiseite und schwang die Beine über die Bettkante. Die frischen Binsen knisterten unter ihren Füßen, als sie nach ihren Schuhen tastete.

Sie vergaß den Traum und dachte viele Wochen nicht mehr an ihn. Der Frühling kam, überzog die Wiesen mit lichtem Grün und die Bäume mit prächtigen Blüten, aber selbst die üppige Natur und der strahlende Sonnenschein konnten die immer tiefer werdenden, häßlichen Kratzer in der heilen Welt der kleinen Stadt nicht übertünchen. Doch erst als nichts mehr von Anne Katharinas ruhiger, gewohnter Welt übriggeblieben war und sie dem Tod ins Antlitz sah, da erinnerte sie sich wieder an den Traum und fragte sich, ob er vielleicht von einem der Heiligen gesandt worden war, um sie zu warnen und um ihr einen Weg aus der Dunkelheit zu zeigen.

Kapitel 2

Tag des heiligen Blasius,
Sonntag, der 3. Februar
im Jahr des Herrn 1510

Es hatte die ganze Nacht geschneit, und ein kalter Nordwind fegte durch die Gassen. Zaghaft und ein wenig schwankend trat Ursula Vogelmann in den von einigen Kirchgängern und streunenden Hunden bereits zertretenen Schnee. Die hohen hölzernen Sohlen, die sie sich unter ihre weichen Lederschuhe gebunden hatte, gaben ihr keinen Halt, und sie rutschte ein wenig nach vorn, ließ den pelzgefütterten Mantel los, den sie eng um sich geschlungen hatte, streckte die Hände in die Luft und stieß einen spitzen Schrei aus. Sofort war Anne Katharina an der Seite ihrer hübschen Schwägerin und legte der zierlichen Frau mit dem blonden Haar beruhigend einen Arm um den dicken Leib.
»Willst du deinen Sohn schon vor der Geburt in den Schnee werfen? Warte damit doch lieber, bis er das Licht der Welt erblickt hat und sich mit lautem Geplärr dagegen wehren kann!«
Ein Lächeln huschte über das bleiche Gesicht mit den fast blutleeren, bläulich angelaufenen Lippen, als Ursula sich bei ihrer Schwägerin einhakte.
»Du bist so lieb. Glaubst du, daß der Herr mit mir ist und

es dieses Mal gutgeht?« In ihren wasserblauen Augen glänzten Tränen.
Anne Katharina nahm die Schwangere in die Arme.
»Ich bete jeden Tag darum. Erst gestern war ich in St. Katharina und habe jeder der großen Jungfrauen – Margarete, Dorothea und Katharina – eine Kerze gestiftet und ein Paternoster gebetet. Und damit du ganz beruhigt sein kannst, schenke ich dir das.«
Sie zog ein kleines, blaues Wachsrelief hervor, das man mit einem Band um den Hals tragen konnte, auf dessen Oval ein Lamm abgebildet war.
»Ein Agnus Dei, wie lieb von dir!« rief Ursula und befestigte das Amulett an ihrem Gürtel. »Ich werde es mir umhängen, sobald wir von der Messe zurück sind.«
Die beiden Brüder, Ulrich und Peter, traten zu den Frauen auf die verschneite Straße. Ulrich, das Oberhaupt der Familie Vogelmann, wenn man von dem blinden Großvater im Spital absah, wirkte mit seiner Größe von fast sechs Fuß und der breitschultrigen, kräftigen Gestalt älter als dreißig Jahre. Der strenge Zug um seinen Mund und das energische Kinn, das er seit ein paar Jahren unter einem Bart verborgen hielt, deuteten schon an, daß er meist seinen Willen durchsetzte und über seine Frau, seine jüngeren Geschwister, die Magd Agnes und die Siedersknechte ein strenges Regiment führte.
Viel zu früh, vor nun schon fünf Jahren, war der Vater zu seinem Schöpfer gerufen worden, und die Mutter hatte bereits bei Peters Geburt im Kindbett ihr Leben lassen müssen. Seit des Vaters Tod verwaltete Ulrich die zwei Sieden, die die Vogelmanns von den Junkern Senft zur Erbpacht hatten, und auch das Sieden der Barfüßermönche, obwohl ein Teil des Erbes den jüngeren Geschwistern zustand. Von Peter erhoffte sich das neue Familienober-

haupt, daß er die Rechte studieren und ein gewitzter Advokat werden würde. Anne Katharina würde ihr Sieden als Mitgift erhalten. Das junge Mädchen wußte, daß es deshalb ihre Aufgabe war, durch eine vorteilhafte Verbindung mit einer anderen, führenden Siederfamilie die angesehene Stellung der Familie zu sichern und die Anteile an den Sieden zu vermehren, doch daran dachte sie mit ihren siebzehn Jahren noch nicht. Viele der Jungfrauen aus den angesehenen Bürgerfamilien heirateten erst mit zwanzig Jahren oder sogar noch später.
»Nun komm schon.« Ulrich griff nicht gerade sanft nach dem Ellenbogen seiner Frau. »Du sollst doch nicht so lange in der Kälte herumstehen.«
Ursula nickte nur und verzichtete auf den Hinweis, daß sie mit Anne Katharina auf die beiden Brüder hatte warten müssen. Doch so war sie, immer ruhig und gehorsam – was man von Anne Katharina nicht gerade behaupten konnte. Daher kam es zwischen Ulrich und seiner Schwester oft zu heftigen Auseinandersetzungen, die zu Anne Katharinas Kummer meist darauf hinausliefen, daß sie das tun mußte, was sich ihr Bruder in den Kopf gesetzt hatte.
Ursula schob sich mit der behandschuhten Hand eine blonde Locke unter die Haube und ließ sich von ihrem Ehemann in Richtung Marktplatz führen.
Ungestüm stieß Peter mit dem Fuß gegen die Haustür, so daß sie mit einem lauten Krachen ins Schloß fiel. Kaum fünfzehn Jahre alt, war er schon fast so groß wie sein Bruder, doch hatte er noch die schlaksige Statur der Halbwüchsigen mit den eckigen, unbeholfenen Bewegungen. Sein schulterlanges Haar wies nicht die satte rotbraune Färbung wie das seiner Schwester auf, doch er hatte dieselben großen, braunen Augen und langen dunklen Wim-

pern. Das Erbe einer Mutter, die er nie kennengelernt hatte.
Der jüngste der Vogelmanngeschwister grinste seine Schwester an und entblößte eine Zahnlücke, die an eine heftige Prügelei vom letzten Sommer in der Klosterschule erinnerte.
»Was zögerst du? Du mußt dich beeilen. All die vielen Heiligen warten in der Kirche sicher schon auf dich und dein Flehen um ihren Beistand!«
Anne Katharina lächelte ein wenig spöttisch zurück.
»Ich stehe hier nur, um mir wieder einmal den lausigen Zustand deiner Erziehung vor Augen zu führen. Es gebietet dir der Anstand, daß du mir den Arm reichst und mich über die rutschige Straße bis zur Kirche geleitest.«
Peter zog sich sein schwarzsamtenes Barett mit der einzigen, schon etwas traurig herabhängenden Feder tiefer in die Stirn, setzte eine feierliche Miene auf und bot seiner Schwester den Arm.
»Aber nur, wenn du mich mit deinem gelehrten Geschwätz in Ruhe läßt. Hebe dir das für den alten Großvater oder deinen Pater auf.«
Würdevoll griff Anne Katharina nach ihrem Schleiertuch, das sich im kalten Wind aufbauschte, und hielt es unter dem Kinn fest.
»Schade, jetzt wollte ich dir gerade empfehlen, den heiligen Thomas von Aquin um ein wenig Weisheit anzurufen. Als Schutzpatron der Studierenden gehört das schließlich zu seinen Aufgaben.«
Peter grunzte ungnädig und beschleunigte seine Schritte, so daß Anne Katharina Mühe hatte, auf dem unebenen, eisigen Steinpflaster Schritt zu halten.
»Ich werde sowieso nicht mehr lange bei den Barfüßern in der Klosterschule bleiben. Ich habe das Geschwätz der

Mönche satt. Wenn das Kaltliegen im Frühjahr vorbei ist, dann fange ich als Siederbursche an. Das ist Arbeit für einen richtigen Mann!« Der noch bartlose Jüngling plusterte sich wie ein stolzer Gokkel auf und straffte die Schultern. Seine Schwester gluckste belustigt.

»Schließlich gehört mir auch ein Sieden«, fügte er noch hinzu. »Soll Ulrich doch den Handel übernehmen, dann kümmere ich mich um das Salz.«

Anne Katharina lagen viele spitze Erwiderungen auf der Zunge und auch die Frage, was ihr Bruder Ulrich zu diesem Vorhaben sagen würde, doch all ihre Worte behielt sie vorläufig für sich.

Die Geschwister waren noch nicht weit gekommen und gerade auf der Höhe des Senftenhauses in der Herrengasse angelangt, als die Tür aufschlug und Rudolf, der jüngere Bruder des Hausherrn, mit vor Wut rotverzerrtem Gesicht in den kalten Wintermorgen herausstürmte. Ohne die Vogelmanngeschwister zu grüßen, drehte er sich um, hob die geballte Faust und brüllte in die leere Türöffnung:

»Du von Gott verdammter Hurensohn! Du hattest kein Recht, das Michelfelder Gut an die Nonnen zu verkaufen! Hast dich wieder beim Vater eingeschmeichelt und ihm Honig um den Mund geschmiert, wie bei dem Haus auch. Du betrügst mich um mein Erbe und verschleuderst es!«

Der stattliche, mit seiner kräftigen Statur sehr gut aussehende Junker Gabriel Senft, der Jüngere, kam die Treppe herunter, stemmte die Hände in die Hüften und sah seinen Bruder ruhig an.

»Du weißt, daß ich als der Älteste Anrecht auf das Haus habe, noch dazu, wo ich verheiratet bin und du nicht. Außerdem gehörte das Gut Vater und nicht dir, und die Gnadentaler Nonnen haben einen guten Preis geboten. Du

hast also gar keinen Grund, dich wie ein Gassenjunge aufzuführen, dem man seine Steinschleuder weggenommen hat.«
Rudolf, dessen sonst sehr einnehmende Züge vor Zorn zu einer abschreckenden Maske geworden waren, spuckte auf den Boden. Sein Atem stieg dampfend weiß in den klaren Morgen, als er seinen Bruder anschrie.
»Du fühlst dich wohl sehr sicher, nur weil die Berlerin mit einem dicken Bauch herumläuft! Du meinst, du hast deine Gulden im Sack, aber ich warne dich! Bei allen Dämonen der Hölle, es wird nichts Rechtes aus ihrem Leib kriechen! Du wirst kinderlos und in Gram sterben, und dann gehört alles mir!«
Er wandte sich ab und stürmte in Richtung Marktplatz davon. Fast stieß er gegen Ursula und Ulrich, als er die beiden in schnellem Schritt überholte und dabei ins Rutschen kam.
Gabriel, der Sproß der alten Stadtadelsfamilie, Nachfahre der ersten, noch von den großen Stauferkönigen eingesetzten Sulmeister, sah seinem Bruder nach und bekreuzigte sich. Sein Blick spiegelte seine aufgewühlte Seele wider, als er zu dem Geschwisterpaar hinübersah, das noch immer regungslos im Schnee stand.
»Gegrüßt sei Jesus Christus«, murmelte der Junker, drehte sich um und verschwand wieder im Haus.
»In Ewigkeit, Amen«, antworteten die Geschwister artig und setzten ihren Weg fort. Peters Augen leuchteten vor Begeisterung.
»Das war doch was! Spannender als die Geschichten der Gaukler …«
»Vor allem mit solch hochrangigen Darstellern«, ergänzte Anne Katharina belustigt.
»Meinst du, der Fluch wird eintreffen?«

Die Miene des jungen Mädchens wurde ernst.
»Ich weiß es nicht, doch wenn ich die Berlerin wäre, dann würde ich ein paar Ave Marias mehr beten und für alle Fälle Allermannsharnisch, Wacholder und Mannstreu über die Türe hängen.«
Kurz darauf betraten sie den zwischen der Michaelskirche und dem St.-Jakobs-Kloster gelegenen Marktplatz, der an diesem Sonntag die übliche Geschäftigkeit vermissen ließ. Nur wenige der Buden waren geöffnet. In dicke Mäntel gehüllt, Hüte und Mützen tief ins Gesicht gezogen, die Hände in Fellhandschuhen vergraben oder über Kohlepfannen haltend, standen die Händler mit roten, tropfenden Nasen da, um Brot und Gebäck, Süßigkeiten und dampfende Fleischpastete, gewürzten Wein und heißen Met zu verkaufen. Doch der eisige Wind, der ungehindert über den weiten, nach Westen abfallenden Marktplatz strich, ließ die Gläubigen, die Mäntel eng um sich geschlungen, schnell zur Kirche eilen. St. Jakob begann die *hora tertia* einzuläuten, und auch vom Turm der St.-Michaels-Kirche klangen die Glocken, um die Gläubigen zur heiligen Messe und zur heutigen Predigt des Predigers Brenneisen zu rufen.
Anne Katharina ließ ihren Blick vom Marktplatz über die erst vor einigen Jahren errichtete, geschwungene Freitreppe zur St.-Michaels-Kirche hinaufwandern, deren gewaltiger Mittelbau sich gegen den bleiernen Himmel abhob. Der alte, trutzige Westturm mit seinen schmalen Bogenfenstern wirkte ein wenig verloren vor dem mächtigen neuen Mittelbau, den er nur um wenige Fuß überragte. Die auf beiden Seiten des Westgiebels vorstehenden Verzahnungssteine mahnten täglich den schon seit über fünfzig Jahren hinausgeschobenen Neubau eines modernen, hochaufragenden Turms an, doch nichts geschah. Auch

der alte, rechteckige Chor, der nicht ganz zu dem neuen Mittelschiff passen wollte, war noch erhalten. Seine Tage waren allerdings gezählt, denn wie ein totes Gerippe ragten hinter ihm bereits die aufgestellten Gerüste empor und kündeten von dem ehrgeizigen Vorhaben des Baumeisters Scheyb aus Urach. Der Chor hätte mit seiner schwindelnden Höhe und seinem kunstvollen Gewölbe der nüchternen Kirchenhalle Glanz und Pracht verleihen sollen, doch durch den plötzlichen Tod des Baumeisters waren die Arbeiten am Chor vor fünf Jahren ins Stocken geraten, daher hatte es der Rat mit Freude begrüßt, als Scheybs Schwiegersohn Meister Schaller angeboten hatte, den Bau zu vollenden.

Anne Katharina versuchte gerade, sich vorzustellen, wie die fertige Kirche aussehen würde, prachtvoll und ehrfurchtgebietend, zur Ehre des Herrn und seines Erzengels Michael, als Peter sie plötzlich kräftig in den Arm kniff und aus ihren Gedanken riß.

»Sieh mal, Anne Katharina, da steht eine Frau am Pranger. Komm mit, wir wollen nachsehen, ob wir sie kennen.«

Mit ausladenden Schritten überquerte er den Marktplatz, der, leicht abfallend, an der Nordseite in zwei terrassenartige Stufen überging. Über dem kastenartigen Marktbrunnen, der an der oberen Stufenwand lehnte, ragte, für alle gut sichtbar, der Pranger auf. Peter strebte auf die filigran verzierte Steinsäule zu, an der eine junge, hochschwangere Frau mit einem groben Halseisen festgehalten wurde.

»So warte doch!« Mit den Armen rudernd, schlitterte Anne Katharina Peter hinterher und rutschte fast in ihre Schwägerin hinein, die mit ihrem Gemahl unterhalb des Prangers stehengeblieben war.

»Das ist ja die Marie Wagner, das arme Ding«, rief Ursula entsetzt, und erst jetzt erkannte Anne Katharina in der armseligen Gestalt mit dem strähnig in die Augen hängenden, abgeschnittenen Haar und dem vor Kälte blau angelaufenen Gesicht die hübsche Magd wieder, die bis zum letzten Sommer im Senftenhaus gearbeitet hatte und dann zu Gabriels und Rudolfs Oheim, dem Stättmeister Gilg Senft, ins Sulmeisterhaus gegangen war. Mit geschlossenen Augen stand die junge Frau wie erstarrt da. Nur das leichte Zittern der nackten Beine zeigte, daß sie noch am Leben war. Neugierig studierte Anne Katharina das Schild, das an dem um die Prangersäule laufenden Eisengeländer angebracht war.
»Der hochwohllöbliche Rat der freien Reichsstadt Hall hat die ledige Magd Marie Wagner der Unzucht für schuldig befunden. Also soll sie am Sonntag des heiligen Blasius zwei Stunden am Pranger stehen, daß jeder ihre Unzucht vor Augen habe, dann soll sie bis zum Tage ihrer Niederkunft im Hezennest eingesperrt werden. Ist das Kindlein zehn Tage alt, wird die Sünderin mit Rutenhieben aus der Stadt hinausgefetzt, auf daß sie das Haller Land für alle Zeit nicht mehr betrete.«
»Und ich habe nicht mal ein Ei oder ein Stück faulen Kohl bei mir, um sie zu bewerfen«, bedauerte Peter und zog ein finsteres Gesicht.
Daß schon andere ehrenwerte Bürger heute morgen auf diese Idee gekommen waren, davon zeugten ein paar übelriechende grünliche Klumpen im Schnee, zwischen denen zwei streunende Hunde mißmutig nach etwas Eßbarem suchten. Auch die vielfarbigen Flecken auf dem zerrissenen Kittel, unter dem der grobe Stoff des leinenen Leibrockes zu sehen war, sprachen davon.
»Nun ist es also doch herausgekommen«, seufzte Ursula.

»Lange genug hat sie ihren Zustand unter den Röcken verborgen.«

»Du hast von diesem Vergehen gewußt und es mir nicht gesagt?« Ulrich Vogelmann sah seine Frau scharf an.

»Hast du mir erzählt, daß das arme Ding vom Rat verurteilt wurde, Herr Ratsherr?« antwortete seine sanfte Gattin in ungewohnter Weise aufbegehrend.

»Ich bin Ratsherr und kein Richter, und außerdem hat sie ein gerechtes Urteil bekommen.« Er deutete auf den geschwollenen Leib, den die junge Magd mit den Armen vergeblich vor dem kalten Nordwind zu schützen suchte. »Es ist ja nicht zu übersehen, daß sie sich einen Buhlen genommen und Unzucht getrieben hat.«

»Ja schon, doch es ist für eine Magd nicht immer einfach, ihre Unschuld zu bewahren«, murmelte Ursula und senkte den Blick. Zu Anne Katharinas Verwunderung überzog sich das kantige Gesicht ihres Bruders mit leichter Röte, und er wandte sich abrupt ab. Wortlos zog er seine Frau hinter sich her, die weitausladende Treppe zu St. Michael hoch, und Peter folgte ihnen.

Anne Katharina warf noch einen Blick auf die jämmerliche Gestalt in ihrem schmutzigen, zerrissenen Gewand, dann eilte sie den anderen die Treppe hinauf nach, denn die Glocken schwiegen bereits, und durch das Portal erklangen über das Brausen der Orgel hinweg die reinen Stimmen der Chorknaben: »*Veni, sancte spiritus ...*«

Anne Katharina schritt durch die Vorhalle des Turms, vorbei am heiligen Erzengel, der mit einer Lanze den Drachen zu seinen Füßen in Schach hielt, durch das Portal in die Kirche. Rasch knickste sie, tauchte die Finger ins Weihwasser und bekreuzigte sich. Nahezu lautlos schlich sie durch das Seitenschiff nach vorn und rutschte in die hölzerne Kirchenbank, die sich die Vogelmanns mit der

Familie Firnhaber teilten. Auch die Bänke vor und hinter ihnen waren mit den Mitgliedern der führenden Siederfamilien besetzt. Die Eisenmenger und Seiferhelds, die die spitaleigenen Sieden sotten, die Blinzigs, die die Sieden des Klosters Gnadental in Pacht hatten, die Feyerabends und Seyboths. Dahinter erkannte Anne Katharina die knochige Gestalt des armen Sieders Hubheinz, der für die Junker von Merstatt sott. Sein Kopf war zur Seite gesunken, seine Augen geschlossen.

Auf der anderen Seite, weiter vorn, hatten sich die Stadtadeligen versammelt: die Junker und Edelfrauen der Familien Keck und Nagel, Roßdorf und Berler, von Rinderbach und die Herren der Vogelmannschen Sieden, die Familie Senft. Anne Katharina reckte den Kopf, um zu sehen, ob sie Rudolf Senft entdecken könnte. Ja, da saß er neben seinem Vater und redete sichtlich erregt auf den alten Mann ein. Rudolfs Bruder Gabriel und dessen hochschwangere Frau Barbara konnte Anne Katharina jedoch nicht entdecken.

In der ersten Bank, vor den Senfts, saß der reiche Kaspar Eberhart. Er war um die achtzig Jahre alt, doch bis zum letzten Sommer einer der führenden Richter im Rat gewesen. Man schätzte ihn fast zwanzigtausend Gulden schwer. Seine runzeligen Hände über dem Knauf seines Ebenholzstockes gefaltet, saß er aufrecht da und verfolgte anscheinend mit großem Interesse die Predigt von Pfarrer Sebastian Brenneisen. Ursula beugte sich zu ihrer Schwägerin hinüber und stieß sie leicht in die Seite.

»Hast du die Helene, die von Rinderbach, gesehen?« flüsterte sie und nickte zu den Bänken rechts vorn.

Anne Katharina folgte ihrem Blick, um die hochgewachsene schlanke Tochter des Junkers mit den üppig goldblonden Flechten zu suchen.

»Sie trägt ein gelbes Schleiertuch!« zischte Ursula empört. »Wenn ich ihre Mutter wäre, dann könnte sie sich auf etwas gefaßt machen. Nicht im Leben dürfte sie mit der Farbe der freien Weiber und Juden auf dem Kopf aus dem Haus!«
Anne Katharina lächelte bei den Worten ihrer Schwägerin, die kaum älter als die Junkerstochter war.
»Das ist eben der Unterschied. Eine Tochter aus dem Hause von Rinderbach kann sich so etwas erlauben, eine Siedertochter nicht«, flüsterte sie zurück, verstummte dann aber, als sie den wütenden Blick ihres älteren Bruders spürte.
Die Pfarrer betete das Paternoster. Auch Anne Katharina senkte das Haupt, doch ihre Gedanken wanderten immer wieder zum Pranger hinaus, zu der geschundenen Magd mit ihrem ungeborenen Kind. Fast hätte sie den Einsatz der Gemeinde verpaßt.
»Erlöse uns von dem Bösen ...«
Die unkeusche Frage, aus was denn genau das Unzuchtvergehen bestand, bewegte sie und ließ ihr keine Ruhe mehr. Sie wußte, wie das vor sich ging, wenn der Kater die Katze bestieg, und hatte auch schon Pferde auf der Koppel beobachtet, doch wie war das bei den Menschen, bei der Krönung von Gottes Schöpfung? Man sagte, sie hätten beieinander gelegen, wenn eine Frau ein Kind erwartete. Eheleute teilten ein Bett miteinander, um einen Erben zu zeugen. Es mußte etwas mit der Männlichkeit zu tun haben, die sich so deutlich von der Scham der Frauen unterschied, soviel stand fest. Vor ihrem inneren Auge sah sie die nackten Straßenjungen, die im Sommer in den Gassen spielten, und dann die Flößer und Siederburschen, wie sie an manchen milden Abenden im Kocher badeten. Errötend senkte sie den Kopf und hoffte, daß

der Herr Jesus Christus sich nicht gerade in diesem Moment mit ihren Gedanken befaßte. Sie nahm sich aber trotzdem vor, zwei Rosenkränze zur Buße zu beten.
Also so wie bei den Tieren konnte es nicht gehen – und wenn, dann war es ganz sicher eine große Sünde!
Als die Vogelmanns aus dem Kirchenportal traten, gesellte sich eine Frau zu ihnen, deren Alter nur schwer zu schätzen war. Sie war von kleiner, kräftiger Gestalt, hielt sich sehr gerade und schritt forsch einher. Ihr Gesicht war fast faltenfrei, und in den leuchtend hellgrauen Augen blitzte manchmal der Schalk, doch die unter ihrer strengen Haube hervorlugenden Haarsträhnen waren beinahe weiß. In den Händen, die sich auf Ursulas Leib legten, waren Kraft und Zärtlichkeit seltsam vereint, und ihr Blick spiegelte die Erfahrung vieler Jahre wider.
»Nun ist es bald soweit, gnädige Frau. Noch wenige Tage, vielleicht eine Woche. Ich werde mit Euch kommen und Euch noch ein wenig mit Fett einreiben. Bewegt es sich?«
Ursula lächelte die Hebamme unsicher an.
»Ja, manchmal spüre ich es. Ich meine, es tritt nach mir, und ich weiß nicht, was ich tun soll.«
Els ergriff beruhigend die Hand der Schwangeren.
»Seid ganz unbesorgt, meine Liebe. Ihr müßt fröhlich und guter Dinge sein und mich, wenn die Wehen einsetzen, rechtzeitig rufen, dann wird der Herr Euch auch ein gesundes Kind schenken.«
»Einen Sohn, so hoffe ich«, murmelte Ursula, mit einem Seitenblick auf ihren Gatten, dem das Gespräch über Wehen und Geburt sichtlich unangenehm war.
»Wie geht es der Berlerin? Sie müßte doch auch bald soweit sein«, mischte sich Anne Katharina ein, als sie im Hintergrund Rudolf Senft die Kirche verlassen sah. Zwei Stufen auf einmal nehmend, lief der Junker die Freitrep-

pe hinunter, überquerte den Marktplatz und schritt auf die Sporengasse zu, als er plötzlich innehielt und sich umwandte. Er sah zum Pranger hinauf, seine Augen verdunkelten sich. Bewegungslos und stumm stand er einige Augenblicke da, dann wandte er sich abrupt um und eilte weiter. Erst als er aus ihrem Blickfeld entschwunden war, richtete Anne Katharina ihre Aufmerksamkeit wieder auf die Hebamme, die gerade sagte:
»... so gut es einer Frau in diesem Zustand eben gehen kann. Ich war vor der Messe erst bei den Senftens und habe nach ihr gesehen. Wenn Gott will, dann werde ich in dieser Woche drei Kindern auf die Welt helfen.« Ihr Mund nahm einen harten Zug an, als sie am Pranger vorbeikamen. »Oder nur zweien, denn daß Marie in ihrem Zustand die Kälte im Verlies des Hezennests unbeschadet überlebt und auch noch ein gesundes Kind zur Welt bringt, kann ich mir kaum vorstellen. So ein Unsinn, sie erst, wenn es soweit ist, ins Spital bringen zu lassen. Da hätten die Herren Richter ihr auch gleich den Kopf abschlagen können. Das wäre eine geringere Strafe gewesen.«
Sie warf einen Seitenblick auf Ulrich, der leise vor sich hinbrummte, daß die Ratsherren schließlich nichts für das Wetter könnten.
»Ich werde dem armen Ding jedenfalls nachher einen warmen Mantel und wollene Beinlinge zum Turm bringen, wenn der hochwohllöbliche Rat nichts dagegen einzuwenden hat!« Die Hebamme sah den Ratsherrn herausfordernd an, doch dieser schwieg und ließ ausnahmsweise dem Weib an seiner Seite das letzte Wort.

* * *

Der Mönch verschränkte seine Arme und vergrub seine Hände tief in den Ärmeln seiner weiten Kutte aus grober grauer Wolle, doch dies waren die einzigen Anzeichen, daß er die grimmige Kälte spürte. Die blauen Augen auf den verschneiten Marktplatz gerichtet, stand er regungslos da und betrachtete die Gläubigen, die aus der Kirche hervorquollen und sich dann in bunten Flecken über die Treppe und den Marktplatz verteilten. Manche blieben in kleinen Grüppchen stehen, um noch ein wenig Klatsch auszutauschen, andere eilten schnell in ihre warmen Stuben zurück.

Noch im letzten Winter war Anne Katharina jedesmal nach der Messe gleich zum Kloster geeilt, um vor dem Kamin in der Gästestube – selbstverständlich unter der strengen Aufsicht Bruder Ruperts oder eines anderen ehrwürdigen Bruders – mit ihm über Albertus Magnus oder Thomas von Aquin, Vergil oder Galen, Aristoteles oder Euklid zu sprechen. Wie oft hatte sie früher auf seinen Knien gesessen, die Stirn angestrengt in Falten gelegt, wenn die Feder über das Pergament kratzte, um ein paar krakelige Buchstaben zu zeichnen und viele unschöne Tintenkleckse zu hinterlassen. Lesen und Rechnen hatte er ihr beigebracht und viele Geschichten von den großen Griechen erzählt. Ein Lächeln glitt über das noch fast faltenfreie Gesicht, als er an das Gezeter dachte, das Bruder Ludwig jedesmal angestimmt hatte, wenn er dem Mädchen eine weitere Episode von Odysseus' Abenteuern berichtet hatte, denn bereits die Erwähnung der heidnischen Götter war für Bruder Ludwig Ketzerei.

Aber nach des Vaters Tod waren ihre Besuche seltener geworden, und dann im letzten Jahr war die Zeit mit einemmal für immer vorbei.

Nun ja, sagte Pater Hiltprand sich immer wieder, für eine

Jungfrau im heiratsfähigen Alter ziemt es sich eben nicht, sich von einem alternden Mönch mit unnötigem Wissen vollstopfen zu lassen. Sie hat genug gelernt, um die Bücher ihres Bruders zu führen, und jetzt ist es an der Zeit, daß sie lernt, einen Haushalt in Ordnung zu halten, um ihrem späteren Ehemann ein gemütliches Heim zu schaffen. So ist der Lauf der Dinge eben. Er seufzte schwer.

»Alter Narr!« murmelte er. »Du weißt ganz genau, daß das nicht der Grund für ihr Fernbleiben ist. Den Grund hat dir ihr Bruder ja heftig genug um die Ohren geschlagen.«

Das Verbot, jemals wieder ein Wort mit ihr zu wechseln, traf ihn härter, als er es je für möglich gehalten hatte. Doch auch Anne Katharina war entsetzt gewesen. Sie hatte sich beklagt, getobt und geschimpft, doch von diesem Tage an war sie nicht mehr im Kloster erschienen, um an seinem Wissen teilzuhaben.

Pater Hiltprand beobachtete mit regungsloser Miene, wie Anne Katharina an der Seite ihrer Brüder den Marktplatz überquerte.

Das ist eben der Preis, den man dem Herrn bezahlen muß, wenn man Ihm sein Leben widmet. Keine Frau, die Ihm einen Teil der Liebe streitig machen könnte. Ein bitteres Lächeln teilte seine Lippen. Nun, zumindest keine, die man offiziell anerkennen darf. Mit einem Ruck wandte er sich um und verschwand hinter den Klostermauern, um im Gebet und in der Stille sein aufgewühltes Gemüt zu beruhigen.

* * *

»Wir haben uns daheim ganz schrecklich gezankt«, erzählte Anne Katharina Vogelmann ihrem Großvater, als sie ihn später, als die bleiche Wintersonne schon tief stand, in seiner Kammer im Spital besuchte.

»Ich wollte, daß Ulrich die Geheimen aufsucht, damit sie die Marie gleich ins Spital bringen. Sie können sie ja hier ins Fegefeuer zu den Kranken legen oder in einer der kleinen Kammern wegschließen.«
Der alte Peter Schweycker, selbst über lange Jahre Ratsmitglied und Richter, richtete die weißlichen, getrübten Augen auf seine Enkelin.
»Und, hat er das getan?«
»Erst mußte ich mir wieder das alte Lied von den weiblichen Tugenden anhören und daß es sich für eine Jungfrau aus guter Familie nicht ziemt, sich um das Schicksal einer unkeuschen Magd zu kümmern, doch dann ist er doch zum Büschler gegangen, um mit ihm zu reden.«
»Zum Hermann? War das eine kluge Entscheidung? Als Vorjahresstättmeister ist er zwar unter den Geheimen, aber ...«
»... er ist kein Junker!« ergänzte seine Enkelin.
»Eben, das meine ich. Du sagst, das Mädchen war Magd bei den Senftens?«
»Ja, bis zum Frühjahr im Senftenhaus in der Herrengasse, dann im Sulmeisterhaus an der Sulfurt ...«
»... bei unserem hochverehrten Stättmeister Junker Gilg Senft!«
»Oh! Daran habe ich nicht gedacht.«
Der alte Mann tastete nach seiner Enkelin, die nachdenklich die faltige Hand ergriff.
»Sie werden das Urteil nicht mildern?« Es war mehr eine Feststellung denn eine Frage.
»Nein!« Die Stimme des ehemaligen Richters klang fest. »Auch wenn für diesen Fall nicht das Blutgericht zuständig ist, sondern der Schultheiß, so hat dieser sicher kein Urteil über ein Mitglied des Hauses Senft verhängt, ohne sich vorher mit dem Stättmeister abzusprechen. Die Her-

ren werden schon ihre Gründe haben, das Mädchen aus der Stadt zu jagen.«
»Und sie damit vielleicht zu töten«, flüsterte Anne Katharina bei diesem Gedanken erschaudernd. Beide schwiegen, als die Tür zu der kleinen Kammer aufgestoßen wurde und eine der Pflegerinnen des Heilig-Geist-Spitals mit dem Nachtmahl eintrat. Die Schwester aus dem dritten Orden des heiligen Franziskus stellte die abendliche Milchsuppe, eine Schüssel Kraut mit Grieben und einen kleinen Krug Kocherwein auf den schmalen Tisch unter das Fenster, welches jetzt im Winter mit Pergament bespannt und mit einem hölzernen Laden verschlossen war. Sanfte Hände griffen unter die Arme des greisen Herrn.
»Darf ich Euch an den Tisch führen, Herr Richter?«
»Habt Dank, Schwester, doch meine Enkelin wird den alten Knochen heute behilflich sein.«
Die Pflegerin senkte das mit einem weißen Schleier verhüllte Haupt, schob die Hände in die weiten Ärmel ihrer Ordenstracht und murmelte: »Gottes Segen mit Euch.« Dann verließ sie geräuschlos die Kammer.
Anne Katharina führte den blinden Mann zum Tisch und schob ihm dann schnell den mit weichen Kissen gepolsterten Stuhl heran. Geschäftig eilte sie zum Wandbord, holte den Rest groben Roggenbrots, der vom Morgenmahl übriggeblieben war, und stellte noch ein Schüsselchen Apfelmus auf den Tisch, das ihr Ursula für den Großvater mitgegeben hatte. Der alte Mann tastete mit der einen Hand nach dem Löffel an seinem Gürtel, mit der anderen zog er den Teller mit Milchsuppe näher. Nur mit Mühe konnte Anne Katharina das harte Brot zerbröseln, um es unter die Suppe zu rühren.
»Schon wieder dieses harte, dunkle Brot, das ich nicht mehr beißen kann«, seufzte der Alte. »Ich möchte mal

wissen, was die mit den ganzen Gülten der Höfe machen, die sie für diese Herrenpfründe von mir bekommen haben, als ich so dumm war, mich in diesem vermaledeiten Spital vorzeitig begraben zu lassen.« Anne Katharina bekreuzigte sich schnell. »Die Kelter und das Stück Wald oben bei Gelbingen nicht zu vergessen.« Er war sichtlich erbost. »Und dafür bekomme ich ein Mahl, grad wie die Ärmsten im Siechenhaus: kein Fleisch, kein Schönbrot, keinen Neckarwein! Aber die Ratsherrn, die schmausen gar köstlich von meinem Geld, wann immer sie eine Gelegenheit dazu finden können!«

Anne Katharina unterdrückte die Bemerkung, daß er in seiner Zeit als Richter bei den zahlreichen Festessen des Spitals die Köstlichkeiten ja auch nicht zurückgewiesen hatte, und meinte statt dessen:

»Die Lage ist überall schwierig, liebster Großvater, viele in den Dörfern leiden Hunger, denn die Ernte war schlecht, und der Winter ist hart. Im Frühjahr wird das Essen bestimmt besser.«

Der Alte knurrte unwillig und schlürfte mißmutig einen Löffel Suppe.

»Riecht doch, Großvater, im Kraut ist viel Speck.« Anne Katharina strich ihm über die Wange.

»Ich bringe Euch morgen eine Fleischpastete und Schönbrot aus feinem Dinkelmehl mit.«

»Du kommst morgen wieder? Ich dachte, der Herr des Hauses möchte diese unnützen Besuche bei einem senilen Alten der Vergangenheit angehören lassen.«

»Unsinn!« log Anne Katharina mit fester Stimme. »Wenn ich meine Pflichten schnell und ordentlich erledige, bleibt mir noch Zeit genug, bei Euch vorbeizusehen.« Außerdem braucht es Ulrich ja nicht zu erfahren, fügte sie in Gedanken hinzu.

Die Glocken von St. Jakob läuteten zum Ave Maria, im Spital wurden die Talglichter entzündet, und die Schwestern huschten durch die Säle, um die Schüsseln und Krüge wegzutragen und noch einmal nach den Kranken zu sehen. Lauschend hob Peter Schweycker den Kopf.
»Es ist spät, sicher schon dunkel draußen. Du mußt gehen, wenn du deinen Bruder nicht erzürnen willst. Frag einen der Knechte, ob er dich nach Hause begleitet.«
»Ach was!« wehrte Anne Katharina ab. »Ich werde den Weg schon allein finden.«
»Eine Jungfrau deines Alters hat im Dunkeln draußen allein nichts zu suchen«, brauste der Großvater auf. »Hat dir dein Bruder keinen Anstand beigebracht?«
»Doch, mehr als genug«, seufzte sie, gab ihrem Großvater einen Kuß auf die Wange und verließ die Kammer. Sie ging in den Stall, dann zur großen Scheune und in die Küche, doch keiner der Knechte hatte im Augenblick Zeit. Unschlüssig blieb sie in der von zwei Talglichtern kaum erhellten Halle stehen. Sollte sie warten? Wenn Ulrich bereits zu Hause war, dann konnte sie sich auf eine Strafpredigt gefaßt machen, die den Vergleich zum Jüngsten Gericht nicht zu scheuen brauchte. Mit jeder Minute, die sie hier herumstand, schwand die Chance, noch vor ihm heimzukommen. Also, dann los! Entschlossen band sie sich ihr dickes Wolltuch fest um den Kopf und trat beherzt in die eisige Winternacht hinaus. Der Himmel hatte sich aufgeklart, so daß der matte Sternenschein den Schnee in ein geheimnisvolles Licht tauchte. Eilig schritt Anne Katharina durch den knöcheltiefen Schnee bergauf. Der hartgefrorene Boden war gar nicht so unpraktisch, versank man doch auf den ungepflasterten Straßen der unteren Stadt und der Vorstädte bei nassem Wetter oft tief im Morast.

Anne Katharina folgte dem vereisten Schuppach, der an manchen Stellen fast bis zur Böschung hoch mit stinkendem Unrat gefüllt war. Auf einem schmalen Steg überquerte sie den Bach, den man treffender als ein Rinnsal bezeichnen müßte, und folgte dann der Sporengasse in Richtung Marktplatz. Trotz des langen, fellgefütterten Mantels, den sie eng um sich gewickelt hatte, kroch die Kälte unter ihre Röcke und ließ sie erschaudern. Einmal glitt das junge Mädchen aus und fiel auf die Knie. Ein großer, grauer Hund mit einem zerfetzten Ohr, der in einem Hauseingang geschlafen hatte, erhob sich knurrend. »Brauchst gar nicht deine Zähne so zu fletschen«, fauchte sie den Köter mit mehr Mut an, als sie empfand, »wenn du mich nicht beißt, dann beiße ich dich auch nicht.«
Ob das den Streuner überzeugt hatte, konnte sie nicht sagen. Jedenfalls rollte er sich wieder zusammen und legte mit einem Gähnen den Kopf auf die Pfoten. Energisch schüttelte sich Anne Katharina den Schnee aus den Röcken und setzte ihren Weg fort. Schwarz ragte die Klosterkirche St. Jakob zu ihrer Rechten in den Himmel, als sie den leeren Marktplatz betrat. Das flimmernde Sternenlicht beleuchtete den verwaisten Pranger nur matt, ein offenes Halseisen schlug leise klirrend an die kalte Steinsäule. Marie lag jetzt in ihrem eisigen, finsteren Verlies unter dem Hexennest. Ob Els ihr warme Kleider gebracht hatte? Anne Katharina bewunderte die energische kleine Frau, die nicht davor zurückschreckte, sich mit Ratsherren oder Stadtknechten anzulegen, um das, was in ihren Augen richtig war, durchzusetzen.
Und ich schaffe es nicht einmal, mich gegen meinen eigenen Bruder zu behaupten, dachte Anne Katharina verbittert. Nun ja, ich sage zwar oft, was ich denke, und streite mich mit ihm – trotzdem schaffe ich es nicht, mich an die-

se vielen Regeln, die für eine bürgerliche Jungfrau gelten, zu gewöhnen, noch traue ich mich, gegen diese zu verstoßen. Ursula hat es gut. Sie ist einfach ruhig und tugendsam und muß nicht ständig gegen ihren eigenen Willen ankämpfen. Sie stellt die Befehle ihres Gatten nie in Frage und grübelt nicht darüber nach, ob diese nun gut und rechtens sind.
Plötzlich wurde Anne Katharina bewußt, daß sie noch immer allein auf dem nächtlichen Marktplatz vor dem Pranger stand und gerade gegen alle Regeln und Gebote des Anstands verstieß. Mit einem Ruck wandte sie sich ab und eilte mit großen Schritten weiter, ein trotziges Lächeln auf den Lippen.

* * *

So leise wie möglich öffnete Anne Katharina die Haustür und schlich auf Zehenspitzen die Treppe hinauf. Ob Ulrich schon zurück war? Sie preßte ihr Ohr an die Stubentür. O je, ganz deutlich drang seine Stimme durch das dicke Holz – und sie klang ziemlich ärgerlich. Unschlüssig blieb Anne Katharina stehen. Einerseits lockten sie die Wärme und ein Nachtmahl, andererseits hatte sie nicht die geringste Lust, sich dem Gewittersturm auszusetzen, der unweigerlich folgen würde. Seufzend legte sie die Hand auf die geschwungene, schmiedeeiserne Klinke, als ein Schatten heranhuschte und nach ihrer Hand griff.
»Nicht, Anne Katharina, geht nicht in die Stube«, flüsterte die Magd aufgeregt. »Ich habe dem Herrn erzählt, daß Ihr Euch nicht wohl fühlt und bereits in Eurer Kammer zu Bett liegt.«
Das junge Mädchen hauchte der Magd dankbar einen Kuß auf die Wange. »Ich danke dir, du bist ein Schatz!«

Mit gerafften Röcken eilte Anne Katharina die Treppe zu ihrer Kammer hoch und schloß leise die Tür hinter sich. »Heilige Jungfrau, ich danke dir«, seufzte sie und lehnte sich einige Augenblicke an die rauhe Wand. Obwohl das Fenster mit einer dünnen Haut und einem hölzernen Laden verschlossen war, zog es empfindlich und war, da Ulrich den Luxus von Kohlepfannen in den Schlafkammern entschieden ablehnte, eisig kalt. Ohne ein Licht zu entzünden, zog Anne Katharina sich aus, band sich eine Nachthaube über das zu einem Zopf geflochtene Haar und schlüpfte unter die dicke Daunendecke. Das Stroh in der Matratze raschelte leise, und irgendwo hörte sie die trippelnden Pfoten einer Maus, die sich bei ihrer nächtlichen Suche nach etwas Eßbarem gestört fühlte und zu einem sicheren Versteck flüchtete.

Schlaflos wälzte sich Anne Katharina in ihrem schmalen Bett herum. Ihr war kalt, und ihr Magen meldete deutlich, wie viele lange Stunden seit dem Mittagsmahl schon verstrichen waren. Zu dumm, daß sie nicht daran gedacht hatte, etwas aus der Küche mitzunehmen.

Wenn alle zu Bett gegangen sind, dann kann ich mich ja immer noch hinunterschleichen, dachte sie. Sie lauschte auf die Geräusche im Haus. Gedämpft hörte sie das Quietschen der Stubentür, dann die schweren Schritte ihres älteren Bruders und die leise Stimme ihrer Schwägerin. Von Peter fehlte bisher jede Spur. Sicher trieb er sich wieder mit den Siederburschen im »Wilden Mann« oder in einer anderen Schenke herum. Meist kam er von diesen Ausflügen völlig betrunken nach Hause und war am anderen Tag schrecklich übellaunig. Die arme Agnes mußte dann jedesmal die stinkenden Überreste aufwischen, wenn Peter es mal wieder nicht zum heimlichen Gemach in den Hof geschafft oder sein Nachtgeschirr verfehlt hat-

te. Die Schelte, die er dafür am Morgen von Ulrich anhören mußte, war selbst für einen schweren Brummschädel erträglich. Die jungen Burschen müssen sich die Hörner abstoßen – das war die übliche Entschuldigung, die mit einem gleichgültigen Schulterzucken vorgebracht wurde. Wenn man bedenkt, was für ein Aufhebens gemacht wurde, wenn der Rock einer Jungfrau um ein paar Fingerbreit zu kurz oder ihr Ausschnitt zu tief war, wenn eine Ehefrau ohne Haube auf die Straße ging oder ihrem Ehemann in der Öffentlichkeit zu widersprechen wagte ... Diese Ungerechtigkeit schmeckte bitter und ließ sich nur schwer hinunterschlucken.
Anne Katharina lag wach auf dem Rücken, bis die Stimmen und Schritte allmählich verstummten. Aus dem winzigen Verschlag im Hof erklang das verschlafene Grunzen des letzten Schweines, dem noch ein paar Tage bei köstlichen Küchenabfällen gegönnt wurden, bevor es wie seine Vorgänger mit den scharfen Messern eines Metzgers in viele wohlschmeckende Bratenstücke verwandelt werden würde. Dann war alles ruhig.
Mit einem Ruck schlug Anne Katharina ihre Decke zur Seite. Gierig griff die Winterkälte in der Kammer nach dem nackten Körper, so daß sich all die feinen Härchen auf der jungen glatten Haut aufstellten. Rasch wickelte sich Anne Katharina in einen dicken Wollumhang und tastete im Dunkeln nach ihren weichen Fellschuhen, dann schlich sie in die Küche hinunter. Die Glut im Herd würde sicher reichen, einen Becher Wein zu erhitzen, und der Ofen in der Stube war bestimmt auch noch warm. Gierig dachte Anne Katharina an ein Stück weißes Brot und etwas Käse, als sie sich dem glutroten Schein näherte, der aus der Küche drang.
»Welch üble Nachlässigkeit!« entfuhr es Anne Katharina,

als sie die beiden brennenden Talglichter auf dem kleinen, wackeligen Tisch in der Ecke sah, und sie trat heran, um sie zu löschen. Erst jetzt bemerkte sie den Weinkrug, zwei hohe Becher und ein Brett mit Resten von Brot, Käse, geräuchertem Speck und Schinken. Die Krümel und Rindenstückchen zeugten davon, daß noch einer auf die Idee gekommen war, ein spätes Nachtmahl einzunehmen.

Nicht einer, zwei! verbesserte sich Anne Katharina mit einem Blick auf die fast leeren Becher und schob sich ein Stück Speck in den Mund. Wer hat hier wohl gegessen? überlegte sie kauend und schob noch etwas Käse nach, als Stimmengemurmel in der unteren Halle die Antwort zu geben schien. Die Haustür öffnete sich mit dem gewohnten leisen Quietschen. Rasch griff Anne Katharina nach Brot und Schinken und eilte in die Stube, öffnete leise das Fenster und beugte sich vorsichtig hinaus. Zwei dunkle Gestalten hoben sich gegen den Schnee ab, eng umschlungen standen sie in der Eiseskälte, anscheinend in einen innigen Kuß vertieft, dann löste sich einer der Schatten und trat ins Haus. Nachdenklich sah Anne Katharina der anderen Gestalt nach, wie sie die Herrengasse in Richtung Marktplatz hinunterstapfte. Der breitkrempige Hut und der fast bodenlange Mantel verbargen den Körper völlig, doch der forsche Schritt schien der eines Mannes zu sein, aber ganz sicher war sich Anne Katharina nicht. Wer mochte das sein, und was hatte er oder sie nachts hier zu suchen? Und mit wem hatte er oder sie sich getroffen? Die leisen Geräusche in der Küche verstummten, eine Treppenstufe knarrte. Anne Katharina huschte zur Tür, öffnete sie leise und lauschte, doch alles, was sie noch vernahm, war das Schließen einer Tür im oberen Stock, dann kehrte die nächtliche Stille wieder ein. Zu spät, den herumschleichenden Hausbewohner zu entlarven. Fast hätte sie geflucht, doch zum Glück war ihre Erziehung so streng verlaufen, daß sie diese Sünde nicht auf sich lud. Trotzdem war sie mit sich und der Welt höchst unzufrieden, als sie – das Brot in der einen, den Schinken in der anderen Hand – zu ihrer Kammer zurückkehrte.

Kapitel 3

Tag des heiligen Hrabanus Maurus,
Montag, der 4. Februar
im Jahr des Herrn 1510

Es war noch dunkel, doch der neue Wintertag kündigte sich bereits durch einen milchigen Streifen am östlichen Horizont an, welcher sich schon bald zu flammendem Rot wandeln würde. Trotz der frühen Stunde herrschte in der Stadt schon emsige Geschäftigkeit. Im Schein von Laternen und Kienspänen begannen die Handwerker ihr Tagewerk, Mägde hantierten in den Küchen, schürten die Feuer oder trugen schwatzend und lachend schwere Körbe zum Marktplatz hinauf, Knechte spalteten Brennholz, und die ersten Bauern von den umliegenden Höfen warteten mit Waren und Vieh bereits geduldig vor den Stadttoren, bis diese geöffnet wurden und sie in die Stadt ziehen konnten.
Gähnend schob Anne Katharina Vogelmann das warme Federbett beiseite und entzündete ein Talglicht. Schnell zog sie sich ihre Stümpfe an und band sie unter dem Knie fest. Sie schlüpfte in einen warmen, wollenen Leibrock, ein weißes Leinenhemd und einen einfachen, graublauen Rock mit langen, schmalen Ärmeln, dessen einziger Schmuck aus einer feinen Silberstickerei um den Halsausschnitt und die Handgelenke bestand. Den edlen, mit ei-

ner breiten Brokatborte besetzten grünen Surcot, den sie am Vortag getragen hatte, legte sie sorgfältig in die reich mit Schnitzereien versehene Eichentruhe, die neben ihrem schmalen Bett stand. Hastig bürstete sie ihr langes Haar, das im Kerzenlicht rötlich schimmerte, flocht es zu zwei Zöpfen, rollte diese wie zwei Schnecken auf und schob sie in ein Haarnetz aus feinen Siberfäden, die von einem breiten Samtband zusammengehalten wurden. Die Röcke gerafft und zwei Stufen auf einmal nehmend, eilte Anne Katharina die Treppe hinunter. Wohlige Wärme empfing sie, als sie die Stubentür öffnete und am großen Nußbaumtisch Platz nahm, wo sich die anderen Familienmitglieder schon zu einem einfachen, frühen Mahl versammelt hatten.

»Du wirst es nicht glauben!« ereiferte sich der Hausherr gerade und fuchtelte mit seinem Löffel vor Peters Nase in der Luft herum. »Haben die Junker im letzten Jahr die Frechheit besessen, unserem ehrenwerten Stättmeister Büschler die Aufnahme in ihre Trinkstube zu verwehren, obwohl seine Frau von adeligem Blut ist!«

»Ja, ich weiß«, brummte Peter mißmutig und barg den Kopf in seinen Händen, als könne er sich dadurch in dieser frühen Stunde vor der lauten Stimme seines Bruders schützen. Die ganze Politik des Stadtrates, das Gerangel um Posten, Pfründe und andere Vorteile, interessierte ihn nicht. Solange er genug Münzen in seinem Beutel hatte und sich ungestört mit seinen Freunden im Wirtshaus, zum Hahnenkampf oder zu einem wilden Ritt treffen konnte, war ihm alles andere nur eine Last.

Ulrich übersah den Unmut des Jüngern geflissentlich, tauchte seinen Löffel in den dicken Haferbrei, schob ihn in den Mund und fuhr dann mit erregter Stimme fort.

»Sollen denn die anderen Ratsherren auf dem Kirchhof

im Regen oder Schnee stehen und die Entscheidungen abwarten, derweilen es sich die Junker in ihrer Ratsstube mit süßem Wein wohl sein lassen?«
»Das ist doch eine alte Geschichte«, maulte Peter. »Unzählbar viele Monate dauert der Streit nun schon an. Schließlich hat der Büschler mit seiner Abstimmung gewonnen, und seit Wochen wird im Haus des Spitals am Markt gebaut, um eine bürgerliche Trinkstube einzurichten. Worüber also regst du dich so auf?«
»Deshalb ist es ja so verwerflich, daß sich die Junker nun eine neue List erdacht haben, um das Ganze doch noch zu verhindern. Der Spitalmeister hat den Rat um eine Fuhre Holz ersucht, damit der Ausbau voranschreite. Veit von Rinderbach hat sie verweigert und will die Sache nun noch einmal zur Abstimmung vor den Rat bringen.«
Mit grimmiger Miene schnitt Ulrich ein Stück Brot von dem großen Laib, der in einer flachen Holzschale auf dem Tisch lag. Er fuhr mit der scharfen Schneide durch die dunkelbraune Kruste, als hätte er seinen ärgsten Feind vor sich.
Peter, Ursula und Anne Katharina löffelten schweigend ihren Haferbrei, denn es war dem Hausherrn anzusehen, daß er noch nicht fertig war. Und richtig, er biß kräftig in das frische Brot und fuhr dann mit vollem Mund fort.
»Das hat sich sicher der vermaledeite Rudolf Nagel ausgedacht, denn er kann es immer noch nicht verwinden, daß die Abstimmung zu unseren Gunsten verlaufen ist. Es ist ihm ein arger Dorn im Auge, daß nicht nur Junker im Rat sitzen und der Büschler im letzten Jahr gar Stättmeister war.«
Agnes unterbrach seine Rede, als sie mit einem Krug warmen, gewürzten Bieres eintrat, dem Ulrich gerne und reichlich zusprach. Die Magd hielt den Krug auch Peter

hin, doch der schüttelte den Kopf. Er war an diesem Morgen ein wenig bleich im Gesicht, die Augen zeigten tiefe Ringe, und ein paarmal konnte er sein Gähnen nur sehr unzureichend verbergen. Seine Schwester konnte sich ein spöttisches Lächeln nicht verkneifen.
»Hattest du einen schönen Abend? Der ›Wilde Mann‹?«
Peter nickte gequält. »Ich weiß gar nicht mehr genau, wie ich heimgekommen bin. Die anderen müssen mich wohl vorbeigebracht haben.« Seine Miene wurde grimmig. »Und außerdem geht dich das gar nichts an, Weib!«
Solche Reden gewöhnt, spendete sie ihm halbherzig Trost für seinen schmerzenden Kopf und empfahl einen Eimer kaltes Wasser, als ihr plötzlich ihr dringendes Anliegen des gestrigen Tages wieder einfiel.
»Bruder, da du gestern beim ehrenwerten Hermann Büschler warst, hast du mit ihm auch über die Magd Marie geredet?« begann sie mit leiser Stimme und gesenktem Blick, um Ulrich nicht unnötig zu erzürnen.
Dieser sah seine Schwester verständnislos an. »Was hätte ich ihm denn sagen sollen?«
Alle Vorsätze waren vergessen. Anne Katharina brauste auf.
»Du hast es doch versprochen! Sie soll nicht im Hezennest bleiben bei dieser Kälte. Das könnte sie umbringen!«
»Ach, du meinst die Magd mit ihrem ungeborenen Bastard. Das habe ich bei diesen wichtigen Neuigkeiten völlig vergessen.«
Damit schien das Thema für ihn erledigt zu sein. Wütend knallte Anne Katharina ihre Tonschale auf den Tisch.
»Für mich ist die Sache aber nicht erledigt!«
»Mäßige deinen Tonfall und widersprich mir nicht!« schrie Ulrich. »Du wirst das Haus heute nicht verlassen und bei deinen Näharbeiten über züchtiges Verhalten nachdenken!«
»Aber ich habe Großvater versprochen, daß ich komme!«

»Dann kannst du dein Versprechen eben nicht halten. Für meinen Geschmack gibst du dich eh zuviel mit dem senilen Alten ab. Du wirst deine Besuche im Spital also einschränken!«

»Ich bin kein Kind mehr, das du herumkommandieren kannst!« Tränen des Zorns traten in ihre Augen.

»Wenn ich dich so ansehe, bin ich mir da nicht sicher. Außerdem hast du so lange das zu tun, was ich dir sage, bis dein Ehemann diese undankbare Pflicht übernimmt.«

Anne Katharina sprang auf und stürmte, ohne auf die Rufe hinter sich zu achten, aus der Stube.

»Und du, verschwinde endlich in die Schule, damit die Mönche dir was beibringen können. Ich möchte, daß du irgendwann mal ein paar Gulden einbringst und nicht nur meine Münzen über schmierige Theken schiebst.«

»Ich soll mein Geld verdienen?« nahm Peter das Thema begierig auf und wählte diesen überaus ungünstigen Augenblick, Ulrich von seinen Plänen zu berichten, als Siederbursche zu arbeiten, statt länger Latein zu pauken.

Für einen Augenblick war der Hausherr sprachlos, doch als er antwortete, konnte seine Gattin nur mühsam dem Drang widerstehen, sich beide Hände auf die Ohren zu pressen.

Anne Katharina war in ihre Kammer gelaufen und hatte sich weinend auf ihr Bett geworfen, doch die Tränen versiegten schnell. Mit untergeschlagenen Beinen setzte sie sich auf das Deckbett, kaute auf ihrer Unterlippe und dachte nach. So fand sie ihre Schwägerin immer noch vor, als sie nach einiger Zeit kam, um nach Anne Katharina zu sehen.

»Ich werde zum Hezennest gehen und Marie besuchen!« sagte sie tonlos.

Entsetzt griff Ursula nach ihrer Hand.

»Das darfst du nicht tun. Ulrich hat dir ausdrücklich verboten, das Haus heute zu verlassen. Ich zittere bei dem Gedanken, was passieren würde, wenn du dagegen verstößt und er es erfährt. Außerdem ist es undenkbar, daß du zum Turm gehst und dort mit einem der Wächter sprichst. Das wäre ein Skandal!«
»Und wenn du mitkommst?«
Allein bei diesem Gedanken wurde Ursula schon bleich.
»Nicht für alle Schätze dieser Welt.«
»Dann muß Peter eben gehen«, entschied Anne Katharina trotzig. »Ich werde ihn gleich fragen.«
Mit neuem Tatendrang rutschte sie vom Bett und lief in die große Halle hinunter, wo Peter in überaus gefährlicher Stimmung die Geräte aussortierte, die noch vor dem Frühling zur Ausbesserung zum Schmied gebracht werden mußten.
»Bitte, tu es doch für mich«, bettelte sie, als er sich desinteressiert gab und nur über die Ungerechtigkeit klagte, die ihm widerfahren war.
Mit Schwung schleuderte er eine stumpfe Axt auf den Lehmboden und fuhr seine Schwester an:
»Halte mit solchen Nichtigkeiten einen Mann nicht von seiner Arbeit ab. Sobald ich hier fertig bin, reite ich mit Michel und den anderen nach Tullau in die Wälder, um nach den Stämmen zu sehen. Es soll Holz verschwunden sein. Das ist wirklich wichtig! Also laß mich mit deinem Kram in Ruhe und geh zu deinen Stickereien, wo du hingehörst, Weib!«
Anne Katharina juckte es in den Fingern, ihm eine Ohrfeige zu verpassen, doch die Zeiten waren leider vorüber, wie sie feststellte, wenn sie ihren kleinen Bruder so ansah, der sie um eine Haupteslänge überragte. Enttäuscht ging sie in die Küche, um Agnes ihr Leid zu klagen.

»Weißt du, er ist eigentlich gar nicht so – so wie Ulrich. Er hat nur jemanden gebraucht, an dem er seine Wut auslassen kann. Sonst ist er manchmal ein ganz reizender Bursche ...«
Die Magd hörte zu und nickte, während sie mit einem langen, scharfen Messer Zwiebeln, Kohl und Rüben für das Nachtmahl kleinschnitt.

* * *

Die Magd Agnes hatte den Marktplatz hinter sich gelassen und folgte der steilen Straße zwischen St. Michael und dem Büschlerhaus bis an die Stadtmauer. Ihr Atem stieg in weißen Wolken in die klare Luft, die eisig über ihre roten Wangen strich. Sie ging so schnell, wie es das rutschige Pflaster erlaubte, denn sie fühlte sich nicht sehr wohl in ihrer Haut und wollte diesen Auftrag hinter sich bringen. In dem großen Korb, den sie unter dem Arm trug, ruhten unter der warmen Decke ein Topf Honig, kaltes Huhn, ein ganzer Leib weißes Brot und ein halber Käse. Die Magd folgte der Stadtmauer nach Norden, bis sie schwer atmend unter dem quadratischen Turm mit dem steilen Walmdach stehenblieb. Die kalten Finger reibend, sah sie sich nach einem Wächter um.
»He, du da, komm runter. Ich muß mit der Gefangenen sprechen!« rief sie in barschem Ton einem jungen Mann zu, der gemächlich über den Wehrgang herangeschlendert kam, die Hellebarde lässig im Arm.
Der Angesprochene lehnte sich über die hölzerne Brüstung und betrachtete Agnes ungeniert.
»Wer bist du, Mädchen, daß du so mit mir redest, und was gibst du mir, wenn ich über deinen Wunsch nachdenke?«

Ein anzügliches Grinsen erschien auf dem pausbäckigen Gesicht. Die Magd reckte sich ein wenig, um größer zu erscheinen, und schlug einen hochmütigen Ton an.
»Überlege dir gut, was du sagst, denn mich hat der ehrenwerte Ratsherr Ulrich Vogelmann geschickt, und ich verlange in seinem Auftrag, daß du sofort hier herunterkommst und mir zu Diensten stehst!«
Der junge Wächter wurde blaß und beeilte sich, ihren Forderungen Folge zu leisten.
»Ich bitte um Verzeihung, gute Frau«, stieß er atemlos hervor und verbeugte sich linkisch. »Ich wußte ja nicht, daß ...«
Großzügig winkte Agnes ab und freute sich heimlich über ihren Erfolg. Das würde sie sich merken!
»Bring mich jetzt zu der Gefangenen Marie Wagner. Ich möche mit ihr sprechen und einige Dinge zu ihr ins Verlies bringen.«
Der Wachposten trat nervös von einem Fuß auf den anderen.
»Aber das kann ich nicht. Die ist gar nicht mehr da. Die Büttel haben sie heute nacht geholt.« Plötzlich flammte Mißtrauen in ihm auf. »Das müßte der Herr Ratsherr doch wissen!«
Agnes wandte sich brüsk ab, damit der Posten ihre Unsicherheit nicht bemerke. Fast war sie ein wenig ärgerlich über die junge Herrin, die sie in eine solch dumme Lage gebracht hatte. Unschlüssig, was sie nun tun sollte, murmelte die Magd leise einen Gruß und stapfte eilig durch den Schnee davon. Zurück blieb ein völlig verwirrter Wächter.

* * *

Der alte Mann wartete an diesem Tag vergeblich auf den versprochenen Besuch seiner Enkelin. Mit bedächtigem Schritt, den knorrigen Eichenstock fest in der faltigen Hand, tastete er sich durch die Gänge und Krankensäle, um hier und dort ein wenig Klatsch oder eine herzzerreißende Krankengeschichte mit anzuhören. Dann saß er wieder stundenlang in seiner Kammer, sah die Bilder längst vergangener Tage und dachte über die Probleme und Kümmernisse von heute nach.

Auch Anne Katharinas Gedanken waren den ganzen Tag so emsig auf Wanderschaft wie die Nadel, die flink durch den Stoff glitt. Äußerlich ruhig und in ihr Schicksal ergeben, sehnte sie sich doch nach einem Menschen, mit dem sie ernste Gespräche führen und an den sie sich mit ihren Sorgen, Fragen und Nöten wenden könnte. Die Nachricht, die Agnes gebracht hatte, war beunruhigend, doch mit wem sollte sie darüber sprechen? Wer würde für das Schicksal der in Ungnade gefallenen Magd auch nur ein Fünkchen Interesse hegen? Sie wußte nicht einmal genau, warum ihr soviel daran lag. Vielleicht, um gegen die Zwänge aufzubegehren? Oder war es eine dieser Vorahnungen, die man manchmal hat und doch meist mit einer Handbewegung beiseite wischt, dieses plötzliche, so eindringliche Gefühl, daß etwas ganz Ungeheuerliches geschehen wird?

Ach Großvater, seufzte sie in Gedanken. Ich brauche Euer Ohr und Eure Klugheit, Euer Herz und Eure Wärme.

Kapitel 4

Tag der heiligen Agatha,
Dienstag, der 5. Februar
im Jahr des Herrn 1510

Am nächsten Morgen übte sich Anne Katharina in jungfräulicher Bescheidenheit. Sie schlug die Augen nieder, aß in kleinen Bissen, sprach nicht unaufgefordert und nur in leisem, zurückhaltendem Ton. Ulrich war überrascht und dankbar über einen Morgen ohne Zank und viel zu sehr in seine Gedanken und Probleme vertieft, um sich über diese übertriebene Wandlung zu wundern. Gleich nach dem morgendlichen Mahl machte er sich zu den Junkern Senft auf, um die letzte Lieferung süßen Weins von den warmen Hängen der Mosel abzurechnen. Kaum hatte sich Ursula, die sich mit jedem Tag schlechter fühlte, wieder in die eheliche Kammer zurückgezogen, ließ Anne Katharina ihre Näharbeiten in einer Truhe verschwinden, füllte ihren Korb mit den versprochenen Leckereien, hüllte sich in einen pelzgefütterten Mantel, schlang ein wollenes Tuch um den Kopf und machte sich zum Spital auf, um den Großvater um Rat zu fragen.
»Ich mache mir Sorgen«, schloß Anne Katharina ihren Bericht, »und ich weiß nicht, wen ich fragen soll, um sie zu finden.«
Der alte Mann, der mit schiefgelegtem Kopf aufmerksam

der Stimme seiner Enkelin gelauscht hatte, lächelte geheimnisvoll. Er suchte nach ihrer Hand und ließ sich von ihr aufhelfen. In quälender Langsamkeit tastete er sich durch das Spital, die knochige Hand fest auf ihren Arm gestützt. Endlich blieb er stehen.
»Hier, klopfe an diese Tür« sagte er, lächelte, strich Anne Katharina über das weiche Haar und ließ sich von einer der Schwestern zu seiner Kammer zurückgeleiten.

* * *

»Ja, und da fand ich sie«, erzählte Anne Katharina ein paar Stunden später, als sie ihre leidende Schwägerin in der ehemaligen Schreibstube, die jetzt für den erwarteten Erben hergerichtet war, warm eingewickelt auf dem Ruhebett vor dem Ofen fand.
»Marie hat in der Nacht zu Hrabanus Maurus einen kräftigen, gesunden Knaben geboren. Die Wehen hatten schon eingesetzt, als Els am Abend noch einmal nach ihr sehen wollte. Da lief sie zum Stättmeister und redete so lange auf ihn ein, bis der die Büttel losschickte, um Marie ins Spital zu bringen. Gerade noch rechtzeitig kamen sie an, um dem Knaben auf die Welt zu helfen.«
Die Freude in ihrer Stimme erlosch so plötzlich, als habe man eine Kerze ausgeblasen.
»Und jetzt hat sie nur noch acht Tage Wärme, Brot und Sicherheit. Was soll nur aus ihr werden? Sie hat niemanden, zu dem sie gehen könnte!«
Anne Katharina runzelte besorgt die Stirn.
»Sie weiß nicht, wie es mit ihr weitergehen soll, und sie fürchtet um das Leben des Kleinen, wenn sie erst einmal mit ihm auf der eisigen Straße unterwegs ist.«
»Kennt man den Erzeuger?«

»Sie wollte es mir nicht sagen.« Anne Katharina zuckte die Schultern. »Wohl ein armer Knecht, sonst würde er sicher helfen.«
Ursula schürzte verächtlich die Lippen.
»Da täuschst du dich. Die Edlen und ehrenwerten Bürgersmänner wollen wohl ihre Lust, doch keinen Ärger wegen eines Bastards. Vor allem nicht, da die Prediger wieder durchs Land ziehen und die Sünde der Wollust und des Ehebruchs anklagen.«
»Du hast sicher recht. Trotzdem wüßte ich gerne einen Weg, ihr und dem Kleinen zu helfen.« Anne Katharina versank in finsteres Brüten.
»Der Knabe sieht gesund aus. Woher weiß man, ob ihre Milch gut und reichlich ist?«
Ursula zuckte die Schultern.
»Wenn sie schwere, volle Brüste hat, der Kleine friedlich saugt und wenig weint.«
»Wenn nun eine nicht unbedeutende Person ihre Hand schützend über sie halten und sie als Amme gebrauchen würde, dann könnte ich mir vorstellen, daß die Herren des Rats nicht darauf bestehen, sie fortzujagen«, murmelte Anne Katharina.
Ursula dachte an die hochschwangere Gattin des jungen Gabriel Senft.
»Warum sollte die Berlerin das tun?« fragte sie erstaunt.
»Ich spreche nicht von der Berlerin, ich spreche von dir!«
Das verschlug der Gattin des jungen Ratsherrn erst einmal die Sprache, und sie brauchte einige Zeit, ihre Gedanken zu ordnen.
»Das würde Ulrich nie erlauben!« stieß sie hervor. »Eine Verbannte als Amme in seinem Haus! Wenn das die Junker im Rat erfahren würden, dann hätten sie einen Grund mehr, gegen die Bürger vorzugehen, es gäbe ihnen Nah-

rung für ihren Streit um die Trinkstube und ... Nein, ganz unmöglich!«
Anne Katharina nagte an ihrer Lippe.
»Er wird sicher nicht begeistert sein, deshalb sollten wir ihm vorher auch nichts sagen. Wenn Marie erst mal da ist, dann sehen wir weiter. Du mußt es wollen! Gemeinsam können wir ihn bestimmt überzeugen und ...«
Plötzlich verstummte sie mitten im Satz und sah ihre Schwägerin erstaunt an, als diese unter Schmerzen das Gesicht verzog. Ursula schlang die Arme um ihren Leib und wurde abwechselnd rot und blaß. Verunsichert sahen sich die beiden Frauen an.
»Was ist?« Anne Katharinas Frage blieb in der Luft hängen, als ein erneuter Schmerz ihre Schwägerin aufstöhnen ließ.
»Es kommt! Du mußt rasch in die Zollhüttengasse laufen und Els holen.« Schwankend erhob sich die junge Frau. »Und bring mich vorher in die kleine Kammer neben der Treppe.«
Anne Katharina schüttelte energisch den Kopf.
»Die ist eiskalt. Selbst wenn ich Kohlepfannen aufstelle, wirst du jämmerlich frieren. Du bleibst hier auf dem Lotterbett liegen, bis ich mit Els zurückkomme. Ich werde Agnes sagen, daß sie noch Holz nachlegen soll. Wir werden dir richtig einheizen!«
Ursula stöhnte unter einer weiteren Wehe auf. Flink eilte die Magd herbei, hantierte mit dicken Holzscheiten vor dem altmodischen, gemauerten Ofen und schürte das schon beinahe herabgebrannte Feuer, bis die Flammen wieder hell auflöderten. Anne Katharina brachte der Schwägerin noch ein warmes Fell, ehe sie ihren Mantel überwarf und sich aufmachte, um jenseits des Kochers in St. Katharina die Hebamme zu holen.
Das Mädchen raffte die Röcke und eilte die kaum einen

Schritt breite, steile Treppe, vorbei am hohen steinernen Wohnturm der Junkerfamilie Keck, zum Unterwöhrdtor hinunter. Die Trippen klapperten dumpf auf den dicken, von Eis und Schnee befreiten Bohlen der Zugbrücke über den Mühlgraben. So schnell wie möglich schritt und schlitterte Anne Katharina über die mit Steinen gepflasterte Brücke, die sich in zahlreichen, wuchtigen Bogen über die zwei Kocherarme und das Grasbödele, der kleinen Insel in der Mitte, spannte.
Die große Kocherinsel Unterwöhrd lag in tief verschneiter Ruhe da. Nur vereinzelt strebten gegen die Kälte dick vermummte Gestalten durch das winterliche Weiß. Welch heftiger Gegensatz zu der regen Geschäftigkeit im Frühjahr und Sommer, wenn Tausende von Stämmen den Kocher heruntergeflößt wurden und sich hier und am Haal riesige Holzstapel in die Höhe reckten; wenn Flößer und Siedersknechte arbeitsam umhereilten, Stämme spalteten und Holzscheite schleppten, um die Feuer zu nähren; wenn auf dem Haal die hungrigen Flammen die Sole verdampfen ließen, um nur das Salz in den eisernen Pfannen zurückzulassen, das Salz, weißes Gold der Stadt, das nicht nur den Vogelmanns ihren Wohlstand sicherte.
Die hölzerne Arche des Roten Steges führte Anne Katharina über den dritten Kocherarm. Endlich erreichte sie in der Zollhüttengasse das schmale Häuschen, das die Hebamme Els bewohnte, und klopfte stürmisch an die schief in ihren rostigen Angeln hängende Tür.
»Die Alte ist net daheim«, rief die Nachbarin herüber. Margarete Schloßstein saß, eine Schüssel Kraut auf dem Schoß, auf einem Holzklotz vor dem Haus, schnitt die fauligen Teile aus und ließ sie in den Schnee fallen.
»Weißt du, wo sie hingegangen ist? Es ist sehr dringend, daß ich sie finde!«

Anne Katharina schritt auf die kräftig gebaute Frau zu, deren rauhe, rote Hände emsig weiter Kohl schnitten. Der grobe, graue Wollstoff ihres Rockes war an zahlreichen Stellen geflickt, die einfache Haube und das Hemd, das unter den hochgeschobenen Ärmeln des Rockes hervorlugte, waren verschlissen und eher schmutzig grau als weiß. Grünliche Augen musterten Anne Katharina neugierig.
»Du siehst net aus, als wär's bei dir mit der Hebamm' eilig. Oder ist der kleine Bastard unter deinem Mieder eingeschnürt?«
Anne Katharina kannte die Frau des Baders Hans, der am Unterwöhrdbad arbeitete. Ihre scharfe Zunge war überall gefürchtet, trotzdem lief das Mädchen rot an.
»Nicht ich benötige Els' Hilfe, meine Schwägerin Ursula, die Frau des Ratsherrn Ulrich Vogelmann, liegt in den Wehen.«
Das Weib verzog ihr fleischiges Gesicht zu einem boshaften Grinsen.
»Nur weil sie die Frau von 'nem Ratsherrn ist, ist ihr Lebenslicht auch net mehr wert, wenn sie im Kindbett abkratzt wie so viele in uns're armseligen Hütten hier auf der and'ren Kocherseite.«
»Weib, halt endlich dein dreckiges Maul!« ertönte eine Stimme aus dem Haus, und sogleich trat ein großer, rothaariger Mann vor die Tür, in dem Anne Katharina den Bader erkannte. Sie nickte ihm zu und wiederholte ihre Frage in der Hoffnung, bei ihm mehr Glück zu haben.
»Bader Hans, weißt du denn, wo die Hebamme Els hingegangen ist?«
Der Bader knuffte sein Weib unsanft in den Oberarm.
»Wo ist die Els?«
»Die hilft gerade der nächsten hochnäsigen Senftenrotznas auf die Welt!«

Anne Katharina knickste spöttisch.
»Gottes Segen mit Euch für diese Auskunft.«
Der Bader knuffte seine Angetraute noch einmal. Ihm war ihr Betragen sichtlich unangenehm.
»Nehmt es ihr net übel, Jungfrau, sie hat halt ein böses Maul!«
Doch Anne Katharina hatte sich bereits abgewandt und lief in die Stadt zurück zum Haus der Senftens, um der Hebamme Bescheid zu geben.

* * *

Als Anne Katharina in heller Aufregung unverrichteter Dinge wieder nach Hause kam, war sie erstaunt, die Hebamme an Ursulas Seite vorzufinden.
Wie üblich hatten sich Neuigkeiten im vornehmen Stadtviertel beim Barfüßerkloster schnell herumgesprochen, und so war die Hebamme, nachdem sie bei den Senftens nicht mehr gebraucht wurde, schnell zum Vogelmannshaus geeilt.
»Die Berlerin hat einem kräftigen Knaben das Leben geschenkt«, berichtete Agnes, als sie hinter Anne Katharina die Treppe hinaufeilte. Mutter und Kind sind erschöpft, aber wohlauf. Junker Gabriel feiert seinen Erben mit dem besten Wein, den er in seinem Keller hat.«
So entspannt war die Stimmung im Vogelmannshaus nicht. Mit grimmiger Miene gab Els kurze, barsche Befehle und scheuchte die Magd bald hierhin, bald dorthin, während sie selbst, die Ärmel geschäftig hochgerollt, behutsam den aufgetriebenen Leib abtastete.
»Es liegt nicht richtig, verfl…, äh heilige Mutter Gottes!« murmelte sie so leise, daß die Schwangere ihre Worte nicht vernehmen konnte.

Nachdem Anne Katharina ihrer Schwägerin tröstend die Hand gedrückt hatte, lief sie in ihre Kammer, kam jedoch gleich wieder in die hintere Stube zurück und kniete sich neben das Lotterbett.

»Ich habe ein Geschenk für dich.«

Sie machte ein geheimnisvolles Gesicht und holte dann mit großer Geste ein handgroßes Pergament in einem silbernen Rahmen hinter dem Rücken hervor. Der feine Holzschnitt zeigte die heilige Dorothea mit einem Blumenkranz auf dem herabwallenden Haar und einem Körbchen voll von Blumen und Äpfeln unter dem Arm.

»Sie wird dich beschützen und dir einen gesunden Sohn schenken.«

Dankbar drückte Ursula das Heiligenbild auf ihren schmerzenden Leib.

»Ja, Dorothea wird mir beistehen«, seufzte sie, doch dann glitt ein schlaues Lächeln über ihr Gesicht. »Dieses Mal habe ich an alles gedacht: Dill unter dem Kopfkissen für eine leichte Geburt, Eichenzweige an der Tür gegen Schadenszauber und das hier.« Sie zog eine knorrige, entfernt menschenähnliche Wurzel, die mit einem samtenen Kittel bekleidet war, unter der wärmenden Decke hervor.

»Ein Alraunemännchen!« stieß Anne Katharina ehrfürchtig aus und berührte es scheu mit den Fingerspitzen. So viele Geschichten hatte sie schon über diese Wurzel mit den mächtigen Zauberkräften gehört, jedoch noch nie eine zu Gesicht bekommen.

»Wo hast du das her?«

»Von Sara, der Magd unseres Nachbarn Baumann – aber sprich nicht darüber«, raunte die Schwangere leise.

Anne Katharina sah das Gebilde noch einmal genauer an, und es schien ihr, als grinse die Wurzel höhnisch und böse. Das Ding roch geradezu nach Magie und Hexerei,

so daß dem jungen Mädchen ein kalter Schauder über den Rücken rann und sie seinen Blick rasch abwandte.
»Vielleicht bittest du doch besser die großen Jungfrauen um Hilfe«, riet Anne Katharina ihrer Schwägerin nach einer Weile.
Eine Welle des Schmerzes durchlief Ursulas Körper. Behutsam tupfte das Mädchen mit einem kühlen Tuch die Schweißtropfen von der Stirn und versuchte, die Schwägerin abzulenken und aufzuheitern.
Der Tag verstrich, Els machte ein besorgtes Gesicht, hörte jedoch nicht auf, Ursula Mut zuzusprechen und den aufgedunsenen Leib zu massieren. Auch Anne Katharina und die Magd wichen die ganze Nacht nicht von ihrer Seite. Der Hausherr schaute kurz in die Stube, als er von einer langen Ratssitzung zurückkehrte, war aber sichtlich erleichtert, daß ihn die Hebamme gleich wieder zur Tür hinausschob. Peter ließ sich nicht blicken. Auch am nächsten Morgen änderte sich nicht viel. Ursula litt, die Hebamme gab ihr heißen Wein mit Kräutern und versuchte immer wieder, das Kind in die richtige Lage zu drehen. Von St. Jakob hatte es schon zur *hora tertia* geläutet, als Els Anne Katharina und Agnes zu Bett schickte, denn es war ihnen anzusehen, daß sie sich kaum noch auf den Beinen halten konnten. Der Ton der Hebamme ließ keine Widerrede zu, also wankte Anne Katharina zu ihrer Kammer hinüber, fiel bekleidet auf das Bett und schlief bis zur *nona*, ohne sich zu rühren. Vom schlechten Gewissen geplagt, fuhr sie beim Klang der Glocken in die Höhe und eilte, ohne sich vorher die Haare zu richten oder die Kleidung zu glätten, zur hinteren Stube. An der Tür stieß sie mit Ulrich zusammen, dem sie nur widerwillig den Vortritt ließ. Auch Peter kam die Treppe hochgepoltert.
»Agnes sagt, es ist da! Ich habe sie unten mit einem Korb

schrecklich blutiger Wäsche getroffen.« Er schüttelte sich angeekelt. »Sie geht runter zum Waschhaus.«
Dann stand die ganze Familie vor dem schmalen Lotterbett, auf dem Ursula bleich und abgespannt ruhte, das Kleine in seinen Windeln auf ihrer Brust, so daß man nur ein winziges, rotes Gesichtchen sehen konnte.
»Dein Sohn soll David Maria heißen«, verkündete Ursula ihrem Gatten mit einem trotzigen Unterton in ihrer Stimme. Ulrich nickte. Er wirkte irgendwie abwesend und nervös und trat ungeduldig von einem Fuß auf den anderen. Els sah stirnrunzelnd von einem zum anderen.
»Außerdem möchte ich, daß der Pfarrer sogleich gerufen wird, um es zu taufen, denn ...«
Als die Hebamme den entsetzten Zug in Ulrichs Gesicht sah, unterbrach sie die junge Mutter beschwichtigend.
»Trotz der schweren Geburt ist das Würmchen gesund. Ihr braucht Euch keine Sorgen um sein Leben zu machen, meine Liebe.«
Ursula schickte die Männer aus dem Zimmer und wartete, bis sich die Tür hinter ihnen geschlossen hatte, ehe sie weitersprach.
»Ich habe schon zwei Kinder verloren und möchte daher, daß das Kind noch heute getauft wird! Anne Katharina, lauf bitte sogleich zu deinem Oheim Hochwürden Bernhart. Morgen könnt ihr mir die Senftenmarie aus dem Spital bringen. Sagt ihr am besten noch heute Bescheid, denn wenn Els recht hat, dann wird mein Sohn leben und eine Amme brauchen! Geht nun, nur Els soll bleiben.«
Ihre Stimme war zwar leise, doch erstaunlich fest.
Anne Katharina eilte davon, um ihren Oheim zu holen. Sie mußte nicht weit laufen, denn vor dem Haus der Senftens traf sie den Pfarrer und forderte ihn atemlos auf, ihr

sogleich zu folgen. Der traurige Blick in seinem faltigen Gesicht verstärkte sich.
»O Herr, Deine Wege sind für uns unwürdige Büßer so unbegreiflich. Willst Du heute noch ein Kind von uns nehmen?«
Anne Katharina sah ihn fragend an. Pfarrer Bernhart Vogelmann nickte langsam, als läge eine schwere Last auf seinem Haupt und seinen Schultern.
»Ja, der Sohn des Gabriel Senft und der Barbara Berler ist ganz plötzlich von uns genommen worden.« Tränen schimmerten in seinen hellgrauen Augen.
»Dabei schien es mir ein kräftiges Kind, als ich es gestern sah, da ich mit der Familie die Tauffeierlichkeiten für den Sonntag besprach.«
Plötzlich verstand das Mädchen, und ein eiskalter Schauder rann über seinen Rücken.
»Keine Erlösung?«
Der Pfarrer nickte matt.
»Ja, es wird nicht in geweihter Erde ruhen.«
Das war schlimm. Ungetauft zu sterben, hieß, den ewigen Qualen der Hölle ausgesetzt zu sein, ohne die Hoffnung, je das Antlitz des Herrn schauen zu dürfen. Wie schon so oft begehrte Anne Katharina innerlich auf, denn diese Ungerechtigkeit schmerzte sie. War es denn die Schuld des Säuglings, daß er die Taufe noch nicht empfangen hatte? Konnte denn ein hilfloses Wesen in den wenigen Stunden überhaupt schon eine Schuld auf sich geladen haben, für die es ewig schmoren sollte? Ihrem kleinen Neffen würde das Schicksal jedenfalls erspart bleiben, egal, wann Gott ihn zu sich rief. Anne Katharina beschloß, den Rest des Tages vor dem Altar der großen Jungfrauen für den eben erst geborenen Knaben und seine Mutter zu beten.

Es wurde schon dunkel, als die Vogelmannstochter von St. Katharina zurückkehrte. Sie mußte sich beeilen, das Tor an der Ritterbrücke noch zu erreichen, bevor es für die Nacht geschlossen wurde. Ihr war schrecklich kalt, und die Knie schmerzten von den langen Gebeten vor dem kleinen Altar, doch ihr Herz war seltsam beruhigt.
Sie nahm nicht den kürzeren Weg über die Kocherinsel und den Steinernen Steg, denn sie wollte dem Großvater von der Geburt seines Urenkels berichten.
Auf diesen Gedanken kommt so schnell sicher sonst keiner dieser ehrenwerten Familie, dachte sie bitter.
Sie wollte heute nur ganz kurz verweilen, denn es trieb sie nach Hause, um zu sehen, ob alles in Ordnung sei. Auch war es nicht ratsam, schon wieder einen großen Streit mit ihrem Bruder zu riskieren.
Vielleicht gehe ich noch auf ein paar Augenblicke bei Marie vorbei. Womöglich hat ihr noch niemand die frohe Botschaft überbracht, und sie zittert noch immer vor der drohenden Verbannung.
Der Schnee auf dem Spitalhof war von den unzähligen geschäftig hin und her eilenden Füßen festgetreten und fror in dem kälter werdenden Abend zu Eis. Die fast völlige Dunkelheit trug das Ihrige dazu bei, daß Anne Katharina mehr schlitterte als ging.
Was Ulrich dazu sagen wird? Ihr war fast, als könne sie ihn jetzt schon wütend brüllen und toben hören. Was, wenn er die Amme einfach vor die Tür setzen oder dem Schultheiß übergeben würde?
Unvermittelt blieb Anne Katharina stehen, um den Gedanken abzuschütteln. Da schlug ein kräftiger Körper so hart von der Seite gegen sie, daß sie das Gleichgewicht verlor und in den gefrorenen Schnee stürzte. Der Mann, der sie gestoßen hatte, riß die Arme hoch und ließ das

kleine Bündel, das er getragen hatte, in Anne Katharinas Schoß fallen. Dann schlug auch er auf dem eisigen Boden auf. Er fluchte gotteslästerlich und griff hastig nach dem Stoffknäuel, doch dabei verrutschte das Leinentuch. Anne Katharina war, als hätte sie trotz der Dunkelheit die Form eines winzigen Fußes erkannt. Sie schrie auf und griff nach dem Bündel, doch der Fremde entriß es ihr grob. Schon war er wieder auf den Beinen und wollte weiterhasten, doch Anne Katharina krallte sich an seinem Mantel fest und rief laut:
»Wer seid Ihr, und was macht Ihr mit dem Kind?«
Er gab einen wütend knurrenden Laut von sich, dennoch blieb er stehen und half Anne Katharina sogar auf die Beine.
»Das ist das Kind von der Senftenmagd. Es ist ganz plötzlich krank geworden. Ich wollte es zum Kaplan bringen, weil es ja noch nicht getauft ist.«
»Ist es tot?« fragte Anne Katharina atemlos und schlug das Tuch zur Seite.
Der Unbekannte nickte, doch da regte sich das kleine Bündel und gab einen schwachen, wimmernden Ton von sich. Anne Katharina griff beherzt nach dem Kind und barg es unter ihrem warmen Mantel.
»Dann kommt schnell! Es ist noch nicht zu spät.«
Sie rannte los, ihre Gedanken überschlugen sich. Welch schrecklicher Tag. Hatte sich die Menschheit so versündigt, daß Gottes Strafe über sie kam? Wollte der Herr all die Erstgeborenen rauben, so wie einst in Ägypten?
Zum Glück fand das Mädchen den Kaplan in der kleinen Kapelle vor, und er taufte das arme Wesen, ehe es den letzten Atemzug aushauchte. Es überließ den toten Körper, eingewickelt in edles weiches Tuch, der Obhut einer Schwester, die ihn waschen und für das Begräbnis vorbe-

reiten sollte. Nachdenklich und traurig stand Anne Katharina allein in der nur von wenigen Kerzen erhellten Kapelle, denn der Kaplan war nach der Taufe ganz schnell in seinen Gemächern verschwunden. Erst jetzt fiel ihr auf, daß der geheimnisvolle Mann gar nicht mitgekommen war. Irgend etwas war an der Sache merkwürdig. Der Sprache nach zu schließen war er kein Junker oder reicher Bürger, auch war sein Mantel von billigem Stoff – also eher ein Handwerker oder Knecht. Sie beschloß, zu Marie zu gehen. Vielleicht konnte die Magd Licht in dieses Geheimnis bringen – und sicher benötigte sie jetzt Trost!
Oder ist es für sie ein Segen, daß sie die Sorgen um das Kind los ist?
Unschlüssig blieb Anne Katharina schließlich vor dem kleinen Gelaß stehen, in dem die Magd das Kind zur Welt gebracht hatte.
Gab es nicht immer wieder ledige Mütter, die aus lauter Verzweiflung ihr Kind umbrachten? Doch meist taten sie es, wenn es ihnen gelungen war, die Schwangerschaft geheimzuhalten, so daß sie der Schande entgingen. Marie dagegen hatte den Pranger und das Hezennest ertragen – und der Tod des Kindes würde sie nicht vor der Vertreibung schützen. Außerdem riskierte sie die Todesstrafe, Ertränken oder Schlimmeres, wenn sie in den Verdacht des Kindsmordes kam. Die üblen Gedanken als Unsinn verdrängend, trat Anne Katharina ein.
»Sei gegrüßt, Marie.«
Die Magd saß zusammengekauert auf ihrem Strohsack, die Knie mit den Armen umschlungen, und starrte die Besucherin wortlos und verwundert an. Ihre Wangen zeigten die Spuren von Tränen, das leere Körbchen stand noch neben dem einfachen Lager.

»Dein Sohn hat noch lange genug gelebt, um die heilige Taufe zu empfangen«, sagte Anne Katharina, um ihre Trauer ein wenig zu mildern, und ließ sich neben Marie auf die rauhe Matratze sinken. Marie sah das junge Mädchen verwundert, ja beinahe fassungslos an.
»Ja, ich stieß im Hof mit dem Mann zusammen, der das Kind zum Kaplan bringen sollte. Er dachte, es sei tot, doch es bewegte sich noch, und so trug ich es schnell in die Kapelle. Wenn du es noch einmal sehen willst, bevor es begraben wird, dann mußt du Schwester Dorothea fragen.«
Marie nickte langsam, sagte jedoch immer noch nichts. Sie schien mit ihren Gedanken weit weg.
»Er war sicher der Vater?« fragte Anne Katharina beiläufig, denn die Neugier brannte heiß in ihr, so daß sie sie nicht mehr zügeln konnte.
Marie schüttelte langsam den Kopf, aber Anne Katharina war sich nicht sicher, ob sie die Frage überhaupt vernommen hatte. Zu gern hätte sie herausbekommen, wer der Fremde war, doch ein Blick auf Maries weit aufgerissene, starre Augen sagte ihr, daß sie jetzt nichts erreichen würde.
Behutsam griff Anne Katharina nach Maries Ellenbogen und zog die Magd von ihrem Lager hoch.
»Komm mit. Du kannst heute bei Agnes in der kleinen Kammer hinter der Küche schlafen, und morgen richten wir dir ein Lager bei dem kleinen David. Du weißt doch schon, daß du Ursulas Amme werden darfst?«
Marie nickte wieder kaum merklich, griff wie im Schlaf nach ihrem zerschlissenen Umhang und der ausgefransten Windel im Körbchen und ließ sich dann von Anne Katharina hinausführen.
»Ich würde sie sofort wieder in den Turm werfen!« drang

eine aufgeregte Frauenstimme aus einer der Pfründnerkammern.
»Der kleine Wurm, so plötzlich gestorben? Noch vor ein paar Stunden habe ich sein Geplärr gehört, und glaubt mir, Schwester, es klang kräftig und sehr gesund! Sie wird ihm ein Kissen ins Gesicht gedrückt oder ihre Hände um den kleinen Hals gelegt haben!«
»Schwester Dorothea hat den Leichnam gewaschen und nichts Auffälliges bemerkt«, erwiderte die sanfte Stimme der Schwester.
»Schwester Dorothea? Die ist doch blind wie eine Eule! Ihr müßt nach dem Medicus schicken, daß er ihn sich ansieht.«
»Wer soll denn dafür bezahlen? Der Herr Doktor würde sicher mehr als einen Gulden dafür nehmen.«
»Dann holt wenigstens die Hebamme. Sie hat das Kind auf die Welt gebracht und kennt sich aus.«
»Ja, Gnädigste, ich werde dafür Sorge tragen.«
Da war er wieder, der schlechte Geschmack in Anne Katharinas Mund, doch sie schob die Verdächtigungen energisch beiseite. Das Gespräch schien zu Ende zu sein, und so zog sie Marie, deren Miene immer noch wie versteinert war, schnell mit sich fort.

* * *

Ulrich war in bester Stimmung, als er sich zum Nachtmahl setzte. Nicht nur, daß er endlich einen Sohn hatte, nachdem seine Gattin in dieser Hinsicht bisher eine Enttäuschung gewesen war, auch die Ratssitzung war zu seiner Zufriedenheit verlaufen, und er konnte es gar nicht abwarten, seinem jüngeren Bruder davon zu berichten.
Agnes hatte zur Feier des Tages zwei Hühner geschlachtet

und, mit Kräuterpaste und Honig bestrichen, über dem Feuer gebraten. Dazu gab es Bohnen, Kraut und Zwiebeln und herrliches, weißes Brot. Ulrich betrachtete die vier knusprigen Hälften, ohne auf Peters gierigen Blick zu achten, und nahm sich dann zielsicher das größte Stück. Schnell griff sein jüngerer Bruder nach der anderen Hälfte des größeren Tieres und ließ es mit Schwung auf seinen Teller fallen, daß ihm das Fett auf das Wams spritzte. Ulrichs Zähne gruben sich in das weiße Fleisch, und mit vollen Backen begann er von der Ratssitzung zu berichten.

»Der ehrenwerte Junker Rudolf Nagel«, seine Stimme troff geradezu vor Spott, »hat die Sache mit der bürgerlichen Trinkstube doch tatsächlich dem Rat noch einmal zur Abstimmung aufgedrängt. Die Belange des Spitals würden unnötig geschädigt, waren Junker von Rinderbachs Worte, auf die sich Nagel gestürzt hat wie ein hungriger Wolf. Den halben Tag lang wurde wieder gestritten, doch dann kam die Abstimmung!«

Der Hausherr machte eine bedeutungsvolle Pause, biß herzhaft in den knusprigen Vogel und sah triumphierend in die Runde. Peter, der offensichtlich seine Aufmerksamkeit ausschließlich dem Federvieh widmete, verpaßte seinen Einsatz. Da ihr an Ulrichs guter Laune viel gelegen war, versuchte Anne Katharina die Situation zu retten, heuchelte lächelnd Interesse und fragte:

»Und, wie ging die Abstimmung aus?«

Ulrich übersah ausnahmsweise großzügig, daß seine Schwester sich in Männerpolitik einmischte, und fühlte sich sogar ein wenig wegen des so völlig unweiblichen Interesses geschmeichelt.

»Ha!« rief er triumphierend aus und stieß mit seinem Hühnerbein wie mit einem Schwert auf einen unsichtbaren Gegner ein. »Neunzehn Stimmen für die bürgerliche

Trinkstube!« Zur Bekräftigung des großen Sieges trank er einen Becher süßen Neckarweins in einem Zug leer und füllte dann gleich nach.
Nun war Anne Katharina wirklich interessiert. »Neunzehn? Dann haben auch zwei der Junker für euch gestimmt?«
»Jawohl! Der alte Berler und Engelhart von Morstein haben für Büschler gestimmt. Ihr hättet das Gesicht vom Nagel sehen sollen!« Ulrich lachte dröhnend, seine Gesichtsfarbe vertiefte sich.
»Ich schätze, der Haussegen bei den Senftens hängt jetzt schief und die Berlerin bekommt was zu hören«, warf da Peter plötzlich ein und ließ für einen Augenblick von seinem Braten ab. Anscheinend hatte er doch zugehört.
»Als ob sie etwas dafür kann, wie ihr Vater im Rat abstimmt«, murmelte seine Schwester mehr zu sich selbst, obwohl ihr klar war, daß Peter recht hatte und die Senftens das als eine Art Verrat der Familie Berler am ganzen Stadtadel ansahen. Schließlich ging es nicht darum, wer wo seinen Schoppen Wein trank. Dies war nur der sichtbare Teil der Machtprobe zwischen den Junkern und den Bürgern.
Nur mit einem halben Ohr hörte sie noch zu, als Ulrich aufzählte, daß die Schar um Nagel nun auf sieben zusammengeschrumpft war.
»Senft, zweimal von Rinderbach, Schultheiß, von Roßdorf, Keck und natürlich der Nagel«, zählte er an den Fingern ab, als sich die Stubentür öffnete und Marie mit dem Kind in den Armen eintrat.
»Herrin«, begann sie, verstummte aber, als sie den Hausherrn erblickte. Ihr Gesicht verlor jede Farbe. Unschlüssig blieb sie unter der Tür stehen.
Ulrich starrte sie an, als sähe er einen gehörnten Dämon,

und wahrscheinlich war das für ihn auch kein großer Unterschied.
»Was ist denn das?« fuhr er sein Weib an.
»Das ist die Magd Marie Wagner, wie du weißt, und sie ist seit heute meine Amme«, antwortete Ursula würdevoll, obwohl ihre Stimme zitterte. Anne Katharina konnte nur vermuten, wie schwer es für die sanfte Ursula war, so mit ihrem Gatten zu sprechen, und sie kam nicht umhin, ihre Schwägerin dafür zu bewundern.
»Sie hat Unzucht betrieben und ist rechtmäßig verurteilt, mit ihrem Bastard in acht Tagen aus der Stadt gepeitscht zu werden!«
Anklagend zeigte er auf die junge Frau, die immer noch reglos in der offenen Tür stand.
»Ihr Kind ist tot, und Ursula brauche eine Amme. Es ist in diesen Zeiten sogar schwierig, Mägde zu bekommen – eine Amme fast unmöglich«, mischte sich nun Anne Katharina ein, denn sie fürchtete, daß ihre Schwägerin schon wieder auf dem Rückzug sein könnte.
Ulrich mäßigte seine Stimme.
»Brauchst du unbedingt eine Amme, Weib? Sprich und schau mich nicht an wie ein aufgescheuchtes Kaninchen!«
»Wenn du sicher sein willst, daß dein Sohn kräftig wird und gesund bleibt und ...« Ihre Stimme versagte, doch sie sah so flehentlich zu ihrem Gatten hinüber, daß dieser den Blick abwandte.
Der Widerstreit in seinem Innern war deutlich auf seiner Stirn zu lesen. Ein solch freches Aufbegehren gegen ein richterliches Urteil war eine fast ebenso schlimme Sünde wie Gotteslästerung, andererseits wollte er um nichts auf der Welt den Knaben verlieren – seinen Sohn, auf den er so viele Jahre hatte warten müssen.

»Du kannst eine Amme haben. Es wird in Hall sicher auch eine ehrliche Frau geben, die das gerne übernehmen möchte.«
Ursula schlug die Augen nieder und flüsterte kaum hörbar:
»Es ist mir keine bekannt.«
»Dann müssen Anne Katharina und Agnes sich eben umhören!«
»Aber wenn du nun für Marie eintrittst und sie sich nichts mehr zuschulden kommen läßt, dann müßte der Rat doch einwilligen. Schließlich jagt auch keiner die Michelbacherin davon, obwohl jeder weiß, daß sie nicht nur Köchin für unseren ehrenwerten Oheim Bernhart Vogelmann ist, sondern auch seinen Sohn Jörg geboren hat. Oder Pfarrer Fabri, der mit der Baumeisterin einen Sohn hat …«
Anne Katharinas Wangen röteten sich vor Eifer, und in ihrer Begeisterung über diese unumstößlichen Argumente übersah sie die finsteren Gewitterwolken, die auf der anderen Seite des Tisches schon wieder aufzogen.
»Hör auf, solch unzüchtige Reden zu führen, das ist nicht das gleiche!«
Sie konnte nicht anders, sie mußte weiterreden.
»Ist es das nicht? Heißt es nicht, daß Pfarrkonkubinen wie die freien Weiber sich mit gelbem Schleier zu zeigen hätten? Und doch leben sie wie ehrbare Frauen unter uns, weil ein paar Männer schützend ihre Hand über sie halten?«
»Anne Katharina, schweig!« brüllte er in höchstem Zorn, mit dem er stets ein ungutes Gefühl verbarg. Ursula brach in Tränen aus.
»Es ist meine Schuld. Ich wollte dich aufsuchen und um deinen Rat bitten, weil ich dachte, daß selbst unser Herr

der Sünderin die Hand gereicht hat, und wenn wir gute Taten vollbringen, werden wir belohnt. Für deinen Sohn wollte ich das Wohlwollen des Herrn erringen, doch ich habe alles falsch gemacht. Jetzt wird er mich dafür strafen, daß ich eigenmächtig, ohne die Erlaubnis meines Gatten gehandelt habe ...« Der Rest ging in heftigem Schluchzen unter.

Ulrich zog unangenehm berührt die Schultern hoch, doch dann tätschelte er unbeholfen die schmale Hand seiner Gattin.

»Du hast ja in guter Absicht gehandelt, und ich verzeihe dir – wenn du in Zukunft erst meinen Rat einholst.«

Ursula nickte unter Tränen. Er sah zur Tür, wo Marie sich nicht von der Stelle gerührt hatte, und ließ seinen Blick langsam über sie gleiten.

»Vielleicht ist es gar keine so schlechte Idee, die Sünderin – unter strenger Hand – auf den rechten Weg zurückzuführen. Wenn sie schwört, sich so zu betragen, daß nicht der leiseste Anlaß zur Klage besteht, werde ich mit dem Stättmeister reden. Aber wehe ihr, wenn sie auch nur gegen die kleinste Regel verstößt, dann peitsche ich sie eigenhändig aus der Stadt!«

Er hob drohend die Faust, doch Anne Katharina ahnte, daß das nur noch eine Gebärde war, um vor den Frauen seinen Stolz zu wahren. Leise zog sich Marie mit dem Kind wieder zurück, und alle aßen schweigend weiter, außer Ursula, die ihre rotgeränderten Augen betupfte. Und doch schien es Anne Katharina, als habe sie ganz kurz ein triumphierendes Lächeln aufblitzen sehen.

KAPITEL 5

*Tag des heiligen Dionysius,
Dienstag, der 26. Februar
im Jahr des Herrn 1510*

Der Tag Cathera Petri nahte und verstrich, ohne daß das Frühlingshochwasser einsetzte. In den Wäldern flußaufwärts von Hall warteten unzählige Stämme darauf, in die braunen Fluten geworfen zu werden. Nervös schritten die Bauern, meist Pächter der Schenken von Limpurg, auf und ab, sahen auf die dicke Eisschicht hinab und warteten ungeduldig, daß endlich etwas geschehen würde, doch der Frühling ließ auf sich warten.
Die Grafschaft lebte zum größten Teil vom Holzhandel mit der Salzstadt, und nun wurde es Zeit, die Stämme auf ihren Weg zu schicken, auf daß die Glut in den Öfen sie verzehren mochte, um der Sole das weiße Gold zu entreißen.
Schon zum dritten Mal an diesem Tag ging der Mann aus dem kleinen, heruntergekommenen Hof in den Wald. Es war sein Wald – wenn auch nur gepachtet, dennoch sein ganzer Stolz. Beinahe zärtlich berührte er die dicken geraden Stämme, die einen guten Preis versprachen und ihm, seiner Frau und den vier Kindern in den nächsten Jahren das Überleben im Winter sichern würde, wenn, ja wenn alles gutging. Er stemmte die schwielenbedeckten

Hände in die Hüften und betrachtete den hohen Holzstapel, der geduldig unter einer dünnen Schneeschicht wartete. Mit seinem Sohn, der trotz seiner dreizehn Jahre schon ordentlich zupacken konnte, hatte er sie im letzten Frühjahr gefällt, Stück für Stück, während des Sommers trocknen lassen und dann im Dezember, als der morastige Boden hart fror, zur Wölze geschleift, der steilen Schneise im Abhang zum Kocher. Der Linderhannes hatte ihnen sein kräftiges Maultier geliehen, sonst hätten sie es wahrscheinlich nicht geschafft. Seitdem lagen sie da, die Hölzer, das Brot seiner Familie, jedes sorgfältig mit einem Mal versehen. Nachdenklich strich er über die vier tief in das Holz gehauenen Drei- und Vierecke. Veilkraut hieß sein Zeichen, einmal Halbspan, zweimal Schild und noch einmal Halbspan. Diese Male entschieden darüber, in welchem Beutel die Batzen- und Hellerstücke klirrten, wer weißes Brot und wer alten Kohl und Rüben aß.
Die kalten Hände tief in den Ärmeln seines abgetragenen Mantels aus billiger Kotze vergraben, schritt er auf die grasige Anhöhe zu, sah hinunter zum Wasser, das verborgen unter seiner eisigen Decke floß. Wie viele Tage würde es noch dauern, bis er die Stämme die wannenförmige Schneise ins Wasser hinunterschleppen konnte?
Sein Blick wanderte zu dem kleinen Wohnhaus hinüber, das nur aus Küche, Stube und einer Kammer bestand. An allen Ecken und Enden muß repariert werden. Das Dach war undicht, der Wind hatte so manchen altersschwachen Ziegel hinuntergeworfen und die Lehmschicht zwischen den Fachwerkbalken sollte erneuert werden. Der windschiefe Stall, in dem nur noch die Ziege Nelli wohnte, bot ein trauriges Bild, und die Scheune konnte jeden Augenblick zusammenbrechen.
»Maria«, hatte er letztes Jahr voller Zuversicht zu seiner

Frau gesagt, »wenn die Stämme in Hall sind, dann haben wir genug Geld für diesen Winter. Ich werde die Pacht bezahlen und uns ein Dutzend Ferkel kaufen, die wir bis zum Herbst mästen. Vielleicht reicht es sogar noch für eine Ziege. Nelli wird alt und gibt kaum noch Milch. Im Herbst repariere ich dann das Haus und die Scheune.«
Doch es war anders gekommen: Kaum die Hälfte seiner Stämme hatten den Haal erreicht. Eine wilde Verzweiflung hatte ihn gepackt, als der Bote ihm das Säckchen mit den wenigen Münzen überreicht hatte. Voller Wut war er den weiten Weg in die Stadt gewandert, hatte sich mit dem Haalschreiber und den Viermeistern gestritten, ohne Erfolg. Sie könnten nur das bezahlen, was am Pferrich ankomme und von den Siedersknechten herausgezogen werde, lautete die Antwort voller Bedauern zwar, doch dies füllte seinen Beutel nicht. Die Tränen auf Marias schönem Antlitz verfolgten ihn, die mageren Gesichter seiner Kinder, in deren großen Augen der Hunger stand, obwohl er den ganzen Herbst als Tagelöhner von Sonnenaufgang bis -untergang geschuftet hatte, um die Pacht zu bezahlen und das Wenige aus Feld und Garten nicht auch noch verkaufen zu müssen.
»Dieses Jahr wird alles besser«, versprach er immer wieder und lächelte voller Zuversicht, doch nun packte ihn die Furcht. Was würde passieren, wenn die Stämme wieder nicht ankamen? Konnte er dies verhindern? Tief in Gedanken versunken schritt er auf das verwahrloste, kleine Gut zu, grübelte darüber nach, was mit seinem Holz geschehen sein konnte. Die Dämmerung senkte sich über die frierenden, kahlen Bäume, ein Schwarm Krähen ließ sich mit heiserem Krächzen auf den überzuckerten Feldern nieder und suchte im harten Erdreich vergeblich nach etwas Eßbarem.

»Hexen, Unholde«, schrie er plötzlich und warf einen Stein nach dem Federvieh, das sich höhnisch lachend in die Lüfte erhob.

»Georg, haben die Hexen unser Holz gestohlen?« fragte seine Frau leise, die ihn an der wackeligen Gartentür empfing.

»Ich weiß es nicht«, seufzte er und küßte das dunkle Haar, in dem sich die ersten Silberfäden zeigten.

Kapitel 6

*Tag der heiligen Elisabeth,
Donnerstag, der 28. Februar
im Jahr des Herrn 1510*

Tauwetter hatte eingesetzt. Schon seit einigen Tagen wehte ein milder Wind aus Westen, fraß gierig an dem schon lange nicht mehr blütenweißen Schnee und leckte an den schimmernden Eiszapfen. Die Haller Bürger mußten in der Stadt vorsichtig sein, wenn sie nicht unversehens begraben werden wollten, denn immer wieder löste sich ein Teil der aufgeweichten Eis- und Schneemassen von den Dächern und stürzte mit einem Seufzer auf die Gassen herab. Die nicht gepflasterten Straßen der unteren Stadt und der Vorstädte verwandelten sich in knöcheltiefen Morast, in dem die Karren und Fuhrwerke kaum vorankamen. Noch schlimmer wurde das Ganze durch die zahlreichen Schweine, die, trotz strengen Verbots, sich überall in den Gassen im ersten Frühlingsschlamm wälzten. Nach dem langen Winter in ihren engen Ställen und Verschlägen waren sie außer Rand und Band, und man mußte acht geben, nicht von ihnen zu Boden gerissen zu werden, wenn sie übermütig mit den räudigen Straßenkötern durch die Gassen um die Wette jagten. Eigentlich war es jedem Bürger gestattet, lediglich zwei Schweine zu halten, den Bäckern drei, doch auch dieses Gebot wurde häufig übertreten.

Zum ersten Mal in diesem Jahr tauschte Anne Katharina Vogelmann ihren pelzgefütterten Mantel gegen einen leichten Umhang ein, als sie zum Bäcker Kaspar Greter schlenderte, um Fleischpasteten und feines Brot zu kaufen. Der Sohn eines Müllers aus Oberscheffach, der nun schon fast fünfzehn Jahre das Haller Bürgerrecht besaß, grüßte sie freundlich. Ihm war an diesem herrlichen Tag nach einem Schwätzchen, während er ihr das Gewünschte in ihren Korb packte. Sie plauderten über den harten Winter und die Qualität des Weines, über die in die Höhe geschnellten Preise und das schöne Wetter. Sein rundliches Weib stemmte ihre kräftigen Arme in die Hüften.
»Also, ich kann die Sonne und den Wind nicht loben, kann man doch selbst mit den Trippen unter den Schuhen die Straße kaum mehr überqueren, ohne sich die Röcke zu ruinieren.«
Seufzend sah Anne Katharina zu ihrem schlammigen und kotigen Rocksaum hinunter und nickte.
»Doch das ist alles halb so schlimm. Ein großes Unglück bahnt sich an!« rief die Bäckersfrau mit klagender Stimme und rang die Hände, um den Eindruck zu verstärken. Ihr Mann schüttelte in komischer Verzweiflung den Kopf.
»Wart Ihr heute schon an der Dorfmühle unten?«
Anne Katharina schüttelte den Kopf.
»Die mächtige Eisschicht auf dem Kocher ist durch die zarte Frühlingsluft aufgebrochen, und dicke Eisschollen schieben sich vor der Dorfmühle zu einer immer höher werdenden Wand auf.« Sie gestikulierte wild. »Bei den Dreimühlen ist es nicht besser. Die Mühlen stehen, und es gibt seit gestern kein frisches Mehl mehr.«
»Ja, Jungfrau Anne Katharina«, übernahm der Bäcker das Gespräch wieder, »deshalb hat der Rat angeordnet, daß all die Siederburschen, die Knechte, Flößer und Feurer

heute um die Mittagszeit auf das Eis müssen, um die Mühlen freizubekommen.«

»Oh«, sagte Anne Katharina nur, denn sie wunderte sich, daß ihr das noch niemand erzählt hatte. Ulrich mußte doch davon wissen, und auch Peter war meist unter den ersten Gaffern, wenn etwas Aufregung und Abwechslung versprach.

»Werdet Ihr an den Mühlendamm kommen?«

»Ja sicher«, nickte der Bäcker. »Wir werden heißen Met und gewürzten Wein ausschenken. Die halbe Stadt wird auf den Beinen sein.«

»Möge der Herr uns beistehen, daß es nicht wieder hoffnungsvollen jungen Burschen das Leben kosten möge!« fügte die Müllerstochter aus Hopfach hinzu, doch es kam Anne Katharina so vor, als hätte die Bäckerin gegen ein paar dramatische Szenen nichts einzuwenden.

Das Eisräumen war nicht ungefährlich. Vielleicht herrschte deshalb meist eine ähnlich seltsam ausgelassene Stimmung wie bei der Vollstreckung von Urteilen, wenn das Volk neugierig und nach Sühne fordernd auf dem Marktplatz, am Gelbinger Tor oder auf dem Galgenberg zusammenströmte. Es war nicht Rache oder Gier nach Blut, die die Richter ebenso wie das einfache Volk dazu trieb, die Sünder streng zu strafen. Denn nur so hatten die Gefallenen, die vom Satan verführt worden waren, noch eine Möglichkeit, ihre Seele zu retten, um irgendwann aus dem Fegefeuer erlöst zu werden – auch wenn es für ihre Körper auf dieser Welt keine Rettung gab. Doch was war schon der Körper im Vergleich zur Unsterblichkeit? So manchem Richter war eine Träne der Rührung ins Auge gestiegen, wenn ein Mörder oder Ketzer vor dem Pfarrer niederkniete und seine Sünden aufrichtig bereute, bevor die Schärfe des Schwertes den Kopf vom Körper abtrennt, sich die Schlinge um den Hals zuzog oder das Feuer entzündet wurde.

Anne Katharina hatte noch keiner Hinrichtung beigewohnt, denn die Todesstrafe zu verhängen war in Hall nur selten notwendig, allerdings hatte sie schon einige Male ihren jüngeren Bruder begleitet, wenn er einer Steupung oder Auspeitschung auf dem Marktplatz zusehen wollte. Ihr kam es so vor, als ob die Menge sich an verurteilten Frauen besonders berauschte. Vielleicht lag es daran, daß der Henker ihnen die Kleider vom Leib fetzte. Lautes Gejohle, ein Klatsch- und Pfeifkonzert der jungen Burschen war zumeist die Folge.

»Werdet Ihr auch kommen, Jungfrau Anne Katharina? Eure Schwägerin hat in den letzten Jahren doch immer Suppe verteilt.«

Sie hatte das Gefühl, er frage bereits zum zweiten Mal. Anne Katharina lächelte den Bäcker strahlend an, während sie überlegte, was sie dafür noch schnell besorgen mußte.

»Ja, sicher, die Burschen sollen sich auch in diesem Jahr nach der gefährlichen Arbeit wärmen und stärken können.«

»Wir geht es denn der gnädigen Frau Schwägerin? Ich höre, sie hat einen gesunden Knaben geboren? Welch Glück, nachdem die wunderbare Hochzeit mit Eurem Bruder nun schon fast fünf Jahre zurückliegt. Der armen Berlerin waren die Heiligen nicht so hold. So ein Unglück mit ihrem Kleinen!« Die Bäckerin lächelte freundlich, doch die Neugier und die Hoffnung auf ein bißchen Klatsch blitzten in ihren Augen.

Anne Katharina beschloß, auf die zweite Bemerkung nicht einzugehen, und erzählte nur, daß es Ursula und dem kleinen David prächtig gehe.

»Wir haben gar nicht mitbekommen, daß der kleine Vogelmann getauft wurde. Ihr wollt doch nicht etwa die sechs Wochen warten, bis seine Mutter wieder eingesegnet wird?«

»Nein, nein, der Kleine wurde schon am Tag seiner Geburt von unserem Oheim getauft. Ursula war überängstlich, hat sie doch schon zwei unschuldige Würmchen begraben müssen. Die Paten und Freunde werden am Sonntag nach der Messe zu einem Umtrunk erwartet.«

»Man sagt, daß Eure Schwägerin die Senftenmarie als Amme aufgenommen hat?«

Anne Katharina ließ die Frage nach der Amme unbeantwortet, schenkte den Bäckersleuten noch ein strahlendes Lächeln und verabschiedete sich mit dem Hinweis, für die Suppe noch einige Besorgungen machen zu müssen. Nach ein paar Schritten drehte sie sich noch einmal kurz um. Sie konnte sich das Lachen kaum verbeißen, so sehr war die Enttäuschung in das Gesicht der Bäckerin geschrieben. Ihre Vorliebe für deftige Klatschgeschichten war nicht unbekannt.

* * *

Mittag war schon längst vorüber, als Peter Vogelmann mit der Magd Agnes den großen Kessel zum Mühlendamm hinunterschleppte. Anne Katharina folgte mit einem Korb Brot und einigen Holzschüsseln.

»Und ich werde doch helfen! Der kann mir nichts verbieten! Ich bin doch kein Kind mehr!« schimpfte und maulte Peter vor sich hin, der nicht damit einverstanden war, zu dieser Weiberarbeit herangezogen zu werden, und das, nachdem er der Familie eröffnet hatte, daß er in diesem Jahr den Siederburschen auf dem Eis helfen werde. Die

Frauen des Hauses hatten mit allen Bitten, die ihnen einfielen, versucht, ihn von seinem Vorhaben abzubringen. Vor allem der Gedanke an das kalte Wasser schien ihn langsam weich zu machen, als Ursula den Fehler beging, auf die Gefahr und sein Alter hinzuweisen. Wie ungeschickt! Seitdem glich sein Verhalten mal einem jungen Ziegenbock, mal einem alten Esel, und nur Ulrichs höchster Zorn und sein strenges Verbot hielten ihn noch zurück, doch Anne Katharina wußte, daß er sich bei der ersten Gelegenheit davonmachen würde. Schließlich hatte er noch am Morgen vor seinen Siederfreunden geprahlt. Es war ihm also unmöglich, so einen Gesichtsverlust hinzunehmen; dann schon eher die Tracht Prügel, mit der Ulrich ihm gedroht hatte.
Auf dem Mühlendamm und dem Steinernen Steg hatte sich bereits ein buntes Völkchen eingefunden, um dem Spektakel beizuwohnen. Ob Junker oder Bürger, Handwerker oder Kaufmann, Magd oder Knecht – alle waren unterwegs, um den schönen Tag und ein wenig Aufregung zu genießen. So manche der edlen Damen nahm dieses Ereignis zum Anlaß, einen prächtigen Rock, ein neues Mieder mit goldenen oder silbernen, kunstvoll getriebenen Haken oder kostspieligen Schmuck zu präsentieren. Auch riskierten einige Damen mit ihren hochgetürmten Hauben, die mit Samtbändern, Goldstickereien oder Perlen besetzt waren, die Sünde der Hoffart zu begehen. Doch Anne Katharina war sich sicher, daß sie nach der nächsten Beichte lieber zahlreiche Rosenkränze beten wollten, als auf ihre Prunkstücke zu verzichten. Ganz frei davon war die Vogelmannstochter allerdings auch nicht, hatte sie es sich doch nicht verkneifen können, auf ihrem offen auf den Rücken herabfallenden Haar ein wundervoll gearbeitetes Schapel zu befestigen, dessen

winzige Edelsteine in der wärmenden Sonne in allen Farben blitzten.

Peter und Agnes stellten den Topf direkt bei der Dorfmühle ab, Anne Katharina verteilte die Schüsseln auf der Mauer und legte in jede ein Stück des noch warm duftenden Brotes. Die ersten unfreiwillig im Eiswasser gebadeten Männer saßen schon zitternd und mit bläulich angelaufenen Lippen in ihren nassen Kleidern auf den rauhen Steinen, einen Becher heißen Met in den klammen Händen. Der Müller und seine Frau kamen eilends mit Leinentüchern und Decken gelaufen, die genauso dankbar angenommen wurden wie die Teller guter Gemüsesuppe mit großen Fleischbrocken. Eine ganze Weile war Anne Katharina damit beschäftigt, Suppe zu schöpfen und Brotstücke zu verteilen, als die Müllerstochter Grete sie am Ärmel zupfte.

»Das ist doch dein Bruder, der dort mit dem Hubheinz auf dem Eis ist?«

Anne Katharina schreckte hoch und lehnte sich über die Mauer. Richtig, dort unten turnte Peter gerade waghalsig über eine Eisscholle, die gefährlich schwankte. Er taumelte und warf die Arme in die Höhe, rettete sich dann aber gerade noch rechtzeitig auf einen Eis- und Schneehaufen, bevor die Scholle umkippte und sich unter das noch feste Eis am Ufer schob. Anne Katharina stöhnte leise und überlegte hastig, welchen der Heiligen sie für seinen Schutz anrufen sollte, doch tief in ihrem Innern war sie auch ein wenig neidisch. Suppe auszuschenken war leider nicht halb so aufregend, wie auf dem Eis herumzuturnen. Wie sehnte sie sich manchmal nach der unbeschwerten Kindheit zurück, als sie mit ihrem Bruder, schmutzig und im kurzen Kittel, am Bach Wehre errichtet, Frösche gefangen und mit Schlamm geworfen hatte, bis nur noch durch ein Bad im Zuber wieder kenntlich gemacht werden konnte, wer Bruder und wer Schwester war. Anne Katharina seufzte leise. Welch undankbares Schicksal, als Mädchen geboren zu sein! Sie hütete sich, diese Gedanken mit ihrer Schwägerin zu teilen, die, wie immer bescheiden und korrekt gekleidet und das Haar unter einer strengen Haube verborgen, ein Muster an guter Erziehung bot. Ein freundliches Lächeln auf den Lippen, verteilte sie Suppe an die frierenden Männer, plauderte mit Nachbarn oder Bekannten und steckte den schmutzigen Kindern aus den Vorstädten Brotstücke zu.

Anne Katharina unterhielt sich mit Grete, ohne jedoch Peter aus den Augen zu lassen, der, welch Wunder, bisher nur nasse Schuhe und Hosenbeine von seinem Einsatz davongetragen hatte. Die Sieder und Flößer schufteten schwer, wuchteten Eisblöcke ans Ufer oder türmten sie auf dem Grasbödele, der kleinen Insel zwischen Mühlendamm und Unterwöhrd, auf. Inzwischen war die Eisdecke so unsicher geworden, daß sie sich mit Flößen an den Eisdamm vor der Mühle heranstakten, um die Blöcke zu entfernen. Das war bei der Strömung nicht leicht und auch nicht ungefährlich. Unzählige Augenpaare folgten ihnen gebannt.

»Ich will sehen, was ich für Euch tun kann, Herr«, drang ein Gesprächsfetzen an Anne Katharinas Ohr, doch es waren nicht die Worte, es war die Stimme, die sie herumfahren ließ. Der Unbekannte vom Spital! Sie war sich ganz sicher. Hastig suchte sie in der Menge nach dem Sprecher, ließ den Blick über die Menschen gleiten, bis er schließlich an dem Junker Rudolf Senft hängenblieb, der mit einem großen, kräftigen Kerl sprach. Leider wandte ihr der geheimnisvolle Unbekannte den Rücken zu, so daß sie sein Gesicht nicht sehen konnte.

»Du mußt behutsam vorgehen«, sagte der Junker gerade, als das junge Mädchen sich vorsichtig näher schob. Das Gesicht, sie mußte das Gesicht des Kerls sehen!
Die Männer schlenderten weiter, so daß Anne Katharina nur noch ein paar Wortfetzen verstehen konnte, obwohl sie sich wirklich bemühte, näher an die Männer heranzukommen.
»... der Schaden ist schon groß genug ...«, »... wenn das Kaltliegen vorbei ist ...«, »genau beobachten ...«, vernahm sie und dann noch die merkwürdigen Worte: »Stürz den Degen« und »Weck von Aschen«.
Die Männer strebten dem Tor am Steinernen Steg zu, doch es gelang dem Mädchen nicht, sie in dem immer dichter werdenden Gedrängel einzuholen, ohne Aufmerksamkeit zu erregen. Plötzlich erscholl ein vielstimmiger Schrei, der sich in der Menschenmenge wie eine Welle fortsetzte. Alle schoben sich näher an die Mauer oder das Brückengeländer, um besser sehen zu können.
Einer der Flößer hatte das Gleichgewicht verloren und war in das trübe Wasser gestürzt. An dieser Stelle herrschte große Strömung, und so paddelte er verzweifelt zwischen den Eisschollen herum. Seine beiden Mitstreiter versuchten, ihn mit der Flößerstange herauszuziehen, doch er glitt immer wieder ab, tauchte kurz unter und kam dann prustend und strampelnd wieder an die Oberfläche. Da traf eine Eisscholle seine Schläfe, er stieß noch einen kurzen, spitzen Schrei aus und versank. Unweit der Mühle fielen sich zwei junge Frauen laut jammernd und weinend in die Arme, als der Körper des Unglücklichen unverhofft noch einmal nahe dem Ufer auftauchte. Drei Sieder, die dort gerade Eisschollen wegtrugen, sprangen, ohne zu zögern, beherzt in die gefährliche Flut, um den Flößer herauszuziehen. Die Menschen am Ufer faßten

sich an den Händen, beteten lautlos oder hielten vor Spannung den Atem an. Die Männer schafften es! Triefnaß und voller Schlamm, schlotternd und halb erfroren, zogen die Sieder den augenscheinlich kaum Verletzten an Land. Nun kam Bewegung in die Menge. Viele stiegen einfach über das Brückengeländer und sprangen zum Grasbödele hinunter. Der Wirt vom »Wilden Mann« rannte mit zwei Weinkrügen in der Hand herbei, die Müllerin kam mit Decken, und die beiden jungen Frauen kämpften sich, laut »Michel, Michel« rufend, zu dem Bewußtlosen durch.

Erst jetzt fielen Anne Katharina der Junker und sein geheimnisvoller Begleiter wieder ein, doch die beiden waren natürlich längst in der Menge verschwunden. Fast wäre ihr ein Fluch entschlüpft, doch sie biß sich noch rechtzeitig auf die Lippen. Unzufrieden, diese Gelegenheit verpaßt zu haben, gesellte sie sich wieder zu ihrer Schwägerin, die gerade Agnes mit vier Schalen Suppe zum Vorderbad schickte, denn die edlen Retter und der arme Verunglückte hatten sich bereits im Bad hinter der Dorfmühle eingefunden, um sich im heißen Dampfbad aufzuwärmen. Der Bader Wüst behandelte die leichten Kopfwunden des Flößers, der das Bewußtsein bereits wiedererlangt hatte.

Die Sonne stand schon tief, als Peter auftauchte. Er strahlte über das schlammverschmierte Gesicht, seine Hosen und Hemdsärmel waren naß und schmutzig, sein Wams wies einen langen Riß auf, und aus einer Schramme an der rechten Hand sickerte ein wenig Blut, doch er war sichtlich mit sich und der Welt zufrieden.

»Wenn ihr wollt, dann trage ich euch den Kessel hoch, bevor ich zu den anderen ins Unterwöhrdbad gehe«, bot er den Frauen großzügig an. »Ich muß mir sowieso ein neues Gewand holen, denn anschließend wird im ›Wilden

Mann‹ richtig gefeiert. Der Rat hat einen halben Eimer guten Moselwein gestiftet.« Genüßlich schnalzte er mit der Zunge.
»Das mit dem Gewand ist eine gute Idee«, pflichtete seine Schwester ihm bei, ließ ihren Blick langsam an ihm herabwandern und fügte dann noch beiläufig hinzu:
»Das wird sicher schmerzhaft werden, wenn du Ulrich gleich über den Weg läufst!«
Seine Miene verdüsterte sich.
»Oh, den habe ich ja ganz vergessen. Kommt ihr mit dem Kessel vielleicht doch allein zurecht?«
Anne Katharina konnte sich ein Grinsen nicht verkneifen.
»Ich glaube schon. Und ich kann dir auch Agnes mit einem trockenen Gewand zum Bad schicken.«
»Manchmal bist du ein richtig guter Freund – obwohl du ein Mädchen bist!« rief er und drückte seiner Schwester einen Kuß und ein wenig Kocherschlamm auf die Wange.
»Schön, daß du das auch mal bemerkst. Also mach, daß du wegkommst, bevor ich genauso mitgenommen aussehe wie du und von Ulrich Prügel bekomme, weil er meint, auch ich hätte mich auf dem Eis herumgetrieben.«
Er lachte dröhnend, männlich tief und tänzelte dann leichtfüßig über die Mauer in Richtung Unterwöhrd davon.
Ursula blickte finster drein, und während sie der leichtsinnigen Schwester ihres Gatten energisch mit ihrem Taschentuch die Schmutzspuren aus dem Gesicht rieb, warf sie ihr vor, sie würde sich gegen Ulrich stellen und Peters ungezügeltes Betragen fördern. Nun ja, ganz unrecht hatte sie mit dem Vorwurf ja nicht, und so nahm sich Anne Katharina – ein ganz klein wenig zerknirscht – vor, dies bei der nächsten Beichte zu erwähnen.

* * *

Heute gab es im Spital ein regelrechtes Festmahl, denn auch die Pfründner, die Kranken und Armen sollten sich daran erfreuen, daß die Mühlen – vom Eis befreit – ihre Arbeit wieder aufgenommen hatten. Der Duft von gebratenem Fleisch hing in der Luft, und selbst die Schwestern konnten ihre Vorfreude auf diesen Genuß nicht verbergen, war das Essen in diesem Winter doch kärglicher als in den Vorjahren ausgefallen, so daß jeder gute Schmaus vor dem langen Fasten bis Ostern gerne genossen wurde.

Da der Ratsherr Vogelmann noch nicht von seiner Sitzung zurückgekehrt war und sich seine Gattin erschöpft hingelegt hatte, nutzte Anne Katharina die günstige Gelegenheit. Sie saß bei ihrem Großvater und erzählte von dem aufregenden Tag. Der alte Mann lachte herzlich über Peters Heldentaten, zeigte sich sogar an Klatsch und Putzsucht interessiert, aber trotzdem ließ Anne Katharina die Sache mit dem Geheimnisvollen weg.

Erst als Peter Schweycker das letzte Stück Honigkuchen gegessen hatte und sonst nichts mehr zu berichten war, verabschiedete sich seine Enkelin und machte sich auf den Heimweg. In der Dämmerung, die schnell zur Nacht wurde, schwand die laue Milde, so als wolle der Winter mit grimmigen Zähnen daran erinnern, daß es immer noch Februar war und daß er der wärmenden Sonne nur eine Nebenrolle zubilligen wollte. So beeilte sich Anne Katharina, in die warme Stube nach Hause zu kommen. Sie konnte nicht sagen, warum sie heute den Weg zu Füßen des Barfüßerklosters über den Hafenmarkt gewählt hatte, um dann die schmalen Stufen von der Keckengasse hochzusteigen, die schräg gegenüber des Senftenhauses in die Herrengasse mündet.

Vielleicht war es eine der seltsamen Fügungen, die das Schicksal höhnisch lachend ausspielt, um Schwierigkeiten zu machen, nur um sich dann entspannt zurückzulehnen und zuzusehen, ob das Opfer die verworrenen Fäden zu lösen versteht. Konnten die bisherigen Anzeichen für einen unschönen Riß in ihrer behüteten, bürgerlichen Welt noch übersehen und verdrängt werden, so führte dieser Weg doch so nahe an die Hölle, daß der Schwefelgestank nicht mehr zu ignorieren war.

Noch bevor Anne Katharina ihren Fuß auf die letzte Stufe stellte, hörte sie plötzlich ein Geräusch, das sie in ihrer Bewegung innehalten ließ. Sie lauschte dem merkwürdigen Kratzen und Scharren.

Ratten! dachte sie und wollte schon beruhigt ihren Weg fortsetzen, als auf der anderen Seite der Gasse, wo die Treppe in die Pfarrgasse hinaufführt, ein kleines Flämmchen aufflackerte, in dessen Schein sie kurz eine große Gestalt in einem langen, dunklen Mantel erkannte.

Heilige Jungfrau, betete sie stumm, was soll ich nur tun? Es war sicher einer dieser Unglücklichen, die sich ihr täglich Brot mit Straßenraub erzwingen mußten. Wie oft hatte sie die Ermahnungen von Ulrich oder dem Großvater nicht ernst genommen und war ohne die Begleitung eines Knechtes in der Dämmerung durch Hall gegangen, weil sie nicht warten wollte oder einem Tadel zu entgehen suchte, immer in dem Glauben, daß ihr nichts passieren könne.

Noch immer unschlüssig, was sie tun sollte, hörte sie plötzlich Schritte aus der Herrengasse näher kommen. Ein Lichtschein kroch über das Pflaster, und da tauchte auch schon eine kleine, kräftige Gestalt mit einem Kienspan in der Hand auf. Anne Katharina erkannte die Hebamme. Sicher war sie bei Ursula und dem Kind gewesen. Schon wollte sie Els mit einem Schrei vor der lauernden Gefahr warnen, als der Schatten von gegenüber sich aus

der schmalen Treppengasse löste und mit einem einzigen Sprung auf der Straße stand, Els den Kienspan aus der Hand schlug, sie an der Kehle packte und mit zwei schnellen Sätzen in einen Hauseingang zerrte, keine drei Schritte von Anne Katharina entfernt. Das junge Mädchen öffnete den Mund, doch der Hilferuf blieb ihr in der Kehle stecken, und das Blut in ihren Adern gefror, als die rauhe Stimme zu sprechen begann.
»Sei gegrüßt, Els«, sagte der Mann leise, und Anne Katharina erkannte ihn sofort. Es war der Unbekannte, der Geheimnisvolle! Zum zweiten Mal an diesem Tag!
»Du hast mich sicher schon erkannt, obwohl du mir im Augenblick leider nicht ins Angesicht sehen kannst.«
Er schnurrte wie ein Kater, der sein Opfer in Sicherheit wiegt.
»Nimm das dumme Messer von meiner Kehle, und sag mir, was du von mir willst«, erklang Els' Stimme, wenn auch ein wenig gedämpft, so doch mit mehr Mut, als vielleicht so manches andere Opfer in dieser Lage aufgebracht hätte.
»Ich wollte dich nur noch einmal an eine Abmachung erinnern, die du getroffen hast.«
Anne Katharina hörte das leise Klimpern von Münzen und dann ein unwilliges Schnauben der Hebamme.
»Ich glaube gern, daß man dein Schweigen nur durch klingende Münzen kaufen kann, und ich habe bereits gesagt, daß ich nichts unternehmen werde, also pack dich fort.«
»Du wirst es auch keinem Pfaffen erzählen!« Der drohende Tonfall ließ Anne Katharina erschauern.
»Was ich in meiner Beichte berichte, geht nur Gott und mich etwas an.«
»Da irrst du dich aber gewaltig! Du nimmst jetzt das Geld

und hältst den Mund, sonst werde ich dich eines Nachts besuchen und dir ein wenig die Kehle durchschneiden!« Els' Stimme klang verächtlich.
»Warum machst du es nicht gleich? Ich habe dem Kaplan und all den anderen gesagt, daß es keine Anzeichen eines gewaltsamen Todes gibt, so wie ich es versprochen habe, schließlich bin ich nicht mehr die Jüngste, und da können diesen alten Augen schon ein paar bläuliche Schatten um so ein kleines Näschen entgehen.« Bitterkeit und Haß klangen in ihrer Stimme. »Das war so nicht ausgemacht!«
Anne Katharina konnte nicht anders, sie mußte die Hebamme für diesen grenzenlosen Mut bewundern, auch wenn diese Reden ihr ins Herz schnitten. Es war unfaßbar.
»Das habe nicht ich entschieden, und es geht mich auch nichts an«, brummte der Fremde mürrisch.
»Ja, ja, immer nur Knecht und buckelnder Diener. Ausführen, was die Herrschaft will, ohne Reue, ohne Gefühl.«
»Na, du hast gut reden, Weib! Also, paß auf. Ich bin nicht scharf darauf, deine Seele in die Hölle zu schicken. Wenn du den Mund hältst, dann passiert dir nichts. Also nimm das Geld und geh.«
»Wir alle sind in der Hand des Herrn. Er heilt die Kranken, stützt die Schwachen – und er ruft gesunde Säuglinge plötzlich zu sich!«
Das Messer sank herab, und die forsche Hebamme nutzte die Gelegenheit, sich loszumachen. Ohne ein weiteres Wort stürmte sie mit großen Schritten davon und ließ den herabgefallenen Kienspan achtlos auf dem feuchten Pflaster verlöschen. Sie kam Anne Katharina so nahe, daß diese sie mit der Hand hätte berühren können.
»Verflucht, bei allen Dämonen der Hölle! Mögen sie das Weib holen und im ewigen Feuer schmoren lassen!« schimpfte der geheimnisvolle Fremde, machte jedoch kei-

ne Anstalten, der Hebamme zu folgen, sondern ließ seine Wut an der Fackel aus, die mit einem dumpfen Schlag gegen die Hauswand flog. Anne Katharina bekreuzigte sich hastig und betete im Stillen ein Paternoster, um die furchtbaren Flüche abzuwehren.

Immer noch außer sich, warf der Mann den kleinen Beutel, den die Hebamme zurückgewiesen hatte, auf das Pflaster, daß die Münzen darin klirrten. Dann senkte sich seine Stimme zu einem Gemurmel, doch das Mädchen hatte den Eindruck, daß er noch immer auf schrecklichste Weise Gott lästerte. Mit einem Griff hob er den Beutel auf und ließ ihn unter seinem Umhang verschwinden, dann ging er mit großen Schritten davon. Gern hätte Anne Katharina gesehen, wohin er ging, doch ihre Beine zitterten, und sie war noch minutenlang nicht in der Lage, sich zu bewegen. Endlich ließ der Schrecken ein wenig nach, und sie beeilte sich, nach Hause in die warme Stube zu kommen.

KAPITEL 7

Tag des heiligen Albinus,
Freitag, der 1. März
im Jahr des Herrn 1510

Anne Katharina konnte nicht einschlafen, zu sehr hatte dieses Erlebnis sie in Aufregung versetzt. Ein breiter, häßlicher Riß zog sich durch ihre kleine, heile Welt. Mit angezogenen Beinen, das wärmende Deckbett eng um sich gewickelt, saß sie bei einem trüben Binsenlicht da und grübelte. Wer war der geheimnisvolle Fremde, und was hatte er mit Maries Kind zu schaffen? Worüber hatte er mit Rudolf Senft gesprochen, und wie war die Familie des Junkers in dieses Knäuel verwickelt? War mit Wissen der Hebamme ein Mord geschehen? Hatte der Fremde Els nur einschüchtern wollen, oder war er wirklich bereit, eine solche Bluttat auszuführen? Von wem stammte das Geld? Ein Reicher, Mächtiger mußte hinter dem Ganzen stecken. Ihre Gedanken wurden immer wilder, die Vermutungen immer schrecklicher. Am liebsten hätte sie Peter alles erzählt, doch der war noch nicht von seiner feuchten Siegesfeier zurückgekehrt. Morgen würde er dann den ganzen Tag schlechter Laune sein. Und Ursula? Nein, es war undenkbar, sie mit solchen Dingen zu belasten. Sie würde sich zu Tode ängstigen. Und Ulrich durfte schon gar nicht ins Vertrauen gezogen werden. Sehnsüch-

tig dachte sie an früher, als alles noch klar und einfach gewesen war. Sie wäre damit, wie mit all ihren anderen Fragen und Sorgen auch, zu Pater Hiltprand gelaufen und hätte staunend gelauscht, wie er auf alles eine klare, einfache Antwort geben konnte. Sie vermißte die spitzfindigen Auseinandersetzungen, die Gefechte mit Worten, die spannenden Geschichten längst vergangener Tage – selbst die komplizierten Rechenaufgaben und die endlosen Blätter voller lateinischer Wörter ...
Über diesen Gedanken schlief sie schließlich ein und träumte von einem riesigen, gehörnten Dämon, der sie mit einem Messer bedrohte und Stück für Stück näher an seinen brodelnden Höllenkessel schleppte. Sie schrie und versuchte, sich loszureißen, doch ihre Glieder waren wie gelähmt. Er schlang seine Arme um sie, fester, immer fester, bis sie schließlich nicht mehr atmen konnte. Schon drohten ihr die Sinne zu schwinden, als der Dämon einen gräßlichen Schrei ausstieß. Die Umklammerung ließ nach. Plötzlich merkte sie, daß es nicht mehr der Gehörnte war, der sie in den Armen hielt. Die rauhe Kutte an ihrer Wange und die kräftigen, männlichen Arme verströmten Frieden und Sicherheit. Das gütige Gesicht kam näher, warme, sanfte Lippen streiften ihre Stirn ...
Anne Katharina schreckte hoch und rieb sich verwirrt die Augen. Das Binsenlicht war fast heruntergebrannt, doch schon während sie sich die Nachthaube wieder geradezupfte, wußte sie, was sie geweckt hatte. Der grölende Gesang mehrerer Männer, die dem Met oder Wein mehr als genug zugesprochen haben mußten, drang von der Straße zu ihr herauf. Die Neugier siegte über die gute Erziehung, sie griff nach ihrem Umhang, angelte die Pantoffeln unter dem Bett hervor und lief zum Fenster hinüber. Nur mit Mühe schaffte sie es, den hölzernen Laden zur

Seite zu schieben, um hinaussehen zu können. Unten auf der Straße hatten sich sechs junge Männer in einem Kreis aufgestellt. Die Arme über die Schultern der Nebenmänner gelegt, grölten sie, vielstimmig und laut, eine Hymne an den heidnischen Gott Bacchus. Trotz des fahlen Mondlichtes erkannte Anne Katharina ihren jüngeren Bruder sofort.

O nein, wenn Ulrich aufwacht, dann bekommt Peter dieses Mal ganz sicher Prügel, die er lange nicht vergessen wird.

Zum Glück ging die Kammer des Hausherrn zum Hof hinaus, doch bei diesem Lärm …

»Da, seht, ein holder Engel ist uns erschienen.«

Einer der Sänger ließ seinen Nebenmann los und zeigte zum Fenster hoch. Das Lied brach ab, und plötzlich starrten sechs Paar trunkener Augen zu dem jungen Mädchen hinauf, was ihr natürlich überaus peinlich war, doch Anne Katharina mußte ihren jüngeren Bruder warnen.

Außerdem, dachte sie pragmatisch, können sie nur meinen Kopf mit der Nachthaube sehen.

»Welch holdes Frauenantlitz. Komm zu uns herunter, du Engel der Nacht!«

Trotz der undeutlichen Aussprache war Anne Katharina sich sicher, in dem Sprecher den jungen Seyboth zu erkennen.

»Ist sie schön?« fragte ein anderer.

»Sie ist meine Schwester!« mischte sich Peter jetzt ein und warf sich in die Brust. »Sie ist die schönste Jungfrau von ganz Hall!«

Der junge Seyboth wiegte abschätzend den Kopf.

»Das ist nicht so leicht zu sagen. Die Anna Büschler ist auch nicht ohne und die Kleine vom Junker Rinderbach erst!« Er pfiff anerkennend durch die Zähne.

Spätestens jetzt war für jedes wohlerzogene Mädchen der Zeitpunkt gekommen, sich zurückzuziehen, doch dummerweise hatte Peter diese die Familienehre kränkenden Worte vernommen. Da er zwar noch wach genug war, seinen Freund zu verstehen, nicht jedoch nüchtern genug, um dessen ebenfalls betrunkenen Zustand zu berücksichtigen, stürzte er sich mit geballten Fäusten auf den Siederburschen. Dieser wich dem jungen Heißsporn geschickter aus, als man es ihm zugetraut hätte, so daß Peter der Länge nach auf die von Unrat bedeckte Straße fiel. Die anderen lachten.
»Peter, komm sofort herein. Wenn Ulrich aufwacht«, zischte seine Schwester von oben in scharfem Ton, was die Meute erneut zu erheitern schien.
»Also, ich bin dafür, daß die holde Jungfrau rundergommd, dann schdimmen wir ab, ob sie nun die Schönsde is' oder nich'.«
Das war der dicke Hans Blinzig.
»Ne, das geht nich', die hat doch außer ihrer Nachthaube gar nix an«, warf der große, blonde Jörg Firnhaber ein. Na klar, der durfte in dieser betrunkenen Meute nicht fehlen.
»Is' doch gut, dann können wir das viel besser beurteilen«, gab Michel zurück.
Anne Katharina erwog ernsthaft, ihr Nachtgeschirr samt Inhalt auf die unverschämten Kerle zu werfen, als Peter, der sich inzwischen aufgerappelt hatte, den Angriff mit mehr Erfolg fortsetzte. Sie hörte die Faust in Michels Gesicht krachen. Sofort war eine wilde Rauferei im Gange. Wahrscheinlich wußten die Burschen selbst nicht, wer gegen oder für wen kämpfte, aber das war bei einem so schönen Kampf auch nicht wichtig. Jedenfalls wälzten sich sechs hoffnungsvolle Söhne der führenden Siederfami-

lien im Straßenschmutz. Schwungvoll goß Anne Katharina das eiskalte Wasser ihres Waschkrugs über die Kämpfenden, doch ohne Erfolg.
Vom Marktplatz näherte sich das Licht zweier Laternen. Die Büttel! Auch das noch, doch Anne Katharinas Rufen verhallte ungehört. Erst als die Knechte des Schultheißen sich mit gezielten Stockhieben und Faustschlägen einmischten, ließen sich die Kampfhähne trennen. Sie schienen gar völlig ernüchtert, als sie sich, ohne Widerstand zu leisten, die Hände binden ließen.
»Halt!« rief das Mädchen, als Peter an der Reihe war. »Das ist mein Bruder. Bitte nehmt ihn nicht mit. Ich sorge dafür, daß er keinen Ärger mehr macht.«
Neugierig sahen die Büttel zu ihr hoch, doch der Größere schüttelte mitleidslos den Kopf.
»Keine Ausnahmen, Fräulein. Der Rat hat uns angewiesen, bei Schlägereien und nächtlicher Ruhestörung hart durchzugreifen.«
»Wo bringt ihr sie hin?«
»In einen der Stadttürme. Ich schätze, drei bis fünf Tage werden sie dort zubringen müssen, doch es ist am besten, Ihr wendet Euch morgen an den Schultheiß. Wir wünschen eine gesegnete Nachtruhe.«
Und damit zogen sie mit den nun kleinlaut gewordenen Siederburschen ab.
Fröstelnd schob Anne Katharina den Laden wieder zu und kroch unter ihre Decke. Jetzt konnte sie nichts für Peter tun. O je, ihr graute davor, es am Morgen Ulrich erzählen zu müssen. Seinen Zorn konnte sie sich schon jetzt lebhaft vorstellen.

* * *

Ihre Stimmung war mehr als gedrückt, als sich Anne Katharina am frühen Vormittag aufmachte, ihren jüngeren Bruder in seinem Verlies aufzusuchen. Ulrich hatte bereits am frühen Morgen herumgebrüllt, daß Ursula wie ein verschreckter Vogel geduckt auf der Eckbank saß und Marie, das Kind an sich gedrückt, leise weinte. Dann endlich hatte er sich beruhigt und seinen Ärger mit Gerstenmus und Milchsuppe heruntergeschluckt. Die Bitte, dem leichtsinnigen Peter aus der Klemme zu helfen, lehnte er jedoch energisch ab.
»Ich habe seine Flausen lange genug geduldet, und man sieht ja, was dabei herausgekommen ist. Er will Siederbursche werden? Nun, dann kann er jetzt über diese Idee ein paar Tage in Ruhe nachdenken. Vielleicht erleichtert ihm das die Einsicht, daß ich recht habe, ihn Advokat werden zu lassen.«
»Wo haben die Büttel ihn hingebracht?«
Ulrich zuckte desinteressiert die Schultern.
»In irgendeines der Turmverliese, vermutlich, doch das braucht dich nicht zu kümmern. Du wirst heute einen Besuch im Senftenhaus abstatten. Die Tochter des Stättmeisters ist als Gesellschafterin bei der Berlerin, und ich möchte, daß du dich ihrer freundlich annimmst. Nutze die Gelegenheit für eine engere Bindung an unsere Lehensherren und den Stättmeister!«
»Mit Afra? Diesem geschwätzigen, dummen Geschöpf?«
Ulrich warf seiner Schwester einen warnenden Blick zu, als er sich seine neue Schaube um die Schultern legte.
»Du wirst tun, was ich dir angewiesen habe«, mahnte er, strich dem schlafenden Kind über die Wange und verließ das Haus.
Taub für Ursulas Klagen und Vorwürfe, daß sie gegen Anstand und Sittsamkeit verstoße, verließ Anne Katharina

nur wenige Minuten später ebenfalls das Haus. Beim Schultheiß Konrad Büschler erfuhr sie, daß man die nächtlichen Ruhestörer in den Gerberturm jenseits des Kochers gebracht hatte.

Nun eilte sie – in ihren langen warmen Mantel gehüllt – zur Ritterbrücke hinunter, um zu dem runden Turm in der Weilervorstadt zu gelangen. Der Winter war in dieser Nacht zurückgekehrt, hatte den Morast auf den Straßen hart gefroren und über die Pfützen eine dünne Eisschicht gespannt. Anne Katharina schritt über die Brücke und lief dann flußabwärts an der Stadtmauer entlang. Schwaden von heißem Wasserdampf und üblen Gerüchen hüllten das junge Mädchen ein, als es sich dem Türlein in der Mauer näherte, das den Gerbern einen Zugang zum Kocher ermöglichte. Überall lagen rohe oder gegerbte Felle herum, und Anne Katharina mußte höllisch aufpassen, nicht in einer der halbgefrorenen Lachen aus Wasser, Lohe und schmierigen Abfällen auszurutschen. Am Kocherufer stank es unerträglich, denn all die abgeschabten Haut- und Fleischreste hatten sich über Monate hin angesammelt und färbten die Eisreste rotbraun. Erst das Frühlingshochwasser würde die Abfälle mit sich nehmen und für ein paar Wochen für bessere Luft sorgen. Anne Katharina beeilte sich, über die Felle und Pfützen hinwegzusteigen, taub für die Unverschämtheiten, die die Gerbergesellen ihr hinterherriefen.

»Alte Maulklopfer!« knurrte sie vor sich hin.

Schon von weitem sah Anne Katharina den Wachposten am Gerberturm auf der Brustwehr stehen, und als sie näher kam, erkannte sie erfreut, daß es der junge Volkhard war, der zwei Jahre für Ulrich als Feurer gearbeitet hatte und nun bei der Stadtwache seinen Dienst leistete.

»Sei gegrüßt, Volkhard«, rief sie hinauf.

»Oh, Jungfrau Anne Katharina, ich grüße Euch auch auf das herzlichste.«
Ihr war, als flammte Röte in dem bartlosen Gesicht des Jünglings auf, der kaum einen Lenz mehr zählte als sie selbst. Er beeilte sich, die schmale Holztreppe herunterzusteigen, und verbeugte sich dann linkisch vor der Besucherin. Fast hätte er sie dabei mit seiner Hellebarde aufgespießt, doch das Mädchen wich rechtzeitig zurück. Das war ihm natürlich schrecklich peinlich, doch ehe er sich zum zehnten Mal entschuldigte, unterbrach Anne Katharina ihn, um über ihr Anliegen zu sprechen.
»Letzte Nacht haben die Büttel ein paar trunkene Sieder aufgegriffen. Sie sind doch hier im Turm?«
»O ja«, nickte Volkhard eifrig. »Ich habe den Auftrag, sie zu bewachen.«
»Ja schön. Könnte ich mit ihnen sprechen? Peter ist unter ihnen.«
Der Wächter runzelte nachdenklich die Stirn und schüttelte dann den Kopf.
»Nein, Jungfrau Anne Katharina. Der Schultheiß hat genaue Anweisungen erlassen. Keine Besucher und kein zusätzliches Essen.«
Das junge Mädchen lächelte den Wächter strahlend an.
»Aber ich will doch nur ganz kurz mit ihm sprechen. Du kannst ja dabeibleiben und achtgeben, daß ich nichts anrichte, was dich in Schwierigkeiten bringen könnte. Bitte!«
Der Augenaufschlag war gut gelungen, denn Volkhard trat nervös von einem Fuß auf den anderen. Anne Katharina hatte ihn schon fast überzeugt, sie überlegte gerade, ob sie es, wie Ursula so oft, mit ein paar Tränen versuchen sollte, da nickte der junge Wächter und winkte ihr, ihm zu folgen. Sie hatte einige Mühe, ihm über die schmale Trep-

pe zum Wehrgang hinauf zu folgen, denn sie mußte Mantel und Rock raffen, um nicht auf den Saum zu treten, und gleichzeitig auch darauf achten, daß man nicht zuviel von ihren Beinen zu sehen bekam. Neugierig folgte sie Volkhard in den runden, wehrhaften Turm, dessen enge Schießscharten auf den Kocher und nach Norden über den Graben hinaus zeigten. Eine schmale Treppe stieg zur nächsten Ebene an, von der aus der Wehrgang zum Weilertor hochführte. Bis auf ein hölzernes Gestell mit Hellebarden, Spießen und Hakenbüchsen, einer Truhe, zwei wassergefüllten Eimern und einer wackeligen Bank, auf der zwei Tonkrüge standen und ein Holzbrett mit grobem dunklem Brot lag, war der Raum leer. Der Boden wölbte sich zur Mitte hin leicht an und endete dann in einem runden Loch, zu dem sie der Wächter führte. Der Gestank von Kot und fauligem Stroh schlug Anne Katharina entgegen. Ihr wurden die Knie weich, und am liebsten wäre sie davongelaufen.
»Seid vorsichtig, daß Ihr nicht hineinfallt!«
Langsam ließ sie sich auf die Knie sinken und versuchte, durch tiefes Atmen ihren rebellierenden Magen zu beruhigen. Aufregende Geschichten über finstere Verliese zu lesen, das war eine Sache, am Angstloch, der einzigen Öffnung des eiskalten, stinkenden Gewölbes, zu knien, in dem sich ihr geliebter Bruder befand, das war etwas völlig anderes. Es hatte nichts von der Ritterromantik der Bücher, die sie sich heimlich von Anna Büschler geliehen hatte, denn Ulrich würde seiner Schwester nie gestatten, so etwas zu lesen.
Volkhard ging zur Truhe und holte eine Lampe heraus, die an einem langen Seil befestigt war. Anne Katharina hörte, wie der Stein auf den Stahl schlug. Der Feuerschwamm flammte auf, und Volkhard entzündete damit

das Talglicht. Er ließ die Laterne am Seil nach unten, die das finstere Verlies jedoch nur notdürftig erhellen konnte.

»Peter Vogelmann, kommt ins Licht, Ihr habt Besuch«, rief der Wächter mit berufsmäßig emotionsloser Stimme, die schaurig von den Wänden zurückgeworfen wurde.

»Wer ist es denn?« hörte Anne Katharina die Stimme ihres jüngeren Bruders, die den gewohnten übermütigen, fröhlichen Klang vermissen ließ. Schleppenden Schrittes kam Peter in den Lichtkreis. Das Mädchen mußte sich auf die Lippen beißen, um nicht einen Schrei auszustoßen, so schrecklich sah er aus. Die Kleider zerrissen, bedeckt von Schmutz und Kot, das linke Auge völlig zugeschwollen, der rechte Arm blutig zerkratzt.

»Ich bin es, Anne Katharina«, rief sie und war stolz, daß ihre Stimme so kräftig klang.

»Da bist du ja endlich!« Er legte den Kopf in den Nacken. »Ich habe schon die ganze Zeit überlegt, wie lange ihr noch braucht, um mich hier aus diesem Loch herauszuholen. War Ulrich sehr wütend?«

»Das kannst du glauben! Genieße es, solange du in diesem Verlies sicher vor ihm bist. Vier ganze Tage hast du noch Zeit, um dich auf das Wiedersehen mit ihm vorzubereiten.«

»Das ist nicht dein Ernst!« Er schien wirklich erschüttert. »Du willst mich noch vier Tage in diesem Dreck hocken lassen? Weißt du, wie kalt es hier ist? Wir bekommen nur Wasser und Brot!«

»Ich weiß, und es liegt ganz sicher nicht an mir, daß du nicht herausdarfst. Eigentlich ist es nicht einmal erlaubt, euch zu besuchen, geschweige denn, euch zu Essen zu bringen. Ulrich sagt, er rührt keinen Finger für dich, denn er hat dir oft genug gesagt ...«

»... daß ich mich im Wirtshaus zurückhalten und mich nicht prügeln soll. Ja, die alte Leier ist mir bekannt, doch du kannst ihm sagen, wenn er nicht will, daß ich hier verrecke, dann soll er mich schnell herausholen, am besten noch heute, denn vier Tage ertrage ich nicht!«
»Das hättest du dir vorher überlegen sollen!« bemerkte seine Schwester schnippisch, wurde jedoch gleich wieder weich. »Ich gehe noch in dieser Stunde zu Anna Büschler. Vielleicht redet sie mit ihrem Oheim oder mit ihrem Vater. Man sagt ja, der tut alles für seine Tochter. Vielleicht hilft das.«
Michel Seyboth trat in den Lichtschein.
»Bitte legt auch für mich ein gutes Wort ein, holde Jungfrau Anne Katharina. Ich wäre Euch zu ewigem Dank verpflichtet.«
»Oh, heute nacht habt Ihr aber in einem anderen Ton mit mir gesprochen!«
»Seht, ich gehe in die Knie und bitte für mein unehrenhaftes Betragen um Entschuldigung.« Tatsächlich kniete er sich nieder und blickte flehend zu ihr hoch. Trotzdem, der leichte Spott schien nicht für einen Moment aus seinen blauen Augen zu verschwinden.
»Ich will sehen, was ich tun kann«, erwiderte Anne Katharina großmütig.
»Setzt Euch bitte auch für unsere Freilassung ein«, riefen da die anderen, die sich jetzt alle im Lichtschein zusammendrängten.
»Ich muß Euch dringend bitten, jetzt zu gehen«, mahnte Volkhard und trat unruhig von einem Fuß auf den anderen. »Die Ablösung muß bald kommen, und sie darf Euch hier nicht finden.«
»Ich komme schon.« Noch einen letzten Blick in die Tiefe, dann ergriff Anne Katharina die dargebotene Hand

und erhob sich. Volkhard führte das junge Mädchen hinunter und verbeugte sich dann zum Abschied noch einmal. Dieses Mal war er darauf bedacht, mit seiner Hellebarde keinen Schaden anzurichten.
»Jungfrau Anne Katharina, Ihr könnt immer auf mich zählen!« verkündete er feierlich und erntete dafür noch ein strahlendes Lächeln. Dann machte sich die Vogelmannstochter zum Büschlerhof auf. Sie hatte den Marktplatz schon überquert, als ihr einfiel, daß Anna seit einiger Zeit ja in Stellung bei der Schenkin von Limpurg war und daher zu dieser Zeit kaum zu Hause sein würde. Einen Augenblick zögerte sie, doch dann beschloß sie, eine der Mägde zu fragen, wann Anna zurückzuerwarten sei. Doch welch angenehme Überraschung, Anna Büschler öffnete auf das drängende Klopfen selbst die Tür.
»Es ist eine etwas heikle Angelegenheit, wegen der ich dich zu sprechen wünsche und ...«, begann Anne Katharina vorsichtig.
»Dann besprechen wir sie am besten in der hinteren Stube, dort ist niemand«, unterbrach Anna Büschler und führte die Besucherin die verschwenderisch breite Treppe hinauf und an der großen Stube vorbei, die fast schon einem Saal glich. Der prächtige, holzgetäfelte Raum hatte nicht nur einen hohen Kachelofen, sondern auch leicht getönte, runde, in Blei gefaßte Glasscheiben in den Fenstern. Wie viele Bürger wären stolz darauf, solch eine Stube ihr eigen nennen zu können? Und bei Büschlers war es nur einer von vier Räumen mit eigenem Ofen! Nicht einmal alle Junker konnten da mithalten.
Die Büschlerstochter drängte Anne Katharina, auf der mit phantasievoll bestickten Kissen belegten Bank Platz zunehmen, und setzte sich selbst auf eine Truhe ihr gegenüber. Aufmerksam hörte sie zu, den Kopf leicht zur

Seite geneigt, die Knie angezogen und mit den Armen umschlungen. Wie sie so dasaß, da wurde Anne Katharina erst wieder bewußte, wie jung sie noch war, gerade mal vierzehn Jahre. Doch das verbarg sie meist gut hinter ihrer großgewachsenen Gestalt, dem hochmütigen Blick und den gewagten Kleidern, die sie trug. Ihr Vater war vernarrt in sie und gestattete ihr daher Freiheiten, an die andere Bürgerstöchter nicht einmal zu denken wagten. Auch heute kam sich Anne Katharina bei dem Anblick des seidenen Hemdes mit den weitgebauschten Ärmeln, dem üppig goldbestickten, weit ausgeschnittenen Surcots, der zierlichen Goldkette mit einem von Rosen umrankten Kreuz und der perlenbesetzten Schapel im langen Haar des jungen Mädchens schlichtweg schäbig vor, doch zum Glück schien Anna Büschler nicht so zu denken.
Vielleicht rührte das selbstbewußte Auftreten der Büschlerstochter von ihrer Stellung auf der Burg her. Seit fast einem Jahr nähte sie nun schon für die Schenkin Margarete, frühere Gräfin von Schlick, und leistete ihr Gesellschaft. Ein wenig pikant war die Situation schon, schließlich war das Verhältnis der Stadt zu den Schenken eher als feindselig zu beschreiben, da deren Ländereien bis an den Stadtgraben von Hall heranreichten und das wehrhafte Gemäuer der Limpurg nicht einmal eine halbe Stunde zu Fuß entfernt auf der Hangkante über dem Kocher thronte. Gebietsstreitigkeiten waren an der Tagesordnung. Trotz allem mußte der Handel aufrechterhalten werden, stammte doch das meiste Holz, das in der Saline verfeuert wurde, aus den Wäldern der Schenken oder mußte durch deren Gebiet geflößt werden.
Anna Büschler riß ihre Besucherin aus ihren Gedanken. Ernst wiegte sie den Kopf hin und her, als sie antwortete: »Es wird schwer, etwas zu erreichen. Zwar schlägt mir Va-

ter selten einen Wunsch ab, doch ich weiß, daß im Rat erst vor ein paar Wochen beschlossen wurde, den Raufbolden gegenüber mit unnachsichtiger Härte vorzugehen, denn die nächtlichen Ausschreitungen der Sieder nehmen immer mehr überhand.«
Anne Katharina nickte.
»Ja, in der Zeit des Kaltliegens ist zuwenig Arbeit da. Das wird sich ändern, wenn das Hochwasser kommt und sie den Flößern helfen müssen.«
Die Büschlerstochter lachte verächtlich.
»Selbst wenn sie noch so erschöpft von der Arbeit sind, lassen sie es sich nicht nehmen, im ›Wilden Mann‹ oder in einem anderen Gasthaus die Becher zu heben.«
»Aber es ist doch so kalt im Verlies, und sie bekommen nur Wasser und Brot!« kam Anne Katharina noch einmal auf ihr Anliegen zurück.
»Vater kann es sich nicht leisten, den Junkern eine Schwachstelle zu bieten, jetzt, wo der Streit um die Trinkstube wieder aufgeflammt ist«, gab Anna Büschler zu bedenken. »Außerdem wurde die Strafe sicher vom Schultheiß festgelegt. Für solche Vergehen ist schließlich nicht das Hochgericht zuständig.«
Sie hatte natürlich recht. Beeindruckt und überrascht, soviel klaren Verstand und politische Einsicht bei ihrer jungen Freundin zu finden, erhob sich Anne Katharina und strich ihre Röcke glatt.
»Vielleicht kannst du etwas erreichen, wenn du mit deinem Oheim sprichst.«
Anna Büschler nickte.
»Ja, einen Versuch ist es wert. Ist Michel Seyboth auch unter ihnen?« Leichte Röte flammte über ihre Wangen, daher nickte die Vogelmannstochter nur und verzichtete darauf, von seinem unverschämten Betragen zu erzählen.

Auf ihrem Weg nach unten trafen die jungen Mädchen Annas Mutter, die sich mit zwei Kaufleuten unterhielt. Sofort plauderten sie Belangloses.
»Warum bist du heute nicht auf der Limpurg?«
»Die Schenkin ist mit ihrem Sohn Erasmus nach Stuttgart gereist. Er soll Knappe beim Herzog Ulrich werden.«
»Ist er denn schon so alt?« fragte Anne Katharina zurück, mit ihren Gedanken jenseits des Kochers am Gerberturm.
»O ja, sieben oder acht Jahre. Es ist Zeit, daß er seine Ausbildung beginnt.«
Herzlich verabschiedeten sich die beiden Mädchen. Anne Katharina machte sich sogleich auf den Weg, um den von ihrem Bruder angeordneten Anstandsbesuch im Senftenhaus zu erledigen, und die Büschlerstochter holte sich ihren Umhang, um den lieben Oheim im Schultheißenhaus zu beehren.

* * *

»Sei gegrüßt. Ich bin Anne Katharina Vogelmann. Ist es möglich, Fräulein Afra zu sprechen?«
Die Magd knickste höflich und forderte die Besucherin auf, ihr in die große Stube zu folgen. Dort ließ sie sie bei einem Becher süßen Wein zurück, um den Besuch anzumelden. Anne Katharina mußte nicht lange warten, bis die Magd zurückkehrte und sie aufforderte, ihr zu folgen.
»Das gnädige Fräulein erwartet Euch in der Kemenate.«
Ein wenig großspurig fand Anne Katharina es schon, die Stube der Edelfrauen wie auf einer Burg Kemenate zu nennen, war das Senftenhaus doch nicht viel größer als viele Häuser der wohlhabenden Bürgerfamilien und reichte nicht entfernt an beispielsweise den Keckenturm heran, der wehrhaft und prächtig fünf Stockwerke hoch

aufragte. Trotzdem war sie von der behaglichen Stube, in der Afra sie empfing, beeindruckt. Die gewölbte Stubendecke aus edlem Holz war mit zierlichen Schnitzereien versehen, die an den Wänden und um die verglasten Fenster ihre Fortsetzung fanden. Die Kacheln des hohen Ofens zeigten Szenen aus dem Alten Testament. Davor standen zwei mit blauem Samt bezogene Lotterbetten mit zierlich geschnitzten Füßen. Auf dem einen ruhte Afra, auf dem anderen die Hausherrin Barbara Senft aus dem Hause Berler.
Die kleine, zierlich gebaute Afra, deren Blondhaar in zahlreiche Locken gelegt war, kam ihrem Gast mit ausgestreckten Armen entgegen.
»Oh, das ist aber schön, daß du mich einmal besuchen kommst. Ich hatte gar nicht mehr damit gerechnet, ist es doch schon Monate her, daß wir uns bei den Rinderbachs trafen und uns versprachen, den Winter über zusammen zu sticken, daß die Arbeit nicht ganz so langweilig ist.«
So plapperte sie fröhlich weiter und nötigte Anne Katharina, auf einem Scherenstuhl Platz zu nehmen. Sie selbst setzte sich in die Ecke der an der Wand entlanglaufenden Bank und strich sich den glänzenden Atlasrock glatt. Ihren Redefluß nicht unterbrechend, schob sie eine Schale Konfekt und eine weitere mit eingelegten Früchten zu ihrem Gast hinüber.
Heimlich warf Anne Katharina der Berlerin, die ihr nur ein kurzes Kopfnicken gewährt hatte, einen Blick zu. Mit grimmiger Miene in eine Stickerei vertieft, saß die große, knochige Frau auf dem Ruhebett. Ihre herben Gesichtszüge waren alles andere als einnehmend. Vor allem der zu einem dünnen Strich zusammengekniffene Mund gab ihr ein mürrisches Aussehen. Ihre Kleidung war teuer, doch wirkte sie lieblos, eher zufällig zusammengestellt, und das

enge, kostbar mit Gold bestickte Mieder betonte die wenig weiblichen Körperformen unvorteilhaft.
»Afra, hör mit dem dummen Geschwätz auf!« fuhr sie ihre Nichte an, die seit einigen Monaten als Gesellschafterin und zur Erziehung bei ihr weilte, da der Stättmeister Gilg Senft, seit zwei Jahren Witwer, sich dieser Aufgabe nicht gewachsen fühlte.
Ohne auf ihre Tante zu achten, bot Afra Senft ihrer Besucherin von dem süßen Konfekt an.
»Nimm nur, es wird dir schmecken. Ich habe es in der Offizin unseres ehrenwerten Apothekers entdeckt. Es ist nicht nur sündhaft gut, sondern auch sündhaft teuer!«
»Afra!«
Das Mädchen zuckte beim scharfen Ton der Berlerin zusammen und warf der Besucherin einen leidenden Blick zu. Anne Katharina kaute nachdenklich auf einer verzuckerten Dörrpflaume mit Mandelsplittern herum. Solange die Berlerin mit im Zimmer war, würde man überhaupt kein vernünftiges Wort reden können. Dabei hatte sie heimlich gehofft, bei diesem Anstandsbesuch wenigstens ein bißchen Klatsch über den andauernden Streit der Senftenbrüder oder den Tod des Erben erfahren zu können.
Afra spielte mit der langzinkigen Gabel, die in einer der eingelegten Früchte steckte, und stach sie dann spielerisch einige Male in eine saftige Birne. Ulrich bezeichnete diese Geräte, die aus Italien kommend bei den Junkern und reichen Bürgern gerade in Mode waren, als unnützen Kram, doch vor allem die vornehmen Fräulein und diejenigen, die gerne dazugehören würden, fanden diese kleinen Kostbarkeiten bei klebrigen oder saftigen Süßigkeiten sehr praktisch.
»Möchtest du heißen Gewürzwein? Wir könnten ihn in

der Küche holen und sehen, was die Köchin sonst noch für Leckereien hat.«
Aha, sie will also auch ungestört reden.
Anne Katharina nickte, versäumte jedoch nicht, vor der Berlerin höflich zu knicksen, bevor sie Afra folgte, die es offensichtlich eilig hatte, aus der Reichweite ihrer Tante zu kommen. Die Hausherrin sagte nichts, doch ihr mißbilligender Blick folgte den beiden Mädchen.
»Es ist so grauenhaft!« jammerte Afra, als sie mit gerafften Röcken die Treppe hinunterstieg. »Vor allem seit der Kleine gestorben ist, kann man sie gar nicht mehr ertragen. Den ganzen Tag zieht sie diese sauertöpfische Miene und schilt mich wegen jeder Kleinigkeit. Erst gestern ...«
Anne Katharina unterbrach den Redefluß rasch, bevor sich das Geplapper zu weit von dem Ereignis entfernte, für das sie so reges Interesse empfand.
»Ach ja, der ersehnte Erbe, und dann so ein Unglück.« Sie seufzte mitleidig. »Ist es nicht merkwürdig, daß das Kind so plötzlich starb, nachdem Els doch sagte, daß es kräftig und gesund sei?« Sie belauerte jede Regung in dem noch ein wenig kindlich gerundeten Gesicht und kam sich dabei nicht besser als die Bäckerin vor, so begierig jeden Klatsch in sich aufsaugend.
Afra biß geradezu mit Begeisterung an, schob die neue Freundin mit einer verschwörerischen Miene in die Küche und flüsterte erregt:
»Ja, darüber habe ich auch schon nachgedacht. Die Berlerin hatte einen schrecklichen Streit mit Gabriel. Ich konnte jedes Wort verstehen, obwohl ich nicht gelauscht habe!« betonte sie schnell.
»Sie schrie, er habe sie nur wegen der Mitgift geheiratet, woraufhin er zurückbrüllte, daß bei so einer Gestalt auch nur eine hohe Mitgift einen Mann dazu bringen könne,

zu heiraten. Sie wiederum warf ihm vor, sich abends immer bei den freien Weibern herumzutreiben und ihr Geld hinauszuwerfen. Daraufhin erwiderte Gabriel, daß sie ihrer Pflicht nachkommen und ein paar Söhne auf die Welt bringen solle, das sei das einzige, wofür er sie brauche. Sonst sei er froh, wenn sie ihn in Ruhe lasse.« Jetzt mußte sogar Afra Luft holen.

»Ich glaube, sie hat das Kind umgebracht, um ihn zu strafen! Du hättest sein Gesicht sehen sollen, als er vom Tod seines Sohnes erfuhr. Er war vernichtet, sage ich dir, und das böse Weib hat triumphiert!«

Völlig verwirrt kaute Anne Katharina auf einem Apfelschnitz herum, denn so etwas hatte sie am wenigsten erwartet. Sie konnte sich nicht vorstellen, daß eine verheiratete Frau ihr eigenes Kind töten würde, nur um ihren Gatten zu strafen, noch dazu, bevor das Kind getauft worden war. Sicher ging da Afras Abneigung gegen ihre Tante mit ihr durch.

»Und was ist mit dem Junker Rudolf?«

»Oh, der hat das Kind ja schon verflucht, ehe es aus dem Mutterleib kam. Er konnte seine Befriedigung nicht verbergen, als er vom alten Gabriel geschickt wurde, dessen Beileid zu bekunden.« Afra stockte kurz, dann überschüttete sie Anne Katharina mit einer neuen Idee.

»Aber das paßt ja noch viel besser. Rudolf hat das Kind getötet, weil er nicht will, daß sein Bruder einen Erben hat. Sie streiten sich dauernd um irgendwelche Güter, um die Siedenanteile oder wer wieviel Geld aus dem Weinhandel bekommt. Da wäre es Rudolf doch zuzutrauen, daß er ein Kissen nimmt und den kleinen Wurm erstickt.« Sie sah Anne Katharina triumphierend an, doch diese schüttelte langsam den Kopf. Das paßte alles nicht zusammen.

»Und weißt du« – Afra senkte die Stimme noch ein we-

nig – »an dem Tag habe ich einen der Knechte oben in der Schreibstube erwischt, und dort hatte er ganz gewiß nichts zu suchen!«
»Was wollte er? Hat er irgend etwas mitgenommen?«
»Vielleicht wollte er nur Geld, vielleicht aber auch den Erben ermorden.«
»In der Schreibstube?«
»Nein, da hat er nur auf eine günstige Gelegenheit gewartet. Vielleicht ist er einer der Bastarde von Großvater und will sich nun an der Familie rächen. Man sagt, der alte Gabriel hat über das ganze Haller Land seine illegitimen Nachkommen verstreut.«
Nun wurde es der Besucherin doch zu phantastisch, und sie wollte gerade das Thema wechseln, als Afra unvermittelt fragte:
»Hast du die Kämpfe auf der Straße heute nacht auch gehört? Ich fand es sehr aufregend. Erst haben sie gesungen und sich dann geprügelt. Ich konnte leider nicht so gut sehen, obwohl ich in die Stube lief und das Fenster öffnete. Sie müssen direkt vor dem Haus deines Bruders gewesen sein.«
So erzählte Anne Katharina von ihrem Besuch im Gerberturm und den Sorgen um den jüngeren Bruder.
»Sie sind im Verlies? Ach wie aufregend. Früher kamen sie immer mit einer kleinen Geldstrafe davon, doch viele Bürger haben sich beim Rat beschwert. Wirst du ihn wieder besuchen? Dann nimm mich doch bitte mit. Ich habe noch nie in eines der Verliese sehen dürfen. Noch lieber wäre mir allerdings der Faulturm, in den sie die ganz bösen Sünder werfen, um sie langsam verfaulen zu lassen. Das muß ja schrecklich sein!«
Sie schauderte, doch war eine gewisse Begeisterung aus ihrem Tonfall herauszuhören. Anne Katharina kam der

Verdacht, daß Afra schon zu viele der von Ulrich so vehement abgelehnten Ritterromane gelesen haben mußte.
Sie versuchte, die romantischen Höhenflüge der Jüngeren ein wenig zu bremsen, indem sie die schrecklichen Bedingungen, die Kälte, den Schmutz und den Gestank erwähnte, doch das schien diese in ihrer Meinung nur noch zu bestätigen. Etwas überhastet verabschiedete sich Anne Katharina und entfloh einem weiteren Redeschwall.

* * *

Es war schon weit nach Mittag, als Anne Katharina wieder nach Hause kam und von einer ziemlich ärgerlichen Ursula empfangen wurde.
»Wo warst du denn so lange? Du weißt doch, daß wir alle Hände voll zu tun haben, da am Sonntag nach der heiligen Messe die Taufbesucher kommen. Agnes hat schon den ganzen Morgen die Töpfe in der Küche geputzt und scheuert nun den Stubenboden mit Sand. Ich habe bereits einen Teil unseres guten Zinngeschirrs gereinigt. Du hattest doch versprochen, für den großen Tisch ein neues Tuch aus dem guten Damast zu säumen, den wir letzte Woche auf dem Markt erstanden haben.«
Gütige Jungfrau, das hatte Anne Katharina bei all der Aufregung völlig vergessen. Sie murmelte etwas von einem aufgetragenen Anstandsbesuch bei Afra Senft und machte sich dann sofort an die Arbeit. Den Rücken an den warmen Ofen gedrückt, die Füße auf einen Schemel gelegt, war das nicht die unangenehmste Arbeit, wenn man in Ruhe nachdenken wollte. Agnes kniete auf dem Boden und rieb mit einer groben Bürste und viel Sand jeden Zollbreit so sauber, daß das Holz im farbigen Sonnenlicht,

das durch die leicht getönten runden Scheiben fiel, hell schimmerte. Ursula hatte all das prächtige Zinngeschirr und die Trinkgläser, die der Oheim Bernhart von den Welschen mitgebracht hatte, aus den Truhen geräumt und vor sich auf dem Tisch aufgestellt. Mit einem weichen Tuch und der geheimnisvollen Paste eines fahrenden Händlers rückte sie Schmutz und Flecken zu Leibe, bis alles glänzte. Da waren Trinkgefäße, Schenkkannen, Kühlbecken und Gewürzbehälter, die für den Sonntag fein säuberlich auf den niederen Wandbrettern und auf der Tresur aufgestellt werden sollten, um den Gästen zu zeigen, daß es die Familie Vogelmann zu mehr als nur erträglichem Wohlstand gebracht hatte. Deshalb war es auch sehr wichtig, den richtigen Wein und erlesene Kostbarkeiten zum Essen anzubieten.

Marie saß mit dem Kind auf der Eckbank, herzte und liebkoste es und sah endlich wieder glücklich aus. Anne Katharina wunderte sich sehr, daß Ursula ihre Freude darüber offensichtlich nicht teilte. Immer wenn die junge Mutter von ihrer Arbeit aufsah, huschte ein merkwürdiger Ausdruck über ihr Gesicht. War es Eifersucht? Hätte sie den Kleinen doch lieber selbst gestillt? Heimlich beobachtete Anne ihre Schwägerin. Nein, es war keine Eifersucht, fast hätte sie glauben können, es sei Haß. Doch das konnte nicht sein. Warum sollte sie Marie hassen? Vielleicht hatte es Ärger gegeben? Sie beschloß, ihre Schwägerin später zu fragen.

Als Marie zur hinteren Stube hinaufstieg, um das Kind in sein Körbchen zu legen, und Agnes beim Brunnen frisches Wasser holte, bot sich eine günstige Gelegenheit.

»Hast du Ärger mit Marie?« fragte Anne Katharina in möglichst neutralem Ton.

»Warum?« Ursula ließ die Hände sinken und sah ihre Schwägerin mißtrauisch an.
»Nun ja, du hast sie so seltsam angesehen.«
Ursula nickte langsam.
»Nun, eigentlich bin ich mit ihr sehr zufrieden. Sie geht behutsam mit David um, hat genug gute Milch und kümmert sich um ihn, ohne daß ich sie dazu auffordern muß. Aber ich habe immer das Gefühl, sie sieht mich so merkwürdig an. Ich kann es manchmal richtig fühlen. Neid, Eifersucht, Mißgunst – ich weiß es nicht sicher, vielleicht bilde ich mir auch nur etwas ein. Aber oft habe ich das Gefühl, daß sie mich beobachtet, jeden meiner Schritte überwacht.« Sie räusperte sich, ehe sie fortfuhr. »Als ich vor ein paar Tagen nach oben kam, fand ich sie in der kleinen Kammer, die jetzt, seit die hintere Stube zum Kinderzimmer geworden ist, als Schreibstube dient. Findest du das nicht auch sehr merkwürdig?«
»Ja, aber was soll sie denn mit den Büchern anfangen. Kann sie überhaupt lesen?« gab Anne Katharina zu bedenken.
Ihre Schwägerin schnaubte durch die Nase.
»So viel, um einen Heller von einem Gulden zu unterscheiden, allemal!«
»Du meinst, sie hat Geld gestohlen?« Das junge Mädchen riß entsetzt die Augen auf.
»Jedenfalls war nicht das in der Truhe, was laut den Büchern drin sein sollte.«
»O nein! Aber es muß nicht Marie gewesen sein.«
So ganz spontan fiel ihr ein Familienmitglied mit ständiger Geldnot ein, dem sie es durchaus zutrauen würde, eine Handvoll Münzen aus der Truhe genommen zu haben.
»Hast du mit Ulrich darüber gesprochen?«

»Ja, aber er wollte nichts davon hören. Und als ich heute noch einmal nachsah, da stimmten die Summen wieder überein!«

»Dann hat Ulrich vergessen, einige Ausgaben zu notieren«, folgerte Anne Katharina erleichtert, wobei ihr das sehr merkwürdig vorkam. Schon seit einigen Jahren führte das Mädchen die Bücher über das Salz und die Handelsgeschäfte mit Wein oder Korn, und immer hatte Ulrich betont, wie froh er sei, diese undankbare Schreib- und Rechenarbeit auf die Schultern seiner Schwester abwälzen zu können. Warum sollte er nun selbst die Bücher führen wollen? Anne Katharina grübelte, wann sie zuletzt in der Schreibstube gesessen hatte. Das lag ungewöhnlich lange zurück.

»Oder er deckt sie!« Ursulas Augen blitzten wütend auf.

»Wie meinst du das?«

»Ich meine, daß sie ihm schöne Augen macht und er keinen Weiberrock verschmäht ...« Erschrocken schlug sie die Hand vor den Mund. Tränen schossen in ihre Augen. »Vergiß, was ich gesagt habe«, schluchzte sie. »Ich bin nur ein mißtrauisches, eifersüchtiges Weib.« Sie sah Anne Katharina mit rotgeränderten Augen an. »Glaubst du mir?«

Das junge Mädchen nickte, um sie zu beruhigen, doch der Stachel steckte und bohrte sich langsam tiefer. Als sie später mit Agnes in der Küche saß, platzte sie heraus.

»Was meint Ursula damit, wenn sie sagt, daß Ulrich keinen Weiberrock verschmäht? Begeht er die Sünde des Ehebruchs?«

Die Wangen der Magd röteten sich, und sie wandte sich rasch der brodelnden Suppe zu.

»Nun ja«, sagte sie nach einer Weile, da sie spürte, daß Anne Katharina auf eine Antwort drängte. »Die meisten Männer gehen von Zeit zu Zeit zu den freien Weibern, so

auch die Ratsherren, wenn sie manchmal abends länger Sitzung halten. Das ist eben so. Auch wenn die Pfarrer sagen, daß Ehemänner nicht dorthin gehen sollen, ist es vielleicht doch keine Todsünde. Ich kann und will über den Herrn nichts Schlechtes sagen!«
Anne Katharina nickte stumm und hatte den ganzen Nachmittag neuen Stoff zum Grübeln.

Kapitel 8

Tag des heiligen Grimo,
Samstag, der 2. März
im Jahr des Herrn 1510

Der nächste Tag war für die Frauen der Vogelmannsfamilie mit allerlei Arbeiten im Haus ausgefüllt, auch solchen, die die Magd normalerweise allein verrichtete. Selbst die Amme mußte immer mal wieder mit anpacken. Ursula war überall und unermüdlich. Sie beaufsichtigte alles streng, mahnte, schimpfte, griff mit zu. Kein noch so winziger Fleck entging ihrem scharfen Auge. Anne Katharina fürchtete schon, sie wolle auch die untere Halle, in der noch so mancherlei Handelsware, viel Werkzeug und Gerät stand, von jedem Stäubchen befreien. Natürlich war es wichtig, beim Taufbesuch einen makellosen Eindruck zu hinterlassen, würden doch viele hochrangige Bürger und sicher auch einige der Junker kommen, um dem Kind eine kleine Gabe zu überbringen und von den Speisen und dem Wein zu kosten.
Na, wenigstens muß ich nicht mit Agnes zum Waschhäuschen an den Kocher hinunter, dachte Anne Katharina erleichtert. Diese unliebsame Aufgabe, das Leinen zu kochen und in der scharfen Seifenlauge zu schrubben, bis die Finger rauh und rissig wurden, und es dann in dem schneidend kalten Wasser gründlich zu spülen, war Marie

zugefallen. Anne Katharina wiegte derweil den plärrenden David auf den Knien und schnitt mit einem scharfen Messer gute Rinderleber und Hühnerfleisch für eine Pastete klein. Ursula saß ihr gegenüber, ihren feinen zartgrünen Rock durch eine lange Schürze geschützt, und zerlegte einen fetten Kapaun.
»Wir sollten vielleicht doch etwas von dem Hammelfleisch mit gedämpften Zibeben und Muskat servieren.«
Da sie eher mit sich selbst sprach, begnügte sich das junge Mädchen damit, ab und zu »Hm, wenn du meinst« zu murmeln.
Schon seit Stunden rupfte, hackte und knetete Ursula und plapperte fröhlich vor sich hin – wenn sie nicht gerade einen ihrer Helfer rügte, weil eine aufgetragene Arbeit nicht zu ihrer vollsten Zufriedenheit ausgeführt wurde. Jetzt war sie in ihrem Element. Seit Wochen hatte man sie nicht mehr so heiter und gelöst erlebt.
»Ich könnte auch vom Latwerg ein paar Scheiben auftragen. Du weißt, das, welches wir vom letzten Kirschsaft gemacht haben.«
Anne Katharina nickte und bearbeitete die Zutaten mit dem Mörser heftiger, als es vielleicht nötig gewesen wäre. Ihre Ungeduld war kaum mehr zu zügeln. Sie dachte an Peter in dem kalten, finsteren Verlies. Wie gerne wäre sie zum Großvater geeilt, um ihn um Rat zu fragen, doch Ursula ließ ihr keinen Augenblick freie Zeit. Anne Katharina hatte gehofft, die Besorgungen beim Krämer erledigen zu können, um diesen Gang dann etwas auszuweiten, doch die Hausherrin hatte darauf bestanden, selbst zu gehen.
»Ich bin froh, daß ich Reis und Mandeln bekommen habe, auch wenn es sündhaft teuer war, doch ich brauche es Ulrich ja nicht zu erzählen.«

Warum hat sich Anna noch nicht gemeldet? Hat sie überhaupt versucht, etwas zu erreichen?
»Zum Glück wußte ich, daß erst vor kurzem ein Kaufmann aus Venedig zu unserem ehrenwerten Apotheker Meister Gessner gekommen ist. So konnte ich frischen Pfeffer, Nelken und Ingwer besorgen. Du wirst es nicht glauben, doch er verlangt für das Pfund Nelken fünfundzwanzig Batzen!«
»Hm, ja –« Ich muß heute noch zu Peter, und zwar bald. Wenn es dunkel wird, schließen sie das Brückentor. Ins Spital kann ich auch noch später.
»Morgen vor der Messe werde ich mit Agnes Schmalzgebäck machen. Ich hoffe nur, es sind noch genug Rosinen da.«
Wenn ich allerdings an Els denke, dann ist es mir nicht so wohl bei dem Gedanken, in finsterer Nacht durch die Stadt gehen zu müssen und vielleicht auf den Unbekannten mit seinem Messer zu treffen.
»Was hältst du von Ochsenzunge mit Zwiebeln, Knoblauch, Rüben, und Speck? Du müßtest dann allerdings losgehen und sehen, daß du noch Thymianhonig bekommst.«
Ich könnte mich ja von einem der Spitalknechte heimbringen lassen, allerdings erhöht sich dann die Gefahr, daß Ulrich merkt, wie spät ich heimkomme.
»Anne Katharina?«
Ist Maries Kind wirklich kaltblütig ermordet worden, und deckt Els den Mörder? Oder hat Afra recht, daß bei dem Tod des Senftenkindes nachgeholfen wurde. Oder beides?
»Anne Katharina! Ich habe dich etwas gefragt!«
Sie fuhr aus ihren Gedanken hoch. »Bitte? Entschuldige, ich habe nicht zugehört.«

»Das ist mir nicht entgangen!« Erbost drehte Ursula dem Kapaun mit einem Ruck den Flügel aus dem Gelenk.
»Ich wollte wissen, ob du mir Thymianhonig zur Zubereitung von Ochsenzungen besorgst.«
»O ja, natürlich.« Anne Katharina schob den Mörser von sich, sprang auf und warf die schmutzige Schürze auf die Bank. »Ich hole mir nur rasch ein paar Münzen aus der kleinen Truhe.«
Ursula sah sie mißtrauisch an.
»Du kommst aber gleich wieder! Wir haben noch genug Arbeit vor uns.«
Das junge Mädchen nickte, raffte die Röcke und eilte die Treppe zur Schreibkammer hinauf.
»Bleib hier! Ich bin mit dir noch nicht fertig!« hörte sie Ulrichs laute Stimme und wäre unter der Tür fast mit Marie zusammengestoßen, die mit hochrotem Kopf herausgestürmt kam.
Erstaunt trat Anne Katharina zwei Schritte zurück.
»Ich dachte, du bist mit Agnes unten am Waschplatz.«
»Ich wollte nur noch die Hemden der Herrin holen«, erwiderte die Amme gepreßt und war auch schon entschwunden. Verwundert sah ihr Anne Katharina nach, ehe sie in die kleine Kammer trat.
Ulrich saß vor dem aus schönem Kirschholz geschnitzten Sekretär und blätterte in den Büchern. Als er das Rascheln von Röcken hörte, schlug er das in dunkelbraunem Leder gebundene Buch rasch zu und schob es unter ein paar Pergamente, ehe er sich umwandte.
»Ach, du bist es. Ich dachte ...«
Er beendete den Satz nicht, obwohl seine Schwester fragend die Augenbrauen hob. Statt dessen fragte er unwirsch:
»Was willst du?«

»Ursula schickt mich, Thymianhonig zu holen. Daher wollte ich aus der kleinen Haushaltstruhe ein paar Münzen nehmen.«
Ulrich nickte zerstreut und kramte in seinem Beutel.
»Reicht das?«
Es waren nicht nur Heller-, Halbbatzen- und Batzenstücke in seiner Hand. Sogar ein Goldgulden lag darin. Anne Katharina warf ihm einen schnellen Blick zu, nickte stumm und ließ die Münzen in ihrem Beutel verschwinden. Wo er wohl gerade mit seinen Gedanken weilte? An der Tür drehte sie sich noch einmal um.
»Es ist schon eine Weile vergangen, daß ich mich um die Bücher gekümmert habe. Der Neckarwein wurde geliefert, und du hast vom Moselwein an den Ochsenwirt verkauft. Auch fehlen unsere Käufe an Tuch. Ich werde mich gleich nach der Feier daransetzen, Ordnung in die Papiere zu bringen.«
Zu ihrer Überraschung legte er schützend seine Arme über den Bücherberg und wehrte ab.
»Nein, das ist nicht nötig. Ich brauche deine Hilfe nicht länger. Ich führe die Bücher in Zukunft lieber selber. Du kannst Agnes bei der Hausarbeit helfen.«
Anne Katharina schnappte voller Empörung nach Luft.
»Aber du warst doch immer so stolz, daß du mir all den unnützen Kram, wie du sagtest, überlassen konntest, und hast meine klare Schrift gelobt. Ich kann gut rechnen und habe alles mehrfach kontrolliert!«
»Ja, ich weiß, daß du sehr sorgfältig arbeitest«, wehrte er den Protest seiner Schwester ab und bemühte sich um ein Lächeln. »Ich sage dir Bescheid, wenn ich deine Hilfe brauche. Du kannst für mich nächste Woche einige Briefe schreiben ...«
Erbost schlug Anne Katharina die Tür zu und rannte so

schnell die Treppe hinunter, daß sie fast über ihre Röcke gestolpert wäre. Warum wollte er plötzlich auf ihre Hilfe verzichten? Was hatte sie getan, daß sie statt dessen wie eine Magd Wäsche schrubben oder die Öfen reinigen sollte? Schon früher hatte er nie viel davon gehalten, daß Pater Hiltprand ihr Lesen und Schreiben, Rechnen und Latein lehrte, und doch war er so manches Mal froh darüber gewesen, daß er bei seinen Geschäften, sei es bei der Salzsiederei oder dem Handel, die lästigen Schreib- und Rechenarbeiten beruhigt in ihre Hände legen konnte. Die Einnahmen waren gestiegen, nachdem das junge Mädchen Ordnung in den Wust von Papieren und Zahlungen gebracht hatte, denn so manches Schlitzohr hatte den unerfahrenen Ulrich erfolgreich übers Ohr gehauen. Und das ist nun der Dank?
Anne Katharina hatte die Keckenstaffel schon hinter sich gelassen und den Hafenmarkt fast erreicht, als sich ihre Schritte verlangsamten und sie darüber nachzudenken begann, warum ihr Bruder es für nötig erachten könnte, sie von den Büchern fernzuhalten. Ursulas Klagen fielen ihr wieder ein und der Verdacht gegen Marie. War dies keine einmalige Angelegenheit? Würde es öfter Unregelmäßigkeiten geben? Wenn das Geld in der großen Truhe nicht stimmte, dann würde sie es als erstes bemerken. Nachdenklich biß sich das Mädchen auf die Lippen.
Hatte Ursula recht, daß Marie sich Geld nahm? Aber warum sollte Ulrich sie decken? Oder gab er ihr etwa Geld? Das konnte sie sich nicht vorstellen. Sicher war Ursula nur grundlos eifersüchtig. Für was könnte Ulrich so viel Geld brauchen, daß er es nicht aus der kleinen Haushaltstruhe nehmen konnte, wo er doch so viele Münzen nahm, um abends ins Wirtshaus zu gehen. Was gab es Teures, von dem er nicht wollte, daß es in den Büchern stand?

Vor dem Haus des Metzgers Seckel stand eine hochgewachsene, schlanke Frau, einen Einkaufskorb unter dem Arm, und scherzte mit dem alten Konz, der schon seit ein paar Jahren das Geschäft seinem Sohn überlassen hatte. Sie hatte regelmäßige Züge und sanfte braune Augen, ihr Mantel war von gutem, hellgrauem Wollstoff. Wären nicht die beiden gelben Streifen an ihrem Schleiertuch gewesen, jeder hätte sie für eine ehrbare Handwerker- oder Bürgersfrau halten können. Versonnen sah Anne Katharina zu der Hure hinüber. Wieviel Geld es wohl kostete, wenn sie den Männern zu Diensten war? Konnten die Ausgaben so groß sein, daß sie weit mehr ausmachten, als sowieso in den Wirtshäusern über den Tresen ging? Sie dachte an Agnes' Worte. Gerne wäre das Mädchen so mutig gewesen, die Frau zu fragen, doch allein schon der Gedanke rötete ihre Wangen. So sah sie der Frau nur nach, wie sie die Haalgasse hinunterging, und wunderte sich über das hocherhobene Haupt und den edlen Gang.
Den Honig in ihrem Bündel, schritt Anne Katharina über die Ritterbrücke zum Gerberturm. Sie hoffte, daß Volkhard wieder Wachdienst hätte, wurde jedoch enttäuscht. Der hochgewachsene, muskulöse Mann mit dem dichten braunen Haar, der oben auf der Brustwehr stand, erinnerte sie zwar beim ersten Blick an den ehemaligen Feurer, doch sie erkannte sofort, daß der Mann dort oben einige Jahre älter sein mußte. Unsicher, wie sie es anfangen sollte, entschloß sie sich, es erst einmal mit Hochmut, herrischem Auftreten und Geld zu versuchen. Der Wächter kam auch gleich zu ihr herunter, um nach ihrem Begehren zu fragen. Mit knappen Worten erläuterte das junge Mädchen ihren Wunsch und drückte dem Mann unauffällig den Goldgulden in die Hand, den es von Ulrich erhalten hatte.

»Gnädige Jungfrau Anne Katharina, Ihr wollt mich doch nicht etwa bestechen?«
Woher kennt er meinen Namen? Flammende Röte schoß in ihre Wangen, und sie stotterte, gar nicht mehr überlegen:
»Ich dachte nur, Ihr wolltet nach der langen Wache in der Kälte einen Becher Wein trinken und …« Sie war so verwirrt, daß sie ihn mit »Ihr« anredete.
Das Lächeln um seine Lippen war ein wenig spöttisch, als er die Goldmünze in seiner Handfläche betrachtete.
»Ich glaube, Ihr habt nach der falschen Münze gegriffen. Ihr wolltet mir sicher einen Schilling oder einen Halbbatzen geben, nicht wahr?«
Erleichtert nickte sie, steckte die Münze wieder ein und gab ihm einen Halbbatzen.
»Und nun kommt, Ihr wollt sicher Euren Bruder sehen. Außerdem könnt Ihr gerne Rugger zu mir sagen.«
Verwirrt folgte Anne Katharina ihm die Treppe hinauf.
»Wer bist du?« fragte sie, als sie den rätselhaften, gutaussehenden Mann eingeholt hatte.
»Stadtknecht und Wächter der freien Reichsstadt Schwäbisch Hall Rugger Sultzer, mit dem Auftrag des Schultheißen Büschler, die nächtlichen Trinker und Raufbolde der Siedergesellen im Turm zu bewachen, gnädiges Fräulein.« Und mit einem Lächeln fügte er hinzu: »Und Volkhards Bruder. Ihr könnt mir vertrauen.«
Erleichtert, daß es für dieses Geheimnis eine solch einfache Erklärung gab, folgte sie Rugger in den Turm. Voller Ungeduld wartete das junge Mädchen darauf, daß der Wächter die Laterne am Seil in das Verlies hinunterließ. Der Gestank hatte sich seit dem letzten Mal verstärkt, doch was sie viel mehr beunruhigte, waren die Geräusche, die von unten heraufdrangen – hohles Husten und Räuspern, rasselnder Atem und Stöhnen.

»Beim heiligen Germanus, läßt du dich auch mal wieder blicken!«
Eine Mischung aus Flüchen, Husten und Dank an alle Heiligen, die er in den letzten Tagen um Hilfe gebeten hatte, drang mit einer Stimme zu Anne Katharina hoch, in der sie nur mühsam die ihres jüngeren Bruders erkannte.
»Ich habe alles versucht, war bei den Büschlers, ohne Erfolg, und Ulrich weigert sich immer noch, dir zu helfen.«
»Dann hast du dich eben nicht genug bemüht«, quengelte er wie ein kleines Kind. »Den Michel haben sie schon gestern rausgeholt!«
Das ist ja interessant!
Die Seyboths waren zwar mit den Vogelmanns die reichsten Sieder der Stadt, jedoch nicht im Rat vertreten. Trotzdem konnten sie – wohl mit einem guldengefüllten Beutel – ihren Sohn vorzeitig aus dem Turm herausholen.
»Wenn du mich noch einmal lebend sehen willst, dann hol mich hier raus, sofort!«
Er schien den Tränen nahe, als ihn der nächste Hustenanfall schüttelte.
»O Rugger, er ist ernsthaft krank. Was kann ich nur tun?«
»Nun ja, Decken und heißer Wein wären schon gut, aber das kann mich meine Stellung kosten – oder mich selbst in den Turm bringen.«
Anne Katharina griff nach seinen Händen, was sehr ungehörig war, doch unter diesen Umständen vielleicht gerechtfertigt.
»O bitte, hilf mir!«
Er hielt ihre Hände einige Augenblicke fest und sah sie mit seinen dunklen braunen Augen ernst an.
»Gut, ich helfe Euch. Volkhard muß jeden Augenblick zur Ablösung kommen. Dann besorgen wir heißen Wein. In

der Truhe unten im Schuppen sind sicher noch alte Decken. Sonst könnten wir auch bei meiner Mutter ein oder zwei bekommen. Sie wohnt hier im Weiler.«
Anne Katharina ahnte, wieviel er riskierte, und bewunderte ihn dafür. Eifrig half sie ihm, die Decken, die zwar muffig und löchrig, aber sicher noch wärmend waren, zum Angstloch zu schaffen, und als Volkhard kam, begleitete Rugger sie zu einem Gassenwirt am Weilertor, wo sie heißen gewürzten Wein erstanden.
Nur wenig später knieten die beiden Wächter und das junge Mädchen am Angstloch und sahen zu den fünf Eingekerkerten hinunter, die, die Decken eng um sich gewickelt, im Kreis um die Laterne saßen und gierig den heißen Wein schlürften.
Rugger berührte sie leicht an der Schulter.
»Jungfrau Anne Katharina, Ihr solltet jetzt gehen. Die Tore werden bald geschlossen.« Erschreckt fuhr sie in die Höhe.
»Ich begleite Euch nach Hause«, sagte der Wächter bestimmt.
Sie fand es ein wenig dreist, doch irgendwie auch schmeichelhaft, daß er um ihre Sicherheit besorgt war.
»Du kannst mich bis zum Brückentor bringen«, sagte Anne Katharina bestimmt. Erstens wollte sie noch ins Spital, und zweitens hätte Rugger eine ungemütliche Nacht vor sich, wenn auf seinem Rückweg die Tore bereits geschlossen wären und er nicht mehr zurück in die Weilervorstadt gelangen konnte.
Galant bot er dem Mädchen den Arm und führte sie geschickt um den größten Straßenschmutz herum. Anne Katharina fand, daß er für einen Wächter ungewöhnlich gute Manieren besaß, und er lachte, als sie ihm das sagte.

»Das ist bestimmt der Einfluß der Ritter, in deren Gefolge ich gegen die Eidgenossen und den Pfalzgrafen gezogen bin.«

»Wie das?«

»Ich habe einige Jahre bei meinem Schwager, dem Schmied in Beilstein, gelebt und bin daher unserem Herzog Ulrich in den Krieg gegen die Eidgenossen gefolgt. Mein Schwager versteht was von Geschützen, so habe ich viel gelernt. Für den Pfälzer Zug meldete ich mich, als der Herzog gute Kanoniere suchen ließ.«

Es war eine nüchterne Feststellung, und sie glaubte ihm, daß er gut war. Ruggers Stimme war warm und tief, und es machte Freude, ihm zuzuhören.

»Berichte mir vom Krieg«, forderte sie ihn auf. »Ist es nicht schrecklich aufregend? Erzähl mir, wie er war!«

Seine vollen Lippen teilten sich zu einem warmen Lächeln.

»Aufregend und schrecklich, da habt Ihr recht, und weit weniger romantisch, als man von den Rittergeschichten her meinen sollte. Die Wahrheit ist nicht für die Ohren zarter Frauen bestimmt.«

In dem jungen Mädchen regte sich der Widerspruch, denn als zimperlich wollte sie sich nicht verstanden wissen, doch er sprach schon weiter, erzählte vom größten Geschütz, der Muffel, vor deren Büchsenwagen vierzehn starke Pferde gespannt werden mußten und die Steine von hundertsechzig Pfund auf den Feind schießen konnte. Auch vom Lager des Herzogs und von seinem prachtvollen Gefolge erfuhr sie. Der Weg zur Brükke war viel zu kurz, und mit einem Hauch von Bedauern verabschiedete sich Anne Katharina von ihrem Begleiter.

Sie war im Begriff, den Grasmarkt zu überqueren und sich in Richtung Spital zu wenden, als die vierschrötige

Gestalt im dunklen Mantel, das einfache Barett tief ins Gesicht gezogen, ihr entgegenkam. Sie hätte den Mann fast berühren können, als er schnellen Schrittes an ihr vorbeiging und auf den Haal zustrebte. Es war die Art, wie er ging, wie er sich bewegte, die Anne Katharina herumwirbeln ließ. Ohne weiter darüber nachzudenken, folgte sie ihm, fest davon überzeugt, den Unbekannten vom Spital endlich erwischt zu haben. Dieses Mal würde sie nicht aufgeben, bevor sie nicht endlich sein Gesicht gesehen hatte. Sie war so aufgeregt, daß sie nicht an die Gefahr oder an die zahlreichen ungeschriebenen Regeln und Vorschriften dachte, die sie mit ihrem Verhalten grob verletzte. Es mußte gutgehen, wenn sie ihn heimlich beobachten würde.
Es war gar nicht so einfach, auf den hohen, hölzernen Sohlen dem großgewachsenen Mann zu folgen, ohne daß er sie bemerkte. Schon bald war Anne Katharina außer Atem. Im Gewirr der verwaisten, kalten Haalhäuser hatte sie Schwierigkeiten, ihn nicht aus den Augen zu verlieren. Ob er sich wieder mit dem Junker traf? Oder mit Els? Das Mädchen beschleunigte seine Schritte und betete darum, nicht im Morast auszurutschen. Schwungvoll eilte Anne Katharina um einen hohen Holzstoß und prallte dann so heftig gegen die männliche Brust, die unvermittelt vor ihr auftauchte, daß sie einen spitzen Schrei ausstieß, nach hinten fiel und mit einem schmatzenden Geräusch auf den aufgeweichten Boden plumpste. Schlamm spritzte nach allen Seiten, doch sie hatte keine Zeit, auf solche Kleinigkeiten zu achten. Eine eisenharte Hand umklammerte ihren Arm und zerrte sie hoch. Das unrasierte Gesicht unter dem Barett kam ihr so nahe, daß der faulige Atem ihr die Luft nahm.
»Du hast dich wohl verirrt, kleines Fräulein!« Die schwar-

zen, funkelnden Augen durchbohrten sie. »Oder warum läufst du sonst über den Haal – wo es außer uns beiden niemanden gibt!«
Anne Katharina versuchte, ihre Übelkeit zu bekämpfen und etwas Abstand zwischen ihr Gesicht und den Mund mit den fauligen Zahnstummeln zu bekommen. Sie war sich plötzlich nicht mehr so sicher, ob die Idee, ihm zu folgen, klug gewesen war, doch ein höllischer Dämon fuhr in sie, und sie sprudelte plötzlich eher tollkühn als mutig heraus:
»Ich sage nur ›Stürz den Degen‹ und ›Weck von Aschen‹, dann kann Er selbst sagen, ob ich mich verirrt habe.«
Sie wußte nicht, was für eine Reaktion sie erwartet hatte, diese jedoch übertraf alle Hoffnungen oder Befürchtungen. Der Mann knurrte böse wie ein wildes Tier, seine Finger schlossen sich um ihren Hals und nahmen ihr die Luft. Er war so kräftig, daß er das Mädchen ein Stück vom Boden hochhob und dann mit dem Rücken gegen die Bretterwand einer Siedenshütte drückte.
»Du kleine Ratte, sag sofort, was du darüber weißt!«
Unfähig, auch nur ein einziges Wort herauszubringen, war ihr einziges Bestreben, Luft zu bekommen. Der Mann lockerte seinen Griff etwas, hielt ihr jedoch die andere Hand drohend zur Faust geballt unter die Nase.
»Spuck's aus, mein Täubchen, sonst wird es dir noch leid tun!«
Er hat an der rechten Hand nur drei Finger. Die Erkenntnis durchfuhr sie wie ein Blitz. Er kann nicht der Fremde aus dem Spital sein! Der Griff um ihren Hals wurde wieder fester.
»Nun?«
Panisch suchte Anne Katharina nach einem Ausweg. Ihr Hals schmerzte, ihr Magen rebellierte, so daß sie nicht

mehr in der Lage war, sich eine glaubhafte Geschichte auszudenken.

»Ich weiß gar nichts darüber«, krächzte sie. »Ich habe dich beim Eisräumen mit dem Junker Senft gesehen und diese Worte gehört. Sie blieben mir im Gedächtnis, weil ich sie nicht zu deuten wußte.«

»Ich glaub dir kein Wort«, knurrte er böse, ließ sie aber los.

Gequält schluchzend rieb das Mädchen sich den schmerzenden Hals und rang keuchend nach Luft. Immer noch zwischen ihm und der Bretterwand eingeklemmt, konnte sie sich kaum rühren. An Flucht war nicht zu denken.

»Der Teufel soll alle neugierigen Weiber holen!« fluchte er, doch Anne Katharina wagte nicht, sich zu bekreuzigen. Plötzlich trat er einen Schritt zurück, betrachtete seinen Fang von oben bis unten, schlug Anne Katharinas Mantel auseinander und fühlte den Stoff ihres Rockes zwischen den Fingern. Er wischte mit seiner verstümmelten Hand eine Träne von ihrer Wange, hob ihr Kinn und zwang sie, ihn anzusehen. Eine Art Lächeln ließ die schwarzen Zahnstumpen sehen.

»Wie ist denn dein Name, hübsches Fräulein?«

»Anne Katharina. Mein Bruder ist der Ratsherr Ulrich Vogelmann!« fügte sie trotzig hinzu.

»So, so. Du wirst daheim nichts von diesem Vorfall erzählen. Hast du das verstanden?«

Anne Katharina nickte kurz und machte Anstalten, an ihm vorbeizuschlüpfen, doch er drückte sie wieder an die Wand.

»Ich möchte das mit ein bißchen mehr Überzeugung hören.«

Sein ganzes Körpergewicht prallte gegen sie, als er seine widerwärtigen Lippen auf die ihren drückte. Sie spürte,

wie er versuchte, mit seiner Zunge zwischen ihre Lippen zu dringen, und preßte die Zähne aufeinander. Sein übler Geruch trieb ihr schon wieder Tränen in die Augen, als er plötzlich wieder von ihr abließ und mit seiner verstümmelten Hand über das offene Haar strich.
»Kleine prüde Unschuld! Du willst das doch sicher auch bis zu deiner Hochzeitsnacht bleiben? Also, mach keine Dummheiten, denn sonst werde ich dich ganz schnell finden, und eh ich dir für immer die Luft aus deinem zarten Hals preß, werd ich dafür sorgen, daß du nicht als Jungfrau vor den Schöpfer treten mußt.«
Mit einem groben Griff an ihre Scham, der nur durch den dicken Stoff ihrer Röcke ein wenig gemildert wurde, bekräftigte er seine Drohung. Endlich war er überzeugt, sie genug eingeschüchtert zu haben, und trat zurück.
»Geh endlich!« fauchte er das Mädchen an, als sie sich nicht sofort rührte.
Blind vor Tränen schwankte, rutschte und taumelte sie davon. Erst als sie die ersten bewohnten Häuser der Haalgasse erreicht hatte, gestattete sie ihrem Magen, seinen Inhalt in schmerzhaften Wellen von sich zu geben, und besudelte den hübschen Rock. Sie fiel auf die Knie und weinte über ihr Elend. Es verging eine ganze Weile, bis sie sich soweit beruhigt und die Tränen getrocknet hatte, um nach Hause gehen. Wenigstens war es inzwischen so dunkel geworden, daß sie niemand mit ihren schlammbedeckten, von Erbrochenem stinkenden Kleidern und dem von Tränen und groben Händen geröteten Gesicht sah.
Der junge Mann, der die ganze Szene mit angesehen hatte, trat leise vor sich hinpfeifend aus dem Schatten und lehnte sich, die Arme lässig vor der Brust verschränkt, an die rauhe Holzwand.

»Hast du sie nicht ein wenig hart angefaßt?« fragte er beiläufig den Dreifingrigen. Der zuckte nur gelangweilt die Schultern.
»Mußte sie doch ordentlich einschüchtern, daß sie nicht gleich ihr Maul aufreißt. Außerdem war's doch ein ganz leckeres Hühnchen.«
Der Schlag kam so schnell, daß er nicht ausweichen konnte. Er war nicht schmerzhaft, eher beleidigend, doch der Dreifingrige ballte nur die Fäuste und beherrschte seine Wut, wenn auch mühsam.
»Laß deine dreckigen Finger von den Junkers- und Bürgersfrauen. Wenn du einen Prügel in der Hose hast, dann geh zu den freien Weibern oder zu Deinesgleichen in die Vorstadt.«
»Ja, Herr«, knurrte er widerwillig.
»Und nun laß hören, was du in Erfahrung gebracht hast.«
Nur wenige Minuten später schlich Anne Katharina an der Stube vorbei in die Küche, wo Agnes vor dem Herd stand und in einem großen kupfernen Suppenkessel rührte.
»Die Herrin ist sehr ungehalten. Sie hat Marie zum Spital geschickt, um Euch dort zu ...« Während ihrer Worte hatte sich Agnes umgewandt. Als sie erfaßte, was sie sah, brach sie unvermittelt ab.
»Heilige Jungfrau, sei uns gnädig!« stöhnte sie, als das Mädchen in ihre Arme fiel.
»Ach, Agnes, was soll ich nur tun? Ursula wird weinen, Ulrich toben. Und den Honig habe ich auch verloren.« Sie lachte hysterisch auf, dann flossen wieder Tränen.
»Dem Himmel sei Dank, daß Euer Bruder noch nicht im Haus ist. Wir müssen die Herrin holen«, sagte die Magd hilflos, während sie Anne Katharina beruhigend über das Haar strich. Diese schüttelte heftig den Kopf.

»Nein, ich muß mich erst umziehen und waschen und ...«
Sanft nahm Agnes ihre Hand und führte sie in die hintere Stube, füllte ihr eine Schüssel mit warmem Wasser, half beim Waschen und Umkleiden.
»Ich werde ihr sagen, daß ich ausgerutscht bin.«
Vorsichtig strich Agnes Fettsalbe auf die zerschundenen Hände.
»Ja, das könnt Ihr, doch solltet Ihr darauf achten, in den nächsten Tagen nur geschlossene Hemden und vielleicht ein Brusttuch zu tragen.«
Anne Katharina griff an ihren schmerzenden Hals, ihr Blick traf den der Magd.
»Soll ich Els holen?« fragte Agnes leise. »Ich meine, seid Ihr ...« Verlegen sah sie zur Seite.
»Ich bin immer noch Jungfrau Anne Katharina, falls du das meinst.« Ihre Stimme klang rauh.
Die Magd nickte und räumte wortlos die schmutzigen Kleider und das Waschwasser weg. Einige Augenblicke starrte Anne Katharina regungslos auf die geschlossene Tür, dann atmete sie tief durch und schritt mit hocherhobenem Haupt hinunter zur Stube, in der Ursula wartete, um ihrer pflichtvergessenen jungen Schwägerin die wohlverdiente Strafpredigt zu halten.

Kapitel 9

Tag der heiligen Kunigunde,
Sonntag, der 3. März
im Jahr des Herrn 1510

Sie hatte schlecht geschlafen. Nicht nur die aufgeschlagenen Knie und der schmerzende Hals hatten ihr den Schlaf geraubt, auch die Dämonen böser Gedanken waren zu ihr gekommen, um in ihrem Kopf und Herzen ihr Unwesen zu treiben. So erwachte Anne Katharina mit Kopfschmerzen und matten Gliedern. Noch einige Augenblicke genoß sie die wärmenden Daunen, doch von unten erklangen schon die Geräusche des beginnenden Tagewerks, und die Glocken läuteten den heiligen Sonntag ein. Seufzend schlug sie die Decke zur Seite, wusch sich Gesicht und Arme und begann sich für den für die Familie so wichtigen Tag anzukleiden. Sie stand in ihrem feinsten, bodenlangen Hemd vor der riesigen geschnitzten Truhe und überlegte, ob sie den tief ausgeschnittenen, dunkelblauen Surcot mit der Pelzverbrämung über einem hochgeschlossenen weißen Seidenhemd anziehen sollte oder doch den weitbauschenden, aprikosenfarbenen Seidenrock mit geschlitzten Puffärmeln und einem bestickten schwarzen Samtmieder?
Von unten erklangen aufgeregte Stimmen, so schlüpfte sie rasch in den Seidenrock und schnürte bereits im Hin-

ausgehen notdürftig das Miederband um die silbernen Haken.
»O Peter, wie siehst du aus!« entfuhr es ihr, als sie die Stubentür öffnete und unter dem Dreck und den zerlumpten Kleidern ihren jüngeren Bruder erkannte. Er lachte rauh, streckte abwehrend die Hände aus und wollte etwas sagen, wurde jedoch durch einem Hustenanfall unterbrochen. Marie schob ihm ein weiteres Kissen unter den Kopf und drückte ihn sanft auf die Bank zurück, Agnes kam mit dampfendem Gewürzwein und einem heißen Ziegel für seine Füße. Die Hände in die Hüften gestemmt, stand Ursula mitten in der Stube und schüttelte den Kopf.
»Er kann hier nicht bleiben. Wir bekommen nach der Messe so viele Gäste, und alles muß noch gerichtet werden ...«
Anne Katharina hatte den Eindruck, sie würde gleich in Tränen ausbrechen. Es schien ihr, als freue sie sich gar nicht, daß Peter zwei Tage früher erlassen worden waren. Ursula dachte nur an die Taufgäste und den Schmutz, den Peter mit hereingebracht hatte. Selbst Ulrich, der mit barschen Befehlen sonst schnell bei der Hand war, war anscheinend nicht in der Lage, den geordneten Fluß der Dinge wiederherzustellen. Also war es dieses Mal an Anne Katharina, die Sache in die Hand zu nehmen.
»Agnes, du bereitest Peter in der Küche ein heißes Bad mit den Kräutern aus dem blauweißen Krug, dann kümmerst du dich um die Speisen und Getränke. Marie, du richtest Peter ein Lager in der oberen Stube. Sieh zu, daß der Ofen ordentlich eingeheizt ist. Dann fegst du den Dreck zusammen, den er auf der Treppe und hier hinterlassen hat. Ursula und ich helfen uns heute gegenseitig, uns für die Messe fertig zu machen.«
Peter grinste schwach.

»Hast du das Zepter in der Hand, liebe Schwester?«
Sie kniff ihm in seine schmutzige Wange.
»Einer muß ja den Überblick behalten. Ich jedenfalls freue mich, daß du zurück bist, und werde nachher zwei Kerzen zum Dank entzünden – und ein wenig um Vergebung für deine Sünden beten«, fügte sie neckend hinzu. Als hätten ihre Anweisungen die Unsicherheit vertrieben, kehrte emsige Geschäftigkeit ein. Ulrich half Agnes sogar, den schweren Waschzuber in die Mitte der Küche zu rücken, ehe er in den Keller verschwand, um den guten Wein für die Gäste heraufzuholen. Marie klapperte in der oberen Stube, Peter schlief selig auf der Bank, so blieb Anne Katharina nichts anderes übrig, als stillzuhalten, während Ursula ihr die langen Haare kunstvoll aufdrehte und in einem feingewirkten Haarnetz aus Silberfäden verstaute.

* * *

Es waren weit mehr Gäste in der blitzsauber und festlich gerichteten Stube, als der Rat für Tauffeiern genehmigte, doch da der größte Teil der Gäste aus Ratsmitgliedern, deren Ehefrauen, Söhnen oder Töchtern bestand, hatte Ulrich diese Übertretung durch einen gemeinsamen Umtrunk geregelt. Die Frauen bewunderten den Knaben und sein zartbesticktes Taufgewand gebührend, sprachen den süßen Speisen reichlich zu und klatschten dann über Kleider und Schmuck der Anwesenden, das zur Schau gestellte Geschirr, die Zubereitung der Speisen und verglichen die Deckenschnitzereien und Möbelstücke mit denen anderer Bürgerhäuser. Auch die Männer warfen einen pflichtschuldigen Blick auf den Erben, wenn auch mit weit geringerem Entzücken, richteten Grüße von lieben

Verwandten aus und übergaben kleine Geschenke, ehe sie sich dem Wein und der Politik zuwandten. Anne Katharina wanderte von einer Gruppe zur nächsten, wechselte hier und da ein paar Worte, bedankte sich für Komplimente über ihr Gewand, lobte hier eine kunstvolle Haube, dort einen prachtvollen Fürspan und lauschte mit einem Ohr dem Geplätscher der Nichtigkeiten.
»Der Stoff ist nahezu durchsichtig! Die Männer stieren geradezu auf ihre Brüste. Und sieh dir nur diese Brokatärmel an!« hörte Anne Katharina die Firnhaberin aufgebracht zu der farblosen Witwe Feyerabend sagen.
Sie folgte dem Blick der Frauen und konnte nicht umhin, die Pracht von Anna Büschlers Gewand zu bewundern. Mit hocherhobenem Kopf und sicheren Manieren trug sie den Anstoß der Empörung in mädchenhafter Anmut zur Schau.
»Die Mandelspeise war wirklich gut, doch die Pastete hätte noch etwas feiner sein können. Mit Krebsfleisch zum Beispiel.«
»Ich hätte sie mit Rosmarin gewürzt.«
»Auch ist Fruchtmus in Form von Blumen anzurichten schon wieder aus der Mode. Bei den Eisenmenger habe ich es letztes Mal in Form der gelben Singvögel, die sie in Italien kennen, gesehen. Das war allerliebst.«
Anne Katharina war froh, daß Ursula nicht in der Nähe stand und so die Kritik von Mutter und Tochter Seyboth nicht hören konnte. Sie überlegte gerade, ob die Männer der Familie Seyboth auch gekommen waren, als eine bekannte Stimme sie herumfahren ließ.
»Jungfrau Anne Katharina, der barmherzige Engel, der im Verlies erschien, um auch für uns im Finstern die Sonne scheinen zu lassen!« Der Tonfall verkehrte das Kompliment in Spott.

»Oh, der junge Michel Seyboth, der vor nicht allzu langer Zeit im stinkenden Unrat bittend auf den Knien lag«, gab Anne Katharina kühl zurück. Er ignorierte die Entgegnung und fragte statt dessen:
»Wie geht es Peter? Ich habe gehört, er ist seiner Familie ziemlich krank zurückgegeben worden. Etwas Ernstes?«
»Verständlich, daß Ihr fragt, schließlich könnt Ihr ja nicht wissen, wie es Euren Freunden geht, da Ihr ja leider vorzeitig aus dem Verlies gestiegen seid und Eure Freunde dort im Elend zurückgelassen habt.«
Das traf ihn. Für einen Moment gab er seine spöttische Miene auf und rief:
»Das ist nicht meine Schuld! Ich weiß nicht, wen Vater bestochen hat, doch die Büttel ließen trotz Bitten nur mich gehen.« Vielleicht schämte er sich seiner ehrlichen Worte bereits, denn er setzte neckend hinzu:
»Ich bin ja so untröstlich, daß ich nicht warten konnte, bis der rettende Engel zurückkehrte, denn sonst hätte ich mich für diese überaus interessante Feierlichkeit nicht rechtzeitig herausputzen können.«
Mit diesen Worten trat er einen Schritt zurück, auf daß sie sein prunkvolles Gewand und den verschwenderisch mit Federn verzierten Hut bewundern konnte.
»Ja, herausputzen«, nahm Anne Katharina das Wort auf und schürzte verächtlich die Lippen. »Geputzt seid Ihr wohl. Es hat sicher vielen Pfauen das Leben gekostet, um diesen lächerlichen Hut zu dekorieren.«
Er sog scharf die Luft ein und wollte etwas erwidern, doch Anne Katharina war noch nicht fertig und piekte ihm mit dem Zeigefinger auf die Brust.
»Wenn man eine so schmächtige Figur hat, dann braucht man natürlich länger, um sich das Wams so auszupolstern,

daß man mit den von Natur aus gutgebauten Männern mithalten kann.«

Das war natürlich weit übertrieben, doch der Stich saß. Michel lief rot an und zischte:

»Ihr werdet noch genug Gelegenheit bekommen, um zu beurteilen, wie gut mich der Herr geschaffen hat!«

Dann drehte er sich um und stolzierte davon. Anne Katharina wollte gerade darüber nachdenken, was er mit den Worten gemeint haben könnte, als Afra Senft auf sie zusteuerte und ihr ein in Seidenpapier gehülltes Päckchen in die Hand drückte, das zwei liebevoll bestickte Häubchen und warme Bettschuhe für den Täufling enthielt.

»Liebste Anne Katharina, ich grüße dich. Die besten Wünsche und Gottes Segen für den Erben des Hauses Vogelmann, läßt Vater ausrichten.« Sie lächelte der Freundin verschwörerisch zu. »Die Worte der Berlerin waren nicht ganz so eindeutig als gute Wünsche zu verstehen, doch immerhin hat sie mich so lange in der Stube festgehalten, bis ich die Mützchen nach ihrem Wunsch ansehnlich genug bestickt hatte. Sie läßt sich übrigens wegen Unpäßlichkeit entschuldigen.«

Ihr Blick zur Stubendecke zeigte deutlich, was sie vom Unwohlsein ihrer angeheirateten Tante hielt.

»So, dann vertrittst du also heute die Familie unseres Lehensherrn?«

»O nein, einen Aufpasser haben sie mir natürlich mitgeschickt. Rudolf steht da drüben bei der Kindsmutter.«

Anne Katharina folgte ihrem Blick und entdeckte schließlich an der gegenüberliegenden Wand den ganz in Schwarz und Silber gekleideten Junker, der sich augenscheinlich glänzend unterhielt. Wenn er wie jetzt lächelte, dann hatte er sehr einnehmende Züge. Die betont

schlichte, enge Kleidung brachte seinen schönen Körper gut zur Geltung, und Anne Katharina schien es, als wären Ursulas Wangen rosiger als sonst, doch vielleicht kam das auch von der Wärme, die der Ofen und die vielen Menschen ausstrahlten.
»Er ist eine sehr elegante Erscheinung«, sagte das junge Mädchen mehr zu sich selbst, doch Afra nickte zustimmend.
»Ja, wenn er sich nicht gerade mit Gabriel über Geld und Güter zankt.« Sie schürzte spöttisch die Lippen. »Da muß ich ganz schön lange nachdenken, bis ich mich an den Tag erinnere, da ich ihn das letzte Mal freundlich gesehen habe. Erst gestern hat er gedroht, Gabriel samt seinem mürrischen Weib mit dem Schwert den Kopf abzuschlagen, wenn sie ihn weiterhin wie einen unmündigen Knaben behandeln würden!«
»Aber so etwas sagt er doch nicht im Ernst.«
Anne Katharina war inzwischen überzeugt, daß man Afras Gerede nicht die mindeste Aufmerksamkeit schenken mußte, zu wirr und voller Phantastereien waren ihre Gedanken.
»Nur ein Spaß war es aber auch nicht. Nun ja, wenn, dann würde er diesen ekelhaften Alfred schicken. Ich weiß nicht, was er an dem ungehobelten Kerl findet. Überall steckt der seine Nase rein, schleicht herum, lauscht ...«
Sie berichtete noch ein wenig über ihre Abneigung gegen Rudolfs Knecht, die schrecklich ungerechte Behandlung durch die Berlerin und würzte alles mit ein bißchen Klatsch über die anderen Junkersfamilien, doch die Vogelmannstochter hörte dem Geplauder nicht mehr zu. Sie ließ es einfach an sich vorbeirauschen, nickte ab und zu und dachte an Peter. Ulrich war dafür, den Bader holen lassen. Anne Katharina wäre der Rat von Els oder Pa-

ter Hiltprand lieber gewesen, denn so manches Mal kam ihr der Verdacht, daß es den Kranken nach des Baders Behandlung schlimmer ging als zuvor.

»... na, wenigstens wird Rudolf mit der Schönheit seiner zukünftigen Gattin mehr Glück haben, wenn das Gerücht wahr ist, daß er sich mit Helene von Rinderbach verloben wird ...«, schnatterte Afra weiter, nicht im mindesten gekränkt, daß die Freundin nur stumm dazu nickte.

Hinter den beiden Mädchen schlenderten gerade Ulrich und der Nachbar zur Keckengaß, Ratsherr Baumann, vorbei.

»Es wird mit den Holzverlusten von Jahr zu Jahr schlimmer«, hörte sie ihren Bruder sagen. »Langsam glaube ich nicht mehr daran, daß sich manch einer der armen Bauern einen Stamm für das Herdfeuer aus dem Kocher fischt. Das riecht mir nach großem Betrug.«

»Das Thema muß bei der nächsten Zusammenkunft mit den Schenken auf alle Fälle noch einmal zur Sprache kommen«, pflichtete ihm Baumann bei.

»Ihr meint, die Schenken haben etwas damit zu tun?« Ungläubiges Staunen schwang in Ulrichs Stimme.

»Das habe ich nicht gesagt ...« Alles weitere ging im Gewirr der Gespräche unter.

»Natürlich bleibt Württemberg im Bund!« drang die laute Stimme von Michel Seyboth nun zu Anne Katharina. »Der Herzog wird wieder ein Theater machen, um den Ständen möglichst viel Geld für seine Hofhaltung abzupressen, und dann mit einem langen Gesicht dem Schwäbischen Bund erneut beitreten. Ihr werdet es schon sehen. Württemberg braucht den Bund!«

Anne Katharina drehte sich um und sah, daß sich Peters Freunde und Leidensgenossen Hermann Eisenmenger und Jörg Firnhaber eingefunden hatten. Beide waren zwar noch ein wenig blaß um die Nase, doch sah man ihnen nicht an, daß sie noch am Morgen ein ungemütliches Lager im Turm geteilt hatten.

»Ja, und dann haben wir wieder keine andere Wahl, als ihm zu folgen, sonst sind wir von Mitgliedern des Bundes geradezu eingekreist«, nickte Jörg mit finsterer Miene.

»Ich glaube nicht, daß Herzog Ulrich im nächsten Jahr dem Schwäbischen Bund noch einmal beitritt«, mischte sich plötzlich Anne Katharina in das Gespräch ein. »Seine Widerstände waren bereits das letzte Mal so groß, daß ihn nur das Drängen des Kaisers umstimmen konnte.«

Die drei Männer starrten das Mädchen fassungslos an, das scheinbar gar nicht merkte, wie sehr sie damit gegen jede Regel des Anstandes verstieß. Herausfordernd sah sie die jungen Burschen an. Sie hatte es satt, immer nur mit Großvater hinter geschlossenen Türen über die wichtigen Fragen zu sprechen, die schließlich alle Bürger etwas angingen.

»Jungfrau Anne Katharina«, entgegnete Michel spitz, als er sich von seiner Überraschung erholt hatte, »wir sprachen weder von Küchengeheimnissen noch über die neueste Mode. Wir Männer haben uns über ernsthafte Politik Gedanken gemacht!«

Nach dieser Provokation war es ihr unmöglich, sich zurückzuziehen, und so erwiderte sie liebenswürdig:

»Deshalb habe ich mir auch die Freiheit genommen, Euch auf Eure schweren Irrtümer hinzuweisen.«

Michel schnappte nach Luft, doch Jörg fragte interessiert:

»Wie kommt Ihr darauf, daß der Herzog dem Wunsch des Kaisers widerstehen wird?«

»Nun, der Herzog ist ein Fürst, dem es sehr mißfällt, sich mit anderen besprechen oder auf deren Wünsche Rücksicht nehmen zu müssen. Württemberg ist mit den Jahren immer größer und mächtiger geworden, und der Herzog weiß, daß viele der freien Städte auf gute Nachbarschaft mit ihm angewiesen sind. Ebenso ist es allgemein bekannt, daß viele der Städte nur darauf warten, den Bund zu verlassen. Reutlingen, Heilbronn, Wimpfen – und natürlich Hall. Sie würden ihm folgen und müßten dann nur mit ihm verhandeln, nicht mit dem Bund. Hat er ihnen gegenüber dann nicht eine viel günstigere Position? Wie die Städte, so will auch er die hohen Kosten vermeiden, die das Bündnis bringt. Immer wieder fremde Händel und Kriegsführung, für die alle Mitglieder des Bundes Geld und Männer zur Verfügung stellen müssen.«

Sie merkte, daß ihr Peters Freunde zuhörten, wenn vielleicht auch nur, um sich auf den ersten Fehler in ihrer Argumentation zu stürzen.

»Wenn der Herzog so eifrig darauf bedacht wäre, nur dem Kaiser zu gefallen, dann hätte er des Kaisers Nichte schon vor zwei Jahren an ihrem sechzehnten Geburtstag als Braut zu sich geholt, wie es bereits seit vielen Jahre festgelegt ist«, fügte sie noch hinzu.

Jörg sah Anne Katharina fragend an. »Ihr meint, der Herzog wird Sabina von Bayern nicht heiraten?«

Sie zögerte kurz.

»Das habe ich nicht gesagt. Ich glaube, er muß sie heiraten, will er nicht Habsburg und Bayern auf das schwerste kränken. Allerdings zeigt sein Zögern, daß er dem Kaiser zu widerstehen weiß ...«

Das junge Mädchen war mit seinen Ausführungen noch nicht zu Ende, als ihr älterer Bruder sie mit vor Wut zitternder Stimme unterbrach und barsch in die Küche befahl. Die Blicke der Geschwister kreuzten sich für einen Augenblick. Wut stand gegen Trotz und Ungehorsam, doch schließlich gab Anne Katharina nach, senkte den

Blick, verabschiedete sich von den Gästen und begab sich zu der Magd in die Küche. Am meisten ärgerte sie sich über den triumphierenden Blick des jungen Seyboths in ihrem Rücken. Doch da sie die Männer mit ihrem Unmut nicht erreichen konnte, mußte sich Agnes das Schimpfen und Zetern anhören.
»Sie könnte recht haben. Von dieser Seite habe ich das Problem noch nicht betrachtet. Daß unter einem Haarnetz ein solch klarer Verstand zu finden sein kann!«
Doch die Genugtuung, Jörgs letzte Bemerkung zu hören, war dem Mädchen nicht vergönnt.
Die ersten Sterne glänzten bereits am Himmel, als sich die letzten Gäste verabschiedeten und Anne Katharina endlich Gelegenheit hatte, nach Peter zu sehen. Mit fiebrig heißem Gesicht und geröteten Augen lag er apathisch da, wenn er nicht gerade von einem Hustenanfall geschüttelt wurde. Marie kniete neben der strohgepolsterten Matratze auf dem Boden und betupfte seine Stirn mit kühlem Essigwasser.
»Er hat so unruhig geschlafen, daß ich ihm das Lager auf dem Boden bereitet habe«, flüsterte sie, um den Kranken nicht zu stören, als sie die gerunzelte Stirn seiner Schwester bemerkte.
»Dann hättest du ihm aber auch ein zweites Daunenbett unterlegen können«, rügte Anne Katharina und nahm der Amme die Schüssel und das Tuch aus der Hand. »In meiner Kammer, in der hinteren Truhe, ist noch eines.«
Marie nickte und sprang sofort auf, um das Deckbett zu holen. Kaum hatte ihn seine besorgte Schwester warm eingepackt, rissen polternde Schritte auf der Treppe den Leidenden schon wieder aus seinem unruhigen Schlaf. Die Stubentür wurde so heftig aufgestoßen, daß sie an die Wand schlug und Peter mit einem Stöhnen auffuhr.

Ulrich hatte entschieden, den Bader Wüst vom Vorderbad herbeizurufen. Den Rat von Els oder gar Pater Hiltprand lehnte er strikt ab. Seine Gattin hingegen hätte gern die Magd Sara vom Nachbarn Baumann hinzugezogen. Mischte diese doch so manchen heilenden Spruch mit unter die Kräuter, die sie nach strengen Ritualen selbst sammelte, bei Vollmond oder Gewitter, barfuß und schweigend, ein Gebet oder eine magische Formel murmelnd, je nachdem, was die Heilwirkung verstärkte. Das alles flüsterte Ursula ihrer Schwägerin zu, wagte aber nicht, es vor ihrem Ehegemahl zu wiederholen.
»Aha, da haben wir ja den Kranken«, schmetterte der fast kahlköpfige Riese, der das Zimmer betrat, und näherte sich mit festem Schritt. Ein schmächtiger, blonder Knabe, vollbepackt mit allerhand Utensilien, die der Bader bei seinen Krankenbesuchen brauchte, folgte ihm auf den Fersen.
Der Bader kniete sich ächzend nieder und zog Peter mit einem Ruck das Federbett weg, ohne sich darum zu kümmern, ob er dessen männliche Scham entblößte. Da jedoch Marie den Kranken zu Bett gebracht hatte, trug er noch seine Bruech. Daher blieb seine Schwester am Krankenlager, als der Bader mit seinen riesigen Händen den Körper des jüngeren Bruders abtastete, ihm in den Hals und die Augen sah.
»Da sind deine Säfte aber ganz schön in Unordnung geraten, junger Freund. Daher muß ich dich, um alles wieder ins Gleichgewicht zu bringen, nun ordentlich zur Ader lassen. Des weiteren gebe ich dir eine Flasche Theriak. Jeden Tag nimmst du zwei Schluck und dann noch diese Kräuter zum Abführen in heißem Wein.«
Anne Katharina nahm die Medizin entgegen und nickte. Peter verzog angewidert das Gesicht.

»Wenn es nicht besser wird, dann muß ich in zwei Tagen zu einem weiteren Aderlaß wiederkommen. Doch nun bitte ich die Jungfrau zu gehen, damit wir anfangen können.«

Das junge Mädchen schüttelte nachdrücklich den Kopf.

»Ich bin nicht so zart, wie Ihr vielleicht annehmt, und kann Euch sehr wohl beim Aderlaß behilflich sein, Bader.«

Wendel Wüst sah sie zweifelnd an, sagte aber nichts mehr, winkte nur den Jungen heran, der schweigend die Utensilien, die der Meister für sein Werk benötigte, auf einem Hocker ausbreitete. Schaudernd betrachtete Peter die spitzen Lanzetten, Nadeln und scharfen Messerchen und warf seiner Schwester einen flehenden Blick zu, dem sie jedoch geschickt auswich. Seine Haut war so brennend heiß, sein Husten so quälend, daß er Hilfe unbedingt nötig hatte. Ob allerdings die Methoden des Baders die richtigen waren?

Der Bader Wüst blätterte mit ernster Miene in einem kleinen Notizbuch und breitete dann bunt bemalte Karten auf dem Tisch aus. Neugierig reckte Anne Katharina den Hals und sah mit Staunen einen nächtlichen Himmel mit leuchtenden Sternen, von denen mehrere in Gruppen mit goldenen Linien zu Sternbildern verbunden waren. Auch der Mond mit seinem wandelbaren Antlitz war abgebildet. Um den Himmel herum erschienen die Umrisse von Menschen, deren Inneres von merkwürdig blauen und roten, baumartig verzweigten Linien durchzogen wurden.

»Der Stand des Mondes und die Stellung der Sterne sind von entscheidender Bedeutung, um die richtige Zeit und die richtige Stelle für den Aderlaß zu bestimmen«, erklärte der Bader wichtig, als er den neugierigen Blick bemerkte.

»Auf keinen Fall darf man zum Beispiel am Tag des Albinus zur Ader lassen oder am Tag der Gudelind. Auch ist nicht jede Stelle des Körpers an jedem Tag bereit, die Säfte ungehindert fließen zu lassen. Die Stellung des Mondes und der Einfluß der Planeten dürfen nicht außer acht gelassen werden.«

Das junge Mädchen fühlte sich durch die Erklärungen nur noch mehr verwirrt, ließ es sich jedoch nicht anmerken, sondern hielt tapfer die glänzende Auffangschale, während der Bader mit seinem scharfen Messer Peters Arm ritzte. Dunkelrotes Blut quoll hervor und begann dann reichlich zu fließen, nachdem der Bader den Schnitt noch einmal erweitert hatte. Immer höher füllte sich die Schale, während die brennende Röte in Peters Gesicht nachließ. Doch die dunklen Schatten unter seinen Augen vertieften sich. Endlich versiegte der Blutfluß. Wendel Wüst strich eine Fettsalbe auf den Schnitt und band einen frischen Leinenstreifen fest um Peters Arm. Mit einem Seufzer der Erleichterung rutschte Peter wieder unter seine Daunen und schloß die Augen. Der Bader kümmerte sich nicht weiter um ihn, sondern beobachtete scharf, wie der Junge die Utensilien reinigte und wieder in seiner Tasche verstaute.

»Ihr könnt bei unserem ehrenwerten Apotheker Rosenwasser besorgen, um dem Kranken mehrmals täglich das Gesicht zu waschen«, fügte der Bader noch hinzu, als er Anne Katharina vorrechnete, was der Aderlaß, das Abführmittel und das kleine Fläschchen Theriak kosteten.

»Fünfzehn Batzen für das Theriak?« rief Anne Katharina erstaunt. »Stellt Ihr es selbst her?«

»Nein, ich erwerbe es von einem weitgereisten, ehrlichen Kaufmann, der sich für seine Echtheit verbürgt. Über neunzig heilende Ingredienzen sind von kundigen Händen mit Met vereint. Selbst das Pulver eines echten Ein-

horns wurde verwendet!« rühmte er die Medizin mit erhobenem Zeigefinger.
Letzteres wagte das Mädchen zu bezweifeln, wußte sie doch von Pater Hiltprand, wie gefragt das allheilende *unicornu verum* war und welch hohe Summen dafür den Besitzer wechselten. Das gefragte Horn kam meist von weit her aus Afrika. Anne Katharina versuchte sich vorzustellen, was für einen Aufruhr der Fund eines dieser sagenhaften Hörner hervorgerufen haben mußte, das kurz nach ihrer Geburt beim Umbau des Rathauses aus dem Erdreich befreit wurde.
»Es werden solche Mengen von Allheilmittel verkauft, daß in jeder Flasche nicht einmal ein Stäubchen eines Einhorns vorhanden sein kann«, pflegte Pater Hiltprand zu sagen. »So wie all die Holzsplitter vom Kreuz Christi, die in den unzähligen Reliquienschreinen aufbewahrt werden, einen ganzen Wald ergeben, müßten unsere Wälder über und über mit Einhörnern bevölkert sein, um deren Horn in die überall verkauften Medizinfläschchen zu füllen.«
Das Mädchen behielt seine Zweifel für sich und gab dem Bader die geforderten Münzen, die er grinsend in seinem Beutel verschwinden ließ. Wahrscheinlich entschied er beim Anblick des Kranken und bei der Schätzung dessen Vermögens, wie teuer Behandlung und Medizin sein würden.
Marie brachte den Bader zur Tür. Der Junge folgte ihm mit der schweren Tasche, stumm wie ein Schatten. Er hatte kein einziges Wort während der Konsultation verloren. Anne Katharina vermutete, daß sich der Bader als strenger Lehrmeister aufführte und das Los des Knaben nicht leicht war.

KAPITEL 10

*Tag der heiligen Perpetua
und der heiligen Felicitas,
Donnerstag, der 7. März
im Jahr des Herrn 1510*

Die nächsten Tage hatte das Mädchen keine Zeit, über die zahlreichen Geheimnisse nachzudenken, die es schon so lange beschäftigten. Vielleicht war das nach der Begegnung mit dem Dreifingrigen auch ganz gut so. Die Krankenpflege nahm Anne Katharina so sehr in Anspruch, daß sie ohne Gewissensbisse die Erinnerungen und Fragen aus ihren Gedanken verdrängen konnte. Peter war ein ungeduldiger Kranker. Er jammerte über seinen Hals, die Schmerzen in allen Gliedern, über die sengende Hitze in ihm. Dann wieder fror er jämmerlich und schickte Anne Katharina nach mehr Wolldecken. Keine Speise war ihm recht, obwohl sich Agnes viel Mühe gab, Fleischbrühe und Apfelmus mit Mandeln kochte, Kräuter aufbrühte und Milchsuppe zubereitete. Er wollte entweder keinen Bissen anrühren oder verlangte nach einem gebratenen Kapaun. Nur den heißen Kräuterwein trank er gern und viel, denn dann fiel er in einen unruhigen Schlummer, aus dem er jedoch meist mit neuen Schmerzen erwachte.

Seine Schwägerin war so trüber Stimmung, daß sie den

halben Tag in der Kirche zubrachte, um für jedes Leiden des Kranken den richtigen Heiligen anzuflehen. Ganze zehn Batzen hatte sie von Ulrich für Kerzen erbeten. Am Kopfende des Krankenlagers lagen zwei winzige Holzschnitte, die den heiligen Blasius in seiner Bischofstracht zeigten, wie er das Kind vor dem Ersticken errettete, und die heilige Katharina mit Dornenkrone und Kruzifix. Trotzdem wollten weder die Halsschmerzen noch das Dröhnen in seinem Kopf weichen.

»Nein!« schrie er auf, als seine Schwester ihm mit kühlem Rosenwasser das Gesicht abwaschen wollte. »Komm bloß nicht an mein Ohr! Es sticht, als säßen tausend Teufel mit ihren Spießen darin.«

Seufzend ließ sie das duftende Tuch sinken. »Ich werde ganz vorsichtig sein.«

»Nein, geh und laß mich hier allein sterben.« Ein Hustenanfall schüttelte ihn.

Am Morgen hatte der Bader zum zweiten Mal das Haus der Vogelmanns in der Herrengasse konsultiert und noch einmal viel vergiftetes Blut herausfließen lassen, doch Anne Katharina schien es, als würde ihr geliebter Bruder trotzdem immer schwächer. Das Theriak zeigte keinerlei Wirkung, obwohl sie die Dosis schon zweimal erhöht hatte. Nur das Abführmittel des Baders hatte durchschlagenden Erfolg. Unvermittelt krümmte sich der Kranke, schlang die Arme um seinen Leib und kroch mehr, als daß er lief, hinter den Wandschirm, wo er, von zahlreichen Geräuschen und üblem Geruch begleitet, auf dem Nachtgeschirr Erleichterung fand. Als er sich wieder auf sein Lager geschleppt hatte und Anne Katharina mit zusammengebissenen Zähnen seine Hinterlassenschaft in den Hof trug, faßte sie einen Entschluß. Der Medicus war mit seiner Anhängerschar schon seit Wochen auf Reisen

von einer Universität zur anderen. Auf seine Rückkehr zu warten, das hatte keinen Sinn, doch es mußte etwas geschehen, und zwar schnell – selbst wenn Ulrich sie prügeln und bei Wasser und Brot einsperren ließ, es war die einzige Möglichkeit, die ihr einfiel.
Und so eilte sie nur wenige Augenblicke später zum Barfüßerkloster hinüber und klopfte energisch an die massive Holztüre. Holz scharrte, Metall quietschte, dann wurde das kleine Schiebefenster in der Tür geöffnet.
»Gegrüßt sei Jesus Christus, Bruder Martin.«
»In Ewigkeit, Amen, Jungfrau Anne Katharina«, antwortete der dicke Mönch mit dem gutmütigen roten Gesicht.
»Ist es möglich, daß ich Bruder Hiltprand spreche?« fragte sie höflich, als das Scharren und Schaben bereits das Öffnen der Tür ankündigte.
»Kommt herein, mein Kind, Ihr könnt im Gästezimmer auf ihn warten. Wir haben Euch lange nicht mehr gesehen ...«
Doch Anne Katharina verzichtete auf eine Erklärung. Was hätte sie dem Mönch auch sagen sollen?
Die Hände in die weiten Ärmel seine Kutte geschoben, schritt Bruder Martin schwerfällig vor ihr her. Seine ausgetretenen Sandalen klatschten leise auf den eiskalten Steinplatten.
Das Mädchen mußte nicht lange warten, bis die riesenhafte Gestalt, deren athletischer Körper nicht einmal durch die grobe Kutte verborgen werden konnte, den Raum betrat. Die leichten Falten, die sein gebräuntes Gesicht durchzogen, ließen ihn nicht alt, sondern reif erscheinen. Seine Stimme war tief und wohltönend, als er sie begrüßte.
»Liebes Kind, ich freue mich, dich nach so langer Zeit wieder zu sehen.« Er küßte sie auf die Stirn. »Ich habe unsere gelehrten Dispute sehr vermißt.«

Anne Katharina sah ihn mißtrauisch an, ob er wieder einmal über sie spottete, doch sein Gesicht strahlte reine Freude aus, die sich jedoch rasch verdunkelte, als sie ihm von Peters Zustand und der Behandlung des Baders erzählte.

»Bader sind die dreizehnte Strafe Gottes!« knurrte der Minorit, sich der Gefahr der Gotteslästerung anscheinend nicht bewußt.

»Ich werde den Guardian um Erlaubnis bitten, mir deinen Bruder ansehen zu dürfen. Warte hier auf mich.«

Mit wehender Kutte eilte er davon und kam bald mit übergeworfener Kukulle und einer Umhängetasche zurück. Er schritt so schnell vor dem jungen Mädchen her, daß sie Mühe hatte, ihm zu folgen. Vor der Haustür angekommen, stießen die beiden fast mit der Magd zusammen, die Els im Schlepptau führte. Pater Hiltprand und die Hebamme betrachteten einander abschätzend. Anne Katharina wußte nicht, woher die gegenseitige Abneigung kam, denn den allgemeinen Haß auf Frauen, den Els ihm vorwarf, konnte sie bei dem Pater nicht feststellen, ganz im Gegenteil, er hatte sich rührend um ihre Bildung und Erziehung bemüht.

»Verzeiht mir«, Agnes war knallrot angelaufen und schlug die Augen nieder. »Ich weiß, daß der Herr dem Bader vertraut und daß der junge Herr von Els nichts wissen will, aber ich hatte solche Angst um sein Leben, daß ich mir erlaubt habe, sie trotzdem zu holen.

Anne Katharina war viel zu erstaunt über Agnes' eigenmächtiges Handeln, um an Schelte überhaupt zu denken. Besorgt sah sie die Hebamme sich in die Höhe recken und dem Gottesmann einen feindseligen Blick zuwerfen.

»Oh, der ehrenwerte Pater. Ihr habt Euch wohl verirrt. Die Kirche zum Beten und Lamentieren ist in der anderen

Richtung. Hier gibt es einen Kranken zu versorgen, an dem nicht noch ein Mannsbild herumpfuschen sollte!«
Anne Katharina überlegte fieberhaft, wie sie die beiden Heilkundigen, die sich wie zwei Kampfhähne kurz vor dem Angriff musterten, zu Peters Wohl an ihre Aufgabe erinnern konnte, doch Pater Hiltprand trat beherrscht einen Schritt zurück, senkte das Haupt und ließ die Frauen vor sich eintreten. Obwohl die Geste von Demut sprach, wie es sich für einen Minoriten gebührte, hatte Anne Katharina den Eindruck, daß nur die jahrelang geübte Disziplin sein Temperament zügeln konnte und es ihm sehr schwer fiel, auf diese Provokation nicht einzugehen. Während das Mädchen mit gerafften Röcken die Treppe hinaufeilte, konnte sie sich ein Lächeln nicht verwehren. Der gute Pater würde sicherlich ein paar Paternoster zur Sühne seiner hochmütigen Gedanken beten müssen. Die fast heitere Stimmung erstarb jedoch augenblicklich, als Anne Katharina die Krankenstube betrat und in das leichenblasse Gesicht mit den tiefliegenden, dunkel geränderten Augen blickte.
»O liebster Bruder!« rief sie aus und flog an sein Lager, von dem sie sogleich wieder von der grimmigen Hebamme verscheucht wurde. Wenn nicht die große Sorge um Gesundheit und Leben des Bruders gewesen wäre, Anne Katharina hätte die Komik der Situation aus vollen Zügen genossen. Els von links, Pater Hiltprand von rechts, fühlten sie den Puls des Kranken, betasteten seinen Hals, sahen in die Augen, Ohren und den Mund. Dazwischen lag ein ziemlich unglücklicher Peter, dem die Prozedur sichtlich mißhagte, doch er fühlte sich zu schwach, um zu protestieren. Pater Hiltprand schob die Decken beiseite, legte sein Ohr an Peters Brust und forderte ihn auf, tief zu atmen, dann zu husten. Seine Miene spiegelte Besorgnis wi-

der. Els trat einen Schritt zurück, stemmte die Hände in die Hüften und sah den Pater herausfordernd an.
»Und, was ist Eure geschätzte Meinung?«
Pater Hiltprand erhob sich ebenfalls und richtete sich auf, so daß er die Hebamme um mehr als eine Haupteslänge überragte.
»Seine Krankheit ist schwer, die Lunge schon angegriffen. Zur Heilung sollte man Silberweidenrinde bei Meister Gessner besorgen und zu einem starken Sud kochen.« Er kramte in seinem Beutel und holte eine kleine, bemalte Dose heraus, ehe er weitersprach.
»Dann in den Wein diese Mischung aus Lindenblüten, Liebstöckel und Thymian geben. Am Abend kann er sich zum Einschlafen ein Schwämmchen mit Schierling unter die Nase legen. Gekochte Wacholderbeeren helfen, die Nase freizumachen, gesottene Raute aufgelegt gegen die Schmerzen der Ohren. Außerdem sollen heiße Steine unter der Decke ihn schwitzen lassen.«
Die Hebamme schüttelte den Kopf und wandte sich dann direkt an Anne Katharina. »Ihr kocht gegen die Halsschmerzen Schwarzwurzel mit Speck und Salz, um die Ohren bindet Ihr die Galle eines Rindes. Ein Schlückchen Branntwein hilft gegen die Heiserkeit. Gegen das Fieber und die Schmerzen gebe ich Euch ein Kräutersäckchen, das Ihr ihm in heißem Wein einflößen könnt. Jeden Mittag soll er ein heißes Bad mit Kamillenblüten und Salbei nehmen und sich danach mit Essig abreiben.«
»Was ist in dem Kräutersäckchen?« Die Stimme des Paters war beinahe drohend, als er fordernd die Hand nach dem Beutelchen ausstreckte.
»Holunder, Salbei, Alant, Baldrian, Scharfsgarbe und Schlüsselblume«, zählte Els auf und funkelte den Mann wütend an.

»Und was soll ich jetzt tun?« fragte Anne Katharina verzweifelt und sah von einem zum anderen.
»Heiße Bäder und die Kräuter der Hebamme werden ihm nicht schaden«, gab der Pater großzügig zu. Er blockte ihren Protest mit einer Handbewegung ab. »Die Rindergalle solltest du weglassen, ebenso den Branntwein. Auch die heilende Wirkung von Schwarzwurzeln mit Speck und Salz würde ich bezweifeln. Aber vielleicht muß man ja beim Kochen drumherum tanzen und magische Sprüche murmeln?«
»Ja, und vielleicht bindet sich der Junge aus Eurer Medizin ja einen Weidenbesen und fährt zum Fenster hinaus«, fauchte Els wütend, warf ihren Umhang über die Schulter und stürmte hinaus. Pater Hiltprand lachte, wurde aber schnell wieder ernst und betonte, wie wichtig es sei, noch heute mit der Behandlung zu beginnen.
»Ich begleite dich zu Meister Gessner. Wir sollten gleich aufbrechen.«
Anne Katharina liebte die Offizin des ehrenwerten Apothekers. Der halbdunkle Raum strömte etwas Magisches, Geheimnisvolles aus mit den deckenhohen, in unzählige Fächer unterteilten Regalen mit den blauweißen, runden Deckelgefäßen. Klare, steile Buchstaben auf deren bauchiger Mitte sprachen von ihrem wertvollen Inhalt. Auf einem Brett reihten sich Flaschen und Tiegel. Anne Katharina strich mit dem Finger über den Rand des riesigen Mörsers aus glänzendem Messing, der in einer Ecke auf dem Boden stand. Noch beeindruckender waren jedoch die furchteinflößenden Tiere aus fernen Ländern, die trotz ihrer leblosen Füllung mit blitzenden Zähnen und leuchtenden Augen dem Betrachter einen Schauder über den Rücken jagten, und so manch andere Merkwürdigkeit, die der Apotheker einem Krämer oder weitgereisten

Händler abgekauft hatte. Während Pater Hiltprand mit Meister Gessner sprach, betrachtete Anne Katharina voll Neugier und Abscheu eine große, mit klarer Flüssigkeit gefüllte Flasche, in der ein seltsames Wesen schwebte. Nur entfernt erinnerte es an ein menschliches Wesen, eher an eine mißratene Puppe – besser gesagt an eine und eine halbe Puppe, denn es hatte zwei Köpfe und vier Arme, jedoch nur einen Leib und zwei Beine. Im Glas daneben schwamm eine gebänderte Schlange mit weit aufgerissenem Maul, aus dem zwei lange, spitze Zähne ragten. Erst nach einer Weile wurde Anne Katharina klar, daß auch sie tot war. Das Mädchen schüttelte sich voll Grauen, sah noch kurz zu dem mächtigen Löwenkopf hoch und gesellte sich dann wieder zu den Männern. Der Apotheker zeigte dem Pater gerade ein Schälchen mit herrlich blauglänzenden Käfern, doch dieser schüttelte den Kopf.
»Nein, besten Dank, bereitet einfach den Rindensud und ein Schwämmchen mit Schierling zum Schlafen.«
Meister Gessner nickte, obwohl Anne Katharina den Eindruck bekam, er hätte dem Mönch gern noch mehr seiner exotischen Ingredienzen gezeigt, doch Pater Hiltprand verbeugte sich bereits zum Abschied. Der Apotheker versprach, seinen Buben mit der Medizin, sobald diese fertig sei, zum Vogelmannshaus zu schicken, und eilte in seine Alchimistenküche, wie der Pater sie zu nennen pflegt.
Die nächsten beiden Tage war keine Besserung zu sehen, und vor Sorge und Schlafmangel selbst schon ganz schwach, war Anne Katharina einem verzweifelten Weinkrampf bedenklich nahe, als am dritten Tag das Fieber endlich sank und Peter in einen langen, erholsamen Schlaf fiel. Von nun an ging es mit jedem Tag bergauf. Die Hebamme und der Pater kamen immer wieder vorbei, um

nach Peters Befinden zu sehen, doch zum Glück traf der Pater weder auf den Hausherrn noch mit der Hebamme ein weiteres Mal zusammen. Endlich, nach mehr als einer Woche, war der jüngste der Vogelmannsgeschwister wieder soweit, kräftige Nahrung zu sich zu nehmen und mit Agnes und seiner Schwester zu scherzen. Anne Katharina war so erleichtert, daß sie am hellen Tag auf ihr Bett fiel und, ohne sich zu rühren, bis zum nächsten Morgen schlief.

KAPITEL 11

Tag des heiligen Josef,
Dienstag, der 19. März
im Jahr des Herrn 1510

»Anne? Anne Katharina!«
Es war noch früh am Morgen. Die Frühlingssonne erhob sich strahlend in den frischblauen Himmel, und die Vögel stimmten ihren schönsten Gesang an, als Anne Katharina hinter das Haus in den kleinen, schattigen Hof trat. Sie entleerte gerade ihr Nachtgeschirr in dem heimlichen Gemach, das die Familie Vogelmann mit ihrem Nachbarn, dem Ratsherrn Baumann, und dessen Magd teilten, als sie der durchdringende Ruf ihrer Schwägerin erreichte.
»Anne Katharina Vogelmann!« rief diese noch einmal.
»Ja, Ursula, ich komme!«
Die Röcke gerafft, eilte das junge Mädchen die steilen Stufen zur hinteren Stube hoch, in der ihre Schwägerin aufgeregt auf und ab schritt.
»Der Kleine fiebert, und Marie ist verschwunden«, faßte sie die unglückseligen Ereignisse des Morgens zusammen. »Ich habe sie heute noch gar nicht gesehen, und ich weiß nicht, wie ich David helfen kann.« Verzweifelt rang sie die Hände. »Jemand muß Els holen!«
Beruhigend legte Anne Katharina einen Arm um ihre

Schulter und nötigte sie, sich erst mal auf das Lotterbett vor den Ofen zu setzen.
»Vielleicht ist Marie schon früh aufgebrochen, um Kräuter für den Kleinen zu holen«, versuchte sie das Fehlen der Amme zu erklären.
Ursula nahm den weinenden Knaben aus seinem Korb und drückte ihn an ihren Busen.
»Kannst du nicht in die Vorstadt laufen und Els holen? Agnes ist am Brunnen. Wer weiß, wann sie zurückkommt.«
Sanft hauchte Anne Katharina der jungen Mutter einen Kuß auf die bleiche Wange und versprach, in nur wenigen Augenblicken mit der Hebamme und deren Kräuterköfferchen zurück zu sein. Sie legte sich nur einen Göller aus leichter Wolle um die Schulter und lief dann die vielen Stufen zum Kocher hinunter, überquerte ihn am Steinernen Steg, wo er sich in drei Arme aufteilte, und lief in der Vorstadt jenseits des Kochers zur Zollhüttengasse. Das junge Mädchen war völlig außer Atem, als es am kleinen Häuschen der Hebamme ankam. Die ein wenig schief in den Angeln hängende Tür war nur angelehnt. Anne Katharina klopfte zweimal an und trat dann ein. In der hohen Halle mit dem gestampften Lehmboden war niemand zu sehen. Der schwere Duft zahlreicher Kräuterbüschel, die überall zum Trocknen an den Wänden oder von der Decke hingen, lag in der Luft. Wie in so vielen Häusern lagerten hier unten auch allerlei Werkzeuge und Gerätschaften sowie ein alter klappriger Wagen. Anne Katharina hielt sich nicht lange auf, sondern stieg die schmale, knarrende Treppe hinauf, trat Els' Namen auf den Lippen, zur offenen Stubentür und blieb dann, als wäre sie wie Lots Frau zur Salzsäule erstarrt, im Türrahmen stehen. Sie brauchte eine ganze Weile, bis sie den Schrecken erfaßte, der sich ihrem Blick bot.

In der Stube herrschte ein schreckliches Durcheinander. Über Tisch und Boden waren Tonscherben, Asche, Essensreste und Kräuter verstreut, zwei Schemel lagen umgeworfen neben dem altmodischen Ofen, vor dem auf dem Boden, zu einem Häufchen Elend zusammengekauert, die Amme Marie saß und heftig schluchzte. In der Mitte des Zimmers, in all dem Schmutz, kniete Margarete Schloßstein, des Baders Stetter Weib. Die sonst so forsche Frau mit ihrem oft losen Mundwerk war blaß und ausnahmsweise still. Ihre blutverschmierten Hände ruhten auf dem Rücken einer reglosen Gestalt, die ausgestreckt auf dem Boden lag, der Rock bis zu den Waden hochgerutscht, nur noch ein Holzschuh am Fuß, die leinerne Haube halb gelöst.

All das nahm Anne Katharina wahr, doch was ihren Blick fesselte und ihren Atem zu einem Stöhnen werden ließ, war der Rücken der Toten am Boden, denn daß sie tot sein mußte, war ihr sofort klar. Das einfache graue Gewand war an mehreren Stellen zerstochen und über und über mit Blut bedeckt. In Achselhöhe ragte schaurig der Griff eines langen Messers auf, wie man es zum Tranchieren von Geflügel oder ähnlichem verwendet.

»Heilige Mutter Gottes, ist es Els?« fragte Anne Katharina und unterdrückte nur mühsam ein Ächzen, als ihr bewußt wurde, daß auch die zahlreichen dunklen Flecken auf dem Boden, dem Tisch und selbst an den Bretterwänden Blut sein mußten.

Langsam kam Bewegung in die Schloßsteinerin. Mit einem Ruck wandte sie sich von dem grausigen Bild ab und erhob sich.

»Ja, das ist sie und dazu mausetot!« Mit grimmiger Miene wischte sie das Blut an ihrer schmuddeligen Schürze ab. »Der kann man eh nimmer helfen. Ich geh lieber, bevor

die Büttel überall ihr Nas reinstecken!« Und damit drängte sie sich an dem Mädchen vorbei und polterte die Stufen hinunter. Krachend fiel die Haustür ins Schloß.
Endlich gelang es Anne Katharina, ihren Blick von dem Messergriff und den schrecklichen Wunden im Rücken der toten Hebamme loszureißen. Die Lebenden bedurften nun der Aufmerksamkeit, deshalb ließ sie sich neben Marie auf die Knie sinken, redete leise auf die noch immer Schluchzende ein, die sich gar nicht beruhigen wollte. Da erhob sie sich und versuchte es auf die barsche Art, schimpfte mit harter Stimme und schüttelte die Amme an der Schulter. Verwundert merkte Anne Katharina, daß ihre Stimme nur ein kleines bißchen zitterte.
Teilnahmslos ließ sich die Amme hochziehen. Nur mit Mühe konnte Anne Katharina einen Schrei unterdrücken, als sie Marie ansah, deren Gesicht und Hände, Rock und Mieder über und über vom Blut der Toten besudelt waren. Auf Maries Wangen hatten sich Blut, Tränen und Asche vermischt und ihre hübschen Züge in eine Dämonenfratze verwandelt.
»Ich habe gesündigt, und deshalb werden sie mich holen. Sie werden mich töten«, jammerte die Amme und ließ ihren Tränen freien Lauf. »Am Galgen werde ich mein Leben aushauchen, die Raben werden an meinem toten Körper fressen, und der Teufel wird meine Seele im ewigen Höllenfeuer martern.« Sie stöhnte gequält.
»Unsinn!« schimpfte Anne Katharina so überzeugend wie möglich und überlegte fieberhaft, was sie mit ihr machen sollte. In diesem Zustand konnte sie sie kaum mit zum Schultheiß nehmen, denn daß jemand Konrad Büschler oder einen seiner Büttel holen mußte, stand außer Frage.
»Das ist die Strafe. Sie werden sagen, daß ich die Els getötet habe, dabei wollte ich nur das Messer rausziehen. Ich

dachte, vielleicht lebt sie noch, doch dann war überall das Blut ...«

»Es wird alles gut«, beschwichtigte das Mädchen die Amme mit mehr Kraft in der Stimme denn im Herzen. Anne Katharina schleppte die Weinende in die Küche und begann mit einer groben Bürste und viel kaltem Wasser, Blut und Schmutz von deren Haut zu schrubben. Willenlos ließ Marie es geschehen, doch sie flüsterte immer wieder etwas von einer großen Schuld, der Strafe Gottes und daß sie am Galgen oder im Feuer enden werde.

Wie die Schlangen aus dem tiefsten Höllenschlund regten sich in Anne Katharina üble Gedanken. Wieder einmal war ihr, als könne sie das Böse um sich herum spüren, dieses Mal jedoch viel stärker als vorher. Es war nicht allein die Bluttat, die sie erschreckte. Diese war nur der Ausdruck des Bösen, das, bisher noch verborgen, in den Herzen von Menschen schlummerte, denn daß die unsichtbaren Mächte mit Messer stachen, daran mochte das Mädchen nicht so recht glauben. Der Teufel mußte sich nicht selbst bemühen. Er bediente sich der Schwachen.

War Marie von Dämonen des Teufels besessen und hatte die Hebamme erstochen? Der Gedanke war wie Gift in Anne Katharinas Seele, das sich durch die Eingeweide fraß. Maries Worte, die schreckliche Angst vor dem Richter, das viele Blut an ihr, all das schien dafür zu sprechen, doch tief in ihrem Innern wußte Anne Katharina, daß die Lösung des Rätsels nicht so einfach zu finden sei. Ob der Schultheiß das auch so sehen würde? Sie fühlte berechtigte Zweifel, und die Erkenntnis drängte sich ihr so heftig auf, daß sie fast taumelte. Die einfachste Lösung war, Marie als Mörderin zu verurteilen. Dann war der Gerechtigkeit genüge getan und der Dorn, der den Junkern des Rats immer noch im Fleisch saß, endgültig beseitigt.

Doch was war mit dem Unbekannten? Der nächtlichen Drohung? Dem Haß zwischen zwei Brüdern und den toten Kindern? Hing das nicht irgendwie zusammen? Es mußte eine Erklärung für all diese Rätsel geben, und das Mädchen war fest entschlossen, diese zu entdecken.
Anne Katharina durchwühlte die Truhen der Hebamme und nahm einen leichten Umhang heraus, um das Blut auf den Kleidern der Amme zu verbergen.
»Lauf schnell heim, wasch dich gut, und zieh dir ein anderes Gewand an. Dieses hier verbrennst du am besten. Ich gehe zum Schultheiß, um Els' Tod zu melden.«
Mit unbeweglicher Miene, den Umhang, der ihr bis zu den Knöcheln reichte, fest um sich gewickelt, stieg die Amme langsam, fast schlafwandlerisch die Treppe hinunter. Sie wirkte wie ein verängstigtes Tier, das man in eine Ecke gedrängt hatte.
Ihrer ersten Sorge enthoben, sah sich Anne Katharina noch einmal im Zimmer um, vermied es aber so gut es ging, die schrecklichen Wunden zu betrachten. Warum diese Unordnung? Hatte ein Kampf stattgefunden? Aber warum war Els dann mehrmals in den Rücken getroffen? Hatte der Mörder etwas gesucht? Wenn ja, was? Sorgfältig sah sie unter jedem Kissen, am Ofen zwischen den Holzscheiten, unter der Bank und dem Tisch nach. Das mulmige Gefühl in der Magengrube wurde immer stärker und schwoll zu einer bedenklichen Übelkeit an. Anne Katharina wollte schon die Treppe hinunterstürzen, um ihren Mageninhalt nicht hier bei der Toten von sich geben zu müssen, als sie in Els' linker Hand, die zu einer Faust geballt war, ein Stück Papier herausragen sah. Die Übelkeit wich einem rasch klopfenden Herzen. Sollte sie die Tote derart entweihen und den Zettel an sich nehmen? Anne Katharina zauderte, doch dann siegte die Neugier.

Vorsichtshalber flehte sie jedoch ihre Namenspatronin um Schutz an, bevor sie versuchte, die Hand der Toten zu öffnen. Die Finger waren kalt und steif und ließen sich nicht bewegen.
»Els, vergib mir!« murmelte sie, und zog mit aller Kraft. Mit einem schaurigen Knirschen gaben zwei Finger nach.
»Heilige Jungfrau, was habe ich getan!«
Entsetzt starrte sie auf ihr Werk. Die in einem unnatürlichen Winkel abstehenden Finger schienen anklagend auf die Frevlerin zu zeigen. Furcht und Schrecken griffen mit eisigen Händen nach ihrem Herzen, als wollten sie es in ihrer Brust zerquetschen. Anne Katharina stöhnte auf. Rasch griff sie nach dem Papier. Es war ihr egal, daß es zerriß und ein Stück in der Hand der Toten zurückblieb, sie wollte nur noch raus, weg von diesem schrecklichen Ort. Laut das Paternoster betend, stolperte sie die Treppe hinab und rannte dann die Straße zum Kocher runter, bis ihr keuchender Atem und ein Stechen in der Brust sie zum Stehenbleiben zwangen. Als das Keuchen abebbte, schritt sie langsam weiter.
Während das hübsche junge Mädchen in seinem neuen hellblauen Rock mit den feinen Stickereien die Mauerstraße entlangging, grübelte sie über das Böse und den Tod nach. Rätsel über Rätsel, die sie nicht zu lösen imstande war, türmten sich vor ihr auf. Das Böse lauerte ganz in der Nähe, und mit einer schrecklichen Gewißheit wußte Anne Katharina, daß Els' Tod nicht der Anfang, aber auch nicht das Ende der Ereignisse war. Ihr Vertrauen in den Schultheiß und seine Büttel war gering, und auch von den Richtern das Rats erwartete sie nicht viel.
»Ich muß die Dämonen finden, die der Satan in unsere Mitte gesandt hat! Mit Gottes Hilfe wird es mir gelingen«, murmelte sie vor sich hin und wäre fast mit einem der

Henkersknechte zusammengestoßen, der mit dem Abdeckerkarren seine Runde durch die Vorstadt drehte. Gerade noch rechtzeitig brachte er den schweren, zweirädrigen Karren zum Stehen.
»Paß doch auf, Mädle!« schrie der lange Kerl, dessen viel zu weite Kleider um seinen mageren Leib schlotterten. Erbost fuchtelte er mit seinem Knüppel vor ihrem Gesicht herum.
Errötend murmelte Anne Katharina eine Entschuldigung und trat zur Seite, um ihn vorbeizulassen. Ihr Blick wanderte von dem ungewaschenen Mann zu dem sich mit Ächzen und Quietschen wieder langsam in Bewegung setzenden Wagen. Auf der Pritsche lagen zwei eben erst erschlagene Straßenköter. Blut und Hirn tropften aus den zerschmetterten Schädeln auf eine schon kaum mehr erkennbare Masse, die vielleicht einmal ein Schaf gewesen sein konnte. Als der süßliche Verwesungsgeruch in Anne Katharinas Nase stieg, krampfte sich ihr Magen in heftiger Pein zusammen, und mit einem Aufschrei stürzte sie zur Stadtmauer, um sich zu übergeben.
Kopfschüttelnd zerrte der Henkersknecht seinen Wagen weiter. So etwas war ihm noch nicht passiert.

* * *

Ihr Kopf dröhnte, als Anne Katharina die über und über mit Akten, Büchern und Pergamenten vollgestopfte Schreibstube des Schultheißen, verließ und über das Gespräch noch einmal nachdachte. Sie hatte genau erzählt, wie sie die Hebamme vorgefunden hatte, und auch Marie und die Schloßsteinerin erwähnt. Auf Maries Zustand war sie lieber nicht eingegangen. Sie hoffte, daß sich die Amme bis zu ihrer Vernehmung wieder gefaßt haben würde, und ein sauberes Gewand würde das Seine tun. Eigentlich wollte Anne Katharina dem Schultheiß noch von dem Unbekannten erzählen, der Els mit dem Messer bedroht hatte, doch er hörte gar nicht mehr zu, sondern wühlte eifrig in seinen Papieren.

»So, so, die Schloßsteinerin war bei der Toten. Das wundert mich nicht. Wußtet Ihr, daß sie im Verdacht steht, Hexerei zu betreiben?« Anklagend streckte er den Zeigefinger vor, so daß er das Mädchen fast berührte.

»Nein, ja, nicht so direkt«, stotterte Anne Katharina, über seine Reaktion völlig überrascht. Sie hatte zwar schon öfter Prahlereien über schwarze Künste und Verwünschungen aus dem Mund der Badersfrau gehört, doch das war nichts Besonderes. Sie war ein zänkisches Weib und sicher oft beleidigend, doch hätte das Mädchen nie ernsthaft in Erwägung gezogen, daß die Frau über wirkliche Macht verfügen könnte.

»Nun, der ehrenwerte Pfarrer Rüttinger von St. Katharina hat gestern gegen das Weib Anklage erhoben wegen Hader und Zank, übler Nachrede – und wegen Hexenwerk!«

Daß es für die ersten Anklagepunkte reichlich Grund gab, davon war das Mädchen überzeugt, doch Hexerei oder gar Mord?

»Was für Hexenwerk denn?« fragte Anne Katharina daher ungläubig.

Konrad Büschler zog das Pergament hervor, auf dem ein Schreiber die Anklagepunkte des Pfarrers vermerkt hatte.

»Sie hat den Prokurator Thomas Schmidt am Fuß geschädigt – das hat sie selbst zu ihm gesagt –, das Kalb der Kocherklauswitwe krank gemacht, bis es starb, die schwangere Frau vom Eulenhöver als Hure beschimpft und der Badermagd Veronica versprochen, ihr die ›gute Kunst‹ beizubringen. Und nun wahrscheinlich noch die arme Els zu Tode gehext!«

»Els wurde erstochen«, wagte Anne Katharina einzuwerfen, doch der Schultheiß wischte die Bemerkung mit einer Handbewegung weg.

»Was wissen wir über die Wege des Teufels und seiner Buhlen?«

Er straffte sich, und sein Ton wurde noch eine Spur amtlicher.

»Jungfrau Anne Katharina, ich werde Eure Aussage notieren lassen. Ich bitte Euch jedoch, jetzt zu gehen, denn ich werde die Verhaftung der Verdächtigen persönlich vornehmen. Den Bader werden wir vorsorglich auch mitnehmen. Schließlich muß er vom Unwesen seiner Frau gewußt haben!«

»Was passiert mit den beiden?«

»Nun, wir werden sie sicher verwahren und in ein paar Tagen gütlich verhören, damit sie ihre Untaten gestehen können. Wenn sie sich weigern, dann übergeben wir sie dem Scharfrichter zur peinlichen Befragung. Nach dem vollständigen Geständnis können die Richter das gerechte Urteil sprechen, und die Strafe wird vollzogen.«

»Und wenn sie nicht gestehen?«

Konrad Büschler zog die Augenbrauen hoch und sah das Mädchen nachsichtig wie ein kleines Kind an.

»Unser Scharfrichter versteht sein Handwerk, auch wenn er in Hall nicht oft Gelegenheit hat, es auszuüben! Meist dauert es nur wenige Stunden, bis alle Schandtaten ans Tageslicht kommen. Länger als eine paar Tage wird es auf keinen Fall gehen.«

Den Kopf voller Fragen und Ängste, trat Anne Katharina auf die Straße. Ihre Vorstellungen von einer peinlichen

Befragung waren sehr nebelhaft. Äußerst klar jedoch sah sie die schrecklichen Wunden der Hebamme vor sich. Der Schuldige hatte eine schwere Strafe verdient – doch wer war der Schuldige?

»Ich habe so ein ungutes Gefühl«, erklärte sie wenig später dem Großvater. Im Gegensatz zum Schultheiß hatte sie dem blinden Alten die ganze verworrene Geschichte erzählt, um ihn um seinen Rat zu bitten.

»Ich glaube nicht, daß die Schloßsteinerin Els erstochen hat. Warum sollte sie dann zurückkommen? Als Marie die Tote fand, war niemand da. Außerdem, wie paßt die Drohung des Unbekannten dazu? Meint Ihr, es wäre möglich, daß die Schloßsteinerin so lange gefoltert wird, bis sie etwas Falsches gesteht und womöglich für etwas bestraft wird, das sie gar nicht getan hat?«

Der ehemalige Richter saß kerzengerade auf seinem Stuhl und wiegte den Kopf hin und her.

»Nun, ich war in meiner Amtszeit bei mancher peinlichen Befragung dabei« – er preßte die Lippen aufeinander – »es ist nicht schön, aber notwendig – ich will dein zartes Gemüt nicht mit Einzelheiten belasten. Ich kann dir jedenfalls versichern, daß kein Sünder für etwas bestraft wurde, das er nicht vollständig gestanden hätte.«

»Das habe ich ja auch nicht bezweifelt«, sagte Anne Katharina leise.

Der Großvater seufzte schwer. Er sackte ein wenig zusammen und sah plötzlich sehr alt und müde aus.

»Ich erinnere mich an so manchen Fall, und ich kann dir sagen, daß mir die Teilnahme an den Befragungen immer zuwider war. Selbst bei den größten Spitzbuben konnte ich keine Befriedigung finden, wenn ihre Finger zerquetscht oder sie an der Waage aufgezogen wurden, bis alles in den Gliedern riß.«

Er schien vergessen zu haben, mit wem er sprach. Mit trockenem Mund, fasziniert und abgestoßen, hörte das Mädchen zu.
»Der Anblick der Elenden, die Schreie und der Gestank haben mich manche Nacht lang verfolgt. Doch schlimmer noch waren die Zweifel. Stundenlang, tagelang widerstand so mancher Angeklagte und leugnete die Vorwürfe, bis sein Körper, geschunden, gebrochen, gebrannt, kaum mehr für den Henker taugte. Einige mußten erst wochenlang gepflegt werden, bis sie auf eigenen Füßen den Weg zum Galgenberg oder zum Gelbinger Tor antreten konnten. Was andere oft als Verstocktheit sahen, rief in mir Staunen und sogar Bewunderung hervor. Haben die Dämonen der Hölle oder die Engel Gottes diesen Menschen die Kraft gegeben, solche Schmerzen zu ertragen? Zweimal mußte ein Angeklagter auf freien Fuß gesetzt werden, dem kein Geständnis zu entlocken war. Doch was für ein Leben hatten sie danach noch! Krüppel, auf die Mildtätigkeit anderer angewiesen! Sie mußten wie alle die Urfehde schwören, gegen niemanden, der mit dem Prozeß zu tun hatte, Rache zu sinnen, doch ich hätte es verstanden, wenn sie den Schwur gebrochen hätten. Was würde ich selbst unter solchen Qualen gestehen, nur um diese zu beenden?«
Seine letzte Bemerkung war nur noch ein heißeres Flüstern. Beide schwiegen für lange Zeit. Dann wagte Anne Katharina, die Stille zu brechen.
»Versteht Ihr nun, daß ich die Wahrheit finden will?«
Er nickte langsam.
»Als dein besorgter Großvater sage ich dir, es steht einer ehrbaren Jungfrau nicht an, sich um solche Dinge zu kümmern und ihre Unschuld und ihr Leben in Gefahr zu bringen. Sie sollte sich gehorsam und bescheiden mit

Weiberkram beschäftigen, nähen und sticken und dieses Verbrechen der Justiz überlassen ...«

»Aber Großvater!« rief Anne Katharina, enttäuscht und wütend zugleich.

Ein verschmitztes Lächeln stahl sich in das faltige Antlitz, als er, ohne den Einwurf zu beachten, weitersprach.

»... aber als ehemaliger Richter möchte ich dafür sorgen, daß die Gerechtigkeit siegt und nicht ein Unschuldiger für eine Tat büßt, die er nicht begangen hat. Der Büschler ist sicher ein ehrenwerter Mann, doch ich glaube, ihm fehlen ein wenig Phantasie und die Zeit, das verworrene Rätsel zu lösen. Jemand anderes muß die Fäden entwirren, daher erzähle ich dir etwas, das dich interessieren wird.«

Das Mädchen rutschte ein Stück näher, um keines der Worte zu verpassen.

»Es muß ein oder zwei Tage, nachdem die Senftenmagd im Spital ihren Sohn geboren hat, gewesen sein. Ich tastete mich vom Krankensaal zu meiner Kammer und blieb in der Nähe der Tür stehen, hinter der sie mit dem Kind lag, als ich eine Männerstimme hörte, die mir unbekannt war. Ich verstand seine Worte nicht, doch die Magd rief daraufhin erregt:

›Nein, nicht für alles Geld auf dieser Welt. Lieber sterbe ich.‹ – ›Das wirst du auch, samt deinem Bastard, wenn du dich weigerst! Weißt du nicht, wie reich die sind und was für einen Einfluß die haben? Ich habe schon früh gelernt, das Geld mitzunehmen, die Launen der Herrschaften zu dulden und nicht nachzufragen. Bisher habe ich gut damit gelebt! Und du wirst es auch, wenn du dich nicht so dumm anstellst.‹ – Sie weinte: ›Ich kann das nicht.‹

Ich hörte ein Klatschen, als habe der Mann sie geohrfeigt.

›Du hast keine Wahl. Wenn es dir gutgeht und die Sache in Vergessenheit geraten ist, dann kannst du immer noch heiraten und neue Bälger in die Welt setzen.‹ – ›Will er es?‹ fragte sie schluchzend. – ›Ja, er will, daß du mir gehorchst und den Mund hältst!‹«
Der alte Mann räusperte sich, ehe er weitersprach.
»Ich ging in meine Kammer, um über das Gespräch nachzudenken. An wen sollte ich mich wenden? Wem sollte ich wieviel erzählen? Ich beschloß, auf dich zu warten. Die Stunden verrannen. Eine der Pflegerinnen brachte mir mein Abendbrot. ›Ist meine Enkelin heute nicht gekommen?‹ fragte ich sie. Schwester Martha war erstaunt. ›Eure Enkelin war vor kaum einer Stunde noch im Spital. Habt Ihr nichts von dem Aufruhr bemerkt? Der Kaplan und die Mutter Oberin waren sehr ungehalten, daß sie die Marie einfach mitgenommen hat, wo doch das kleine Würmchen noch nicht einmal unter der Erde ist.‹
Ich fühlte mich plötzlich sehr müde.
›Der Knabe ist tot?‹ fragte ich, obwohl ich die Antwort wußte. ›O ja, das arme Kindchen. Doch Eure Enkelin hat es rechtzeitig zum Herrn Kaplan gebracht, daß er es vor seinem Tod taufen konnte. Noch heute wird es hinter dem Spital begraben.‹«
Peter Schweycker hob in einer Geste der Verzweiflung seine Hände.
»Ich hätte den Tod des Kindes verhindern können und habe die Gelegenheit nicht ergriffen.«
Sanft streichelte Anne Katharina seine Hände.
»Aber warum habt Ihr mir das nicht erzählt?«
»Du kamst am nächsten Tag so fröhlich zu mir, erzähltest von Davids Geburt und wie sich Ursula für die Amme eingesetzt hat. Wie hätte ich da solche Unruhe stiften können, und wie hätte ich es beweisen können? Schwester

Dorothea hat nichts Auffälliges an dem Kinderkörper finden können.«
Das Mädchen nickte.
»Els hat das ebenfalls behauptet, doch Schwester Dorothea ist fast blind, und Els wurde bedroht – und ermordet.«
»Ich wußte ja nicht einmal, wer von beiden es getan hat!«
»Das ist doch unwichtig«, schrie Anne Katharina plötzlich.
»Sie hat es zumindest gewußt und zugelassen. Was ist das für eine Mutter, die ihr Kind nicht mit dem Mut eines Raubtieres verteidigt?«
Das Papier fiel ihr wieder ein, das sie in Els' Stube gefunden hatte, und sie schwenkte es vor des Großvaters Gesicht.
»Els hat das sicher auch gedacht!«
Der Blinde legten den Kopf schief.
»Was hast du da?«
»Diesen Zettel fand ich bei der Toten. Er ist oben abgerissen, doch ich lese Euch den Rest vor: ›... Da sprach die Frau: Ja Herr, teilt es in der Mitte durch, denn wenn es nicht mein wird, dann soll es auch ihr nicht gehören.' Doch die andere Frau rief: ‚Nein, Herr, tötet das Kind nicht. Gebt es ihr lieber, denn alles ist besser, denn meinen Sohn zu töten.'‹«
Der Großvater nickte versonnen.
»Und der weise König Salomo gab den Knaben der zweiten Frau.«
»Ja, denn selbst diese Hure kämpfte für das Leben ihres Kindes! Ich werde Marie so lange zusetzen, bis sie mir die Wahrheit gesagt hat!«
Mit großen Schritten stürmte Anne Katharina nach Hause. Sie war wütend und entsetzt. Hatte sie sich nicht für

die Magd eingesetzt, als sie ins Verlies mußte? Hatte sie nicht immer an ihre Unschuld geglaubt und sogar noch vor wenigen Stunden alles getan, damit sie nicht unschuldig in die Hände des Scharfrichters geriet? Und nun das! Das vage Unwohlsein verdichtete sich immer mehr zu einer Überzeugung: Marie war nicht nur am Tod ihres Kindes schuldig, sie hatte auch die Hebamme feige und grausam von hinten ermordet.
Und ich habe ihr vertraut!
Verletzter Stolz brannte heiß in ihr.
Doch aus der herbeigesehnten Aussprache wurde erst einmal nichts. Sobald das Mädchen das Haus betrat, stürmten Ursula, Peter und Agnes ihr entgegen und drängten sie, ihnen alles genauestens zu erzählen. Sie hatten von Marie keine vernünftige Erklärung bekommen, doch deren Zustand ließ Furchtbares ahnen. So berichtete Anne Katharina zum dritten Mal, was sie in dem kleinen Haus in der Zollhüttengasse vorgefunden hatte. Sie erzählte auch von ihrem Besuch beim Schultheiß und der bevorstehenden Verhaftung der Schloßsteinerin, nur von ihrem Gespräch mit dem Großvater berichtete sie nichts. Erst wollte sie mit Marie sprechen.
Endlich war die Neugier der Familienmitglieder soweit befriedigt, daß sie von ihr abließen und sie nach oben gehen konnte. In der kleinen Stube fand Anne Katharina jedoch nur den friedlich in seinem Korb schlafenden David. Auf dem Tisch lag eine angefangene Näharbeit. Das Mädchen überlegte gerade, wo sie nach Marie suchen sollte, als sie Stimmen aus der Schreibkammer vernahm. Lautlos trat Anne Katharina an die Tür und näherte, mit einem Hauch schlechten Gewissens, doch einer fast übermächtigen Neugier, ihr Ohr dem glatten Holz.
»Bitte, Herr, laßt mich jetzt gehen«, hörte sie Maries wei-

nerliches Flehen und gleich darauf Ulrichs barsche Stimme.
»Du bist undankbar! Statt mit Rutenhieben aus der Stadt gejagt zu werden, wie du es verdient hättest, gebe ich dir ein Heim. Du hast ein Dach über dem Kopf, Essen und Kleidung, dafür kann ich doch wohl ein bißchen Entgegenkommen von dir erwarten.«
Anne Katharina hörte die Amme weinen und wurde zwischen dem Wunsch, ihr zu helfen, und der Hoffnung, mehr zu erfahren hin- und hergerissen.
»O Herr, seid gnädig und drängt mich nicht weiter.«
Ulrich verlegte sich aufs Schmeicheln. Es hörte sich fast wie das Schnurren eines Katers an.
»Marie, du bist doch ein kluges Weib. Was fordere ich schon von dir? Wieviel mehr bedeutet es, ein gesichertes Leben zu führen. Nun komm schon und setz dich zu mir. Du brauchst keine Angst haben, es wird niemand erfahren. Ich verspreche es dir.«
Sein Bitten schien nicht den gewünschten Erfolg zu haben, denn er stieß ein wildes Knurren aus, und Anne Katharina hörte seinen schweren Schritt, als er die Kammer durchquerte.
»Du tust ja gerade so, als wäre ich der Leibhaftige!«
Als Marie einen Schrei ausstieß, hielt das Mädchen es nicht mehr aus und riß die Tür auf. Marie stand mit dem Rücken an den Sekretär gedrängt, Ulrich dicht vor ihr. Für einen Moment waren die beiden wie erstarrt, doch dann kam Leben in die junge Frau. Ungestüm wand sie sich, um sich aus Ulrichs Griff zu befreien, und stürmte dann an Anne Katharina vorbei, rannte die Treppe hinunter und lief aus dem Haus. Die Geschwister starrten sich stumm an. Anne Katharina fröstelte, als sie die Wut und den Haß in des Bruders Blick las.

»In diesem Haus ist es immer noch Sitte anzuklopfen, bevor man die Schreibstube betritt.«
Klirrende Kälte schlug ihr entgegen, doch sie tat so, als bemerke sie es nicht.
»Liebster Bruder, ich habe dich gesucht. Ich brauche deinen Rat.«
»In welcher Angelegenheit, wenn ich fragen darf?«
Mißtrauen schwang in seiner Stimme.
»Du hast sicher schon vom Tod der Hebamme gehört. Nun, ich war beim Schultheiß und – nun ja, du hast da mehr Erfahrung, um mir zu sagen, ob ich mich richtig verhalten habe. Auch könntest du mir raten, was ich sagen soll, wenn ich noch einmal zu ihm muß, um meine Aussage von einem Schreiber aufnehmen zu lassen.«
Sie sah ihn so unschuldig an wie nur möglich, und seine Züge entspannten sich.
»Du tust gut daran, zu mir zu kommen. Setz dich, dann können wir alles in Ruhe besprechen.«
Anne Katharina ließ sich auf einen weich gepolsterten Scherenstuhl sinken und strich ihre Röcke glatt. Äußerlich sah man ihr nicht an, daß sie nur darauf brannte, Marie zu suchen, um sie auszufragen.

Kapitel 12

Tag der heiligen Irmgard,
Mittwoch, der 20. März
im Jahr des Herrn 1510

Den ganzen Tag fand ich keine Gelegenheit, mit ihr ungestört zu reden«, beschwerte sich Anne Katharina, als sie am anderen Morgen in der Kammer ihres Großvaters saß. Er schien heute ein wenig geistesabwesend zu sein, und sie war sich nicht ganz sicher, ob er ihr überhaupt zuhörte, als er plötzlich mit einem Ruck den Kopf in ihre Richtung wandte und seine Enkelin anzusehen schien.
»Du bist also fest entschlossen, den Dingen auf den Grund zu gehen.« Er seufzte. »Da du den Dickkopf deiner Großmutter zu haben scheinst, werde ich wohl kaum Erfolg haben, wenn ich dich bitte, davon Abstand zu nehmen.«
Abwartend schwieg das junge Mädchen, griff jedoch nach seiner suchenden Hand, um ihm zu zeigen, daß sie zuhörte.
»Trotzdem bitte ich dich: keine nächtlichen Verfolgungen mehr! Ich möchte, daß du bei Dunkelheit zu Hause bist oder einen verläßlichen männlichen Schutz hast. Du könntest ja Peter mitnehmen.«
»Pah, der ist doch nur an sich und seinem Kram interessiert. Bisher hat er mir noch jede Bitte abgeschlagen. Ich würde ihn ja gerne dazu bringen, seine Siederfreunde ein

wenig auszuhorchen, doch ich glaube nicht, daß ich mit solch einem Vorschlag bei ihm Erfolg haben werde. Manchmal glaube ich, ich bin ihm nur lästig, es sei denn, ich kann etwas für ihn tun!«
Der Großvater nickte langsam. Ein wehmütiges Lächeln huschte über sein Gesicht.
»Es ist nicht leicht, mit den Männern der Familie Vogelmann zu leben, nicht? Deine Mutter … Nein, das gehört jetzt nicht hierher. Versprich mir, daß du nicht leichtsinnig bist!«
»Ja, lieber Großvater.«
Die Worte kamen leise und demütig, wie es von einer Jungfrau erwartet wurde, doch der alte Mann spürte den inneren Widerstand.
»Großvater, habt Ihr die Worte ›Stütz den Degen‹ oder ›Weck von Aschen‹ schon einmal gehört?« fragte Anne Katharina schnell, um ihn davon abzuhalten, noch weiter Versprechen einzufordern.
Mit gerunzelter Stirn dachte er nach, doch dann schüttelte er den Kopf.
»Nein, vielleicht sind es Losungsworte oder verschlüsselte Botschaften.«
Sie seufzte enttäuscht.
»Schade, Ihr wißt doch sonst immer alles.«
Der Alte lächelte geschmeichelt, wehrte aber ab.
»Davon kann keine Rede sein. Ich wehre mich nur dagegen, hier lebendig begraben zu sein, weil ich nicht mehr sehen und nicht mehr unter die Leute gehen kann.«
»Deshalb komme ich ja auch, sooft es mir möglich ist«, sagte seine Enkelin warm und umarmte ihn. »Trotzdem muß ich jetzt gehen, wenn ich nicht wieder einen bösen Streit mit Ulrich riskieren will.«
Der Großvater nickte, hielt sie jedoch zurück.

»Einen Augenblick noch. Ich habe interessante Neuigkeiten für dich. Der Bader Stetter wurde gestern verhaftet und verhört, dann jedoch wieder freigelassen. Auch die Schloßsteinerin haben sie gütlich verhört, doch sie weigert sich, ihre Untaten zu gestehen. Nur das Fluchen und so manches böse Wort hat sie zugegeben. Jetzt sitzt sie im Sulverturm, bis alle Zeugen vernommen sind und man sie wieder befragen wird.«
Als seine Enkelin gegangen war, saß der alte Mann noch lange reglos auf seinem Stuhl und dachte nach. Er tat sich schwer mit der Entscheidung, doch als die Schwester mit dem Nachtmahl eintrat, hatte er sich entschieden und bat sie um einen Gefallen.

* * *

Möglichst geräuschlos öffnete Anne Katharina die Tür und schlüpfte in die hohe, dunkle Halle. Sie strebte dem trüben Lichtschein zu, der vom oberen Stockwerk herab warm und einladend über die Treppe fiel, als sie das Geräusch eines unterdrückten Kicherns und das Scharren von Füßen auf dem steinernen Boden zurückhielt. Wer konnte das sein? Sie hielt den Atem an und lauschte. Das Raunen einer gedämpften Männerstimme drang zu ihr, dann das leise Rascheln von Stoff und wieder Gekicher. Die Quelle der seltsamen Geräusche mußte hinter den großen Weinfässern zu finden sein, die den süßen Neckarwein bewahrten, den ihr Bruder Ulrich aus Heilbronn und Wimpfen hatte bringen lassen. Der Handel mit Wein brachte im Jahr mindestens so viele Goldgulden ein wie der Verkauf der gesottenen Salzschilpen. Wußten doch schon die Kinder auf der Straße, daß fingerlang Handel mehr einbringt als armlang Handwerk.

Leise tastete sich Anne Katharina an den Fässern entlang, ängstlich darauf bedacht, kein unnötiges Geräusch zu verursachen. Neugierig lugte sie um die Ecke. Ein Binsenlicht an der Wand verdrängte mit seiner kleinen Flamme die tiefen Schatten ein wenig, aus denen sich zwei Menschen schälten. Überrascht blieb Anne Katharina stehen und unterdrückte noch rechtzeitig einen Ausruf des Erstaunens. Vor ihr, mit dem Rücken an ein über mannshohes Faß gelehnt, stand Agnes. Die Haube der Magd war verrutscht, und ein paar brünette Haarsträhnen hatten sich aus den aufgewundenen Zöpfen gelöst, die ihr nun über die nackten Schultern bis auf die entblößte Brust herabhingen. Die im flackernden Licht unter ihrem offenen Hemd und dem gelockerten Mieder rosig schimmernde Brust hob und senkte sich hastig. Große Hände griffen nach den Brüsten, drückten sie so heftig, daß die Magd stöhnte. Trotz des trüben Lichts erkannte Anne Katharina den Mann, der ihr den Rücken zukehrte, sofort. Ihr älterer Bruder gab dieselben merkwürdigen Grunzlaute von sich, die Anne Katharina schon öfter aus der ehelichen Kammer vernommen und die ihr immer ein Rätsel gewesen waren.
Ulrich Vogelmann beugte sich vor, zerrte ungestüm an dem störenden Stoff, küßte den Hals und die Schultern der Magd. Dann wanderte sein Mund tiefer, strich über die üppigen Brüste, stülpte sich über eine der festen, dunkel aufragenden Brustwarzen. Wie ein hungriger Säugling begann er zu schmatzen und zu saugen. Anne Katharina spürte, wie ihr Mund trocken wurde und ein seltsam warmes Gefühl in ihrem Schoß aufzusteigen begann. Die Anspannung war so groß, daß sie sich auf die Lippen biß. Das Mädchen wußte, daß sie sich jetzt zurückziehen sollte, doch die Neugier hielt Anne Katharina fest. Endlich wür-

de sie Antwort auf die Fragen bekommen, die sie seit langem quälten.
Ihr Bruder ließ von der Magd ab und begann ungestüm an seinen hautengen Hosen zu zerren. Ungeduldig öffnete er die Bänder, mit denen seine Beinkleider am Wams befestigt waren, und schob die Hose samt seiner Bruech bis zu den Knien hinunter. Die Magd stöhnte leise auf, als der breitschultrige Mann ihre Röcke hob und seine kräftige Hand zwischen ihre Schenkel schob. Mit der anderen Hand griff er nach einer ihrer bestrumpften Waden und zog sie hoch. Ungestüm drängte er sich an sie heran, so daß die junge Frau das Gleichgewicht verlor und mit dem Rücken dumpf gegen das Faß prallte. Doch Ulrich griff ihr mit beiden Händen um das Hinterteil, zog sie wieder zu sich heran, umschlang sie, als wolle er sie erdrücken. Da blieb Agnes' Blick an der heimlichen Zuschauerin hängen, und sie stieß einen leisen Schrei aus.
»Anne Katharina, bei allen Heiligen, was macht Ihr hier?« Ungestüm wand sich die Magd aus der männlichen Umarmung und versuchte, ihre Scham zu bedecken. Ulrich verrenkte sich den Hals, um nach seiner Schwester zu sehen, ohne sich umdrehen zu müssen, was so komisch aussah, daß es das Mädchen zum Lachen reizte. Doch die Heiterkeit schwand sofort, als der Hausherr in höchstem Zorn brüllte:
»Verschwinde in deine Kammer! Wenn ich dich heute noch in die Finger bekomme, dann prügele ich dich durch, daß du dir wünschst, du wärest nie geboren worden!« Er griff nach Bruech und Hosen und zog sie hoch.
Ernüchtert wandte sich Anne Katharina um und hastete stolpernd die Treppe hoch. Vor der Stubentür zögerte sie kurz. Ihr leerer Magen forderte schon seit Stunden zumindest ein Stück Brot und etwas warme Suppe, doch

wollte sie jetzt auf keinen Fall ihrer Schwägerin begegnen. Womöglich schreckte Ulrich nicht einmal davor zurück, seine Wut vor den Augen seines Weibes an ihr auszulassen. Was sollte sie sagen, wenn Ursula den Grund für seinen Zorn zu erfahren wünschte? Allein schon der Gedanke an diese Peinlichkeit trieb ihr das Blut in die Wangen, und da sie Ulrichs schweren Schritt auf den unteren Stufen hörte, lief das Mädchen so schnell sie konnte mit gerafften Röcken noch eine Treppe höher und schlug die Tür zu ihrer winzigen Kammer hinter sich zu.

* * *

»Herr Richter, ein Franziskanermönch möchte Euch sprechen. Soll ich ihn einlassen?«
Peter Schweycker genoß den Hauch von Respekt in ihrer Stimme, der ihm früher immer bezeugt worden war und den er als selbstverständlich angesehen hatte. Der blinde Mann seufzte. Wahrscheinlich sprach selbst die sanfte, fürsorgliche Schwester Elsbeth draußen, wenn er es nicht hören konnte, vom ihm als dem senilen Alten.
Die Schwester wartete geduldig, freundlich lächelnd, auch wenn er das nicht sehen konnte. Im gleichen Tonfall wiederholte sie die Frage noch einmal.
»Ja, ja, schickt ihn herein. Ich habe nach ihm rufen lassen.«
Das lange, weiße Ordensgewand raschelte leise, als die Schwester die kleine Kammer verließ, und schon kurz darauf vernahm der ehemalige Richter die Schritte eines Mannes, die in respektvollem Abstand abbrachen.
»Der Herr ist groß und barmherzig ...«
Peter Schweycker unterbrach die tiefe, wohltönende Stimme mit einer wegwerfenden Handbewegung.

»Spar dir das Geschwätz. Wenn du glaubst, ich hätte dir verziehen, dann täuschst du dich. Nicht einmal auf meinem Sterbebett werde ich dir diese Sündenlast abnehmen. Du mußt schon selber sehen, wie du in der Hölle damit klarkommst!«
Über das reife, wohlproportionierte Gesicht des Mönchs glitt Erstaunen.
»Warum hast du mich dann mitten in der Nacht rufen lassen, nachdem du dich so viele Jahre geweigert hast, auch nur ein Wort mit mir zu sprechen?«
Die ganze Erbitterung, die er schon längst überwunden glaubte, kam wie eine Flut wieder über ihn, wallte auf, brodelte zischend über.
»Du hattest kein Recht dazu!« rief der Alte erbost und schlug mit der Faust auf die Stuhllehne, die bedenklich knirschte. »Ich habe dich geliebt, du warst Freund, Bruder, Sohn, alles für mich. Du hast mein Vertrauen mißbraucht, mich schändlich belogen und betrogen!«
»Dafür büße ich nun auch schon viele Jahre. Fühl den groben Stoff dieser alten, zerschlissenen Kutte.«
Der alte Mann lachte bitter.
»Du brauchst mir nichts vormachen. Schon in meiner Jugend waren der Verfall und die Verderbtheit in den Klöstern so groß, daß sie eher Hurenhäusern glichen als Orten der Buße und Besinnung! Von Völlerei und Faulheit ganz zu schweigen. Ist es nicht Beweis genug, daß es dir möglich ist, um diese Zeit zu mir zu kommen?«
»Du tust mir und der Bruderschaft unrecht«, erwiderte der Mönch, doch dies schien den Blinden nur noch mehr zu erregen.
»Hör auf, mir Honig um den Mund zu schmieren! Du, der du auch noch die Frechheit besitzt, dich als ihr Lehrer aufzuspielen!«

»Das ist vorbei – seit beinahe einem Jahr. Wußtest du das nicht?«
Peter Schweycker wollte die Trauer und den tiefen Schmerz in der Stimme gar nicht hören.
»Doch, natürlich, sie hat es mir erzählt. Wurde ja auch Zeit. Wer weiß, was du ihr Schändliches erzählt – und mit ihr gemacht hast.«
Zum ersten Mal verlor der Mönch seine ruhige Freundlichkeit und rief gekränkt:
»Wie kannst du nur so etwas denken?«
»Ulrich denkt es jedenfalls.«
»Entschuldige, daß ich das sage, doch Ulrich ist ein Narr!«
Der Blinde kicherte plötzlich.
»Da hast du allerdings recht.«
Doch so unvermutet, wie die Fröhlichkeit aufgeblitzt war, verschwand sie wieder und machte tiefer Traurigkeit Platz.
»Er versucht mit allen Mitteln, sie mir zu entfremden, ihre Besuche immer weiter einzuschränken, bis sie dann gar nicht mehr kommt. Mein Einfluß schwindet, und ich kann es nicht aufhalten!«
Die Verzweiflung in der brüchigen Stimme ließ den Mönch nach der faltigen Hand greifen, die der Alte ihm jedoch sogleich wieder entzog.
»Auch du denkst, ich bin senil und nicht mehr richtig im Kopf!« rief er anklagend.
»Nein, ich bin dir näher, als du denkst, und leide mit dir.«
Peter Schweycker wollte schon wieder aufbrausen, doch dann erinnerte er sich an den Grund für diesen ungewöhnlichen nächtlichen Besuch.
»Du mußt mir helfen, Hiltprand, schwöre es mir, bei all den Heiligen, die dir lieb und teuer sind, denn ich bin

nur noch ein schwacher, blinder Greis und kann es nicht selber tun.«

Dieses Mal ließ er es geschehen, daß der Freund aus alten Tagen nach seinen Händen griff.

* * *

Anne Katharina lag in ihrem Bett, die Daunendecke bis ans Kinn gezogen, doch der Schlaf wollte sich nicht einstellen. Der aufkommende Wind rüttelte an den Holzläden und pfiff durch die Ritzen, ab und zu piepste eine Maus, und dann raschelte es in den frischen Binsen.

»Und außerdem habe ich Hunger«, brummte das junge Mädchen ärgerlich in die Dunkelheit, schlug die Decke zurück, tastete nach ihrem Umhang und den Schuhen und schlich leise die Treppe hinunter. Der Gedanke an frisches, weißes Brot und etwas Käse war verlockend, doch als sie sich dem glutroten Schein näherte, der aus der Küche drang, und sie eine dunkle Gestalt auf dem Schemel vor dem Herd sitzen sah, blieb sie unentschlossen stehen. Groll, Neugier, aber auch Mitleid stritten sich heftig in ihrer Brust, als die Magd, die mit einem dampfenden Becher in der Hand nachdenklich in die Glut gestarrt hatte, plötzlich aufsah. Einladend wies sie auf den zweiten Schemel.

»Kommt doch ans Feuer, Anne Katharina, ein Becher heißer Met wird Euch guttun. Vielleicht auch etwas Brot und Speck? Ihr hattet doch kein Nachtmahl.«

Widerstrebend trat das Mädchen näher und nahm den Tonbecher, den die Magd ihr reichte.

Eine Weile saßen die beiden schweigend vor dem Herd, tranken Met, fühlten die Wärme der Glut, die die nächtliche Kühle vertrieb, als das Mädchen plötzlich hervorstieß:

»Warum hast du das mit ihm gemacht?«
Ein schwermütiger Zug lag um den Mund der Magd.
»Ich mit ihm? Er mit mir! Oder hattet Ihr den Eindruck, daß ich Euren Bruder zu etwas zwinge, das er nicht will?«
»Nein, aber du hast einfach mitgemacht, dabei hat er doch Ursula, er ist verheiratet und ...« Anne Katharina schwieg verwirrt.
Die Stimme der Magd klang sanft.
»Ihr dürft nichts Böses über Euren Bruder denken. Der Herr liebt seine Frau, doch wegen des Kindes durfte er lange nicht bei ihr liegen. Erst vor der Geburt und dann die lange Zeit der Unreinheit danach ...«
»Schon am Sonntag wird sie wieder eingesegnet. Kann er nicht noch so lange warten?« erwiderte Anne Katharina wild.
»Männer wollen nicht warten. Wenn sie Lust auf eine Frau haben, dann nehmen sie sich, was sie brauchen, von ihrem Eheweib, den freien Weibern an der Sulfurt – oder von ihrer Magd.«
Das junge Mädchen schluckte, dachte über das Gehörte nach. »Weiß Ursula das?«
Agnes zuckte die Schultern.
»Ich glaube schon. Alle Männer sind so. Sie brauchen es oft, das ist ihre Natur.«
Düster starrte Anne Katharina vor sich hin. Der Met breitete sich warm in ihrem Körper aus, und die Glut tat das Ihrige, dennoch fröstelte sie. Da waren noch so viele Fragen, die sie quälten.
»Was ihr da gemacht habt – ist es das, was Verheiratete tun, ich meine, was Männer und Frauen tun, damit ein Kind entsteht?«
Agnes nickte.
»Und wie ist das? Es muß schrecklich sein!«

»Oft schon. Wenn die Männer wild und ungestüm sind, dann schmerzt es sehr. Auch laufen sie manchmal danach einfach weg, als hätten sie nur ihr Geschäft verrichtet, dann fühlt man sich beschmutzt, erniedrigt. Doch wenn sie einen dabei streicheln und küssen, kann es sehr schön sein.«

Das junge Mädchen schüttelte sich vor Abscheu.

»Das kann ich nicht glauben. Aber du sagst das so, als hätten es schon viele Männer mit dir gemacht.«

»Nun ja« – trotz des trüben Lichts entging Anne Katharina die Verlegenheit der Magd nicht – »das erste Mal, das war ein Freund meines Bruders, als ich noch auf dem Hof meiner Eltern lebte. Ich muß ungefähr zwölf Jahre alt gewesen sein und wußte noch weniger darüber als Ihr jetzt. Er lockte mich in den Stall, hob meinen Rock und fiel über mich her. Das war schlimm.« Auf ihrer Stirn erschienen Falten. Sie goß sich und Anne Katharina die Becher noch einmal voll, bevor sie weitersprach.

»Dann mit fünfzehn kam ich als Magd zu den Merstatts. Der junge Junker hat mich manchmal zu sich in die Kammer genommen. In diesem Sommer lernte ich einen Gergesellen kennen. Wir trafen uns immer in der Scheune auf einer Obstwiese vor der Stadt, und ich dachte, wir würden heiraten, doch im Herbst zog er dann weiter. Zwei Jahre später kam ich zu Euch ins Haus. Ab und zu stellt mir der Rudolf Senft nach. Na ja, die jungen Männer suchen sich immer einen Weiberrock, und man muß aufpassen, wenn man in einsamen Ecken oder abends unterwegs ist. Ja und jetzt ...« Sie lächelte verklärt, sprach jedoch nicht weiter.

Ein schrecklicher Gedanke flammte plötzlich in Anne Katharina auf.

»Macht Peter das auch mit dir?«

Die Magd lächelte.
»Nein, doch als er letzte Woche aus dem ›Wilden Mann‹ kam und dem Neckarwein gut zugesprochen hatte, da wollte er mich küssen und hat mich in den Po gezwickt. Das muß er den Siedern in der Schenke abgeguckt haben.«
Etwas quälte das Mädchen noch.
»Aber wie ist das, dann betreibst du doch Unzucht und könntest ein Kind bekommen, so wie Marie.«
Agnes kniff die Lippen zu einem dünnen Strich zusammen.
»Ja, die Gefahr besteht immer, doch es gibt auch Mittel, um etwas dagegen zu unternehmen, Kräuter, die – aber das braucht Euch nicht zu interessieren.«
Anne Katharina richtete sich kerzengerade auf und sah die Magd streng an.
»Es interessiert mich aber, und ich möchte alles wissen. Was sind das für Kräuter? Bekommt man sie in der Offizin des Apothekers?«
»Aber nein, Meister Gessner wird sich hüten, solch gefährliche Geheimnisse an arme Frauen weiterzugeben«, kicherte die Magd. »Auch Els, Gott hab sie selig, half in solchen Fällen nur selten. Sie wußte zwar alles über diese Kräuter, doch ihr war es lieber, gesunden Kindlein in die Welt zu helfen, als ihre Frucht frühzeitig zu töten.« Agnes zögerte einen Augenblick, ehe sie weitersprach.
»Ich habe ein paarmal Kräuter von Sara – der Magd vom Ratsherrn Baumann – bekommen, doch ich weiß, daß sie die Kräuter nicht selber sammelt. Sie kennt eine Alte, Berta heißt sie, sie wohnt oben im Wald bei der Limpurg, die hat Erfahrung mit solchen Sachen und mischt auch mancherlei Tränke und Pulver und …«
»Ist sie eine Hexe?« fragte Anne Katharina und hielt den

Atem an, denn bisher hatte sie immer nur den Klatsch auf der Straße mitbekommen, wenn in anderen Städten, in Nördlingen, Würzburg oder Tübingen, die heilige Inquisition die Hexen in ganzen Scharen aus ihren Verstecken zerrte, um sie dem reinigenden Feuer zu übergeben. Gab es also auch in Hall richtige Hexen? Gestern die Schloßsteinerin und heute die geheimnisvolle Alte im Wald.
Die Magd zögerte einen Augenblick und zuckte dann die Schultern.
»Sara ist sicher keine Hexe, aber bei der alten Berta bin ich mir nicht so sicher, bei alldem, was Sara über sie erzählt hat. Ich selbst habe die Alte allerdings noch nicht gesehen«, fügte sie rasch hinzu.
Beide schwiegen eine Weile. Nur ein leises Knistern vom Herd her und der Wind, der über die geschlossenen Fensterläden strich, waren zu hören. Anne Katharina sog den süßlichen Duft ein, der von ihrem Tonbecher aufstieg.
»Kennst du dich auch mit Kräutern aus? Ich meine nicht mit denen, die man in die Speisen gibt oder in den Wein. Ich meine die, die Sara dir besorgt.«
»Ich weiß, was Ihr meint. Ich bin mir nur nicht sicher, ob es gut ist, wenn ich mit Euch darüber rede.«
»Bitte, Agnes!«
»Anne Katharina, Ihr seid eine Jungfrau aus einer angesehenen Bürgersfamilie und werdet sicher bald einen ebenbürtigen jungen Mann heiraten.« Sie überhörte das verächtliche Schnauben und fuhr fort. »Ihr werdet das Gemach mit Eurem Ehemann teilen und ihm viele Kinder schenken. In Eurem Leben werdet Ihr über diese Dinge nichts wissen müssen.«
Schmollend schob Anne Katharina die Unterlippe vor und wirkte nun eher wie ein trotziges Kind, dem man eine

Süßigkeit verwehrte, als eine heranwachsende junge Frau, die um die Geheimnisse der Frauen wissen mußte.
»Ich will ja nicht davon Gebrauch machen. Ich bin nur schrecklich neugierig. Außerdem, findest du es gut, daß man den Mädchen nie etwas erzählt, nur um sie später dann einem Schrecken nach dem anderen auszusetzen?«
Seufzend gab die Magd nach.
»Aber sprecht, um Himmels willen, nicht mit der Herrin oder gar mit Eurem Bruder darüber!«
»Was denkst du denn!«
Agnes kümmerte sich nicht um den gekränkten Tonfall, schenkte die Becher noch einmal voll und trank einen kräftigen Schluck, ehe sie begann.
»Es ist so, die genaue Mischung kenne ich nicht, doch ich weiß, daß man Engelsüß, Frauenmantel und Salbei nehmen muß, wenn man bei einem Manne liegen und nicht schwanger werden will. Ist es jedoch schon einige Tage her, dann helfen Frauenhaar, Engelwurz und Tausendgüldenkraut. Aber auch Rosmarin, Sellerie, Beifuß und Thymian führen dazu, daß Eure unreinen Tage kommen. Wenn allerdings die Frucht im Leibe schon wächst, dann helfen Raute und Zaunrübe, aber das ist sehr gefährlich, und Ihr solltet es besser ganz schnell wieder vergessen ...«
»... denn zuviel Wissen kann genauso tödlich sein wie zuwenig!«
Anne Katharina und Agnes zuckten erschreckt zusammen, als die Hausherrin, nur ein dünnes Leinentuch um ihren Leib gehüllt, in die Küche trat. Ihr Gesicht war totenbleich, nur auf den Wangen zeigten sich zwei rote Zornflecken, und auch in ihrer Stimme war der Ärger nicht zu überhören.
»Was fällt dir ein, mit Anne Katharina über solche Dinge

zu sprechen!« fuhr Ursula die Magd an und schlug ihr mit der flachen Hand hart ins Gesicht. Das Mädchen starrte ihre Schwägerin überrascht an. Noch nie hatte sie die sanfte Ursula in solch einer Stimmung erlebt.
Agnes senkte das Haupt und flüsterte:
»Verzeiht Herrin, sie hat mich gedrängt ...«
»Keine Ausreden! Jetzt ist das Unheil schon angerichtet. Ich hoffe nur, daß der Herrgott dir gnädig ist, und empfehle dir, noch heute nacht eifrig zu beten.«
Agnes nickte demütig und dachte, daß der Herrgott wohl das kleinere Problem sei, wenn erst der Herr Ulrich davon erführe. Als habe Ursula ihre Gedanken erraten, fügte sie hinzu:
»Ich werde es meinem Gatten nicht berichten. So entgehst du deiner Strafe, die du wohl verdient hättest.«
»Ursula, komm doch näher an das Feuer. Du zitterst ja!« mischte sich Anne Katharina ein, denn es schien ihr geraten, die Schwägerin auf andere Gedanken zu bringen. »Nicht daß du nun die nächste bist, die ein Krankenlager braucht.«
Vernünftigerweise folgte die junge Mutter der Aufforderung, war aber nicht bereit, sich so leicht ablenken zu lassen.
»Wir werden uns darüber noch sehr eingehend unterhalten!« drohte sie der Magd, als sie ihre Hände über der Glut ausstreckte. »Und du, Anne Katharina, gehst sofort in deine Kammer!«
In dem Mädchen regte sich Widerspruch, vor allem, da es gerne gehört hätte, was Ursula der Magd zu sagen hatte. Andererseits schien es nicht ratsam, ihre Schwägerin weiter zu reizen, denn wenn sie mit Ulrich darüber reden würde, könnte die ganze Sache sehr unangenehm werden. Und wenn Anne Katharina an die Ereignisse des

Abends zurückdachte, dann fühlte sie nicht den Wunsch, mit ihrem Bruder gerade heute ein ernstes Gespräch zu führen. Also nickte sie nur, wünschte eine gesegnete Nacht und eilte in ihre Kammer hinauf.

KAPITEL 13

Tag der heiligen Richeza,
Donnerstag, der 21. März
im Jahr des Herrn 1510

Der Tag war noch jung. Die Vögel stimmten jubelnd ihr Lied an, um die Sonne zu begrüßen, die sich anschickte, ihren Gang durch den frischen blauen Frühlingshimmel zu beginnen.
Ulrich Vogelmann hatte das Haus bereits in der Dämmerung verlassen, um sich mit einem Weinhändler aus Heidelberg zu treffen; von Peter fehlte bisher jede Spur. Auch Ursula schien heute morgen von Unwohlsein geplagt zu sein. Schweigend löffelte sie ihre Milchsuppe und zog sich dann wieder zu der Amme und dem Kind in die hintere Stube zurück. Es mußte ihr wirklich schlechtgehen, denn sie vergaß, ihrer jungen Schwägerin die vielen kleinen Hausarbeiten aufzutragen, mit der diese sich in letzter Zeit immer häufiger plagen mußte.
So warf Anne Katharina sich ihren Mantel um die Schultern, schnürte die Trippen unter die Schuhe und machte sich zum Spital auf, den Großvater zu besuchen. Ein kleines Paket mit Honigkuchen unter dem Arm, schritt sie über den Marktplatz, stieg dann vorsichtig durch den Morast der unteren Stadt und lief über den schmalen Steg, der den Schuppach überspannte, zum Spital. Sie war gu-

ter Laune, so daß das schlechte Gewissen nicht lange auf sich warten ließ. Welch liederliche Seele, die Freude empfindet, wenn andere leiden!
Überraschenderweise befand sich Peter Schweycker trotz der frühen Stunde nicht in seiner Kammer. Erst nach einigem Suchen fand ihn seine Enkelin in dem kleinen, steinernen Raum, in dem die Schwestern zwei Badezuber aufgestellt hatten, damit auch die Kranken oder Alten, die nicht hinunter zum Brückenbad gehen konnten, ab und zu in den Genuß eines heißen, kräuterduftenden Bades kommen konnten.
Nur mit seiner Bruech bekleidet, saß der alte Mann auf einem wackeligen Hocker und ließ sich von einer Schwester die fast leuchtendweißen Haare, die er wie früher lang über die Schulter hängend trug, auskämmen. Er war sehr stolz auf seine Haarpracht, doch das war die einzige Eitelkeit, die man ihm vorwerfen konnte. In seiner Kleidung blieb er dem treu, was man vor etlichen Jahrzehnten getragen hatte: langen dunklen Röcken aus edlen Stoffen.
Wie mager er geworden ist, dachte Anne Katharina, als ihr Blick über die blasse, fleckige Haut glitt. Mit einem leichten Lächeln betrachtete sie die unmoderne, leinene, bis zu den Oberschenkeln reichende Hose, deren zusammengeknotetes Band ihr an dem faltigen Bauch Halt gab.
Lauschend neigte der Alte den Kopf zur Seite, als er die sich nähernden Schritte vernahm.
»Anne Katharina, bist du das?«
»Ja, lieber Großvater.« Sie drückte einen leichten Kuß auf die ihr dargebotene schlaffe Wange. »Soll ich Euch beim Ankleiden helfen?«
Er nickte und entließ die Ordensfrau. Die Schwester lächelte dem jungen Mädchen freundlich zu, sprach leise

einen Segen und eilte dann hinaus, denn es warteten noch zahlreiche Aufgaben im großen Krankensaal auf sie. Unterdessen kniete Anne Katharina auf den kalten Steinboden nieder und half ihrem Großvater, in seine Beinlinge zu schlüpfen. Sorgfältig nestelte sie die Bänder an der Bruech fest.

»Ihr seid wahrscheinlich der einzige Mann auf Gottes schöner Erde, der noch zwei lange Beinlinge trägt«, neckte sie ihn.

»Was habe ich von dem neumodischen Zeug? Zusammengenähte Beinlinge oder gar diese Pluderhosen, die dein älterer Bruder manchmal trägt, wie du mir erzählt hast. Kurze, wattierte Wämse mit Schlitzen, Pelz und Perlen und was es da alles so gibt. Wie die eitlen Pfauen schreiten sie daher, geben sich der Todsünde der Hoffart hin, statt sich zurückhaltend in lange, dunkle Röcke zu hüllen«, schimpfte der ehemalige Richter.

»Oh, da solltet Ihr erst die neuesten Gewänder von Peter sehen. Eitel aufgeplustert stolziert er daher mit einem leuchtendblauen Wams mit geschlitzten Ärmeln und rotem Futter darin. Das neue Stück ist so kurz, daß es nicht einmal das Gesäß oder die Schamkapsel bedeckt, und seine Bruech sind kaum zwei Handbreit Stoff mit Nesteln.«

Der Alte stieß einen mißbilligenden Laut aus.

»Anne Katharina, ich bin entsetzt! Was führst du für unschickliche Reden!«

»Aber Großvater, habt Ihr Eure Jugend vergessen?« fuhr sie mit einem unterdrückten Lachen fort, die Ermahnung ignorierend.

»Pater Hiltprand hat mir erzählt, daß in Eurer Zeit die Jünglinge mit erschreckend kurzen, engen Schecken bekleidet waren, die Schultern wattiert, und Schnabelschuhe mit aufgebogenen Spitzen von zwei Fuß Länge ...«

»Wenn er gesagt hat, daß ich diese Hoffart geteilt habe, dann lügt er, der alte Narr in seiner Bettlerkutte!« Seine Stimme war erregt, doch plötzlich hielt er inne und lachte leise. »Du läßt es am nötigen Respekt gegenüber deinem Großvater fehlen, geliebtes Kind!« Zärtlich strich er über ihr Haar. »Es gehört sich für dich wahrhaftig nicht, über Bruechs, Hosen oder Schamkapseln zu sprechen.«
»Ich werde es bestimmt nicht wieder tun«, sagte das junge Mädchen, um einen ernsten Tonfall bemüht, doch ihre Stimme zitterte ein wenig.
»Kleine Schwindlerin! Welch gute Fügung, daß deine Besuche bei Pater Hiltprand der Vergangenheit angehören. Der alte Fuchs kann dir nichts Rechtes beibringen und verwirrt nur deine Gedanken.«
Nun war es an ihr, ein wenig aufzubrausen.
»Das ist nicht wahr, Großvater. Er hat mir so vieles gelehrt, und ich konnte mit all meinen Fragen zu ihm kommen.«
Vielleicht etwas zu ruppig zog sie ihm sein Hemd über den Kopf und schloß den Schlitz an seiner Brust mit einem edlen Fürspan. »Du bist ein Mädchen. Wozu willst du deinen hübschen Kopf mit Latein und all den Geschichten der heidnischen Griechen belasten? Wenn nur dein Bruder solch Interesse für die Lateinschule aufbrächte! Er soll die Rechte studieren, um der Familie von Nutzen zu sein. Aber du sollst von deiner Schwägerin lernen, eine demütige Ehefrau zu werden, denn lange kann es nicht mehr dauern, bis Ulrich einen geeigneten Gatten für dich aussucht.«
Anne Katharina half ihrem Großvater in den langen, warm gefütterten Wollrock.
»Geeignet für mich? Doch eher geeignet, die Siedensanteile der Familie zu vermehren!«

Sie mußte sich zügeln, um ihrer Stimme die Schärfe zu nehmen.
»Ja, sicher.«
»Wenn die Frauen Eurer Meinung nach dumm und demütig sein sollen, warum erzählt Ihr mir dann so oft von den Gesetzen, den Verhandlungen des Rats und den Urteilen aus Eurer Zeit als Richter? Warum sprecht Ihr dann mit mir über den Handel und die Politik von Stadt und Reich?«
Er seufzte, als sie ihm den Umhang aus feinem, dunkelblauem Schamlot um die Schultern legte, doch ihr schien, daß er sich nicht über ihre ungebührliche Rede ärgerte. Es war eher eine sanfte Resignation.
»Mein liebes Kind. Du hast einen viel zu scharfen Verstand für eine Frau, und du hast recht. Mein Verhalten verstößt gegen die Regeln, doch mit wem soll ich denn sonst reden? Deine Brüder lassen sich im Spital nicht blicken. Nein, du brauchst jetzt nicht zu schmollen. Du bist mir nicht schlechter Ersatz für deine Brüder. Ich liebe dich und empfinde große Achtung vor deinem liebenswerten Wesen und deinem wachen Geist. Es macht mir große Freude, dir von der Vergangenheit zu erzählen und deinen klugen Vermutungen und Antworten zu lauschen. Aber versteh doch, wir sind dicht in das Netz der Zeit verwoben und müssen unserer Bestimmung folgen. Oft steigt Trauer in mir auf, wenn ich an die Zeit denke, da du eine Ehefrau sein wirst, dich um dein Haus und deine Nachkommen sorgen mußt und keine Zeit und Muße mehr aufbringen kannst, mit mir über die alten Zeiten zu plaudern und mich mit deiner Gegenwart zu erfreuen.«
Ihr war, als glitzerten Tränen in den blicklosen Augen. Heftig umarmte sie den alten Mann, der plötzlich so gebrechlich schien.

»Das wird nie geschehen! Ulrich wird dafür sorgen, daß ich einen Sieder eheliche, und daher werde ich in Hall und immer in Eurer Nähe bleiben.«
»Gott segne dich, mein liebstes Kind«, murmelte er, griff nach ihrem Arm und ließ sich in seine Kammer zurückführen.

* * *

Die Vogelmannstochter war so tief in ihren Gedanken versunken, daß sie fast mit dem Paar zusammengestoßen wäre, das ihr unter dem Tor zum Spital entgegenkam. Voller Erstaunen erkannte sie ihren jüngeren Bruder Peter, der die Junkerstochter Afra Senft am Arm führte.
»Oh, dann hatte Peter doch recht, daß wir dich hier finden würden«, zwitscherte das Mädchen und hakte sich bei Anne Katharina unter.
»Ich wollte dich abholen und mit auf den Marktplatz nehmen«, fuhr sie fort. »Der liebe Rudolf hat mir fest versprochen, ganz vorn einen Platz freizuhalten, daß wir gut sehen können und uns nicht in der stinkenden Menge drängen müssen.«
Angewidert rümpfte sie ihre sommersprossenübersäte Stupsnase.
Anne Katharina sah die Junkerstochter fragend an.
»Was gibt es denn auf dem Marktplatz?« Afra schlug fassungslos die Hände zusammen.
»Ich habe es nicht geglaubt, als dein Bruder mir sagte, du hättest sicher nicht vor hinzugehen, doch daß du es nicht einmal weißt!« Atemlos fuhr sie fort. »Heute brennen sie den Bergerhans durch die Backen. Er hat trotz mehrmaliger Warnung wieder Gott gelästert. Außerdem schneiden sie dem Müller Bert von Münkheim die Ohren ab.«

»Was hat er getan?«

»Ich glaube, zwei Hühner gestohlen.« Sie zuckte die Schultern. »Bei den fünf Kindern und einer lahmen Frau reicht das eben nicht, was er als Tagelöhner verdient, sagt mein Vater. Bei den ersten beiden Diebereien hat der Rat ja Gnade vor Recht ergehen lassen, doch jetzt sind eben seine Ohren dran. Dazu kommt, daß zwei Spielleute in die Stadt gekommen sind. Sie wollen danach musizieren. Ich habe gehört, der jüngere ist ein hübscher Kerl und kann auch noch jonglieren!«

Ihre Augen leuchteten in Vorfreude auf soviel Lustbarkeit an diesem Tag.

»Außerdem habe ich gehört, du hast die ermordete Hebamme aufgefunden.« Sie drückte der Freundin verschwörerisch die Hände. »Du mußt mir alles ganz genau erzählen! Ich finde das ja so aufregend. Endlich ist mal etwas los!«

Anne Katharina schluckte eine bissige Bemerkung hinunter und nahm sich fest vor, so wenig wie möglich die Neugier der Stättmeistertochter zu befriedigen.

Ungeduldig trat Peter von einem Fuß auf den anderen.

»Nun kommt schon, ich möchte nicht den ganzen Spaß verpassen. Schließlich bekommen wir so etwas nicht alle Tage zu sehen.«

Es war sein erster größerer Ausflug nach der langen Krankheit, und er gierte sichtlich nach Abwechslung und Zerstreuung. Ein wenig bleich und mager im Gesicht war er noch, und so brachte seine Schwester es nicht übers Herz, ein Spielverderber zu sein. Sie lächelte fröhlich und ließ sich von den beiden zum Marktplatz führen. Dort waren schon so viele Menschen versammelt, daß die jungen Leute große Mühe hatten, sich zwischen den schmutzigen, schwitzenden Leibern hindurchzudrängen, doch Peter, ganz edler Ritter, bahnte den Mädchen einen Weg bis zu dem abgesperrten Platz vor der hölzernen Bude, wo sich schon ein paar Junker und vornehme Bürger versammelt hatten. Sie tranken süßen Wein, aßen Honigkuchen, Ringlein und Platz und plauderten fröhlich. Bäcker Greter, der die Bude betrieb, strahlte über das ganze Gesicht. Das Geschäft lief blendend. Anne Katharina kaufte ihm drei Ringlein ab und verteilte sie an Afra und Peter, die bereits mit vollen Backen kauten, als Afras Vetter zu den dreien herantrat. Rudolf Senft, wieder einmal prächtig in hauttengen Seidenstrümpfen, grünen, geschlitzten Pluderhosen mit gelbem Futter und passendem Wams gekleidet, grüßte freundlich. Und während Afra mit ihrem Vetter zwanglos über die körperlichen Vorzüge und auffallenden Kleidungsstücke anwesender Jungfrauen plauderte, hatte Anne Katharina Zeit, sich umzusehen.

Auf einem großräumig abgesteckten Teil des Marktplatzes, der bis zum Pranger reichte, hatten die Stadtknechte bereits eine große Kohlenpfanne aufgestellt, neben der einer der Büttel stand und mit einem eisernen Haken lustlos in der Glut herumstocherte. Neben ihm am Boden standen zwei hölzerne Schließstöcke, in denen man für die Urteilsvollstreckung Hände und Füße der Sünder mit eisernen Schellen befestigen konnte. Um den einen Stock war Sägemehl auf den Boden gestreut, um das Blut aufzufangen.

Gerade als Peter sich an seine Schwester wandte, um ihr etwas zu sagen, schlug das Brummen der unzähligen Gespräche der Wartenden in begeisterte Schreie, schrille Pfiffe und Gejohle um. Der Zug mit den Verurteilten näherte sich von der Henkersbrücke her, allen voran der Scharfrichter, ganz in rotes Tuch gekleidet, das blitzende Schwert in den Händen. Hinter ihm folgten feierlich

sechs Stadtknechte in den Haller Farben Rot und Gelb, stolz mit blanken Hellebarden. In ihrer Mitte führten sie die beiden Sünder, barfuß und in Lumpen. Der erste hielt das Haupt mit dem zerzausten, grauen Haar gesenkt, die gefesselten Hände waren unter schmutzigen Verbänden verborgen. Der zweite jedoch, jung und von kräftiger Gestalt, schritt so stolz daher, wie es die Ketten um seine Knöchel gerade eben zuließen, als würde er zu seiner Krönung, nicht auf den Richtplatz geführt. Als der Zug den abgesperrten Platz erreichte, hob der Scharfrichter sein blankes Schwert hoch, daß die breite Klinge bläulich in der Sonne schimmerte. Das Volk jubelte und schrie vor Begeisterung. Afra stieß die Freundin aufgeregt in die Seite.
»Da, sieh, das ist der Bergerhans. Sieht er nicht gut aus! Ich hoffe, er wird beim Anblick des glühenden Eisens nicht jammern wie ein Waschweib.«
Anne Katharina wußte nicht, was sie darauf antworten sollte, daher schwieg sie und sah statt dessen dem Scharfrichter zu, wie er mit erhobenem Schwert würdevoll den Richtplatz umrundete, damit ihn auch alle sehen konnten. Unterdessen hatten die Stadtknechte den klagenden und sich wehrenden Münkheimer in den Stock geschlossen. Der Bergerhans dagegen machte eine Verbeugung in Richtung Publikum und stieg dann schnell in den Schließstock, bevor ihn einer der Knüppel dazu antrieb. Rauschender Beifall war sein Lohn. Auch Afra klatschte begeistert in die Hände, und Peter brummte beifällig:
»Das ist ein echter Mann – ganz im Gegensatz zu der Heulsuse neben ihm.«
Nun übergab der Scharfrichter sein Schwert dem Hauptmann der Wache, zog einen langen Dolch aus seinem Gürtel und schritt zu dem Verurteilten. Reglos stand er

neben dem vor Angst zitternden Münkheimer. Sofort senkte sich erwartungsvolle Stille über den Marktplatz. Der Schultheiß Konrad Büschler trat auf den Platz hinaus und verkündete mit lauter Stimme das Vergehen und die verhängte Strafe. Dann forderte er den Scharfrichter auf, das Urteil zu vollstrecken. Noch ehe die Klinge zwischen Kopf und Ohr fuhr, brüllte und schrie der Mann schon. Die Menge pfiff, Buhrufe waren zu hören, einzelne Kohlköpfe und Eier flogen über den Platz. Mit einem einzigen Schnitt trennte der Henker das rechte Ohr ab, hob es kurz hoch und warf es dann in einen Eimer. Das zweite Ohr folgte. Blut rann dem Müllers Bert in Strömen am Hals herab, färbte seinen zerrissenen Kittel rot, tropfte in das Sägemehl. Sein lautes Schreien ging langsam in Gewimmer über, wurde leiser und verklang. Der Scharfrichter, von alldem unberührt, schritt zur Glutpfanne hinüber, um das Eisen zu prüfen. Die Menschen vorn an der Absperrung beugten sich vor, um das rötliche Glühen am Ende des Stabes zu sehen. Es schien, als wäre das Lächeln des Bergerhans beim Anblick des Eisens auf seinem Gesicht erstarrt. Schweißperlen traten auf seine Stirn und rannen an den Schläfen herab, als sich das glühende Eisen seinem Gesicht näherte. Er schloß die Augen und wurde ein wenig blaß, als sich die Spitze zischend durch seine Wange fraß und der Gestank nach verbranntem Fleisch zu den vornehmen Zuschauern aufstieg, doch er gab keinen Ton von sich. Der Henker drückte ihm noch das Mal mit dem Kreuz auf die Stirn, dann war es vorbei. Die Wächter befreiten die beiden Männer aus dem Stock und führten sie zum Turm zurück, wo der Bader wartete, um Müllers Bert zu verbinden, bevor dieser zu seiner Familie zurückkehren konnte. Die Büttel kippten die Glut neben dem Marktbrunnen aus, luden die Schließstöcke und die Kohlepfanne auf einen Wagen und ratterten davon.

Noch bevor sich das Volk zerstreuen konnte, schlüpften zwei Männer, offensichtlich Vater und Sohn, unter der Abschrankung durch und begannen auf einer Flöte und einer Schalmei zu blasen. Kleine Glöckchen, die sie sich um die Beine gebunden hatten, klangen im Takt ihrer Tanzschritte. Afra behielt recht. Der Jüngere war mit seiner schlanken Gestalt und seinen anmutigen Bewegungen allerliebst anzusehen. Großzügig verteilte er blitzende Blicke und ein alles versprechendes Lächeln an die vielen schmachtenden Augenpaare. Nach dem Tanz warf der Jüngling im Takt der vom Vater gespielten Flötenmelodie fünf Bälle in die Höhe und wirbelte sie herum, ohne auch nur einen fallen zu lassen. Dann sprang er hoch in die Luft, drehte sich und landete sicher auf den Händen. So lief er zur Musik um den ganzen Platz herum. Die Menschen waren begeistert, und schon jetzt sprangen einige Hellermünzen klirrend über das Pflaster. Alt und jung sahen zu, bis die Darbietung beendet war, klatschten begeistert in die Hände, ließen Hellerstücke herabregnen. Auch Afra und Anne Katharina kramten ein paar kleine Münzen aus ihren Beuteln und warfen sie den Männern zu, die sich dankend verbeugten. Nur Peter hatte mal wieder nicht einen einzigen Heller bei sich.

Als sich die Menge zögerlich auflöste, ließen sich die drei mit ihr treiben und schlugen dann den Heimweg ein. Afra redete mal wieder wie ein Wasserfall, so daß den Geschwistern nur blieb, ab und zu zustimmend zu nicken.

»... und dann regt sich die Berlerin immer auf«, erzählte Afra, nicht gerade traurig über diese Gemütsregung ihrer Tante. »Ich freue mich immer, wenn Rudolf zu Besuch kommt. Er ist um so vieles unkomplizierter, nicht so

ernst.« Sie seufzte und rang die Hände vor ihrer Brust. »Er ist ein Mann, bei dem so manches zarte Frauenherz brechen kann – nun ja, wenn er nicht gerade schlechter Laune ist. Nur was er an diesem widerlichen Knecht findet, der dauernd um ihn herumschwänzelt, das weiß ich nicht. Es ist manchmal geradezu unheimlich, wie lautlos und völlig unerwartet Alfred überall auftaucht. Jetzt schleicht er sogar schon bei euch im Haus herum.«
So ganz hatte Anne Katharina nicht zugehört, erwiderte jedoch abwinkend:
»Da mußt du dich irren. Ich weiß nicht einmal, wer der Knecht deines Vetters ist.«
»Ich irre mich nicht!« Beleidigt schob Afra ihre Unterlippe vor. »Ich weiß genau, was ich gesehen habe! Erst vor ein paar Stunden, als ich dich abholen wollte, sah ich ihn aus eurer Türe treten. Er wollte wohl nicht gesehen werden, denn er streckte erst den Kopf heraus und sah sich um, dann riß er die Tür auf und rannte in Richtung Stadtmauer. Ich glaube, er hat die Treppe zum Kocher runter genommen, am Keckenturm vorbei, doch das konnte ich nicht so genau sehen.«
Wenn sie sich nicht irrte, dann war das sehr interessant. Anne Katharina war mit einemmal hellwach, versuchte jedoch, sich ihre Spannung nicht anmerken zu lassen, und antwortete daher träge:
»Ich glaube dir ja, daß du ihn gesehen hast, doch war das sicher nur ein einmaliger Botengang.«
»Nein, das weiß ich genau!« rief sie triumphierend. »Erst vor vier Tagen, ja, am Montag war es, spät am Abend, habe ich ihn beobachtet. Ich konnte nicht schlafen und sah aus dem Fenster. Er wartete unten auf der Straße auf jemanden – und dieser jemand war eine Frau, die aus eurem Haus kam!« stieß sie triumphierend aus.

Heilige Jungfrau, dachte Anne Katharina, könnte er auf Els gewartet, sie nach Hause begleitet und dann ermordet haben? Els hatte am Abend vor ihrem Tod noch nach David gesehen. Aber warum hat er sie dann nicht gleich auf der Straße niedergestochen?

Das Mädchen verschob das Nachdenken darüber auf später, um zu hören, was Afra noch beobachtet hatte, doch leider, gestand diese, sei in diesem Moment ihr Vetter Gabriel in die Stube gekommen, habe sie von ihrem Lauschposten vertrieben und kräftig ausgescholten.

»Es war wirklich Pech, daß er gerade in diesem Moment heimkommen mußte und sofort in die Stube trat. Sogar seine Schaube hatte er noch an«, seufzte sie, ungehalten über soviel Ungerechtigkeit.

Die Geschwister verabschiedeten sich vor dem Senftenhaus von der Junkerstochter. Kaum war sie verschwunden und die Tür hinter ihr geschlossen, als Peter, der sich bisher gut gehalten hatte, merklich zusammensackte. Auf den besorgten Blick seiner Schwester hin fauchte er jedoch nur, daß er großen Hunger habe, schließlich sei so ein bißchen Gebäck kein Essen für einen Mann. Offensichtlich hatte ihn sein erster Ausflug mehr angestrengt, als er zuzugeben bereit war.

Ein Lächeln unterdrückend, hakte sich Anne Katharina bei ihm unter und folgte ihm nach Hause, wo er sofort in der Küche verschwand, sie selbst jedoch stieg zur hinteren Stube hinauf, um zu sehen, ob die Amme dort allein anzutreffen war, denn sie brannte immer noch darauf, Marie eingehend zu den Vorgängen zu befragen. Wieder wurde sie enttäuscht. Dafür hörte sie jedoch zwei laute, zornige Männerstimmen aus der Schreibkammer dringen, die sofort ihre Neugier weckten.

»Unser Herr Nachbar Ratsherr Baumann ist bei meinem

Gemahl«, gab Ursula der Schwägerin auf ihre Frage bereitwillig Auskunft. Sie war wieder ein Muster weiblicher Tugend, wie sie da in der Stube neben dem Körbchen des friedlich schlafenden Knaben saß und die Ärmel eines neuen Rockes aus feinem, blauem Tuch mit winzigen Stickereien verzierte.

Anne Katharina wäre gern ein wenig auf dem Flur auf und ab gegangen – vielleicht hätte sie das eine oder andere Wort verstehen können, doch Ursula klopfte einladend auf den freien Platz neben sich.

»Komm, setz dich. Du kannst das schwarzseidene Wams hier umsäumen.«

Widerwillig nahm das junge Mädchen auf der Bank Platz und ließ sich die Näharbeit reichen. Doch schon nach ein paar Nadelstichen bemerkte sie beiläufig:

»Ratsherr Baumann scheint mit Ulrich über irgend etwas nicht ganz gleicher Meinung zu sein.«

Ursula ließ ihre Arbeit sinken und zog fragend die Augenbrauen zusammen.

»Nicht gleicher Meinung? Das drückt die Sache nicht sehr trefflich aus. Sie schreien sich an, daß man es noch in der Gelbinger Vorstadt vernehmen kann!«

Das Mädchen gluckste belustigt.

»Weißt du, worüber sie streiten?«

Ursulas Blick senkte sich wieder auf ihre Stickerei.

»Nein, denn es hat die Gemahlin nicht zu interessieren, was ihr Gatte mit seinen Geschäftspartnern zu besprechen hat. Nur der Ehemann muß über jede Regung und jedes Wort der Gattin genau unterrichtet sein.«

Ihre Stimme verriet keinerlei Gemütsregung.

»Doch soweit ich es mitbekommen habe«, fuhr sie fort, »geht es um die Abrechnung einer Weinlieferung und um die Beht vom letzten Jahr. Es scheint eine größere Abwei-

chung zu geben. Schließlich ist unser diesjähriger Behtherr nun schon zum zweiten Mal mit vielen dicken Büchern unter dem Arm erschienen.«
Anne Katharina warf ihr einen schnellen Seitenblick zu, doch augenscheinlich war Ursula ganz mit ihrem Silberfaden beschäftigt.
»Du meinst, Ulrich hat zuwenig Steuern bezahlt?«
Als keine Reaktion kam, dachte sie laut weiter.
»Das wäre ja furchtbar, wenn es zu einer Auslösung käme und der Rat alles beschlagnahmen würde. So etwas kann er doch nicht riskieren!« Doch plötzlich stieg ein schlimmer Verdacht in ihr auf. »Vielleicht wollte er sich deshalb die Bücher nicht mehr von mir führen lassen.« Trotzig schob sie die Unterlippe vor. »Ich werde ihn fragen, schließlich betrifft es die ganze Familie, wenn wir das Haus und die Güter verlieren und plötzlich nur noch mit einem Säckchen Gulden dastehen – je nachdem, mit welcher Summe er unser Vermögen angegeben hat.«
»Er wird sehr erzürnt sein, wenn du dich um Dinge kümmerst, die einem Mädchen nicht gut anstehen«, warf Ursula ein. »Ich werde ihn zu einem günstigen Zeitpunkt selber fragen.«
Sie sah ihre junge Schwägerin streng an, daher nickte diese zustimmend. Ganz einig war sich Anne Katharina mit der Gattin ihres Bruders jedoch nicht. Sie hielt Ursula ihrem Gemahl gegenüber für zu nachgiebig und zu unterwürfig, und sie fürchtete, Ursula könnte sich durch ein zorniges Nein einfach abspeisen lassen.
Nun, dann bleibt mir ja immer noch, meinen Bruder selbst zu befragen.

* * *

Obwohl es schon sehr spät sein mußte, lag Anne Katharina hellwach unter ihrem wärmenden Federbett und starrte an die Decke. Sie war mit dem sich zu Ende neigenden Tag ganz und gar nicht zufrieden. Sie hatte immer noch nicht mit Marie gesprochen, und weder Peter noch Ursula hatten mit den geheimnisvollen Worten »Stürz den Degen« und »Weck von Aschen« etwas anfangen können. Ulrich war nach seinem Streit mit dem Behtherrn Baumann ins Wirtshaus verschwunden und bisher noch nicht wieder aufgetaucht. Anne Katharina seufzte leise. Ihre Gedanken wanderten im Kreis, ohne etwas Neues zu enthüllen.

Ein Poltern auf der Treppe und ein unterdrückter Fluch zeugten von der Heimkehr des Hausherrn. Ein paarmal hörte es Anne Katharina noch krachen und rumpeln, wenn er gegen die Wand oder eine Tür taumelte, bevor er seine Kammer und sein Bett fand, in dem seine Gemahlin schon seit Stunden auf ihn wartete. Eigentlich durfte er erst ab Sonntag sein Bett wieder mit ihr teilen, wenn sie durch die Einsegnung von der Unreinheit der Geburt befreit sein würde.

Anne Katharina kuschelte sich tiefer in ihre Federn und wog schläfrig die Vorteile eines wärmenden Körpers im Winter gegen die Nachteile eines nach Wein riechenden, schnarchenden und furzenden Gatten im gemeinsamen Bett ab und kam zu dem Entschluß, noch lange nicht zu heiraten. Sie dachte gerade über das Los einer alten Jungfer nach, als zornige Stimmen aus der ehelichen Kammer sie wieder hochfahren ließen. Einen betrunkenen Ehemann nachts zu fragen, ob er bei der Angabe seines Vermögens zur Festsetzung der Steuer betrogen habe, war sicher nicht sehr klug, und das Mädchen wunderte sich über Ursulas merkwürdige Vorstellung eines günstigen

Zeitpunkts, doch vielleicht ging es ja auch um etwas anderes.

Sie hörte ihre Schwägerin jetzt ganz deutlich: »Nein, laß mich los!« rufen. Ulrich brüllte zornig, doch die Worte waren so undeutlich, daß Anne Katharina sie nicht verstehen konnte. Lauschend saß sie im Bett. Die Anspannung in ihr wurde immer größer, bis sie es nicht mehr aushielt und mit einem Satz aus dem Bett sprang. Barfuß, nur mit einem Leinentuch um ihre Blöße und der Nachthaube auf dem Kopf, lief sie in den Flur. Erregte Stimmen, ein lautes Klatschen, dann das Poltern eines fallenden Körpers, wieder das Geräusch von Schlägen. Ursulas Schreie gingen in Wimmern über. Sie flehte ihren Gatten an, endlich von ihr abzulassen. Mit beiden Fäusten trommelte Anne Katharina gegen die verschlossene Tür und kreischte:

»Aufhören! Hört sofort auf!«

Die Geräusche in der Kammer verstummten, doch dann brüllte Ulrich, deutlicher, als das Mädchen es ihm in seinem trunkenen Zustand zugetraut hätte:

»Ich komme raus, und wenn ich dich dann noch im Flur vorfinde, verprügele ich dich, daß du es dein Leben lang nicht vergißt!«

Da die wenigen Male, als er seine Schwester in einer solchen Stimmung in seine Hände bekommen hatte, ihr noch sehr deutlich und äußerst schmerzhaft in Erinnerung waren, rannte sie in ihre Kammer und schlug die Tür hinter sich zu. Lange lag Anne Katharina noch wach, doch sie wagte sich nicht noch einmal hinaus. Wut und Haß nagten an ihr, und sie haderte mit Gott, daß er das Weib schwächlich und dem Manne untertan erschaffen hatte.

KAPITEL 14

Tag des heiligen Elko,
Freitag, der 22. März
im Jahr des Herrn 1510

Schon im Morgengrauen war Anne Katharina auf den Beinen. Ein kurzer Blick in den kleinen runden Spiegel enthüllte ihr, daß die mit Alpträumen angefüllte Nacht Spuren in ihrem Antlitz hinterlassen hatte. Schnell schlüpfte sie in ein einfaches Gewand aus ungefärbter Wolle und lief gähnend zur Küche hinunter, um zu sehen, ob Agnes schon eine Milchsuppe oder Brei gekocht hatte.
»Einen guten Morgen und einen gesegneten Tag wünsche ich Euch«, begrüßte die Magd sie freundlich und füllte ihr eine Tonschale mit dampfendem Haferbrei.
»Danke Agnes, das wünsche ich dir auch.«
Den Schemel nah ans Feuer gerückt, aß sie erst ein paar Löffel, ehe sie sich nach ihrer Schwägerin erkundigte.
»Ist Ursula schon auf?«
Agnes schüttelte den Kopf.
»Nein, ich habe die Herrin noch nicht gesehen, doch der Herr ist schon aus dem Haus gegangen – mit ein paar dicken Büchern unter dem Arm.« Anne Katharina sah erstaunt von ihrer Schüssel auf.
»Hat er gesagt, wo er hingeht?« Die Magd zuckte entschuldigend die Schultern.

»Ich hielt es für klüger, den Herrn an diesem Morgen nicht anzusprechen.«
Ihre Blicke trafen sich. Der Magd war der nächtliche Streit also auch nicht verborgen geblieben. Anne Katharina öffnete den Mund, um etwas zu erwidern, doch Agnes' entsetzter Blick ließ sie herumfahren und zur Tür sehen. Eine Hand vor Schreck vor dem Mund, konnte das Mädchen nur mühsam einen Schrei unterdrücken, als sie Ursula im bleichen Morgenlicht stehen sah: die Wange geschwollen, die aufgeplatzte Lippe dick und voll schwärzlich getrocknetem Blut. Um ihr linkes Auge, das sie nur noch halb öffnen konnte, begannen sich bereits dunkle Flecken zu bilden, das andere Auge war vom Weinen gerötet.
»O Liebes, wie schrecklich!« stieß Anne Katharina aus, sprang auf und nahm die Schwägerin in die Arme.
»Bitte, sprich nicht darüber«, sagte Ursula rauh, ließ sich aber zu einem Schemel führen.
»Agnes wird dir eine heiße Milch mit Honig machen, und ich sehe nach ein paar Kräutern, damit die Schwellung schnell zurückgeht. Ach, wenn wir doch nur Els fragen könnten!«
»Wenn die gnädige Frau einverstanden ist, dann hole ich Sara«, mischte sich die Magd ein. »Sie kann Euch etwas gegen die Schmerzen und auch etwas für eine schnellere Heilung geben.«
Ursula sah zu Agnes hoch und nickte, und so fand sich nur wenig später die Magd des Nachbarn Baumann mit einem dicken Bündel voller Salben und anderer Utensilien in der hinteren Stube ein. Da Ursula mit der Kräuterkundigen allein sein wollte, bot sich für Anne Katharina eine gute Gelegenheit, die von ihrem Bruder so sorgsam gehüteten Bücher und Schriftstücke etwas genauer zu betrachten.

Lautlos huschte Anne Katharina in die Schreibkammer und schloß die Tür hinter sich. Ein bißchen drückte sie das Gewissen schon, als sie nach dem dicken, rotbraun eingebundenen Buch griff, in das die Handelsgeschäfte eingetragen wurden. Ihr Herz schlug schneller, pochte unruhig in ihrer Brust. Was, wenn sie erwischt werden würde? Energisch schob sie diesen Gedanken beiseite, schlug das Buch auf und blätterte bis zu den Weinlieferungen aus Wimpfen, Heilbronn und Weinsberg vom Vormonat. Sie rückte die Lampe näher, ließ den Zeigefinger langsam an den Zahlenreihen entlanggleiten, stockte kurz und beugte sich dann noch tiefer über die gelblichen Papierseiten. Kein Zweifel, die Zahlen waren verändert worden! Hier aus einer Drei eine Acht oder aus einer Zwei eine Drei. Sowohl die Preise als auch die Mengen hatte jemand nachträglich manipuliert. Anne Katharina nahm sich ein Blatt Papier, rechnete, addierte, zweimal, dreimal, blätterte bis zum Schluß der Eintragungen, kaute an ihrer Unterlippe, während ihr Blick starr auf die Endsumme gerichtet blieb. Sie stimmte, kein Zweifel, sauber in Ulrichs Schrift, die langen schrägen Bogen und die gekringelten Mäuseschwänze an den Wortenden waren unverkennbar. Irgend etwas war hier faul, sehr faul sogar. Anne Katharina blätterte zum Salz, rechnete Schilpen und Eimer nach. Die Seiten, sauber gefüllt mit Zahlen und Buchstaben ihrer schmalen, sauberen Schrift, schienen unverändert. Nachdenklich malte sie mit einer trockenen Feder Kringel und Bogen auf ein abgerissenes, mit sinnlosen Wörtern, Buchstaben und Zahlen vollgeschriebenes Blatt, das aus den hinteren Seiten des Buches herausgeflattert war. Aufmerksam betrachtete Anne Katharina noch einmal die Abrechnung des Weines, dann der Tuche und des Korns. Ihr Blick blieb an einem Datum

hängen. Tag des heiligen Thomas von Aquin 1510. Die Seite, erst halb gefüllt, war von der Schrift ihres Bruders bedeckt, doch sie wirkte unkonzentriert, flüchtig, schlampig – betrunken!
28. Januar – aber das kann nicht sein. Ich habe alle Geschäfte bis Mitte Februar eingetragen.
Verwirrt starrte sie auf die merkwürdige Seite, strich sie mit den Fingern glatt, als könne sie das Rätsel dadurch lösen. Die Fingerspitzen streiften rauhe, unregelmäßige Kanten.
Es fehlt eine Seite! Er hat sie herausgerissen und noch einmal geschrieben, aber warum?
Verwirrt betrachtete sie die Seite, dachte nach und malte Kringel auf das lose Blatt. Gleich einer Prozession marschierten Zahlen und Buchstaben darüber, von jeder Ziffer ein Zeile, dann eine Zeile t und l, h und k, g und j. Doch statt in peinlich präziser Ordnung, waren die Bogen mal steiler, mal flacher, die Ösen mal runder mal ovaler. Dann folgten einzelne Wörter wie »Wein«, »Faß«, »Fuder«, »Maß«. Was oben etwas krakelig begann, wurde zum Ende hin runder und schwungvoller.
Anne Katharina horchte auf. War das nicht die Stimme ihrer Schwägerin gewesen? Auf keinen Fall wollte sie hier in der Schreibkammer gefunden werden, daher schlug sie das Buch rasch zu und schob es in den Sekretär zurück. Ihr Blick blieb an der unteren Schublade hängen, in der ihr Bruder seine Privatdokumente aufbewahrte. Ihre Hand griff nach dem runden Knauf. Kurz blätterte sie die Papiere durch, konnte jedoch nichts Interessantes entdecken. Anne Katharina wollte die Lade schon schließen, als ihr hinter den Papieren ein kleines zusammengerolltes Bündel auffiel. Neugierig warf sie einen Blick darauf. – Ablaßbriefe! So viele?

Was hat er denn für Sünden begangen, daß er so viele Ablaßbriefe braucht?
Ein wenig schockiert dachte sie an die nächtlichen Schläge, an freie Weiber, an Saufgelage und unflätige Worte, während sie die kleinen gedruckten Blättchen durch ihre Hände gleiten ließ, doch dann blieb ihr Blick an den Zahlen in der unteren Ecke hängen, und ihr stockte der Atem. Rasch blätterte sie weiter, überschlug die Summe, wurde bleich.
Herr Jesus Christus, welch furchtbare Sünden muß er begangen haben, daß er Ablaßbriefe in dieser Höhe kauft!
Wieder vernahm Anne Katharina die Stimme ihrer Schwägerin, die nach ihr rief. Rasch stopfte sie die Papiere an ihren Platz zurück, eilte hinaus, schloß die Tür und begegnete, scheinbar von unten kommend, Ursula, als diese erneut rufend aus der kleinen Stube trat.

* * *

»Hallo, da bist du ja«, begrüßte Afra Senft die Freundin, als sie kurz nach der Mittagszeit die Stube im Vogelmannshaus betrat. Ursula saß mit ihrer Stickerei vor dem Ofen, Marie, mit dem kleinen Daniel an der Brust, in einer Ecke. Anne Katharina begrüßte Afra mit verhaltener Begeisterung, während sie unauffällig zu ihrer Schwägerin hinüberschielte. Sie sah schon wesentlich besser aus als noch am Morgen, doch die verräterischen Spuren der Nacht waren dennoch nicht zu übersehen.
»Ich sage dir, das war ein aufregender Morgen«, plapperte Afra los. »Gestern abend hatten Gabriel und der alte Baumann noch eine lange Besprechung, über deren Inhalt ich leider nichts mitbekommen habe, und dann kommt in aller Früh Rudolf vorbei, um sich wie üblich mit

der Berlerin und mit Gabriel zu zanken. Ja, und kaum habe ich mein Morgenmahl beendet, besucht uns auch noch dein Bruder.«
»Peter?«
»Nein, Ulrich! Er schloß sich mit Gabriel in der Schreibstube ein und wollte erfahren, was Baumann meinem Vetter erzählt hat.«
Ursula hob den Kopf.
»Und du warst ganz zufällig in der Nähe und konntest gar nicht umhin, ihre Worte zu hören.«
Afra, taub für den Sarkasmus in Ursulas Stimme, nickte zustimmend.
»Ja, so war es, doch leider habe ich nicht viel erfahren, nur daß es wie üblich um viel Geld ging – und um Rudolf.«
»Was hat denn Rudolf mit Ulrich zu schaffen?« fragte Ursula abwesend, ihre Aufmerksamkeit scheinbar nur ihrer Stickerei zugewandt, doch das Senftenmädchen übersah diese Unhöflichkeit.
»Es ging um irgendeine delikate Angelegenheit.« Sie errötete und kicherte verlegen. »Nun, es ist ja bekannt, daß Rudolf den Frauen sehr zugetan ist, und sie ihm.«
Plötzlich hatte Anne Katharina das Gefühl, daß alle anwesenden Frauen atemlos und voller Neugier die Ohren spitzten, auch wenn Ursula nach wie vor konzentriert stickte und Marie den kleinen David herzte.
»Nun, die Männer waren sich einig, daß Rudolf irgend etwas angestellt hat, was sie beide vertuschen wollen. Sie schienen sehr erleichtert, daß Rudolfs Verlobung mit Helene von Rinderbach bald offiziell gefeiert wird, und hoffen, daß die Hochzeit noch in diesem Jahr folgt.« Ohne auf die erstaunten Rufe ihrer Zuhörerinnen zu achten, fügte sie noch hinzu: »Sie hoffen wohl, daß eine so schö-

ne, reiche und energische Ehefrau ihn auf den Pfad der Tugend zurückbringt.«

»Du weißt nicht zufällig den Namen dieser delikaten Angelegenheit, ich meine, deren Beziehung – Verhältnis – zu deinem Vetter …?« Errötend brach Anne Katharina ab.

»Leider, nein.« Bedauernd schüttelte Afra den Kopf. Doch dann begannen ihre Augen zu funkeln. »Obwohl mich das sehr interessieren würde! Wartet nur ab, ich bekomme es schon noch heraus. Morgen abend ist Ratsherr Baumann zum Nachtmahl bei uns. Vielleicht weiß er ja darüber Bescheid und läßt sich etwas entlocken?«

Da das Thema erschöpft schien, wandte sich Afra ihrem zweiten Lieblingsthema zu: dem Mord an der Hebamme. »Wie schrecklich es sein muß, so unvorbereitet vor den Schöpfer zu treten, ohne letzte Ölung, ohne den Beistand eines Priesters, der einem die Last der Sünden abnimmt, ohne Sterbesakramente. Was glaubt ihr, wie lange sie im Fegefeuer schmoren muß, bis all ihre Sünden gebüßt sind?«

»Vielleicht hat sie gar keine so große Schuld auf sich geladen. Immerhin war sie Hebamme und hat vielen Kindern auf die Welt geholfen, den Müttern guten Rat gegeben, ihnen die Schmerzen erleichtert und sie getröstet. Daher wird die Zeit der Buße sicher nicht lange dauern«, erwiderte Ursula voll Zuversicht in ihrer Stimme.

Anne Katharina dachte an die Worte der Hebamme, die sie mit dem Unbekannten gewechselt hatte, und schwieg, schaudernd bei dem Gedanken, wie viele Höllenqualen Els für diese schwere Sünde ertragen mußte, die das Mädchen nur erahnen konnte.

»Nun ja, so viele Sünden können es wirklich nicht gewesen sein«, räumte Afra ein. »Schließlich habe ich sie erst

am Sonntag vor ihrem Tod bei der Beichte angetroffen. Ich wundere mich nur, daß sie bei eurem Oheim und nicht drüben in St. Katharina war. Ist nicht Pfarrer Rüttinger ihr Beichtvater?«
Anne Katharina nickte, doch wenn sie an die Anklage des Pfarrers gegen die Schloßsteinerin dachte, die im finsteren Verlies des Sulferturms ihrem sicher nicht rosigen Schicksal harrte, dann konnte sie Els' Entscheidung verstehen.
Wer weiß, was sie dem Pfarrer erzählt hat. Vielleicht nimmt es Pfarrer Rüttinger mit dem Beichtgeheimnis nicht so genau?
»Ganz kalt läuft es mir über den Rücken, wenn ich daran denke, daß die arme Els vielleicht nicht genug Geld hatte, damit ihr nach der Beichte alle Sünden vergeben wurden, oder ihr die Zeit nicht reichte, um die auferlegte Buße auszuführen«, fuhr das Senftenmädchen genüßlich fort. »Dann brennt sie jetzt im Höllenfeuer mit all den anderen gequälten Seelen, während der Teufel sie mit allen Mitteln piesackt ...«
Anne Katharina sah, wie Marie bleich wurde, und unterbrach Afra, die sich mit Begeisterung weitere Martern der Hölle ausmalte, mit fester Stimme:
»Els muß für ihre Sünden eine Zeitlang leiden, doch dann wird sie die Klarheit Gottes und unseres Herrn Jesu, die Heilige Jungfrau Maria und all die anderen Heiligen in ihrer Herrlichkeit auf ewig schauen.«
»Amen«, fügte Ursula trocken hinzu.
Afra nickte, doch sie schien fast ein wenig enttäuscht.
»Ja, du hast recht. Schließlich wurde sie getauft und hat ein gottesfürchtiges Leben geführt. Aber denkt nur, wie entsetzlich es ist, wenn ein Mensch ohne Taufe stirbt.« Ihre Augen glänzten. »Dann ist die Seele auf immer verlo-

ren und muß in aller Ewigkeit in der tiefsten Hölle braten. So wie das Kind der Berlerin, das nicht einmal in geweihter Erde vergraben liegt, sondern am Waldrand auf dem Olymp. Keine Hoffnung auf Erlösung – nein, wie schrecklich!« Geradezu genießerisch sprach sie die Worte aus.

Mit einem Schrei sprang Marie auf. Das Kind eng an sich gedrückt, die Augen unruhig flackernd, stieß sie halb kreischend, halb schluchzend die Worte heraus.

»Aber es kann doch nichts dafür, das arme, unschuldige Geschöpf. Wie kann es denn schon sündigen, kaum ein paar Stunden alt?«

»Das ist egal«, antwortete Afra brutal. »Wenn es nicht getauft ist, dann ist es des Teufels!«

»Diejenigen, die verhindern, daß ein Kind getauft wird, die sollen des Teufels sein und auf ewig in der Hölle schmoren!« schrie die Amme in höchster Erregung, brach dann in Tränen aus und stürzte aus der Stube.

»Dein Sohn hat noch gelebt, als das Wasser seinen Kopf berührte. Ich schwöre es!« rief Anne Katharina ihr nach, doch sie bezweifelte, daß ihre Worte Marie noch erreichten.

»Ich will sehen, ob ich sie beruhigen kann.« Das Mädchen war schon fast an der Tür, als Ursula es zurückhielt.

»Laß nur, ich werde mit ihr reden. Sie ist immer noch ein wenig durcheinander und hat den Tod ihres Kindes noch nicht verwunden.«

Sorgfältig legte sie ihre Näharbeit zusammen und ging dann die Treppe zur hinteren Stube hoch. Afra und Anne Katharina blieben einigermaßen überrascht in der großen Stube zurück.

* * *

Anne Katharina saß immer noch grübelnd in der großen Stube, als der Hausherr Ulrich hereingepoltert kam. Sofort erhob sie sich, denn wenn es eine Person gab, mit der sie heute nicht sprechen wollte, so war das ihr älterer Bruder.
»Setz dich wieder, ich habe dir etwas zu sagen«, fuhr er sie so barsch an, daß das Mädchen sich seufzend, jedoch mit abweisender Miene wieder auf der Bank niederließ. Ulrich zog sich einen der Scherenstühle heran und setzte sich seiner Schwester gegenüber hin. Sichtlich um einen freundlicheren Ton bemüht, begann er.
»Du bist bereits siebzehn Jahre alt und damit fast eine erwachsene Frau.« Er brach ab und knetete nervös seine Hände.
Überrascht sah seine Schwester ihn mit großen Augen an. Was sollte das denn werden? Ulrich räusperte sich und setzte noch einmal an.
»Da du so viele Freiheiten in diesem Haus genießt, seit die Eltern tot sind, hattest du ja reichlich Gelegenheit dazu, die Siedergesellen und Freunde deines jüngeren Bruders kennenzulernen. Zum Beispiel auch den jungen Seyboth.«
Mißtrauisch zog Anne Katharina die Augenbrauen zusammen.
»Ja, ich kenne Michel, diesen eingebildeten, aufgeblasenen Burschen, warum?«
Ulrich zuckte bei jedem Wort zusammen.
»So schlimm kann er gar nicht sein. Übertreibe nicht so! Du mußt bedenken, er kommt aus einer der angesehensten Familien, bringt eineinhalb Sieden mit und ist mit seinen fünfundzwanzig Jahren im besten Alter ...«
Ihr kam ein fürchterlicher Verdacht.
»Im besten Alter für was?«
»Nun, um zu heiraten. Ich habe mit seinen Eltern gespro-

chen. Ihr könnt am Anfang bei ihnen im Haus wohnen, eine Kammer und sogar eine eigene kleine Stube für euch haben. Die Verlobungsfeier soll so bald wie möglich sein, so daß die Hochzeit noch in diesem Sommer stattfinden kann. Bis auf ein paar Kleinigkeiten bei deiner Mitgift und dem Waldstück, das dir Mutter vererbt hat, ist alles schon ausgehandelt.«

Anne Katharina sprang auf und stieß einen Schrei aus, in dem sich all ihre Verbitterung, Wut und Angst vereinten. Ausgerechnet der junge Seyboth! Warum jetzt? Warum so schnell?

»Ich will nicht heiraten!« brach es aus ihr heraus, »nicht jetzt und schon gar nicht diesen, diesen Windbeutel!«

»Du wirst genau das tun, was die Familie für richtig hält.«

Sie hörte den gefährlichen Unterton, der sie warnen sollte, doch das Mädchen war zu erregt, um darauf Rücksicht zu nehmen.

»Die Familie? Du, du allein willst mich an diesen Mann verkaufen, um geschäftlichen Nutzen daraus zu ziehen. Großvater wird mir helfen. Er wird nicht zulassen, daß du mich zu so einer Ehe zwingst.«

»Laß den alten Mann da heraus. Der ist doch gar nicht mehr ganz bei Sinnen.«

»Großvater hat noch mehr Geist in sich, als du je besitzen wirst!« schrie sie erbost.

»Ja, einen wirren Geist, mit dem er dich gegen die Familie und gegen deine Pflichten aufbringt. Aber ich bin dein Vormund, und du hast dich zu fügen. Alle Frauen heiraten zum Wohle der Familie, also führ dich nicht so auf, sonst werde ich dafür sorgen, daß du den alten Mann nicht mehr besuchst!«

Beide Hände in die Hüften gestemmt, stand sie dicht vor ihm und brüllte ihn an.

»Du drohst mir? Du kannst es wohl gar nicht abwarten, mich aus dem Haus zu haben, damit du des Nachts ungestört deine Gattin prügeln kannst!«

Das Klatschen auf ihrer Wange erstaunte sie für einen Augenblick, doch das kurz darauf folgende Brennen holte sie in die Wirklichkeit zurück. Was hatte sie da gesagt! Trotzig starrte Anne Katharina ihren Bruder an. Sein Gesicht war weiß vor Wut.

»Gut, ich werde dieses Haus verlassen.« Vorsichtshalber trat sie ein paar Schritte zurück. »Deine Zeit, mich zu schlagen, läuft ab. Aber freue dich nicht zu früh. So, wie du dir das in den Kopf gesetzt hast, wird die Sache nicht ablaufen!«

Nach dieser Drohung, von der sie selbst noch nicht wußte, in welcher Weise sie sie wahr werden lassen wollte, floh Anne Katharina schnell die Treppe hinunter, bevor ihn sein Zorn zu weiteren Gewalttätigkeiten treiben konnte.

Ziellos wanderte sie durch die Stadt, vorbei am zugemauerten Limpurger Tor und an der großen Baustelle, auf der das neue Büchsenhaus entstehen würde. Sie stieg zum Langenfelder Tor hinauf, der südöstlichen Ecke der Stadt, und ging dann über den Spitalmarkt und die Klostergasse hinab zum Marktplatz. Schließlich stand Anne Katharina vor dem Marktbrunnen und tauchte ihr Taschentuch in das kalte, klare Wasser. Doch nicht nur ihre Wange bedurfte Kühlung, auch der Zorn brannte immer noch heiß.

»Heiliger Georg, warum sind die Helden nie zur Stelle, wenn man ihrer bedarf?« fragte sie die Steinfigur, die den wasserspeienden Drachen in seiner Gewalt hielt, vorwurfsvoll.

»Nun gut, der junge Seyboth will mich nicht gerade verspeisen, wie der große Wurm es mit der Königstochter vorhatte, die du gerettet hast«, räumte sie ein, »doch ihn als Ehemann zu haben stelle ich mir ähnlich furchtbar vor.«

»Mit wem hältst du solch ein inniges Zwiegespräch? Mit Simon, Georg oder Michael?«

Anne Katharina fuhr herum und sah in Pater Hiltprands gütige Augen. Sein Mund war zu einem verschmitzten Lächeln ein wenig geöffnet.

»Ich versuchte, dem heiligen Georg klarzumachen, daß ich der Hilfe ebenso bedarf wie seine Königstochter.«

Sie sah den Pater finster an, doch er schien dies nicht zu bemerken. Sanft strich er ihr über die brennende Wange und fragte sie:

»Welch Ungeheuer will dich denn verschlingen, mein armes Kind?«

»Michel Seyboth«, antwortete sie düster und fügte noch hinzu, als sie den fragenden Blick sah: »Nicht verschlingen, jedoch heiraten, was mir ähnlich schlimm vorkommt.«

Pater Hiltprand seufzte mitleidig, lehnte sich gegen die Brunnenwand und strich noch einmal zart über ihre Wange.

»Dein Bruder Ulrich hat diese Verbindung zu einer anderen geachteten Siedersfamilie sicher wohl überlegt.«

Das Mädchen schnaubte unfein durch die Nase.

»Das glaube ich ihm gleich. Aber ich will diesen aufgeblasenen Angeber nicht heiraten. Ich will gar nicht heiraten. Ich mache es wie Ihr und gehe ins Kloster.«

»Nun, bei den Barfüßern wird wohl kein Platz für eine solch schöne Jungfrau sein. Was würde der Guardian dazu sagen?«

Anne Katharina mußte doch ein wenig grinsen, obwohl

sie sich ärgerte, daß der Pater sie nicht ernst zu nehmen schien, deshalb fuhr sie ihn ungehalten an:
»Unsinn! Natürlich gehe ich in ein Nonnenkloster, nach Gnadental oder so. Meine Mitgift wird sicher ausreichen, daß sie mich aufnehmen.«
Der Pater schien zu überlegen.
»So einfach geht das nicht. Auch hierfür brauchst du die Zustimmung deines Vormundes.«
»Ich weiß. Eigentlich will ich ja auch gar nicht mein ganzes Leben bei den Nonnen verbringen, aber den Michel will ich auch nicht heiraten!«
Wie gerne hätte sie sich wie früher in Pater Hiltprands starke Arme gekuschelt, um sich den Kummer von der Seele zu weinen, doch sie war kein Kind mehr, und hier auf dem Marktplatz gab es mehr als genug neugierige Augen.
»Weißt du, auch aus aufgeblasenen Angebern können sich mit den Jahren ganz brauchbare Männer entwickeln.«
»Aus dem bestimmt nicht!« protestierte sie überzeugt.
»Hast du schon mit ihm darüber gesprochen?«
»Nein« – entschlossen straffte sie sich – »aber genau das werde ich jetzt tun. Vielen Dank für Euren Rat, Pater, und einen gesegneten Tag.«
Ohne sich noch einmal umzudrehen, schritt sie forsch auf den Haal zu, über dem eine dichte Dampfwolke hing, denn das Kaltliegen war vorbei, und seit einer Woche wurde wieder gesotten. Anne Katharina hatte sowieso vorgehabt, den Versuch zu wagen, etwas über den geheimnisvollen Fremden herauszubekommen. Und bei dieser Gelegenheit könnte es ja geschehen, daß Michel Seyboth die Lust auf eine Ehe mit ihr ganz plötzlich vergine.

* * *

»Da draußen ist ein Mädchen, das Euch sprechen will, Herr«, hörte Anne Katharina den Feurer ihren Wunsch ausrichten.
»Ist sie wenigstens jung und von hübscher Gestalt?«
»Ja, ja, des ist 'ne Jungfrau aus gutem Haus – und nicht schlecht gebaut, wenn ich das so sagen darf.«
»Na, dann wollen wir uns das Vögelchen mal ansehen, bevor es wieder davonfliegt.«
Mehr aus Wut als aus Verlegenheit schoß ihr die Röte ins Gesicht, und all die wohlüberlegten Worte lösten sich in nichts auf und ließen nur den Wunsch zurück, die Abdrücke ihrer Hand in flammendem Rot auf der Wange des unverschämten Sieders zurückzulassen. In schwarzen Kniehosen aus grobem Stoff, das weiße Hemd bis an die Brust geöffnet, verschwitzt und von der Holzkohle beschmutzt, trat Michel Seyboth blinzelnd in den grellen Sonnenschein.
»Oh, die Augenweide der Stadt kommt aus ihrer Kemenate zu mir herabgestiegen. Jungfrau Anne Katharina, welch große Ehre.« Er verbeugte sich, ein spöttisches Lächeln auf den Lippen, und wischte sich die verschmierten Hände an seiner Hose ab.
»Nun, schönste aller Jungfrauen, was wünscht Ihr?«
»Ich dachte, Ihr wüßtet noch nicht, ob Ihr diesen Titel nicht doch lieber an Anna Büschler oder Helene von Rinderbach vergeben wollt«, erwiderte sie spitz und entlockte Michel dadurch ein Lachen.
»Habe ich Euch gekränkt? Dann bitte ich untertänigst um Vergebung. Doch wie ich vermute, seid Ihr nicht gekommen, um diese Frage zu klären.«
»Da habt Ihr recht, Michel Seyboth.« Sie gab ihrer Stimme einen zuckersüßen Klang. »Ich bin gekommen, um zu sehen, ob Ihr etwas von Eurer Arbeit versteht.«

Der irritierte Ausdruck in seinem Gesicht blieb ihr nicht verborgen, doch sie tat so, als bemerke sie ihn nicht, und spazierte um einen sorgfältig aufgestapelten Holzstoß von beträchtlicher Höhe.
»Da uns das Eheband nun schon bald umschlingt, kann es ja nur von Vorteil sein, wenn ich mir Eure Mitgift frühzeitig ansehe und, um jedem Mißton in unserer Ehe vorzubeugen, Schlampereien und Mißstände jetzt schon auszuräumen suche.«
Sie sah ihn mit einem Augenaufschlag an und weidete sich an dem vor Erstaunen kreisförmig geöffneten Mund.
»Meine Mitgift?« wiederholte er fassungslos, doch Anne Katharina fuhr unbeirrt fort, während sie an einer neuen, noch glänzenden Pfanne aus Eisenblech vorbeischritt, die an der Wand lehnte.
»Liebster Michel, Ihr wißt doch sicher, daß es bei uns in der Familie schon seit langem der Brauch ist, daß die Frauen die Bücher führen und mit all ihrem Geschick das Vermögen mehren. Nicht umsonst hat mich Pater Hiltprand nicht nur Lesen und Schreiben, sondern auch Rechnen gelehrt. Ihr braucht Euch jedoch nicht davor zu fürchten, Eurer Gemahlin alles zu überlassen. Auch meine Brüder bekommen den ein oder anderen Heller zugesteckt, um mit ihren Freunden abends das Wirtshaus aufsuchen zu können.«
Wie ein Fisch auf dem Trockenen öffnete und schloß er einige Male tonlos den Mund, doch dann teilte plötzlich ein breites Grinsen seine vollen Lippen.
»Was Eure Schönheit angeht, verehrte Anne Katharina, da mögt Ihr Konkurrentinnen haben, doch was Eure scharfen Zähne und Eure spitze Zunge betrifft, so müßte man schon in einem Wolfsrudel suchen, um ein Wesen zu finden, das es mit Euch aufzunehmen vermag.«

Er schien sich der ungeheuren Beleidigung nicht bewußt zu sein, bot ihr mit einer leichten Verbeugung seinen Arm an und fuhr unbekümmert fort:
»Es ist mir ein Vergnügen, Euch vom guten Zustand unseres Haalhauses zu überzeugen und Euch in die Geheimnisse der Salzsiederei einzuweihen.«
Nun war es an ihr, nach Worten zu suchen. Der Verlauf dieses Geplänkels war Anne Katharina gar nicht recht, und schon stieg der Verdacht in ihr auf, daß all ihre Bemühungen umsonst gewesen sein könnten.
»Hier draußen vor dem Haalhaus, im Naach, lösen wir in der frischen Sole das Gewöhrd auf, um sie anzureichern. Dazu sammeln wir in der Gewöhrdstatt das salzhaltige Mauerwerk abgebrochener Herde, mit Salzschleim gelöschtes Holz, den Pfannenstein und auch den Schaum und Schlamm, der sich beim Sieden ansammelt ...«
»Ich lebe schon an die siebzehn Jahre in Hall, und auch mein Bruder betreibt die Siederei, wie Euch nicht entgangen sein kann«, unterbrach sie seinen Vortrag und sah mit gerümpfter Nase in den langen, mit einer unansehnlich braunen, schaumigen Brühe gefüllten Holzkasten, von dem aus eine Leitung durch die Wand in das Haalhaus führte. Der leichte Frühlingshauch konnte den Geruch von Moder, Salz und Qualm aus den unzähligen Herdfeuern nicht vertreiben, der ihr in Hals und Nase brannte und sie zum Husten reizte, den sie nur mühsam unterdrücken konnte. Mit heftigem Blinzeln vertrieb Anne Katharina ein paar Tränen, die sich in ihre Augen schlichen, und zögerte kurz, als der Sieder ihr die Tür aufhielt.
»Kommt nur herein, in den Vorhof zur Hölle. Ihr müßt Euch nicht fürchten. Ich bin ja bei Euch.«
Wütend, daß ihr Zögern so völlig mißdeutet wurde, trat

sie rasch ein, die Schultern gestrafft, den Kopf hoch erhoben, die Röcke ein wenig gerafft, damit sie nicht über die Holzkohlereste schleiften, die überall herumlagen.

Im Innern des aus Bohlen und rohen Brettern zusammengezimmerten Hauses verdichtete sich der Rauch nicht nur unerträglich, sondern die Hitze der lodernden Feuer trieb dem Mädchen auch noch den Schweiß aus allen Poren und ließ ihn in winzigen Rinnsalen an Schläfen, Hals und Dekolleté herabrinnen. Obwohl Anne Katharina ihm nicht gefallen wollte, fragte sie sich bang, ob ihr Gesicht nun, naß und rot, ein unschönes Bild bot. Ihren vorherigen Einwand anscheinend vergessend, fuhr er mit seinen Erklärungen fort.

»Durch ein Sieb gelangt die Sole in die Vorwärmpfanne. In der zweiten Pfanne wird sie dann erst langsam angeheizt und später aufgekocht. Den schmutzigen Schaum, den Ihr dort drüben seht, muß man immer wieder abschöpfen.«

Sie vergaß ganz, daß sie ja einen schlechten Eindruck machen wollte, und stellte sich auf die Zehenspitzen, um in die riesenhafte Pfanne sehen zu können, neben der einer der Siedersknechte stand und mit einem großen Holzeimer von Zeit zu Zeit Sole aus der Vorwärmpfanne nachgoß. Schon als ganz kleines Mädchen hatten die dampfenden Haalhäuser, die Geschäftigkeit und die siedenden Pfannen, aus denen man wie durch Zauberei plötzlich Salz herausholen konnte, eine unwiderstehliche Faszination auf sie ausgeübt.

»Wozu dienen die Schalen dort am Grund der Pfanne?«
»Das sind Setzpfannen, um den groben Schmutz aufzufangen. Doch Ihr müßt mich kurz entschuldigen, die Arbeit ruft. Ihr wollt doch nicht, daß Schlamperei in Euer zukünftiges Sudhaus einkehrt!«

»Nein, nein, laßt Euch nicht aufhalten. Es ist sicher schwer, die Feuer und Knechte so geschickt anzuweisen, daß sie auch gut arbeiten, wenn der Sieder nicht mit anpackt.«
Sie legte einen gönnerhaften Ton in ihre Stimme.
»Bei Eurer Jugend ist es sicher verzeihlich, daß Ihr das noch nicht erreicht habt, doch vielleicht stellt sich der Erfolg mit den Jahren noch ein.«
Er lachte kurz auf, doch er schien ein wenig gekränkt. Das Licht im flackernden Schein der Feuer war zu trügerisch, als daß sie den Blick, den er ihr zuwarf, hätte deuten können. Schweigend sah sie den vier Männern zu, wie sie den Pfanneninhalt in vier Gölten füllten und anschließend die Pfanne mit Sole auswuschen. Erst als sich der Schmutz am Boden der großen Holzeimer abgesetzt hatte, wurde die nun geläuterte Sole in die Pfanne zurückgeschöpft.
»Meister, Blut und Bier!«
Eine gedrungene Gestalt in schmutzigen Hosen und zerrissenem Kittel trat mit zwei Holzeimern in den Händen ins Sudhaus.
»Blut und Bier? Welch satanisches Zauberwerk wollt Ihr denn vollbringen?« fragte Anne Katharina erstaunt und bemerkte, daß es doch noch viel zu lernen gab.
Michel lachte, dieses Mal wirklich belustigt.
»Das ist kein Teufelswerk.« Er machte ein geheimnisvolles Gesicht und senkte verschwörerisch die Stimme. »Es ist Alchimie!«
»Ihr nehmt mich auf den Arm!«
»Nicht jetzt, später vielleicht, Liebste.«
Wütend, daß er immer wieder die Oberhand zu gewinnen schien, schnaubte sie: »Ist Blutwurst mit Brot und Bier Eurer Meinung nach auch Alchimie?«
»Nein, nein, es dient nicht unserem leiblichen Wohl. Das

ganze Geheimnis liegt darin, daß Blut und Bier helfen, den Schmutz aufzuschäumen, so daß er leichter abgeschöpft werden kann.«
Er erzählte noch weiter, wie beim Soggen das Salz ausfällt und herausgeschaufelt wird und wie das feuchte Salz in einer Bretterform über dem Pfaunstle ausgetrocknet und dann zu sechzehn Schilpen gesägt wird, doch Anne Katharina hörte nur noch mit einem Ohr zu. Statt dessen betrachtete sie eingehend die Feurer und Siedersknechte, die im Seyboldschen Haalhaus arbeiteten, doch keiner hatte eine Ähnlichkeit mit dem Unbekannten aus dem Spital oder dem Dreifingrigen.
»Zum völligen Austrocknen werden die Schilpen dann im Löchle noch einmal mit glühenden Holzkohlen umgeben – und bereits nach sechzehn Stunden ist der Sud fertig, und wir können in den ›Wilden Mann‹ hinübergehen, um unsere durstigen Kehlen zu erfrischen.«
»... um dann völlig betrunken durch die Straße zu ziehen, eine Schlägerei anzufangen und die nächsten fünf Tage im Turm zu verbringen. So schafft Ihr also einen Sud pro Woche!«
»Eure Zunge ist gefährlicher als der Drache. Vielleicht sollten die Stadtwachen bei Gefahr Euch statt dem großen Geschütz auf einen der Türme stellen.«
Anne Katharina neigte nur lächelnd den Kopf und wechselte das Thema.
»Wie viele Männer arbeiten hier im Haalhaus für Euch?«
Michel sah sie zwar leicht irritiert an, ließ sich jedoch von ihr auf anderes Terrain geleiten.
»Die drei Feurer und außer dem Schmiederkarl noch zwei weitere Siedersknechte, die Flößer Grambenpeter ...«
Sie unterbrach ihn.

»Arbeitet der Knecht, der an der linken Hand nur noch drei Finger hat, auch für Euch?«
Der Sieder zog fragend die Augenbrauen hoch.
»Der Bert? Nein, warum interessiert Ihr Euch für ihn?«
Sie überging seine Frage.
»Aber er hat doch für Euch gearbeitet?«
»Ja, für Vater war er eine Zeitlang Feurer, doch in diesem Jahr ist er wieder Flößer.«
»Für wen?«
Der merkwürdige Blick, den er ihr zuwarf, ließ eine böse Ahnung in ihr aufsteigen, und eigentlich wußte sie es bereits, bevor Michel es aussprach:
»Die meiste Zeit für Euren Bruder Ulrich und Euren Lehensherrn Gabriel Senft!«
Ihr wurde ganz schwindelig.
»Ach, deshalb habe ich ihn in letzter Zeit öfter in der Herrengasse gesehen«, sagte sie leichthin.
»Da irrt Ihr Euch wahrscheinlich und verwechselt ihn mit seinem Bruder Alfred. Die beiden sehen sich so ähnlich, daß sich Bert vielleicht absichtlich die Finger abgehackt hat, um nicht ständig mit ihm verwechselt zu werden.«
Sie lachte pflichtschuldig, doch ihre Gedanken rasten.
»Alfred ist Knecht bei Rudolf Senft, nicht?«
Michel zuckte mit den Schultern. »Ja, ich glaube schon.«
Ulrich – Gabriel – Rudolf – Alfred – Bert – das tote Kind von Marie – der merkwürdige Geheimcode, das alles wirbelte in ihrem Kopf durcheinander. Mit dem Junker konnte sie nicht sprechen, mit Ulrich genausowenig, und sich noch einmal in die Hände eines der Knechte begeben? Schon der Gedanke ließ sie erzittern. Marie! Heute abend würde sie mit ihr sprechen und ihr so lange zusetzen, bis sie ihr alles gesagt hatte, was sie wußte. Tief in ihre Gedanken versunken, hatte Anne Katharina nicht aufge-

paßt, war Michel hinter einen Stoß Feuerholz gefolgt und stand nun plötzlich zwischen den gestapelten Salzschilpen, dem Feuerholz und der Wand. Michel kam langsam näher. Seine Stimme nahm einen weichen, schmeichelnden Klang an.

»Liebste Jungfrau Anne Katharina, Euer Bruder und meine Eltern haben beschlossen, daß wir heiraten, und da Ihr von hübscher Gestalt seid und eine ansehnliche Mitgift dabei ist, will ich mich auch nicht beklagen, doch solltet Ihr Euer Köpfchen nicht mit Dingen belasten, für die der Herrgott uns Männer geschaffen hat. Seht, die Frauen sind für das behagliche Heim, um Kinder zu gebären und für die Liebe gemacht. Vergeßt alles andere und gebt Euch vertrauensvoll in meine Hände ...«

Anne Katharina klopfte das Herz bis zum Hals, doch sie nahm all ihren Mut zusammen, trat noch einen Schritt zurück und fragte:

»Jetzt und hier?« Sie dachte an Marie am Pranger. »Ich glaube nicht, daß unsere Familien den Skandal wollten, eine Braut mit geschwollenem Leib vor dem Altar zu sehen.«

»Welch rüde Worte für eine Jungfrau aus gutem Hause! Doch seid beruhigt, ich habe nicht vor, meiner Braut jetzt schon ihre Unschuld zu rauben.«

Er beugte sich zu ihr vor, so daß sie seinen heißen Atem spüren konnte.

»Nur einen Kuß von diesen rosigen Lippen«, flüsterte er, doch da sie rasch den Kopf wegdrehte, traf der Kuß ihre Wange.

»Wärt Ihr doch in Eurer Sprache ein bißchen zurückhaltender und in Eurem Wesen etwas forscher!« seufzte er, griff nach ihrem Kinn und drehte ihren Kopf langsam, aber unerbittlich zu sich. Sein Kuß war weich und feucht,

aber überraschenderweise nicht so unangenehm, wie sie es erwartet hatte. Er mußte das kurze Zögern gespürt haben, und so ermuntert, legte er seine Hände um ihre Taille und zog den schlanken Mädchenkörper an sich. Sie spürte, wie sein Atem schneller wurde, als er keuchte:
»Ihr könnt es Euch noch nicht vorstellen, welch große Lustbarkeiten Euch erwarten, wenn Ihr schon bald in meinen Armen liegen werdet.«
Trotz der vielen Schichten Stoff fühlte es sich an, als habe er sich einen Stock in seine Hose gesteckt. Von Scham und Abscheu überwältigt, stieß sie ihn von sich.
»Laßt mich gehen, sonst schreie ich!«
Doch er hatte sich und seine Leidenschaft bereits wieder im Griff und trat lässig einen Schritt zurück.
»O nein, die Verlegenheit, ein paar rohen, schmutzigen Feuern erklären zu müssen, Ihr wärt von Eurem zukünftigen Gatten belästigt worden, will ich Euch ersparen. Wobei ich mich frage, ob diese mich nicht noch angefeuert hätten, ihnen ein wenig von Eurer weißen Haut zu zeigen. Was meint Ihr?«
»Daß Ihr ganz und gar schamlos seid!« schrie sie, drängte sich an ihm vorbei und lief aus dem Haalhaus.
»Ja, das stimmt«, rief er ihr nach, »doch bisher hat noch keines der Mädchen sich darüber beklagt!«

* * *

In Gedanken noch bei Michel Seyboth und seinem unglaublichen Verhalten, öffnete Anne Katharina auf der Suche nach ihrer Schwägerin die Tür zur oberen Stube, fand jedoch nur Marie mit dem Kind vor.
»Die Herrin ist zum Krämer unterwegs, einige Besorgungen zu machen«, teilte ihr die Amme mit.

Das war die Gelegenheit. Anne Katharina nickte, schlenderte zum Tisch, nahm sich einen der schrumpligen Äpfel aus der Schale und rückte sich ein Kissen auf der Eckbank zurecht.
»Das trifft sich gut, ich wollte dich sowieso ein paar Dinge fragen«, sagte sie und biß herzhaft in den Apfel. Das Mädchen hatte gehofft, den Worten einen möglichst unschuldigen Klang geben zu können, doch sofort stahl sich Mißtrauen in den Blick der Amme. Sie preßte das Kind an sich und straffte den Rücken, entschlossen, jede Anschuldigung weit von sich zu weisen.
»Els hat dir doch bei der Geburt geholfen. War sonst noch jemand dabei?«
»Nein, ich war nicht im Fegefeuer bei den anderen Kranken. Sie haben mich in die kleine Kammer gesperrt.«
»Dein Sohn war doch bei bester Gesundheit, als er auf die Welt kam, oder?«
Marie versteifte sich.
»Nun, das ist bei den kleinen Würmern ja schwer zu sagen ...«
»Du hast gehört, was die Pfründnerin in der Kammer daneben ...«
»Ich habe mein Kind nicht getötet«, rief die Amme erregt und brach in Tränen aus. »Nie, nie könnte ich so was tun!«
»Wessen Schuld ist es dann, daß es so früh sterben mußte?« fragte Anne Katharina sanft.
»Wessen Schuld? Das weiß nur der Herr allein!«
»Und warum war Alfred, der Knecht von Rudolf Senft, an diesem Abend im Spital und trug das sterbende Kind in seinen Armen? Ist er der Vater? Triffst du dich noch mit ihm?«
Marie preßte trotzig die Lippen aufeinander.

»Ist es etwa nur ein Zufall, daß der Knecht des Junkers an einem Tag ein sterbendes Kind in den Händen hält, und nur wenige Tage später, als Knecht und Herr im Senftenhaus weilen, ein weiterer Säugling sein Leben aushaucht – noch dazu der Erbe des verhaßten älteren Bruders?«
Marie fuhr in die Höhe.
»Was unterstellt Ihr! Der Junker hat damit nichts zu tun. Er ist ...«
Die Amme brach ab, als sich die Tür öffnete, um Ursula einzulassen. Überrascht sah die Herrin des Hauses von Anne Katharina zu Marie und wieder zu ihrer jungen Schwägerin. Sehr schnell bekam sie einen Eindruck von dem, was hier gerade ablief, und sagte in ihrer ruhigen Art sanft:
»Marie, setze dich wieder, du brauchst dich nicht zu fürchten. Weder der Junker noch einer seiner Knechte werden dir etwas antun können. Und du, liebe Anne Katharina, solltest nicht so in sie dringen. Sie hat doch wirklich schon genug durchgemacht und den Schmerz der Erinnerung nicht erneut verdient.«
Anne Katharina nickte beschämt und ließ sich von ihrer Schwägerin eine Näharbeit geben, doch während die Nadel gleichmäßig durch den feinen Brokatstoff glitt, dachte sie ärgerlich:
Warum mußte Ursula gerade in diesem Augenblick zur Tür hereinkommen. Marie war nahe daran, mir alles zu erzählen, doch jetzt ist die Gelegenheit ungenutzt vorüber, und es wird noch viel schwerer, ein weiteres Mal davon anzufangen. Dabei war ihre Reaktion höchst interessant. Warum verteidigte sie den Junker so eifrig? Macht ihn das nicht um so verdächtiger? Hat sie Angst vor ihm und seinem Knecht?

Nun, wenn sie an die nächtliche Begegnung des Knechts Alfred mit der Hebamme dachte, so war eine gewisse Furcht vor diesem rohen Kerl sicher nicht unbegründet. Es war eine spannungsgeladene Stille in der kleinen Stube, in der die drei Frauen scheinbar so gelassen und konzentriert ihren Arbeiten nachgingen, bis die Sonne sank und die Lichter entzündet werden mußten.

* * *

Ulrich war äußerst erbost und konnte es kaum erwarten, bis sich alle beim Schein der Talglichter zum Nachtmahl in der großen Stube eingefunden hatten, um Peter die Neuigkeiten aus Stadt und Land zu berichten. Agnes trug gerade die Schüssel mit gekochtem Gemüse und Rindfleischstücken auf, als er schon loslegte:
»Der Nagel, dieser Verräter, dieser Hund! Nun ist er schon zweimal im Rat überstimmt worden, doch glaubt ihr, er hält still und akzeptiert die Trinkstube der bürgerlichen Ratsmitglieder? Nein! Er hat nichts Besseres zu tun, als seine Verbindungen zum Schwäbischen Bund zu nutzen und sich am Reichstag in Augsburg an Maximilian heranzumachen.«
»An den Kaiser?« fragte Anne Katharina erstaunt.
»Ja, an welchen Maximilian denn sonst!« fuhr sie Ulrich unfreundlich an. »Unterbrich mich nicht, wenn ich mit deinem Bruder über Politik spreche!«
Peter, den die ganze Geschichte offensichtlich nicht einen Deut interessierte, warf seiner Schwester einen leidenden Blick zu, sagte jedoch nichts, sondern stopfte eifrig Kohl, Rüben und vor allem die größten Fleischstücke, die er in der Schüssel finden konnte, in sich hinein.
»Nagel hat beim Kaiser erreicht, daß dieser drei Gesandte

zu uns schickt, die die Irrungen, wie er sich ausdrückt, zwischen den Ehrbaren und den Gemeinen schlichten sollen. Ist das nicht die Höhe?«
Peter nickte pflichtschuldig, obwohl er nicht zugehört hatte.
»Weiß man, wer die Schlichter sind?«
Hin- und hergerissen zwischen dem Wunsch, seine Schwester für ihre hartnäckigen Einmischungen zurechtzuweisen, und dem Drang weiterzuberichten zögerte Ulrich kurz, doch dann fuhr er fort:
»Es werden Dr. Matthes Neithart aus Ulm, Caspar Nützel aus Nürnberg und Jörg Langenmantel aus Augsburg kommen. In Neithart wird Nagel höchstwahrscheinlich einen machtvollen Waffenbruder haben. Die Dinge stehen für Büschler und für uns nicht gut ...«
In diesem Moment öffnete sich die Tür, um, von Agnes geleitet, einen Gast einzulassen. Es war der Nachbar Baumann, der sichtlich erregt mit Ulrich zu sprechen wünschte. Ursula erhob sich, um den Gast zu begrüßen und ein paar höfliche Worte zu wechseln, doch der Ratsherr antwortete auf ihre Fragen nach seinem Befinden und dem der Familie Senft, bei der er soeben gespeist hatte, einsilbig, ja fast unhöflich und bat Ulrich in barschem Ton, mit ihm die Schreibkammer aufzusuchen.
Der älteste der Vogelmannsgeschwister erhob sich und geleitete den mit einem dicken Stapel Papieren beladenen Gast nach oben. Es dauerte nicht lange, da drangen die lauten Stimmen zweier zorniger Männer bis in die Stube herab. Schweigend aßen die restlichen Familienmitglieder weiter, bis Ursula energisch ihren Löffel auf den Tisch legte.
»Ich werde hochgehen und ihnen Wein anbieten. Vielleicht kühlt eine Unterbrechung ihren Zorn ein wenig ab,

und sie versuchen dann mit ruhigerem Gemüt, für ihre Probleme eine Lösung zu finden.«
Anne Katharina sah ihrer Schwägerin mit offenem Mund nach. Soviel Mut, zwei Männer bei einer solch lautstarken Auseinandersetzung zu stören, hätte sie der schüchternen Ursula nie zugetraut – vor allem nicht, nachdem ihr mißhandeltes Gesicht gerade erst abzuschwellen begann.
»Und?« fragte das Mädchen begierig, etwas zu erfahren, als ihre Schwägerin nach einer Weile mit einem merkwürdigen Ausdruck in ihrem geröteten Gesicht zurückkam.
Ursula versuchte ein Lächeln.
»Ich habe mich nicht getraut.« Seufzend ließ sie sich wieder auf die Bank sinken. »Du hättest damit natürlich keine Schwierigkeiten gehabt, doch ich stand vor der Tür, mir brach der kalte Schweiß aus, meine Knie zitterten, und ich konnte mich nicht mehr bewegen.«
»Na, wenn Ulrich in solch schrecklicher Stimmung ist, dann würde ich ihn auch nicht stören«, erwiderte Anne Katharina beruhigend. »Vor allem, da er nichts mehr haßt als die Einmischung eines Weibes«, fügte sie mit einem Seufzer hinzu.
Still vor sich hinbrütend, saßen die Frauen da, während Peter die Gelegenheit nutzte, die heute reichlichen Reste zu vertilgen.
»Gut, ich verlasse mich darauf«, sagte der Ratsherr Baumann in barschem, unversöhnlichem Ton, als er die Stube, von Ulrich gefolgt, wieder betrat. »Ihr kommt morgen in der Früh mit den Büchern zu mir.« Der junge Ratsherr nickte stumm.
»Oh, verehrter Nachbar Baumann, Ihr wollt doch nicht so überstürzt von uns gehen, ohne auch nur eine kleine Erfrischung zu Euch genommen zu haben?«
Mit einem sanften Lächeln auf den Lippen, die großen

unschuldigen Augen zu dem alten Herrn erhoben, beeilte sich Ursula nun doch noch, ihren Hausfrauenpflichten nachzukommen. Der Ratsherr zögerte.
»Bitte setzt Euch. Hier, trinkt wenigstens ein wenig frischen Gewürzwein.«
Um nicht in die Küche eilen zu müssen und ihm dadurch nicht die Gelegenheit zu geben, in schlechter Stimmung das Haus zu verlassen, griff sie nach ihrem vollen Becher, den sie noch nicht angerührt hatte, und reichte ihn dem weißhaarigen Mann, dessen Lippen zu einem schmalen Strich zusammengekniffen waren. Einige Augenblicke blieb er noch unschlüssig stehen. Sein Blick wanderte über Ursula und Ulrichs jüngere Geschwister, die ihn alle wie gebannt ansahen. Schließlich entspannten sich seine Züge ein wenig, und mit einem, wenn auch noch etwas gezwungenen Lächeln nahm er den angebotenen Wein entgegen, ließ sich auf die weich gepolsterte Truhenbank nieder und sprach noch ein paar ungezwungene Worte mit Peter, ehe er sich verabschiedete.

KAPITEL 15

Tag des heiligen Marbodus,
Samstag, der 23. März
im Jahr des Herrn 1510

Es war sicher schon weit nach Mitternacht, doch der Ratsherr Baumann konnte keinen Schlaf finden. Nun, die Sache war ärgerlich, ja vielleicht sogar bedenklich, und sie barg einen unangenehmen Skandal, doch bisher hatte ihm kein noch so schwerwiegendes Problem den Schlaf rauben können oder solch hartnäckige Bauchschmerzen verursacht. Vielleicht waren die Krebse verdorben gewesen? Welch Schande für das Haus des Junkers! Der alte Ratsherr drehte sich stöhnend auf die andere Seite, aber der Schmerz wurde immer schlimmer. Sein Mund war trocken, die Kehle brannte. Mit einem Seufzer schlug er die Decke zurück und tappte barfuß über den eiskalten Boden in die Küche, um einen Schluck Wein zu trinken. Sein Magen beruhigte sich ein wenig, und das Stechen ließ nach; auf dem Rückweg jedoch überfiel ihn der Schmerz so heftig, daß er die Arme um den Leib schlang und mit einem unterdrückten Schrei auf die Knie fiel. Er zitterte am ganzen Leib, die Zähne schlugen laut aufeinander, doch das Sausen in seinen Ohren übertönte alle anderen Geräusche. Seine Eingeweide zogen sich zusammen. Vergeblich versuchte er, sich zu erheben. Der

Schmerz war zu stark. Auf allen vieren kroch er zu seiner Kammer, um das Nachtgeschirr unter dem Bett hervorzuziehen – zu spät. Eine braune Lache breitete sich auf dem blankpolierten Boden aus.
»Sara, Sara!« schrie er, zweifelnd, ob sie ihn hören konnte, denn seine Stimme wurde vom Brausen in seinen Ohren verschluckt. Eine heftige Übelkeit überfiel ihn plötzlich, sein Magen krampfte sich zusammen, und mit einem Schwall ergoß sich die unerkenntlich gewordene Mischung aus Krebsen, Kapaun, Spießbraten, Pastete, Gemüse, Brot und viel Wein über den Kammerboden.
»Sara, Sara«, wimmerte er noch einmal, ehe er zur Seite kippte und in der stinkenden Brühe liegenblieb.
Als seine Magd, mit Nachthaube und Umhang bekleidet und mit einer Kerze in der Hand, in seiner Kammer erschien, konnte er ihren entsetzten Aufschrei nicht mehr hören, und als sie, ihren Ekel überwindend, sich zu ihrem nackten Arbeitgeber herabbeugte, war sein Herzschlag bereits für immer erstorben.

* * *

»Großvater, Ihr werdet nicht glauben, was passiert ist«, sprudelte Anne Katharina heraus, noch ehe sie ihren nassen Umhang abgelegt hatte. »Ratsherr Baumann ist tot!«
»Und was ließ ihn aus dem Leben scheiden?«
Anne Katharina zögerte.
»Nun, seine Magd Sara fand ihn in der Nacht tot in seinem Schmutz liegen. Ulrich meint es ist die Ruhr, doch Sara hat zu Agnes gesagt – sie glaube, es sei Gift gewesen.«
Der ehemalige Richter schwieg verblüfft.
»Gift? Wer, in aller Welt, sollte denn Baumann vergiften wollen? Seine Magd?«

»Darüber zerbreche ich mir ja schon seit Stunden den Kopf, doch mir fällt keiner ein, der dem alten Mann den Tod so sehr gewünscht haben könnte. Wie kommt Ihr auf die Magd? Warum hätte Sara ihren Dienstherrn vergiften sollen?«
»Nun, dafür kann es schon Gründe geben. Wer kann sagen, was sich hinter verschlossenen Türen abspielt.«
Anne Katharina war sich nicht ganz sicher, worauf ihr Großvater anspielte. Ob der Ratsherr Sara geschlagen hatte?
»Aber das ergibt doch keinen Sinn. Wenn sie ihn vergiftet hätte, dann wäre sie geflohen oder hätte erzählt, es wäre die Ruhr gewesen. Warum sollte sie sich verdächtig machen und die Aufmerksamkeit auf das Gift lenken?«
»Das ist richtig, und ich pflichte dir bei, daß diese Tatsache die Magd unschuldig erscheinen läßt«, gab Peter Schweycker zu.
»Wer hätte sonst noch Gelegenheit gehabt, ihm Gift zu verabreichen?«
»Er war am gestrigen Abend bei den Senften zum Nachtmahl.«
Der alte Mann schüttelte den Kopf.
»Das führt uns nicht weiter, oder glaubst du, die Junker könnten etwas damit zu tun haben?«
»Nein, natürlich nicht. Andererseits ist da noch dieser unheimliche Knecht, der Els bedroht hat …« Anne Katharina kaute nachdenklich auf ihrem Daumen herum.
»Vielleicht hatte er Besuch, nachdem er von uns wegging, oder er hat sich noch mit jemandem getroffen«, mutmaßte sie.
»Kann sein, aber das bringt uns der Lösung leider nicht näher.«
Sie grübelten noch eine ganze Weile über die unwahr-

scheinlichsten Möglichkeiten nach, bis der alte Mann herzhaft gähnend meinte, daß vielleicht doch die Ruhr den Ratsherrn dahingerafft habe, aber das wollte Anne Katharina nicht glauben.
All die vielen Ungereimtheiten noch einmal überdenkend, ging sie langsam nach Hause. Sie schenkte dem Barfüßermönch keine Beachtung, der seinen Blick lange auf sie gerichtet hielt, sich, als das junge Mädchen näher kam, jedoch rasch ein paar Hühnern auf einem Karren zuwandte, die ein Bauer aus dem Umland in der Stadt verkaufen wollte. Als Anne Katharina an ihm vorbei in Richtung Marktplatz schritt, erlosch sein Interesse an dem Federvieh so plötzlich, wie es entstanden war, und er folgte ihr in einigem Abstand, bis sie die Tür zum Vogelmannschen Haus in der Herrengasse erreicht hatte.

* * *

Es war bereits dunkel, als sich die Mitglieder der Familie Vogelmann an den gedeckten Tisch setzten. Die Magd Agnes trug gerade die Suppe auf, da stürzte Afra Senft ungestüm in die Stube.
»Habt ihr es schon vernommen? Die Magd des alten Baumann ist wegen Hexerei und Giftmischerei verhaftet worden. Sie soll den Ratsherrn umgebracht haben.«
»Sara soll ihren Herrn ermordet haben?« Anne Katharina war entsetzt. Hatte der Großvater nicht gesagt, auch er glaube an ihre Unschuld? Man müßte mit dem Schultheiß reden oder mit dem Stättmeister, ihnen die Gründe darlegen, die gegen eine Schuld der Magd sprachen ...
»Mein Vater hat mir erzählt, daß die Leiche von Meister Gessner und von unserem Medicus, der endlich von seinen Reisen zurückgekehrt ist, untersuchte wurde, und

beide sind sich sicher, daß es Gift war. Sie waren gerade erst mit ihren Untersuchungen fertig, da kam jemand zum Schultheiß und hat ihm verraten, daß Sara Hexerei betreibt. Sie soll viele Kräuter für ganz üble Zwecke in ihrer Kammer haben, Teufelszeug und sogar geweihte Hostien, um schlimmen Zauber zu wirken. In mancher Nacht soll sie sich mit einer anderen Hexe getroffen haben, um mit ihr gemeinsam ihrer Verderbtheit zu frönen. Leider wollte mir Vater nicht verraten, wer der Denunziant ist. Da half kein Betteln. Er sagt, daß bei einem Inquisitionsprozeß der Ankläger anonym bleiben kann. Zu schade!«
Afra war von den aufregenden Neuigkeiten so entzückt, daß sie die aufziehenden Gewitterwolken im Gesicht des Hausherrn nicht wahrnahm.
»Jungfrau Afra, setzt Euch!« donnerte Ulrich. »Es ziemt sich nicht für ein junges Mädchen, daß es zur Zeit des Nachtmahls in ein fremdes Haus eindringt, um üblen Straßenklatsch zu verbreiten. Nehmt einen Becher Wein und sprecht über Dinge, wie sie den Weibern anstehen!«
Völlig verdutzt sank Afra auf ein grünseiden besticktes Kissen nieder und war für einige Augenblicke sprachlos. So einen Tonfall war sie nicht gewöhnt. Sie versuchte, noch einmal auf das Thema zurückzukommen, doch der eisige Blick des Hausherrn ließ sie alsbald verstummen. Anne Katharina reicht dem jungen Mädchen weißes Schönbrot und eine Tonschale für die Suppe, doch Afra lehnte dankend ab. Nur von dem feinen Apfelkompott mit Zwiebeln nahm sie sich etwas.
Die Unterhaltung verlief schleppend und bestand hauptsächlich aus belehrenden Worten des ältesten der Vogelmannsgeschwister an den jüngeren Bruder, dessen Haltung und Mimik den störrischen Schüler zeigten, an dessen trotzigem Widerstand jedes gutgemeinte Wort ab-

prallt und ungehört zu Boden fällt. So kam Peter die nächste Störung des Nachtmahls sehr gelegen. Erwartungsvoll blickte er zur Tür, als sich erneut der Klang von Schritten näherte.
Die Amme Marie, in Umhang und Gugel gekleidet, ein geschnürtes Bündel unter dem Arm, trat mit vor Entschlossenheit fest zusammengekniffenem Mund ein. Alle Blicke richteten sich auf sie, und plötzlich waren all die Worte, die sie sich genau zurechtgelegt hatte, wie weggeblasen, und sie stotterte nur:
»Ich kann nicht mehr. Ich will hier weg! Ich habe das vom Ratsherrn Baumann gehört, und wie er ohne Pfarrer und Beichte gestorben ist. Ich habe solche Angst vor dem Fegefeuer – wenn ich nicht beichte, dann muß ich ewig schmoren und ...«
»Marie, nun setz dich doch erst einmal.« Langsam erhob sich Ursula, um die erregte junge Frau zu beruhigen, doch diese brach in Tränen aus.
»Nein, ich bleibe nicht in diesem Haus. Niemand kann mich hier beschützen. Sie werden auch mich holen ...«
Blind wühlte sie in ihrem Bündel und zog einen kleinen Lederbeutel heraus. In ihre Augen trat ein wildes Leuchten, als sie ausrief:
»Jede meiner Sünden kommt in der Nacht über mich. Die Dämonen sitzen auf meiner Brust und nehmen mir den Atem. Ich brauche Absolution, nicht dieses sündige Geld!«
Mit diesen Worten schleuderte sie den Beutel auf den Tisch, das Band löste sich. Es waren nicht Heller oder Batzenmünzen, die über das glatte Holz kullerten – golden schimmerten die Gulden im Kerzenlicht.
Die Blicke der beiden Ehegatten kreuzten sich für einige Augenblicke. Mit so vielen widersprüchlichen Gefüh-

len beladen, sahen sie sich an, daß die jüngeren Geschwister und ihr Gast kaum zu atmen wagten. Doch Ursula faßte sich schnell wieder. Ruhig sammelte sie die Münzen ein, verstaute sie in dem Beutel und hielt ihn der Amme hin.
»Du wirst das Geld sicher brauchen, wenn du uns verläßt. Das Gold selbst ist nicht sündig.«
Ulrich stöhnte gequält und barg den Kopf in seinen Händen. Verstockt schüttelte die Amme den Kopf.
»Nein, ich rühre es nicht an. Ich gehe jetzt und ...«
Sie wandte sich schon zur Tür, als Ursula sie einholte und ihr den Arm um die Schultern legte.
»Ja, ist ja gut. Vielleicht ist es besser, wenn du Hall verläßt, doch nicht jetzt mitten in der Nacht. Die Tore sind bereits geschlossen. Es reicht doch auch noch in der Früh ...«
Die beiden Frauen stiegen die Treppe hinauf und ließen vier schweigende, von unterschiedlichen Gefühlen bewegte Menschen in der Stube zurück.

* * *

Trotz der späten Stunde erhellte das Licht zahlreicher Fackeln die verliesartige Kammer des Folterturms. Die dicke Rußschicht auf den groben Kalkblöcken über den eisernen Haltern zeugte von den Schicksalen und dem Leid vieler Jahrzehnte.
»Du weißt, warum man dich hergebracht hat?«
Die Frau, die mit ihrem geschorenen Kopf und dem fleckigen, wadenlangen Hemd als einzigem Kleidungsstück einen erbärmlichen Anblick bot, verschränkte trotzig ihre mit schmutzigen Leinen verbundenen Hände vor der Brust und sah den Stättmeister herausfordernd an.
»Ja, weil ich Euch ehrenhaften Herrn trotz Eurer Dau-

menschrauben nicht das gesagt hab, was Ihr gern hören wollt.«
»Gute Frau, du tust ja gerade so, als wollten wir dich zu einer falschen Aussage bewegen, dabei sind wir doch nur an der Wahrheit interessiert.«
»Aber ich bin kein Unhold, und ich hab auch die Els net umgebracht!«
Seufzend lehnte sich der Stättmeister in seinem bequemen Stuhl zurück.
»Das wird eine lange Nacht, wenn du weiterhin so verstockt bist. Ich lese dir die Anklagepunkte des ehrenwerten Pfarrers und deiner Nachbarn noch einmal vor, während dich der Scharfrichter an die Waage bindet.«
Der Junker beugte sich nach vorn und sah der Gefangenen tief in die Augen.
»Du kannst dir das doch alles ersparen. Wozu diese Schmerzen? Erzähle dem Schreiber nur offen und ehrlich, wie es war, dann können wir alle nach Hause gehen.«
Der Schreiber nickte zustimmend und gähnte herzhaft. Auch die beiden Richter, Veit von Rinderbach und Werner Keck, die zu beiden Seiten des Vorsitzenden Platz genommen hatten, waren von dem nächtlichen Verhör nicht gerade begeistert – auch wenn sie dies nicht so unverhohlen zeigten.
»Aber ich hab doch alles gesagt, Ihr Herrn Richter, so glaubt mir doch!« schrie die Schloßsteinerin, als zwei der Büttel ihr die Hände auf dem Rücken zusammenbanden und sie zur Waage schleiften. Schweißperlen traten auf ihre Stirn, als der Scharfrichter den eisernen Haken einhängte.
»Sieh dir die Waage an und überlege es dir gut«, ermahnte sie der Stättmeister noch einmal mit müder Stimme. Das ganze Schauspiel widerte ihn an. Er haßte den Ge-

ruch des Angstschweißes und die Schreie der Befragten. Wie froh konnte er sein, daß es in seiner Stadt nur wenige Fälle gab, die eine peinliche Befragung notwendig machten, doch dieses Mal war es unumgänglich. Pfarrer Rüttinger war ein angesehener Mann, auf dessen Anschuldigungen man hören mußte – außerdem war die Hebamme tot. Trotz der bedrohlichen Umgebung förderte die erneute Befragung nichts Neues für das Protokoll zutage, und so gab der Stättmeister dem Scharfrichter einen Wink.
»Na, dann woll'n wir mal.«
Der breitschultrige Riese entblößte seine gelben Zähne, spuckte in die Hände und trat an die hölzerne Trommel mit dem Rad. Gleichmäßig griff er in die Speichen. Das Seil, das, eingehakt in die Handfesseln der Angeklagten, über eine Rolle an der Decke und dann hinunter zu dem stabilen Gestell geführt wurde, wickelte sich ordentlich um die Trommel. Langsam hoben sich die Arme der Schloßsteinerin, bis es nicht höher ging. Die schwergewichtige Frau stellte sich auf die Zehenspitzen, reckte sich in die Höhe, um den Moment noch ein wenig hinauszuzögern, doch dann verlor sie den Kontakt zum Boden und pendelte leise wimmernd zwei Fußbreit über den ausgetretenen, kalten Steinen hin und her. Das Seil knarzte, die Winde quietschte leise. Mit gelangweilter Stimme laß der Schreiber erneut die Anklagepunkte vor.
»Das Fluchen und mein böses Geschwätz hab ich doch schon zugegeben«, jammerte sie unter Schmerzen.
Der Stättmeister beobachtete schweigend, wie ihr Körper Stück für Stück tiefer rutschte. In den Schultergelenken knackte es.
»Ich hab die Els net erstochen!« schrie sie und brach in Tränen aus. »Und ich bin auch keine Hexe.«
»Wenn ich einen Vorschlag machen dürfte?«

Der Scharfrichter zog die Beklagenswerte noch ein Stück höher, denn ihre Zehenspitzen hatten sich dem Boden bereits wieder genähert.
»Wenn ich ein Gewicht dranhäng' oder noch einen Spieß glüh', dann geht's bestimmt schneller.«
Die Richter zu beiden Seiten nickten zustimmend, und so gab der Stättmeister nach kurzem Zögern nach.
»Nun gut, nehmt eine der Fackeln und löscht sie.«
Das war fast so wirksam wie ein glühendes Eisen, und man mußte nicht erst warten, bis der Henker das Feuer geschürt und die Stange zum Glühen gebracht hatte.
»Nein, nein«, kreischte die Geschundene und zog die Beine an, um dem heißen Pech zu entgehen, doch mit der Abgebrühtheit, die seinem Berufsstand zu eigen ist, hob der Scharfrichter seelenruhig das zerschlissene Hemd, drückte mit fester Hand die noch schwelende Fackel auf den nackten Oberschenkel und trat dann zurück, um die Wirkung abzuwarten. Ein gelbliches Rinnsal durchnäßte das Hemd und tropfte auf den Boden, ein Schmerzensschrei hallte unter der gewölbten Decke wider. Schnell zog der Stättmeister das nach Lavendel und Veilchen duftende Taschentuch hervor, das ihm seine Tochter genäht hatte, und drückte es auf seine Nase, doch der liebliche Blütenduft konnte den Gestank von verbranntem Fleisch und Urin nicht vertreiben.
Der Schmerz ist wichtig, sagte sich der Stättmeister immer wieder. Die Schwächung des Leibes schwächt auch den Teufel und hilft, ihn zu vertreiben. Es ist wichtig, der Seele Kraft zu geben. Nur so kann sie das Böse besiegen und umkehren, zurück zur Gemeinschaft der Gläubigen. So sagten es die Prediger und Pfarrer, doch obwohl er die Worte in seinen Gedanken immer wieder wiederholte, sich daran erinnerte, wie wichtig ein Geständnis war, um

das ewige Leben nicht leichtsinnig zu verspielen, stieg ohnmächtige Wut in ihm auf, und der Ekel schnürte ihm die Kehle zu. Er versuchte wegzusehen, doch seine Augen gehorchten ihm nicht, starrten auf das unglücklich wimmernde Geschöpf, das nur noch aus Angst und Schmerz zu bestehen schien.

Um die Pein noch ein wenig zu steigern, bevor das Glühen endgültig verlosch, griff der Henker nach den zappelnden Beinen, umspannte die Fesseln mit eiserner Hand und preßte das Fackelende gegen das Schienbein.

»Aufhören, ich sag alles, gesteh alles, hört auf …«

Worte und Sätze sprudelten hervor wie ein munterer Bach, der sich schnell zum Strom weitet. Auch Vergehen, deren sie keiner beschuldigt hatte, redete sie sich mit heiserer Stimme von ihrer sündigen Seele. Der Stättmeister entspannte sich und wischte sich den Schweiß von der Stirn, während der Schreiber Mühe hatte, all die Punkte, die die Angeklagte nun endlich zugab, so schnell zu Papier zu bringen.

Zufrieden nickten sich die Richter zu, erhoben sich steif und befahlen, die Geständige herabzulassen. Für die Urteilsfindung war auch am Montag noch Zeit genug.

»Und was ist mit der Hebamme?« warf der Junker Senft ein.

»Das war die Marie, die Hure. Ich hab sie gesehen!« begehrte die Schloßsteinerin noch einmal auf.

Seufzend sanken die Richter auf ihre Stühle zurück.

»Weitermachen?« fragte der Henker, doch der Stättmeister schüttelte den Kopf.

»Verhaftet die Wagners Marie, zur Zeit Amme beim Ratsherrn Vogelmann, und bringt sie mir morgen zum Verhör. Die Schloßsteinerin kann zurück in den Sulferturm.«

Kapitel 16

Tag des heiligen Elias,
Palmsonntag, der 24. März
im Jahr des Herrn 1510

Als es im Haus still geworden war, machte sich Anne Katharina auf, um die letzte Gelegenheit zu nutzen, die Amme allein zu sprechen, bevor diese Hall vielleicht für immer verließ. So leise wie nur möglich, die knarrenden Dielen meidend, schlich sie sich in die kleine Kammer, die die Amme, seit der Winter der lauen Frühlingsluft gewichen war, mit dem kleinen David teilte. Die Tür quietschte leise.
»Marie? Marie, bist du noch wach?« flüsterte Anne Katharina, doch sosehr sie auch in die Dunkelheit lauschte, kein Geräusch drang an ihr Ohr. Das drückende Gefühl einer bösen Vorahnung in der Magengegend, eilte das Mädchen in seine Kammer zurück, um ein Binsenlicht zu holen.
Der Schein der kleinen, flackernden Flamme huschte über die Strohmatratze, das zerknüllte Deckbett, zwei mit grobem Leinen bezogene Kissen und die geöffnete, leere schmucklose Holztruhe an der Wand. Die wenigen Habseligkeiten der Amme waren verschwunden, und auch nach dem zweiten Hinsehen blieben Anne Katharina und eine kleine Maus, die sich, vom Lichtschein erfaßt, hinter der

Truhe eilig in Sicherheit brachte, die einzigen Lebewesen in der Kammer.

»Heilige Jungfrau, sie hat das Kind mitgenommen«, stöhnte Anne Katharina und ließ sich entsetzt auf die Matratze sinken.

»Nein, nein, sorge dich nicht.«

Ursulas Stimme aus der Finsternis ließ Anne Katharina erschreckt wieder hochfahren.

»Auch ich wollte noch einmal mit Marie sprechen, um sie zum Bleiben zu bewegen, doch ich kam zu spät und fand nur noch meinen schlafenden Sohn in seinem Körbchen.«

Einen dicken Wollmantel eng um sich gewickelt, trat Ursula in den Lichtschein und setzte sich neben ihre Schwägerin.

»Ich habe David in die kleine Stube gebracht – und mein Bett ebenfalls dort aufgeschlagen.« Sie stockte kurz. »Die linke Seite des ehelichen Lagers wird vermutlich für längere Zeit leer bleiben.«

Anne Katharina nickte nur, wagte jedoch nicht, zu fragen, was der Gemahl dazu sagen werde. Sanft strich sie ihrer Schwägerin über die dunkelblauen Flecken auf der Wange, die in der Nacht kein Puder verschleierte.

Eine Weile saßen die beiden Frauen schweigend im trüben Lichtschein und hingen ihren Gedanken nach.

»Weißt du, ich habe mich wirklich bemüht, ein gutes und folgsames Eheweib zu sein.«

Ursulas Stimme war nur ein leises Flüstern.

»Wie oft hat er mich ermahnt, meine Pflicht zu erfüllen und ihm endlich den begehrten Sohn zu schenken. Wie trunken vor Freude war ich bei jeder Schwangerschaft – und dann immer wieder mein Versagen ...«

»Aber es war doch nicht deine Schuld, daß die Kinder starben!« warf Anne Katharina entrüstet ein.
»In den Augen deines Bruders schon.« Sie lachte bitter.
»Er warf mir vor, ihm den Erben mit Absicht zu versagen, um ihn zu demütigen und mich zu rächen, weil ...« Sie brach ab und fügte nach einer Weile hinzu: »Nun ja, vielleicht war ich meinem Gatten gegenüber wirklich nicht immer willig genug.«
Anne Katharina öffnete den Mund für eine heftige Erwiderung, war die Sanftheit ihrer Schwägerin ihr doch immer als die erstrebenswerte Tugend vorgehalten worden, wenn sie sich selbst mal wieder nicht den Regeln entsprechend benommen hatte. Doch dann klappte sie den Mund wieder zu, und flammende Röte schoß in ihre Wangen. Plötzlich mußte sie an Michel denken und an seine wollüstigen Wünsche, die er nach der Eheschließung einzufordern gedachte.
Ursula erhob sich und ging zur Tür. Dort drehte sie sich noch einmal um.
»Weißt du, Anne Katharina, ich hatte immer geglaubt, wenn wir einen Sohn haben, dann wird alles besser, doch statt dessen ...«
Die ungesagten Worte hingen schwer in der Luft und schmerzten Anne Katharina noch, als sie bereits unter ihrem warmen Deckbett lag.
Wie wenig kennen wir doch die Menschen, die mit uns leben. Sie lassen sich nur ganz selten in ihre Herzen schauen, und wie erschreckend ist es dann, zu bemerken, wie sehr wir uns lieblichen Illusionen hingegeben haben. Sehen wir nur das, was wir sehen wollen?

* * *

»Das Vögelchen ist rechtzeitig ausgeflogen.«
Gähnend sah der Stättmeister, der hinter seinem Schreibtisch saß, hoch, betrachtete schweigend den Schultheiß und die beiden Büttel einige Augenblicke und seufzte dann leise. Immer gab es Schwierigkeiten.
»Was heißt ausgeflogen?«
Der Schultheiß zuckte die Schultern.
»Die Vogelmannsfrauen sagen beide, sie hätten die Amme gestern nach Einbruch der Dunkelheit zum letzten Mal gesehen – so gegen Mitternacht sei sie jedoch nicht mehr in ihrer Kammer gewesen. Euer gnädiges Fräulein Tochter bestätigt, daß es während des Nachtmahls zu einer, äh, Szene kam, in der die Amme andeutete, sie wolle die Stadt verlassen.«
Gilg Senft schickte die Büttel hinaus und gebot dem Schultheiß, sich zu setzen.
»Während der Nacht konnte sie die Stadt nicht verlassen. Alle Tore waren verschlossen. Da müßte sie schon durch den Kocher geschwommen sein!«
Konrad Büschler nahm schwerfällig Platz und streckte die Beine, die in hohen Stiefeln steckten, weit von sich.
»Dafür hatte sie heute morgen um so mehr Zeit, sich davonzumachen.«
Beim Anblick der schon hochstehenden Sonne nickte der Stättmeister unwillig.
»Ja, wir hätten sie noch in der Nacht verhaften lassen sollen.«
Er seufzte wieder, unterdrückte ein Gähnen und erhob sich dann. Der Schultheiß sprang ebenfalls von seinem Stuhl hoch, auf dem er es sich gerade erst bequem gemacht hatte.
»Nehmt Eure Büttel und findet heraus, durch welches Tor sie entwichen ist. Schickt ihr die Hegreiter nach, ich

will, daß sie sie finden und ergreifen, bevor sie das Haller Land verlassen hat!«
»Ja, wenn sie nicht gleich in die Arme der Limpurger gelaufen ist«, knurrte der Schultheiß und nahm sich vor, am Langenfelder Tor zu beginnen.
Gilg Senft sagte nichts mehr, obwohl er Konrad Büschler im stillen recht gab.
Ja, wenn die Magd schlau ist, dann hat sie bereits sicheren Limpurger Boden unter ihren Füßen. Nun ja, wenn man sie zufällig außerhalb der Grenzen erwischt, müssen die dortigen Landesherren ja nicht unbedingt davon erfahren ...
Als der Schultheiß gegangen war, nahm Gilg Senft ein frisches Blatt Papier, spitzte sorgfältig die Feder und tauchte sie in die blauschwarze Tinte. Eine Weile sah er noch nachdenklich zur gewölbten Decke hoch, dann schrieb er:

> *Margarete Schloßstein beschuldigt Marie Wagner des Mordes an der Hebamme Els Krütlin.*
> *Marie Wagner wurde blutverschmiert bei der Leiche obengenannter Hebamme angetroffen.*
> *Die Beschuldigte ist bei Nacht geflohen. Das in Schande geborene Kind der Marie Wagner verstarb plötzlich.*
> *Die Hebamme Els bestätigte natürlichen Tod des Kindes.*

Er starrte auf das Blatt, sah, wie Buchstabe um Buchstabe trocknete, die glänzende Schwärze verlor, matt, grau und unauslöschlich wurde. Langsam tauchte er die Feder wieder ins Tintenfaß.

> *Die Magd Marie Wagner wird verdächtigt, ihr neugeborenes, in Unzucht gezeugtes Kind getötet, die Hebamme*

Els Krütlin zu einer Lüge getrieben und sie dann ermordet zu haben.
Sie ist zu suchen, zu verhaften und dem Hohen Gericht vorzuführen.
Bei Geständigkeit soll sie zur Buße ihrer schweren Sünden den Tod durch Ertränken erleiden.

Er las die Zeilen noch einmal durch, nickte dann zufrieden, legte das Blatt beiseite und nahm ein neues Blatt vom Stapel.

Der Fall Margarete Schloßstein, Eheweib des Hans Stetter, Bader am Unterwöhrdbad:
Von mehreren Zeugen bestätigt wurden Gottesbeleidigung, unchristlicher Lebenswandel, üble Nachrede, Hader und Zank, Schädigung von Mensch und Vieh.
Die Angeklagte hat bei der peinlichen Befragung alle Anklagepunkte gestanden.
Die Frage, ob sie eine Hexe ist, bleibt ungeklärt, auch wenn sie nach dem Brennen mit einer Fackel die Teufelsbuhlschaft gestanden hat. Bereits noch in derselben Nacht wurde dieser Punkt von ihr vehement widerrufen.

Welche Strafe sollte er bei der Urteilsverkündung vorschlagen? Nachdenklich kaute er an seiner Unterlippe. Wenn auch nur der geringste Zweifel an der Hexerei bestehenbleibt, dann werden in Hall keine Scheiterhaufen brennen! schwor er sich, obwohl er wußte, daß einige seiner Richterkollegen anderer Meinung waren.
Seufzend zog der Stättmeister die Akte Sara Döllin, Magd des ehrenwerten Ratsherrn Hans Baumann, hervor und las die Eintragungen des ersten Verhörs.

»Schon wieder Hexerei«, stöhnte er und überflog die aufgezählten Gerätschaften, die in der Küche des Ratsherrn neben dem Herd gefunden worden waren. Unwillig schüttelte er den Kopf. Einige der Kräuter und Salben, gab die Magd zu, habe sie erworben oder selbst gesammelt, jedoch nur zum Wohl der Leidenden, die um ihre Hilfe baten. Sie räumte auch ein, daß so manche Mischung, falsch eingenommen, Schaden bewirken könnte. Einen der Töpfe jedoch, der laut Meister Gessner ein starkes, schnell wirksames Gift enthielt, behauptete die Magd, nie vorher gesehen zu haben. Auch wisse sie nicht, wie die tote schwarze Katze in die Küche gelangt sei. Gilg Senft überflog Meister Gessners Liste der aufgefundenen Kräuter und deren Wirkungsweisen, bis er zu der Eintragung »...wirken in größeren Mengen tödlich für die Leibesfrucht ...« kam. Angewidert verzog der Stättmeister das Gesicht. Wie konnte sich eine Frau nur zu solch einer Todsünde hergeben? Schnell las er weiter, als sein Gewissen ihm das Bild einer jungen, hochschwangeren Magd unterschob, die den Namen ihres Buhlen trotzig verschwieg und mit gleichmütiger Miene der Verkündung ihrer Strafe lauschte.

Als er fertig war, schob er die Papiere von sich und starrte nachdenklich vor sich hin.

»Es wird also noch eine peinliche Befragung geben«, sagte er zu sich und schrieb die Anweisung unter die letzte Zeile, als die Tür aufschwang und seine Tochter, festlich gekleidet und frisiert, das Amtszimmer betrat.

»Du mußt dich rasch umziehen, Vater, wenn wir nicht zu spät zur Prozession kommen wollen!«

»Prozession?« Er sah sie verwirrt an und hörte plötzlich von überallher das Glockengeläut. »Ach ja, die Prozession.«

»Dein Festgewand liegt auf deinem Bett«, rief sie ihm nach, als er die Treppe hinaufeilte. Wie zufällig trat Afra an den Schreibtisch und ließ den Blick neugierig über die Dokumente wandern.

* * *

Die ganze Stadt hatte sich herausgeputzt und strahlte in ihrem Festtagsgewand mit der Frühlingssonne um die Wette. Viele der Bürger hatten frisches Grün an Türen und Fenstern befestigt, bunte Bänder flatterten im Wind, und auch die Bürger und Besucher, die sich auf den Straßen drängten, machten in ihrem feinen Sonntagsstaat dem Fest alle Ehre. Auf so manchem Platz und in den Gassen erklangen fröhliche Pfeifen, Flöten und Trommeln, die jäh verstummten, wenn sich einer der Pfarrer oder ein Mönch näherte, nur um wieder lustig zu ertönen, sobald die Geistlichkeit um die nächste Ecke verschwunden war. Der Krämer und sein Junge drängten sich mit einem kleinen Bauchladen durch die Menge, verkauften gezuckerte Mandeln, kandierte und getrocknete Früchte und scherzten mit den Mädchen.
Die Familie Vogelmann hatte sich vollzählig in der Nähe des Markbrunnens versammelt, von wo aus man die Prozession gut sehen konnte, wenn sie von jenseits des Kochers her, über die Ritterbrücke, durch die untere Stadt und die Sporengasse auf dem Marktplatz ankommen würde. Neben den Vogelmanns fand sich die Junkersfamilie Senft ein. Rudolf ignorierte Bruder und Schwägerin und plauderte statt dessen liebenswürdig mit Ursula. Peter hörte sich mit finsterer Miene Ulrichs Lobeshymnen auf das Studentenleben und die später glorreichen Aussichten als Advokat an, und Agnes versuchte, den lauthals

brüllenden David zu beruhigen. So konnte Anne Katharina ihren schwermütigen Gedanken nachhängen, die so gar nicht zu dem freudigen Feiertag paßten. Noch bis heute nacht hatte sie gehofft, daß die Amme Opfer und nicht Täter sei, doch durch ihre Flucht erschien nun alles in einem anderen Licht.
Warum nur? fragte sie sich immer wieder und haderte damit, daß sie die ganze Wahrheit nun sicher nie erfahren würde.
Über das unruhige Summen der Menge erhob sich plötzlich der Gesang heller Knabenstimmen, die den Palmsonntagsumzug ankündigten, dann fiel der Chor der Mönche ein, um das frohe Ereignis zu verkünden: Jesus Christus, der Heiland, unser Herr, hält seinen Einzug. Freuet euch, ihr Gläubigen.
Alle reckten die Köpfe, bewunderten die üppig bestickten Gewänder der Geistlichen, freuten sich an den lieblichen Knaben und ihren engelsreinen Stimmen und ließen sich vom Gesang in feierliche Stimmung versetzen. Die Menschen hoben die frischen Frühlingszweige in die Höhe, winkten und jubelten der geschnitzten Christusfigur zu, die auf ihrem hölzernen Esel vom Stättmeister Gilg Senft und von seinem Vorgänger Hermann Büschler über das holprige Pflaster gezogen wurde, gefolgt von Hellebardenträgern und Hegreitern. Dahinter drängten die Besucher, streckten die Arme aus und versuchten, so dicht wie möglich an die heilspendende Figur heranzukommen. Nur die Wächter mit ihren blitzenden Brustschilden und Helmen und den stolz erhobenen Hellebarden konnten die Menschen davon abhalten, die beiden Ratsherren vor Begeisterung zu erdrücken.
»Früher haben die Büttel den Palmesel zur Kirche ge--zogen«, hörte Anne Katharina die junge hübsche Metz-

gerstochter Seckel hinter sich ihrem kleinen Sohn erzählen.
»Als ich so alt war wie du, da kam der König Maximilian – damals war er erst König und noch nicht Kaiser – nach Hall, um der Prozession beizuwohnen. Er sagte zu den hohen Ratsleuten: ›Haben die Herrn von Hall sonst niemanden, das Bild Christi zu führen, als die Schergen?‹ Und seitdem führen zwei der Ratsherren unseren Herrn Jesus nach St. Michael.«
... doch sie scheinen sich der hohen Ehre nicht bewußt zu sein, dachte Anne Katharina mit einem Blick auf das leidende Gesicht des Stättmeisters, dessen Wangen und Stirn glühten. Schweiß tropfte in den weißen Hemdkragen, die groben Seile gruben sich in seine weichen Handschuhe, als er den störrischen Holzesel durch ein schlammiges Loch zerrte. Dem reichen Hermann Büschler ging es nicht besser. Seine teuren Schuhe aus feinem Leder waren schlamm- und kotbespritzt und seine Stirn schweißbedeckt, doch heldenmütig zeigte er ein leicht verzerrtes Lächeln im Gesicht.
Ja, ja, der Weg ins Himmelreich ist voller Dornen, dachte Anne Katharina und verbiß sich ein schadenfrohes Lächeln. Wer weiß, ob die hohen Herren diese Ehre nicht schon bald an die jüngeren Mitglieder des Rates abgeben werden.
Am Fuß der Freitreppe wartete der Prediger Pfarrer Brenneisen, sprach einen Segen, tauchte das junge Grün in Weihwasser und besprenkelte die heilige Figur, die erschöpften Begleiter und die Menschen, die sich dicht genug herangedrängt hatten. Der Knabenchor sang, die Glocken begannen zu läuten, und der Zug erklomm feierlich die weitgeschwungene Treppe.
Nun schlossen sich auch die Vogelmanns und Junker

Senften der Menge an und ließen sich in Richtung Kirche treiben. Afra drängelte sich zwischen den Menschen hindurch und hängte sich bei Anne Katharina ein. Ihre Augen funkelten.
»Es gibt aufregende Neuigkeiten«, platzte sie heraus. »Ganz zufällig habe ich erfahren ...«
Ulrich sah zu Afra hinüber und schüttelte langsam den Kopf, der Junker Rudolf unterbrach seine Unterhaltung mit Ursula und spitzte die Ohren, Peter rückte neugierig ein Stück näher. Nur die Magd Agnes bekam nichts davon mit, denn der kleine David brüllte schon wieder aus Leibeskräften.

Kapitel 17

Tag der heiligen Irene,
Montag, der 1. April
im Jahr des Herrn 1510

Nach Palmsonntag hatte der Regen begonnen. Nicht nur in Hall, auch oben auf der Alb trieb der böige Westwind die tiefhängenden, grauen Wolken heran, schob sie übereinander, türmte sie auf und ließ sie ihre nasse Fracht mit Donnergetöse über Mensch und Tier, Wald und Wiesen ausschütten. Erst einzelne dicke Tropfen, die auf den Dächern zersprangen, immer dichter wurden und unter Blitz und Donner in einem undurchsichtigen Vorhang herabrauschten. Der Wolkenbruch ging in den seichten, nimmer endenden Regen über, der die Konturen der Wolken auflöst und sie zu einer wabernden Masse verschwimmen läßt, so daß der Himmel keinen Anfang und kein Ende mehr hat, sondern irgendwo mit dem nassen Graugrün des Waldes verschmilzt. Erst nach Tagen riß die Wolkendecke für einige Stunden auf, und ein paar Sonnenstrahlen kämpften sich bis zum aufgeweichten Erdboden durch; doch bevor die Menschen erleichtert aufatmen konnten, schob sich schon die nächste Wolkenwand heran. Kleine Rinnsale wurden zu Bächen, von den steilen Hängen rann das Wasser, tropfte von den aufragenden Kalkklippen, sammelte sich, plätscherte

glucksend, sprang über Steine, riß Erdreich und Äste mit sich und ließ den träge dahinfließenden Kocher über seine Ufer treten. Eine braunschäumende Flut wälzte sich von Aalen her durch das schmale Tal, schwoll mehr und mehr an, riß im Land der Schenken einige bereits wackelig gewordenen Brücken ein, überflutete die Talauen, riß eine Scheune um und setzte dann ihren Weg durch die freie Reichsstadt bis hinunter zum Neckar fort.
Eine Windböe wirbelte Papiere durcheinander, als die dickverhüllte Gestalt die Tür aufriß, rasch eintrat und sie hinter sich wieder schloß. In kleinen Rinnsalen tropfte das Wasser von Mantel und Kapuze, und die Stiefel hinterließen bei jedem Schritt einen schlammigen Abdruck. Mit einem hohlen Husten befreite sich der Haalmeister von seiner nassen Schaube, warf sie nachlässig über eine Truhe und eilte dann die Treppe zum großen Versammlungsraum hoch.
»Guten Morgen und einen gesegneten Tag, Meister Dötschman«, rief ihm der Schreiber kopfschüttelnd nach, ließ sich in der Halle auf die Knie sinken und begann die Papiere aufzulesen und erneut zu sortieren, die ihm der Wind aus den Händen gerissen hatte.
Ungeduldig sah der alte Michel Seyboth durch die nassen Scheiben des Haalgerichts, das die Bürger nur Neues Haus nannten, zu den verwaist und kalt im Regen liegenden Haalhäusern hinüber.
Immer muß er zu spät kommen, dachte er mürrisch, als er die Turmuhr schlagen hörte.
Lutz Blinzig, von Natur aus eine verträgliche Seele, faltete die Hände über seinem gutgenährten Bauch, gähnte herzhaft und schloß die Augen. Ein kleines Schläfchen würde sicher nicht schaden. Wer weiß, wann sie endlich anfangen konnten. Was Gertrud heute wohl kochen würde?

Der vierte und jüngste der Haalmeister, Ulrich Vogelmann, blätterte in den Rechnungsbüchern, überschlug die Zahlen noch einmal im Kopf, verrechnete sich und begann noch einmal von vorn, bis die Zahlen vor seinen Augen verschwammen.

Er hatte sich geehrt gefühlt, zu den zehn von den letztjährigen Viermeistern dem Rat als Nachfolger vorgeschlagenen Kandidaten gehört zu haben, doch wie groß waren die Freude und das Staunen erst gewesen, als er erfuhr, daß er gewählt worden war. In diesem Jahr gehörte er also zu den Meistern, die die Geschicke des Haals bestimmten.

Das ungestüme Öffnen der Tür unterbrach seine Gedanken.

»Da nun auch Dötschman den Weg hierhergefunden hat, können wir ja anfangen«, knurrte der alte Seyboth säuerlich, erntete von dem Gerügten jedoch nur ein spöttisches Lächeln. Der Schreiber, der bis dahin seine feuchten Hosen und Stiefel am Kamin zu trocknen versucht hatte, rückte seinen Stuhl heran, spitzte die Feder und wartete ungeduldig, daß die Herren endlich beginnen mochten.

Wichtige Dinge mußten heute entschieden werden. Die Viermeister sprachen über die diesjährige Höhe der Löhne für Siedersknechte, -mägde und Tagelöhner. Über diverse Regelübertretungen und die Höhe der Bußgelder wurde ausgiebig und heftig gestritten. Wo konnte man noch bessere, preiswertere Bleche und Roheisen erwerben, aus denen die Schmiede die benötigten Salzpfannen, aber auch Zangen, Siebe, Pickel und all die anderen Gerätschaften herstellten, die während eines Suds gebraucht wurden? Wie viele Pfannen mußten erneuert werden?

»Ich sage, die aus der Oberpfalz sind immer noch die besten!« Der alte Seyboth pochte auf den Tisch.
»Schon, aber wenn man den langen Transportweg bedenkt, die Zwischenhändler in Nürnberg – das treibt den Preis in die Höhe. Wäre es nicht besser, die Beziehungen in den Odenwald oder Schwarzwald stärker auszubauen?« gab Ulrich Vogelmann ruhig zu bedenken.
Der alte Haalmeister schnaubte, doch die Herren Blinzig und Dötschman nickten wohlgefällig. Man mußte darüber reden. Der Schreiber seufzte, zog das nächste weiße Papier vom Stapel und tauchte die Feder ein.
Dann kamen sie auf die Probleme beim Absatz des Schilpen- oder Faßsalzes zu sprechen. Die Lage der Konkurrenz und verschiedene Möglichkeiten gewinnbringender Rückfrachten wurden erörtert. Bisher war der Handel mit Speyer oder Straßburg am begehrtesten, da die Fuhrleute auf dem Rückweg ihre Karren mit Fässer voll von süßem Mosel- oder Rheinwein beladen konnten. Auf Kosten und zum Gewinn der Sieder, versteht sich.
»Vielleicht werden wir uns in diesem Jahr mehr nach Süden verlagern müssen. Der Baseler Markt scheint vielversprechend.«
»Warum nicht lieber den Rhein abwärts, Michel?« fragte der Haalmeister Dötschman. »Weiter Richtung Koblenz?«
Der Alte verzog seinen Mund zu einer Art Lächeln.
»Du denkst wieder nur an deinen Weinkeller, nicht an die höheren Zölle und die Schwierigkeiten mit dem Frankfurter oder Kölner Salz.«
»Auf jeden Fall sollten wir zusehen, daß wir soviel wie möglich den Neckar und den Rhein nutzen. Auf den Flüssen ist die Fracht zuverlässiger, schneller und billiger zum Markt gebracht – auch wenn ein wenig mehr Zoll anfällt«,

faßte Ulrich zusammen und erhielt zustimmendes Nicken, doch plötzlich kicherte Lutz Dötschman.
»Das mit der Zuverlässigkeit möchte ich zur Zeit ein wenig bezweifeln. Seht aus dem Fenster, seht Euch die schmutzigen, außer Rand und Band geratenen Wassermassen an!«
Eine Weile schwiegen alle.
»Ja, was wir im Februar zum Flößen zuwenig an Wasser hatten, haben wir jetzt zuviel.«
»Ich weiß nicht, warum du immer so schwarzsehen mußt, Michel.« Der dicke Blinzig lachte freundlich.
»Wir haben im Februar und März kaum genug Holz für die ersten Haalwochen flößen können, nun bietet sich die Gelegenheit, den Rest aus den Limpurger Wäldern zu holen. Wenn der Regen nachgelassen und der Strom sich ein wenig beruhigt hat, dann können wir die Flößer und Auszieher losschicken.«
Der Viermeister Dötschman nickte langsam.
»Bisher sind die Pferriche noch in Ordnung. Mal sehen, wie sich das Wetter in den nächsten Tagen entwickelt ...«
»Da wir uns nun schon mit dem Thema Holz befassen«, mischte sich Ulrich ein, die verschlossenen Mienen geflissentlich übersehend, »sollten wir uns doch auch Gedanken über den großen Schwund seit dem letzten Jahr machen. Natürlich ist das nicht unser Verlust, sondern der der Bauern und Pächter der Grafschaft Limpurg oder anderswo, doch die Großpächter und Mannen des Schenken fangen bereits an, Druck auf den Rat auszuüben, und wollen, daß die Haller Schreiber die Hölzer bereits an den Wölzen auszählen. Und dann wäre der Schwund unser Problem!«
»Wahrscheinlich haben die Schenken das Holz wieder ausziehen lassen, um uns wegen der Zölle zu erpressen«, schimpfte der alte Michel. »Wie damals vor siebenund-

dreißig Jahren. Doch wir lassen uns nicht erpressen! Wir werden uns bewaffnen und nach Süden ziehen. Sie sollen sehen, was wir Sieder für Gegner sind! Für jeden einzelnen Stamm werden sie büßen!«
Er schlug so hart mit der Faust auf den Tisch, daß der Schreiber zusammenzuckte. Ein großer Tintenfleck breitete sich über das halbbeschriebene Blatt aus. O nein!
Der dicke Blinzig unterdrückte ein Kichern, Lutz Dötschman verdrehte leidend die Augen. Ulrich Vogelmann sah erstaunt von einem zum anderen. Geduldig warteten die Haalmeister, bis sich der Alte wieder beruhigt hatte, erst dann wagte es Lutz Dötschman, ihm zu widersprechen.
»Dieses Mal liegt der Fall anders ...«
Am Abend hatte die Familie Vogelmann das zweifelhafte Vergnügen, die gesamte Sitzung der Viermeister noch einmal rezitiert zu bekommen. Mit mehr oder weniger großem Desinteresse ließen sie es über sich ergehen. Die Frauen versuchten, wenigstens den Ausdruck von gespannter Anteilnahme in ihren Mienen anzudeuten, doch Peter gähnte demonstrativ. Als jedoch die Holzprobleme zur Sprache kamen, horchte Anne Katharina plötzlich auf. Kerzengerade saß sie da und lauschte dem Monolog ihres Bruders. Ihre schläfrigen Gedanken waren plötzlich hellwach und huschten flink umher.
»Ich sollte dich in den nächsten Tagen einmal zu deiner Arbeit auf den Haal begleiten«, sagte sie zu Peter, als die Magd die Reste des Nachtmahls abtrug. Es war eine Feststellung, die keine Widerrede duldete. Überrascht sah Peter seiner Schwester nach, als sie sich verabschiedete, um sich in ihre Kammer zurückzuziehen.

Kapitel 18

Tag des heiligen Isidor,
Donnerstag, der 4. April
im Jahr des Herrn 1510

Bereits in den Abendstunden nach der Sitzung der Viermeister ließ der Regen nach, und am anderen Morgen strahlte die Sonne vom frischblauen Himmel, als sei nichts gewesen. Die Fluten des Kochers standen zwar immer noch hoch, und das Wasser floß schnell, doch mit jeder Stunde nahmen die Strudel ab, wurde der Fluß ruhiger.
Am Mittwoch in aller Früh sattelten einige der Flößer und Treiber ihre Pferde und ritten nach Süden, um den Bauern an den Wölzen beim Einwerfen der Stämme zu helfen. Andere reparierten eilig die am Montag doch noch gebrochenen Abfangrechen beiderseits des Unterwöhrds. Das Treiben begann, kaum hatte sich die Sonne von den Wipfeln der an den steilen Talhängen wachsenden Bäumen gelöst. Eigentlich war es Sache der Bauern, die Hölzer bis an die Stadtgrenze zu bringen, doch die Flößer und Treiber von Hall hatten es sich zur Gewohnheit gemacht, bei den limpurgischen Pächtern noch ein paar Münzen hinzuzuverdienen. Vor allem die Großbauern und reichen Waldbesitzer gaben diese Arbeit gern an die Haller ab, war doch das Treiben der Stämme bei Hoch-

wasser nicht ungefährlich, und schon manch einer der jungen, kräftigen Männer hatte in den letzten Jahren seine Arbeit mit dem Leben bezahlt.
In Hall am Unterwöhrd wurden die Stämme von den hölzernen Fangrechen aufgehalten. Geschickt leiteten die Flößer sie zum Ufer, wo sie auf der Kocherinsel oder vor dem Haaltörle an Land gezogen wurden.
Anne Katharina war an diesem Tag schon im Morgengrauen auf den Beinen. Bekleidet mit einem Hemd aus grobem Barchent und einem kurzen Rock aus ungefärbter Wolle, der kaum ihre Knöchel bedeckte, erschien sie in der Stube, schlang schnell ihren Haferbrei hinunter und schloß sich dann ihrem Bruder auf seinem Weg zum Haal an. Peter war alles andere als begeistert, mit seiner Schwester im Schlepptau auf dem Unterwöhrd zu erscheinen, und machte seinem Unmut auf ihrem Weg die vielen Stufen zum Kocher hinunter ausgiebig Luft. Er schimpfte und grummelte, jammerte und fluchte, bis sie den Mühlendamm erreichten und Anne Katharina unvermittelt stehenblieb.
»Nun hör aber auf. Ich werde dir schon nicht am Schürzenband kleben und dich vor deinen Freunden lächerlich machen. Überhaupt frage ich mich, was das für Freunde sind, wenn der Anblick deiner Schwester genügt, um deinen Ruf bei ihnen für immer zu schädigen!«
Erbost sah sie ihn an, und er wurde zu ihrer Genugtuung sogar ein wenig verlegen.
»So habe ich das ja nicht gemeint. Ich wollte dich nur darauf hinweisen, daß das ein rauhes Volk ist, drunten auf dem Haal und auf dem Unterwöhrd und ...« Verlegen schwieg er.
Anne Katharina lachte spöttisch.
»Ja, ja, die rauhen Sitten und lockeren Sprüche könnten

einer keuschen Jungfrau die Röte in die Wangen treiben.«
»Da besteht bei dir ja keine Gefahr«, giftete er, um seine Unsicherheit zu überspielen. Seine Schwester hakte sich bei ihm unter und lächelte ihn versöhnlich an.
»Du bist doch heute auf dem Unterwöhrd. Also werde ich zum Haaltörle am kleinen Eckturm gehen und mir dort das Ausziehen ansehen. Dann bleibt dir mit Sicherheit jegliche Peinlichkeit erspart«, fügte sie noch hinzu.
»Aber dann bist du völlig ohne meinen Schutz!« rief Peter.
Seine Schwester unterdrückte ein Lachen und antwortete trocken.
»Ich glaube nicht, daß mich die Flößer am hellichten Tag vor den Augen der Sieder und Meister verspeisen werden. Außerdem hast du noch vor wenigen Augenblicken betont, wie lästig es dir wäre, meine Amme spielen zu müssen.«
Da die Geschwister den Steinernen Steg inzwischen hinter sich gelassen hatten und in dem bunten Durcheinander der Auszieher und Baumstämme, Flößer und Zugpferde, Ausschreier und Anschreier auf den dicken Hans Blinzig und den vierschrötigen Hermann Eisenmenger trafen, brach ihr Streitgespräch jäh ab.
Hans verbeugte sich linkisch und riß seine verbeulte Kappe vom Kopf, daß seine stumpfbraunen Haare nach allen Richtungen abstanden. Auch Hermann grüßte, wie es der Anstand gebot, jedoch mit einem anzüglichen Grinsen auf den Lippen.
Anne Katharina knickste, verabschiedete sich von ihrem Bruder und seinen Freunden, drehte sich um und schritt in Richtung Sulfurt davon. Schmutzigbraun rauschte das Wasser zu ihren Füßen dahin. Wäre es Sommer, so hätte

sie die Röcke gerafft und wäre durch die Furt gewatet, doch heute floß das Wasser nahezu hüfthoch über die großen, ausgefahrenen Steinplatten. Es blieb ihr also nichts anderes übrig, als den Weg in die Stadt zurück über den Steinernen Steg und dann die Haalstraße hinunter zu nehmen. Seufzend wollte sie sich gerade auf den Weg machen, als sich ein mit Ballen und Fässern hochbeladenes Fuhrwerk näherte. Der dicke Fuhrmann, dessen braun-samtenes Wams sich straff über den von Wohlstand zeugenden Bauch spannte, winkte ihr zu.
»Einen gesegneten Tag wünsche ich, schöne Jungfrau«, rief er und lachte über sein fleischig-rotes Gesicht. »Kann ich Euch mit rübernehmen?«
Anne Katharina zögerte einen Augenblick, doch dann nahm sie dankend an, griff nach der dargebotenen Hand und ließ sich neben den Kaufmann auf den Kutschbock ziehen. Geschickt lenkte er die vier kräftigen Pferde die steinerne Rampe hinunter, bis das Wasser um die Räder schäumte. Während er den schweren Wagen sicher ans andere Ufer brachte, schwatzte und lachte er, und als sie das Tor unter dem Sulferturm passierten, hatte Anne Katharina das Gefühl, bereits die gesamte Lebensgeschichte des freundlichen Kaufmanns zu kennen.
Das junge Mädchen winkte ihm noch einmal zu und schritt dann auf dem schmalen, schlammigen Pfad zwischen Haalhäusern und Stadtmauer zum Törle am Haaleck. Dort unter dem kleinen, eckigen Fachwerkturm, der auf dem Mauereck aufsaß, wo sich auch die heimlichen Gemächer der Sieder befanden, herrschte am schmalen Uferstreifen rege Geschäftigkeit. Anne Katharina achtete darauf, niemandem im Wege zu stehen, lehnte sich mit dem Rücken an die rauhen Steine der Stadtmauer und beobachtete das Treiben. Jeder schien genau zu wissen,

was er zu tun hatte, und nach längerem Hinsehen erhielt das Treiben eine strenge Ordnung.

Vorn am Pferrich zogen die Männer mit ihren Flößerhaken die Blöcke ans Ufer. Einer der Auszieher schlug seine Axt tief ins Holz und drehte den Stamm so, daß das Mal zu erkennen war, das der Anschreier laut verkündete. Unmittelbar daneben am Ufer hatte der Haalschreiber unter einem provisorisch zusammengezimmerten Schutzdach, das auf vier windschiefen Pfählen ruhte, hinter einem Pult seinen Platz eingenommen und kratzte für jedes gerufene Mal in der entsprechenden Spalte einen Strich in sein Wachsbuch. Erst am Abend würde der Schreiber im Haalgericht die Summen in die großen, gebundenen Bücher übertragen, nach denen die limpurgischen Bauern ihr Geld ausbezahlt bekommen würden. War der Block notiert, dann nahmen ihn zwei Männer auf die Schulter und trugen ihn zum Holzlagerplatz, den man die Hospet nannte. War das Holz zu schwer, wurde es von Pferden, robusten kleinen Tieren mit kräftigen Beinen und großen Hufen, weggeschleift. Sowohl der Anschreier als auch der Haalschreiber kannten all die zahlreichen Mäler, so daß es nur ganz selten vorkam, daß eines der Zeichen im Mälerbüchlein nachgeschlagen werden mußte.

»›Dick dick‹, ›Mir wohl‹, ›Zweikerffa‹, ›Heffalin‹«, rief der Anschreier in seinem eigenartig singenden Tonfall.

»›Lust im Haus‹, ›Muß dich haben‹, ›Komm mein Herz‹«, klang es über das Scherzen und Stöhnen der Flößer und Sieder. Es war auch so manche Obszönität unter den Mälernamen dabei, so daß die Arbeiter und Gaffer immer wieder in Gelächter ausbrachen.

»›Alter Hofmann‹, ›Dreispan‹, ›Nimms in acht‹, ›Duck dich‹, ›Birnwiesel‹, ›Stürz den Degen‹.«

Da war es! Anne Katharina unterdrückte einen Aufschrei,

ihr Herz klopfte wild. Mälernamen! Die Vermutung, die vor ein paar Tagen so unverhofft in ihren Gedanken aufgeblitzt war, verwandelte sich nun in Gewißheit, und wie zur Bestätigung rief der Anschreier:
»›Weck von Aschen‹, ›Zuofeder‹, ›Cromatvogel‹, ›Löffelmaul‹.«
Sie hatten über Mäler gesprochen, der Junker und der dreifingrige Bert. Die Enttäuschung wälzte sich wie eine Flut durch ihre Gedanken. Hatte sie nur ein normales Gespräch zwischen Herrn und Knecht belauscht? Sie dachte mit Schaudern an ihre Begegnung mit dem Dreifingrigen, an seine heftige Reaktion. Nein, das konnten keine normalen Mälernamen sein. Irgendein dunkles Geheimnis war mit ihnen verbunden. Wie zufällig schlenderte Anne Katharina näher an die Hütte des Haalschreibers heran, stand eine Weile still neben dem schmächtigen Mann mit dem schütteren, schon leicht ergrauten Haar, ehe sie, als es beim Ausziehen zu Stockungen kam, beiläufig fragte:
»Kennt Ihr die Eigentümer der Mäler ›Weck von Aschen‹ und ›Stürz den Degen‹?«
Das Männlein schreckte hoch und sah das Mädchen aus großen, grauen Augen an. Erst als sie die Frage noch einmal wiederholte, strich er mit seinem bräunlichen Zeigefinger die langen Symbolreihen in seinem Wachsbuch entlang, bis er auf die genannten Mäler stieß.
»Nein, die Pächter oder Besitzer kenne ich nicht. Es sind keine Alteingesessenen. Erst im letzten Jahr wurden sie in die Liste aufgenommen.«
Anne Katharina stellte sich auf die Zehenspitzen, prägte sich die Zeichen ein, auf die der schmutzige Finger tippte.
»Das sind aber viele Striche«, sagte sie erstaunt.
»Ja, da muß jemand einen großen Wald gepachtet, gekauft oder geerbt haben«, nickte der Schreiber. »Oder ir-

gend jemand holzt eine Fläche ab, um einen Hof zu bauen oder Felder anzulegen.«

»Wo könnte ich denn erfahren, wem diese Zeichen gehören?«

»In den Büchern im Haalgericht ist alles genau verzeichnet, aber warum wollt Ihr das wissen?«

Plötzlich schwang Mißtrauen in seiner Stimme. Sein Blick fixierte das junge Mädchen in ihrer einfachen Tracht. Er wollte noch etwas hinzufügen, doch der Anschreier rief:
»›Veilkraut‹, ›Weck von Aschen‹, ›Schlag nix ab‹, ›Duck dich‹.«
Rasch ritzte er die Striche ins Wachs. Als er wieder von seiner Tafel aufsah, da war das Mädchen verschwunden. Einen Augenblick dachte er noch über sie nach, machte bei »Alter Hofmann«, »Veilkraut«, »Birnwiesel« und »Milzringle« sorgfältig, so wie sie ausgerufen wurden, seine Striche und vergaß dann die Begegnung sogleich wieder.

Anne Katharina schlenderte noch eine Weile zwischen den Arbeitenden umher, sah sich die Männer genau an, doch der Dreifingrige war nicht unter ihnen. Ob man ihr im Haalgericht die Bücher zeigen würde? Was sollte sie als Grund dafür angeben, daß sie die Namen erfragte? Grübelnd schritt sie auf das Haaltörle zu und stieß beinahe mit einem einfach gekleideten Mann zusammen, der dort im Schatten stand und das Ausziehen beobachtete.

»Oh, Herr Junker, seid gegrüßt. Entschuldigt, ich hätte Euch fast nicht erkannt«, stotterte sie und ließ ihren Blick an dem Gewand herabgleiten, das sich kaum von denen der Siedersburschen unterschied.

Rudolf Senft zog ein säuerliches Gesicht, neigte jedoch grüßend den Kopf, trat einen Schritt zurück und ließ die Siederstochter passieren, die in Richtung Haalgericht davonschlenderte.

Der Büttel trat unruhig von einem Bein auf das andere. Noch war ein Besucher beim Schultheiß. Noch konnte er den unangenehmen Augenblick hinauszögern. Wie sollte er es ihm nur sagen? Nervös räusperte sich der kleine, untersetzte Mann, kratzte sich den ungepflegten Bart, um die Flöhe zu verscheuchen. Schließlich war es nicht nur seine Schuld, doch da er beim Würfeln verloren hatte, mußte er die schlechte Nachricht überbringen. So schritt er nun ängstlich vor der Schreibstube auf und ab und wartete auf das Donnerwetter, daß über ihn hereinbrechen und ihn vielleicht zerschmettern würde.
Wenn ich das heil überstehe, dann trinke ich einen Krug Wein in einem Zug runter, schwor er sich.
Wenige Augenblicke später stand er mit schweißnassen Händen vor dem Sekretär des Schultheißen. Fragend hob Konrad Büschler die Augenbrauen, verschränkte die Hände vor seinem Bauch und wartete, bis der Büttel hervorstieß:
»Sie ist weg, aber das ist nicht meine Schuld.«
»Könntest du dich etwas deutlicher ausdrücken?«
»Nun ja, wir haben die Hexe nach dem Urteil und nachdem sie die Urfehde geschworen hat, zum Turm zurückgebracht, wie Ihr das angewiesen habt ...«
»Die Schloßsteinerin ist nicht wegen Hexerei verurteilt worden! Deshalb muß sie auch nicht auf den Scheiterhaufen, sondern genießt das milde Urteil, lebenslang im Turm vermauert zu werden«, berichtete der Schultheiß, der Schlimmes zu ahnen begann.
»Sie ist doch eine Hexe! Wir haben sie ganz fest verschlossen und immer genau aufgepaßt, doch die Hexe hat sich in einen Raben verwandelt und ist aus dem kleinen Fenster der Kammer einfach davongeflogen. Wir konnten sie nicht halten. Ein Wunder, daß sie uns nicht alle mit ihren

Zaubersprüchen getötet hat. Aber vielleicht trifft uns ihr Fluch noch später. Mir zwickt es schon im Bein und im Rücken«, fügte der Büttel düster hinzu.
Der Schultheiß sprang auf.
»Ihr habt sie aus dem Turm entwischen lassen?«
»Aber sie ist doch einfach davongeflogen ...«
»So ein Blödsinn!« schrie der Schultheiß erbost. »Gesoffen habt ihr sicher und die Tür nicht richtig versperrt!«
»Aber nein, wir haben genau aufgepaßt ...« Unter dem drohenden Blick seines Vorgesetzten verstummte der Büttel kleinlaut.
»Nun ja, zwei Krüge Wein hatten wir schon, um uns zu wärmen, und ein wenig gewürfelt haben wir auch ...«
Konrad Büschler unterbrach ihn mit einer Handbewegung.
»Darüber reden wir später. Wann habt ihr die Schloßsteinerin zuletzt gesehen?«
»Kurz vor der Abenddämmerung«, antwortete der Dicke eifrig. »Ich brachte ihr Wasser und Brot – und sie hat mich beschimpft. Sie hat ›blöder Fettwanst‹ gesagt und ...«
»Halt den Mund! Vielleicht ist sie noch in der Stadt. Wir brechen sofort auf. Geh zum Marstall und laß zehn Pferde satteln. Ein Trupp Wächter sucht die Stadt ab, zwei Gruppen reiten ins Umland. Wir werden sie wieder einfangen!«
Der Schultheiß griff nach seinem Umhang und eilte hinaus. Froh, vorerst einer Strafe entgangen zu sein, rannte der Büttel zum Marstall hinunter, um den Befehl weiterzugeben.

* * *

Als die Magd Agnes den Hahn des großen Weinfasses zudrehte, ließ ein raschelndes Geräusch sie zusammenfahren.
Bestimmt nur eine Ratte, beruhigte sie sich selbst, hob aber doch das Talglicht in die Höhe und spähte hinter die Fässer. Schmutz und ein Haufen Lumpen, nichts Gefährliches. Beruhigt wandte sie sich ab und hob den Krug Wein vom Boden hoch, als sie aus den Augenwinkeln eine Bewegung wahrnahm. Das Lumpenbündel erhob sich vom Boden. Kreischend ließ Agnes die Lampe fallen, die sofort erlosch. Auch der Weinkrug fiel klirrend zu Boden. Zähneklappernd drückte sich die Magd an das glatte Holz des Fasses und betete lautlos, doch als eine fremde kalte Hand nach der ihren tastete, stieß Agnes einen gellenden Schrei des Entsetzens aus.
»Sei doch ruhig«, beschwor sie eine rauhe Frauenstimme. »Ich tu dir doch nichts.«
Agnes atmete stoßweise, und die eisige Todesangst verebbte.
»Wer bist du, und was tust du hier?«
»Ich will mit dem Vogelmannmädchen reden – bitte«, fügte die Unbekannte nach einer kurzen Pause hinzu.
Die Magd war empört.
»Du dringst in das Haus eines Ratsherrn ein und verlangst, die junge Herrin zu sprechen? Was denkst du dir eigentlich? Außerdem hast du noch immer nicht gesagt, wer du bist.«
»Ich bin die Margarete Schloßstein, das Weib vom Hans Stetter. Bitte, nur die Anne Katharina wird mir helfen. Sie hat doch auch die Marie aus dem Spital geholt.«
Die Magd sog scharf die Luft ein und wollte gerade fragen, warum die Verurteilte nicht im Turm sitze, als ein Licht auf der Treppe erschien.

»Agnes? Ist etwas passiert? Wo bist du?«
Der Lichtschein huschte durch die Halle und blieb dann an den beiden Frauen hängen.
»Aber das ist doch die Schloßsteinerin«, stieß Ursula entsetzt aus.
Kurz darauf saßen vier ratlose Frauen in der hinteren Stube. Ursula und Anne Katharina zerbrachen sich den Kopf, was sie mit der Entflohenen machen sollten, Agnes saß schweigend etwas abseits, und die Schloßsteinerin stopfte Brot und Käse in sich hinein und spülte mit viel Wein nach. Mit Bangen folgte sie den Beratungen.
»Wir müssen sie zum Schultheiß bringen«, beschwor Ursula ihre junge Schwägerin. »Du weißt, wie sehr sie gesündigt hat – auch wenn der Vorwurf der Hexerei fallengelassen wurde. Wenn sie ihre Strafe nicht bekommt und ihre Vergehen nicht sühnt, dann setzt sie ihre Seele aufs Spiel. Willst du das? Willst du schuldig sein, daß ein Mensch das ewige Leben verwirkt?«
»Nein, doch findest du die Strafe nicht ein wenig hart? Lebenslange Vermauerung? Wenn sie beichtet und die Absolution bekommt, dann hat der Herr ihr doch verziehen, oder?«
»Ja, ich will ja Buße tun und nie wieder fluchen und böses Zeug daherreden, aber bitte net einmauern!« flehte das vierschrötige Weib mit vollem Mund.
»Selbst wenn wir sie nicht verraten, die Tore sind bereits geschlossen. Sie kommt nicht aus der Stadt heraus, und bei dem Hochwasser könnte selbst ein kräftiger Mann sich nicht über den Kocher retten.«
Anne Katharina kaute auf ihrer Unterlippe.
»Ja, heute nacht kommt sie nicht mehr aus der Stadt heraus, aber vielleicht morgen?«
»Sie wird diese Nacht nicht in unserem Haus verbringen!

Sollte es jemand erfahren, kann das unsere ganze Familie ins Unglück stürzen. Denk auch an deine Brüder. Ulrich ist Ratsherr!« eiferte sich Ursula.
»Ja, ich weiß, aber wenn sie ins Barfüßerkloster geht, dann müssen die Mönche ihr Asyl gewähren, und der Guardian könnte ihr die Beichte abnehmen ...«
»Nein, ich will net ins Kloster. Das ist ja fast so schlimm wie der Turm.«
»Hier bleibt sie jedenfalls nicht!« wiederholte Ursula beinahe hysterisch. »Bring sie weg. Ulrich kann jeden Augenblick nach Hause kommen.
»Du hast recht«, stimmte Anne Katharina ihr zu. »Das Kloster ist die einzige Möglichkeit.«
Schwerfällig erhob sich die Schloßsteinerin und zog sich ihren löchrigen Umhang enger um die Schultern, obwohl es in der Stube angenehm warm war.
»Wenn's denn sein muß, dann geh ich halt zu den Mönchen.«
»Ich begleite dich.«
Schweigend schritt Anne Katharina neben der Badersfrau die Herrengasse entlang. Die arme Frau aus der Vorstadt wirkte abstoßend, war nicht angenehm anzusehen und hatte keine Schule besucht. Ihre Sprache war derb, die Umgangsformen waren grob, und sie stank – und doch, war sie vielleicht im Recht und der Rat im Unrecht? Wer konnte das sagen?
Vielleicht sollte ich mich doch wieder mit dem Pater treffen – heimlich, damit Ulrich nichts davon erfährt ...
In einer dunklen Nische unweit der Klosterpforte bewegte sich etwas. Nur undeutlich waren zwei Schatten zu erkennen. Ab und zu scharrte ein Stiefel auf dem Pflaster, ein leises, nervöses Räuspern erklang. Zwei Augenpaare beobachteten die beiden Frauen und lauschten dem

Klappern der Holzsohlen, als Anne Katharina und die entflohene Badersfrau sich der Klosterpforte näherten. Erst als das junge Mädchen den Klopfer betätigte, wurden die Schatten lebendig, traten mit ein paar schnellen Schritten aus der Nische und bauten sich vor den beiden Frauen auf, die vor Schreck und Angst keinen Ton herausbrachten. Das winzige Fenster in der Klosterpforte öffnete sich einen Spalt, wurde dann aber mit einem Knall sofort wieder geschlossen. Das Klicken von Stein auf Stahl, ein Funke, dann ein Flämmchen. Der Schein der Lampe erhellte die Gesichter und ließ den letzten Hoffnungsschimmer verfliegen, als Anne Katharina die beiden Büttel erkannte.
»Sieh da, die alte Hexe hat sich doch noch nicht in Luft aufgelöst. Los, Karl, halte sie, damit sie nicht davonfliegt. Ich nehme die Komplizin fest.«
Nur zögernd legte der junge Mann seine Hand auf den Arm der Entflohenen, während sein Kamerad seine Pranken um Anne Katharinas Handgelenke schloß.
»Faß mich net an«, schrie die Schloßsteinerin, »sonst trifft dich mein Fluch. Deine Glieder werden dir abfallen, und langsam, qualvoll wirst du krepieren ...«
Erschreckt ließ der Büttel sie los, trat einen Schritt zurück und hob beide Arme schützend vors Gesicht, als könne er den Fluch dadurch von sich ablenken. Die Schloßsteinerin kreischte, Schaum trat vor ihren Mund und tropfte auf das Pflaster. Sie schien von tausend Dämonen besessen, doch der andere Büttel blieb unbeeindruckt. Er riß seinen Knüppel heraus und ließ ihn auf Margarete Schloßsteins Kopf herabsausen. Ein häßliches Knirschen, die Frau verstummte, wankte, drehte sich einmal um ihre Achse und brach zusammen.
Die beiden Büttel seufzten erleichtert auf und machten

sich daran, sie zu knebeln. Unauffällig versuchte Anne Katharina, in der Dunkelheit unterzutauchen, doch ein eiserner Griff hielt sie zurück.

»Du kommst mit uns! Wenn du es wagst, auch nur den Mund zu öffnen, dann bekommst du den Knüppel zu spüren!«

Der Jüngere stieß seinen Kameraden in die Seite.

»Du, Rick, das ist die Kleine vom Ratsherrn Vogelmann, ich meine, das könnte ganz schön Ärger geben.«

Der bärtige Riese näherte die Laterne Anne Katharinas Gesicht, sah sie prüfend an und ließ den Blick über ihren Rock gleiten.

»Wie heißt du?« fragte er barsch.

»Anne Katharina Vogelmann«, antwortete sie leise und wagte nicht, dem noch etwas hinzuzufügen. Die Büttel sahen sich unentschlossen an.

»Wir können dem Schultheiß ja sagen, daß sie bei der Schloßsteinerin war. Dann kann er sie immer noch verhaften, wenn er das für nötig hält«, schlug der Büttel Karl vor.

»Gute Idee«, nickte der Ältere.

»Geht nach Hause, Mädchen. Dies ist weder der Ort noch die Zeit, wo eine Jungfrau aus gutem Haus sich herumtreiben sollte.«

Anne Katharina zögerte einen Moment, warf einen Blick auf die am Boden liegende Badersfrau, die qualvoll stöhnend langsam wieder zu sich kam. Nein, hier konnte sie nichts mehr tun. Ohne ein weiteres Wort an die beiden Büttel zu richten, schritt das Mädchen davon. Es wollte gar nicht sehen, wie die Männer die geknebelte Gefangene unsanft durch die nächtlichen Straßen davonschleppten.

KAPITEL 19

Tag des heiligen Petrus Martyr,
Samstag, der 6. April
im Jahr des Herrn 1510

Bedächtig schritt der Bader durch alle Räume, kontrollierte, ob alles reinlich war, die Öfen gut eingeheizt, die Wasserbehälter gefüllt, die Schälchen mit duftenden Blumen und Kräutern verteilt und genügend frische Zweige geschnitten. Dann trat er vor die Tür, blies das Signal und hängte den Wedel auf, das Zeichen, daß das Unterwöhrdbad nun geöffnet war.

Heißer Dampf schlug den beiden jungen Burschen entgegen, als sie die Tür zum Badehaus öffneten. Eine Magd, nur mit einem dünnen Rock aus billigem Barchent bekleidet, der sich eng um ihren Körper legte und die üppigen Formen betonte, begrüßte sie freundlich.

Der große, blonde Jörg Firnhaber verbeugte sich tiefer, als es nötig gewesen wäre, und ließ, als er sich wieder aufrichtete, seinen Blick über den hervorquellenden Busen der Badersmagd wandern. Peter Vogelmann nickte nur kurz und fragte:

»Sind die anderen schon da?«

»Die Herren Feyerabend, Blinzig und Seyboth sitzen schon in der Wanne«, gab die Magd bereitwillig Auskunft. »Was kann ich für Euch tun?«

Jörg senkte die Stimme und blinzelte der Magd, die gut zehn Jahre älter war als er, verschwörerisch zu.
»Ein Schwitzbad, Massage, eine Kräuterwanne – mit allen Extras, die einen schwerarbeitenden Sieder wieder zu guter Laune verhelfen können.«
Die Wangen der Magd röteten sich. Leise kichernd führte sie die Freunde in den trockenen Vorraum, wo sie ihre Gewänder über hölzerne Stangen legten. Sie wählten ein paar frisch begrünte Wedel aus und traten dann vorsichtig, um auf dem feuchten Holzboden nicht auszugleiten, in den vor Nässe triefenden Baderaum. Der Steinofen sandte glühende Hitze und den Duft von Lavendel und Rosen aus. Stöhnend ließ sich Jörg auf eine Bank nieder, reckte die Glieder, ließ die Gelenke knacken, streckte sich lang aus und schloß die Augen. Peter flegelte sich auf die Bank gegenüber und beobachtete verstohlen das junge Mädchen, das aus einem Eimer Wasser auf die glühenden Steine schöpfte. Sie konnte kaum zwölf oder dreizehn Jahre alt sein. Der nasse, nur knielange, nahezu durchsichtige Kittel klebte an ihrem schlanken Körper. Wassertropfen glänzten in ihrem hochgesteckten, blonden Haar. Die Kleine sah Peter aus ihren unschuldigen, blauen Augen an und fragte, ob er noch einen Wunsch habe. Unfähig, ein Wort herauszubekommen, schüttelte er den Kopf, preßte die Schenkel zusammen und betete darum, seinen Körper unter Kontrolle halten zu können. Erleichtert seufzte er auf, als sie die Tür hinter sich geschlossen hatte.
»Netter Käfer«, bemerkte Jörg, ohne sich zu rühren. »Da kann's einem schon heiß in den Lenden werden. Schlanke Gestalt, frisch knospende Brüste, feste Schenkel – es wäre schon eine Überlegung wert, mal zwischen sie zu schlüpfen.«

»Sie ist viel zu jung für dich!« entrüstete sich Peter. Sein Freund lachte nur leise.

Kurz darauf gesellte sich der ewig rauflustige Hermann Eisenmenger mit der gebrochenen Nase zu ihnen. Sie plauderten und schwitzten und ließen sich von dem Mädchen ab und zu mit lauwarmem Wasser bespritzen. Dann, als sie der Hitze überdrüssig wurden, jagten sie sich lachend um den großen Behälter mit kaltem Wasser, schlugen mit den Wedeln aufeinander ein, bis die Haut glühte, und kippten Eimer mit eisigem Wasser übereinander aus. Als sie etwas zur Ruhe gekommen waren und sich auf den gepolsterten Bänken ausgestreckt hatten, kam der Bader Stetter, ließ die Finger knacken und begann mit seinen großen, fleischigen Händen, Jörg den Rücken zu massieren.

»O nein, ich möchte lieber zarte Frauenhände auf meiner geplagten Haut«, protestierte er, doch der Bader ließ sich nicht beeindrucken, sondern griff herzhaft zu, so daß sich Jörgs Finger verkrampften und die wechselnden Grimassen in seinem Antlitz wahre Lachstürme bei seinen beiden Freunden hervorriefen. Peters Lachen ging in zufriedenes Grunzen über, als das blonde Mädchen seinen Rücken sanft mit duftendem Öl einrieb. Aus dem Nebenraum, in dem an den vier Wänden verteilt zehn Badezuber standen, erklangen die Stimmen der anderen Siederburschen. Sie grölten ein Lied, dann war ein Platschen zu hören, eine Frau kreischte, die Sieder lachten. Unwillig runzelte der Bader die Stirn und sah zur Tür, durch die die schwarzhaarige Veronica gerade eintrat. Sie nickte ihm beruhigend zu. Alles in Ordnung. Noch mußte er nicht eingreifen.

Peter, Jörg und Hermann wurden mit lautem Hallo begrüßt. Sie suchten sich jeder eine Wanne mit frischem,

heißem Wasser aus und ließen sich wohlig seufzend hineingleiten. Der Müller von der Dorfmühle, der schon eine Weile das junge, laute Volk unwillig gemustert hatte, verließ seinen Zuber und trat den Rückzug an. Sechs Siederburschen auf einmal, das war ihm dann doch zu turbulent.
Die Badersmagd brachte sauren Wein und dunkles Bier herein, verteilte scharfen Ziegenkäse und grobes Brot auf den Tischchen zwischen den Holzbottichen und scherzte mit den jungen Männern.
»Kann ich noch ein paar Zwiebeln haben?« rief der dicke Blinzig der Magd nach. »Ich liebe es, wenn es so schön blubbert und schäumt.«
Die anderen lachten dröhnend. Peter sah Veronica nach. Sie war zwar schon über dreißig, doch gegen die massige Schloßsteinerin sicher ein guter Tausch.
»Meinst du, die heiratet den Bader, jetzt, wo die Schloßsteinerin im Turm sitzt?« fragte Jörg, der gerade den Schmutz unter seinen Fingernägeln herauskratzte. »Lang wird sie dort nicht leben.«
»Weiß nicht. Für sie ist es sicher besser, Badersfrau denn Magd zu sein, und er wird sich darüber freuen, mehr hübsches Fleisch und weniger giftiges Mundwerk in seinem Bett zu haben.«
»Ja, der kann froh sein, seine Olle so einfach loszuwerden«, fügte Hermann hinzu und gähnte herzhaft. »Nur wir haben nichts davon, daß sie dort im Turm verrottet. Kein hübsches Feuerchen …«
»Das ist nicht gesagt. Jetzt, wo sie ihren Urfehdeeid gebrochen hat und ausgebüxt ist, wird sie sicher eine saftige Strafe bekommen. Es könnte also auch für uns noch was zum Gucken rausspringen«, grinste Michel.
Der Bader, der gekommen war, um nach seinen Kunden

zu sehen, biß die Zähne zusammen und tat so, als habe er das Gespräch nicht gehört. Eine Weile würden die Leute noch reden, das mußte er ertragen. Ihr würde es in jedem Fall schlimmer ergehen, egal, ob sie einen schnellen oder einen langsamen, qualvollen Tod erleiden mußte.

»Veronica!« rief Michel übermütig. »Schick mir doch mal die Ruth vorbei. Ich bin so einsam in meiner Wanne.«

»O ja«, rief Jörg. »Und die süße Blonde kannst du Peter geben. Ich zahle heute für unseren Kleinen!«

Die anderen lachten. Peter lief rot an und überlegte, ob er protestieren sollte, doch da stieg das Mädchen, eine duftende Seife in der einen, die Bürste in der anderen Hand, in ihrem kurzen Hemdchen schon hinter ihm ins Wasser und begann ihm sorgfältig den Rücken zu waschen. Die Burschen amüsierten sich königlich über den sich wandelnden Gesichtsausdruck ihres jungen Freundes, als die schmalen Hände erst zur Brust vor und dann langsam immer tiefer wanderten.

Der Bader kam immer mal wieder herein, um nach dem Rechten zu sehen. Er gestattete zwar manche Freiheit – sollten sich die jungen Leute ruhig erfreuen –, doch alles hatte seine Grenze! Die junge Magd würde hier nicht ihre Unschuld verlieren. Schließlich war das Bad kein Hurenhaus, und der Bader scheute sich nicht, selbst manchen Junker, der seine Spielchen zu weit trieb, dorthin zu verweisen.

»Vielleicht bekommen wir jetzt endlich eine Hexe auf den Scheiterhaufen«, nahm der dicke Hans das Gespräch wieder auf, dem Michels genießerisches Lächeln und das Gekicher und Geplansche im Zuber nebenan auf die Nerven ging.

»Wen denn?« Der schmächtige Caspar Feyerabend riß die Augen auf.

»Na, die Magd vom Baumann, du Dummer. Sie soll ja allerhand Hexenzeug in ihrer Küche gehabt haben – sogar eine tote schwarze Katze sollen die Büttel gefunden haben.«
»Dann ist sie dran!« Hermann senkte die Stimme und gab ihr einen unheimlichen Klang. »Ich höre schon die Flammen knistern.«
»Das ist doch alles Schnee von gestern«, warf Michel Seyboth mit schleppender Stimme zwischen zwei Küssen ein. »Du bist einfach nicht richtig informiert. Nach den ganzen Befragungen und Verhören hat sie eine große Kommission gefordert, vor der sie einige interessante Dinge erzählen will. Vor dem Büttel oder dem Schultheiß war sie gesprächig wie ein Fisch, aber dem Stättmeister, der extra zu ihr in den Turm kam, wollte sie nichts preisgeben. Sie will alles, was sie beobachtet hat, nur dem gesamten Rat erzählen. Auch den Namen des echten Mörders will sie dann verraten!«
»Warum haben sie sie nicht einfach peinlich verhört? Unter der Folter würde sie schon reden«, wunderte sich Jörg. »Ich verstehe eh nicht, warum sie sich nicht gleich reinwäscht, wenn sie unschuldig ist.«
»Es geht wohl nicht um irgendeinen Knecht oder Tagelöhner aus der Vorstadt. Es ist eine Affäre, in die angesehene Bürger verwickelt sind. Ich verrate nicht zuviel, wenn ich sage, daß es für ein paar Personen in der Oberstadt unangenehm werden könnte. Nun, in drei Tagen wissen wir mehr.«
Die Worte hingen in der heißen, feuchten Luft, schlugen sich mit den Wassertropfen nieder und zerrannen.
»Weißt du, um wen es geht?« fragte der junge Feyerabend aufgeregt.
Michel schüttelte den Kopf.

»Das wußte meine Quelle leider auch nicht.«
Hermann lachte dröhnend.
»Ich gehe jede Wette ein, daß seine Quelle, wie er es so schön nennt, hübsche, lange Beine hat, die normalerweise unter langen Röcken verborgen sind.«
Michel nickte.
»Sehr hübsche Beine und feste kleine Brüste.« Bei diesen Worten kniff er die Badersmagd in ihre rosigen Brustwarzen, so daß sie empört aufschrie und schmollend den Zuber verließ.
Nachdenklich kaute Peter auf seiner Unterlippe, streichelte abwesend dem Mädchen die dünnen Beine und nahm sich vor, diese aufregende Geschichte den anderen beim Nachtmahl zu berichten. Anne Katharina mit ihrer Leidenschaft für Geheimnisse würde Augen machen!

Kapitel 20

Tag der heiligen Beata,
Montag, der 8. April
im Jahr des Herrn 1510

»Ich bring den Wein für die Gefangene«, sagte der Knabe laut und kam sich dabei sehr wichtig vor.
Der Wächter, der gerade ein wenig vor sich hingedöst hatte, fuhr erschreckt in die Höhe und begann seine Kleidung zu ordnen, bis er den Dreikäsehoch bemerkte, der mit dem Weinkrug in der Hand vor ihm stand. Erleichtert sank er wieder auf den Holzklotz zurück, der ihm als Ruhestätte gedient hatte, gähnte herzhaft und kratzte sich das unrasierte Kinn.
»Was willst du hier, Bengel?«
»Ich soll den Wein für die Gefangene bringen«, wiederholte er und stellte den Krug auf dem Boden ab. »Für die Hexe, die von dem Ratsherrn«, fügte er noch hinzu, da der Wächter offensichtlich schwer von Begriff war.
»Die hat ihr Brot und Wasser schon bekommen! Wer schickt dich denn?«
Der Kleine trat nervös von einem schmutzigen, nackten Fuß auf den anderen und knetete verlegen seinen zerrissenen Kittel.
»Ich weiß nicht mehr den Namen, aber ich soll den Wein hierherbringen. Es ist ein Befehl vom Stättmeister.«

»Ja, ist gut, laß das Zeug hier und schleich dich.«
Unschlüssig blieb der Junge stehen, streckte den mageren Arm aus, hielt dem Wächter bettelnd die Handfläche unter die Nase und sah ihn aus großen blauen Augen flehend an.
»Ne, nicht einen Heller«, brummte der Wächter. »Verschwinde, sonst steckst du ein paar Backpfeifen ein, du dreckiger Bengel.«
Der Junge streckte dem Wächter die Zunge heraus, duckte sich flink unter seiner zum Schlag erhobenen Hand hindurch und rannte davon, als seien alle Dämonen der Hölle hinter ihm her. Er lief an der Stadtmauer entlang durch die Weilervorstadt, schlüpfte durch das Heimbachtörle hinaus, winkte den Frauen zu, die am Bach Wäsche wuschen, und rannte dann über die Wiese zu seinem Baum, der hinter den dichten Zweigen ein tiefes Astloch verbarg. Verstohlen sah sich der Junge um. Erst als er sich ganz sicher war, daß ihn niemand beobachtete, schwang er sich in das helle Frühlingsgrün hinauf, das in der Abendsonne leuchtete. Stolz betrachtete er seine Schätze: ein kleines braunes Tintenfaß, an dem nur ein Stück des Randes abgebrochen war, ein mehr als drei Fuß langes, goldbesticktes Band, das eine der reichen Damen verloren haben mußte, zwei Hellermünzen, ein kleines hellblaues Vogelei, ein Stück hartes Brot und eine Tonschale mit Sprung. All diese Kostbarkeiten – außer der Tonschale – legte er vorsichtig wieder in die schützende Baumhöhle zurück, ehe er ein kleines Päckchen, das er sich sicherheitshalber in die Bruech geschoben hatte, hervorzog und behutsam auswickelte. Da lagen die heiß begehrten Köstlichkeiten in dem feinen Leinentuch vor ihm. Mit spitzen Fingern legte er sie in die Tonschale: zwei kandierte Kirschen, eine Feige mit Mandelsplitter

und ein Stück Latwerg. Das Wasser lief ihm im Munde zusammen, doch er wollte seine Schätze noch eine Weile betrachten, ehe er sie aß. Sollte er alle essen oder nur eines und den Rest aufheben? Unentschlossen kaute er auf seiner Unterlippe.
»Ach, was soll's, heute bin ich ein Junker!« Gierig schob er sich die Kirschen in den Mund, schmeckte die Süße, kaute und schmatzte, leckte sich die Finger ab und biß dann ein großes Stück vom Latwerg ab.
Im Gerberturm starrte der Wächter auf den Krug, roch daran und trank dann ein kleines Schlückchen.
»Viel zu schade für das Weibsstück«, brummte er, trank ein paar tiefe Züge und leckte sich die Tropfen, die an beiden Mundwinkeln herabflossen, aus dem Bart.
Was, wenn sie der Stättmeister beim Verhör fragt, ob sie den Wein bekommen hat? Könnte das Ärger geben?
Unentschlossen setzte er den Wein ab und sah in den halbleeren Krug.
Ach was, ein paar Schluck noch, der Rest reicht allemal für die Hexe.
Als der Wächter Volkhard einige Stunden später zur Wachablösung kam, fand er den Kameraden zusammengesunken auf dem Boden sitzend, das Kinn gegen die Brust gedrückt, die Arme um den Leib geschlungen.
»Jos? He, Jos, verdammt, was denkst du dir, dich während deiner Wache so zu besaufen?«
Er rüttelte den Wächter unsanft an der Schulter.
»Was glaubst du wohl, was der Schultheiß mit dir machen würde, wenn ...«
Der Rest des Satzes blieb ihm im Hals stecken, als der leblose Körper zur Seite kippte und er in die starren, weit aufgerissenen Augen sah.
»Herr im Himmel, hilf«, stöhnte Volkhard, streckte zö-

gernd seine Hand aus, tastete über Gesicht und Hals und fühlte die kalte, feuchte Haut.

»Er ist tot, heiliger Sebastian, das kann doch nicht sein, er ist tot!«

Die blicklosen Augen ließen ihn erschaudern. Nur mühsam konnte sich der junge Mann dazu durchringen, dem Toten die Lider zu schließen. Nun sah er wieder so aus, als ob er nur schliefe. Aber er war tot! Warum?

Die Hexe! fiel es ihm plötzlich ein. Die Hexe ist geflohen und hat ihn umgebracht.

Mit drei langen Schritten war er am Angstloch und ließ die Laterne ein Stück hinab. Der Lichtstrahl tanzte über die Steinquader, das faulige Stroh und eine zusammengekauerte Frauengestalt. Sie war noch da!

»He du, Hexe, komm mal her«, rief er barsch, doch sie rührte sich nicht.

»Sara Döllin, ich möchte mit dir sprechen, bitte komm näher ins Licht.«

Nichts geschah.

Man müßte zu ihr hinuntersteigen, dachte er. Doch was passiert, wenn das ein Trick und sie wirklich eine Hexe ist? Unruhig schritt der junge Mann auf und ab, vermied jedoch peinlich, den Toten anzusehen.

Ich muß Hilfe holen, und doch darf ich meinen Posten nicht verlassen. Er trat auf den Wehrgang hinaus, sah nach allen Seiten, konnte jedoch keine Menschenseele entdecken. So drehte er sich kurz entschlossen um, eilte die schmale Treppe hinunter und rannte durch die Weilervorstadt zu Mutters kleinem Häuschen.

»Rugger, Rugger, komm schnell, es ist was passiert«, keuchte er, während er seinen Bruder aus dem Bett zerrte.

Kapitel 21

*Tag der heiligen Waltraud,
Dienstag, der 9. April
im Jahr des Herrn 1510*

Früh am anderen Morgen, noch bevor die Sonne sich über die bewaldeten Hänge des Galgenbergs schob, war der Henkersknecht bereits mit seinem Karren unterwegs, sammelte die Kadaver ein, die am Straßenrand lagen, und erschlug mit seinem Knüppel zwei streunende Katzen. Die eine war zu nichts mehr zu gebrauchen, doch die andere hatte ein schönes Fell. Flink schnitt er das noch zuckende Tier auf, löste geschickt den seidigen Pelz ab und packte ihn sorgfältig in sein Bündel. Den blutigen Rest warf er auf die Ladefläche. Ein freches Lied pfeifend, schob er den Karren durch die leeren Straßen und schippte noch so manchen Dunghaufen auf die Ladefläche. Als er seine Runde beendet hatte, lagen nicht nur Tierkadaver und Dung auf dem Karren, sondern auch die magere, halbnackte Leiche eines schmutzigen Straßenjungen, für dessen Beerdigung keiner auch nur einen Heller bezahlen würde.

* * *

»Wißt Ihr, was man sich auf der Straße erzählt?« Ohne eine Reaktion abzuwarten, fuhr Anne Katharina erregt fort. »Sara, des verstorbenen Ratsherrn Baumann Magd, sei nicht im Verlies gestorben. Sie soll mit Hilfe eines Dämonen ihren Körper verlassen haben, aus dem Angstloch des Gerberturms gefahren sein, den Wächter getötet haben und dann mit ihrem Teufelsbuhlen durch die Lüfte davongeritten sein!«

»Und du glaubst das nicht?« fragte der Alte ruhig.

»Nein! Sicher gibt es Hexen, doch ich glaube nicht, daß Sara eine war. Sie hat den Ratsherrn bestimmt nicht ermordet. Vielleicht bekam er schon beim Nachtmahl etwas in den Wein oder das Essen gemischt.«

»Die Junker Senft als Mörder? Geht da deine Phantasie nicht ein wenig mit dir durch?« Der Großvater runzelte die Stirn.

»Nun ja, eigentlich glaube ich das nicht, aber Afra hat solche Andeutungen gemacht.«

»Ich dachte, du hieltest ihr Geplapper nur für Phantastereien als Folge unzähliger schlechter Romane?«

»Ihr habt recht, Großvater, doch glaubt Ihr an die Geschichte, die man sich erzählt?«

»Nein, das ist Unsinn. Vielmehr bin ich überzeugt, daß es jemanden gibt, der nicht wollte, daß die Magd peinlich verhört wird oder vor der großen Ratskommission aussagt. So scheint der Fall mit ihrem Tod für alle zufriedenstellend gelöst zu sein, und keiner wird nach dem richtigen Mörder suchen.«

»Die wichtigste Frage ist doch, wer war am Tod des Ratsherrn interessiert? Wer hatte Streit mit ihm?«

Ganz kurz erklangen in ihrem Innern die wütenden Stimmen zweier Männer, die hinter verschlossenen Türen über Steuern und anderes stritten, doch der Gedanke war zu absurd und führte nicht weiter.

»Wer ist eigentlich der Erbe?« überlegte Anne Katharina laut. »Baumann hatte doch keine Kinder, und der alte Herr war bestimmt über zweitausend Gulden schwer.«
»Ein Neffe, eine Nichte, ein Patenkind ...« Der Großvater zuckte die Achseln. »Ich werde es herausfinden.«
Schon am Nachmittag wußten sie die Antwort. Der Stättmeister schickte einen seiner Schreiber ins Spital, um dem ehemaligen Richter die gewünschte Information zu bringen.
»Ein kleiner Teil geht an die Stiefsöhne des im letzten Jahr verstorbenen Kantengießers Conrad Baumann, doch nahezu zweieinhalbtausend Gulden vermacht er seiner Patentochter Helene von Rinderbach.«
»Heilige Jungfrau«, Anne Katharina zog scharf die Luft ein. »Wenn Afra recht hat, dann ist Rudolf Senft mit ihr verlobt!«

KAPITEL 22

*Tag des heiligen Stanislaus,
Donnerstag, der 11. April
im Jahr des Herrn 1510*

Unruhig schritt Anne Katharina über die glatten Sandsteinplatten. Die Schritte klangen wie Glockenschläge in ihren Ohren, und plötzlich fand sie die Idee, sich abends mit einem mutmaßlichen Mörder zu treffen, nicht mehr so gut, wie sie ihr bei Tageslicht noch erschienen war. Energisch verscheuchte sie die Gedanken, was ihr Großvater oder ihre Brüder dazu sagen würden.
Vielleicht kommt er ja gar nicht. Noch habe ich die Möglichkeit, einfach nach Hause zu gehen und die ganze Sache zu vergessen.
Das Mädchen blieb stehen und sah an den in den bleichen Abendhimmel aufragenden schlanken Mauern empor. Schon erkannte man in dem halbrunden Chor zehn aneinandergefügte Kapellennischen, die den großen Heiligen, den Bildern, kleinen Altären oder lebensechten Statuen Heim werden sollten. Über den Nischen konnte man bereits die hohen Spitzbogenfenster ausmachen, die, wenn sie erst mit buntem Glas gefüllt waren, den dreiflügeligen Hauptaltar und das darüber schwebende Kruzifix mit dem leidenden Christus in sanftes und doch strahlendes Licht hüllen würden. Nein, hier konnte ihr nichts

geschehen. Dies war ein heiliger Ort und gehörte zur Kirche, auch wenn das Gewölbe noch nicht vollendet war und die Gerüste wie die Rippen eines riesigen Tieres in den Abendhimmel ragten. An diesem Ort konnte kein Verbrechen geschehen!
»Habt Ihr nach mir geschickt?«
Anne Katharina hatte ihn nicht kommen hören. Erschrocken fuhr sie zusammen, und obwohl seine Stimme eher ungläubig denn drohend klang, klopfte ihr das Herz zum Zerspringen.
»Ja, ich habe dir die Nachricht geschickt.«
Sie versuchte, stark, ruhig und überlegen zu wirken.
»Ich wollte mich mit dir über ein paar merkwürdige und schreckliche Dinge unterhalten, die in den letzten Wochen geschehen sind.«
»Welche Dinge? Und was habe ich damit zu tun?«
Anne Katharina verschränkte die Arme vor der Brust.
»Wie wäre es mit einem Gespräch über ein totes Kind, das blaue Flecken um die Nase aufwies und dessen Tod trotzdem als Gottes Wille betrachtet wurde? Wir könnten auch noch über nächtliche Drohungen sprechen, über ein Messer an der Kehle, über einen Beutel voller Münzen, über eine von hinten heimtückisch erstochene Hebamme, über einen vergifteten Ratsherrn, über …«
Der Knecht hob abwehrend die Hände.
»Ich habe niemanden ermordet. Wie kommt Ihr auf solch eine Idee? Nur weil ich das sterbende Kind zur Kapelle getragen habe?«
»Schon eher, da ich hörte, wie du Els bedroht hast, und weil ich weiß, daß ihr, du und dein Herr, etwas zu verbergen sucht. Nun, erzähle es mir. Wer ist der Mörder, wenn du es nicht bist?«
Der Knecht sah sie trotzig an.

»Egal, was Ihr behauptet, belauscht zu haben, wer soll Euch das glauben? Warum habt Ihr es nicht gleich dem Stättmeister erzählt? Von Eurem Verdacht gegen seinen Neffen mit ihm gesprochen? Ich sage Euch die Antwort: Weil Ihr genau wißt, daß Euch niemand Glauben schenken würde. Ich frage Euch daher noch einmal: Warum habt Ihr mich hierherbestellt? Glaubt Ihr, ich falle hier vor Euch auf die Knie und gestehe irgendwelche Sünden? Wen habt Ihr versteckt, damit er das Gespräch mit anhören und bezeugen kann?«

»Es hat sich hier niemand versteckt«, versuchte sie sein Mißtrauen zu zerstreuen. »Ich wollte einfach mit dir reden, um zu verstehen, was vorgefallen ist. War es dein Kind? Wo ist Marie? Hast du ihr zur Flucht verholfen? Geht es ihr gut?«

»Ein bißchen viele Fragen auf einmal, findet Ihr nicht?«

Der Knecht sah sich um, versuchte, die immer tiefer werdenden Schatten zu durchdringen.

»Es ist außer uns niemand hier?« fragte er ungläubig.

»Dann seid Ihr entweder leichtsinniger oder dümmer, als ich es für möglich gehalten hatte.«

»Denkt daran, wir sind in einer Kirche!«

Furchtsam wich das Mädchen einen Schritt zurück. Der Knecht lachte häßlich.

»Glaubt Ihr wirklich, daß ich mich – angenommen, ich wäre der kalte Mörder, für den Ihr mich haltet – von ein paar Mauern und halbfertigen Kapellen davon abhalten lassen würde, meine Klinge durch Euren zarten Hals zu ziehen? Meint Ihr, eine der Statuen würde lebendig werden, stiege von ihrem Sockel und käme, um Euch zu helfen?«

Anne Katharina kam sich plötzlich schrecklich dumm vor, versuchte jedoch, die Angst, die ihr den Atem nahm, zu unterdrücken.

»Gott würde dich für diese Tat strafen!« sagte sie fest.
»Mag sein, doch er würde Euch nicht retten. Hat er die Heiligen vor dem Scheiterhaufen bewahrt? Hat er den Geschundenen und Geschlagenen den Schmerz erspart?«
Langsam kam Alfred näher, folgte Anne Katharina, die zurückwich, bis sie an dem glatten Stein der aufragenden Wände lehnte und nicht mehr ausweichen konnte. Er sah ihr tief in die Augen, die die panische Furcht nicht verbergen konnten. Sein Blick war starr und kalt, verriet nichts von seinen Gefühlen. Stumm und steif standen sie da und sahen einander einfach nur an.
Das Geräusch von Schritten schreckte beide auf. Eine wie im Gebet murmelnde Stimme und ein sich nähernder Lichtschein erweckten den Knecht wieder zum Leben. Flink, gewandt und lautlos huschte er davon.
»Im Rahmen der *artes* aber nimmt die Architektur eine Stellung zwischen den *artes liberales* und den *artes mechanicae* ein, denn ...«
»... unter den Künsten stehen die der Weisheit näher, die nach den höheren, übersinnlichen Ursachen zielen, so wie die Kunst der Architektur der Weisheit ähnlicher ist als die übliche Kunst.«
Wie in Trance sprach Anne Katharina die Worte mit.
»Von wem stammen diese Worte?«
»Vom heiligen, hochverehrten Albertus Magnus.«
»Brav gelernt, mein liebes Kind.«
Mit einem gütigen Lächeln auf den Lippen trat Pater Hiltprand näher, betrachtete das Mädchen aufmerksam, die sich noch immer blaß und steif an die Wand drückte.
»Es ist sehr schön, mit dir hier gelehrsam über Kunst und Architektur zu plaudern, über das Wachsen dieses heiligen Wunderwerks zu Ehren des Allmächtigen zu staunen,

doch vielleicht wäre es sinnvoller, dies im glänzenden Sonnenlicht zu tun, meinst du nicht auch?«
Anne Katharina nickte nur stumm, sah den Pater an, sein geliebtes, gütiges Antlitz, und ihr war, als müsse sie gleich in Tränen ausbrechen. Er schien davon jedoch nichts zu bemerken, bot ihr den Arm, führte sie hinaus auf den Kirchhof und an der Armenschüssel vorbei die geschwungene Freitreppe hinunter, ohne in seinem leichten Geplauder innezuhalten. Erst als sie in der Herrengasse das Vogelmannshaus erreichten und er sich vor der Haustür von ihr verabschiedete, ihr einen sanften Kuß auf die Stirn hauchte, wurde seine Miene ernst, beinahe grimmig.

* * *

»Die Sünderin Margarete Schloßstein, des Baders Hans Stetter eheliches Hausweib, wegen Beleidigung Gottes, unchristlichen Lebenswandels sowie Schädigung ihrer Mitmenschen und des Viehs zu lebenslanger Vermauerung verurteilt, entwichen und wieder eingefangen, hat sich des Brechens der Urfehde schuldig gemacht, in der sie schwor, die gerechte Strafe anzuerkennen und niemandem, der mit ihrer Gefangennahme oder Verurteilung in Verbindung stand, Schaden zuzufügen.
Sie trat die Gnade und Barmherzigkeit, die der hochwohllöbliche Rat bei ihrer ersten Verurteilung hat walten lassen, mit Füßen und brach ihren Eid. Angesichts dieser schweren Vergehen sind die Richter des Hohen Gerichts der freien Reichsstadt Hall zu einem gerechten Urteil gekommen.
Am Tag der heiligen Lidwina soll Margarete Schloßstein vom Sulferturm über den Marktplatz zur Henkersbrücke

geführt, in den Käfig verschlossen und dann in den Fluten des Kochers ertränkt werden. Sieben Tage sollen ihre sterblichen Überreste im Käfig für alle Bürger und Fremden zur Mahnung zu sehen sein, dann sollen sie in Stücke gehauen und ins Wasser geworfen werden.«
Seufzend ließ der Stättmeister das Dokument sinken, spitzte die Feder an, tauchte sie in das Tintenfaß und setzte schwungvoll seinen Namen darunter. Die Streubüchse in der Hand, las er das Schreiben noch einmal durch, ehe er das Siegel mit der Hand und dem Kreuz darauf drückte.

Kapitel 23

Tag der heiligen Lidwina,
Sonntag, der 14. April
im Jahr des Herrn 1510

Die Sonne strahlte vom dunkelblauen Himmel herab, wärmte Mensch und Tier wohlig und gab einen Vorgeschmack auf den Sommer. Es war ein Tag, zum Leben und nicht zum Sterben gedacht. Und dennoch strömten die Menschen in ihrer fröhlich bunten Kleidung nach der Messe aufgeregt und erwartungsvoll zur Henkersbrücke und suchten sich einen Platz, von dem aus sie den eisernen Käfig, der an einem hölzernen Gelenkarm mit einer stabilen Kette befestigt war, gut sehen konnten. Es wurde gelacht und gescherzt, gegessen und getrunken, in nervöser Spannung die Ankunft der Verurteilten erwartet. Eine Hinrichtung! Wie viele Jahre hatte es keine mehr gegeben. Wer Hexen brennen sehen wollte, der mußte schon nach Welzheim, Nördlingen oder Würzburg reisen. Nun konnten die Haller wenigstens einer Hinrichtung durch Ersäufen im Brückenkäfig beiwohnen. Um sich die Zeit angenehm zu vertreiben, wärmten die Nachbarinnen noch einmal alle Klatschgeschichten über die Schloßsteinerin auf.

»Weißt du noch, als sie die Schmiedin, trotz ihrer Schwangerschaft, als Unholdin beschimpft und ihr den Tod gewünscht hat?« sagte die Witwe Rebecca Wüest mit ihrer tiefen, rauhen Stimme.

»Ja, ja«, nickte die alte Walckerin. »Sie soll ja der Veronica, dem Bader seiner Magd, die gute Kunst beigebracht haben.«

»Nein, was du nicht sagst«, staunte die Frau des David Spankuchs und sah zu der hübschen, schwarzhaarigen Magd hinüber, die mit gefalteten Händen bleich neben dem Bader stand.

»Das Kalb von der Witwe vom Kocherklaus hat sie auch auf dem Gewissen. Das war Teufelswerk, das haben wir schon damals gesagt«, rief die Walckerin und hob drohend die Faust.

»Daß die den Thomas Schmidt am Fuß geschädigt hat, das hat sie ihm ja ins Gesicht gesagt. Das hab ich selbst gehört«, bestätigte die Knechtlerin, und alle waren sich einig, daß die Schloßsteinerin ihre Strafe auf alle Fälle verdient hatte.

Auch die Familien Vogelmann und Senft hatten sich auf der Henkersbrücke eingefunden. Während die Junker und im Rat vertretenen Bürgersfamilien hinter einer Absperrung nahe dem eisernen Käfig standen oder auf weich gepolsterten Stühlen Platz genommen hatten, drängten, schubsten und rauften sich Handwerker und Kaufleute, Mägde und Knechte, Bettler, Taugenichtse und Straßenkinder um die übrigen Plätze. Alle wollten an dem aufregenden Schauspiel teilhaben.

»Das ist wirklich noch spannender als die Leibstrafen auf dem Marktplatz«, flüsterte Peter seiner Schwester ins Ohr. Anne Katharina verzog zweifelnd das Gesicht und sah zu Afra hinüber, die neben ihrem Vater stand und ungeduldig an den Bändern ihres Leibchens nestelte. Plötzlich sah sie auf, und ihre Augen leuchteten erwartungsvoll.

Bin ich hier die einzige, der das Ganze zuwider ist? fragte sich die Vogelmannstochter erstaunt, doch der leidende Blick ihrer Schwägerin zeigte, daß diese ebenfalls nichts von dieser Art von Vergnügen hielt.
Trommeln und Pfeifen kündigten die Verurteilte an. Das Raunen und Tuscheln der Menge steigerte sich zu einem ohrenbetäubenden Lärm. Die Burschen pfiffen auf den Fingern, die Weiber der Vorstädte kreischten und schrien Obszönitäten, die von den Männern mit begeistertem Klatschen oder zotigen Bemerkungen quittiert wurden. Die Menschen reckten die Köpfe. Sie wollten die Sünderin sehen. Würde sie ruhig in den Tod gehen? Versuchen zu fliehen? Schimpfen, Gift und Galle spucken? Flüche ausstoßen? Jemanden verwünschen?
Schon konnte man die blanken Hellebarden in der Sonne blitzen sehen, als der Zug sich vom Marktplatz her näherte. Trommelwirbel und Pfeifenklang schwangen sich in die warme Frühlingsluft.
»Da ist sie«, erhob sich eine helle Knabenstimme über das ganze Getöse hinweg.
Ja, da kam sie, die Verurteilte Margarete Schloßstein, hinter dem wie immer ganz in Rot gekleideten Henker, den Trommlern und Pfeifern, bewacht von acht Hellebardenträgern. Barfuß, im langen weißen Büßergewand gekleidet, die kaum zwei Finger langen, grauen Stoppeln auf ihrem Kopf von Schmutz verklebt und die vor der Brust gefesselten Hände in blutige Leinen gewickelt, war die burschikose Badersfrau kaum wiederzuerkennen. Die Ketten um ihre Fußknöchel erlaubten ihr nur kleine Schritte, so daß sie Mühe hatte, mit ihren Bewachern Schritt zu halten, und immer wieder strauchelte.
Als der Zug vor der Absperrung angekommen war und sich der Stättmeister Senft von seinem Stuhl erhob, kehrte

Ruhe ein. Mit lauter Stimme verlas er noch einmal die Anklagepunkte und das Urteil, das mit kräftigem Beifall begrüßt wurde. Mißmutig ließ das Oberhaupt des Haller Rates seinen Blick über die aufgeregte Menge schweifen. Nicht daß er Mitleid mit der Angeklagten hatte oder das Urteil für nicht gerechtfertigt hielt, nur der Auflauf, die Massen und das Getöse waren ihm unangenehm. Er sehnte das Ende dieser unerfreulichen Zeremonie herbei. Dann würde er sich mit einem Becher süßen Wein in seine Schreibstube zurückziehen, es sich auf seinem hochlehnigen, gut gepolsterten Stuhl bequem machen und in Stille den restlichen Sonntag genießen. Sollten die anderen Ratsherrn nur zechen gehen, er würde nicht mitkommen. Ein Aufschrei der Verurteilten rief ihn wieder zum Richtplatz zurück.

»Verschwinde, du verlogener Pfaffe!« kreischte die Badersfrau, als Christoph Rüttinger von St. Katharina sich ihr mit einer Bibel in der Hand näherte.

»Du hast mich beim Schultheiß angeschwärzt. Wegen dir werd ich jetzt wie eine Ratte ersäuft!«

Der Pfarrer lächelte sie sanft an, seine fleischigen Wangen waren gerötet, die kleinen, dunklen Äuglein blickten ernst drein.

»Ich konnte doch nicht einfach zusehen, wie eines meiner Schäfchen seine unsterbliche Seele dem Teufel verschreibt. Bereue, tue Buße und geh mit reinem Herzen in den Tod. Dein sündiger Leib wird verderben, doch deine Seele wird gerettet werden.«

»Ich will aber noch nicht sterben! Ich schwör's, ich hab nie jemandem geschadet. Das war doch alles nur Geschwätz, um die dummen Klatschweiber zu ärgern.« Ihr Blick fiel auf ihren Gemahl. »Hans, sag doch was. Hilf mir!«

Betreten senkte der Bader den Kopf und schwieg. Was hätte er auch tun können? Die Schloßsteinerin sah von ihm zu der schwarzhaarigen schlanken Magd und wieder zu ihrem Mann.

»Ach, du wartest nur darauf, daß mich die Fisch fressen, damit du mit der Schlampe rumhuren kannst!« schrie sie, doch dann traten ihr plötzlich Tränen in die Augen, sie barg das Gesicht in den verbundenen Händen und schluchzte.

Der Pfarrer versuchte noch einmal, sie zur Reue zu überreden, um ihr die Absolution erteilen zu können, doch sie fauchte nur wie ein wildes Tier.

»Sollen wir anfangen?«

Fragend sah der Henker zum Stättmeister hinüber, der sich, zur Freude des Volkes, nicht entschließen konnte, das Schauspiel zu beenden.

»Wartet einen Moment!«

Mit diesen Worten bückte sich Pfarrer Bernhart Vogelmann unter der Absperrung hindurch und trat auf die Frau zu, die, auf der Erde hockend, leise weinte. Ungeachtet des Schmutzes kniete er vor ihr nieder. Die Wächter sahen sich unsicher an, doch da weder der Stättmeister noch der Henker eingriff, ließen sie den Pfarrer gewähren. Bernhart Vogelmann ergriff die geschundenen Hände und redete leise auf die Unglückliche ein. Der feiste Pfarrer Rüttinger preßte die Lippen zusammen, bis das Blut aus ihnen wich, umklammerte seine Bibel und musterte den Kollegen von der anderen Seite des Kochers unwillig.

Als Margarete Schloßstein mit Pfarrer Bernhart betete, ihm die Hand küßte und den Segen empfing, war es mucksmäuschenstill. Erst nachdem sie sich mit des Pfarrers Hilfe mühsam vom schmutzigen Pflaster erhoben

hatte, gab der Stättmeister dem Henker einen Wink. Mit unbeweglicher Miene trat dieser an den Käfig heran und öffnete die eiserne Tür. Die Verurteilte zitterte nur unmerklich, als Pfarrer Bernhart sie zum Henker führte. Dieser schob sie in den Käfig und verschloß die Tür, doch sie wehrte sich nicht. Erst als die Büttel die Kurbel in Bewegung setzten, die rostige Kette kreischte und der Korb sich schwankend über das Brückengeländer senkte, stieß sie einen spitzen Schrei aus. Die Beine schon im Wasser, klammerte sie sich an den Gitterstäben fest, zog sich hoch und schnappte nach Luft, während die braune, wirbelnde Flut ihr bis zum Hals stieg. Ein letzter Schrei, gellend, voller Todesangst, dann war sie versunken. Luftblasen stiegen auf, platzten an der Oberfläche, tanzten noch eine Weile als weißer Schaum. Dann war das Wasser wieder glatt und floß ungerührt um die rötliche Kette herum dem Neckar entgegen.
Der Stättmeister wartete noch einige Augenblicke, dann gab er den Befehl zum Hochziehen. Schwitzend mühten sich die beiden Büttel an der Kurbel und drehten Glied um Glied auf die Rolle, bis sich der Korb wieder aus den Fluten erhob. Der Bader wischte sich mit einer raschen Handbewegung die Tränen von der Wange, die Neugierigen stellten sich auf die Zehenspitzen. Anne Katharina verkrampfte sich und biß die Zähne aufeinander, doch als der Körper sichtbar wurde, noch immer in die Gitter verkrallt, das Gesicht nach oben gereckt, die Augen weit aufgerissen, der Mund den letzten Schrei formend, da war es mit Anne Katharinas Selbstbeherrschung vorbei. Sie tauchte unter der Abschrankung hindurch, zwängte sich durch die Menge und rannte davon, um die ruhige Einsamkeit der blühenden Weite vor der Stadt zu suchen. Am Marstall vorbei lief sie durch das Eichtor hinaus, folgte

dem schmalen, ausgefahrenen Weg zwischen Kocher und Sumpf, vorbei am Fischerhaus und am Erkerbad nach Norden bis zu den drei Mühlen. Langsam beruhigte sich ihr aufgewühltes Gemüt, und als sie über die Brücke, die zur ersten Mühle führte, schritt, war es ihr sogar schon ein wenig peinlich, so unbeherrscht reagiert zu haben. Schließlich hatte die Schloßsteinerin gesündigt. Zum Glück war sie nicht ohne kirchlichen Segen gestorben. Ein warmes Gefühl wallte in ihr auf, als sie an ihren Oheim dachte.

Seufzend ließ sich Anne Katharina an der steilen Uferböschung ins trockene Gras sinken und starrte in das Wasser, das aufgewühlt um den hölzernen Rechen wirbelte und dann unter der Mühle verschwand, um das große Rad zu treiben und das Korn zu feinem, weißem Mehl zu mahlen. Sosehr sie sich auch bemühte, an etwas anderes zu denken, immer wieder tauchte das verzerrte Antlitz vor ihr auf. Und bald bildete sie sich ein, in den Tiefen des Wassers ein aufgedunsenes Gesicht zu erkennen. Ärgerlich schloß sie für einige Augenblicke die Augen, betete ruhig, dachte an den Großvater und an ihre Brüder, dann an Pater Hiltprand. Nein, an ihn wollte sie jetzt nicht denken. Als sie die Augen wieder aufschlug, war das Gesicht immer noch da. Von tief unten aus dem Wasser sahen zwei blinde Augen aus einem bleichen Gesicht zu ihr hoch. Warum mußte sie plötzlich an Marie denken? Gebannt starrte Anne Katharina ins Wasser. Langsam stellten sich ihre Nackenhaare auf. Eiskaltes Grauen stieg in ihr hoch, umklammerte sie und zwang sie, sich vorzubeugen und hinabzusehen. Das aufgelöste Haar wallte wie die Wasserpflanzen in der Strömung, Beine und Rock hatten sich im Rechen verfangen, der linke Arm war wie hilfesuchend nach oben gereckt, doch Finger und Hand fehlten. Als ein kleiner Fisch in die halbgeöffneten Lippen schlüpfte, fiel die Lähmung von dem Mädchen ab. Es sprang auf die Beine, raffte die Röcke und rannte über die Mühlenbrücke. Anne Katharina hörte sich selbst schreien, doch es klang so weit weg, als schreie die ganze Welt um sie herum. Sie lief, atmete schwer, keuchte, und doch war ihr, als komme sie nicht vom Fleck, als greife die Tote nach ihr und zöge sie in die nasse Tiefe.

Zwei kräftige Arme umschlangen das Mädchen. Anne Katharina schlug um sich, kreischte und tobte und biß in die männlichen Hände, die nicht locker ließen, sie nur noch fester an den rauhen Stoff preßten, der die kräftige Brust verhüllte. Endlich drang die gütige Stimme zu ihr durch, die beruhigend auf sie einredete. Erschöpft und verwirrt ließ sie die Fäuste sinken, als sie Pater Hiltprand erkannte.

Lange saßen sie schweigend nebeneinander im Gras, bis sie soweit war, ihm von dem gräßlichen Fund zu erzählen. Es war beruhigend, die schwere Last auf seine breiten Schultern zu laden.

Erst am Abend, nachdem der Oheim, der überraschend zu Besuch gekommen war, sich verabschiedet hatte und Anne Katharina allein in ihrem Bett lag, stieg die Frage in ihr auf, was der Pater wohl bei den drei Mühlen unterhalb der Gelbinger Vorstadt gesucht hatte.

* * *

»Der Fall ist abgeschlossen!«

Der Tonfall des Stättmeisters verbot jeden Widerspruch, trotzdem zuckte es unwillig um die Mundwinkel des Schultheißen. So ganz überzeugte ihn der Abschlußbericht nicht, doch er unterdrückte das ungute Gefühl, das in ihm aufstieg. Nicht jetzt, nicht vor all den Richtern und Ratsherren.

Konrad Büschler las das Dokument noch einmal durch. Die wegen Unzucht verurteilte Magd Marie Wagner sollte also an dem Tod ihres Kindes schuldig sein, die Hebamme Els Krütlin zu einer falschen Aussage gedungen, sie dann ermordet und sich später aus Gewissensbissen selbst im Kocher ertränkt haben. Als Selbstmörderin durfte sie natürlich nicht in geheiligter Erde beigesetzt, sondern mußte bei den Tierkadavern außerhalb der Stadt von den Henkersknechten verscharrt werden.

Irgend etwas daran gefiel ihm nicht, doch mit diesen Zweifeln schien er im großen Ratssaal der einzige zu sein. Die Ratsherren und Richter nickten alle zustimmend, legten Feder, Tinte und Streubüchse zurecht, unterschrieben das Dokument und gaben es dann dem Schreiber zurück, auf daß diese unliebsame Affäre nun endlich beendet sei. Aufatmend goß man sich die Becher voll, prostete einander zu, freute sich, daß nun das beschaulich ruhige Leben wieder Einzug hielt.

Der Schultheiß dachte an den verstorbenen Ratsherrn Baumann, an den merkwürdigen Tod der Gefangenen und des Wächters. Wieder plagte ihn der Zweifel. Nachdenklich sah er zu dem Junker Gilg Senft hinüber, überlegte, ob er unter vier Augen mit ihm über seine Bedenken sprechen sollte. Als habe er die Gedanken gespürt, sah der Stättmeister unvermittelt auf, die Blicke der Männer kreuzten sich, und plötzlich war sich der Schultheiß sicher, daß auch der Junker nicht so recht an das Schreiben glaubte. War ihm das Ende der Untersuchung wichtiger als die Wahrheit? Verwirrt verließ der Schultheiß den Ratssaal.

Er will, daß Gras über die Sache wächst. Wie interessant!

Nun, dann will ich die Sache ebenfalls schnell vergessen. Es war noch nie förderlich, gegen den mächtigsten Mann der Stadt zu arbeiten. – Und doch würde es mich sehr interessieren, was wirklich vorgefallen ist und was hinter der ganzen Sache steckt. Ob man nicht heimlich ein paar Nachforschungen anstellen könnte, ohne daß der Stättmeister davon erfährt?

* * *

»Ich habe mir die Leiche angesehen«, begann der Mönch ohne Einleitung.
Der alte Mann hob den Kopf.
»Und wie ist deine Einschätzung?«
»Sie hat eine häßliche Wunde am Hinterkopf, und der Schädelknochen ist eingedrückt. Die Verletzung muß sofort tödlich gewesen sein.«
»Du verstehst immer noch etwas davon«, nickte der Blinde. »Kann sie sich das nicht durch den Sturz zugezogen haben?«
Der Besucher zuckte die Schultern.
»Ein Selbstmörder, der sich rückwärts mit dem Kopf voraus ins Wasser stürzt? Interessante Vorstellung!«
»Mach dich nicht über mich lustig!« brauste der Alte auf, beruhigte sich aber gleich wieder. »Und nachher? Könnte die Wunde erst im Wasser nach ihrem Tod entstanden sein?«
»Kann ich mir nicht vorstellen. Denke nur, mit welcher Wucht sie gegen ein Hindernis hätte getrieben werden müssen, daß der Schädel zu Bruch geht. Und ein Tier würde ich ebenfalls ausschließen.«
»Es ist also noch nicht zu Ende.«
Peter Schweycker nickte langsam und faltete die knochi-

gen Hände in seinem Schoß. Pater Hiltprand wartete schweigend.
»Du weißt, was du mir versprochen hast?«
»Ja, und ich werde mein Versprechen halten!«

* * *

In den nächsten Tagen kehrte in das Haus der Familie Vogelmann in der Herrengasse der Alltag zurück, und doch war nichts mehr wie bisher. Der Hausherr wurde immer knurriger und gereizter, sprach kaum noch ein Wort und hielt sich meist außer Haus auf. Vielleicht konnten die anderen Familienmitglieder gerade deshalb ein wenig aufatmen. Peter stürzte sich mit Eifer in die Arbeit auf dem Haal, schuftete von Sonnenaufgang bis Sonnenuntergang, schlurfte dann erschöpft nach Hause, jammerte ein wenig über die Schwielen an den Händen, die Schmerzen in Schultern und Rücken und ließ sich von den Frauen verwöhnen. Ursula hatte sich an die neue Amme, an deren ruhiges, angenehmes Wesen, rasch gewöhnt. Trotzdem wurde die junge Ehefrau von Tag zu Tag verschlossener und zog sich häufig in die winzige Kammer unter dem Dach zurück, die sie – trotz heftigen Widerstands ihres Gatten – für sich eingerichtet hatte. Mit wachsender Hoffnung sah Anne Katharina die immer häufiger werdenden Besuche des Oheims Bernhart bei ihrer Schwägerin und die langen Gespräche, zu denen sich die beiden zurückzogen. Vielleicht würde es ihm gelingen, sie wieder ins bunte Leben zurückzuführen. Für Anne Katharina jedenfalls brachten seine Besuche geistliche und gelehrte Dispute mit sich, die sie wehmütig an ihre Studien im Kloster erinnerten. Beim flackernden Kerzenschein saß sie mit dem Oheim in der Stube, for-

derte ihn heraus und brachte ihn oft zum Schwitzen und ins Grübeln.
»Das Böse ist mit dem Weib in die Welt gekommen«, sagte der Oheim bestimmt, als Anne Katharina eines Abends mal wieder darauf zu sprechen kam, wie wenig den Frauen doch erlaubt und wieviel mehr ihnen – im Gegensatz zu Männern und Burschen – verboten ist.
»Das Weib trägt Schuld daran, daß die Menschen aus dem Paradies vertrieben wurden. Es übertrat die Gebote Gottes und trägt seit dieser Zeit das Böse in sich.«
Er dachte an Kriege, Fehden, Überfälle und grausige Vergeltungsschläge, die der Habgier der Mächtigen dienten. Wo ganze Dörfer niedergebrannt wurden, die Männer ermordet, Frauen und Kinder geschändet und dahingemetzelt, um einem Ritter oder Grafen einen Denkzettel zu geben, ihn zu warnen oder einfach nur um seine Einkünfte zu schmälern. Ausgeführt von Männern für Männer.
»Nein«, widersprach das Mädchen, »die Schlange, Dienerin des Satans, war es, die das Weib dazu verführte. Sie trägt also das Böse in sich. Warum hat sie nicht Adam verführt? Vielleicht wäre er der Schlange genauso erlegen!«
Der alte Geistliche lächelte und fuhr sich mit seiner faltigen Hand durch das ergraute, schüttere Haar.
»Ein ganz neuer Gedanke. Doch das Weib ist schwächer, impulsiver, weniger vom Geist des Verstandes durchdrungen.«
»Dann ist der Satan so schwach, daß er sich nur an dem Weib vergreifen konnte?«
Der Oheim hob resignierend die Hände.
»Du solltest mit Pfarrer Brenneisen disputieren, nicht mit mir. Ich bin mehr Advokat denn Kirchenmann.«
Und ich bin nicht einmal von dem überzeugt, was ich laut ausspreche.

»Er disputiert aber nicht mit Weibsleuten. Das Weib schweige in der Gemeinde!«
»Dein Ton sagt mir, daß du damit nicht einverstanden bist.«
»Nun, ich will dem Apostel nur ungern widersprechen, doch warum hat der Herr Jesu Christ sich nach der Auferstehung zuerst den Frauen gezeigt, wenn er sie so geringschätzt?
»Vermutlich wußte er, daß die Nachricht dann sehr viel schneller verbreitet werden würde.«
Anne Katharina unterdrückte ihren Unmut über diese Antwort und fragte statt dessen:
»Warum nahm er die Hure, die Sünderin, zu sich?«
»Unser Herr verzeiht auch dem größten Sünder. Maria Magdalena bereute ihre Sünden und versprach Besserung.«
»Warum sitzt die heilige Jungfrau im Himmel neben Gott dem Herrn?«
»Nun ja, Maria ist die Mutter Gottes. Sie wurde geheiligt, als sie noch im Mutterleib war, sie ist frei von der Erbsünde und führte ein keusches, gottesfürchtiges Leben – und sie empfing als Jungfrau den heiligen Samen Gottes ...«
»Dann wird das Weib durch die Fleischlichkeit, durch die Vereinigung mit dem Mann, zur Sünderin und zum verderbten Wesen?«
Sie dachte an Michel Seyboth und an ihr Treffen im Haalhaus.
»Doch sind es nicht die Männer, die darauf drängen? Die die Weiber aus diesem Grunde begehren? Ist es nicht der Ehegattin Pflicht, dem Gemahl gehorsam zu sein?«
Der Geistliche fühlte sich unangenehm berührt.
»Nun ja, die Sünde besteht in der Verlockung, mit der das Weib die Männer vom Pfad der Tugend abbringt, um sich in der Wollust zu verlieren.«

Anne Katharina runzelte die Stirn.

»Nun, wenn alles Fleischliche Sünde ist, wie können die Menschen dann Gottes Auftrag ausführen, fruchtbar zu sein, sich zu mehren und die Welt zu bevölkern? Wenn das Weib wirklich von Natur aus schlecht ist, warum hat Gott es dann so erschaffen? Es war doch der Allmächtige, nicht der Satan, der Adam eine Gefährtin gegeben hat. Er schuf sie zu seinem Bilde als Mann und Weib – und dann soll das Weib böse, verderbt, niederträchtig und wollüstig sein?«

Das Eintreten des Hausherrn gab dem Oheim einen willkommenen Anlaß, das Gespräch mit seiner Nichte zu beenden, um mit Ulrich zur Tagespolitik überzugehen. Erbost gesellte sich Anne Katharina zu Agnes in die Küche.

Seit einigen Tagen konnte man das Mädchen häufig bei der Magd in der Küche antreffen. Sie half ihr beim Kochen und Säubern des Geschirrs und hing ihren Gedanken nach. Täglich besuchte Anne Katharina den Großvater im Spital. Sie wunderte sich, daß ihr Bruder Ulrich sich nicht mehr dafür interessierte und es keine Schelte und keine Verbote gab. Ab und zu sah sie von weitem Pater Hiltprand, wie er, wohl mit irgendeinem Auftrag, eiligst durch die Straßen schritt. Dann dachte sie daran, ihr Versprechen gegenüber ihrem Bruder zu brechen und ihre Studien hinter den dicken Klostermauern fortzusetzen. Doch irgend etwas hielt sie zurück. Angst vor der Strafe, wenn er es entdecken würde? Vielleicht. Es war dieser haßerfüllte Ausdruck in Ulrichs Augen, wenn er über Pater Hiltprand sprach, der in Anne Katharina eine bis dahin ungekannte Furcht auslöste. Zu welchen Handlungen würde ihr Bruder fähig sein, fragte sie sich bang. So manchesmal führten die Toten in ihrem Kopf einen makaberen Tanz auf und drängten sich wieder in den Vordergrund, doch Anne Katharina sprach ihre Namen nicht mehr aus. Auch mit dem Großvater unterhielt sie sich nun wieder über die große Politik, über die Vorgänge im Rat und die großen und kleinen Probleme der Bürger der Stadt. Nur wenn sie allein in ihrem Bett lag und in die Finsternis starrte, dann stürmten die unbeantworteten Fragen auf sie ein.

Warum sehe nur ich die ungelösten Rätsel? fragte sie sich oft. Wie haben der Rat, der Schultheiß, der Stättmeister die Ungercimtheiten gelöst? Oder wollen sie diese gar nicht sehen? Ist der ausufernde Zank zwischen Bürgern und Junkern soviel wichtiger als die Toten?

Die ganze Stadt sprach von nichts anderem mehr, je näher der Besuch der kaiserlichen Schlichter rückte. Flammende Reden für und gegen die bürgerliche Trinkstube wurden gehalten und mit den wildesten Gerüchten die Gegner denunziert. Immer wieder brodelte es in den Straßen, erhitzte Gemüter schritten zum Marktplatz und forderten den Rat auf, dieses oder jenes zu tun oder zu unterlassen, bis sich herausstellte, daß es sich wieder nur um ein völlig unbegründetes Gerücht gehandelt hatte – oder doch nicht?

»Wo Rauch ist, ist auch Feuer«, sagten die Sieder, die sich mit so etwas auskennen, und liefen mit Äxten und Spießen bewaffnet, in leicht angetrunkenem Zustand, grölend und randalierend zum Rathaus. Zum Glück konnte Hermann Büschler den heißen Zorn seiner Anhänger etwas abkühlen und sie dazu überreden, alle weiteren Fragen der Politik bei gutem Wein im »Wilden Mann« zu besprechen. Die Junker atmeten auf und wischten sich den Schweiß von der Stirn.

Kapitel 24

Tag der heiligen Gisela,
Dienstag, der 7. Mai
im Jahr des Herrn 1510

Zweimal mußte der Pfarrer ihren Namen rufen, ehe sie den Oheim, der gerade aus der Tür des Senftenhauses trat, bemerkte.
»Welch schwere Gedanken bewegen dich, liebe Nichte?« fragte er heiter und schloß sich ihr auf ihrem Weg nach Hause an.
»Großvater und ich haben über die Juden gesprochen.«
Der Pfarrer hob erstaunt die Augenbrauen und fragte vorsichtig:
»Was gab es denn zu besprechen? Es gibt doch, dem Herrn sei Dank, gar keine Juden mehr in Hall.«
»Ich weiß, und trotzdem nennt man die Häuser zwischen dem Sulverturm und dem Sulmeisterhaus das Judenviertel. Ich habe ihn gefragt, warum sie weggezogen sind …«
»… und da hat er dir diese unerfreuliche Geschichte erzählt, die nun schon über hundertfünfzig Jahre zurückliegt.« Der Pfarrer schüttelte mißbilligend den Kopf.
»Die Stadtknechte haben die Juden – Männer, Frauen und Kinder – in den Folterturm gesperrt und sie allesamt verbrannt!«
»Nun ja, das erzählt man sich, doch du mußt bedenken,

sie sind die Mörder unseres Herrn Jesu Christ, sie schänden Hostien und sollen sogar ein Neugeborenes für ihre sündigen Rituale getötet haben.«
Anne Katharina sah ihren Oheim fest an, doch der Geistliche wich ihrem Blick aus.
»Großvater sagt, es ging um Geld. Die Kirche und der Rat waren wie Judas und haben die Juden verkauft.«
»Die Stadt mußte achthundert Gulden für den Totschlag der Juden und den Frevel am Gut der Getöteten an König Karl bezahlen«, erwiderte der Gottesmann und fragte sich, wen er eigentlich zu verteidigen suchte.
»Dafür, daß sie das vielfach größere Vermögen der Juden unter sich aufteilten – von den hohen Schulden, deren Rückzahlung sie sich dadurch ersparten, ganz zu schweigen. Und dann noch die Scheinheiligen von Bielriet, die erst die Barmherzigen spielten, die wenigen Geflüchteten mit Hab und Gut bei sich aufnahmen und sie dann, des Letzten beraubt, wieder davonjagten!«
Bernhart Vogelmann seufzte.
»Ja, es ist sicher Unrecht geschehen, doch du darfst nicht vergessen, daß sie bösartige, verschlagene Menschen sind, die mit ihren Wucherzinsen die armen Christen bis zum letzten Tropfen Blut auspressen.«
Er war froh, daß sie die Stubentür erreichten und das unliebsame Gespräch damit sein Ende fand. Mit Ulrich und Peter wandte er sich nun erleichtert der aktuellen Politik zu. Anne Katharina stemmte die Hände in die Taille, betrachtete die sich ereifernden Männer einige Augenblicke schweigend und gesellte sich dann mit einem Seufzer zu Agnes in die Küche.
»Was ärgert Euch so?« fragte die Magd mit einem Blick auf die zusammengekniffenen Lippen, ohne ihre Arbeit zu unterbrechen.

»Männer sind die einzigen Wesen in Gottes Natur, die immer recht haben, sich in der Politik auskennen, Entscheidungen treffen können und das Beste für Frau und Kind im Sinn haben, ohne sich auch nur einmal nach deren Wünschen zu erkundigen.«
Die Magd zuckte die Schultern, hackte mit einem fast einen Fuß langen, scharfen Messer geschickt eine Zwiebel in winzige Würfel.
»Daran müßt Ihr Euch gewöhnen. Laßt die Männer doch in diesem Glauben. Er ist so tief und fest wie die Überzeugung der Kinder, wenn ein paar Kisten zur Ritterburg werden und ein Stück gelbes Papier zur goldenen Krone des Herrschers. Männer und Kinder muß man mit leichter Hand führen, so daß sie es nicht merken und meinen, ihr Wille geschehe.«
Anne Katharina sah die Magd erstaunt und neugierig an, doch diese schnitt mit unbeweglicher Miene Rüben und Lauch in dünne Scheiben.
Als die Vogelmannstochter einige Zeit später die Treppe zu ihrer Kammer hinaufstieg, kamen ihr der Oheim und die Schwägerin mit dem Kind auf dem Arm entgegen.
»Wir gehen nach St. Michael, um gemeinsam zu beten«, verabschiedete sich Ursula, und zum ersten Mal seit vielen Tagen sah Anne Katharina ihre Schwägerin wieder glücklich lächeln.
»Ihr braucht mit dem Nachtmahl nicht zu warten, Hochwürden bringt mich später sicher nach Hause«, sagte sie noch, ehe sie Bernhart Vogelmann in das warme Licht der untergehenden Sonne hinaus folgte.
So saß die Familie friedlich beim Mahl, während sich die Schatten verdunkelten und die Dämmerung sich von zartem Grau in tiefes Nachtblau wandelte. Die Mondsichel schob sich über den bewaldeten Horizont und erhellte

matt die menschenleeren Straßen. Satt und zufrieden träumten die Bürger in ihrer behüteten Sicherheit dem neuen Tag entgegen, als plötzlich ein Schrei die Nachtruhe zerriß und die scheinbare Idylle Lügen strafte. Eine Frau stürzte die schmalen Stufen von der Pfarrgasse her zur Herrengasse hinunter, ein Bündel fest an ihren Leib gepreßt. Noch einmal schrie sie gellend um Hilfe, rannte weiter, strauchelte, fing sich jedoch wieder. Das Bündel in ihren Armen fing zu wimmern an und brüllte dann aus Leibeskräften, doch die Mutter hatte keine Zeit, das Kind zu beruhigen. Fenster und Türen öffneten sich. Die Nachbarn, manche nur mit Nachtmütze und einem rasch übergeworfenen Mantel bekleidet, versuchten neugierig oder ärgerlich zu erfahren, was der nächtliche Aufruhr zu bedeuten hatte. Anne Katharina beugte sich aus dem Stubenfenster. Peter und Ulrich liefen, eine Lampe in der Hand, die Treppe hinunter. Gerade als Ulrich die Haustür aufstieß, stolperte ihm sein hysterisch schreiendes Weib in die Arme. Der Hausherr legte Peter behutsam den Knaben in die helfend entgegengestreckten Hände und zog dann seine Gattin, die schluchzend auf dem Boden zusammengesunken war, energisch hoch. Ihre Hände waren feucht und mit Schmutz verschmiert, und auch auf ihrem Mantel glänzten frische, dunkle Flecken.

»Er ist tot«, schrie sie, »erstochen!«

Im Schein der Lampe erkannten die Männer voller Schrecken den dunklen Schmutz als frisches Blut. Ulrich schüttelte seine Gemahlin an den Schultern.

»Wer ist tot? Sprich! Was ist geschehen?«

Doch sie starrte ihn nur aus weit aufgerissenen Augen an. Der irre Glanz jagte Ulrich einen eisigen Schauder über den Rücken. Er schleppte sie hinauf in die Stube, setzte sie auf die Bank und wiederholte seine Frage, doch sie reagierte nicht.

»Weib, sprich!« schrie er sie an, schlug ihr hart ins Gesicht.

Anne Katharina und Peter, der das Kind inzwischen der Obhut der Amme überlassen hatte, sprangen auf, um Ursula zu schützen, doch die brutale Behandlung riß sie aus ihrer Lethargie. Ein Zittern lief durch ihren Körper.

»Der Oheim Bernhart ist tot«, flüsterte sie. »Ein Fremder überfiel uns, als wir von der Kirche kamen, und weil der Oheim uns schützen wollte, hat der Mann ihn erstochen, oben an der Staffel zur Pfarrgasse. Dann lief er weg, und ich rannte nach Hause.«

Die Geschwister waren erschüttert.

»Bist du sicher, daß er tot ist?« fragte Anne Katharina leise. Ursula nickte stumm. Einige Augenblicke sahen sich die Geschwister an, hilflos und entsetzt, bis Anne Katharina sich faßte.

»Wir müssen zu ihm und sehen, ob sich Ursula irrt. Vielleicht kann man ihm doch noch helfen. Jemand müßte den Schultheiß benachrichtigen ...«

Ulrich straffte sich und unterbrach seine Schwester barsch.

»Geh mit Ursula nach oben und laß sie nicht aus den Augen. Bereite ihr am besten einen Schlaftrunk. Ich sehe nach dem Oheim. Peter, du holst den Schultheiß – Agnes soll den Medicus holen.«

Anne Katharina schwankte zwischen Erleichterung, nicht noch einen Toten in seinem Blut liegend sehen zu müssen, und der Enttäuschung, mal wieder abgeschoben und ausgeschlossen zu sein, doch sie schluckte die Worte der Erwiderung herunter, lächelte ihre Schwägerin beruhigend an und führte sie in die kleine Stube. Da Ursulas

Kräuterkasten nicht aufzufinden war, mußte das Mädchen in der Küche nach etwas Brauchbarem kramen, und schon bald drückte sie der Schwägerin einen dampfenden Becher in die Hand.
»Trink das, es wird dir guttun.«
Ursula schüttelte den Kopf.
»Ich kann nicht schlafen! Schon allein der Gedanke, die Augen zu schließen, jagt mir furchtsame Schauder über den Rücken. Die Dämonen – wenn ich schlafe, dann dringen sie in mich ein, treiben ihren Spott mit mir und quälen mich. Ich habe Angst!«
»Ich weiß, Liebes. Es dauert eine Weile, bis uns die schrecklichen Bilder in Frieden lassen, doch du darfst dich nicht unterwerfen. Kämpfe gegen sie an und zeige, daß du stärker bist als die Truggestalten. Dann lassen sie dich irgendwann in Ruhe. Wenn du nicht schläfst, wirst du immer schwächer und eine leichte Beute für sie.«
Gehorsam nickend nahm die junge Frau den Becher in beide Hände, trank Schluck für Schluck und fiel bald darauf in einen unruhigen Schlummer. Anne Katharina wich nicht von ihrer Seite, hielt ihre Hand und sprach beruhigend auf sie ein, wenn die Alpträume sie plagten und sie sich unruhig hin und her warf.

* * *

Als Peter mit dem Schultheiß kam, hatte Ulrich den leblosen Körper des Oheims bereits die wenigen Stufen in die Pfarrgasse hinaufgetragen und an einer Stelle mit möglichst wenig Unrat niedergelegt. Anwohner kamen mit Fackeln und Lampen in den Händen und umringten den Toten schweigend. Jemand lief zur Michelbacherin, um

sie und ihren Sohn zu holen. Laut weinend warf sie sich über den Toten, beklagte den Vater ihres Sohnes, der bleich und stumm wie eine leblose Puppe an der Wand lehnte und auf das Unfaßbare starrte, ohne es zu begreifen.
»Gute Frau, Ihr müßt aufstehen, damit ich mir den Herrn Pfarrer ansehen kann«, forderte der Schultheiß die Köchin ruhig und respektvoll auf, als habe er die Witwe des Verstorbenen vor sich.
Nun, im Grunde ist sie das ja fast, dachte er, als die Nachbarn die Frau behutsam wegführten.
Der Schultheiß sank in die Hocke, betrachtete den Leichnam aufmerksam und drehte ihn dann mit Ulrichs Hilfe vorsichtig auf den Bauch, eifrig darauf bedacht, seine Strümpfe und den Wams nicht mit dem Blut des Geistlichen zu besudeln.
»Ein Stich im Rücken, zwei in der Brust«, murmelte er und wischte sich die Hände nachdenklich an seinem Taschentuch ab.
»Ist er hier gestorben?«
Ulrich schüttelte den Kopf.
»Er lag dort auf der Staffel. Ich habe ihn die wenigen Stufen heraufgetragen. Dort unten ist es viel zu eng, um irgendwelche Untersuchungen anzustellen.«
Der Schultheiß nickte langsam, unterdrückte eine unhöfliche Bemerkung und ließ statt dessen seinen Blick über die blutbefleckten Ärmel des jungen Ratsherrn und Neffen des Toten wandern.
»Habt Ihr auch das Messer mitgebracht?«
»Welches Messer? Ich habe keines gesehen. Meint Ihr das Messer des Übeltäters?«
»Ja, welches denn sonst«, knurrte Konrad Büschler unwirsch, beherrschte sich jedoch gleich wieder und fügte in

freundlicherem Ton hinzu, um den Ratsherrn nicht zu erzürnen:

»Es könnte uns helfen, den Mörder zu finden, wenn wir die Waffe hätten. Vielleicht habt Ihr sie in der Aufregung übersehen.«

Mit einem kurzen Befehl schickte er die beiden Büttel, die bisher schweigend im Hintergrund gewartet hatten, auf die Suche.

»Wie geht es Eurer Gattin und dem Knaben?«

»Dem Herrn sei Dank, sie blieben unverletzt. Sie ruhen jetzt unter der Aufsicht meiner Schwester. Das alles war ein böser Schock für sie.«

»Es wäre sehr freundlich, wenn ich mich in den nächsten Tagen einmal mit Eurer Gemahlin unterhalten könnte – wenn sie den furchtbaren Schrecken verwunden hat.«

Bevor Ulrich Vogelmann antworten konnte, kam Bewegung in die immer größer werdende Menge, die sich um den Toten drängte. Eine schmächtige Gestalt mit schütterem, schwarzem Haar und einem sorgfältig gepflegten, spitz zulaufenden Kinnbart bahnte sich einen Weg durch die Menschen, die respektvoll zur Seite wichen. Der Medicus, seit seiner Rückkehr nur noch in kostbare Seide und Brokat gekleidet, ließ seinen Lehrbuben erst ein Leinentuch über den Straßenschmutz legen, ehe er sich zu dem blutigen Körper hinabbeugte.

»Er ist tot«, stellte das Männchen überflüssigerweise fest. »Was soll ich hier? Habt Ihr mich nachts aus meinen Gemächern geholt, um zu sehen, daß ich keine Toten wiedererwecken kann? Bin ich vielleicht der Allmächtige?«

Ärgerlich sah er in die Runde.

»Vielleicht, edler Medicus, könnt Ihr uns etwas über die Wunden sagen. Welche von ihnen den Tod herbeigeführt hat, zum Beispiel«, regte der Schultheiß in ehrerbietigem

Ton an, auch wenn er innerlich tobte und diesem eingebildeten, arroganten Zwerg gerne seine Meinung ins Gesicht geschleudert hätte.
Warum haben die Welschen ihn nicht behalten, dachte er, dann würde uns sein ständiges Prahlen über seinen großen Triumphzug durch Padua, Bologna, Florenz – und wie all die Städte heißen – erspart bleiben. Wenn ich länger darüber nachdenke, dann kann ich jedoch verstehen, daß sie ihn zu uns zurückgeschickt haben, ging es ihm nun schon fast belustigt durch den Kopf, als er dem Doctore zusah, wie er sorgfältig die Spitzenmanschetten seines feinen Seidenhemdes hochschob und dann, seine Abscheu kaum verbergend, die scheußlichen Wunden untersuchte.
»Die Einstiche vorn an der Brust waren die tödlichen«, sagte er nach einer Weile in einem Ton, der jeden Zweifel von vornherein ausschloß, und erhob sich. Sorgfältig wusch er sich die Finger in der silbernen Schale, die der Junge ihm reichte, trocknete sie ab und polierte seine fünf Ringe blank, ehe er das Tuch an den Knaben zurückgab.
»Die Leiche kann entfernt werden. Ich glaube nicht, daß mein fachkundiger Rat hier weiter vonnöten ist, daher werde ich nun in meine gemütliche Stube zurückkehren.«
Sprach's, nahm seinen zierlichen Spazierstock entgegen und trippelte mit schwankenden Hüften davon. Ein Hauch teuren Duftwassers hing in der Luft, bis der Nachtwind ihn verwehte und der Geruch von Blut und Tod zurückkehrte.
Schlimmer als ein Weib, dachte der Schultheiß voller Abscheu. Wahrscheinlich treibt er es mit seinesgleichen oder gar mit Knaben. Pfui Teufel! Der Herr möge ihn strafen.

Kapitel 25

Tag des heiligen Desideratus,
Mittwoch, der 8. Mai
im Jahr des Herrn 1510

»Was machst du denn da?« fragte die Junkerstochter Afra Senft, die sich nahezu lautlos in die Küche geschlichen hatte, die kräftige Gestalt, die ihr den Rücken zukehrte. Der Knecht ihres Vetters fuhr herum, das lange Messer, das er eben in einem Wasserkübel abgespült hatte, noch in der Hand.
»Oh, Jungfrau Afra, Ihr habt mich aber erschreckt.«
Unauffällig ließ Alfred das Messer in den Eimer gleiten, doch das Mädchen hatte die Bewegung wohl bemerkt. Sie trat näher, besah sich einige Augenblicke schweigend das rötlich gefärbte Wasser, runzelte nachdenklich die Stirn, tauchte ihre Hand in den Eimer und zog das scharfe Messer heraus.
»Wen wolltest du denn mit diesem netten Spielzeug meucheln?« Sie betrachtete noch einmal das Wasser. »Oder muß ich besser fragen, in wessen Fleisch hast du diese Klinge bereits versenkt?«
»Aber Jungfrau Afra, so etwas werdet Ihr doch nicht denken.« Der Knecht lachte nervös. »Ich fand das Messer auf der Schwelle vor der Haustür, als ich mit dem Herrn vor wenigen Augenblicken hier eintraf.«

»Ach so, natürlich. Ich hatte ganz vergessen, daß wir es uns zur Gewohnheit gemacht haben, jeden Abend blutige Messer auf die Schwelle zu legen. Das hilft gegen Hexen, Alpträume, Magendrücken und Schwielen an den Füßen, weißt du.«
»Gebt es mir wieder.« Alfred zwang sich zu einem Lächeln. »Es ist von gutem Stahl, und wenn ich es gesäubert habe, lege ich es zu den anderen Messern drüben in die Kiste.«
Afra trat einen Schritt zurück und richtete die Dolchspitze auf den Knecht.
»Da wird der Schultheiß aber gar nicht erfreut sein, wenn die Klinge, die er so sorgfältig die Pfarrstaffel hinauf und hinunter sucht, die dem ehrenwerten Pfarrer Vogelmann die Seele vom Leib getrennt hat, hier in der Küche verschwindet und sich als nächstes in den Eingeweiden eines Kapauns oder Hasen wiederfindet. Du mußt zugeben, das wäre ein unverzeihlicher Frevel.«
Der Knecht wurde bleich und hielt sich mit zitternden Händen an der Tischkante fest.
»Ihr glaubt doch nicht etwa, ich hätte mit dem Mord an dem Pfarrer etwas zu tun? Bitte, gebt mir das Messer zurück, der Junker hat gesagt...«
Er verstummte, biß sich auf die Lippen und wurde noch eine Spur bleicher.
»Der Junker? Ach ja, dein Herr und Gebieter. Ein vortrefflicher Gedanke, zu hören, was er dazu meint. Du bleibst hier in der Küche, während ich mit meinem lieben Vetter ein interessantes Gespräch über blutige Messer am Morgen führen werde.«
Alfred sackte zusammen. Der Wunsch, einfach wegzulaufen, weit weg, wo niemand ihn kannte, flackerte in seinem Kopf auf. Am besten als Söldner zu den Eidgenossen

oder nach Süden zu den Welschen fliehen. Was würde der Herr mit ihm machen? Er stöhnte leise und verfluchte alle Frauen. Wozu nur hatte der Allmächtige solch unnütze Geschöpfe erschaffen? Schon im Paradies hatte sich das Unglück abgezeichnet, das die Weiber auf ewig über die Männer bringen würden. Ängstlich wartete er auf das drohende Strafgericht und wagte nicht, sich auch nur einen Schritt fortzubewegen.

* * *

Am Nachmittag ließ Afra Senft nach der Freundin schicken. So viele aufregende Neuigkeiten! Sie mußte einfach mit Anne Katharina darüber reden. Ganz unrecht war es der Vogelmannstochter nicht, ihre Stickerei beiseite zu legen und aus der überhitzten Stube entfliehen zu können. Dennoch fühlte sie das schlechte Gewissen an ihrer Freude und Erleichterung nagen.
»Kann ich dich hier wirklich für eine Weile allein lassen?« Sie ergriff die Hände der Schwägerin und sah in das blasse Gesicht mit den dunkel umschatteten Augen.
»Aber ja, Liebes. Ich bin ja nicht allein. Christine ist doch bei mir.« Sie nickte der neuen Amme zu, die gerade David an ihre üppige Brust legte. »Außerdem kannst du auf dem Rückweg ein paar Besorgungen für Agnes machen.«
»Danke, ich bleibe nicht lange.« Anne Katharina drückte einen sanften Kuß auf die heiße Stirn, kitzelte den kleinen David an seinem Stupsnäschen, strich ihre Röcke glatt und schloß dann leise die Stubentür hinter sich.
»Das gnädige Fräulein ist noch nicht von seinen Einkäufen zurück«, teilte ihr eine Magd mit, als sie wenige Augenblicke später am Senftenhaus anlangte.
»Die Herrin hat sie noch nach Garn und Goldfäden ge-

schickt«, fügte das kaum den Kinderschuhen entwachsene Mädchen hinzu, als sie Anne Katharinas irritierten Blick bemerkte.
»Ihr könnt gerne in der Stube auf ihre Rückkehr warten. Es dauert sicher nicht sehr lange.«
Da Anne Katharina die Vorliebe der Junkerstochter für endlose Klatschgeschichten kannte, bezweifelte sie die letzte Bemerkung, folgte aber der spindeldürren Magd in die große Stube, erleichtert, nicht der Hausherrin Gesellschaft leisten zu müssen. Sie ließ sich auf ein weiches, hübsch besticktes Kissen sinken und faltete züchtig die Hände im Schoß.
Wie lange es wohl dauert, bis Afra zurückkommt?
Unruhig stand sie auf, trat zum Fenster und sah durch die blaßfarbenen Scheiben auf die Straße hinunter. Es war ruhig im Senftenhaus. Der Junker war sicher außer Haus, die Berlerin in der Kemenate und die Magd unten in der Küche.
Die Idee war verrückt und gefährlich, doch einmal in ihren Gedanken, ließ sie sich nicht mehr so leicht vertreiben. Entschlossen drehte sich Anne Katharina um, huschte zur Tür, öffnete sie leise und sah sich um: Niemand zu sehen. Nur ein paar Atemzüge später stand das Mädchen vor dem rötlichen Nußbaumsekretär mit den herrlichen Schnitzereien in Gabriel Senfts privatem Schreibzimmer, zog Schubladen auf, blätterte dicke, in Schweinsleder gebundene Bücher und lose Papiere durch, las Briefe und Anordnungen – immer ein Ohr aufmerksam zur Tür gerichtet.
Nichts! Gar nichts Ungewöhnliches.
Sorgfältig räumte die Vogelmannstochter die Bücher an ihren Platz zurück, als ihr ein kleines, in helles Leder gebundenes Büchlein hinten in der tiefen Lade auffiel.

Rasch warf sie einen Blick hinein. Ihre Augen wanderten über Zahlenreihen. Verblüfft ließ sie sich auf den Scherenstuhl sinken, blätterte nach vorn und las noch einmal. Aufgeregt spitzte sie die Lippen zu einem lautlosen Pfiff. Ein Verdacht stieg in ihr auf und verdichtete sich.
Welch raffinierter Betrug – aber wozu? Der Vorteil, den er davon hat, wenn man das große Vermögen des Junkers in Betracht zieht, ist minimal – es sei denn …
»Kleine Schnüfflerin!«
Anne Katharina ließ vor Schreck das Buch fallen, sprang in die Höhe und starrte den Knecht Alfred, der lautlos die Schreibkammer betreten hatte, fassungslos an. Wie konnte ihr das nur passieren!
»Habt Ihr vor, hier Wurzeln zu schlagen?« zischte er. »Und stumm seid Ihr plötzlich auch!«
Mit zwei schnellen Schritten war er bei ihr, hob das Buch vom Boden auf, schob es in die Lade zurück, schloß den Sekretär und zog die immer noch wie versteinerte Vogelmannstochter in den Gang hinaus. Von unten erklang Afras zwitschernde Stimme. Schwere Schritte polterten durch die Halle. Anne Katharina riß sich los und funkelte den Knecht hochmütig an.
»Faß mich nicht an, ich bin von Fräulein Afra eingeladen!« wies sie den Knecht scharf zurecht, drehte sich um, schritt in die Stube zurück und schloß die Tür hinter sich, gerade als die Senftenbrüder mit ihrer jungen Cousine im Schlepptau die Treppe heraufkamen.
»Eingeladen, so, so, aber bestimmt nicht, um im Schreibzimmer die Bücher durchzusehen«, murmelte Alfred und schlüpfte an den Herrschaften vorbei die Treppe hinunter.

* * *

Nachdem sich Anne Katharina von Afra verabschiedet hatte, eilte sie durch die Stadt, um die von Ursula gewünschten Besorgungen zu machen. Auf ihrem Heimweg gesellte sich plötzlich Rudolf Senft zu ihr. Er grüßte höflich, zog den verschwenderisch mit Federn ausgestatteten Hut und kräuselte die Lippen zu einem Lächeln, doch etwas Lauerndes lag in seinem Blick.
Unschuldig begann das Mädchen über das Wetter zu plaudern, doch der junge Stadtadelige ließ sich nicht beirren.
»Wollt Ihr in den Holzhandel einsteigen, Jungfrau Anne Katharina?«
Seine Stimme klang weich. Fast kam er ihr wie ein großer, hungriger Kater vor, der schnurrend vor dem Mauseloch lauert, die scharfen Krallen in den Samtpfoten verborgen.
»Wir kaufen nur das Holz, das wir in den Siedewochen verfeuern. Der Handel mit Salz und Wein ist uns genug – außerdem habe ich damit nichts zu tun und führe nur die Rechnungsbücher für meinen Bruder.«
»Und trotzdem fragt ihr den Anschreiber aus, macht Euch die Mühe, im Haalgericht Unterlagen über Pachtland anzusehen, Verträge über Käufe und Verkäufe …«
Anne Katharina schwieg einen Augenblick und suchte fieberhaft nach einer plausiblen, harmlosen Erklärung, ehe sie erwiderte:
»Von vertrauenswürdiger Seite wurden meinem Bruder die Hölzer mit den Mälern ›Stürz den Degen‹ und ›Weck von Aschen‹ angepriesen, die heuer sehr zahlreich ausgezogen werden.«
Rudolf Senft lächelte säuerlich. »Nun, deshalb müßt Ihr doch nicht den Sekretär meines Bruders heimlich durchsuchen und in den Unterlagen seiner Holzkäufe blättern. Das schickt sich nicht für ein Mädchen aus gutem Hause!

Was wohl Euer Bruder dazu sagen würde? Oder hat er Euch zum Spionieren zu Eurem Lehensherrn geschickt? Wie lange er wohl noch im Rat sitzt, wenn das bekannt wird?«

Das Mädchen blieb stehen, funkelte den Junker an und flüsterte wütend: »Ich glaube nicht, daß es an Euch ist, mir zu drohen! Findet Ihr es nicht merkwürdig, daß ein Tagelöhner ein kleines Stück Land an der Haller Grenze und eines weit oben am Kocher kauft, sich Mäler eintragen läßt und dann von diesen winzigen Stücken Land Unmengen an Hölzern liefert, während andere Pächter über erhebliche Holzverluste klagen? Ist es nicht seltsam, daß dieser Pächter unter dem Namen eines Vetters kauft, der seit Jahren in den Kriegswirren verschollen ist, und daß sein Bruder Euer Knecht ist – und daß das meiste Holz zu günstigen Preisen an den Junker Gabriel Senft verkauft wird?«

»Ganz schön schlau, kleines Fräulein«, knurrte der Junker, »doch was gehen mich die unsauberen Geschäfte meines Bruders an?«

Sie wollte etwas entgegnen, doch er ließ sie nicht zu Wort kommen.

»Warum seid Ihr nicht gleich zum Stättmeister gelaufen und habt ihm davon erzählt? Soweit reicht Euer Mut wohl nicht, den Ruf einer der angesehensten Adelsfamilien von Hall zu beschmutzen!«

Er drehte sich ohne Gruß um und ließ Anne Katharina auf der Straße stehen. Erstaunt und ungläubig klappte sie den Mund zu.

Man könnte fast meinen, er wolle mich provozieren und dazu aufstacheln, meinen Verdacht dem Stättmeister zu berichten. Aber das ist doch nicht möglich!

Langsam schritt sie nach Hause und stieg die Treppe zur Küche hinauf.

»Einen Zuckerhut und Muskatnuß von Meister Gessner, Ringlein vom Bäcker Greter und weißer Käse von der Meierin«, zählte Anne Katharina auf und legte die Einkäufe auf das schmale Bord in der Küche. Die Magd, die gerade das Feuer schürte, erhob sich, den Schürhaken noch in der Hand, und betrachtete das Mädchen nachdenklich.
»Kann ich Euch kurz sprechen?«
»Ja sicher, Agnes, was ist denn los? Du schaust so merkwürdig drein.«
Die Magd sah zu Boden und kratzte mit der Spitze des rußigen Eisens über den rauhen Steinboden.
»Nun, der Alfred – Ihr kennt doch den Knecht des Junkers Rudolf? Er möchte mit Euch reden. Wenn Ihr wollt.«
Anne Katharina zog erstaunt die Augenbrauen hoch.
»Er fragt, ob er Euch morgen um die Mittagsstunde bei der Armenschüssel treffen kann.«
»Was hast du mit des Junkers Knecht zu schaffen?« fragte das Mädchen erstaunt.
Die Magd errötete.
»Wir kennen uns gut und plaudern manches Mal miteinander ...«
»Und er besucht dich abends ab und zu?«
Das peinliche Schweigen war eine deutliche Antwort.
»Bitte sprecht nicht mit Eurem Bruder darüber ...«
Anne Katharina nickte langsam. Erst der Junker, dann der Knecht. Was wollte der Kerl von ihr? Sie erpressen, bedrohen, einschüchtern? Ausgerechnet so einem schenkte Agnes ihr Herz und noch mehr! Gefühle gingen manchmal sonderbare Wege.
»Werdet Ihr hingehen?«
»Ja, ich werde zur Mittagsstunde dort sein!«

Kapitel 26

*Tag des heiligen Beatus,
Donnerstag, der 9. Mai
im Jahr des Herrn 1510*

Ich bin viel zu früh da, dachte Anne Katharina mit einem Blick auf die Turmuhr, als sie, die Röcke leicht gerafft, langsam die Freitreppe hinaufschritt.
Nun gut, dann helfe ich den Schwestern, Brot und Suppe an die Armen zu verteilen, bis er kommt, nahm sie sich vor, denn die Beschäftigung würde ihr helfen, die Nervosität zu unterdrücken. Doch kaum hatte sie die oberste Stufe erreicht, sah sie den breitschultrigen Knecht schon über den kleinen Friedhof auf sich zukommen oder besser gesagt zutaumeln. Sein Gesicht war gerötet, Schweißperlen glänzten auf seiner Stirn, der Atem ging unregelmäßig. Mit unsicherem Schritt näherte er sich dem Mädchen, ließ sich dann aber in der Nähe des windschiefen Hüttchens, in dem der eiserne Suppenkessel der Armenschüssel stand, auf einen Steinblock sinken und wischte sich mit seinem schmutzigen Taschentuch die Stirn ab.
Bereits am Mittag betrunken!
Ihre Mißbilligung nicht verbergend, baute sich Anne Katharina vor ihm auf und stützte die Hände in die Hüften.
»Was willst du von mir?«
Schwankend erhob sich der Knecht, sah sich vorsichtig

um, doch niemand schien der Unterhaltung Aufmerksamkeit zu schenken.

»Ich habe über das nachgedacht, was Ihr in der Kirche gesagt habt. All die vielen schrecklichen Anschuldigungen. – Ich bin unschuldig, bitte glaubt mir. Ich bin ... «, er hustete, keuchte, fing sich dann aber wieder und sprach weiter. »Ich liebe Agnes, das müßt Ihr mir glauben, aber ich kann sie nicht heiraten – noch nicht. Also haben wir uns heimlich getroffen.«

Er sah das Mädchen aus verquollenen Augen flehend an. Ungeduldig forderte sie ihn auf fortzufahren. Was hatte sein unzüchtiges Verhältnis mit den Morden zu tun?

»Sie hat uns beobachtet und hat gedroht, es dem Junker zu verraten und mit Eurem Bruder zu sprechen. Er hätte Agnes in Schande fortgejagt – vor allem, da er – er auch mit ihr ...«

Anne Katharina wollte vehement widersprechen, doch dann dachte sie an das heimliche Stelldichein in der Lagerhalle und war sich plötzlich sehr unsicher, wie Ulrich dieses Verhältnis seiner Magd aufnehmen würde.

»Der Junker –« Wieder keuchte der Knecht und schnappte nach Luft, preßte die Hand auf seine Brust, um den Schmerz zu lindern.

»Ich dachte, es ist nichts Schlimmes dabei. Nie wäre es mir in den Sinn gekommen, daß ein Leben absichtlich ausgelöscht werden würde. Wer hätte mir das geglaubt? Konnte ich zum Schultheiß gehen? Wer schenkt einem Knecht Glauben, wenn ein Junker oder Bürger etwas anderes sagt?«

Er räusperte sich, hustete, spuckte blutigen Schleim auf das Pflaster.

Angewidert trat Anne Katharina einen Schritt zur Seite, packte ihn beim Arm und schüttelte ihn.

»Weiter, erzähl mir alles!«
Ein Zittern lief durch den massigen Körper. Der Knecht versuchte zu sprechen, brachte jedoch nur ein Ächzen heraus. Er fiel auf die Knie, schlang die Arme um seinen Leib, brach dann zusammen und wälzte sich auf dem Boden.
»Ich habe niemanden gemordet«, wimmerte er. »Ich sollte die Els nur einschüchtern, damit sie nichts verrät.«
Das Mädchen riß die Augen auf. Sie konnte nicht begreifen, was da vor ihren Augen geschah.
Er ist sturzbetrunken, er ist nur betrunken und muß seinen Rausch ausschlafen, versuchte Anne Katharina sich einzureden, doch das Entsetzen ließ sich nicht betrügen.
»O Gott«, schrie er, wälzte sich hin und her. Schaum trat auf seine Lippen und tropfte zur Erde. Eine Traube von Menschen zog einen Kreis um das ungleiche Paar und beobachtete gespannt und angenehm erregt das Geschehen.
Das Mädchen sank auf die Knie und versuchte den Rasenden zu beruhigen.
»Luft, ich bekomme keine Luft«, stöhnte er noch, dann verfärbte sich sein Gesicht bläulich, die Augen traten aus den Höhlen, als wollten sie herausspringen, und wurden dann plötzlich starr. Starr und steif wie der ganze Körper, der verkrampft und verdreht auf dem kalten Stein lag.
Das Mädchen regte sich nicht, spürte nicht das rauhe Pflaster unter seinen Knien, hörte nicht das aufgeregte Flüstern der Menge.
Eine junge Frau drängte sich zwischen den Gaffern hindurch, sah auf den Toten hinab und kreischte auf.
»Warum? Warum habt Ihr ihn getötet? Er hat doch nichts getan! Mörderin! Warum? Warum nur?«
Schluchzend warf sich die Magd über den Körper des Geliebten. Anne Katharina rührte sich immer noch nicht.

Heilige Mutter Gottes, nicht noch einen Toten, nicht noch einen Mord. Bitte, ich will keine Toten mehr, will nie wieder in ihre starren Augen sehen!
Eine schwere Hand legte sich auf ihre Schulter, und als sie langsam den Kopf hob, blickte sie in das sorgenvolle Antlitz des Schultheißen Büschler.
»Jungfrau Anne Katharina, ich bitte Euch, steht auf und kommt mit mir.«
Schwankend erhob sie sich und folgte ihm mit hölzernen Bewegungen.
Er bringt mich weg, weg von den Toten. Er wird mich beschützen. Keiner wird mehr sterben. Ich werde keine Leichen mehr finden.
Stumm ließ sie sich zum Amtszimmer führen, stumm saß sie da, als er ihr Fragen stellte, stumm sah sie die Büttel ein und aus gehen.
Der Schultheiß faltete die Hände, legte sie auf das glatte Holz seines nahezu völlig mit Akten bedeckten Schreibtisches und sah in die starren, weit aufgerissenen Augen des Mädchens.
»So kommen wir nicht weiter«, seufzte er und klingelte nach den Wächtern.
»Bringt die Jungfrau Anne Katharina in den Sulferturm – ins Stübchen, nicht in die Zelle.«
Mehr zu sich selbst fügte er noch hinzu: »Vielleicht bekomme ich morgen mehr aus ihr heraus.«

KAPITEL 27

Tag des heiligen Gordian
und des heiligen Epimachus,
Freitag, der 10. Mai
im Jahr des Herrn 1510

In dem Kerkerraum war es so finster, daß Anne Katharina ziemlich lange, auf den Knien rutschend, mit der Hand über kalten Stein und stinkendes Stroh tasten mußte, ehe sie den Wasserkrug fand. Sie rümpfte die Nase, als ihr fauliger Geruch entgegenschlug, doch ihr Durst war größer als der Ekel. Wie lange war sie schon hier? Was wollten die Männer von ihr? Warum hielten sie sie in diesem schrecklichen Gefängnis fest?
Schritte vor der eisenbeschlagenen Tür, das Knarzen des Riegels und dann ein warmer Lichtschein brachten erlösende Abwechslung in die triste, dunkle Einsamkeit.
»Jungfrau Anne Katharina?« vernahm sie eine flüsternde Stimme, die ihr irgendwie bekannt vorkam, doch die Laterne blendete sie so sehr, daß sie den Mann nicht erkennen konnte. Sie sah nur eine schattenhafte, große Gestalt, die zu ihr herabsank, auf den Boden kniete und nach ihren Händen griff.
»Als ich in der Nacht meinen Dienst antrat und hörte, man habe Euch in dieses schreckliche Loch gesteckt, bin ich sofort zum Schultheiß gelaufen, doch der schlief be-

reits und seine Knechte haben mich nicht vorgelassen. Doch jetzt wird alles gut. Es war nur ein Mißverständnis. Er hat ausdrücklich gesagt, man solle Euch ins Stüblein bringen, nicht hier herein.«
Der Mann rümpfte die Nase.
»Ganz schön getobt hat der Herr Schultheiß, daß seine Anweisungen nicht befolgt worden sind. Er wird Euch nachher besuchen. Kommt jetzt mit mir. Ich bringe Euch in ein angenehmeres Quartier.«
»Rugger? Ihr seid der Wächter Rugger, Volkhards Bruder, nicht wahr?«
Noch immer verwirrt, ließ sich Anne Katharina von dem Wächter hochziehen und in die Wachstube bringen. Durch das vergitterte, schmale Fenster schimmerte Tageslicht.
»Wie spät ist es denn?« fragte sie heiser.
»Eben hat es von St. Jakob zur *hora prima* geläutet.«
Rugger stieg vor ihr die gewundene Steintreppe hinauf, drehte sich jedoch noch einmal um, als er merkte, daß Anne Katharina stehengeblieben war.
»Die Schloßsteinerin – war sie auch dort drin eingesperrt?«
Sie deutete zurück zu ihrer ungastlichen Schlafstätte.
»Ja«, nickte der Wächter, »für einen Monat war es ihr Quartier – bis auf das kurze Zwischenspiel ihrer Flucht.«
»Einen Monat!« Sie schauderte. »Und nun ist sie tot.«
Rugger griff wieder nach ihrer Hand und zwang sie mit sanftem Druck, ihm zu folgen.
»Denkt nicht darüber nach. Sie war ein Unhold, hat Gott gelästert und ihre Mitmenschen geschädigt ...«
»... und mir wirft man vor, einen Knecht ermordet zu haben! Und vielleicht noch viele andere schreckliche Taten.«

Das Mädchen begann heftig zu zittern. Rugger war verunsichert.
»Bitte, so etwas dürft Ihr nicht denken. Der Schultheiß möchte sicher nur mit Euch reden, und dann dürft Ihr bald wieder heim zu Eurer Familie ...«
Anne Katharina straffte sich.
»Könnt Ihr mir das versprechen?«
»Nein, versprechen kann ich es Euch nicht.«
Verlegen sah er zu Boden.
Der Wächter nahm seinen Schlüsselbund vom Gürtel und öffnete umständlich die stabile Eichentür zur Kammer an der nordwestlichen Turmecke. Auch hier war der Boden strohbedeckt, doch es war sauber und trocken. Die einzigen Einrichtungsgegenstände waren ein schmales Bett an der Wand mit rauhen Decken und einem Kissen und ein dreibeiniger Schemel.
Das Mädchen trat an eines der schmalen Fenster, sah hinaus auf den träge dahinfließenden Kocher und auf den Haal, wo auch schon zu dieser frühen Stunde geschäftige Betriebsamkeit herrschte.
»Kann ich irgend etwas für Euch tun?«
Anne Katharina wandte sich um und bemerkte erstaunt den Schmerz in seinen braunen Augen. Mit Widerwillen blickte sie an sich hinunter. Ihr Rock war fleckig, zerknittert und staubig, die Farbe der Schuhspitzen, die unter dem Spitzensaum hervorlugten, nicht mehr zu erkennen. Sie versuchte, nicht an den blutigen Schaum zu denken, den der Sterbende an ihren Rocksaum geschmiert hatte. Mit ihrer schmutzigen, klebrigen Hand fuhr sie sich durch das zerzauste Haar.
»Ein Krug Wasser, ein sauberes Tuch und ein frisches Gewand?«
Der Wächter nickte kurz.

»Ich werde dafür sorgen, daß Ihr alles bekommt!«
Der Schlüssel knirschte im Schloß, die Schritte verklangen, sie war allein. Allein in einer kleinen Zelle in einem Gefängnisturm. Aber wenigstens hatte sie hier Licht und frische Luft.
Es ist unfaßbar, dachte sie, als sie den Menschen in Freiheit draußen auf dem Haal bei der Arbeit zusah. Nie, nie hätte ich das gedacht –
Der Traum fiel ihr plötzlich wieder ein. Er lag lange zurück, und sie hatte ihn erleichtert als einen Alptraum beiseite gewischt, verdrängt und vergessen. War es doch eine Vorwarnung gewesen? Sie schauderte, als sie über ihre Träume nachdachte. Kamen sie von Gott oder vom Teufel?
Eine Stunde später kehrte der Wächter Rugger mit einem sauberen Hemd, einem einfachen wollenen Rock, einem Krug Wasser, einer Schüssel und mehreren sauberen Leinentüchern zurück. Hastig streifte sich Anne Katharina, als der Wächter gegangen war, die schmutzigen Kleider vom Leib, wusch sich, bis der Krug geleert war, und rubbelte sich mit einem Leinentuch trocken, daß die Haut rot glühte. Dann schlüpfte sie in das saubere Gewand und flocht ihr Haar notdürftig zu zwei strengen Zöpfen. Nun fühlte sie sich ein wenig besser. Die Milchsuppe, die ein anderer Wächter ihr wenig später brachte, war genießbar, das Brot zwar dunkel, jedoch frisch.
Dann begann das Warten. Der Morgen und der Mittag verstrichen. Wenn sie sich ganz nah an die Mauer drückte, dann konnte Anne Katharina die Sonne am leicht bewölkten Himmel sehen. Die Schatten wurden länger, vertieften sich, das Licht schwand. Endlich hörte sie wieder Schritte, der Schlüssel knarzte im Schloß, die Tür schwang auf und ließ den Schultheiß herein. Umständ-

lich nahm Konrad Büschler auf dem Schemel Platz und begann Fragen zu stellen. Es waren merkwürdige Fragen. Immer wieder wechselte der Schultheiß das Thema. Er befragte sie über ihre Familie und über ihre Lehnsherrn. Dann sprach er über Kinder und welch Sonnenschein ein Erbe ins Haus bringt. Unvermittelt kam er plötzlich auf Hexerei zu sprechen, auf Magie und Aberglaube. Aufmerksam hörte er dem Mädchen zu und kritzelte dann immer wieder kurze Notizen in sein kleines Buch, ehe er die nächste überraschende Frage stellte. Erst als Anne Katharina vor Müdigkeit fast die Augen zufielen, erhob er sich und wünschte eine angenehme Nacht.
Als der Schultheiß im Dunkeln durch die menschenleeren Gassen schritt, grübelte er darüber nach, was er morgen dem Stättmeister berichten sollte und was er lieber noch ein paar Tage für sich behalten sollte.

Kapitel 28

Tag des heiligen Gangolf,
Samstag, der 11. Mai
im Jahr des Herrn 1510

Der nächste Tag verlief ereignislos. Nur Rugger kam ab und zu, um ihr die endlos dahinschleichende Zeit zu vertreiben. Vorsichtig ließ sich der große Mann auf dem wackeligen Hocker nieder, verschränkte die Hände in seinem Schoß, sah die Vogelmannstochter fast anbetend an und erzählte von seiner aufregenden, kriegerischen Vergangenheit, um sie von der trüben Gegenwart abzulenken. Anne Katharina folgte ihm mit Begeisterung auf seinen Zügen gegen die Eidgenossen oder gegen die Pfalz, und ihre Augen glänzten für eine kurze Weile.

»Es war im April, der Schnee lag noch bis tief in die Täler herab, als der Herzog mit den Truppen des Bundes versuchte, von Konstanz aus den entscheidenden Schlag gegen die Eidgenossen zu führen. Zu lange hatten sie uns schon durch ihre heimtückischen Vorstöße bis in herzogliches Gebiet, durch Überfälle und Plünderungen zum Narren gehalten. Wir mußten ihnen eine Lektion erteilen, die sie nicht so schnell vergessen würden.«

Daß bei diesem Ausfall im Morgengrauen des 11. Aprils die eidgenössischen Männer, Frauen und Kinder der um-

liegenden Dörfer im Schlaf erstochen worden waren, berichtete er lieber nicht. Noch immer sah er manchmal nachts das Bild vor sich, wie die wenigen Überlebenden im kurzen Hemd oder völlig nackt in Todesangst in die Wälder flohen, so mancher Verletzte auf dem Weg zusammenbrach und sterbend zurückgelassen wurde.
»Die Luzerner, die zur Verstärkung anrückten, mußten eine empfindliche Niederlage einstecken und verloren beim Rückzug ihre beiden großen Büchsen.«
»Ein überlegener Sieg Württembergs!«
»Nein, leider nicht ganz.« Seine Stimme wurde leise, die Züge verzerrten sich, als die Erinnerung nach ihm griff.
»Durch Sturmgeläut und Lärmfeuer brachten die Eidgenossen in kürzester Zeit zweitausend Männer zu den Waffen und griffen uns bei Konstanz an. Wir mußten weichen. Es war ein unerbittliches Gefecht. Mehr als tausend Männer verloren ihr Leben im Kampf und fast genauso viele noch einmal, als wir uns überstürzt über den Bodensee zurückziehen wollten. Viele der überladenen Boote kenterten, die Männer ertranken jämmerlich ...«
Anne Katharina griff nach seiner Hand.
»O Rugger, wie furchtbar.«
»Ja, wie ich Euch schon sagte, der Krieg hat nichts von der Romantik, die sich die Fräuleins oft vorstellen.«
Am Morgen danach kam der Schultheiß wieder, um weitere Fragen zu stellen.
»Dürfen meine Brüder mich nicht besuchen?« fragte das Mädchen leise, als Konrad Büschler sich erhob, um sich zu verabschieden.
Es lag ein wenig Erstaunen in seinem Blick, als er noch einmal zurücksah.
»Doch, natürlich dürfen sie das. Vielleicht kommen sie

nicht, weil Eure Schwägerin erkrankt ist«, fügte er noch hinzu, als er sah, wie sehr diese Auskunft schmerzte. Anne Katharina nickte langsam.
Als sie wieder allein war, suchte sie ihren Platz an dem winzigen Fenster auf und sah auf den in Sonntagsruhe still daliegenden Haal. Kein Rauch quoll von den zahlreichen Herden auf, um den Menschen das Atmen zu erschweren und zum Husten zu reizen, kein Holz wurde von Männern mit schwieligen Händen und Schultern geschäftig zu den lodernden Feuern geschleppt, keine Sole aus dem Brunnen geschöpft.
Nächsten Sonntag ist Pfingsten, dachte Anne Katharina traurig. Dann beginnt das Fest der Sieder. Heute gehen die ledigen Siederburschen, feierlich im dunklen Gewand gekleidet, einen erfahrenen Sieder des Hofes dabei, zum Haus ihrer Jungfer, um sie höflichst zum Kuchenfest und zum Tanz zu laden.
Ob Michel mich eingeladen hätte? Mit wem wird er wohl zum Tanz gehen, jetzt da ich hier im Turm sitze? Tränen traten ihr in die Augen und rannen über ihre Wangen.
Dort drüben werden sie im Freien tanzen, auf dem Grasbödele fröhlich sein und lachen, während ich hier sitze, mit einem winzigen Stück Himmel zwischen den grauen Steinen.
Am anderen Tag wurde ihr der Besuch ihrer Schwägerin gemeldet. Ursula war blaß, fast wie die Gefangene, doch sie hielt sich gerade.
»Ich habe dir ein frisches Gewand, Äpfel und Honig mitgebracht.«
Ursula wickelte das Bündel aus, sah sich suchend um und legte die mitgebrachten Dinge schließlich auf die schmale Pritsche.
»Hier noch ein weißes Brot und zwei süße Kringel.«

Anne Katharina nickte und sah die Schwägerin mit brennenden Augen an.
»Warum kommen Ulrich und Peter nicht zu mir? Sie sind doch meine Brüder!«
Verlegen schlug Ursula die Augen nieder.
»Es ist, weil – sie haben soviel zu tun und – weißt du, der Fall mit dem Büschler spitzt sich immer mehr zu, die Sieder rumoren wieder, die Spannung wächst mit jedem Tag, da die Anhörung näher rückt ...«
»Ursula, sag die Wahrheit!«
»Sie wollen nichts mit dir zu tun haben. Sie wenden sich von dir ab, weil du Schande über die Familie bringst ...«
Anne Katharina sah ihre Schwägerin fassungslos an.
»Aber ich habe nichts getan! Die Richter werden mich freisprechen. Ich habe mich doch auch um Peter gekümmert, als er im Turm saß, und mich bemüht, die schwere Zeit für ihn zu verkürzen –«
»Das war etwas anderes, eine Kinderei, ein paar Burschen, die ein wenig über die Stränge geschlagen haben.«
Kaum war Ursula gegangen, warf sich Anne Katharina auf ihr Lager und weinte bitterlich. Alle Zuversicht war verschwunden, und ihr Herz schmerzte, als wolle es zerspringen. So fand sie Pater Hiltprand, der einige Stunden später Einlaß in das Turmgemach begehrte.
Er war zutiefst beunruhigt, sie so zu sehen, ließ alle Vorsicht fallen, eilte an ihr Lager und zog sie in seine Arme. Leise redete er auf sie ein, die Worte waren nicht wichtig. Er wiegte sie wie ein Kind, strich ihr sanft über das Haar, bis sie an seiner Brust einschlief.

* * *

»Herr Stättmeister, entschuldigt, daß ich Euch störe, doch ich warte noch auf Eure Entscheidung im Falle der Jungfrau Vogelmann.«
Gilg Senft sah den Schultheiß erstaunt an.
»Aber ich habe Euch doch bereits gesagt, daß alle Fälle bis nach Pfingsten ruhen. Ihr wißt, daß die kaiserliche Delegation erwartet wird und es noch viel zu tun gibt!«
»Ja, schon«, Konrad Büschler versuchte, den ablehnenden Blick Rudolf Nagels, der schon seit Stunden beim Stättmeister saß, zu ignorieren. »Doch bitte bedenkt, es handelt sich hierbei um die Schwester eines Ratsherren, und es gibt keinen Hinweis, daß sie am Tod des Knechts oder an anderen Verbrechen unmittelbare Schuld trägt.«
»Die liebreizende Schwester des Ratsherrn Vogelmann – ein enger Vertrauter Eures Vetters Hermann, nicht wahr?«
Der Junker Nagel lächelte den Schultheiß so herablassend an, daß dieser nur mühsam den Wunsch unterdrücken konnte, die Faust zu ballen und dem unangenehmen Kerl in sein feistes Gesicht zu schlagen.
So, hast du jetzt die Parteienlage hinreichend klargestellt, du widerliche Straßenratte.
Er ignorierte Rudolf Nagel und sah statt dessen den Stättmeister erwartungsvoll an. Der sollte sich nicht von solch niederen Impulsen leiten lassen, doch seine Hoffnung wurde bitter enttäuscht.
»Ich habe nie behauptet, daß sie an irgend etwas Schuld hat, doch bevor ich die Akte nicht geschlossen habe, kann sie nicht aus dem Sulferturm entlassen werden. Wie so viele andere auch muß sie sich eben gedulden. Ich werde niemanden bevorzugen, und deshalb bleibt bis nach Pfingsten alles, wie es ist. Würdet Ihr nun bitte die Stube

verlassen? Ratsherr Nagel und ich haben noch viel zu besprechen.«
Seine Wut nur mit Mühe unterdrückend, verbeugte sich der Schultheiß und ging hinaus. Am liebsten hätte er die Tür zugeknallt, doch er beherrschte sich. Er dachte an die Dinge, die das Mädchen ihm erzählt hatte.
Kann sein, daß an der Sache mehr dran ist, als ich bisher dachte. Vielleicht kann man unter der hellen Fassade der Junkers Senft stinkenden Moder finden.
Er nahm sich vor, gewisse Unterlagen im Haalamt und in den Schreibstuben des Rathauses durchzusehen.

* * *

»Du hast heute abend frei und kannst dich deinem derzeitigen Liebchen widmen, solange du einen Bogen um die Herrengasse machst!«
»Um nichts in der Welt wollte ich Euch in Eurem Revier in die Quere kommen, gnädiger Herr«, erwiderte der Knecht und grinste ungeniert.
Der Junker zuckte bei dieser Unverschämtheit zusammen, knurrte aber nur:
»Das will ich dir auch geraten haben.«
Er würde dem Neuen seine Grenzen zeigen müssen, doch nicht jetzt, morgen war noch Zeit genug dafür.
Der Knecht wandte sich ab, nahm den gepolsterten Samtwams seines Herrn und reichte ihm diesen, ohne den Blick zu erheben.
»Kann ich dann gehen?«
Unruhig trat er von einem Fuß auf den anderen. Sein Herr nickte abwesend und sah dem Davoneilenden kurz nach, doch er war zu sehr mit seinen eigenen Gedanken beschäftigt, um sich über dessen Verhalten zu ärgern.

Was konnte es nur so Wichtiges geben, das sie ihm unbedingt unter vier Augen sagen mußte? Warum bestellte sie ihn nachts an einen solch einsamen Ort? Er schüttelte die Spitzenmanschetten seines Seidenhemdes und betrachtete seine modisch gekleidete Gestalt im Spiegel. Nun ja, er würde es ja bald erfahren. Einen Moment schwankte er, welches Barett er aufsetzen sollte. Das einfache, schwarzsamtene oder eines aus Goldbrokat mit den Federn eines Adlers – oder gar den verwegenen Hut aus Florenz, den er erst in den letzten Tagen erstanden hatte? Er entschied sich für das einfache Barett und warf sich noch einen langen Mantel aus dunkelgrauem Wollstoff um. Es mußte ihn auf der Straße ja nicht gleich jeder erkennen. Einen Blick noch in den Spiegel, dann verließ er, höchst zufrieden mit seiner Erscheinung, das Haus, schritt in der hereinbrechenden Dämmerung die Haalgasse entlang, bog dann in die Keckengasse ein und folgte ihr bis zum zugemauerten Limpurger Tor. Wo früher einmal buntes Leben geherrscht hatte, Karren und Fuhrwerke hoch mit Waren aus dem Limpurger Land beladen den Weg zum Marktplatz eingeschlagen hatten, wuchsen nun Moos und Löwenzahn auf dem ausgetretenen Pflaster. Wilder Wein und Efeu rankten sich am grauen Mauerwerk hoch und verhüllten mit ihrem grünen Kleid das Tor jedes Jahr ein Stück mehr.

Es war nun schon beinahe achtzig Jahre her, daß der Streit zwischen der freien Reichsstadt und den Schenken derart eskaliert war, daß der Rat beschlossen hatte, das Tor zu vermauern und damit die Haupthandelsstraße ins Limpurger Land zu kappen. Die Schenken waren über die Ausfälle ihrer Zoll- und Geleitgelder so erbost gewesen, daß sie sich sogar hilfesuchend an König Sigismund gewandt hatten – doch vergeblich. Der König war an

kleinlichen Streitereien nicht interessiert und hatte nur gemeint:
»Mögen meine lieben Söhne zu Hall alle ihre Tore zumauern und mit Leitern über ihre Mauern ein- und aussteigen, mich kümmert's nicht.«
Alles Schimpfen und Toben half nichts, das Tor blieb zugemauert, und seither mußte jeder Ratsherr bei seinem Amtsantritt schwören, daß er das Tor nicht wieder öffnen lassen würde.
Doch der Junker dachte nicht an das Schicksal des Tores oder an die unterbrochene Handelsstraße. Seine Gedanken rankten sich um weiße, weiche Haut, feste Brüste und rote, feuchte Lippen.
Suchend wanderte sein Blick die Stadtmauer entlang, dann schritt er unter den Torbogen, sah in jede Nische, konnte jedoch niemanden entdecken. Vielleicht war sie oben? Flink eilte er die schmalen Stufen zum Wehrgang hoch und trat dann auf die zinnenbewehrte Plattform hinaus. Ein milder Nachtwind bauschte seinen Umhang. Ungeduldig schritt er auf und ab, sah hinunter in den finsteren Graben zu Füßen der Mauer und hinüber zu den dichten, dunklen limpurgischen Wäldern. Die Geräusche der Nacht übertönten das leise Rascheln von edler Seide und feinem Barchent.
»Rudolf, endlich!« flüsterte sie, als sie zu ihm trat.
Obwohl er sie erwartet hatte, zuckte er zusammen, als er plötzlich ihre Stimme vernahm. Langsam drehte er sich um, ließ den Blick über die zierliche Silhouette streichen und wünschte sich, der Mond möge ein wenig heller scheinen.
»Und, was hat Euch bewogen, Eure Meinung zu ändern?« fragte er, über die Kühle in seiner Stimme erstaunt.
»Warum diese Kälte? Warum diese Distanz? Habt Ihr mir

noch nicht verziehen? Ich liebe Euch!« Ihre Stimme klang flehend.
Na hoffentlich fängt sie nicht gleich an zu heulen. Weinende Frauen sind mir ein Greuel, dachte er und fügte nach einer Weile laut hinzu:
»Was ist mit der Treue, die Ihr geschworen habt, was mit den ach so wichtigen Regeln der Gesellschaft, mit Euren Erziehungsprinzipien?«
Sie standen noch immer zwei Schritte voneinander entfernt, eine Barriere aus kaltem Mißtrauen zwischen sich. Langsam hob die junge Frau die Hand, hielt sie so eine ganze Weile in der Luft, als könne sie die unsichtbare Sperre nicht durchdringen.
»Das hat nun keine Gültigkeit mehr.« Sie sprach so leise, daß der Junker sich vorbeugen mußte, um sie zu verstehen. »Ich bin ihm nichts mehr schuldig – jetzt nicht mehr.«
Auf Rudolfs Gesicht spiegelte sich Neugier, doch es war zu dunkel, als daß sie seine Züge erkennen konnte.
»Ich bin bereit, Euch alles zu geben, alles, was Ihr wollt – wenn Ihr mich noch begehrt.«
Die schmale Hand streifte sein Gesicht, strich über die frisch rasierten Wangen, die aristokratische Nase, den leicht geöffneten Mund, wanderte über das gelockte, schulterlange dunkelblonde Haar, fuhr sanft über den Hals. Der Junker spürte, wie die Wärme in seiner Mitte aufglomm, zu heißem Begehren wurde und seinen ganzen Körper erfaßte. Heiß pochte es in seinen Lenden, als er die streichelnde Hand grob zur Seite stieß.
»Alles? Du willst wirklich alles geben?« keuchte er heiser und zog sie an sich, schloß sie in die Arme, daß ihr fast der Atem verging, preßte ungestüm seine Lippen auf die ihren. Für einen Moment wurde sie stocksteif, spreizte die Finger in Abwehr, doch dann lief ein Schauder durch ih-

ren Körper, sie wurde weich und anschmiegsam, ließ alles wie im Rausch geschehen.

Eng an die Zinnen gedrückt, fast vollständig mit den Schatten verschmolzen, kauerte eine Gestalt. Zwei Augen in der Dunkelheit beobachteten das engumschlungene Paar. Starr, ohne Gefühle zu zeigen, fixierten sie die Liebenden.

»Wenn ich frei wäre«, keuchte die junge Frau zwischen zwei Küssen, während die männliche Hand unter ihr Mieder glitt, »würdet Ihr mich dann heiraten?«

»Was soll diese unsinnige Frage?« Er preßte seine pochenden Lenden fest an sie. »Du bist verheiratet, er ist jung und gesund ...«

»Trotzdem, ich möchte es wissen. Unser Leben ist in Gottes Hand – wenn ihm etwas passieren würde, sagt, würdet Ihr mich dann heiraten?«

Er ignorierte die Frage. Heiß pulsierte das Blut in seinen Adern, ließ Begehren und Lust auflodern. Seine Lippen wanderten über ihr Ohr, den schlanken Hals, hinab zum Ansatz ihrer festen Brüste.

»Das Kind ist Euer Sohn«, sagte sie leise.

Er schien nicht zugehört zu haben, deshalb wiederholte sie lauter:

»Junker Rudolf Senft, David Maria ist Euer Sohn!«

Der Lauscher gab einen erstickten Laut von sich und sackte in sich zusammen. Die heiße Leidenschaft des Junkers war plötzlich verflogen, und er stotterte: »Aber, das kann doch nicht sein, ich meine, wie kommst du darauf ...«

Die schattenhafte Gestalt zog sich zurück, schlich die Treppe hinunter, schleppte sich mit schwerem Schritt durch die nächtliche Straße, als drücke sie ein zentnerschweres Gewicht zu Boden.

Kapitel 29

Tag des heiligen Christian,
Dienstag, der 14. Mai
im Jahr des Herrn 1510

Die gewohnte Gleichmut wich einer unguten Vorahnung, als der Franziskaner sah, wer ihn zu sprechen wünschte. Er schickte den Laienbruder Bert, der den Ofen fegte, hinaus und schloß die Tür der Gästestube hinter ihm, bevor er mit ruhiger Stimme den Besucher begrüßte.
»Steckt Euch Euren Segen sonstwo hin«, schrie ihn der um so viele Jahre jüngere Mann an und verriet mit diesen, für ihn so ungewohnt lästerlichen Worten, wie sehr er außer sich war.
»Nun beruhigt Euch erst einmal, Ratsherr Vogelmann«, versuchte der Mönch den aufgebrachten Mann zu beruhigen. »Setzt Euch und trinkt einen Becher Wein, dann können wir in Ruhe alles besprechen, was Euch bedrückt.«
Ulrich wich einen Schritt zurück und hob abwehrend die Hände.
»Ihr seid ein Teufel! Hängen sollte man Euch, vierteilen und verbrennen! Eher sterbe ich, als nur einen Schluck aus Eurer Hand entgegenzunehmen!« Da jedes Wort von ihm den jungen Ratsherrn nur noch mehr erregt hätte,

schob Pater Hiltprand stumm seine Hände in die weiten Ärmel der groben Kutte und wartete.
»Ihr habt Euch tatsächlich erdreistet, meine Schwester im Turm zu besuchen, obwohl ich Euch ausdrücklich jeden weiteren Umgang mit ihr untersagt habe!«
Pater Hiltprand nickte zustimmend.
»Sie hat in dieser schweren Zeit Beistand nötig.«
»Beistand, von Euch? Wenn Ihr Euch noch einmal erlaubt, in ihre Nähe zu gelangen, dann kann Euch kein Kloster und kein Kirchenrecht vor meiner Rache schützen! Dann können sich die Würmer an Euch gütlich tun, und der Satan wird Eure sündige Seele in die Hölle schleppen.«
Die Faust erhoben, trat er näher, doch Pater Hiltprand ließ sich nicht aus der Ruhe bringen.
»Warum besucht Ihr sie nicht, um ihr das Los, das sie unschuldig ertragen muß, ein wenig zu erleichtern? Brecht Ihr den Stab über Eure Schwester, ehe die Richter ein Urteil gefällt haben?«
»Ich weiß, daß sie unschuldig ist. Ich habe meine eigenen Gründe, nicht zu ihr zu gehen, doch das geht Euch nichts an.«
Jetzt wirkte der junge Ratsherr ein wenig wie ein schmollendes Kind, dem man Unrecht getan hat.
»Anne Katharina braucht jetzt die ganze Fürsorge und Liebe ihrer Freunde und ihrer Familie ...«, fing der Mönch noch einmal an, doch der andere unterbrach ihn mit einem haßerfüllten Aufschrei.
»Liebe? Sprecht Ihr nicht von Liebe, lüsterner Alter, der Ihr Eure schmutzigen Hände nicht bei Euch behalten könnt!«
»Ulrich, ich weiß nicht, wie Ihr zu Eurem Vorwurf kommt, doch ich schwöre Euch noch einmal, bei Gott im Himmel

und allen Heiligen, daß ich Anne Katharina niemals unsittlich berührt noch etwas Unzüchtiges zu ihr gesagt habe.«
»Ihr könnt lügen und Gott lästern, soviel Ihr wollt. Ich glaube Euch nicht, denn Ihr wurdet beobachtet.«
»Von wem?«
»Von meiner Gattin Ursula!«
Der Pater schwieg und schien ein wenig in sich zusammenzusacken. Ulrich, der das als Eingeständnis seiner Schuld wertete, stieß noch ein paar Drohungen aus und verließ dann fluchtartig das Kloster.
Pater Hiltprand schritt noch lange in der Gästestube auf und ab und kaute auf seiner Unterlippe, die Stirn in strenge Falten gelegt.

* * *

»Außer Ursula kommt niemand mehr, um nach mir zu sehen«, klagte Anne Katharina einige Tage später, doch dann huschte ein Lächeln über ihr Gesicht.
»Von Euch abgesehen, natürlich, der Ihr mir mit Euren interessanten Geschichten die Zeit vertreibt und Mut und Hoffnung schenkt.«
Der Wächter sah zu Boden, denn ihr Lächeln machte ihn ganz schwindelig. Nur noch schwer ließen sich die Wünsche in ihm unterdrücken, die ihn bei ihrem Anblick so warm durchfluteten und ihn dann den ganzen Tag und die Nacht begleiteten. Er dachte an den Pater, wie er sie im Arm gehalten hatte, und eine Welle von Eifersucht und Neid überrollte ihn.
»Haben mich alle vergessen? Lassen sie mich hier auf ewig vermauert, bis ich alt und grau werde, dahinsieche und sterbe?«

»Aber nein, bitte, so etwas dürft Ihr nicht denken! Es ist nur – seit Tagen reden alle nur noch von der Anhörung. Die Ratsherrn schwirren herum wie die Bienen, alle sind aufgeregt und mit den Vorbereitungen beschäftigt. Wenn das vorbei ist, dann werden sich die Herren Richter mit Eurem Fall befassen. Dann seid Ihr ganz schnell wieder frei und könnt gehen, wohin Ihr wollt.«
»Ihr sagt das so, als würdet Ihr das bedauern!« rief sie vorwurfsvoll aus.
Rugger erhob sich und trat ans Fenster, um seine Verlegenheit zu verbergen. Er sah durch den schmalen Schlitz im Mauerwerk hinaus auf den menschenleeren Haal und auf den ruhig dahinfließenden Fluß, der silbern im Mondlicht glitzerte. Ein warmer Frühlingswind strich durch die Weiden am Ufer, deren frischgrüne Zweige nun in samtigem Blau schimmerten.
»Möchtet Ihr mit mir ein Stück spazierengehen? Es ist eine milde Nacht.«
»Treibt nicht Euren Spott mit mir.« Das Mädchen seufzte sehnsüchtig.
»Ich spotte nicht! Niemand wird uns sehen ...«
Kurze Zeit später hatten Anne Katharina und ihr Wächter Rugger den Sulferturm verlassen und spazierten im fahlen Mondlicht schweigend den Wehrgang entlang. Am kleinen Turm am Haaleck, der wie ein Vogelnest auf der Ecke der Stadtmauer thronte, kletterten sie die schmale Treppe hinunter. Rugger nahm den riesigen Schlüsselbund vom Gürtel und öffnete das Törchen. Flink schlüpften die beiden hinaus. Der Uferstreifen, an dem tagsüber die Flößer und Auszieher schwere Stämme schleppten, lag einsam und friedlich da, das Schutzhüttchen des Schreibers war verwaist. Nur die Spuren im Morast zeugten noch von der regen Betriebsamkeit des Tages.

Aufmerksam führte Rugger das junge Mädchen um die tiefen Pfützen und den Schlamm herum, bis sie den unberührten, grasigen Uferstreifen erreichten, der zwischen Kocher und Stadtmauer bis zur Henkersbrücke im Norden führte. In der Ferne sahen sie das gelbliche Licht der Fackeln, wenn die Wächter auf der Brücke ihre Runden drehten. Schwarz ragte der Brückenturm in den nächtlichen Himmel.
Als sie die Hälfte des Weges zwischen Haaltörle und Henkersbrücke zurückgelegt hatten, blieben sie stehen. Rugger ließ sich ins weiche Gras sinken. Das Mädchen folgte zögerlich seinem Beispiel. Zwei Wasserhühner, aus ihrem Schlaf hochgeschreckt, flüchteten schnatternd und zogen eine silberne Spur über das Wasser. Rugger verschränkte die Arme hinter dem Kopf und ließ sich ins Gras fallen.

»Unter der Linden
an der Heide,
da unser zweier Bette war,
da mögt ihr finden
schöne beiden
gebrochen Blumen unterm Gras.
Vor dem Walde in einem Tal,
tandaradei,
schon singt die Nachtigall.«

»Das ist schön. Woher habt Ihr das nur? Doch nicht selbst ausgedacht!«
Er lächelte in die Dunkelheit.
»Nein, es ist sehr alt. Ein Dichter, Walther von der Vogelweide, hat es einst aufgeschrieben.«
Anne Katharina war überrascht.

»Ich habe schon Gedichte von ihm gelesen, doch daß Ihr ...« Verlegen brach sie ab.

»Daß ein ungebildeter Wächter wie ich lesen kann, und dann auch noch die Gedichte des von der Vogelweide kennt, das wundert Euch. Das wolltet Ihr doch sagen, oder?«

Um nicht antworten zu müssen, lenkte sie ab.

»Ich lese gerade ein sehr interessantes Buch. Es heißt ›Der gute Gerhard‹. Rudolf von Ems hat es geschrieben.«

»Ist es eine Geschichte von furchtlosen Rittern und nach ihnen schmachtenden Edelfräulein?«

»Spottet nicht! Aber um Eure Frage zu beantworten, nein, es handelt von einem Kaufmann aus Köln. Er ist sehr edel und nicht auf Ruhm und Reichtum aus. Seine Reisen führen ihn zu den Sarazenen, wo er eine Gruppe englischer Ritter und Frauen aus allen Ländern mit seinem Vermögen loskauft. Unter ihnen ist auch die norwegische Königstochter, die mit dem jungen König Wilhelm aus England verlobt ist. Gerhard schickt die Ritter zu ihrem Herrn, um ihm zu sagen, daß die Verlobte gerettet und in Sicherheit in Köln auf ihn wartet.

Zwei Jahre lebt sie bei Gerhard und seinem Sohn in Köln, ohne daß der Bräutigam erscheint oder eine Nachricht schickt ...«

»Vielleicht ist die Königstochter alt und häßlich und der gute König froh, daß sie die Sarazenen geholt haben ...«

»Aber nein! Sie ist schön wie die Morgenröte, schlank an Gestalt, jung und lieblich.«

Wie sehr genoß er es, ihrer Stimme zu lauschen.

»Deshalb verliebt sich der Kaufmannssohn ja auch unsterblich in sie, und sein Glück scheint vollkommen, als er seine Liebe erwidert findet.«

»Dann schmachtet der König in Gefangenschaft. Von finsteren Schurken entführt ...«
»Immer macht Ihr Euch über mich lustig!«
In ihrer Stimme schwang Enttäuschung.
»Nein, nein«, beeilte er sich, die Wogen zu glätten.
Bitte nicht schmollen, nicht diesen Augenblick mit übler Laune zerstören.
»Erzählt weiter. Hat der Kaufmannssohn um die Hand der schönen Prinzessin angehalten? Haben sie geheiratet?«
»Zwei Jahre vergehen, dann wagt er, sie zu fragen, doch als die Gäste zur Hochzeit bereits herbeiströmen und alles für die feierliche Zeremonie bereit ist, da tritt plötzlich ein Pilger heran, enthüllt sein Haupt, gibt sich als der König und rechtmäßige Verlobte zu erkennen und fordert sein Recht.«
»Hoffentlich schickt Gerhard ihn zum Teufel!«
»Aber nein, der Kaufmannssohn verzichtet auf die große Liebe, tritt zurück und gibt sie dem König.«
»Ganz schön dumm von ihm!« Der junge Mann schüttelte den Kopf, als könne er es nicht fassen.
»Nein, edelmütig!« widersprach das Mädchen. »Würdet Ihr denn nicht verzichten?«
»Ich würde ihm sein falsches Herz aus dem Leib schneiden!«
Rugger spürte, wie sich Anne Katharina neben ihm versteifte, deshalb fügte er schnell hinzu:
»Das war nur Spaß, doch Ihr müßt zugeben, er hat dadurch auch ihre Liebe geopfert. Wäre sie nicht lieber in Köln geblieben?«
»Man kann nicht einfach seinem Herzen folgen – nicht einmal in den Büchern geht so etwas gut.«
Sie fühlte seine Hand, wie sie nach der ihren tastete. Entschlossen erhob sie sich.

»Ist es nicht Zeit, zum Turm zurückzukehren?«
Es ärgerte sie, daß ihre Stimme zitterte. Eine heiße Welle lief durch ihren Körper, als sie versuchte, sich vorzustellen, was alles geschehen würde, wenn sie die warme, kräftige Männerhand ergriffen hätte.
Auch Rugger erhob sich und stand plötzlich so nahe vor ihr, daß er ihre Wärme spürte. Er roch ihre frische, glatte Haut, das Haar, die ganze Jugend. Fast gleichzeitig machten sie einen kleinen Schritt aufeinander zu, ganz selbstverständlich hoben sich die Hände, strichen suchend über Leinen, Baumwolle und Barchent und fanden sich auf dem Rücken des anderen wieder. Es war nicht die Zeit und nicht der Ort, Fragen zu stellen, denn der Frühling und die Jugend folgen ihren eigenen Gesetzen. Als Anne Katharina den Kopf in den Nacken legte und ein bißchen erstaunt über sich selbst zu ihm hochsah, schlossen sich seine rauhen Lippen, zart, tastend behutsam, über den ihren.
Der erste Kuß junger Liebe trifft wie ein Blitz, dessen Donnergrollen den Boden erzittern läßt, als wolle er sich niemals wieder beruhigen. Er spürte, wie sie weich wurde, sich an ihn schmiegte. Er öffnete die Lippen, und seine Küsse wurden wilder, verlangender.
Der kühl glänzende Mond wanderte weiter, an zahlreichen winzigen, blinkenden Sternen vorbei in Richtung Westen, ehe sich das Paar wieder voneinander löste. Ein wenig verlegen standen die Verliebten voreinander, sich des inneren Drängens und der lodernden Flamme fleischlichen Verlangens wohl bewußt. Welch Hohn, zu behaupten, auch im Verzicht läge Süße und Erfüllung! Und doch standen sie nur da, kühlten das Feuer im Nachtwind und sahen einander an. Für das Mädchen war alles zu neu, zu überwältigend, um den unbekannten

Stimmen ihres Körpers zu folgen, den jungen Mann hielten die zärtlichen Gefühle und die Hochachtung, die er für die Bürgerstochter hegte, davon ab, sie weiter zu drängen.
Schweigend gingen sie zurück, die Hände fest ineinander verschränkt, betrachteten das Mondlicht auf dem Wasser, lauschten dem Wind in den Weiden. Erst als sie den Sulferturm wieder erreicht hatten und vor der Tür des Stübleins standen, brach Anne Katharina die Stille.
»Ich werde einen Sieder heiraten«, flüsterte sie entschuldigend, strich Rugger zärtlich über die Wange, um die Worte zu mildern. Der junge Mann nickte, steckte den Schlüssel ins Schloß und drehte ihn langsam, bis ein Knacken erklang. Er ließ Anne Katharina eintreten, hielt sie dann jedoch am Arm fest. Sanft küßte er ihre Lippen.
»Ja, ich weiß«, raunte er, mehr zu sich selbst, löste sich hastig von ihr und schloß die Tür, ehe er etwas tun würde, das sie und ihn in großes Unglück stürzen konnte.
Durch eine steinerne Wand und eine eisenbeschlagene Eichentür getrennt, verbrachten beide wachend, träumend und grübelnd die Nacht, bis das Morgengrauen und der fröhliche Gesang der Vögel einen neuen Tag verkündeten.

Kapitel 30

*Tag des heiligen Bernhardin,
Pfingstmontag, der 20. Mai
im Jahr des Herrn 1510*

In der Dorfmühle herrschte bereits Hochbetrieb, obwohl es draußen finster war und selbst die Vögel in den Zweigen noch fest schliefen. Es war nicht das angelieferte Getreide, das den Müller ins Schwitzen brachte, nein, am Pfingstmontag, an dem alle Bürger das heilige Fest begingen, mußte er in aller Frühe einen Kuchen backen, nicht irgendeinen Kuchen, sondern es war der Mühlenkuchen für das große Fest der ledigen Siederburschen. Hundert Pfund würde das Prachtstück wiegen, und der dicke Müller war froh, daß er ihn nur backen und nicht durch die Stadt tragen mußte.
Die mehligen Hände in die Hüften gestemmt, ließ er den Blick über den Tisch wandern: Dinkelmehl, Schmalz, Butter, Milch, Eier, Hefe, Salz und Kümmel – alles da? Nein!
»Grete, bring mir Honig und Muskatnüsse!« brüllte er, daß auch der letzte Müllersknecht es unten in der Mahlstube noch hören konnte.
»Ja, Papa«, rief sie und eilte mit fliegenden Zöpfen, das Gewünschte zu holen.
»Ein halbes Pfund Honig und ein halbes Pfund Muskat?«
»Kannst ruhig noch mal ein viertel Pfund Nüsse reiben«,

gab der Müller zurück, die Arme bis zu den Ellenbogen im Teig. »Und sieh nach, ob der Hannes richtig eingeheizt hat, der Lump, der faule.«
Grete kicherte.
»O ja, faul ist er. Dreimal habe ich ihn heute wecken müssen, ehe er sich endlich von seinem Strohsack erhob.«
Der so Gerügte kniete gähnend vor dem Ofen und klopfte mit einem Holzhammer vorsichtig auf die Ziegel rechts und links der Öffnung, löste sie behutsam und stapelte sie auf dem Boden, um sie später, wenn der riesenhafte Kuchen fertig gebacken war, wieder einzumauern.
Die Müllerstochter huschte aufgeregt hin und her, half da ein wenig, naschte hiervon und freute sich auf den Abend, wenn die feschen Siederburschen in feierlicher Zeremonie kommen und den Kuchen abholen würden.

* * *

Bedächtig, fast ehrfürchtig band Peter Vogelmann den braunen Rock zu, zog die grünen Strümpfe hoch und überprüfte im Spiegel noch einmal den Sitz seiner knielangen, schwarzen Hose. Nun gehörte er also endlich dazu und war einer des Siederhofes – na ja, fast, erst mußte er noch die offizielle Aufnahmezeremonie über sich ergehen lassen, doch es war schon jetzt nicht mehr zu leugnen – er war ein Siederbursche.
Keck reckte er die Nase hoch und zog sich die schwarzlederne Kappe über das zerzauste Haar. Die erste große Prüfung, sich unter den strengen Augen von Michel Seyboth eine Hofjungfer zum Tanz einzuladen, hatte er mit Herzklopfen und etwas Stottern ganz gut gemeistert. Zum Glück war die kleine Blinzig nicht so dick wie ihr Bruder. Eigentlich hätte Peter viel lieber Michels süße Schwester

Maria zum Tanz geführt, doch Jörg hatte auf seine älteren Rechte gepocht und ihm schlichtweg verboten, sie auch nur anzusprechen. Natürlich hatte er sich die Wünsche seines Freundes zu Herzen genommen. Was Anne Katharina dazu sagen würde? Michel hätte sie sicher geladen, und es hätte für alle ein unvergeßliches Fest werden können. Aber sie saß im Turm, und seine Freunde vermieden es, über das Thema zu sprechen. Man konnte ja nicht wissen, was dabei herauskam. Schon jetzt hatte Peter manchmal das Gefühl, seine Freunde würden ihn anders ansehen als vorher und mit jedem Tag ein Stück weiter von ihm abrücken. Was wäre, wenn Anne Katharina irgend etwas Schlimmes getan hatte oder die Richter dies glaubten? Was würde dann aus ihm werden? Sie würden ihn ausschließen, schneiden und verachten. Haß stieg in Peter auf.

Verflucht, Anne Katharina, warum kannst du nicht einfach so ruhig und zurückhaltend wie andere Mädchen sein! Eine wie Maria findet nicht ständig Leichen, dachte er mürrisch.

Warum sonst weigert sie sich, uns zu sehen, wenn sie nicht etwas ganz Schreckliches getan hat?

Seufzend warf er einen letzten Blick in den trüben Spiegel und eilte dann die Treppe hinunter.

Kapitel 31

Tag des heiligen Hermann Joseph,
Dienstag, der 21. Mai
im Jahr des Herrn 1510

Der Tag begann trüb. Stürmisch jagte der Wind die Wolken vor sich her. Helles Grau wechselte mit dunklem und wurde zu nächtlichem Schwarz, wenn der nächste Regenschauer herniederprasselte. Doch so schnell, wie er kam, ging er auch wieder, die bauschigen Wolkenmassen zerrissen und gaben ein Stück des Himmels frei. Ein Sonnenstrahl huschte über die Stadt und erhellte ein kleines Grüppchen Siederburschen, die, mit noch schweren Köpfen vom Vorabend, mißmutig zum Himmel starrten. Ein Kuchenzug bei Regen? Nun, sie würden sich den Spaß an ihrem Fest nicht verderben lassen, vor allem nicht von ein paar Wolken und ein wenig zusätzlichem Wasser von oben.
So wechselhaft wie das Wetter waren auch die Gefühle der Bürger der freien Reichsstadt. Es war der Tag, auf den die Junker und Bürger lange gewartet und dem sie mit Hoffnung und auch ein wenig Furcht entgegengesehen hatten. Mit wieviel mehr Sorgfalt wurden an diesem regnerischen Maientag Rock und Hose, Strümpfe und Schuhe gewählt. Lieber eines der modernen, farbigen Gewänder mit weiten, geschlitzten Ärmeln und kurzen Hosen oder

einen langen, dunklen Rock, der von Tradition, Erfahrung und Vertrauen sprach? Eine schwere Goldkette? Welches Barett – oder doch lieber einen Hut?
Trotz der schwierigen Entscheidungen erschienen an diesem Tag alle Ratsherren pünktlich und vollzählig im großen Saal des Rathauses unterhalb des Klosters St. Jakob. Ob Kopfschmerzen vom Vorabend oder ein Reißen in den Gliedern, keiner wollte diese Sitzung versäumen. Es hatten sich sogar schon einige Bürger auf dem Milchmarkt versammelt, die gespannt auf die nun endlich anstehende Entscheidung warteten. Dabei hatten die Schlichter, nach einer langen Nacht, in der viel Wein und Bier durch die Kehlen geflossen war, noch nicht einmal ihre Quartiere verlassen.
Im Rathaus war die Stimmung auf das äußerste gespannt. In der einen Ecke des Saales versammelten sich die sieben Junker, die die bürgerliche Trinkstube zu verhindern suchten, und scharten sich um ihren Sprecher Junker Rudolf Nagel, der leise und eindringlich auf den Stättmeister einredete. Gilg Senft zog ein säuerliches Gesicht, unterdrückte jedoch den Wunsch, den geschwätzigen, aufdringlichen Mann einfach stehenzulassen. Im Grunde genommen war es ihm egal, wer wo seinen Schoppen Wein trank. Auch konnte es nicht Rechtens sein, einen Stättmeister, selbst wenn er bürgerlich war, von Beratungen auszuschließen. Doch der Junker wußte, wenn diese letzte Schranke fiel, dann konnte das Ende der Privilegien und der Macht des Adels in Hall nur noch eine Frage der Zeit sein – von sehr wenig Zeit!
Wollte er, daß seine Familie, die schon unter den großen Stauferkönigen Sulmeister und damit eine der einflußreichsten Familien der Reichsstadt gewesen war, in die Bedeutungslosigkeit absank? Was würde geschehen, wenn

jeder frei in den Rat gewählt werden könnte? Würde dann das Geschick der Junker plötzlich von Handwerkern und Kaufleuten oder gar Knechten und Tagelöhnern bestimmt werden? Schon jetzt war das Wort der reichen Siederfamilien viel wert. Zuviel wert? Er mußte an seine Tochter und an seine Neffen denken und ihre Anrechte für die Zukunft sichern. Nachdenklich sah er zu Hermann Büschler hinüber, der bei dem jungen Ulrich Vogelmann stand.
»Was können sie schon gegen uns ausrichten?« fragte Ulrich, straffte den Rücken, strahlte Zuversicht aus.
»Die Junker sind nur zu siebt, während wir neunzehn Ratsherren auf unserer Seite haben. Ich fürchte die Schlichter nicht.«
Hermann Büschler lächelte nachsichtig, als spreche er mit einem Kind, das die Zusammenhänge des Lebens noch nicht begreifen kann.
»Wenn es nur auf Mehrheiten ankäme, hätte sich Nagel nicht an den Bund und an den Kaiser gewandt. Glaubt Ihr, der Kaiser wäre an einer Schwächung des Adels interessiert?«
»Warum nicht? Sind es nicht die Städte mit ihren Bürgern, mit den Handwerkern und Kaufleuten, die ihm seine Kriege und seinen Hof bezahlen? Ist der Adel nicht überall im Land auf dem absteigenden Ast, die Ritter verarmt, ihre Güter verwahrlost?«
Hermann Büschler sah den jungen Mann erstaunt an.
»Vielleicht habt Ihr recht, der Gedanke ist nicht dumm. Ja, vielleicht können wir hoffen.«
Die Gespräche verstummten, als einer der Schreiber, ein kleiner blonder Bursche, kaum siebzehn Jahre alt, die Tür aufriß und die ehrenwerten Herren Dr. Matthes Neithart aus Ulm, Caspar Nützel aus Nürnberg und Jörg Langen-

mantel aus Augsburg einließ. Die Begrüßung verlief höflich, doch es war etwas Lauerndes in den Mienen, als gelte es, den Gegner erst einmal abzutasten. Ratsdiener reichten Erfrischungen, es wurde über das Fest geplaudert und über so manch andere, unverfängliche Dinge, die nicht mit dem Streit in Verbindung gebracht werden konnten. Dennoch stieg die Spannung und wurde fast greifbar.
Endlich erhob der Stättmeister die Stimme, hieß die kaiserlichen Gesandten offiziell herzlich willkommen, forderte die Ratsmitglieder auf, sich zu setzen, und faßte, nachdem das allgemeine Stühlerücken verklungen war, die Streitpunkte noch einmal kurz zusammen.
Neithart, als Sprecher der Delegation, dankte Gilg Senft, sprach ein paar belanglose Worte und legte dann dem Rat die kaiserliche Urkunde seiner Berufung vor. Noch ehe der Doktor es sich auf seinem weich gepolsterten Stuhl wieder bequem gemacht hatte, sprang Rudolf Nagel auf, entrollte ein Papier und begann die Anklage gegen Büschler und seine Anhänger mit lauter Stimme zu verlesen.
»... und keine Gelegenheit verstrich ungenutzt, die Junker und Edlen zu benachteiligen, welch Anliegen sie auch vorbrachten. Geradezu planmäßig wurden die armen Leute der Ehrbaren auf dem Lande mit Geldbußen belegt, um das Stadtsäckel zu füllen.«
Das Gesicht purpurrot, die geballte Faust erhoben, donnerte er, daß die neugierigen Schreiber und Diener vor der verschlossenen Tür sich nicht die Mühe machen mußten, ihre Ohren an das Holz zu pressen, um die Worte zu verstehen.
»... und wurden die Belange der Gemeinen besprochen, dann sind die Ratsherren von dort her nicht etwa hinausgetreten, wie es sich gehört hätte, nein, sie versuchten,

auch noch andere im Sinne ihrer Interessen zu beeinflussen!«
Herrmann Büschler verdrehte gequält die Augen. So ein Schwätzer! dachte er, ließ jedoch die Mitglieder der Kommission nicht aus den Augen und versuchte, in ihren Mienen zu lesen, welchen Eindruck der Junker Nagel mit seiner Rede hinterließ.
»... es ist ja nicht so, daß wir den gemeinen Herren keinen Ort zum Trinken gönnten, doch der Bau dieser Trinkstube verstößt gegen alles, was uns recht und teuer ist. Die Interessen des Spitals werden dadurch sträflichst vernachlässigt. Immerhin gehört das Haus zum Spitaleigentum ...«
Ungeduldig rutschte Ulrich Vogelmann auf seinem Stuhl hin und her. Die strengen Blicke, die Neithart in Büschlers Richtung warf, versprachen nichts Gutes. Endlich war Rudolf Nagel fertig, wischte sich den Schweiß von der Stirn, rollte das Schriftstück zusammen und ließ sich schwer atmend auf seinen Stuhl sinken.
Hermann Büschlers angenehme, tiefe Stimme erfüllte den Raum. Aufrecht und stolz stand er da, bat um Bedenkzeit und um nochmalige Verlesung der Anklageschrift, damit er zu jedem Punkt Stellung nehmen könne, um seine Unschuld darzulegen und die Rechtmäßigkeit seiner Handlungen zu begründen.
»Das könnte Euch so passen«, giftete Rudolf Nagel, »das Verfahren zu verzögern, von schmierigen Advokaten irgendwelche rechtsverdrehende Winkelzüge anbringen zu lassen, um die ehrenwerten Abgesandten hinters Licht zu führen ...«
Der Doktor aus Ulm hob die Hand, um ihm Einhalt zu gebieten. Nagel verstummte. Flüsternd unterhielten sich die drei Schlichter einige Minuten, ehe sich Dr. Neithart er-

hob. Die Spannung, die in alle Gesichter geschrieben war, auskostend, ließ er den Blick langsam über jeden der Ratsherren gleiten, ehe er leise und beherrscht zu der Anklageschrift Stellung nahm.

»... und da der Vorjahresstättmeister Hermann Büschler nicht bereit ist, zu den erhobenen Anklagepunkten jetzt Stellung zu beziehen, vertagen wir die Sitzung auf morgen.«

Keine der Parteien war so recht zufrieden damit. Stimmengemurmel erhob sich, Füße scharrten auf dem glänzenden Holzboden, Stühle wurden gerückt. Rudolf Nagel warf Hermann Büschler einen haßerfüllten Blick zu und fauchte drohend:

»Es werden auf dem Markt Köpfe rollen!«

Hermann Büschler und Ulrich Vogelmann, die die Worte vernommen hatten, sahen sich an.

»Nehmt das nicht so ernst. Er kann doch nur leere Drohungen ausstoßen und sich ungebührlich aufführen, weiter nichts«, sagte Ulrich leise, als die beiden Ratsherren die Treppe in die Halle hinuntergingen. Büschler schüttelte den Kopf.

»Nein, dieses Mal hat er es ernst gemeint, da bin ich mir sicher. Wenn er es nicht auf diesem Weg schafft, dann wird er einen anderen wählen.«

»Ihr meint – ?«

»Ja, ich glaube, jetzt geht es um mein Leben. Vielleicht ist es besser, wenn ich die Stadt für eine Weile verlasse.«

Ulrich Vogelmann riß die Augen auf.

»Für so gefährlich haltet Ihr Nagel?«

»Für so fanatisch!«

* * *

Seit die Glocken zur *hora prima* geläutet hatten, waren alle Siederburschen in dem zum Kuchenhaus erwählten »Wilden Mann« versammelt, tranken süßen Wein und starrten hinaus in den Regen. Mißmutig sahen sie den dunklen Wolken nach, die der stürmische Wind vor sich herjagte.
»Dann müssen wir eben hier tanzen«, schlug der dicke Hans vor. »Wenn wir die Tische und Stühle beiseite schieben und ...«
»Ach was, viel zu eng. Wir könnten in den ›Hirsch‹ in die Gelbinger Vorstadt gehen. Der Saal ist viel größer ...«
Michel Seyboth sah mit gerunzelter Stirn auf den kleinen Caspar Feyerabend herunter, als sei er ein dummer Lausbub.
»Du meinst, wir speisen hier zu Mittag, laufen dann in die Vorstadt zum Tanz und begeben uns mit den Jungfern am Abend dann wieder hierher? So ein Blödsinn!«
Sie stritten noch eine Weile, überlegten dies und jenes, bis Peter plötzlich rief:
»Die Sonne! Seht, die Wolken reißen auf!«
Alle rannten hinaus, ließen die stickige Wirtsstube hinter sich und traten in das blendende Licht der Morgensonne, die sich überall in den Pfützen widerspiegelte.
»Na, dann los, worauf warten wir noch!«
Unter Pfeifen- und Trommelklang marschierten die jungen Burschen, alle im roten Rock, in schwarzen Hosen und mit grünen Strümpfen bekleidet, in Zweierreihen durch die Stadt. Hinter den Musikanten kam der kräftige Hermann Eisenmenger mit dem Kuchen. Er schwitzte, machte ein grimmiges Gesicht, hielt jedoch trotz der hundert Pfund Schritt und bereute nicht, daß er mit dem unglücklichen Caspar heimlich die Lose getauscht hatte. Der hätte das sicher nicht durchgestanden! Dem Kuchen folgten die anderen Mitglieder der Kompanie, stolz den

Degen an der Seite. Den Schluß bildeten die Schützen mit ihren klobigen Büchsen. Vor dem Neuen Haus machte die Gruppe halt, spielte nach alter Tradition, bis die Fahne aus der Gerichtsstube geschwenkt wurde. Feierlich und große Reden haltend, überreichten die Sieder den Ältesten des Haalgerichts und den beiden anwesenden Haalmeistern ein Stück des Kuchens. Natürlich wurden sie dann in die Gerichtsstube gebeten, wo die Schreiber schon große Krüge mit rotem Wein bereithielten.

Zur Freude aller trieb der Wind nun auch die letzten Wolken davon, und als die Hofjungfern, züchtig im roten Rock, weißen Hemd, schwarzen Mieder und schwarzen Mützlein mit Stirnbinde, auf dem Grasbödele erschienen, lachte die Sonne von einem blitzblanken, blauen Himmel, als gäbe es auf der Welt nur das Fest, den Tanz und die übermütige Freude. Zumindest den Übermut mußten die jungen Leute jedoch noch ein wenig zurückhalten, denn bei den traditionellen, getragenen Tanzweisen, bei denen die Jungfer nur züchtig am kleinen Finger geführt werden durfte, verbot sich jeglicher Überschwang von selbst.

> *Mei Muater kocht mir Zwiebel und Fisch,*
> *Rutsch her, Rutsch hin, Rutsch her,*
> *Sie waaß wohl daß is gera iß,*
> *Rutsch her, Rutsch hin, Rutsch her.*

Peter zählte im Geist die Schritte mit und lächelte das um mehr als einen Kopf kleinere, farblose Mädchen mit den braunen Flechten an seiner Seite zaghaft an.

So züchtig und mit Ernst die ersten Tänze auf dem kurzen, grünen Gras der kleinen Kocherinsel zelebriert wurden, so lustig und ausgelassen ging es bereits nach einer

Stunde zu. Da flogen die Röcke, jauchzten die Mädchen, sprangen die Burschen hoch und höher, um die anderen zu übertreffen. Die Musik wurde lauter, wilder, die Schritte schneller.
»Wie die jungen Geißböckle«, murmelte der alte Kaspar Eberhard mehr belustigt als schockiert, stützte sich auf seinen Ebenholzstock und sah von der Brücke aus dem ausgelassenen Treiben zu.
»Ja, jung müßte man noch mal sein, so jung und unbeschwert, so ganz ohne Arglist.«

* * *

»Ich werde noch heute nacht die Stadt verlassen.«
Ursula Vogelmann ließ den Löffel sinken und sah ihren Gemahl fragend an.
»Wohin wirst du reisen, und wann kommst du wieder?«
»Das mußt du nicht wissen«, knurrte er unhöflich und richtete seine Aufmerksamkeit wieder auf den dicken Eintopf.
»Ich bin immer noch deine Gattin, und ich finde, daß es mich etwas angeht, wann ich dich zurückerwarten kann.«
Ulrich kaute auf einem großen Stück Fleisch und betrachtete Ursula nachdenklich. Sie war ernstlich gekränkt, den Tränen nahe, daher erwiderte er versöhnlich:
»Ich kann dir wirklich nichts sagen. Das hat nichts mit uns zu tun. Nagel hat Büschler bedroht, so daß Hermann um sein Leben fürchten muß und daher die Stadt verläßt. Ich werde ihn begleiten.«
»Oh! Und dabei kommt Anne Katharina morgen aus dem Turm. Es besteht kein Verdacht mehr gegen sie, und der Schultheiß hat mir versprochen, gleich morgen nach der Ratssitzung die Unterschrift des Stättmeisters einzuholen.

Deine Schwester ist krank, weißt du, sehr krank! Und mir geht es auch mit jedem Tag schlechter.«
Ulrich runzelte die Brauen.
»Morgen schon, sagst du. Ja, das ist wirklich dumm, daß ich gerade jetzt reise, doch daran läßt sich nichts ändern.«
Er erhob sich, obwohl seine Schale noch nicht einmal zur Hälfte geleert war, und verließ die Stube. Kopfschüttelnd sah ihm seine Gemahlin nach.

* * *

»Da seid Ihr ja endlich«, flüsterte der Mann, der schon seit einer halben Ewigkeit im Dunkeln vor dem Marstall auf und ab ging.
Ulrich murmelte eine Entschuldigung und ließ sein Bündel auf den Boden gleiten.
»Wie werden wir aus der Stadt kommen?«
»Ich sagte Euch doch, laßt das meine Sorge sein. Ich habe dem Wächter am Eichtor genug gegeben, doch jetzt holt endlich Euer Pferd, solange der Mond scheint und wir auf der Straße noch vorwärts kommen.«
Hermann Büschler band sein Pferd, das schon unruhig mit den Hufen scharrte, los, während Ulrich mit Hilfe eines verschlafenen Stallburschen seinen Braunen sattelte. Und kurze Zeit später führten zwei finstere Gestalten ihre Pferde durch die schmale Pforte im Eichtor, die gleich hinter ihnen wieder zufiel und verriegelt wurde. Schweigend saßen die Männer auf und ritten in flottem Trab die ausgefahrene Straße entlang. Ein fast voller Mond leuchtete ihnen den Weg.

* * *

Während die Siederburschen und ihre Jungfern draußen immer ausgelassener feierten, fühlte sich Anne Katharina mit jedem Atemzug schlechter. Vor zwei Tagen hatte es mit ein wenig Halsschmerzen angefangen, und jetzt? Stöhnend lehnte sie ihre glühende Wange an den kalten, rauhen Stein. Sie fühlte sich schwach und konnte sich kaum auf den Beinen halten. Der Wind wehte den Klang von Trommeln und Pfeifen zu ihr herüber, das fröhliche Lachen und Jauchzen der Tänzer. Obwohl sie hart dagegen ankämpfte, rannen ihr immer wieder Tränen über das Gesicht. Nachts fror das Mädchen, und ihre Zähne schlugen hart aufeinander, trotz der zweiten Decke, die Rugger gebracht hatte. Immer wieder wachte Anne Katharina nach unruhigem, von Alpträumen geplagtem Schlaf schweißnaß und fieberglühend auf, so daß sie die Decken von sich warf und die Kälte des Gemäuers suchte. Ihr dröhnender Kopf schien auf seine doppelte Größe angeschwollen zu sein, und ein schmerzhafter Husten quälte sie. Doch noch viel mehr schmerzten sie die Einsamkeit und eine ganz andere Kälte. Warum kamen ihre Brüder nicht zu ihr? Warum wandten sie sich ab und überließen die eigene Schwester ihrem Schicksal? Glaubten sie an ihre Schuld? Selbst Pater Hiltprand hatte seine Besuche eingestellt und war seit einigen Tagen nicht mehr in ihrem trostlosen Turmzimmer erschienen. Nur Ursula kümmerte sich nach wie vor um sie – und natürlich der Wächter Rugger, der, sooft es nur möglich war, den Posten an ihrer Tür übernahm und, wenn es niemand sah, sich zu ihr auf die Strohmatratze setzte, Geschichten erzählte und ihre trüben Gedanken für einige Stunden zerstreute.

Ein Hustenanfall schüttelte sie. Anne Katharina preßte die Hände auf die Brust, als könne sie so den Schmerz lin-

dern. Voll Sehnsucht sah sie durch die winzige Schießscharte in die warme Frühlingsnacht hinaus.
Heilige Jungfrau, werde ich es noch erleben, im hohen Gras unter rauschenden Bäumen spazierengehen zu können? Werde ich je wieder wärmende Sonnenstrahlen auf meinem Gesicht spüren? Oder werden sie mich wie die Schloßsteinerin in ein schmutziges Loch stecken, bis ich darin verfaule? Mir mit dem scharfen Schwert den Kopf vom Körper trennen oder einen rauhen Strick um meinen Hals legen? Doch die Mutter Gottes schwieg und blieb der armen Gefangenen die Antwort schuldig.
Der Klang von Schritten und das wohlbekannte Kratzen des Riegels ließen Anne Katharina erwartungsvoll aufsehen. Doch nicht die sehnlichst erwartete Schwägerin kam herein, es war die Magd Agnes, die mit hängenden Schultern und bittendem Blick vor ihr stand, bis das Mädchen sie stumm umarmte.
»Verzeiht mir, ich habe es nicht so gemeint, nur der Schmerz – ich wollte nie, daß Ihr leiden müßt.«
Anne Katharina nickte und strich über Agnes' Rücken. Die Wärme des weichen weiblichen Körpers berührte sie seltsam.
»Ich weiß, du hast ihn geliebt. Es muß schwer für dich sein, ihn so plötzlich verloren zu haben.«
Auch wenn ich immer noch nicht weiß, was du an ihm fandest, fügte sie in Gedanken hinzu.
»Wo ist Ursula? Sie wollte doch heute wiederkommen?«
»Die Herrin fühlt sich zu schwach, um Euch zu besuchen, doch sie hat mich beauftragt, Euch sogleich einen Teil der Medizin zu bringen, die der Herr heute abend noch für sie von Meister Gessner geholt hat.«
»Ulrich hat für Ursula Medizin geholt? Das kann ich kaum glauben. Geht es ihr so schlecht?«

Einen Augenblick war Anne Katharina von ihrer eigenen mißlichen Lage abgelenkt. Die Magd zuckte hilflos mit den Schultern.

»Das ist schwer zu sagen. Sie zieht sich meist zurück, hält sich nur noch in der kleinen Stube auf und will niemanden sehen. Auch der Herr ist mehr ein Geist denn er selbst, schleicht mürrisch und totenbleich durch das Haus. Meist jedoch ist er bis spät in der Nacht weg, und wenn er wiederkommt, kann er kaum noch die Treppen hinaufsteigen.«

»Und was ist mit Peter?«

»Er ist Gast bei den Seyboths und nur noch mit dem Michel zusammen. Peter arbeitet bei ihm im Sudhaus statt in dem seines Bruders. Gestern war er seit Tagen zum ersten Mal wieder zu Hause, doch nur, um sein Festgewand zu holen.«

Anne Katharina lauschte den zarten Pfeifenklängen.

»Ja, er ist jetzt da draußen und tanzt.«

Ihr Blick wanderte durch ihren kargen Gefängnisraum. Die schmale, heiße, schweißnasse Hand griff nach der roten, rauhen Hand der Magd.

»Glaubst du, es liegt ein Fluch auf mir? Glaubst du, es ist Gottes Wille, daß ich hier elend sterbe?«

Wieder das hilflose Achselzucken.

»Liebste Anne Katharina, ich weiß es nicht. Die Herrin geht oft nach St. Michael, um für Euch zu beten. Sie hat wieder Kerzen gestiftet, doch bisher ...«

Ein erneuter Hustenanfall erinnerte die Magd an den Grund ihres Besuches. Sie nötigte das Mädchen, sich auf den Strohsack niederzusetzen, legte das mitgebrachte Bündel auf den Boden und zog dann einen verschlossenen, noch warmen Krug mit Wein hervor. Umständlich öffnete sie den Korken, füllte einen Teil in Anne Katharinas Tonbecher und rührte dann ein wenig von der zähen, dunkelbraunen Medizin darunter. Geduldig wartete die Magd, bis die Leidende den Becher leer getrunken hatte, drückte sie dann sanft, aber bestimmt auf das rauhe Kissen und zog beide Decken sorgfältig über sie.

»Ihr müßt jetzt schlafen, dann geht es Euch sicher bald wieder gut.«

Scheu strich sie ihr über die Wange und wandte sich dann zum Gehen. Der Schlüssel knirschte im Schloß, der Riegel seufzte, die Schritte verklangen.

Anne Katharina schloß die Augen, lauschte ihrem rasselnden Atem und dem Klopfen ihres Herzens. Bald würde der Schmerz im Kopf und in der Brust nachlassen, sie würde schlafen und gesund werden …

Eine bleierne Müdigkeit kroch durch ihre Glieder, doch statt Linderung und Ruhe zu bringen, wand sich ihr Magen plötzlich, schmerzte und sandte Wellen der Übelkeit aus. Wirre Bilder flackerten vor ihren Augen. Sie sah Ursula mit einem nicht angerührten Becher Wein am Tisch in der Stube sitzen, sah den aufgebrachten Ratsherrn Baumann, dem sie zur Besänftigung den Becher reichte.

Wer hat den Wein eingeschenkt? Agnes? Ulrich? Ulrich hat Medizin für Ursula besorgt. Ursula geht es schlecht. Sie ist zu schwach, mich zu besuchen –

Ein stechender Schmerz fuhr durch ihre Eingeweide, der Magen krampfte sich zusammen, und noch ehe sie sich aus den Decken schälen konnte, erbrach sie sich. Gift! Diese plötzliche Erkenntnis zuckte mit dem Schmerz durch ihren Körper und hämmerte in ihrem Kopf.

Es war ein Versehen! Das Gift war für Ursula bestimmt, und nun liegt sie daheim und nimmt ihre Medizin und …

»Nein!« krächzte Anne Katharina und kroch auf allen vieren über den strohbedeckten Boden. Sie erbrach sich erneut, hustete, spuckte, kroch weiter auf die schwere Tür zu. In ihrem Kopf drehte sich alles, Wellen des Schmerzes zuckten durch ihren Körper, lodernde Flammen schlossen sie ein.

»Nein! Du darfst es nicht trinken«, schluchzte sie und lehnte ihren Kopf an die rostigen Eisenbeschläge.

»Bitte, kommt schnell«, wimmerte sie, würgte erneut, doch es war nichts mehr da, was ihr Magen von sich geben konnte. Tränen rannen über das bleiche Gesicht, Fingernägel schabten über das harte Eichenholz, als sie weit weg ein Geräusch hörte. Die schwere Tür schob Anne Katharina einfach weg. Die Augen weit aufgerissen, kippte sie um und blieb auf dem Rücken im feuchten Stroh liegen.

»O mein Gott, Anne Katharina. Rugger, schnell bring Licht!«

Es war ihr, als könne sie die Stimme ihres Bruders hören. Sie spürte warme, schwielige Hände, einen Arm unter ihrem Kopf, dann weichen Stoff an ihrer Wange.

»Ich hätte viel früher zu dir kommen sollen, bitte, wach auf, bitte!«

Es kostete sie viel Mühe, die Augen zu öffnen und die Lippen zu einem winzigen Lächeln zu verziehen.

»Peter, eile, Ursula darf – die Medizin – sie darf sie nicht trinken.«

Er neigte sein Ohr an ihre Lippen, konnte die Worte jedoch kaum verstehen.

»Bring sie weg, weit weg von Hall, bitte. Ulrich darf nichts erfahren.«

Erschöpft schloß Anne Katharina die Augen. Sie hörte Ruggers Stimme.

»Wir müssen sie ins Spital bringen, der Medicus muß sofort kommen. Ich meine, wenn …«

»Ich werde das Geld schon aufbringen! Los, faß mit an.«

Anne Katharina fühlte, wie sie emporgehoben wurde. Alles drehte sich, schnell und immer schneller. Sie schwamm durch eisiges Wasser, rannte durch verzehrendes Feuer. Eine gräßliche Schlange wuchs in ihr, fraß an ihrem Fleisch und nährte sich von ihren Eingeweiden. Das Mädchen schrie und schlug um sich. Dann plötzlich war ihr Geist wieder klar. Anne Katharina öffnete die Augen und sah in den rosa gefärbten Himmel. Die Luft war lau und schwer von Blütenduft.
»Du mußt Ursula wegbringen, versprich es mir!«
Sie sah in die braunen Augen, wollte noch mehr sagen, doch die gehörnten Wesen griffen wieder nach ihr und zogen sie hinab in die Finsternis.

* * *

Mit geschickten Händen rührte die Magd nun schon zum zweiten Mal an diesem Tag das braune, zähe Zeug in heißen Wein. Langsam, um nichts zu verschütten, stieg sie die Treppe hinauf und öffnete leise die Tür zu der dämmrigen kleinen Stube. Die Herrin saß still vor dem Ofen, einen Rosenkranz in den gefalteten Händen.
Als Agnes ihr den Becher reichte, schüttelte sie nur stumm den Kopf.
»Aber, Herrin, es ist Eure Medizin, Ihr müßt sie trinken, wenn Ihr wieder zu Kräften kommen wollt.«
Dunkle Schatten lagen um Ursulas Augen, als sie zu Agnes aufsah, doch ihr Blick war in die Ferne gerichtet. Geduldig wartete die Magd.
»Wozu soll ich es trinken, wenn es mir nur schlechtergeht, welche Kräuter du mir auch in meinen Wein gegeben hast?«
»Vielleicht waren bisher zuwenig Heilkräfte in Eurem

Trank. Dieses Mal jedoch habe ich reichlich von der Medizin genommen, die Euer Gemahl von Meister Gessner geholt hat.«
Ursula nickte, hob langsam die zitternde Hand und griff nach dem Becher, doch als sie ihn zum Mund führen wollte, entglitt er ihren Händen. Der Wein schwappte auf den grauen, schlichten Rock und färbte ihn rot, der Becher schlug auf den Boden und zersprang in tausend Stücke.

KAPITEL 32

Tag der heiligen Renate,
Mittwoch, der 22. Mai
im Jahr des Herrn 1510

Der zweite große Festtag der ledigen Siedersöhne begann mit Morgenrot und einem gläsernen Himmel, der einen heißen Tag versprach. Pünktlich, wenn auch zum Teil noch sehr verschlafen, mit brummendem Schädel und schmerzenden Schläfen, trafen sich die Burschen zu einer frühen Milchsuppe im Kuchenhaus. Peter war unter ihnen, auch wenn seine Gedanken unwillkürlich immer wieder ins Spital schweiften. Nein, so hatte er sich seine feierliche Aufnahme zum Siedershof nicht vorgestellt.

Kurze Zeit später zogen die jungen Männer am Rathaus vorbei zum Marktbrunnen und schossen Salut, schritten dann durch die Stadt hinaus in die Gelbinger Vorstadt und legten die schweren Büchsen noch einmal an. Der Funke sprang über, als die Steinschlösser zuschnappten, und das ohrenbetäubende Krachen riß auch den letzten Bürger aus seinem Schlaf. Schwerer Pulverdampf hing in der Luft und lichtete sich nur zögerlich. Der beißende Geruch nach Pulver und Schwefel lag über der Stadt.

Die Neuen, die zum ersten Mal am Brunnenzug teilnahmen, mußten nun den Brunnen umtanzen, bevor zur

Taufe übergegangen wurde. Ganz plötzlich verflog der feierliche Ernst der Prozession, der ja schon durch den Esel, den Caspar am Strick hinter sich herzerrte, ein wenig gelitten hatte. Man konnte sich fragen, wozu denn die Ledereimer auf des Esels Rücken dienen sollten, doch die Zuschauer am Wegesrand, denen die Späße der Sieder wohlbekannt waren, gaben sich keinen Illusionen hin, daß die Behälter ihren Einsatz nicht finden würden.
Doch nun wurde erst einmal ausgiebig getauft. Peter wurde gepackt, hochgehoben und fortgeschleift. Ihm blieb nur noch, die Luft anzuhalten, ehe er kopfüber in das eiskalte Wasser flog. Seine beiden jungen Mitstreiter folgten. Prustend streckte er den Kopf heraus, schnappte nach Luft, wurde jedoch sofort wieder gepackt und untergetaucht. Immer wieder verschwand er unter der Wasseroberfläche, bis er hustend und strampelnd um Gnade bat.
Die frisch Getauften waren noch nicht aus dem Brunnen gekrabbelt, da suchten die alten Jäger bereits nach neuem Wild. Hermann entdeckte seine Geschwister unter den Zuschauern, füllte einen Eimer und goß den Inhalt über seinen jüngsten Bruder aus, der daraufhin plärrend bei seiner Mutter Schutz suchte. Mit Gejohle rannten nun drei Straßenjungen zum Brunnen und spritzten die Schützen naß, die daraufhin, mit gefüllten Eimern bewaffnet, den frechen Buben nachsetzten. Mit einem lauten Platsch landete der erste im Brunnen. Einer von Feyerabends Feurern eroberte einen Eimer und kippte ihn über dem Sohn seines Arbeitgebers aus. Zwei Mädchen kreischten, als sich ein Schwall Wasser über ihre Röcke ergoß, doch sie ließen sich nicht einschüchtern und gingen zum Gegenangriff über, bis ihre Mutter dem zügellosen Treiben ein Ende setzte.

Einer der Sieder landete im Brunnen, zwei Zuschauer folgten. Während der kräftige Schmied, der von fünf Burschen überwältigt worden war, in dröhnendes Gelächter ausbrach, sobald er das unfreiwillig eingeatmete Wasser wieder ausgehustet hatte, schimpfte der Schreiber Rieble wie ein Rohrspatz, hob drohend die Faust und tippelte auf seinen krummen Beinen, eine nasse Spur hinter sich herziehend, davon.
»Wir müssen weiter«, keuchte Michel Seyboth, dessen Gewand ebenfalls nicht mehr ganz trocken war.
Um eine ernste Miene bemüht, zogen die Sieder zurück in die Stadt zum Milchbrunnen, wo sich bald ebenfalls sehr nasse Szenen abspielten.

* * *

Die heiteren Menschen auf den Straßen ahnten nicht, welch dramatische Szenen sich hinter den verschlossenen Türen im Ratssaal abspielten. Dr. Neithart hielt eine Rede, donnerte wild gestikulierend, als stünde er auf der Kanzel und ermahne die schwarzen Schafe seiner Gemeinde. Er ließ keinen Zweifel aufkommen, daß er fest auf Rudolf Nagels und der Junker Seite stand. Die Anhänger Hermann Büschlers, durch dessen Flucht verunsichert, hielten still. Am Ende legte die Kommission ein Papier vor, das die Zusammensetzung des Rats für die Zukunft regeln sollte. Von nun an sollten mindestens zwölf Ehrbare dem Rat angehören und sieben der zwölf Richterstellen besetzen. Auch der regierende Fünferausssschuß sollte außer von den Stättmeistern des Jahres und des Vorjahres noch von zwei Junkern besetzt werden.
Die bürgerlichen Ratsherrn sahen sich fassungslos an. Welch vernichtende Niederlage! Der Adel würde eine

Vormachtstellung einnehmen, wie schon seit über hundertfünfzig Jahre nicht mehr. Entsetzt starrten sie auf das Papier, als würden sich dadurch die Worte ändern. Die Feder lag auf dem Tisch, die Tinte trocknete langsam ein, doch keiner wollte als erstes seinen Namen unter diese schändliche Kapitulation setzen.
Noch Stunden lang schwangen sie Reden, die hohen Herrn, und beschimpften sich gar, doch am Ende eines langen Tages waren die Namenszüge von vierundzwanzig Ratsherren unter dem Vertrag zu lesen. Um dem Schriftstück Gültigkeit zu verleihen, wurden auch sogleich fünf von Büschlers Anhängern aus dem Rat hinausgewählt und durch Ehrbare ersetzt. Dr. Neithart und Rudolf Nagel schüttelten sich die Hände und beglückwünschten sich zu diesem gelungenen Streich, während die angesehenen Bürgersleut' wie geprügelte Hunde aus dem Ratssaal schlichen.

* * *

Anne Katharina spürte nicht, daß sie in einem weichen Bett unter einer dicken Daunendecke lag. Sie bemerkte nicht den kleinen, schrumpligen Mann, der sich besorgt an seiner roten Glatze kratzte, ihr immer wieder große Mengen einer merkwürdigen Flüssigkeit einflößte und sie dann festhielt, wenn sie von Krämpfen geschüttelt erbrechen mußte. Glänzendes Blut rann aus ihrem Arm in eine silberne Schale, doch auch das drang nicht bis zu ihrem Bewußtsein vor. Sie sah nur die schreckliche gehörnte Gestalt, schwarz mit zotteligem Haar, einer furchterregenden Fratze, Klauen und spitzen Zähnen, die mit höhnisch triumphierendem Lächeln abwartend neben ihrem Kopf Platz genommen hatte. Das Wesen schien nicht im mindesten beunruhigt. Es saß nur da, nagte an seinen Krallen und betrachtete die schon sicher erscheinende Beute. Am dritten Tag wurde der Dämon nervös, am vierten schritt er unruhig auf und ab, und am fünften Tag war er plötzlich verschwunden.

Nach sechs Tagen tiefer Bewußtlosigkeit erwachte Anne Katharina, abgemagert und blaß, doch ihre tiefliegenden Augen waren lebhaft. Noch ein wenig verwirrt sah sie sich in der dämmrigen, kleinen Kammer um. Gedämpftes Licht fiel durch das mit Pergament bespannte Fenster. Das Mädchen lag auf einem schmalen Bett, die Laken waren grob und rauh und das Kissen hart, doch es roch frisch, nach Sauberkeit und Kräutern. Vor dem Bett standen ein Hocker, eine Waschschüssel und ein Krug, an der Wand hing ein hölzernes Kruzifix, sonst war die Kammer völlig leer.

In diesem Augenblick öffnete sich die Tür, und Peter Vogelmann trat ein. Als er sah, daß seine Schwester erwacht war, eilte er an ihr Lager, kniete nieder und ergriff ihre Hand.

»Dem Allmächtigen sei gedankt, du bist wieder bei dir! Du kannst mich doch verstehen, oder?«

Sie lächelte schwach. »Ja, kann ich, du brauchst nicht so zu schreien.«

Peter grinste erleichtert. »Dir geht es ja wirklich besser.«

Plötzlich fiel ihr alles wieder ein, und sie richtete sich halb auf, drückte beschwörend Peters Hände.

»Was ist mit Ursula? Ist sie gesund?«

»O ja, sie ist wohlauf – oder war es zumindest, als ich sie, das Kind und die Amme vor drei Tagen bei ihrer Tante in Wimpfen ablieferte.«

Anne Katharina entspannte sich und sank erschöpft in ihre Kissen zurück.

»Was hat Ulrich dazu gesagt?«
»Nichts, er weiß es noch gar nicht. Er ist am Tag der Anhörung mit dem Büschler nachts aus der Stadt geritten. Niemand weiß, wohin und wann er zurückkommt.«
»Oh!«
Anne Katharina schloß die Augen, um nachzudenken, doch sie fühlte sich plötzlich so müde, ihre Gedanken wurden immer langsamer, stockten schließlich und schwebten dann in ihren Träumen davon. Sie schlief ruhig und tief, viele Stunden lang, und merkte nicht, daß der Großvater kam und sich nach einigen Stunden von Pater Hiltprand ablösen ließ.

Kapitel 33

Tag des heiligen Bonifatius,
Mittwoch, der 5. Juni
im Jahr des Herrn 1510

Am frühen Morgen des 5. Junis, eines regnerischen, windigen Tags, ritt Ulrich Vogelmann durch das Weilertor in die Stadt hinein. Sein dünner Umhang hatte den Regen nicht abhalten können, und so war er bis auf die Haut durchnäßt, fror jämmerlich und freute sich auf ein gutes Essen, heißen Wein und ein duftendes Kräuterbad. Langsam lenkte er sein schlammbespritztes, müdes Roß über die Henkersbrücke zu dem Stallgebäude hinter dem Marstall, in dem einige Bürger ihre Pferde einstehen hatten. Steifbeinig stieg er aus dem Sattel und drückte dem Stallburschen eine Münze in die Hand, ehe er sein Bündel schulterte und leicht hinkend nach Hause stakste. Eine ganze Nacht im Sattel, das war er einfach nicht mehr gewöhnt, doch noch eine Nacht in einem der verlausten Gasthäuser am Weg verbringen – nein danke. Ulrich kratzte sich den Hals. Die Flohplage wurde mit jedem Tag schlimmer. Sicher, ganz los wurde man das Ungeziefer in der heißen Jahreszeit nie, doch auf der Reise hatte es sich zu einem echten Ärgernis entwickelt. Überall auf seiner weißen Haut prangten rote Flecken, die dick anschwollen, sich entzündeten und entsetzlich juckten.

Mit einem Seufzer der Erleichterung bog er in die Herrengasse ein, stieß die Haustür auf und lauschte in die Stille.
»Peter? Ursula? Anne Katharina?«
Nichts, alles blieb still. Eilig stieg er die Stufen hinauf und sah in die Stube. Sie war aufgeräumt und sauber, doch sie wirkte so – so unbewohnt. Noch einmal rief er. Keine Antwort. Es mußten doch wenigstens die Amme und das Kind da sein. Zwei Stufen auf einmal nehmend rannte er die Treppe hinauf, riß die Tür zur hinteren Stube auf – leer. Das Körbchen ohne Kissen und Tücher stand verwaist in der Ecke, keine Windeln, kein Häubchen oder Jäckchen waren zu sehen. Langsam stieg Ulrich die Treppe hinunter. Fast wäre er vor der Küche mit der Magd zusammengestoßen.
»Guten Tag, gnädiger Herr.«
»Oh, guten Tag, Agnes. Was ist hier los? Wo sind sie alle? Wie geht es Anne Katharina?«
»Die Herrin ist mit dem Kind und der Amme nach Wimpfen zu ihrer Tante gereist. Peter hat sie begleitet. Sie hat nicht gesagt, wann sie wiederkommt. Eurer Schwester geht es besser. Sie konnte das Spital verlassen und wohnt seit zwei Tagen im Büschlerhaus. Peter arbeitet immer noch für die Seyboths und wohnt auch dort.«
»So, dann bist also nur du mir geblieben.«
Verlegen trat Agnes von einem Fuß auf den anderen.
»Ja schon, Herr, doch meine Mutter ist erkrankt, und mein Vater schickt dringend nach mir. Die Liese, die manchmal bei den Feyerabends aushilft, könnte ich Euch zum Saubermachen und Kochen vorbeischicken, wenn es recht ist und …«
Sie sah ihn flehend an. Der Hausherr nickte müde.
»Ja, geh du nur, doch vorher bereite mir noch ein kräftiges Mahl. Ich werde derweil ins Vorderbad gehen.«

Er fragte nicht, wann die Magd zurückkommen würde. Er wollte keine Lügen hören, keine Entschuldigungen, keine Ausflüchte. Ein Bündel frischer Kleidungsstücke unter dem Arm stieg er die Stufen zum Bad hinunter, entkleidete sich langsam, ließ sich in das heiße, duftende Wasser gleiten, schloß die Augen und versuchte all die trüben Gedanken aus seinem Herzen zu vertreiben, während im Vogelmannshaus die Magd das Feuer schürte, ein kleines Hühnchen ausnahm, Speck briet und einen Teig für Eierkuchen anrührte.

* * *

Zaghaft klopfte Anne Katharina an die Tür, die sofort vom Schultheiß Büschler aufgerissen wurde. Er verbeugte sich tief.
»Gegrüßt sei Jesus Christus, verehrte Jungfrau Anne Katharina. Es ist mir eine Freude und große Hilfe, daß Ihr meinem Ansinnen gefolgt und hierhergekommen seid.«
»In Ewigkeit, Amen«, murmelte das Mädchen verwirrt und trat in die kleine Ratsstube ein, in der der Stättmeister Gilg Senft und der alte Junker Gabriel Senft mit seinen Söhnen Gabriel und Rudolf in der Fensternische beisammenstanden. Vier Augenpaare richteten sich erwartungsvoll, anklagend, warnend auf die Vogelmannstochter, so daß sie am liebsten kehrtgemacht hätte, doch der Schultheiß führte sie zu einem leeren Stuhl und bat sie, Platz zu nehmen. Die Herren folgten ihrem Beispiel und warteten schweigend.
»Alles begann damit, daß sich im letzten Frühjahr die Beschwerden über Holzverluste häuften«, begann der Schultheiß, schritt langsam auf und ab und ließ den Blick abschätzend über die Gesichter wandern.

»Schon immer zogen arme Bauern so manch einen Stamm heraus, und es gibt nicht selten Zäune und Schuppen im Limpurger Land, die Flößermäler zieren, doch dies schien etwas anderes zu sein. Ich hatte nichts damit zu tun, es war auch nicht meine Aufgabe, mich darum zu kümmern, doch bei mehreren ausführlichen Gesprächen mit Jungfrau Anne Katharina, der Tochter unseres ehrenwerten, verstorbenen Sieders Claus Vogelmann, erfuhr ich Dinge, die mich aufhorchen ließen. Seitdem habe ich in so manche Akte gesehen und viele Dokumente und Siegel studiert. Doch ich glaube, es ist für alle Beteiligten am besten, wenn die gnädige Jungfrau uns ihre Gedanken selbst erzählt.«
Anne Katharina fühlte die Blicke auf sich, als sie sich erhob. Warum huschte dieses selbstzufriedene Lächeln über Junker Rudolfs Gesicht? Sie drückte die Handflächen auf den glatten, kühlen Tisch, um das leichte Zittern zu verbergen.
»Es führt zu weit, wenn ich erzähle, warum ich mich für den Flößer Dreifingerbert interessierte, denn seit einer Weile weiß ich, daß dies nichts mit dem Fall zu tun hat, über den wir heute sprechen. Jedenfalls vernahm ich bei einem Gespräch zwischen ihm und dem Junker Rudolf die Worte ›Weck von Aschen‹ und ›Stürz den Degen‹. Sie klangen so geheimnisvoll, daß sie mich neugierig machten. Einige Tage später sah ich den Flößer wieder und sprach ihn auf die merkwürdigen Worte an. Nun, seine Reaktion war, sagen wir mal, überraschend heftig. Er bedrohte mein Leben – meine Unschuld –«, sie errötete, fuhr jedoch fort: »Hätte er damals gleichgültig getan und mir schulterzuckend gesagt, es handle sich um Namen von Mälern, nun, ich hätte das Ganze wohl vergessen, doch so? Vom Haalschreiber erfuhr ich, daß die Mäler

erst vor einem Jahr eingetragen worden waren und daß sehr viel Holz mit diesen Zeichen ausgezogen wird. Im Haalgericht sah ich, daß die Pachtländereien sehr klein sind. Sie wurden von einem ehemaligen Knecht des Junkers Gabriel des Jüngeren gepachtet, der – wie merkwürdig – vor acht Jahren des Kaisers Aufruf zum Türkenkrieg gefolgt ist und seitdem in Hall nicht wiedergesehen wurde. Einer der Schreiber erinnerte sich, daß der Mann, der die Mäler eintragen ließ, an der linken Hand nur noch zwei Finger hatte. Welch Zufall, daß dem Flößer Bert ebenfalls drei Finger fehlen.
Sehr schnell wurde mir klar, daß hier in großem Stil Mäler gefälscht wurden. Doch wer kaufte das gestohlene Holz? Mein Bruder, der Sieder Ulrich Vogelmann, und sein Lehnsherr Junker Gabriel der Jüngere!«
Der stattliche, gutaussehende junge Mann sprang auf und rief erregt:
»Das ist eine infame Lüge, was sie hier andeutet! Will sie uns wirklich glauben machen, ich würde mich mit ihrem Bruder zusammen mit Holzdiebstahl abgeben? Das ist absurd! Warum sollte ich für die paar Münzen meine Ehre beschmutzen?«
Der Stättmeister drückte ihn wieder auf seinen Stuhl.
»Setz dich, lieber Neffe, ich glaube, die Geschichte ist noch nicht zu Ende.«
Anne Katharina sah zu Gabriel, der sie wütend anblitzte, und dann zu Rudolf, der selbstzufrieden vor sich hinlächelte.
»Verehrter Junker Gabriel, genau diese Gedanken kamen mir auch. Warum solltet Ihr so etwas tun? Seid Ihr verschuldet, und keiner weiß etwas davon? Oder wußtet Ihr nicht, daß das Euch angebotene Holz gestohlen war?«
»Natürlich wußte ich das nicht! Und außerdem war es

Euer Bruder, der mir von dem günstigen Angebot erzählte«, fauchte er, doch Anne Katharina ließ sich nicht beirren.
»Ich kam also zu der Auffassung, daß der Junker unschuldig ist. Mein Augenmerk fiel auf seinen Bruder. Immerhin hatte ich ihn mit dem Flößer im Gespräch angetroffen. Doch auch wenn er ein jüngerer Bruder ist, Gulden hat er sicher genug. Was wollte er dann mit diesen Diebereien bezwecken? Ich will es kurz machen. Er war sich wohl bewußt, daß der Diebstahl eines Tages herauskommen muß, und es lag in seiner Absicht, daß man dann seinen Bruder verdächtigt. Egal, ob es zum öffentlichen Gesichtsverlust kommen oder die Peinlichkeit in der Familie vertuscht werden würde – die Ehre des Erstgeborenen wäre beschädigt, und der jüngere Sohn würde an Macht, Ansehen und an Geld gewinnen. Deshalb wolltet Ihr auch, daß ich zum Stättmeister gehe, nicht wahr?«
Das Lächeln gefror. Die Lippen wurden weiß und zu einem harten, dünnen Strich, die Selbstzufriedenheit wandelte sich in Wut. Röte stieg in Junker Rudolfs Gesicht, als er sie anfuhr:
»Verlogenes Biest, kleines Miststück, wie könnt Ihr solche Lügen verbreiten ...«
Der Stättmeister unterbrach ihn.
»Du bist jetzt ruhig und bleibst auf deinem Stuhl sitzen, bis du an der Reihe bist, etwas zu sagen!«
Der stolze Senftensohn sah seinen Oheim haßerfüllt an, doch er beherrschte seinen Zorn, so daß Anne Katharina leise fortfahren konnte.
»Ihr werdet in diesem Zusammenhang nirgends das Siegel Rudolf Senfts finden, doch um so öfter das von Junker Gabriel. Die Sache wurde sehr geschickt eingefädelt. Nicht er drängte seinen Bruder zum Kauf, er und sein

Knecht erzählten es meinem Bruder, der es wiederum dem älteren Junker, seinem Lehnsherrn, zutrug. Ja, und der dreifingrige Flößer Bert, der offiziell für Gabriel Senft und Ulrich Vogelmann arbeitet, zog fremde Stämme an Land, fälschte auf den winzigen Pachtländern die Mäler und trieb das Holz dann nach Hall. Er ist übrigens verschwunden und wurde seit einigen Tagen nicht mehr gesehen. Ich vermute, daß die Herren Richter keine Gelegenheit bekommen werden, ihn zu verhören ...«

»... also ist alles nur ein wildes Gerücht, eine dumme Lügengeschichte«, mischte sich Rudolf ein. »Wie sie schon sagte, es gibt keine Unterschrift, kein Siegel von mir, doch jede Menge von ihm!« Anklagend zeigte er auf seinen Bruder, der sich langsam erhob.

»Rudolf«, Schmerz, Ungläubigkeit und Trauer zeigten sich in des Junkers Gabriel Miene, »wie gerne würde ich den Verdacht zurückweisen und den anderen ins Gesicht schreien: »Ihr tut ihm Unrecht. Er ist mein Bruder! Doch tief in meinem Inneren weiß ich, daß es so ist, wie die Vogelmannstochter gesagt hat. Warum? Warum hast du das getan?«

»Verschone mich mit deinem Getue! Du haßt mich doch so sehr wie ich dich. Ja, ich wollte dich von deinem hohen Roß stoßen und mich daran weiden, wie deine so hochgehaltene Ehre in Trümmer zerbricht und deine Welt voller ritterlicher Tugend zerfällt. Ich wollte es genießen, wie sie dich decken und alles zu vertuschen versuchen, dich jedoch von diesem Tag an jedesmal mit diesem verächtlichen, ungläubigen Blick ansehen!«

»Rudolf, du bist ein ehrloser Schelm«, sagte der Junker Gabriel leise, doch die Stimme durchdrang mühelos den Raum. Alle waren wie erstarrt, hielten den Atem an und konnten ihre Blicke nicht von dem Brüderpaar wenden.

»Du hast die Familienehre beschmutzt. Du bist ein erbärmlicher Feigling, der es nicht wagt, sich offen gegen mich zu stellen, und statt dessen solch einen schmierigen Betrug ausgeheckt hat.«

»Einen Schelm und Feigling nennst du mich?« Rudolf sprang vom Stuhl hoch und baute sich drohend vor seinem Bruder auf. »Nimm das sofort zurück!«

»Nein, denn es ist die Wahrheit«, erwiderte der Bruder immer noch kühl und ruhig.

In höchstem Zorn riß der Jüngere seine Handschuhe vom Gürtel und klatschte sie Gabriel rechts und links hart ins Gesicht.

»Ich werde offen gegen dich kämpfen und dich besiegen. Dann wirst du derjenige sein, der ohne Ehre ist, der sich nie wieder den Bart scheren, nie wieder ein Pferd besteigen wird. Gott soll entscheiden, und alle Bürger sollen es auf dem Marktplatz sehen!«

Der alte Vater sank in seinem Sessel zusammen, der Stättmeister sprang auf, der Schultheiß stieß einen erstickten Schrei aus, Anne Katharina starrte die Brüder nur mit weit aufgerissenen Augen an. Ein Gottesurteil! So etwas hatte es früher gegeben, darüber wurden Geschichten erzählt, doch die Zeit der Ritter war vorbei. Man lebte jetzt in einem hellen, neuen Zeitalter, in dem es für solche Rituale keinen Platz mehr gab. Die Männer redeten aufgeregt durcheinander.

»Das wird der Rat niemals genehmigen«, polterte der Stättmeister, »und wenn doch, dann verprügle ich euch persönlich vorher so den Hintern, daß ihr auf keinem Pferd mehr sitzen könnt. Zweikampf! Gottesurteil! So ein Unsinn!«

Kapitel 34

*Tag des heiligen Antonius,
Donnerstag, der 13. Juni
im Jahr des Herrn 1510*

Zwei Tage hatten unzählige Tagelöhner und Knechte hart gearbeitet, um den Platz beim Marktbrunnen mit Sand zuzuschütten. Hölzerne Schranken waren aufgebaut und zwei Zelte errichtet worden. Auch eine Tribüne für die adeligen Zuschauer und für die Herren des Rats wurde rasch zusammengezimmert, und bequem gepolsterte Stühle wurden herbeigeschleppt. Gegen den Willen des Rates und trotz der heftigen Proteste von den Kanzeln herab sollte der Kampf um Ehr und Glimpf, das adelige Kampfgericht, heute stattfinden. Obwohl selbst der Bischof von Würzburg eilends ein Schreiben geschickt, gegen den Streit gewettert und dieser Art der Beilegung eines Zankes abgesprochen hatte, als Gottesurteil gelten zu können. Wenigstens hatten die Pfarrer und Prediger verhindern können, daß dieses veraltete Ritual aus kühnen Ritterzeiten am Sonntag abgehalten wurde, doch auch so würde sich genug neugieriges Volk einstellen, um dem Spektakel beizuwohnen.
Trotz der erbitterten Widerstände ließen sich die haßerfüllten Senftenbrüder nicht von ihrem Vorhaben abhalten. Die Vorbereitungen strebten ihrem Ende entgegen.

Schon stand in jedem der beiden Zelte eine Totenbahre bereit, von vier Kerzenhaltern umgeben. Auch an Stühle für die Sekundanten war gedacht worden.
Die Mittagsstunde war kaum eingeläutet, da strömten die Handwerker, Kaufleute, Knechte und Tagelöhner bereits herbei, um sich einen guten Platz zu sichern. Die Büttel und Wachleute hatten alle Hände voll zu tun, so manchen wilden Burschen zu bändigen, Streitereien zu verhindern und darauf zu achten, daß sich kein Weibsstück unter die Zuschauer mogelte, denn es galten die alten Regeln, die den Frauen und Kindern unter dem zwölften Lebensjahr das Zusehen strikt verboten.
So warteten die Menschen in der prallen Sonne, schwitzten unter ihren Wämsen und Kitteln, wischten sich die Schweißperlen von den roten Gesichtern und stellten Vermutungen an, welcher der Brüder den Kampf überleben würde.
»Ich sage, die gehen beide drauf«, ließ sich der dürre Binder Bißlin aus der Gelbinger Vorstadt vernehmen.
Der stiernackige Rotgerber Romig nickte zustimmend.
»Da kannst du recht haben. Ich habe gehört, daß das früher oft so war. Was ist eigentlich, wenn der Verlierer überlebt?«
»Der Verlierer darf keine Waffen mehr tragen, sich auf kein Pferd mehr setzen und sich den Bart nicht mehr scheren«, klärte sie einer der Haalschreiber auf.
Die Männer sahen einander an.
»Na, dann ist das für so einen Junker besser, er geht drauf«, meinte der Binder, und die anderen nickten zustimmend.
Als die Glocken von St. Jakob die *hora nona* einläuteten, trafen die Kämpfer in glänzenden Rüstungen, mit Schwertern und Schilden bewaffnet, auf dem Marktplatz

ein. Vornweg ritt der ältere der Brüder, Junker Gabriel Senft, auf einem kräftigen weißen Wallach. Der bunte Büschel am Helm, in den Farben des Familienwappens, flatterte in der leicht auffrischenden Brise. Auch den Schild und die fast bis zum Boden herabhängende Schabracke des Pferdes schmückte das blauen Wappen mit dem schrägen, gelben Strich. In seinem Gefolge sahen die Menschen den alten Junker Keck, der sich als Grieswart angeboten hatte, den Prediger Brenneisen als des Junkers Beichtvater und den kahlköpfigen Bader Wüst vom Vorderbad.

Mit etwas Abstand folgte Rudolf Senft auf seinem feurigen Rappen, der ungeduldig wieherte und immer wieder vorn hochsteigen wollte, doch der junge Adelsmann hatte sein Pferd im Griff. Grüßend hob er das reich verzierte Schwert, dessen bläuliche Klinge makellos in der Sonne blitzte. Auch er trug das Familienwappen, hatte jedoch als Hintergrundfarbe Rot statt Gelb gewählt. Sein Sekundant war der Junker von Rinderbach, Vater der Jungfrau Helene, seiner Verlobten. Hinter ihm folgten der Beichtvater der Familie, der zappelige, dürre Medicus – wie üblich in verschwenderischer Pracht gekleidet – mit seinem Lehrbuben und ein paar seiner Freunde und Zechkumpane.

Gelassen nahmen die Streiter vor ihren Zelten Aufstellung, beobachteten mit unbeweglicher Miene, wie sich die beiden Sekundanten auf der Mitte des Platzes trafen, über Möglichkeiten der Versöhnung sprachen, Bedingungen austauschten, sie verwarfen, die Ansinnen der Gegenpartei zornig von sich wiesen und sich dann unverrichteter Dinge wieder trennten. Die Menge atmete auf. Welch Enttäuschung, wenn der spannende Kampf so kurz vorher durch eine unerwartete Versöhnung abgesagt worden wäre!

Knapp berichteten die Grieswarte den Kämpfern von ihrem vergeblichen Schlichtungsversuch. Die Geistlichen verschwanden kurz im Innern der Zelte, um die Kerzen zu entzünden, dann traten sie zu den Reitern, sprachen leise auf sie ein, beteten mit ihnen und segneten sie dann. Erst als die beiden Beichtväter zurücktraten, schritt der Schultheiß auf den sandigen Platz hinaus und erhob seine kräftige Stimme. Er sprach von der Beleidigung und forderte den Allmächtigen auf, sein Urteil zu fällen und dem Gerechten zum Sieg zu verhelfen. Dann, als er sich an die Menge wandte, wurde seine Stimme scharf.
»Keiner soll die kämpfenden Parteien zu beeinflussen suchen, sie weder unterstützen noch etwas zu ihrem Nachteil unternehmen. Wer durch Zuruf oder Wink einem der Kämpfer zu helfen versucht, dem soll der Henker die rechte Hand und den linken Fuß abhacken.«
Zur Bekräftigung der Worte schritt der wie üblich in leuchtendem Rot gekleidete Henker gemächlich über den Kampfplatz, präsentierte sein wuchtiges Beil und drehte sich langsam im Kreis, damit es auch alle sehen konnten. Die Männer verstummten und zogen die Köpfe ein. Nur hier und da war noch ein heiseres Flüstern zu vernehmen. Deutlich hörte man nun den Rappen ungeduldig schnauben.
Durch die Schlitze seines Helms beobachtete Rudolf die Zeremonie, verstärkte den Schenkeldruck, als das Pferd immer nervöser wurde, und zwang es zur Ruhe.
Und wer kann mich zur Ruhe bringen? Wer kann meine Nervosität besänftigen?
Es kam ihm plötzlich ungeheuerlich vor, in voller Ritterrüstung nur wenige Schritte entfernt seinem Bruder gegenüberzustehen und mit ihm einen Kampf um Leben oder Tod zu führen. Fast verwünschte er seinen heißen

Zorn, mit dem er ihm den Handschuh ins Gesicht geschlagen hatte, doch dann flackerte wieder der häßliche Neid in ihm auf.
Rudolf Senft betrachtete den Ritter auf dem Wallach am anderen Ende des Kampfplatzes abschätzend. Wer würde am Ende dieses Tages noch am Leben sein? Würden sie am Ende gar beide sterben und dieser Zweig der Senften Junker erlöschen? Würde seine Verlobte noch vor der Hochzeit zur Witwe? Wie kühl sie sich von ihm verabschiedet hatte, als würde sie ihm zürnen. Zum Glück weilte Ursula außerhalb der Stadt. Sie wurde ihm langsam lästig, sosehr er sie früher auch begehrt hatte. Zwar war er einem heimlichen, verschwiegenen Stelldichein niemals abgeneigt, und die zierliche Blonde hatte immer noch ihre Reize, doch er haßte Schwierigkeiten, Tränen, Bitten und Erpressungen. Nein, es wäre für ihn besser, wenn sie und das vermaledeite Kind dort blieben, wo sie jetzt gerade sein mochten.
Der Henker hatte seine Runde beendet und trat beiseite, der Schultheiß nahm seinen Platz auf der Tribüne ein. Eine gespannte Stille senkte sich über den Marktplatz, selbst der Wind flaute ab, und die Vögel schwiegen. Es war, als könne man den Atem jedes einzelnen vernehmen. Der junge Junker Rudolf straffte sich und umfaßte den Schwertgriff so fest, daß seine Knöchel unter dem gepanzerten Handschuh weiß wurden. Entschlossen preßte er die Lippen zusammen und konzentrierte sich auf seinen Gegner – nicht seinen Bruder –, er war nur noch ein Gegner, namenlos unter der schimmernden Rüstung, hinter dem geschlitzten Visier des Helms verborgen. Vergeblich versucht der junge Ritter den Haß und den grenzenlosen Zorn wieder in sich aufwallen zu lassen. Nun ja, vielleicht war kühle Distanz auch besser.

Der Junker kniff die Augen zusammen und starrte auf das winzige weiße Taschentuch. Einen Augenblick flatterte es noch in der behandschuhten Hand, dann flog es, vom wieder auflebenden Wind erfaßt, davon, hielt sich einige Augenblicke wie ein Schmetterling in der klaren Frühlingsluft, ehe es herabsank und den frischen Sand berührte.
Die Reiter gaben ihren Pferden die Sporen, hoben die Schwerter, preschten mit fliegenden Federbuschen aufeinander zu. Die langen Schabracken der Pferde bauschten sich, Sand wirbelte auf. Ein Raunen lief durch die Menge, als die Schwerter das erste Mal aufeinandertrafen, doch die Pferde trennten sich wieder, und beide Reiter saßen noch unverletzt im Sattel. Rasch wendeten sie am Ende der Bahn, trieben die Pferde wieder aufeinander zu. Dieses Mal täuschte Rudolf einen hohen Schlag an, stach dann aber blitzschnell nach des Gegners Beine, traf jedoch nur die Kniekachel und fing Gabriels Hieb mit dem Schild ab. Immer noch schienen beide Gegner unbeschadet.
Erneut ritten sie aufeinander zu, doch kurz bevor sie zusammentrafen, riß der Junker Gabriel sein Pferd zurück, so daß ihn der Streich seines Bruders verfehlte. Für einen Moment brachte der hart angesetzte Schlag, der, ohne auf Metall zu treffen, ins Leere ging, Rudolf aus dem Gleichgewicht, und bevor er sich fassen konnte, sauste seines Bruders Schwert herab. Schützend hob Rudolf den Schild, doch die Klinge krachte so heftig dagegen, daß der Schild ihm aus der Hand fiel. Das Schwert schlug hart gegen Rudolfs Unterarm, zerbeulte die Schutzröhre, schnitt ihm den Arm auf und streifte sein Pferd. Sofort stieg der Rappe vorn hoch, wieherte vor Schmerz und warf seinen Reiter in den Sand. Mit einem Sprung setzte der Wallach über den Gestürzten hinweg, doch Rudolf hatte sich schon ab-

gerollt und stieß geistesgegenwärtig zu. Der Schimmel stieß einen Schmerzenslaut aus und brach hinten ein. Schnell ließ sich Gabriel vom Pferd gleiten, ehe dieses den Ritter unter sich begraben konnte, blieb jedoch für einen Moment zu lang in den Steigbügeln hängen und schlug mit der linken Seite unsanft auf dem Boden auf, sein Helm traf hart das sandbestreute Pflaster. Für Mitleid mit dem armen Tier blieb keine Zeit. Gabriels Schädel brummte, sein Knie schmerzte, doch er hielt Schwert und Schild noch in den Händen. Gerade als er sich aufrappelte, drang Rudolf, der sich seinen Schild zurückgeholt hatte, auf ihn ein. Doch der Arm des Jüngeren war stark getroffen, kaum konnte er den Schild noch halten, geschweige denn starke Hiebe damit abfangen! Wütend warf der junge Junker den nutzlos gewordenen Schutz in den Sand und konzentrierte sich auf sein Schwert.
In Gabriel keimten Zweifel, ob er die Lücke nutzen und auf die ungeschützte Seite schlagen sollte, als die Spitze des gegnerischen Schwerts sein verletztes Knie traf. Enttäuschung, Wut und Trauer flammten in ihm auf.
Was habe ich erwartet? Daß Rudolf mich absichtlich schonen wird?
Kraftvoll und mit wilder Entschlossenheit schlug der Ältere auf des Bruders schutzlose linke Seite ein und fing dessen Schläge mit dem Schild ab.
Gebannt verfolgten die Zuschauer den Schlagabtausch, rissen die Münder auf und wagten kaum zu atmen. Beide Gegner waren verletzt, die Rüstungen verbeult und beschädigt. Blutige Flecken breiteten sich hier und da aus. Gabriel schien sein Bein zum Verhängnis zu werden, er konnte kaum noch stehen und den Streichen seines Bruders ausweichen, und auch der verbeulte Helm zeugte von seinem harten Sturz und einigen Treffern. Rudolf da-

gegen hatte nicht nur am linken Arm und an der Schulter schwere Verletzungen, auch sein Schwertarm war getroffen. Ein scharfer Schnitt zwischen dem Harnischhandschuh und der eisernen Stulpe am Handgelenk hatte ihm fast die Hand vom Arm getrennt. Er schwitzte, die salzigen Tropfen rannen ihm in die Augen, und er mußte blinzeln, um das Bild zu klären. Seine Schläge kamen immer langsamer und fahriger, der Griff um das Schwert lockerte sich, seine Deckung wurde schlechter. Da! Ein geschickter Streich seines Gegners löste den Bauchreifen an seiner linken Seite, riß ihm das Fleisch auf und ließ ihn unter dem stechenden Schmerz taumeln. Das Schwert entglitt seinen Händen. Es war ihm, als verginge eine Ewigkeit, bis es im aufspritzenden Sand aufschlug und liegenblieb. Rudolf schloß die Augen und wankte einige Augenblicke, dann kippte er, die Hände auf die Bauchwunde gepreßt, mit einem Seufzer rückwärts um und rührte sich nicht mehr. Hellrot quoll das Blut zwischen den eisernen Fingern hindurch und tropfte in den Sand.

Gabriel machte einen Schritt nach vorn, knickte jedoch ein. Das Knie versagte ihm endgültig seine Dienste. Vor seinen Augen wurde es dunkel, doch mit einem heftigen Kopfschütteln vertrieb er die herannahende Ohnmacht, stützte sich schwer atmend auf sein Schwert und betrachtete seinen Bruder, der wie ein unbeholfener Käfer auf dem Rücken lag. Eine tiefe Traurigkeit erfaßte den Junker. Sollte er ihn nun töten, den Gegner, der ihn beleidigt hatte? Den Bruder, dem er in der Kindheit so oft den Hintern versohlt hatte? Die Schwärze griff erneut nach ihm, nahm ihm die Sicht, doch dieses Mal kämpfte er nicht dagegen an. Er ließ sie in sich hochsteigen, sah, wie sich die Welt verdunkelte, spürte, wie ihm das Gefühl aus Armen und Beinen wich, und fiel dann mit einem Seufzer zur

Seite, das Schwert noch in der Hand. Der Kampf war zu Ende.
Einen Augenblick war es still, all die Menschen waren wie erstarrt, doch dann bückte sich der alte Gabriel Senft unter der Abschrankung hindurch und eilte zu seinen Söhnen. Der Stättmeister folgte ihm, brüllte nach dem Medicus, winkte die Büttel mit den Bahren herbei und rief nach dem Bader. Behutsam legten helfende Hände die beiden Verletzten auf den rauhen Stoff, trugen sie in ihre Zelte und lösten vorsichtig Riemen und Schnallen der verbeulten Rüstungen. Visierhelm, Nackenschirm, Harnischbrust und Bauchreifen polterten achtlos zu Boden. Der Bader Wüst sah, daß der ältere der Brüder bereits wieder bei Bewußtsein war.
»Ist es vorbei? Lebt er noch?«
Der glatzköpfige Riese nickte, obwohl er nicht wußte, wie es auf der anderen Seite des Platzes aussah.
»Es scheint ihn aber schlimmer getroffen zu haben als Euch«, fügte der Bader nach einer Weile hinzu. Sorgfältig untersuchte er die Beinwunde des Junkers, nickte dann zufrieden.
»Das kriegen wir wieder hin. Na ja, vielleicht wird das Knie etwas steif bleiben …«
Der Junker konnte ihn nicht mehr hören, denn eine weitere Ohnmacht hatte ihn bereits wieder in die Finsternis zurückgezogen.
»Hat ganz schön was auf die Kapuze bekommen, der Herr Junker«, murmelte der Bader und ließ seine Finger vorsichtig über Stirn, Schläfen und den braunen Haarschopf wandern. Zu seiner Erleichterung fand er den Schädelknochen unversehrt.
Auf der anderen Seite des Platzes konnte noch keine Entwarnung gegeben werden. Mit spitzen Fingern entfernte

der Medicus Bauchreifen und Beintaschen, schnürte das Kettenhemd auf und zerschnitt den gepolsterten Wams. Kopfschüttelnd betrachtete er den tiefen, stark blutenden Stich im Unterleib.

»Haltet ihm doch endlich die Arme fest!« fuhr er die untätig Herumstehenden an, ehe er mit seiner Untersuchung fortfuhr. Ein leichtes Lächeln spielte um seine Lippen, als er sich davon überzeugte, daß Leber und Milz unversehrt waren. Die Schmerzensschreie des Verletzten hörte er nicht.

»Steckt ihm ein Holz zwischen die Zähne, empfahl er, bevor er ein graues Pulver in Branntwein auflöste und dann in die Wunde goß. Der verletzte junge Mann bäumte sich auf und stieß ein gurgelndes Geräusch aus, die Augen verdrehten sich, wurden starr, dann erschlaffte der Körper, und die Lider sanken herab.

»Mein Sohn! Ihr habt meinen Sohn getötet!« schrie der alte Gabriel, ließ seinen Stock fallen und schüttelte die kleine Gestalt des Medicus, daß dessen Kopf wild hin und her schlug. Der Stättmeister und der Schultheiß rissen den alten Mann zurück, erstaunt, welche Kraft noch in dem Gichtkranken steckte.

»Unsinn«, fauchte das kleine Männchen und rückte sich sein Gewand wieder zurecht. »Wenn es hier Tote gibt, dann haben sich Eure Söhne gegenseitig umgebracht. Im Moment jedenfalls ist dieser nur bewußtlos, und ich würde gerne mit meiner Arbeit fortfahren, statt dauernd gestört zu werden.«

Er funkelte den alten Adelsmann aus seinen kleinen, schwarzen Augen an. Beschämt senkte dieser den Blick, murmelte eine Entschuldigung und ließ sich zu einem der Scherenstühle führen.

Der Medicus indessen tupfte noch einmal die Wunde sau-

ber, nähte sie dann flink mit kleinen Stichen zusammen, bestrich die Naht dick mit einer Paste aus Schafsgarbe und Kamille, legte ein mit Johanniskrautöl getränktes Leinen auf und verband die Wunde fest. Dann wandte er sich leise summend den anderen Verletzungen zu, um auch diese zu säubern und zu verbinden.
»Doctore, bitte sagt, wird er wieder genesen?« fragte der alte Gabriel leise, seine Stimme zitterte.
»Nun, wenn kein Fieber auftritt, wenn sich kein Wundbrand bildet und das Fleisch nicht zu faulen beginnt ...«
»Wenn, wenn«, keifte der Greis erregt. »Wird er gesund oder nicht?«
Das kleine Männchen kniff die Augen zu, strich sich über seinen gepflegten Kinnbart, sah zu dem Junker auf, der trotz seines Alters noch eine imposante Gestalt war, und lächelte dünn.
»In Anbetracht meiner Heilkunst und meiner Erfahrung, die ich in den vielen Jahren erworben habe, werde ich Eurem Sohn seine Gesundheit zurückgeben – wenn Gott nichts anderes für ihn bestimmt hat.«
Der Junker nickte. Mit seinen gichtigen Fingern zog er einen feinen Lederbeutel hervor, schnürte ihn so weit auf, daß die goldenen Münzen im Kerzenschein blitzten, und reichte den Beutel dann an seinen Knecht weiter.
»Gib dem Medicus, was er haben will, und dann bringt mir meinen Sohn nach Hause.«
Er strich dem Ohnmächtigen noch einmal über das bleiche Antlitz, umgriff seinen Stock mit dem Elfenbeinknauf fester und humpelte aus dem Zelt hinaus, um nach seinem Erstgeborenen zu sehen.

* * *

Was für ein Aufruhr in der Stadt! Zwei erwachsene Männer schlugen sich wie die schmutzigen Knaben auf den Gassen, doch dieses Mal ging es nicht nur um die Ehre, um eine Steinschleuder oder einfach die Lust, einen anderen zu Boden zu werfen und seine Nase bluten zu sehen. Dieses Mal ging es um Leben und Tod. Peter war natürlich zum Marktplatz geeilt, so wie all die anderen Männer auch, die ihre Arbeit stehen und liegen gelassen hatten, um dem Schauspiel beizuwohnen.
Ganz im Gegensatz zu Afra verspürte Anne Katharina kein Bedauern, daß es Frauen nicht gestattet war, dem Zweikampf zuzusehen. Sie packte ein paar frische Beeren und eine Schüssel mit honiggesüßtem Rhabarberkompott in ihren Korb und schlenderte zum Spital. Natürlich wollte auch der Großvater Einzelheiten über den Zweikampf wissen – Männer! Doch da sie die begehrten Nachrichten nicht liefern konnte, plauderten der ehemalige Richter und seine Enkelin über vielerlei Nichtigkeiten, bis eine der jungen Beginen ins Zimmer gestürmt kam.
»Sie sind verletzt, beide jedoch noch am Leben. Der Junker Gabriel ist schon nach Hause gebracht worden, seinen Bruder Rudolf hat es wohl schlimmer erwischt, doch der Medicus ist zuversichtlich, daß auch er überleben wird. Der Rat hat beschlossen, daß keiner der beiden besiegt wurde, doch der Streit hiermit ein Ende haben soll.«
Nun mußte sie Luft holen, beschrieb dann jedoch die Verletzungen, als habe sie sie selbst gesehen.
Wie im Fluge hatten sich die Neuigkeiten über die Stadt verbreitet und noch weit über die Stadtmauern hinaus. Nun ja, Anne Katharina würde später sicher von Peter jede Einzelheit mehrmals berichtet bekommen.
»Ich muß jetzt gehen, lieber Großvater, um noch einige Besorgungen zu erledigen. Peter und ich wollen uns heu-

te abend mit Ulrich zu Hause zum Nachtmahl treffen, um über alles zu reden ...«
... und den Lügen hoffentlich endlich ein Ende machen. Ihr Herz war schwer. Würden sie irgendwann wieder eine Familie sein, oder war die Wahrheit so niederschmetternd, daß sie alles zerstören würde – die warme, gewohnte Welt, das Vertrauen und noch mehr Leben?
»Ja, geh nur, mein liebes Kind.«
Sie küßte dem alten Mann zärtlich auf die Wange, schloß leise die Tür hinter sich, schritt durch den langen Gang und trat dann auf den sonnendurchfluteten Hof. Aus der Wäschekammer im Gebäude gegenüber humpelte eine gebückte Gestalt, einen großen Korb voll Leinen in den Händen, der ihr sichtlich zu schwer war. Grüßend und ihre Hilfe anbietend, trat Anne Katharina näher.
Die alte Schwester beschattete ihre getrübten Augen und lauschte aufmerksam der jungen Stimme.
»Ihr seid die Enkelin des Richters, nicht wahr?«
»Ja, Schwester Dorothea, Anne Katharina.«
Die Alte nickte langsam, ließ sich den Korb aus den Händen nehmen und rieb sich dann stöhnend den gebeugten Rücken.
»Das ist sehr lieb von Euch, mein Kind.«
Hinkend schlurfte sie neben dem Mädchen her.
»Es ist für Euren Großvater ein Segen, daß Ihr ihn so häufig besucht. Auch wie Ihr Euch der Senftenmagd angenommen habt, der armen Sünderin, hat dem Herrn sicher gefallen, denn auch er rief die Ehebrecherin und die Hure zu sich.«
Sie seufzte, versank in ihre Erinnerungen und schien für einige Zeit in einer ganz anderen Welt zu weilen. Langsam humpelte sie hinter Anne Katharina her und überquerte mit ihr bedächtig den Hof zum Krankensaal.

»Ihr wart es doch auch, die das arme Würmchen zum Kaplan getragen hat.« Sie seufzte wieder. »Auch wenn es ein Kind der Sünde war, stimmte es mich sehr traurig, so einen winzigen, leblosen Körper in Händen zu halten. Das süße kleine Mädchen zu waschen und wieder in seine Windel zu wickeln, um es dann der kalten Erde zu übergeben.«

»Junge«, korrigierte Anne Katharina zerstreut und setzte den schweren Korb auf einer Bank ab. »Es war ein Junge.«

Schwester Dorothea straffte sich.

»Aber nein, wenn ich es Euch sage.« Sie schien ein wenig gekränkt. »Meine Augen sind mit den Jahren zwar schwach geworden, doch mein Geist und meine Hände sind noch völlig in Ordnung, und daher sage ich Euch, ich habe die Leiche eines kleinen Mädchens gewaschen!«

In Anne Katharinas Kopf begann es zu schwirren. Die Gedanken jagten sich. Ein Mädchen! Sie wandte sich ab, ließ die alte Schwester stehen und versuchte, das Gehörte zu begreifen. Es war sicher, daß Marie einen Jungen geboren hatte, doch was für ein totes Kind hatte sie dann in den Händen gehalten und wohin war Maries Sohn verschwunden? Was hatte Els gesagt? Salomo, die Geschichte des Salomo! Die Hure wollte ihr Kind lieber der anderen geben, als daß es getötet würde – und wäre es nicht in dieser Welt, in diesem Winter zum Tode verurteilt gewesen?

»Vielen Dank für Eure Hilfe, mein Kind, und einen gesegneten Tag«, verabschiedete sich die Erblindende, »und sagt Eurem Bruder, dem Ratsherrn, es ist schön, daß er nach so langer Zeit den alten Herrn mal wieder besucht hat.«

Anne Katharina wandte sich mit einem Ruck um.

»Ulrich war hier?«

»O ja, ganz früh am Morgen, als ich das Nachtgeschirr des Herrn Richter holen wollte, saß er bei ihm.«
Was hatte das nun wieder zu bedeuten? Eine merkwürdige Vorahnung schnürte ihr die Kehle zu und jagte einen kalten Schauder über ihren Rücken. Es war wohl besser, sofort mit Ulrich zu sprechen. Mit gerafften Röcken eilte sie davon.
»Und dann noch die Freude, am selben Tag Eure Schwägerin hier zu treffen«, fügte die Alte noch hinzu, doch Anne Katharina hatte den Saal bereits verlassen, und so verflogen die Worte ungehört.

* * *

Anne Katharina war ihrem Bruder, seit er von seiner Reise mit Hermann Büschler zurückgekehrt war, bewußt aus dem Weg gegangen, doch jetzt drängte es sie, noch in diesem Augenblick mit ihm zu reden. Mit einem mulmigen Gefühl im Magen stieg sie über die schmutzige Treppe nach oben.
In der Stube war es stickig, es roch unangenehm nach ranzigem Fett und erkalteter Asche, der Boden war nicht gefegt und der Tisch klebrig von getrocknetem Wein, doch das störte den Hausherrn nicht. Er hatte die Magd, die säubern wollte, so rüde hinausgeworfen und die Tür mit einem kräftigen Tritt hinter ihr geschlossen, daß sie seither nicht mehr gewagt hatte, die Stube zu betreten.
Die schmutzigen Hemdsärmel hochgeschoben, die Ellenbogen auf den Tisch gestützt, den Kopf in den Händen vergraben, saß Ulrich Vogelmann schon seit Stunden da und bewegte sich nur, um immer mal wieder einen Becher Wein zu leeren. Längst hatte er aufgehört zu zählen, wie viele es schon waren. Düster starrte er vor sich hin, so

sehr in seinen trüben Gedanken versunken, daß er das Öffnen der Stubentür nicht vernahm. Auch die leichten Schritte auf dem Dielenboden hörte er nicht. Erst als sich seine Schwester auf der Truhe ihm gegenüber niederließ, schreckte er auf und starrte sie aus blutunterlaufenen Augen verwirrt an.
»Was willst du? Mich wieder mit deinem vorwurfsvollen Blick strafen? Es ist doch noch nicht Abend, oder?«
Seine Schwester schüttelte stumm den Kopf. Erst nach einer Weile sagte sie leise:
»Ich versuche nur zu verstehen.«
»Warum alles so geworden ist? Warum wir in einem Strudel treiben und immer schneller in die Tiefe gerissen werden? Ich weiß es nicht. Auch der Wein kann mir nicht sagen, was ich falsch gemacht habe, doch er läßt es mich besser ertragen.«
»Wer den Felsblock ins Rollen bringt, darf über den Steinschlag nicht klagen!«
»Verstehen willst du? Nein, du willst doch nur deinen Haß, den du schon immer gegen mich hegst, nähren.«
Erstaunt hob Anne Katharina die Augenbrauen.
»Aber nein, es ist nur dein aufbrausendes, hartes Wesen, das mit jedem Tag schlimmer zu werden scheint, welches die Menschen dich ablehnen läßt.«
»Es war die Last eines trutzigen Turmes, die der Herr auf meine Schultern lud, als er unseren Vater so früh zu sich rief, doch ich war so arrogant, zu glauben, ich könnte all die Aufgaben bewältigen: unser Salz gewinnen, den Weinhandel stärken, die Ehre der Familie mehren, aus Peter einen fähigen Advokaten machen, dich zu einer sittsamen Frau erziehen und gut verheiraten, mit einer liebenden Gattin eine große Familie gründen ... Und was habe ich erreicht? Unsere Ehre liegt im Schmutz, ich werde des Be-

truges und der Steuerlüge bezichtigt, und meine Geschwister haben im Zorn das Haus verlassen. Mein Sohn, auf den ich so viele Jahre gewartet habe, wurde mir genommen – ist nicht einmal mein, und meine Gattin ...«
Er lachte bitter.
»Es war doch guter Wille in alldem, was ich tat, doch meine Strenge zu dir trieb dich in immer heftigeren Trotz, und ich mußte mit ansehen, wie du Regeln und Gebote mit Füßen tratst. Ich hoffte, durch eine Ehe würde es besser. Bei Peter war es die Milde, die ihn zu immer wüsteren Streichen trieb. Und als ich mich dann entschloß, ihn endlich einmal die Folgen seiner Tollheiten selbst ausbaden zu lassen, schickte ich ihn damit fast in den Tod ...«
Ungewollt berührt konnte Anne Katharina nicht verhindern, daß ihre Verachtung und ihre Wut ein wenig schmolzen, doch dann dachte sie an Ursula und die grausamen Schläge, die sie von ihrem Ehegatten hatte ertragen müssen, dachte an seine Lieblosigkeit und die anderen Weiber.
»Aber was ist mit Ursula?« unterbrach ihn seine Schwester. »Ich weiß, daß man Ehen nicht aus Liebe eingeht, doch ist Respekt und Freundschaft zuviel verlangt?«
»Respekt? Freundschaft? Ich habe sie bis zum Wahnsinn geliebt!«
»Du hast sie brutal geschlagen!«
»Ja, das war der Tag meiner größten Schwäche. Du wirst das nicht verstehen, doch ich konnte einfach nicht mehr. Ich habe sie so sehr geliebt und vom ersten Augenblick an begehrt. Ich dachte, das Paradies bereits auf Erden genießen zu dürfen, als ich sie zum Altar führte, doch die herbeigesehnte Wonne blieb mir versagt. Ich war geduldig mit ihr, hoffte, daß sie ihre Scheu bald überwinden werde, doch vergeblich. O ja, sie war schon immer die

perfekte Tugend.« Er lachte bitter. »Sie versprach, klaglos ihre ehelichen Pflichten zu erfüllen und mir einen Erben zu schenken, mich zu ehren und mir treu zu gehorchen, mir das Haus zur steten Zufriedenheit zu führen – doch lieben könne sie mich nicht, denn ihr Herz sei für immer vergeben. Meine Hoffnung, sie für mich gewinnen zu können, schwand. Wie der größte Schurke kam ich mir jedesmal vor, wenn ich sie angespannt, leidend und mit zusammengepreßten Lippen in unserem ehelichen Bett liegen sah. Ich versprach, sie nicht mehr zu berühren, wenn wir einen gesunden Sohn bekommen würden, doch der Herr hatte kein Einsehen mit uns. Er verlachte unseren Schmerz, denn obwohl sie immer wieder schwanger wurde, konnte sie kein gesundes, kräftiges Kind gebären. Mein Wunsch, wenigstens mein Kind lieben zu dürfen und von ihm geliebt zu werden, wurde übermächtig.«

Anne Katharina nickte langsam. Der dichte Nebel lüftete sich allmählich und rückte die ganze Schmach und all den Schmutz ins grelle Sonnenlicht.

»Dann die überwältigende Freude über das Kind – und die Traurigkeit, sie endgültig verloren zu haben. Ich verstehe es immer noch nicht, warum es ab diesem Tag noch viel schlimmer wurde. Sie hat ihr Versprechen gebrochen, hat gelogen, Geld gestohlen, mich betrogen. Warum? Warum nur? Sie mußte doch keine Bücher fälschen ...« Er schluchzte auf.

»Moment mal, Ursula hat das Geld genommen und die Bücher geändert?«

»Ja, sie hat versucht, meine Schrift nachzuahmen, und hat dadurch die ganze Familie in Schande gebracht. Warum hat sie mich nicht einfach um das Geld gebeten?«

Anne Katharina fühlte, wie ihr Mund trocken wurde.

»Vielleicht konnte sie dir den Grund nicht sagen, für den sie das Geld benötigte.«
»Du meinst, sie hat es ihrem Buhlen gegeben? Pah, der Junker hat Geld genug.«
»Rudolf Senft? Sie hat ihn angehimmelt, ja, doch mehr wird es nicht gewesen sein.«
Nun brach Ulrich in Tränen aus.
»Ich habe gesehen, wie sie sich mit ihm getroffen hat. Ich dachte, nach all diesen Jahren kann mich nichts mehr erschüttern, doch als sie ihm beichtete, daß David Maria sein Sohn ist ... Alles, alles hat sie mir verwehrt«, schrie er in höchstem Schmerz. »Ihre Liebe, ihren Respekt und den Sohn.«
Anne Katharina saß ganz still. Sie hätte ihn trösten müssen, doch sie konnte sich nicht bewegen, war wie erstarrt, ihr Mund ausgetrocknet. Die letzten, schon brüchigen Mauern ihrer Welt stürzten in sich zusammen. An was konnte sie noch glauben? Wem ihr Vertrauen schenken?
»Es ist nicht so, wie du denkst«, sagte sie so leise, daß sie nicht sicher war, ob er es gehört hatte. »Heilige Jungfrau, vielleicht ist alles noch viel schlimmer.«
Langsam, wie plötzlich zur Greisin geworden, erhob sie sich und wandte sich zu Tür, drehte sich dort aber noch einmal um.
»Warum bist du nicht zu mir in den Turm gekommen?«
Erstaunt sah Ulrich auf.
»Du wolltest mich doch nicht sehen! In deiner größten Not hast du dich von deinen Brüdern abgewandt ...«
»... hat Ursula dir das gesagt?«
Sie fühlte sich so müde, so schwer. Die Tränen brannten hinter ihren Augen, doch sie wollten nicht fließen, um den lähmenden Druck von ihr zu nehmen.
Schwankend stieg sie die schmutzige Treppe hinunter

und wankte wie eine Trunkene durch die Straßen, ziellos mit wirren Gedanken. Nach außen blind, stieg sie die Freitreppe hinauf, durchschritt die Kirchenhalle, kniete vor der kleinen Marienstatue in einer Nische nieder und betete still, um Ruhe und um eine Antwort zu finden. Der weise Salomo. Von Anfang an hatte sie die Lösung mit sich herumgetragen und sie nicht verstanden.

Anne Katharina wußte nicht, wie lange sie auf dem kalten Boden gekniet hatte, doch ihre Beine waren taub, als sie wieder aufsah und den leichten Schritten auf den großen Steinplatten lauschte. Das Mädchen blickte der in einen langen, schäbigen Umhang und ein dickes Schleiertuch gehüllten Gestalt nach, die in der Nische der Grablegungskapelle niederkniete. Am Haupt stand der betende Johannes, die leidende Jungfrau Maria hielt, die Hände gefaltet, das tränenüberströmte Antlitz ihrem toten Sohn entgegen, die anderen Frauen am Grab, Maria Jacobi und Maria Magdalena, teilten ihren Schmerz. Noch konnten sie nicht wissen, daß der Herr Jesu in drei Tagen schon aus seiner Gruft steigen und gen Himmel fahren sollte.

Nicht lange, da zog die verschleierte Frau vier dicke Wachskerzen unter ihrem leichten Mantel hervor, entzündete sie und kniete dann wieder nieder, um zu beten. Die Perlen des Rosenkranzes glitten leise klappernd durch ihre Hände.

Die Kerzen müssen ein Vermögen gekostet haben. Es muß eine sehr reiche oder sehr sündige Seele sein, für die sie bittet. Anne Katharina dachte nach, doch ihr fiel keine wichtige Persönlichkeit ein, die in den letzten Tagen plötzlich und ohne priesterlichen Beistand verstorben war und für deren Heil nun nur noch die Hinterbliebenen durch Kerzen, Gebete, Seelenmessen oder reiche Stiftungen sorgen konnten.

Merkwürdig, solch teure Kerzen in den Händen einer Frau, die sich keinen guten Umhang leisten konnte. Grübelnd beobachtete Anne Katharina die so vertrauten Gesten. Doch Ursula war weit weg, in Wimpfen bei ihrer Tante –
Bei allen Heiligen, sie ist zurückgekehrt!
Die Erkenntnis war so stark, daß kein Zweifel dagegen bestehen konnte. Das Mädchen sehnte sich danach, zu ihr zu laufen, ihre Hände zu fassen und zu hören, daß es für alles eine ganz einfache Erklärung gab, daß es nicht so war, wie es schien, doch der Boden hielt Anne Katharina fest und umklammerte ihre Knöchel.
Wozu die Kerzen? Wozu die Verkleidung?
Ihr Kopf begann allmählich wieder zu arbeiten, und als sich die verhüllte Gestalt erhob und dem schmalen Seiteneingang zustrebte, folgte ihr Anne Katharina in einiger Entfernung.
Ohne sich umzusehen, schritt Ursula auf das Langenfelder Tor zu, folgte erst ein Stück der befestigten Straße nach Süden und bog dann in einen kaum erkennbaren Pfad ein. Die dicht belaubten Bäume und das wuchernde Unterholz dämpften das Licht, so daß Anne Katharina Mühe hatte, die Schwägerin nicht aus den Augen zu verlieren. Zweige schlugen ihr ins Gesicht. Als der Hang steiler wurde, rutschte sie im feuchten Erdreich. Ranken krallten sich in den Stoff ihres Rockes. Ganz unvermittelt, als sie um eine Biegung kam, tat sich vor ihr eine kleine Lichtung auf, die an einer Felswand endete. Der Weg war zu Ende, aber Ursula nirgends zu entdecken. Erst nach einer Weile erkannte Anne Katharina, daß es sich nicht nur um eine natürliche Felswand handelte. Unter einer weit vorstehenden Felsplatte waren die Mauern so geschickt eingefügt und einige Sträucher so dicht aneinan-

der gepflanzt, daß man das Häuschen nur mit Mühe erkennen konnte. Die schmale Tür, im Schatten halb verborgen, war einen Spaltbreit geöffnet. Mit klopfendem Herzen und weichen, zitternden Knien trat das Mädchen näher und spähte hinein. Die winzigen Fenster ließen nur wenig Licht in den kleinen Raum, so daß Anne Katharina ihre Schwägerin nicht sogleich entdecken konnte. Langsam lösten sich die Schatten auf und nahmen Konturen an.
»Du kannst ruhig hereinkommen. Ich habe schon lange bemerkt, daß du mir folgst.«
Zaghaft schob Anne Katharina die Tür auf und trat ein. Der strenge Geruch von unzähligen Kräutern trieb ihr Tränen in die Augen und reizte sie zum Niesen. Die Hände an die Nase gedrückt, sah sie sich neugierig um. Langsam gewöhnten sich ihre Augen an das Halbdunkel und enthüllten immer mehr der seltsamen Behausung, die an zwei Seiten direkt an die Felswand geklebt schien. Vor dem rauhen, hellgrauen Stein waren Regale errichtet, auf denen dicht an dicht Fläschchen, Krüge, Tiegel und Holzkästchen standen. In der Ecke zwischen Felswand und Außenmauer sah sie einen Ofen, primitiv aus kaum bearbeiteten Steinblöcken gemauert. Ein eiserner Kessel hing darüber, die Asche darunter glomm noch. Neben dem Ofen war eine Lagerstatt aus Decken und Fellen errichtet, die über Moos, Zweigen und Blättern ausgebreitet waren. Von der Decke hingen getrocknete Reisig- und Kräuterbündel herab, die einen süßlich-bitter betäubenden Duft verströmten. Das einzige richtige Möbelstück in der kleinen Hütte war eine schwere Eichentruhe, mit Eisenbändern und schönen Schmiedearbeiten in Lilienform verziert. Ursula lehnte sich neben dem Ofen an die Wand, die Hände auf dem Rü-

cken verschränkt, und wartete geduldig, bis das junge Mädchen die seltsame Behausung ausgiebig gemustert hatte.
»Hier wohnt die alte Berta, die Hexe, nicht?«
Ursula nickte.
»Du bist so schlau und so neugierig, meine Liebe. Das allein wird dir zum Verhängnis werden«, sie seufzte traurig, »denn ich hege keinerlei Zorn gegen dich, das mußt du mir glauben.«
Anne Katharina ging nicht darauf ein, sondern fragte statt dessen mit brüchiger Stimme:
»Warum liegt dein kleines Mädchen in der kalten Erde beim Spital?«
»Er wollte einen Sohn, das weißt du doch. Was ist schon ein Mädchen? Nichts, gar nichts hätte sich geändert. Jede Nacht eine Ewigkeit des Grauens zusammen mit diesem nach Schweiß riechenden, ungehobelten Mann. Seine Hände auf meiner Haut.« Ursula schüttelte sich voller Ekel. »Wer weiß, ob ich je noch ein lebendes Kind zur Welt gebracht hätte.« Ihr Ton wurde schärfer. »Der Herr im Himmel ist mein Zeuge, ich habe immer nur um einen Sohn gebetet, doch all die Heiligen hörten nicht richtig zu. Der unzüchtigen Schlampe gaben sie den Knaben! Ich habe das Versehen nur korrigiert.«
Leichte Übelkeit stieg in Anne Katharina hoch, als sie noch einmal fragte:
»Warum mußte deine Tochter sterben?«
»Das fragst du?« Sie schien ehrlich überrascht. »Was hätte sie denn für ein Leben gehabt, als Kind einer ledigen, wegen Unzucht verurteilten, mittellosen Magd? Wie kannst du nur an so etwas denken. Das wäre eine Sünde gewesen! Doch so wurde das Würmchen getauft, starb ohne die kleinste Schuld und wurde sogleich von den himmlischen

Heerscharen empfangen.« Tränen traten in die himmelblauen Augen. »Glaube nur nicht, daß es mir leichtgefallen ist, doch was hätte ich denn anderes tun sollen, als ein Kissen auf das winzige Gesicht zu drücken, bis der Atem stockte. Nun ja, offensichtlich war es zäher, als ich dachte. Ich habe um das Kind geweint und unzählige Rosenkränze gebetet. Es hat mir das Herz zerrissen, doch es war der einzige Weg.«
»Und nun nennst du das Kind von Rudolf Senft und Marie deinen Sohn und läßt ihn ohne Taufe in tiefer Sünde leben! Ja, jetzt verstehe ich, was Marie meinte, bevor sie verschwand.«
Anne Katharina zitterte vor unterdrückter Wut.
»Ja«, nickte Ursula, »das war ein großes Problem. Ich konnte ja nicht zu einem der Pfarrer gehen und das Kind noch einmal taufen lassen. Doch sei unbesorgt und sieh mich nicht mit solchem Grimm an, es ist alles in Ordnung.«
Mißtrauisch zog Anne Katharina die Augenbrauen hoch. »Was ist in Ordnung?«
»Es ist getauft und wird nicht von Gott verstoßen! Nachdem die dumme Els unbedingt bei deinem Oheim beichten mußte und er daher Bescheid wußte, ließ ich ihn das Kind taufen. Ich habe ihm alle meine Sünden gebeichtet, doch er wollte nicht stillschweigen, obwohl das seine Pflicht gewesen wäre. Zum Schultheiß wollte er gehen! Die Familienehre beschmutzen.«
Anne Katharina stieß einen erstickten Laut aus, doch Ursula fuhr unbeirrt fort.
»Du verstehst doch, daß er nicht am Leben bleiben durfte.« Ursula sah ihre junge Schwägerin flehend an. »Mir blieb keine andere Wahl, und er wehrte sich nicht! Der Stich in den Rücken war nicht tief. Er wandte sich zu mir

um und sah mich nur an. Wie das Opferlamm wartete er auf den tödlichen Stich.«

Der Magen des Mädchens begann sich zu regen, doch sie beachtete das säuerliche Brennen nicht.

»Und bei Els hattest du natürlich auch keine andere Wahl!«

Ursula überhörte den Sarkasmus.

»Aber ja, sie dachte, daß es nur einen Austausch gibt, das törichte Weib, und kam dann hinterher plötzlich mit ihrem Gewissen daher.«

»Deshalb hast du ihr auch Geld bezahlt, und als das nichts nutzte, sie von Rudolfs Knecht bedrohen lassen!«

Nun war Ursula wirklich erstaunt.

»Du weißt sehr viel.«

»Und hast du ihn dann geschickt, sie zu erstechen?«

»Alfred?« Sie lachte glockenhell. »Der konnte sich zwar aufplustern wie ein Kampfhahn, doch wenn es ernst wurde, bekam er feuchte Hosen. Nein, ich mußte alles selber machen. Ich hätte sie ja sauber und einfach mit einem Becher Wein ins Fegefeuer geschickt, doch sie besaß die Unverschämtheit, mir zu sagen, daß sie in meiner Gegenwart nichts anrühren würde. Da wurde ich zornig. Ich wußte, daß es sein mußte, und trotzdem zitterten mir die Knie, als ich hinter ihrem Rücken das lange Küchenmesser ergriff. Es ging so einfach. Ich war ehrlich erstaunt, wie leicht es ist, einen Menschen zu erstechen. Ich geriet in einen Rausch. Das ganze Blut! In mir war plötzlich soviel Wut und verzehrender Haß, zusammengesetzt aus unendlich vielen Demütigungen, aus unzählbar vielen nicht gesagten Worten, geschluckten Erwiderungen, nicht geweinten Tränen. Ich habe meinen Eltern nie widersprochen, habe den Mann geheiratet, den sie mir aussuchten, habe nie die Stimme erhoben, nicht gezankt, nicht geze-

tert, niemals aufbegehrt. Nicht so wie du, die du fast täglich auf schändliche Weise mit deinem Bruder streitest. Ich habe meine Wut unterdrückt, sie mit Tugend und Bescheidenheit bedeckt. Els' Blut an meinen Händen war meine Befreiung!«
Ihre Augen glänzten fiebrig rot und flackerten verklärt. Das Böse, das Anne Katharina immer wieder gespürt hatte, schwebte nun beinahe greifbar in der stickigen Luft zwischen ihnen beiden.
»Ich wollte nicht in diesen alles vernichtenden Strudel geraten, der sich immer schneller dreht und immer mehr Opfer fordert. Es war nicht meine Schuld. Baumann, der alte Narr, bedrängte Ulrich heftig und ließ ihm nur die Wahl, selbst die Schuld auf sich zu nehmen oder denjenigen zu opfern, der die Bücher gefälscht hat. Er wollte die ganze Familie in Unehre stürzen! Als ich das hörte, wußte ich, daß ich schnell handeln mußte. Leider hat Sara, das dumme Weib, gesehen, wie ich die schwarze Katze erschlug. Und da sie mich einmal zu Berta begleitet hatte, zog sie ihre Schlüsse. Weißt du, wenn ein Ratsherr ermordet wird, dann braucht man auch einen Sünder, der dafür büßt. Sara war die naheliegende Lösung des Problems, und so hat alles seine Ordnung.«
Sie ist besessen, von den Dämonen der Hölle getrieben. Unwillkürlich trat Anne Katharina einen Schritt zurück.
»Dein Kind, Els, Ratsherr Baumann, seine Magd, Oheim Bernhart, Marie, der Knecht Alfred – all diese Leben hast du vernichtet?! Selbst mich hast du zu vergiften versucht. Wie kannst du auch nur einen Augenblick mit deinem Gewissen zusammensein? Drückt dich die Angst vor deinem Ende nicht nieder? Wenn die Dämonen dich zu deiner letzten, ewigen Reise holen?«
»O nein, ich brauche mir keine Sorgen zu machen. Was

glaubst du wohl, für was ich das viele Geld benötigte und warum ich in den letzten Wochen so viele Stunden beim Gebet zubrachte? Nicht nur für die Seelen der Toten stiftete ich Kerzen, stets betete ich für ihr und für mein Seelenheil. Für jede meiner Sünden erstand ich einen Ablaßbrief – und für einen Teil empfing ich Absolution von deinem Oheim!«

»Du hast bei Oheim Bernhart erst gebeichtet, dir die Absolution geben lassen und ihn dann ermordet?«

»Aber ja, das war das einzig Sinnvolle.«

Es klang so natürlich leicht, als plaudere sie über Putz oder Naschwerk.

»Du brauchst dir keine Sorgen zu machen, Liebes«, fuhr Ursula fort, »auch für dich, deinen lieben Großvater und deine Brüder ist Vorsorge getroffen. Die größten und teuersten Kerzen, die ich finden konnte, habe ich für euer Heil gestiftet.«

»Danke, ich glaube nicht, daß wir die nötig haben, schließlich sind wir noch am Leben. Denke nicht, daß du Gelegenheit haben wirst, diesen Wahnsinn fortzusetzen.«

Sie schien ehrlich belustigt.

»Du bist ja doch nicht so schlau, wie ich dachte, denn dieses Mal bist du im Irrtum. In diesem Augenblick liegen deine Brüder bereits tot in der Stube. Der Wein für beide ist schon lange vorbereitet. Auch das Spital besuchte ich heute schon und brachte dem Großvater ganz besonders feinen Honigkuchen, den er eigentlich mit dir zusammen verzehren sollte, doch nun muß ich mir für dich etwas anderes ausdenken.«

»Du lügst!« schrie Anne Katharina, bebend vor Angst und Zorn.

»Warum sollte ich lügen? All die vielen Jahre tat ich meine Pflicht, heiratete deinen Bruder, obwohl mein Herz bereits vergeben war, erfüllte ohne Klage meine ehelichen Pflichten und nahm all die Widrigkeiten auf mich, um ihm den Sohn zu geben, den er begehrte. Glaubst du, es war angenehm, diesen Blick der Begierde auf der nackten Haut zu spüren, diese feuchten Küsse, den heißen Atem? Meinst du, es macht Freude, neun Monate voller Qual den schwellenden Leib zu tragen, nur um dann mit Verachtung gestraft zu werden, weil es nur ein kränkliches Mädchen geworden ist? Ich hielt mein Eheversprechen, doch was tat er? Statt mich dafür zu ehren, beschimpfte und schlug er mich! Es war doch nicht meine Schuld, daß alles so außer Kontrolle geriet. Nur Gott der Herr weiß, warum ich meinem Ehegatten keine wärmenden Gefühle entgegenbringen konnte.«

Tränen quollen aus ihren Augen und rannen über die bleichen Wangen.

»Es war diese Liebe, diese alles verbrennende Liebe in mir, die ich mir nicht aus dem Herzen reißen konnte. Ich habe alles versucht, gegen sie angekämpft – vergeblich. Ich sah immer nur sein Gesicht, hörte seine Stimme. Ja, ich roch sogar sein Parfüm. Wie konnte ich da etwas für deinen Bruder fühlen? Der Schmerz ist unbeschreiblich. Es ist, als zerrten tausend Teufel an meiner Seele. Welch schlimmeres Schicksal kann es geben, den innig und über alles Geliebten nur von Ferne sehen zu dürfen und statt dessen in die Arme eines anderen gezwungen zu werden?« Ursula schluchzte auf. »Ich kann nicht mehr kämpfen. Ich bin am Ende meiner Kräfte! Ich muß dem Drängen in mir nachgeben und ihm folgen.«

»Du sprichst von Liebe?« ächzte Anne Katharina.

»Ja, von nun an lasse ich nur noch mein Herz sprechen. Ich habe Rudolf meine Liebe versichert. Er wartet auf mich. Morgen bin ich frei und so reich, daß auch die stol-

ze Junkersfamilie nichts gegen unsere Verbindung einwenden kann. Wir werden seinen Sohn aufziehen, und das Glück wird sich mir endlich zuwenden. Nach so vielen Jahren Leid werde ich alle Fesseln abwerfen und frei sein, frei, in unserer blühenden Liebe meine Erfüllung zu finden.«
Sie lächelte verklärt, doch dem Mädchen war es, als sehe sie den Gehörnten leibhaftig vor sich.
»Du bist besessen! O Gott, Großvater, Peter, Ulrich! Ich muß zu ihnen.«
Die furchtbare Wahrheit umschlang sie kalt. Anne Katharina drehte sich um, stieß die Tür auf, doch da war Ursula schon hinter ihr und riß an ihren Zöpfen, so daß sie strauchelte und nach hinten fiel. Ehe sich das Mädchen wieder aufrappeln konnte, kniete die Schwägerin schon auf seiner Brust. Eine lange, scharfe Klinge schimmerte im trüben Licht. Die Spitze des Dolches bohrte sich in Anne Katharinas Brust. Ein paar Blutstropfen quollen durch das schwarzsamtene Mieder.
»Ich mag dich wirklich«, flüsterte Ursula rauh unter Tränen. »Gerade weil du so klug bist, wirst du verstehen, daß ich dich töten muß. Bitte verzeih mir. Du würdest deine Familie rächen und mir nie meinen Frieden lassen. Glaube mir, es ist nicht wegen des Siedens, das gönne ich dir von Herzen. Aber ich kann es nicht zulassen, daß ich so kurz vor meinem Ziel scheitere. Verstehe doch, es ist wegen Rudolf, ich brauche ihn, und ich muß zu ihm.«
Anne Katharina fühlte den stechenden Schmerz in ihrer Brust. Der Druck auf die kalte Spitze, die jeden Moment ihr Leben beenden konnte, verstärkte sich. Das Mädchen schloß die Augen und versuchte zu beten, doch es fielen ihr keine Worte ein.
Worauf wartet sie noch?

»Ich werde für deine Seele eine Messe lesen lassen, für dich beten, jeden Tag, damit du schnell vom Fegefeuer befreit wirst und Gott in seiner ganzen Herrlichkeit schauen darfst...«
Die Stimme brach ab. Ein Poltern und Krachen, ein spitzer Schrei. Das Gewicht auf Anne Katharinas Brust verschwand, das Mädchen wurde hochgehoben und von starken Armen an eine breite Brust gepreßt.
»Mein armes Kind, mein Schatz, mein Augenlicht«, murmelte die tiefe Männerstimme bewegt. »Ich hatte solche Angst, zu spät zu kommen.«
Noch völlig verwirrt, daß sie ihrem Schöpfer nun doch noch nicht gegenübertreten sollte, öffnete Anne Katharina die Augen und sah zu ihrem Retter hoch. Die an der Steinwand zu einem Bündel zusammengesackte Gestalt bemerkte sie nicht.
»Ich habe dich so sehr vermißt!« flüsterte der Pater bewegt. Eine Träne schlich über das gütige Gesicht, in dem sich die leichten Falten allmählich vertieften.
Verwirrt befreite sich das Mädchen aus der Umklammerung und wollte schon einen Schritt zurücktreten, um von dieser flammenden Liebe nicht erdrückt zu werden, doch die Sehnsucht, die sie Wochen und Monate unterdrückt hatte, brach den aufgeschütteten Damm und schwemmte ihn davon. Schluchzend krallte sich Anne Katharina an die rauhe Kutte, preßte die Wange an die starke Brust und ließ den Tränen freien Lauf.
»Ja, weine nur, mein Kleines, es ist vorbei.« Sanft streichelte er ihr Haar, ihre Wangen, ihren bebenden Rücken.
Hinter ihnen regte sich etwas, doch die beiden bemerkten ihre Umgebung nicht mehr. Das zusammengesackte Bündel streckte sich und erhob sich langsam. Blut rann über Stirn und Schläfen. Weiß traten die Fingerknö-

chel hervor, als die Besessene den Dolch fest umklammerte.
»Du verfluchter Mönch«, flüsterte sie kaum hörbar. »Du schmutziger Sünder, legst deine Hände an eine unschuldige Jungfrau. Dafür sollst du in der Hölle schmoren!«
Schwankend, doch schneller, als man es ihr in diesem Zustand zugetraut hätte, trat sie heran und hob die scharfe Klinge, bereit, sie in den breiten Rücken zu stoßen. In diesem Moment sah Anne Katharina auf und schrie gellend. Der Pater warf sich zur Seite und zog das junge Mädchen mit sich. Tief fuhr die Klinge in seinen Arm. Der grobe Stoff färbte sich dunkel. So schnell sich der Pater auch aufrappelte, um der Wahnsinnigen das Messer zu entwinden, jemand anderes war schneller. Ein dicker, knorriger Ast sauste herab, traf den Hinterkopf der jungen Frau und brachte sie mit einem häßlichen Knirschen zu Fall. Die Wucht des Hiebes war so stark, daß die Knochen des Schädels nachgaben. Noch bevor Ursula Baumgärtner, Ehefrau des Ratsherrn Ulrich Vogelmann, mit einem dumpfen Schlag auf dem Boden aufprallte, war sie bereits tot.
»Ich dulde keine Morde in meiner Hütte«, schnarrte die gebückte Alte, den Prügel noch in den Händen, und sah mitleidslos auf die Tote herab. »Außerdem hat sie für ein Menschenleben mehr als genug Schaden angerichtet.«
»Ihr seid die Hexe Berta?!« keuchte Anne Katharina und ließ sich von Pater Hiltprand auf die Beine helfen.
Das bucklige Weiblein lachte.
»Ja, es hat viel Zeit und Arbeit gebraucht, bis ich endlich dem Bild der alten Hexe entsprochen habe, doch nun geht mein Name geflüstert von Ohr zu Ohr, und immer mehr ehrenwerte Haller suchen mich mit ganz speziellen Wünschen auf, die ihre Heiligen wohl kaum erfüllen würden.«

Sie richtete sich zu ihrer vollen Größe auf und sah plötzlich gar nicht mehr alt und gebrechlich aus. Ihre Augen funkelten.
»Doch so eine Besessene wie die ist mir bisher noch nicht untergekommen.«
Respektlos stieß sie mit ihrem plumpen Schuh der Toten in die Seite.
»O Gott, meine Brüder, der Großvater, wir müssen sie retten!« rief Anne Katharina plötzlich und zerrte an der verschlissenen Kutte.
Pater Hiltprand preßte eine Hand auf die stark blutende Wunde.
»Ja, laß uns gehen.«
Er schob das junge Mädchen vor sich her ins Freie, die Alte folgte leise lachend. Am Ende der Lichtung drehte sich der Pater noch einmal um.
»Sie werden dich verhaften, peinlich befragen und hinrichten.«
Die Hexe Berta nickte.
»Ja, das werden sie, wenn sie mich kriegen, doch ich wollte schon lange weiter nach Süden ziehen. Eine günstige Gelegenheit, meint ihr nicht auch Pater?«
Ihr Lachen begleitete Vater und Tochter, als sie den Hang hinaufhasteten, und schien – von jedem Baum und Busch, von jedem Tier des Waldes getragen – den beiden bis zur Straße zu folgen.

* * *

Die Stille war fast greifbar, als Anne Katharina zaghaft die Tür zu ihrem Elternhaus öffnete.
»Peter? Ulrich?«
Keine Stimmen erklangen aus der Stube, kein Klappern

drang aus der Küche. Die Angst vor der schrecklichen Wahrheit schnürte ihr die Kehle zu, als sie Stufe für Stufe die staubige Treppe hochstieg. Ihre Hand krampfte sich um die geschwungene Klinke, doch ihr Arm weigerte sich, seine Pflicht zu tun. Nur ihr Herzschlag und ihr schneller Atem waren zu hören. Vielleicht hatten sie sich ja versöhnt und waren zusammen ins Wirtshaus gegangen, saßen irgendwo in der Stadt auf einer rohen Holzbank und prosteten sich gegenseitig zu. Vielleicht saßen sie aber auch kalt und still hinter dieser Tür und würden nie wieder die Augen öffnen, nie wieder lachen und die Sonne auf ihrer Haut spüren. Sie mußte es wissen, jetzt! Noch einmal holte Anne Katharina tief Atem, dann stieß sie die Stubentür auf.

Er lag auf dem Rücken in einer Weinlache, der zerbrochene Krug neben sich, die Hände zu Fäusten geballt, die Augen geschlossen, das Gesicht zur Grimasse entstellt.

Anne Katharina kniete sich nieder und nahm die kalte Faust in ihre Hände. Ihre Lippen zitterten.

»Ach, Ulrich, auch wenn soviel falschgelaufen ist, ich weiß jetzt, daß du es gut machen und für uns alle das Beste erreichen wolltest. Wir haben aneinander vorbeigelebt und uns nie verstanden. Würde der Allmächtige uns doch eine zweite Chance geben! So vieles möchte ich dir noch sagen …«

Behutsam legte sie die Fäuste, die sich nicht zum Gebet falten lassen wollten, auf der Brust nebeneinander. Sanft hauchte sie einen Kuß auf die Stirn und erhob sich dann. Ein polterndes Geräusch ließ sie herumfahren.

»Peter! Der heiligen Jungfrau sei gedankt, du lebst«, stieß sie aus und stürzte auf ihren jüngeren Bruder zu, der mit zwei Eimern Wasser in den Händen die Stube betrat. Sie umarmte ihn und kniete dann wieder neben Ulrich nie-

der. Tränen stürzten in ihre Augen und rannen über ihre Wangen. Peter schüttelte unwillig den Kopf.
»Was soll das, du hysterisches Geschöpf? So tragisch ist das nun auch wieder nicht.«
Ein Schrei der Entrüstung entfuhr ihren Lippen. Abwehrend hob das Mädchen die Hände, als Peter den eiskalten Inhalt eines Eimers über seinen älteren Bruder goß.
»Wie kannst du nur so herzlos und respektlos …« Der Rest blieb ihr im Hals stecken, als ein Zittern durch den Körper des Reglosen lief, die Augen flatterten und sich dann öffneten.
»Verflucht«, lallte Ulrich, rollte sich unbeholfen auf die Seite und erbrach sich. Mühsam wischte er sich mit dem Ärmel über den Mund, sah seine Geschwister fragend an und erhob sich dann schwankend.
»Wo is' denn der verdammde Grug, den die Schlambe mir gebrachd had?« Er taumelte, hielt sich dann jedoch an der Tischkante fest. Sein Blick wanderte über den Boden und blieb an den Tonscherben hängen.
»Rundergefallen, das dumme Ding. Nich' mal der Wein von ihr daugt was«, murmelte er mit schwerer Zunge.
Anne Katharina starrte ihn sprachlos an. Der Schock über seinen vermeintlichen Tod und dann die unerwartete Wiedererweckung lähmten sie völlig.
»Wie kann man nur so gräßlich besoffen sein«, schimpfte Peter, dem dieser Zustand nicht unbekannt war, und goß mit Genuß den zweiten Eimer über seinen älteren Bruder, der nun langsam wieder zu sich kam. Die Schamröte stieg ihm ins Gesicht, als er sich in der Stube umsah.
»Ich – wir müssen unser Gespräch verschieben. Ich hole die neue Magd, damit sie die Stube säubert, und gehe dann ins Bad und …«
Anne Katharina griff nach seiner Hand.

»Ich bin froh, daß du noch lebst. Laß dir Zeit, wir müssen schnell zum Spital.«
Sie ergriff Peters Hand und zog ihn hinter sich her die Treppe hinunter.
»Daß ich noch lebe?« Ulrich runzelte die Stirn. »Hat sie gedacht, ich hätte mich totgesoffen?«

* * *

In der spartanisch eingerichteten Kammer des ehemaligen Richters im Spital saßen zwei alt gewordene Männer und hielten sich an den Händen. Die zwölf Jahre, die zwischen ihnen lagen, waren mit der Zeit verwischt worden.
»Ich danke dir, mein Freund, ich danke dir. Anne Katharina ist das Licht in meiner traurigen Finsternis. Ich hätte es nicht ertragen, sie zu verlieren.«
Pater Hiltprand drückte die Hand in der seinen.
»Ich auch nicht, und ich werde sie daher nicht wieder hergeben! Sie nicht und dich auch nicht, mein Freund.«
Der Alte nickte.
»Ja, es tut mir leid. Verzeih einem alten Mann seine Eifersucht, doch verstehe, Barbara war meine einzige Tochter, und ich konnte nicht tatenlos zusehen, wie sie in ihr Unglück läuft. Du weißt, wie hart die Gesellschaft mit denen ist, die sich den Regeln nicht beugen!«
Peter Schweycker schwieg einige Augenblicke, dann sagte er leise:
»Barbara hat dich sehr geliebt, ich wußte es, doch wie konnte ich etwas akzeptieren, was nicht sein darf?« Er seufzte. »Sie hätte für ihre Liebe alles ertragen, doch aus Rücksicht auf mich und auf ihren Sohn blieb sie bei dem Mann, den ich für sie bestimmt hatte.«
»Anne Katharina ist ihrer Mutter so ähnlich. Die Augen,

das Haar, wie sie sich bewegt – ach, könntest du sie nur sehen! Welch Segen ist es, daß ich Barbara in unserer Tochter weiterlieben kann.«
Peter Schweycker richtete sich in seinem Stuhl auf und legte die zweite Hand auf die des Freundes.
»Sie darf es nie erfahren!«
»Sie wird es nie erfahren!«

* * *

Ein Hemd, Beinlinge, ein paar Kräuter und Fläschchen und eine Lampe packte die Alte in ihr Bündel. Dann öffnete sie die schwere Truhe und schob Lumpen und altes Leinenzeug beiseite. Glänzende Goldgulden, eine schwere Halskette, Saphire, Topase und Rubine kamen zum Vorschein und verschwanden sogleich in ihrem Bündel. Einen schweren Goldreif mit einem wunderschönen Smaragd in der Hand, hielt die Alte plötzlich inne. Ihr Mund verzog sich zu einem boshaften Grinsen und entblößte die gelblichen Zähne, als sie an den Tag zurückdachte, da er in ihre Hände gelangt war.
»Bist du eine mächtige Hexe?« fragte der junge Junker mit dem hochmütigen Zug um die schön geschwungenen Lippen skeptisch. »Kannst du Liebeszauber?«
Er spielte mit dem schweren Ring an seinem Finger, der für seine jungen Hände zu groß und zu klobig erschien.
»Da ist dieses Mädchen, zart und schlank, mit blondem Haar und solch unschuldig blauen Augen.« Gier glomm in seinen Blick. »Leider ist sie schrecklich streng und tugendsam erzogen.«
Die Hexe kicherte.
»So, haben dein Charme und deine Verführungskünste ausnahmsweise versagt?«

»Ich will, daß sie sich unsterblich in mich verliebt. Kannst du das?«

»Ich kann viel, doch bedenke, Junker Rudolf, daß auch die Magie ihr eigenes Wesen hat, das mit uns spielt und manchmal seinen Spott mit uns treibt.«

»Ich gebe dir diesen Ring dafür.«

Hastig zog er das schwere Schmuckstück vom Finger und legte es in die schmutzige Hand, die sich ihm begehrlich entgegenstreckte.

»Ihr Name ist Ursula, Ursula Baumgärtner …«

Wie viele Jahre war das schon her? Die Magie warf manches Mal lange Schatten.

Die alte Berta ließ den Ring in das Bündel gleiten, legte ihren schon löchrigen Umhang über die Schulter, griff nach einem knorrigen Wanderstab und verließ die kleine Hütte, die ihr so viele Jahre als Unterschlupf gedient hatte.

* * *

»Der Rat hat entschieden, daß hiermit euer Zwist beendet ist, und du wirst dich an dieses Urteil halten und mit Gabriel Frieden schließen!«

Rudolf preßte die Lippen zusammen und schwieg. Der alte Vater seufzte leise.

»Sei doch froh, daß ihr beide noch am Leben seid«, versuchte er es noch einmal. »Ihr bekommt durch Gottes Gnade noch einmal die Chance, euch zu versöhnen. Wolltest du wirklich der Kain sein, der von Gott verdammte Brudermörder?«

»Pah, Mörder!« begehrte Rudolf Senft auf. »Es war ein faires Gottesurteil und …«

»… und Gott war auf deiner Seite?«

Die bleichen Wangen des jungen Mannes färbten sich rosig.

»Gabriel hätte dich töten können!«

»Hätte er es nur getan!« schrie der jüngere Senftensohn und ballte die Fäuste, verzog dann jedoch das Gesicht, als ein stechender Schmerz durch seinen dick verbundenen Leib fuhr.

»Weil es Gottes Wille ist, daß ihr in Frieden miteinander lebt!« antwortete sein Vater bestimmt. »Versprich mir, daß du Seinem Willen folgen wirst.«

Die Augen des Verletzten verengten sich wieder. Dieses Mal jedoch nicht wegen der Schmerzen.

»Versprich es mir!«

»Ja, ja, Vater«, knurrte der Senftensohn gereizt.

Der alte Mann erhob sich mühsam, und es war nicht nur die Gicht, die ihm zu schaffen machte.

»Dann ist es wohl besser, wenn du dich auf deine ländlichen Güter zurückziehst, sobald es deine Gesundheit zuläßt.«

»Ja, ich werde Hall verlassen«, zischte der Verletzte, als sein Vater die Tür hinter sich geschlossen hatte. »Doch glaube nur nicht, ich würde die Schmach vergessen. Wenn die Zeit reif ist, dann werden wir ja sehen, wer auf der Seite des Siegers steht!«

* * *

Zwei Jahre zog Hermann Büschler durch die Lande auf der Suche nach Gerechtigkeit, während es sich in Hall die Junker der alten Adelsfamilien in ihren Ratssesseln bequem machten. Büschler reiste dem Kaiser nach, und endlich, 1512, schaffte er es, in Trier dessen Aufmerksamkeit zu erlangen. In einem Gewand aus grobem Leinen, das Haupt mit Asche bestreut, einen Strick um den Hals und ein Rad auf der Brust, trat er barfüßig vor den Kaiser, kniete nieder und bat um Gerechtigkeit.

»Ich bin gern bereit, den Strick oder gar das Rad zu erleiden, wenn Ihr mich von einem unvoreingenommenen Gerichtshof solch schlimmer Vergehen als schuldig befindet.«

Kaiser Maximilian schien beeindruckt.

»Erhebt Euch, guter Mann. Niemand soll sagen, in meinem Reich werde nicht Recht gesprochen. Ich werde eine neue Kommission benennen und die Sache wohlwollend prüfen lassen.«

Als am 16. Oktober 1512 die kaiserliche Kommission, begleitet von hundert Geharnischten, nach Hall ritt, fanden sie eine gespaltene Stadt in größter Unruhe vor. Nachts mußten die Bewaffneten auf den Straßen patrouillieren, um für Ruhe zu sorgen. Mit Hellebarden und Büchsen bewaffnet, drängten die Bürger zum Rathaus.

Endlich, am 29. Oktober, erklärte der Sprecher der Kommission, Graf Öttinger, den Vertrag des Dr. Neithart für kraftlos und tot. Er hob das Schriftstück hoch, so daß alle sehen konnten, wie er das Siegel zerbrach und die Urkunde durchstach. Die Urkunden des Kaisers Ludwig von 1340 wurden wieder in Kraft gesetzt. Die Ratsmehrheit bekam das Recht zugesprochen, eine Trinkstube zu errichten. Die Mitglieder von Rat und Gericht sollten in Zukunft hinaustreten, wenn Sachen ihrer Verwandtschaft verhandelt würden, und die armen Leute der Ehrbaren sollten nicht mehr belastet werden, als es dem alten Herkommen entsprach. Die Zusammensetzung des Rats sollte unverändert bleiben. Der Rat und die Gemeinde, die sieben Gegner Büschlers und er selbst mußten schwören, all dies getreu einzuhalten.

Daraufhin begannen die Glocken von St. Michael zu läuten, und man begann das *te deum laudamus* zu singen. Praktisch bedeutete der neue Vertrag das Ende der Adelsherrschaft in der Reichsstadt Hall. Enttäuscht und verbittert verließen etliche der Junkersfamilien in der folgenden Zeit die Stadt, führten jedoch noch jahrelang Prozesse vor dem Schwäbischen Bund und dem Reichskammergericht wegen ihrer innerhalb der Heg gelegenen Güter.

Wichtige Personen

Familie Vogelmann Reiche, angesehene Siederfamilie, wohnhaft in der Herrengasse

Anne Katharina Vogelmann Tochter des verstorbenen Sieders Claus Vogelmann und seiner Frau Barbara, Schwester von Ulrich und Peter Vogelmann

Ulrich Vogelmann Sohn des verstorbenen Sieders Claus Vogelmann und seiner Frau Katharina, Bruder von Anne Katharina und Peter Vogelmann

Ursula Vogelmann, geb. Baumgärtner Ehefrau von Ulrich Vogelmann

Peter Vogelmann Sohn des verstorbenen Sieders Claus Vogelmann und seiner Frau Katharina, Bruder von Anne Katharina und Ulrich Vogelmann

Pater Bernhart Vogelmann Onkel der Geschwister Ulrich, Anne Katharina und Peter Vogelmann, Kaplan und Notar

Peter Schweycker	Großvater der Geschwister Ulrich, Anne Katharina und Peter Vogelmann. Ehemaliger Ratsherr und Richter, lebt seit seiner Erblindung im Spital
Familie Senft	Mächtige Adelsfamilie, unter den Stauferkönigen als Sulmeister höchste Beamte der Saline
Gilg Senft	Stättmeister
Afra Senft	Tochter des Stättmeisters, lebt als Gesellschafterin bei Gabriel Senft dem Jüngeren und seiner Frau Barbara in der Herrengasse
Rudolf Senft	Bruder von Gabriel Senft dem Jüngeren
Gabriel Senft der Jüngere	Bruder von Rudolf Senft
Barbara Senft, geb. Berler	Ehefrau von Gabriel Senft dem Jüngeren
Gabriel Senft der Ältere	Vater von Gabriel und Rudolf Senft, drittreichster Bürger der Stadt mit einem Vermögen von 7200 Gulden
Hermann Büschler	Ratsherr und Vorjahresstättmeister, fünfreichster Bürger der Stadt mit einem Vermögen von 6800 Gulden

Anna Büschler	Tochter von Hermann Büschler
Konrad Büschler	Vetter von Hermann Büschler, Schultheiß
Hans Baumann	Ratsherr und Behtherr, Nachbar der Familie Vogelmann zur Keckengasse hin
Rudolf Nagel	Ratsherr aus einer Familie des alten Stadtadels, Vertreter der Stadt beim Schwäbischen Bund, achtreichster Bürger der Stadt mit einem Vermögen von 5800 Gulden

Die ledigen Söhne der angesehenen Siederfamilie

Hans Blinzig	Siederbursche, Freund von Peter Vogelmann
Hermann Eisenmenger	Siederbursche, Freund von Peter Vogelmann
Caspar Feyerabend	Siederbursche, Freund von Peter Vogelmann
Jörg Firnhaber	Siederbursche, Freund von Peter Vogelmann
Michel Seyboth	Siederbursche, Freund von Peter Vogelmann

Mägde und Knechte

Marie Wagner Magd bei den Senften, später Amme bei Ursula Vogelmann

Agnes Magd bei der Familie Vogelmann

Sara Döllin Magd des Ratsherrn Hans Baumann

Alfred Knecht von Rudolf Senft

Bert Bruder von Alfred, Flößer und Feurer

Arme Bewohner der Vorstädte

Els Krütlin Hebamme, wohnhaft in der Katharinenvorstadt

Margarete Schloßstein Ehefrau von Hans Stetter, Nachbarin der Hebamme Els Krütlin

Hans Stetter Bader im Unterwöhrdbad, wohnhaft in der Katharinenvorstadt

Rugger Wächter, Volkhards Bruder, wohnhaft in der Weilervorstadt

Volkhard Wächter, früher Feurer bei Ulrich Vogelmann, wohnhaft in der Weilervorstadt

Berta Hexe, wohnhaft in einer verborgenen Hütte im Wald nahe der Limpurg

Begriffserklärungen

Angstloch Loch im Gewölbescheitel der Verliesdecke, einziger Zugang zu einer Gefängniszelle im Turm.

Barchent Mischgewebe aus Baumwolle als Schußfäden und Leinen als Kettfäden; variiert vom feinen Schleierstoff bis zum groben Kleiderstoff.

Beginen Schwestern des dritten Ordens des heiligen Franziskus; meist Laienschwestern, die sich der Krankenpflege widmeten.

Beht Vermögenssteuer. Kam der Verdacht auf, ein Bürger habe bei der Abgabe seines Vermögens betrogen, so konnte dieses abgelöst werden, d. h., alle Güter wurden beschlagnahmt und der in der Steuererklärung angegebene Vermögensbetrag ausgezahlt. Meist konnten die Bürger einen Teil ihrer Güter wieder zurückerwerben.

Behtherr Oberster Steuerbeamter für die Abgabe der Vermögensteuer.

Binsenlicht Kleine Lampe.

Brokat Gemustertes Gewebe aus Seide, zu dessen Musterbildung auch Gold- und Silberfäden dienen.

Bruech Unterhose.

Drache Eines der großen Geschütze von Hall.

Fürspan Ringförmiges Schmuckstück mit Scharniernadel, das den Hemd- oder Kleiderschlitz am Hals oder an der Brust verschloß.

Gewöhrd Salzüberkrustetes oder salzdurchtränktes Material, das man in der Brunnensole ablaugte, um deren Konzentration zu erhöhen.

Gewöhrdstatt Wannen, in denen das Gewöhrd gesammelt wurde.

Gölten Große Holzeimer.

Grieswart Sekundant bei einem Duell.

Guardian Vorsteher in Kloster der Barfüßer.

Gugel	Kurzer Überwurf mit Kopfloch und Kapuze; vorwiegend von Bauern, Jägern und Reisenden getragen.
Heg	Durch Graben und Dornenhecken geschützte Grenze des Haller Gebietes.
Hegreiter	Wachen, die an der Heg unerlaubte Grenzüberschreitungen oder Schmuggel verhindern sollten.
Heimliches Gemach	Toilette.
hora tertia	Lat. dritte Stunde, gegen 9 Uhr.
hora nona	Lat. neunte Stunde, gegen 15 Uhr.
hora prima	Lat. erste Stunde, gegen 6 Uhr, Sonnenaufgang.
hora sexta	Lat. sechste Stunde, gegen 12 Uhr
hora vesperalis	Sonnenuntergang, gegen 18 Uhr.
Hospet	Holzlagerplatz.
Junker	Die Adeligen nannten sich ab dem späten Mittelalter Junker oder Edelmann.

Kaltliegen — Die Wochen des Jahres, in denen nicht gesotten wurde.

Kemenate — Geheizter Aufenthaltsraum der edlen Frauen in einer Burg.

Kienspan — Billige, stark rußende Fackel aus Werg, Harz und Kiefernholz.

Kotze — Grobgewebter, zottiger Wollstoff.

Kukulle — Tütenförmige Kapuze mit Schulterkragen, die von den Mönchen einiger Orden getragen wurden.

Latwerg — Eingedickter Fruchtsaft mit Honig und Gewürzen in dünnen Scheiben, luftgetrocknet.

Löchle — Hohlraum, in dem die Salzschilpen, von glühenden Holzkohlen umgeben, ausgetrocknet wurden.

Lotterbett — Liege zum Ruhen in der Stube oder der Kemenate.

Marstall — Pferdestall der Stadtangestellten wie Wächter und Hegreiter.

Naach Holzwanne, in der die Sole durch das Gewöhrd angereichert wurde.

Offizin Verkaufsräume des Apothekers.

Paternoster Lat. Vaterunser.

Pfaunstle Längliche Grube, die mit glühenden Kohlen und Sand abgedeckt wurde. Darüber formten die Sieder mit Hilfe von Brettern eine Salzmauer von 5 m Länge und 1,4 m Höhe aus dem feuchten Salz. Wenn diese stabil geworden war, wurden die Bretter entfernt und die Mauer in sechzehn gleich große Platten (Schilpen) zersägt.

Pferrich Über den Kocher gespannte, hölzerne Rechen als Fangvorrichtung für geflößte Stämme.

Pfründner Insasse eines Altersheims, in das sich der Betreffende eingekauft hat. Die Versorgungslage richtete sich nach der Höhe der Stiftung. Es gab jedoch auch Armenpfründner, die ohne Geld aufgenommen wurden.

Platz	Süßes Gebäck.
Salzschilpen	Feste Salzplatte von ca. 30 Pfund.
Schabracke	Lange, verzierte, farbige Decke unter dem Reitsattel.
Schamkapsel	Bezeichnung für den vergrößerten und modisch betonten Hosenlatz.
Schamlot	Feines, immer einfarbiges Wollgewebe aus dem Haar vorderasiatischer Angoraziegen.
Schapel	Kranzförmiger Kopfschmuck der Jungfrauen höherer sozialer Schichten.
Schaube	Männerobergewand, eine Art Mantel, vorn offen, mit Kragen und meist weitausladenden Ärmeln; charakteristisch v. a. als Kleidungsstück von Amtsträgern; später teilweise auch von Frauen getragen.
Schecke	Modisches männliches Obergewand, betonte die Körperformen durch starke Taillierung und Auspolsterung der Brustpartie.

Schelm

Zu dieser Zeit ein hochgradig ehrenkränkendes Schimpfwort, da es den Beschimpften als einen Wortbrüchigen, dem man kein Vertrauen schenken kann, darstellt.

Schilpen

Feste Salzplatte von ca. 30 Pfund.

Schultheiß

Beamter, der mit der niederen Gerichtsbarkeit betraut war. Seine Helfer, die Büttel, hatten für Ordnung auf den Straßen und für die Einhaltung der Vorschriften zu sorgen.

Sieden

Siedensrecht, Anteil an der Saline. Insgesamt gab es 111 solcher Siedensrechte oder Salzpfannen. Die Eigentumsrechte lagen zu dieser Zeit nicht mehr beim König, sondern in den Händen der Stadtadeligen, der Stadt selbst oder von Klöstern.

Soggen

In der Phase des Soggens fällt beim Sud das Salz am Pfannenboden aus.

Stättmeister

Oberster Ratsherr, Bürgermeister. Durfte nur ein Jahr im Amt sein; daher wechselten der Stättmeister und der Vorjahresstättmeister oft über längere Zeitabschnitte im Jahresrhythmus ihre Ämter.

Steupen — Mit einem Drahtbesen den Rücken des Verurteilten blutig schlagen.

Sulmeister — Minister zur Zeit der Stauferkönige. Als oberster Beamter zur Verwaltung der Saline von diesen eingesetzt.

Surcot — Weibliches Obergewand des gehobenen Bürgertums und des Adels, bodenlang, ärmellos mit weiten Armausschnitten.

Theriak — Mittelalterliche Medizin aus unzähligen Bestandteilen, die als allheilend galt.

Tresur — Eine Art Wandbord, um Geschirr und damit Wohlstand zur Schau zu stellen.

Trippen — Holzsohlen, die, um den Straßenschmutz von den Schuhen fern zu halten, unter die Sohlen gebunden wurden.

Urfehde — Nach jedem Gerichtsverfahren mußten die Verurteilten schwören, das Urteil anzuerkennen und sich an keinem der Beteiligten zu rächen. Der Bruch dieses Eides wurde sehr hart bestraft.

unicornu verum Echtes Einhorn.

veni, sancte spiritus Lat. Komm, Heiliger Geist.
Welschen Italiener.

Wölze Wannenförmige Schneise im steilen Uferhang des Kochers, um Stämme einzuwerfen.

Dichtung und Wahrheit

Die Morde und anderen Verbrechen im Umfeld der Familien Vogelmann und Senft habe ich erfunden. Ulrich, Ursula, Anne Katharina und Peter Vogelmann sowie den Großvater Peter Schweycker gab es, so wie ich sie beschrieben habe, nicht. Wahr ist jedoch, daß die Familie Vogelmann zu den Stammsiederfamilien gehört. Von 1444 bis 1484 lebte der Stammsieder Claus Vogelmann. Zwei seiner drei Ehefrauen hießen Katharine. Er hatte mindestens zwei Söhne, Ulrich und Peter.
Bernhart Vogelmann war Notar und Kaplan. Mit seiner Köchin Barbara Meisterin bzw. Michelbacherin hatte er einen Sohn namens Jörg, dem er ein Sieden hinterließ. Er wurde nicht ermordet, sondern lebte bis 1529.
Die Mitglieder des Rates, der Schultheiß Konrad Büschler und die Junker Senft, sind historische Personen. Allerdings habe ich den Zweikampf der Senftenbrüder, der das letzte Gottesgericht in Hall war, um ein paar Jahre vorgezogen. Er fand erst 1523 statt. Beide Brüder überlebten. Die Ursache des Streits ist mir nicht bekannt.
Die Tochter Afra des Stättmeisters Gilg Senft wurde erst 1501 geboren, nicht schon bereits 1495. Sie heiratete später – welche Ironie – Hermann Büschlers Sohn Philipp.
Auch Ratsherr Hans Baumann wurde nicht ermordet, 1510 jedoch aus dem Rat hinausgewählt. Ab 1517 war er wieder Ratsherr, wurde jedoch 1526 aus Altersgründen auf seine Bitte hin entlassen. Er wohnte in der Keckengas-

se und war so reich, daß er von Renten und Gülten leben konnte. 1527 starb er mit 76 Jahren.

Der Streit um die Bürgerliche Trinkstube ist geschichtlich belegt. Man spricht vom Sturz der Adelsherrschaft oder von der dritten großen Zwietracht in Hall. Die Anfänge habe ich zeitlich ein wenig gestrafft. Der Höhepunkt fand jedoch wie erzählt an den Tagen nach Pfingsten 1510 statt. Die Stättmeister waren 1508 Hermann Büschler, 1509 Veit von Rinderbach und 1510 Gilg Senft.

Die Familie Büschler kam durch Grundbesitz und Weinausschank zu Vermögen. Hermann Büschler wurde um 1470 geboren und heiratete 1495 die adelige Anna Hornberger aus Rothenburg. Sein dramatischer Auftritt vor dem Kaiser 1512 scheint wirklich so stattgefunden zu haben. Noch lange war Hermann Büschler eine der einflußreichsten Persönlichkeiten der Stadt.

Seine Tochter Anna Büschler, geboren um 1496, galt als hübsch, schlagfertig und geistreich. Sie arbeitete bei der Schenkin von Limpurg und hatte sowohl mit dem um einige Jahre jüngeren Schenkensohn Erasmus als auch mit dem Rittmeister Daniel Treutwein ein Verhältnis. Der Streit über ihr unzüchtiges Leben und um das Erbe ihrer Mutter entzweite Vater und Tochter. Der Zank ging vor Gericht und eskalierte dann dermaßen, daß Hermann Büschler seine Tochter verhaften und gefesselt auf einem Karren nach Hall bringen ließ. Zu Hause hielt er sie als Gefangene und wurde daher 1527 aus dem Rat entlassen. Der Familienzwist beherrschte beide bis zu ihrem Tod. 1543 starb Hermann Büschler, einsam und verbittert. Anna überlebte ihren Vater nur um neun Jahre und starb in Armut.

Rudolf Nagel wurde zwischen 1460 und 1465 geboren. Er verließ 1486 die Stadt und wandte sich dem Waffenhand-

werk zu. 1490 kehrte er mit einer Gattin zurück. Er kaufte das Schloß Eltershofen und nannte sich nun »von Eltershofen«, blieb aber in Hall wohnhaft. Seit 1505 war er ständiger Vertreter Halls beim Schwäbischen Bund und Mitglied des Bundesrates. Oft war er zu den Bundestagen nach Augsburg, Ulm oder Konstanz unterwegs. Er hatte Kontakt zum Herzog Ulrich von Württemberg und zu Kaiser Maximilian. Bis zu ihrem Streit ritten er und Hermann Büschler oft zusammen, um die Interessen der Stadt zu vertreten. Nach seiner Niederlage fühlte sich Rudolf Nagel in Hall nicht mehr sicher und floh 1512 über den Unterwöhrd nach Gaildorf.
So berichten es die zeitgenössischen Chronisten. Während des Bauernkrieges 1525 befand sich Rudolf Nagel beim Grafen Helfenstein in Weinsberg, als die Bauern angriffen. Er soll zu den 24 Edelleuten gehört haben, die durch die Spieße gejagt worden und willig in den Tod gegangen seien.
Katharina Schloßstein, Tochter des armen Sieders Hans Appel, genannt Schloßstein, Ehefrau des Baders Hans Stetter, habe ich Margarete genannt, um Verwechslungen mit Anne Katharina auszuschließen. Der Hexenprozeß der Schloßsteinerin ist der einzige von Hall, der mit allen Unterlagen: Anklagepunkte, Zeugenaussagen, Verhöre, peinliche Befragung und Urteil überliefert wurde. Allerdings fand der Prozeß erst 1574 statt. Die Ankläger waren wie beschrieben Pfarrer Rüttinger und einige Nachbarn. Nach ihrem erfolglosen Fluchtversuch wurde Katharina Schloßstein am 21.6.1574 ertränkt.
Die Mägde und Knechte, Marie und die Hebamme Els sowie die beiden Wächter Rugger und Volkhardt sind erfunden, da es über Dienstpersonal und die Armen der Vorstädte kaum Unterlagen gibt. Einige Handwerker, wie der

Bäcker Gräter und seine Frau oder die Metzgersfamilie Seckel, sind in den Steuerlisten zu finden. Der Apotheker Hans Gessner taucht erst 1519 in den Dokumenten auf.

LITERATURAUSWAHL

Abraham, H. Thinnes, I., *Hexenkraut und Zaubertrank, Unsere Heilpflanzen in Sagen, Aberglauben und Legenden*, Greifenberg, 1995.

Bayer, E., Wende F., *Wörterbuch zur Geschichte*, 5. Auflage, Stuttgart, 1995.

Beckmann, D., Beckmann, B., *Das geheime Wissen der Kräuterhexe. Alltagswissen vergangener Zeiten*, München, 1977.

Bedal, A., Marski, U., (Hrsg.) *Baujahr 1337, Das Haus Pfarrgasse 9 in Schwäbisch Hall*, Schriftenreihe des Vereins Alt Hall e. V. Band 15, Verlagsdruckerei Schmidt Neustadt, SHA Stadtarchiv, 1997.

Bendal, A., Fehle, I., (Hrsg.) *HausGEschichten, Bauen und Wohnen im alten Hall und seiner Katharinenvorstadt*, Hällisch-Fränkisches Museum Schwäbisch Hall, Jan Thorbecke Verlag, Sigmaringen, 1994.

Bitsch, I., Ehlert, T., Ertzdorff, X. von, *Essen und Trinken in Mittelalter und Neuzeit*, Wiesbaden, 1997.

Breit, E., *400 Jahre Löwen-Apotheke Schwäbisch Hall*, Jubiläumsschrift, 1966.

Bühler, B., *Geschichte der Franziskaner in der Reichsstadt Hall*. In: Württembergisch Franken Jahrbuch 1984, Band 68. Jan Thorbecke Verlag, Sigmaringen, 1984.

Clauß, H., König, H.-J. Pfistermeister, U., *Kunst und Archäologie im Kreis Schwäbisch Hall*, Aalen, 1979.

Daxelmüller, C., *Aberglaube, Hexenzauber, Höllenängste. Eine Geschichte der Magie*. München, 1996.

Ehlert, T., (Hrsg.) *Haushalt und Familie in Mittelalter und früher Neuzeit*, Wiesbaden, 1997.

Frasch, W. *Ein Mann namens Ulrich*, Württembergs verehrter und verhaßter Herzog in seiner Zeit. Leinfelden-Echterdingen, 1991.

Hällisch-Fränkisches Museum Schwäbisch Hall, *Hexenwahn und Hexenverfolgung in und um Schwäbisch Hall*, 1988.

Hickeldey, C., (Hrsg.) *Justiz in alter Zeit*, Band VI c der Schriftenreihe des Mittelalterlichen Kriminalmuseums Rothenburg ob der Tauber, 1989.

Hinderer, S., *Hexen, Henker und Halunken*, Strafjustiz in der Reichsgrafschaft Limpurg, Verlag des Historischen Vereins für die Stadt Gaildorf, 1996.

Kalinke, D., (Hrsg.) *Die Haller Siedler*, Geschichte und Brauchtum des großen Haller Siederhofes, Haller Tagblatt Verlag, Schwäbisch Hall, 1993.

Krüger, E., *Schwäbisch Hall, ein Gang durch Geschichte und Kunst*, Schwäbisch Hall, 1990.

ders., *Die Stadtbefestigung von Schwäbisch Hall*, Schwäbisch Hall, 1966.

Kühnel, H., *Bildwörterbuch der Kleidung und Rüstung*, Stuttgart, 1992.

ders., (Hrsg.), *Alltag im Spätmittelalter*, 3. Auflage, Graz, Wien, Köln, 1986.

Mann, G., Heuß, A., *Weltgeschichte*, Eine Universalgeschichte in 10 Bänden, Berlin, Frankfurt a. M., 1961.

Miller, M., Uhland R., (Hrsg.) *Lebensbilder aus Schwaben*, Band 7, Stuttgart, 1960.

Naujoks, E., *Schwäbisch Hall im Rahmen reichsstädtischer Sozialgeschichte Südwestdeutschlands im 14. bis 16. Jahrhundert*. In: Württembergisch Franken Jahrbuch 1990, Band 74., Sigmaringen, 1990.

Nordhoff-Behne, Hildegard, *Gerichtsbarkeit und Strafrechtspflege in der Reichsstadt Schwäbisch Hall seit dem 15. Jahrhundert*, Schwäbisch Hall, 1971.

Ozment, Steven, *Die Tochter des Bürgermeisters*, Hamburg 1997.

Schindler, Hanns Michael, Schauber, Vera, *Die Heiligen und Namenspatrone im Jahreslauf*, München und Zürich, 1985.

Soldan, W. G., Heppe, H., überarbeitet, *Geschichte der Hexenprozesse*, Essen, 1986.

Taddey, Gerhard, *Kein kleines Jerusalem*, Geschichte der Juden im Landkreis Schwäbisch Hall, Sigmaringen, 1992.

Toellner, R., *Illustrierte Geschichte der Medizin*, 6 Bände, Vaduz, 1978.

Thomasius, C., *Vom Laster der Zauberei*. Über die Hexenprozesse, München, 1967.

Uitz, E., *Die Frau in der mittelalterlichen Stadt*, Freiburg, Basel, Wien, 1992.

Ulshöfer, Kuno, Beutter, Herta, *Hall und das Salz*, Beitrag zur hällischen Stadt- und Salinengeschichte, Sigmaringen, 1983.

Wunder, Gerd, *Die Bürger von Hall*, Sozialgeschichte einer Reichsstadt, Sigmaringen, 1980.

ders., *Die Bürgerschaft der Reichsstadt Hall von 1395–1600*, Stuttgart, Köln, 1956.

ders., *Bauer, Bürger, Edelmann*, Ausgewählte Aufsätze zur Sozialgeschichte, Sigmaringen, 1984.

Württembergische Kommission für Landesgeschichte (Hrsg.), *Geschichtsquellen der Stadt Hall*, erster Band, Stuttgart, 1994.

Widmans Chronica, Geschichtsquellen der Stadt Hall, zweiter Band, Stuttgart, 1904.

Ulrike Schweikert

Die Herrin der Burg

Roman

Weltbild

*Für meinen Mann Peter
und meine Eltern Brigitte und Manfred Schweikert*

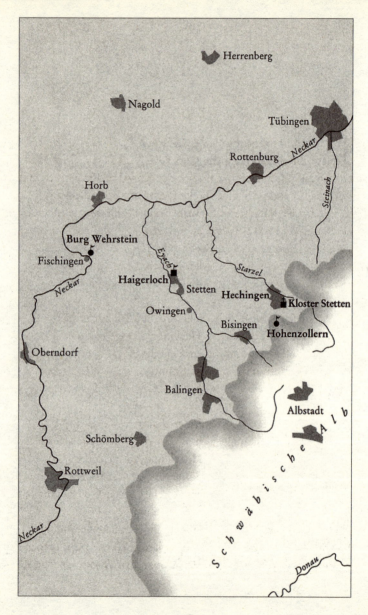

PROLOG

Stolz führte er seine jungfräuliche Braut durch die Grafschaft. Er zeigte ihr die von seinem Vater neu gegründete Stadt Hechingen, die auf einem Bergsporn über der Starzel in Form eines Hufeisens gebaut wurde. Mit einer breiten Marktstraße und einer wehrhaften Stadtmauer sollte sie Handwerker und Kaufleute anziehen. Trotz Nieselregen und Kälte wurde unentwegt gesägt und gehämmert, stabile Balken eingegraben und Lehm mit Mist und Wasser gestampft, um das Flechtwerk zwischen den Balken damit zu bestreichen. Die ersten Häuser standen schon, die Dächer waren mit frischem Stroh gedeckt.
Bevor sie zur Burg auf dem Zollernberg ritten, führte der junge Zoller das Edelfräulein unweit des Hechinger Dorfes zu einem schlichten Gebäude. Eine Nonne, im Ordenskleid der Augustinerinnen, öffnete. Schweigend führte sie den Grafensohn und seine Braut zu der dem heiligen Johannes geweihten Kapelle. Die gräflichen Begleiter warteten draußen.
»Liebste Udelhild«, begann Friedrich, als sie allein vor dem roh geschnitzten Kruzifix standen, »ich möchte diese Klause ausbauen. Hier sollen Töchter unserer Vasallen leben und für die zollerischen Lande beten. Hier sollen einst unsere Särge und die unserer Kinder in einer Gruft vereint werden. Lass uns eine Kirche bauen – Gott zu Ehren und uns zur Freude!«
Mit ausgebreiteten Armen stand der große, schlanke Mann

vor ihr. Das schmale Gesicht mit der geraden Nase und den vollen Lippen ihr erwartungsvoll zugewandt, in den blaugrauen Augen ein seltsames Strahlen.

Das blasse, schwarzhaarige Mädchen, das an diesem Tag noch nicht viel gesprochen hatte, lächelte ihren zukünftigen Gemahl scheu an und legte dann zögernd ihre Hand in die seine.

»Ja, Herr, lasst uns hier an diesem Ort beten. Er ist wunderschön.«

Sie ließ ihn los und drehte sich einmal um ihre Achse. »Ja, hier will ich dereinst begraben werden.«

Friedrich lachte. »Du bist so jung, das soll noch nicht dein Gedanke sein. Jetzt wirst du erst einmal leben – mit mir leben!« Voller Stolz betrachtete er seine junge Braut. Das herrliche Haar, die reine blasse Haut, die zarten Brüste, von edler Seide umschmeichelt.

Schüchtern schlug sie die Augen nieder, als sie das begehrliche Brennen seines Blickes gewahrte. Er trat einen Schritt näher und küsste zart ihre Stirn.

»Ich werde dich lieben und ehren, Udelhild von Dillingen, das verspreche ich dir, hier vor dem Gekreuzigten und der heiligen Jungfrau. Wir werden das Geschlecht der Zollern vom Schatten ins Licht führen. Von unseren Nachkommen soll die ganze Welt sprechen!«

Sie zitterte, doch da die Glocke ins Refektorium rief, schickte er die Braut zu den Nonnen hinaus.

»Geh und setz dich zu ihnen, iss mit ihnen und wärme dich auf. Danach reiten wir zur Burg.«

Als sie die Tür hinter sich geschlossen hatte, trat er an das Kruzifix heran und betrachtete es eine Weile schweigend.

»Gnädiger Herr Jesu Christ«, sagte er dann mit fester Stimme, »zu Deiner und der heiligen Jungfrau Ehre will ich den Nonnen ein richtiges Heim geben.« Er breitete die

Arme aus. »Ich werde nicht geizen und ihnen reichlich Ländereien schenken. Sie sollen hier Dein Lob singen. Großartig soll das Kloster werden – die Gebäude um einen geschützten Hof einhundertfünfzig Fuß lang oder mehr. Einen Saal mit spitzbogigen Fenstern will ich erbauen und einen Kreuzgang mit herrlichem Gewölbe – und eine Kirche« – er riss die Arme in die Höhe –, »die bis in den Himmel reicht.« Schwer atmend ließ er die Arme wieder sinken. »Doch, Herr, alles ist ein Geben und Nehmen.« Er trat näher an das Kruzifix heran. Seine Stimme wurde eindringlich. »Lass das Geschlecht der Zollern erblühen. Segne diese Ehe mit kräftigen Söhnen – und nimm dieses herrliche Weib nicht wieder von mir. Sie ist wie die erste Blüte unter schmelzendem Schnee, und ich schwöre Dir, ich fasse kein anderes Weib mehr an, wenn ich ihre Liebe erringe. Nach vielen Jahren, Seite an Seite, soll sie dann dereinst zu mir in mein kaltes Grab steigen. Amen.«
Die Augustinerinnen bekamen ihre Ländereien. Sie begannen das Kloster zu errichten, doch auf ihre neue Kirche mussten sie lange warten. Es war nicht die Zeit, himmelwärts strebende Gotteshäuser zu errichten. Die Hände wurden zum Kämpfen und zum Beten gebraucht, denn das Land – das ganze Reich – drohte für immer unterzugehen.

GESCHICHTSÜBERBLICK

Ein düsterer Schicksalsstern stand über dem Heiligen Römischen Reich deutscher Nation, als der Enkel Barbarossas, Kaiser Friedrich II., kurz vor Weihnachten im Jahre 1250 erkrankte. Nur wenige Tage später starb er auf seinem Jagdschloss Fiorentino in Apulien. Seinem Sohn Konrad IV. waren nur vier Jahre als König gegönnt. Er hinterließ einen Knaben, kaum der Ammenbrust entwöhnt: Konradin, mit dem das stolze Geschlecht der Staufer im Jahre 1268 erlöschen sollte. Nach einem Scheinprozess richtete Karl von Anjou den halbwüchsigen Schwabenfürsten in Neapel hin, trennte ihm mit einem Schwertstreich das Haupt vom Rumpf. Doch schon 1254, kaum dass König Konrad in seinem Grab ruhte, begann der Zank um Reich und Krone. Blutige Kämpfe wüteten unter dem zweifach erkauften Königsthron. Alfons von Kastilien und Richard von Cornwall brachten mit ihren Anhängern Leid und Tränen über die deutschen Völker.

Das Interregnum, wie die kaiserlose Zeit auch genannt wurde, zeichnete ein Bild des Grauens. Kein Recht, keine Gerechtigkeit mehr, nur die Schärfe des Schwertes entschied. Noch bevor das letzte Lichtlein des einst mächtigen Hauses von Hohenstaufen erlosch, krochen aus den Trümmern die Geschlechter hervor, die einst im Schatten der hohen Herrn kaum zu sehen gewesen waren. Sie machten sich frei und zerrissen die alten Bande. Selbst Klöster und Städte lösten sich von den einstigen Herrn. Jeder suchte mit der Macht des blanken Schwertes an sich zu raffen, was er erwischen konnte. Grausige Fehden färbten die Erde rot. Auch die Geschlechter der von Zollern und der von Hohenberg suchten die Grenzen ihrer Besitzungen in des Nachbarn Eigen zu schieben. Vor wenigen Generationen noch verwandtschaftlich verbunden, brach nun erbitterte Fehde zwischen den Häusern am Rande der Schwäbischen Alb aus. Eifersucht und Machtgier schürten die Glut des Hasses. Brennende Gehöfte, verwüstete Felder und gequälte Bauern waren die Waffen, den Gegner in die Knie zu zwingen. Nichts mehr erinnerte an edles Rittertum, an Minnesang und Ehre, wenn die Horden der Grafen mordend und sengend über die Landschaften herfielen.

An Allerheiligen im Jahre des Herrn 1267 zog Graf Friedrich von Zollern, der Erlauchte genannt, mit seinem Erstgeborenen und seinen Lehensmännern gen Haigerloch. Man sah die Schenken von Zell-Andeck und den Truchsessen von Bisingen in seinem Gefolge, die Ritter von Lichtenstein und die von Ringingen, Edelknechte von Boll und von Steinhofen und Bewaffnete aus Hechingen, aus Balingen und Schömberg. Auch so mancher Bauer folgte mit Sense und Dreschflegel dem Tross der Reiter.

Graf Albert von Hohenberg, der den Zorn mit kalter Berechnung geschürt hatte, erwartete den Gegner vor Haigerloch. Doch der Zoller war schlau. Er umging die Falle und brannte eine kleine Ortschaft südlich der Stadt Haigerloch nieder, die denselben Namen führte wie das Kloster, das er für sein Eheweib hatte errichten lassen: Stetten.

KAPITEL 1

Zwei Ritter näherten sich von Süden her dem kleinen Ort Stetten bei Haigerloch. Der Edelfreie Hildebolt von Wehrstein kam mit seinem Lehensmann Ritter Wolfram von Husen an Allerheiligen von Konstanz her. Schon von weitem sahen sie die dunklen Rauchwolken in den Himmel steigen. Vorsichtig ritten sie heran und zügelten dann ihre Rösser. Es war den Bauersleuten gelungen, zwei der brennenden Häuser zu löschen, der Rest der Ortschaft lag in Asche. Nun machte sich das schmutzige Grüppchen daran, seine Toten auf den Platz an der Linde zu schaffen, um sie zu beweinen und dann der Erde zu übergeben.
»Nun geht es also wieder los«, sagte Wolfram leise und ließ seinen Blick über erschlagene Körper und rauchende Trümmer schweifen.
Sein Lehensherr seufzte. »Ja, da hat der Zoller ganze Arbeit geleistet. Das wird Albert nicht schmecken. Nein, das wird ihm ganz sauer aufstoßen.«
Hatten die beiden Männer in den letzten Stunden noch fröhlich gescherzt, so war der Wehrsteiner, als sie weiter ins Eyachtal hinabritten, schweigsam und in seine Gedanken versunken. Nun, nachdem die lang schwelende Fehde wieder in einen offenen Kampf ausgeartet war, würde es für ihn schwierig werden.
Bis vor wenigen Jahren waren die Verhältnisse klar gewesen. Die Herrschaft Wehrstein war teilweise zu Eigen, Teile aber zu Lehen vom Pfalzgraf von Tübingen. Die Wehrsteiner

waren immer wieder im Gefolge der Zollerngrafen gewesen, hatten bisher jedoch noch keinen Zank mit ihren Nachbarn von Hohenberg. Nun waren aber im letzten Jahr, durch die Heirat der Pfalzgrafentochter Luitgard mit Burkhard von Hohenberg, die Wehrsteiner Lande als Mitgift an Hohenberg gekommen. Sich in einer offenen Schlacht und als Gefolgsmann des Zollerngrafen gegen seinen neuen Lehensherrn zu stellen, war sicherlich nicht klug.
Ritter Hildebolt dankte Gott und der heiligen Jungfrau, dass er an diesem Tag noch auf Reisen gewesen war. Doch würde der Zoller in Zukunft so einfach auf die Gefolgschaft der Wehrsteiner verzichten? Konnte er sich aus diesem Gezänk um alte Erbansprüche und neue Gebietsaufteilungen heraushalten? Sorgenfalten zeichneten sich auf seiner Stirn ab. Zwischen den großen Mühlsteinen zweier sich streitender Grafenhäuser konnte ein kleines Rittergut rasch zermahlen werden.
»Schaut nicht so grimmig drein, Herr«, unterbrach der Begleiter das finstere Grübeln. »Es wird schon alles gut gehen. Die Weiber sind robuster, als man denkt.«
Hildebolt sah den Gefolgsmann verständnislos an, doch dann nickte er, und die Falten auf der Stirn glätteten sich ein wenig. Er verzichtete darauf, dem anderen Ritter zu sagen, dass die Sorgen nicht seinem hochschwangeren Weib gegolten hatten. Stattdessen gab er seinem Pferd die Sporen und jagte in halsbrecherischer Geschwindigkeit den schmalen Pfad entlang, so dass Wolfram Mühe hatte, ihm zu folgen.
»Ich hoffe, sie kommt ihrer Pflicht endlich nach und schenkt mir meinen Erben«, rief der Wehrsteiner Wolfram zu, als die beiden zusammen die Eyach überquerten.
»Vielleicht könnt Ihr ihn schon heute Abend in Euren Armen halten«, antwortete der Lehensmann und trieb sein Pferd die steile Böschung hinauf.

»Dann beeilen wir uns. Heute Nacht die Füße am Kamin zu wärmen, lockt mich weit mehr als eine weitere Nacht unter Gottes eisigem Himmel, und wir haben noch ein ganzes Stück vor uns.«

Der Wehrsteiner duckte sich dicht über den Hals des Pferdes, um dem kalten Wind bei diesem steifen Ritt kein so leichtes Ziel zu bieten. Nun flogen seine Gedanken wie ein Falke zur heimischen Burg voraus und zu seinem Weib, das er dort vor fast drei Wochen zurückgelassen hatte.

✠ ✠

Die Feste Wehrstein thronte stolz wie der Adlerhorst über dem Neckartal und dem Weiler Fischingen. Sie hatte schon viele Könige kommen und gehen sehen, bot schon seit vielen hundert Jahren sicheren Schutz für ihre Bewohner und die Reisenden, die sich ihr für eine Atempause auf ihrer Wanderung anvertrauten. Umgeben von runden Türmen an jeder Ecke und einer hohen, zinnenbewehrten Stützmauer, erhob sich von der höchsten Stelle auf felsigem Grund der Bergfried. Trutzig ragte er über dem kahlen Steilhang auf, der sich gleich hinter den letzten Fischinger Häusern erhob. Burg Wehrstein war eine großartige Anlage. Wie viele Menschen hatten dereinst wohl im nahen Steinbruch die grauen Brocken gebrochen, sie auf krummem Rücken hierher getragen und auf schwankendem Gerüst zu festen Mauern gefügt? Hatten dies mächtige Bauwerk für ein ganzes Jahrtausend errichtet? Mächtig und wehrhaft, ja, den Edlen von Wehrstein in alten Zeiten angemessen, doch heute zu groß für ein Geschlecht, dem nur noch Güter in der Größe derer des Ritters Hildebolt zur Verfügung standen. So reichte der Frondienst der Bauern gerade mal, die Außenmauern und den Turm immer wie-

der auszubessern. Dabei hätte der Palas schon lange ein neues Dach nötig gehabt. Im oberen Stock war nur noch der kleine Raum auf der Südseite trocken, der nun der Edelfrau und ihrer Tochter Anna als Kemenate diente. Der Hausherr schlief seit dem Winter bei seinen Mannen im großen Saal, in dem sich auch die Wächter, Mägde und Knechte zusammendrängten, denn einige der altersschwachen Nebengebäude waren beim letzten Erdbeben in sich zusammengefallen und bisher nicht wieder aufgebaut worden. Die Steine dienten nun dazu, wenigstens die Küche auszubessern und eine kleine Vorratskammer anzubauen.
An diesem Allerheiligenmorgen wurden die Bewohner und Gäste auf Wehrstein noch vor dem Morgengrauen durch schauderhafte Schreie geweckt. Lang gezogen und quälend drangen sie durch die mit Fellen verhängten Fensterschlitze, krochen durch Mauerritzen und Gebälk und verscheuchten auch den Trunkenen die Schläfrigkeit.
»Nanu, wird heute in solch finsterer Früh schon ein Schwein geschlachtet?«, gähnte der Franziskanermönch, der auf seiner Pilgerreise nach Santiago heute Nacht hier Schutz gesucht hatte. Er erhob sich ächzend und zupfte sich ein paar Binsenhalme aus der zerschlissenen Kutte.
»Aber nein«, klärte ihn ein mageres Bürschlein von kaum acht Jahren auf, das neben ihm unter der Bank geschlafen hatte. »Das ist die Herrin, die da so schrecklich brüllt, dass Gott sich selbst die Ohren zuhalten muss.« Ein neuer, anhaltender Schrei drang die hölzernen Stiegen herab.
»Sie kriegt den Erben des Herrn – vielleicht, wenn es nicht wieder ein Mädchen wird«, erklärte der Knabe und fügte dann – für den Mönch – noch altklug hinzu: »Wenn die Kinder kriegen, dann schreien die Weiber halt so.«
Von draußen schallte es nun ähnlich weh und schmerzlich. Verwundert drehte der Mönch sein ergrautes Haupt.

»Mir scheint trotz allem, es wird heute Abend einen festlichen Schweinebraten geben.«
»Aber nein«, sagte der Junge noch einmal und schüttelte in komischer Verzweiflung den Kopf. »Das ist die Hailwig, meine Schwester. Die ist nämlich schon mindestens fünfzehn und kriegt jetzt auch ein Kind.« Plötzlich färbten sich seine Wangen rot. »Sie hat keinen Mann, Pater, aber weil doch das Kind vom Herrn ist, dann ist das doch sicher keine so große Sünde, oder?« Er sah den alten Mönch mit weit aufgerissenen, fragenden Kinderaugen an.
»Der Herr Jesu Christ wird ihr die Sünden vergeben«, murmelte der Gottesmann und strich über das mausbraune, verfilzte Haar des Kindes, bevor er sich langsam bückte und begann, seine wenigen Habseligkeiten in seinem Bündel zu verstauen. Eine Magd drückte ihm noch ein wenig Brot und Käse in die Hand. Dann machte er sich, schwer auf seinen Stab gestützt, weiter nach Westen auf. Die Schreie der Gebärenden begleiteten ihn zum Tor hinaus.

✠   ✠

In ein dickes Wolltuch gehüllt, die vom Reißen geplagten Glieder nur notdürftig an den glimmenden Kohlen gewärmt, saß die weise Frau aus Fischingen auf einem Schemel in der zugigen Kemenate der edlen Dame. Vom Fußende her betrachtete die Alte die Schwangere schweigend und kaute ungerührt auf einer gelblichen Wurzel herum, während das junge Fräulein von Neueck, das die Hand der Schwangeren hielt, jedes Mal zusammenzuckte, wenn ein neuer Krampf den Leib erfasste und die Herrin gequält aufstöhnte.
»Nun tu doch endlich etwas!«, hob sie ihre helle Stimme. »Merkst du nicht, wie sie leidet?«

»Dass sie leidet, ist nicht meine Schuld. Da müsst Ihr Gott und dem Herrn Ritter zürnen.« Sie spuckte gelb schäumenden Speichel in die frischen Binsen. »Und außerdem tue ich was, wenn es so weit ist – und wenn diese Schlampen von Mägden endlich mit dem heißen Wasser kommen!«
Das Fräulein von Neueck haderte noch mit sich, ob sie der unverschämten Alten darauf eine Antwort geben sollte, als die Tür aufgestoßen wurde und die beiden Mägde, mit geschürzten Röcken und rot glühenden Wangen, den Wasserkessel hereinschleppten.
»Na dann wollen wir mal«, murmelte die Hebamme, strich sich ihre schmutzigen Hände mit ranzigem Fett ein, trat ans Bett, schob die Röcke der Schwangeren hoch und fuhr ihr zwischen die Beine, bis die Edelfrau einen spitzen Schmerzensschrei ausstieß.
»Was steht ihr rum und glotzt«, keifte die Alte die Mägde an. »Haltet sie fest!«
Drunten, nur wenige Schritte über den gefrorenen Hof rüber, in dem niederen Küchengebäude, das etwas schief an der Ringmauer lehnte, kauerte die Unfreie Hailwig auf einem Strohsack nahe am Herd. Sie hatte es hier wärmer als die Herrin in ihrer Kemenate, und das Fehlen der Hebamme bezeichnete die Köchin als echten Segen. Den jüngeren Bruder, der neugierig nachsehen gekommen war, hatte Hailwig mit rüden Worten hinausgeworfen, so dass nun nur noch die Köchin und das Küchenmädchen bei ihr waren. Das Küchenmädchen rührte wild in der Milchsuppe, die sie gleich in den Saal bringen musste, und warf der Gebärenden ab und zu nervöse Blicke zu. Adelheid jedoch, die selbst schon eine ganze Schar lebender und toter Kinder zur Welt gebracht hatte, war nicht aus ihrem Gleichmut zu bringen. Sie wischte den Schweiß von der Stirn, stützte bei den Wehen Hailwigs Rücken, drückte, massierte, schob und zog,

gab klare Befehle und hielt nach wenigen Stunden ein kerngesundes, lauthals schreiendes Mädchen in Händen, krebsrot und wild um sich schlagend, als sie das Würmchen in warmem Wasser wusch.
Der Kampf in der Kemenate oben zog sich hin. Die Schreie der Edelfrau begleiteten die Mägde und Knechte bei ihrem Tagewerk und verklangen erst, als die Sonne sich bereits dem Horizont näherte.

✠ ✠

Müde, schweißbedeckt und abgekämpft ritten die beiden Männer im Glanz der Sterne durch das Burgtor. Die Wächter grüßten ihren Herrn ehrerbietig und hielten ihm das zitternde Ross, während er sich schwerfällig aus dem Sattel schwang. Steifbeinig schwankten die Männer zum Palas hinüber, traten in den vom Kaminfeuer nur schwach erleuchteten Saal und ließen sich dann auf eine Bank vor den wärmenden Rammen sinken. Waffenrock, Schwert und Kettenhemd fielen achtlos zu Boden, von wo sie einer der Knechte aufhob, um sie zu reinigen. Erleichtert seufzte der Edelfreie, als ihm eine Magd die Schuhe auszog und er die schmerzenden kalten Füße den Flammen entgegenstrecken konnte. Eine Weile nippten die beiden Männer schweigend an ihren Bechern mit heißem Gewürzwein.
»Euer Eigen hat sich um zwei schreiende Rotznasen erweitert, Herr«, rief einer der Edelknechte dem Wehrsteiner nach einer Weile zu und hob seinen Becher.
»Keine Verluste zu beklagen!«, ergänzte ein anderer.
Hildebolt von Wehrstein nickte seinen Leuten zu. »Dann müssen wir wohl ein Fass für euch alle aufmachen.«
Die fröhliche Zustimmung war bis hoch in die Kemenate zu hören, wo die Wöchnerin, halb ängstlich, halb hoffnungs-

voll mit dem Kind in den Armen ihren Gatten erwartete. Sie lauschte seinem schweren Schritt und hörte die ängstlich erwartete Frage, noch bevor sie den Ritter zu Gesicht bekam.

»Ist es ein Sohn?«

Sie richtete sich ein wenig auf und sah in das bärtige, abgekämpfte Antlitz ihres Gemahls.

»Nein, eine Tochter – aber ein gesundes kräftiges Kind«, fügte sie noch hinzu, doch er hatte sich bereits auf dem Absatz umgedreht und die Kemenate wieder verlassen.

Weinend drückte sie das schlafende Kind an sich. »Zwei Töchter und sonst nur totes Fleisch, ach, Herr im Himmel, muss er mir da nicht zürnen?« Und dennoch nagte auch heißer Zorn in ihrer Brust.

»Ist es denn meine Schuld, Heilige Jungfrau? Ist es meine Sünde allein, die uns straft? Ist nicht der Same des Mannes des Kindes Keim? Die Mutter nur das wärmende Nest?«

Der Wehrsteiner ging mit langen Schritten über den Hof, stieß die Tür zur Küche auf und trat in die Wärme. Respektvoll wichen die Frauen zurück, die sich um den Strohsack der jungen Mutter versammelt hatten.

»Und du, hast wenigstens du mir einen Sohn zustande gebracht?«

Trotzig sah ihm Hailwig in die Augen. Die Lippen zu einem dünnen Strich zusammengepresst, schüttelte sie den Kopf. Dem Ritter entfuhr ein Fluch, so dass sich die Frauen hastig bekreuzigten. »Du wirst meiner Tochter Amme«, stieß er noch hervor, ehe er in die Nacht stürmte. Die Tür fiel krachend ins Schloss.

Im Turm holte er sich Wein, stürzte ihn so hastig hinunter, dass ihm ein rotes Rinnsal über den Bart floss und in das Hemd tropfte. Ein zweiter Krug folgte dem ersten. Ziellos taumelte der Hausherr über den Hof, lief schwankend an

der Mauer entlang, stieg zum Turm hoch bis auf die Plattform, erbrach sich und sank dann auf den kalten Boden. Den Rücken an den rauen Stein gepresst, sah er in den klaren Sternenhimmel und haderte mit seinem Schicksal und mit Gott.
»Warum, warum«, brüllte er in die Nacht. »Herr im Himmel, bin ich kein richtiger Mann, dass ich keinen Knaben zeugen kann? War ich nicht ein frommer Christ und Ritter? Was für Sünden habe ich auf mich geladen? Sag es mir, du dort oben auf deinem Wolkenthron!«, schrie er. Die Wächter sahen betreten zur Seite.
»Das Kind kommt ins Kloster«, sagte er bestimmt, als er am nächsten Morgen die Kemenate wieder betrat. »Ich habe nicht die Güter, zweimal eine Mitgift zu bezahlen. Vielleicht wirst du mir ja doch noch meinen Erben schenken, für den dann noch ein Rittergut da sein muss.«
Sein Eheweib nickte unter Tränen. »Ich werde beten und alles versuchen.«
Rau und ein wenig unbeholfen strich er ihr über das Haar. »Vielleicht erhört der Herr unsere Gebete, wenn wir ihm dieses Kind schenken.«

✠ ✠

Während der Hohenberger in die zollerischen Lande einfiel und Balingen verwüstete, wuchsen die beiden Mädchen abseits der Fehde heran. Sie tranken Milch von derselben Mutterbrust, spielten zusammen auf dem Burghof, streiften gemeinsam über Wiesen und Felder und liefen beide weinend zu Hailwig, wenn sie sich das Knie aufgeschlagen oder die Hände im Dorngestrüpp zerkratzt hatten. Sie liebten sich, sie waren Schwestern, sie hatten den gleichen Vater, der sie beide ignorierte, und dennoch war Tilia von Wehrstein Ritterstochter und edelfrei, Gret ein Leben lang leibeigene Magd.

Ein wenig wehmütig beobachtete Sibylla von Wehrstein ihre Jüngste mit dem Gesinde im Hof herumtollen, wenn sie mit der älteren Tochter Anna auf einer Bank vor dem Palas saß, Stoffe säumte und Borten bestickte. Doch sie ließ das Kind gewähren, bis es seinen fünften Sommer gesehen hatte.

KAPITEL 2

»Wir haben einen neuen König!«, rief der Bote, als er über die hölzerne Zugbrücke donnerte. Neugierig schwatzend strömten die Wehrsteiner in den Saal und scharten sich um den Mann, der die Nachricht in alle Lande trug.

»Fast zwanzig Jahre herrschten Kriegswirren und Fehdengewühl, heißer Zorn und wilde Gier. Die Dörfer sind verwüstet, Felder liegen brach, die Bauern und die Herren hungern«, begann er seine ausschweifende Rede, nahm dankbar den Becher entgegen, den die Hausherrin ihm reichte, stieg auf die Bank, um mit seiner Stimme auch alle zu erreichen, und fuhr dann mit seiner Geschichte fort.

»Die Herren suchen die Juden auf. Keiner hat Geld in seinen Truhen. Immer lauter erschallten die Stimmen durch das Reich. Ein König muss her, das Land zu befrieden!«

Er machte eine Pause, ohne das ungeduldige Scharren und Räuspern seiner Zuhörer zu beachten. Wie einer der reisenden Geschichtenerzähler beugte er sich vor, ließ den Blick über die Ritter, Edelknechte und das Gesinde schweifen und senkte dann seine Stimme.

»Doch wer sollte es sein? Der mächtige König Ottokar der Zweite von Böhmen? Der war den Herren Kurfürsten nicht so recht geheuer. König Philipp der Zweite aus Frankreich? Ein Franzose schon gar nicht!« Wieder hielt er inne und trank genüsslich seinen Becher leer.

»In Frankfurt oben saßen unsere mächtigen Fürsten des Reiches zusammen, die Erzbischöfe aus Mainz, Köln und Trier, der Pfalzgraf bei Rhein, der Herzog von Sachsen und der Markgraf von Brandenburg. Anstelle des mächtigen Ottokar von Böhmen haben sie den Bayernherzog noch dazugeladen.«

Erneut machte er eine Pause, ließ sich den Becher wieder füllen, trank ausgiebig, rülpste und fuhr dann fort:

»Ein König muss her, stark muss er sein, doch auch nicht zu stark, denn keiner will die mühsam erkämpften Ländereien und das eilig zusammengeraffte Krongut wieder herausgeben.«

»Wer ist denn nun unser neuer König?«, unterbrach ihn eine helle Kinderstimme ungehalten. Tilia stampfte mit dem Fuß auf die Erde. Der Bote lachte, bückte sich hinab und strich ihr über das Blondhaar.

»Es steht einer Jungfrau nicht an, so ungeduldig zu sein und einen Mann zu unterbrechen, kleines Ritterfräulein, doch ich werde es dir verraten: Ihre Wahl fiel auf den Landgrafen Rudolf von Habsburg. Er ist kein Schwächling und scheint dennoch genug Respekt vor den mächtigen Herzögen und Bischöfen zu haben.«

»Rudolf von Habsburg? Den kenne ich nicht«, sagte das Mädchen enttäuscht und wandte sich wieder ihrer Puppe zu.

»So reiste der Burggraf von Nürnberg nach Basel, wo unser König, nichts von der ihm angetragenen Ehre wissend, sich mit dem treuebrüchigen Bischof schlug. Der Bischof von Basel ist zwar eigensinnig, aber nicht dumm. Zähneknirschend hat er dem Habsburger Frieden angeboten. Und so zieht König Rudolf der Erste von Habsburg nun durch das Schwabenland und dann nach Aachen, um die Krone entgegenzunehmen.«

»Wo ist er denn jetzt, der neue König?«, mischte sich Tilia noch einmal ein.

»Nun, im Moment ist er sicher in Haigerloch bei seinem Schwager Albert von Hohenberg. Vielleicht werden dort gerade Ochsen und Hühner, Schweine und Gänse für ein herrliches Festmahl geschlachtet.« Der Bote schnalzte mit der Zunge.

Die Hausherrin verstand den Wink, lud den Gast ein zu bleiben, und versprach, bis zum Dunkelwerden ein feines Mahl auf den Tisch zu bringen.

✠ ✠

Am anderen Tag, als der Bote bereits weitergeritten war, rief Sibylla von Wehrstein ihre Zweitgeborene zu sich in die Kemenate und gebot ihr, sich auf die große Kleidertruhe zu setzen. Bedächtig fädelte die Edelfrau einen grünen Seidenfaden ein, während Tilia ungeduldig auf dem polierten Holz hin und her rutschte. Gret wartete draußen. Sie wollten nach Brombeeren suchen und sehen, ob das Eichhorn wieder auf dem Nussbaum saß. Doch die Mutter ließ sich Zeit, betrachtete ihre Tochter im braunen, knielangen Kittel, mit dem schmutzigen Gesicht und den zerzausten blonden Zöpfen. Dann endlich senkte sich ihr Blick wieder auf die Stickerei, und sie begann zu sprechen.

»Ich habe dich lange gewähren lassen, mein Kind. Du hast die Freiheit genossen, doch nun bist du alt genug, die Dinge zu lernen, die eine Frau können muss. Dein Vater hat dich fürs Kloster bestimmt. Für erbauliche Psalmen und heilige Gesänge ist der Pater zuständig. Von mir jedoch wirst du lernen, deine Hände zu gebrauchen. Die Nonnen werden dankbar sein, wenn du einen Schleier wohl zu säumen oder ein Altartuch zu besticken weißt.« Sie sah ihre Tochter

scharf an, ob diese auch den Ausführungen lauschte. Das Kind faltete rasch die Hände, die bisher eifrig den geschnitzten Verzierungen an den Rändern der Truhe nachgefahren waren, und sah die Mutter aus großen, blauen Augen an.
»Dein Platz ist nun hier bei mir – und manche Stunde auch bei Pater Seifried. Du wirst nicht mehr durch die Wälder streichen oder dich bei den Wachen herumtreiben.«
»Aber was ist mit Gret? Ich muss doch zu ihr und muss in die Küche und aufs Feld zu Hailwig«, wagte das Mädchen einzuwenden.
»Sie werden nicht mehr da sein.« Die Mutter ließ das Stickzeug sinken. »Dein Vater hat sie und ein paar andere Mägde und Knechte an die Mönche von Kirchberg verkauft. Sie werden für das Kloster auf einem Gut in Isenburg arbeiten.«
Der Kindermund öffnete sich zu einem tonlosen O. Hinter der gekrausten Stirn schien es zu arbeiten, dann krampften sich die kleinen Hände um die Schnitzereien, als sie verstand. »Sie werden für immer weggehen?« Tränen schossen ihr in die Augen. »Aber das geht nicht, weil – weil…« Sie schluchzte auf.
Sibylla seufzte, legte ihr Stickzeug sorgfältig zusammen, erhob sich und schritt hinüber zur Truhe. Sie zog das Kind auf ihren Schoß, wiegte es und ließ es einige Zeit weinen.
»Tilia, mein Kind, Hailwig ist nur eine Magd, und auch Gret wird später eine sein. Du sollst nicht um sie weinen. Du kannst – du darfst dein Herz nicht an sie verschwenden.«
Das Mädchen hob den Kopf und sah die Mutter streng an. »Ich muss die Gret aber lieb haben. Sie ist meine Schwester!«
»Ist sie nicht. Anna ist deine Schwester.«
Tilia schob schmollend die Lippen vor. »Hailwig hat das aber gesagt.«

Der Mutter entschlüpfte ein ärgerlicher Laut, doch die Tochter unterbrach sie sogleich.
»Kann nicht wenigstens die Gret bleiben? Sie ist doch noch so klein und kann für die Mönche noch nicht richtig arbeiten, und ich bin dann immer ganz brav und lerne die Psalmen und sticke und...«
Vor Eifer zitternd, presste sie ihren Vorschlag heraus und sah mit starrem Blick zur Mutter hoch, als könne sie so eine Zustimmung erzwingen.
Die Edelfrau seufzte, dachte nach und begann geistesabwesend das Kinderhaar zu entwirren. Als es streng geordnet in zwei Zöpfen auf den Rücken fiel, entließ sie die Tochter und ging hinunter in den Saal, um mit dem Edelmann zu sprechen.
Drei Tage später zog eine kleine Schar Männer, Frauen und Kinder in aller Früh zum Tor hinaus, um sich in Begleitung zweier Mönche nach Isenburg aufzumachen. Auch Hailwig, hochschwanger, war mit ihrem neuen Ehegatten dabei. Mit Tränen in den Augen folgte sie dem Tross, drehte sich jedoch immer wieder um, um noch einen Blick auf ihre Tochter und ihr Ammenkind zu werfen, die sie beide auf Burg Wehrstein zurücklassen musste.
So blieben die Freundinnen und Halbschwestern ungetrennt, doch Gret begriff schnell, welch großen Unterschied es bedeutete, Edelfräulein oder Magd zu sein. Nicht nur, dass sie Tilia nun mit »Ihr« und »Euch« ansprechen musste – zumindest, wenn andere Ohren es hören konnten –, die gemeinsame Zeit schmolz mit jedem Jahr ein Stück mehr dahin. Die freie Kindheit war vorüber. Gret war nicht dumm. Ihre wachen Augen beobachteten die Welt, ihr Mund formte Fragen, die keiner hören wollte und die ihr niemand zufrieden stellend beantworten konnte.
Warum bekam Tilia einen fellgefütterten Mantel, während

sie selbst in ihrem alten löchrigen Umhang frieren musste? Warum tranken Mägde und Knechte Molke und Wasser und die Ritter roten Wein? Warum froren die Wächter im Turm, während sich die Ritter am Kamin im Saal wärmten? Warum konnte der Herr Menschen einfach verkaufen, verschenken, eintauschen? Warum, warum, warum …
Doch sie sah auch, welch Unterschied es war, Frau oder Mann zu sein. Auch Edelfrauen hatten zu gehorchen, wenn der Herr etwas befahl. Sie mussten vom Morgengrauen bis in die Nacht schuften, während die Ritter und Edelknechte, die auf der Burg dienten, an manchen Tagen sich nur müßig ins sonnenbeschienene Gras flegelten, ihre Waffen putzten, aßen und tranken, Geschichten erzählten und den vorbeieilenden Mägden in den Po zwickten.
Die Herrin war streng zu ihren Mägden und ihren Töchtern, aber auch zu sich selbst. Jeden Morgen musste der Saal gereinigt werden, Knochen, Essensreste und die schmutzigen Binsen hinausgeschafft und über die Mauer geworfen werden, der Kamin von Asche gereinigt, die abgebrannten Kienspäne ersetzt, der lange Tisch geputzt und poliert werden, bis das Holz makellos glänzte. Oft legte die Edelfrau selbst mit Hand an. Erst wenn die Herrin zufrieden war, durften die sauberen Binsen ausgestreut werden. Am Tag unterschied sich die Herrin auf den ersten Blick kaum von ihren Mägden. Auch sie trug einfache Röcke aus ungebleichter Wolle, vielleicht ein wenig sauberer, feiner genäht, der Saum eine Hand breit länger. Nur ihr Gebende, streng geschnürt, dass sie kaum den Mund öffnen konnte, war immer blütenweiß und aus feinster Seide.
Verschwendung gab es nicht auf Wehrstein. Jedes Kleidungsstück wurde sorgfältig immer wieder geflickt, dann noch von den Mägden getragen, bis der Stoff fast auseinander fiel. Auch das Essen auf der Burg war nur selten üppig. Der

Völlerei durfte nur an hohen Festtagen gefrönt werden, und dann hatten auch die Unfreien ihren Teil daran – vielleicht nicht gerade am Wildbret, aber doch an Schweinefüßen, Kutteln, Speck und anderen Köstlichkeiten.

✠ ✠

»Wohin reitet Ihr, Ritter Wolfram?«, fragte Tilia neugierig und trat an das braune Streitross heran, das gesattelt im Hof stand. Sie bot dem Tier ein Stück ihrer Rübe an und strich ihm über den schwarzen Fleck an der Stirn.
»Ich reite nach Fischingen runter und dann zur Mühle. Zwei Sack Mehl ist der Müller uns noch schuldig.«
»Oh, nehmt mich mit«, rief das Kind. »Ich werde ganz still sitzen und auch beim Müller brav und sittsam sein.«
Wolfram von Husen zog den Sattelgurt nach. »Kleine Tilia, das geht nicht. Eure Mutter würde mir den Kopf abschlagen.«
Das Mädchen verlegte sich aufs Betteln. »Oh bitte, Ihr seid doch ein tapferer Mann, und sie braucht es ja nicht zu erfahren. Außerdem muss eine Edelfrau lernen, eine Burg zu führen. Wie oft sind der Vater und all die Ritter weit weg?«
Flehend sah sie zu dem Lehensmann ihres Vaters hoch.
Wenige Augenblicke später ritt Wolfram von Husen, Tilia vor sich im Sattel, zum Tor hinaus, über die Zugbrücke und dann den engen Pfad nach Fischingen hinunter. Das Mädchen strahlte den Ritter aus blauen Augen an. Voll Freude, ein Stück der weiten, unbekannten Welt zu sehen, stimmte sie ein Lied an, das sie bei den Mägden schon oft gehört hatte. Der junge Ritter lächelte zärtlich. Zwar hatte er daheim ein Weib und einen Knaben, aber die sah er nur selten. Das aufgeweckte Mädchen seines Lehensherrn jedoch, das ihn so oft wissbegierig mit Fragen löcherte, war ihm lieb wie eine Tochter.

Die Hände in die Hüften gestützt, die Lippen zu einem schmalen Strich zusammengepresst, stand Sibylla von Wehrstein vor dem Palas, als der Ritter und das Kind zurückkehrten.
»Mutter, es war so aufregend!«, rief Tilia und ließ sich vom Pferd gleiten. »Ich durfte die Mühle sehen. Das riesenhafte Rad, das vom Strom des Wassers bewegt wird und dann die Steine rührt, um ohne Menschenkraft feines Mehl zu mahlen.«
Der Ritter bemerkte die Gewitterwolken hinter der weißen Stirn sehr wohl. Entschuldigend verbeugte er sich.
»Ich habe gut auf sie Acht gegeben, Herrin. Zürnt uns nicht. Es war ein erfolgreicher Ritt. Die Mehlsäcke werden noch heute auf der Burg sein.«
»Dazu bedurftet Ihr wohl kaum der Hilfe des Kindes«, sagte Sibylla gepresst.
»Nein, sicher nicht.« Er senkte den Kopf. »Es ist nur – sie hat so gebettelt, mitkommen zu dürfen. Tilia ist nicht wie Anna oder wie die anderen Kinder. Sie ist eher wie ein kleines wildes Tier.«
»Ja, und wenn Ihr sie mit hinausnehmt, dann wird sie noch wilder. Wollt Ihr an dem Leid schuldig sein, wenn sie den Duft von Freiheit gekostet hat und ihr Vater sie dann hinter Klostermauern sperrt? Sie wird jetzt lernen, dass das Leben harte Arbeit und Verzicht bedeutet.«
Der Ritter verbeugte sich steif. »Es wird nicht wieder vorkommen, Dame Sibylla.« Er drehte sich um und führte sein Pferd in den Stall.
»Du kommst mit mir!«, herrschte die Mutter das Mädchen an, das dem Ritter folgen wollte. »Du wirst heute noch ein Schleiertuch säumen. Sauber und mit kleinen Stichen, sonst trenne ich die Arbeit wieder auf. Dabei kannst du mir die Psalmen aufsagen, die du gelernt hast.«

Tilia verdrehte die Augen, wagte jedoch nicht, zu widersprechen. Während die Nadel noch etwas unbeholfen durch den Stoff glitt und ihre Zunge die lateinischen Worte plapperte, wanderten ihre Gedanken noch einmal hinaus vor die Burg und ins Tal zum rauschenden Neckar hinab.

✠ ✠

Die Feste Wehrstein lag abseits der viel berittenen Routen und abseits von großer Politik und Zank, und doch musste Hildebolt von Wehrstein immer wieder mit seinen Mannen hinausziehen, um fremde Streitereien auszufechten. Das Land war zu klein, die Abgaben zu hoch, um nur von den Früchten des Bodens zu leben. Manchmal blieben die Frauen, Kinder und das Gesinde monatelang nur mit einem Ritter oder Edelknecht als Schutz auf der Burg zurück. Müde, schmutzig und manchmal auch verletzt kamen die Männer dann irgendwann nach Hause. Auf manche warteten die Daheimgebliebenen jedoch vergeblich.
»Der Wolkhart ist in Ehre gefallen, sonst sind alle wohlauf«, war das Einzige, was Sibylla ihrem Gatten entlocken konnte, als die Männer im späten Herbst von einem langen Zug zurückkamen. Sie begnügte sich mit dieser Antwort und fragte nicht weiter, reichte ihm stattdessen ein mageres Hühnchen und mit Wasser verdünnten Wein. Es interessierte sie nicht, was außerhalb der Burg geschah. Hauptsache, auf Wehrstein ging das Leben weiter. Doch Tilia schaute oft vom Bergfried ins weite Land hinaus und fragte sich, wie es hinter dem Wald und den Hügeln wohl aussah. Sie hatte ihren Ritt nach Fischingen nicht vergessen und träumte oft von rauschenden Bächen und weiten Wiesen. Es drängte sie, mehr zu erfahren. So stellte sie sich vor den Vater hin, verschränkte die Hände hinter dem Rücken und fragte:

»Wo wart Ihr die ganze lange Zeit? Erzählt mir davon.«
Hildebolt sah mit ernster Miene auf seine Tochter hinab.
»Wir waren bis in Wien, um des Königs Stadt aus der Hand des Feindes zu befreien, denn der verschmähte Ottokar aus Böhmen will sich nicht damit abfinden, dass ein anderer die Krone trägt.«
Tilia kratzte sich an der Nase. »Der Ottokar wollte König werden, aber der Rudolf ist es geworden, und nun ist der Ottokar böse und will dem König seine Stadt wegnehmen?«
Der Wehrsteiner lachte. »Ja, so ist es, doch dein Vater und Wolfram von Husen und all die anderen Ritter haben Wien befreit. Und nun lass mich in Frieden essen.«
Das Mädchen lief zu Wolfram hinüber.
»Wo ist Wien? Ist das schön dort? Nehmt Ihr mich das nächste Mal mit?«
Wolfram von Husen zog das Mädchen am Zopf. »Solch vorwitzige blonde Jungfrauen können wir nicht gebrauchen, wenn die Schwerter blitzen und die Pfeile schwirren. Es würde dir eh nicht gefallen, kleine Tilia.«
Tilia schob schmollend die Lippen vor. »Doch, das würde es. Erzählt mir mehr davon.« Der Ritter zog das Mädchen auf seinen Schoß, schlang die Arme schützend um die zarte Gestalt und begann zu erzählen. Von tapferen Rittern und schnaubenden Rössern, von einer langen Reise durch ein unbekanntes, wildes Land.
»Bleibt Ihr jetzt lange hier und schnitzt mir eine neue Puppe?«
Der Ritter riss einem gebratenen Huhn den Flügel ab und drückte ihn dem Mädchen in die Hand. Den Rest behielt er für sich und grub seine Zähne tief in das weiße Fleisch.
»So lange, dass es für eine neue Puppe reicht, bleiben wir ganz bestimmt«, sagte er mit vollem Mund. »Doch wer weiß,

was der Frühling bringen wird. Vielleicht werden wir hier in Schwaben Arbeit für unsere Schwerter bekommen.«
»Warum?«, fragte Tilia und leckte sich das Fett von den Lippen.
»Das ist nicht einfach zu erklären. Bisher haben viele der Fürsten an der Seite des Königs gekämpft. Doch nun hat der König auf dem Reichstag in Augsburg eine Urkunde aufgesetzt.« Das Mädchen legte den abgenagten Flügel auf den Tisch und gähnte. »Er fordert alle Krongüter zurück. All die Verträge und Schenkungen, heimlichen Absprachen und Räubereien, seit Friedrich der Zweite König und Kaiser war, sind nichtig.« Tilia schloss die Augen.
»Es gibt keinen unter den Fürsten, der nicht zornig wäre. Haben sie ihm deshalb zu seiner Krone verholfen? Welch Undank von einem Mann aus solch unbedeutendem Haus. Doch es gibt auch einige, die sich auf die Seite des Königs stellen, weil sie sich Vorteile davon versprechen.«
Die gleichmäßigen Atemzüge zeigten, dass das Kind in seinen Armen eingeschlafen war, doch der Ritter redete mit leiser Stimme weiter.
»Nun hat der König, da er mit dessen Schwester Anna verheiratet ist, den Hohenberger damit beauftragt, die Reichslehen wieder einzutreiben. Er ist jetzt Vogt für Niederschwaben. Der heißblütige junge Graf Eberhard von Württemberg schäumt vor Wut. Er wird es nicht zulassen, dass man ihm auch nur ein Gehöft wegnimmt. Weißt du, was das bedeutet, kleine Tilia?«
Das Kind grunzte im Schlaf.
»Es wird Krieg in Schwaben geben. Einen Krieg, wie wir ihn hier noch nicht erlebt haben.«
Vorsichtig erhob er sich und trug das schlafende Mädchen zur Treppe, wo Fräulein von Neueck schon wartete. Behutsam legte er es ihr in die Arme, doch das Fräulein ließ das

Mädchen zu Boden sinken, schüttelte es, bis es erwachte, und führte es dann die Treppe hinauf.

✠   ✠

»Komm mit, ich muss dir etwas zeigen«, sagte Gret und nahm Tilia bei der Hand.
Die Ritterstochter zögerte. Sie sah an sich herunter und betrachtete den langen Rock aus feinem Barchent, den die Mutter ihr genäht hatte. Wie praktisch doch die knielangen Kittel gewesen waren! Tilia seufzte leise.
»Wohin willst du? Wird man dabei sehr schmutzig?«
Gret zuckte die Schultern. »Es ist eine Überraschung. Willst du sie dir nicht ansehen?«
Tilias Wangen glühten. »Doch, natürlich.« Sie raffte den Rock und ließ sich von Gret über den Hof in die Scheune ziehen, die windschief an der Burgmauer lehnte.
»Komm mit hinter den Heuhaufen«, forderte Gret ihre Schwester auf und sank auf die Knie.
Sie erklomm das duftende Heu und ließ sich dann auf der anderen Seite des Haufens wieder hinuntergleiten. Auf allen vieren kroch sie an der Wand entlang, bis zu einem losen Brett.
»Hier müssen wir durch«, raunte sie. Tilia folgte ihr dicht auf den Fersen.
»Da sieh, ich habe sie gefunden!«, strahlte Gret und zeigte auf die drei winzigen Fellbündel, die hinter der Scheune in einer geschützten Mauernische auf einem alten Lumpen lagen.
»Oh! Hier hat die Alte sie also versteckt«, staunte Tilia und drückte ein getigertes Kätzchen, das die Augen noch geschlossen hatte, an ihre Brust. »Ich dachte schon, die Hunde hätten sie geholt.«

»Nein, die Katze ist schlau«, sagte Gret und kitzelte ein schwarzweiß Geflecktes an der Nase. »Hier kommen die Hunde bestimmt nicht her.«

»Fräulein Tilia, seid Ihr hier drin?«, erklang die Stimme des Paters.

Die Mädchen sahen sich an, grinsten und legten die Hände auf ihre Lippen.

»Bist du sicher, dass sie hier hineingelaufen sind?«, fragte der Pater. Seine Stimme klang ärgerlich.

»Aber ja«, hörten die Mädchen die Stimme eines Knechtes.

»Tilia, komm sofort her!«, befahl die Mutter.

Das Mädchen ließ die Schultern hängen, das Lächeln auf ihren Lippen erlosch. Vorsichtig schob sie das Brett zur Seite und kroch über den Heuberg zurück.

Den ganzen Weg zurück schimpften die Mutter und der Pater von beiden Seiten auf das Mädchen ein. Betreten senkte sie ihren Blick auf den nun mit braunen Flecken übersäten Rock und schwieg. Bis zum Abend saß sie mit ihrem Lehrer zusammen, wiederholte die lateinischen Worte, die für sie keinen Sinn ergaben, und ertrug die Stockschläge auf die Finger, wenn sie sich verhaspelte. Dann sang sie Kyrie eleison und Ave Maria, und der Wind trug ihre Stimme bis zu Gret, die, drei junge Katzen im Schoß, auf der Schwelle der Scheune in der Abendsonne saß.

✠ ✠

Der Streit im Reich schwelte weiter. Immer wieder bat ein Bote, wichtige Briefe und Urkunden im Gepäck, um warme Suppe und ein Nachtlager. Dann lauschte die Schar der Ritter und Edelknechte gespannt, was draußen im Land so vor sich ging. Auch so mancher wandernde Mönch wusste Neues. Am Abend, wenn alle sich im Saal versammelt hat-

ten, die Mägde Schüsseln mit dampfender Suppe und graues Brot verteilten, und die Becher mit rotem Neckarwein gefüllt waren, dann war es Zeit, Geschichten zu erzählen. Etwas abseits der großen Tafel saß die Edelfrau mit ihren beiden Töchtern und dem Fräulein von Neueck. Doch sobald das Essen vorüber war, schlich sich Tilia näher zu den Rittern und Edelknechten. Wenn die Mutter sich in die Kemenate zurückgezogen hatte, dann krochen Tilia und Gret unter den Tisch. Eng umschlungen in die Binsen gekuschelt, die Ohren gespitzt, lauschten die Mädchen atemlos, was in der Welt dort draußen Spannendes passierte. So erfuhren sie, dass des Königs Sohn Hartmann im Rhein ertrunken war, dass der Bischof von Straßburg die Feste Durlach plünderte und dann in Asche legte, dass der Graf Ludwig von Dettingen das Kloster Ellwangen in Brand steckte und den Abt Ekkehard fest hielt und dass die Bürger der Freien Reichsstadt Esslingen des Württembergers Burg Kaltenthal am Nesenbach belagerten. Zu viel hätten die stolzen Bürgersleute schon unter dem ungestümen Fürsten leiden müssen. Die Mädchen sogen all die Neuigkeiten in sich auf. Tagelang spukten diese Geschichten dann in ihren Köpfen, und sie wunderten sich, warum alle Welt ständig im Streit miteinander lag.
Auch der Edelfreie Hildebolt von Wehrstein beobachtete die Entwicklung der Dinge genau. Es war ihm egal, ob er den Zins für sein Lehen an den Hohenberger oder den König zahlen musste, dennoch war er besorgt. Tief in seinem Innern spürte er, dass der Tag der Entscheidung näher rückte.

KAPITEL 3

Bald war die Zeit vorüber, da sich die Mädchen unter dem Tisch verstecken konnten, um den Geschichten der Ritter zu lauschen. Sie wuchsen zu hübschen Jungfrauen heran, beide groß und schlank, mit kleinen Brüsten, reiner Haut, blondem Haar und blauen Augen, die von Gret vielleicht ein wenig dunkler und ausdrucksvoller. Auch war ihre Gestalt bereits mit vierzehn Jahren mehr die eines Weibes, während Tilia schlanker – biegsamer – an eine Weide am Fluss erinnerte. Ihre Hände waren weiß und schmal, die von Gret dagegen rot und rissig.
Im Frühling nach Tilias vierzehntem Geburtstag starb Pater Seifrieds jüngster Bruder. Daher machte sich der Geistliche für ein paar Wochen in seine Heimat nach Rottenburg auf, um der Witwe zur Seite zu stehen. Seinen strengen Augen für eine Weile entkommen, atmete die Rittertochter erleichtert auf. Kaum war er unter dem Tor verschwunden, raffte sie den Rock und lief zu Gret, die vor der Küche auf dem Boden saß und eine Gans rupfte. Tilia ließ sich in den Staub sinken und schloss die Augen. Die wärmende Sonne im Gesicht, saß sie da und genoss die Ruhe.
»Da kommt Anna«, unterbrach Gret die Stille, als diese, eine Näharbeit unter dem Arm, aus dem Palas trat.
»O nein«, seufzte Tilia, doch Anna war anscheinend nicht auf der Suche nach der pflichtvergessenen jüngeren Schwester. Sie blinzelte in die grelle Sonne, sah sich um und schritt dann langsam auf einen Mauervorsprung zu. Die

Steine schienen leidlich sauber, so dass sie sich vorsichtig niederließ. Sorgfältig breitete sie ihren zartgrünen Rock um sich aus und widmete sich dann ihrer Stickerei. Wolfram von Husen näherte sich vom Tor her kommend. Fröhlich winkte ihm Tilia zu. Er grüßte zurück, lenkte seinen Schritt jedoch zu Anna hinüber. Er verbeugte sich und sprach sie an, sie errötete, schlug die Augen nieder und antwortete so leise, dass er sich vorbeugen musste, um sie zu verstehen.

»Warum kommt er nicht zu uns?« Unruhig rutschte Tilia hin und her. Sie wollte aufspringen, doch Gret hielt sie zurück. »Der Ritter wird schon kommen, wenn er sich mit dir unterhalten will.«

Wolfram von Husen setzte sich zu Anna auf den Mauervorsprung und erzählte ihr etwas, das ihr immer wieder ein kurzes Lachen entlockte. Ab und zu sah sie ihn an, nur um schnell die Augen wieder niederzuschlagen. Als ihr Knäuel aus silbernem Garn vom Schoß rollte, sprang er sofort auf, um es ihr zu reichen. Nur kurz berührten sich ihre Fingerspitzen, doch die Wangen der Rittterstochter glühten.

»Er weiß ja noch gar nicht, dass der Pater weg ist«, fiel Tilia ein. Sie sprang auf und klopfte ungestüm den Staub aus ihrem Rock. »Ich muss ihm doch sagen, dass ich nun nicht den ganzen Tag in der Kemenate sitzen muss.« Mit großen Schritten überquerte sie den Hof. Gret sah ihr kopfschüttelnd nach.

»Ritter Wolfram, wie schön, dass Ihr zurück seid«, sprudelte sie hervor und strahlte ihn an. »Wie war Euer Ritt? Wie steht es mit den Ländereien? Ihr wart bei Eurer Familie? Welch Glück für uns, dass sie Euch nicht lange festhalten konnte. Habt Ihr schon gehört, der Bruder von Pater Seifried ist gestorben, und er ist nun nach Rottenburg gezogen.«

Wolfram kniff Tilia in die Wange. »Das scheint Euch nicht sonderlich zu betrüben.«

Tilia schüttelte den Kopf. »Ein paar Wochen ohne Psalmen werde ich genießen. Ich kann Gottes Schöpfung sicher auch hier in der Sonne loben.«
Der Ritter grinste und nickte. »Oh ja, auch wenn sich dann Eure Wangen röten und sich Euer Näschen mit Sommersprossen überzieht.«
Tilia rümpfte die Nase. »Das ist doch egal. So braun wie Gret werde ich sicher nicht.«
Anna beugte sich noch tiefer über ihre Arbeit. Die Lippen fest zusammengepresst, sagte sie kein Wort mehr, während Tilia mit dem Ritter lachte und scherzte. Sibylla setzte dem ein Ende, als sie beide Töchter zu sich rief.
»Wie konntest du so mit ihm sprechen!«, ereiferte sich Anna später, als die Schwestern in der Kemenate arbeiteten.
»Warum? Was habe ich denn getan?«, fragte Tilia verständnislos.
»Solche Bemerkungen über seine Familie zu machen, wo seine Gattin doch im Kindbett gestorben ist.«
»Was?« Tilia ließ ihre Arbeit sinken. »Hat er dir das eben erzählt? Woher sollte ich davon wissen?«
Anna arbeitete eifrig weiter. »Nein, das habe ich schon vor zwei Monaten von ihm erfahren. Es war wohl kurz nach Aschermittwoch, als das Kind viel zu früh auf die Welt kommen wollte. Sie war mit ihrer Magd allein, der Schnee lag hoch, und so kam das Kind nicht richtig heraus. Beide starben.«
»Aber warum hat er mir das nicht gesagt?«, stotterte Tilia fassungslos.
»Vielleicht, weil du ihn nur über Ländereien und Ritter ausfragst«, bemerkte Anna spitz.
»Dass er dir das erzählt hat«, wunderte sich die Jüngere und schüttelte den Kopf. Sie schwieg eine Weile und dachte nach, dann stieß sie hervor:

»Hat er sich schon ein neues Weib gewählt?«
Anna senkte den Kopf tief über die Nadel und schüttelte den Kopf. »Nein, der Knabe ist vorläufig bei seinem Bruder untergebracht.«
Von da an schwieg sie eisern. Kein weiteres Wort mehr war ihr über den Ritter zu entreißen.

✠ ✠

Es war schon lange dunkel. Der Mond hing silbern in den frischgrünen Buchen, als Hildebolt von Wehrstein in einer lauen Sommernacht vor Jakobi aus Haigerloch zurückkehrte. Der große Saal lag verwaist da, das Feuer im Kamin glühte nur noch leicht. Einige der Männer waren für den Abt von Kirchberg unterwegs, Wolfram von Husen mit seines Bruders Sohn Heinrich noch in Haigerloch. Die Mägde und Knechte, die zur Feldarbeit gebraucht wurden, schliefen in diesen Nächten meist im Gehöft der Wehrsteiner, das, nur ein kurzes Stück den ausgefahrenen Karrenweg hoch, auf der Ebene über dem Neckartal lag.
So trat der Herr in den leeren Saal, ließ den Mantel auf den Boden gleiten, warf sich in seinen lederbezogenen, hochlehnigen Sessel und legte die schlammbespritzten Harnischschuhe auf einen Hocker. Er sehnte sich nach einem kräftigen Schluck, war jedoch zu müde, noch einmal aufzustehen.
Das Knarren der hölzernen Stufen zum oberen Stock ließ ihn aufhorchen. Nur undeutlich nahm er eine schlanke Gestalt wahr, die leise die Treppe hinunterschlich, einen Umhang eng um die Schultern gezogen. Die Binsen raschelten unter ihren Füßen, als sie sich zur Tür hinübertastete.
»Tilia?«
Die Gestalt erstarrte. »Nein, Herr, ich bin es, Gret.«

»Was hast du mitten in der Nacht oben zu suchen?«, brummte der Hausherr, war jedoch offensichtlich nicht wirklich an einer Antwort interessiert, denn er fuhr gleich fort. »Komm her. Du kannst mir aus der Rüstung helfen und mir Wein bringen.«
Zögernd trat Gret näher. Sie entzündete zwei Kienspäne an der Glut im Kamin und steckte sie in die eisernen Halter an der Wand. Im Schein der Flammen schürte sie das Feuer, rückte einen Krug an die Glut heran und holte einen Tonbecher aus der großen Truhe im Eck. Der Edelfreie löste die Nesteln seiner langen Panzerstrümpfe und streckte dann Gret seine lehmverkrusteten Beinkleider entgegen. Sie versuchte, die engen Kettenstrümpfe herunter zu ziehen, doch die winzigen, sauber verarbeiteten Eisenringe rutschten ihr immer wieder aus der Hand. Als der Panzerstrumpf dann doch plötzlich vom Bein glitt, verlor Gret das Gleichgewicht und fiel nach hinten. Der Umhang rutschte von ihren Schultern. Fröstelnd zog sie ihn wieder um sich. Trotz der warmen Sommernacht war es in dem alten Gemäuer empfindlich kühl. Es roch nach kaltem Rauch und ranzigem Fett. Die lieblichen Düfte der Nacht vermochten nicht die abgestandene Luft durch die winzigen Fensterschlitze hinauszudrängen.
Gret hob den achtlos weggeworfenen Mantel vom Boden auf und zupfte ein paar Halme ab. Sorgsam faltete sie ihn zusammen und legte ihn auf die Truhe. Dann brachte sie dem Ritter den gewärmten Wein. Er rutschte ein wenig in seinem Sessel vor, zog sich den Waffenrock über den Kopf, warf ihn in die Binsen und ließ sich dann, während er trank, die Lederbänder seines Ringpanzers von dem Mädchen lösen. Klirrend glitt das kunstvoll geschmiedete Geflecht aus Eisenringen zu Boden. Der Ritter seufzte erleichtert auf, das drückende Gewicht des kalten Metalls endlich von seinen

Schultern nehmen zu können. In seinem knielangen leinenen Hemd saß er nun vor dem Feuer und trank Wein. Unschlüssig trat Gret von einem Fuß auf den anderen. Sie musste sich dringend draußen erleichtern, doch sie wagte nicht, sich unaufgefordert zu entfernen. Die nackten Zehen krallten sich um die pieksenden Halme. Fragend sah sie den Wehrsteiner an, dessen blonder Haarschopf entspannt an dem verschlissenen Leder ruhte, überragt von den Geweihen erlegter Hirsche, deren Schatten im unruhigen Fackellicht einen grotesken Tanz an Wand und Decke aufführten.
»Komm, hol dir einen Becher und trinke Wein mit mir«, forderte er das Mädchen auf.
In ihrer Magengrube kribbelte es warnend, doch was hätte sie tun sollen? Widerstrebend nahm sie sich einen Becher, füllte ihn bis zum Rand und stürzte ihn in einem Zug hinunter.
»He, he, nicht so hastig«, lachte der Ritter und streckte ihr seinen leeren Becher entgegen. »Sonst bleibt für mich ja nichts mehr übrig.«
Während er trank, betrachtete er das junge Gesicht. Warm flackernd ließ das Licht sie von einem zum anderen Augenblick vom Kind zur Frau werden. Zum ersten Mal in ihrem Leben sah er sie richtig an.
»Komm näher, Kind, stell dich hier ins Licht«, sagte er zwischen zwei Schlucken. Sein Blick glitt über das lange, blonde Haar, das, sonst unter groben Tüchern versteckt, in leichten Wellen bis zur Hüfte hing.
Die dunkelblauen Augen wirkten fast schwarz und waren so weit aufgerissen, dass er sich selbst in ihnen zu sehen glaubte.
Mit der Linken griff er nach dem Umhang und zog ihn langsam von ihren Schultern. Er sah, wie sich die knospenden Brüste rasch unter dem locker geschnürten Hemd hoben

und senkten. Achtlos fiel sein Becher zu Boden, und der Rest des Weines floss zwischen die Binsen.
»Mein Gott, sie ist ein richtig prächtiges Weib«, flüsterte er heiser und zog das sich sträubende Mädchen zu sich heran. Staunend und genießerisch wanderten seine großen Hände über die schmale Taille, zeichneten die Linien der sich rundenden Hüften nach, legten sich sanft auf die jungen Brüste. Gret atmete rasch. Ihr Blick irrte ziellos den tanzenden Schatten nach. Nur nicht auf den sich wölbenden Stoff in des Ritters Schoß sehen. Als Magd hatte ihre Seele schon lange die jungfräuliche Unschuld verloren. Wer des Winters im überfüllten Saal oder in dem neuen Anbau hinter der Küche schlief, mit Männern, Weibern und Kindern, der wusste bald um die Geheimnisse des Lebens und um die Eigenheiten und Vorlieben der Männer, denen sich die Weiber fügen mussten. Dass sie mit ihren vierzehn Jahren noch einen unberührten Körper hatte, lag nur daran, dass sie der Bastard des Ritters war. Den ein oder anderen Vasallen oder Knecht hatte das wohl abgehalten, die köstliche Frucht zu pflücken.
Ganz langsam hob der Wehrsteiner den Saum ihres Leinenhemdes. Enthüllte Stück für Stück die weißen, schlanken Beine.
»Tut das nicht!« Die Stimme der Herrin erklang in ungewohnter Schärfe von der Treppe her. »Versündigt Euch nicht an Gott, Ritter, sie ist Euer Fleisch und Blut.«
Hildebolt von Wehrstein ließ das Hemd los. Seiner Miene war nicht zu entnehmen, was er dachte, als seine Gemahlin den Saal durchschritt und vor den Kamin trat.
»Wie ich sehe, habt auch Ihr entdeckt, dass sie zu einem Weib geworden ist«, bemerkte die Herrin kühl, bückte sich trotz ihres hochschwangeren Leibes und reichte der Magd ihren Umhang, den diese sogleich um sich schlang.

»Sie ist gesund und nutzt bereits bei jedem Mond die Leinenstreifen«, fuhr die Edelfrau mit fester Stimme fort. »Ihr solltet sie verheiraten.«

Der Ritter nickte. »Ja, das sollte ich. Der Schmied ist ein kräftiger Kerl. Wir könnten auf viele, gesunde Kinder hoffen.«

Sibylla von Wehrstein legte ihm zustimmend ihre Hand auf die Schulter. »Noch vor dem nächsten Vollmond. Du kannst jetzt gehen, Gret.«

Ohne ein Wort zu sagen, raffte Gret Hemd und Umhang und lief in den nächtlichen Hof hinaus. Sie spürte nicht die Steine unter ihren Füßen, nicht das taunasse Gras. Eilig rannte sie zur nördlichen Mauer, wo in einer Grube die Küchenabfälle gesammelt wurden. Gret hob ihr Hemd und hockte sich auf den schmalen Balken am Grubenrand, um sich zu erleichtern. Nachdenklich verharrte sie eine Weile so. Eine fette Ratte näherte sich neugierig, drehte jedoch einen Schritt weit vor ihr ab und tippelte zu den Abfallbergen zurück. Während sie der Ratte nachsah, grübelte Gret, ob sie der Herrin dankbar oder böse sein sollte. Obwohl das Mädchen in dieser Nacht nicht schlief, sondern bis zum Morgengrauen unruhig über den Hof und an der Mauer entlangschritt, konnte sie, als die Hähne krähten und die Sonne sich über die Wipfel erhob, auf diese Frage immer noch keine Antwort geben.

✠   ✠

Der nächste Vollmond rückte unerbittlich näher. Der Knecht Rüdger, der hin und wieder auch als Schmied arbeitete, wenn auf Wehrstein Arbeit anfiel, hatte beinahe schon doppelt so viele Sommer erlebt wie seine jugendliche Braut. Er war sehr erfreut, von seinem Herrn eine Gattin zu bekommen. Zwar hatte er in den letzten Jahren nicht gerade selten seine Hände um ein weibliches Gesäß gelegt, doch solch ein zartes Geschöpf sein Eigen zu nennen, ließ ihm geradezu das Wasser im Munde zusammenlaufen. Dass der Wehrsteiner, sein Herr, wie es der Brauch war, die erste Nacht für sich beanspruchen konnte, störte ihn nicht. Eine Jungfrau mit der unbändigen Kraft männlicher Lenden zu beglücken war schon seit jeher das Privileg der Herren. Für die Knechte blieb zwischen den weichen, weißen Schenkeln immer noch Lust genug.

Leise summend wendete er das rot glühende Eisen mit einer Zange in der Glut. Schweiß stand ihm auf der Stirn, schweißnass war auch der vor Schmutz starrende, kurze Kittel. Als sich seine Lippen zu einem Grinsen teilten, entblößte sein rotes, fleischiges Gesicht abgebrochene Schneidezähne, deren Reste sich langsam schwarz färbten. Rüdger strich sich mit seinen schwieligen Händen durch das kurze, mausbraune Haar, dann schwang er den Hammer und ließ ihn auf das rötlich schimmernde Hufeisen niedersausen. Prall wölbten sich die Muskeln und pulsierenden Adern unter der sonnenverbrannten Haut. In immer gleichem Rhythmus klangen die Schläge über den Hof, bis hinüber zum Palas, auf dessen Stufen Tilia und Gret in der Sonne saßen.

Gret hatte eine große Schüssel mit Bohnen neben sich gestellt und eine kleinere Holzschale auf ihrem Schoß. Mit flinken Händen schnitt sie die Enden der Schoten ab, ließ diese ins Unkraut zu ihren Füßen fallen und teilte den Rest mit einem scharfen Messer in kleine Stücke. Tilia saß einige Stufen höher, mit dem Rücken an die glatt behauenen Steine des Türbogens gelehnt, und nähte emsig. Sie wollte es sich nicht nehmen lassen, der Schwester einen Hochzeitsrock aus feinem hellgrauem Barchent zu nähen. Am liebsten hätte sie den herrlich grün gefärbten Stoff aus Mutters Truhe genommen, doch das hatte sie nicht gewagt. Auch so war sie ihrer verdienten Strafe nicht entkommen. Ohne mit der Wimper zu zucken, ertrug sie die Schläge, dann ergriff sie die bereits zugeschnittenen Stoffe, Nadel und Garn und trug sie in den Hof hinunter. Nun war der Rock fast fertig, schön an den Säumen mit Ranken aus rotem Garn bestickt. Von ihrem eigenen Rock löste Tilia vorsichtig ein grünes Band und nähte dieses nun um den Halsausschnitt.

»Willst du den Rüdger denn heiraten?«, fragte sie die Schwester, als der Wind das Hämmern herübertrug.

Gret hielt einen Moment in ihrer Arbeit inne und betrachtete anscheinend aufmerksam die Bohne in ihrer Hand.

»Ich weiß nicht. Er ist so, so ...« Sie suchte nach Worten und schleuderte die Bohne in die Schüssel. »So breit und kräftig und alt, und er riecht so, und – ich glaube, er macht mir ein wenig Angst«, fügte sie noch leise hinzu.

Tilia nickte zustimmend. »Ja, ich glaube, ich wollte ihn auch nicht. Schon der Gedanke an diese starken Arme.« Sie schüttelte sich. »Da muss man ja fürchten, zerquetscht zu werden.«

Gret kicherte. Der Gedanke, ein Edelfräulein könnte einen unfreien Knecht heiraten, belustigte sie.

»Andererseits«, fuhr Tilia fort und zog die Nase kraus, »so viel besser sind die Ritter auch nicht. Der Benz, beispielsweise, ist ein grober Geselle und mit seiner gespaltenen Nase nicht gerade schön anzusehen. Und der Mägerin furzt immer, wo er steht und geht, und im Winter läuft ihm ohne Unterlass der Rotz aus der Nase.«

Die Magd lachte. »Dann nimm du doch den Wetzel. Ich gebe zu, er hat verfaulte Zähne und zieht das Bein nach, aber er kann einer Braut sicher eine gute Morgengabe bieten.«

Tilia warf einen Erdklumpen nach der Schwester. »Der ist schon uralt und hatte schon zwei Frauen.«

»Aber zurzeit ist er zu haben. Außerdem hat er erst neun Kinder«, lachte Gret aus vollem Hals.

Das Edelfräulein schüttelte sich. »Nein, da würde mir schon eher der Heinrich gefallen. Er hat eine hübsche Gestalt und ist immer höflich.«

Gret sah sie zweifelnd an. »Der von Husen? Der ist doch noch gar kein richtiger Mann. Er ist einen Sommer jünger als wir – und außerdem ist er von zu niederem Adel. Also auch nichts für dich. Nimm doch lieber seinen Oheim. Der ist ein ansehnlicher Kerl und hat noch nicht wieder gewählt, seit seine Gattin im Kindbett gestorben ist.«

Errötend nahm Tilia ihre Näharbeit wieder auf. »Erstens liebäugelt Anna mit ihm, dass es einem ganz schlecht werden kann, zweitens ist seine Familie nicht annehmbar, und außerdem werde ich ins Kloster gehen. Ist vielleicht auch besser so. Und dennoch. Ein Ritter – wenn er so wie Wolfram wäre – könnte mir schon Herzklopfen machen. Und wenn er mir schöne Gedichte schreiben würde, dann könnte ich ihm ein Seidentüchlein schenken, das er in der Schlacht nah an seinem Herzen tragen würde...«

»Pah, das ist doch alles längst vergangener Kram.« Gret schnaubte unfein durch die Nase.

Ohne auf die Unterbrechung einzugehen, fuhr Tilia fort. »Doch wenn ich mir die anderen Ritter und Edelknechte ansehe, die auf Wehrstein zu Besuch kommen, dann will ich mir lieber nicht vorstellen, eine Ehegattin zu sein. Allein der Gedanke, sie könnten mich berühren, lässt mich übel schaudern. Das Kloster ist sicherlich besser für mich. Anna dagegen würde gern heiraten, doch noch hat der Vater nichts Passendes gefunden. Die meisten Familien fordern eine zu hohe Mitgift. Und da die Mutter bald wieder soweit

ist, hofft Vater, dass er dieses Mal einen Sohn bekommt, dem er das Land vermachen kann. Dann muss schließlich noch so viel Land übrig sein, dass ein Wehrsteiner mit seiner Familie davon leben kann.« Sie dachte ein wenig darüber nach, doch dann blitzten ihre Augen auf. »Jedenfalls würde Anna dem Wolfram sicher heiß schmachtende Liebesgrüße schreiben, wenn der Verehrte sie nur lesen könnte.«
Gret nickte. »Dafür trägt er ihren Handschuh am Herzen. Dazu muss er ja nicht lesen können.«
Tilia riss die Augen auf. »Bist du dir da ganz sicher? Das würde dem Vater aber gar nicht gefallen!«
Ihre Stimmung war plötzlich getrübt. Wütend rückte sie dem Stoff zu Leibe und brummte missmutig vor sich hin.
»Was ist mit dir?«, fragte Gret verwundert, doch dann lächelte sie schlau. »Du hättest es wohl lieber, wenn der Ritter Wolfram deinen Handschuh bei sich tragen würde.«
»So ein Unsinn!«, fauchte Tilia. »Ich habe ihm gar keinen Handschuh gegeben.«
»Aber du bist eifersüchtig auf Anna, gib es zu«, bohrte die Magd weiter.
»Ich verstehe nicht, was er an ihr findet. Sie ist farblos und blass, bekommt den Mund nicht auf und kann nicht einmal richtig reiten.«
»Hat also alle Eigenschaften, die ein Ritter an einer Dame schätzt«, fügte Gret hinzu. Tilia schwieg und kaute nachdenklich auf ihrer Unterlippe.
Sie arbeiteten eine Weile im Takt der Hammerschläge und hingen ihren Gedanken über die Männer und die Ehe nach, als Tilia plötzlich hervorstieß: »Aber wenn du jetzt heiratest, dann kannst du später ja gar nicht mit mir kommen, wenn ich ins Kloster muss.«
»Was sollte ich denn in einem Kloster für Edelfräulein?«
»Viele bringen sich ihre eigenen Mägde mit. Das weiß ich

genau. Ich muss Mutter sagen, dass du Rüdger nicht heiraten kannst!«

Achtlos warf Tilia das fast fertige Hochzeitsgewand auf die Stufen, erhob sich hastig und lief hinauf in die Kemenate. Kopfschüttelnd sah ihr Gret nach und schnitt in die Bohnen, als habe sie ein Heer von Feinden vor sich.

»Da muss schon die Jungfrau Maria persönlich aus dem Himmel herabsteigen, um mit der Herrin zu reden, wenn diese Hochzeit verhindert werden soll!«

KAPITEL 4

Auf Burg Zollern schritt der alte Graf Friedrich der Erlauchte, die Hände auf dem Rücken verschränkt, erregt auf und ab. Er murmelte etwas vor sich hin, das sich verdächtig nach Flüchen anhörte, warf immer wieder einen Blick auf das Schriftstück, das mit gebrochenem Siegel auf dem schweren Eichentisch lag, und setzte dann seinen Rundgang durch das Gemach fort. Auf einer Bank hinter dem Tisch saß der Beichtvater des Hauses, Vater Laurenz. Da er in leidlich gutem Latein lesen und schreiben konnte, musste er dem Grafen auch in weltlichen Dingen zur Hand gehen, vor allem, seit der junge Schreiber, den der Graf einige Jahre beschäftigt hatte, bei einem Überfall nahe beim Dreifürstenstein versehentlich seinen Kopf eingebüßt hatte. Missmutig saß der Kirchenmann da, den Rücken gerade, die knochigen Hände auf der polierten Tischplatte gefaltet. Der Kaplan der Burgkapelle war ein großer, knochiger Mann mit gelblicher Gesichtsfarbe und einer langen, dünnen Nase. Die Tonsur ließ nur einen schütteren, grauen Haarkranz übrig, der aussah, als hätten Mäuse in ihm genistet. Vater Laurenz war ein strenger Verfechter der Fastengebote, lehnte Fleisch aus tiefster Seele ab und betrachtete den Spott, den er darum ertragen musste, als eine der Prüfungen Gottes, die ihm auferlegt war, die Seligkeit zu erringen.

Nun saß er also in des Grafen Gemach, oben im Palas der Zollernburg, und wartete, dass die edlen Herren, nach denen der Graf gerufen hatte – der Truchsess von Bisingen und der Schenk von Zell-Andeck –, endlich eintreffen würden.

Die Tür wurde ungestüm aufgestoßen, und der jüngere der Grafensöhne stürmte herein. Auch er hieß Friedrich, wurde zur Unterscheidung aber meist der Merkenberger genannt, seit er mit Lütgard von Aichelberg und Merkenberg verlobt war.

»Was ist das, Vater?«, rief der junge Graf ungestüm, griff nach der Urkunde und betrachtete sie von allen Seiten. Dass dabei das Pergament einriss, kümmerte ihn nicht. Vater Laurenz kniff vor Missbilligung den Mund zu einem schmalen Strich zusammen. Der junge Graf erkannte das silbern-rote Wappen Hohenbergs auf dem Schreiben.

»Vom alten Hohenberger also. Los, Vater Laurenz, sagt, was da geschrieben steht.« Mit diesen Worten knallte er das Pergament vor den Kaplan auf den Tisch, denn wie die meisten Adeligen konnte auch der Grafensohn weder lesen noch schreiben. Die Ankunft der erwarteten Herren, die gerade von der Falkenjagd zurückkehrten, enthob den Kaplan zu antworten.

Der Graf begrüßte seine Vasallen und gebot ihnen, sich zu setzen. Er selbst blieb jedoch an dem schmalen Fenster stehen und sah hinaus auf das weite Land und seine, dem Burgberg zu Füßen liegende Stadt Hechingen, die im Abendlicht golden schimmerte.

Die Ritter und der junge Graf sahen den Kaplan erwartungsvoll an. Gemächlich ließ dieser seinen tintenbefleckten Zeigefinger über das Pergament gleiten und übersetzte den Inhalt aus dem Lateinischen.

»Graf Albert II. von Hohenberg schreibt, seine Erbansprüche auf den Endinger Hof seien unbestritten. Das Schreiben des Herrn Grafen von Zollern habe ihn erzürnt. Da der

Streit nun schon so lange währte, habe er selbst in die Hand genommen, seine ihm zustehenden Güter wiederzuerlangen. Seinen Rittern habe er den Befehl erteilt, das Vieh des Hofes nach Haigerloch zu führen. Da sich die Bauern gewehrt haben, blieb den Rittern nichts anders übrig, als sie an den nächsten Bäumen aufzuknüpfen.«

Der Kaplan stockte kurz bei einem Tintenfleck und fasste dann den Rest zusammen. »Die Kinder haben sie zur Strafe erschlagen, die Frauen und Mädchen den Mannen von Haigerloch zugeführt. Graf Hohenberg wird das Land nun einem seiner Leute zu Lehen geben und droht mit einem Angriff auf Balingen, sollten sich zollerische Ritter dem Gut nähern. Gezeichnet und besiegelt, Albert von Hohenberg, Burkhard von Hohenberg, Ritter Volkhard von Ow und Ritter Hildebolt von Wehrstein.«

Einen Moment herrschte Stille, dann redeten alle durcheinander. Welch bodenlose Unverschämtheit, die Grafschaft Zollern so zu berauben! Felder, Vieh und Leute zu stehlen. Und dann auch noch so frech zu drohen!

»Und der Wehrsteiner, dieser verräterische Schuft, hat die Frechheit, so etwas zu bezeugen«, eiferte sich der junge Merkenberger und schlug mit der Faust auf das unglückselige Schreiben. »Ist er hier nicht ein und aus gegangen? Hat er nicht manchen Zug mit uns gemacht? Und nun das!«

»Er hat sein Lehen nun von Hohenberg«, wandte der Vater müde ein. »Aber du hast Recht. Gefallen lassen können wir uns das nicht. Wir müssen dem Hohenberger auf diese Frechheit eine ihm gebührende Antwort geben.«

✠ ✠

Kaum waren die Bewohner der Burg Wehrstein von der Morgenmesse zurück, begannen Mägde und Knechte im Hof die Tafel für die Hochzeit der beiden Eigenleute des Ritters zu richten. Vier Männer trugen die massive Holzplatte aus dem Saal und legten sie draußen wieder auf ihre drei Böcke. Den kleinen Tisch, an dem der Herr und seine Familie sitzen würden, stellten sie an der Stirnseite quer. An der Schmalseite gegenüber würde das Brautpaar Platz nehmen. Der Ritter hatte, trotz Stirnrunzeln seiner Gattin, einen Ochsen und ein Schwein schlachten lassen, im Ofen wölbten sich die Brote aus feinem Weizen- und Roggenmehl, in dem eisernen Kessel auf dem Herd köchelte eine dicke Suppe mit viel Gemüse und Fleisch und Apfelmus kühlte in großen Tonschüsseln. Die süßen Mehlspeisen musste die Köchin vor kleinen Dieben und deren schmutzigen Fingern mit einem langen Holzlöffel verteidigen. Apollia wusch gesalzene Heringe aus dem Fass in frischem Wasser, eine Magd vom Wehrsteinhof hackte Kräuter und Speck, und der kleine Cum drehte den Fleischspieß mit den mächtigen Bratenstücken über dem Feuer im Hof. Zischend perlte das Fett in die Flammen, und wohl schon zum hundertsten Mal sah der Knabe hinauf in den Himmel, ob die Sonne nun endlich den Hügel erreicht habe, auf dass das Festmahl beginnen könnte.

Aus der Küche drang Gelächter. Dort, hinten an die Wand gerückt, dass er der Köchin nicht zu sehr im Weg stand, hatten die Mägde den Badezuber aufgestellt, in dem die Braut bis zu den Brüsten im warmen, duftenden Wasser saß. Die anderen trieben Scherze mit ihr, wuschen und kämmten Gret und warfen magische Kräuter und Blüten ins Wasser.

»Dass kein Jahr vergehe, ehe du einem gesunden Knaben das Leben schenkst«, wünschte Maria mit dem Klumpfuß und ließ eine Prise getrockneter Kräuter von geheimer Mischung ins Wasser rieseln.

»Gegen alle Hexen und Dämonen sollst du gefeit sein«,

murmelte Trützum und warf etwas Salz ins Badewasser. Trotz ihrer dreißig Jahre hatte die Magd bisher nur drei tote Kinder zur Welt gebracht.

»Dass seine Männlichkeit nur bei dir erstehe und bei jedem anderen Weib schlaff verdorre«, wünschte die dicke Melkerin vom Hof und erntete damit, zumindest von den Umstehenden, fröhliches Gekicher.

Inzwischen kehrten die Knechte aus dem Tal zurück. Auch der Bräutigam war seinem Hochzeitsbad nicht entkommen. Mit viel Gejohle hatten die Burschen dem kräftigen Schmied die Kleider vom Leib gerissen, ihn in die träge fließenden Fluten des Neckars geworfen und kräftig untergetunkt. Dann rückten sie ihm mit biegsamen Ruten zu Leibe, jagten ihn durch das lichte Wäldchen und zogen ihm die jungen Zweige über den Leib, bis die Haut glühte. In ein annähernd frisches Hemd und einen kaum zwei Jahre alten Rock gehüllt, wartete er nun auf seine Braut.

Es dämmerte bereits. Rund um die Tafel wurden die in den Boden gesteckten Fackeln entzündet. Da endlich führten die Mägde die junge Braut heran. Sie sangen und klatschten in die Hände, schritten langsam vor ihr her und traten erst im letzten Moment auseinander, um den Blick auf die Braut freizugeben. Anmutig schritt Gret in ihrem feinen Gewand heran, das lange, offene Haar hüllte sie wie ein Mantel ein. Stolz trug sie den Blütenkranz auf ihrem Haupt. Die Blicke der Vasallen und Eigenleute wanderten zwischen der Braut und Tilia hin und her. Es war, als hätte Gott in einer Laune dasselbe Mädchen zweimal erschaffen.

Rüdgers Atem beschleunigte sich, als er seine Braut auf sich zukommen sah. Unwillkürlich griff er sich in den Schritt, was den anderen nicht verborgen blieb und eine Lachsalve auslöste. Der Pfarrer aus Fischingen schwankte heran. Das kleine Männchen hatte schon Stunden im großen Saal zugebracht und dem Wein des Hausherrn kräftig zugesprochen, daher war seine Aussprache ein wenig undeutlich. Einige Sätze der Zeremonie fielen ihm im Moment nicht ein, so übersprang er diese Teile einfach. Auch sonst war sein Latein grauenhaft, was außer der Edelfrau aber keinem auffiel. Hastig legte der Gottesdiener seine schweißnassen Hände auf die Köpfe der vor ihm Knienden, segnete sie und torkelte dann zu seinem Platz zurück. Zufrieden griff der Pfarrer nach dem Lederbeutel an seinem Gürtel, in dem die Münzen des Stolgeldes klingelten, dann stürzte er den nächsten Becher süßen Weins hinunter. Rüdger sah sich fragend in der Runde um, dann griff er nach dem Brautkranz und warf ihn in die Höhe, der Lautenspieler aus Fischingen schlug die Saiten an, und endlich, endlich durfte nach Herzenslust geschmaust und getrunken werden.

Der Mond stand schon hoch am Himmel, als sich Hildebolt von Wehrstein erhob. Die linke Hand am Schwertknauf, in der Rechten den gefüllten Becher, wartete er, dass Ruhe einkehrte. Die, die noch nüchtern genug waren, das zu bemerken, stießen ihre Tischnachbarn in die Seite. Die Blicke aller Anwesenden richteten sich auf den Herrn. Normalerweise würde er jetzt von seinem Recht Gebrauch machen und die Braut zu seinem Lager führen. Sibylla von Wehrstein saß mit zusammengepressten Lippen da. Anna und Tilia blickten erwartungsvoll zu ihrem Vater hoch, doch dieser sah nur über die Tafel hinweg in Grets blaue Augen. Sie hielt seinem Blick stand. Lange, viel zu lange. Die Ritter und Knechte scharrten nervös mit den Füßen.

»Er kann es nicht tun«, flüsterte die Köchin ihrem Gatten zu. »Das wäre wider die Natur und eine Sünde.«

Ihr Gatte, einer der Wächter, zuckte die Schultern. »Er wird das Recht einem seiner Ritter abtreten – leider.«

Für das leider erntete er einen kräftigen Tritt gegen das

Schienbein, denn die dicke Köchin mit ihrem Triefauge hatte wohl verstanden, was er damit sagen wollte.

Endlich begann Hildebolt von Wehrstein zu sprechen. Er erhob den Becher auf das Brautpaar, wünschte Gret und Rüdger gesunde Kinder und schenkte dem Bräutigam das Recht der Brautnacht.

Die Ritter und Edelknechte sahen sich ungläubig an. So manch einer fühlte sich betrogen, hatte gehofft, die zarte Jungfrau, die gerade einmal vierzehn Lenze gesehen hatte, selbst nehmen zu dürfen. Welch Verschwendung für einen Unfreien!

Rüdger bedankte sich linkisch bei seinem Herrn, stand verlegen da und wusste nicht so recht, was er jetzt tun sollte, doch das andere Gesinde half ihm rasch auf die Sprünge. Singend und zotige Scherze treibend, drängten sie die frisch Vermählten zur Scheune hinüber, richteten ihnen im Heu ein Lager und gaben kluge Ratschläge. Die Melkerin brachte ein Linnen, das Küchenmädchen Apollia streute Blüten auf das Brautbett. Feixend standen sie alle herum, Mägde, Knechte und Ritter, und sahen neugierig zu, wie die Frauen das Hochzeitskleid aufschnürten. Auch der Rock des Schmieds fiel ins Heu, und die Vermählten rutschten, nur im Hemd gekleidet, unter das Linnen. Noch ein paar Scherze und aufmunternde Worte, dann machte die Versammlung kehrt, um sich wieder Braten, Fisch und Wein und dem Tanz zu widmen. Knarrend schloss sich die Scheunentür und ließ die Eheleute im Dunkeln zurück.

Draußen wurden die Weisen des Spielmannes schneller. Wer die Hände frei hatte, klatschte mit. Schon bildeten sich die ersten Paare, die sich erst langsam und dann immer wilder über den Platz drehten. Die Burschen sprangen in die Höhe und wirbelten ihre Partnerin herum. Hoch flogen die Mädchen, höher noch die Röcke und enthüllten weiße, flei-

schige Waden. Dass so manche Tänzerin beim wilden Reigen von ihrem Partner zu Boden gerissen wurde, gehörte mit zum Spiel. Je höher die Röcke rutschten, desto lauter der Applaus. Da konnte sich schon mal eine Hand auf weiche Hinterbacken verirren.
Sibylla sah dem Treiben eine Weile zu, dann scheuchte sie ihre Töchter und das Fräulein von Neueck zu Bett. Sie wusste wohl, dass die Feier nun derbe Züge annehmen würde. Mühsam schleppte sie ihren hochschwangeren Leib die schmale Stiege hinauf. Müde ließ sie sich auf ihr Lager sinken. Ihre beiden Töchter schliefen, seit der Ritter das Dach des Palas hatte reparieren lassen, in einem kleinen Nebenraum. Das Fräulein von Neueck machte es sich auf einer schmalen Pritsche am Fußende des Bettes ihrer Herrin bequem. Der Herr schlief wieder im Saal. Seit der Bauch der Gattin sich wölbte, hatte er sie nicht mehr angerührt.
Tilia kuschelte sich an Annas Rücken und zog sich die Wolldecke enger um den Leib. Gedämpft drangen der Klang der Laute und das Lachen des Gesindes zu ihr herauf. Gern wäre sie aus dem Bett geschlüpft und hätte sich unter die Tanzenden gemischt, doch sicher war der Vater noch unten im Hof. Sie träumte davon, wie Wolfram sie zum Tanz führen, seine Hände um ihre Taille legen und sie hoch in die Luft wirbeln würde. Dann dachte sie an Gret. Wie es ihr jetzt wohl gerade erging? Der Gedanke an das Brautbett mit einem grobschlächtigen Schmied unter demselben Linnen trieb Tilia die Schamesröte ins Gesicht. Als Nonne würde ihr zumindest das erspart bleiben, dachte sie schlaftrunken. Schon fast entschlummert, fühlte sie, wie Anna aus dem Bett glitt.
»Was ist denn los?«, murmelte Tilia, schon halb im Land der Träume.
»Ich muss noch mal. War doch zu viel Wein«, flüsterte die

Schwester. Gähnend rollte sich die Jüngere auf die andere Seite und schlief ein. Hätte Tilia dem Wein weniger zugesprochen und wäre sie noch etwas wacher gewesen, dann hätte sie sich sicher gefragt, warum Anna nicht die Schüssel vor dem Bett benutzen wollte. Doch so merkte sie nicht, dass die Zeit verstrich und die Schwester nicht zurückkehrte.

Unter dem Linnen im duftenden Heu lag Gret, die Hände zu Fäusten geballt, die Augen fest zugekniffen, obwohl es in der Scheune stockfinster war. Sie roch den Atem des Gatten. Der gierig küssende Mund verströmte den Dunst von Wein und den Geruch fauliger Zähne. Große Hände zerrten ihr Hemd nach oben. Sein schwerer Körper schob sich auf den ihren. Sie spürte sein hartes Geschlecht in ihren Bauch drücken.

»Nun kneif doch die Beine nicht so zusammen«, keuchte er wild. »Du musst sie breit machen, Gret«, wies er seine Braut an, bohrte seine Knie zwischen die ihren und schob sie weit auseinander. Mit einem Stöhnen aus Lust und Gier stieß er tief in sie. Gret biss sich auf die Lippen. Sie hatte sich fest vorgenommen, nicht zu schreien. Den Spaß wollte sie den Lauschern vor dem Tor nicht gönnen. Gret konzentrierte sich auf die Lautenklänge und das Gelächter draußen und war so ein wenig von den wilden Stößen abgelenkt, die sie in das Heu drückten und ihr fast den Atem nahmen. Dann zuckte er und stöhnte tief auf. Erleichtert seufzend rollte er sich von ihr herunter.

»Bist schon ein Prachtweib«, munterte er seine Braut auf und tätschelte ihre Brüste. Vom Wein, der Feier und dem Brautgemach erschöpft, drehte sich Gret auf die Seite und versuchte, das Brennen und das klebrige Gefühl in ihrem Schoß zu vergessen. Langsam senkte sich der Schlaf herab, doch plötzlich riss Rüdger sie aus dem Schlummer.

»Ich kann jetzt wieder. Ich bin immer noch heiß wie ein feuriger Hengst, und so will ich dich jetzt auch nehmen. Los knie dich hin. Stell dich doch nicht so an!«
Er stieß zu, keuchte wie ein wildes Tier. In ihrem Geist stieg das Bild eines wilden Dämons auf, gehörnt mit einer Teufelsfratze. Es konnte kein menschliches Wesen sein, das sich so über seine Braut hermachte und diese tierischen Laute ausstieß.
Endlich ließ er sie los und fiel heftig atmend ins Heu. Gret rückte ein wenig von ihm ab, doch er zog sie an sich, presste sich an ihren Rücken und verschränkte seine Arme vor ihrer Brust. Sie hatte das Gefühl, in Ketten gelegt zu werden. Hinter ihr schnarchte Rüdger, berauscht vom Wein und der Vereinigung, doch Gret war nun hellwach, und so sehr sie sich auch bemühte, sie konnte nicht verhindern, dass sich ein paar Tränen in ihre Augen stahlen.
Unterdessen streifte Hildebolt von Wehrstein ziellos durch die Nacht. Als sich sein Weib und seine Töchter in den Palas zurückzogen, holte der Herr seinen braven Wallach aus dem Stall, führte ihn hoch auf die Ebene und sprengte dann im Mondlicht davon. Der Wein war ihm bereits zu Kopf gestiegen, doch es lockte ihn nicht, ihn weiter durch die Kehle rinnen zu lassen, wie so manches andere Mal, bis er sich nicht mehr auf den Beinen halten konnte, einfach in sich zusammensackte und dann wie ein Toter schlief, nur um am Morgen mit einem grässlichen Brummschädel und dem Geschmack nach Erbrochenem im Mund wieder aufzuwachen. Sollten seine Vasallen und Eigenleute heute Nacht allein den guten Traubensaft verschwenden. Er spürte lieber den warmen Leib des Pferdes zwischen seinen Schenkeln und ließ den kühlen Nachtwind den Weindunst aus seinem Kopf blasen.
Lange Zeit ritt er so dahin. Ein nicht ungefährliches Unter-

fangen, waren doch zu dieser Zeit Strauchdiebe und allerlei Gesindel unterwegs, die in einer rauen Horde auch einem erfahrenen Ritter gefährlich werden konnten. Daher achtete er wohl auf seinen Weg, lauschte ab und zu in die Dunkelheit und vermied dichtes Unterholz, in dem man allzu leicht in einen Hinterhalt geraten konnte.

Was der edle Ritter nicht hören konnte, war das Geschrei, das sich einige Zeit nach seinem Aufbruch auf der Burg erhob. Bei der Herrin hatten die Wehen eingesetzt. Kaum einer auf Wehrstein war noch nüchtern genug, eine Hilfe zu sein, und so musste Tilia, nur im Hemd bekleidet, in der Küche selbst nach heißem Wasser sehen, während das Fräulein von Neueck nervös in der Kemenate auf und ab ging. Mit viel kaltem Wasser schaffte Tilia es, die Köchin wach zu bekommen und auch so weit zu ernüchtern, dass sie sinnvolle Ratschläge erteilen konnte. Noch ein wenig schwankend, eilte das dralle Weib zur Jauchegrube, übergab sich, entledigte sich ihrer Notdurft und war dann so weit klar im Kopf und sicher auf den Beinen, dass sie mit Tilia das Wasser hochtragen und nach der Gebärenden sehen konnte. Geschäftig krempelte sie die Ärmel hoch. Nach der Hebamme zu schicken, dazu war es längst zu spät, das sah sie auf den ersten Blick. Annas Abwesenheit fiel in diesem Trubel niemandem auf.

Hildebolt von Wehrstein bekam von all der Aufregung nichts mit.

Der Mond stand schon tief, als er zur Burg zurückritt. Er ließ den Wallach im Schritt gehen, lauschte dem Hufschlag, dem Säuseln des Windes und dem heiseren Schrei eines Käuzchens. Er hatte den mit einem Erdwall und Dornenreisig umgebenen Wehrsteiner Hof hinter sich gelassen und passierte gerade das schmale Buchenwäldchen, als er meinte, im Rauschen der Nacht ein unterdrücktes Frauenlachen zu hören. Der Ritter zügelte sein Pferd und lauschte in die Dunkelheit. Ein Flüstern und Tuscheln, ein Raunen zwischen Liebenden, ein Seufzen, halb erstickt. Seine Augen durchdrangen suchend das Unterholz, irrten hin und her und blieben dann an hellem, zartem Stoff unter den tiefen Zweigen hängen. Es war sonst nicht des Ritters Art, seine Männer beim Liebesspiel zu stören, doch etwas trieb ihn näher zu dem verborgenen Platz. Der Mond, der sich hinter dünnen Wolken versteckt hatte, trat nun stolz und rein an den samtenen Himmel, erhellte das weiche Nest und die Umschlungenen. Der Ritter erkannte Wolfram von Husen und wollte sich gerade wieder zurückziehen, als es ihn wie ein Blitz durchfuhr.

»Anna!«, brüllte er und zog sein Schwert.

Die Liebenden sprangen auf. Das Mädchen stieß einen spitzen Schrei aus und versuchte hastig, ihre Blöße zu bedecken. Da traf sie des Vaters Schuh im Genick. Mit einem Stöhnen fiel sie auf die Knie und senkte das Haupt. Der Wehrsteiner schwang sich vom Pferd und legte dem Mädchen die kalte Klinge auf den Nacken. Anna zitterte vor Angst, der Vater vor Wut.

»So beschmutzt du die Ehre des Hauses Wehrstein. Bist du eine Edelfreie oder eine leibeigene Hure, dass du dich hier in nackter Gier herumwälzt wie eine geile Sau, die sich vom Eber bespringen lässt?«

»Vater, ich bitte Euch«, schluchzte sie in Todesangst. »Ich liebe ihn von Herzen und will ihn auch gern zum Gemahl nehmen. Nur deshalb habe ich seinem Drängen nachgegeben.«

»Lenke nicht von deiner Schuld ab! Das Weib ist die Schlange, die mit ihrer verderblichen Fleischeslust aufrichtigen Männern die Sinne raubt. Sagt das der Pfaffe nicht immer wieder?«

Wolfram von Husen, nach außen ruhig und gefasst, schlüpfte in sein Hemd, zog rasch den Rock über den Kopf und gürtete sein Schwert. Dann beugte er das Knie vor seinem Lehensherrn.
»Euer Vasall, Herr, wie ich es geschworen habe. Ich habe gefehlt, und Ihr dürft mich strafen. Hebt nicht das Schwert gegen das Weib.«
Der Wehrsteiner knurrte grimmig, ließ jedoch die Klinge sinken. Zögernd erhob sich das Mädchen.
»Ich hatte nicht vor, Euch ungestraft zu lassen«, fauchte der Edelfreie. »Ihr seid ein Ritter, daher kann ich Euch nicht wie einem Hund den Kopf abschlagen. Doch ich kann Fehde gegen das Haus von Husen ausrufen, Eure Frauen und Mädchen zu Tode schänden und Eure Söhne in Stücke hacken. Euer Haus soll auf ewig geschleift werden. Die Erde soll Euer Blut trinken.«
Der Ritter von Husen hob beschwichtigend die Hand. »Ich verstehe Euren Grimm, doch entzweit nicht unsere Häuser und lasst meines Bruders Kinder nicht das büßen, was ich Euch angetan.«
»Vater, ich bitte Euch, gebt uns Euren Segen«, wagte Anna einzuwerfen.
»Ich soll zulassen, dass du so einen heiratest? Einen Mann von niederem Adel, der nichts hat, um für eine Familie zu sorgen? Eher kommst du ins Kloster, oder ich richte dich mit meinem eigenen Schwert!«
Das Mädchen heulte auf.
»Spar dir die Tränen«, drohte der Vater, »du wirst später noch Grund genug bekommen, ein ganzes Meer davon zu vergießen.«
Mit diesen Worten schlug er ihr die behandschuhte Faust ins Gesicht. Stöhnend sank sie in die Knie und presste ihre Hände auf die geplatzte Lippe. Blut sickerte zwischen ihren

Fingern hindurch. Der Vater zog sie an den Haaren hoch, zerrte sie zu seinem Pferd, warf das Mädchen bäuchlings über den Rücken des Tieres und schwang sich dann selbst in den Sattel.

»Wir werden die Sache morgen mit dem Schwert aus der Welt schaffen«, rief er dem Ritter von Husen noch zu, ehe er der Burg zusprengte.

Noch Jahre später dachte Tilia mit Schaudern an diese Nacht zurück. Die Mutter stöhnte und litt, denn das Kind lag verkehrt und wollte nicht kommen. Der Vater schlug Anna, als wolle er sie totprügeln. Er tobte wie ein Rasender. Anna heulte, rief um Hilfe und bettelte um Gnade, doch niemand wagte einzugreifen.

Als die aufgehende Sonne diese furchtbare Nacht beendete, schien sie auf eine erschöpfte Mutter und ihre dritte Tochter, auf eine junge Frau, deren Körper Blutergüsse und wunde Striemen bedeckten, auf ein Mädchen, das sanft die Wunden der Schwester mit Kräuterwein betupfte, und auf zwei Männer, die sich mit grimmiger Miene auf dem Hof entgegentraten.

Mit dröhnendem Schädel und rumorendem Magen saßen die Weiber und Mannen des Ritters am Rand und sahen dem Kampf schweigend zu. Beide Männer waren erfahrene Kämpfer. Der Burgherr brachte gut eine Dekade mehr an Erfahrung mit, sein Vasall dafür die Manneskraft der besten Jahre und ein überschäumendes Temperament.

»Wenn Ihr mich niederstreckt, dann könnt Ihr sie haben«, knurrte der Wehrsteiner und zog das Schwert. »Wenn ich Euch töte, kommt sie ins Kloster.«

Wolfram von Husen nickte, zog ebenfalls sein Schwert und hob den Schild.

Die klirrenden Schläge der Schwerter und das dumpfe Schallen der Schilde übertönten den morgendlichen Ge-

sang der Vögel. Bald kam noch rascher Atem und manch spitzer Schrei hinzu. Blut tropfte auf die festgestampfte Erde. Es war das Blut des Edelfreien, verletzt durch zwei Schwertstreiche. Der erste hatte ihm den linken Oberarm aufgeschnitten, der zweite das rechte Ohr vom Kopf getrennt, doch er kämpfte weiter, hart und verbissen.
Tilia stand in der Tür zum Palas. Sie wollte nicht hinsehen, doch sie konnte den Blick auch nicht abwenden. Für wen sollte sie beten? Für ihren Vater, der in seiner Wut Anna in der Nacht fast erschlagen hatte, oder für den Ritter, den heiß verehrten, der, welch unglaublicher Verrat, der Schwester die Unschuld geraubt hatte. Tilia zürnte ihm, fühlte den Schmerz der Enttäuschung und nagende Eifersucht in ihrem Herzen, und konnte sich dennoch seinen Tod nicht wünschen.
Am Ende siegte Erfahrung über jungen Heldenmut. Tief fuhr das Schwert dem Vasallen in die Eingeweide. Kein Schrei entwich seinen Lippen. Er riss nur erstaunt die Augen auf. Mit einem Ruck zog der Wehrsteiner das Schwert wieder aus der Wunde, wischte es im Gras ab und steckte es dann zurück in die Scheide. Kalt betrachtete er den aufgeschlitzten Bauch des am Boden Liegenden.
»Ihr werdet noch eine Weile leben. Lange genug, um Euren Frieden mit Gott zu machen, und lange genug, um die höllischen Schmerzen zu verfluchen.«
Damit wandte er sich ab, ging zum Palas und betrank sich, bis er ohnmächtig in die Binsen sank. Er merkte nicht, dass Tilia seine Wunden auswusch und mit sauberem Linnen verband.
Die Männer trugen Wolfram in den Saal und betteten ihn vor den Kamin. Der Priester war inzwischen aus seinem Rausch erwacht und nahm nun missmutig dem Schwerverwundeten die Beichte ab. Er erteilte ihm auch gleich die

Letzte Ölung, denn es war nicht abzusehen, wann der Ritter den letzten Atemzug tun würde, und der Priester hatte keine Lust, kaum zu Hause, den Weg zur Burg gleich wieder zurücklegen zu müssen. Immerhin hatte er an nur zwei Tagen das Geld für eine Hochzeit und eine Letzte Ölung einstreichen können. Außerdem würde die Beerdigung des Ritters noch eine Stol einbringen, rechnete sich der Pfarrer aus, als er den steilen Pfad nach Fischingen hinunterschlurfte. Das Klingen der Münzen in seinem Beutel ließ ihn seinen schweren Brummschädel für einen Augenblick vergessen.

Der Tod ließ sich Zeit. Tilia und Gret kümmerten sich um den Sterbenden, doch sie konnten nicht viel für ihn tun, außer seine Wunden ab und zu frisch verbinden und ihn in einem Zustand ständiger Trunkenheit zu halten. Am zweiten Tag stellte sich Wundbrand ein. Die Frauen hörten auf, die stinkenden Leinen zu wechseln, zu schnell waren sie wieder bräunlich-gelb verklebt. Anna kam nicht herunter, um nach ihm zu sehen. Sie fieberte. Ihre Wunden nässten. Am dritten Tag starb der Ritter. Seines Bruders Sohn war gerade auf der Jagd, die Mägde und Knechte auf den Feldern, die Köchin an ihrem Kessel in der Küche. So war es Tilia, die ihm die Augen zudrückte, Tränen um den Freund vergoss und die Heilige Jungfrau anflehte, ihn in den Himmel zu geleiten.

Annas Wunden heilten mit der Zeit. Der einst makellose Rücken wurde nun von hässlichen Narben gekreuzt, doch es gab niemanden mehr, der es sehen würde. Noch in derselben Woche schloss sich die Klosterpforte der Augustinerinnen für immer hinter ihr.

KAPITEL 5

Dreimal zog der Herbst ins Land, deckte Schnee die Feste über dem Neckartal zu, brachte der Frühling Wärme und Freude zurück und der Sommer goldene Ernte. Auf Burg Wehrstein wuchs eine neue Generation heran. Kaum ein Jahr nach ihrer Hochzeit brachte Gret ein gesundes Mädchen zur Welt, ein weiteres Jahr später einen Sohn, der jedoch nur einen Monat überlebte. Tilia kümmerte sich um ihre kleine Schwester Dorothea, die nun mit Grets Sofie spielte, wie früher Tilia mit Gret. Sibylla kümmerte sich nicht um ihre dritte Tochter. Seit der Sache mit Anna lebte die Wehrsteinerin zurückgezogen in der Kemenate. Sie saß nur da, nähte und stickte. Nicht einmal, um ihre Notdurft zu verrichten, verließ sie den Palas. Zweimal am Tag trug Tilia das Nachtgeschirr hinaus zur Grube. Sie sorgte dafür, dass die Mutter frische Wäsche bekam und genug Stoff und Garn zum Nähen, brachte ihr die morgendliche Milchsuppe und am Abend dicken Eintopf. Fleisch rührte die Mutter nicht mehr an. Sie fastete, sie betete, sie schwieg. Und da nach menschlichem Ermessen keine Möglichkeit mehr für eine weitere Schwangerschaft bestand, ließ sich der Wehrsteiner nicht mehr bei ihr blicken. Überhaupt war der Vater in diesen Jahren nicht häufig auf der Burg zu sehen. Irgendwo gab es immer Streitereien, bei denen gute Kämpfer willkommen waren.
Stillschweigend nahm Tilia auf Wehrstein das Zepter in die Hand. Sie versorgte den Haushalt, scheuchte jeden Mor-

gen die Mägde, den Saal zu reinigen, prüfte genau, ob die Wäsche auch wirklich sauber war, und ließ die Faulen und Ungeschickten mit Schlägen bestrafen, so wie die Mutter es gemacht hatte.
»Wir bräuchten dringend neues Linnen«, sagte Tilia und breitete ein verschlissenes Leinentuch aus.
»Wir könnten nach Fischingen hinuntergehen«, schlug Gret vor.
Tilia seufzte. »Und womit soll ich es bezahlen? Die wenigen Münzen, die der Vater mir vor Monaten ließ, sind längst verbraucht.«
»Dann müssen wir sehen, was noch in Scheune und Küche ist.«
Die Ritterstochter nickte und folgte Gret, doch die wenigen Vorräte, die sie fanden, vertieften die Sorgenfalten nur noch.
»Ich kann das Leinen noch einmal flicken«, tröstete Gret und klemmte sich das vergilbte Tuch unter den Arm.
Tilia nickte. »Ja, doch das ist es nicht allein. Es ist bald Herbst. Müssten die Bauern uns nicht Korn bringen, Gemüse und Vieh? Der Vater und die Ritter sind weg, und der alte Wetzel sitzt den ganzen Tag in der Sonne und schnarcht, statt auf die Felder zu reiten und zu sehen, dass unsere Eigenleute die Ernte einbringen. Sieh zum Himmel hoch. Drei Tage brennt die Sonne schon herab, doch hast du gestern auch nur einen vom Hof oben auf dem Feld gesehen, als wir Nüsse sammeln gingen? Die Eigenleute wollen angewiesen werden. Wie sollen wir so durch den Winter kommen?« Tränen der Verzweiflung standen ihr in den Augen.
»Ein Obmann müsste nach dem Gesinde sehen. Doch wen könntest du schicken? Willst du nicht mit dem Wetzel reden? Schicke ihn hinaus, er soll sich um die Güter kümmern«, schlug die Magd vor. »Hat der Vater ihn nicht darum zurückgelassen?«

Tilia schwieg und zog die Nase kraus. »Ich werde selbst nach dem Rechten sehen. Wetzel muss mich begleiten. Der Pater müsste wissen, wer uns welche Abgaben zu leisten hat. Ich werde ihn losschicken, mir Pergament und Tinte zu besorgen – und wenn ich dafür meine goldene Fibel eintauschen müsste. Lesen kann ich schon, dann kann es doch nicht so schwierig sein, das Schreiben zu erlernen.«
Geschäftig eilte sie davon. Gret sah ihr mit großen Augen nach und machte sich dann daran, das Leinen zu flicken.
»So etwas ziemt sich nicht für eine Jungfrau«, schnarrte Pater Seifried missmutig. »Pergament, um Kornsäcke und Hühner zu notieren? Welch Verschwendung! Euer Vater weiß sicher, wer welche Schuld bereits beglichen hat.«
Tilia stemmte die Hände in die Hüften und blitzte den Pater zornig an. »So? Weiß er das? Er ist seit Monaten weg. Was ist, wenn der Winter kommt und die Scheunen leer sind? Ich werde den Eindruck nicht los, dass wir um vieles betrogen werden. Die Lehensmänner sind froh, den Zins selbst zu schmausen. Warum sollen sie bezahlen, wenn keiner kommt und etwas von ihnen verlangt? Warum sollen die auf dem Gut oben arbeiten, wenn keiner nach ihnen sieht? Deshalb reite ich mit Wetzel selbst hin und sorge dafür, dass die Kammern gefüllt werden.«
»Das könnt Ihr nicht machen!«, zeterte der Gottesmann, der nur die niederen Weihen empfangen hatte, sich aber gerne Pater nennen ließ.
Tilia trat nahe zu ihm und sah ihm in die Augen.
»Wollt Ihr in diesem Winter ein warmes, trockenes Plätzchen und jeden Abend eine gefüllte Schale? Oder zieht Ihr weiter, ein Obdach in einem Kloster zu finden? Meint Ihr, die Brüder nehmen Euch gerne auf? Wo Ihr doch gar nichts mitzubringen habt.« Sie sah, wie Pater Seifried zusammensackte.

»Ich an Eurer Stelle würde es bei den Bettelmönchen versuchen. Sie legen keinen Wert auf Besitz, ziehen jeden Tag, ob brennende Sonne oder stürmender Schnee, durch die Lande und leben von der Mildtätigkeit der Menschen«, fügte Tilia noch hinzu, obwohl sie merkte, dass sie den Sieg schon errungen hatte.

»Ich denke, Ihr würdet das Schreiben schnell erlernen, und ein wenig mit Zahlen umzugehen, könnte ich Euch auch zeigen«, bot der Gottesmann an.

»Gut, besorgt Ihr das Pergament. Ich gehe zu Wetzel, um ihn in seinem nicht verdienten Schlummer zu stören.«

Beschwingt von ihrem ersten Triumph, schreckte sie den alten Ritter aus seiner Mittagsruhe.

»Ihr seid verrückt«, brummte der Kämpfer und schloss ungerührt wieder die Augen.

»Nein, bin ich nicht. Ist es verrückt, dafür zu sorgen, dass wir nach Dreikönig auch noch etwas auf den Tisch bekommen – nicht nur wässriges Gerstenmus wie im letzten Jahr?«

»Das schon, doch Ihr seid ein Weib«, brummte er, ohne die Augen zu öffnen.

»Ein Weib, ja, doch so lange mein Vater nicht hier ist, auch Eure Herrin, der Ihr zu gehorchen habt.«

Wetzel blinzelte, entblößte grinsend seine Zahnstumpen und ließ seinen Blick ungeniert an ihr herunterwandern. »Dann nehmt doch den jungen von Husen mit, wenn es Euch danach gelüstet, bei dieser Hitze über die Felder zu reiten.«

Erbost stampfte Tilia mit dem Fuß auf. »Genau das werde ich machen. Denkt solange gut darüber nach, ob Ihr mir weiterhin Eure Hilfe versagen wollt, denn dann könnte es passieren, dass hier auf Wehrstein bald kein Platz mehr für Euch ist.«

»Sie tut es wahrhaftig«, wunderte sich der Alte und schüttelte fassungslos den Kopf.

Bald darauf ritt Tilia auf ihrer schwarzen Stute durch das Tor, Heinrich von Husen folgte ihr auf seinem Braunen in respektvollem Abstand. Die Leute vom Wehrsteiner Gut murrten. Anders als das Gesinde auf der Burg waren sie nicht daran gewöhnt, Anweisungen der Ritterstochter entgegenzunehmen, doch das änderte sich schnell. Bald wunderte sich keiner mehr über den Anblick des schlanken, blonden Fräuleins auf seiner Stute, den jungen Vasall immer auf den Fersen. Der Anfang war schwer. Sie redete mit Engelszungen, sie drohte, sie fluchte und schimpfte. Manch Bauer war einsichtig und tat, was sie befahl, doch manch Eigenmann führte sich störrisch wie ein Maulesel auf. Da tauchte eines Morgens Wetzel mit seinem Streitross am Tor auf.
»Ich habe gehört, Ihr habt Schwierigkeiten mit denen jenseits des Neckars.« Es ließ seine Reitpeitsche durch die Luft sausen. »Sie werden sich Euren Wünschen fügen, noch ehe die Sonne heute untergeht!«
Dankbar reichte Tilia ihm die Hand und lächelte ihn an. So war sie vom Morgengrauen bis zum Sonnenuntergang emsig auf den Beinen, setzte sich dann im Schein der Kienspäne zu Pater Seifried und führte langsam und sorgfältig die Feder über das Pergament. Als die Blätter an den Bäumen sich zu färben begannen und der Wehrsteiner mit seinen Mannen zurückkehrte, war die Ernte eingebracht, Scheune und Kammer auf Burg Wehrstein gefüllt. Der Ritter wunderte sich, doch er sagte nichts.

✠ ✠

Eine Woche später kam ein königlicher Bote nach Wehrstein. Tilia raffte die Röcke und eilte zur Kemenate hoch.
»Habt Ihr es gehört, Mutter? Ein königlicher Bote ist angekommen.«

Sibylla sah nicht von ihrer Stickarbeit auf. Seufzend schlüpfte Tilia in ein frisches Hemd und einen einfachen, aber sauberen Rock.

»Könnt Ihr mir wenigstens helfen, die Ärmel anzunesteln?« Sie kniete sich nieder. Langsam hob die Wehrsteinerin den Blick, ließ die Nadel sinken und schnürte dann die Bänder fest.

»Wollt Ihr nicht doch zum Essen herunterkommen? Dies eine Mal? Ich weiß nicht so recht, wie ich den Gast behandeln soll. Was soll ich mit ihm reden?«

Doch Sibylla schüttelte nur stumm den Kopf und beugte sich wieder über ihre Arbeit.

Tilia schlang sich einen breiten, silberbestickten Gürtel zweimal um die Taille und schloss den Hemdschlitz mit einer eisernen Nadel, an der ein Rosenquarz befestigt war. Sie holte zweimal tief Luft, dann schritt sie in den Saal, um den Gast zu begrüßen.

Das Angebot eines Bades lehnte er ab, nicht jedoch ein reichliches Essen. »Ich komme von Haigerloch her«, sagte er, als er sich vor der Tochter des Hauses verbeugte. »Der König weilt bei seinem Schwager und schickt nun Boten, die Ritter zu ihm zu rufen. Ich werde noch heute weiterziehen.«

Tilia eilte davon. Sie zerbrach sich den Kopf, wie sie schnell ein Essen bereiten lassen sollte.

»O Gret, was bieten wir ihm nur an?«

Die Magd legte beruhigend die Hand auf ihren Arm. »Es ist frisches Brot da und Wein haben wir genug. Bring es dem Gast und unterhalte ihn. Die Buben haben heute Tauben gejagt, und auch ein Kaninchen ist in die Falle gegangen.«

»Das reicht nicht. Er ist ein königlicher Bote!«, jammerte Tilia.

Gret zuckte die Schultern. »Dann muss eben unser Hahn daran glauben.«

Tilia nickte. »Ja, nimm den Hahn. Er ist schon alt, und der Meier schuldet uns noch drei. Schneide auch ordentlich Blut- und Griebenwurst ins Gemüse, hörst du?«
»Ja, ja, ich werde es Adelheid sagen.«
Während Gret in die Küche eilte, trug Tilia Brot und Wein in den Saal, brach dem Gast ein Stück ab und schenkte ihm den Becher aus Ton voll. Schweigend ließ sie sich ein Stück abseits auf einer Bank nieder, um dem Gast rechtzeitig nachschenken zu können.
»König Rudolf hat sich fest vorgenommen, die Raubschlösser der schwäbischen Friedensbrecher zu schleifen. Er hat seinen Sohn Herzog Albrecht und die Bischöfe von Passau und Basel bei sich«, berichtete der Bote.
»Und nun sind sie bei dem Hohenberger in Haigerloch«, stellte der Wehrsteiner fest.
Der Bote nickte. »Ja, sein erstes Ziel heißt Waldeck.«
Hildebolt von Wehrstein runzelte die Stirn. »War der alte Waldecker, der letzthin kinderlos starb, nicht nah verwandt mit dem Hohenberger?«
»Da habt Ihr Recht«, bestätigte der Königliche. »Aber der Reuenburger hat die Witwe auf seine Feste geholt und Graf Albert den Anspruch auf das Erbe vorenthalten. Der Hohenberger hat die Feste zwar belagert und das Weib damit ins Kloster getrieben, doch den Reuenburger, der sich jetzt frech von Waldeck nennt, konnte er nicht in die Finger bekommen.«
»Und nun sollen wir für ihn die Zeche bezahlen«, seufzte der Ritter missmutig.
»Wollt Ihr Euch dem Ruf des Königs entziehen? Sogar der Zoller sendet seinen ältesten Sohn!«
Tilia entschlüpfte ein Ruf der Überraschung. »Der Zoller zieht mit dem Hohenberger zusammen nach Waldeck?«, fragte sie ungläubig.

Die beiden Männer, die ganz vergessen hatten, dass das Mädchen noch bei ihnen saß, sahen es entgeistert an.
»Du solltest in der Küche nach dem Essen sehen!«, befahl der Vater barsch.
Tilia schoss die Röte ins Gesicht. Sie sprang auf, knickste linkisch und stotterte eine Entschuldigung, dann eilte sie hinaus. Sie schalt sich des unbedachten Ausrufes. Jetzt hatten sie sie weggeschickt, und sie würde vom Rest des Gespräches sicher nichts mehr erfahren. Wie ärgerlich! Dabei brannte sie so sehr darauf, von der weiten Welt zu hören.

✠ ✠

Der Vater blieb lange fort. Nach und nach lösten sich die Blätter von den Bäumen, bis diese sich, nackt und frierend, den Herbststürmen preisgeben mussten. Sie kamen mit dichten Regenwolken und heulenden Böen, fielen in das Neckartal hinab und jagten dann den Berg hinauf und über Burg Wehrstein hinweg. Tilia trieb das Gesinde an, das Heu in die Schober und die letzten Früchte in die Kammer einzubringen. In ihrem alten, grauen Mantel, hoch aufgerichtet auf ihrer schwarzen Stute, schien sie überall gleichzeitig zu sein. Fast eine Woche zwangen Sturzbäche an Regen und Sturmwind die Wehrsteiner in Saal und Küche. Da saßen sie eng beieinander in der rauchgeschwängerten Feuchtigkeit und besserten Gerätschaften aus, kämmten Wolle oder flickten Wäsche.
Es war der Tag der heiligen Katharina, als der Hausherr und seine Mannen zurückkehrten. Der Vater brachte Tilia eine goldene Kette mit einem edelsteinbesetzten Kreuz von Waldeck mit.
»Ich habe es einem Pfaffen abgenommen, der eh schon bei seinem Schöpfer war«, sagte er, als er Tilia das Geschmeide um den Hals legte.

Sie bedankte sich artig und fragte nicht, wessen Schwert die Seele des Geistlichen gen Himmel gesandt hatte.

»Über die Schweizer Straße sind wir nach Norden gezogen, haben den Neckar bei Horb überquert und uns in Herrenberg mit dem Herzog Konrad von Teck und dem jungen Zollerngraf getroffen«, erzählte der Hausherr den Zurückgebliebenen mit vollem Mund.

»Die Belagerung war schwieriger, als wir es erwartet hatten. Die hohen Mauern konnten wir unmöglich im Sturm nehmen, doch auch einen dichten Ring zu schließen, um die auf der Feste auszuhungern, war in dem bergigen Waldgelände keine leichte Sache. Immer wieder gelang es den Waldeckern, Lebensmittel in die Burg zu schmuggeln und uns eine lange Nase zu drehen. So machte sich der Hohenberger daran, für das königliche Heer eine hölzerne Gegenburg zu errichten. Wochen harrten wir aus. Endlich zeigte der Hunger seine Wirkung. Zu Martini fiel die Burg. Wir machten Beute, der Waldecker jedoch ist entkommen.«

Doch nicht nur ein Säckchen mit Münzen und Schmuck brachte der Vater von dieser Belagerung mit. An seiner Seite kam ein Weib mit grobem Gesicht und üppigen Brüsten. Misstrauisch betrachtete Tilia sie von oben bis unten, als der Vater sie ihr vorstellte. Sie begrüßte die neue Bewohnerin zurückhaltend, doch das Weib grinste breit, enthüllte eine Zahnlücke und schloss das widerstrebende Mädchen fest in ihre Arme.

»Wir werden uns gut verstehen!«, prophezeite sie. Tilia sagte nichts. Erst als sie am nächsten Abend mit Gret über den Hof schritt, machte sie ihrem Ärger Luft.

»Sie ist unansehnlich, bar jeder guten Erziehung, lacht zu laut und liebt derbe Sprüche«, zählte sie erbost all die Dinge auf, die ihr gegen den Strich gingen. »Aus einem baufälligen, hölzernen Wohnturm bei Weil der Stadt kommt sie.

Kaum ein Jahr verheiratet, hat sie der Waldecker zur Witwe gemacht, und nun streckt sie ihre schmutzigen Finger nach Wehrstein aus.«

»Hast du auch nur ein gutes Haar an ihr entdecken können?«, fragte Gret, ihre Belustigung kaum verbergend.

»Nein! Selbst ihr Haar, das unordentlich unter ihrer Haube hervorquillt, ist borstig und von unscheinbarer Farbe. Was findet der Vater nur an ihr, dass er sein Lager mit ihr teilt? Er tut so, als sei Mutter bereits tot.«

»Nun, Männer wollen keine Heilige, die den ganzen Tag stumm betet«, sagte Gret behutsam. »Vielleicht ist das Weib eine angenehme Bettgenossin und erfüllt ihm seine Wünsche.«

»Gret!«, schimpfte die Ritterstochter. »Es steht dir nicht zu, so von meinem Vater zu sprechen.«

»Ach was«, begehrte die Halbschwester auf. »So sind die Männer, ob du es sehen willst oder die Augen davor verschließt. Unser Vater ist auch nicht anders. Besser er hat ein Kebsweib, denn er zeugt Bastarde mit allen Mägden.«

Tilia stampfte mit dem Fuß auf den Boden, drehte sich um und ließ Gret einfach stehen. In den nächsten Wochen bekam Gret noch viele Klagen über das Weib zu hören, wie Tilia sie immer nannte. Ihr Name kam der Ritterstochter nie über die Lippen.

»Vater lässt oben neben der Kemenate ein drittes Gemach herrichten!«, ereiferte sich Tilia. »Er schickt gar nach den Bauleuten aus Fischingen, um eine Feuerstelle zu mauern! Ich habe mit meiner Hände Arbeit die Schulden eingetrieben und die Scheunen gefüllt. Und da erdreistet sich das Weib, Münzen aus der Truhe zu nehmen. Sie hat teure Daunendecken und Kissen bei dem Juden gekauft, der seit ein paar Tagen unten in Fischingen weilt, und der Vater sagt nichts dagegen!«

Schweigend hörte sich Gret die Klagen an. Nicht dass sie das Weib mochte. Sie hatte eine unangenehme Art, mit dem Gesinde umzuspringen, doch was konnte man dagegen tun, wenn der Herr sich ein Kebsweib wählte?

✠ ✠

Als die Frühnebel sich am anderen Tag lichteten, versprach das blasse Blau des Himmels noch einmal einen sonnigen Tag. Gleich nach dem Morgenmahl schleppten die Mägde die hölzernen Zuber in den Hof.
Gret schob sich seufzend die Ärmel hoch. Waschtage waren harte Knochenarbeit. Eimerweise kurbelte sie das Wasser von der Zisterne herauf. Die Köchin hatte derweil schon ein großes Feuer im Hof entfacht, über dem sie an einem Dreibein einen weiteren Kessel mit Wasser erhitzte. Apollia, das Küchenmädchen, klaubte die abgekühlte Buchenasche aus dem Kamin, um frische Lauge zu machen. Sie spannte ein Tuch über den Holzbottich, schüttete die Asche darauf und goss, als der Kessel über dem Herd dampfte, das heiße Wasser darüber. Unten im Bottich sammelte sich die frische Lauge. Adelheid, die Köchin, hatte inzwischen die schmutzigen Leilachen, Kittel, Hemden und Röcke auf einen Haufen geworfen, die Magd Trützum weichte ein paar schwere Wolldecken ein. Während das Blau des Himmels sich vertiefte und die Sonne höher stieg, rubbelten und spülten, klopften und wrangen die vier Frauen Stund um Stund Weißzeug und Decken. Die Hände wurden rissig und schmerzten in der heißen Laugenbrühe, doch die Mägde waren guter Laune, sangen und scherzten und rubbelten im Takt. Zwischen den Wäschebergen und Zubern spielten Dorothea und Sofie mit des Wächters Hugo Buben Fangen. Bei jeder Gelegenheit spritzten sie sich gegenseitig nass und

liefen dann kreischend auseinander. Bald trieften die Kinder wie die Wäsche. Quietschend vor Freude zog sich Dorothea ihren tropfenden Kittel über den Kopf und klatschte ihn Cum, der sie einen Kopf überragte, ins Gesicht. Die Freudenschreie wurden alsbald von Protestgeheul abgelöst, als Cum das Mädchen packte und in einen Zuber mit eiskaltem Wasser warf. Sofie lachte schadenfroh, musste dann jedoch schnell die Beine in die Hand nehmen. Als der achtjährige Fred mit eingriff, der Köchin und des Wächters Hänslin Sohn, hatten die Mädchen keine Chancen mehr. Bald standen die kleinen Nackedeis schmutzig und heulend vor Gret, doch diese lachte nur.
»Heute ist großer Waschtag. Für Leinen, Wollzeug und für freche Kinder.«
Sie schnappte ihre Tochter und stellte sie in einen Zuber voller warmer Laugenbrühe. Gnadenlos schrubbte sie das kreischende Kind vom Kopf bis zu den schlammigen Füßen. Dorothea wollte sich schon unauffällig aus dem Staube machen, doch Apollia erwischte sie, und so erging es ihr nicht besser. Die Buben lachten spöttisch, bis der vorbeikommende Hänslin sie mit Schwung ins kalte Wasser warf. Mit groben Bürsten setzten ihnen die Mägde zu, bis sie endlich, mit glühender Haut und sauberen Haaren, den Waschweibern entkamen. Bis zum Dunkelwerden ließen sich die Buben nicht mehr blicken.
Während die Mägde die Kleider spülten und auswrangen, zum Bleichen in der Sonne ausbreiteten und später mit dem Rundholz glätteten, saßen die beiden Mädchen in warme Decken gehüllt auf den Stufen zum Palas in der Sonne, kauten Rosinen und Nüsse und schmiedeten Rachepläne gegen die Jungen.

KAPITEL 6

Schon seit Stunden verharrte Graf Friedrich von Zollern, der Erlauchte, auf den kalten Steinplatten kniend, die Hände flehend dem Gekreuzigten entgegengestreckt. Er spürte nicht die Eiseskälte in der Kapelle, spürte nicht den rauen Stein unter den gebeugten Knien. Er sah nur die im steten Luftzug flackernden Kerzen auf dem Altar und das schmerzverzerrte Gesicht des Erlösers. Lautlos bewegten sich seine Lippen. Sein Antlitz war tränenverschmiert.
Der Kaplan stand schon seit einiger Zeit in der Tür zur Michaelskapelle auf Burg Zollern und beobachtete seinen Herrn. Die Hände frierend in den Ärmeln der Kutte verborgen, die schmalen Lippen fest aufeinander gepresst, wartete er unschlüssig und wagte nicht, den Graf aus seinem Gebet zu reißen. Plötzlich blickte Friedrich auf, wandte sich mit einem Ruck um und sah den Kaplan fragend an.
»Nun, Vater Laurenz, bringt Ihr mir gute Nachrichten?«
Es schwang so viel Angst in der Stimme des hohen Herrn, dass der Gottesmann nur mühsam ein verächtliches Schnauben unterdrücken konnte. Welch Gejammer um ein einziges Weib, das nicht einmal mehr zum Gebären taugen würde, so alt wie sie bereits war! Er mühte sich, den Herrn seinen Ärger nicht spüren zu lassen.
»Es steht nach wie vor ernst um Eure Gemahlin, Graf. Das Kind ist nicht zu retten. Es starb schon im Mutterleib. Die Wehen haben aufgehört. Die Gräfin ist sehr schwach, doch die Hebamme ist noch bei ihr. Und auch Bruder Tragebott.«

Den letzten Namen spuckte er aus, als habe er eine Kröte im Mund. Nicht nur, dass er den abtrünnigen Bettelmönch verabscheute, die Vorstellung, dass ein Mann Gottes einer Hebamme helfend zur Seite stand und an den sündigen Schoß einer Frau Hand anlegte, verursachte ihm Brechreiz im Hals. Und wie sollte er von seinem Herrn eine hohe Meinung haben, wenn der solch sündiges Tun zuließ?
»Sie versuchen, den Leichnam zu entfernen, um das Leben der Gräfin zu retten«, sagte er laut, dachte jedoch bei sich, besser ist es, das Weib stirbt. Wenn Gott sie und das Kind zum Sterben bestimmt hat, was soll der Mensch dann aufbegehren? Mit Kräutern, scharfen Messern und Zauberei gegen Gottes Willen ankämpfen? Starben nicht jeden Tag tüchtige Männer im Felde?
»Kommt her, Vater Laurenz, betet mit mir um das Leben der Gräfin. Ich könnte es nicht ertragen, wenn der Herr sie zu sich riefe. Ich bitte Euch, kniet Euch nieder und betet!«
Der Kaplan wich dem Blick des Grafen aus. Der Schmerz in seinen Augen ekelte ihn an. Widerstrebend beugte Vater Laurenz die steifen Knie, hob die Hände und dachte noch einmal: Welch Geschrei um ein wertloses Weib!

✠ ✠

Noch war es draußen dunkel, doch die Nacht näherte sich bereits ihrem Ende. Oben in der Kemenate saß die Hebamme erschöpft auf einem Schemel, die Hände schlaff im Schoß, die Beine weit von sich gestreckt.
»Das war gar keine schlechte Arbeit für einen Mann, einen Mönch noch dazu«, sagte sie anerkennend.
Bruder Tragebott, der das lose Mundwerk der Hebamme kannte, fasste diese Respektlosigkeit so auf, wie sie gemeint war, und beugte leicht den kahlen Schädel.

»Wir haben beide unsere Erfahrung vereint und mit Gottes Hilfe Großes getan.«

Sorgfältig wusch er sich die Hände im warmen Wasser und schrubbte peinlich genau das adelige Blut von seinen Fingern.

»Wir müssen nun Acht geben, dass die Wunde nicht zu faulen beginnt. Wasch sie täglich mit dem gebrannten Wein, den ich dir geben werde«, wies der Mönch die Hebamme an. »Und dann« – er wurde zum ersten Mal verlegen, und Röte stieg ihm ins Gesicht – »du musst es dem Grafen sagen, dass, nun, dass…«, er verstummte.

»Ja, ich werde ihm sagen, dass er lieber nicht mehr auf seine Eherechte pochen sollte, wenn er das Leben der Gräfin nicht in Gefahr bringen will. Ich werde ihm sagen, er soll sich lieber nach einem Kebsweib umsehen«, sagte die Hebamme ungeniert, erhob sich und trat an das Bett der Bewusstlosen.

»Geht nur, Bruder.« Güte schwang in ihrer Stimme. »Legt Euch schlafen. Ich werde bei ihr wachen und später das Kind – oder was davon übrig ist – vor den Toren verscharren.«

Mit schweren Schritten stieg er die steinernen Stufen hinunter, die außer dem Grafen und seinen Söhnen kein Mann betreten durfte, umrundete vorsichtig die Schläfer im großen Saal, tappte über den Hof und kehrte in sein Kellergemach unter dem Palas zurück, das er eilig im Morgengrauen des vergangenen Tages verlassen hatte.

✠ ✠

Die Gräfin hatte den dicken Fellvorhang beiseite geschoben und sah in die sternklare Winternacht hinaus. Sie hörte seine sich nähernden Schritte, doch sie drehte sich erst um, als der Graf sie ansprach.

»Kommt rasch vom Fenster weg, Udelhild, Ihr holt Euch sonst noch den Tod.«
»Es ist erst zwei Wochen her, dass ich dem Teufel ins Auge blickte. Wollte er meine Seele, hätte er sie an diesem Tag geholt.« Trotz ihres Widerspruchs ließ sie den Vorhang los und trat vom Fenster weg.
Friedrich von Zollern nahm den pelzgefütterten Umhang vom Bett und legte ihn seiner Angetrauten um die Schultern. Seine Arme umfingen sie, schlossen sich wie eiserne Ringe um ihren Körper und nahmen ihr den Atem.
»Meine liebe Gemahlin. Wie sehr verlange ich nach Euch.« Stürmisch begann er ihr Gesicht mit Küssen zu bedecken, warf den eben erst umgelegten Mantel auf den Boden und drängte die Gräfin zum Bett hin. Die Widerstrebende mit sich ziehend, ließ er sich in die kostbaren Daunenkissen fallen, küsste ihren Hals und den Ansatz ihrer Brüste. Sie wehrte sich, versuchte, ihn abzuschütteln und den gierigen Lippen auszuweichen.
»Nein! Friedrich, nein!«
Ungewohnt laut und energisch erklang ihre Stimme. Überrascht hielt der Graf inne. Udelhild nutzte die Gelegenheit, sich aus der Umarmung zu winden und vom Bett zu rutschen. Ruhelos ging sie mit ausladenden Schritten auf und ab, während sie um die richtigen Worte rang.
»Ich habe Euch als Ehegattin lange gedient. Habe meine Pflichten gern für Euch erfüllt. Zwölfmal trug ich Eure Leibesfrucht, acht Kinder gebar ich mit Schmerzen. Ihr habt immer noch drei Söhne und zwei Töchter, alle nun erwachsen, auf die Ihr stolz sein könnt. Zwei hoffnungsvolle Söhne und Eure jüngste Tochter leben hier mit Euch auf Burg Zollern. Euer Zweitgeborener ist Dompropst in Augsburg, Eure erste Tochter wohl verheiratet mit dem von Geroldseck zu Lahn. Ich kann Euch keine weiteren Kinder

mehr schenken, und es war Gottes Wille, dass ich auch nicht mehr Euer Lager mit Euch teilen kann.« Er wollte widersprechen, doch sie schnitt ihm das Wort ab.
»Nein, ich kann nicht! Darum bitte ich Euch, in Gottes Namen, gebt mich frei.«
»Ich will aber trotzdem bei Euch sein. Ihr seid meine Gemahlin, bis dass der Tod uns scheidet. Ich werde mein Temperament zurücknehmen. Ich verspreche es Euch. Nur hier in Eurem Atem bei Euch liegen. Mehr begehre ich nicht.«
Sie lachte freudlos auf. »Erzählt mir nicht, der Hengst begehre nicht die Stute zu bespringen, der Eber nicht die Sau.«
Er schien ernsthaft gekränkt. »Vergleicht die Männer nicht mit den Tieren. Wir sind von Gott zu seinem Ebenbild gemacht. Wir sind die Krönung seiner Schöpfung.«
Ihr Blick wurde traurig. »Friedrich, ich bitte Euch noch einmal, sucht Euch ein Kebsweib. Nehmt Euch so viele Ihr wollt, doch bitte lasst mich nach Stetten ziehen und den Schleier nehmen. Für Euch beten ist das Einzige, was ich noch kann.«
»Aber Ihr seid die Dame des Hauses«, brauste er auf.
»Williburgis hat schon fünfzehn Lenze gesehen. Sie ist alt genug, an meine Stelle zu treten und meine Pflichten zu übernehmen. Die Kinder sind alle erwachsen. Auch sie bedürfen meiner nicht mehr.«
Er sprang vom Bett, stürmte auf sie zu und schlang seine Arme um ihren Leib. »Ich will keine Kebsweiber und Mägde in meinem Bett. Ich will Euch, Udelhild von Dillingen. Ihr seid mein Weib, und ich werde Euch niemals gehen lassen. Niemals!«
Er ließ sie los, drehte sich um und stürmte hinaus.
»Doch, lieber Friedrich, ich werde den Schleier nehmen, und Ihr werdet die Urkunde aufsetzen lassen«, sagte sie zu dem leeren Türrahmen.
Drei Tage dauerte der wortlose Kampf. Sie sprachen nicht

mehr darüber, doch wenn sich ihre Blicke trafen, dann konnte man die Klingen sich kreuzen hören. Am vierten Morgen rief Graf Friedrich von Zollern Vater Laurenz zu sich und wies auf das leere Pergament, Feder und Tinte auf dem Tisch.
»Da, nehmt Platz, Vater«, gebot er dem Kaplan mürrisch. »Setzt mir ein Schreiben an die Mutter Oberin in Stetten auf.«
Als die Woche um war, beugte die Gräfin auf kaltem Stein die Knie und legte ihre Hände in die schrumpeligen, knochigen der Mutter Oberin.
»Mutter, ich bitte Euch um den Schleier.«
Das alte Weiblein nickte und legte ihre Hände auf das feine Gebende aus Seide, umkränzt von einem goldenen Reif, mit funkelnden Edelsteinen besetzt.
In derselben Stunde schritt der Graf unruhig in der Kapelle auf und ab.
»Ja, ich habe gesagt, dass ich alles gebe, selbst das, was mir am liebsten ist, wenn Du ihr Leben schonst, aber so habe ich das nicht gemeint. Gott! Warum lässt Du sie erst am Leben und nimmst sie mir dann trotzdem weg? Ist das Deine Art, Spott mit mir zu treiben? Für was strafst Du mich? Welche Sünde habe ich begangen? Habe ich nicht alles Deinem Pfaffen gebeichtet? Hat er mir nicht die Absolution erteilt? Was willst Du noch von mir?«, schrie er und warf die Hände in die Höhe. Weiß stieg sein Atem auf. Als das Kruzifix nicht antwortete, setzte Friedrich der Erlauchte seine Wanderung fort. »Ein Kloster haben wir für Dich gegründet, haben den Schwestern ein Heim gegeben, ihnen Ländereien geschenkt, und nun verschwindet meine Udelhild hinter diesen Mauern! Zürnst Du mir wegen der Kirche? Ja, es hat eine Zeit lang gedauert, doch jetzt steht sie. Auch ohne himmelwärts strebenden Turm ist sie Deiner würdig! Die Frauen

haben sich unter den Schutz Deines neuen Predigerordens gestellt. Wer wüsste es nicht besser als Du, dass Deine Bettelmönche keinen Prunk lieben. Ich hätte Dir, trotz kriegerischer Zeiten, Gold und Seide gegeben. Und das weißt Du auch! Du bist ein grausamer Gott! Wo bleibt denn Deine Barmherzigkeit, die immer gepredigt wird?«
Immer mehr redete der Graf sich in Hitze. Vater Laurenz, der zufällig die Kapelle betreten hatte, bekreuzigte sich hastig. Welch sündige Reden! Er nahm sich vor, bei der nächsten Beichte dem Grafen dafür schmerzhafte Bußübungen aufzuerlegen.

☖ ☖

Es war noch früh am Morgen, doch die ersten Eigenleute aus der Umgebung trafen bereits auf Wehrstein ein. Erleichtert betrachtete Tilia den Strom aus Frauen und Kindern und vor allem kräftigen Männern.
»Ich sage dir, wenn ich in den letzten Tagen nicht umhergeritten wäre und ihnen zweimal am Tag warme Suppe, frisches Brot und einen Humpen Wein versprochen hätte, sie hätten wieder nur die Alten und Schwachen, die Weiber und Kinder zur Fron geschickt.«
Gret nickte. »Ja, vor allem, da sie wissen, dass der Wehrsteiner unterwegs ist.«
Tilia ließ den Blick über Bauern und Gesinde schweifen, die in kleinen Gruppen schwatzend im Hof standen, und klatschte dann in die Hände, um deren Aufmerksamkeit zu gewinnen.
»Wir wollen neben der Küche einen Vorratsraum bauen. Auch müssen die Mauern am runden Turm ausgebessert und das Dach des Palas abgedichtet werden«, fasste sie die Arbeit für die nächsten drei Tage zusammen.

»Doch bevor ich euch in Gruppen aufteile, könnt ihr euch jeder eine Schale Haferbrei bei Adelheid in der Küche holen.«
Während die Bauern aßen, rief Tilia den Ritter Wetzel, Rüdger und den Wächter Hugo zu sich.
»Rüdger nimmt die kräftigsten Männer mit zum Steinbruch, um die Mauer vorn auszubessern. Hugo wird mit ein paar Männern in den Wald gehen, um die Stämme für das Vorratshaus zu fällen. Ein Teil der Frauen und die alten Männer können am Neckar unten Ruten schneiden für das Flechtwerk, die anderen sollen Lehm stampfen und Stroh bündeln. Wetzel, Ihr bleibt bei mir und seht, dass die Arbeit hier auf Wehrstein vorangeht.«
Der erste Tag war windig und kühl, doch trocken. Die Männer schlugen die grauen Steinbruchstücke zurecht, die alle gemeinsam in Schütten und Tragen am Abend zur Burg schleppten. Am nächsten Tag begann es erst zu nieseln und dann immer heftiger zu regnen. Die Pfosten der Vorratshütte, die das Dach tragen sollten, waren bereits eingegraben, dazwischen die geschlitzten Schwellen für die Wände eingefügt. Im strömenden Regen entrindeten die Männer Stämme für die First- und Wandpfetten, auf denen dann die Rofen zu liegen kamen. Missmutig stampften ein paar Frauen in zwei Gruben Lehm mit Mist und Wasser. Ihre Kittel klebten ihnen an den Leibern, Regentropfen rannen ihnen über die Gesichter. Zwei junge Mädchen kauerten am Rand der Lehmgrube, schnitten Kraut und Stroh und warfen es in die Grube. Zum Glück ließ der Regen am Abend nach. Im Schein der Kienspäne fügten die Eigenleute die Flechtwände ein, die sie am nächsten Morgen mit dem Gemisch aus den Gruben bestrichen. Besorgt sah Tilia zum Himmel. Die Zeit war nicht günstig, Häuser und Hütten zu bauen, doch konnte sie die Bauern auch

nicht von den Feldern holen, bevor die Ernte eingebracht war.
Der dritte Tag blieb trocken. Ein stürmischer Wind sog das Wasser aus dem feuchten Lehm, so dass die Wände bald gekalkt werden konnten. Erschöpft, aber mit vollen Bäuchen, zogen die Eigenleute der Wehrsteiner nach drei Tagen wieder zu ihren Höfen zurück.

✠ ✠

Es war kurz nach dem Dreikönigsfest 1286, als ein Ritter gen Westen ritt. Angetan mit einem Ringelpanzer, samt Panzerstrümpfen und -ärmeln. Ein Topfhelm mit schmalen Sehschlitzen verbarg sein Antlitz. Sein Waffenrock, der manches Mal unter dem pelzgefütterten Umhang hervorlugte, war einfach schwarz. Auch sein Pferd trug weder Farben noch Wappen. Offensichtlich wollte der Ritter nicht erkannt werden.
Es war schon spät am Abend, als er am Tor der Wehrsteiner Burg Einlass begehrte. Die Edelknechte am Tor waren verunsichert, da der Reiter sich nicht zu erkennen geben wollte. So setzte ihm der eine seine Speerspitze auf die Brust, während der andere rasch davoneilte, um den Herrn zu holen.
Der Unbekannte folgte Hildebolt von Wehrstein in den Palas, doch statt sich am großen Kamin aufzuwärmen, folgte er dem Hausherrn sogleich die Treppe in dessen Kammer hoch. Hildebolt jagte sein Kebsweib von ihrem Lager in den Saal hinunter und schickte Gret nach mehr Feuerholz, heißem Wein und dicker Suppe. Erst als die Magd alles gebracht und die Tür hinter sich geschlossen hatte, nahm der Besucher seinen Helm ab, warf die Panzerärmel zu Boden und streckte seine Hände seufzend den glühenden Schei-

ten entgegen. Lange unterhielten sich die beiden Männer. Der Gast sprach eindringlich auf den Hausherrn ein, doch der war zurückhaltend, wich aus so gut es ging. Je mehr der Ritter sich ereiferte, desto enger wurde das Gefühl in Hildebolts Brust. Er fühlte sich wie ein Kaninchen in der Schlinge. Je mehr er zappelte, desto enger schloss sich der Riemen um ihn, der ihn fesselte.

Nachdenklich schritt Tilia zur Küche hinüber, um nach dem Rechten zu sehen. Gret ging der Köchin zur Hand, die in Windeseile zwei Hühner rupfte, um sie für den unerwarteten Gast zu braten, und Apollia knetete den Teig für dünnes Fladenbrot. Als die nackten Vögel aufgespießt über den Rammen brutzelten, ging Tilia hinüber zum Pferdestall. Sie entzündete eine Öllampe und trat zu dem Ross des Unbekannten. Die Knechte hatten es abgesattelt, trocken gerieben und mit Hafer und Heu gefüttert. Zufrieden stand es neben den beiden Streitrössern des Hausherrn und kaute an den trockenen Halmen.

Zart strich Tilia über das glänzend schwarze Fell. Es war ein großes, kräftiges Tier mit klaren Augen. Obwohl sie noch nicht über Fischingen hinausgekommen war, wusste Tilia, dass solch ein Streitross ein Vermögen kostete. Selbst des Wehrsteiners Pferde wirkten gegen dieses Tier fad. Sie bot dem Pferd eine schrumpelige Karotte an und strich ihm über die samtenen Nüstern.

»Da kann er sich hinter Helm und Rüstung verstecken, wie er will, dein Herr«, flüsterte sie dem Pferd ins Ohr. »Wer solch ein Tier sein Eigen nennt, der muss schon ein Graf oder Herzog sein.« Sie wandte sich zum Gehen. »Oder einen solchen getötet haben, um ihm das Tier zu entwenden.«

✠ ✠

In der Kemenate auf Burg Zollern saß die Grafentochter Williburgis auf einem Schemel im flackernden Licht zweier Fackeln. Ihre Kinderfrau Trude kämmte das lang auf den Rücken fallende, schwarzbraune Haar, dessen Strähnen, kaum den straffenden Zinken entkommen, sich mutwillig in Locken und Wellen legten. Zierlich, schlank, mit reinem Teint und dunklen Augen, war sie ein Abbild ihrer Mutter, während die anderen Kinder eher die große, kräftige Statur des Grafen geerbt hatten. Die kleine Stupsnase ließ das fünfzehnjährige Fräulein noch jünger erscheinen.
Schweigend, die Lippen fest geschlossen, die Hände brav im Schoß gefaltet, ließ sie das Zupfen und Zerren an ihrem Haar über sich ergehen. Nur die umschatteten Augen irrten unruhig im Raum umher, so als suchten sie die Mutter, die immer ein fester Bestandteil der Kemenate gewesen war. Sie gehörte einfach zu diesen Wandteppichen mit den eingewebten Jagdszenen, den bestickten Kissen, dem breiten Bett und den geschnitzten großen Truhen dazu, war immer ein Ruhepunkt zwischen all dem hektischen Treiben auf der Burg gewesen.
Williburgis betrachtete sich in dem kleinen runden Spiegel an der Wand. Er war eine Kostbarkeit, die vor vielen Jahren ein Kreuzfahrer aus dem Land der Sarazenen mitgebracht hatte. Tränen wollten ihr in die Augen steigen, doch sie schluckte sie tapfer hinunter. Sie war nun die Herrin der Burg, die des Nachts in diesen weichen Kissen ruhte. Sie musste stark sein, kühl, ruhig und überlegen den Haushalt führen, wie es die Mutter einst getan hatte. Und genau hier lag das Problem. Nichts klappte mehr, seit die Gräfin den Schleier genommen hatte. Das Essen, früher wenigstens lau, kam heute kalt auf den Tisch, das Fleisch mal verbrannt, mal innen noch blutig, das Gemüse hart oder zu bräunlichem Brei verkocht. Der Saal starrte vor Schmutz,

Ratten hatten sich überall eingenistet, die Flohplage nahm überhand. In der Kleiderkammer schmolz der Vorrat an sauberen Gewändern, und wenn ein Gast kam, fühlte sich Williburgis völlig überfordert. Verzweifelt versuchte sie, sich daran zu erinnern, was die Mutter ihr immer gepredigt hatte.
Als habe die alte Kinderfrau ihre Gedanken gelesen, sagte sie plötzlich barsch: »Ihr müsst Euch besser durchsetzen. Das Gesinde tanzt Euch auf der Nase herum.«
Williburgis schniefte. »Ich kann das einfach nicht. Wenn ich in die Küche komme und sich Hanna vor mir aufbaut, die Hände in die Hüften stemmt und diesen grimmigen Blick aufsetzt, dann versagt mir die Stimme. Ich kann sie nicht rügen. Und wenn ich sage, dass das Essen nicht zur Zufriedenheit war, dann sagt sie nur, sie könne das Kochen auch lassen.«
Grob zog Trude die widerspenstigen Flechten straff. »Solch eine Unverschämtheit hätte sich bei der Gräfin keiner getraut.«
»Ich weiß«, jammerte das Fräulein. »Auch die Ritter benehmen sich mit jedem Tag wilder. Die Gelage werden immer wüster. Ich traue mich kaum mehr, mit den Damen im Saal zu essen. Vielleicht sollten wir noch einen Tisch im Frauengemach aufstellen und dann hier oben...?«
»Nein! Ihr seid die Hausfrau auf dieser Burg. Ihr müsst Euch durchsetzen.« Leise fügte sie noch hinzu: »Wenn wenigstens die Damen eine Hilfe wären, doch diese eitlen, geschwätzigen Geschöpfe sind nur ein Unglücksfall in Gottes Schöpfung.«
»Trude! So darfst du nicht reden!«
Die Kinderfrau grunzte ungnädig und flocht dann schweigend das perlenbesetzte Schappel in der Herrin offenes Haar.

KAPITEL 7

Schon von weitem sahen die beiden Knechte und der Knabe, die draußen vor der Burg Brennholz schlugen, das schwarz-weiß geviertelte Wappen der Zollerngrafen auf den Waffenröcken, und auch die im Wind flatternde Helmzier verriet, wer da zu Besuch kam.
»Lauf schnell und sag es dem Herrn«, schickte Rüdger seines Bruders Sohn nach Wehrstein zurück. Der Kleine rannte und schlitterte den vereisten Abhang hinunter. Da die Reiter ihre Pferde zügelten und im Schritt den gewundenen Weg hinabritten, kam der Knabe lange genug vor ihnen im Burghof an, um dem Herrn, atemlos und stockend, von den sich nähernden Rittern zu berichten. So stand der Hausherr bereits am Tor, als der älteste Grafensohn, Eitelfriedrich von Zollern, mit fünf Gefolgsleuten über die Zugbrücke ritt. Tilia empfing den hohen Herrn im Saal. Wie es der Brauch war, überreichte sie ihm ein sauberes, wenn auch einfaches Gewand und führte den Gast in des Vaters Gemach, wo Gret schon dabei war, ein heißes Bad zu richten. Das Weib, wie Tilia ihres Vaters Bettgenossin nur nannte, war nirgends zu sehen. So stellte sich auch nicht die Frage, ob es höflich gewesen wäre, sie dem gräflichen Gast anzubieten. Also blieb Gret bei ihm, goss heißes Wasser über seine verspannten Schultern und schrubbte mit einer rauen Bürste den herrschaftlichen Rücken. Wohlig grunzend legte Eitelfriedrich sich zurück, schloss die blassblauen Augen und ließ sich das schulterlange Haar mit Lauge waschen.

Vorsichtig trocknete Gret anschließend die braune Mähne mit einem Linnen und dachte ganz lästerlich:
In einem Badezuber unterscheiden sich die hohen Herren gerade mal durch eine Handbreit Haar vom einfachen Volk. Während in der Küche in panischer Hektik ein Festessen zubereitet wurde, schlich sich Tilia in den Stall. Aufmerksam sah sie sich die Pferde der Gäste an.
»Sieh an, mein Freund«, sagte sie zu dem Rappen und hielt ihm einen Apfel hin. »So schnell sehen wir uns wieder. Die Frage ist nur, trägst du auch denselben Ritter auf deinem Rücken? Und wissen die anderen von seinem ersten Besuch hier?«
Grübelnd schlenderte sie zum Palas zurück, um zu sehen, ob alles gerichtet war.
Als die Nacht hereinbrach, nahmen alle im Saal Platz. Auf Wunsch des hohen Gastes saßen die Damen, nach französischer Sitte, mit an der langen Tafel. Für Tilia und Beatrix von Neueck war das ungewohnt, doch beide Fräulein ließen sich das nicht anmerken. Der Graf bekam den hochlehnigen Ledersessel des Hausherrn mit den Geweihen an der Stirnseite des Tisches. Rechts von ihm saß der Wehrsteiner, links die Tochter des Hauses, die an der Mutter Stelle trat. Der Saal war frisch gefegt und mit sauberen Binsen bedeckt. Rasch hatte Tilia noch einmal ein halbes Dutzend Fackeln an den Wänden verteilen lassen, den Tisch mit weißem Linnen bedeckt und die drei Kerzenleuchter darauf verteilt, die nur an ganz hohen Festtagen aus des Vaters Truhe genommen werden durften. Wachs war teuer, die schlanken, geraden Kerzen ein unerhörter Luxus.
Der Duft des frisch geschnittenen Tannenreisigs mischte sich mit dem des noch warmen Brotes und des Bratens, der nun in großen Schüsseln hereingetragen wurde. Tilia schnitt dem Gast eine dicke Scheibe Brot ab, legte sie vor

ihm auf den Tisch und gab reichlich Fleisch darauf. Der Graf aß mit Appetit, doch nicht gierig schlingend wie manch einer seiner Männer. In offensichtlich glänzender Laune unterhielt er sich abwechselnd mit Vater und Tochter. Immer wieder durfte Tilia ihm Wein nachschenken. Gret, Apollia und Trützum bedienten die anderen Ritter, eilten hierhin und dorthin und ließen sich freundlich lächelnd von den Besuchern den Po tätscheln oder auch mal an die Brüste fassen.

Zu Tilias Linken saß ein junger Ritter aus dem Gefolge des Grafen.

Er war nur mittelgroß, hatte ein längliches, weiches Gesicht, hellbraunes, gepflegtes Haar und große blaugrüne Augen, die von langen Wimpern umrahmt wurden. Er machte der Tochter des Hauses artig Komplimente, aß wenig und nur in kleinen Bissen. Er stellte sich ihr als Ritter Swenger von Lichtenstein vor und unterhielt Tilia prächtig mit kleinen bissigen Bemerkungen über die anwesenden Ritter. Seine Mundwinkel zuckten unentwegt, und wenn sich seine Lippen teilten, entblößten sie regelmäßige Zähne. Das junge Ritterfräulein fand ihn sofort sympathisch, doch auch ein wenig befremdlich. In seinen Bewegungen war etwas Geziertes, das nicht so recht in diese raue Gesellschaft passen wollte.

Der Graf blieb bis spät in die Nacht an der Tafel sitzen. Schon lange hatten Mägde und Knechte die Schüsseln, Bretter und Fingerschalen hinausgetragen. Die Hunde durften nun wieder in den Saal und balgten sich um heruntergefallene Knochen oder mit Fleischsaft getränkte Brotscheiben, die mancher Ritter verschmäht hatte. Die beiden Damen hatten sich bereits vor Stunden zurückgezogen. Endlich erhob sich der Graf, gähnte herzhaft, räkelte sich und begehrte ein Bett.

»Darf ich Euch ein Weib mit hochgeben?«, fragte der Hausherr und sah sich nach seinem Kebsweib um. »In kalten Winternächten schläft es sich besser mit warmem Fleisch in den Armen.«
Graf Eitelfriedrich von Zollern nickte. »Da, die Blonde, die mir das Bad bereitet hat, würde mir wohl gefallen. Nun ja, ein wenig mehr könnte sie schon auf den Hüften haben, doch sonst ist sie ein hübsches Ding.«
Der Wehrsteiner biss die Zähne zusammen. Er zögerte kurz, doch dann nickte er und rief Gret zu sich. Einen Kienspan in der Hand, ging die Magd dem Grafen voran die Treppe hoch in ihres Vaters Gemach. Der Hausherr würde es sich in dieser Nacht mit den Rittern im Saal bequem machen müssen.
Rüdger lag noch lange wach auf seinem Strohsack. Ihm war kalt. Wie schnell hatte er sich an das Weib in seinen Armen gewöhnt. Nun fiel es ihm schwer, so ganz allein unter der rauen Decke Ruhe zu finden. Die kleine Sofie schlief wie gewöhnlich, wenn im Saal lange gefeiert wurde, mit den anderen Kindern in der Küche.
Doch zu Rüdger wollte der Schlaf einfach nicht kommen. Er dachte an Gret. Dies war das erste Mal, dass ein anderer sie ihm wegnahm, und es ärgerte ihn. Er wusste, dass er trotz der Ehe kein Recht auf sie hatte, es eine unverdiente Begünstigung war, dass er überhaupt hatte heiraten dürfen, und dennoch nagte heißer Zorn in seiner Brust. Entschlossen warf er die Decke zurück, schlüpfte in seine Holzschuhe, hüllte sich in seinen Mantel und schritt zur Küche hinüber. Die Asche glühte noch. In einem Krug fand er Met. Die ganze Nacht saß er da, schob dünne Späne ins Feuer, damit es nicht ausging, und trank von dem heißen Gebräu.

✠   ✠

Am nächsten Tag ritten die Herren zur Jagd. Sie waren nicht lange unterwegs, kehrten jedoch mit ein paar Rebhühnern, einem Fasan und ein paar Hasen wieder. Genug, um das Nachtmahl anzureichern. Der Tag, am Morgen noch erhellt von strahlendem Sonnenlicht, wurde schon zu Mittag trüb. Die bauschigen Wolken, grau und ausgefranst, schoben sich vor das Himmelsblau, bis die ruhenden Felder und frierenden, kahlen Bäume mit dem Milchweiß des schwindenden Tages verschmolzen.

»Es wird Schnee geben«, seufzte die zerlumpte Alte, die schon seit Tagen vor dem Tor der Burg Wehrstein bettelte. Schwerfällig erhob sie sich vom eisigen Boden und humpelte den schmalen Pfad gen Fischingen hinunter. Sie war noch nicht weit gekommen, als die ersten Flocken fielen, dick wie Gänsedaunen. Sie tanzten im auffrischenden Nordwind, wirbelten ausgelassen umher, wurden dichter und dichter, bis die Alte den Weg unter ihren Füßen kaum mehr erkennen konnte. Der Wind fuhr raunend und wispernd zwischen ihre Lumpen, die sie mit klammen Fingern um den mageren Körper raffte. Die ganze Nacht wurden die Wolken nicht müde, ihre weiße Last über den Wehrsteiner Landen und der Burg hoch über dem Neckartal auszuschütten. Die weißen Flocken sanken herab auf Dächer und Zinnen, deckten die grasigen stellen Hänge und die Berge stinkenden Unrats um die Burg herum zu. Die Wächter, die den Wehrgang entlangschritten, mussten immer öfter den Schnee von ihren wollenen Umhängen schütteln. Vorn am Torturm verbreitete das leichte Glühen in einer eisernen Pfanne ein bisschen Wärme, vertrieb nach jeder Runde die Streifheit ein wenig aus den Händen.

Mit dem neuen Tag fand auch die Sonne wieder ihren Weg durch das Grau, schob Wolken energisch beiseite und ließ den frischen Schnee aufleuchten. Arm in Arm schritten Tilia

und Gret nach ihrer kargen Morgensuppe über den Hof zum Tor hinunter, die eine in einen Mantel aus herrlichem Buntwerk, die andere in ihren Umhang aus rauer Wolle gehüllt. Die Männer schliefen noch, vom guten Essen gesättigt und vom Wein berauscht.
Der Schnee seufzte unter Tilias Fellstiefeln, der pelzige Saum ihres langen Mantels zeichnete hinter ihr feine Muster in das Weiß. Höflich grüßten die Wächter am Tor die Tochter des Herrn.
»Es kommt mir jedes Mal wieder wie ein Wunder vor«, sagte Tilia und wies auf die beiden dicht verschneiten Tannen am Weg. Sie drehte sich einmal im Kreis, streckte die Arme weit von sich, bog den Kopf in den Nacken und rief: »Es ist ein göttliches Wunder. Gestern war die Welt noch braun und grau und heute schimmert sie in himmlisch glänzendem Weiß!«
»Ein göttlicher Streich, ein Unfug des hohen Herrn«, widersprach Gret. »Gestern noch konnte man trockenen Fußes den Weg zum Gut hinaufgehen, heute bekommt man nicht nur eisige, sondern auch noch nasse Zehen dazu.«
»Dann ist es Gottes Strafe für deine lästerliche Zunge«, stichelte die Ritterstochter und stieß die überraschte Magd so heftig in die Seite, dass die glatten Holzpantoffeln keinen Halt mehr fanden. Gret plumpste rückwärts in den Schnee. Kichernd raffte Tilia Rock und Mantel mit beiden Händen und lief den verschneiten Weg entlang. Sie folgte den vom Frost verhärteten Karrenspuren zum Gehöft der Wehrsteiner oben auf der Ebene, mit dem weiten Blick über das jungfräulich verschneite Neckartal.
Die Magd angelte mit ihrem lumpenverhüllten Fuß nach dem Holzschuh, der ihr vom Fuß geglitten war, rappelte sich mühsam hoch und schlitterte, mehr als dass sie rannte, dem Ritterfräulein hinterher.

»Ich kriege dich, und dann gnade dir Gott. Kein Ritter der Welt kann dich vor meiner Rache schützen!«

Sie verlor erst den linken, dann den rechten Pantoffel, doch sie ließ sich nicht beirren. Die Finger zu Klauen gekrümmt, die Arme vor sich ausgestreckt, lief sie wild knurrend wie ein Bär ihrer Herrin und Halbschwester hinterher.

Tilia zog Pelz und Wollstoff noch ein wenig höher, dass man ihre warmen Beinlinge sehen konnte. Über die erste Wurzel sprang sie leichtfüßig hinweg, die zweite brachte sie zu Fall. Kopfüber purzelte sie in den Schnee, dass er nach allen Seiten in feinen Wolken aufstob. Keuchend und lachend wollte sie sich gerade wieder aufrappeln, als sich Gret, wie der göttliche Racheengel, auf sie stürzte und in den Schnee zurückstieß. So sehr sie sich auch drehte und wendete, die Magd war schneller und rieb ihr mit roten, rissigen Händen das kalte Weiß ins Gesicht.

»Aufhören, Gnade«, prustete Tilia lachend und versuchte, ihre Peinigerin abzuschütteln. Endlich gelang es ihr, der Flut von Schnee zu entkommen. Sie rappelte sich hoch und griff nun ebenfalls an. Eine Weile flogen Schneebälle, Scherze und fröhliches Lachen durch die klare Winterluft, dann ging Gret erneut zum Nahkampf über. Schwungvoll stürzte sie sich auf Tilia und umklammerte sie so, dass beide Frauen zu Boden fielen. Eng umschlungen rollten sie über den immer steiler werdenden Boden, bis der Berg allein sie antrieb, sich Himmel, Bäume und Boden immer schneller drehten und sie zu einem bunten Kreisel verwirbelten. Am Fuß des Hanges ließen sie voneinander ab, lagen lachend auf dem Rücken im kalten, weichen Bett und sahen hinauf in den tiefblauen Himmel.

Der Schnee dämpfte den Hufschlag des Pferdes, so dass der nahende Ritter von den Frauen unentdeckt blieb, bis er sein Ross zügelte und mit sanfter Stimme zu sprechen begann.

»Welch Umstand, wenn nicht der eines hinterlistigen Angriffs ungehobelter Strolche, kann dazu führen, dass eine edle Jungfrau sich am Boden wälzt und ihre Beine zeigt?« Dabei ließ er den Blick ungeniert über Fellschuhe und Beinlinge hoch zu dem über das Knie gerutschten Rocksaum wandern.

Rasch sprang Tilia auf die Beine, ordnete ihre Röcke, schüttelte sich den Schnee aus den Stoffen und schob sich errötend die wirren Haarsträhnen aus dem glühenden Gesicht. Warum war er schon auf? Sie sah Gret fragend an, doch diese zuckte nur unmerklich die Schultern.

»Ich bringe Euch zur Burg zurück«, sagte Eitelfriedrich bestimmt und schwang sich aus dem Sattel. Noch ehe sich Tilia eine passende Antwort überlegen konnte, hatte er sie schon auf den Rücken des unwillig schnaubenden Rappen gehoben und stieg hinter ihr wieder auf. Er legte die Arme um ihre Taille, lockerte die Zügel und gab dem Pferd die Sporen. Kopfschüttelnd sah Gret der von eiligen Hufen aufstiebenden Wolke nach. Langsam erhob sie sich. Der eine Fuß in durchnässten Lumpen, der andere inzwischen entblößt, die Röcke voller Schnee, die Haube zerknittert, machte sie sich mit vor Kälte schmerzenden Händen und Füßen auf, den Hang wieder zu erklimmen. Auf dem Weg sammelte sie die verlorenen Holzpantinen auf.

Als sie nass und zitternd in der Küche am offenen Herd endlich Linderung suchen konnte, saß Tilia längst frisch gekleidet und frisiert mit Mutter, Schwester und Beatrix von Neueck in der Kemenate bei einer Stickarbeit.

✠ ✠

Kaum waren die Gäste abgereist, ließ der Vater Tilia in sein Gemach rufen. Hoch aufgerichtet saß er vor dem im Winter zugenagelten Fenster und wies seine Tochter an, auf der anderen Seite des Tischchens aus rohem Holz auf einem Schemel Platz zu nehmen. Missmutig sah Tilia, dass ihr Vater nicht allein war. Das Weib, das sich in den letzten Tagen kaum hatte blicken lassen, geschweige denn bei der vielen Arbeit mit angepackt hätte, schlich um den Vater herum, liebkoste ihn und schlang ihm von hinten ihre fleischigen Arme um den Hals. Voller Abscheu presste Tilia die Lippen aufeinander, wagte jedoch nicht, des Vaters Bettgenossin hinauszuschicken.

Hildebolt von Wehrstein sah seine Tochter schweigend an und suchte nach Worten, um sein Anliegen vorzubringen.

»Nun, da die Großen in Augsburg Frieden geschlossen haben, sind die Wege wieder sicher – obwohl ich zugeben muss, dass sich in den Wäldern immer noch manch Gesindel herumtreibt.«

Tilia hob fragend die Augenbrauen und wartete. Das Weib lächelte den Ritter verführerisch an, grub ihre Finger in das mit grauen Fäden durchzogene Blondhaar und versuchte, seine Aufmerksamkeit auf sich zu ziehen.

»Lass das jetzt!«, fuhr er sie unvermittelt an und wand sich aus den umschlingenden Armen.

Schmollend schob sie die Lippe vor, doch der Hausherr wies ihr den Weg zur Tür.

»Geh, lass uns allein!«, befahl der Ritter barsch.

Aufreizend langsam schlenderte sie mit wiegenden Hüften zur Tür und reckte herausfordernd das mollige Kinn in die Höhe. Tilia verzog keine Miene. Nur unmerklich zuckte sie zusammen, als die Tür mit einem Knall zufiel.

»Nun, du weißt, wir haben dich von Anfang an für Gott den Herrn bestimmt.«

Tilia nickte. Daher wehte der Wind.

»Ihr haltet die Zeit für gekommen, Vater? Bedenkt aber,

Dorothea ist noch sehr klein und die Mutter nicht in der Lage, für das Kind zu sorgen. Wer wird Eurem Haushalt vorstehen, wenn ich gehe?«
Der Vater wischte die Worte mit einer Handbewegung beiseite.
»Dann werde ich wenigstens Anna wieder sehen«, fügte Tilia trotzig hinzu.
»Nein«, brauste er auf und schlug mit der Faust auf den Tisch. »Du wirst sie nicht wieder sehen, und du wirst auch nicht ins Kloster gehen. Sobald es taut, wirst du zur Burg Zollern reisen.«
Tilia schwieg verblüfft. »Aber was soll ich denn da?«
»Die Gräfin hat sich zu den Dominikanerinnen nach Stetten zurückgezogen. Die Schwester des jungen Grafen Eitelfriedrich möchte, dass du ihr als Dame dienst.«
»So wie Beatrix hier? Aber warum? Sie hat dort auf der Zollernburg sicher mehr als genug Edeldamen. Was will sie von mir? Sie kennt mich doch gar nicht.«
»Nein, aber ihr Bruder Graf Eitelfriedrich hat dich gesehen.«
»Ist er nicht mit Kunigunde von Baden verheiratet?«
Der Vater nickte.
Ein furchtbarer Verdacht stieg in ihr auf. »Soll ich dort als Kebsweib sein Lager mit ihm teilen? Vater, das könnt Ihr nicht wollen!«
Der Ritter lief rot an. »Wie kannst du so etwas denken. Du bist von edlem Geblüt, aus einer edelfreien Familie, einst den Grafen gleich. Du bist ein Fräulein, keine unfreie Hure! Eitelfriedrich hat mir zugesagt, dass er später, wenn er deiner nicht mehr bedarf, einen angemessenen Gatten für dich besorgt.«
Ein Sturmgeläut hub in ihrem Kopf an. »Vater«, sagte sie sanft, »wollt Ihr mir nicht die ganze Geschichte erzählen?«

Der stolze Ritter sackte ein wenig in sich zusammen, doch dann berichtete er seiner Tochter, was der zollerische Graf von ihm verlangte.

KAPITEL 8

Graf Friedrich von Zollern ritt mit seinen beiden Söhnen und ein paar seiner Männer hinab nach Hechingen. Heute war Gerichtstag im Hause des Biulini. Im Sommer wurde auf dem Marktplatz unter der Linde Recht gesprochen, doch bei dieser Kälte war allen Beteiligten die ausgeräumte Lagerhalle des reichen Händlers lieber.
Der Graf zügelte sein Pferd ein wenig und ließ es im Schritt über den steilen, rutschigen Pfad gehen, der sich vom Burgtor im Südosten in einer weiten Schleife von Süden nach Westen und dann nach Norden um den hoch aufragenden Berg wand. Als der Weg breiter wurde, winkte der Graf seine Söhne heran. Die Ritter hielten respektvoll Abstand.
»Gestern Nacht habe ich einen Boten von Graf Eberhard von Württemberg empfangen. Der König hat Esslingen befestigen lassen und lädt Eberhard im Juni zum Hoftag nach Ulm, um die in Augsburg bereits angekündigte Sühne festzusetzen. Was meint ihr dazu?«
Der Graf hatte es sich schon seit Jahren angewöhnt, seine Söhne an der Politik und den anderen wichtigen Dingen der Grafschaft teilhaben zu lassen. Irgendwann würde er vor seinen Schöpfer treten, dann wollte er sein Land in guten Händen wissen. Doch würde er sein Land in zwei oder in vier Hände legen? Schon lange drückte ihn die Frage des Erbes. Üblich war es, alle Söhne zu beteiligen, die den Vater überlebten und kein geistliches Amt annahmen. Friedrich, der Erlauchte, war ein kluger Mann. Er sah die Grafschaf-

ten in seiner Umgebung blühen und verdorren. Er wusste, dass jede weitere Teilung den Untergang bedeuten konnte. Der Hohenberger wird uns verschlingen, wenn wir Schwäche zeigen, dachte er oft.
»Das wird sich Graf Eberhard nicht gefallen lassen«, riss ihn die Stimme seines jüngsten Sohnes aus den Gedanken. »Der Württemberger wird wieder zuschlagen, und dann sind wir an seiner Seite.«
Dreiundzwanzig Jahre war er alt, etwas kleiner und kräftiger gebaut als der Vater, mit braunem Haar und grauen Augen.
»Keine Handbreit Boden geben wir dem Habsburger Emporkömmling«, sagte er wild. »Krongut – pah! Es ist unser, und wir werden es an der Seite des Württembergers verteidigen. Er ist stark genug, um gegen die königlichen Speichellecker standzuhalten.«
Sein älterer Bruder unterbrach ihn. »Rede keinen solchen Blödsinn. Wenn der König mit seinen Rittern kommt, dann kann der Württemberger ihm auf Dauer keinen Widerstand leisten.«
»Der Markgraf von Baden wäre auch auf unserer Seite«, schnitt ihm der Jüngere ungestüm das Wort ab.
»Trotzdem ist es unklug, sich dem König offen entgegenzustellen. Wir sollten die Großen in den Kampf ziehen lassen. Lass sie sich gegenseitig schwächen und verwunden. Mit schlauer Taktik und wohl überlegtem Spiel können wir als die eigentlichen Sieger hervorgehen.«
Der Merkenberger sah seinen Bruder verächtlich an. »Wie ein Waschweib willst du dich hinter dem Ofen verkriechen. Ränke schmieden wie Williburgis' Schnatterweiber? Wir sind Ritter, und wir werden mit dem blanken Schwert kämpfen!«
Eitelfriedrich lachte spöttisch. »Ja, ein feiner Ritter bist du,

wenn du blind wie der Ochse vor dem Pflug in die Klinge läufst und dir die Seele rausschneiden lässt. Gebrauche erst mal deinen Kopf, bevor du mit dem Schwert rasselst.«
Der jüngste Grafensohn lief vor Wut rot an und wollte dem Bruder seine Antwort ins Gesicht schleudern, doch der Vater beendete den Streit.
»Ihr habt mir euren Standpunkt klar gemacht, und ich werde die Vor- und Nachteile abwägen. In einem Punkt jedenfalls gebe ich euch gleich Recht. Der Württemberger ist ein Heißsporn von kaum zwanzig Lenzen. Er wird nicht Ruhe halten und wie ein Lamm nach Ulm ziehen, um seine Strafe zu empfangen. Und ich glaube auch, dass der Hohenberger ihm nicht gewachsen ist. Der König wird kommen, mit Schwert- und Lanzengeklirr und mit großem Gefolge!«

✠   ✠

»Wenn die Sonne weiter so scheint, dann werden wir bald abreisen«, sagte Tilia, schnitt den Strunk aus einem Kohlkopf und warf ihn mit einer Heftigkeit über den Hof, die ihre innere Erregung verriet. Das Geschoss verfehlte ein mageres Huhn, das gerade nach Würmern scharrte, nur knapp. Panisch gackernd und mit den Flügeln schlagend, suchte das Federvieh das Weite.
»Die legt bestimmt Monate lang kein Ei mehr«, murmelte Gret trocken und schnitt ein paar faulige Stücke aus dem Gemüse.
»Wie kann es im Februar schon so warm sein?« Tilia rückte ihrem Kohl zu Leibe, als würde sie gegen einen Todfeind kämpfen. Eine Weile schielte Gret immer wieder zu ihrer Halbschwester hinüber, dann ließ sie das scharfe Messer sinken.
»Nun komm schon. So schlimm ist es doch auch wieder

nicht, dass wir zu den Zollern ziehen. Immerhin bleiben wir zusammen. Sofie kommt mit und« – sie schnitt eine Grimasse – »der liebe Rüdger auch.«
»Ja, schon, aber die kleine Dorothea jetzt schon in ein Kloster abzuschieben –« Tilia blinzelte heftig.
»Wenn du an ihrer Stelle zu den Nonnen gehen würdest, dann könntest du sie auch nicht mehr sehen«, merkte die Magd an. »Sieh es so. Wer soll für das Kind denn sorgen, wenn wir weg sind?« Sie nickte in Richtung Palas. »Das Weib dort oben vielleicht?«
Tilia schüttelte heftig den Kopf. »Dann schon lieber zu den Nonnen als in diese Hände!«
Sie arbeiteten eine Weile schweigend, dann fing Tilia noch einmal davon an. »Aber Mutter. Wer wird nach ihr sehen?«
»Beatrix wird für sie sorgen, doch ich glaube, die Herrin ist gar nicht mehr richtig da«, sagte Gret langsam und suchte nach den richtigen Worten. »Nur ihr Körper ist noch auf Wehrstein. Für sie wäre ein Kloster der rechte Platz.«
Die Ritterstochter seufzte. »Wie wird es hier sein, wenn wir weg sind?«
»Schrecklich«, sagte Gret und zog eine Grimasse. »Das faule Stück von einem Weib wird keinen Handstreich tun, und Beatrix ist viel zu weich, um sich durchzusetzen. Daher werden die Mägde und Knechte es sich wohl sein lassen, sobald der Herr außer Sicht ist.«
»Es stimmt mich jetzt schon traurig. Wehrstein ist doch meine Heimat«, seufzte Tilia.
»Ja, und alle Frauen sind dazu verdammt, das vertraute Heim zu verlassen, um einem fremden Mann zu dienen oder dem Herrn im Himmel.«
Warum sie zu den Zollern geschickt wurden, darüber sprachen die Frauen nicht. Tilia wollte Gret nicht erzählen, was der Vater ihr gesagt hatte, doch Gret machte sich auch so

ihre eigenen Gedanken. Sie konnte gut beobachten und hatte in ihrem kurzen Leben schon viel über den Lauf der Welt gelernt. Es war ihr klar, dass der Zollerngraf nicht aus purer Freundlichkeit die jüngste Wehrsteintochter ins Hauskloster der Grafen aufnahm. Sie wusste auch, dass die freien Entscheidungen des Hausherrn nicht mehr ganz so frei sein würden, wenn seine Tochter im Hause eines der beiden Fehdeführenden weilen würde. Und ihr war klar, dass sie nicht deshalb mitging, weil Tilia sie liebte und bei sich haben wollte. Auf dieser Welt geschahen die Dinge, weil Männer sie so haben wollten – oder weil sie glaubten, dass sie sie so haben wollten.

Sofie kam heulend über den Hof gerannt und barg den Kopf in Grets Schürze. Dorothea ließ nicht lange auf sich warten. Ihre kurzen Finger umklammerten vier geschnitzte Holzfiguren. Mit hochgerecktem Kinn blieb sie herausfordernd vor den Frauen stehen.

»Ich will meine Männchen wiederhaben«, heulte Sofie. »Die hat sie mir einfach weggenommen, dabei hat mein Papa die doch alle gemacht.«

Auch wenn er oft brummig und schlecht gelaunt war, liebte der Schmied seine Tochter. Vor allem an den langen Winterabenden, wenn es für die Knechte nicht viel zu tun gab, saß er in der Küche vor dem Feuer und schnitzte allerhand Spielzeug für die Kinder. So hatte er ein Pärchen handgroßer Figuren für Sofie geschnitzt und auch eines für Dorothea, in deren Schlepptau das Mädchen meist zu finden war.

Gret sah die Ritterstochter streng an. »Warum hast du Sofies Puppen? Du hast doch deine eigenen.«

Dorothea presste die Beute noch ein wenig fester an die Brust. »Weil, ich will jetzt aber mit allen spielen. Ich bin schon ganz viel älter als die, und meinem Papa gehört die ganze Burg und alle Leute hier, und deshalb darf ich das bestimmen«, erklärte sie und stampfte dann, um ihre Aussage zu bekräftigen, mit dem Fuß auf die Erde.

»Das kann schon sein. Dennoch solltet ihr lieber zusammen spielen. Also gib mir jetzt Sofies Puppen.« Fordernd streckte Gret die Hände aus, doch Dorothea wich zurück.

»Nein, du hast mir gar nichts zu befehlen. Du bist nur eine Magd!«

Gret zuckte unmerklich zusammen, zog die Hände zurück und begann schweigend mit der einen Hand den Kohl weiter zu bearbeiten, mit der anderen strich sie tröstend über das Haar ihrer weinenden Tochter.

Seufzend erhob sich Tilia, ging zu ihrer jüngeren Schwester, riss den schmutzigen Kittel hoch und klatschte ihr zweimal kräftig auf die nackten Pobacken.

»Du bist die Tochter eines Ritters, da hast du Recht, und deshalb solltest du als Erstes lernen, dich besser zu benehmen. Du gibst Sofie ihre Figuren zurück, und zwar sofort!«

Dorothea heulte auf, kreischte vor Schmerz und Zorn, fand aber noch den Mut, »Nein, nein« zu brüllen. Ohne mit der Wimper zu zucken, schlug Tilia ein weiteres Mal zu. Da löste sich Sofie von ihrer Mutter, rannte herbei, zerrte an Tilias Rock und heulte: »Nein, du darfst sie nicht schlagen, sie ist doch meine Freundin!«

Dankbar lächelnd drückte Dorothea Sofie zwei der Figuren in die Hand, griff nach ihrem Arm und zog sie dann über den Hof davon.

Die beiden Frauen sahen den Mädchen kopfschüttelnd nach. »Bei den Großen ist es dann genau anders herum«, bemerkte Gret trocken. »Schlag noch mal drauf, wenn einer schwach ist, dann kann man sich ja sein Hab und Gut einverleiben.«

Tilias Augen wurden feucht. »Sie sind wie wir früher. Wie

viele Tage haben sie noch zusammen? Wie bald schon wird man sie auseinander reißen.«
»Das ist der Lauf dieser Welt«, entgegnete Gret mit harter Stimme, ohne die Halbschwester anzusehen. »Ich war kaum älter, als der Herr Ritter meine Mutter und ihren Bruder wegschickte. Glaubst du, das war für mich leicht?«
Es war das erste Mal, dass Gret dieses Thema ansprach. Was sollte Tilia darauf antworten? Dass ihre Selbstsucht, wenigstens die Freundin zu behalten, der Grund für die Trennung gewesen war? Dass sie Hailwig mehr geliebt hatte als ihre richtige Mutter? Tilia schwieg.

✠ ✠

Williburgis von Zollern saß in der Kemenate und webte schweigend an einer Borte aus grünen und goldenen Fäden. Sie sah kaum auf ihre flinken Finger, die den Weg der Fäden bereits allein fanden. Teilnahmslos beobachtete die Grafentochter eine fette Ratte, die immer wieder ihre Nase hinter der großen Truhe unter dem Fenster hervorstreckte, aufgeregt schnüffelte, sich dann aber wieder in die sichere Dunkelheit zurückzog. Vielleicht waren ihr zu viele Menschen im Raum.
Da gebe ich dir Recht, unterhielt sie sich in Gedanken mit dem kleinen Nager. Ich würde sie auch lieber wegschicken und mit meinen Gedanken hier allein sein.
Die Damen der jungen Grafentochter saßen im Licht zweier Öllampen um ein Tischchen. Durch das mit Pergament bespannte Fenster drang nur ein trüber Lichtschein. Noch war der Wind nachts zu kalt, um die Fenster wieder zu öffnen, um Licht und Luft hereinzulassen. Williburgis sehnte den Tag herbei. Ihr war, als könne sie in der rauchigen, abgestandenen Luft nicht mehr atmen. Die Gesprächsfetzen

klangen in ihren Ohren wie das Geschnatter der Gänse im Hof. Jede der Frauen hatte ein Stickzeug auf dem Schoß, doch schneller noch als die Nadeln bewegten sich die Zungen.

Den bequemsten Sessel hatte sich Kunigunde von Baden genommen, die Gattin des ältesten Zollernsohnes. Klein und pummelig, mit roten Wangen und stumpfem, widerspenstigem Haar, war sie eher unauffällig. Um ihre Stellung zu betonen, kleidete sie sich jedoch stets in leuchtenden Farben, trug, trotz ihrer Leibesfülle, Schnabelschuhe mit einundhalb Fuß langen gebogenen Spitzen und hohen hölzernen Sohlen. Daher konnte sie sich nur sehr langsam und mit seltsam trippelnden Schritten fortbewegen. Das war jedoch nicht schlimm, da Kunigunde jegliche Bewegung hasste, einschließlich des Reitens. Dafür liebte die gutmütige, aber oberflächliche Frau jeden guten Klatsch.

Zu ihrer Linken saß die Edeldame Benigna von Lichtenstein. Ihr Mann war im Gefolge des Württembergers. Sie sah ihn nicht oft, was ihr aber nicht besonders Leid tat. Dafür war sein jüngerer Bruder hier Ritter beim Zollerngraf. Benigna war nicht gerade eine Schönheit, ihr Gesicht länglich, die Nase zu groß. Doch ihre Lippen waren voll und sinnlich. Sie war eine lebenshungrige Frau von fast dreißig Jahren, und sie hatte keine Lust, eingesperrt in einer Kemenate brav darauf zu warten, dass ihr Ehegatte einmal im Jahr vorbeikam, um ein Kind mit ihr zu zeugen. Drei kleine Lichtensteiner liefen schon auf der Burg herum. Wer wirklich die Väter der Sprösslinge waren, darüber schwieg sich die Dame aus. Ihr Gatte zumindest dachte, dass sie sein Fleisch und Blut seien.

Salome von Ringelstein-Killer war trotz ihrer einundzwanzig Jahre bereits Witwe. Ein Treffen mit den Rittern des Hohenbergers hatte ihrem Mann eine Lanze im Bauch eingebracht. Das einzige Kind dieser kurzen Ehe war vor einem

Jahr in den Brunnen gefallen und dort ertrunken. Salome hatte dunkelblondes Haar, ein rundes Gesicht, eine kleine Nase, war aber sonst um die Hüften üppig gebaut. Auch die Brüste luden zum zweimal Hinsehen ein. Sie war eine lebenslustige und ein wenig leichtsinnige Frau, und sie hatte eine scharfe Zunge.

Während die drei recht derb über die Vorzüge und Nachteile der einzelnen Ritter herzogen, saß die junge Eleonora von Zell-Andeck schweigend dabei. Das zierliche rothaarige Mädchen mit dem sommersprossigen Gesicht hielt nicht viel von Männern. Streng klösterlich erzogen, wäre sie lieber bei den Nonnen geblieben, als sich den rauen Späßen und derben Reden der Ritter auf einer Grafenburg auszusetzen.

»Also wenn ich mir die dicke Nase und die großen Hände des Ritters Anselm von Hölnstein ansehe, dann könnte ich mir vorstellen, dass er ganz schön etwas unter seinem Kettenrock zu bieten hat!«, bemerkte Salome, ohne von ihrer Arbeit aufzusehen. Kunigunde und Benigna kicherten, Eleonore presste schweigend die Lippen aufeinander.

»Dann seid Ihr sicher die Erste, die es herausfinden wird«, lästerte die Zollerngattin, »es sei denn, Benigna kann uns über die Vorzüge ihres Bruders aufklären.«

Die Edeldame von Hölnstein zuckte die Schultern. »Ich möchte Euch ja nicht Eurer Fantasien berauben, doch ich gebe Anselm gerne einen Hinweis, dass sich Salome nach seinen starken Armen, und was er noch so hat, sehnt. Vielleicht findet er dafür noch Zeit, bevor er zu den Württembergern zurückkehrt.«

»Als Witwe hat man es einfach gut«, jammerte Kunigunde in tragischem Ton, »selbst wenn mein Gatte nicht hier ist, bin ich unter der strengen Aufsicht seines Vaters oder, noch schlimmer, seines jüngeren Bruders.«

Die Zollerngattin erntete von zwei der Damen fröhliches Gekicher und von Williburgis einen vorwurfsvollen Blick. Dabei wussten alle Damen, dass die dicke Kunigunde den Männerarmen nicht sehr zugetan war und ihren Gatten lieber wegreiten denn zurückkommen sah. Sie pflegte zu sagen:
»Einmal im Jahr, um ein Kind zu zeugen, reicht völlig aus. Zum Glück hat der Herrgott die Fehden erschaffen, dass die Männer nicht immer auf der Burg rumsitzen.«
Die Kammerfrau Agnes, Tochter des Edelknechts Boller, trat ein. Sie hörte Kunigunde von Badens letzte Worte und hub sofort eine ihrer moralischen Reden an. Sie sprach von Gottes Strafe für unkeusches Leben und den zahlreichen Krankheiten, die dieser zur Sühne schicken würde.
»Dann frage ich mich, welch schlimme Sünden du schon alle begangen hast, da du uns ständig von deinen überall zwickenden Leiden erzählst«, rief die Hölnsteinerin übermütig.
Gekränkt presste die Kammerfrau die Lippen aufeinander, drehte sich auf dem Absatz um und stürmte hinaus. Die anderen lachten.
Williburgis von Zollern ließ sich wieder von ihren eigenen Gedanken forttreiben. Die Stimmen der anderen verschmolzen zu einem an- und abschwellenden Rauschen wie der Wind in den Wipfeln oder wie ein klarer Bach, der über die Steine springt.
Die Kemenate, der schönste und wärmste Raum der Burg, war für sie ihre ganze Kindheit über fast ein Heiligtum gewesen. Hier war die schöne, kluge Mutter zu finden, wenn eines der Kinder Trost oder Rat brauchte. Hier war es ruhig und selbst im Winter noch erträglich warm. Im Schlafraum der Damen und Kinder auf der anderen Seite des Ganges herrschte immer buntes Treiben. Entlang der Wand stan-

den fünf schrankartige Holzkästen mit schmalen Betten. Je zwei Frauen teilten sich eine Matratze, denn trotz der dicken Vorhänge an den Betten und den holzvernagelten und fellverhangenen Fensterschlitzen zog es im Winter fürchterlich. Durch die dicken Mauern drang die Feuchtigkeit. Keine Feuerstelle war da, die Kälte zu vertreiben und die Wassertropfen an den Mauersteinen zu trocknen. Die beiden Kohlepfannen, die im Winter aufgestellt wurden, konnten den Raum kaum erwärmen. So war es früher stets der Körper der Schwester gewesen, der in den langen, dunklen Nächten Wärme, Geborgenheit und Trost gespendet hatte, und dann, nach deren Heirat, der einer anderen Dame.
Nun war Williburgis die Herrin, wohnte und schlief in der Kemenate in einem großen Bett mit weichen Daunen. Und dennoch hatte sie das Gefühl, die Nächte wären seitdem länger und kälter geworden.
In den ersten Wochen hatte die Kinderfrau auf einem Strohsack zu ihren Füßen geschlafen, doch nun hatte sie sie weggeschickt, war nicht auf die erstaunten Fragen eingegangen, hatte den gekränkten Blick übersehen. War es richtig gewesen? Hatte sie überhaupt eine Wahl? Was würde passieren, wenn es jemand bemerkte? Würde er wiederkommen?
Herr im Himmel, betete sie stumm, es ist eine Sünde, und ich fühle die Last auf meiner Seele, doch hätte ich Nein sagen können? Sie zitterte. Ich muss es beichten, muss von Vater Laurenz die Absolution bekommen, doch schon der Gedanke, mit dem sauertöpfischen Priester darüber zu reden, ließ Übelkeit in ihr aufsteigen. Vielleicht sollte sie wieder ihr altes Bett beziehen, zusammen mit der Kinderfrau. An deren üppigen Busen gekuschelt schlafen. Der Gedanke war verlockend, doch sie verwarf ihn. Was würden der Vater

und die Brüder, was die Frauen sagen? Nein, sie musste in der Kemenate bleiben, und sie musste ihm gehorchen.

✠ ✠

Williburgis von Zollern hatte bereits geschlafen, als sie plötzlich aus ihren Träumen hochschreckte. Sie blinzelte verwirrt und lauschte in die Finsternis, hörte, wie die Tür leise geschlossen wurde. Sie war nicht mehr allein in der Kemenate. Leise Atemzüge, kaum hörbar, nackte Füße auf den Holzbohlen. Williburgis hielt den Atem an. Eine Hand tastete über ihre Bettdecke, hob sie dann langsam an. Der kalte Luftzug jagte ihr einen Schauer über den ganzen Körper. All die zarten Härchen stellten sich auf, nicht nur von der Kälte. Ein schwerer Körper rutschte zu ihr auf die Matratze, die Hand tastete sich weiter vor.
»Du hast ja dein Hemd angelassen«, murmelte er und machte sich an den Bändern zu schaffen.
»Mir war heute etwas kalt«, antwortete sie heiser.
»Ich werde dich wärmen«, kam die sanfte Stimme zurück. Die kräftigen Hände strichen über ihre Haut, zogen sie an den nackten, männlichen Körper.
»Du musst keine Angst haben. Ich werde dich nicht entehren. Doch du bist allein, und ich bin es auch. Wozu die einsamen Nächte?«
Sie machte sich stocksteif, doch als die Hände fortfuhren, ihren Rücken zu streicheln, und keine Anstalten machten, von dort fortzuwandern, entspannte sie sich. Ihr Kopf sank an die männliche Brust. Sie schlief ein. Als Williburgis wieder erwachte, war er verschwunden. Eine Weile zweifelte sie, ob sie sich das alles nicht nur eingebildet hatte.

KAPITEL 9

Die Tage wurden länger. Der März überzog den braunen Waldboden mit einem weißen Blütenteppich. An den Wegrändern blinzelten Veilchen aus dem zarten Frühlingsgrün. Unerbittlich rückte der Tag der Abreise heran. Tilia packte ihre wenigen Habseligkeiten in zwei kleine Truhen: drei bodenlange Hemden, zwei warme Wollröcke und ein leichter aus feinem, hellgrauem Barchent, warme Beinlinge, die fellgefütterten Winterstiefel, ein paar Schleiertücher für die heilige Messe und den warmen Tasselmantel. Ganz nach oben legte sie sorgsam ihr einziges farbiges Festtagsgewand: einen Bliaud aus grüner Seide, den man an beiden Seiten straff schnüren konnte. Tilia besaß zwei Paar weite Ärmel, dazu einen goldbestickten Gürtel. Den leichten Wollmantel und die Schlupfschuhe mit der Spange am Fußspann würde sie auf der Reise tragen. Ein kleines Bildchen von der Jungfrau Maria und ein perlenbesticktes Schappel waren die einzigen Kostbarkeiten, die sie besaß – abgesehen von dem goldenen Kreuz aus dem Waldecker Beutegut. Für Dorothea nähte Tilia zwei neue Hemden und ihre ersten langen Röcke. Gret, Rüdger und Sofie brauchten nur zwei leinene Beutel auf dem Rücken, um ihre Besitztümer zu verstauen.
Tilia konnte in ihrer letzten Nacht auf Wehrstein nicht schlafen, und auch das Kind in ihren Armen schien unruhiger als sonst. Schon im Morgengrauen weckte sie Dorothea und kleidete sie in die ungewohnt langen Gewänder, legte

ihr den Mantel um und stülpte dem Kind eine Gugel über den Kopf. Noch war der Morgen kalt.
Heinrich von Husen sattelte im Hof bereits die Pferde. Der noch bartlose Jüngling, der, im Gegensatz zu seinem Bruder, den Ritterschlag noch nicht empfangen hatte, war stolz und aufgeregt, dass er die Frauen zu den Zollern bringen sollte. Sicher reiste auch Rüdger zum Schutz mit. Der konnte ganz gut mit seinem Hammer umgehen, doch er selbst war der Sohn eines Ritters, hatte ein Schwert an seiner Seite und die Pflicht, die Töchter des Hausherrn vor allerlei Gesindel und vor den wilden Tieren des Waldes zu beschützen. Er war hin- und hergerissen zwischen dem Wunsch, es möge unterwegs etwas ganz Aufregendes passieren, und der Angst, dass er dann nicht richtig reagieren könnte, dass er versagen und besiegt und verletzt im Straßenstaub sterben würde. Vielleicht würde ihn das Fräulein Tilia dann auf den Mund küssen. Die Erfüllung seiner Träume, bevor der schwarze Tod ihn mit sich nahm. Nein, er schüttelte heftig die braunen Locken. Sie wird mich nicht küssen, wenn ich gegen Wölfe, Bären und Banditen versage – es sei denn, ich habe sie alle erschlagen, bevor ich sterbe. Er zog den Sattelgurt von Tilias schwarzer Stute fest.
Am besten ist es, wenn ich die räudigen Angreifer in Stücke haue und so die Damen aus der Gefahr rette. Kein Haar soll ihnen gekrümmt werden. Dann wird das Fräulein Tilia mich huldvoll anlächeln und mir einen Kuss schenken, vielleicht auch ein Schleiertuch, das ich an meinem Herzen tragen kann, wenn ich mich für immer nach ihr verzehre, denn um ihre Hand zu bitten, wird mir nie vergönnt sein. Zu groß ist der Unterschied zwischen unseren Familien. Er seufzte tief, wollte die tragische Szene in Gedanken noch ein wenig genießen, doch immer wieder schob sich das scheußliche Bild seines sterbenden Oheims vor sein geisti-

ges Auge. Das Stöhnen und die schwärenden, stinkenden Wunden wollten nicht so recht in das romantische Traumbild passen.
Ein kräftiger Schlag auf die Schulter riss ihn endgültig aus seinen Träumen.
»He, junger Held, von welcher Schönen träumt Ihr denn?«
Rüdger grinste den Jüngling frech an. »Ihr habt ja den Sattel falsch herum aufgelegt!«
Wütend über seinen Fehler und beschämt, von einem Knecht darauf aufmerksam gemacht werden zu müssen, fuhr er den Schmied an:
»Wenn du dich nicht so lange faul im Heu herumgetrieben hättest, dann müsste ich nicht deine Arbeit übernehmen. Man sollte dir eine Tracht Prügel verabreichen, unverschämter Kerl.«
»Nun, nun«, grinste Rüdger und griff nach dem Sattel, »der Herr Ritter hat wohl heute Morgen sein Lager mit dem falschen Fuß verlassen. Ich hoffe, er wird sein Lachen bald wieder finden.«
Heinrich war schon fast versöhnt, doch die spöttische Betonung des Wortes »Ritter« traf ihn tief. Wie oft schon hatte er seine Jugend verflucht. So drehte er sich wortlos um und stapfte davon, sein Bündel zu holen.
Die kleine Schwester fest an der Hand, klopfte Tilia zaghaft an die Tür zur Kemenate. Sie zögerte eine Weile – wie erwartet kam keine Antwort –, daher trat sie ein. Trotz der frühen Stunde saß die Mutter angekleidet in ihrem Lehnstuhl und stickte. Sie hob nicht einmal den Blick, um zu sehen, wer hereinkam.
Schweigend blieben die Töchter in der offenen Tür stehen. Tilia betrachtete die zierliche Frau, die ihre Mutter war. Alt war sie geworden, die flinken Hände knochig. Straff umspannte das Gebende das farblose, faltige Gesicht, um des-

sen Mund sich tiefe Linien des Kummers eingegraben hatten. Erstaunt dachte Tilia: Ich kenne diese Frau gar nicht. Mein Leben lang habe ich sie jeden Tag gesehen, und doch ist sie mir fremd.
»Mutter, wir reisen ab«, sagte sie mit fester Stimme. Die Schwester mit sich ziehend, trat sie näher. Ob die Mutter sie überhaupt gehört hatte? »Mutter, ich weiß nicht, wann wir uns wieder sehen – ob Ihr Dorothea überhaupt wieder sehen werdet. Bitte, wollt Ihr uns nicht Euren Segen geben?«
Sehnsüchtiges Flehen lag in ihrer Stimme. Sie dachte schon, die Mutter habe sie immer noch nicht bemerkt, als die Hände Nadel und Faden sinken ließen. Tilia sah in die braunen Augen. War es Schmerz? War es Trauer in diesem tiefen Blick, der sie zu verschlingen drohte?
»Wir möchten Lebewohl sagen. Bitte gebt uns Euren Segen und wünscht uns alles Gute.«
Die Mutter sah sie noch einen Augenblick an, dann senkten sich die Lider. Kaum merklich schüttelte sie den Kopf.
Mit schwerem Herzen wandte sich Tilia zur Tür. Als sie sie leise hinter sich schloss, erklang plötzlich der Aufschrei wie von einer Ertrinkenden, durchdringend, gellend, wie in Todesangst.
»Tilia, geh nicht!«
Das Mädchen stürzte zurück ins Zimmer. Das Stickzeug lag achtlos am Boden, die Mutter stand da, mit Tränen in den Augen, die Arme suchend von sich gestreckt.
Tilia ließ sich an die knochige Brust drücken. Tränen tropften in der Tochter Haar. Die Mutter bebte am ganzen Leib.
»Mein Kind, mein Kind, du darfst mich nicht verlassen. Wie soll ich denn hier weiterleben? Ich habe nichts mehr. Gar nichts mehr hat Gott mir gelassen. Sag mir, welche Sünden habe ich begangen, dass er mich so vergessen hat?«
Sanft drückte Tilia die Mutter in ihren Sessel zurück. Wie

viele Jahre hatte sie einfach so verschenkt, in ihrem Zimmer von der Welt entrückt? All die häuslichen Bürden und die Erziehung der kleinen Schwester ohne ein Wort der Hilfe auf Tilias Schultern gelegt. Nun war es zu spät, das Versäumte nachzuholen. Wie sollte sie der Mutter in diesem Augenblick Trost und Hoffnung schenken?
»Ihr solltet in ein Kloster gehen. Dort wärt Ihr gut versorgt«, sagte sie leise, obwohl sie wusste, dass der Vater das Geld dafür nicht aufbringen würde. Sanft küsste sie die Mutter auf die schlaffen Wangen.
»Ich werde für Eure Seele und Euren Frieden beten. Lebt wohl.«
Dann ging sie hinaus und schloss die Tür. Sie nahm Dorothea wieder an die Hand und stieg mit ihr die Treppe hinunter. Das verzweifelte Schluchzen hinter der Kemenatentür folgte ihnen nach. Dorothea sah fragend zu Tilia auf.
»Die Mutter ist traurig, dass wir wegreiten. Wir gehen nun in den Hof, um dem Vater Lebewohl zu sagen«, erklärte die ältere Schwester.
Das kleine Mädchen zuckte die Schultern. »Aber wir kommen doch bald wieder heim.«
»Nein, Dorothea, Liebes, du wirst nicht mehr heimkommen. Du wirst in einem großen Haus leben, mit vielen netten Frauen, die sich um dich kümmern.«
»Aber du und Gret und Sofie, ihr werdet doch da sein, oder?«
Die großen, weit aufgerissenen Kinderaugen sahen voll ängstlicher Erwartung zu ihr hoch. Tilia brachte es nicht übers Herz, dem Kind die Wahrheit zu sagen. So murmelte sie nur:
»Wir müssen uns beeilen, der Vater wartet.«
Auch der Vater war schon seit aller Früh auf. Er wollte mit Gebhard von Husen auf die Jagd reiten. Schon seit langem

drängte es ihn, den neuen Falken auszuprobieren. Den ganzen Winter über hatte er mit ihm trainiert. Nun würde es sich zeigen, ob er draußen in der freien Natur zu seinem Herrn zurückkehren würde. Die Pferde schnaubten nervös und scharrten mit den Füßen. Hildebolt von Wehrstein sah ungeduldig zum Palas hinüber, doch noch immer waren die Mädchen nicht zu sehen.

»Reiten wir los, die Pferde werden kalt«, befahl er und gab seinem Ross die Sporen. Verwundert sah der Ritter von Husen seinen Herrn auf das Tor zureiten. Gebhard winkte seinem jüngeren Bruder noch einmal zum Abschied zu, dann jagte er dem Wehrsteiner nach. Er hatte das Tor noch nicht erreicht, als die Mädchen aus der Tür traten. Wie erstarrt blieb Tilia stehen, als sie den Vater durch das Tor verschwinden sah. Sie konnte es nicht glauben, dass er so einfach ohne Gruß aus ihrem Leben verschwand.

»Herr, Herr«, rief Gebhard und spornte sein Pferd an. Hildebolt von Wehrstein zügelte sein Ross.

»Was ist?«

»Wollt Ihr nicht erst Abschied nehmen?« Er nickte in Richtung Hof, auf dem die Töchter des Wehrsteiners standen. Klein, einsam und verloren wirkten sie in den Augen des jüngeren Ritters.

Der Wehrsteiner zögerte einen Moment lang, dann sagte er barsch: »Wartet hier auf mich, ich bin gleich wieder zurück.« Und damit sprengte er in den Hof zurück.

Eine Staubwolke aufwirbelnd, brachte er sein Pferd vor den Mädchen zum Stehen. Tilia sah zu ihm auf. Ihre Blicke trafen sich. Schwer legte er seine behandschuhte Hand auf ihre Schulter.

»Tilia, mein Kind, ich zähle auf dich«, sagte er mit fester Stimme.

»Bring die Kleine sicher nach Stetten und übergib sie den

Nonnen – und mach du mir auf Zollern keine Schande. Du entstammst einer edlen Familie, den Grafen ebenbürtig. Denke daran, bei allem, was du tust.«
Tilia löste das goldene Kreuz von ihrer Brust und legte es dem Vater in die Hand.
»Nehmt es so lange, bis wir uns wiedersehen. Gottes Segen mit Euch, Vater.«
»Gottes Segen sei mit dir, mein Kind«, presste der Ritter hervor, dann jagte er davon, ohne sich noch einmal umzusehen.

✠ ✠

Von Burg Wehrstein aus folgten sie den steilen, tief gefurchten Karrenspuren zur Ebene im Osten hoch, vorbei am Hof des Ritters. Die Mägde und Knechte auf den Feldern winkten ihnen zu. Noch einmal warf Tilia einen Blick zurück in die tief eingeschnittenen Täler des Neckars und des Mühlbachs, ließ die Augen über die sanft geschwungenen Hügel der Hochebene wandern, die sich in der Frühlingssonne wieder ihr saftig grünes Kleid woben. Im Sommer würde der Wind durch die Kornfelder streichen, Kornblumen und Mohn zwischen den Ähren leuchten, doch sie würde es nicht sehen. Na und, würde Gret jetzt schulterzuckend sagen. Glaubst du, die Felder der Zollern sind anders? Tilia musste lächeln und trieb ihr Pferd an, die anderen wieder einzuholen.
Zwischen den dornigen Hecken, die die Bauern um die Felder gelegt hatten, um die frische Saat zu schützen, ritten sie langsam über die Hochebene nach Osten. Voran der Edelknabe auf einem lebhaften Braunen, dann Tilia mit Dorothea auf ihrer schwarzen Stute, hinter ihr Gret mit Sofie auf einem Maultier. Ein weiteres, beladen mit den beiden Kis-

ten, führte die Magd an einem Strick. Den Schluss bildete Rüdger auf einem gutmütigen alten Gaul, der sonst half, den Karren zu ziehen, nun aber dafür zu schwach wurde.
Sie kamen nur langsam voran, und bereits in Empfingen heulten die Mädchen, dass der Durst sie quäle. So hielten sie am Meierhof an. Die Mädchen tranken frische Milch und spielten mit den halbwüchsigen Kätzchen.
»Wir kommen nicht so recht vorwärts«, murrte Heinrich, als er zur Sonne hochsah. »Wir werden es nicht vor der Dunkelheit schaffen. Vielleicht kommen wir wenigstens bis Hechingen. Dort könnten wir sicher ein angemessenes Lager bei dem Herrn Cuno finden.« Nervös sah er Tilia an.
»Wir werden heute nur bis Haigerloch reiten«, sagte Tilia bestimmt. Gret und Rüdger rissen erstaunt die Augen auf. Der Junge von Husen jedoch nickte langsam.
»Ihr wollt die Nacht beim Hohenberger verbringen?«
»Ja, warum denn nicht? Ist er nicht unser Lehensherr?«, verteidigte sich Tilia.
Heinrich wiegte den Kopf hin und her. Ein Hauch von einem Lächeln lag in seinem Blick. »Vielleicht habt Ihr Recht. Wir sind nicht im Krieg, und die Fehde ruht. Es gibt keinen Grund, den Hohenberger zu meiden.«
»Gut, dann ist das abgemacht«, sagte Tilia fest und ließ sich in den Sattel heben.
Ob das der Vater sich so gedacht hat?, fragte sich Gret, als sie Sofie wieder auf das Grautier setzte. So ganz war sie mit Tilias Entscheidung nicht einverstanden, doch vor den Männern wagte sie nicht, sie darauf anzusprechen.
Langsam ritten sie weiter. Hinter Empfingen lagen noch ein paar Felder, dann führte der Pfad in den dichten Wald. Im Sommer musste es hier recht dunkel sein, doch nun zeigten die hohen Buchen erst einen Hauch von lichtem Grün. Die Sonne malte Kringel auf den weichen Wald-

boden, die Vögel sangen fröhlich ihr Lied. Dennoch legte Heinrich seine Hand an den Schwertgriff und suchte ständig das Unterholz nach einer verdächtigen Bewegung ab. Jedes Rascheln eines flüchtenden Tieres ließ ihn unmerklich zusammenzucken.

Tilia beobachtete den angehenden jungen Ritter und lächelte in sich hinein. Voller Stolz und mit kindlichem Ernst nahm er seine Aufgabe wahr. Dafür hatte er im Burghof so manche schmerzhafte Lektion mit dem Übungsschwert hinter sich gebracht. Er war sicher kein schlechter Kämpfer, doch für den Ernstfall noch völlig unerfahren. Und Rüdger auf seiner Klappermähre war nur mit dem kurzen Hammer bewaffnet. Tilia warf Grets Ehemann einen verstohlenen Blick zu. Nein, sie konnte wirklich nur beten, dass alle Strolche und heruntergekommenen Ritter heute einen anderen Weg wählen würden. Auch wenn offiziell Frieden herrschte, zürnte Tilia dem Vater, seine beiden Töchter ohne richtigen Schutz auf diese Reise geschickt zu haben.

Als der Wald sich lichtete und die ersten Wiesen der Haigerlocher den Schritt der Hufe dämpften, hielten sie an. Die Mädchen mussten sich erleichtern und hatten das Stillsitzen bereits satt. Tilia ließ sich auf den Stumpf eines knorrigen Apfelbaumes sinken und sah den Mädchen zu, die kreischend vor Vergnügen durch die Wiese rannten. Heinrich schlenderte heran und kickte unbeholfen ein paar Steine weg, ehe er den Mut fand, sie anzusprechen.

»Seht, Fräulein Tilia, wenn Ihr Eure Augen anstrengt, dann könnt Ihr die Burg der Zollern bereits im Dunst erkennen.«

Tilia beschirmte ihre Augen. Im Südosten zeichneten sich in hellem Grau die steilen bewaldeten Hänge ab, die in einer lang gezogenen, scharfen Kante mit der Albhochfläche gegen den Himmel abschlossen. Dort, wo sie im Osten in einer Bucht zurückwich, erhob sich im Dunst ein kegelför-

miger Berg: der Zoller. Tilia war es, als könne sie den Bergfried und die Mauertürme erkennen. Dort also lag ihre neue Heimat. Sie waren erst einige Stunden geritten, und doch war dies ein Ausblick, den sie zum ersten Mal in ihrem Leben sah.
Morgen ist es immer noch früh genug, die Feste der Zollern in Augenschein zu nehmen, sagte sie sich, und außerdem war sie neugierig auf die wehrhafte Stadt Haigerloch mit ihren beiden Burgen, von denen sie schon so viel gehört hatte – und auf Graf Albert. War es nicht wunderbar, an die Orte der Erzählungen langer Winternächte zu reisen? Den großen Minnesänger selbst zu sehen? – Wenn er überhaupt in Haigerloch weilte und nicht auf seiner Burg in Rottenburg oder anderswo. Tilia drängte zum Aufbruch.

✠ ✠

Nur wenige Meilen weiter südlich, dort wo der Weg durch die Eyachfurt die Hochebene wieder erklommen hat, lagen seit den frühen Morgenstunden zwei Männer zusammengekauert in dichtem Buschwerk verborgen. Sie trugen zerfetzte Kittel und Fellumhänge. Auch um ihre Füße hatten sie sich Fellstücke gebunden. Ihre Bündel enthielten nur ein paar Lumpen und den Rest eines Hasen, den sie gestern erbeutet hatten. Nun warteten sie seit Stunden auf größere Beute. Sie hatten diesen Platz sorgsam ausgewählt. Der Pfad sollte nicht zu selten, aber auch nicht zu häufig beritten werden. Auch durften es nicht mehr als zwei Männer oder ein Ritter sein, denn die beiden hatten nur ihre Keulen, auch wenn die eine mit zahlreichen Metallspitzen besetzt war.
Der jüngere der beiden Strauchdiebe war vielleicht zwanzig Jahre alt, doch der dichte Bart, hinter dem sich sein Gesicht verbarg, ließ ihn älter aussehen. Geschickt hatte er ein kräf-

tiges Seil an einen Baum gegenüber gebunden, es über den Weg gelegt und ein wenig mit Laub bedeckt. Das andere Ende hielt er fest in seinen schmutzigen Händen.

»Lass dich nicht von dem Pferd umreißen, Bert« mahnte der Ältere, der bestimmt schon ein halbes Jahrhundert an Erfahrung auf dem Buckel hatte.

»Ich wickle das Seil um diesen Stumpf, dann kann ich es leicht halten. Ich mach das doch nicht zum ersten Mal!« Die grauen Augen blitzten wütend.

Der Alte ließ ein paar verfaulte Zahnstummel sehen. »Musst dich nicht gleich aufregen, junger Heißsporn.« Er wollte noch etwas hinzufügen, doch sein Begleiter brachte ihn mit einer heftigen Handbewegung zum Schweigen. Nun hörte auch der Alte den sich nähernden Hufschlag. Nervös strich er sich das verfilzte Haar aus der Stirn.

»Es ist nur einer, und er hat es sichtlich eilig«, wisperte er und umklammerte seine Keule fester. »Pass auf, dass das Pferd nicht draufgeht.«

»Wie denn das? Wenn es fällt, dann fällt es. Jetzt halt endlich die Klappe!«

Kaum einen Augenblick später kam der Reiter in Sicht. Er trug einen Kettenpanzer, das Schwert hing an seiner Seite, das Gesicht blieb unter dem Helm verborgen. Kein Wappen verriet, woher er kam. Noch zwei Hufschläge, dann zog der Strauchdieb das Seil an und wickelte es blitzschnell um den Baumstumpf. Der Reiter sah die Bewegung, doch es war schon zu spät, das Pferd zu zügeln. Der schnelle Galopp fand ein jähes Ende. Die Vorderbeine des Pferdes knickten ein, und es überschlug sich zweimal. Der Reiter versuchte abzuspringen, blieb jedoch mit dem linken Sporendorn im Steigbügel hängen. Die Welt drehte sich um ihn, er spürte einen dumpfen Schlag auf dem Rücken, dann auf der Seite. Sein Helm löste sich und flog durch die Luft. Endlich riss der Sporn, und der Reiter schlug neben dem Pferd hart auf dem Boden auf.

Benommen versuchte er, sich aufzurichten, tastete nach dem Schwert an seiner Seite, doch bevor er dieses aus der Scheide ziehen konnte, krachte ihm ein hölzerner Prügel mit Wucht auf den Schädel. Der Reiter fiel auf den Rücken. Wie ein dicker Käfer lag er da, Schwertarm und Schwert hoffnungslos im eigenen Mantel verheddert. Die freie Hand griff nach dem Dolch in seinem Gürtel, doch er wusste, dass er verloren hatte. Ein bärtiger Kerl tauchte in seinem Blickfeld auf, dann sauste die nagelbewehrte Keule in sein ungeschütztes Gesicht. Der Schmerz schlug wie eine Welle über ihm zusammen, war so gewaltig, wie er es in seinen schlimmsten Träumen sich nicht hatte vorstellen können. Er konnte nichts mehr sehen. Konnte sich nicht mehr rühren. Der nächste Schlag war so heftig, dass sein Schädel barst und die langen Dornen bis ins Gehirn eindrangen. Völlig ungerührt blickte der Strauchdieb auf das übel zugerichtete Opfer hinunter.

»Mal sehen, was wir so alles finden.« Sorgsam begann er den Toten zu entkleiden. »Allein die warmen Wollsachen sind es wert«, murmelte er zufrieden.

Der Alte ging nach dem Pferd sehen. Wie erwartet, hatte es sich die Vorderläufe gebrochen. Mit einem flinken Messerschnitt schlitzte der Mann ihm die Kehle auf. Dann machte er sich daran, den Sattel zu untersuchen.

»Eine Wolldecke, ein Beutel mit Hellerstücken – und Lederstiefel!«, zählte er entzückt auf.

»Lass die Stiefel und komm her, ich habe etwas viel Wichtigeres!«, rief Bert den Alten heran. Triumphierend schwenkte er einen versiegelten Brief.

»Ein Brief, ja und!«, murrte der Alte und nahm noch den Proviantbeutel des Reiters an sich. »Wird wohl an seine Liebste geschrieben haben. Was sollen wir damit?«

»Sieh dir das Siegel an. Sagt dir das etwas?«
Der Alte zuckte die Schultern. »Ja schon, aber wir können doch eh nicht lesen, was darin steht.«
Bert tippte sich an die Stirn. »Aber wir können unseren Verstand gebrauchen. Ein Reiter ohne Wappen, der es sehr eilig hat, und ein versiegelter Brief des Grafen. Na, was sagt dir das?«
Der Alte schien schwer von Begriff zu sein.
»Der Brief wird einem hohen Herrn einen klingenden Beutel wert sein!«
»Aber du weißt ja gar nicht, an wen er gerichtet ist.«
Der junge Strauchdieb lachte spöttisch. »Muss ich auch nicht, oder glaubst du etwa, ich möchte ihn dem rechtmäßigen Herrn bringen, du Tor? Auf, auf, pack dein Bündel, wir gehen nach Haigerloch!«
Während sie alles Brauchbare zusammenrafften und verschnürten, murrte der Alte unentwegt: »Du bist von Sinnen. Aufknüpfen werden sie dich, wenn du dich in der Stadt blicken lässt. Ich will noch keine Schlinge um den Hals. Mach, was du willst, aber ich werde nicht mitkommen!«
Für das Abendessen schnitt er noch ein paar dicke Fleischstücke aus den Pferdelenden, dann zogen die beiden sich in dichtes Gebüsch zurück und wanderten ins Eyachtal hinunter. Die nackten Leichen von Herr und Pferd ließen sie auf dem Weg liegen.

KAPITEL 10

In kleinen Gruppen kamen sie aus dem Norden und Osten. Die Ritter und Edelknechte hatten ihre Farben abgelegt, wählten verschiedene Pfade, mieden die Dörfer und Weiler, doch sie schienen alle demselben Ziel zuzustreben. Schweigend ritten sie dahin, nur die Schwerter rasselten in ihren Scheiden, und die Kettenhemden klirrten leise.
Im Schutz der Dunkelheit würden sie ihr Ziel erreichen. Alles kam darauf an, dass sie vorher nicht entdeckt werden würden.

✠ ✠

»Heinrich von Husen bittet für die Tochter des edlen Ritters von Wehrstein um Schutz und Geleit«, rief der junge Edelmann den Wachen am Tor zur oberen Haigerlocher Burg zu. Es ärgerte ihn, dass er sich nicht Ritter nennen durfte, und so versuchte er, durch eine grimmige Miene und ein hoch erhobenes Haupt ein wenig wichtiger auszusehen. Viel zu langsam schlurfte einer der Wachen heran. Der große Riegel scharrte und quietschte, dann öffnete sich das eisenbeschlagene Tor, um die Gäste einzulassen.
Tilia bog den Kopf in den Nacken und sah zum Bergfried hoch. Ein fast grimmiger Bau, vor Stärke strotzend, aus großen, zwei Schritt langen, massiven Steinquadern errichtet. Über eine hölzerne Treppe gelangte man, in der schwindelnden Höhe von mehr als zehn Schritt, zum Eingang. Die

Ritterstochter ließ den Blick die Mauer hinauf bis zum gewalmten Satteldach wandern. Gegen diesen Turm wirkten die einstöckigen Wirtschaftsgebäude winzig, wie ängstlich an die Mauern geduckt.
Über die hölzerne Treppe stieg ein Ritter in den Farben der Hohenberger herab. Er trug sein braunes, dichtes Haar im Nacken ungewöhnlich kurz, Wangen und Kinn waren von dichten Bartstoppeln verhüllt. Dennoch konnte kein Zweifel bestehen, dass es sich um einen hohen Herrn handelte. Mit weit ausladenden Schritten kam er auf die Gäste zu. Die Gestalt nur mittelgroß, doch kräftig und muskulös, konnte man den erfahrenen Kämpfer erahnen. Mit einem Kopfnicken begrüßte er das Edelfräulein, wandte sich dann jedoch an den jungen von Husen. »Seid willkommen in Haigerloch. Wenn Ihr die Nacht hier verbringen wollt, dann reitet am besten gleich durch die Stadt zur neuen Burg hinüber. Graf Albert wird Euch dort empfangen. Ihr habt einen guten Tag gewählt, Spielleute und Gaukler sind auf der Durchreise hier und werden heute Abend in der Burg ihre Künste zeigen.« Tilia, die ihre Stute zu den beiden Männern gelenkt hatte, hörte die letzten Worte. Ihre Augen leuchteten.
»Musikanten? Wie herrlich. Werden auch Akrobaten zu sehen sein?«
Burkhard von Hohenberg runzelte die Stirn und sah ein wenig missbilligend zu dem Mädchen hoch, doch dann lächelte er.
»Ja, Fräulein von Wehrstein, Ihr werdet staunen, was die Männer alles können. Ich habe sie bereits auf Hohenberg gesehen. Und ich kann Euch jetzt schon sagen, dass der Graf selbst der Minne pflegen und heute Abend einige seiner Lieder vortragen wird.«
Tilia lächelte den Ritter freundlich an und verabschiedete

sich dann höflich. Dem jungen von Husen folgend, der Haigerloch schon mehrmals besucht hatte, ritten sie im Schritt durch das Stadttor. Heinrich ließ Tilia an seiner Seite reiten, dann sprudelte er voller Begeisterung los.

»Haigerloch ist eine ganz außergewöhnliche Stadt. Genau gesagt sind es zwei Städte, durch den Fluss Eyach getrennt. Seht nur, wie steil die grauen Felsen zum Wasser hin abfallen. Kein Mensch könnte sie je erklimmen. Von festen Mauern umgeben und von den beiden Burgen hüben und drüben des Flusses bewacht. Welch ein Feind würde es je wagen, diese Stadt anzugreifen? Die obere Burg ist wie des Adlers Horst und wacht bei Tag und Nacht über ihre Bewohner, so dass auch Ihr, liebes Fräulein Tilia, heute Nacht beruhigt schlafen könnt.«

Nun musste er Luft holen. Beifall heischend sah er Tilia aus großen Augen an, so dass sie schnell das Lächeln verbarg, das um ihre Lippen spielte, und ihm scheinbar ernst dankend zunickte. So aufgemuntert setzte er sein Loblied fort, während die kleine Gruppe zwischen zwei geschlossenen Häuserreihen die steile, morastige Straße zur Eyach hinunterritt.

Zweistöckig, manche sogar dreistöckig, ragten die Häuser zu beiden Seiten auf, einige in der neuen Ständerbauweise, bei der die Pfosten nicht mehr in den Grund gegraben, sondern auf einem gemauerten Sockel durch Querriegel verzapft wurden. Dies brachte große Vorteile mit sich, da seit jeher die eingegrabenen Pfosten nach einigen Jahrzehnten vermodert waren und das Haus dann einzustürzen drohte. Häuser der neuen Bauweise, sagte man, würden mehrere Generationen überdauern, doch es gab noch nicht sehr viele Zimmerleute, die mit dieser Technik vertraut waren. Tilia verstand von diesen Dingen nichts, doch die hohen Häuser mit den dunklen Balken, den mit Flechtwerk, Kalk und Lehm verputzten Fächern und den schindelgedeckten Dächern gefielen ihr.

»Graf Burkhard, der Ritter, der uns gerade empfangen hat, ist seinem Bruder, dem Grafen Albert, völlig ergeben«, erzählte Heinrich weiter. »Er ist ein großartiger Kämpfer, mutig und stark – auch wenn man sagt, dass Graf Albert in Sachen List und Kriegführung der Überlegene ist. Graf Burkhard jedenfalls ist sein wachsames Auge, das dort oben im Bergfried mit den Wächtern haust, während Graf Albert in der neuen, bequemen Burg wohnt.«

Nun kam die neue Burg des Hohenbergers in Sicht. Groß und prachtvoll saß sie auf einem felsigen Rücken, der in eine Flussschlinge hineinragte. Zu ihren Füßen, zwischen Ufer und aufragenden Stellhängen, wand sich in gleichem Bogen der andere Teil der Stadt. Auch die dem heiligen Nikolaus geweihte Kirche und der Friedhof waren auf der anderen Flussseite, nah am Ufer, zu finden.

Die Reiter erreichten den hölzernen Steg, der über die Eyach führte.

Nur für Fußgänger gebaut, war er zu schwach und zu schmal, um die Pferde tragen zu können, daher mussten die Gäste aus Wehrstein noch ein Stück flussaufwärts zur Furt reiten. Nachdem sie die Eyach überquert hatten, folgten sie ein Stück der Straße, die im Tal zum unteren Tor im Norden der Stadt führte, und nahmen dann den rechts abzweigenden Pfad, der in steilen Serpentinen zur Burg hoch führte.

»Kein Karren kann diesen Weg bezwingen, so steil und schmal, wie er ist«, wunderte sich Tilia. »Schaffen die denn alles, was oben gebraucht wird, auf Pferden und Eseln hoch?«

»Von der Stadt aus ist dies der einzige Weg zur Burg, da habt Ihr Recht«, pflichtete ihr Heinrich bei. »Allerdings kann man von der Hochebene aus im Osten auf flachem und breiterem Weg das andere Burgtor erreichen.«

Auch Gret und Rüdger sahen sich staunend um. Sie wunderten sich über die dicht an dicht gebauten Häuser, die vielen Menschen, die Händler, die Karren und das Geschrei.
Im Burghof herrschte nicht minder Trubel und Geschäftigkeit. Ochsen und Schweine wurden herangetrieben, Puten und Hühner mit zusammengebundenen Beinen, Mehlsäcke und Körbe mit Obst und Gemüse von Karren und Pferden geladen und herumgeschleppt. Scheinbar ziellos liefen die Menschen hin und her, lachten, schimpften, schrien und fluchten durcheinander. Ein paar Ritter trieben ihre Späße mit den Mägden, drei Knaben in schmutzigen Kitteln spielten Fangen, liefen den Bauern zwischen die Füße, ängstigten die Pferde und brachten die Ochsen zum Brüllen. Niemand kümmerte sich um die Neuankömmlinge. Eine Weile saßen sie nur stumm auf ihren Pferden und warteten, doch dann besann sich Heinrich von Husen seiner Aufgabe, stieg ab und ging zu einem der Ritter. Der schien nicht gerade begeistert, von dem drallen Mädchen ablassen zu müssen, das er gerade umfangen hielt, doch er kam mit leidlich freundlicher Miene mit, stellte sich als Peregrin von Salmendingen vor und forderte sie auf, ihm in den Saal zu folgen. Einem der Knechte befahl er, die Pferde zu versorgen.
Sie brauchten nicht lange zu warten, bis die Gräfin kam, die Gäste zu begrüßen. Margarete von Fürstenberg, die zweite Frau des Grafen, war von kleinem Wuchs, mit blasser Haut und grauen Augen, das weißblonde Haar unter dem strengen Gebende verborgen. Sie wirkte kaum älter als ihre Stieftochter Agnes, die ganz anders, groß und rotwangig, mit ihrer burschikosen direkten Art die Stiefmutter schlicht in Vergessenheit geraten ließ. Dennoch hatte diese so zerbrechlich wirkende Frau dem Grafen fünf gesunde, kräftige Kinder geboren, die alle zu hoffnungsvollen Söhnen und Töchtern heranwuchsen.

Die Gräfin umarmte Tilia mütterlich, herzte die kleine Dorothea, die darüber wenig begeistert schien, und nahm die Verbeugung des jungen von Husen wohlwollend zur Kenntnis. Sie winkte einer Magd, dass sie Rüdger, Gret und Sofie in die Küche führe, und gab Heinrich von Husen in die Obhut eines Edelknechtes. Dann führte sie Tilia und Dorothea durch den Saal zu der steinernen Treppe, die in die oberen Stockwerke führte. Sie plauderte freundlich, doch Tilia folgte den Worten nur flüchtig. Zu sehr war sie mit Staunen beschäftigt, während sie der Hausherrin durch lange, spärlich beleuchtete Gänge folgte, an mehreren Räumen vorbei, die meisten mit einem Ofen! Über eine gewundene Stiege erreichten sie die Frauengemächer. Die Gräfin gab das Kind in die Obhut einer Kammerfrau und überwachte selbst das Anrichten eines Bades für Tilia. Die Wehrsteintochter lag mit geschlossenen Augen im heißen, nach Rosen und Thymian duftenden Wasser und ließ die vielen neuen Eindrücke noch einmal an sich vorbeiziehen.

✠ ✠

»Da habt ihr euch den richtigen Tag ausgesucht«, sagte die kleine, rundliche Magd, die Gret und Rüdger über den Hof zu dem flachen Küchenbau hinüberführte. »Ich heiße Maria.« Sie lächelte freundlich und ließ eine Reihe gelber, schiefer Zähne sehen.
»Ihr könnt euch gar nicht vorstellen, welche Köstlichkeiten es am Abend geben wird.« Begeistert schnalzte sie mit der Zunge.
»Ihr könnt von allem probieren, doch hütet euch vor Piero, dem Koch. Wenn der euch erwischt, dann klingen euch die Ohren. Er ist nicht groß, hat schwarzes Haar und eine rote, knollige Nase. Ihr erkennt ihn sofort. Er kommt von den

Welschen und spricht ganz merkwürdig. Doch kochen kann er. Wenn ich nur an die Pastete zu Dreikönig denke. Die Herrschaften haben sie kaum angerührt. Die waren alle schon viel zu betrunken. Ich sage euch, das war für uns in der Küche nachher ein Fest!«
So plauderte sie ohne Unterlass, bis sie die Tür zur Küche aufstieß. Gret sog hörbar die Luft ein, und Rüdger pfiff anerkennend durch die Zähne. Maria plusterte sich stolz auf, als könne sie die Küche ihr Eigen nennen. Sie führte die Gäste an drei lodernden Feuern vorüber. Über den ersten beiden brutzelten an eisernen Spießen saftige Bratenstücke und ein ganzes Schwein. Zwei halb nackte Buben, denen in Strömen der Schweiß über Stirn, Hals und Brust rann, drehten die Spieße, die Griffe fest mit beiden Händen umschlossen. Über dem dritten Feuer hing ein Kupferkessel, in dem ein dicker Eintopf kochte. Weiter hinten, an langen Tischen, standen mehlbestäubte Mägde, walzten und schlugen, kneteten und formten weißes Brot und süße Kuchen. Auf einem Wandbord lagen Gewürzbrote in fantasievollen Formen, duftend frisch und noch heiß dampfend. Darüber hing an einem Haken ein winziger Käfig, in dem sich ein rotbraunes Eichhörnchen ängstlich an die Rückwand drückte. Die Magd führte die Gäste aus Wehrstein zu einer Nische, in der einige Strohsäcke lagen. Daneben stand eine schmale Bank mit einem rohen Tisch davor.
»Da, setzt euch. Ich bring euch was zu essen und zu trinken. Und dir eine schöne, warme Milch.«
Sie strich Sofie über die blonden Zöpfe. Seit sie die Burg betreten hatten, war das Kind verstummt, sah sich nur mit großen Augen staunend um. Geschäftig eilte die Magd davon, brachte Brot, Fleisch und Kuchen, bald darauf zwei schäumende Krüge und einen Becher warmer Milch.
»Hier, probiert das mal.«

Rüdger kostete vorsichtig. Sein Mund verzog sich zu einem breiten Lächeln. Der nächste Schluck fiel lang und gierig aus.
»Was ist das?«, fragte er neugierig und wischte sich den Schaum aus dem ungepflegten Bart.
»Das ist Bier. Mönche in einem Kloster bei Passau brauen es, ich weiß nicht, wie.« Sie wies auf einen Stapel Fässer in einer zweiten Nische.
»Der Graf lässt sie extra herbringen. Viele Tage sind die Fuhrleute dafür unterwegs.«
Sie hätte gerne noch mehr erzählt, doch ein dunkelhäutiges Männchen mit schwarzem Haar rief mit sich überschlagender Stimme nach ihr. »Marrria!«, gellte es. Hoch aufgerichtet stand er in seiner blutigen Schürze da und schwang in der Rechten das große Fleischermesser. Die Magd zog ein wenig das Genick ein, sauste aber sofort los, um die ihr aufgetragenen Arbeiten zu erledigen.

✠ ✠

Sorgfältig, wie kaum jemals zuvor, kleidete sich Tilia in ihr feinstes Hemd und den grünseidenen Bliaud. Gret schnürte ihn auf beiden Seiten besonders eng, schlang den goldbestickten Gürtel zweimal um die schmale Taille und nähte die weiten Ärmel aus goldbestickter, weißer Seide an.
»Halte still!«, schimpfte die Halbschwester ein paarmal, wenn Tilia wieder ungeduldig von einem Fuß auf den anderen trat.
»Dann beeile dich. Ich will nicht zu spät kommen«, gab Tilia nervös zurück. Doch die anderen Damen, die sich von ihren Mägden oder Kammerfrauen für das große Festessen herrichten ließen, waren auch noch nicht weiter.
Das ganze Schlafgemach schimmerte im Schein der Fackeln

in bunter Seide, Brokat und Barchent, feinen Stickereien und zarten Schleiertüchern. Gret drückte Tilia auf einen Hocker und begann, das lange Haar zu kämmen. Geschickt rollte und drehte sie einzelne Strähnen, steckte sie mit feinen, eisernen Nadeln fest, wickelte grüne Seidenbänder mit hinein und befestigte dann das perlenbestickte Schappel. Dann trat sie zurück und betrachtete zufrieden ihr Werk. Geheimnisvoll tanzte das flackernde Licht über Seide, Perlen und glänzendes Haar, in Rollen und Täler gelegt und dann, immer noch dicht, in leichten Wellen bis zur Taille fallend.
»So, du kannst gehen und allen Grafen und Rittern den Kopf verdrehen«, sagte sie mit ein wenig Wehmut in der Stimme.
Tilia legte sich ihren Tasselmantel um die Schultern und hauchte Gret einen Kuss auf die Wange. Die erstaunten Blicke der anderen Damen bemerkte sie nicht.
»Ich danke dir. Wirst du nach Dorothea sehen?«
»Ich kann sie mit in die Küche nehmen. Dort wird es sicher genauso lustig hergehen wie im großen Saal.«
Gret nahm das Mädchen an die Hand und verließ das Gemach der Edelfräulein, während Tilia den anderen Damen zum Festsaal folgte. Wie es sich gehörte, die rechte Hand an der Tasselschnur, mit der linken den Mantel gerafft, dass man das Innenfutter und den Bliaud sehen konnte, schritt Tilia vorsichtig die breiten Stufen hinunter. Sie kam sich plötzlich recht schäbig vor, waren die Stoffe der anderen Damen doch edler, die Farben bunter. Hier und dort blitzten Edelsteine. Doch sie hatte keine Zeit, lange darüber nachzudenken. Die Gräfin selbst zeigte Tilia ihren Platz.
Die Mägde hatten sich große Mühe gegeben. Die Tische waren bis zum Boden mit weißem Linnen bedeckt, Frühlingsblumen und frischgrüne Zweige umrankten die schwe-

ren, bronzenen Kerzenleuchter. An jedem Platz stand ein Zinnbecher, der des Grafen war mit winzigen Edelsteinen besetzt. Jeweils zwei Gäste mussten sich eine Fingerschale mit Essigwasser teilen. Messer und Löffel brachte jeder Gast wie üblich selbst mit. Nach französischer Sitte saßen die Damen mit den Rittern an der Tafel, die in Form eines lang gezogenen U aufgebaut worden war. An der schmalen Querseite saßen der Graf, seine Gemahlin, die Tochter Agnes aus erster Ehe und der älteste Sohn Albrecht. Dann folgten dem Rang nach des Grafen Bruder Burkhard, die jüngeren Kinder, die Ritter und Damen.
Tilia saß zwischen dem Ritter Peregrin von Salmendingen und einem Augustinermönch, der sich als Bruder Simon vorstellte. Der Ritter befasste sich hauptsächlich mit seiner Nachbarin, einer Dame, die, nach dem Gebende zu urteilen, Witwe sein musste. Sie hatte eine große Nase und zeigte beim Lachen schiefe Zähne, doch ließ sie sich bereitwillig an ihre großen Brüste fassen. Bruder Simon jedoch, ein Bär von einem Mann, den man sich auf jedem Schlachtfeld hätte vorstellen können, nahm Tilia bald ihre Befangenheit. Der Mönch aß und trank in einer solch atemberaubenden Geschwindigkeit Unmengen, dass es ein Wunder war, dass er zwischendurch genug Zeit fand, seine Tischnachbarin zu unterhalten.
»Ich wollte nie hinter Klostermauern eingesperrt mein Leben gelangweilt absitzen«, vertraute er der Wehrsteintochter an und griff nach einem knusprigen Hähnchen. »Ich wollte immer zu den Rittern gehören«, ergänzte er mit vollem Mund. »Aber was will man machen. Für den vierten Sohn in einem Rittergeschlecht reicht das Geld weder für eine anständige Rüstung noch für ein kräftiges Ross.«
»Ich könnte mir Euch gut als Ritter vorstellen. Ihr seht sehr kräftig aus, Bruder Simon«, bestätigte das Mädchen. »Ket-

tenhemd, Schwert und Schild würden Euch prächtig anstehen – wenn Ihr mir diese Bemerkung nicht übel nehmt.«
Der Mönch trank seinen Becher mit einem Zug leer, rülpste geräuschvoll und lachte dann. Die Weintropfen, die sich in seinem Bart verfangen hatten, spritzten nach allen Seiten.
»Ja, ich kann gut mit dem Schwert umgehen, das könnt Ihr mir glauben, und habe nicht selten ein Kettenhemd unter der Kutte getragen.«
Obwohl er Tilia nicht aus den Augen ließ, gelang es ihm doch, gleichzeitig einem Diener den Becher hinzustrecken, dass dieser ihn wieder füllen konnte.
»Ich war dabei, als der junge Pfalzgraf von Tübingen-Böblingen seinen Vormund und Onkel, Graf Ulrich von Tübingen-Asperg, aus Böblingen hinausgeworfen hat. Das Bürschchen hat sich gegen den König gewandt und ist ein wenig übermütig geworden. Als Erstes mussten wir uns zurückziehen, doch glaubt mir, wir kamen wieder, und als Graf Ulrich den Neffen in die Finger bekam, da blieb kein Auge trocken. Vor seinen Männern hat der Graf ihn so verdroschen, dass er sicher eine Woche lang nicht mehr sitzen konnte. Mal sehen, ob er in Zukunft mehr Respekt vor dem Alter hat.«
Bruder Simon lachte dröhnend, griff in die Schüssel mit den saftigen Bratenstücken und holte sich eine fetttriefende Haxe heraus. Trotz der Fingerschalen putzte er sich die Hände am weißen Linnen ab und schnäuzte sich dann kräftig in seine Kutte.
Das Mahl schritt voran. Die Ritter und Damen wurden lustiger und lauter. Das Lachen und Scherzen übertönte den Klang von Fiedel und Rotte, Manichord und Tambul. Der Ritter drei Plätze neben Tilia erbrach sich in die frischen Binsen. Die Damen lachten.
»Na, wenigstens ging es dieses Mal nicht wieder über den ganzen Tisch«, wieherte eine Dame mit großer Nase.

Tilia sah zu Heinrich von Husen hinüber, der schräg gegenüber zwischen einer dürren Jungfrau und einem grauhaarigen Ritter saß, der ihn prächtig zu unterhalten schien. Der Jüngling hing an den Lippen des alten Haudegens, der, vielleicht nicht ganz der Wahrheit entsprechend, aber immerhin sehr eindrucksvoll, von seinen unzähligen Heldentaten berichtete. Das blasse Mädchen nagte gelangweilt an einem Hühnerknochen.
Ein lauter Trommelwirbel ließ für einige Augenblicke das Stimmengewirr verstummen. Mit großer Geste, die Nase emporgereckt, trippelte der Koch in die Mitte und kündigte mit lauter Stimme die Überraschungspastete an.
Die beiden Knechte hatten Mühe, das riesenhafte, knusprig gebackene Teiggebirge hereinzuschleppen. Es drohte schon von seinem Brett zu kippen, da schafften sie es gerade noch, das Ungetüm vor dem Grafen auf den Tisch zu wuchten. Dass dabei einige Becher Wein umkippten und Tonschalen auf dem Boden zerschellten, kümmerte niemanden. Eine kunstvolle Landschaft aus Bergen und Tälern, sogar mit einer kleinen Burg aus braunem Teig. Die Gäste klopften mit der Rückseite ihres Messers auf den Tisch und sahen gespannt, wie der Graf seinen Dolch hob. Schwungvoll schnitt er den Gipfel des höchsten Berges ab. Bevor er noch einen zweiten Schnitt ansetzen konnte, sauste ein winziges Fellbündel wie ein Blitz aus der im oberen Teil hohlen Pastete heraus. Die Damen klatschten vor Begeisterung in die Hände, die Ritter sprangen von ihren Sitzen, die Messer in der Faust. Das völlig verängstigte Eichhörnchen blieb einen Augenblick vor der Gräfin auf dem Tisch sitzen. In wilder Verzweiflung huschten die schwarzen Knopfaugen umher. Da stürzte schon, wild grölend, die bewaffnete Meute heran. Mit Dolch und Messer herumfuchtelnd, versuchte jeder das Tier zu erwischen. In seiner Panik platschte das Eich-

hörnchen in eine Soßenschale, hinterließ braune Spuren auf der Gräfin Busen und rutschte dann zwischen Seidenrock und Tischtuch in die Binsen hinunter. Haken schlagend sauste es unter dem Tisch hindurch. Die Damen kreischten. Zwischen zutretenden Füßen und greifenden Händen wischte es geschickt hindurch, Messer zischten durch die Luft, ein paar Ritter und Damen wurden zu Boden gerissen. Blut floss, doch noch immer nicht das des flinken Tieres. Der Graf stand breitbeinig auf dem Tisch und brüllte in den Tumult:
»Ein Ring von meiner Hand für den, der es kriegt!«
Das Ergebnis war verheerend. Sie hetzten das winzige Wesen, das in Todesangst zwischen Beinen, Leibern und Händen hindurchflitzte, doch sie konnten es nicht erwischen. Wein und Bier hatten Gewandtheit und Blick der Ritter schon zu sehr getrübt. Als die Mägde mit neuen Krügen eintraten, nutzte das Tier die offene Tür erfolgreich und floh in die Nacht.
Als wieder Ruhe einkehrte, sah Tilia, dass drei der Ritter durch Messerstiche verletzt worden waren. Ein Jüngling mit zweifarbigen Beinlingen hatte einen bösen Schnitt am Auge, und auch eine der Damen blutete aus einer Wunde am Bein. Doch offensichtlich tat das dem Spaß keinen Abbruch. Geschirr war zu Bruch gegangen und Kleider in Fetzen gerissen worden. Dass zwei üppige Damen nun mit entblößten Brüsten am Tisch saßen, hielt keiner für ein Versehen. Tilia war froh, dass ihr einziges Festgewand keinen Schaden genommen hatte.
Der Mönch, der sich mit Eifer an der Jagd beteiligt hatte, kam mit rotem Kopf zurück und ließ sich schwer atmend neben Tilia auf die Bank fallen.
»So ein Spaß«, keuchte er und stürzte drei Becher Wein hinunter.

Der Graf schickte alle zu ihren Plätzen zurück, bis auf den Jüngling, der sich von einer Magd verbinden ließ. Dann brachten Diener Süßspeisen, und endlich sprangen die kunterbunt gekleideten Gaukler herein. Sie jonglierten mit farbigen Bällen, kletterten aufeinander, so dass der Knabe die rußige Decke des Saals mit den Händen berühren konnte. Sie sprangen auf den Tisch, schlugen Räder und Salti, ohne auch nur einen Becher umzuwerfen. Tilia war hingerissen und konnte keinen Blick von diesen atemberaubenden Menschen lassen. Sie vergaß sogar die süßen Speisen, auf die sie sich so sehr gefreut hatte. Auch der Graf war zufrieden und warf dem Ältesten der Truppe am Ende der Vorführung einen Beutel mit klingenden Münzen zu. Erfreut zogen sich die Akrobaten zurück.
Der alte Spielmann, der bis dahin die Manichord geblasen hatte, legte diese zur Seite und begann mit tiefer Stimme eine Ballade zu singen. Er sang von Tristan, der auszog, für seinen Herrn Isolde zu freien und dann in heißer Liebe zu ihr entbrannte. Es kehrte Ruhe ein. Ritter und Damen lauschten ergriffen. Dann sang der Alte von König Artus und seinen Rittern. Vorbei seien die Zeiten wahrer Helden und süßester Minne, klagte er, und so manche der Damen nickte seufzend. Als der letzte Ton verklungen war, herrschte noch eine ganze Weile Stille. Da sprang Bruder Simon plötzlich auf, hob seinen Becher und rief:
»Graf Albert, ein Lied! Singt uns ein Lied!«
Die anderen klopften zustimmend mit den Bechern auf den Tisch. Der Graf erhob sich, ergriff die Rotte, die der Spielmann ihm bereitwillig übergab, und ließ die Finger über die Saiten gleiten. Dann erfüllte seine kräftige Baritonstimme den Saal.

Geht es jemand in der Welt besser
als einem, der sein eigen Lieb
mit Armen hält umschlossen?
Bewahrt sie ihm Treue ohne allen Hass,
ist er besser daran denn ein Minnedieb,
ihn haben die langen Nächte nie überdrüssig gemacht.
Er fürchtet weder die Angeber noch ihren Hass,
er liegt ganz ohne Sünde, Furcht und Schande.
Fände jemand unerlaubte Minne besser,
wobei niemand Treue erkannte,
der würde der Frauen Laster ihrer Ehre vorziehen.
Von dem wende ich mich ab, folge seinem Beispiel nicht.
Verbotene Wasser besser sind
als erlaubter Wein, das hör ich sagen
von den Leuten, die mit Sünde behaftet sind.
Auch haben davon mich Kinder überzeugt,
ich habe solches teilweise selbst gesehen,
der Welt Art ist, stets auf neuen Genuss zu sinnen:
Nur das mit Mühe Gewonnene dünkt gut, was man
ganz ohne Furcht besitzt, das entleidet sehr oft:
so geheime Minne machet größer die Luft,
wenn's Lieb in der Minne Netz
mit Armen im Geheimen umschlossen liegt,
so geht es niemand besser:
So spricht die Welt unleugbar.

Mit einer leichten Verbeugung vor seinem Publikum gab der Graf dem Spielmann die Rotte zurück. Die Gäste applaudierten und forderten ein weiteres Lied ein, doch da öffnete sich die Saaltür. Ein Mann und eine Frau, nach Alter und Ähnlichkeit Vater und Tochter, traten ein. Die Kleidung wies ihn als einen Bauern aus, wenn auch das teure Tuch deutlich machen sollte, dass er nicht zu den Armen gehörte. Das junge Mädchen, fünfzehn oder sechzehn Lenze alt, trug einen Brautkranz im offenen Haar. Forsch schritt der Bauer zwischen den beiden Tischreihen hindurch und blieb dann mit stolz erhobenem Haupt vor Graf Albert stehen.

»Ich bringe Euch meine Tochter Esther, Herr Graf. Wie Ihr wisst, ist heute ihr Hochzeitstag. Nehmt Euer Recht, ich werde draußen warten, damit ich sie dann ihrem Gatten zuführen kann.«

Nun endlich verbeugte sich der Bauer, der den Meierhof in Trillfingen für den Grafen führte. Vierzig Morgen hatte er zu Lehen, und dennoch war er wie die anderen dem Grafen hörig und musste sich den alten Sitten beugen.

Graf Albert erhob sich und streckte die Hand aus. »Komm her, mein Kind, und lass dich ansehen.«

Gemessenen Schrittes ging die Meierstochter um den Tisch herum.

Alle Augen folgten ihr. Verstohlen ließ sie ihren Blick durch den Saal und über die versammelten Gäste schweifen und heftete ihn dann fest an den Grafen. Sie hielt dem seinen stand, lächelte sogar ein wenig herausfordernd und verbarg ihre Aufregung. Sie wusste, was sie erwartete. Ihr Bräutigam warb nun schon fast ein Jahr um sie. Er war jung und gesund und würde einen großen Hof erben. Also hatten die Eltern weggesehen, wenn sie sich nachts in der Scheune trafen. Ein paar Probenächte waren üblich. Viele junge Männer wollten sich erst auf ein Eheversprechen einlassen, wenn die Auserwählte gezeigt hatte, dass sie fruchtbar war.

Natürlich hatte die Meierstochter ihn nicht gleich in den ersten Nächten an sich rangelassen, das gehörte mit zum Spiel, und so war der Bursche bereit, dies einige Male zu dulden. Schließlich wusste sie, dass gleich nebenan der Bauer und seine Frau schliefen. Doch nun war sie schwan-

ger, die Väter waren sich einig, und der Graf hatte zugestimmt – also konnte die Hochzeit stattfinden.
Es wäre dem Vater ein Leichtes gewesen, sie auszulösen, und auch in des Bräutigams Beutel waren Münzen genug, doch die Männer fanden es wichtiger, ein paar Ferkel anzuschaffen, denn die Braut aus des Grafen Bett freizukaufen. Nun schwankte das Mädchen zwischen Neugier und Furcht, als sie ihre Hand in die des Grafen legte.
»Einen Bastard für die Hohenberger!«, brüllte ein dicker, glatzköpfiger Ritter und lachte, denn den Zustand der Braut konnte man in diesen Gewändern noch nicht sehen.
»Ja, zeigt ihr, was ein richtiger Hengst ist«, rief ein blasses Bürschlein, sprang auf einen Schemel und begann, mit diesem unter lautem Geschrei den Tisch entlangzureiten. Zwei völlig betrunkene Ritter folgten seinem Beispiel.
Das Bauernmädchen errötete. Die schmale Hand umklammerte die des Grafen. Beruhigend legte er seine andere Hand über die ihre und führte die Braut die Treppe hinauf in sein Gemach.
Die Gräfin nahm dies zum Anlass, sich mit ihren Damen zurückzuziehen. Während die Gräfin in der Kemenate einen Kerzenleuchter entzündete und ihr Gebetsbüchlein aufschlug, waren die meisten Fräulein so betrunken, dass sie sich sogleich, ganz oder halb bekleidet, in ihre Betten sinken ließen.
Als der Graf dem Meier seine Tochter zurückbrachte, waren nur noch die Ritter im Saal – mit einigen Mägden und manch liederlichen Weibern aus der Stadt, die bei jedem Fest zur späten Stunde den Weg auf die Burg fanden und am Morgen um ein paar Münzen reicher den schmalen Pfad zurückstolperten.

✠ ✠

Es war kurz nach Mitternacht und die Tore seit Stunden schon geschlossen, als eine kleine Gruppe Männer und Weiber den Wächter am Südtor baten, sie hinauszulassen. Er wunderte sich darüber, dass jemand nachts die schützenden Mauern einer Stadt verlassen wollte, doch ein Beutel mit Münzen überzeugte ihn, nicht darüber nachzudenken und auch keine Fragen zu stellen. Vorsichtig sah der Bürgersmann sich um, ehe er die kleine Pforte entriegelte. Die Spielleute und Gaukler schlüpften schweigend hinaus und verschwanden in der Nacht.
Im Schatten verborgen stand ein junger Mann, der den ganzen Weg von der Burg herab den Spielleuten gefolgt war. Nun trat er unschlüssig von einem Fuß auf den anderen und starrte auf die geschlossene Pforte. Er sah den Wächter auf und ab gehen, beinahe eine Ewigkeit. Dann trat eine dunkle Gestalt zu dem Mann am Tor, der ihn beinahe um einen Kopf überragte. Endlich entfernten sich die beiden. Einen Augenblick verharrte der nächtliche Lauscher noch. Es war niemand zu sehen, also fasste er sich ein Herz, lief mit ein paar großen Sätzen zur Pforte und tastete suchend über Riegel und Schloss. Eine schwere Hand legte sich auf die Schulter des Jünglings. Erschrocken fuhr er zusammen, wollte sich umdrehen, doch ein eisenstarker Griff hielt ihn fest.
»Was hast du hier zu suchen?«, knurrte ihn der Hüne an.
»Ich wollte doch nur, ich –«
»Spar dir deine Lügen bis morgen auf. Dann kannst du sie dem Grafen auftischen.«
Es half kein Betteln und kein Flehen, der Wächter schleppte den Jüngling zum Turm und stieß ihn in eine stinkende finstere Zelle. Krachend schloss sich die Tür hinter ihm.

✠ ✠

Der Hauptmann räusperte sich zweimal, ehe der Graf aufsah. Das Gesicht gerötet, die Augen blutunterlaufen, sah er nicht gerade aus, als wolle er sich zu dieser Nachtzeit mit einem unverschämten Strolch befassen.
»Herr Graf, ich weiß nicht genau, wie wichtig es ist, aber ich glaube, es ist dringend, denn es war so –«, hilflos brach er ab.
Albert von Hohenberg stöhnte und rieb sich den Kopf, in dem sich alles zu drehen begann. Nur durch dichten Nebel erkannte er den Hauptmann der Stadtwachen, doch eines war ihm klar, dass das eine große Unverschämtheit von diesem war, ihn nach einem Fest noch vor dem Morgengrauen, in trunkenem Zustand und todmüde, wie er war, zu stören.
»Also, was gibt es«, seufzte der Graf und rutschte ein wenig tiefer in seinen Lehnstuhl.
»Da kam heute Abend einer aus den Wäldern und wollte eine wichtige Botschaft an Euch verkaufen. Er weigerte sich, sie mir zu geben. Euch persönlich wollte er sprechen. Nun, da wir Euch bei Eurem Fest nicht stören wollten, haben wir den Kerl eine Weile eingesperrt. So schnell konnten wir ihn aber nicht weich bekommen. Immerhin war es möglich, ihm einen versiegelten Brief abzunehmen. Als ich das Siegel sah, habe ich die Geschichte aus ihm herausgeprügelt.«
In kurzen Worten berichtete er von dem Boten und dem Überfall und reichte dem Grafen, der inzwischen kerzengerade in seinem Lehnstuhl saß, das Schreiben. Mit dem Zeigefinger strich er über das wohl bekannte Siegel, brach es und faltete das blutbefleckte Pergament auseinander. Seine Augen wanderten über die Zeilen, folgten den weit ausladenden Bögen und Schlingen über Unebenheiten und kleine Kleckse hinweg. Der Graf war mit einem Mal hellwach und nüchtern. Er sprang auf die Beine, knallte das Schreiben auf den Tisch, brüllte den Hauptmann an, er

möge sich nicht vom Fleck rühren, und rannte hinaus. Sein vor wenigen Minuten noch schwankender Schritt war nun sicher und fest. Zwei Stufen auf einmal nehmend, rannte er die Treppe zu den Frauengemächern hoch und riss die Tür zum Schlafraum der Edeldamen auf. Eine Fackel in der Hand, stürmte er an den Schlafnischen vorbei, in denen erschreckt und schlaftrunken die Frauen kreischend auffuhren. Ganz hinten entdeckte er die Wehrsteintochter mit dem dicken Edelfräulein von Weitingen in einem Bett.
Wie ein Dämon aus tiefster Hölle stürmte er auf sie zu, griff nach ihrem Handgelenk und zerrte sie aus dem Bett.
»Folgt mir!«, fauchte er das verdutzte Mädchen an, das splitternackt vor ihm stand, das gelöste blonde Haar fiel ihr bis zu den Hüften.
»Kann ich mir erst etwas überziehen?«, fragte sie zitternd und griff nach ihrem Hemd.
Er gab ihre Hand frei und wartete ungeduldig, bis sie sich das Hemd über den Kopf gestreift und den Mantel um die Schultern gelegt hatte. Dann verließ er mit großen Schritten den Raum. Völlig eingeschüchtert und verwirrt, wagte Tilia nicht, auch noch Beinlinge und Schuhe anzuziehen, sondern tappte ihm barfuß durch die kalten Gänge hinterher. Der Boden war eisig. Sie zermarterte sich den Kopf, was dies zu bedeuten hatte, konnte jedoch nichts in ihrem Gedächtnis finden, das diesen nächtlichen Überfall ausgelöst haben könnte.
Er führte sie in sein Gemach, wo der Hauptmann immer noch wartete. Mit dem Finger tippte Albert auf das Pergament.
»Könnt Ihr lesen?«
Sie nickte, trat näher und begann, die einzelnen Worte zu entziffern. Tilia erbleichte. Ihre Hände begannen zu zittern. Wortlos starrte sie den Grafen mit großen Augen an.

Seine kräftigen Hände legten sich um die Schultern des Mädchens und schüttelten sie, dass ihr die Zähne aufeinander schlugen.

»Warum seid Ihr gekommen? Was habt Ihr vor? Antwortet!«, brüllte der Graf in höchstem Zorn.

»Ich weiß es nicht!«, jammerte die Wehrsteintochter verzweifelt.

»Ich hatte davon keine Ahnung. Wir haben ohne meines Vaters Anweisung hier Quartier genommen. Er dachte sicher, wir reisen direkt bis in zollerisches Land.«

»Ich glaube Euch kein Wort«, schrie der Graf und schlug ihr ins Gesicht, dass sie ein paar Schritte nach hinten taumelte. »Was haben die württembergischen Hunde geplant? Wann werden sie angreifen?«

Weinend sank sie auf den kalten Boden. In was für eine Situation hatte sie sich und die anderen gebracht! Wie würde sie da wieder herausfinden?

Der Graf griff nach Tilia, um sie wieder hochzuziehen, als draußen vom Hof her laute Stimmen und Schreie erklangen. Einer der Bürger, der heute Nacht Wachdienst hatte, kam mit einem Knecht des Grafen ins Zimmer gestürmt.

»Herr, die Stadt wird angegriffen. Die Württemberger liegen vor dem Nordtor, und von Süden her ist auch Geschrei zu hören.«

Mit einem Fauchen ließ der Hohenberger von Tilia ab. Er riss sein Kettenhemd aus der Truhe, band sich das Schwert um, griff nach dem Schild und schleuderte den Männern seine Befehle entgegen.

»Läutet die Sturmglocken, schickt den Männern an den Toren Verstärkung, alarmiert Graf Burkhard, schmeißt die Ritter aus ihren Betten und macht sie nüchtern. Gebt den Knechten Spieße aus und lasst alle Wehrgänge besetzen.«

Inzwischen hatten sie den Hof erreicht, auf dem ein wildes

Durcheinander herrschte. Kaum einer hatte seine Sinne recht beisammen. Die meisten torkelten ziel- und planlos durcheinander. Graf Albert fluchte. Die Württemberger hatten sich eine verdammt gute Nacht ausgesucht.
Dumpf hallte der Donner durch die noch schlafende Stadt, als die Rammböcke gegen die Tore stießen. Von Norden und von Süden her versuchten die Württemberger und ihre Verbündeten, in die Stadt einzudringen. Nach und nach flammten in den Häusern Lichter auf. Die Männer griffen zu den Waffen. Nur spärlich bekleidet rannten sie zur Stadtmauer, jeder an seinen Platz. Als die Württemberger versuchten, die Mauern zu erklettern, stießen sie auf scharfe Schwerter und spitze Lanzen. Dennoch schafften es einige, in die Stadt zu gelangen. Ein furchtbares Durcheinander brach aus, denn nun waren in der finsteren Nacht Freund und Feind nicht zu unterscheiden. So mancher wurde von der eigenen Leute Hand niedergestreckt.
Die Württemberger merkten bald, dass die Tore nicht zu brechen waren. Sie hatten keine Sturmleitern dabei. Daher zogen sie sich aus dem Pfeilregen zurück, warteten, ob es einer schaffen würde, die Tore zu öffnen, doch die Zeit verstrich. Als der erste Silberstreif im Osten den Morgen verkündete und die Glocken der Klöster zur Laudes läuteten, zogen sich die Angreifer unverrichteter Dinge zurück.
Es war den beiden Grafen und den tapferen Bürgersleuten zu verdanken, dass die Stadt und ihre Bewohner noch einmal davonkamen. Die Ritter machten in diesem Spiel keine so gute Figur, und es gab einige, die aus diesem Rausch nicht mehr erwachten. Doch auch einige Knechte und Bürger lagen am anderen Morgen mit aufgeschlitzten Leibern oder abgetrennten Gliedern kalt in den Gassen.

KAPITEL 11

Die zollerischen Mannen ritten schweigend durch den nicht enden wollenden Wald nach Osten. Sie hatten einen langen Ritt hinter sich und eine schlaflose Nacht, hatten sich dem Pfeilhagel der Haigerlocher ausgesetzt und nicht einen Gegner in Stücke hauen, geschweige denn einen Heller Beute in die Beutel schieben können. Dafür mussten sich einige der Ritter nun mit schmerzhaften Pfeilwunden quälen. Auch Eitelfriedrich, der älteste Grafensohn, blutete von einem Streifschuss an Wange und Hals. Sein jüngerer Bruder war der Einzige, der ab und zu den gleichmäßigen Hufschlag durchbrach, um laut und lästerlich zu fluchen. Sein jugendlicher Übermut war nicht für Niederlagen dieser Art geschaffen. Hart stieß er dem Ross im Zorn die Sporendorne in die Seite, dass dieses überrascht und voll Schmerz vorn aufstieg.
»Beherrsche dich«, fauchte ihn nun sein Bruder an und wischte sich mit einer ungeduldigen Bewegung das Blut aus dem Gesicht. »Und reite das Pferd nicht zuschanden!«
Die Augen des Jüngeren blitzten. Das war der willkommene Anlass, dem angestauten Ärger Luft zu machen. Er schimpfte und keifte, bis sich der Wald lichtete und die Burg Zollern auf ihrem kahlen Hügel vor ihnen aufragte.
Der alte Graf schritt unterdessen unruhig in seinem Gemach auf und ab. Immer wieder sah er zum Fenster hinaus, ob die Ritter nicht schon zu sehen seien.

✠ ✠

»Heinrich ist nirgends zu finden.« Gret hob resignierend die Hände. »Es hat ihn heute Morgen auch noch niemand gesehen.«
Tilia schritt ungeduldig auf dem Hof auf und ab. Rüdger sattelte die Pferde und lud dem Esel die Kisten auf, doch nach wie vor fehlte von dem jungen Edelmann jede Spur. Die Kinder suchten sich ein sonniges Plätzchen und spielten mit des Hohenbergers jüngster Tochter Murmeln.
»Was kann nur mit ihm geschehen sein?«, jammerte Tilia. »Meinst du, er ist zu den Kämpfen in die Stadt runter und dort verletzt oder gar getötet worden?«
»Vielleicht liegt er noch irgendwo völlig betrunken und schläft«, schlug Gret vor. »Im Saal und in der Küche ist er jedenfalls nicht – und in den Ställen auch nicht, die hat Rüdger schon durchsucht.«
»Dann muss ich wohl den Grafen fragen«, seufzte Tilia entmutigt. Sie hatte gehofft, unauffällig abreisen zu können, denn nach ihrem nächtlichen Zusammentreffen mit dem erzürnten Hausherrn war ihr nicht nach einem weiteren intimen Gespräch zumute.
Unvermittelt trat des Grafen Sohn Albrecht zu ihnen und forderte das Edelfräulein von Wehrstein auf, ihm zu des Vaters Gemach zu folgen. Tilias Hände verkrampften sich. Sie brachte kein Wort heraus, nickte nur und folgte dem jungen Edelmann.
Gret verschränkte kopfschüttelnd die Arme. »Ich glaube, du kannst die Pferde noch einmal anbinden und die Kisten abladen«, sagte sie zu ihrem Gatten. »Das wird dauern!«

✠ ✠

Graf Burkhard von Hohenberg hatte in dieser Nacht sein Lager nicht einmal von fern gesehen. Auch nachdem die An-

greifer abgerückt waren, lief er unermüdlich von der neuen zur oberen Burg, zum Nordtor und dann zum Südtor, um zu erfahren, wie viele Tote und wie viele Verletzte der Angriff gefordert hatte. Außerdem sah er sich die in der Stadt gefallenen Männer des Württembergers an.
»Vier unserer Männer wurden von Pfeilen verletzt. Bei dem Hänslin vom Stadtmüller sieht's übel aus, der Pfeil ist ihm ins Auge gedrungen, doch die anderen kommen wieder auf die Beine«, meldete Walger, der diese Nacht die Verantwortung für das Südtor gehabt hatte. »Bei uns jedenfalls ist keiner dieser zollerischen Hunde über die Mauer gekommen!«, fügte der Hüne stolz hinzu und trat einer Leiche, die vor dem Tor zurückgeblieben war, in die Seite. Graf Burkhard bückte sich und nahm dem Toten den Helm ab.
»Obwohl er dessen Farben trägt, ist er keiner der Ritter des alten Friedrich. Die kenne ich alle.« Er ließ den Blick über Waffen und Rüstung gleiten. »Eher einer der Edelknechte aus dem Süden der Grafschaft. Nehmt Euch, was Ihr haben wollt, und begrabt ihn dann mit den anderen. Ein christlicher Streiter hat auch ein christliches Begräbnis verdient.«
Sie schritten zum Tor zurück. Graf Burkhard untersuchte die Schäden, die der provisorische Rammbock angerichtet hatte. Grübelnd betrachtete er den vom Sturm abgeknickten Baumstamm, dann die mit Eisen beschlagenen Eichenbalken der Torflügel.
»Sie können nicht allen Ernstes vorgehabt haben, damit das Tor zu brechen. Ich halte nicht viel von den Zollern, und von den Württembergern noch weniger, doch dumm sind sie nicht. Das sieht mir eher so aus, als hätten sie das noch halbherzig versucht, als ihr Plan fehlschlug. Doch was war ihr Plan? Hatten sie vor, in aller Stille die Mauern zu erklimmen und dann die Tore zu öffnen? Wurden sie zu früh entdeckt? Hatten sie Komplizen in der Stadt?«

In dem Durcheinander des Angriffs hatte der Wachmann den Jüngling ganz vergessen, der noch im Turm steckte. Doch nun fiel er ihm wieder ein. »Da war einer, den ich an der kleinen Pforte erwischt habe. Ich denke, er hat versucht, sie zu öffnen, um die Zollern einzulassen«, berichtete der Hüne im Plauderton.
»Bei allen Heiligen, und das meldet Ihr mir erst jetzt?«, brauste der Graf auf. »Wo ist der Kerl?«
»Hier im Turm. Ich führe ihn Euch sogleich vor, wenn Ihr wünscht.«
»Und ob ich das wünsche«, rief der Graf und schritt dem Wächter nach.

✠ ✠

Heinrich von Husen hatte eine sehr unbequeme Nacht hinter sich.
Nicht nur, dass das Verlies kalt und modrig, voller Ratten und sonstigem Ungeziefer war, die Ungewissheit, was draußen vorging, ließ ihn nicht zur Ruhe kommen. Gedämpft drangen die Geräusche eines Kampfes zu ihm. Er hörte das Geschrei von Verletzten und Sterbenden, doch wie es um die Stadt stand, konnte er nicht einmal erahnen. Furcht und Selbstvorwürfe, Scham und Reue wechselten sich ab. Wenn er an Tilia dachte, wurde ihm ganz jämmerlich zumute. Doch auch der Gedanke an seinen Vater, dem er Schande bereitet hatte, an den Wehrsteiner, dessen Auftrag er nun nicht mehr erfüllen konnte, und auch an das, was die Hohenberger nun mit ihm machen würden, ließen ihm die Knie weich werden. Am liebsten hätte er geweint, doch so tief wollte er nicht sinken. In einer Ecke, auf schimmeligem Stroh kauernd, biss er die Zähne zusammen und trat immer mal wieder nach den grauen Fellbündeln, wenn die Nager ihm zu nahe kamen.

Wie viele Stunden wohl vergangen waren? Ob es schon Tag war? Der Kampfeslärm war bereits vor langer Zeit verstummt. Hatten sie ihn vergessen? Wollten sie ihn hier drin einfach verschmachten lassen? Die Fragen drehten sich immer schneller in seinem Kopf, bis ihm ganz schwindelig davon wurde.

Schließlich musste er doch eingenickt sein, denn als er, von einem knarzenden Geräusch geweckt, verwirrt hochfuhr, waren plötzlich Schritte neben ihm, eine Hand packte ihn hart und schleifte ihn ins grelle Tageslicht. Heinrich musste eine Weile blinzeln, ehe er Graf Burkhard erkannte, der ihn ungläubig musterte.

»Heinrich von Husen, wenn ich mich recht erinnere.«
Der Jüngling nickte und verbeugte sich linkisch.
»Das war also der Zollern Plan. Ihr schleicht Euch mit der Wehrsteintochter hier ein und öffnet dann den Zollern die Pforte.« Fassungslos schüttelte er den Kopf.
»Lässt sich ein solcher Verrat mit der Ritterwürde verbinden? Aber Ihr seid ja noch kein Ritter, wie ich sehe!«
Diese verächtlichen Worte trafen den jungen Mann stärker als der unglaubliche Vorwurf.
»Ich wollte niemanden hereinlassen. Ich wusste nichts von dem geplanten Überfall. Ich bin nur den Spielleuten gefolgt, weil – nun ja, erst gefiel mir das junge Weib, und dann fand ich es verdächtig, dass sie mitten in der Nacht aufbrachen und jemand ihnen die Pforte öffnete –«
Der Graf gab dem Wächter einen Wink. Der Hüne ballte die Fäuste und schlug Heinrich kräftig in den Magen, so dass dieser mit einem Stöhnen zusammenbrach. An seinem Haarschopf zog er ihn wieder hoch und sorgte dann noch für eine geplatzte Lippe.
»Spart Euch Eure Lügen und erzählt mir die Wahrheit.«
Der Graf zog sich einen Schemel heran.

»Es ist die Wahrheit. Als die Spielleute ihre Instrumente einpackten und hinausgingen, bin ich ihnen gefolgt. Ich wollte das schwarzhaarige Mädchen ansprechen, doch da merkte ich, dass sie all ihre Habe zusammenpackten und durch das Tor zur Stadt hinuntergingen. Ich wunderte mich, dass sie sich nicht in der Burg zum Schlafen legten, doch wie erstaunt war ich erst, als sie zum Stadttor gingen. Der Wächter öffnete ihnen die schmale Pforte und ließ sie hinaus.«
»Das ist eine Lüge!«, polterte Walger. »Dies war heute Nacht mein Tor, und niemand ist dort hinausgegangen!« Krachend traf die Faust Heinrichs Nase, die mit einem hässlichen Knirschen brach.
»Wir werden die Wahrheit schon aus dir herausprügeln«, drohte der Graf.
Walger nahm eine Peitsche von der Wand. Mit einem Ruck riss er Rock und Hemd des Jünglings entzwei, dann war nur noch das Klatschen des Peitschenriemens auf dem nackten Rücken und das Wimmern des Geschundenen zu hören. Ab und zu hielt der Wachmann inne, und der Graf wiederholte seine Frage, doch es war nichts Neues aus dem jungen von Husen herauszubekommen. Nach einer Weile gab es der Graf seufzend auf.
»Wir nehmen ihn mit zur Burg hoch. Ich muss mit Albert sprechen.«
Walger band dem Gefangenen die Hände und stieß noch allerlei Drohungen aus, was er ihm bei einem Fluchtversuch alles antun würde, doch Heinrich war zu sehr damit beschäftigt, einen Fuß vor den anderen zu setzen und dabei nicht vor Schmerzen zu schreien, um an Flucht überhaupt nur zu denken.

✠   ✠

Der Grafensohn führte Tilia in das Gemach des Vaters, der hier mit seinem Bruder Burkhard, dem Wachmann Walger und dem jungen von Husen wartete. Das Mädchen ließ ängstlich den Blick über die Ritter schweifen, bis er an dem geschundenen Heinrich hängen blieb. Sie stieß einen Schrei aus und eilte zu ihm.
»Bei der Jungfrau Maria, wie ist das geschehen? In welchem Kampf wurdet Ihr so zugerichtet?«
Als sie seinen blutigen Rücken bemerkte, drehte sie sich mit einem Ruck zu den beiden Grafen um. Es war nicht das erste Mal, dass sie Peitschenstriemen zu Gesicht bekam. Sie war so erzürnt, dass sie die demütigende Szene der Nacht vergaß. Die Hände in die Hüften gestemmt, trat sie forsch auf Graf Albert zu.
»Was geht hier vor? Ich erwarte eine Erklärung!« Sie zeigte vorwurfsvoll auf den Wehrsteiner Gefolgsmann. »Ist das die Art, wie Ihr Eure Gäste behandelt, Graf Albert?« Ihr Ton ließ jede Höflichkeit vermissen.
»Das Gastrecht ist uns heilig, Jungfrau Tilia, es sei denn, es wird mit Verrat gedankt. Oder wie würdet Ihr das nennen, wenn jemand versucht, die Tore zu öffnen, um Angreifer in die Stadt zu lassen?« In des Grafen Stimme schwang eine ungeahnte Schärfe.
Stöhnend sank Tilia auf die Holzbank an der Wand und barg für einige Momente ihr Gesicht in den Händen, doch dann erhob sie sich wieder, straffte das Rückgrat und fragte Heinrich mit ruhiger, fester Stimme:
»Ist das wahr? Ist irgendetwas davon wahr?«
»Ich schwöre Euch, Jungfrau Tilia, ich habe keinen Verrat begangen. Ich habe ihnen erzählt, wie es sich zugetragen hat, aber sie glauben mir nicht. Und der Wachmann dort lügt, wenn er sagt, die Pforte sei vorher nicht geöffnet worden.«

Verständnislos runzelte Tilia die Stirn und sah den Grafen fragend an. Noch einmal erzählten Heinrich von Husen und der Wachmann Walger ihre Versionen der nächtlichen Ereignisse.
Graf Albert kaute nachdenklich auf seiner Lippe. »Nun, wenn man die Botschaft an den Wehrsteiner dazunimmt, dann sieht das schon nach einer Verschwörung aus, meint Ihr nicht, Fräulein Tilia?«
»Wenn der Vater die Botschaft bekommen hätte, vielleicht, doch der Bote wurde ja ermordet. Wie könnt Ihr einen ehrenwerten Ritter des Verrats bezichtigen, nur weil jemand versucht hat, ihn dazu aufzufordern?«
»Hütet Eure Zunge, Mädchen!«, rief Graf Burkhard und schlug mit der Faust auf den Tisch.
»Nun, ganz Unrecht hat sie da nicht, doch wer sagt mir, dass dies das erste Schreiben dieser Art war?«
Tilia dachte an den schwarzen Ritter und an das, was der Vater vor ihrer Abreise mit ihr besprochen hatte. Sie errötete.
»Dann lasst die Spielleute suchen.«
»Pah«, wischte Burkhard von Hohenberg den Vorschlag beiseite. »Wer glaubt schon diesem ehrlosen Gesindel. Außerdem sind sie wer weiß wohin gezogen. Gib mir ein wenig Zeit, und ich werde die Wahrheit schon aus ihm herausprügeln.«
Heinrich schrie gequält auf: »Aber ich habe doch die Wahrheit gesagt!«
Graf Albert brachte ihn mit einer Handbewegung zum Schweigen. »Lieber Bruder, ich glaube dir gern, dass du deine Methoden hast, Geständnisse zu erlangen, doch mich würde interessieren, wie es in der letzten Nacht zugegangen ist.«
Wenn Graf Burkhard gekränkt war, dann ließ er es sich zumindest nicht anmerken. »Und was schlägst du vor?«
»Dass der junge Herr von Husen noch eine Weile hier in

einer der Kerkerzellen Quartier bezieht, und das Fräulein mit seinen Begleitern die Burg nicht verlässt, bis ich mehr erfahren habe.«
Damit war für ihn die Zusammenkunft beendet. Unter vier Augen besprach er sich mit seinem Vertrauten, Ritter Volkhard von Ow, der sich sogleich in die Stadt aufmachte, um Erkundigungen einzuziehen.
Quälend langsam wanderte die Sonne über den blauen Frühlingshimmel. Während die beiden Mädchen ihre Freundschaft mit der Hohenbergtochter vertieften, schritt Tilia wie ein gefangenes Tier ungeduldig im Hof auf und ab.
Gret flickte schweigend eines von Dorotheas Hemden. Rüdger war nirgends zu sehen.
»Kannst du endlich mit der Herumrennerei aufhören und dich zu mir setzen?«, fragte Gret nach einer Weile, ohne von ihrer Arbeit aufzusehen.
»Kann ich nicht. Ich bin aufgeregt. Du weißt wohl nicht, was auf dem Spiel steht, nicht nur für Heinrich!«
Nun ließ Gret das Flickzeug doch sinken. »Ich bin unfrei, aber nicht hirnlos! Und ich bin auch nicht in einer von der Welt abgeschlossenen Klause aufgewachsen. Diese kleine Dummheit kann nicht nur dein Leben oder das des von Husen zerstören«, anklagend zeigte sie auf die beiden spielenden Mädchen. »Wenn der Graf bei seiner Überzeugung bleibt, dass es Verrat war, dann ist auch ihr Leben verwirkt.«
Nun blieb Tilia doch stehen. »Du sagst das so, als würde ich Schuld daran tragen.« Die beiden Frauen sahen einander in die Augen. Trotzig hielt Gret dem Blick stand.
»Antworte mir!«, fauchte Tilia.
»Wenn wir nicht nach Haigerloch gekommen wären, dann hätte das nicht passieren können«, sagte Gret schlicht und begann wieder zu nähen.
»Ich bin dir keine Rechenschaft darüber schuldig, wo wir

wann auf unserer Reise eine Rast einlegen«, schmollte die Ritterstochter und verschränkte die Arme vor der Brust.
»Nein, mir nicht, denn ich bin nur eine unfreie Magd.« Gret sah Tilia an. »Aber deiner Familie gegenüber bist du es schon. Was hast du dir dabei gedacht, nachdem der Zoller mit deinem Vater irgendwelche Abmachungen getroffen hat? Willst du gegen ihn spielen? Wie willst du Graf Friedrich erklären, dass du dem Hohenberger auf dem Weg zu ihm noch einen Besuch abgestattet hast?«
»Seit wann verstehst du etwas von Politik!«, schnappte Tilia, ziemlich in die Enge gedrängt.
»Ich habe nicht gesagt, dass ich etwas davon verstehe. Ich beobachte nur, was geschieht, und ich bezweifle, dass du Bescheid weißt, was hier eigentlich vor sich geht.«
»Mein Vater hat mit mir darüber gesprochen!«
Gret seufzte tief. »Dennoch bin ich mir sicher, er wollte nicht, dass du nach Haigerloch kommst. Egal, ob er nun von dem geplanten Überfall wusste oder nicht.«
In ihrem Zorn hob Tilia drohend die Hand. »Hüte deine Zunge! Du vergisst dich.« Zitternd, mit glühend roten Flecken auf den Wangen, drehte sich die Wehrsteinerin um und stürmte davon. »Nein, ich vergesse mich nicht«, murmelte Gret wehmütig. »Wie sollte ich je Gelegenheit finden, zu vergessen, was ich bin.«

✠   ✠

»Es gibt da ein Weib, das behauptet, in der Nacht noch vor dem Überfall bei Walger gelegen zu haben, oben im Stübchen des unteren Turms.«
Graf Albert von Hohenberg sah den Ritter von Ow an. »Was für ein Weib? Sagt sie die Wahrheit?«
»Es ist die Witwe des Schneiders Langnas. Ich glaube schon,

dass das stimmt. Ein Nachbar bestätigt, dass sie, als die Sturmglocken läuteten – die Kleider in arger Unordnung –, nach Hause eilte.«

Graf Albert schüttelte langsam den Kopf. »Ich möchte nicht wissen, wie Ihr an diese Nachricht kommt. Freiwillig ist sie sicher nicht zu Euch gelaufen, doch wenn das wahr ist, dann hätte sehr wohl jemand das Türlein öffnen können. Jemand, der einen Schlüssel hat...«

»...oder der während des Schäferstündchens Walgers Schlüssel entwendet hat. Vielleicht hat jemand die Witwe zu ihm geschickt?«, gab der von Ow zu bedenken.

»Ihr meint, der von Husen hat die Witwe geschickt, den Schlüssel gestohlen und wollte dann das Tor öffnen, um die Zoller einzulassen?« Graf Albert war noch nicht so recht überzeugt. Er war inzwischen auch nicht müßig gewesen und hatte einige Dinge erfahren, die ihn sehr nachdenklich stimmten.

»Nein, ich fürchte, wir müssen den Verräter in unseren eigenen Reihen suchen, denn eines steht fest: Die Spielleute wurden von niemandem während oder nach dem Überfall gesehen, und der von Husen hatte, nach Walgers Worten, keinen Schlüssel vom Tor, als er ihn ergriff.«

Unruhig begann der Graf auf und ab zu laufen. »Nehmen wir an, die Pforte wurde heute Nacht wirklich geöffnet. Dann bleibt noch die Frage, von wem und wie viel wusste er. Vielleicht hat jemand für Walger die Wache übernommen und dann für ein paar Münzen die Spielleute hinausgelassen. Der Zoller, der darauf hätte warten sollen, muss sich verspätet haben...«

»Dann müssen aber die Gaukler von dem Überfall gewusst haben«, warf der Ritter von Ow ein.

»Ja, davon gehe ich aus«, nickte der Graf. »Warum sonst hätten sie in tiefster Nacht die Stadt verlassen sollen?«

Schweigend kaute er eine Weile auf seiner Unterlippe. »Bringt mir den jungen von Husen her, ich möchte mich allein mit ihm unterhalten.«

Als er den skeptischen Blick seines Vertrauten sah, lächelte er. »Ihr könnt ja vor der Tür warten und auf mein Leben Acht geben.«

✠ ✠

Trude nutzte die Zeit, die die Grafentochter mit ihren Damen in der zollerischen Hauskapelle betete. Verstohlen sah sich die Kinderfrau um und erklomm dann die Treppe zu den Frauengemächern. Wie erwartet war niemand zu sehen. Flinker, als man es ihr in ihrem Alter zugetraut hätte, schlüpfte sie in die Kemenate. Einige Augenblicke blieb sie stehen, stützte die Hände in die Hüften und sah sich in dem prachtvollen Gemach um, als sehe sie dieses zum ersten Mal. Nach was sollte sie suchen? Was könnte ihr einen Hinweis, eine Antwort auf die seit Wochen drängende Frage geben? Ihre Hände begannen die Truhen zu durchwühlen, tasteten unter den Kissen, unter der Matratze, drehten die Krüge auf dem Wandbord um – nichts. Enttäuscht schob sie die Unterlippe vor. Was hatte sie zu finden gehofft? So genau wusste sie das selbst nicht. Irgendetwas, das die seltsame Veränderung erklären konnte, die in den letzten Wochen mit der Grafentochter vor sich gegangen war.

Wann hatte es angefangen? Die alte Kinderfrau grübelte. Als die Gräfin sich ins Kloster zurückzog? Nein, erst einige Zeit später. Der Abschied von der Mutter konnte nicht der Grund sein. Am Anfang hatte sich Williburgis zwar allein und mit der Führung der Burg überfordert gefühlt, doch die enge Vertrautheit zu ihrer Kinderfrau war erst später geschwunden. Es war, als habe sie eine hohe Mauer um ihr

Herz gezogen, damit niemand hineinsehen konnte. Noch immer fühlte sich die alte Kinderfrau gekränkt, dass sie nachts aus der Kemenate gewiesen wurde. Hatte sie nicht fast ihr ganzes Leben lang bei einer der gräflichen Damen geschlafen? Erst zu Füßen ihrer Herrin Udelhild von Dillingen, selbst als diese schon lange den Grafen geehelicht hatte, und dann später bei deren Töchtern. Die Gräfin hatte sie nie hinausgewiesen, selbst dann nicht, wenn der Graf sie nachts besuchte. Was war nur mit der jüngsten Tochter geschehen? Alle Fragen wies sie stets kühl zurück.

Die Kinderfrau ließ sich auf die weiche Matratze sinken. Es muss ein Mann dahinter stecken, dachte sie. Ich habe in meinem Leben schon viele verliebte Mädchen gesehen, doch Williburgis scheint mir's nicht zu sein. Sie wirkt zerrissen und niedergedrückt. Geht ständig in die Kapelle, um zu beten. Drückt sie die Sünde, einem Mann nachgegeben zu haben, so sehr? Hat ihr gar einer der Ritter Gewalt angetan? Die Kinderfrau legte die Stirn in Falten. Aber warum durfte sie dann nicht in der Kemenate bleiben? Wäre das nicht ein Schutz gegen ungewollte Eindringlinge? Also geschah es doch nach Williburgis' Willen.

Die Kinderfrau konnte nicht umhin, sie musste den Mut des Ritters bewundern, der es wagte, den Frauentrakt zu betreten, selbst wenn die Grafentochter den nächtlichen Besucher ermunterte. Würde er vom Grafen oder einem seiner Söhne entdeckt, hätte er ein weitaus schlimmeres Schicksal denn den Tod durch ein Schwert zu erwarten.

Die alten, faltigen Hände tasteten etwas Hartes unter der Bettdecke. Neugierig zog es die Kinderfrau hervor und starrte dann erstaunt auf eine verschlissene, schmuddelige Puppe. Die Farben des geschnitzten Kopfes waren verblasst, die Nähte des mit Stroh gefüllten Körpers platzten bereits an einigen Stellen auf. Verwirrt schüttelte die Alte den Kopf. Wo sie das alte Ding wohl ausgegraben hat? Sie seufzte.

Ach, ich erinnere mich noch genau. Der Oheim hat damals den Puppenkopf geschnitzt, ich den Körper genäht und ein feines Kleid mit bunt bestickten Ärmeln dazu.

Sie bemerkte nicht die Schritte im Gang, nicht das Öffnen der Tür. Erst die kalte Stimme der Grafentochter riss sie aus ihrer Träumerei.

»Statt hier in der Kemenate meine Sachen zu durchwühlen, solltest du lieber in die Kapelle gehen und um Vergebung für deine Sünden beten!«

Die Kinderfrau fuhr hoch und ließ die Puppe wieder unter der Bettdecke verschwinden.

»Ich wollte nicht, ich meine, es war nur, dass ich nach dem Feuer sehen wollte und...«

Die Grafentochter unterbrach sie. »Ich habe es ernst gemeint. Du gehst jetzt hinunter in die Kapelle und wirst auf Knien um Vergebung für deine Sünden bitten. Dann wirst du für das Heil unserer Familie beten, bis die Sonne untergeht. Ich werde ab und zu nach dir sehen!«

Der Gedanke, ihre rheumageplagten Knie stundenlang auf dem kalten Stein zu beugen, entlockte der Alten ein Stöhnen, doch sie wagte nicht zu widersprechen und schlurfte, ohne ein Wort zu sagen, hinaus.

»Trude«, folgte ihr die Stimme der Grafentochter. »Wenn so etwas noch einmal vorkommt, dann lasse ich dich im Hof vor all den Rittern auspeitschen!«

Die rohe Drohung schmerzte die alte Frau mehr, als ein Peitschenriemen auf nackter Haut es je könnte.

»Habe ich dich nicht jahrein, jahraus auf meinen Knien gewiegt? Dich getröstet und mit dir gelacht? Mit dir gesungen und gespielt?«, murmelte sie vor sich hin, als sie zur Kapelle hinüberhinkte. »Was ist nur mit dir geschehen, Williburgis?«

Unter Schmerzen ließ sie sich schwerfällig auf die Knie sinken, erhob die Hände zum Gebet, doch ihre Gedanken schweiften immer wieder ab.

Vielleicht trifft sie sich ja woanders mit ihm? Dann will sie nicht, dass ich merke, wie sie nachts den Palas verlässt. Doch wer konnte der Mann sein, dem die Grafentochter ihre Gunst gewährte? In Gedanken ließ die Kinderfrau alle Ritter der Burg vor ihrem Auge passieren, doch keinen schien die Grafentochter den anderen vorzuziehen.

Ich werde es herausbekommen, schwor sie sich. Und dann muss ich mit ihr ein ernstes Wort reden. Sie dachte lieber nicht darüber nach, wie groß die Chance war, dass die Grafentochter auf die Ratschläge ihrer alten Kinderfrau hören würde.

KAPITEL 12

Regen tropfte aus den grauen, dichten Wolken und verwandelte Wege und Straßen in glitschigen Morast. Das Wasser lief von den Dächern, sammelte sich in den steilen Gassen und spülte manch stinkenden Abfall zur Eyach hinunter. Der Fluss verwandelte sich in eine braune, aufgewühlte Brühe, die ihre unliebsame Fracht dem Neckar entgegentrug.

Es war schon weit nach Mittag, als Graf Albert den kleinen Tross aus Wehrstein endlich ziehen ließ. Noch in der Nacht hatte der Wächter Walger eine unangenehme Befragung über sich ergehen lassen müssen, und danach sah der Graf keinen Grund mehr, die kleine Reisegesellschaft festzuhalten.

Die Bürger von Haigerloch, aber auch manche der Burgmannen, versammelten sich trotz Regen im Kirchhof vor St. Nikolaus, um den Gefallenen die letzte Ehre zu erweisen. In weiße Leilachen gewickelt, lagen die Toten aufgereiht vor den frischen Gräbern im saftig grünen Gras des Frühlings. Die trauernden Frauen hatten sich mit Schleiertüchern verhüllt, knieten bei ihren toten Vätern, Brüdern, Gatten und Söhnen und stimmten ihre Wehklagen an. Die Chorknaben, ordentlich in saubere Gewänder gehüllt, sandten ihre hellen Stimmen zu dem Erlöser, auf dass er die Seelen der in aller Ehre Gefallenen bei sich aufnehme. Längst rann ihnen das Wasser über Haare und Hals in die Kragen, längst waren die Gewänder durchweicht. Immer wieder tauchte der Pfarrer den Wedel in das Weihwassergefäß und bespritzte die Linnen. Der lateinische Singsang seiner tiefen Stimme mischte sich tröstlich unter das Weinen und Klagen.

Schweigend führte Heinrich von Husen die Wehrsteiner Frauen zum unteren Tor hinaus, in dessen Turmverlies er eine schauderhafte Nacht hatte verbringen müssen. Sie folgten ein Stück der Schweizer Straße, die über Balingen und Winterlingen, dann bei Laiz über die Donau führte.

Langsam ritt die kleine Gruppe nach Süden das Eyachtal hinauf. Heinrich von Husen litt sichtlich unter Schmerzen, obwohl sie die Pferde nur im Schritt gehen ließen. Er hielt sich kerzengerade im Sattel. Sein Kettenhemd, das unerträglich an den Wunden rieb, hatte er in sein Bündel geschnallt. Den warmen Mantel eng um sich gewickelt, ritt er nun dem Trupp voran, die Zähne fest zusammengebissen, denn jedes Mal, wenn einer der Hufe des Pferdes den Boden berührte, lief eine Welle der Pein durch seinen Körper.

Auch die anderen waren nicht zum Plaudern aufgelegt. Unaufhörlich rauschte der Regen herab und hatte schnell die Umhänge durchnässt. Kalt und klamm klebten Hemd und Rock am Körper. Wimmernd drückten sich die Mädchen in ihre Umhänge. Doch nicht nur das Wetter sorgte für gedrückte Stimmung. Gret schwieg seit dem Streit eisern, und Tilia haderte mit sich, ob sie im Recht sei oder sich entschuldigen müsste. Die Mutter würde sicher sagen, dass eine Rittterstochter einer Unfreien gegenüber nicht fehlen könne, und dennoch fühlte Tilia sich im Unrecht und litt unter der schweigenden Kälte, die Gret umgab. Deshalb war ihre Reaktion auch ungewohnt heftig, als Dorothea vor ihr im Sattel zu quengeln begann und unwillig hin und her rutschte.

Rüdger trottete in einigem Abstand hinterher. Er wusste

nicht so genau, was eigentlich geschehen war, und er hatte auch keine Lust, darüber nachzugrübeln. Sein Kopf war von zwei durchzechten Nächten schwer. Das Gebräu, das sie Bier nannten, war gut und süffig, der Geschmack am anderen Tag im Mund aber schal. Missmutig blinzelte er. Trotz der tief hängenden Wolken kam ihm der Tag unerhört grell vor.

Bei Stetten weitete sich das enge Tal. Die steilen, grauen Felswände wurden von anmutigen Hügeln abgelöst, die das breite Tal begrenzten. Ein Schäfer zog mit seiner Herde vorbei, beugte höflich den Kopf mit dem breitkrempigen Hut. Die Hunde kläfften den Reitern nach. In Owingen machten sie Rast, bevor sie die Südroute im Tal verließen.

Tilia wäre gern weitergeritten. Sie konnte es kaum erwarten, zollerischen Boden unter den Füßen zu haben. Auch war der Tag schon weit fortgeschritten, und sie hatte keine Lust, im Wald oder auf den kahlen Feldern eine Nacht zu verbringen. Ungeduldig wartete sie, bis die Kinder ihre Notdurft verrichtet und einen Becher Molke getrunken hatten. Sie strahlten über ihre Pausbäckchen, als der Meier jedem von ihnen einen schrumpeligen Apfel in die Hand drückte. Nur unwillig ließen sie sich wieder in den Regen hinaustragen. Besorgt runzelte Tilia die Stirn, als Heinrich Wein verlangte. Drei Becher stürzte er hinunter, stand dann schwer atmend bei seinem Ross und hatte sichtlich Mühe, wieder in den Sattel zu kommen.

Heinrich von Husen führte seine Schützlinge durch dichten Laubwald, über einen kaum erkennbaren Pfad, aus dem Tal. Der Weg war schlüpfrig, und nicht nur einmal glitt eines der Tiere aus. Es ging mal rauf, mal runter, zwischen dunklen Tannen und zartgrünen Eichen und Buchen hindurch. Als der Wald sich endlich lichtete, lag ihr Ziel klar vor ihnen. Auch der Regen ließ nun nach. Mit einem Seufzer betrachtete Tilia den vor ihnen aufragenden Berg, der wie ein Wächter der düster bewaldeten Kante der Alb vorstand. Die dunklen Wolken rissen auf, und ein Sonnenstrahl huschte über das triefende Land. Die Feste strahlte wie von purem Gold. Am liebsten hätte Tilia ihrem Pferd die Fersen in die Flanken getreten und es den Weg hinaufgejagt, doch die Mädchen jammerten vor Hunger und Kälte, so dass Tilia ihr Pferd zu einem Gehöft in Wessingen, am Fuße des Zollernberges, lenkte.

Heinrich von Husen war beängstigend blass geworden. Kaum stand sein Pferd, rutschte er aus dem Sattel. An Ort und Stelle setzte er sich in den Schlamm und schloss die Augen. Tilia sah zu der sich rötlich färbenden Sonne hinauf, die sich anschickte, wieder hinter den düsteren Wolken zu verschwinden. Sie fühlte sich plötzlich allein und hilflos. Wie sollten sie den Weg auf den Berg hinauf heute noch bewältigen? Gret berührte sie leicht am Arm.

»Ich glaube nicht, dass er es heute noch schafft.« Sie nickte in die Richtung des jungen Edlen.

»Aber wir können doch nicht hier bleiben.« Verzweifelt drehte Tilia sich um ihre Achse und ließ den Blick über das ärmliche Anwesen wandern.

Gret zuckte die Schultern. »Uns wird gar nichts anderes übrig bleiben. Oder willst du in der Dunkelheit zur Burg hochreiten?«

»Nein, natürlich nicht«, entgegnete Tilia ungeduldig. Nach den Erlebnissen der letzten drei Tage fühlte sie sich völlig verunsichert. Sie kniete sich zu Heinrich auf den Boden und berührte seinen Arm.

»Wie ist Euch? Was können wir für Euch tun?«

Langsam öffnete er die Augen. »Ach, Jungfrau Tilia, was würde Euer Vater sagen. Er hat mir seine Töchter anvertraut, und ich habe versagt.« Tränen glänzten in seinen Augen.

Beruhigend drückte sie seine Hand. »Er wird es ja nicht erfahren. Wir bleiben die Nacht über hier und reiten morgen zur Burg hinauf.«
»Hier auf diesem armseligen Misthaufen?« Er wollte aufspringen, doch seine Beine gehorchten ihm nicht. Erst als Tilia Rüdger heranrief, konnte er sich mit dessen Hilfe erheben.
Die Bauersleute, Unfreie des Zollerngrafen, standen schweigend ein Stück abseits und beobachteten die Fremden misstrauisch. Bisher hatten sie Glück gehabt und ihr Hof war nicht zwischen die Mühlsteine der sich streitenden Grafen geraten, doch man hörte sonntags nach der Messe immer wieder schreckliche Dinge von nahen und fernen Nachbarn, deren Häuser und Scheunen in Flammen aufgegangen waren, deren Vieh geschlachtet oder weggetrieben, deren Frauen geschändet und Kinder von den Schwertern der Ritter wie Halme gefällt worden waren.
Dieser Ritter hier sah nicht gefährlich aus, konnte er doch kaum im Sattel sitzen, außerdem waren zwei Kinder und Frauen dabei. Aber man musste vorsichtig sein. Der Dreschflegel und ein alter Spieß lehnten griffbereit an der Hauswand. Nervös knetete der Bauer den rauen Stoff seines schmutzigen Kittels und ließ die Fremden nicht aus den Augen. Die Bäuerin, die er als sein Weib betrachtete, mit der er aber nicht so richtig verheiratet war, stand etwas hinter ihm, das jüngste Kind in den Armen. Unter ihrem kaum knöchellangen Rock aus ungebleichter Wolle wölbte sich der Leib mit einem neuen Spross des Bauern. Zwei halb nackte, magere Bürschchen krallten sich in ihr Gewand und suchten hinter der Mutter Deckung, konnten es sich jedoch nicht verkneifen, mit weit aufgerissenen Augen hervorzulugen, um die Fremden zu beobachten.
Tilia zögerte noch, doch da mit Heinrichs Hilfe nicht so

schnell zu rechnen war, raffte sie Rock und Mantel und schritt auf die Bauersleute zu, eifrig darauf bedacht, nicht in große Pfützen oder frischen Kuhdung zu treten.

»Gute Leute, der Ritter von Husen, der uns zu Graf Friedrich bringen soll, ist verletzt und bedarf eines Lagers. Wir möchten daher die Nacht hier verbringen.«

Der Bauer musterte das Fräulein von oben bis unten. Es gefiel ihm nicht, dass ein Weib das Wort ergriff, doch der Kleidung nach schien die Jungfrau vor ihm edelfrei zu sein. Dennoch brummte er:

»Und wer seid Ihr?«

»Tilia von Wehrstein«, stellte sie sich vor, obwohl das Misstrauen im Gesicht des Unfreien sie ärgerte.

»Aha, von Wehrstein«, murmelte er. Der Name war ihm nicht bekannt, doch er wusste, dass er es sich als Unfreier nicht leisten konnte, eine Rittersfamilie zu verärgern.

»Ihr könnt im Haus schlafen. Das Weib und die Kinder bleiben heute Nacht in der Scheune.«

Er nickte zu einem windschiefen Verschlag hinüber, in dem nicht nur die beiden Kühe den Winter verbrachten. Stroh, Heu und allerlei Gerätschaften stapelten sich unter dem fauligen Strohdach. Auch das Haus zeigte deutlich, dass sein Ende nahte. Die angefaulten Pfosten waren notdürftig abgestützt, die bröckeligen Lehmwände mehrmals geflickt, das Dach hing schon bedenklich durch. Noch in diesem oder im nächsten Sommer würde der Bauer mit seinen Nachbarn auf der anderen Seite des Hofes drei Fuß tiefe Löcher in den schweren Lehmboden graben müssen, um den Pfosten für das neue Haus, die Dach und Wände tragen mussten, Halt zu geben. Die Frauen würden Ruten flechten, Lehm, Mist und Stroh in einer flachen Grube stampfen und die Flechtwände damit abdichten. Doch erst musste der Graf den Holzhau in seinen Wäldern genehmigen.

Schweigend führte die Bauersfrau Tilia ins Haus. Die Wehrsteintochter fühlte den gestampften Lehmboden unter ihren Füßen. Nach ein paar Schritten stieß sie mit dem Schienbein schmerzhaft an einen Schemel. Ein Stöhnen unterdrückend, blieb sie stehen, damit sich ihre Augen an die Dunkelheit gewöhnen konnten. Das Feuer glomm nur matt, und auch durch den verhängten Fensterschlitz drang kaum Licht ins Innere. Die abgestandene, rauchige Luft reizte ihre Augen. Sie blinzelte heftig. Langsam nahm der Raum um sie Konturen an. Hinten an der Wand war die offene Feuerstelle auf einem niedrig gemauerten Sockel. Ein schwarz verkrusteter Kessel hing an einem Dreibein darüber. Auf einem schmalen Wandbord standen einige Tonschüsseln und -becher. Der Rauch quoll ungehindert auf, verteilte sich im Raum, stieg in das offene Dach, an dessen Rofen die beiden letzten geräucherten Speckseiten des Winters und ein paar Fische hingen, und suchte sich dann seinen Weg durch die Ritzen das Strohs ins Freie.
Auf der linken Seite war ein Teil des Hauses durch eine kniehohe Flechtwand abgetrennt. Auf einer dünnen Lage Stroh, mit reichlich Mist vermengt, tummelten sich zwei magere Hühner und eine Ziege. Der stechende Geruch von Schweinemist hing in der Luft.
»Wir haben letzten Sommer zwei Schweine gemästet«, brach die Frau ihr Schweigen. »Zu Dreikönig hatten wir einen fetten Schweinenacken«, berichtete sie stolz. »Vielleicht können wir in diesem Jahr sogar drei Ferkel bekommen.« Sie klopfte auf ihren Bauch. »Es werden halt auch mehr Esser im Winter sein.«
Dann fiel sie wieder in ihr Schweigen zurück, als habe sie bereits zu viel gesagt.
Tilia löste ihren Blick von dem stinkenden Pferch. Die Flechtwand auf der anderen Seite des Raumes reichte Tilia

bis zur Nasenspitze. Dahinter war das nächtliche Lager der Familie: grobe Wolldecken über aufgeschüttetem Stroh. Die einzigen Möbelstücke im Haus waren der Tisch, dessen rohe Platte auf zwei Böcken ruhte, drei Schemel und eine Bank, die an die Flechtwand gerückt war. Die Tischplatte war sauber gescheuert, der Boden gefegt. Dennoch wanderte allerlei Ungeziefer über Boden und Wände. Mit einem unterdrückten Seufzer betrachtete Tilia die Lagerstatt. Nun ja, Flöhe und manch andere kleine Plagegeister waren nicht zu vermeiden, und auch Mäuse konnte man nie ganz aus den Häusern vertreiben, doch der Anblick einer fetten Wanze trieb der Jungfrau einen leichten Schauder über den Rücken.

»Hier, nehmt das«, brach die Frau die Stille und zog aus einer im Schatten verborgenen Nische ein angegrautes Leinentuch. Verschämt wischte sie den Mäusekot ab und reichte dann Tilia das Tuch. »Ich habe es noch von meiner Mutter. Es war die Aussteuer – vom Graf selbst gegeben! Ich benutze es deshalb nicht, damit es noch lange hält.« Gerührt bedankte sich die Ritterstochter.

Der Bauer führte derweil die beiden Kühe – sein ganzer Stolz – in den Hof. Sie waren schon ziemlich alt, und der Versuch, sie decken zu lassen, war im letzten Jahr fehlgeschlagen, doch der Bauer war zuversichtlich. Dieses Mal würde es schon klappen. Ein oder zwei Kälbchen und genug Milch für die ganze Familie. Wenn nicht, dann müsste er sie schlachten und mit dem Meier Klumpfuß um ein Kalb schachern. Diese Nacht würden die Kühe hier draußen im Hof bleiben müssen, damit in der Scheune genug Platz für die edlen Pferde war. Mit scharfem Blick musterte der Bauer den Zaun aus Dornenhecken, den er um den Hof gezogen hatte. Er wollte nicht riskieren, dass in der Nacht ein wildes Tier seinen Kühen schadete. Oder dass sie gar durch eine

Lücke davonliefen. Er beschloss, die Nacht mit den Tieren im Hof zu verbringen.
Inzwischen quoll Rauch durch das Dach der Kate. Die Bauersfrau hatte das Feuer entfacht. Sorgsam kratzte sie den Rest des Morgenbreis aus dem Kessel und füllte ihn in eine Holzschüssel. Dann trug sie den Kessel zum Bach hinunter, wusch ihn aus, füllte ihn mit Wasser und schleppte ihn zum Hof zurück. Mit einem scharfen Messer begann sie Kohl, Rüben und Zwiebeln zu schneiden. Gret sah ihr eine Weile zu, nahm dann ihr Messer vom Gürtel, setzte sich auf den feuchten Holzbalken dazu und griff nach einer Rübe.
Die Bauersfrau sah von ihrer Arbeit auf. »Du bist die Magd des Fräuleins«, stellte sie nach einem musternden Blick fest.
»Ja, ich heiße Gret und du?«
»Mechtild.«
Die Bäuerin musterte die Fremde noch einmal misstrauisch, doch dann ließ sie ihre Zurückhaltung fallen und begann, neugierig zu fragen. Gret lächelte, schnitt Zwiebeln und Rüben und erzählte von Wehrstein. Nur als Mechtild in Richtung Heinrich deutete, der mit geschlossenen Augen auf einem umgekippten Eimer unter dem knorrigen Apfelbaum saß, wurde Gret zurückhaltend.
»Er hat sich bei einem Kampf verletzt. Der Ritt hat ihn daher zu sehr angestrengt. Vielleicht schwären seine Wunden, und er hat Fieber.«
Mechtild wiegte den Kopf hin und her. »Das ist nicht gut. Mein Ältester hat sich letztes Jahr mit der Sense bös das Bein verletzt. Nach ein paar Tagen wurde die Wunde schlecht – gelb und schwarz und stank ganz fürchterlich. Die Woche drauf mussten wir ihn dann begraben.«
Sie erhob sich, trug den Kessel ins Haus und hängte ihn über die Flammen. Bedauernd angelte sie eine der Speckseiten herunter, schnitt sie in feine Streifen und gab sie zum Gemüse.

»Ich habe von der Melkerin vom Meier drüben das Rezept zu einer Heilsalbe bekommen.« Sie stellte sich auf die Zehenspitzen und holte einen Holzbecher vom Wandbrett.
Gret rümpfte die Nase. »Was ist das?«
»Eisenkraut und Schafgarbe, Hanf und Ebermist – von unserem Nachbarn – und Hirn einer Ratte, gemischt mit Schmalz. Ich habe die Schafgarbe bei Vollmond gepflückt und die ganze Zeit kein Wort gesprochen.«
»Und das hilft gegen Wundbrand?«
Die Bäuerin reckte sich ein wenig. »Aber sicher! Ich habe genau aufgepasst, dass ich nichts falsch mache.«
Gret nahm den übel riechenden Becher und ging hinaus, Tilia zu suchen. Die beiden Mädchen an der Hand, kam sie gerade von der Scheune zurück, wo sie noch einmal nach den Pferden gesehen hatte.
Die Nacht senkte sich herab und trieb die Menschen ins Haus. Die Frauen nötigten den jungen Edelmann, Rock und Hemd auszuziehen. Er schnitt einige Grimassen, ehe sich der Stoff aus den verklebten Wunden löste, doch dann hockte er verlegen, nur noch mit Bruech und Beinlingen bekleidet, auf einem Hocker vor dem Feuer. Drei Paar Frauenaugen glitten über die gelblich nässenden Wunden, untersuchten das blau zugeschwollene Auge und die blutig verkrustete Lippe. Der Bauer saß mit dem Rücken gegen die Wand gelehnt im Schatten und schnitzte an einem Löffel. Nur kurz hob er den Blick und ließ ihn über den übel zugerichteten Rücken streichen.
»Kampfwunden, pah«, murmelte er leise vor sich hin. »Ich erkenne die Schrift einer Peitsche, wenn ich sie sehe!«
Auch Mechtild betrachtete die Wunden verwirrt, wagte jedoch nicht, etwas zu sagen. Ohne auf das Stöhnen zu achten, strich Gret die unansehnliche Paste dick über den misshandelten Rücken. Tilia riss eines von Heinrichs Hemden in

breite Streifen und wickelte sie dann fest um den Körper des jungen Mannes. Beiden schoss die Röte ins Gesicht und sie wagten nicht, einander anzusehen. Während Gret die blutige Wäsche in einem Eimer auswusch, rührte Mechtild in dem Kessel, aus dem es nun verführerisch duftete.
Als die Gäste aßen, saß Mechtild auf dem Boden vor dem Feuer und stillte das Kind. Ihre beiden älteren Söhne kauerten neben ihr und verfolgten mit großen Augen jeden Löffel voll, der in den Mund der Fremden wanderte. Der Hausherr schnitzte schweigend. Tilia, Rüdger, Gret und die Mädchen aßen mit großem Appetit. Ungefragt füllte sich Rüdger seine Schale ein zweites Mal. Nur Heinrich rührte lustlos in seiner dicken Suppe herum und schob schließlich die halb volle Schale von sich. Erst als die Gäste nichts mehr wollten, kratzte Mechtild den Rest aus dem Topf, um sie dem Bauern zu geben. Ihre Söhne machten sich gierig über die Reste her, die Heinrich übrig gelassen hatte.
»Hast du Wein?«, fragte Heinrich stattdessen.
Der Bauer schüttelte nur den Kopf. Seht Euch doch um, dachte er grimmig, scheint es Euch, als ob wir Wein trinken? Mechtild schenkte mit Wasser verdünnte Ziegenmilch aus. Schweigend starrte Tilia in ihren Becher und sah sich dann noch einmal in der Hütte um. Sie stieß Rüdger in die Seite.
»Geh raus in die Scheune und hol das Bündel mit dem Käse. Ein Stück dunkles Brot müsste auch noch drin sein.«
Mit leuchtenden Augen kauten die Buben kurz darauf an würzigem Käse, ihr Stück Brot fest umklammert. Auch Mechtild und ihr Mann nahmen dankend Brot und Käse entgegen. Als das Herdfeuer heruntergebrannt war, begaben sich alle zur Ruhe. Kienspäne oder Talglampen nutzten die Bauersleute nur im Notfall.
Die Gäste aus Wehrstein verbrachten eine unruhige Nacht. Tilia, Gret und die Mädchen – von Ungeziefer geplagt – in

der Bettstatt der Gastgeber, und der unter Schmerzen leidende Heinrich von Husen, in seine Decke gewickelt, auf der schmalen Bank. Nur Rüdger, der auf dem Boden vor dem Herd schlief, schnarchte, dass die Flechtwände erzitterten. So waren alle am anderen Morgen eher schweigsam, löffelten ihre wässrige Gerstengrütze und brachen dann, kaum lugte die Sonne über die Baumwipfel, zum Zollernberg auf.

KAPITEL 13

Am frühen Morgen saß Trude in der warmen Küche nahe am Herd und rührte lustlos in ihrer Milchsuppe, ohne auch nur einen Löffel davon in den Mund zu schieben. Den Kopf in ihre linke Hand gestützt, starrte sie vor sich hin. Dunkle Schatten hatten sich unter ihren Augen gebildet, die Lippen waren zu einem dünnen Strich zusammengepresst. Die Küchenmagd Ella, die neben dem großen Eisenkessel stand, beobachtete die alte Kinderfrau verstohlen. Unablässig rührte das knochige, hoch aufgeschossene Mädchen die klumpige Suppe, damit sie nicht anbrennen konnte, doch unter den langen Wimpern warf sie Trude neugierige Blicke zu. Als diese dann auch noch einen tiefen Seufzer ausstieß, zog das Mädchen den Holzlöffel aus dem Topf und trat zum Tisch heran. Trude schenkte ihr keine Beachtung.
»Jetzt ist es aber genug«, riss das Mädchen die Alte aus ihrer Träumerei. »Du siehst aus, als hättest du in der Nacht mit Dämonen und Geistern gekämpft, die dir auch jetzt noch keine Ruhe lassen. Was ist geschehen?«
»Ja, ein Dämon war es, dem ich heute Nacht begegnet bin, das kann man wohl sagen«, murmelte die Kinderfrau vor sich hin.
Ella riss die Augen auf und bekreuzigte sich. »Ein richtiger Dämon? Wie sah er denn aus? Hatte er Hörner auf dem Kopf und einen Pferdehuf? Stank er nach Rauch und faulen Eiern?«
»Pah«, endlich hob Trude den Kopf und sah in das ein-

fältige Antlitz des Mädchens. »Pferdehuf und Hörner? Heutzutage laufen die Dämonen nicht so auffällig herum. Und das Einzige, was stinkt, ist deine angebrannte Milchsuppe!« »Jesus und Maria«, rief das Mädchen und stürzte zu dem Kessel zurück, doch da war es schon zu spät. In einer großen Blase quoll die Milch über den geschwärzten Rand, verharrte einen Augenblick, platzte dann und tropfte zischend in die Glut. In diesem Moment wurde die Küchentür aufgerissen, und Hanna stapfte herein. Der Küchenmagd schossen die Tränen in die Augen, noch bevor Hanna zum Herd stürmte und ihr eine schallende Ohrfeige verpasste. Während das Mädchen eifrig rührte und ihre Tränen in die angebrannte Milch tropften, schrie die Köchin, keifte und fuchtelte mit ihren dicken Armen in der Luft herum. Es schien nicht so, als würde sie sich bald beruhigen. Stöhnend streckte die alte Kinderfrau ihre schmerzenden Glieder und trat in die kühle Morgenluft hinaus. Bald würde die Sonne aufgehen, doch würde sie auch die Finsternis aus ihrer Seele vertreiben können?

»Jetzt weißt du, was du unbedingt wissen wolltest«, sagte sie zu sich, als sie in ihren groben Holzschuhen durch den aufgeweichten Morast platschte. »Jetzt stehst du da mit deinem Wissen, das du lieber ganz schnell vergessen würdest und das dir nun Nacht für Nacht den Schlaf rauben wird. An wen kannst du dich wenden? An den Mann der Kirche, den übellaunigen Vater Laurenz?« Die Vorstellung war so absurd, dass Trude bitter auflachte. »Der Mann der Kirche – ha –, der wäre der Letzte, zu dem ich mit dieser Felsenlast auf meiner Seele kommen würde.« Da fiel ihr ein, dass bei der nächsten Beichte aber genau das auf sie zukommen würde. Ihr wurde abwechselnd heiß und kalt. Nein! Sie konnte dem Kaplan alles sagen, alles, doch das nicht. Aber dann würde sie noch mehr Schuld auf sich laden. Sie musste einen

Mann Gottes belügen oder zumindest bei ihrer Beichte etwas auslassen, was wahrscheinlich genauso schlimm war.
»Heilige Jungfrau, warum war ich nur so neugierig? Warum konnte ich nachts nicht auf meinem Lager bleiben? Warum musste ich herumschleichen und mich auf die Lauer legen, bis ich das gesehen habe, was nicht für meine Augen bestimmt war?«
Sie sackte ein wenig in sich zusammen und wusste plötzlich, was der alte Mönch in seinem Verlies gemeint hatte, als er sagte: Wissen ist Macht und Verderben gleichermaßen.
Ob sie vielleicht zu ihm gehen sollte? Mit einem kurzen Lachen verwarf sie den Gedanken. Nie, nie in ihrem Leben würde sie in diese Dämonenhölle hinabsteigen. Ihr war, als klebten schlimmste Sünden schon an jeder Stufe, die dort hinunterführte.
Vielleicht würde sie im Kloster in Stetten unten einen Rat bekommen? Entschlossen stapfte sie zum Palas, um Williburgis beim Ankleiden zu helfen. Dabei würde sie ganz unauffällig vorschlagen, man könnte den Nonnen mal wieder einen Besuch abstatten.

✠ ✠

Bis zum Fuß des Zollernberges ritten die Reisenden aus Wehrstein durch dichten Wald. Eichen und Buchen, Tannen und Lärchen reckten sich dem Licht entgegen. Der immer steiler werdende Hügel selbst war fast kahl. Kaum eines der geduckten Gehölze hätte den Namen Baum verdient. Nicht, dass die Hänge zu steil gewesen wären, den Wurzeln Halt zu gewähren. Solch eine große Burg brauchte Holz, viel Holz, zum Brennen und Bauen. Was lag da näher, als die Stämme vor den Toren zu nehmen. Außerdem konnte eine freie Sicht um die Burg nicht schaden. Wer

sollte sich nun anmaßen, ohne Deckung die Hänge in finsterer Absicht unerkannt zu erklimmen?
Der aufgeweichte, schlüpfrige Pfad führte die Besucher aus Wehrstein in einer lang gezogenen Spirale den Burgberg hinauf, so dass sie ausgiebig Gelegenheit hatten, die wehrhafte Anlage von allen Seiten zu betrachten. Hoch ragte der Bergfried über der zinnenbewehrten Mauer auf, die in sechs Halbtürmen Verstärkung fand. Vom Palas sah man nur einen Teil des Daches. Die niederen Wirtschaftsgebäude blieben den sich nähernden Besuchern hinter der Mauer verborgen.
Der Weg wandte sich nun der Südseite zu. Zwischen Steinen und Gras führte er, einige Felsstufen unterhalb der Mauern, an den beiden Vorhöfen entlang, die im Osten in einem Dreieck endeten, einen Rundturm an jeder Spitze. Immer steiler werdend, näherte sich der Pfad der hoch aufragenden Mauer, bis er zwischen Süd- und Ostturm durch das Tor in den ersten Hof führte. Hier draußen lehnten zwei alte Scheunen an der Mauer, lief Gesinde geschäftig hin und her, tummelten sich Hühner und Gänse in einem Pferch, wurde Gemüse am Fuß der grauen Steine angebaut. Unter einem mächtigen Wehrgang hindurch, von dem aus Bogenschützen jedem Feind das Leben zur Hölle machen konnten, führte ein zweites finsteres Tor durch die breite Hauptmauer hindurch zur Vorburg. Die Gäste aus Wehrstein passierten zwei Wächter, ein hochgezogenes Fallgitter und eisenbeschlagene Torflügel.
In der Vorburg reihten sich Ställe für Pferde, für Rinder und Schweine aneinander. Auch die Schmiede hatten die Zollerngrafen hierher ausgelagert. Eine hölzerne Zugbrücke über einem von Schlamm und Unrat fast völlig gefüllten Graben führte zum dritten Tor, das endlich Einlass in die Burg gewährte. Direkt neben dem Tor erhob sich ein ge-

drungener runder Turm, in dessen Grund sich der Brunnen befand, die Lebensader jeder Burg.
Tilia zügelte ihr Pferd und ließ den Blick über den Burghof schweifen. Vor ihr erhob sich der Bergfried, mit dem Palas rechts daneben angebaut, links an der Mauer stand eine Kapelle aus großen Steinblöcken mit kleinen, rundbogigen Fenstern. Die drei Gebäude bildeten die Form eines U, das in seiner Mitte einen teils steinigen, teils morastigen Hof freiließ. Das Küchengebäude lag, wie bei fast allen Burgen, wegen der Brandgefahr ein wenig abseits. Hier an der nördlichen Mauer duckten sich auch die beiden einfachen Gesindehütten unter den Schatten der Zinnen.
Vor dem Eingang zum Bergfried standen einige rohe Tische und Bänke. Ritter und Knappen lümmelten herum, tranken und vertrieben sich die Zeit mit Spielen. In einem Korb saßen junge Kaninchen. Ein Hüne im rostigen Kettenhemd griff mit seinen Pranken hinein, holte eines der zappelnden Geschöpfe heraus, kniff das verängstigte Tier kräftig und ließ es dann auf den Boden fallen. Haken schlagend suchte das Kaninchen das Weite. Die Ritter und Edelknechte hatten faustgroße Steine in den Händen. Sie warteten einen Augenblick, und noch einen, dann sausten die Geschosse durch die Luft und prasselten rechts und links, vor und hinter dem Geschöpf auf die Erde. Eines zerschmetterte ihm den Hinterlauf. Vor Schmerz und Angst fiepend, schleppte sich das junge Kaninchen weiter.
Der Hüne hatte noch nicht geworfen. Nun holte er aus. Der Stein flog hoch in die Luft, fiel herab und zerschmetterte dem kleinen Fellbündel das Rückgrat. Zuckend blieb es liegen, die Augen weit aufgerissen. Sein Blut tropfte in den Morast.
»Der Punkt gehört mir«, rief der Ritter mit kräftiger Stimme und hob die linke Hand, an der der kleine Finger fehlte.

»Nein, nein, Otto«, widersprach ein kleinerer, untersetzter Streiter mit mausgrauem Haar. »Wenn ich es nicht am Lauf getroffen hätte, dann hättet Ihr ihm nie und nimmer den Garaus gemacht.«

Otto von Ringelstein-Killer räusperte sich geräuschvoll, zog einen dicken Ballen Schleim hoch und spuckte ihn Eberhard von Ringingen vor die Füße.

»Wir können das gleich hier klären«, sagte er ruhig und fuhr sich mit der verstümmelten Hand durch das verfilzte, dunkle Haar.

Der Dicke stöhnte, die anderen rieben sich vergnügt die Hände. Es ging doch nichts über eine schöne Rauferei – auch wenn das Ergebnis von vornherein feststand.

Tilia von Wehrstein brachte ihr Pferd vor dem erschlagenen Kaninchen zum Stehen. Fragend sah sie zu Heinrich von Husen an ihrer Seite, doch der war schon wieder leichenblass.

»Ich regele das schon«, flüsterte er heiser und schwang sich von seinem Pferd, doch seine Beine versagten ihm den Dienst und knickten ein. Mit dem Gesicht voraus, kippte er ohnmächtig in den Schlamm.

»Rüdger, nun hilf mir schon aus dem Sattel!«, keifte Tilia und streckte ihm die heulende Dorothea entgegen, sobald er an ihr Pferd herangetreten war. Die Ritter des Zollerngrafen sahen vorerst von ihrer Rauferei ab und betrachteten interessiert das ihnen dargebotene Spektakel. Die Hände am Schwertknauf oder hinter dem Rücken verschränkt, schlenderten sie heran und umringten die Fremden.

»Sieh da, ein kleiner Ritter mit seinem Knecht und seinen Huren«, grinste Ritter Walger von Bisingen, ein muskulöser Kämpfer mit dunklen Augen und braunem Haar. Die Spuren der Fehde trug er als Narben auf seiner Wange. Außerdem hatte ihn ein Schwertstreich das linke Ohr gekostet.

»Wenn er tot ist, dann gehören die hübschen Vögelchen

uns«, lachte der dicke Eberhard von Ringingen und leckte sich die Lippen. »Leckere Hühnchen sind das!«
Tilia sah ungläubig von einem zum anderen, unfähig, auch nur ein Wort hervorzubringen.
Otto von Ringelstein-Killer trat dem Bewusstlosen in die Seite. Gierig ließ er seinen Blick über Tilias schäbigen, schlammverkrusteten Mantel wandern, unter dem ihr einfacher Rock hervorlugte.
»Es ist mir egal, ob er tot ist oder nicht. Außerdem scheint er mir noch kein Ritter zu sein.« Ein breites Grinsen entblößte seine gelben Zähne. »Ist er Freund, dann sollte er mit seinen Freunden teilen. Ist er Feind, dann betrachte ich das Häschen als Beute!«
Ehe es sich Tilia versah, war sie von eisenstarken Armen umfangen und an einen nach altem Schweiß stinkenden Männerkörper gepresst. Der Geruch nach Zwiebeln schlug ihr ins Gesicht, als die raue Zunge über ihre Wange fuhr und sich die Zähne, nicht gerade sanft, um ihr Ohr schlossen. Voll Empörung stieß sie einen Schrei aus. Die Ritter lachten.
Da der eine ihrer Begleiter seiner Sinne beraubt war und der andere nur mit offenem Mund glotzte, nahm Gret die Sache selbst in die Hand. Sie mühte sich von ihrem Esel herunter, duckte sich unter den nach ihr greifenden Männerhänden hindurch und verteilte giftige Blicke nach allen Seiten. Mühsam kämpfte sie sich zu Tilia durch und trat dem Ritter heftig gegen das Schienbein.
»Ihr vergreift Euch an einer edlen Jungfrau!«, schrie sie in höchstem Zorn. »Der Ritter von Wehrstein wird Euren Kopf fordern, wenn er davon erfährt!«
Irritiert ließ der Ritter das Mädchen los und wandte sich seiner Angreiferin zu.
»Ach, und du bist die Tochter von König Rudolf?« Er griff nach ihren Handgelenken.

»Nein«, vergeblich versuchte Gret sich aus dem eisenharten Griff zu befreien. »Ich bin ihre Magd und soll auf sie Acht geben.«

»Eine Magd greift einen Ritter an und tritt ihm gegen das Bein?« Er riss ihr die Haube vom Kopf und griff in ihr blondes Haar. Mit einem Ruck zog er sie zu sich. »So kurz kann dein Besuch hier gar nicht sein, dass ich dir das nicht angemessen vergelte!«

Seine andere Hand zerfetzte ihr das Hemd, so dass zur Freude der Umstehenden die hübschen, festen Brüste zum Vorschein kamen. Gret biss die Zähne aufeinander. Rüdger, der mit den beiden Mädchen im Hintergrund stand, ballte die Fäuste, doch er machte keine Anstalten, seinem Eheweib zu helfen. Es gab nichts, das er tun konnte, wenn er nicht sein eigenes Leben in Gefahr bringen wollte. Die Mädchen weinten leise. Schützend legte Rüdger seine Arme um sie.

Nur langsam erholte sich Tilia von ihrem Schock. Heiße Wut wallte in ihr auf. Mit einer ungeduldigen Bewegung strich sie sich ein paar zerzauste Strähnen aus dem Gesicht, trat zu dem Hünen und herrschte ihn an:

»Ich bin Tilia von Wehrstein, von Graf Eitelfriedrich persönlich als Gast auf Zollern geladen. Ritter, ich befehle Euch, lasst meine Magd sofort los!«

Sie baute sich vor dem Mann auf, der sie um mehr als einen Kopf überragte, und funkelte ihn böse an. Der Ritter von Ringelstein-Killer wollte etwas erwidern, doch eine Stimme vom Palas her ließ ihn verstummen. Er gab Gret frei.

»Wie ich sehe, sind meines Bruders werte Gäste eingetroffen!«

Der junge Graf Friedrich, der die Szene von der Tür des Palas aus heimlich und mit großer Belustigung verfolgt hatte, trat in den Hof. Mit offenen Armen ging er auf die Wehrsteintochter zu, keinen Blick für Gret, die sich not-

dürftig den zerrissenen Stoff über dem Busen zusammenhielt, oder für den am Boden liegenden Heinrich.
Ihm folgte der Ritter Swenger von Lichtenstein, den Tilia bereits im Gefolge des Grafen Eitelfriedrich auf Wehrstein kennen gelernt hatte.
Erleichtert trat Tilia dem Zollernsohn entgegen, begrüßte ihn höflich und drängte ihn dann, dem armen Heinrich zu Hilfe zu kommen. Der Sohn des Hausherrn trat zu dem Ohnmächtigen, den Rüdger inzwischen umgedreht hatte. Mit seinem schlammverschmierten Gesicht sah er eher einem gehörnten Dämon gleich denn einem hoffnungsvollen jungen Edelmann.
Der junge Graf runzelte unwillig die Stirn. »Schleppt Ihr mir da ein böses Fieber in die Burg?«
»Nein, nein«, beeilte sich Tilia zu versichern. »Er wurde verletzt. Die Wunden nässen und schwächen ihn. Er ist der jüngste Sohn des Ritters von Husen.«
Der Merkenberger sah Tilia aufmerksam an. »Verletzt? Was ist Euch auf Eurer Reise geschehen? Seid Ihr überfallen worden?«
Tilia sah in die wasserblauen Augen des jungen Grafen. Er war kräftiger gebaut als sein Bruder, hatte einen dunklen Teint und braunes, schulterlanges Haar. In seinem Blick lauerten Tatendrang und Abenteuerdurst. Sie konnte ihm die Wahrheit nicht sagen, daher nickte sie nur.
Der junge Graf winkte herrisch nach zwei seiner Rittet »Walger, Renhard, los, tragt den von Husen hoch in die kleine Kammer am Ende des Ganges, neben meinem Gemach, und ruft Tragebott, den alten Gauner, dass er sich die Wunden ansieht.«
Tilia bedankte sich herzlich, doch der junge Graf schnitt ihr das Wort ab. »Ihr seid unsere Gäste!«
Er wollte noch etwas über den Mönch sagen, der mit der

Heilkunde vertraut war und der unter dem Palas in den Kellergewölben hauste, doch ein dumpfer Knall, der den Boden erbeben ließ, verschlang seine Worte. Eine dichte, dunkle Wolke quoll aus einer Tür an der Seite des Palas und breitete sich dann über den Hof aus. Der Rauch reizte die Augen und drang beißend in die Lungen. Durch einen Tränenschleier sah Tilia eine dunkle Gestalt heranstürmen. Flammen umkränzten das dunkle, wehende Gewand, das Gesicht war geschwärzt, die eine Hälfte des Schädels kahl, von der anderen stand ein Kranz verkohlter Flusen ab. Kurz vor den Rittern und Gästen warf sich die unheimliche Gestalt auf den Boden und wälzte sich im Morast.
»Der Satan!«, schrie Tilia und schlug ihre Hände vors Gesicht, um diesen schrecklichen Anblick nicht länger ertragen zu müssen.
»Nein, nicht der Teufel persönlich«, hörte sie den Grafensohn völlig ruhig sagen, »eigentlich ein Mann Gottes, wenn auch ein ziemlich schwarzer. Ihr könnt die Augen ruhig wieder aufmachen. Es ist nur der Mönch Tragebott – oder das, was von ihm übrig geblieben ist.«
Die beißende Wolke verzog sich langsam, und auch die Mägde und Knechte, von dem Spektakel angelockt, trollten sich und nahmen ihr Tagewerk wieder auf. Vorsichtig linste Tilia zwischen ihren Fingern hindurch und ließ dann die Hände sinken. Noch immer zitternd vor Entsetzen, starrte sie den dicken Mönch in seiner angekohlten, rauchenden und nun auch noch schlammbeschmierten Kutte an. Mit seinen großen Pranken klopfte Bruder Tragebott noch ein paar glimmende Stellen aus und erhob sich dann schwerfällig.
»Mit Euren satanischen Spielereien werdet Ihr noch mal die ganze Burg abbrennen«, zischte der Merkenberger wütend. Der Mönch trat verlegen von einem Fuß auf den anderen und schüttelte sein aschebedecktes Haupt. »Verzeiht, ver-

zeiht, das war eine kleine Unachtsamkeit in der Rezeptur, doch glaubt mir, es ist kein Teufelswerk. Wenn ich die richtige Mischung beisammen habe, dann mache ich Euch damit zum Herrn des Heiligen Römischen Reiches! Ich bin kurz davor, wirklich! Nie wieder müsst Ihr Burgen lang belagern – Ihr verteilt einfach das Pülverchen, dann ein wenig Feuer, und – puff – die Mauern lösen sich in Luft auf.«
»Dann macht Euch wieder an die Arbeit und sorgt dafür, dass es nicht unsere Mauern sind, die sich – puff – in Luft auflösen.«
Mit einer ungeduldigen Handbewegung scheuchte er den Mönch davon. Humpelnd kehrte Tragebott in sein Kellerverlies zurück.
Die zornig roten Flecken auf den Wangen des Grafensohnes verschwanden, als er sich Tilia zuwandte und ihr den Arm anbot. Sie hatten den Palas noch nicht erreicht, da trat, vom Lärm und Rauch angelockt, Williburgis von Zollern in den Hof, gefolgt von ihren Damen. In edlem dunkelblauem Rock mit leuchtend roten Seidenbändern an den Ärmeln und aufwendiger Silberstickerei auf dem eng geschnürten Leib, kam die zierliche Schönheit auf Tilia zu. Ihr langes, dunkles Haar wallte bis zur Hüfte herab und wurde von einem Schappel aus gehämmerten Silberplättchen zusammengehalten. Höflich lächelnd, doch ohne Wärme, begrüßte sie den Gast. Die Grafentochter verzog nur die Lippen, die Augen blieben unerreicht. Kaum waren die Grußworte verklungen, irrte ihr Blick auch schon wieder unstet davon.
Verwirrt folgte Tilia, Dorothea an der Hand, Williburgis von Zollern, die sie schweigend ins Haus führte. Dafür schnatterten die anderen Damen ohne Unterlass und plapperten Belangloses. Hilfe suchend drehte sich Tilia noch einmal zu Gret um, die gerade eine vorbeieilende Magd anhielt, um nach den Schlafräumen des Gesindes zu fragen.

Tilia folgte den Damen in den Palas. Neugierig sah sie sich um. Das ganze untere Stockwerk wurde vom großen Saal eingenommen: Mächtige Balkensäulen stützten die rußige Holzdecke, die Wände waren verputzt und mit Jagdszenen bemalt, doch hier endete die Pracht des Raumes auch schon. Das sicher edle Holz der langen Tafel verschwand nahezu unter Wein- und Essensresten, Mäuse suchten sich ungeniert die besten Brocken heraus, um die beiden Feuerstellen häufte sich die Asche, und die Binsen auf dem Boden waren klebrig und braun. Tilia raffte Rock und Mantel und stieg vorsichtig über Knochen und Hundekot hinweg. Da war die Hütte des Unfreien ja noch sauberer, dachte sie und rümpfte ein wenig die Nase. Fragend warf sie ihren Begleiterinnen einen Blick zu, doch die schien der Dreck nicht zu stören. Zumindest ließen sie sich nichts anmerken.

Kopfschüttelnd stieg Tilia hinter der Grafentochter die Steintreppe hinauf. Im ersten Stockwerk hatten der Graf und seine Söhne ihre Gemächer. Dort war auch die kleine Kammer, in die man Heinrich von Husen gebracht hatte. Eine weitere Treppe führte zum Frauenbereich. Hier lag die Kemenate, Kunigunde von Badens kleines Gemach, der Schlafraum der Damen, eine Kammer für die älteren Kinder und die Kleiderkammer.

»Kann ich meine Magd bei mir haben?«, fragte Tilia schüchtern, als Salome von Ringelstein-Killer ihr ihre Bettstatt zeigte.

»Nein, das ist nicht üblich. Außerdem hat sie ein Kind, oder? Noch ein Balg mehr hier oben muss wirklich nicht sein. Sie kann heraufkommen, um Euch anzukleiden oder zu frisieren, aber nachts hat sie hier nichts zu suchen.«

Tilia nickte nur stumm. Sie fühlte die musternden Blicke der Damen, und plötzlich wurde ihr kalt. Sehr willkommen schien sie nicht zu sein.

»Ihr werdet schon nicht frieren müssen«, fuhr Salome fort. »Ihr teilt das Bett mit unserer keuschen Eleonora.« Sie deutete auf das zierliche, sommersprossige Fräulein, das bisher noch kein Wort gesagt hatte.
»Zumindest für eine warme, heilige Seele wird sie sorgen, wenn sie schon nicht mit üppig weichen Formen aufwarten kann«, kicherte Kunigunde von Baden boshaft.
»Dafür habt Ihr mehr als genug davon abgekriegt«, stichelte Salome und piekte die Grafengattin in ihre Seite. Laut quiekend trippelte Kunigunde auf ihren hohen Sohlen davon. Auch die anderen ließen Tilia allein.
Verloren stand die Jungfrau aus Wehrstein in ihrem schmutzigen und feuchten Gewand neben dem Bett, die wimmernde Dorothea an ihren Rock geklammert. Tilia ließ ihren Blick unschlüssig über die Bettkästen schweifen, die an der einen Wand dicht hintereinander aufgereiht waren. Auf der anderen Seite standen mit prächtigem Schnitzwerk versehene Truhen, in denen die Damen ihre Habseligkeiten aufbewahrten. Plötzlich merkte die Wehrsteinerin, dass ihre kleine, rothaarige Bettnachbarin noch immer in der Tür stand. Schüchtern knetete sie ihre schmalen, weißen Hände, doch dann fasste sie sich ein Herz und trat auf Tilia zu.
»Es ist nicht an mir, Euch zu empfangen, doch ich sehe, Ihr habt eine lange Reise gehabt. Eure Gewänder sind schmutzig und nass. Sicher wäre es gut, wenn Agnes ein Bad bereiten würde. Wenn Eure Kleider in den Kisten nass geworden sind, finden wir in der Kleiderkammer sicher etwas für Euch beide.« Lächelnd streckte sie die Hand aus und winkte den Wehrsteintöchtern, ihr zu folgen. Tilia lächelte zurück. Die kalte Umklammerung ihres Herzens ließ ein wenig nach. Vielleicht würde es doch nicht so schlimm werden.

✠ ✠

»So, ihr seid also die Neuen«, stellte die Köchin fest, reckte sich zu ihrer ganzen, bedrohlichen Größe auf und stemmte die fleischigen Arme in die Hüften. Prüfend wanderte ihr Blick über Rüdger, Gret und Sofie, die dem Mädchen Ella in die Küche gefolgt waren.

»Da ihr länger bleiben wollt, könnt ihr euch gleich ein paar Regeln einprägen«, fuhr Hanna mit lauter Stimme fort.

»Ich habe in dieser Küche das Sagen, und keiner geht mir an die Töpfe. Und wenn ich euer Balg beim Naschen erwische, dann gibt's mit meinem Kochlöffel Hiebe, die sie nicht vergessen wird!«

Zur Bekräftigung ihrer Worte ließ sie den langen Holzlöffel durch die Luft sausen. Ängstlich klammerte sich Sofie mit einer Hand an Grets Rock fest und steckte den Daumen der anderen in den Mund.

»Nach Sonnenaufgang gibt es im Gesinderaum Grütze, bei Sonnenuntergang dicke Suppe und Brot. Wer zu spät kommt, der hungert halt!«, fuhr sie mit schriller Stimme fort und schwenkte den Löffel.

Rüdger lief rot an und wollte das Weib schon unterbrechen, doch Gret drückte ihm warnend die Hand. Auch ihr stieß das arrogante Gebaren dieses Mannweibes sauer auf, doch sie kannte diese Sorte. Wenn sie jetzt aufbegehrten, dann würden sie sich auf Zollern schon in der ersten Stunde einen Todfeind schaffen.

»Ich bin weder blind, noch blöd und weiß genau, wie viel Vorräte da sind. Also versucht ja nicht, mich übers Ohr zu hauen«, warnte sie und stieß mit ihrem Löffelschwert in die Luft. So ging es noch eine ganze Weile. Ella hatte sich schon lange aus dem Staub gemacht, doch für die Neuankömmlinge gab es kein Erbarmen. Endlich ging der massigen Köchin die Luft aus.

»Warum bist du denn so böse?«, piepste Sofie in die plötzliche Stille.
Der dicke Busen der Köchin hob und senkte sich vor Empörung. »Was heißt hier böse, du freches Balg? Warte ab, bis du mich mal böse erlebst!«
Mutig trat Sofie einen Schritt nach vorn und streckte Hanna ihre kleine Faust entgegen.
»Du darfst eine haben, damit du nicht so rumschimpfen musst«, bot die Kleine an. Langsam öffneten sich die kleinen Finger und gaben zwei bunt bemalte Tonmurmeln frei. Die Köchin sackte in sich zusammen wie ein entleerter Weinsack. »Nein, so was«, sagte sie nur fassungslos und ließ ihre Waffe sinken. »Du willst mir eine deiner Murmeln schenken?« Sie machte einen Schritt auf das Mädchen zu. Sofie zitterte ein wenig, doch sie hielt dem Drachen weiter die geöffnete Hand entgegen.
»Ich würd sie schon lieber behalten«, gab Sofie offen zu, »aber wenn du dann ganz lieb bist, dann kannst du eine haben.« Die großen blauen Kinderaugen sahen fragend zu Hanna hoch.
»Da weiß ich ja gar nicht, was ich sagen soll – und das kommt bei mir nicht oft vor!« Die Köchin ging schwerfällig in die Hocke. Ein Lächeln huschte über ihre fleischigen Wangen.
»Du bist ja mal ein süßer Fratz. Aber behalt deine Murmeln. Mal sehen, vielleicht habe ich ja dafür was für dich!«
Geschäftig eilte das Weib davon und kam kurz darauf mit einem Stück süßer Latwerge zurück, das Sofie mit großen Augen entgegennahm.
Gret zwinkerte ihren Mann an. Die erste Schlacht auf Zollern hatte die kleine Sofie für sie gewonnen.

KAPITEL 14

Graf Albert von Hohenberg schritt unruhig in seinem Gemach auf und ab. Als er die polternden Schritte auf dem Gang vernahm, blieb er erwartungsvoll stehen. Die Tür flog auf, und sein Bruder Burkhard stürmte herein.

»Du hattest Recht. Wir haben einen Verräter in unseren Stadtmauern. Walger war ein harter Brocken, doch nun hat er uns den rechten Hinweis gegeben. Es ist kein Alteingesessener!«

»Wer ist es?«, fragte Graf Albert mit leiser Stimme, die seinem Bruder einen leichten Schauder über den Rücken jagte. Burkhard war ein erprobter Krieger, den nichts so leicht aus der Fassung brachte, doch der überwältigende Zorn, der in Alberts Stimme schwang, verblüffte ihn. Wehe dem, der den Damm brach und von dieser Wut hinfortgerissen wurde. Wie nach einer alles vernichtenden Flut würde nichts übrig bleiben.

»Wir werden im Haus des Schneiders Langnas fündig werden«, antwortete der Kriegsmann.

Albert warf sich seinen Umhang über. »Dann lass uns gehen und ihn fragen, warum er meine Stadt den württembergischen und zollerischen Schlächtern zum Fraß vorwerfen wollte.«

»Ich habe meine Männer bereits vorausgeschickt, damit uns das Vögelchen nicht noch ausfliegt.«

Mit langen Schritten eilte Graf Albert durch den düsteren Gang, stürmte die Treppe hinunter, überquerte den Hof und stieg dann den steilen Weg zur Eyach hinunter. Graf Burkhard folgte ihm dicht auf den Fersen.

✠ ✠

Ein Lächeln huschte über das Gesicht des Verletzten, als er sah, wer in seine Kammer trat.
»Oh, Jungfrau Tilia, das solltet Ihr nicht tun«, flüsterte er heiser. Heinrich von Husen streckte ihr die Hand entgegen, zog sie dann aber gleich wieder unter die Bettdecke zurück und errötete.
Zusammengekrümmt lag er auf der Seite in der schmalen Bettstatt.
Mit Erleichterung sah Tilia, dass die Decken dick und warm, die Leilachen leidlich sauber waren. Eine Weile sahen sie sich nur schweigend an. Nervös knetete Tilia ihre Hände.
»Ist alles in Ordnung?«, fragte Heinrich schließlich.
»O ja«, log sie lächelnd, »alle sind sehr freundlich hier.«
Wieder Schweigen. Sie ließ ihren Blick über sein fiebergerötetes Antlitz wandern. Einige der geschwollenen Stellen hatten sich bläulich verfärbt, und unter seinen Augen hatten sich tiefe, dunkle Ringe gebildet. Tilia wollte sich gar nicht vorstellen, wie die Wunden auf seinem Rücken aussahen. Die Heilsalbe der Bäuerin hatte offensichtlich nicht geholfen. Man müsste die Wunden mit heißem Wasser und starkem Wein auswaschen, dachte sie. Zu Hause wäre alles so einfach. Doch wie sollte sie das hier in der Fremde anstellen? Mit Schaudern dachte Tilia an die offensichtliche Missbilligung in der Miene der Kammerfrau, als diese sie zu dem Gelass des Kranken geführt hatte. Wo Gret jetzt war? Ob sie sie suchen sollte?
Der Gedanke war noch nicht ganz durch ihren Kopf gewandert, als sich die Tür öffnete und Gret mit einer damp-

fenden Schüssel in den Händen eintrat, gefolgt von dem unheimlichen Mönch. Nun, da er die verbrannte Kutte gewechselt und den Ruß abgewaschen hatte, sah er nicht mehr ganz so Furcht erregend aus – zumindest wenn man nur seine linke Seite betrachtete. Seine rechte Wange war durch ein missglücktes Experiment dauerhaft geschwärzt und mit Narben durchzogen, das Ohr fehlte bis auf ein paar kärgliche Reste, die Kopfhaut war eine verschieden gefärbte Kraterlandschaft.

Mit festem Schritt trat er ein, nickte kurz in Tilias Richtung und ließ sich dann vor dem Bett auf die Knie sinken. Ein freundliches Lächeln teilte seine fleischigen Lippen und ließ die braunen Augen leuchten.

»Keine Angst, ich bin nicht der Teufel und ich habe es auch nicht auf Eure Seele abgesehen, junger Ritter«, beruhigte er Heinrich, der den Besucher mit weit aufgerissenen Augen musterte. Der warme Klang der tiefen Stimme lockerte die verkrampften Hände, die die Bettdecke bis zum Kinn gezogen hatten.

»So ist es schon besser«, lobte Bruder Tragebott und grinste verschmitzt. »Und wenn Ihr mich nun Euer Gewand abstreifen lasst, dann kann ich nach Euren Wunden sehen.«

»Nein, nein!«, wehrte sich der Jüngling und zog die Decke wieder fester um sich. Der Mönch runzelte überrascht die Stirn. Die Reaktion missverstehend, drehte er sich zu Tilia um.

»Wenn das Fräulein dann so freundlich ist, zu gehen?«

Tilia sah trotzig von Heinrich zu dem Mönch. »Er ist mein Lehensmann, und ich bin für ihn verantwortlich.«

Der Mönch zuckte die Schultern und wandte sich dem störrischen Kranken zu.

»Nun stellt Euch bloß nicht an«, schimpfte Gret und zog mit einem Ruck die Bettdecke weg. »Wenn Ihr den Ritterschlag

noch erleben wollt, dann lasst Bruder Tragebott die Wunden versorgen.«
Der junge Edle schien der Magd den respektlosen Ton nicht übel zu nehmen. Die Zähne fest aufeinander gepresst, drehte er sich auf den Bauch. Er stöhnte nur ganz leise, als der Mönch ihm die Leinenstreifen aus den verklebten Wunden löste. Tilia trat ans Bett. Schweigend starrten Bruder Tragebott und die beiden Frauen auf die eitrigen Striemen mit den bläulich auslaufenden Wundrändern. Der üble Geruch nahm ihnen fast den Atem. Vorsichtig strich der Mönch mit seinem fleischigen Zeigefinger an einem Peitschenstriemen entlang und kratzte etwas von der schwärzlichen Paste ab. Er roch daran und rümpfte angeekelt die Nase.
»Was ist denn das?«
»Die Heilpaste einer Bauersfrau«, erklärte Tilia.
»Wenn die Wunden ihn nicht umbringen, dann dieses Zeug bestimmt!« Der Mönch schüttelte unwillig den Kopf. Noch immer betrachtete er aufmerksam den verunstalteten Rücken.
»Der Folterknecht verstand etwas von seinem Handwerk. Es geht mich ja nichts an, wie Ihr zu diesen Wunden kommt, doch es wäre besser, wenn nicht allzu viele sie zu Gesicht bekämen.«
Tilia nickte nur. Bruder Tragebott begann nun den Eiter mit heißem Wasser und seinem gebrannten Wein auszuwaschen. Neugierig sah das junge Fräulein den großen Händen zu, wie sie geschickt und flink hantierten.
»Was ist das?«, wagte sie nach einer Weile zu fragen.
Ausführlich sprach der Mönch von seiner Apparatur, die er sich in den Kellerräumen aufgebaut hatte, um den klaren, gebrannten Wein zu erhalten. Mit weit aufgerissenen Augen lauschte Tilia seiner Rede, vergaß aber nicht, sein Tun auf-

merksam zu verfolgen und ihm flink zur Hand zu gehen, wenn es nötig war.

»Ihr seid für ein Weib nicht nur ungewöhnlich hübsch«, sagte der Mönch, als er sich bereits zum Gehen wandte, »Ihr scheint Euren Kopf auch zum Denken zu verwenden. Wenn Ihr mögt, könnt Ihr mich ja mal in meinem Verlies besuchen. Dann kann ich Euch den Verdampfungsapparat zeigen.«

Damit ließ er das Fräulein und die Magd mit dem in tiefen Schlaf gefallenen Heinrich in der kleinen Kammer zurück.

✠ ✠

Als Gret einige Zeit nach Tilia die Krankenstube verließ, begegnete ihr in dem düsteren Gang ein Ritter. Respektvoll trat sie zur Seite, um ihn vorbeizulassen, doch er blieb stehen und musterte sie aufmerksam.

»So sieht man sich wieder, Gret – so war doch dein Name?«

Nun erkannte die Magd den älteren Grafensohn wieder. Sie grüßte höflich.

»Deine fürsorglichen Hände sind genau das, was ich jetzt brauche. Ich habe mir ein Bad richten lassen. Du kannst mir Gesellschaft leisten und meine Wunden waschen.«

Erst jetzt, als sie hinter ihm in sein erleuchtetes Gemach trat, sah sie die blutige Wange. Die Wunde begann bereits zu verkrusten, sehr tief konnte sie also nicht sein. Trotzdem ließ sich der Grafensohn stöhnend ins Wasser gleiten. Mit geschlossenen Augen lag er da, während Gret die Krusten mit heißem Wasser löste und dann zart mit Kräuterfett bestrich. Er schwieg, und so wanderten ihre Gedanken unruhig zu Sofie, die sie vor einer kleinen Ewigkeit bei Rüdger in der Küche zurückgelassen hatte. Es drängte sie, endlich zu gehen, um nach ihrer Tochter zu sehen, denn so sehr

Rüdger das Mädchen liebte, manches Mal war er ein recht sorgloser Vater. Auf Wehrstein war das kein Problem, doch hier in der fremden Umgebung?
»Du hast gar nicht gefragt, woher die Verletzung stammt«, durchbrach der Grafensohn die Stille.
»Wo habt Ihr Euch denn verletzt?«, fragte sie brav, mit ihren Gedanken weit fort.
»Ein Pfeil traf mich nachts vor Haigerloch.«
Grets Finger bewegten sich in gleichmäßigem Rhythmus weiter. Ihre Miene blieb unbeweglich, doch in ihrem Magen kribbelte es plötzlich unangenehm.
»Der junge von Husen wurde auch verletzt«, fuhr Eitelfriedrich in leichtem Plauderton fort. »Wie geht es ihm?«
»Euer Mönch hat nach ihm gesehen«, antwortete Gret gepresst. Ihr Atem ging unregelmäßig.
»Das war für euch alle sicher ein sehr aufregender Aufenthalt in Haigerloch. Und dann wurdet ihr auch noch überfallen und dem von Husen wurden böse Wunden zugefügt?«
Gret wand sich innerlich und verfluchte Tilias Leichtsinn. Wie sollten sie da wieder rauskommen? Wie schnell konnte es geschehen, ungerecht in Verdacht zu geraten. Wie leicht war in diesen Zeiten ein Leben verwirkt. Sie brauchte nicht zu fragen, woher der junge Graf von ihrem Besuch in Haigerloch wusste. Sie sah ihren Gatten geradezu bildhaft vor sich, in der Küche oder dem Gesindequartier, mit einem Becher Met in der Hand von seinen Abenteuern prahlen. Neuigkeiten wurden hier auf der Burg anscheinend schnell weitergetragen. Das musste sie sich merken – und ein ernstes Wörtchen mit Tilia reden. Das nahm sich Gret fest vor.
»Du bist heute nicht gerade gesprächig, meine Liebe«, neckte der Graf. »Und ich muss unsere nette Plauderei nun auch leider beenden. Es wird bald zum Nachtmahl geläutet. Du kannst bei meinen Gewändern mit Hand anlegen.«

Erleichtert atmete Gret auf und eilte sich, dem Herrn in sein Hemd zu helfen.

»Ich sehe, dass dich das sehr betrübt«, spottete er, »deshalb hoffe ich, dich hier zu späterer Stunde wiederzufinden – zu weiteren netten Plaudereien und was uns sonst noch Angenehmes einfällt.«

»Ja, Herr«, sagte Gret nur und knotete die Bänder seiner Beinlinge fest. Ihr Inneres war in zerwühltem Durcheinander. Sie würde sehr vorsichtig sein müssen.

✠ ✠

Die alte Kinderfrau machte ihrem Schützling bittere Vorwürfe. Die beiden waren allein in der Kemenate, denn alle zogen sich zum Nachtmahl um. Während Trude die Bänder des saftig grünen Seidenhemdes schnürte, Williburgis den Bliaud über den Kopf zog, die Ärmel annähte und die Bänder festzurrte, schimpfte sie, ohne auch nur einmal Luft zu holen.

»Es wäre Eure Pflicht gewesen, sie anständig zu empfangen. Schließlich hat Euer Bruder sie zu Eurer Gesellschaft herbringen lassen. Ein Bad und Kleider aus der Kammer aus Eurer Hand, nicht von irgendeiner der Damen. Habt Ihr Eurer Mutter denn nie zugehört, wenn sie Euch in Euren Pflichten unterwies!«

Die Vorwürfe trafen Williburgis von Zollern hart. Vor allem, da sie spürte, wie Recht die Kinderfrau hatte. Vielleicht gerade deshalb fuhr sie die Alte barsch an und befahl ihr, den Mund zu halten, doch diese ließ sich nicht so leicht beirren.

»Es ist eine Schande, wie der Saal verkommt! Von den anderen Räumen will ich gar nicht sprechen. Wann stellt Ihr Euch endlich Euren Aufgaben? Wann hört Ihr auf, Euch so zu verkriechen?«

Williburgis riss sich los und funkelte die Kinderfrau an. »Noch ein Wort, und ich lasse dich auspeitschen«, schrie sie, dass sich ihre Stimme überschlug, doch dann begann sie zu schluchzen. Tränen rannen ihr über das Gesicht. Sie umschlang die kleine, dicke Frau, barg ihr nasses Antlitz an den mütterlich weichen Rundungen und konnte sich gar nicht mehr beruhigen. Sie zitterte und bebte am ganzen Körper. Sanft redete Trude auf sie ein und wiegte sie in ihren Armen. Die Grafentochter war ganz plötzlich wieder das kleine Mädchen, das von ihren großen Brüdern gehänselt und gepiesackt worden war und nun Trost bei ihrer Kinderfrau suchte.
»Ach, Williburgis, mein Kind, mein Augenlicht, warum wollt Ihr nicht mit mir sprechen. Sagt mir, was Euch so bedrückt.«
Das Mädchen versteifte sich ein wenig. »Es ist nichts. Die Burg fordert mir zu viel ab, doch ich werde das schon schaffen.«
Die Kinderfrau seufzte. »Was haltet Ihr davon, morgen nach Stetten zu reiten? Die Jungfrau von Wehrstein wird ihre Schwester den Nonnen in Obhut geben. Wir würden dort zusammen beten, und vielleicht könntet Ihr mit der lieben Gräfin sprechen...«
Williburgis befreite sich aus den Armen und machte einen Schritt rückwärts. Sie reckte sich, und der hochmütige Glanz kehrte in ihren Blick zurück.
»Niemals, niemals werde ich mit ihr reden. Ich geh nicht nach Stetten!« Sie schlug die Hände vors Gesicht und rannte hinaus. Hilflos sah ihr Trude nach.

✠ ✠

Die kleine Glocke der Kapelle läutete zum Spätmahl. Von überall strömten die Bewohner der Burg Zollern herbei.

Die Mägde und Knechte in ihre Stube neben der Küche, die Ritter und Damen in den großen Saal. Nur der Platz der Burgfrau neben dem Grafen blieb leer. Besorgnis im Blick, sah der Graf zu der Kinderfrau, die ganz unten an der Tafel saß, doch diese konnte nur hilflos die Schultern zucken.

Tilia war den Damen in den Saal hinunter gefolgt. Jede strebte einem Platz zu. Wie zu erwarten, saß die gräfliche Familie um das Haupt der Tafel versammelt, doch unter den Gefolgsleuten schien es keine strenge Tischordnung der Rangfolge nach zu geben. Unschlüssig ließ Tilia ihren Blick über die Ritter und Damen schweifen, die bereits kräftig zulangten. Da winkte ihr Swenger von Lichtenstein und klopfte einladend auf den freien Platz an seiner Seite. Dankbar nahm Tilia an.

»Welch Freude, unsere Bekanntschaft zu erneuern, Jungfrau Tilia«, begrüßte der Ritter sie artig und brach ihr einen Kanten Brot ab.

»Danke, Herr Ritter. Die Freude ist ganz auf meiner Seite.«

Das war durchaus ehrlich gemeint. Er erschien ihr wie das Licht einer einsamen Kerze in der Dunkelheit. Nach so viel Gleichgültigkeit tat die Wärme seiner Stimme gut.

»Ihr müsst Euch hier in der Fremde recht verloren vorkommen«, sprach er ihre Gedanken aus, während er ihr einen hohen Zinnbecher mit Wein füllte.

Tilia nickte. »Ja, noch weiß ich nicht einmal die Namen der vielen Herren und Damen, die hier auf Zollern wohnen«, seufzte sie.

»Das können wir sogleich ändern«, entgegnete ihr Tischnachbar forsch. »Nun beißt Ihr erst mal herzhaft in den – naja, nicht besonders gelungenen Braten – ich glaube Ihr könnt das gebrauchen –, und ich erkläre Euch derweil, welch wichtige und weniger wichtige Persönlichkeiten sich hier so herumtreiben.«

Mit diesen Worten schnitt er ihr ein mächtiges, innen noch von Blut triefendes Stück Fleisch ab, dessen Kruste die Farbe von Holzkohle angenommen hatte und von dem niemand sagen konnte, von was für einem Tier es einst stammte.
Tilia aß ein großes Stück Brot und ein wenig Fleisch und lauschte dabei aufmerksam Swengers Ausführungen.
»Fangen wir bei den hohen Herrn dort oben an.« Swenger von Lichtenstein räusperte sich und schob sich eine verkohlte Fleischkruste in den Mund. Kauend sprach er weiter. »Der große, schlanke Edelmann mit dem langen Grauhaar ist, wie Ihr Euch denken könnt, Graf Friedrich von Zollern, der Erlauchte, der Hausherr dieses netten Steinhaufens. Ein edler Ritter, der den Namen noch verdient. Stets ruhig und vor allem gerecht. Neben ihm müsste eigentlich Williburgis sitzen. Wer weiß, wo sich das Edelfräulein herumtreibt. Sie ist, vorsichtig ausgedrückt, ein wenig merkwürdig.«
»Ja, ich habe sie bereits kennen gelernt«, pflichtete ihm Tilia leise bei.
»Links, Eitelfriedrich kennt Ihr ja bereits. Die jüngere Ausgabe rechts ist sein Bruder Friedrich, der Merkenberger genannt.« Tilias Wangen überzog ein Hauch von Röte, was dem Ritter nicht entging.
»Ja, die Frauen lieben ihn, und er liebt die Frauen. Hütet Euch, Jungfrau.« Um sie nicht in Verlegenheit zu bringen, fuhr Swenger mit seiner Beschreibung fort.
»Das kleine, runde Weib mit dem auffälligen Kopfputz ist Kunigunde von Baden, Eitelfriedrichs Weib. Nun, man flüstert, er würde sie nur beim Mahle sehen, doch ganz kann das nicht stimmen, der Knabe neben ihr führt die nächste Zollerngeneration an, und ein Mädchen haben sie auch. Doch kommen wir zu den Rittern und Damen. Der hünenhafte bärtige Klotz dort drüben, der an der linken Hand nur

noch vier Finger hat, ist Otto von Ringelstein-Killer. Ein großartiger Kämpfer, das muss man ihm lassen, nur zuweilen ist er – nun, sagen wir – ein wenig übereifrig und heftig.«

Das war sehr zahm ausgedrückt, fand Tilia, die mit einem Schaudern an die erste Begegnung auf der Burg mit diesem Riesen von einem Mann dachte.

»Das nette Weibchen neben ihm, das so ungeniert dem Merkenberger unkeusche Blicke zuwirft, ist Benigna von Hölnstein, meines Bruders Lutz Gemahlin. Es steht mir nicht zu, über sie zu urteilen.

Der kleine Ritter mit dem mausgrauen Haar neben ihr, der sich gerade das vierte Stück Fleisch abschneidet, ist Eberhard von Ringingen.

Er ist ein lustiger Geselle – außer wenn er zu tief in den Becher geschaut hat. Dann gibt es argen Streit, der nur mit einer saftigen Prügelei enden kann.

Der liebliche Kerl daneben – ja, der muskulöse mit der Narbe auf der Wange, dessen Ohr bei der letzten Fehde verlustig ging, das ist Ritter Walger von Bisingen, des Truchsessen Sohn. Seine Nachbarin, Ottos Schwester Salome von Ringelstein-Killer.

Der kleine Kerl, der so schmachtend zu Salome rübersieht, heißt Hans von Zell-Andeck. Der Sohn des Schenken. Lasst Euch nicht von seiner Größe täuschen. Er ist ein flinker Schwertkämpfer.«

Tilia sah zu dem schmächtigen jungen Mann mit dem rotblonden dünnen Haar und den grünen, verträumten Augen hinüber. Sie hätte ihn sich eher als Minnesänger denn als Kämpfer in Rüstung vorstellen können.

»Eleonore ist seine Schwester?«

Swenger nickte. »Aha, Ihr habt gut beobachtet – oder unsere kleine Nonne schon kennen gelernt.«

»Nonne?«
»Wir nennen sie so. Sie ist keuscher denn ein ganzes Kloster zusammen, hält nichts von Tanz und Gesang – und die Männer für die Dornen auf ihrem Weg ins Himmelreich. Doch weiter in der Reihe. Der schlaksige Knabe mit dem braunen Schopf ist Eitelfriedrichs Knappe, Diemo von Melchingen. Ein aufgewecktes Bürschchen.«
»Und wer ist der, der da gerade hereinkommt?«
»Das Knochengestell? Wenn er aussieht, als habe er einen ganzen Becher Essig getrunken, dann kann das nur unser hochverehrter Beichtvater Laurenz sein. Ein Musterbild an Enthaltsamkeit. Eine ständige Quelle der Klage über uns unwürdige Gesellen.«
Tilia kicherte. »Aber der Mönch mit dem schwarzen Gesicht, was ist mit dem?«
»Bruder Tragebott braucht weder Nahrung noch Licht. Er ist der Vertreter der Hölle, der tief unten in seinen Verliesen haust. Manches Mal kracht es und stinkt, wenn er einen Zugang zu den Dämonen öffnet. Und dann drohen die Flammen der Hölle die Burg zu verschlingen.« Tilia riss erschreckt die Augen auf, doch Swenger blinzelte ihr fröhlich zu. »Bruder Tragebott ist Vater Laurenz' härteste Prüfung auf Erden und ansonsten sehr unterhaltsam.«
»Ich glaube, er macht mir ein wenig Angst«, gestand Tilia.
»Ach, das ist völlig unnötig. Wenn man seinen magischen Gerätschaften nicht zu nahe kommt, kann einem gar nichts passieren. Der gute Mönch selbst ist völlig harmlos. Ich finde es sehr spannend, was er in seinen Kammern dort unten so alles zusammengesammelt hat. Wenn Ihr Lust habt, dann führe ich Euch hinunter.« Die Augen des Ritters funkelten unternehmungslustig.
»Nein, danke, vielleicht später einmal«, lehnte Tilia ab.
Swenger neigte den Kopf. »Ja, wenn Euch der Rest hier

schrecklich langweilt, dann kommt ruhig noch einmal auf mein Angebot zu sprechen. Doch nun muss ich mich verabschieden.« Er zwinkerte geheimnisvoll. »Ich habe noch eine Verabredung.«

KAPITEL 15

»Lasst mich ein! Öffnet das Tor! Bitte.«
Es war noch früh am Morgen. Kaum drang das erste Licht durch die kühle Feuchtigkeit, als ein Mann mit einem lahmen, alten Gaul den Zollernberg erklomm. Er fiel mehr von des Pferdes Rücken, als dass er sich aus dem Sattel schwang, und auch das Pferd machte den Eindruck, als könne es sich nicht mehr lange auf den Beinen halten. Schwankend taumelte der Mann zum Tor und hämmerte mit letzter Kraft gegen die eisenbeschlagenen Bohlen.
»Macht auf, ich muss den Graf sprechen!«
Wetzel, ein Edelknecht von Boller, der die letzte Torwache in dieser Nacht hatte, beugte sich über die Brüstung des Wehrgangs und musterte schweigend den morgendlichen Störenfried. Er war über und über mit Schlamm bespritzt, sein Mantel zeigte Risse, durch die man einen einfachen Rock sah. Kein Kettenhemd, keine Waffen. Doch das war es nicht, was Wetzel zögern ließ, allein ein Blick auf den mickrigen Gaul genügte, um zu sehen, dass es sich hier nicht um einen offiziellen Boten handeln konnte. Doch warum kam einer der Unfreien morgens auf den Zoller geritten und verlangte in diesem Ton, den Graf zu sprechen? Der Wächter kaute auf seiner Unterlippe.
»Was willst du von unserem Herrn?«, rief er zu der armseligen Gestalt hinunter.
»Das kann ich nicht sagen.« Gehetzt sah er sich um, als er-

warte er, dass jeden Moment ein Meuchelmörder aus dem Gebüsch auftauchen könnte.

»Ich komme geradewegs aus Haigerloch«, fügte der Mann hinzu, um die Dringlichkeit seines Anliegens zu unterstreichen.

»Ist gut. Ich werde sehen, ob der Graf oder einer der jungen Herren bereit ist, mit dir zu sprechen.« Der Wächter schlurfte davon.

Es schien ihm, als verginge eine Ewigkeit. Der Mann aus Haigerloch schritt unruhig vor dem geschlossenen Tor auf und ab. Ungeduldig zerrte er seine Gugel herunter, die ihm die Luft abzuschnüren drohte. Obwohl es noch so kühl war, dass der Atem dampfte, wischte er sich mit dem Handrücken den Schweiß von der Stirn. Ihm zitterten noch immer die Knie, wenn er daran dachte, wie knapp er seinen Häschern entgangen war. Endlich scharrte der Riegel und quietschten die Scharniere. Das große Tor öffnete sich langsam. Geradezu panisch drückte sich der Mann durch den Spalt, als habe er Angst, es könne sich sofort wieder schließen.

Wie gewöhnlich hatte sich Gret beim ersten Morgengrauen von ihrem Lager erhoben. Rasch zog sie Sofie ihren Kittel an und ging dann hinaus, um Wasser vom Brunnen zu holen. Solange sie keine festen Aufgaben auf der Burg hatte, versuchte sie, überall ein wenig zur Hand zu gehen. Sie hatte den zweiten Eimer gerade aus dem tiefen Brunnenschacht hochgekurbelt und wollte sich zur Küche aufmachen, als Graf Eitelfriedrich mit zwei Männern, vom Tor her kommend, ihren Weg kreuzte. Höflich grüßte Gret, stellte die Eimer für einen Moment ab und ließ die Männer passieren. Die Magd wollte ihre Last gerade wieder aufnehmen, als der Grafensohn sich noch einmal umsah.

»Gret, bring rasch gewürzten heißen Wein in mein Gemach

und wirf meinen Bruder aus den Federn. Er soll sofort bei mir erscheinen.«
Gret nickte. So schnell es ging, brachte sie die Eimer zur Küche, schob einen Krug an die Flammen und füllte ihn mit dem Rest gewürzten Weines vom Abend. Dann eilte sie zum Palas hinüber und brachte Wein und Zinnbecher in Eitelfriedrichs Gemach, in dem sich auch schon der alte Graf eingefunden hatte.
Wie aufgetragen, klopfte sie an der Kammertür des Merkenbergers, doch es rührte sich nichts. Auch nach mehrmaligem Hämmern mit der Faust war hinter der Tür noch immer nichts zu hören. Gret zögerte einen Augenblick, doch dann drückte sie beherzt die Klinke runter.
»Herr, Herr, wacht auf, Euer Bruder schickt nach Euch.«
Ein blonder und ein brauner Haarschopf ragten eng aneinander gelehnt zwischen einer Ansammlung von Kissen hervor.
Gret rief noch einmal. Endlich begann sich der braune Schopf zu regen, und nach und nach schälte sich der jüngste Zollernspross aus seinen Daunen. Schlaftrunken blinzelte er, gähnte herzhaft und musterte Gret aus seinen wasserblauen Augen. Völlig nackt tappte er zu Gret hinüber, zog ihr die leinene Haube vom Kopf und betrachtete das lange Blondhaar mit Wohlgefallen. Prüfend griff er ihr an die Hüfte.
»Gar nicht schlecht.« Er rieb sich die rot geränderten Augen. »Merkwürdig, warum kenne ich dich denn nicht?« Der Merkenberger schüttelte verwirrt den Kopf. »Na, egal, du gefällst mir. Los, ab ins Bett, die Annie soll sich davonscheren. Vielleicht habe ich mit dir mehr Spaß als mit dem knochigen Ding da.«
Gret ignorierte die Rede und wiederholte ihren Auftrag. »Ich wurde geschickt, Euch dringend zu Eurem Bruder zu rufen. Euer Vater wartet auch schon«, fügte sie noch hinzu.

»Schade. Na gut«, gähnte der Grafensohn und wankte zu dem Haufen Kleidungsstücke, die wild durcheinander in den Binsen lagen. Er drehte Gret seinen gräflichen Hintern zu und angelte umständlich nach seiner Bruech.
»Komm her, du kannst mir die Beinlinge annesteln«, befahl er und grübelte dann: »Doch, ich habe dich schon mal gesehen.«
»Ich bin mit Tilia von Wehrstein gekommen«, half ihm Gret auf die Sprünge.
»Ach ja, und du bist von meinem lieben Bruder schon in Gebrauch«, stellte er fest. »Hätte ich mir ja fast denken können, dass solch eine Süßigkeit hier nicht ungegessen liegen bleibt.«
Leichte Röte zog über die Wangen der Magd. Sie schwieg und half dem Zoller in seine Gewänder.
»Aber das macht nichts«, fügte er hinzu, als er hinter Gret den Gang hinunter zu seines Bruders Gemach schlurfte. »Ein wenig Abwechslung zwischen den Beinen hat noch keinem geschadet, und wir werden schon noch unseren Spaß miteinander haben. Ich werde es nicht vergessen«, flüsterte er ihr mit einem verzerrten Grinsen zu, als sie ihm die Tür aufhielt. »Verlass dich darauf!«
Ihre Gedanken waren noch bei seinen letzten Worten, als sie geschwind die Becher wieder füllte und auch dem jüngsten Zollernspross einen in die Hand drückte. Äußerlich die unbewegliche Miene bewahrend, seufzte sie innerlich schwer. Erst jetzt begriff sie so richtig, welch Privileg sie den anderen Mägden gegenüber auf Wehrstein genossen hatte. Wie viele männliche Hände hatte es wohl von ihrer Haut abgehalten, dass sie der Bastard des Hausherrn war?, überlegte sie.
Der alte Graf, der als Erstes seinen Sohn ausführlich für sein spätes Erscheinen und dann allgemein für seinen lieder-

lichen Lebenswandel gerügt hatte, wandte sich nun dem Grund dieses frühmorgendlichen Treffens zu. Er musterte die abgerissene Gestalt noch einmal durchdringend und forderte den Mann zu sprechen auf.
»Ich bin Ludwig, der Konstanzer genannt, Herr Graf.« Linkisch verbeugte er sich nach allen Richtungen. »Ich habe als Schneiderlehrling beim Meister Langnas in Haigerloch gearbeitet – bis zu seinem Tod im letzten Jahr – und mach die Arbeit nun mit seiner Witwe zusammen, doch die Geschäfte gehn nicht so gut, dass man davon leben könnte.«
In des Merkenbergers Gesicht zeichnete sich Ungeduld ab. Hastig fuhr der Schneidergeselle fort.
»Mein Schwager ist Schneider am Hof des verehrten Grafen Eberhard von Württemberg, und vor ein paar Wochen hat er mir einen Beutel Geld und einen Auftrag gebracht.«
Nun spitzte Gret die Ohren. Das schien ja interessant zu werden. Äußerlich teilnahmslos füllte sie die Becher wieder auf und versuchte, nicht aufzufallen. Die Herren hatten sie anscheinend völlig vergessen.
»Ich solle in einer bestimmten Nacht dafür sorgen, dass der Walger nicht am Tor steht, sondern einer, der ein paar Leute nachts aus dem Türlein lässt.« Unsicher leckte sich der Schneider die Lippen.
»Ich habe das Geld genommen. Die Witwe des Meisters ist ein geiles Weib, die für ein paar Münzen gern dem Walger die Zeit vertrieben hat. Ich selbst habe derweil die Wache übernommen und die Leute aus dem Törchen gelassen. Ich habe mir da nicht viel dabei gedacht, nur gewundert hat es mich, warum jemand nachts aus einer Stadt hinauswill und dafür auch noch Geld bezahlt, doch als dann die Württemberger und Ihr, die Herren Grafen, vor dem Tor wart, da habe ich verstanden, was gespielt wurde, und bekam es mit der Angst zu tun.« Er riss die grauen Augen weit auf.

»Graf Albert sagt, das war Hochverrat, und er will mich aufhängen lassen! Walger hat ihm gesagt, dass ich am Tor war. Die Häscher waren schon unterwegs, mich zu holen. Gerade noch rechtzeitig konnte ich mit dem Schlüssel durchs Tor schlüpfen. – Dabei hätte ich nie mitgemacht, wenn ich gewusst hätte, dass der Württemberger und ihr...« Verwirrt schwieg der Schneider.

»Was willst du hier?«, fragte der alte Graf leise.

»Wohin hätte ich mich denn wenden sollen? Der Württemberger gibt nun mir die Schuld, dass das Törchen zu früh geöffnet wurde, und fordert meinen Kopf. Graf Albert hat es auf meinen Hals abgesehen. Ich wusste nicht, an wen ich mich wenden soll, also bin ich die ganze Nacht durchgeritten, um bei Euch Zuflucht zu finden.«

»Und warum ist die Tür zu früh geöffnet worden?«, mischte sich nun Eitelfriedrich ein.

Die Frage war dem Schneider sichtlich unangenehm. »Nun ja, ich konnte ja nicht wissen, dass die Zeit eine Rolle spielt, und da ich noch zu einem wunderbaren Liebchen wollte, ließ ich den Spielleuten sagen, sie sollten noch vor der Mette an das Tor kommen.«

Der Merkenberger sprang von seinem Stuhl auf. »Also du trägst die Schuld an dieser demütigenden Niederlage! Nicht wir waren zu spät, du warst zu früh!« Er packte den Schneider am Hals und schüttelte ihn. »In der halben Zeit zwischen Mette und Laudes hieß es«, schrie er immer wieder, während sich seine Hände um den dünnen Hals schlossen.

Der Schneider lief erst rot an, dann verfärbte sich sein Gesicht bläulich. Die Augen traten vor, die Hände griffen ins Leere. Gret stand wie erstarrt da und konnte ihren Blick nicht von dieser schrecklichen Szene abwenden.

»Ich dulde es nicht, dass in meinem Palas Menschen getötet werden«, sagte der alte Graf schleppend, ohne sich von seinem Sessel zu erheben.

»Er ist ein Verräter und ein Versager«, brüllte der Merkenberger, ohne von seinem Opfer abzulassen.

»Nicht in meinem Palas«, wiederholte der Graf störrisch.

Der Zollernsohn lockerte seinen Griff.

»Vielleicht können wir ihn zu etwas gebrauchen?«, warf Eitelfriedrich ein.

»Einen unfähigen Schneider, der für Geld alles und jeden verrät und den Verrat auch noch falsch ausführt?« Der junge Friedrich sah seinen Bruder verächtlich an. »Das Einzige, wozu der taugt, ist Krähenfutter!«

Der Schneider ächzte und stöhnte. Er wimmerte um Gnade, strampelte und versuchte, sich loszureißen, doch der Merkenberger schleppte ihn mit festem Griff in den Hof hinaus, über die Brücke bis zum Tor.

Als am Mittag die Lumpensammler aus Hechingen kamen, um in den Abfällen der Burg nach etwas Brauchbarem zu suchen, fanden sie unter Mist und Küchenabfällen auch eine frische, kopflose Leiche. Der Mantel war zerrissen und blutbefleckt, doch um den Leinenrock entspann ein heftiger Streit. Der Sieger trug ein blaues Auge, aber, sehr zufrieden, auch den Rock als Lohn davon.

✠ ✠

Nach dem Morgenmahl traf sich eine kleine Gruppe vor den Ställen, um zum Kloster nach Stetten hinunterzureiten. Die Stunde des Abschieds nahte. Einer der Bollerbrüder ritt mit dem Merkenberger voran, der sich überraschenderweise anschloss. Auch der Graf und sein ältester Sohn ritten ein Stück des Weges mit. Sie wollten nach Hechingen und dann bis zum Abend des anderen Tages auf einigen Gütern der Grafschaft nach dem Rechten sehen. Ihnen folgten Tilia mit Dorothea und die Kinderfrau Trude. Bis zuletzt hatte die Alte gehofft, Williburgis zum Mitkommen bewegen zu können, doch die Grafentochter weigerte sich bockig.

»Ach, sie ist sonst so eine reizende Jungfrau«, seufzte Trude tief.

»Die Gräfin Williburgis?«, griff Tilia das Gespräch auf, neugierig, mehr über die Burg und ihre Bewohner zu erfahren. Die Kinderfrau erschrak. Eigentlich hatte sie mehr zu sich und ihren Gedanken gesprochen. Sie sah die fremde junge Frau neben sich an und presste schnell die Lippen aufeinander, als habe sie schon zu viel gesagt. Und dennoch drängte es sie, endlich mit einem Menschen über die drückende Last auf ihrer Seele zu sprechen.

Tilia tat so, als bemerke sie die Ablehnung nicht. »Sie ist eine Schönheit, deine Herrin«, versuchte sie ein Gespräch in Gang zu bekommen. »Die edle Haltung und die zierlichen Glieder.«

»O ja, ganz die Mutter«, sprang die Kinderfrau darauf an. »Vielleicht werdet Ihr sie in Stetten sehen. Sie ist eine so große Dame, die edle Udelhild von Dillingen, auch wenn ihr Haupt nur noch ein einfacher Nonnenschleier ziert.«

»Das war für Williburgis sicher nicht einfach, als ihre Mutter beschloss, sich zu den Nonnen zurückzuziehen…«, hakte Tilia weiter nach.

»O ja, sie ist einfach zu zart, sich durchzusetzen. Früher, da war es eine Lust, auf Zollern zu leben. Die Gräfin war eine reizende Gastgeberin. Der Saal hätte jedem Herzog Ehre gemacht und erst die Speisen, die gereicht wurden! Spielleute waren oft zu Gast, es wurde getanzt und dem Minnesang gehuldigt. Heute muss man sich der Zustände schämen.« Ihre Miene verdüsterte sich. »Das Essen ist eine Schande, überall Dreck, Ratten, kein sauberes Linnen, die

Kleiderkammer leer. Die Ritter merken es nicht einmal, sind die meisten von der heimischen Burg ja nichts Besseres gewöhnt.«

Tilia tastete sich vorsichtig weiter »Es muss die Arme sehr getroffen haben, die Mutter zu verlieren. Es ist doch schon Monate her, und doch wirkt sie so tief bedrückt.«

»Ach ja«, seufzte die Kinderfrau. »Das ist es ja gar nicht. Sie ist zu weich und unerfahren. Dennoch, mit der Führung der Burg wäre sie sicher irgendwann zurecht gekommen, wenn nicht…« Erschrocken stieß sie einen ärgerlichen Laut aus.

Schnell wechselte Tilia das Thema, denn es war klar, dass sie hier auf direktem Wege nichts weiter erfahren würde.

»Aber sie hat doch sicher große Hilfe an ihren Damen. Die Gattin des Ritters Eitelfriedrich – Kunigunde von Baden glaube ich – ist dem Rang nach ihr am nächsten.«

»Ha, große Hilfe?«, fiel die Kinderfrau ihr ins Wort und spuckte voller Verachtung aus. »Wenn eine der Damen doch nur einmal irgendwo mit Hand anlegen würde, aber sie verbringen ihre Zeit nur mit leerem Geschwätz. Da kann die Burg in einem Haufen Unrat versinken, sie würden trotzdem in der Kemenate sitzen und ihre spitzen Zungen über die Ritter laufen lassen.«

»Ja, die Herren Ritter«, murmelte Tilia, »für manch schwaches Weib ein Brunnen ständigen Glücks, für manches Weib aber der Quell tiefen Trübsinns.«

Es war ein Pfeil ins Blaue, doch er traf. Die Kinderfrau straffte sich und sah Tilia scharf an.

»Woher wisst Ihr das? Ich meine, was meint Ihr damit – ich wollte sagen…« Sie biss sich auf die Lippen und funkelte Tilia böse an. Kein Wort mehr war ihr zu entlocken, bis sie das Kloster am Fuß des Zollernberges erreichten.

Der Abschied verlief ohne Tränen, und dennoch wurde

Tilia das Herz schwer, als sie ihre Schwester zwischen den verhüllten Gestalten der Bräute Christi sah. Das Kind nahm bereitwillig die dargebotene Hand der Mutter Oberin. Neugierig ließ das Mädchen den Blick durch das Gewölbe wandern.
»Lebe wohl, liebste Dorothea, ich werde für dich beten.« Tilia hatte einen Kloß im Hals. Das Kind unterbrach seine Betrachtungen und wandte sich abrupt seiner Schwester zu. »Ich werde ganz brav sein. Wann holst du mich denn wieder ab?«
Tilia eilte zu ihr und kniete bei ihr nieder. Ihre Arme umschlangen den zarten Leib. »Ich kann dich nicht wieder abholen. Du wirst nun hier wohnen und ich dort oben auf der Burg.«
Dorothea kaute nachdenklich auf ihrer Lippe. »Du musst nicht traurig sein«, sagte sie und streichelte Tilias Haar. »Wenn ich größer bin und ein Pferd habe, dann komme ich hinaufgeritten und besuche dich.«
Auf dem Rückweg gesellte sich Friedrich der Merkenberger zu Tilia. Er schien guter Laune zu sein. Seine blauen Augen strahlten. Mit seiner muskulösen Gestalt machte er eine gute Figur auf dem kräftigen braunen Streitross. Verstohlen betrachtete Tilia ihn unter ihren Wimpern hervor. Er trieb sein Pferd näher an das ihre, dass sich ihre Beine fast berührten.
»Ja, seht Euch nur um, Fräulein Tilia, all das herrliche Land, das Ihr sehen könnt, gehört zur Grafschaft Zollern. Kommt noch ein Stück weiter, dann habt Ihr einen wunderbaren Blick auf die Stadt Hechingen. Mein Großvater hat sie dort oben auf dem Bergsporn über der Starzel gegründet. Die Gehöfte, die Ihr dort unten seht, gehören zum alten Dorf Hechingen. Weiter drüben liegt St. Luzen. Solange es oben in der Stadt keine Kirche gibt, ist sie auch Pfarramt für die

Bürger. Wir haben auch zwei Mühlen an der Starzel. Wisst Ihr, was das bedeutet?« In seinem Blick glomm Gier. »Es bedeutet so viel wie pures Gold. Die Grafschaft Zollern wird wachsen und blühen. Bald wird Hohenberg in unserem Schatten verkümmern. Wie gefällt Euch denn Haigerloch?«
Die Frage kam so überraschend, dass Tilia ihn nur aus großen Augen anstarren konnte.
Doch er schien nicht ernsthaft eine Antwort zu erwarten. Er lobte weiterhin die Schönheit der sanften Hügel, die Erhabenheit der schroffen Alb und den Zollernberg mit der aufragenden Burg.
»So schön und erhaben, wie auch Ihr es seid«, sagte er und sah die Ritterstochter an seiner Seite herausfordernd an. »Stolz und Schönheit machen eine Frau gut für die Minne«, schnurrte er und trieb ihr damit die Röte ins Gesicht. »Ihr habt von beidem genug, um mehr als nur neugierig zu machen.« Er schwieg einige Augenblicke und weidete sich an – ihrem Unbehagen.
»Frauen sind für die Liebe geschaffen. Männer für den Kampf und die Politik. Worüber sollen wir uns unterhalten, Jungfrau Tilia von Wehrstein. Über die Liebe oder über die Politik?«
Sie wand sich und sah zur Burg hoch, die noch so entsetzlich weit weg schien. Tilia sandte ein stummes Stoßgebet zur Mutter Gottes, flehte um ihren Beistand und stürzte sich dann in die gefährliche Tändelei mit dem jüngsten Sohn des Grafen von Zollern.

✠ ✠

Es war schon dunkel, als Gret ein Bündel Kienspäne zu den Wächtern am Tor hinuntertrug. In einer kleinen Gruppe standen die Wächter und drei der Ritter beisammen, unter ihnen auch der Merkenberger. Gret grüßte zurückhaltend, beugte die Kienspäne in eine Kiste in der Turmstube und beeilte sich dann, den Vorhof zu durchqueren. Wie weit es doch zur Küche war. Zwei Tore und zwei Höfe trennten sie von ihrer Tochter, die dort auf sie wartete.

Noch bevor sie seine Schritte hörte, wusste sie, dass er ihr nachkam. Sie raffte den Rock, um schneller ausschreiten zu können, begann zu laufen, doch unter dem Tor holte er sie ein. Er griff nach ihrem Arm. Gret wand sich und versuchte, sich zu befreien.

»Ja, lauf weg, wehr dich, schrei und schlag um dich«, raunte er ihr ins Ohr, als er beide Arme um ihre Taille legte. »Ich mag kratzbürstige Weiber am liebsten. Ich liebe es, sie in die Knie zu zwingen, bis sie um Gnade winseln. Ich mag das Geräusch meiner Peitsche auf ihrer nackten Haut. O ja, wir werden viel Spaß miteinander haben!«

Seine Züge waren im sanften Mondlicht nur undeutlich zu erkennen, doch ihr war, als grinse ihr der Teufel persönlich ins Gesicht. Gret unterdrückte einen Seufzer, biss die Zähne aufeinander und ließ sich zu dem Pferdepferch bei der Schmiede ziehen. Drinnen wurde noch gearbeitet. Sie konnte das vertraute Hämmern und das Klingen des Eisens hören. Fröhliche Männerstimmen drangen zu ihr.

»Herr im Himmel, mach, dass es schnell geht und dass Rüdger nicht rauskommt«, betete sie, als der junge Graf ihren Oberkörper unsanft auf einen dicken Balken drückte. Grobe Finger hoben hastig Rock und Hemd. Mit einem lauten Stöhnen fuhr er in sie. Gret umklammerte den Balken. Das gibt blaue Flecken, dachte sie, als er ihr Leib und Schenkel in immer schnellerem Rhythmus gegen die Holzbarriere schlug. Zwei falbe Ackergäule glotzten sie neugierig an.

Ja, sie sind wie ihr, sprach sie in Gedanken mit den Rössern.

Wenn sie heiß sind, muss eine Stute her. Männer, Krönung der Schöpfung, pah! Ihrem Trieb sind sie untertan wie jedes Tier. Ob Graf oder Knecht, es gibt keinen Unterschied. Der Graf stöhnte auf, die Gäule wieherten und wichen zur Rückwand des Pferches zurück. Stimmen näherten sich.
Verdammt, fluchte sie, wann ist er endlich fertig. Ein Holzspan bohrte sich schmerzhaft in ihren Schenkel.
»Was ist denn das?« hörte sie die Stimme des Ritters, der ihren besten Rock auf dem Gewissen hatte.
»Das ist der Merkenberger, der seine abendliche Lust loswerden muss«, antwortete einer. Die anderen lachten.
»Ah, ich glaube, es ist das knusprige Hühnchen der Wehrsteinerin, das er da am Genick hat.«
»Halte es fest, ich will auch mal!«, dröhnte der von Ringelstein-Killer und erntete wieder Gelächter. In diesem Moment wurde die Tür zur Schmiede aufgerissen. Heinz, der Hüne, kam nachsehen, was es für einen Aufruhr gab. Hinter ihm tauchte Rüdger im Schein des Feuers auf.
Da ging ein Zittern durch den jungen Grafen, und er erschlaffte. Mit einer raschen Bewegung gelang es Gret, sich unter seinem Körper hervorzuwinden. Ohne sich umzudrehen, rannte sie los. Sie hörte die Ritter hinter sich lachen, hörte Rüdgers Stimme, die nach ihr rief, dann seinen schnellen Schritt, der ihr folgte. Im Laufen versuchte sie, ihre Röcke zu ordnen, doch noch vor der Küche holte er sie ein.
»Verflucht noch mal, Gret, was soll das?«, schrie er sie an.
Hass funkelte in ihren Augen, als sie ihn ansah. Ihre aufgeschürften Hände zu Klauen gekrümmt, stand sie da und fauchte: »Verschwinde! Lass mich in Ruhe und rühr mich nicht an!«
»Du verdorbene Schlange«, zischte er und schlug ihr ins Gesicht.

Dann drehte er sich auf dem Absatz herum und verschwand in der Dunkelheit.

Sie spürte, wie es klebrig zwischen ihren Beinen herabrann, fühlte den Holzsplitter in ihrem Fleisch, die blutigen Handflächen, den geprellten Oberkörper, die glühende Wange. Zitternd vor Wut und Abscheu blieb sie eine ganze Weile vor der geschlossenen Küchentür stehen. Dann glättete sie entschlossen ihren Rock, band sich die verrutschte Haube frisch und trat in die heimelige Wärme, um nach ihrer Tochter zu sehen.

✠ ✠

Tilia schlief schlecht in dieser Nacht. Ihre Bettnachbarin hatte einen unruhigen Schlaf und wälzte sich ständig hin und her. Auch wanderten Tilias Gedanken immer wieder zum Kloster nach Stetten hinunter. Wie es Dorothea wohl erging? Ob sie sich einsam fühlte? Ob sie sich in den Schlaf geweint hatte? Ob die Nonnen sanftmütig zu dem Kind waren?

Vom Flur her war das Klappen einer Tür zu hören. Tilia hob lauschend den Kopf. Sie war nicht die Einzige. Im vordersten Bett an der Tür raschelte das Stroh der Matratze. Eine dunkle Gestalt zeichnete sich schemenhaft ab, tappte zur Tür, öffnete sie einen Spalt und verschwand. Tilia glaubte sich zu erinnern, dass die Kammerfrau Agnes mit Trude das vordere Bett teilte. Den Umrissen nach zu urteilen, musste es eher Trude sein, die das gemeinschaftliche Gemach verlassen hatte.

Wozu nur, grübelte Tilia. Schließlich gab es für die nächtlichen Bedürfnisse einen Eimer, den eine Magd jeden Morgen entleerte. Die Wehrsteinerin war nun hellwach. Vorsichtig, um ihre Bettgenossin nicht zu wecken, rutschte sie unter der Daunendecke hervor und tappte zum Fenster. Ein kühler Lufthauch ließ sie frösteln. Die schmale Öffnung erlaubte einen Blick über den Hof, der vom Palas, dem Bergfried und der Kapelle von drei Seiten eingeschlossen wurde. Der Mond trat gerade hinter den Wolken hervor und beleuchtete eine Gestalt im hellen Mantel, die mit eiligen Schritten zur Kapelle lief.

Es ist eine Frau – eine junge Frau, dachte Tilia. Dem Mantel nach bestimmt keine der Mägde. An der Kapelle angekommen, sah sich die Unbekannte verstohlen um und huschte dann ins Innere. Kurz darauf schimmerte ein Lichtschein durch die Finsternis und erhellte die bunten Scheiben der Bogenfenster.

Wer da wohl zu dieser Zeit zur Kapelle schleicht? Wozu nur? Eine zweite Gestalt, langsamer, schwerfälliger, in einem dunklen Umhang, überquerte den Hof in Richtung Kapelle.

Hier ist nachts ganz schön was los, wunderte sich der Gast aus Wehrstein. Die zweite Gestalt könnte Trude sein, überlegte Tilia und drückte sich noch näher an das schmale Fenster.

Das verhüllte Weib umrundete einmal die Kapelle und blieb dann zögernd vor dem Eingang stehen. Vorsichtig öffnete sie die Tür einen Spalt und lugte hinein. Dann verschwand sie. Tilia blieb noch eine Weile am Fenster stehen und starrte in die Nacht. Ihr wurde langsam kalt. In der Kapelle brannte noch immer Licht, doch sonst blieb alles ruhig. Tilia beschloss gerade, wieder unter ihre warme Decke zu kriechen, als sich die Tür öffnete und jemand hereinschlüpfte.

Tilia blieb wie erstarrt stehen. Die Frau warf ihren Mantel über eine Truhe und trat dann zum dritten Bett. Das Mondlicht glitt sanft über ihren nackten Körper.

Wer schlief in der dritten Nische? Tilia versuchte, Gesichter und Namen in ihr Gedächtnis zurückzurufen.
Die Nackte war im Begriff, ins Bett zu steigen, als sie plötzlich innehielt und dann mit ein paar schnellen Schritten zum Fenster eilte. Ihre Hand schloss sich um Tilias Handgelenk. Der Mond beleuchtete matt ein rundes Gesicht mit einer kleinen Nase, dunkelblondes Haar und einen üppigen Körper.
»Was macht Ihr hier?«, zischte die Stimme leise.
»Verzeiht, ich bin von einem Geräusch geweckt worden und habe hinausgesehen, ob etwas passiert ist«, entschuldigte sich Tilia ebenso leise.
»Dann geht in Euer Bett zurück und sucht den Schlaf, den eine Jungfrau braucht, um ihre Schönheit zu erhalten«, erwiderte die andere, presste noch einmal warnend Tilias Handgelenk und huschte dann zu Bett.
Es hat fast wie eine Drohung geklungen, dachte Tilia, als sie sich in ihre Decke kuschelte. Wenn ihr doch nur der Name des Fräuleins wieder einfallen würde. Das brutale Gesicht des riesenhaften Ritters mit dem fehlenden Finger geisterte durch ihren Sinn, dann wieder die nächtliche Frauengestalt am Fenster. Schon fest in der Träume Hand, hatte sie den Namen plötzlich vor Augen: Salome von Ringelstein-Killer.

KAPITEL 16

Es war, als weigere sich der Tag, seinen gewohnten Gang zu gehen.
Länger als sonst blieb es finster. Der Mond war längst untergegangen, und die Sterne verkrochen sich hinter grauschwarzen Wolken, aus denen erst leicht und dann immer stärker die Regentropfen herabprasselten. Dicke Tropfen weichten den Boden auf, sammelten sich zu schmalen Wasserfäden, spülten schmale Rinnen aus und entleerten sich dann in den Graben zwischen Burg und Vorhof. Das schlammige Wasser mischte sich mit dem stinkenden Unrat zu einem zähen Sumpf.
Nur trübe erhellte das gedämpfte Morgenlicht das trostlose Grau. Da schlüpften die Mägde und Knechte nur widerwillig in ihre feuchten Kittel und Röcke, stülpten sich die mit klammem Stroh gepolsterten Holzschuhe über, hüllten sich in ihre zerschlissenen Umhänge und machten sich auf, ihr Tagewerk zu beginnen.
»Dich brauche ich für die Wurst«, war das Erste, was Gret an diesem Morgen zu hören bekam, als sie steifbeinig und schlaftrunken zur Latrinegrube torkelte und dort auf Hanna traf.
»Das Frühmahl fällt für das Gesinde heute aus. Erst wird geschlachtet.«
»Ich wünsche dir auch einen guten Morgen«, entgegnete Gret gähnend und hob ihr Hemd.
Hanna grinste. »Brauchst gar nicht schnippisch zu werden.

Heute wird gearbeitet. Um dich mit den Herren Grafen zu belustigen, hast du des Nachts ja Gelegenheit genug.« Die Köchin wartete keine Antwort ab, sondern stapfte durch den Regen davon.
Gret streckte dem breiten Rücken die Zunge heraus. »Altes Keifweib«, brummte sie, um ihren Unmut loszuwerden.
Bevor sie den Anweisungen der Köchin folgte, warf die Magd noch einen Blick in den Gesindeschlafraum. Beruhigt sah sie Sofie mit zwei anderen Mädchen in den Binsen sitzen und mit grob geschnitzten Stöckchen spielen. Sie küsste ihrer Tochter die Wangen.
»Bleib schön hier bei den anderen Kindern. Ich hole dich später, wenn es etwas zu essen gibt.«
Das kleine Mädchen nickte nur, ohne sein Spiel zu unterbrechen. Eilig lief die Wehrsteiner Magd zur Küche, um ihre Befehle entgegenzunehmen. Mit Hanna zusammen trug sie einen großen Eisenkessel hinaus. Ella folgte ihnen, mit einem Eimer und langen Holzlöffeln beladen. So schlitterten und rutschten die drei über die triefende Zugbrücke zu einem windschiefen Strohdach, das an vier Pfosten befestigt war. Der gestampfte Lehmboden war von dunklem Rot. Ein junger Ochse, der an einem der Pfosten angebunden war, sah die Frauen aus großen, braunen Augen ängstlich an. Vielleicht roch er das Blut, das den Boden über unzählige Jahre hinweg getränkt hatte.
Stöhnend stellten die Frauen den schweren Kessel auf die Erde. Schlamm spritzte gegen ihre Füße. Für einige Augenblicke war nur das Rauschen des Regens zu hören, doch dann quiekte ein Schwein. Drüben an der Mauer wurde die Tür zum Stall aufgerissen, und zwei Knechte mühten sich, eine ausgewachsene Sau zum Schlachtplatz zu treiben. Ein kräftiger Kerl mit wildem Bart zog ungeduldig an dem Strick, den er dem Schwein um eines der Vorderbeine gebunden

hatte. Ein langer Bursche, dessen ausladender Schlapphut seine Züge verbarg, drosch mit einem Stock auf das Tier ein, doch immer wieder gelang es der Sau, seitlich auszubrechen. Die Männer fluchten.
»Verdammt, Jakob, nun zieh halt«, rief der mit dem Schlapphut.
»Mach ich ja, du Besserwisser. Lern du lieber die Rute zu führen. Hau ihm eins auf den Schinken, aber richtig!«
Hanna gab ihre nicht sehr hohe Meinung über die Fertigkeiten der Männer zum Besten, doch dann lief sie zu den beiden und packte das Schwein bei den Ohren. Empört quiekte das Tier auf, als die drei Eigenleute des Grafen es unter das Dach zerrten. Ella holte einen zweiten Strick und half, dem sich wehrenden Schwein die Hinterbeine zu fesseln. Jakob hakte flink eine grobe Kette ein, dann zog er sie mit des Erkingers Hilfe über das hohe eiserne Dreibein. Das Schwein schrie ohrenbetäubend, während es langsam den Boden unter den Beinen verlor. Bald baumelte es hilflos quiekend in der Luft. Jakob zog seinen langen Dolch aus dem Gürtel. Der Ochse zerrte an seinem Riemen und brüllte mit dem Schwein um die Wette, als der scharfe Stahl flink in Speck und Fleisch fuhr. Blut spritzte über Arme und Kittel und troff in den Schlamm. Noch einmal schwoll das Kreischen an, dass es durch Mark und Bein fuhr. Dann brach das Quieken ab.
Hanna und Gret wuchteten den Kessel heran. Geschickt schlitzte der Knecht den noch zuckenden Körper der Länge nach auf, dass das frische Blut in warm dampfenden Strömen in den Kessel floss. Der Ochse schnaubte ängstlich. Längst war ihm klar, dass er das nächste Opfer sein würde.
»Mama, Mama«, rief Sofie und kam, triefend vor Nässe, in ihrem kurzen Kittel durch den Regen gehüpft. Die nackten

Beine waren bis zu den Knien mit Schlamm bedeckt. Ein Strahlen huschte über Sofies Wangen, als sie Gret unter dem Dach entdeckte.
Die Ärmel hochgekrempelt, den langstieligen Löffel mit beiden Händen umfasst, stand Gret nun schon seit Stunden hier und rührte den Topf mit Blut durch, damit es nicht gerinnen konnte. Hinter ihr hingen die Kadaver oder das, was von ihnen übrig war. Immer wieder kam Hanna oder einer der Knechte, ein Stück Fleisch oder Speck zu lösen, um es in der Küche zu kochen oder braten, salzen oder unter dem Dach zum Trocknen aufzuhängen.
Sofies Händchen krallten sich in Grets Rock. »Die haben alle was zu essen gekriegt, aber du hast mich nicht geholt.«
»Tut mir Leid, mein Schatz. Ich muss hier noch eine Weile rühren. Hast du von Rüdger was bekommen?«
Sofie schüttelte den Kopf. »Aber die Ella hat mich in die Küche mitgenommen und mir Brot gegeben.« Sie öffnete eines ihrer schmutzigen Fäustchen und ließ ein zerdrücktes Etwas sehen, das mal ein Stück Brot gewesen sein konnte.
»Willst du das?«, fragte das Kind.
Dankend lehnte Gret ab. »Iss du nur.«
Das Kind schob sich den Kanten zwischen die Zähne und kaute schmatzend. »Da kommt Tilia«, sagte Sofie plötzlich und deutete mit ihren spuckenassen Fingern zum Tor hinüber. Gret wandte den Kopf.
In ihren dicken Mantel gehüllt, schritt die Wehrsteintochter durch den Morast auf sie zu, trat unter das Dach und schüttelte sich, dass die Tropfen flogen. Schweigend sah sie die Magd an, die stumm das Blut umrührte.
»Sie sitzen seit dem Morgenmahl in der Kemenate zusammen und sticken – und reden sinnloses Zeug. All die großen Damen.« Tilia knetete ihre Hände. Sie wusste nicht so recht,

was sie sagen sollte. Es war, als sei ihr Gret in diesen wenigen Tagen fremd geworden. Mit unbeweglicher Miene stand die Magd nur da und rührte.
»Ich habe es nicht mehr ausgehalten. Die Burg ist viel größer als Wehrstein, und doch komme ich mir vor wie der kleine Vogel in seinem Käfig, den die Edelfrau von Baden in ihrer Kammer hält. Mir war, als bekomme ich keine Luft mehr.« Sie räusperte sich. »Die haben gesagt, ich sei verrückt und werde mir den Tod holen, wenn ich in den Regen hinausgehe, aber ich wollte einfach wissen, wie es dir und Sofie geht«, sagte Tilia leise. »Ich vermisse Dorothea und denke immer, wie einsam sie sich fühlen muss, dort in der fremden Umgebung zwischen den kalten Klostermauern.«
Grets Züge wurden weich. »Danke, wir kommen schon zurecht. Und Dorothea wird sich an das Leben bei den Nonnen gewöhnen. Es ist nicht das Schlechteste für eine Frau.«
»Sie geben dir viel Arbeit«, stellte Tilia fest und nickte in Richtung Kessel.
»Eine Magd ist zum Arbeiten da«, erwiderte Gret gleichgültig.
Unruhig trat Tilia von einem Fuß auf den anderen. »Die anderen Damen reden über den jungen Grafen – und über dich.«
Gret versteifte sich.
»Sie sagen, Graf Eitelfriedrich hat nun was Neues für sein Lager.« Tränen traten in ihre blauen Augen. »Es tut mir so Leid, Gret. Du hättest auf Wehrstein bleiben sollen.«
Die Magd sah erstaunt auf. »Des Grafensohn Lager ist nicht unangenehmer als Rüdgers, das glaube mir.«
»Aber Rüdger ist dein Gemahl.«
Die Magd schnaubte durch die Nase. »Auch auf Wehrstein hat der Vater mich zu Graf Eitelfriedrich geschickt, wusstest

du das nicht? Was glaubst du wohl, warum ich mitkommen sollte?«

»Ich wusste es nicht. Wahrscheinlich wollte ich es gar nicht wissen.« Die Ritterstochter seufzte tief.

»Jetzt schau nicht so leidend. Ich lass mich nicht unterkriegen.« Gret schlug einen heiteren Ton an, versuchte sich an einem Lächeln und wechselte das Thema.

»Wie geht es denn dir dort drin mit den ganzen Rittern und der jungen Gräfin?«

Tilia zuckte die Schultern. »Williburgis benimmt sich sehr merkwürdig. Heute hat sie noch kein Wort gesprochen. Sie starrt nur mit ablehnender Miene vor sich hin. Den anderen Damen scheint ausschließlich an ihrem Vergnügen gelegen zu sein. Die Ritter, nun ja«, sie überlegte. »Die meisten sehe ich lieber nur von fern. Außer Swenger von Lichtenstein, der ist sehr zuvorkommend. Bei ihm fühle ich nicht diese Beklemmung. Und dann ist da noch der Merkenberger. Ich werde nicht so ganz schlau aus ihm. Er stößt mich ab und ist dennoch seltsam faszinierend.«

Gret hustete, als habe sie sich verschluckt, und wechselte schon wieder unvermittelt das Thema.

»Wenn ich an den Saal in Wehrstein denke, dann kommt mir der auf Zollern trotz seiner beachtlichen Größe eher wie ein Saustall vor.«

»Ja, ist es nicht ein Jammer?«, pflichtete ihr Tilia bei. »Ich habe schon vorsichtig nachgefragt, wer denn welche Arbeiten übernehmen würde, doch sie haben mich nur auf meinen Platz verwiesen. Die von Baden will nichts von Arbeit wissen und schiebt alles auf Williburgis, und die anderen sagen, es käme ihrem Rang nicht zu, ohne Anweisungen der Zollerndame etwas zu ändern. Und darüber sind die verdammt froh, wenn du mich fragst.«

Der untypische Fluch der Ritterstochter entlockte der Magd

ein Lächeln. »Früher oder später wirst du die Fäden schon in die Hand nehmen«, prophezeite sie.
»Lieber gestern als heute«, knurrte Tilia. »Doch ich wollte eigentlich mit dir über den Merkenberger sprechen. Er verwirrt mich. Er hat mir so merkwürdige Fragen gestellt.«
Zum ersten Mal ließ Gret den Löffel ruhen und schaute Tilia scharf an.
»Er wollte wissen, wie ich Haigerloch finde und ob ein Weib sich mit Politik befassen soll und manches mehr.«
Gret begann wieder zu rühren. »Sie wissen, dass wir während des Überfalls in Haigerloch waren, und sie wissen von Heinrichs Wunden. Die Gerüchte und Verdächtigungen werden mit jedem Tag wilder, wenn du ihnen nicht Einhalt gebietest.«
Tilia hob hilflos die Hände. »Wie soll ich das?«
»Sprich mit dem alten Grafen, wenn er zurückkommt. Sag ihm die volle Wahrheit und vertraue dann darauf, dass er die Schwätzer zum Schweigen bringt.«
Die Küchenmagd Ella beendete das vertrauliche Gespräch. Sie schöpfte einen Eimer Blut und brachte ihn in die Küche. Nachdenklich kehrte Tilia zum Palas zurück, während in der Küche für die Blutwurst Bauchspeck und Schwarte gekocht, Därme gesäubert und Brühe abgeschöpft, Milch mit Blut verrührt, Speck und Zwiebeln gewürfelt und dann alles mit wertvollen Nelken und weit gereistem Pfeffer gewürzt wurde.

✠ ✠

»Vater Laurenz?«
Zaghaft trat Tilia in die düstere Kapelle. Noch immer rauschte der Regen herab, ein kalter Wind heulte um die Ecken. Fröstelnd zog Tilia ihren klammen Mantel enger um die

Schultern, ging langsam über die unebenen Steinplatten zum Altar hinunter, knickste und bekreuzigte sich vor dem leidenden Christus. Ihre Schritte hallten durch die leere Kapelle.

»Vater Laurenz, seid Ihr da?«, fragte sie noch einmal.

Da öffnete sich die schmale Tür in der Wand zwischen dem Bildnis der drei Frauen am Grab und dem des heiligen Michael. Gähnend schlurfte der Gottesmann heran. Sein schütteres, graues Haar stand wild in alle Richtungen.

»Was kann ich für Euch tun, mein Kind? Ihr kommt wohl zur Beichte. Das ist gut. Setzt Euch zu mir und erzählt mir alles genau, denn nur dann kann ich Eure Seele wieder reinwaschen.«

Tilia schüttelte den Kopf. »Ich bin nicht gekommen, um zu beichten, Vater Laurenz. Ich wollte Euch um ein Stück Pergament, Feder und Tinte bitten.«

Der Kaplan verzog säuerlich den Mund und sah das junge Mädchen von oben bis unten an. »Ich bin ein Mann Gottes, kein Schreiber für jedermanns unkeusche Liebesschwüre«, keifte er.

Tilia versuchte, freundlich zu lächeln. »Ich habe nicht vor, eine Liebesbotschaft zu verfassen. Ich möchte meinem Vater, dem Edelfreien Hildebolt von Wehrstein, eine Nachricht zukommen lassen. Ich habe gehört, ein Bote bricht morgen nach Westen auf.«

»Aha«, brummte Vater Laurenz und kratzte sich seine von der Kälte gerötete Nase. »Hat der Herr Graf das erlaubt?«

Tilia musste sich Mühe geben, ihre aufkeimende Wut zu zügeln. »Ich glaube nicht, dass ich eine Genehmigung des Grafen benötige, um mit meinem Vater zu korrespondieren.«

Vater Laurenz murmelte etwas Undeutliches und winkte ihr

dann, ihm zu folgen. Er führte Tilia in einen kleinen Anbau. In dem vorderen, winzigen Raum stand ein Schreibpult mit einem Hocker davor und eine massive Eichentruhe. Durch die offene Tür konnte das Mädchen im Nebenraum eine schmale Bettstatt sehen und auf einem Brett an der Wand – Bücher. Mindestens ein Dutzend. Tilia riss erstaunt die Augen auf. Solche Schätze hätte sie hier nicht erwartet.
Der Kaplan setzte sich auf den Schemel, zog ein Blatt Pergament hervor, rührte die abgestandene Tinte auf und spitzte die Feder.
»Nun, was wollt Ihr Eurem Herrn Vater mitteilen?«
Tilia wehrte ab. »Nein, nein, Vater Laurenz, Ihr missversteht mich. Ich möchte Euch nicht belästigen und Eure Dienste in Anspruch nehmen. Ich kann selbst lesen und schreiben.«
Der Gottesdiener kniff den Mund zusammen, dass seine Lippen fast verschwanden. Nur widerwillig räumte er seinen Platz, um ihn dem Mädchen zu überlassen. Mit auf dem Rücken verschränkten Händen schritt er, leise vor sich hin brummelnd, auf und ab. Immer wieder hob er den Blick und versuchte, etwas vom Inhalt des Schreibens zu erhaschen.
Tilia atmete tief durch. Sie hätte schreien mögen. Der durchdringende Blick aus seinen hellgrauen Augen machte sie nervös, und es ärgerte sie, dass er sie so misstrauisch beäugte. Schon streckte er die Hand nach dem Schreiben aus, kaum hatte sie schwungvoll ihren Namen darunter gesetzt.
»Hättet Ihr noch ein wenig Siegelwachs?«, fragte sie betont freundlich und faltete den Brief zusammen.
Zähneknirschend reichte er ihr das Gewünschte. Da Tilia keinen Siegelring besaß, ritzte sie ihre Initialen in das weiche Wachs. Die ausgestreckte Hand ignorierend, steckte sie den Brief in ihren Mantel.
»Bemüht Euch nicht, Vater«, sagte sie betont freundlich, »ich werde dem Boten das Schreiben selbst geben. Ich habe

schon genug Eurer kostbaren Zeit geraubt und will Euch nun nicht länger belästigen.«
Vater Laurenz folgte ihr in die Kapelle zurück. »Ich habe Zeit, mein Kind, wenn Ihr jetzt beichten wollt? Vielleicht gibt es ja etwas, das auf Eurer Seele lastet und Euer Gewissen betrüben könnte?«, fügte er schlau hinzu.
Tilia musste sich ein Grinsen verkneifen. »Guter Vater, es steht nichts in meinem Schreiben, das ich Euch nun beichten müsste, um meine Seele nicht zu gefährden.« Ohne sich noch einmal umzudrehen, schwebte sie hinaus, in dem Bewusstsein, sich auf Zollern wieder einmal keinen Freund gemacht zu haben.
Der Kaplan blieb nicht lange allein. Ein Ritter trat in die Kapelle und ging dann leichten Schrittes bis zum Altar.
»Kommt Ihr, zu beichten, Ritter Swenger von Lichtenstein?«, fragte Pater Laurenz scharf. Die Abscheu in seiner Stimme war nicht zu überhören. Der junge Ritter senkte das Haupt, obwohl er am liebsten aus der Kapelle gestürmt wäre, doch die Angst vor den Qualen des Feuers, das ihn dereinst nach seinem Tod verzehren würde, ließ ihn den Zorn schlucken. Beherrscht antwortete er.
»Ja, Vater, ich habe gesündigt und bitte um eine schwere Buße, damit meine Seele gereinigt werde.«
Vater Laurenz schlurfte heran, legte seine knochige Hand auf das entblößte Haupt und murmelte die passenden lateinischen Floskeln.
»Berichtet mir von Eurem sündhaften Tun und lasst nichts aus. Bereut von Herzen und versprecht Besserung, denn nur so kann Eure Seele gerettet werden.«
Er spürte, wie sich der Ritter wand, sich wehrte. Widerstand vereinigte sich mit Zorn, doch der Beichtvater ließ sich nicht beirren. Er musste all die abscheulichen Einzelheiten wissen, um eine angemessene Strafe zu verhängen. Erst

dann konnte er die sündige Seele freisprechen. Außerdem war der Gottesdiener stets begierig darauf, zu wissen, was auf der Burg wirklich vor sich ging.

✠ ✠

Am Abend setzte sich Tilia wieder auf die speckige Bank neben den Ritter Swenger von Lichtenstein. Noch waren der Graf und sein Ältester nicht zur Burg zurückgekehrt. Der Merkenberger ließ ein Fass schweren Moselweins anstechen, die Wangen der Ritter und Damen röteten sich, und schon bald drohte die Stimmung überzukochen. Benigna von Hölnstein und Salome von Ringelstein-Killer ließen ihre Reize sehen und warfen den Rittern gar schamlose Blicke zu. Sie plapperten und lachten, tranken und wischten sich immer öfter den Schweiß von der Stirn.
Hans von Zell-Andeck sah Salome aus großen, trunkenen Augen bewundernd an. Sie rutschte ein Stück näher, gurrte und kicherte verführerisch, presste ihre üppigen Brüste an seinen Arm, dass der Ritter abwechselnd rot und blass wurde. Er schluckte nervös und merkte nicht, wie die anderen vergnügt die Szene beobachteten und ihre Späße machten. Als er jedoch wagte, seine Hand an ihre Taille zu legen, rückte sie plötzlich von ihm ab. Ganz die große Tugend, schalt sie ihn mit scharfer Zunge, schlug ihm gar ins Gesicht und wandte ihm dann den Rücken zu, um mit Walger von Bisingen zu schäkern.
Tilia sah, wie die Miene des Ritters erstarrte, seine Augen verengten sich, mit einem Ruck stand er auf und stürmte hinaus.
Er ist in Liebe zu ihr entbrannt, und nun hat sie ihn gekränkt, ging es Tilia durch den Sinn. Salome von Ringelstein-Killer sah dem Ritter nach und lächelte triumphie-

rend. Sie weiß es, und sie macht es mit Absicht, dachte Tilia voller Abscheu.

Nun hielt Salome nach einem neuen Opfer Ausschau, und da kam ihr der Knappe Diemo gerade recht. Mit wiegenden Hüften schritt sie zu ihm und ließ sich neben den Jüngling auf die Bank sinken.

»Welch Freude ist es für des Weibes Auge, solch unversehrte Wangen zu sehen.« Sie warf Walger einen boshaften Blick zu. »So weich und frisch. Sind es die Wangen eines Mannes oder die eines Kindes, frage ich mich immer wieder.« Ihre Fingerspitzen fuhren die Linien seines Mundes nach. »Und diese Lippen, so zart und weich. Haben sie der Liebe Süße bereits gekostet? Ist der Schoß noch jungfräulich?«

Röte schoss Diemo ins Gesicht, doch er wagte nicht, die Edelfrau zurückzuweisen.

»Salome, kommt her zu mir, wenn Ihr eines kräftigen Mannes Glieder bedürft«, rief ihr Walger zu und klopfte einladend auf den Platz an seiner Seite. »Was wollt Ihr mit einem Kind?«

»Ich bin kein Kind mehr«, rief Diemo von Melchingen empört und sprang auf. Seine Stimme kiekste. Die Ritter lachten dröhnend.

»Da habt Ihr es«, überschrie Salome den Tumult. »Er hat bereits Erfahrung mit weichen Schenkeln!«

»Pah, das kann jeder behaupten. Er muss uns erst mal beweisen, dass er schon ein Mann ist«, mischte sich Otto von Ringelstein-Killer ein, sprang auf und, ehe es sich der Knappe versah, hatte er ihm die Beinlinge heruntergerissen und zerrte an dessen Rock. Diemo wehrte sich mit aller Kraft.

Der Ritter Walger von Bisingen packte Ella, die gerade mit einem Krug in der Hand in den Saal trat. Mit einem Schrei ließ sie den Krug fallen. Klirrend zersprang er auf dem Boden, und der Wein färbte die schmutzigen Binsen rot.

»Ich habe hier etwas zum Üben«, rief Walger und schleppte die kreischende und sich wehrende Magd zum Tisch. Berchtold und Benz sprangen herbei und griffen zu. Mit Schwung hoben sie die Magd hoch und warfen sie auf den Tisch, dass sie mit einem dumpfen Schlag auf der Holzplatte landete und zwischen Fleisch- und Knochenresten auf dem Rücken liegen blieb. Ein paar Tonbecher gingen zu Bruch.
Die Grafentochter sprang von ihrem Platz auf und stürmte, ohne ein Wort zu sagen, aus dem Saal. Die Dame Eleonore von Zell-Andeck und die Kinderfrau Trude folgten ihr. Tilia saß wie erstarrt auf ihrem Platz und verfolgte das Geschehen mit weit aufgerissenen Augen. Ungläubig wanderte ihr Blick zwischen den Rittern und Damen hin und her.
Swenger beugte sich zu ihr herüber. »Als keusche Jungfrau solltet Ihr Euch nun ebenfalls zurückziehen«, riet er ihr. Auch er machte keine Anstalten, dem Treiben Einhalt zu gebieten.
Einer der Edelknechte kniete auf den Armen der Magd, ein anderer zerrte an ihrem Rock, zwei der Ritter überwältigten den Jüngling und schleppten ihn trotz heftiger Gegenwehr heran.
Heilige Jungfrau, lass irgendetwas geschehen, betete Tilia inbrünstig, als die Tür aufgestoßen wurde und der alte Graf erschien, sein ältester Sohn in seinem Schatten. Er sagte kein Wort. Er stand einfach da und ließ den Blick durch den Saal schweifen, und dennoch verstummte das Geschrei, die Edelknechte ließen die Magd los, die Ritter den Knappen zu Boden.
Eilig krabbelte Ella vom Tisch, ordnete notdürftig ihr Gewand und schlüpfte zur Tür hinaus. Diemo zog sich die Beinlinge hoch und strich sich das Haar glatt, die anderen nahmen wieder auf den Bänken Platz. Es war, als habe der

Blick und der leichte Luftzug den Weindunst und mit ihm die Tollheit aus ihren Köpfen geblasen. Nur zögerlich flammte hier und da ein leises Gespräch auf. Die Männer wandten sich wieder den fetttriefenden Fleischstücken und dem angebrannten Brot zu.
Verwirrt verabschiedete sich Tilia, um in ihrer Bettstatt Zuflucht zu suchen. Übelkeit brannte ihr im Hals und raubte ihr noch lange den Schlaf.

✠ ✠

Es war schon spät, als Vater Laurenz zum Palas hinüberschlurfte. Im Saal schnarchten die betrunkenen Ritter mit den Hunden um die Wette. Die Miene des Kaplans spiegelte Abscheu wider, als er seinen Rock hob und über einen der Schläfer stieg. Die Kienspäne in den Haltern brannten noch, so dass er keine Mühe hatte, sein Ziel zu finden. Zweimal klopfte er an die Tür und trat dann ein. Den versiegelten Brief in Händen, ging er mit großen Schritten auf Eitelfriedrich von Zollern zu, der mit einem Zinnbecher in den Händen in seinem bequemen Lehnstuhl saß.
»Das hat das Fräulein von Wehrstein …«
Erst jetzt sah er, dass der Grafensohn nicht allein war. Sein Bruder lümmelte auf dem Bett und erhob sich nun neugierig.
»Ein Schreiben der lieblichen Jungfrau? An wen? Was steht darin?«
»Es ist an ihren Vater gerichtet, und ich weiß nicht, was darin steht. Sie hat den Brief selbst geschrieben«, antwortete der Kaplan würdevoll.
»Na dann wollen wir mal sehen, was die Jungfrau so zu berichten hat«, sagte der junge Friedrich, schlenderte zu

seinem Beichtvater, riss ihm den Brief aus der Hand und brach das Siegel. Sein Bruder protestierte.
»Willst du ihn nicht erst Vater zeigen?«
Sein jüngerer Bruder zuckte die Schultern. »Wozu? Vater Laurenz soll ihn uns vorlesen, und dann können wir uns immer noch überlegen, ob wir dem Grafen davon erzählen.«
Eitelfriedrich nickte widerstrebend. »Also, lest uns den Brief vor, Vater Laurenz.«
Der junge Friedrich gab das Pergament zurück. Mit großer Geste faltete es der Kaplan auseinander, räusperte sich ausgiebig und begann dann zu lesen. So manchen Satz ließ er weg, manchen schmückte er ein wenig aus, gerade so, dass die Grafensöhne ärgerlich die Stirnen runzelten.
»Woher habt Ihr das?«, fragte der Ältere der Grafensöhne, als der Kaplan geendet hatte.
»Ich habe mir erlaubt, es dem Boten wieder abzunehmen, da das Fräulein offensichtlich sehr darauf bedacht war, mir den Inhalt des Schreibens zu verheimlichen.«
»Lasst den Brief hier«, sagte Eitelfriedrich und streckte fordernd die Hand danach aus, bevor sich sein Bruder dessen bemächtigen konnte. Doch Friedrich schien das Interesse daran verloren zu haben. Gähnend rekelte er sich, murmelte einen Gute-Nacht-Gruß und trollte sich, leicht schwankend, in sein Gemach.
Eitelfriedrich kaute nachdenklich auf seiner Unterlippe. Vater Laurenz machte Anstalten, sich zurückzuziehen, doch der Grafensohn hielt ihn zurück.
»Ihr könntet doch sicher beschwören, dass sie einen Brief geschrieben hat? An Graf Albert! Die Wehrsteinerin müsste es gewesen sein, zumal ein Siegel mit ihren Initialen auf dem Brief wäre?«
Der Kaplan starrte den Grafensohn einige Augenblicke fra-

gend an, doch dann huschte ein verstehendes Lächeln über seine schmalen Lippen.
»Wollt Ihr das Schreiben gleich aufsetzen? Habt Ihr Schreibzeug hier?«
Der Grafensohn schüttelte den Kopf. »Ich komme mit in Eure Schreibstube.« Er erhob sich rasch, warf sich den Mantel um und eilte dem Kaplan so schnell voraus, dass dieser ihm kaum folgen konnte.
Sorgfältig führte Vater Laurenz die Feder über das Pergament. Er versuchte, sich nur auf die Schwünge, Bögen und Linien zu konzentrieren, doch so sehr er sich auch bemühte, er konnte nicht verhindern, den Inhalt zu verstehen. Eine eisige Faust griff nach seinem Herzen. Es schauderte ihn, nicht nur vor Kälte. Er begriff klarer, als es ihm lieb sein konnte, dass er in diesen Augenblicken sein Schicksal mit dem des ältesten Zollernsohnes verband. Mit unbeweglicher Miene sah er zu, wie Eitelfriedrich das Siegel anbrachte und die verschlungenen Initialen T und W hineinritzte. Auch wenn Vater Laurenz äußerlich gefasst wirkte, so tobte doch ein Sturm durch sein Gemüt, so gewaltig und vernichtend, dass er dem Kaplan die ganze Nacht über den Schlaf raubte.
Am Morgen verließ der Bote bereits in aller Früh die Burg. In seinem Gepäck hatte er einen Brief von Tilia von Wehrstein an den Grafen Albert von Hohenberg.

KAPITEL 17

Unruhig schritt Tilia vor dem Gemach des Grafen auf und ab. Sie hatte sich viel Mühe gemacht, sich in ihren grünseidenen Bliaud gekleidet und die Haare gebürstet, bis sie glänzten. Ganz genau hatte sie sich die Worte zurechtgelegt, doch nun schienen sie alle wie weggeblasen, und ihre Hände waren schweißnass. Doch es musste sein, Gret hatte Recht. Heute in der Kemenate hatten die Damen wieder getuschelt, über den Hohenberger hergezogen und hatten Tilia bewusst aus dem Gespräch ausgegrenzt. Die winzigen Seitenhiebe gegen ihren Vater und seine Loyalität schmerzten die Wehrsteinerin. Schließlich blieb Tilia vor der Tür stehen, holte tief Luft und klopfte. Der Graf rief sie herein, und so öffnete sie zaghaft. Er saß in seinem Lehnstuhl vor einem quadratischen Tischchen, das mit schwarzen und weißen Feldern bedeckt war. Weiß oder schwarz bemalte Figuren, kunstvoll aus Holz geschnitzt, schienen wahllos darauf verteilt. Erstaunt hob der Graf die Augenbrauen, als er sah, wer ihn zu sprechen begehrte.
»Ich bitte Euch um Verzeihung«, begann Tilia atemlos und sank in einen tiefen Knicks. »Ich weiß, dass es ungehörig ist, einen Ritter in seinem Gemach aufzusuchen, doch, Herr Graf, ich wusste mir keinen Rat mehr. Ich muss einfach mit Euch sprechen.«
Er nickte nur und senkte seinen Blick wieder auf die Figuren vor sich. »Dann schließt die Tür und nehmt Euch einen

Schemel. Setzt Euch zu mir und erzählt, was Euch bedrückt.«
Er nahm eine Figur in Form eines Reiters und stellte sie auf ein anderes Feld.

»Was ist das?«, fragte Tilia neugierig und vergaß ganz den Anlass für ihren Besuch.

»Es ist ein Spiel, in dem das Geheimnis des Lebens verborgen liegt. Es ist eine große Kunst, dieses den Figuren zu entreißen«, antwortete der Graf rätselhaft und verschob eine menschliche Figur im kurzen Kittel auf ein benachbartes Feld.

»Die Kreuzfahrer haben es von den Sarazenen mitgebracht. Seht her. Es sind zwei Länder und ihre Fürsten, die um die Macht ringen. Sie haben ihre Berater, Ritter und zwei Burgen und ein großes Heer von Bauern. Jeder Schlag schwächt den Gegner. Seine Figuren werden vom Feld genommen. Doch manches Mal kann es auch eine Falle sein. Seht her. Wenn der weiße Fürst seinen Bauern hierher stellt, kann der schwarze Fürst den Bauern mit seinem Ritter schlagen. Doch damit verlässt der Ritter die Sicherheit seines Turmes und begibt sich auf offenes Feld. Und schon kommt der weiße Läufer und metzelt den schwarzen Ritter nieder. Ist der Herrscher eines Landes besiegt oder von Gegnern umzingelt, hat er sein Leben und sein Land verwirkt – Schach!«

Tilia betrachtete das Brett. Sie berührte den weißen Fürst leicht mit den Fingerspitzen. »Das seid Ihr, Herr Graf, und dort drüben ist der Hohenberger. Eure Ritter und die des Hohenbergers, Burg Zollern, die Schalksburg und die Burgen von Haigerloch. Ein Heer von Bauern, Höfen und Dörfern, die zum Spiel als Lockvogel dienen. Bauern, die gemetzelt werden, Dörfer, die in Flammen aufgehen, alles für einen Punkt Vorsprung. Ja, Ihr habt Recht, es ist das Spiel des Lebens.«

Er sah sie aus seinen blaugrauen Augen aufmerksam an.

»Ihr seid schön, mein Kind, und Ihr habt einen scharfen Verstand. Eine seltene Mischung, muss ich sagen.«
Sie griff nach einer weißen Figur, die eindeutig weibliche Formen besaß, und ließ sie von einer Hand in die andere gleiten. »Euer Sohn Friedrich meint, die Weiber seien nur für die Minne da. Das Spiel ist aber anderer Meinung.« Sie sah ihn herausfordernd an. Der alte Graf lächelte sanft.
»Ja, das Spiel ist schlau. Das Weib ist die zweitwichtigste Figur im Spiel. Doch wer ist sie, die Dame, die die Geschicke der Länder lenkt? Und welche Farbe hat sie?« Graf Friedrich von Zollern hielt die schwarze Dame hoch. »Habt Ihr nach der Richtigen gegriffen, Tilia von Wehrstein?« Er sah sie durchdringend an. Die Wehrsteinerin hielt seinem Blick stand und reichte ihm die Figur zurück.
»Ja, die Richtige, die weiße Dame.«
»Und der Ritter aus Wehrstein?«
Der Graf wog einen schwarzen und einen weißen Läufer in seinen Händen. Tilia beugte sich vor und griff nach der weißen Figur. Sie sah sich das Brett aufmerksam an und stellte den Läufer dann schützend vor seinen Fürsten.
»Der Ritter von Wehrstein kennt seinen Platz!«
Der Graf lächelte, strich sich sein dichtes, graues Haar aus dem Gesicht und lehnte sich in seinem Sessel zurück. »Man kann sich nie sicher sein. So viele Worte und Gedanken schwirren durch die Burg.«
Tilia nickte. »Ja, deshalb bin ich hier.«
Er faltete seine feingliedrigen, schlanken Hände und wartete geduldig.
»Die Neugier eines Weibes, das vorher nie die elterliche Burg verlassen hat, ist an den wirren Gerüchten schuld. Ich wollte Haigerloch mit seinen stolzen Burgen und den Graf, der für seine Minne berühmt ist, sehen.« Entschuldigend hob sie die Hände. »Ich möchte, dass Ihr mir glaubt und

mir erlaubt, nicht nur auf Zollern zu leben, sondern auch ein neues Zuhause zu finden.«

Der Graf erhob sich. Ein wenig ängstlich fragend, sah sie zu ihm hoch. »Ich habe Eure Worte vernommen, mein Kind. Geht jetzt.« Er begleitete sie zur Tür. »Ihr seid hier immer willkommen. Ich würde mich freuen, wenn Ihr mir die Gelegenheit geben würdet, Euch in die Geheimnisse des großen Spiels einzuweihen.« Mit einem tiefen Knicks verabschiedete sich die Wehrsteintochter.

Graf Friedrich von Zollern saß noch immer über die Figuren gebeugt, als die Tür aufgerissen und wieder zugeschlagen wurde. Stürmisch näherten sich feste Schritte. Der Graf sah nicht einmal auf.

»Du hast das Temperament deiner Großmutter, Friedrich. Was erzürnt dich, mein Sohn?«

»Eitelfriedrich behauptet, Ihr hättet gesagt, Ihr würdet eine Trennung der Grafschaft nicht zulassen!« Empört schritt der jüngere Zollernsohn auf und ab. »Wollt Ihr mich zu den Bettlern in den Morast stoßen? Oder in eines der Klöster abschieben?«

Nun sah der Graf doch auf. Bedächtig lehnte er sich in seinem Sessel zurück und betrachtete den Sohn, dessen Wangen gerötet waren und dessen Augen vor Zorn blitzten. »Mir steht der Südteil der Grafschaft zu. Mir allein«, schrie er. »Ich will die Schalksburg und Balingen, Mühlheim und Schömberg!«

Der alte Graf ließ ihn noch einige Augenblicke gewähren, ehe er seine Stimme erhob. »Setz dich und höre mir zu.«

Widerwillig gehorchte der Sohn.

»Ich habe euch beide frühzeitig an den Geschicken der Grafschaft beteiligt. Eitelfriedrich hier in Hechingen und auf der Burg und dich im Süden. Das wird sich auch nicht ändern. Dennoch, Eitelfriedrich ist der Erstgeborene und

wird die Grafschaft erben. Du wirst dann auf der Schalksburg leben – sie und ein Stück der umliegenden Ländereien sind dein Anteil –, und du wirst für deinen Bruder die südliche Grafschaft verwalten.«
»Dann brauche ich die Merkenbergerin ja nicht zu heiraten, wenn unsere Kinder sowieso verhungern!«
Der Graf seufzte. »Sei nicht albern. Das Eheversprechen gilt schon seit Jahren, und wir haben uns viel Mühe gegeben, die Mitgift in die Höhe zu treiben. Außerdem, so klein ist dein Anteil nun auch wieder nicht und deine Braut bringt auch noch Ländereien mit.«
»Ich will keinen Anteil, ich will, was mir zusteht, die Hälfte der Grafschaft! Ist es nicht in allen Ritterhäusern und Grafschaften hier in Schwaben so der Brauch?« Er brüllte, dass seine Stimme den Gang hinunterschallte.
Nun erhob auch der Vater die Stimme. »Ja, es ist der Brauch. Mach die Augen auf und sieh, wie sie dahinsiechen, wie jede Teilung sie schneller in die Bedeutungslosigkeit sinken lässt, bis sie ihre Söhne an die Kriegsherren verkaufen. Wie viele hoffnungsvolle junge Männer lungern auf fremden Burgen herum und verdingen sich für ein paar Heller? Wie viele Ritter lauern den Kaufleuten auf, berauben sie, nur um Frau und Kinder ernähren zu können? Was meinst du wohl, wie freudig sich der Hohenberger die Hände reibt, wenn ich die Ländereien aufteile. Ich kann es deutlich vor mir sehen: Meine Söhne in ewigem Streit von den Hohenberger Hunden verschlungen. Satt und zufrieden werden sie ihre Bäuche lecken, wenn Zollern – eurer Dummheit wegen – in ihren Schoß gefallen ist!« Auf der noch glatten Stirn standen Schweißperlen. Seine Hände zitterten.
»Dann gebt die Grafschaft mir«, forderte der junge Mann. »Eitelfriedrich ist viel zu weich und zögerlich. Ich habe eine harte Hand und Verstand und kann schnell Entscheidun-

gen treffen. Ich kann gegen den Hohenberger bestehen. Ich schwöre Euch, ich werde die Ländereien mehren und die Familie zu großem Ruhm führen.«

Der Vater schüttelte den Kopf. »Du bist jung und ungestüm. Eitelfriedrich ist besonnen und wird die Grafschaft vor unnötigen Fehden schützen.«

»Besonnen? Ein Feigling ist er!«, schimpfte der junge Ritter abfällig.

Der Graf wandte sich wieder seinem Spiel zu. »Ich betrachte dieses Gespräch nun als beendet. Eitelfriedrich ist der Erstgeborene, und er allein wird Graf von Zollern, wenn ich unter kalter Erde in Stetten ruhe.«

»Ich hoffe, es wird sich ein Hohenberger Schwert für meines Bruders Herz finden«, fauchte der jüngste Zollernspross und stürmte hinaus. Die Tür erzitterte, als er sie hinter sich ins Schloss warf.

Der Merkenberger schäumte vor Wut, als er den Gang entlangschritt und dann die Treppe hinunterstürmte. Mit aller Kraft trat er einem der Mischlingshunde, die um ihn herumschwänzelten, in den Bauch, dass dieser jaulend in die Ecke flog. Mit großen Schritten überquerte der Ritter den Hof, die schlimmsten Flüche auf den Lippen. Seine Hände schlossen sich zu Fäusten, dass die Knöchel weiß hervortraten. Wehe dem, der ihm in dieser Stimmung begegnete! Hörte er da nicht die Kurbel der Brunnenwinde quietschen? War das nicht ein Weiberrock unten im Brunnenturm? Er lenkte seine Schritte zur Brunnenstube. Im schwachen Lichtschein sah er die Magd mühsam einen vollen Eimer hochkurbeln und mit einem Stöhnen auf den Brunnenrand wuchten. Ein weiterer stand schon gefüllt an ihrer Seite.

»Da hat aber jemand großen Durst«, knurrte der Merkenberger und stieß den gefüllten Eimer mit einem Fußtritt

um. Gret fuhr herum. Der Eimer entglitt ihren Händen und verteilte seinen Inhalt gerecht auf die Kleider des Ritters und die der Magd. Der Ritter fauchte böse.
»Du bist ein Satansweib, doch ich werde dich schon zähmen.« Er riss sie an sich. »Nun, du Hexe, zeige mir deine Krallen.«
Gret leistete keinen Widerstand, denn sie wusste, das war genau das, was er wollte, und sie war nicht bereit, ihm diesen Gefallen zu erweisen. So funkelte sie ihn nur hasserfüllt an.
»Sollen wir Rüdger herholen, dass er sich das Spektakel mit ansehen kann?«, höhnte er und lachte.
»Wenn Ihr das braucht!«, presste die Magd hervor. Der Ritter schlug ihr ins Gesicht, drehte sie um und drückte ihren Oberkörper, als er ihr den Rock hob, grob auf den Brunnenrand.
Tief unter ihr glänzte düster das Wasser. Gret dachte an Heinrich von Husen, seine Wunden heilten gut. Der Mönch hatte ein Bad empfohlen.
Noch mindestens sechs Eimer werde ich für die Wanne brauchen, ging es ihr durch den Kopf, als sie in den tiefen Brunnenschacht hinuntersah. Schon jetzt schmerzten ihre Arme und Schultern, an ihren Händen hatten sich Blasen gebildet. Wenn der Kerl hinter mir nicht bald zum Ende kommt, dann wird es Mitternacht, bis das Wasser heiß ist.
Der Rhythmus wurde schneller, die Stöße heftiger, bis der Merkenberger einen Schrei ausstieß. Der Griff um Grets Taille lockerte sich. Nachdem der Grafensohn pfeifend den Brunnenturm verlassen hatte, nahm Gret ihre Arbeit wieder auf, die Lippen fest zusammengekniffen. Während der Merkenberger über den Hof ging und sich sein Gewand zurechtrückte, kam ihm Heinrich von Husen entgegen, der dem Brunnenhäuschen zustrebte.
»Gret? Da bist du ja. Ich habe auf dich gewartet, eine halbe

Ewigkeit, doch du bist nicht gekommen und da dachte ich, ich sehe mal nach. Ist alles in Ordnung?« Er betrachtete die Magd in ihren nassen, unordentlichen Kleidern. Die Haube lag im Schmutz, das Haar stand verzaust in alle Richtungen.
»Wie sieht es denn Eurer Meinung nach aus?«, fuhr ihn die Magd an und kurbelte verbissen weiter.
Der Jüngling zuckte ratlos die Schultern.
»Ihr könnt Euch ja mal nützlich machen und die Eimer in die Küche tragen«, keifte sie.
»Nein, Gret, das geht nicht. Einige der Ritter sind im Hof. Was würden die dazu sagen, wenn ich einer Magd die Wassereimer trage?«
»Dann schert Euch weg!«, fauchte sie. Tränen schossen ihr in die Augen. Mit einer unwilligen Handbewegung wischte sie sie ab.
»Ach, Gret«, seine Stimme klang brüchig. »Ich würde dich so gern beschützen, dich und das Fräulein Tilia, aber wie kann ich das? Ich gehöre doch nicht mal zu den Rittern.« Unbeholfen strich er ihr über die Wange. Sie unterdrückte den Impuls, ihn wegzustoßen.
»Geht in Eure Kammer und wartet auf mich. Es wird mit Eurem Bad noch ein wenig dauern.«
Traurig sah er ihr nach, wie sie die beiden schweren Eimer zur Küche schleppte.

✠ ✠

»Williburgis, meine Liebe, fühlt Ihr Euch vollständig wohl?«, fragte Trude vorsichtig, als sie die Grafentochter endlich allein in der Kemenate antraf.
»Was soll diese Frage? Ich kann nicht klagen!« Der Tonfall zeugte deutlich davon, dass sie das Thema für beendet hielt. Die Kinderfrau gab sich einen Ruck und bohrte weiter.

»Nun ja, es ist nur so, ich habe das Gefühl, Eure Zeit des Unwohlseins hätte sich schon längst wieder einstellen müssen, doch Ihr habt die Leinenstreifen nicht gebraucht.«
Der hochmütige Ausdruck, den Trude so fürchtete, zeigte sich auf dem Gesicht der Grafentochter. »Ich wüsste nicht, was dich das angeht.«
Trude seufzte. »Darum geht es nicht. Denkt nach, mein Kind, was das bedeuten könnte.«
Willliburgis riss die Augen auf. Tränen verschleierten ihren Blick und zogen zwei feine nasse Bahnen über ihre Wangen. »Aber nein, das kann nicht sein, das ist ganz unmöglich«, schluchzte sie und ließ sich von ihrer Kinderfrau in die Arme ziehen.
»Ist es das? Dann gibt es ja keinen Grund, zu weinen. Sicher leidet Ihr nur unter verstockter Menses.« Trude wiegte sie wie ein kleines Kind.
»Ich weiß nicht so genau. So grausam kann der Herr im Himmel doch nicht sein, mir so etwas anzutun.«
Trude schnalzte unwillig mit der Zunge. »Der Herr im Himmel hat damit nichts zu tun. Es sind die Männer auf Erden, die die Frauen in Schwierigkeiten bringen. Und dass dies große Schwierigkeiten bedeuten würde, brauche ich Euch nicht zu sagen!«
»Heilige Jungfrau, was würde der Vater sagen – und die Brüder – und gar Vater Laurenz.« Sie keuchte entsetzt und schlug die Hände vors Gesicht. »Ich will zu den Nonnen nach Stetten. Trude, bring mich dorthin, ich flehe dich an. Ich will den Schleier nehmen.«
»Die Betschwestern können Euch dabei auch nicht helfen«, knurrte die Kinderfrau verächtlich. Doch dann wurde ihre Stimme zärtlich. Sanft strich sie über Willliburgis' Wangen.
»Ich habe gut Acht gegeben. Weit seid Ihr noch nicht über

der Zeit. Wir werden das schon hinbekommen. Keiner braucht etwas davon zu erfahren. Lasst mich nur machen.« Williburgis kuschelte sich in die vertrauten Arme. Sie griff nach dem Versprechen der Kinderfrau, es werde alles gut, und klammerte sich fest daran. Wie früher, als sie noch ein Kind gewesen war. Für alles hatte Trude eine Lösung gehabt, warum nicht auch jetzt? Williburgis sog den vertrauten Geruch in sich auf, und zum ersten Mal seit Wochen löste sich der Stein in ihrer Brust. Nun würde alles gut werden. Zusammengerollt wie ein kleines Tier schlief sie im Schoß der alten Kinderfrau ein.

✠ ✠

Unentschlossen blieb Tilia vor dem Eingang zu den Kellergewölben stehen. Der Mönch hatte gesagt, sie solle ihn besuchen, und sie war neugierig, was es dort unten zu sehen gab.
Er ist trotz allem ein Mann, mahnte eine zaudernde Stimme in ihr.
Sollte sie so dreist sein und dort eindringen? Was, wenn er nun wirklich mit dem Teufel im Bunde stand und nur auf ein Opfer wartete, das so dumm war, ihm seine Seele preiszugeben. Andererseits, hatte er sich nicht fürsorglich um den jungen von Husen gekümmert? Ging es dem nicht schon wesentlich besser?
»Also los«, flüsterte die Wehrsteintochter, um sich Mut zu machen, und betrat die ausgetretenen Stufen, die in die Finsternis hinabführten. Vorsichtig tastete sie sich Stück für Stück voran. Nach der ersten Biegung nahmen die Stufen Konturen an. In großen Abständen steckten brennende Kienspäne in eisernen Haltern an der Wand. Zweimal wand sich die Treppe um ihre Mitte, dann endete sie

in einem kleinen Raum, von mächtigen, roh behauenen Quadern begrenzt. Durch eine angelehnte Tür drangen ein warmer Lichtschein und zwei Stimmen. Zaghaft trat Tilia näher und hob die Hand, um anzuklopfen, als ein paar Wortfetzen ihr Ohr streiften. Wie erstarrt blieb die Rittertochter stehen.

»Ich lege doch nicht freiwillig meinen Kopf in eine Schlinge«, hörte sie den Mönch sagen. »Was glaubst du wohl, was der Graf mit mir macht, wenn er davon erfährt. Für eine Schlinge müsste ich dem Herrn im Himmel dann noch danken. Der Graf würde mich mit seinem Schwert in appetitliche Stücke schneiden. Nein danke, ich habe nicht vor, mich für ein Weib zum Märtyrer zu machen. Ich möchte dem heiligen Blasius nicht seine Anhänger rauben.«

»Der heilige Blasius wurde nicht von einem Schwert in Stücke geschnitten, sondern von eisernen Kämmen zerfetzt und dann enthauptet«, berichtigte ihn eine Frauenstimme trocken.

Der Mönch lachte bitter. »Das ist natürlich etwas völlig anderes.«

»Außerdem besteht sicher keine Gefahr, dass man Euch je heilig sprechen wird«, fügte die Besucherin noch schnippisch hinzu.

»Weiber!«, brummte er verächtlich. Seine Schritte entfernten sich.

Einige Augenblicke war nur geschäftiges Klappern zu hören, doch dann hub die Frau noch einmal an:

»Ihr seid der Einzige, der ihr helfen kann. Ich flehe Euch an. Es wird keiner erfahren.«

»Ha, ein Weib, das ein Geheimnis für sich bewahren kann. Das ist der wildeste Scherz, den ich bisher auf Gottes Erde gehört habe!« Er beachtete ihren Protest nicht, sondern fuhr mit harter Stimme fort: »Sie hat sich selbst in Schwierigkeiten gebracht, also soll sie selbst sehen, wie sie da wieder herauskommt.«

»Selbst schuld, ach ja?«, keifte das Weib. »Ich will Euch mal was sagen, Ihr selbstgefälliger, weltfremder Kuttenträger. Das blöde Geschwätz der Pfaffen schlägt mir schon lange auf den Magen. Kotzen könnte ich jedes Mal, wenn sie über die sündigen Weiber sprechen, die Schuld an der fleischlichen Lust der Männer haben sollen. Pah! Die Männer sind es, die geilen Schweine, gegen die sich keine noch so keusche Jungfrau wehren kann.«

Tilia war, als höre sie den Mönch kichern. »Wer ist denn der geile Hengst, der die unschuldige gräfliche Stute besprungen hat?«

Die Wehrsteintochter schlug sich beide Hände vor den Mund, um nicht laut aufzuschreien.

»Das kann ich Euch nicht sagen«, wehrte die Besucherin erschrocken ab.

»Soso.«

»Und, kann ich auf Eure Hilfe zählen?«, bohrte sie weiter. Tilia hörte es durch den Türspalt höchst geheimnisvoll brodeln und zischen. Dann brummte der Mönch ungnädig: »Ja, ja. Ich weiß zwar nicht, warum ich das tu, aber wenn es denn sein muss.«

»Ihr seid ein guter Mensch …«

»Und Gott wird mich für diese Tat mit dem Fegefeuer strafen«, unterbrach er sie barsch. Seine Schritte näherten sich wieder. Ein Schemel wurde gerückt.

»Hier nimm das. Lass sie an zwei Tagen jeweils vor dem Schlafengehen die Hälfte in Wein auflösen. An zwei Tagen, je die Hälfte, hörst du!«

»Ja, ja, ich bin noch nicht taub.«

»Jede Medizin ist auch ein Gift – und das schrecklichste Gift auf Erden sind die Zungen der Weiber. Der Herr im Him-

mel bewahre mich vor ihnen. Und nun geh, Weib, und lass mich arbeiten.«
So schnell es der schwache Fackelschein zuließ, eilte Tilia die unebenen Stufen hinauf, bis sie schwer atmend den Hof erreichte. Noch ein paar große Schritte bis zum Eingang zum Palas, unter dessen Tür sie mit Gret zusammenstieß. Tilia hakte sich bei ihr unter. Die Magd sah sie fragend an, doch Tilia plauderte unbekümmert drauflos. Während sie die Magd in Richtung Küche dirigierte, beobachtete sie den Eingang zu den Kellergewölben. Endlich trat eine Frauengestalt in den Hof. Es war Trude, die Kinderfrau.

✠ ✠

Tief in Gedanken schritt Tilia zum Palas zurück und trat in den rauchgeschwängerten Saal. Vor der kalten Feuerstelle saß Swenger von Lichtenstein an einem Tisch, in jeder Hand einen Würfelbecher mit zwei Würfeln. Das Ritterfräulein trat heran und sah ihm eine Weile zu.
»Was tut Ihr da?«
»Meine rechte Hand würfelt gegen die linke, und ich sage Euch, sie ist unschlagbar.«
Tilia schüttelte verständnislos den Kopf. »Wie könnt Ihr gegen Euch selbst spielen? Warum sucht Ihr Euch nicht einen Gegner?«
Er grinste sie an. »Ist doch praktisch so. Dann wechselt meine Börse nur von der Linken in die Rechte. Doch Ihr habt schon Recht. In angenehmer Gesellschaft macht das Würfeln mehr Spaß. Setzt Euch.«
Sie waren allein im Saal. Zaghaft ließ sich Tilia ihm gegenüber auf die Bank sinken. »Ich würfle nicht um Geld«, fügte sie rasch hinzu. Sie sagte ihm nicht, dass sie gar keines besaß. Swenger wischte mit dem Ärmel ein paar Weinflecken

ab und schob zwei Knochen über die Tischkante in die Binsen, damit sie Platz zum Würfeln hatten.
»Es gibt weitaus reizvollere Einsätze denn kalte Münzen. Sagt an, was würdet Ihr bieten?«
Tilia zuckte verlegen die Schultern. »Ich weiß nicht so recht. Vater Laurenz würde es sicher als eine große Sünde verdammen, wenn ich mich auf solch ein Spiel einlasse.«
Der Ritter lachte. »Ich werde keinen Einsatz verlangen, der Euer Seelenheil gefährdet, einverstanden?« Tilia errötete. »Wenn ich verliere, dann spiele ich Euch eine Ballade auf der Laute, wenn Ihr verliert, dann singt Ihr mir ein trauriges Liebeslied.«
Tilia überlegte kurz und nickte dann. »Aber ich muss Euch sagen, dass ich noch nie gewürfelt habe. Mein Vater wäre entsetzt, wenn er mich jetzt sehen könnte.«
Der Ritter beugte sich zu ihr vor. »Ich muss Euch beichten, ich habe auch noch nie mit einem Fräulein gespielt. Es ist ganz einfach. Wir haben zwei Würfel mit zwei bis sechs Punkten. Auf dem roten Würfel ist der König, auf dem grünen ist der Narr. Der König gewinnt, der Narr verliert, gleiche Punkte zählen doppelt, alle anderen einfach. Wer von zehn Spielen die meisten verliert, muss seinen Einsatz einlösen.«
Tilia nickte und nahm dann vorsichtig die Würfel entgegen, als seien sie zerbrechlich. Die erste Runde gewann sie mit acht gegen fünf Punkten, beim zweiten Mal hatte Swenger den Narren, doch dann zeigte sich bei ihm zweimal der König.
»Jetzt habe ich Euch!«, rief er beim fünften Mal und wollte die Würfel schon wieder in den Becher werfen, doch Tilia hielt ihn zurück.
»Ihr schummelt! Sehr her, Ihr habt eine Fünf und eine Sechs, doch ich habe zwei Dreien, die doppelt zählen.«

»Ihr wagt es, einen Ritter des Falschspiels zu bezichtigen?«, knurrte er und begann die Punkte mühsam an den Fingern abzuzählen. »Ich habe einfach zu wenige Finger«, seufzte er nach einer Weile, »doch es scheint mir, Ihr habt Recht, daher fordere ich Euch nicht zu einem Schwertduell heraus.«
Tilia wusste nicht recht, ob er ihr nicht doch zürnte, daher war sie ganz froh, die nächsten beiden Würfe zu verlieren. Doch dann hatte sie eine doppelte Sechs und darauf den König. Swenger schnitt eine Grimasse.
»Na wartet! Jetzt wird sich das Glück auf meinen Schoß setzen.«
Tilia legte eine Fünf und eine Sechs vor. Der letzte Wurf des Ritters. Swengers grüner Würfel blieb mit einer Zwei liegen, der Rote jedoch rollte über die Tischkante und fiel in die Binsen.
»Ich wette, es ist der König«, rief der Ritter und sank auf die Knie, um den Würfel zu suchen. Er wühlte, dass die Binsen und Essensreste hinter ihm aufstoben. Wie ein Hund, der einem vergrabenen Knochen auf der Spur ist. Tilia lachte auf.
»Ich habe ihn!«, rief es unter dem Tisch hervor, »und wie ich sagte, es ist der König.«
»Ich glaube Euch kein Wort!«, protestierte die Rittertochter und kroch zu ihm unter den Tisch, um sich selbst davon zu überzeugen.
»Habt Ihr ihn angefasst?«
»Aber nein, ich schwöre es. Wollt Ihr mich beleidigen?«
Tilia blieb ihm die Antwort schuldig, denn sie hörte die Tür klappen. Schritte raschelten über die Binsen. Sich plötzlich der unmöglichen Situation bewusst, zog sie den Kopf zurück und sprang auf. Hastig zupfte sie sich die Binsen von den weit geöffneten Ärmeln. Salome von Ringelstein-Killer und Benigna von Hölnstein sahen das Mädchen entgeistert

an. Als Swenger unter dem Tisch hervorgekrabbelt kam, schlugen sie sich die Hände vor den Mund und kicherten. Die Kammerfrau, die hinter den Damen eingetreten war, warf Tilia einen verächtlichen Blick zu. Flammende Röte schoss der Wehrsteinerin in die Wangen. Betreten sah sie zu Boden. Swenger dagegen blieb völlig unbefangen, er grüßte flüchtig, ließ den entwischten Würfel auf den Tisch fallen und setzte sich dann breitbeinig auf die Bank.
»Nun steht es Unentschieden. Ich werde also die Laute zu Eurem traurigen Liebeslied spielen.«
Tilia wagte noch immer nicht, den Blick zu erheben. Sie murmelte eine Entschuldigung und wollte sich davonmachen, doch er hielt sie am Handgelenk fest.
»He, hübsches Fräulein. Wisst Ihr nicht, dass man Spielschulden sogleich einlösen muss? Ich hole mir die Laute vom Wandbord, und dann gehen wir hinaus. Noch ist es nicht völlig dunkel, und der Amsel Lied wird uns begleiten.«
Der Ritter stand an einen Stapel Feuerholz gelehnt und strich über die Saiten, als Tilia, erst zaghaft und dann immer mutiger, eine alte Weise zu singen begann, die sie als Kind von einem fahrenden Spielmann gelernt, der einen Winter auf Wehrstein verbracht hatte. Ihre Stimme war dunkel und klar. Einige Mägde und Knechte unterbrachen ihr Tagewerk und blieben stehen, um der unerfüllten Liebe zwischen einem armen Ritter und einer edlen Herzogin zu lauschen, deren beider Herzen daran zerbrachen.

✠ ✠

Williburgis saß in ihrem Bett zwischen farbenprächtigen Seidenkissen, eingehüllt in eine warme Daunendecke. Im Schein einer kleinen Öllampe betrachtete sie das leinene

Säckchen in ihrer Hand. Es roch würzig nach Kräuter und ein wenig stechend, wenn man seine Nase an den Stoff presste. Neben ihrem Bett stand ein Becher mit Wein. Unschlüssig nahm sie das Säckchen von der einen in die andere Hand. Sollte sie es wagen und die teuflische Mischung in ihrem Wein auflösen? Der Mönch hatte die Kräuter gesammelt und getrocknet. Doch wer wusste schon, welch magische Teufeleien er sonst noch damit getrieben hatte. Sie misstraute dem geheimnisvollen Mann, der aus seinem Kloster weggelaufen war. Es war nicht nur sein unheimliches Aussehen, das sie ängstigte. Was er dort unten in den Gewölben trieb, konnte nur mit Hilfe der höllischen Dämonen geschehen. Und nun sollte sie so etwas Sündhaftes aus seiner Hand nehmen?
Vater Laurenz warnte sie stets, der Teufel nehme die verschiedensten Gestalten an, darum solle sie sich hüten, in seine Fänge zu geraten. Ratlos drehte Williburgis das Kräutersäckchen in ihren Händen. Würde sie ihre Seele damit gefährden? Würden die Engel an der Pforte dereinst bedauernd den Kopf schütteln und ihr den Weg in die Hölle weisen? Williburgis hatte schreckliche Angst vor dem Fegefeuer. Vater Laurenz wurde nicht müde, ihr die Qualen zu beschreiben, die auf jene warteten, die nicht reiner Seele waren. War es da nicht klüger, einen Teil der Strafe bereits hier auf Erden zu erleiden? Vater Laurenz sagte immer, wenn sie alles mache, was er ihr sage, und den Mund nicht zum Klagen öffne, dann würde ihre Schuldenlast mit jedem Mal etwas kleiner. War es das nicht wert? Entschlossen stopfte die Grafentochter das todbringende Kräutersäckchen unter ihre Matratze, schlug die Decke zurück, schlüpfte in Mantel und Schuhe und schlich zur Kapelle hinüber. Ihre Lippen formten lautlos die Worte. Sie ließ Mantel und Hemd zu Boden gleiten und legte sich dann

nackt mit ausgestreckten Armen auf den eiskalten Steinboden.
»Ave Maria«, murmelte sie und schloss die Augen. Es dauerte nicht lange, bis sie die Schritte des Beichtvaters vernahm.

KAPITEL 18

Walger von Bisingen spannte prüfend den neuen Bogen. »Er scheint mir gut gelungen. Man müsste ihn jedoch erst ausprobieren.« Suchend sah er sich nach einem Ziel um, nahm einen Pfeil und legte ihn an.
»Dort, der umgestülpte Eimer an der Mauer.«
Der Pfeil schnellte von der Sehne und prallte zwei Handbreit neben dem Eimer an die Mauer. Enttäuscht ließ der Ritter den Bogen sinken. Der Spott der anderen ließ nicht lange auf sich warten.
»Gebt ihn mir.« Fordernd streckte Otto von Ringelstein-Killer die Hand nach dem Bogen aus.
Es war ein kühler Tag. Die Sonne versteckte sich hinter dichten Wolken, doch immerhin blieb es trocken. So konnte Tilia das Grafenfräulein zu einem kleinen Spaziergang überreden. In einen pelzbesetzten Mantel gehüllt, ein besticktes Tuch fest um das Haupt geschlungen, ließ sie sich von Tilia aus dem Palas führen. Die Wehrsteinerin musste sich Mühe geben, nicht forsch auszuschreiten, sondern ihren Schritt der Herrin anzupassen. Die Ritter nickten den Damen zu.
Otto hob den Bogen und ließ suchend den Blick schweifen, bis er an drei spielenden Kindern hängen blieb. Friedlich saß Sofie mit zwei anderen Mädchen auf der Erde und spielte mit ihren farbigen Murmeln.
Die Kinder hatten in ihrer Mitte eine kleine Grube in die Erde gegraben und schnippten nun die Kugeln hinein. Die Sehne spannte sich. Die Muskeln des entblößten Armes tra-

ten hervor. Einen Augenblick verharrte der Ritter, dann flog der Pfeil, schneller als das Auge es zu sehen vermag, und bohrte sich vor Sofies Füßen in den staubigen Boden. Das Kind zuckte zusammen und fing zu kreischen an. Die anderen Kinder fielen in das Geplärr ein.

Mit großen Schritten eilte Tilia zu Sofie, vergewisserte sich, dass sie nicht verletzt war, und strich ihr tröstend über das Haar. Als das Weinen verebbte, erhob sich die Wehrsteintochter und stürmte zu dem Ritter. Die Wangen gerötet, die blitzenden Augen zu einem schmalen Spalt verengt, herrschte sie Otto von Ringelstein-Killer an. Doch der spottete nur, dass sie sich so ereiferte.

»Ich weiß nicht, was Euch gestochen hat. Ist etwa jemand verletzt worden? Glaubt Ihr, ich bin nicht fähig, mit einem Bogen umzugehen? Außerdem sollte Euch nicht entgangen sein, dass es sich nur um die Bälger von Unfreien handelt«, fügte er gehässig hinzu.

Tilia ballte ihre Hände zu Fäusten. Sie wusste nicht, was sie dem Ritter noch an den Kopf werfen sollte. Am liebsten hätte sie ihn geohrfeigt. Da trat der Merkenberger heran, der bislang an der Mauer gesessen und sein Schwert gesäubert hatte.

»Ritter Otto, ich muss Euch wirklich tadeln, die Jungfrau in solche Aufregung versetzt zu haben.« Sein Ton war ernst. Er bot Tilia den einen Arm an, seiner Schwester den anderen. Tilia lächelte ihn dankbar an. Sie bemerkte nicht den spöttischen Blick, den der Merkenberger mit Otto von Ringelstein-Killer tauschte, daher blieb das warme Gefühl in ihrem Herzen, auch noch, als der Merkenberger die Frauen zum Palas zurückgebracht hatte.

✠　✠

Es kam nicht oft vor, dass Graf Albert von Hohenberg die obere Burg besuchte, wenn er in Haigerloch weilte. Er wusste den mächtigen Bergfried bei seinem Bruder in guter Obhut. Burkhard war das wachsame Auge des Adlers in seinem Horst hoch über der Stadt an der Eyach. Doch an diesem Tag ließ Graf Albert sein Pferd satteln und ritt den schmalen Pfad zur Stadt hinunter, überquerte die Eyach an der Furt bei der Mühle und folgte dann der steil ansteigenden Straße zur Burg hoch. Die Wachen am Tor verbeugten sich ehrerbietig, als sie ihren Landesherrn erkannten. Der Graf wehrte das Angebot ab, ihn bei seinem Bruder anzumelden, stieg vom Pferd, übergab einem der Wachleute die Zügel und eilte die hölzerne Freitreppe zum Eingang des Bergfrieds hinauf.
»Gegrüßt sei Jesus Christus, lieber Bruder«, sagte er warm, trat ein und schloss die Tür hinter sich.
»In Ewigkeit, amen«, antwortete Burkhard. »Ist etwas geschehen, dass du hierher kommst?«
»Geschehen? – Nein, eigentlich nicht. Doch ich möchte deine Meinung zu diesem Brief hören.« Er zog ein gefaltetes Pergament aus seinem Rock und reichte es dem Bruder. Burkhard sah sich das gebrochene Siegel an und ließ den Blick über die geschwungenen Buchstaben gleiten. »Lies es mir vor, du weißt, ich bin ein Kriegsmann und kein Schreiber.« Graf Alberts wohltönende Stimme erfüllte den Raum.
Er versteht es, selbst aus einem einfachen Schreiben ein Gedicht zu machen, dachte Graf Burkhard und lächelte in sich hinein, doch seine heitere Miene währte nicht lange und machte bald zusammengekniffenen Lippen und einer gerunzelten Stirn Platz. Die dichten Augenbrauen zogen sich zusammen. Nachdenklich kratzte er sich den braunen Haarschopf.

»Wer soll das geschrieben haben?«, fragte er verwundert, als sein Bruder das Schreiben sinken ließ.
»Tilia von Wehrstein. Du erinnerst dich an sie?«
Graf Burkhard nickte. »Ja, sicher. Doch irgendetwas ist hier mächtig faul.«
»Ja«, bestätigte Graf Albert langsam. »Das riecht nach Verrat. Was hältst du davon?«
Der jüngere Bruder kaute nachdenklich auf seiner Unterlippe. Er wählte seine Worte sorgfältig, ehe er antwortete. »Es versteckt sich jemand hinter ihr. Einer, der mit uns Kontakt knüpfen will, sich jedoch vor dem grellen Tageslicht scheut. Es muss jemand sein, der etwas zu bieten hat. Einer der Zollernbrüder?«
Der Herr über Haigerloch nickte langsam. »Ich habe ähnliche Schlüsse gezogen. In den Augen des alten Grafen wäre es Hochverrat. Ich möchte wissen, welcher der beiden es ist und ob er das Angebot ernst meint, daher halte ich die Zeit für gekommen, unseren Mann auf Zollern daran zu erinnern, dass er unsere Goldstücke in seinem Beutel trägt. Er soll die Augen offen halten.«
Am Nachmittag verließ ein Kaufmann die Stadt mit Ziel Hechingen. Er hatte nicht nur wertvollen Atlas und Brokat, herrlich gefärbten Barchent und Schamlot, feine Schleiertücher und buntes Garn dabei, er trug auch einen versiegelten Brief in seiner Geldtasche am Gürtel. Es stand kein Name auf dem Schreiben, doch der Kaufmann wusste, wem er es ungesehen zustecken musste.

✠ ✠

Schon vor dem Frühmahl wechselte der junge Graf Friedrich ein paar freundliche Worte mit Tilia, und als alle sich über ihre Milchsuppe beugten, bemerkte sie wohl, dass er

Blicke zu ihr herübersandte, die alles andere denn Gleichgültigkeit bewiesen. Tilia lächelte zu ihm hinüber. Feines Rot überzog ihre Wangen. Je öfter sie ihn betrachtete, desto anziehender fand sie seine kämpferische Gestalt.
»Wie findest du ihn?«, fragte Tilia, als sie Gret mit einer Näharbeit vor der Küche auf der Schwelle sitzend fand.
»Wen?« Die Magd hob den Blick.
»Na, den jungen Graf Friedrich. Hast du bemerkt, welche Blicke er mir zuwirft?« Aufreizend tänzelte sie um die Magd herum.
Gret brummte unwillig. »Ja, ich habe die Blicke schon seit einigen Tagen bemerkt und mir ist auch nicht entgangen, dass du ihn ermutigst, es weiterhin zu tun.«
Tilia drehte sich einmal um ihre Achse, dass ihr Rock sich im Wind bauschte. »Ja, warum denn nicht. Er ist ein edler Ritter und ist zu mir sehr liebenswürdig.«
»Pah!« Gret hieb mit der Nadel in den Stoff. »Er ist bereits versprochen, wenn du das vergessen haben solltest.«
Tilia zuckte die Schultern. »Ja, und wenn schon. Ich bin ja auch nicht in heißer Liebe zu ihm entbrannt. Ritter Swenger ist mir lieber, doch es wäre falsch, wenn ich meine Gunst auf ihn beschränkte. Es ist nur ein Spiel. Alle Damen machen das! Sieh dir Benigna von Lichtenstein an oder Salome von Ringelstein-Killer.«
»Ach, und so wie die möchtest du auch sein? Meinst du, das ist es, was der Vater wollte, als er dir auftrug, keine Schande über das Haus Wehrstein zu bringen?«
Tilia schob schmollend die Lippen vor. »Es ist Frühling, und ich fange an, mich auf Zollern ein wenig wohler zu fühlen. Gönnst du mir das nicht?«
Gret murmelte etwas Unverständliches, das sich jedoch verdächtig nach einem bösen Fluch anhörte.
»Nun sag schon, wie du ihn findest«, drängte Tilia noch ein-

mal. »Er sieht stark aus, energisch und wie ein guter Kämpfer, dennoch schwanke ich, finde ihn in einem Augenblick reizend, im anderen wieder abstoßend.«

Gret ließ die Arbeit sinken und sah Tilia in die Augen. »Ich finde, du solltest dich nicht auf Spiele einlassen, von denen du nichts verstehst! Das könnte sehr unangenehm für dich und deine Familie ausgehen.«

Tilia runzelte die Stirn. »Du bist ja nur neidisch, dass er mich umwirbt.«

Mit plötzlicher Heftigkeit warf die Magd ihre Arbeit auf den Boden. »Hör auf, solch kindisches Zeug zu reden, und benutze einmal dein Hirn!«, schimpfte sie und senkte dann ihre Stimme. »Willst du wirklich so werden wie die Dame von Ringelstein-Killer, die sich jeder Lust des Ritters von Bisingen hingibt, oder gar wie die von Hölnstein, die durch alle gräflichen Betten gerutscht ist?«

Tilia schnaubte unfein. »Du bist ja verrückt. Woher willst du das denn wissen? Sie wechseln doch nur neckende Blicke.«

»Ich habe Augen und Ohren und einen Verstand. Bei allen Heiligen, Tilia, wie kannst du nur so verblendet sein«, fauchte die Magd und hob ihre Näharbeit wieder auf.

»Ich verstehe ja, dass du die Männer nicht magst«, schlug die Ritterstochter einen versöhnlichen Ton an. »Vater hat dich mit Rüdger verheiratet, und Graf Eitelfriedrich nimmt dich immer wieder mit in seine Kammer. Aber sein Bruder ist ganz anders!«

»Ja, das kann man wohl sagen!« Die Magd spuckte die Worte geradezu aus. »Graf Eitelfriedrich ist schon recht, und ich hege keinen Groll gegen ihn. Doch ich kann dich nur warnen, seinen Bruder zu unterschätzen. Halte dich von ihm fern, so gut es geht. Das ist der einzige Rat, den ich dir dazu geben kann.«

»Du hast mir gar nichts zu raten«, schnappte Tilia beleidigt, drehte sich auf dem Absatz um und ließ Gret mit ihren aufgewühlten Gedanken allein zurück.
Mit großen Schritten ging Tilia bis zum vorderen Tor. Sie dachte an Anna und an den Vater. Was er ihr raten würde? Das Lächeln auf ihren Lippen schmeckte bitter. Seine Vorstellungen von einer keuschen Jungfrau verboten solch Verhalten ganz sicherlich. Was wollte der Zollernsohn von ihr, wenn er doch bereits verlobt war? Tilia reckte sich. Sie war eine edle Jungfrau aus angesehenem Haus. Sie konnte sich nicht vorstellen, dass der Grafensohn unlautere Absichten hegte. Vielleicht hatte Gret Recht, und er fühlte sich durch ihre Blicke zu Unerlaubtem ermuntert? Das durfte natürlich nicht sein. Sie seufzte tief. Auf Wehrstein war alles so einfach gewesen. Die Freude, die Tilia noch am Morgen empfunden hatte, wich einer kalten Leere.

✠ ✠

Die Ritterstochter aus Wehrstein stand eine ganze Weile in der halb geöffneten Tür, ehe sie den Mut fand, den Franziskanermönch anzusprechen. Sie musste es zweimal tun, so sehr war er in seine Arbeit vertieft. Mit ärgerlicher Miene sah er auf und betrachtete seine Besucherin verständnislos, bis endlich ein Lächeln des Erkennens über sein entstelltes Gesicht huschte.
»Ach, Ihr seid es.«
Tilia knickste höflich. »Ich will Euch nicht stören, Bruder Tragebott, doch Ihr sagtet, ich dürfe Euch besuchen und Ihr würdet mir Eure Magie zeigen.«
Sie sah den Mönch aus großen Augen an. Der Franziskaner in seiner schwarzen durchlöcherten Kutte kicherte. »Soso, meine Magie möchtet Ihr sehen. Na, dann kommt mal mit.«

Er entzündete zwei Kienspäne und steckte sie in die eisernen Halter an der Wand. Als die winzigen Flammen sich in das Holz fraßen und dann hell auflodern, sah Tilia erstaunt, wie groß und verwinkelt der Kellerraum war, in dem sie bisher nur die schmale Lagerstatt des Mönches und einige Kisten wahrgenommen hatte. Doch nun traten aus den Schatten Bretter an den Wänden hervor, auf denen, dicht an dicht, seltsame Behältnisse standen. Manche waren aus Glas, so dass man ihren Inhalt von außen studieren konnte, andere aus Holz oder gebranntem Ton. Auf einem roh gezimmerten Tisch standen merkwürdige Gerätschaften. Mit offenem Mund betrachtete Tilia Tiegel und Töpfe, Glaskolben und Röhrchen, Zangen und lange Nadeln, eiserne Dreibeine und kleine Feuerpfannen. Bruder Tragebott ließ die junge Frau einige Zeit staunen, beantwortete ihre Fragen zu diesem oder jenem Gerät und führte sie dann stolz zu einem geheimnisvollen Apparat.

»Ist das Eure Magie, den gebrannten Wein herzustellen?«, fragte die Rittertochter und ließ ihren Blick von der Feuerschale über einen darüber befestigten Kolben wandern. In dem Glaskolben brodelte ein rotes Gebräu. Am oberen Ende des Gefäßes war ein Schilfrohr befestigt, in dem ein weiteres Rohr steckte. Durch das äußere Rohr floss Wasser aus einem großen Behälter und sammelte sich am anderen Ende in einem Eimer. Aus dem inneren Rohr tropfte hinten eine klare Flüssigkeit in einen zweiten Glaskolben. Es zischte und blubberte. Beißender Dampf stieg aus den Ritzen auf und reizte die Augen. Das konnte nur ein Werk des Teufels sein! Hastig bekreuzigte sich Tilia. Und doch konnte sie ihre Augen nicht von dem unheimlichen Schauspiel abwenden. Der Mönch, dem ihr Unbehagen nicht entging, lachte, als sie das Kreuzzeichen schlug.

»Das ist nicht von Satans Hand. Es ist von mir. Naja«, musste er zugeben, »so richtig erfunden habe ich es nicht, aber selbst nachgebaut.« Er zeigte auf das wasserklare Ergebnis, das am Ende heraustropfte. »Ihr habt ganz Recht, das ist der gebrannte Wein, mit dem ich die Wunden Eures Vasallen geheilt habe.«
Tilia sah den Mönch bewundernd an. »Ihr seid ein großer Medicus!«
»Nein«, wehrte er ab, auch wenn er sich sichtlich geschmeichelt fühlte. »Das wäre zu viel gesagt. Ich habe bereits als Novize dem Bruder Hortulanus in den Kräutergärten geholfen und später dem Bruder Infirmarius beim Anrühren der Heilmittel und beim Versorgen der kranken Brüder. Aus den Dörfern und der Stadt kamen die Menschen, um sich heilen zu lassen. Bruder Berthold hatte gesegnete Hände.«
Der Franziskanermönch führte seine Besucherin an den Regalen entlang, öffnete hier eine kleine Schachtel, dort eine Dose oder holte ganz vorsichtig eines der Gläser herunter ins Licht, damit Tilia den Inhalt betrachten konnte. Dabei erzählte er von den Kostbarkeiten, bis es in Tilias Kopf nur noch schwirrte.
»Seht her, das hier ist Silberschaum, der wirkt gegen Krätze und Hämorrhoiden. Eisensinter ist zum Einweichen von Geschwüren gut. In diesem Fläschchen ist Bibergeil gegen Lähmungen.« Er öffnete eine bunt bemalte Dose. »Riecht einmal daran – vorsichtig, nicht zu stark.«
Die Wehrsteinerin schnupperte zaghaft an dem runden Tongefäß, dessen Deckel der Mönch ein wenig anhob. Angewidert zog sie die Nase kraus. »Da haben Euch wohl Ratten und Mäuse was drin hinterlassen.«
Bruder Tragebott grinste. »Nein, das riecht immer so. Es sind die Früchte des Schierlings. Wenn Ihr davon esst, dann

werdet Ihr eines grausamen Todes sterben. Erst gehorchen Euch Eure Beine nicht mehr, dann die Arme und das Gesicht, die Zunge versagt ihre Dienste, doch Ihr seid wach und merkt, wie Euer Körper Euch Stück für Stück verlässt. Wenn Ihr dann nicht mehr atmen könnt, dann kommt der Tod und streckt seine Hand nach Euch aus.«

Tilia schüttelte sich. »Wozu braucht Ihr dies schreckliche Gift?«

Der Mönch machte ein finsteres Gesicht. »Ich habe unzählige Gifte hier, und ich meuchele jeden dahin, der mir unfreundlich kommt.« Er lachte herzlich, als er das entsetzte Gesicht der Jungfrau sah. »Das war nur ein Scherz. Die meisten Gifte sind auch Heilmittel, wenn sie in geringen Mengen und mit Bedacht verabreicht werden. Dann verhilft der Schierling zu einem ruhigen Schlaf und vertreibt Schmerzen.«

Tilia dachte an das Gespräch zwischen Trude und dem Mönch, das sie belauscht hatte. Bruder Tragebott sah sie stirnrunzelnd an, so dass sie plötzlich das Gefühl überkam, der Mönch könne ihre Gedanken lesen.

»Was ist denn das?«, rief sie, um ihn abzulenken, und zeigte auf eine gläserne Flasche. Bruder Tragebott holte das Gefäß vom Brett und ließ Tilia die merkwürdig geformte Wurzel betrachten.

»Sie sieht aus, als habe sie Arme und Beine. Ist das Alraune?«, fragte Tilia ehrfürchtig.

»Ja, man sagt, sie wächst unter dem Galgen und ernährt sich vom Blut und Saft der Gehängten. Man muss seine Ohren mit Wachs verschließen, wenn man sie herausziehen will, denn sie stößt einen solch fürchterlichen Schrei aus, dass man sofort tot umfällt. Nur wenn man sie an den Schwanz eines schwarzen Hundes bindet, kann man sie gefahrlos dem Boden entreißen.«

»Stirbt der Hund dann an dem Schrei?«
»Aber sicher!« Bruder Tragebott grinste verschmitzt, so dass Tilia sich nicht sicher war, ob der Mönch selbst an die Geschichte glaubte.
»Aber es lohnt sich, denn die Alraune ist viel wert. Hilft sie doch gegen Schmerz, tiefe Traurigkeit und gegen Geschwüre, und sie richtet selbst die schlaffste Männlichkeit wieder auf.«
Tilia errötete bis zu den Haarwurzeln. Schnell stellte der Mönch die Flasche an ihren Platz zurück.
»Verzeiht, Jungfrau, doch meine Arbeit ruft. Ihr könnt gerne ein anderes Mal wiederkommen, dann zeige ich Euch, woran ich gerade arbeite, doch nun verlasst mich, damit ich ungestört meinen Gedanken folgen kann.«
Mit einem Knicks verabschiedete sich Tilia, schloss die Tür hinter sich und eilte die ausgetretenen Stufen hinauf.

✠ ✠

Williburgis hatte sich schon wieder geweigert, zum Nachtmahl zu kommen. Ohne auch nur einen Bissen zu sich genommen zu haben, kniete sie in der Kapelle auf dem kalten Stein. Zusehends magerte das Mädchen ab. Fast schien es der Kinderfrau, als müsse sie Hemd und Rock mit jedem Tag enger schnüren. So konnte das nicht weitergehen, sonst würde das arme Kind diesen Sommer nicht mehr erleben, das spürte sie. Doch wer konnte helfen? Wer konnte den Satan, der sich gehässig grinsend auf Zollern breit gemacht hatte, aus der Burg vertreiben? Ob sie mit Pater Laurenz reden sollte? Nein! Schon allein der Gedanke an den hinterhältigen, verlogenen Gottesdiener ließ heiße Wut in ihr aufsteigen.
Tief in Gedanken schlenderte Trude zum Tor hinunter. Es

kam nur einer in Frage. Er war noch mit dem Pferd draußen, würde aber sicher bald kommen. Sie könnte ihn vor dem Tor abpassen und so, ohne neugierige Ohren, mit ihm darüber sprechen. Von ihrer Idee überzeugt, straffte sie die Schultern und lief mit langen Schritten zum Tor. Bereitwillig, wenn auch ein wenig verwundert, öffnete der Wächter die kleine Pforte, um die Kinderfrau hinauszulassen.

Schon von weitem hörte sie den Hufschlag. Endlich. Sie fror und war schon ganz steif vom langen Warten, Zweifel hatten ihren Mut beträchtlich angenagt, doch nun gab es kein Zurück mehr. Schon tauchte das schwere Streitross im Mondlicht auf. Entschlossen trat Trude auf den Pfad. Das Pferd wieherte erschrocken, ein Schwert klirrte, als es mit einem Ruck aus der Scheide gezogen wurde.

»Nein, Herr Ritter, ich bin es, Trude, haltet ein!«

Der Ritter zügelte sein Pferd und kam dann langsam heran, bis er im schwachen Licht die Züge der Alten erkennen konnte. »Bei allen Heiligen, was tust du in der Nacht hier draußen?«

»Ich habe auf Euch gewartet, weil ich mit Euch sprechen möchte.«

»Was kann es denn so Wichtiges geben, das du mir nicht im warmen Saal sagen willst?«

»Ich bitte Euch, steigt ab und geht ein paar Schritte mit mir. Ihr werdet dann gleich verstehen, warum ich dies nicht neben all den anderen tun kann.«

Der Ritter hob erstaunt die Brauen, schob jedoch das Schwert wieder in die Scheide und schwang sich von seinem Ross. Die Zügel wickelte er um eine verkrüppelte Kiefer. Dann trat er zu der Alten heran.

»Nun sprich, Weib, was gibt es so Geheimnisvolles?«

Sie wand sich, sie zierte sich, doch nun musste es heraus. »Es geht um Williburgis, Herr«, begann sie, und plötzlich sprudelten die Worte wie ein munterer Quell. »Ich weiß nicht, ob es recht ist, Euch das alles zu erzählen«, schloss sie und hob beschwörend die Hände, »doch der Herr im Himmel ist mein Zeuge, ich möchte nur, dass der Satan die Seelen wieder freigibt, die er sich gegriffen hat.«

Der Ritter schwieg und dachte nach. Sie konnte sein Gesicht nicht sehen, trat unruhig von einem Fuß auf den anderen. Ob er böse war oder sogar dankbar, oder vielleicht erschüttert?

»Da gibt es wohl nur einen Weg, diese Verwirrung zu lösen«, seufzte er leise und legte die Hand an den Schwertknauf. Bedächtig zog er die Klinge aus der Scheide.

»Aber Ihr werdet doch nicht – mit dem Schwert – das arme Kind – ich meine...« Verwirrt starrte sie ihn an.

»Keine Angst. Williburgis soll keinen Blutstropfen vergießen.«

Die Kinderfrau atmete erleichtert auf. »Aber was wollt Ihr...« Die Schwertspitze kam bedrohlich näher. Ihr wurde plötzlich glühend heiß, und eine Welle der Todesangst erfasste sie mit Macht.

»Ihr werdet doch nicht Eure Klinge gegen mich erheben«, ächzte sie heiser.

»Aber nein, wie könnte ich«, antwortete er und drehte das Schwert in seiner Hand. Doch noch ehe sich ihr wild klopfendes Herz beruhigen konnte, schnellte plötzlich seine gepanzerte Faust nach vorn und traf die ahnungslose Alte an der Schläfe. Sie taumelte nach hinten.

»Meine Schwertklinge wird sich nicht mit deinem Blut färben«, sagte er, ehe er mit dem Schwertknauf ihre Schläfe durchschlug. »Du wirst den Namen Zollern nicht in den Schmutz ziehen.«

Mit den Füßen stieß er sie die wenigen Schritte bis zum

nächsten felsigen Abhang und ließ den schlaffen Körper dann über die Kante rollen. Dumpf hörte er die Leiche aufschlagen. Ohne eine Miene zu verziehen, schwang sich der Ritter wieder in den Sattel und ritt gemächlich auf das Tor zu.

✠ ✠

Es war schon sehr spät, als Eitelfriedrich von Zollern nach Gret schickte. Seine Gattin in ihrem Gemach aufzusuchen, kam ihm nicht in den Sinn. Ab und zu streifte ihn der Gedanke, dass es mal wieder an der Zeit wäre, ein Kind mit ihr zu zeugen, doch diesen verdrängte er rasch. Er hatte keine Lust auf ihr Gejammer, wenn sie sich mit ihrem dicken Leib durch die zugigen Gänge schleppte. Auch war er bereits Vater eines gesunden Knaben von acht Lenzen und einer Tochter, die die gefahrvollen ersten Jahre überstanden hatte. Eitelfriedrich lächelte voller Vorfreude, als er an die hübsche, blonde Magd dachte, an ihre wohligen Rundungen und ihre angenehme Stimme. Sie plapperte nicht ständig wie einige der anderen Mägde, doch wenn sie sprach, dann wohl überlegt. Das Klopfen an der Tür unterbrach seine Überlegungen.
»Ah, Gret, komm zu mir und tu mir Gutes.« Mit einem Ruck zog er sein Hemd über den Kopf und ließ sich dann bäuchlings auf sein Lager fallen. »Komm her und lege deine Hände auf meinen knotigen Rücken. Knete mir sanft die schmerzenden Schultern und streiche mir Fett auf die wunde Haut. Das Kettenhemd hat wieder übel gescheuert.«
Gret zog ihre Schuhe aus und kletterte zu dem Grafensohn auf das Bett. Langsam wanderten ihre Hände über den Rücken, so dass Eitelfriedrich wohlig grunzte. Eine Weile schwiegen sie beide. Gret konzentrierte sich auf die ver-

spannten Muskeln. Die Schulterblätter warfen harte Schatten. Der Grafensohn stöhnte, als sich ihre Finger unter die Knochenkämme gruben. Zart bestrich sie die geröteten Stellen mit Kräuterfett. Eitelfriedrich drehte sich auf die Seite, stützte den Kopf in seine Hände und betrachtete das Mädchen aufmerksam.

»Du hast Magie in deinen Händen, Gret«, sagte er und streichelte ihren nackten Fuß, der unter dem Rock hervorlugte. Langsam wanderte seine Hand höher, er beugte sich vor und küsste ihre Wade, dann zog er Gret zu sich herab. Seine Lippen arbeiteten sich von ihrer Schulter zum Nacken vor. Der warme Lufthauch seines Atems strich über ihre Haut. Ein bisher ungekannter wohliger Schauder breitete sich über ihren ganzen Körper aus. Entspannt schloss sie die Augen, während ihre Finger in dem dichten gräflichen Haarschopf wühlten.

Es klopfte. Eitelfriedrich fluchte, doch er ließ von Gret ab, zog sich sein Hemd wieder über und öffnete die Tür.

»Vater Laurenz, was wollt Ihr denn?«, fragte er missmutig.

Der Gottesdiener drängte sich ins Zimmer. »Nun, es ist so, ich muss mit Euch sprechen, weil ...« Als er Gret entdeckte, brach er ab. Giftige Blicke, scharf wie Pfeile, verschoss der magere Geistliche in Richtung Bettstatt. »Schickt das Weib hinaus, Herr, das ist nichts für ihre Ohren«, forderte er säuerlich.

Gret strich Hemd und Rock glatt und suchte nach ihren Schuhen. Der Kaplan murmelte etwas von Schlangen und Sünden, doch die Magd würdigte ihn keines Blickes. Mit hoch erhobenem Haupt ging sie hinaus und schloss die Tür hinter sich. Sofort erhob sich die Stimme des Kaplans, so dass die Worte durch die Ritzen drangen. Mit angehaltenem Atem blieb Gret stehen, ihre Augen weiteten sich. Sie hätte gehen müssen. Sie wusste, dass jedes weitere erlauschte Wort sie in größere Gefahr brachte, doch sie blieb wie angewurzelt stehen und lauschte der klagenden Stimme des Kaplans.

KAPITEL 19

War ein schreckliches Unglück geschehen? Seit sie beim Nachtmahl den Saal verlassen hatte, war die Kinderfrau nicht mehr gesehen worden. Die ganze Nacht blieb sie fern, und auch zur Morgensuppe erschien sie nicht. Einer der Wächter berichtete, sie habe in der Dunkelheit die Burg verlassen, wäre aber im Laufe seiner Wache nicht zurückgekehrt. Wohin konnte sie gegangen sein? Die Damen der Grafentochter sprachen eifrig über die unzähligen Möglichkeiten, doch keine kam auf den Gedanken, die Burg zu verlassen, Rocksaum und Schuhe zu beschmutzen, um draußen nach Trude zu suchen.
»Ich werde nach ihr sehen«, sagte Tilia zu Swenger von Lichtenstein, der neben ihr seine Milchsuppe löffelte. »Vielleicht ist sie gestürzt und hat sich verletzt.«
»Ich komme mit Euch«, bot der Ritter mit vollem Mund an.
Tilia sah ihn misstrauisch von der Seite an. »Ich werde meine Magd mitnehmen!«
Der Ritter grinste anzüglich. »Wenn Ihr meint, dass Ihr sie zum Schutz Eurer Jungfräulichkeit braucht…«
So schritt Tilia, bei Gret eingehängt, kurz darauf zum Tor hinaus. Der Tag begann düster. Graue, dickbauchige Wolken verhüllten das Blau des Himmels. Die Luft war feucht, und es würde sicher noch Regen geben. Swenger ging zum Stall, um sein Pferd zu satteln. Überraschend schloss sich auch der junge Friedrich der Suche an. Die Männer ritten

gemächlich den Pfad hinunter, während sich die beiden Frauen in der Nähe des Tores umsahen.

»Meinst du, sie ist bis nach Hechingen oder Stetten gegangen?«, fragte Tilia.

Gret ließ den Blick den Hang hinunterschweifen. »Im Dunkeln? Das glaube ich kaum. Vielleicht hat sie sich mit jemandem getroffen und ist mit ihm dann weggeritten.«

»Aber warum? Und weshalb hat sie niemandem in der Burg Bescheid gesagt? Ich werde das Gefühl nicht los, dass ihr etwas passiert ist.« Sie umrundete ein paar Ginsterbüsche und eine niedere Kiefer.

»Tilia, ich glaube, dein Gefühl hat dich nicht getäuscht!« Gret war ein Stück den Weg hinuntergegangen. Nun stand sie am Rand des Pfades, dort, wo der Hang jäh über ein Felsband abbricht, und deutete die Wand hinunter. »Ich glaube, da liegt jemand.«

Tilia raffte ihre Röcke und eilte zu Gret hinüber. »Heilige Jungfrau Maria, das könnte sie sein. Wie kommen wir da hinunter?«

Doch Gret lief schon den Pfad hinab, bis zu der Stelle, an der man unterhalb der Felsen den Hang queren konnte.

»Warte auf mich!« Tilia folgte ihr.

»Sei vorsichtig«, warnte die Magd, deren Holzpantinen im schlüpfrigen Erdreich kaum Halt fanden, doch die Rittertochter ließ sich nicht abhalten. Sie tastete sich von einem Grasbüschel zum nächsten, bis sie den leblosen Körper erreichten, der verdreht und gekrümmt an einem Krüppelbäumchen hängen geblieben war. Gret kniete sich vorsichtig nieder und schob das wirre graue Haar, das sich beim Sturz gelöst haben musste, zur Seite.

»Ja, es ist Trude, und sie ist tot«, bestätigte Gret mit einem Seufzer. »Sie ist schon kalt, und das Blut ist getrocknet. Sieh nur die große Wunde in der Schläfe. Sie muss sich an einem der Felsen diese schreckliche Verletzung zugezogen haben. Wahrscheinlich war sie schon tot, als sie hier unten ankam.«

Tilia schluckte trocken. »Ja, aber warum ist sie gefallen? Was hatte sie im Dunkeln abseits des Weges zu suchen? Mir will das nicht in den Kopf.«

Die beiden Ritter waren noch ein Stück dem Weg gefolgt und kehrten nun unverrichteter Dinge wieder um. Swenger entdeckte die beiden Frauen im steilen Hang. Die Pferde zurücklassend, eilten die beiden Männer zu ihnen, um zu sehen, was sie gefunden hatten.

»Was, zum Teufel, hattest du hier zu suchen, Trude«, murmelte Friedrich. Tilia und Gret bekreuzigten sich. »Kommt mit zur Burg zurück, bevor Ihr selbst noch fallt«, riet der Merkenberger und bot Tilia den Arm. »Ich lasse Trude von den Wächtern holen, damit sie anständig begraben werden kann.« Dankbar ließ sich Tilia zum Weg zurückführen. Sie protestierte auch nicht, als Friedrich sie auf sein Pferd hob, sich hinter ihr in den Sattel schwang und sie zur Burg zurückbrachte.

Swenger folgte Gret. Am Weg angekommen, nahm er sein Pferd am Zügel. »Ich begleite dich.«

Gret warf ihm einen raschen Seitenblick zu. »Das ist nicht nötig, Ritter«, entgegnete sie schärfer, als beabsichtigt, doch der junge Mann lachte nur. »Anscheinend ist es heute mein Schicksal, dass mir alle schlechte Absichten unterstellen.«

✠ ✠

Williburgis war betrübt und weinte ein paar Tränen, als sie von ihrer alten Kinderfrau Abschied nahm. Vater Laurenz murmelte ein paar lateinische Floskeln und befahl den

Knechten, rasch das Grab zu schaufeln. Schon am Mittag hatte sich die feuchte Erde über Trude geschlossen.
»Nun kann man den Würmern also guten Appetit wünschen«, murmelte Benigna gefühllos und eilte sich, wieder in die warme Kemenate zu kommen. Doch Willlburgis, die diese Bemerkung gehört hatte, brach in Tränen aus und schickte ihre Damen weg. Mit geröteten Augen verschwand sie in ihrem Gemach, und zum ersten Mal empfand Tilia Mitleid mit der Grafentochter. Eine Weile saß die Wehrsteinerin mit einer Stickarbeit auf ihrer Kleidertruhe und lauschte mit einem Ohr dem Geschwätz der Damen, dann fasste sie einen Entschluss. Sorgsam faltete sie ihre Arbeit zusammen, strich sich die Röcke glatt und ging hinüber zur Kemenate. Auf ihr Klopfen kam keine Antwort, trotzdem trat sie ein. Willlburgis saß auf ihrem üppigen Bett, und zwischen den vielen bunten Seidenkissen wirkte sie verloren. Sie sah aus wie ein Kind, die Lippen schmollend vorgeschoben, eine zerlumpte Puppe an die Brust gepresst.
»Ich habe Euch nicht hereingerufen«, fuhr sie Tilia hochmütig an. Nur mühsam zähmte die Wehrsteinerin ihre aufflammende Wut und trat einige Schritte näher.
»Ja, ich weiß, doch ich bitte Euch, mich anzuhören.« Ohne eine Reaktion abzuwarten, fuhr Tilia fort. »Ihr seid die Tochter des Grafen und die Herrin dieser Burg. Ihr habt Eure Damen um Euch, auf dass sie Euch zu Diensten seien. Doch wer hat Euch umsorgt? Wer ist Euch zur Seite gestanden? Eure Kinderfrau. Nun ist sie durch einen tragischen Unfall zum Herrn gerufen worden und Ihr bleibt allein zurück.« Tilia holte Luft und sah Willlburgis an, die mit unbeweglicher Miene geradeaus starrte. Ob sie überhaupt zuhörte? Dennoch fuhr Tilia fort. »Man braucht Euch nur anzusehen, und das Herz wird einem schwer. Ihr habt Sorgen und…«

Die Grafentochter richtete sich kerzengerade auf und fiel Tilia ins Wort. »Ich habe keine Sorgen, und außerdem geht Euch das überhaupt nichts an. Kümmert Euch um Eure eigenen Angelegenheiten...«
Die Wehrsteinerin senkte den Kopf und wartete, bis Williburgis sich wieder beruhigt hatte. Von dieser Seite war nicht an sie heranzukommen.
»Seht Euch den Saal an, schmeckt die Speisen, die auf den Tisch kommen, geht in die Kleiderkammer«, versuchte sie es noch einmal. »Wie solltet Ihr das alles allein schaffen? Das ist unmöglich. Lasst Euch helfen, und Zollern wird wieder so prächtig und gastfreundlich, wie es einmal war und wie man sich im ganzen Land noch immer erzählt.«
Williburgis nagte an ihrer Lippe. »Ja, Ihr habt schon Recht, wenn Ihr sagt, dass vieles im Argen liegt. Doch welche meiner Damen möchte schon die Mägde beaufsichtigen, welche Aufsicht über den Saal haben, welche sich mit Hanna anlegen, wenn der Braten verbrannt ist?«
»Ich, edle Herrin. Ich würde Euch gerne zur Seite stehen. Seht, ich habe auf Wehrstein nach dem Rechten gesehen. Ich habe dies an meiner Mutter Stelle in den letzten Jahren allein erledigt...«
»Aber Wehrstein ist keine solch große Burg wie Zollern!«, warf Williburgis ein.
»Nein, natürlich ist Wehrstein nicht so prächtig«, bestätigte Tilia, da die Grafentochter dies erwartete. »Ich kann sicher keine Wunder wirken, aber vielleicht manches dahin führen, wo es früher einmal war.«
Williburgis nickte langsam.
»Und Ihr braucht jemanden, der sich um Euch kümmert. Lasst mich das tun. Mich und meine Magd.«
Die Grafentochter nickte wieder.
»Dann werde ich Euch nun ein Kräuterbad richten lassen.

Das wird Euch gut tun. Und dann nehme ich mein erstes Gefecht mit Hanna auf.«
Williburgis schauderte. »Da beneide ich Euch nicht darum«, sagte sie mit großen Augen. Doch der Griff um ihre Puppe lockerte sich, die Lippen wurden weicher, und in den Augen keimte ein Stück neuer Lebenswille.

✠ ✠

Tilia war noch nicht oft in der Küche gewesen. Dies war Hannas Revier. Hier lief die dicke Köchin auf ihren aufgedunsenen Beinen auf und ab, schwenkte den gefürchteten großen Kochlöffel, mit dem sie wohl zuzuschlagen wusste, und erhob ihre Stimme, wenn ihr etwas zuwiderlief. Sie runzelte ihre pockennarbige Stirn und brüllte, dass selbst Heinz, der Hüne, lieber das Weite suchte.
Die Wehrsteintochter ließ ihren Blick über die schmutzigen Töpfe gleiten. Der gestampfte Lehmboden war sicher schon eine Ewigkeit nicht mehr gefegt worden. Überall standen Schüsseln und Krüge mit Essensresten herum, auf denen sich nicht selten ein bläulich grüner Rasen ausgebreitet hatte. Das Herdfeuer loderte. Der unansehnliche Inhalt des Kessels darüber brodelte und spritzte, es zischte und dampfte. Daneben drehte ein Junge einen Fleischspieß. Hinten an der Rückwand an einem rohen Tisch entdeckte Tilia die Köchin mit einem Humpen in der Hand, der sicher kein Wasser enthielt. Ein paar Mägde und Knechte taten es ihr gleich.
»Hanna, ich möchte mit dir sprechen!«
Der Koloss von einem Weib erhob sich schwerfällig und kam mit großen Schritten auf Tilia zu. Furchtlos musterte sie die Rittertochter. Da stand sie also, die gefürchtete Köchin, kerzengerade aufgerichtet, die Ärmel ihres Kittels

hochgeschoben, dass die fetten Unterarme zu sehen waren. Die Hände in die ausladenden Hüften gestützt, den Kochlöffel wie immer in der Rechten, sah sie Tilia trotzig an, das Kinn herausfordernd nach vorn geschoben.
»Was wünscht Ihr?« Der Tonfall war nicht gerade ehrerbietig, doch Tilia ließ sich nichts anmerken.
»Es ist deinen aufmerksamen Augen sicher nicht entgangen, dass auf der Burg nicht alles so ist, wie es sein sollte – und wie es sich zeigte, als die Gräfin Udelhild noch Hausherrin war. So wird es jedenfalls erzählt.« Hanna presste grimmig die Lippen zusammen.
»Das Essen ist meist verbrannt oder verkocht und immer kalt.« Hanna knurrte wie ein wütender Bär.
»Der Saal ist schon lange nicht mehr gesäubert worden...«
»Was geht mich das an?«, unterbrach Hanna die Ritterstochter. »Ich bin Köchin und keine Magd!«
»Da hast du Recht, doch auch hier in der Küche könnte es reinlicher sein. Sieh nur die Töpfe, sieh nur die verdorbenen Speisen...«
Wieder unterbrach die Köchin unhöflich. »Was kann ich dafür, wenn die Weiber lieber schwatzen als arbeiten, wenn die Männer hier hereinkommen, wie es ihnen passt, und alles durcheinander bringen.«
Tilia holte für den nächsten Angriff tief Luft. »Die Burgherrin Williburgis hat mich beauftragt, ihr bei ihren Pflichten behilflich zu sein. Hanna, du bist eine Unfreie wie alle Mägde und Knechte auf Zollern auch, und wenn etwas nicht in Ordnung ist, dann ist der Stock oder die Peitsche die angemessene Ermahnung.«
Die Köchin lief rot an und schnappte nach Luft. Dass ein dahergelaufenes Fräulein ihr mit der Peitsche drohte, das war ihr noch nicht passiert. Ehe ihr die passende Erwiderung einfiel, sprach Tilia schnell weiter.

»Ich könnte dich auch einfach auf die Felder schicken oder in den Stall und eine andere Magd in die Küche stellen, doch das möchte ich nicht. Du kannst gut kochen, und du bist klug, daher will ich mit dir zusammenarbeiten.«

Die aufgeflammte Wut machte einem lauernden Gesichtsausdruck Platz. »Wie meint Ihr das?«

»Nun, ich möchte den Mägden feste Aufgaben zuteilen. Jede hat eine Arbeit, für die sie verantwortlich ist. Ich werde die ordentliche Ausführung im Palas überprüfen und du hier in der Küche.«

Hanna grinste selbstgefällig. »O ja, da soll nur eine dieser Schlampen es wagen, ihre Arbeit nicht zu tun.« Sie ließ den Kochlöffel durch die Luft sausen.

»Das bedeutet, dass die Mägde die Töpfe scheuern und den Boden fegen – und dass du Zeit hast, wieder richtig zu kochen. Ich verlasse mich darauf, dass du dich deiner Aufgabe würdig erweist und dass in Zukunft der Braten nicht schwarz und der Eintopf nicht verkocht ist.« Tilia breitete die Arme aus und setzte zum letzten Dolchstoß an. »Ich habe mich für dich eingesetzt, weil ich dir vertraue. Du kannst mich jederzeit um Rat fragen, doch pass gut auf, dass nichts schief geht, denn sonst bin ich vor der jungen Gräfin blamiert – und sie schickt dich in Zukunft zum Schweineställe ausmisten.«

Das saß! Hanna kaute nachdenklich auf ihrer Unterlippe. »Gut, dann rufen wir am besten nach dem Abendmahl alle Mägde zusammen und verteilen deren Arbeit. Und wehe, es wird geschlampt!«

Sie lächelte verzückt. Tilia war sich sicher, dass die Köchin in Gedanken sich selbst für diesen guten Einfall lobte. Mühsam verbiss sich die Wehrsteinerin ein Grinsen, lobte stattdessen die Kochkunst der Unfreien noch einmal und verließ dann die Küche mit einem Gefühl der Erleichterung. Sie war sich sicher, dass sie den richtigen Weg eingeschlagen hatte.

✠ ✠

Tilia traf Gret im Brunnenturm.
»Du strahlst ja plötzlich so«, bemerkte Gret, ohne die Hände von der Kurbel zu nehmen.
»Ich fühle unbändigen Tatendrang in mir, möchte am liebsten die Ärmel aufbinden und überall mit anfassen.«
Gret verzog das Gesicht zu einer Grimasse. »Willst du hier am Brunnenseil damit anfangen? Bis so ein Badezuber voll ist, kannst du viel Tatendrang beweisen.«
Tilias Miene verdüsterte sich. »Du hast Recht, und gerade deshalb war mir ja so unruhig zumute. Immer nur nutzlos in der Kemenate sitzen, dem dummen Geschwätz der Damen lauschen und sticken, während du hier draußen dir schwere Arme und wunde Hände holst.«
»Das ist der Lauf der Dinge«, antwortete Gret und wuchtete einen vollen Eimer über den Rand.
Tilia knetete nachdenklich ihre Hände. »Das ist es nicht allein. Ich gehöre nicht hierher. Sie sind mir alle so fremd. Nur mit dem Ritter Swenger kann ich reden. Er bringt mich zum Lachen. Auch mit Trude habe ich manches Wort gewechselt.« Sie schwieg einige Augenblicke, um nach den richtigen Worten zu suchen. »Mir scheint, als sei es in dieser Burg viel kälter als bei uns zu Hause. Mich friert es. In meinem Herzen ist es eisig, dass keine Daunendecke, kein Kaminfeuer den Frost vertreiben kann.«
Gret ließ die Kurbel durch die Finger gleiten, bis der leere Eimer dumpf auf die schwarze Wasseroberfläche klatschte. »Ich weiß, was du sagen willst. Vielleicht wäre mir auch kalt,

wenn ich zwischen Brunnenwasser und Blutwürsten, Schweinemist und Feuerholz Zeit hätte, es zu spüren.«
»Du hast wenigstens noch Sofie.« Eifersucht schwang in den Worten.
Langsam und gleichmäßig drehte Gret die Kurbel. »Ach, ich sehe sie doch kaum. Sie spielt mit den anderen Kindern, und das ist gut so. Doch du scheinst immer noch um Dorothea zu trauern?«
Tilia trat von hinten an Gret heran, legte die Arme um ihre Taille und drückte die Wange an ihren Rücken. Sie spürte den rauen Stoff des verschlissenen Rockes und die Wärme, die durch das Gewand drang.
»Ich vermisse sie, denn sie war wie mein eigenes Kind, und ich vermisse dich.«
Kraftvoll kurbelte Gret weiter »Ja, hier ist es nicht wie auf Wehrstein. Doch seit wann werden Weiber gefragt, wie sie leben wollen? Hör den Pfaffen zu, dann weißt du es. Gott, der Herr, stellt uns an den Platz, an dem er uns haben will. Eines Apfels wegen sind wir auf ewig verdammt, dem Manne untertan zu sein.«
»Aber das passt dir nicht!«, stellte Tilia fest.
»Es ist egal, ob es mir passt oder nicht. Das interessiert keinen, und danach fragt auch keiner.«
Tilia hob den Kopf. »Doch«, sagte sie energisch, »mich interessiert es, und ich frage danach. Ich bin nicht bereit, hier nur herumzusitzen und eine der kleinen weißen oder schwarzen Figuren auf dem großen Spielbrett des Lebens zu sein, die von anderen herumgeschoben werden. Darum werde ich dafür sorgen, dass ich wieder mit dir zusammen sein kann, und ich werde – mit Fräulein Williburgis' Erlaubnis – diesen schmutzigen, verkommenen Steinhaufen zu einer respektablen Burg machen.«
»Da habt Ihr Euch aber viel vorgenommen, Jungfrau Tilia«,

erklang eine amüsierte Stimme von der Tür her. Die Frauen schreckten hoch. »Oh, welch trautes Bild habe ich gestört«, fuhr Ritter Swenger ohne echtes Bedauern fort und trat zu den Frauen. Er nahm Tilias schmale Hand in die seine und küsste sie leicht. »Ich wünsche Euch Glück und Erfolg bei Eurem Vorhaben. Ich wäre jedenfalls Euer untertänigster Sklave, wenn Ihr es schaffen solltet, dass der Drache, der in der Küche sein Unwesen treibt, wieder ein genießbares Essen zur Tafel bringt.«
Tilia lächelte. »Die ersten Schritte sind getan. Auch ich bin neugierig, wie schnell sie Wirkung zeigen.«
Swenger von Lichtenstein trat einen Schritt zurück und bot Tilia den Arm. »Ich brenne darauf, von Eurer Schlacht zu hören. Ihr könnt mir auf dem Weg berichten.«
Tilia runzelte die Stirn. »Auf dem Weg? Wohin wollt Ihr mit mir gehen?«
Swenger verdrehte in gespielter Verzweiflung die Augen. »Dass Ihr aber auch immer solch Misstrauen hegen müsst. Nun gut, dann verrate ich es Euch eben. Im Stall hat gerade ein Fohlen der wunderbarsten Stute hier auf der Burg das Licht der Welt erblickt, und ich dachte mir, Ihr wolltet es vielleicht ansehen.«
»O ja!«, strahlte die Wehrsteinerin und folgte dem Ritter in den Hof hinaus.
Gret hängte die Eimer in die eisernen Haken und legte sich den hölzernen Tragebalken über die Schulter. Ihr Blick folgte Tilia und dem Ritter, als sie über den Hof schritten.
»Die Kälte in deinem Herzen wird sicher bald vergehen«, murmelte sie vor sich hin.
An Swengers Seite schritt Tilia munter plaudernd dahin. Sie liebte es, neben einem Mann herzugehen, sich mit großen Schritten zu bewegen. Nicht dieses mühsame Ge-trippel, das die Damen an den Tag legten, erschöpft inne-

haltend, nachdem sie kaum die Hälfte des Hofes durchquert hatten. Vor allem die Dame von Baden, die ihre ausladende Körperfülle nur mit beträchtlicher Mühe auf den hohen Schuhen balancieren konnte. Tilia lächelte in sich hinein.

Vom Palas aus sah der Merkenberger dem Paar nach. Er runzelte die Stirn, überlegte einige Augenblicke und folgte den beiden schließlich nach. Er lugte durch einen Spalt in der Brettertür und beobachtete, wie Swenger Tilia zur Pferdebox führte, sah sie das Muttertier streicheln und sich dann zu dem Fohlen hinabbeugen. Er hörte ihr Lachen, als Swenger in neckendem Tonfall etwas zu ihr sagte. Die blauen Augen weit offen, das ebenmäßige Antlitz ihm zugewandt, kniete sie im Stroh und sah zu dem Ritter hinauf, der sich lässig über die Brüstung lehnte. Es schien nicht so, als würde noch etwas Ungebührliches geschehen. Der Teufel hatte sicher gerade woanders zu tun.

»Ah, die lieblichste aller Jungfrauen gibt dem jungen Hengst die Ehre«, sagte der Zollernsohn laut und trat in den Stall.

»Es ist ein wunderschönes Tier, Graf. Es wird Euch später sicher durch alle Gefahren tragen.«

Der Merkenberger lachte. »Das will ich hoffen, doch noch ist es nicht sicher, ob es mich oder meinen Bruder später in seinem Sattel haben wird.«

Rasch wechselte Tilia das Thema, denn selbst in diesen Worten spürte sie die rasende Eifersucht des Ritters auf den Erstgeborenen.

Swenger hatte sich, seit der Merkenberger aufgetaucht war, nicht von der Stelle gerührt. Er beobachtete die beiden aufmerksam, ohne das amüsierte Lächeln zu verlieren. Er bemerkte die Blicke wohl, die der Grafensohn ihm zuwarf, doch es machte ihm Spaß, ihn ein wenig zu reizen. Wann

würde er ihn unter einem Vorwand hinausschicken? Lange konnte es nicht mehr dauern.
»Die anderen sammeln sich, um einen kleinen Ritt zu machen. Wollet Ihr nicht mit?«, sagte der Grafensohn, kaum hatte Swenger den Gedanken in seinem Kopf bewegt.
»Nein, nein, ich reite heute nicht mit«, wehrte er mit einem strahlenden Lächeln ab. »Doch danke für die große Fürsorge.« Auch Tilia entging der leichte Spott in seiner Stimme nicht.
»Diemo sucht Euch«, versuchte es der Zoller noch einmal. »Ihr wolltet mit ihm den Schwertkampf üben.«
»Er ist ein schlaues Bürschchen und wird mich hier schon finden, wenn ihm so viel an den blauen Flecken gelegen ist, die ich ihm verpassen werde.« Nun grinste er offen über das ganze Gesicht und labte sich an den wütenden Blitzen in des Grafensohns Augen. »Doch wenn Ihr mit der holden Jungfrau allein sein wollt, dann sagt es einfach. Ich kann es gut verstehen und räume den Kampfplatz nur mit Widerwillen – doch mit dem Respekt vor meinem Herrn, wie es der Brauch ist.«
Swenger von Lichtenstein verbeugte sich spöttisch und weidete sich an der verkniffenen Miene des Merkenbergers, der nur mühsam eine Verwünschung zurückhielt. Aufreizend langsam tänzelte Swenger davon. Ihm entging nicht der reservierte Klang, der sich nun in Tilias Stimme schlich, sah noch, wie sie sich erhob, die Röcke glatt strich und ein wenig mehr Abstand zwischen sich und den Grafensohn brachte. Fröhlich pfeifend entfernte sich der Ritter.
Friedrich von Zollern mühte sich, die entspannte Stimmung zurückzuholen, doch Tilia blieb, bei aller Freundlichkeit, zurückhaltend. Nach einer Weile gab er es auf und bot ihr den Arm, um sie zum Palas zurückzubringen.
»Ich habe gehört, Ihr habt eine umfangreichere Erziehung

genossen als so manche Herzogin«, sagte er leichthin, beobachtete das Mädchen jedoch aufmerksam.

»Wie kommt Ihr darauf? Ich sticke nur mittelmäßig und beherrsche auch nicht alle Tanzschritte«, erwiderte die Wehrsteinerin mit Bedauern.

»Doch Ihr könnt lesen und schreiben, und das ist, wie Ihr zugeben müsst, ungewöhnlich.«

»Ja, da habt Ihr Recht. Meine Mutter besitzt ein herrliches Gebetsbüchlein, in dem sie stets zu lesen pflegte, und da ich eigentlich fürs Kloster bestimmt war, habe ich den Umgang mit Feder und Tinte gelernt. Mit dem Lateinischen allerdings konnte ich mich nie anfreunden. Unser Pater hat es vergeblich versucht, doch unter uns, mir kam nicht selten der Verdacht, dass auch er mit der Sprache Roms nicht so vertraut ist, wie es der Heilige Vater bei seinen Hirten sicher gern sehen würde.«

Der Merkenberger lachte und tastete sich dann vorsichtig weiter. »Auf Zollern sind die Schreiberlinge rar gesät. Vater Laurenz fällt es stets zu, nach Feder und Pergament zu greifen, wenn eine Nachricht oder Urkunde verfasst werden soll. Nur noch der Graf ist des Lesens mächtig, doch es ist nichts für einen Ritter, sich mit derlei zu befassen.«

Tilia nickte nur und sah ihn fragend an.

»Vielleicht könntet Ihr ja, liebe Jungfrau Tilia, mir das eine oder andere Mal eine Botschaft zu Pergament bringen, wenn ich Vater Laurenz nicht damit belästigen möchte?«

»Oh«, Tilia strahlte ihn offen an, »ich stelle Euch und dem Herrn Grafen natürlich gern meine bescheidenen Fähigkeiten zur Verfügung, wenn es Euer Wunsch ist.«

Er wand sich und suchte nach Worten. »Nein, nicht für den Vater oder Bruder, nur für mich allein. Ihr solltet das alles für Euch behalten – am besten es weder in Eurem Herzen noch in Eurem hübschen Kopf weiterbewegen.«

Tilia stutzte, doch dann breitete sich ein schelmisches Lächeln über ihre Wangen aus und vertiefte sich zu reizenden Grübchen. »Pfui, Herr Ritter, schämt Euch, die Dienste einer Dame anzunehmen, um mit einer anderen – auch wenn sie Euch versprochen ist – zarte Worte auszutauschen.«
Friedrich von Zollern lachte kurz auf. »Ich schwöre Euch, meine schöne und reizende Tilia von Wehrstein, solch Frevel würde ich nie begehen. Doch sagt, kann ich auf Euch zählen? Würde es unser Geheimnis bleiben? Wir wollen den Kaplan nicht eifersüchtig machen.«
Sie warf ihm einen mutwilligen Blick zu. »Ja, Ritter, Ihr könnt auf mich zählen.«

KAPITEL 20

Tilia streichelte ihrer Stute die Stirn. Das Tier kaute genüsslich an einem Apfel und stieß die Ritterstochter dann in die Seite, um noch mehr Leckereien zu bekommen.
»Nicht wahr, du vermisst es auch, dir den Wind um die Ohren wehen zu lassen. Wie lange stehst du nun schon nutzlos hier herum?« Die Wehrsteinerin seufzte. »Ein flotter Ritt würde uns beiden gut tun.«
»Dann satteln wir die Pferde und reiten mit wildem Geschrei den Berg hinab!«, erklang es von der Tür her.
Tilia schenkte Swenger ein wehmütiges Lächeln. »Wie gern würde ich das tun, aber Ihr wisst genau, dass sich das nicht schickt.«
Der Ritter zuckte die Schultern und begann sein Pferd zu satteln. »Nehmt doch Eure Magd mit oder den jungen von Husen, der Euch mit solch eifersüchtigem Blick bewacht. Er ist bereits gegürtet und gerüstet im Hof draußen, bereit, jeden Augenblick aufzubrechen.«
»Wohin?«, fragte Tilia verwundert.
»Nach Wehrstein. Wusstet Ihr das nicht?« Swenger zog den Sattelgurt straff.
»Kein Wort hat er mir gesagt. Nach Wehrstein...« Sehnsucht schwang in ihrer Stimme. Sie ging hinaus, um den Lehensmann zu suchen. Kurz darauf steckte sie den Kopf wieder in den Stall.
»Würdet Ihr warten, bis ich mich umgekleidet habe?«

»Ich würde derweil sogar Eure Stute satteln«, bot der Ritter an.
Tilia zögerte noch einen Augenblick. »Aber wir wären auf dem Rückweg allein.«
»Dann müssen wir uns eben heimlich in die Burg schleichen, damit es keiner merkt.«
Ganz überzeugt war die Ritterstochter nicht. Obwohl sie auf Wehrstein fast täglich allein mit einem Knecht oder Ritter über die Felder und zu den Bauern geritten war, wusste sie sehr gut, dass dies hier in der Fremde etwas anderes war. Doch die bangen Fragen lösten sich bald. Salome von Ringelstein-Killers Augen strahlten, als sie von dem geplanten Ausritt hörte.
»Das wird ein Spaß!«, rief sie und drängte Agnes, ihr rasch beim Umkleiden zu helfen. Am Ende waren es fünf Reiter, die das Tor passierten. Salome warf dem Ritter Walger aufreizende Blicke zu, und kaum hatte die kleine Gruppe den dichten Wald am Fuß des Zollernberges erreicht, blieben die beiden zurück und waren plötzlich verschwunden. Tilia zügelte ihr Ross.
»Wir müssen auf sie warten, dass sie uns nicht verfehlen.«
Swengers Lippen umspielte ein spöttisches Lächeln. »Wir werden auf dem Rückweg schon wieder auf sie stoßen.«
Zu dritt ritten sie weiter. Sobald sich die Bäume lichteten, trieben sie ihre Pferde an. Tilia jauchzte. Ihr langes Haar flatterte wie eine Fahne im Frühlingswind. Die Sonne wärmte die Haut und die Gemüter.
»Ihr seid eine gute Reiterin«, lobte Swenger, als sie den schwitzenden Pferden im Schritt ein wenig Ruhe gönnten. Die beiden plauderten fröhlich miteinander. Heinrich, der an Tilias anderer Seite ritt, schwieg eisern und beobachtete den Ritter mit eifersüchtigem Blick. Als die Sonne den Zenit schon überschritten hatte, hielt Swenger sein Ross an.

»Ich glaube, von hier an trennen sich unsere Wege.«
Tilia streckte dem Vasallen die Hände hin. »Bringt die liebsten Grüße von mir nach Wehrstein. Ich sende dem Vater und der Mutter all meine Liebe und Gebete.« Heinrich nickte.
»Ich werde in ein paar Tagen zurück sein.«
»Ach, wie gern würde ich mit Euch kommen«, stieß die Ritterstochter voll Sehnsucht aus. Heinrich errötete, obwohl er wusste, dass sie das nicht seinetwegen sagte. Scheu schenkte er ihr noch ein Lächeln, dann trieb er sein Pferd an und war bald unter den glänzend grünen Blättern verschwunden.
Swenger ließ sich vom Pferd gleiten und trat an Tilias Stute. »Gönnen wir den Pferden Ruhe, damit wir uns später ein flottes Rennen liefern können.«
Er legte die Hände um ihre Taille und hob sie aus dem Sattel. Tilia sah verlegen zu ihm hoch. Er hielt sie länger fest, als es nötig gewesen wäre. Sie dachte schon, jetzt werde er versuchen, sie zu küssen, doch er ließ sie los und bot ihr den Arm. Verwirrt überlegte sie, ob sie das nun bedauern oder mit Erleichterung begrüßen sollte.
»Die Tugend ist doch ein seltsam unnützes Ding«, spottete er grinsend, als habe er ihre Gedanken gelesen. Tilia errötete und begann hastig, über Wehrstein zu sprechen, über ihre Arbeit und die weiten Ritte, die sie dort unternommen hatte.
Auf dem Heimweg trafen sie, wie der Ritter es vorausgesagt hatte, wieder auf Walger und Salome. Die beiden schienen mehr erhitzt, als die Frühlingssonne es zustande zu bringen vermochte. Swenger grinste die beiden anzüglich an, doch Tilia schien sich darüber keine Gedanken zu machen.

✠ ✠

Die braven Gäule bekamen nur selten die Peitsche zu spüren. Den Blick gesenkt, trotteten sie meist langsam und gleichmäßig vor sich hin, in stetigem Rhythmus einen Huf vor den anderen setzend. Sie waren von unscheinbarer Farbe, und an manchen Stellen hatten die Riemen das Fell von den breiten Rücken gescheuert, doch der Kaufmann schätzte sie sehr. Waren sie doch nur selten aus der Ruhe zu bringen und zogen ihm verlässlich und sicher seine wertvollen Waren von einer Stadt zur anderen, wo er sie bei reichen Bürgersleuten und edlen Rittern in klingende Münzen oder andere brauchbare Güter tauschen konnte.

Gleichmütig ließen sich die Pferde durch die Furt der Starzel treiben, doch als der Weg, die Staig hinauf nach Hechingen, immer steiler wurde, schnaubten sie unwillig und blieben stehen. Wetzel Rinauer lockte und schimpfte im Wechsel, ließ dann die Peitsche über ihren Köpfen knallen, doch erst als er sich schwerfällig vom Kutschbock erhob und, die Zügel in den Händen, steifbeinig vor seinem Karren herging, zogen die Pferde wieder an und zerrten das schwere Gefährt den steilen Weg hinauf. Als der Kaufmann das untere Tor passierte, stand ihm bereits der Schweiß auf der Stirn, und als das Fuhrwerk in der breiten Marktstraße vor dem Haus des Erlewin zum Stehen kam, stürzte Wetzel erst den Inhalt des letzten Weinschlauches hinunter, bevor er den Klopfer an der Tür des Freien betätigte.

Zwei Tage blieb er in der Stadt über der Starzel. Die Geschäfte liefen gut. Immer mehr Bürger wollten es in diesen Zeiten den Edelfreien gleich tun, sich und ihre Weiber in gutes, buntes Tuch kleiden und auf den Straßen zeigen, dass sie Gulden in der Truhe hatten und gewillt waren, den Kopf hoch und ein Schwert an ihrer Seite zu tragen. Sie nickten nur noch leicht, wenn sie einem Ritter begegneten, und versuchten zu vergessen, dass sie ihnen nie ganz gleich werden würden. Denn anders als in vielen Städten waren die meisten Bürger von Hechingen unfrei, so wie ihre Landsleute in den Weilern der Grafschaft auch. Sie mussten ihren Herrn fragen, wenn sie sich außerhalb der Grafschaft verheiraten oder wegziehen wollten, mussten an Fasnacht eine fette Henne zur Burg hinaufbringen und ihr bestes Stück Vieh oder teuerstes Gewand dem Grafen lassen, wenn sie dereinst zu Gott dem Herrn gerufen werden würden. Anders als ihre Vettern auf dem Lande waren sie jedoch frei vom Frondienst.

Obwohl der Kaufmann allen Grund gehabt hätte, mit dem Tag zufrieden zu sein, wurde er immer unruhiger. Nervös schritt er bei seinem Gastgeber in der Stube auf und ab, sah wieder und wieder durch die winzigen Fenster auf die geschäftige Gasse hinunter und ließ dann den Blick in die Ferne wandern, bis er die trutzige Burg deutlich vor Augen hatte. Sie kam ihm mit jedem Mal bedrohlicher vor. Es war, als brenne der verborgene Brief so heiß in seinem Beutel, dass er es schmerzhaft auf der Haut spüren konnte.

»Ich werde morgen früh zur Burg hoch reiten«, seufzte er, als sein Gastgeber eintrat.

Der Erlewin runzelte die Stirn. »Meint Ihr, die Grafen werden sich als gute Kundschaft erweisen? Nicht, dass ich an dem Inhalt ihrer Truhen zweifeln möchte, eher schon an der Bereitschaft, diesen für Euer Tuch herzugeben.« Die finstere Miene seines Gastes missverstehend, fügte er rasch hinzu: »Damit wollte ich nicht behaupten, Euer Tuch wäre nicht jeden Schilling wert.«

Wetzel Rinauer nickte langsam. Auch er hatte Bedenken, ob nicht der eine oder andere Ritter seine edlen Waren statt mit Gold mit Fußtritten bezahlen würde. Die fahrenden Händler machten um immer mehr Burgen einen großen Bogen.

»Der Graf ist ein edler Mann und wird mir meinen Beutel füllen, wenn ihm mein Angebot gefällt. Schließlich bin ich ein guter Christ und kein schmieriger Jude«, sagte der Kaufmann bestimmt, beschloss aber, die beiden Ballen mit glänzendem Atlas in der Obhut seines Geschäftspartners zu lassen. Man konnte nicht vorsichtig genug sein.
Schon früh am Morgen sattelte er das blassbraune Reitpferd, das er sich geliehen hatte, belud einen seiner Gäule mit Stoffen, Federn, Gürteln und Garn und machte sich zur Zollernburg auf.

✠ ✠

Die Übelkeit schnürte ihr fast die Kehle zu, kaum hatte sie den letzten morgendlichen Gerstenbrei aus ihrer Schale gekratzt. Williburgis erhob sich und verließ den Saal. Auf der Treppe beschleunigte sie ihre Schritte, raffte die Röcke, um nicht in den Saum zu treten. Ihr Magen krampfte sich zusammen. Sie wusste, dass sie es nicht mehr bis zur Kemenate schaffen würde. Die Lippen fest zusammengepresst, rannte sie zu dem kleinen Erker in der Mauer, dessen Loch im Boden all die menschlichen Hinterlassenschaften in eine Abfallgrube hinter dem Palas entleerte. In schmerzlichen Wellen erbrach sie ihr Frühmahl, wankte dann mit zitternden Knien in die Kemenate und ließ sich auf ihre Daunendecke sinken. Das war nun schon das dritte Mal seit der Sonntagsmesse. Williburgis schluchzte leise. Hatte sie nicht Tag um Tag eine kleine Ewigkeit auf den Knien in der Kapelle zugebracht und den Herrn, die Heilige Jungfrau und all die Heiligen angefleht? Sich gequält und gegeißelt? Aufmerksam tastete sie über ihren Leib. War da nicht schon eine winzige Wölbung, die wachsen und wachsen würde, bis kein Hemd oder Rock, kein Gürtel, keine Schnürung sie mehr verbergen konnte? Warum hilft mir niemand?, dachte sie und weinte ein paar Tränen. Ihre Hand tastete nach dem kleinen Beutel unter ihrer Matratze, der dort schon seit vielen Tagen ruhte. Die Furcht in ihr steigerte sich zu wilder Panik. Würde sie die Schande ertragen können? Schreckliche Bilder stiegen in ihr auf und verdrängten Stück für Stück die Angst vor der teuflischen Magie. Ihr schien der Ausweg plötzlich so lieblich, dass sie entschlossen nach ihrem Becher griff, den Inhalt des Säckchens in den abgestandenen Gewürzwein rührte und mit drei großen Schlucken trank. Wie eine Verstorbene in ihrem Sarg lag sie auf dem Rücken, bewegungslos auf ihrem Bett, die Augen geschlossen, die Hände gefaltet, und lauschte in sich hinein. Was würde die Magie des Mönches mit ihr machen, fragte sie sich und versuchte zu spüren, was in ihrem Leib vor sich ging.

Die erste Schmerzenswelle erfasste die Grafentochter so stark, dass sie mit einem spitzen Schrei in die Höhe fuhr. Sie schlang sich die Arme um den Leib, ihr Atem beschleunigte sich. Sie spürte den warmen, klebrigen Fluss zwischen ihren Beinen und wälzte sich vom Bett, um die Leinenstreifen aus der Truhe zu holen, doch bevor sie das Zimmer durchquert hatte, sank sie ohnmächtig auf den Boden nieder. Obwohl ihr Geist in sanfter Finsternis wandelte, zuckte ihr Leib, bäumte sich immer wieder auf. Ein Seufzer drang ab und zu durch die halb geöffneten Lippen. Das dunkelrote Blut tränkte Hemd und Rock und kroch dann, warm und klebrig, über den ausgetretenen Steinboden.

So fand Tilia die Grafentochter, als sie mit einer Stickarbeit in den Händen in die Kemenate trat. Für einen Atemhauch lang war sie wie gelähmt, doch dann stürzte sie zu Williburgis, fühlte, ob noch Leben in ihr war, und rannte dann in den Hof hinunter, um Bruder Tragebott zu holen.

Schnell wie der Flug des Falkens flog die Neuigkeit von aufgeregt flüsternden Lippen zu neugierigen Ohren. Bald war die ganze Burg in Aufruhr. Die Mägde und Knechte verdrehten vielsagend die Augen und raunten sich hinter vorgehaltener Hand die schlimmsten Vermutungen zu. Man sprach von einem leeren Becher auf dem Boden. Einmal einem Lippenpaar entwichen, flog das Wort Gift wie eine Biene im Frühling von Blüte zu Blüte, von einem Mund zum anderen. Während die Mägde und Knechte es nur verstohlen flüsterten, klatschten die Ritter und Damen ganz offen über die eine oder andere Möglichkeit, bis der alte Graf ihnen energisch über den Mund fuhr. Er war außer sich, raufte sich das Haar und schritt, ohne sich auch nur für einen Augenblick Ruhe zu gönnen, rastlos auf und ab. In solch einem Zustand hatten ihn die Bewohner der Burg nicht mehr erlebt, seit die Gräfin Udelhild im Kindbett gelegen hatte.

✠ ✠

»Bruder Tragebott sagt, jede Störung könnte verhängnisvoll sein«, wehrte Tilia das Begehren des Grafen ab und blieb im Türspalt stehen, so dass er nur einen kurzen Blick auf die blasse, reglose Gestalt im Bett werfen konnte.
»Ich bin der Herr von Zollern und ihr Vater und nicht eine Störung, wie Ihr es nennt«, entgegnete Friedrich von Zollern erregt.
Tilia wand sich innerlich. Es stand ihr in keiner Weise zu, einen so hohen Herrn der Kemenate seiner Tochter zu verweisen, doch in diesem Punkt war sie sich mit Bruder Tragebott und Gret einig. Je weniger von Williburgis' Zustand, und vor allem von der Ursache ihres Leidens, nach außen drang, desto besser. Der Graf war ein erfahrener Mann. Er

würde sich beim Anblick des blutigen Hemdes ganz schnell die Wahrheit zusammenreimen. So nahm Tilia all ihren Mut zusammen und schickte den Grafen, wenn auch mit ehrerbietigem Ton, so doch bestimmt, wieder in den Saal hinunter.

Der Graf zögerte einige Augenblicke, doch dann drehte er sich um und schritt den Gang entlang. Erleichtert schloss Tilia die Tür und wandte sich wieder dem Geschehen in der Kemenate zu. Aus Bruder Tragebotts Miene las sie, dass die größte Gefahr gebannt war. Noch immer lag die Grafentochter ohne Bewusstsein blass in ihren Kissen, doch der Blutstrom war versiegt. Das glänzende Rot verdunkelte sich, verlor seinen feuchten Schimmer und verkrustete dann zu braunen Klumpen. Stumm packte der Mönch sein Bündel. Wortlos räumte Gret die blutigen Laken und Gewandstücke weg, bürstete dann energisch die dunklen Flecken vom Boden. Auch Tilia schwieg, saß am Bett, hielt die schmale Hand und ließ ihre wirren Gedanken kreisen. Alle drei wussten, von welchem Ereignis sie Zeuge geworden waren, doch alle drei hüteten sich, ein Wort davon laut über die Lippen kommen zu lassen, so als hätten sie Furcht vor noch größerem Unglück, das dann über Zollern hereinbrechen könnte.

✠ ✠

Es war kein guter Tag, um Geschäfte zu machen, Stoffe und Bänder zu verkaufen, das wurde dem Kaufmann schnell klar, als ihn die wilden Gerüchte bereits am Tor begrüßten. Sollte er den weiten Weg umsonst gemacht haben? Wenn er schon seine Päckchen und Bündel den ganzen Berg wieder hinuntertragen musste, so war er jedoch fest entschlossen, wenigstens das unselige Schreiben in des Empfängers Hände zu legen.

Nachdem der Kaufmann einige Schnüre gelöst und die gewachsten Tücher gelüftet hatte, ließen ihn die Wächter am Tor passieren. Eine Hand voll Kinder umringte ihn sofort und folgte ihm lachend und lärmend, in der Hoffnung, er habe nicht nur langweiliges Tuch, sondern auch ein wenig Naschwerk auf sein Pferd geladen.
Es war ein sonniger Tag, und so saßen die Damen vor dem Palas, um den Rittern zuzusehen, die mit hölzernen Stangen und stumpfen Schwertern sich im Kampf übten. Schadenfroh kichernd verfolgten Benigna und Salome die Lektionen, die der Ritter Walger dem Knappen Diemo verabreichte. Den Schild viel zu weit abgestellt, den Schwertgriff fest umklammert, drang der Jüngling auf seinen Meister ein. Sein Gesicht verriet den Überschwang der Jugend, der sich nur mühsam zügeln ließ. Erschreckend leicht hielt Walger von Bisingen seine Deckung aufrecht, wich immer mal wieder einen Schritt zurück und ließ den Knappen sich austoben. Während er mit Schwert und Schild die Schläge parierte, scherzte er mit den anderen Rittern, beobachtete Diemo dabei jedoch genau. Immer wenn dem jungen von Melchingen ein allzu grober Fehler unterlief, schlug Walger hart zu. Trotz des wattierten und lederbezogenen Wamses würde der Jüngling am anderen Tag mit blauen Flecken und Schrammen übersät sein.
Die Ankunft des Kaufmannes war für die Damen eine willkommene Abwechslung. Sie wussten, dass ihre Herrin in schwerer Krankheit daniederlag, doch im Moment konnten sie ihr nicht helfen. Vater Laurenz betete für sie, Bruder Tragebott hatte nach ihr gesehen, Gret wusch die schmutzige Wäsche, und Tilia saß an ihrem Lager. Warum also sollten sie sich die Gelegenheit entgehen lassen, die Waren des Kaufmannes anzusehen? Von gedrückter Stimmung war nichts zu spüren.

Der Kaufmann breitete die herrlichen Stoffe in der Sonne aus, legte goldglänzende Bänder und bestickte Gürtel dazu. Benigna und Salome seufzten schwer. Sie verfügten über keine eigenen Münzen, und an die Truhe der Grafentochter war nun nicht heranzukommen. Neidisch sahen sie, wie Kunigunde von Baden ihren Beutel vom Gürtel löste und sich zehn Ellen roten Scharlach abschneiden ließ, zwei feine weiße Schleiertücher hinzufügte und dann auch noch gelbe und grüne Bänder erstand. Da schlichen sie schmeichelnd um das unansehnliche Weib herum und baten sie, zumindest bis es der Herrin besser gehe, den ein oder anderen Gulden für einen neuen Surcot oder zumindest für ein Gebende, ein Seidenhemd oder neue Ärmel auszulegen. Der Kaufmann wartete geduldig, zählte im Geist die Münzen zusammen und beobachtete die Ritter, die ihre Kampfübungen unterbrachen und zu den Damen traten. Da, endlich entdeckte er den Gesuchten. Während sich Eleonora grauen Stoff für einen einfachen Rock und Benigna goldbestickte grüne Bänder auswählten, schob er dem Ritter unauffällig das versiegelte Pergament zu. Obwohl ihm war, als wäre eine Felsenlast von seiner Seele genommen, blieb seine Miene unbeweglich.

✠   ✠

Am nächsten Tag, als Williburgis beim schwachen Schein einer flackernden Öllampe in ihrem Bett ruhte und alle anderen edlen Burgbewohner beim Spätmahl im Saal versammelt waren, öffnete sich die Tür zur Kemenate, ohne dass die Grafentochter ein Klopfen vernommen hatte. Erschrocken stemmte sie sich hoch.
»Was willst du hier? Ist es in dieser Burg nicht mehr der Brauch, anzuklopfen, wenn man die Kemenate betritt?«,

fauchte sie ihren Bruder an und ließ sich in ihre Kissen zurücksinken.
»Ich wollte mich doch nur nach deinem Befinden erkundigen, herzallerliebste Schwester«, sagte er, strafte die artigen Worte jedoch mit seinem spöttischen Tonfall Lügen.
»Verschwinde!«, schimpfte sie mit schwacher Stimme, doch der Grafensohn zog sich einen Scherenstuhl ans Bett und flegelte sich in die Seidenkissen.
»Bevor ich dir diesen Gefallen tue, darfst du mir noch ein paar Fragen beantworten.«
Ihre Augen verengten sich misstrauisch.
»Es schwirren so viele Gerüchte über die Ursache deines Unwohlseins umher, dass mir viel daran gelegen ist, von dir über die wahren Umstände aufgeklärt zu werden.«
Williburgis schloss erschöpft die Augen. »Es schickt sich nicht, mit seinem Bruder über das monatliche Unwohlsein der Frauen zu sprechen.«
Der Merkenberger schnellte vor und griff nach ihrem Handgelenk. Eisern umklammerte er den zarten Frauenarm, dass seine Schwester vor Schmerz aufschrie.
»Halte mich nicht zum Narren«, zischte er. »Ich bin kein grüner Knabe mehr und kenne mich mit Frauen aus. Ich habe die blutigen Laken und Gewänder gesehen, die die Magd unten auswusch, also hör auf, mich anzulügen.«
»Ich weiß nicht, wovon du sprichst. Lass mich los, du tust mir weh.« Williburgis versuchte vergeblich, sich aus seinem Griff zu lösen.
Er drückte noch ein wenig stärker zu. »Ich werde dir gleich noch mehr wehtun, wenn du mir nicht die Wahrheit sagst. Wer hat dir den Bastard angedreht, Jungfrau Williburgis?« Seine Worte troffen geradezu vor Spott. Bis zu diesem Augenblick war er sich seiner Sache nicht sicher gewesen, doch ihre entsetzte Miene sagte ihm alles.

»Du brauchst dich nun nicht in Tränen zu flüchten, das hilft dir gar nichts. Ich gehe hier nicht weg, ehe du mir nicht alles gebeichtet hast.« Endlich gab er ihren Arm frei, und sie rieb sich das schmerzende Handgelenk.
»Und wenn du mich langsam in Stücke schneidest, ich werde dir nichts sagen!«, schluchzte sie und presste die Lippen aufeinander.
Noch bevor die Ritter und Damen sich vom Nachtmahl erhoben, hatte Williburgis ihrem Bruder unter vielen Tränen alles erzählt, was er hören oder auch nicht hören wollte.

✠   ✠

Als Tilia sich von ihrem Platz erheben wollte, stand plötzlich der Merkenberger neben ihr.
»Darf ich nun auf Euer Versprechen zurückkommen?«, fragte er artig. »Ich bitte Euch zu mir in meine Kammer, auch wenn das vielleicht nicht der guten Sitte entspricht, doch Ihr seht ja selbst, dass man hier im Saal nicht in Ruhe die Feder führen kann.«
Tilia sah ihn zweifelnd an. »Sollen wir nicht lieber in die Kapelle gehen? Oder zu Vater Laurenz. Der hat ein Schreibpult und außerdem Pergament, Tinte und Feder.«
Der junge Friedrich winkte ab. »Wir wollten es vor ihm geheim halten, Ihr erinnert Euch?«
Sie nickte, doch ein ungutes Gefühl blieb.
»Wartet hier ein wenig, dann folgt mir nach«, sagte der Zollernsohn und verschwand. Hilfe suchend sah sich Tilia um. Swenger war nirgends zu sehen. Vielleicht war das gut so. Dann würde er diesen Fehltritt nicht mitbekommen. Als die Treppe leer war und all die anderen im Saal den Eindruck machten, miteinander beschäftigt zu sein, erhob sich Tilia

und verließ eilig den Saal. Ungesehen erreichte sie des Merkenbergers Gemach.
Der jüngere Zollernsohn hatte bereits zwei Binsenlichter entzündet, Pergament, Tinte und Feder auf dem Tisch zurechtgelegt und einen Stuhl herangerückt. Tilia spitzte den Kiel und rührte die Tinte sorgfältig durch, dann sah sie fragend zu ihm hoch.
Der Merkenberger schritt unruhig auf und ab. Immer wieder begann er einen Satz und verwarf ihn wieder. Endlich war er so weit, dass Tilia die Feder eintauchen und eine dünne Tintenspur auf dem Pergament auftragen konnte. Er schrieb an den Vogt der Schalksburg. Wies ihn an, Waffen fertigen zu lassen und nach verbündeten Rittern Ausschau zu halten. Tilia schrieb und schrieb. Doch plötzlich sah sie auf.
»Es könnte sein, dass bald ein Wechsel im Zollernhause vollzogen wird? Was bedeutet das? Ist der Graf denn krank? Denkt Ihr, es könnte Ihm etwas passieren?«, fragte sie erstaunt.
Er wand sich. »Nein, sicher bin ich mir da nicht, doch wenn es denn so wäre, dann müsste man vorbereitet sein. Macht Euch darüber keine Gedanken.«
Sie senkte den Kopf und schrieb, doch die Gedanken schwirrten nur so umher.
»Der Süden der Grafschaft muss gehalten werden. Nicht nur gegen den Hohenberger. Der Feind könnte dann auch im Norden sitzen.«
Tilia versuchte, sich die Karte ins Gedächtnis zurückzurufen, die sie bei dem alten Graf gesehen hatte. Lagen im Norden nicht der Zollernberg und Hechingen? Was konnte das bedeuten? Würde dort nicht Eitelfriedrich sitzen und Acht geben, dass von Württemberg her keine Feinde eindrangen?

Sie traute sich nicht zu fragen, wie er dies meinte. Die Feder kratzte über das Papier. Endlich war die Nachricht fertig. Der Merkenberger erhitzte das Siegelwachs über der Flamme, tropfte es auf das Schreiben und drückte seinen Ring in das weiche Wachs.
»Ich danke Euch, Jungfrau Tilia. Und vergesst nicht – zu keinem ein Wort!«
Er trat nah zu ihr hin, zog ihre Hand an seine Lippen und sah ihr beschwörend in die Augen, bis sie den Blick senkte.
»Ja, natürlich, ich habe es ja versprochen«, murmelte sie und öffnete zaghaft die Tür. Der Gang war leer. Schnell schlüpfte sie hinaus und eilte mit gerafften Röcken auf die Treppe zu. Kurz bevor sie diese jedoch erreichte, stieß sie mit Graf Eitelfriedrich und Gret zusammen, die von unten her kamen und des Grafen Kammer zustrebten.
Tilia murmelte einen Gruß, schlüpfte an ihnen vorbei und lief die Treppe zu den Frauengemächern hinauf. Die verwunderten Blicke, die ihr folgten, brannten wie Feuer in ihrem Rücken.

✠ ✠

Hinter den Ställen, im Schein einer kleinen Öllampe, entzifferte der Ritter das Schreiben des Kaufmanns. Es bereitete ihm Mühe, doch er war stolz, dass er nicht auf die Hilfe eines Pfaffen oder Schreiberlings angewiesen war, um Nachrichten zu empfangen und weiterzugeben. Keiner auf der Burg wusste von seinen Fähigkeiten. Wozu auch. Ein Ritter musste mit dem Schwert umgehen können, sein Ross beherrschen und die Lanze führen, Feder und Pergament konnte man getrost den Männern Gottes überlassen – es sei denn, man spann seine eigene Politik und ließ sich seinen Beutel von zwei Herren füllen. Der Ritter hätte empört das

Schwert gezückt, hätte ihn jemand des Verrats bezichtigt. Er war für ausgewogene Kräfte zwischen Zollern und Hohenberg. Es war ein gutes Leben hier auf Zollern. Mal ein paar Überfälle, mal ein kleiner Raubzug, doch das konnte schnell zu Ende gehen. So hatte er schon früh beschlossen, auf der Hut zu sein und die Augen offen zu halten. Die über Jahrhunderte gepriesenen Rittertugenden waren schön und gut, solange man den Kopf über Wasser halten konnte. Für diese Tugenden unterzugehen, war nicht in des Ritters Sinn. So waren es auch nicht die paar Münzen, die er ab und zu aus der Hohenberger Schatulle bezog, die ihn bewogen, sich auf dieses Spiel einzulassen. Er wollte sichergehen, falls die Fahne sank, davon zu erfahren, bevor das schwarz-weiß karierte Tuch im Schmutz lag.

Anscheinend gab es auf Zollern noch jemanden, der seine Meinung teilte und darüber hinaus bereit war, die Bündnisse des Alten zu hintergehen. Nachdenklich faltete der Ritter das Pergament zusammen und entzündete es dann an der flackernden Flamme. Es kam nur einer in Frage, das war ihm schnell klar, doch er zögerte. Wie viel wollte er dem Hohenberger offenbaren? Wie sollte er am klügsten vorgehen? Wer würde noch davon wissen? Der Kaplan?

»Ich habe gehofft, Euch hier zu finden!«, riss ihn eine tiefe Stimme aus seinen Gedanken. Der Ritter war nicht schreckhaft, doch nun zuckte er heftig zusammen und griff nach dem Schwert. Der andere hob abwehrend die Hände.

»Haltet ein! Ich bin nicht bewaffnet – zumindest nicht mit stählernem Schwert!« Sein Tonfall verriet das Lächeln in seinem Gesicht.

»Ach, Ihr seid es«, begrüßte der Ritter den Edelknecht ohne rechte Begeisterung, was dem anderen nicht entging.

»Was ist mit Euch? Was für eine trübe Stimmung treibt Euch durch die Nacht? Ich werde sie Euch verscheuchen, in

kaum einem Augenblick. Ich bin der Falke, der blitzschnell herabstößt.«
Er stand nun so nah vor dem Ritter, dass der den männlich heißen Atem aus Zwiebeln, Wein und Begierde riechen konnte. Kräftige Hände schoben Rock und Hemd hoch. Ein unterdrücktes Stöhnen schwang sich in die Nachtluft. Die beiden Männer verschmolzen zu einem Schatten.
Später, als er mit den anderen Rittern im Saal saß, den schweren Zinnbecher in den Händen, war ihm, als beobachte ihn der jüngste Zollernsohn. Was hatte dieser Blick zu bedeuten? Bildete er sich das nur ein, oder war da tatsächlich etwas hinter der gerunzelten Stirn, das ihm zum Schaden gereichen konnte. Ein kalter Schauder rann über seinen Rücken. Schweißperlen traten auf seine Stirn. Um die Verlegenheit zu überspielen, trank er hastig. Als er seinen Blick wieder verstohlen zu dem Merkenberger wandern ließ, hatte der sich abgewandt und scherzte mit Benigna von Hölnstein.
Bestimmt hatte er sich geirrt. Der Rausch des Weines und die Erleichterung durchfluteten in einer warmen Welle seinen Körper, und kurz darauf sank er unter den Tisch und schlief in den frischen Binsen ein.

KAPITEL 21

Es wurde April, und endlich leuchtete das Gras saftig grün, überzogen sich die Wiesen mit einem Blumenkleid, schwollen die Knospen der Bäume an, um sich zu einer weißen Blütenpracht zu entfalten. Mit dem Frühling kehrte auch die Kampfeslust der Ritter zurück. Kein Tag verging, da es nicht eine Rauferei gab, so dass etliche mit bläulich verfärbten, zugeschwollenen Augen oder blutverkrusteten Gesichtern herumliefen.

Auch Tilia war voller Tatendrang. Doch anders als die Männer, ließ sie ihre Kräfte an Schmutz und Unordnung aus. Das Ritterfräulein schlüpfte in ihren ältesten Rock, schürzte ihn mit einem Gürtel, dass man ihre Knöchel sehen konnte, band sich ein Tuch um das Haar und stieg in den Saal hinunter. Da kam Gret auch schon mit drei anderen Mägden. Sie schoben die klebrigen Binsen zu einem Haufen zusammen, packten sie in Körbe, trugen sie vor das Tor und kippten sie zu dem anderen Abfall den Berg hinunter. Mit dem Reisigbesen fegten sie die Asche aus den beiden Kaminplätzen, sammelten Essensreste und anderen Unrat vom Tisch. Gret holte heißes Wasser und Lauge. Mit Scheuerbürsten und viel Wasser rückten die Mägde den Tischen zu Leibe. Tilia schien überall zu sein, um zu helfen, Anweisungen zu geben oder zu tadeln. Sie wirbelte vom Palas zur Scheune, um zu sehen, wo die Magd mit den frischen Binsen blieb, als sie im Hof Heinrich von Husen entdeckte. Für einen Augenblick vergaß sie Scheuersand und Bürsten und ging auf ihn zu, um ihn zu begrüßen.

»Wie schön, Euch wieder bei uns zu haben!«, rief sie ihm schon von weitem zu. »Welch Nachrichten bringt Ihr von Wehrstein?« Sie strahlte ihn an, doch er senkte den Blick und knetete die Zügel in seinen Händen.
»Keine guten, fürchte ich«, sagte er leise.
Tilias Lächeln erstarb. Sie griff nach seinem Arm. »Was ist geschehen, Heinrich, sprecht!«
Er sah sie traurig an. »Die Edelfrau ist zu unserem Herrn heimgekehrt.«
Tilia reagierte nicht. Erst nach und nach sickerte die Nachricht in sie ein, und sie verstand. »Meine Mutter ist tot.«
Sie schlang die Arme um ihren Leib, als wäre ihr plötzlich kalt. Schweigend schritt sie neben Heinrich her, der seinen Braunen in den Stall brachte.
»Es tut mir so Leid, Tilia«, begann er, doch sie hob abwehrend die Hände.
»Nun ist sie dort, wo sie hingehört. Kein Leid kann ihr mehr geschehen. Sie ist bei der Jungfrau Maria und all den Heiligen, und sie kann Gottes Herrlichkeit schauen. Nun hat ihr Schmerz ein Ende. Habt Ihr sie noch gesehen?«, fragte die Wehrsteinerin.
»Nicht unter den Lebenden. Doch im Tod sah sie aus, als habe sie Frieden gefunden. Vor drei Tagen haben wir sie begraben.«
Tilia seufzte. »Was Beatrix nun machen wird? Ob sie Vaters Weib dient?«
»Das Fräulein von Neueck hat kurz nach unserer Abreise Wehrstein verlassen. Ihr Vater hat nach ihr geschickt. Sie soll vermählt werden. Wer hätte das gedacht. Sie ist doch schon über dreißig Lenze alt!«
»Dann war niemand da, der für Mutter sorgte?«, rief das Mädchen entsetzt aus.
Heinrich duckte sich ein wenig und schwieg. Er schwor sich,

ihr nie zu erzählen, was sich die Mägde zwischen Küche und Stall auf Wehrstein zuraunten. Die Herrin hatte an ihrem Todestag noch immer das Gewand getragen, das sie bei Tilias Abschied angehabt hatte. Kein Bad hatte sie seitdem gesehen. Als dann auch noch das Fräulein von Neueck sie verließ, hatte sie aufgehört zu essen und sich schließlich auch geweigert zu trinken, bis das Herz in dem auf die Knochen abgemagerten Körper endlich zu schlagen aufhörte und ihre Seele von diesem befreite.

✠ ✠

Williburgis von Zollern gewann nach und nach ihre Kräfte zurück, die Wangen färbten sich wieder rosig, und sie konnte das Bett bald verlassen. Nur ihre Stimmung blieb nach wie vor getrübt. Kaum einer auf der Burg sah sie öfter als Vater Laurenz. Tilia bemühte sich sehr, das Vertrauen der Grafentochter zu gewinnen. Manches Mal sah es fast so aus, als würde sie nach der dargebotenen Hand der Freundschaft greifen, doch dann, ein unbedachtes Wort, ein Blick, und Williburgis' Miene wurde steinern. Sie verstummte für Stunden, manches Mal für Tage.
Es war an einem milden Frühlingstag nach Ostern, als die Grafentochter, blässlich und erschöpft, bereits am Mittag kaum mehr die Augen offen halten konnte. Tilia überredete sie zu einem Bad und setzte sich dann an den Zuber, das wundervoll dunkle Haar zu waschen. Sie plauderte ein wenig über die Neuigkeiten auf Zollern, als ihr Blick über Williburgis' Rücken glitt. Die Haut wirkte merkwürdig fleckig, und als Tilia mit einem rosenöltränkten Tuch darüber fuhr, zuckte die Grafentochter zusammen. Tilia zog den schweren Vorhang vom Fenster, um ein wenig Licht in die Kemenate zu lassen. Mit zusammengekniffenen Augen

betrachtete sie die geröteten Striemen, die die zarte Haut des jungen Mädchens in sich kreuzenden Bahnen durchschnitten.

»Was ist Euch denn zugestoßen«, rutschten ihr die Worte voller Entsetzen heraus, ehe sie darüber nachgedacht hatte. Sofort versteifte sich die Grafentochter, warf das lange Haar über den Rücken und lehnte sich gegen den Zuberrand.

»Nichts, über das Ihr Euch Gedanken machen solltet«, fauchte sie barsch. »Eilt Euch, dass Ihr mit meinem Haar fertig werdet, damit es noch in der Sonne trocknen kann.«

Tilia schalt sich im Stillen der unbedachten Worte wegen. Hatte sie immer noch nicht gelernt, ihre Zunge zu zügeln, um die Herrin nicht zu erzürnen? Während sie mit einem Hornkamm die nassen Flechten entwirrte, sammelte sie in Gedanken die wirren Bruchstücke zusammen, doch sie wollten kein Bild ergeben.

Als der Tag sich seinem Ende entgegenneigte, griff die Tochter des Wehrsteiners all die nicht zu Ende gedachten Gedanken noch einmal auf und berichtete sie Gret in halblautem Ton, als die beiden Frauen zum vorderen Hof hinunterspazierten. Sie schlenderten dicht nebeneinander her. Die Schritte fanden bald den gewohnten Rhythmus, ohne dass Tilias Arm wie früher sich bei der Halbschwester eingehängt hätte.

»Es kam mir fast das Bild von Heinrichs Wunden vor Augen, als ich sie sah«, berichtete Tilia erregt. »Nicht dass ihr Rücken blutig gewesen wäre, doch wie harte Schläge sah es dennoch aus. Meinst du, der Graf hat etwas von der Sache erfahren – oder vielleicht einer ihrer Brüder?«

Gret schwieg lange, ehe sie leise antwortete. »Es gibt hier auf Zollern viele Dinge, über die wir besser nicht so genau Bescheid wissen.«

Tilia schob schmollend die Lippen vor. »Du hast dich sehr verändert. Früher hättest du darauf gebrannt, der Wahrheit auf den Grund zu gehen.«
Gret zuckte die Schultern. »Mag sein. Du solltest dir nur ab und zu die Frage stellen, wem diese Neugier dient und wen sie in Gefahr bringen könnte. Bedenke, wie weit weg die schützende Hand des Vaters ist.«
»Pah, du tust gerade so, als wären wir mitten im Lager eines Feindes und nicht auf Zollern«, wehrte Tilia ab.
»Woran erkennt man einen Feind? Wann erkennt man ihn? Wenn er das blanke Schwert zieht? Einem den Dolch in den Rücken stößt oder den Giftbecher reicht? Ja, dann weißt du, dass er dein Feind ist, doch dann ist es für dich zu spät, aus diesem Wissen Nutzen zu ziehen.«
Tilia lachte unsicher. »Willst du mir Angst vor den Dämonen machen, die in dunklen Ecken lauern? Dann solltest du deine Geschichten lieber Sofie erzählen. Sie ist dafür im rechten Alter.«
Nun blieb Gret stehen und sah Tilia eindringlich an. »Nein, ich will keine unheimlichen Geschichten für lange Abende berichten. Ich möchte dich warnen und schützen, doch du lässt mich nicht.« Ihr Blick huschte umher, ihre Stimme senkte sich zu einem Flüstern. »Es ist noch nicht sehr lange her, als ich bei Eitelfriedrich spätnachts in seiner Kammer war.« Sie versuchte, den missbilligenden Blick der Halbschwester zu ignorieren. »Es klopfte, und Vater Laurenz kam herein. Er schickte mich weg, doch die Tür schließt nicht sehr gut, und so konnte ich Dinge hören, die nicht für fremde Ohren bestimmt waren.«
Ihre Lippen näherten sich Tilias Ohr. Während sie aufgeregt flüsternd von jener Nacht berichtete, wurden Tilias Augen immer größer, und ihr Mund formte ein ungläubiges O. Dennoch murmelte sie ein wenig trotzig:

»Ich weiß immer noch nicht, was dies mit Williburgis' geschundenem Rücken zu tun hat.«

Aus der Scheune, vor deren Tor die beiden Frauen standen, erklang das Lachen einer Frau. »Nun lasst mich gehen. Ihr seid unersättlich. Ihr müsst nicht so tun, als sei es ein Abschied für immer.«

Tilia und Gret standen wir erstarrt im düsteren Vorhof und lauschten den Geräuschen, die gedämpft zu ihnen drangen.

»Ich, unersättlich?«, hörten sie nun eine kräftige Männerstimme. »Ihr seid doch die Teufelin, die nicht von den Männern lassen kann. Vielleicht werden es einst selbst die Helfer des Satans im Höllenfeuer mit Euch treiben.«

Sie kicherte. »Macht mir keine Angst. Ich hoffe doch sehr, dass ich dereinst die Absolution erhalte, bevor sich die Würmer an meinem Leib gütlich tun.« Sie seufzte voller Selbstmitleid.

»Welch Verschwendung, solch ein schöner Körper für das Gewürm«, gab der Ritter zu.

»Noch ist es nicht soweit. Vielleicht sollte ich vorher den in heißer Minne entbrannten Ritter von Zell-Andeck mal an mein Fleisch heranlassen«, gurrte sie. »Wer weiß, vielleicht ist er hier gar noch besser gebaut als Ihr.«

Der Ritter stieß einen unterdrückten Schrei aus, gepaart aus Schmerz und Lust. »Satansbraut, das wäre Euch zuzutrauen, doch treibt es nicht zu weit. Bedenkt, Ihr seid nur ein Weib und solltet nicht riskieren, mich zum Feind zu haben.«

»Ihr seid nicht mein Gatte«, zischte sie beleidigt und riss die Stalltür auf.

»Dem Herrn im Himmel sei gedankt. Wer möchte schon eine wollüstige Hure als Eheweib!«, rief er ihr nach.

Das Gewand noch arg in Unordnung, stieß Salome von Ringelstein-Killer fast mit Tilia und Gret zusammen. Ihr entsetzter Aufschrei lockte nun auch den Ritter an das Tor. Nur mit seinem knielangen Hemd bekleidet, lehnte Walger von Bisingen sich lässig an den Pfosten.

»Ach, wen haben wir denn da? Die keusche Jungfrau von Wehrstein und die kleine Magd, die ständig irgendeinen Zollernspross zwischen den Beinen hat. Soll ich Euch beiden auch mal die Wonnen des Lebens zeigen?« Er machte eine obszöne Geste und lachte.

Entsetzt und ohne ein Wort zu sagen, wandte sich Tilia ab und stürmte, Gret mit sich zerrend, zum Palas zurück. Das Lachen des Ritters folgte ihnen. Noch bevor die Frauen aus Wehrstein den Palas erreicht hatten, stellte sich ihnen Salome in den Weg.

»Neugieriges kleines Biest«, zischte sie und schlug Tilia ins Gesicht. »Hört endlich auf, mir nachzuspionieren! Was wollt Ihr? Euch bei Williburgis einschmeicheln? Mich bei meinem Bruder anschwärzen?« Sie griff nach Tilias Handgelenk und drehte ihr den Arm auf den Rücken. Salome war kräftiger, als die Wehrsteintochter es vermutet hätte. Tilia starrte die wütende Furie erstaunt an, doch dann stieg auch in ihr der Zorn auf.

»Ich habe Euch nicht nachgestellt. Es war ein Zufall, der meine Schritte in diesem Moment zur Scheune lenkte. Hätte ich davon gewusst, dann wäre mein Weg in großem Bogen um diesen lästerlichen Ort verlaufen, das könnt Ihr mir glauben. Es ist solch große Abscheu in mir, dass ich nicht einmal mehr darüber nachdenken, geschweige denn mit irgendjemandem darüber sprechen werde«, fauchte sie erregt.

Salome von Ringelstein-Killer ließ die Wehrsteinerin los, spuckte vor ihr auf den Boden und stürmte dann in die Dunkelheit davon. Eine kleine Ewigkeit standen Tilia und

Gret schweigend im Hof, bis sich die Ritterstochter wieder beruhigt hatte und bereit war, zur Kemenate hochzusteigen, um Williburgis für das Nachtmahl umzukleiden.

✠　✠

Tilia schlief kaum in dieser Nacht. Zu sehr beschäftigten sie die Gedanken und Gerüchte, die sie wie Schattenwesen umgaben. Da war es wieder, das Geräusch, das sie schon in der ersten Nacht und seit damals immer wieder gehört hatte. Tilia dachte an Grets warnende Worte. Sie zögerte, doch dann siegte die Neugier. Langsam hob sie die Decke an und schlüpfte so leise wie nur möglich aus dem Bett, um ihre Schlafgenossin Eleonora nicht aufzuwecken. Das Fräulein von Zell-Andeck hatte einen gesunden Schlaf und rührte sich nicht. Den Mantel eng um sich geschlungen, schlich sich Tilia Schritt für Schritt zur Tür. Die Binsen unter ihren Füßen raschelten leise. Erst draußen wagte sie, in ihre Schuhe zu schlüpfen. Der Gang lag still und verlassen da. Vorsichtig tastete sich Tilia zur Treppe. Das Ächzen der Balken ging in dem vielstimmigen Schnarchen unter, das aus dem großen Saal drang. Die Ritter der Zollern, einige Gäste und die großen Jagdhunde grunzten, prusteten und schnarchten um die Wette. Ein großer Hund mit weißer Schnauze hob den Kopf, als Tilia den Saal durchquerte, und sah sie aufmerksam aus seinen gelben Augen an. »Psst, schlaf weiter«, raunte sie ihm zu, doch der Hund schien von ihrer Neugier angesteckt. Gähnend erhob er sich, reckte und streckte die steifen Glieder. Langsam trottete er ihr nach und folgte ihr in den Hof hinaus.
»Ich kann dich nicht gebrauchen. Los, geh zurück!«, zischte sie leise, doch der Hund drängte sich an ihre Seite und ließ sich nicht abweisen. Tilia blieb mitten im leeren Hof stehen

und überlegte, ob sie in ihr Bett zurückkehren sollte, als ein Lichtschein über die bunten Glasscheiben der Kapelle huschte. Entschlossen schritt sie auf das geduckte Gemäuer zu, blieb einige Atemzüge lang vor der Tür stehen und öffnete diese dann behutsam einen Spalt. Die Kerzen auf dem Altar flackerten durch den Luftzug, doch die Grafentochter, die mit Hemd und Umhang bekleidet vor dem Kruzifix kniete, bemerkte dies nicht.
»... und vergib uns unsere Schuld ...«, murmelte sie mal lauter, mal leiser, doch in seltsamer Eintönigkeit sich immer wiederholend. Tilia überlegte schon, ob sie sich zurückziehen sollte, als sich Vater Laurenz dem Mädchen näherte. Eine Weile stand er ganz dicht hinter ihr, so dass sein Gewand ihren Rücken streifte, dann trat er zurück und sagte mit lauter Stimme, die dumpf von den Wänden zurückgeworfen wurde:
»Ihr habt schwer gesündigt, mein Kind. Der Satan hat von Euch Besitz ergriffen. Wollt Ihr Eure Seele retten?«
»Ja, Vater, ich habe gesündigt. Ich bitte Euch, straft diesen sündigen Leib, auf dass die ewige Seele nicht verloren gehe.«
Es schien Tilia, als sei dies ein Ritual, seit Tagen, seit Wochen immer wieder ausgeführt.
Die Grafentochter erhob sich und streckte die Arme aus, als wolle sie die Haltung des Gekreuzigten imitieren. »Straft diesen sündigen Leib«, sagte sie noch einmal, beinahe verzückt, das Gesicht lächelnd dem Kruzifix zugewandt.
Tilia sog scharf die Luft ein, als der Gottesmann das junge Mädchen mit flinken Händen entkleidete. Nackt stand sie vor ihm in der nächtlichen Kirche. Plötzlich hatte Vater Laurenz eine Geißel in der Hand. Die schmalen Lederriemen sausten durch die Luft, immer und immer wieder, und zeichneten sich wirr kreuzende Spuren auf den zarten Mädchenrücken.

»Vergib uns unsere Schuld!«, wiederholte Williburgis immer wieder. Sie schien entrückt, von Schmerz und Kälte befreit, an einem anderen Ort zu weilen.
In Tilias Kopf wirbelten die Gedanken durcheinander. Leise schloss sie die Tür und machte einen Schritt zurück. Dabei trat sie den Hund, der noch immer dicht hinter ihr stand. Sein schmerzerfülltes Jaulen zerriss die Stille der Nacht. Nun blieb keine Zeit mehr, über irgendetwas weiter nachzudenken. Den Mantel gerafft, rannte Tilia, so schnell sie konnte, über den Hof. Der Kaplan, der mit großen Schritten zur Tür geeilt war, konnte nur noch eine verhüllte Gestalt im Palas verschwinden sehen.

✠ ✠

Die Grafentochter sah am anderen Morgen erschöpft aus. Dunkle Schatten lagen unter ihren Augen. Ihr Blick war ziellos in die Ferne gerichtet. Kein Wunder, dachte Tilia, die der Grafentochter die festen Flechten zu kleinen Schnecken aufdrehte, bei dieser Nacht. Sie wusste nicht, ob es ein Dämon war, der sie trieb, doch plötzlich fing sie an, ihre verwirrten Gedanken in Worte zu fassen.
»Es wird Euch auf Dauer sehr schwächen, wenn Ihr nachts nicht ruht, sondern in der Kapelle auf dem kalten Stein kniet.«
Die Grafentochter versteifte sich. Tilia tat so, als bemerke sie es nicht.
»Ihr seid nicht das einzige Fräulein, das nicht als Jungfrau zum Altar schreiten wird, doch kaum eine der Damen würde sich solch harte Sühne aufbürden. Ist es denn nötig, dass Vater Laurenz so schmerzhaft mit Euch ins Gericht geht?«
»Ihr wart das also gestern Nacht.« Zu Tilias Erstaunen sprach

die Grafentochter ruhig und gefasst weiter. Vielleicht war es ja eine Erlösung für sie, endlich mit jemandem reden zu können.

»Ihr habt Recht, wenn Ihr die Fleischlichkeit als Sünde anprangert, und auch Recht, wenn Ihr sagt, dass sie nicht des Satans schlimmste Verführung ist. Doch in meiner Seele schlummert noch viel schwärzere Sünde. Ihr wisst doch, dass ich die Frucht in meinem Leib getötet habe?«

Tilia zuckte zusammen. Sie hatte es nicht wahrhaben wollen, dass die Grafentochter tatsächlich Hand an sich gelegt hatte. Doch war es nicht verständlich? Was wäre geschehen, wenn sie als lediges Fräulein das Kind zur Welt gebracht hätte?

»Was ist schon der Leib im Vergleich zu unserer Seele?«, wiederholte Williburgis die Worte des Beichtvaters. »Vater Laurenz hat mir viel von der heiligen Elisabeth erzählt. Sie war eine fromme und gute Frau, und dennoch sagte ihr Beichtvater, dass sie nicht selig werden könne, denn ihre Sünde sei es, reich zu sein und vom Schweiß der Armen zu leben. Sie ließ sich von ihm schlagen und demütigen, um das ewige Leben zu erhalten. Wie viel Grund mehr habe ich, mein Haupt zu beugen?«

Durch Tilias Kopf huschten die widersprüchlichsten Gedanken. Einerseits musste sie der Grafentochter zustimmen, doch andererseits widerstrebte ihr die Lehre, die der Kaplan und der Beichtvater der heiligen Elisabeth vertraten.

»War ihr Beichtvater nicht der strenge Inquisitor Konrad von Marburg? Der, der dann auf offener Straße von eines Mörders Hand niedergestreckt wurde?«

»O ja«, nahm Williburgis die Worte begeistert auf. »Er war ein unnachgiebiger Verfolger aller Ketzerei. Wie viele verirrte Seelen hat er dem reinigenden Feuer übergeben und sie dadurch gerettet?«

Tilia kaute auf ihrer Lippe. Diese harte Art der Buße stieß sie ab.

Über die Ketzerei wusste sie nicht viel, doch musste der Kaplan wirklich ein edles Fräulein nackt in der Kirche züchtigen, um ihr Absolution zu erteilen? Waren die harten Strafen, die Elisabeth von Thüringen über sich hatte ergehen lassen, der Grund für ihre Heiligsprechung oder nicht eher ihre Mildtätigkeit, ihr Leben für Kranke und Arme? Der böse Verdacht, dass sich der Kaplan an dem geschundenen, nackten Frauenkörper ergötzte, drängte sich Tilia auf.

✠ ✠

Mit sorgenvollem Blick folgte Albert von Hohenberg den Ausführungen seines Schreibers und des alten Kaplans. Es war immer das gleiche Lied. Schatullen und Speicher waren leer, das Leben auf der Burg zu üppig und zu kostspielig und nun, vor dem Sommer, mussten Rüstungen ausgebessert und Waffen geschmiedet werden.

»Und dann ist da noch der Bote des Königs, Eures verehrten Schwagers, der auf eine Antwort wartet«, fügte der Schreiber mit leiser Stimme hinzu und duckte sich ein wenig, als der Graf lästerlich fluchte.

»Er fordert immer nur«, schimpfte Graf Albert. »Gulden, Männer, Rösser, Waffen. Wie viel habe ich ihm schon an Unterstützung gegeben? Habe ich mit meinen Rittern nicht immer an seiner Seite gekämpft? Gegen Ottokar von Böhmen und den Markgraf von Brandenburg? Ich habe mit ihm vor Wien gestanden und ihm geholfen, Philipp von Savoyen die Reichsgüter wieder zu entreißen.«

Der Schreiber räusperte sich. »Nun ja, ich bitte um Verzeihung, doch der König erinnert Euch daran, dass er persönlich nach Schwaben geritten kam, um Eure Erbstreitigkei-

ten für Euch zu lösen. Er habe Eberhard von Württemberg, Euren größten Feind, in die Knie gezwungen.«
Burkhard von Hohenberg, der bisher schweigend in einer Nische an der Wand gelehnt hatte, spuckte verächtlich auf den Boden. »In die Knie gezwungen? Er leckt ein wenig seine Wunden und pflegt den schwärenden Zorn bis zum Hoftag, doch er steht noch aufrecht!«
Sein Bruder pflichtete ihm bei, wandte sich dann aber wieder dem dringlichen Problem der leeren Geldtruhen zu. »Es hilft nichts, die Bürger müssen noch einmal in ihre Beutel greifen. Auch haben nicht alle Vasallen die Abgaben für ihre Güter geliefert.«
Burkhard rasselte mit seinem Schwert. »Dann werde ich mich mit einigen Männern auf den Weg machen, um die Versäumnisse zu korrigieren.«
Albert von Hohenberg nickte. »Ja, wir kommen nicht umhin, einzufordern, was uns zusteht, wenn wir uns in den nächsten Wochen nicht mit Brotsuppe zufrieden geben möchten.«
Der Schreiber wackelte mit dem Kopf. »Was soll ich dem Boten sagen?«
Graf Albert lagen heftige Worte auf der Zunge, doch sie blieben ungesagt. Stattdessen antwortete er ruhig: »Der königliche Bote wird wohl noch bis zur nächsten Messe unser Gast sein müssen. Dann können wir ihm die Unterstützung für unseren Herrn Schwager mitgeben.«
Als der Schreiber und der Kaplan das Gemach des Grafen verlassen hatten, trat Albert zu seinem Bruder ans Fenster. »Was wir da zusammenbekommen, wird nicht reichen.«
Burkhard brummte. »Ich habe gehört, Bauern des Zollern treiben ihr Vieh auf das Gemeinland zu Hirrlingen. Auch soll ein Bursche aus Weilheim eine Jungfrau aus Rangendingen entehrt haben.«

Der Graf schwieg lange, kaute auf seiner Unterlippe und sah durch den schmalen Mauerschlitz in den Hof hinunter. »Schicke ein paar Männer hin. Vieh und Korn sollen sie hierher auf die Burg bringen. Vom Rest der Beute gehört die Hälfte ihnen.«

✠ ✠

Er schnitt gerade Weidenruten unten am Bach, als die Ritter kamen. Sie waren in voller Rüstung und trugen nicht die Farben seines Herrn. Der Bauer ließ die Ruten fallen und rannte los.
»Mechtild, bring die Kinder in den Wald«, brüllte er. Er war von gedrungenem Körperbau, doch kräftig gebaut und ein geübter Läufer. Mit einem riesigen Sprung setzte er über die Dornenhecke hinweg. Er scheuchte die beiden Kühe in die Scheune und griff mit dem Mut des Verzweifelten nach dem Dreschflegel. Mit grimmiger Miene baute er sich vor dem klapprigen Törchen auf, um seinen Hof bis zum letzten Atemzug zu verteidigen, während die Bäuerin, einen kränkelnden Säugling in den Armen, ein Kind auf dem Rücken, über einen schmalen Rübenacker dem dichten Wald entgegenhastete, den ihre beiden älteren Knaben bereits erreicht hatten. Mit donnernden Hufen preschten die Ritter heran, die Gesichter hinter ihren Helmen verborgen. »Woher kommt Ihr, und was wollt Ihr«, schrie der Bauer und schwenkte drohend den Dreschflegel. Statt einer Antwort, setzten die Reiter einfach über die Dornenhecke und das Törchen hinweg. Im letzten Moment duckte sich der Bauer, um nicht von den Hufen getroffen zu werden. Sofort war er wieder auf den Beinen und wirbelte wütend herum. Vielleicht hätten die Ritter ihn gehen lassen, waren sie doch nur an Vieh und Vorräten und an glänzender Beute inte-

ressiert, doch als zwei der Männer seine Kühe aus der Scheune führten und ein anderer ins Haus eindrang, war alle Vernunft dahin. Brüllend wie ein wildes Tier rannte er auf die Edlen in Rüstung zu und zog einem mit den Farben der Herren von Ow den Dreschflegel über. Der Ritter erkannte die Gefahr zu spät, hob noch seinen Schild ein wenig an, doch das schwere Holz sauste mit solch einer Wucht zwischen seine Schulterblätter, dass er mit einem Ächzen zu Boden ging und dort regungslos liegen blieb. Der Bauer kam nicht dazu, seinen Dreschflegel ein zweites Mal zu erheben. Das Schwert fuhr von hinten so schnell zwischen seine Rippen, dass er einige Augenblicke erstaunt zu der eisernen Spitze hinuntersah, die seinen Wams von innen her durchbohrte und der ein Schwall von hellrotem Blut folgte. Erst dann fühlte er den Schmerz, der ihn wie die strafende Flamme des Erzengels durchfuhr. Der Dreschflegel fiel in den Morast, der Bauer schwankte, verdrehte die Augen, seine Beine knickten ein. Noch ein paar röchelnde Atemzüge, dann beendete ein Blutschwall aus dem Mund sein armseliges Leben. Mit einem Ruck zog der Ritter sein Schwert aus dem toten Leib und wischte es dann sorgfältig am Kittel des Getöteten ab. Es lohnte nicht, ihn zu durchsuchen, das war dem Hohenberger Vasallen mit einem Blick klar. Schnell schritt er zum Haus hinüber, um vielleicht wenigstens ein vergoldetes Kruzifix oder ein paar Münzen zu finden, doch auf diesem Hof gab es weiter nichts zu holen. Bisher hatte der Tag noch nicht viel Lohn abgeworfen. Die Ritter halfen dem Verletzten in den Sattel und trieben die Kühe und die Ziege zum Törchen hinaus. Der Meierhof oben auf dem Hügel würde sie sicher besser für ihre Mühen entlohnen.
Ihre Kinder eng an sich gepresst, wartete Mechtild im dichten Unterholz verborgen, bis die Dämmerung hereinbrach.

Dann wagte sie sich zum Hof zurück. Das Haus stand noch, nur die Scheune war auf der einen Seite eingestürzt. Ein fester Tritt hatte sicher genügt, den angefaulten Eckpfosten zu brechen. Seufzend überquerte sie im letzten Tageslicht den Acker, jeder Schritt ein wenig zögerlicher als der vorher. Sie wusste, dass Len tot war, und fürchtete sich vor dem Anblick, der dort auf ihrem Hof auf sie wartete.

Sie entdeckte ihn gleich, als sie den Hof betrat, dort vor der Scheune, doch Mechtild schritt, ohne hinüberzusehen, direkt zum Haus. Es war nichts mehr da, das sie den Kindern hätte kochen können, also verschloss sie ihre Ohren vor dem leisen Gewimmer und bettete die vier Geschwister auf das Strohlager, ehe sie wieder in den Hof trat. Die Nacht hatte gnädig ihre Finsternis über den Toten gelegt. Still setzte sich Mechtild zu ihm und faltete die Hände. Sie versuchte, sich an ein Gebet zu erinnern, doch es fiel ihr nichts ein. So betete sie eben in ihren eigenen Worten zu Gott dem Herrn und der Heiligen Jungfrau, zu denen Len nun hoffentlich gehen würde.

»Er war ein braver Mann«, flüsterte sie in die Nacht. »Immer hat er hart gearbeitet und seinen Zehnt bezahlt. Er hat seinen Frondienst geleistet und für die Grafen Steine geschleppt und Holz gehauen und bis zur Burg hochgebracht. Er hat immer zugesehen, dass wir etwas zu essen haben, und mich und die Kinder nur selten geschlagen. Und wenn es ging, war er auch immer in der Messe. Auf Erden gibt es keinen Lohn, drum hätte er es nun schon verdient, all die Heiligen zu schauen. Er hat manches Mal geflucht, ich weiß, doch das solltest Du, Herr, nicht mit zu viel Fegefeuer bestrafen. Amen«, fügte sie noch hinzu und schwieg dann, beobachtete, wie sich die Wolken verzogen und nach und nach immer mehr Sterne am Himmel blinkten. Die schmale Mondsichel erhellte die Nacht nur matt.

»Ach Len, bist du jetzt dort oben irgendwo und kannst mich sehen? Wie soll es denn mit uns nun weitergehen? Sie haben uns alles genommen. Die Kinder haben Hunger, und ich weiß nicht, was ich morgen in den Kessel tun soll. Der Graf wird mir das Land nicht lassen. Wie soll ich es denn allein bestellen? Ach Len, an wen kann ich mich wenden? Der Sohn des Meiers hat mir bei der Messe manch lüsternen Blick zugeworfen. Vielleicht kann ich dort auf dem Hof mit anfassen. Doch sicher will er nicht noch vier hungrige Mäuler stopfen. Oder drei, denn ich weiß nicht, ob die Kleine es schaffen wird. Ich habe es dir nicht gesagt, doch seit zwei Tagen behält sie die Milch nicht mehr bei sich. Vielleicht ist sie schon bald bei dir dort oben.«
Zaghaft strich sie dem Toten über die Wange. »Ich werde mit den Kindern morgen zum Pfarrer gehen, doch ich kann dir nicht versprechen, dass er dir eine Messe liest. Wir haben nichts mehr, womit wir dein Begräbnis bezahlen könnten, und auch nichts, was der Graf für deinen Tod fordern könnte. Wenn der Pfarrer nicht kommt, dann gebe ich dir das gute Linnen meiner Mutter und hebe dir selbst ein schönes Grab aus. Das verspreche ich dir.«

KAPITEL 22

Nachdem Tilia an Swengers Seite das Morgenmahl beendet hatte, ging sie Gret suchen. Sie fand die Magd mit Sofie unten am Waschhaus. Vor der Magd türmte sich ein riesiger Berg an Leinenhemden auf. Sorgfältig rubbelte sie den Stoff in der heißen Lauge. Dampfschwaden stiegen weiß in den blauen Frühlingshimmel. Tilia lehnte sich an den Rand des steinernen Troges, in dem die eingeweichte Wäsche lag, vorsichtig darauf bedacht, ihren hellgrauen Rock nicht zu beschmutzen.
»Swenger kann wundervoll die Laute spielen und auch die Manichord«, erzählte sie eifrig.
»Er hat mir Liebesgedichte vorgetragen« – Tilia errötete leicht – »aber sonst verhält er sich immer nach Sitte und Anstand.«
Gret hörte zu, nickte und bearbeitete das grobe Leinen.
»Doch immer häufiger gesellt sich der Merkenberger zu uns. Dann zieht sich Swenger meist zurück. Ich schwanke, ob ich ihm dafür zürnen soll. Ein wenig schmeichelt mir seine Aufmerksamkeit schon. Immerhin ist er der Sohn eines Grafen, doch Friedrich ist so« – sie suchte nach Worten –, »so provozierend. Mal denke ich, er findet Gefallen an mir, mal denke ich, er treibt nur seinen Spott.«
Heinrich von Husen kam vorbei, grüßte und verbeugte sich. Er zögerte, verschlang Tilia fast mit seinen Blicken, doch diese bemerkte es nicht, nickte nur flüchtig und wandte ihre Aufmerksamkeit wieder Gret zu. Als der junge Edel-

mann merkte, dass sie ihn nicht zu sich rufen werde, setzte er enttäuscht seinen Weg fort.
Den beiden Bauern in ihren zerlumpten grauen Kitteln, die wenig später den Hof überquerten, schenkten die beiden Frauen am Waschhaus keine Beachtung. Erst als der Hof wie ein Bienenhaus aufgeregt summte, erregte und wütende Stimmen den friedlichen Morgen durchbrachen, machte sich Tilia neugierig auf, den Grund des Trubels zu ergründen.
»Wir werden diese räudigen Hunde mit unseren Klingen in Stücke hauen!«, schrie Walger von Bisingen und zog sein Schwert.
»Jedem dieser Kerle, der mir in die Finger kommt, werde ich die Eier abschneiden!«, fiel Otto von Ringelstein-Killer ein.
Auch der Merkenberger zog seine Klinge. »Bei Gott, das soll der Hohenberger mit seinem Blut bezahlen!«
Swenger lümmelte ein wenig abseits auf einem Baumstumpf. »Da die Hohenberger Ritter schon längst wieder hinter den sicheren Mauern von Haigerloch weilen, werden wir uns wie üblich an seinen Höfen gütlich halten müssen. Schließlich geht nichts über einen kleinen Raubzug im jung erwachten Frühling.«
Hans von Zell-Andeck lachte. »Ja, ein paar Münzen in meinem Beutel täten mir gut gefallen.« Er klopfte mit der Hand an seine Seite.
Swenger nickte wissend. »Beim Würfeln wieder verloren?«
»Der Graf wird sicher nichts dagegen haben, wenn wir Keller und Scheune ein wenig füllen«, warf der Ritter von Bisingen ein.
»Auf nach Trillfingen!«, rief der Merkenberger »Dort gibt es fette Beute für Euch alle!«
Die Ritter jubelten und reckten ihre Schwerter in die Höhe.

Ein wenig verloren standen die beiden Bauern da und zogen ängstlich die Köpfe ein. Nicht, dass sich der Zorn der zollerischen Mannen gegen sie richtete, doch der Überfall des Hohenbergers steckte ihnen noch in den Knochen, der Geruch nach frischem Blut in der Nase, so dass die blanken Waffen die Bilder des Schreckens in ihrem Innern wieder aufsteigen ließen.
Tilias Blick traf den des Lichtensteiners. Er grinste zynisch und raunte ihr zu: »Welch Gottesgeschenk ist es, wieder einmal Mut und Tapferkeit vor den Damen beweisen zu können.«
»Indem Ihr Bauernhöfe niederbrennt?«
»Aber ja!«, nickte Swenger. »Nur so können wir sicher sein, unversehrt wieder zurückzukommen, um den Ruhm entgegenzunehmen.«
»Wir brechen im Morgengrauen auf«, entschied Eitelfriedrich von Zollern, der bisher noch nichts zu dem Vorfall gesagt hatte. Der Merkenberger verzog säuerlich das Gesicht.
»Du kannst dich hier beruhigt deinem Weib und deinen Kindern widmen. Ich kann diesen Zug gut allein führen.«
Eitelfriedrich zuckte die Schultern. »Da ihr ja alle außer Rand und Band seid und dir dein Beuteanteil anscheinend sehr wichtig ist, bleibe ich auf Zollern. Es gibt Wichtiges für die Zukunft der Grafschaft zu regeln. Dabei brauchen wir deine Stimme nicht unbedingt.«
Er drehte sich um und verschwand im Saal. Sein jüngerer Bruder, der sich eben noch auf den von ihm geführten Raubzug gefreut hatte, verzog mürrisch den Mund. Es erzürnte ihn, von den Geschäften der Grafschaft ausgeschlossen zu werden. Welch üble Pläne Vater und Bruder wohl schmiedeten? Sie wollten ihn beizeiten rausdrängen! Ihm sein Erbe, sein gutes Recht rauben.

Wütend ließ er das Schwert durch die Luft sausen. Er würde etwas unternehmen müssen, und zwar schon bald. Zuerst jedoch würde er die Ritter nach Trillfingen führen, um dem Hohenberger zu zeigen, dass er sich nicht ungestraft an zollerischem Eigentum vergreifen konnte!
Am Abend füllten die Mägde Weinschläuche für die Ritter, packten getrocknetes Fleisch, Salzfisch, Brot und Käse in die Bündel, während die Ritter ihre Kettenhemden ausbesserten, Leder mit Fett beschmierten und ihre Waffen schärften. Noch ehe am nächsten Morgen der Hahn gekräht hatte, waren die Pferde schon gesattelt, die Bündel fest verschnürt und die Ritter in freudiger Erregung bereit, gegen die Hohenberger Bauern zu ziehen.

✠ ✠

An diesem Abend rief der alte Graf Tilia von Wehrstein zu sich. Er sah gut aus. Überlegen, besonnen und mächtig in seinem scharlachroten Rock mit den goldbestickten Ärmeln. Ein massivgoldener Fürspan mit herrlich geschliffenen Granatsteinen schloss den Gewandschlitz am Hals. Das ergraute volle Haar fiel ihm lang auf die Schulter. Er hielt sich gerade, als er die Wehrsteintochter hereinrief und aus seinen klaren grauen Augen eingehend musterte.
»Ihr solltet Euch ein neues Gewand nähen, Jungfrau Tilia«, sagte er, als sein Blick von ihren Zehenspitzen wieder zu ihrem Antlitz zurückgekehrt war. »Ein blaues Gewand aus feinem Stoff. So blau wie der Frühlingshimmel und so blau wie Eure Augen.«
Tilia wand sich vor Verlegenheit. »Herr Graf, Eure Tochter lag krank darnieder, als ein Händler Burg Zollern besuchte, so dass nur die Dame von Baden sich Tuch für ihre Gewänder kaufen konnte. Die Kleiderkammer ist nicht mehr allzu

gut gefüllt mit Stoffen und Bändern«, schloss sie leise, obwohl das fast eine Lüge war, denn außer grobem Leinen und ein wenig ungebleichtem Wollstoff war nichts mehr da, so dass die Damen immer öfter alte Gewänder sorgfältig auftrennten, um den Stoff für neue Röcke wiederzuverwenden. Eigene Münzen, wie etwa Kunigunde von Baden, besaß Tilia nicht. Und wenn, woher hätte sie Stoff und Garn nehmen sollen? Bis nach Hechingen war sie in ihrer Zeit auf Zollern noch nicht gekommen.

»Dann wird es wohl gut sein, wenn der nächste Kaufmann seine Schritte auf den Zoller lenkt«, lächelte der Graf und bot Tilia einen Scherenstuhl auf der anderen Seite des Spieltisches an. »Seid Ihr bereit, das große Spiel des Lebens zu lernen?«

Tilia nickte ernst. Die Hände im Schoß gefaltet, saß sie kerzengerade da, lauschte der tiefen Stimme des Grafen und versuchte, sich all die komplizierten Zugmöglichkeiten der einzelnen Figuren zu merken. Nur einmal widersprach sie. »Wie kann eine Burg ihren Platz verlassen und wie ein Reiter einen anderen Ort aufsuchen?«, fragte sie verwirrt.

Der Graf lächelte milde. »Nicht die Mauern verlassen den Fels, auf dem sie gegründet sind. Doch kann nicht der Herr sein Haus verlassen und sich in eine andere Burg zurückziehen? Ja, sich sogar manches Mal einen geschützten Ort schnell aufbauen, wie der König und der Hohenberger es taten, als sie vor Waldeck in nur wenigen Tagen eine hölzerne Burg errichteten.«

Tilia nickte. Sie konnte sich noch gut an die Erzählung des Vaters erinnern. »Euer Sohn Eitelfriedrich war bei der Belagerung auch dabei.«

Der Graf nickte. »Ja, er bestand darauf, die Kluft zum König nicht zu groß werden zu lassen. Es ist ein schwieriges Spiel, jedem wohl und keinem wehe zu sein. Manches Mal muss

man sich einfach auf die Seite schlagen, die dem eigenen Ziel am nächsten ist.« Er zog einen Bauern vor.
»Und was ist, wenn man sich irrt?«, fragte Tilia und setzte ihren Bauern gegenüber.
»Dann verliert man seine Macht, sein Gut, seine Ehre und sein Leben, und was das Schlimmste ist – der Name der Familie wird aus dem Lauf der Geschichte getilgt.«
Schweigend schoben sie ihre Figuren. Als Tilia leichtfertig ihren Ritter dem Läufer des Grafen opferte, stieß Friedrich von Zollern einen ärgerlichen Laut aus. »Ihr müsst all Eure Gedanken beim Spiel haben! Welch Schande, einen edlen Ritter so sinnlos zu opfern.«
Tilia errötete schuldbewusst, und doch wagte sie die Frage: »Werdet Ihr Euch auf Dauer gegen König Rudolf behaupten können? Könnte es nicht geschehen, dass auch Ihr, wie der Württemberger, Euer Haupt vor dem Habsburger beugen müsst?«
Der alte Graf war viel zu überrascht, um über Tilias offene Worte verärgert zu sein. Er überlegte lange, bevor er ihr eine Antwort gab.
»Mein Vater hat sein ganzes Leben rastlos damit verbracht, aus verstreuten Gütern und Weilern eine blühende Grafschaft zu machen. Er hat die Zeichen der neuen Zeit früh erkannt und Städte wie Hechingen gegründet, um Handwerker anzusiedeln und Kaufleute anzuziehen. Ich werde den Teufel tun, auch nur einen Hof oder eine Wiese dem raffgierigen Hohenberger und seinem ständig nach Geld verlangenden König zu geben. Er sagt, es sei Krongut. Den Staufern hat manches einst gehört, doch sie sind nicht mehr. Der letzte Spross ist unter der Mörder Hand gefallen. Der Habsburger dort aus dem fernen Süden hat kein Recht an meinem Land, auch wenn er die Krone auf dem Haupt trägt. Ich stehe schon mein ganzes Leben lang mit dem

Schwert vor meinen Bauern, um ihr Leben und mein Gut zu schützen, also soll es auch mein bleiben. Deshalb bin ich auf des Württembergers Seite und bete zu Gott dem Allmächtigen, dass er seine schützende Hand über uns und die Grafschaft hält.«

»Amen«, sagte Tilia bewegt.

✠ ✠

Während Tilia von Wehrstein mit dem alten Graf von Zollern Schach spielte, ging Eitelfriedrich in der Schreibstube des Kaplans nervös auf und ab.

»So wird das nichts. Ich muss mich zu erkennen geben. Doch was, wenn die Botschaft in falsche Hände gerät? Würde mich der Vater des Verrats bezichtigen? Mich gar enterben? Den jüngeren Sohn als seinen Nachfolger vorziehen?«

Vater Laurenz legte die angespitzte Feder wieder beiseite und wartete schweigend. Er merkte wohl, dass der Zollernsohn zu sich selbst sprach und keine Antwort von seinem Beichtvater erwartete.

»Der alte Mann ist ein Narr, wenn er glaubt, er könne auf Dauer dem König widerstehen«, fuhr er plötzlich so heftig fort, dass Vater Laurenz zusammenzuckte. »Er will die Grafschaft schützen, und gefährdet sie damit! In einem hat er allerdings Recht. Der Hohenberger wird nicht einfach Ruhe geben. Er fühlt sich stark genug, mit Schwert und Feuer die alten Erbstreitigkeiten für sich zu entscheiden. Ich muss ihm also etwas für das neue Bündnis bieten. Schömberg? Nein, die Stadt wächst viel versprechend. Ich würde sie nur ungern an den Hohenberger verlieren. Etwas Kleineres.« Er nagte an seiner Unterlippe. »Binsdorf, vielleicht?« Er sah den Kaplan fragend an. Dieser zuckte jedoch

nur hilflos die Schultern. »Ja, Binsdorf werde ich ihm versprechen! Los, schreibt.«
Ein Dorf im Süden der Grafschaft, im Anteil seines Bruders. Wen wundert das, dachte der Kaplan sarkastisch, während die Feder über das Pergament kratzte.

✠ ✠

Es war so ruhig auf Zollern, dass man außer dem Zwitschern der Vögel und dem Brummen der Bienen kaum einen anderen Laut hörte. Die Ritter waren weg, ins Hohenberger Land gezogen, die Knechte schlugen unten in den Wäldern Holz, Hanna und einige der Mägde feilschten auf dem Hechinger Markt um Kohl und Zwiebeln, Linsen und Korn. Bruder Tragebott genoss den Frieden. Die ganze Nacht hatte er an seiner geheimen Mischung gearbeitet, hatte mal mehr vom gelben Sulfur, mal mehr an Holzkohle beigemischt, doch es war immer noch nicht perfekt. Er musste das Zeug beherrschen lernen, nur dann konnte es von Nutzen sein und nur dann konnte er es wagen, größere Mengen davon herzustellen.
An einem sonnigen Plätzchen lehnte er mit dem Rücken an der Mauer, die Beine weit von sich gestreckt, die Hände andächtig über dem vorgewölbten Bauch gefaltet, die Augen geschlossen. Eine Weile huschten noch Tiegel und Töpfe, Spatel und Kolben durch seine Gedanken, doch dann lösten sie sich auf wie der Morgennebel im hellen Sonnenlicht, und zu dem Gesang der Vögel und dem emsigen Summen der Bienen gesellte sich ein lang gezogenes Schnarchen. Einer der Mischlingshunde trottete herbei und schnüffelte an den schmutzigen nackten Füßen, ohne dass Bruder Tragebott erwachte.
Tilia schritt über den menschenleeren Hof. Sie langweilte

sich. Müßig zupfte sie ein wenig Unkraut zwischen den Gewürzkräutern heraus, als sie den Mönch in der Sonne ruhen sah. Eine Weile stand sie neben ihm, ohne dass er sich rührte, doch sie wagte nicht, ihn aufzuwecken.
Vielleicht würde er ihr wieder ein paar seiner Geheimnisse offenbaren? Sie beschloss zu warten, sah sich suchend nach einem Plätzchen um, an dem sie ihren Rock nicht beschmutzen würde, und nahm dann hinter einem Holzstapel auf einem Hackklotz Platz. Von hier konnte sie Bruder Tragebott zwar nicht sehen, doch sein Schnarchen zeigte ihr, dass er noch tief und selig schlummerte. Das gleichmäßige Geräusch und die wärmende Sonne machten das Mädchen schläfrig. Sie lehnte sich an den Holzstapel und schloss die Augen. Gerade dämmerte sie sanft in das Land der Träume hinüber, als das Schnarchen abbrach und sie die verschlafene Stimme des Mönches vernahm. »Ach, Ihr seid es, gnädige Jungfrau«, gähnte er.
»Ich grüße Euch, Bruder Tragebott.«
Auf der anderen Seite des Holzstoßes konnte Tilia die Grafentochter nicht sehen, doch sie erkannte ihre Stimme und lauschte mit angehaltenem Atem.
Williburgis trat nervös von einem Fuß auf den anderen. Ihr Blick wanderte unstet umher, doch sie konnte niemanden entdecken. Nur schlecht gelang es ihr, ihre Abscheu vor dem unheimlichen Mönch zu verbergen, der unhöflich noch immer zu ihren Füßen lag. Wenigstens öffnete er jetzt beide Augen. Er gähnte herzhaft, rülpste ungeniert und kratzte sich den vernarbten Schädel.
»Es muss sich um etwas von großer Wichtigkeit handeln, dass Ihr hier zu mir in den Hof kommt und meinem Schlaf ein Ende setzt, denn ich kann mich nicht daran erinnern, dass Ihr jemals ein Wort an mich gerichtet hättet.«
Bruder Tragebott gähnte noch einmal und musterte das

junge Mädchen ungeniert. Er sah wohl, wie sie sich innerlich wand, wie sie einen Anfang suchte und doch am liebsten davongelaufen wäre. Der Mönch witterte Ärger, großen Ärger sogar, und war daher nicht bereit, ihr den Weg zu erleichtern.

»Trude ist tot«, begann sie, so als erzähle sie ihm damit etwas Neues.

»Sie war meine Kinderfrau und in vielen Dingen auch meine Vertraute.«

Der Mönch neigte leicht den Kopf, sagte aber nichts.

»Sie war bei Euch, als ich ...« Die Grafentochter geriet ins Stottern. »Als ich, sagen wir, in einer schwierigen Lage war und Hilfe nötig hatte.«

Der Mönch nickte wieder leicht. Seine Miene blieb unbeweglich, doch in seinem Innern hatten die wenigen Worte bereits einen Sturm entfacht. Es würde Ärger geben? Das war noch milde ausgedrückt! Es ging um seine Haut und seinen Kopf. Er merkte, wie ihm die Furcht den Nacken hochkroch und sein Mund trocken wurde.

»Ich war dem Tode nahe – durch Euer Teufelszeug!«, sagte sie leise, aber in scharfem Ton.

Der Mann zu ihren Füßen zuckte zusammen. Es war ihm klar, dass sie seine Anweisungen missachtet und zu viel von den Kräutern auf einmal genommen hatte, doch was würde er erreichen, wenn er sie auf ihren Fehler hinwies?

»Aber dadurch bin ich auch der Schande entgangen, wie Ihr wisst«, gab sie widerstrebend zu.

Was wollte sie? Ihm danken bestimmt nicht.

Die Grafentochter sah den entstellten Mönch an, als könne er ihre Gedanken lesen. Beide schwiegen lang. Sie spielte mit ihrem Ring, einem großen Rubin, der in der Sonne funkelte, und senkte dann den Blick.

»Es kann jederzeit wieder geschehen, und ich lebe in

schrecklicher Angst. Wer soll mir helfen, nun, da Trude nicht mehr ist. Ihr habt damit angefangen, nun müsst Ihr mir weiter zur Seite stehen – wenn es denn sein soll.«
»Jederzeit wieder geschehen?«, wiederholte Bruder Tragebott ungläubig. »Wollt Ihr das Schicksal versuchen, nun, da Ihr nur um ein Haar dem Tod entgangen seid?«
»Es ist nicht meine Wahl!«, antwortete Williburgis heftig.
»Jeder Mensch hat eine Wahl«, behauptete der Mönch selbstgerecht, senkte aber den Blick vor den anklagenden braunen Augen.
»Ihr solltet Euch einen Ehemann suchen lassen, dann fällt es nicht so auf«, schlug er vor, unbeeindruckt von dem entsetzten Blick, den diese respektlose Bemerkung bei ihr auslöste.
»Es ist nicht meine Wahl«, sagte sie noch einmal, doch bevor sie sich aufs Bitten verlegen konnte, fuhr er sie scharf an:
»Ich kann und will Euch nicht noch einmal aus solch einer Klemme helfen, denn dann stehen unser beider Leben auf morschem Holz. Seht zu, dass es Eure Wahl ist, ansonsten, bedenkt wohl, es geht nur um Würde und Stolz.«
»Bevor ich meine Würde und meinen Stolz verliere, verliert Ihr Euren Kopf, das schwöre ich!«, zischte sie, drehte sich auf dem Absatz herum und eilte mit großen Schritten zum Palas.
Bruder Tragebott konnte die Tränen der Verzweiflung nicht sehen, die ihr über das Antlitz rannen, er hatte selbst Mühe, seine Fassung zu wahren. Einige Augenblicke erwog er, die Burg zu verlassen, so wie damals das Kloster. Mit nichts im Beutel einfach wegzugehen und, nur auf die Mildtätigkeit seiner Mitmenschen angewiesen, wieder durch die Lande zu ziehen. Nachdenklich strich er sich über den wohl gefüllten Bauch.

»Ich bin zu alt für so etwas. Nein, nicht zu alt, zu träge und verweichlicht«, verbesserte er sich mit einem Hauch von Bedauern. Vielleicht wird ja alles wieder gut, tröstete er sich, erhob sich schwerfällig und schlurfte zur Küche, um die Trockenheit in seinem Mund und die Übelkeit in seinem Magen mit einem kräftigen Schluck Wein zu bekämpfen.
Tilia blieb noch lange bewegungslos sitzen. Wer war der Ritter, der der Grafentochter solch eine Hölle auf Erden bereitete und gegen den sie sich nicht zur Wehr setzen konnte? Tilia schüttelte ungläubig den Kopf. Wie konnte es sein, dass sie bereit war, erneut ihr Leben aufs Spiel zu setzen? Wieder die Sünde zu begehen, ihre Leibesfrucht abzutöten? Konnte es Vater Laurenz sein? Sie schalt sich der bösen Gedanken wegen, doch der einmal aufgeflammte Verdacht blieb. Tilia beschloss, die Grafentochter nicht mehr aus den Augen zu lassen.

✠   ✠

Am dritten Morgen kehrten die Ritter von ihrem Raubzug zurück. Staubig, müde und hungrig, manche auch verletzt, aber mit reichlich Beute und vielen Geschichten, die sie am Abend wieder und wieder zum Besten geben konnten, um ihren Heldenmut zu unterstreichen. Die Damen lauschten mit glänzenden Augen.
»Und welch große Taten habt Ihr vollbracht?«, fragte Tilia und brach sich ein knuspriges Hühnerbein ab.
»Oh, besonders großartige!«, antwortete Swenger von Lichtenstein mit vollem Mund und zwinkerte ihr zu. »Ich habe magere Schweine aus ihrem Pferch gejagt und einer Bäuerin ihre Bettwäsche entrissen. Ich habe zwei kräftige Gäule für den Grafen errungen und eine alte Scheune angezündet, zwei störrische Bauern erschlagen und natürlich den

Ruhm des Hauses Zollern vermehrt.« Er trank einen Becher Wein mit einem Zug leer.

»Und bei welcher Eurer Heldentaten habt Ihr Euch das Bein verletzt?«

Der Ritter verzog das Gesicht. »Eine ganz gefährliche Zauberin hat mir heimtückisch eine Mistgabel in die Wade gestochen. Vielleicht hätte ich meine Panzerstrümpfe doch vorher zum Schmied geben sollen.«

Tilia kicherte. »Und wie habt Ihr Euch an der Zauberin gerächt, die Euch solche Schmach angetan?«

Swenger war plötzlich sehr mit seinem Braten beschäftigt. Er stopfte sich den Mund voll, brummte etwas Unverständliches und legte Tilia ungefragt einen dicken Schweinefuß auf ihre Brotscheibe.

»Ich werde irgendwann eine Ballade darüber dichten«, wiegelte er ab, als er das Fleisch geschluckt hatte.

Tilia lachte unsicher und wechselte das Thema. Während der Graf seinen Becher auf den erfolgreichen Zug erhob und Gott dafür dankte, dass alle Ritter am Leben geblieben und mit Beute zurückgekehrt waren, berichtete Tilia von dem geheimnisvollen Spiel des Lebens, das der Hausherr ihr beigebracht hatte.

Swenger von Lichtenstein schüttelte den Kopf. »Da sind mir die Würfel schon lieber. Die Regeln kann ich behalten, selbst wenn mein Kopf schwer von Wein ist und mein Bauch noch schwerer vom reichlichen Mahl.«

Tilia rügte ihn entrüstet, doch der Ritter lachte nur. »Der Vorteil dieses seltsamen Sarazenenspiels scheint mir allerdings, dass es sehr lange dauert, so dass man seine Heller nicht ganz so schnell verliert«, räumte der Ritter ein.

Die Wehrsteintochter merkte, dass sie die Ehrfurcht, die sie vor dem gewürfelten Brett und seinen Figuren empfand, nicht weitergeben konnte.

»Der Graf meint, ich soll mir ein blaues Gewand nähen«, sagte sie daher, statt weiter auf das Spiel einzugehen. »Blau wie der Himmel und wie meine Augen. Doch leider ist die Kleiderkammer leer«, seufzte die Jungfrau mit echtem Bedauern.

»Ihr sollt Euer blaues Gewand haben, Jungfrau Tilia«, ertönte hinter ihr plötzlich eine Stimme, dass sie erschrocken herumfuhr. Frech grinsend drängte sich der Merkenberger zwischen Tilia und Swenger auf die Bank.

»Blau wie der Sommerhimmel und blau wie Eure Augen. Wir haben auf dem Rückweg einen Juden gesehen. Sein Karren war voll von edlen Stoffen. Er war auf dem Weg nach Jungingen, doch mit den lahmen Ochsen ist er sicher noch nicht weit.«

»O ja!« Tilias Augen leuchteten. Sie sah sich in Gedanken schon in einem Traum aus glänzendem Brokat und hauchdünnen Schleiertüchern. Sie langweilte den Ritter noch mit einer genauen Beschreibung des Gewandes, das sie sich nähen wollte, bis er sich mit einer Ausrede entschuldigte. Erst jetzt merkte sie, dass Swenger den Saal verlassen hatte.

KAPITEL 23

Er war daran gewöhnt, von den Bauern auf den Feldern misstrauisch beäugt zu werden. Viele von ihnen bekreuzigten sich, wenn er mit seinem Karren näher kam. Die Kinder liefen ihm neugierig hinterher, riefen so manchen Spottvers und zeigten mit ihren schmutzigen Fingern auf den Fremden. Nicht nur seine langen, schwarzen Gewänder und das merkwürdige Käppchen auf seinem Haupt, das er stets trug, ließen die Leute tuscheln. Die seltsamen langen Haarsträhnen, die an beiden Seiten von den Schläfen bis zur Schulter fielen, sein ganzes Gebaren, seine Art zu sprechen, sein schmales Gesicht mit dem schwarzen Haarschopf, einfach alles an ihm mutete fremd und daher unheimlich an. Die Menschen in den größeren Städten, in Köln oder Trier, in Basel oder Würzburg, waren den Anblick von Juden gewöhnt. Manch Händler schätzte die weit gereisten, zuverlässigen Kaufleute. Ihnen war es egal, dass sie bei ihren Gebeten fremde Worte murmelten und sich seltsame Bänder um Arme und Stirn schlangen. Die Ware war gut, und der Preis stimmte. Weniger beliebt waren die Geldverleiher, die Wucherer und Halsabschneider, doch wer sonst außer den Juden konnte aushelfen, wenn der Beutel leer war?

In den Dörfern herrschte die Furcht vor den schwarzen Teufeln vor. Wer wollte so einen schon eine Nacht unter seinem Dach beherbergen? Womöglich wäre am anderen Tag das Vieh verhext. Auch munkelte man, dass die Juden Neugeborene bei ihren frevelhaften Ritualen opferten.

Isac Elias mied daher die kleinen Weiler. Die Bauern konnten sich seine Waren eh nicht leisten. Er hatte keinen groben Stoff, keine ungebleichte Wolle, kein derbes Schuhwerk geladen. Damit war kein Geschäft zu machen, schließlich stand in fast jedem Hof ein Webstuhl. Nein, er führte auf seinem Karren Blialt: violette, golddurchwebte Seide, Achmardi: grüne Seide aus einem fernen Sarazenenland, Diasper, silberdurchwirkten Samit, Zindal und herrlich blauen Atlas aus der reichen Stadt Gent, gerade recht für die Bürger, die ihren Kopf so hoch wie die Edelfreien trugen, deren Truhen jedoch weit wohlgefüllter waren denn die manch stolzer Burg.

In der Nähe des kleinen Klosters Stetten unter dem Zollernberg schirrte er diese Nacht seine Ochsen aus. Zufrieden grasten sie am Wegesrand. Die Nonnen wagten nur einen kurzen Blick auf den Händler und zogen sich dann wieder hinter ihre dicken Mauern zurück. Im Windschatten seines Karrens entfachte Isac Elias ein kleines Feuer, wärmte sich das Mus aus dicken Bohnen und Zwiebeln vom Vortag auf und speiste genüsslich. Ein Lächeln huschte über sein mageres, sonnenverbranntes Antlitz, als er an die vielen klingenden Münzen dachte, die ihm der Ballen honiggelber Ziklat eingebracht hatte. Die Frauen liebten es zurzeit, sich in der Farbe beglückter Liebe zu kleiden. Auch kamen gelbe Schleier immer mehr in Mode. Der Händler wickelte sich eine dicke Wolldecke um die Schultern und legte sich unter seinem Karren zur Ruhe, wie immer das große, gebogene Messer in der Faust.

Schon im Morgengrauen war er wieder auf den Beinen. Er warf die Decke in den Karren und spannte die Ochsen ein. Isac Elias setzte gerade einen Schlauch mit Isop, Stabwurz und Polei gewürzten Weins an den Mund, als er die Ritter aus dem Wald kommen sah. Sie ritten kräftige Pferde und waren nur mit leichten Kettenhemden über ihren Röcken gerüstet. Keine Helme, keine Panzerbeinlinge. Der Kaufmann seufzte erleichtert. Sicher die Mannen des Zollers. Höflich verneigte er sich, als sie näher kamen. Doch sie ritten nicht vorbei, wie er es erwartet hatte. Sie kamen direkt auf ihn zu und zügelten dann ihre Rösser. Mit fremdem Akzent fragte Isac Elias die Ritter nach ihrem Begehren.

»Um einer holden Jungfrau zu dienen, hoffen wir, edlen Stoff von blauer Farbe bei dir zu finden«, sagte der kräftig gebaute Ritter mit braunem Haar und blässlich blauen Augen, der den anderen vorangeritten war. Die vier Ritter hatten den Händler nun von allen Seiten umschlossen, doch Isac Elias versuchte, sich seine Unruhe nicht anmerken zu lassen.

»Ich hätte da schon etwas, das einer Jungfrau gar prächtig anstehen würde. Herrlich glänzenden Atlas...«

Der Ritter unterbrach ihn ungeduldig. »Dann hol ihn her, worauf wartest du noch?«

Der Kaufmann zögerte einen Augenblick und wagte leise einzuwerfen: »An wie viele Ellen hättet Ihr denn gedacht? Der Stoff ist aus dem fernen Arabia und kostet einige Münzen.«

Der kräftige Hüne hinter ihm, der an der linken Hand nur noch vier Finger hatte, lachte dröhnend. Isac Elias zuckte erschreckt. Sein Magen krampfte sich zusammen, seine Hände wurden schweißnass. »Ich hole Euch sofort, was Ihr wünscht«, beeilte er sich zu sagen, kletterte auf den Wagen und zerrte unbeholfen einen Ballen hervor. Rasch entfernte er den braunen Schutz und enthüllte das herrlich blaue Gewebe.

»Ich schneide Euch zehn Ellen ab. Vielleicht hättet Ihr mir dafür drei Mark Silber?«

Otto von Ringelstein-Killer trieb sein Pferd an den Karren und entriss dem Händler den Tuchballen. »Soll doch die Jungfrau selbst entscheiden, wie viel Ellen sie für ihr Gewand haben möchte!«
»Hast du auch Scharlach für enge Beinlinge?«, fragte der untersetzte Ritter mit dem mausgrauen Haar.
Isac Elias schüttelte den Kopf.
»Er will uns belügen«, empörte sich der Zollernsohn, ritt an den Wagen heran, zog sein Schwert und schlitzte das Wachstuch auf.
Der Händler stieß einen Schrei aus. »Herr Ritter, so haltet doch ein, ich habe Euch die Wahrheit gesagt. Ich bitte Euch! War nicht der Ruf der Zollernlande immer ehrenvoll hochgehalten? Unterschied er sich nicht voll Stolz von den finsteren Räubern rundherum? Nur so setzt jeder ehrliche Kaufmann gern seinen Fuß auf zollerischen Boden und bringt den Städten des Grafen Reichtum.«
»Ehrlicher Kaufmann?« Eberhard von Ringingen stürzte sich geradezu auf diese Worte. »Wir sind noch nicht blind! Ein elender, schmieriger Jude bist du.«
Isac Elias ballte die Fäuste, doch seine Stimme blieb ruhig. »Jude ja, Herr, doch ein ehrlicher und weit gereister Kaufmann ebenso. Wir beten mit unterschiedlichen Worten zu demselben, einen Gott im Himmel.« Isac Elias schwitzte. Er wand sich. Geradezu körperlich fühlte er den wachsenden Hass. »Ich bin ein einfacher Kaufmann. Vielleicht sollten wir die schwierigen Fragen der Religion den Gelehrten überlassen.«
Otto von Ringelstein-Killer schnaubte unwillig und drängte sein Pferd nun ebenfalls an den Wagen. »Und doch behängst du dich mit dem heidnischen Zeug, trägst dieses dumme Käppchen auf dem Kopf und dein Haar so lächerlich.«

Er zog sein Schwert und wischte mit einem flinken Streich dem Juden die Kappe vom Kopf. Isac Elias versuchte sie aufzufangen, doch er konnte sie nicht erreichen, so dass sie in hohem Bogen in den Dreck flog.

»Willst du sie nicht wieder aufheben?«, höhnte der Ritter und schlug dem Juden die flache Klinge so heftig auf den Rücken, dass Isac Elias das Gleichgewicht verlor und kopfüber von dem hochrädrigen Wagen fiel. Es gelang ihm zwar, den Kopf einzuziehen, doch er schlug so unglücklich mit Schulter und Arm gegen einen Felsbrocken, dass das Gelenk aus seiner Pfanne sprang. Der Kaufmann heulte auf vor Schmerz, der Ritter von Ringelstein-Killer lachte. Mühsam rappelte der Jude sich auf. Er wusste, dass er verloren hatte, seine Stoffe, seinen Karren, seine Ochsen. Doch vielleicht konnte er sein Leben und den Beutel unter seinem Gewand noch retten. Stöhnend vor Schmerz, den Arm seltsam abgewinkelt, rannte er über das brachliegende Feld in Richtung Kloster. Vielleicht würden sie ihn gehen lassen? Vielleicht würden die Nonnen ihn einlassen? Er hörte die Hufe der Pferde, das Schnauben der Rösser ganz nah, doch er drehte sich nicht um.

»Ja, schauen wir mal, wie schnell so ein Jude laufen kann«, jauchzte Eberhard von Ringingen und folgte dem Merkenberger und dem Ritter Otto. Ausgelassen stoben die Ritter auf ihren schweren Kampfrössern an dem Kaufmann vorbei, schlugen ihm auf Rücken und Hintern, wenn sie an ihm vorbeigaloppierten, rissen die Pferde herum und trieben sie wieder auf ihn zu, während der fremdartige Mann ächzend und nach Luft schnappend um sein Leben rannte. In seinem Übermut beugte sich der Grafensohn ganz tief herab und stach Isac Elias in die Wade. In vollem Lauf knickte er ein, überschlug sich und blieb dann zusammengekrümmt liegen.

»Verflucht, verflucht seid Ihr alle!«, jaulte der Kaufmann und rappelte sich auf, als Otto von Ringelstein-Killer mit seinem Pferd über ihn hinwegsetzte.
Der Jude duckte sich nicht tief genug. Der beschlagene Hinterhuf des schweren Rosses traf seinen Kopf mit solcher Wucht, dass von der Schläfe bis zum Hinterkopf ein riesiges Loch klaffte. Ohne einen weiteren Laut von sich zu geben, sackte der Tote zusammen. Helles Blut, Knochensplitter und graue Gehirnmasse ergossen sich über den feuchten Ackerboden und die zarten Frühlingskräuter. Eine Novizin, die voll Neugier die Pforte einen Spalt weit geöffnet hatte, schlug die schwere Tür wieder zu und verriegelte sie geräuschvoll.
»Habt Ihr Eure Jagd erfolgreich beendet?«, begrüßte Swenger von Lichtenstein die anderen Ritter, als sie zu dem Karren des Juden zurückkehrten.
»Sehr erfolgreich!«, pflichtete ihm der Merkenberger bei und hielt ihm ein klimperndes, wohl gefülltes Säckchen unter die Nase.
Swenger, der inzwischen den Inhalt des Wagens untersucht hatte, deutete auf zwei Päckchen. »Ich würde gern diese Stoffe an mich nehmen. Ein neues Wams, farbige Beinlinge und einen Mantel würden mir gar gut tun. Ich hoffe, das ist auch in Eurem Sinn – selbst wenn an meinem Schwert kein Judenblut klebt.«
Der Merkenberger nickte großzügig. »Nehmt Euch nur, der Rest kommt in die Kammer – außer natürlich der blaue Stoff. Den werde ich dem blonden Fräulein höchst persönlich überbringen.«
»Sie wird es Euch danken und von Eurer Heldentat höchst beeindruckt sein«, murmelte der von Lichtenstein und schwang sich wieder in den Sattel.
»Wie meint Ihr das?«, fragte der Zollernsohn und trieb sein Pferd an dessen Seite.

»Dass die Weiber sehr viel stolzer ihr Gewand tragen können, wenn sie wissen, dass es mit Blut befleckt und in heldenmütigem Kampf errungen ist, und nicht etwa durch bloßen Handel in die Hand des Ritters geriet.«
Friedrich von Zollern zog ein säuerliches Gesicht. »Wollt Ihr Euch auf die Seite eines dreckigen Juden stellen?«
Swenger grinste breit. »Dreckig ist der Tote nun ganz sicherlich, und ich würde nichts weniger wollen, als meine letzten heilen Beinlinge mit seinem Blut zu tränken. Drum stelle ich mich nicht an seine Seite, wenn Ihr erlaubt.«
Grummelnd stieß der Merkenberger seinem Ross die Sporen in die Seite und jagte davon. Mit seinem frechen Mundwerk war der nur um wenige Sommer ältere von Lichtenstein ihm einfach überlegen. Es juckte den Zoller, dem weibischen Kerl eine Tracht Prügel zu verpassen. – Und seine letzten heilen Beinlinge im Kot zu wälzen!

✠ ✠

»Oh, wie herrlich!«, rief Tilia aus, als der Merkenberger ihr den glänzenden Seidenstoff zu Füßen legte.
»Und das alles soll für mich sein?« Ungläubig strich sie über den tiefblauen Stoff aus dem fernen Lande. »Sieh nur, Gret! Wir werden einen prunkvollen Surcot daraus nähen und einen Umhang und Handschuhe.«
Die Magd brummte nur und senkte den Blick auf ihre Flickarbeit.
Der Merkenberger grinste spöttisch. »Vielleicht hätte Eure Magd ja auch gern ein neues Hemd? Vielleicht findet sich ja etwas ihr Angemessenes.«
Tilia strahlte den Zollernsohn an, doch die steilen Falten auf Grets Stirn vertieften sich.
»Wie ich sehe, hat der stolze Zollernritter den Geschmack

der Jungfrau getroffen«, mischte sich Swenger von Lichtenstein ein, der mit lässigem Schritt heranschlenderte. »Welch große Heldentat hat er verbracht, um Euch das edle Blau zu Füßen zu legen. Das Blau der unverwandelbaren Treue, nein, wie schön. Man sollte eine Ballade darüber dichten. Und seht nur, holde Jungfrau, der Ritter kommt heute ganz in Rot und Gelb daher: heller Minnebrand und« – er machte eine bedeutungsvolle Pause – »beglückte Liebe! Ich denke, ich werde meine Laute holen und ein wenig den hohen Worten und Reimen nachjagen.«
Tilia schoss die Röte ins Gesicht, während sich die Miene des Zollernsohnes verfinsterte.
»Ihr irrt, Swenger von Lichtenstein, wenn Ihr meint, er trüge die Farben meinetwegen«, beeilte sie sich, ihm zu versichern.
»Da bin ich aber erleichtert«, spöttelte er, und in seinen blauen Augen tanzte der Schalk. »Andernfalls wäre ich untröstlich, Jungfrau Tilia, und müsste mich in Trauer und Leid versenken.«
Ihr entging nicht, dass er dem Wort »Jungfrau« eine besondere Betonung beimaß. Plötzlich war ihr die Gesellschaft des Merkenbergers unangenehm, so erhob sie sich, nahm den Stoffballen, verabschiedete sich höflich von dem Zollernsohn und schritt mit Swenger dem Palas zu.
»Ich werde mich später gern zu Euch gesellen, um zu hören, wie Ihr mit Eurer Ballade vorankommt«, hörte der Merkenberger die Wehrsteintochter im Weggehen sagen. Mit einem unwilligen Knurren flegelte er sich neben Gret ins frischgrüne Gras.
»Sie hat einen Narren an dem eitlen Faun gefressen«, murmelte er ärgerlich. Gret nähte emsig, bis der Ritter seine schwere Hand auf ihren Arm legte.
»Du kennst deine Herrin besser als sonst eine Magd ihre

Herrschaft. Sprich, täusche ich mich, oder ist ihr Herz in heißer Liebe zu dem Ritter entbrannt?«
Gret versuchte, die kräftige Hand abzuschütteln. »Ich weiß nichts dergleichen«, antwortete sie gepresst, doch so schnell ließ sich der Zollernsohn nicht abschütteln. Er legte den Arm um ihre Taille und zog sie ein Stück näher.
»Spiel mir nicht das unschuldige Blümchen! Es gibt da so manches, das mich dringend interessieren würde.«
An Flicken war nun nicht mehr zu denken. Widerstrebend ließ sich Gret einiges entlocken, das dem Grafensohn bis zum Abend genug Stoff zum Grübeln lieferte.

✠ ✠

Als Tilia mit blauem Atlas und Neuigkeiten beladen in die Kemenate trat, überraschte sie den Graf bei seiner Tochter. Er saß an ihrem Lager und hielt ihre Hand. Die Spuren von Tränen in ihrem bleichen Antlitz waren nicht zu übersehen. Das Gesicht des alten Grafen war von Sorge gezeichnet.
»Oh, verzeiht!«, murmelte Tilia, knickste und wollte sich wieder zurückziehen, doch der Graf winkte sie heran.
»Kommt her, mein Kind, und nehmt Euch einen Schemel. Helft mir, Williburgis aus ihrem Trübsinn zu reißen und ein Lächeln auf diese zarten Wangen zu zaubern.«
Es war nicht zu übersehen, dass die Seele der Grafentochter wieder einmal durch finstere Täler wanderte, von Dämonen gepeinigt, vom schweren Gewissen niedergedrückt. Zwei prüfenden Augenpaaren ausgesetzt zu sein war der Grafentochter sichtlich unangenehm. Hastig wischte sie sich die Tränenspuren von den Wangen und versuchte sich an einem Lächeln. Der Graf strich weiterhin sanft über die schmale Hand, die fast in der seinen verschwand. Verstohlen ließ Tilia den Blick zwischen Vater und Tochter hin und her wan-

dern, während sie fröhlich plaudernd von den wundervollen Stoffen schwärmte, die die Ritter mitgebracht hatten. Mit Bedauern nahm sie in Gedanken von ihrem Umhang Abschied und bot der Grafentochter Atlas für einen Rock an. Sie sprach von den Borten und Stickereien, die sie anbringen würde, doch hinter dem oberflächlichen Geplapper fühlte sie sich von der überwältigenden Zärtlichkeit berührt, die aus des Grafen Blick sprach, wenn er ihn über seine Tochter wandern ließ.

Wie viel wusste der Graf von Williburgis' tiefer Verzweiflung? Vom Grund ihrer Trübsal?, fragte sich Tilia. Sicher nichts. Er sah sie an, als sei sie die Heilige Jungfrau. Tilia schauderte plötzlich. Was würde passieren, wenn er erführe, dass die Heilige von einem Mann entweiht worden war? Dass die Frucht der Sünde tief unter den stinkenden Abfallbergen der Burg begraben ruhte? Er würde ihn in Stücke reißen, den Sünder, den Frevler, da war sich Tilia sicher. Doch was würde er mit der gefallenen Tochter tun?

»Vater, lasst mich nach Stetten gehen«, sagte Williburgis plötzlich so leise, dass Tilia sich nicht einmal sicher war, die Worte vernommen zu haben.

»Wenn es dich deine Ruhe wiederfinden lässt, warum nicht«, antwortete der Vater sanft. »Nimm das Fräulein von Wehrstein mit und zwei der Ritter zum Schutz, dann könnt ihr morgen den Tag im Gebet verbringen.«

Williburgis schüttelte langsam den Kopf »Ich möchte nicht zum Gebet dorthin. Ich meine, nicht nur morgen«, verbesserte sie sich hastig, als ihr Vater fragend die Brauen hob. »Lasst mich den Schleier nehmen, ich bitte Euch.«

Der Graf sah aus, als habe man ihm mit einem Prügel auf den Kopf geschlagen. Er wurde totenblass, seine Hände verkrampften sich. Bevor sich Tilia über diese heftige Reaktion wundern konnte, antwortete er genauso ruhig wie immer, so dass sie später dachte, sie müsse sich wohl getäuscht haben.

✠   ✠

»Wart Ihr bei der Beichte?«, fragte der Zollernsohn lässig, als er Swenger von Lichtenstein aus der Kapelle treten sah. »Das hat sicher eine ganze Weile gedauert, bis Ihr die Absolution bekommen habt, bei der Schwere Eurer Sünden! Oder hat Euch Bruder Laurenz gleich nach Konstanz verwiesen?«
Ritter Swenger grinste den Merkenberger an. Noch hielt er seine Worte für eine der üblichen Plänkeleien, doch als der Grafensohn fortfuhr, erstarrte sein Lächeln.
»Wisst Ihr«, raunte der Merkenberger und trat so nahe an ihn heran, dass er dessen Atem spüren konnte, »Ihr wärt nicht der Erste, der für solch einen Frevel an Gottes Geboten den Scheiterhaufen besteigt.«
Swenger wusste nicht, wie der Bischof dazu stand, welche Strafe er wirklich zu befürchten hatte, doch dass seine Ehre am Wohlwollen des Merkenbergers hing, das war ihm klar. Wer hatte ihn verraten? War er beobachtet worden? Vielleicht vermutete der Grafensohn ja nur etwas und wollte ihm nun ein Geständnis entlocken. Neuen Mut schöpfend, zwang Swenger sich zu einem Lächeln.
»Ich glaube nicht, dass der Bischof solch harte Strafen verhängt, wenn ein Ritter der Minne frönt und einer edlen Jungfrau Verse dichtet. Ich kann mich nicht rühmen, von der Holden erhört worden zu sein.«
Der Merkenberger schnaubte verächtlich. »Streut mir keinen Sand in die Augen. Ich weiß wohl, dass Ihr der Wehrsteinerin nachstellt, um von Euren wahren Neigungen abzulenken. Ist es nicht so, dass Ihr kräftige Lenden den weiblichen Rundungen vorzieht?«

Swenger lachte spöttisch, obwohl sich sein Magen plötzlich zusammenzog. »Welch bösen Spaß treibt Ihr da mit mir? Habe ich in Eurem Revier gewildert, dass Ihr mir nun zürnt?«

Nun zuckte der Zollernsohn zusammen. »Pah, das ist es nicht. Dennoch solltet Ihr Euch in Zukunft von der Wehrsteinerin fern halten. Ich habe meine eigenen Pläne mit ihr. Überlegt es Euch gut, denn wenn Ihr Euch mir noch länger in die Quere stellt, dann könnte es sein, dass ich über Euer sündhaftes Tun zu meinem Vater und zum Bischof sprechen müsste.«

KAPITEL 24

Tilia saß auf einer Bank im Hof und bestickte einen der neuen glockenförmigen Ärmel aus blauem Atlas mit silbernen Ranken, als Swenger sich mit seiner Laute zu ihr gesellte.
»Mir fällt nichts mehr ein«, stöhnte er und verdrehte gequält die Augen.
Tilia schmunzelte. »Habt Ihr alle Eure Heldentaten schon besungen?«
»O ja, mehrmals.« Er zuckte in komischer Verzweiflung die Schultern. »Wie soll ich neuen Stoff bekommen, wenn der große Krieg so lange auf sich warten lässt?«
Tilia biss den Faden ab, rollte einen neuen von der Spule, kniff ein Auge zu und fädelte ihn in das Ohr der verbogenen Nadel. »Dann singt doch über einen anderen Helden. König Artus oder Parzival oder Tristan.«
Swenger schnaubte unwillig. »Nein, das haben schon so viele getan. Ich kann die Lieder gar nicht mehr zählen, die über diese gedichtet wurden. Ehre, wem Ehre gebührt, doch man kann auch übertreiben!«
Tilia kicherte. »Wie wäre es mit einem Lied über unglückliche Liebe?«
Der Ritter strich über die Saiten und lauschte den Klängen, bis der Wind sie verwehte.
»O ja, ein Ritter, mutig und stark, er entbrannte in heißester Minne zu einem blonden Fräulein fein. Ihre Augen waren so blau wie der Mittagshimmel an einem Sommertag, und ihr Lächeln war wie –«

Er stockte. »Ja, wie? Mir will es nicht einfallen.« Grübelnd legte er die Stirn in Falten, während Tilia eine silberne Rosenknospe stickte.

»Dann eben anders.« Er schlug erneut die Saiten an. »Ihre Lippen waren wie die Rosenknospen, vom Sommertau benetzt.«

Tilia lauschte seiner Stimme. Flink glitt die Nadel durch den herrlich blauen Stoff, und sie freute sich darauf, die Ärmel an den Rock zu nesteln und sich in all dieser Pracht dem Ritter zu zeigen. Obwohl es mild war, schauderte sie beim Klang seiner Stimme, und obwohl sie still dasaß und nur die Finger ihre Arbeit taten, ging ihr Atem rascher, und ihr Herz klopfte wie wild. Sie sah ihn von der Seite an und bemerkte plötzlich Dinge, die sie noch nie gesehen hatte. Er hatte wunderschöne Wimpern, lang und dicht, seine Lippen waren voll und gleichmäßig, seine Hände lang und schmal. Wie es wohl wäre, von solchen Händen liebkost zu werden? Von solchen Lippen geküsst? Eine Weile ließ Tilia sich in einen erregenden Tagtraum sinken. Was da plötzlich in ihr erwachte, konnte nur von tiefer Sünde sein. Glühende Röte schoss ihr ins Gesicht. Swenger ließ die Laute sinken und sah das Mädchen fragend an.

»Ich habe nur gerade etwas gedacht«, stotterte sie und errötete noch mehr.

Swenger lächelte sie an, doch dieses Mal war kein Spott dabei. »Zu gern würde ich Euch fragen, was das denn war, doch etwas in mir raunt mir zu, dass Ihr mir's nicht sagen würdet.«

Tilia senkte den Kopf, doch Swenger legte seinen Zeigefinger unter ihr Kinn und hob es langsam an, bis sie ihm in die Augen schaute.

»Ja, die Augen, wie das Sommerblau des Himmels und die Lippen wie knospende Rosen. Noch sind sie geschlossen, doch sie werden bald in heißer Minne erblühen.«

Es kam über sie wie ein Blitz. Plötzlich verstand sie Anna, wie sie sich auf ein solch sündiges und gefährliches Tun hatte einlassen können, und sie begann zu ahnen, wie sehr die Schwester danach hatte leiden müssen. Die Peitschenstriemen hatten vielleicht den geringsten Schmerz verursacht.
Tilia sah den Merkenberger aus dem Palas treten und zuckte zusammen. Der Bann war gebrochen. Swenger ließ die Saiten erklingen und brütete über den nächsten Zeilen, während Tilia die Rosenknospe mit Stiel und Blättern versah. So saßen sie noch lange beieinander, doch sie sprachen nur von Unverfänglichem.
Am Abend zogen dichte Wolken auf, und es begann zu regnen, doch in Tilias Gemüt blieb es weiter wolkenlos und strahlend sonnig.

✠ ✠

Auf Wehrstein prasselte der Regen auf das undichte Dach der Küche, sammelte sich in kleinen Rinnsalen, floss die moosigen Schindeln herab und platschte dann auf den morastigen Hof. Die Mägde hatten Eimer aufgestellt, um den gestampften Lehmboden trocken zu halten, doch die Feuchtigkeit drang durch jede Ritze. Es roch nach Schimmel und Moder, nach saurer Milch und nassem Holz. Lustlos rührte das Küchenmädchen Apollia dickes Gerstenmus im Kessel um, damit es nicht anbrennen konnte, während die Köchin schweigend einen Berg schrumpeliger Äpfel von fauligen Stellen und den Resten längst entwichener Maden befreite. In einer trockenen Ecke kauerte die klumpfüßige Maria und flickte fleckige, zerschlissene Hemden. Ohne von ihrer Arbeit aufzusehen, plapperte sie in einem fort unsinnige Worte und wiegte ihr jüngstes Enkelkind auf ihren Knien. Ihre leisen Worte mischten sich mit dem Rau-

schen des Regens und dem Knistern der Flammen zu einem einschläfernden Reigen. Der Hausherr und seine Mannen saßen im Saal beim Kartenspiel beisammen oder würfelten, doch so recht wollte keine fröhliche Stimmung aufkommen. Draußen stiegen Nebelschwaden aus dem Neckartal auf, und obwohl es längst Tag war, wollte die trübe Düsternis nicht weichen. Es war, als würde ganz Wehrstein in tiefem Schlaf versinken. Selbst die Wächter dösten vor sich hin und bemerkten die fremden Reiter erst, als sie die Zugbrücke schon fast erreicht hatten. Rot und silbern war ihre Helmzier, und da schallte auch schon eine kräftige Stimme über den Graben:
»Graf Burkhard von Hohenberg fordert seinen Lehensmann Hildebolt von Wehrstein auf, ihn gebührend zu empfangen!«
Wie von einem Donnerschlag aus dem tiefsten Schlaf gerissen, war der Hof kurz darauf mit Leben erfüllt. Pferde wieherten und schüttelten ihre nassen Mähnen, dass die Tropfen nach allen Seiten stoben, Knechte eilten herbei, um den edlen Rössern die Sättel abzunehmen, sie trocken zu reiben und im Stall mit Heu und Hafer zu versorgen. Dazwischen rannten lachend und kreischend die Kinder umher, die sich vorher wer weiß wohin verkrochen hatten. Hunde bellten. Der kleine Cum sauste in die Küche, doch die Neuigkeit war ihm bereits vorausgeeilt. Schon loderte das Feuer auf, als solle ein ganzer Ochse gebraten werden. Adelheid hatte alle Trägheit abgestreift und scheuchte Trützun und Apollia, dass die beiden nicht mehr wussten, womit sie eigentlich anfangen sollten. Das derbe Weib des Hausherrn begrüßte derweil die hohen Gäste und versorgte sie mit trockenen Gewändern. In der Küche nahmen die Speisen langsam Gestalt an, und der Duft von gebratenem Geflügel, Speck und Zwiebeln mischte sich mit dem beißen-

den Rauch, der sich in dichten Wolken unter den Dachsparren sammelte.

»Sie ruht in Frieden in der Gruft«, erklärte der Ritter von Wehrstein das Fehlen seiner Gattin. Zum ersten Mal war ihm das Kebsweib an seiner Seite unangenehm. Wortlos betrachtete Burkhard von Hohenberg das grobe Weib. Einst mochte ihr Gewand teuer gewesen sein, doch nun waren die Farben von Sonne und Waschtrog gebleicht und spannte sich unvorteilhaft um die speckigen Arme und den tonnenförmigen Leib. Sie hielt den Kopf erhoben wie eine Königin, der guten Sitten jedoch schien sie entweder nicht mächtig, oder sie verstieß bewusst gegen diese. Dennoch griff der Besucher höflich an die Tasselschnur seines Mantels und neigte den Kopf, wandte sich dann jedoch dem Ritter zu, um in seinem Namen und dem seiner Männer für die freundliche Aufnahme auf Wehrstein zu danken.

Es dauerte noch eine ganze Weile, bis sich die Männer, nun trocken und gewärmt, über ein deftiges Mahl hermachen konnten. Graf Burkhard aß schnell und viel. Er richtete ein paar artige Worte an des Wehrsteiners Kebsweib, gab eine kurze Anekdote zum Besten, blieb ansonsten jedoch einsilbig. Anders als sein Bruder war er kein Mann schöner Worte. Den Grund seines unerwarteten Besuches offenbarte er dem Wehrsteiner erst, als die beiden Männer sich in des Hausherrn Kammer, in der der Gast nächtigen sollte, zurückgezogen hatten.

»Ihr habt nicht für alle Ländereien Euren Lehenszins bezahlt«, eröffnete der Hohenberger die Unterredung, auf höflich einleitende Floskeln verzichtend.

Hildebolt von Wehrstein hob entschuldigend die Hände. Es war nicht das erste Mal, dass er einen Teil seiner Schuld erst nach der nächsten Ernte begleichen konnte. »Ihr wisst, die

Burg ist groß, an allen Ecken und Enden muss gebaut werden, die Ernte war nicht wie erwartet...«
Mit einem ärgerlichen Laut schnitt Burkhard ihm das Wort ab. »Erspart mir die üblichen Reden. Ich habe auf meiner Reise derer genug erduldet.«
Er schritt zur Tür und rief nach dem Schreiber, den er aus Haigerloch mitgebracht hatte. Zwei zerfledderte, in Schweinsleder gebundene Bücher und eine dicke Mappe voller Urkunden und Verträge unter dem Arm, kam der dürre Mann, der einst die niederen Weihen empfangen hatte, die Treppe herauf. Mit wichtiger Miene verbeugte er sich tief vor seinem Herrn und vor dem Ritter. Er wusste, dass nicht nur Herzöge und Grafen auf Ehrbezeugungen Wert legten. Auch das hatte er in seiner Zeit im Palast des Bischofs in Konstanz gelernt. Darüber hinaus konnte er gut rechnen, sauber schreiben und kannte sich mit dem Zehntquart, Stol- oder Bannalgebühren aus. Sicher wäre er von Konstanz nicht weggegangen, wenn ihm nicht die Sache mit diesem vermaledeiten Weib passiert wäre. Nicht dass es in diesen Kreisen so eng gesehen wurde, doch man munkelte, er wäre dem Bischof selbst in die Quere gekommen. So hatte es sich im vergangenen Jahr ergeben, dass er gen Norden gezogen und bei den Grafenbrüdern von Hohenberg gelandet war. Nun rechnete er weltliche statt kirchliche Abgaben, doch sonst hatte sich seine Arbeit nicht geändert.
Der Schreiber fuhr mit seinem Finger an Zahlenkolonnen entlang und las mit monotoner Stimme die Schulden an Getreide und Schweinen, Hühnern und Wein und deren Wert in Schillingen vor.
Längst nicht alle Grafen ließen so ordentlich Buch führen. Genau genommen waren die Hohenberger im Schwabenland eine Ausnahme. Als der Schreiber fertig war, herrschte einige Augenblicke Stille.

Hildebolt von Wehrstein hob hilflos die Arme. »Und wenn Ihr unsere Scheunen plündert und all unser Vieh wegtreibt, so viel werdet Ihr nicht zusammenbekommen. Die Suche nach Gold- und Silbermünzen könnt Ihr Euch gar sparen. Wartet bis zur Ernte, dann werdet Ihr Euren Teil bekommen.«

Die Miene des Grafen verfinsterte sich. »Der König braucht Geld – jetzt!«

»Der König, der König!«, eiferte sich der Hausherr. »Wann braucht der Habsburger mal kein Geld? Er trägt es nach Böhmen, er trägt es nach Savoyen...«

»...und er trägt es nach Württemberg«, ergänzte der Hohenberger. »Es ist eine neue helle Zeit angebrochen. Es soll Frieden herrschen auf den Straßen, dass Händler fahren und Waren aus aller Herren Länder unsere Städte zum Blühen bringen. Es ist zu unser aller Vorteil, den Rittern, die diesen Namen nicht verdienen, auf ihren Raubnestern das Handwerk zu legen.«

»Brav gelernt«, spottete der Wehrsteiner und ließ sich auf einen Hocker fallen. »Hat der Habsburger nicht selbst so gehaust, bevor er in Aachen die Krone erhielt?«

In des Hohenbergers Miene spiegelte sich Zustimmung. »Wer fragt schon nach der Vergangenheit? Jedenfalls ist er unser König und fordert seinen Tribut.«

»Wird er nach Schwaben kommen?«

Burkhard sank schwerfällig auf die Bettstatt und kratzte sich dann ausgiebig den Bart. »Noch hält der Württemberger still, leckt seine Wunden und hegt seinen Zorn – bis Ulm.« Ein schlaues Lächeln huschte über sein Gesicht. »Bis Ulm, ja, da wird er wohl ruhig bleiben, doch dann? Was glaubt Ihr, Ritter? Es könnte wohl möglich sein, dass er dann Richtung Hohenberg zieht. Werdet Ihr dann mit Euren Mannen an der Seite Eures Lehensherrn stehen?«

Hildebolt von Wehrstein dachte an den Zollernsohn, der in dieser Kammer ihm die gleiche Frage gestellt hatte. »Wenn Gott der Herr es so bestimmt hat«, antwortete der Lehensmann ausweichend.
Der Hohenberger sprang vom Bett auf und richtete sich vor dem Ritter auf. »Das ist mir als Antwort zu wenig – Vasall!«
Hildebolt von Wehrstein hielt dem Blick stand und schwieg. So maßen sich die beiden Männer stumm. Der Schreiber räusperte sich nervös.
»Glaubt Ihr, der Zoller würde sich an Eurer Tochter vergreifen?«, fragte Burkhard von Hohenberg spöttisch.
Der Hausherr sah ihn mit großen Augen an.
»Im Gegensatz zu Euch kennt sie ihren Platz«, sprach er weiter und weidete sich am Erstaunen des Ritters. »Sie schreibt eifrig Briefe an Graf Albert, um Zollern in des Königs Arme zurückzuführen.«
Hildebolt von Wehrstein sackte zusammen. Am nächsten Morgen, als die Mannen des Hohenbergers über die Zugbrücke von dannen zogen, hatten sie nicht nur zwei edle junge Pferde, einige Säcke Korn und ein kleines Säckchen Gulden im Gepäck. Auch das Versprechen eines Vasallen konnte Burkhard seinem Bruder nach Haigerloch mitbringen.

✠   ✠

An diesem Tag musste die Mutter Oberin erst einen strengen Blick in die Runde werfen, ehe das Summen und Tuscheln verstummte. Heute war ein besonderer Tag. Ein neues Mitglied würde in die Gemeinschaft des Klosters Stetten unterhalb des Zollers aufgenommen werden, sollte von heute an Braut Christi und Schwester sein. Ernst hatte die Anwärterin ihr Herz während der Novizenzeit geprüft, streng hatte die Mutter Oberin ein Auge auf sie gehabt, doch nun sollte Küngund Hellgraf dazugehören. Sie würde alles ablegen, was sie noch besaß, alles, was sie an ihre Kindheit und Familie erinnerte. Sogar ihren Namen. Schwester Juliana sollte sie nun heißen. Juliana, nach der tapferen Jungfrau, die vom eigenen Vater dem Gericht übergeben worden war, die der eigene Bräutigam der Marter überantwortet hatte. Doch sie war fest im Glauben geblieben, hatte die Qualen ertragen, bis sie endlich enthauptet worden war, ihr Körper verdarb und ihre Seele befreit zum Himmel aufsteigen konnte.

Das ganze Konvent kam, um sie zu ihrer Hochzeit abzuholen. Voran schritt Schwester Anna, das schwere Kreuz in den Händen. Dann folgten die Novizinnen und Schwestern, die jüngsten als Erste. Die Mutter Oberin ließ sich von Schwester Ruth stützen. So schritten sie durch den Kreuzgang bis zur Kirche. Ihre hellen Stimmen schwangen sich zum grau verhangenen Himmel empor: »Veni creator«. Sich in zwei Reihen teilend, warteten sie auf die Professin, die von zwei Chorfrauen, in lange schwarze Mäntel gehüllt, getragenen Schrittes feierlich herangeleitet wurde. Langsam setzte die Prozession ihren Weg bis in den Chor fort. Eine brennende Kerze in der Hand, schritt Küngund Hellgraf zum Altar, die Hochzeiterin, die Jungfrau, die ein Teil derer werden wollte, die dort auf ihren Plätzen ernst dem Hochamt lauschten. Mit verzückter Miene kniete sie nieder. Die Hände gefaltet, die Augen geschlossen, empfing sie den Schleier und die Kommunion, den Leib Christi. Mit einem leichten Lächeln auf den Lippen erhob sich Schwester Juliana und stimmte in den Chor der Schwestern ein.

Die beiden Frauen betraten während des Hochamtes unbemerkt die Kirche, bekreuzigten sich und rutschten dann in die hinterste Bank. Schweigend sahen sie der Zeremonie zu.

Tilia betrachtete die neue Braut Christi. Ob Williburgis gern an ihrer Stelle wäre?, fragte sie sich. Wollte die Grafentochter durch dieses Ansinnen vielleicht dem strengen Beichtvater entkommen? Aber sprach sie nicht immer mit glühendem Eifer von Vater Laurenz? Wieso konnte sie sich den Zudringlichkeiten des Ritters nicht entziehen, wenn sie seine Aufmerksamkeiten nicht wollte? Notfalls mit der Macht ihrer Brüder oder des Vaters? Liebte sie ihn doch und wollte ihn schützen? Aber warum dann die Bitte, ins Kloster gehen zu dürfen? Das passte alles nicht zusammen. Tilias Gedanken wanderten weit fort von der heiligen Messe, hinauf auf die Burg. Zum zweiten Mal kam ihr der unglaubliche Gedanke, dass der Kaplan hinter all dem Leid stecken könnte.

Doch dann schoss ein Blitz durch ihr Herz. Hoffentlich ist es nicht Swenger von Lichtenstein! Sie errötete, als sie sich eingestand, warum sie das so tief ins Herz traf. Vielleicht würde Williburgis es ihr irgendwann erzählen.

Später nahm sich die Mutter Oberin Zeit, den Gast aus Zollern zu empfangen. Williburgis schloss sorgsam die Tür der spärlich eingerichteten Kammer, ehe sie sich auf die Knie niederließ und die Mutter Oberin anflehte, sie in die Gemeinschaft aufzunehmen. Williburgis schob trotzig die Lippen vor, als die alte Nonne nach dem Grund ihres Begehrens fragte.

»Gott der Herr und die Heilige Jungfrau wissen von meinen Sünden«, war das Einzige, was Williburgis zu entlocken war.

»Ist der Graf mit deinem Wunsch einverstanden?«

Mit Tränen in den Augen schüttelte das Mädchen den Kopf. Die Alte lächelte gütig, doch voller Bedauern. Nein, gegen den Willen des Grafen konnte sie seine Tochter nicht bei sich behalten. Doch vielleicht würde ein Gespräch zwischen Mutter und Tochter einiges klären?

Die Mutter Oberin ignorierte das entsetzte Kopfschütteln der Bittstellerin und ließ Schwester Udelhild, ehemals Gräfin von Zollern, rufen. Auf den Arm einer der Nonnen gestützt, verließ die Äbtissin die Kammer. Da standen Mutter und Tochter und sahen sich schweigend an, als wären sie einander fremd.
Schwester Udelhild betrachtete ihre Tochter aufmerksam. Sie wirkte zerbrechlicher denn je, doch ihre Augen strahlten ein fast unheimliches Wissen aus. Das Wissen um das Böse in der Welt. Was war geschehen? Sie hatte ihre Unschuld verloren! Nicht nur ihr Körper. Auch in ihrem Geist und ihrem Gemüt hatte sich die Last der Erkenntnis ausgebreitet. Und warum? Weil sie, Udelhild, Gräfin von Zollern, sie allein gelassen hatte, um ihren eigenen Frieden zu finden. Vom schlechten Gewissen getrieben, zog sie die Tochter in ihre Arme. Wie konnte sie dereinst vor Gott den Herrn treten und hoffen, Vergebung zu finden? Mit jedem Wort, das dem Mädchen über die Lippen kam, wurde ihr Herz schwerer. Die Last, die sie einst auf Zollern zurückzulassen gehofft hatte, drückte sie erneut zu Boden.
Während Williburgis im Gemach der Oberin weilte, schlenderte Tilia durch den Kreuzgang und ließ den Blick über die hohe, gewölbte Decke wandern.
»Geliebte Schwester, ich freue mich, dass du zu Besuch kommst«, hörte sie plötzlich die Stimme eines Kindes, fuhr herum und sah in das schmale Gesicht der kleinen Schwester. Sie war bleich, und die rosigen Rundungen der Wangen waren fast verschwunden. Ihr Blick hielt dem Tilias stand, doch wo war das kindliche Leuchten? Wo der Schalk geblieben? Sie lief ihr nicht entgegen, sondern schritt gemessen langsam. Der lange Rock raschelte leise. Doch dann streckte sie ihre Hände aus, umklammerte Tilia und barg

das Gesicht in ihrem Rock. Tilia kniete sich nieder und nahm die rissigen roten Kinderhände in ihre Hände.
»Sie sind alle sehr gut zu mir, und der Herr Jesus liebt mich«, beantwortete sie Tilias Frage, doch sie lächelte nicht. Dorothea erzählte von den Tagen, die sich glichen wie die Schleier der Nonnen. Davon, wie sie sich nachts von ihrem harten Lager erhoben, um in der kalten Kirche den Tag zu begrüßen, vom immer gleichen Morgenmahl, von den Lesungen im Kapitelsaal, von denen sie nicht viel verstand, und von der Arbeit in Küche und Garten, von der Glocke, die zu den Gebeten rief, und vom Gesang der Nonnen. Sie fragte nicht nach Sofie, und Tilia brachte es nicht übers Herz, von der alten Freundin zu erzählen, die auf der Burg mit den anderen Kindern lachend über den Hof lief, sich im Heu versteckte und von der Köchin Leckereien zugesteckt bekam.
»Schlagen sie dich?«, fragte Tilia schließlich und strich über die bleiche Kinderwange.
»Wenn ich den Geboten Gottes nicht gehorche, dann erhalte ich die Strafe, die mir zusteht«, antwortete das Kind hölzern, fügte dann jedoch hinzu: »Schwester Anna ist gemein, sie schlägt immer so fest mit dem Gürtel, auch wenn ich nur ganz wenig Milch verschüttet habe. Und da, wo ich mal bei der Messe eingeschlafen bin, hat das so lange wehgetan! Kannst du mich nicht doch zu deiner Burg mit hochnehmen?«
Tilia schüttelte den Kopf und zog sie wortlos in ihre Arme. Das Kind weinte ein paar Tränen, zog geräuschvoll die Nase hoch und wischte sich dann mit dem Ärmel über das Gesicht.
»Aber weißt du, die Jungfrau Maria und das Jesuskind lieben mich, das hat Schwester Ruth gesagt, auch wenn ich nicht immer ganz brav bin. Und ich komme irgendwann in den Himmel zu all den Heiligen, und dort ist es ganz schön.

Ich muss nie mehr frieren und bin nicht mehr krank, muss mich nicht mehr übergeben und das Essen schmeckt immer wie Naschwerk.« Ein verzücktes Leuchten huschte über das vom Schleier streng umrahmte Antlitz.

»Das ist schön«, flüsterte Tilia, küsste die Schwester und gab sie widerstrebend wieder in die Obhut einer Nonne, die schon einige Zeit geduldig wartend am Ende des Kreuzganges stand.

Am Abend begehrte die Gräfin die Mutter Oberin zu sprechen. Udelhild kniete nieder und hob ihr Antlitz der Äbtissin entgegen. »Liebe Mutter, Gott allein weiß, welch große Schuld ich auf mich geladen habe. Ich werde es mir nie verzeihen!«

»Der Herr ist gnädig! Er wird dir verzeihen.« Die alte Frau sah in das ihr zugeneigte Gesicht, sah die vor Entsetzen geweiteten Augen. Es ist, als sei sie Satan persönlich begegnet, dachte die Alte.

»Willst du mir nicht beichten und dein Herz erleichtern?«, fragte die Äbtissin gütig und griff nach den emporgestreckten Händen.

»Ich habe diesen Weg gewählt, und ich werde ihn bis zum Ende gehen, doch ich schwöre, dies ist das letzte Mal, dass Ihr oder irgendjemand sonst meine Stimme hören werdet. Ich schwöre es bei Gott, der Jungfrau Maria und all den Heiligen im Himmel. Amen.«

»Amen«, sagte auch die Mutter Oberin, doch die Besorgnis in ihrer Miene vertiefte sich.

✠ ✠

Voll Sorge musste Tilia den ganzen Tag an Dorothea denken, doch bis zum Abend hatte sie ihr inneres Gleichgewicht so weit wiedergefunden, dass sie beim Spätmahl im

Saal zwischen Bohnenmus und gebackenem Schweinenacken mit Swenger scherzen konnte. Sie bemerkte nicht, mit welch finsteren Blicken der Merkenberger jeder ihrer Bewegungen folgte, und sah auch nicht die Pfeile voller Gift, die er in Swengers Richtung abschoss. Sie konnte ihre Augen nicht von dem blonden jungen Mann lassen, der so seltsam warme Gefühle in ihr hervorzauberte, wenn er sie mit seinem schalkhaften Lächeln bedachte. Nachts träumte sie wieder von Anna und von der schrecklichen Nacht, in der sie nicht nur Gret an Rüdger, sondern auch ihre ältere Schwester verloren hatte.
Außer dem Merkenberger beobachtete noch ein anderes Augenpaar die zunehmende Vertrautheit. Die Eifersucht brannte heiß in dem jungen von Husen, auch wenn er sich immer wieder sagte, dass er ihrer nie standesgemäß sein konnte. Doch dem weibischen von Lichtenstein musste die holde Wehrsteinerin ihr Herz nun wirklich nicht schenken. Sie war eines Grafen würdig! Verstohlen sah er zu dem jungen Zollernsohn hinüber. Sein Interesse war ihm nicht entgangen. Was er wohl für Absichten hegte? Keine ehrenhaften, jedenfalls. Schließlich war seine Vermählung lang schon beschlossene Sache. Würde er sich dennoch an der Jungfrau vergreifen? Heinrich von Husen spürte einen stechenden Schmerz in seinem Herzen. Er wusste von des Merkenbergers Vorlieben und seinem wenig zarten Umgang mit den Weibern. Sein Blick wanderte zu Otto von Ringelstein-Killer und Walger von Bisingen, die ungeniert mit den schon trunkenen Damen schäkerten.
Ich werde Tilia vor diesen Wölfen schützen!, schwor sich der Jüngling und stürzte zur Bekräftigung seines Schwures einen Becher Wein hinunter.
So sah sich Tilia am anderen Tag und auch an den Tagen die folgten, immer wieder dem ihr lächelnd zugeneigten

Heinrich von Husen gegenüber. Vor allem, wenn sie mit Swenger beisammensaß, tauchte er unvermutet auf, setzte sich in die Nähe und sah sie stumm an. Swengers Grinsen wurde dann noch eine Spur zynischer, und noch häufiger als Tilia brachte er den in Liebe entflammten jungen Mann zum Erröten. Heinrich war stets freundlich und ehrerbietig, doch Tilia zürnte ihm manches Mal seiner bloßen Anwesenheit wegen. Sie ertappte sich dabei, ihn grundlos zu kränken, und schalt sich dann selbst, nicht besser als Benigna oder Salome zu sein. Und dennoch zerrte er an ihren Nerven. So nahm sie ein paar Tage später gerne die Einladung des Merkenbergers zu einem Spaziergang an, denn Swenger war nirgends zu sehen und Heinrich saß schon seit Stunden im Saal neben ihr. Schweigend und mit verliebtem Blick.

»Bleibt ruhig sitzen, lieber Freund«, wies sie ihn zurecht, als er aufsprang, um sie zu begleiten. »Ich glaube nicht, dass ich Grund habe, mich zu fürchten, wenn der Sohn des Grafen mich durch die Burg geleitet.«

Heinrich von Husen lag auf der Zunge, dass sie gerade dann das Schlimmste zu befürchten habe, doch er schluckte die Beleidigung hinunter und sah dem Merkenberger hilflos und zornig nach, wie er Tilia in den nächtlichen Hof hinausgeleitete.

»Wo führt Ihr mich hin?«, fragte sie neugierig und nahm den dargebotenen Arm.

»Das werde ich Euch noch nicht verraten. Es ist eine Überraschung, drum geduldet Euch ein wenig.«

Nur mühsam zügelte sie ihre Neugier und plauderte mit dem Grafensohn. Oft schon hatte er sie in Verlegenheit gebracht, sie in eine Ecke gedrängt, bis sie nicht mehr wusste, was sie sagen sollte, doch heute war er einfach nur heiter. Langsam schlenderten sie über den Hof, doch ihr war, als könne er seine Ungeduld nur mühsam zähmen. Kaum merklich beschleunigte er immer wieder seine Schritte und zog Tilia mit sich.

Was konnte es nachts nur so Wichtiges geben, das keinen Aufschub duldete?, fragte sich Tilia, und plötzlich wurde ihr ein wenig bang. Was der Vater zu diesem ungebührlichen Verhalten sagen würde? Doch der Ritter und Burg Wehrstein waren weit. Gemeinsam überquerten der Grafensohn und die Jungfrau den Hof, schritten über die Brücke, ließen den ersten Vorhof hinter sich und traten durch das finstere Tor unter dem Wehrgang. Der Merkenberger führte sie direkt zu einer der windschiefen Scheunen im vorderen Hof, ließ dann ihren Arm los und entzündete einen Kienspan, den er mitgebracht hatte. Tilias Furcht war inzwischen zu wilder Angst geworden. Nur mühsam konnte sie ihren Atem beherrschen. Am liebsten wäre sie einfach weggerannt, doch ihre zitternden Beine gehorchten ihr nicht. Eine leichtsinnige Närrin schalt sie sich und hörte in ihrem Innern ganz deutlich Grets Stimme, die sie einfältig und naiv schimpfte.

»Kommt, Jungfrau Tilia.« Er bot ihr wieder den Arm. »Ihr seid ja so bleich und zittert gar. Welch dummer Sinn sagt Euch, dass Ihr Euch in meinem Schutz fürchten müsst?«

Sie konnte keinen Unterton heraushören. Ein wenig beruhigt hängte sie sich wieder bei ihm ein. Langsam öffnete er die Tür. Tilia spürte die Anwesenheit der beiden Männer, noch bevor der flackernde Lichtschein sie erfasste. Die Jungfrau schrie entsetzt auf, blieb wie angewurzelt stehen und starrte auf das, was ihre Augen bereits sahen, ihre Gedanken aber erst langsam erfassten. Übelkeit stieg wie eine Welle in ihr hoch. Hastig bekreuzigte sie sich, um ihre Seele vor dem Satan zu schützen.

Die beiden nackten Männer stoben auseinander, einen wüs-

ten Fluch auf ihren Lippen. Schweiß glänzte auf ihren Leibern, verwirrtes Haar klebte auf feuchter Stirn. Swenger von Lichtenstein griff nach seinem Hemd und zerrte es sich ungestüm über den Kopf. Der andere Mann verschwand blitzschnell über den Heuberg und durch eine Lücke in der Wand. Nackt wie er war, rannte er über den Hof davon.
»Jungfrau Tilia, ich bin untröstlich, dass Ihr so etwas sehen musstet«, schnurrte der Grafensohn und fügte selbstzufrieden hinzu: »Swenger von Lichtenstein, Ihr zieht die Würde der Ritter in den Schmutz. Welch schreckliche Sünde!«
Die Blicke der beiden Ritter trafen sich. In dem einen stand Hohn, in dem anderen blanker Hass.
Ein Zittern lief durch Tilias Körper, und als sie merkte, dass ihre Beine ihr gehorchten, drehte sie sich um, hastete aus der Scheune und rannte zur Burg zurück. Tränen rannen ihr über die Wangen. Sie weinte vor Abscheu, vor Enttäuschung und vor verletztem Stolz. Einem schmutzigen Strolch, nicht besser als ein Tier, hatte sie ihr Herz geschenkt.
Lange saß Tilia bei Gret in der Küche und schluchzte. Es dauerte eine Ewigkeit, ehe Gret sich zusammenreimen konnte, was geschehen war, denn Tilias Abscheu war so groß, dass sie den Schrecken nicht in Worte kleiden wollte. Die Magd hob resignierend die Schultern.
»Ist er deshalb ein anderer Mensch als vorher?«, merkte sie leise an.
»Das fragst du noch? Er ist ein unwürdiger Sünder. Einfach nur abscheulich!«, schluchzte Tilia.
»Und er hat deine Eitelkeit verletzt.«
Tilia warf Gret einen wütenden Blick zu. »Wie kannst du ihn in Schutz nehmen? Frag Vater Laurenz, was er davon hält!«
Gret seufzte nur, streichelte beruhigend Tilias Hand und schluckte all die Widerworte, die ihr in den Sinn kamen, herunter. Wer von uns ohne Sünde, der werfe den ersten Stein,

dachte sie, erhob sich, trat an den Ofen und holte einen Krug und zwei Tonbecher vom Bord.

»Und was hatte der Merkenberger dir so Wichtiges zu zeigen?«, fragte Gret, als sie der Halbschwester heißen Met eingoss.

»Das weiß ich nicht«, wehrte Tilia ungeduldig ab. »Glaubst du, nach diesem Entsetzen war ich in der Lage, daran zu denken?«

Gret nickte nur und behielt den Gedanken für sich, dass Tilia vermutlich das Wichtige, das sie sehen sollte, sehr wohl gesehen hatte.

Den Blick gesenkt, setzte sich Tilia am anderen Morgen mit ihrer Schale Gerstenmus neben Heinrich von Husen. Sie vermied es, zu dem Ritter von Lichtenstein hinüberzusehen, bemerkte nicht das glückliche Lächeln in Heinrichs Gesicht und war auch blind für die Zufriedenheit in des Merkenbergers Miene. Während sie schweigend aß, haderte sie mit Gott, dass er so etwas zulassen konnte.

KAPITEL 25

Den ganzen Nachmittag und auch noch abends bei Fackelschein arbeiteten die Hechinger Burschen aus dem alten Dorf und die von oben aus der Stadt einträchtig zusammen. Mit des Grafen Erlaubnis fällten sie die größte Birke, die sie finden konnten, und schleppten sie zum Dorfplatz bei der Linde. Die Mädchen schmückten sie mit bunten Bändern. Mit den beiden robusten Gäulen des Meiers zogen die Burschen dann noch einmal los und suchten sich eine hohe, schlanke Fichte. Lange konnten sie sich nicht einig werden, welches der beste Stamm sei. Mit großem Ernst waren die jungen Leute zugange, denn es war unbestritten, dass das Stangenklettern einer der Höhepunkte des Maifestes werden würde. Da konnte der Spaß schnell verdorben sein, wenn der Stamm zu viele Astvorsprünge aufwies und es daher kein Kunststück wäre, unter den Augen der Freunde und Verwandten – und vor allem der Mädchen – bis zum Ring zu gelangen und einen Preis zu ergattern.
Der junge Erlewin, klein gewachsen und ein wenig schwerfällig, ließ sich seufzend auf einen Baumstumpf sinken. Das Gezänk zwischen seinem Freund Ruf, einem Obrostsohn, und den jungen Emch und Mägerin ging ihm langsam auf die Nerven. Vielleicht auch, weil er wusste, dass, egal, welchen der Bäume sie nahmen, er wieder einmal kläglich wie ein nasser Sack an dem sorgsam entrindeten Stamm hängen würde und außer Spott und schadenfrohem Gelächter keinen Preis erringen konnte.

Endlich, als sich der Sohn des Stadtreichen Albert Walch auf die Seite von Emch und Mägerin schlug, war der Zank entschieden. Also frisch ans Werk. Fast wäre der kleine Marquart vor lauter Eifer von dem fallenden Baum erschlagen worden, doch gerade noch rechtzeitig sprang er zur Seite und trug so nur von einem Ast einen blutigen Kratzer auf der Wange davon.

Stolz wie die Grafen schleiften die Burschen mit Hilfe der kräftigen Pferde den langen Stamm ins Tal hinunter zum Dorfplatz. Hier herrschte geschäftiges Treiben. Die Frauen schleppten Tische und Bänke herbei, Mädchen flochten frischgrüne Kränze, man scherzte und lachte und warf ab und zu einen ängstlichen Blick zum Himmel, wenn die Windböen über den Platz fegten und an den Röcken zerrten. Immer dichter ballten sich die Wolken zusammen, und mit der Dunkelheit kam auch der Regen. In kräftigen Schauern platschte das Wasser vom Himmel und trieb die Hechinger in ihre – mehr oder weniger – trockenen Häuser.

✠ ✠

Walpurgis, die Nacht der Dämonen und Geister. Ein böiger Nordwestwind zerrte an den schlanken Birken in ihrem frischen Grün und zerzauste die Weiden am Bach. In dieser Nacht verwandelten sich die Zauberinnen in Katzen und Raben, flogen durch die Finsternis zu ihren geheimen Plätzen, entzündeten magische Feuer und feierten ihr großes Fest. Genussvoll malten sich die Mägde und Knechte das zügellose Treiben aus. Aus Eisenhut und Hundekot, Schierling, Fledermausblut und Belladonna mischten die Zauberinnen eine Salbe, die ihnen Flügel verlieh.

»Sie reiben sich ihre Scham damit ein«, flüsterte die Küchenmagd Ella einem jungen Ding aus Bisingen zu, die erst seit

ein paar Tagen für den Zoller auf der Burg arbeitete. Das Mädchen machte große Augen.
»Und dann können die fliegen?«
Ella nickte ernst, als müsse sie es wissen. Der Sturm rüttelte an den hölzernen Läden und pfiff durch das alte Dach. Die Mägde zogen die Köpfe ein und rückten ein wenig näher an die Kräuterbündel aus Baldrian und Dill heran, die sie zum Schutz gegen Dämonen an die Balken gehängt hatten. Im Stall baumelte ein Hechtkopf im Wind hin und her. Er würde die wertvollen Pferde vor Schaden bewahren, da waren sich Herren und Knechte einig.
Eng aneinander gerückt saß das Gesinde in der Küche zusammen und erzählte Geschichten. Wahre Geschichten, die irgendjemand irgendwann erlebt haben sollte. Immer gruseliger wurden die Einzelheiten, und so manchem lief ein Schauder des Grauens über den Rücken.
Eine Tür klappte im Wind, Regenschauer prasselten herab, der Donner grollte, als plötzlich eine fette Kröte laut quakend mitten in der Küche saß. Mit einem Schrei des Entsetzens sprang die dicke Hanna auf und deutete auf das Unholdtier. Die anderen Mägde fielen in das Gekreische ein. Auch den Knechten schien das Tier gefährlich, wie es da mitten im Lichtschein saß und frech in die Runde glotzte. Endlich fasste sich der Schmied ein Herz, nahm den Schürhaken von der Wand, murmelte ein Gebet und ließ das Eisen mit aller Kraft herabsausen, dass es eine Kerbe im gestampften Lehmboden und von der Kröte nur eine gräulich braune Masse zurückließ. Das Gesinde atmete erleichtert auf. Man konnte in solchen Nächten nicht vorsichtig genug sein!

✠ ✠

Noch bevor der Hahn sich gereckt und geschüttelt hatte und – das Haupt erhoben, die Augen geschlossen – sein heiseres Krähen hören ließ, waren die Mägde auf Burg Zollern schon auf den Beinen. Sie schwatzten fröhlich, bereiteten die Morgensuppe und versorgten die Tiere in den Ställen. Der Himmel war gläsern, die Wolken hatten sich verzogen, der Wind war über Nacht eingeschlafen. Es würde ein herrlicher Tag werden. Auch die Damen erhoben sich heute früher als sonst von ihren Lagern. Es kam nicht oft vor, dass sie hinunter nach Hechingen zogen, doch das Maifest und vor allem das Maibad würden sie sich nicht entgehen lassen. Salome von Ringelstein-Killer und Benigna von Hölnstein kicherten ohne Unterlass. Als sie Eleonoras rügende Blicke auffingen, wurden die Sprüche noch derber. Erfreut bemerkten sie die Röte, die der Jungfrau immer wieder in die Wangen schoss.

»Ich werde hier bleiben«, sagte sie fest, die überraschten Rufe missachtend. Selbst Williburgis zog erstaunt die Brauen hoch. Zwar war ihr nicht an derben Gelagen und wüsten Späßen gelegen, doch das Maifest in Hechingen gehörte zum Jahreslauf wie die mitternächtliche Messe an Ostern, die Kirchweihe oder das Dreikönigsfest.

Die Sonne war kaum über die Baumspitzen am Horizont gestiegen, da quoll ein bunter Zug durch das Tor der Zollernburg. Auf Pferden und Eseln oder zu Fuß strömten die Menschen den Berg hinunter. Nur zwei Wächter, der lahme Seitz und die fromme Eleonora, blieben auf Zollern zurück. Selbst Vater Laurenz folgte dem Tross, wenn auch mit sauertöpfischer Miene und nur zu dem Zweck, seine Schäfchen für all die Verfehlungen, die er beobachten würde, mit einer saftigen Buße zu belegen.

Doch noch war es für Ausschweifungen zu früh. Die Bewohner der Zollernburg beeilten sich, nach St. Luzen zu kommen, denn dort würde heute nicht nur die heilige Messe zelebriert werden. Ein Wanderprediger, einer der Barfüßer, die dem heiligen Franziskus nachfolgten, war im Dorf und würde nach der Messe erbauliche Worte an die Menschen richten.

Von allen Seiten kamen die Bauern und Bürger heran. In ihrem feinen Sonntagsstaat, die Frauen mit frischen weißen Schleiertüchern oder Hauben, die Männer in langen grauen oder schwarzen Röcken. Nur die reichsten Bürger prunkten mit leuchtenden Farben, golddurchwirkten Bändern und federbestückten Hüten. Ameisengleich zogen sie in buntem Reigen durch das untere Tor und die Staig hinab. Die Bürger der Stadt waren es gewöhnt, zu jeder Messe den langen Weg nach St. Luzen auf sich zu nehmen, denn noch immer war die Stadt ohne Kirche. Im Winter murrten die Leute oft und schimpften, doch an einem solch herrlichen Tag schritten sie hurtig auf das Glockengeläut zu, das der warme Frühlingshauch zu ihnen herübertrug.

Nach dem Kirchgang begaben sich die edelfreien zollerischen Frauen, wie es der Brauch war, zum Bad. In einem geduckten Häuschen zwischen Reichenbach und Mühlkanal führte der Bader Hans von Bulch über seine Mägde und Knechte eine strenge Herrschaft.

Schon fast fünf Jahre hatte er das Lehen der Zollern zu Eigen und achtete genau darauf, was in und um seine Zuber vor sich ging. Mit einer tiefen Verbeugung, ein Lächeln auf den fleischigen Lippen, begrüßte er die edlen Damen. Er hatte schon für Wein gesorgt, hatte helles Brot und würzigen Kuchen auf den niederen Tischchen verteilt und alle Wannen mit blumig duftendem Wasser füllen lassen. Einladend dampfte es durch den Türspalt. Es roch nach Rosen, Veilchen und Lavendel.

»O welche Lust!«, jauchzte Salome, warf die Lederschuhe von sich, schlüpfte aus Surcot und Hemd, schnappte sich zwei Stück Gewürzkuchen und ließ sich in einen der Bottiche gleiten. Die anderen Damen taten es ihr gleich. Sie hatten Gret und zwei andere Mägde mitgenommen, damit sie ihnen zu Diensten sein konnten, die Kleider wegräumen, den Wein reichen, Haar und Rücken waschen.
»Seit Tagen lechze ich schon danach«, schnurrte Kunigunde von Baden zufrieden, rückte ihre Fettmassen in dem nun zum Überlaufen vollen Zuber zurecht und ließ sich von der jungen Magd Anna das stumpfbraune Haar in einem geheimnisvollen Sud waschen.
»Ich habe in diesem Jahr eine Überraschung für die edlen Damen«, sagte der Bader und verbeugte sich trotz seiner Leibesfülle tief. »Ein Lautenspieler, der gerade in Hechingen weilt, würde Euch gern mit spannenden Balladen die Zeit vertreiben.«
Benigna klatschte begeistert in die Hände. »Wenn er nicht nur gut bei Stimme ist, sondern auch noch von schöner Gestalt, dann nur herein mit ihm!«
»Pah!«, grunzte die Kammerfrau Agnes sauertöpfisch und bearbeitete Williburgis' Rücken heftiger, als es notwendig gewesen wäre.
Der Bader ließ den Blick über die Jungfrauen und Damen bis zur Zollerntochter wandern. Erst als diese mit einem Nicken ihre Zustimmung gab, eilte er davon, um den Lautenspieler einzulassen.
Er war äußerst nett anzusehen, darin waren sich die Damen einig. Ab und zu griff er beim Saitenspiel daneben, doch nachdem der Bader die Weinkrüge zum dritten Mal gefüllt hatte, bemerkten die Badenden dies nicht mehr. Auch Tilia, die sonst ihren Wein mit Wasser mischte, war vom dunklen Traubensaft und dem warmen Wasser berauscht.

Sie winkte Gret zu sich an die Wanne, ließ sich die schmerzenden Schultern kneten und kicherte in einem fort.

Die Ritter hatten in der Zeit, bis die Zuber für sie frei wurden, keine Langeweile. Sie flegelten sich auf die rohen Bänke, die rund um die weit ausladende Linde aufgestellt waren, tranken sauren Wein und Met und scherzten mit den Bauernmädchen. Die Zeit im hellen Sonnenschein verging wie im Fluge.

Das Maibad war wichtig, schützte es doch das Jahr über den Körper vor manch hinterhältigem Dämon. Die Badstube war den ganzen Tag über den Edelfreien vorbehalten, doch den Hechingern blieb ja immer noch die Starzel. Oberhalb der Mühle, wo das Wasser etwas tiefer ist, kamen Jung und Alt zusammen. Da flogen Pantoffeln, Beinlinge und Kittel ins Gras, wurden Röcke und Hemden ungeduldig vom Leib gezerrt. Wer nicht schnell genug war oder nur zimperlich den Zeh ins eisige Wasser streckte, fand sich unversehens von Freunden oder Nachbarn überwältigt und mit viel Geschrei ins trübe Nass getaucht. Auch die Weiber schälten sich aus ihren Röcken, kreischten, bis es in den Ohren schmerzte, und sprangen dann beherzt in die Starzel. Üppige weiße Brüste, muskulöse Arme, breite Hüften und dicke Schenkel tauchten in wildem Durcheinander aus den Fluten auf, von glänzenden Wasserperlen bedeckt. Die Burschen machten sich einen Spaß daraus, sich unter Wasser an die Weiber heranzumachen, sie in den Speck zu zwicken oder einfach nur prustend und mit Gebrüll neben ihnen aufzutauchen und sie zum Quieken zu bringen, als würden sie gerade abgestochen.

So erfrischt und ausgekühlt, mit roter Haut und bläulichen Lippen, stiegen die Hechinger aus dem Wasser, warfen sich die Kleider über und machten sich zur Linde auf, wo schon lustige Musik erklang und der Duft von knusprigem Fleisch

in den Zweigen hing. Keiner der reichen Bürger oder Bauern hatte sich an diesem Tag lumpen lassen. Was Stall und Keller hergaben, wurde zum Festplatz geschleppt. Der Graf hatte am Vortag zwei Ochsen herabtreiben lassen, die nun über den offenen Flammen brutzelten. Auch Hasen, Igel und Tauben hatten den Weg in die Küchen gefunden. Die Tische bogen sich unter den Köstlichkeiten: knusprige Schweinerüssel und -ohren, in Honig gebackene Rinderfüße, mit Speck und Kohl gefüllte Schweinsmägen, Blut- und Leberwürste, scharfe Kutteln, Herz und Nieren mit Fenchel, Hirnsuppe mit Graupen und vieles mehr. Zu trinken gab es Met mit Salbei, Nachgepresstes und Schlehenwein, für die Kinder Molke oder süße Buttermilch. Auf einem hölzernen Podest standen drei Spielmänner mit Laute, Dudelsack und Fiedel, die mehr laut denn schön ihre lustigen Weisen zum Besten gaben. Auch ihre Stimmen, vom Met reichlich geölt, hätten keinen Sängerwettstreit überlebt, doch da die Texte schön schlüpfrig-derb waren, ernteten sie viel Gelächter und Applaus. Die ersten Tänzer fanden sich auf dem Rasen, obwohl die Sonne noch am Himmel stand. Noch fassten sie sich artig an den Händen und bildeten einen Kreis. Auch die Mägde und Knechte von Zollern ließen sich nicht lange bitten. Zwischen einem dünnen Burschen mit fuchsrotem Haar und einem bärtigen Bauern mit lehmverkrusteten Händen wirbelte Gret über den Platz. Sofie jagte derweil mit einigen Kindern beim Fangenspielen um die Hecken. Die Musik brach ab. Mühsam wuchtete der Meier seinen untersetzten Körper auf den Tisch und ruderte mit den Armen, bis er sich halbwegs Gehör verschafft hatte.
»Hört her, ihr Herren und Damen von Zollern, Bürger der neuen Stadt, merkt auf, liebe Nachbarn und Freunde. Nun soll, wer sich traut, uns beim Stangenklettern sein Geschick

zeigen. Seht hoch zum Kranz, gar herrliche Dinge haben viele gestiftet. Speckseiten und Würste, aber auch feine Tücher für die Damen oder weiche Lederschuh. Jeder hat zwei Versuche und darf eine Trophäe mit herunterbringen.«
Die Leute klatschten und bildeten einen Kreis um die hoch aufragende Stange. Sie legten die Köpfe in den Nacken und starrten zu dem sich rötlich färbenden Abendhimmel empor, vor dem an einem Ring die köstlichsten Dinge baumelten.
Als Erstes versuchte es der Waichbert. Fast zwanzig Lenze alt, mit langen kräftigen Beinen und muskulösen Armen, strich er theatralisch sein feuchtes kurzes Haar zurück und trat an den Stamm heran. Abschätzend ließ er den Blick nach oben wandern, reckte die Finger, dass die Gelenke knackten und umschlang dann den entrindeten Stamm. Mit flinken Bewegungen schob er sich nach oben, Fuß um Fuß, doch drei Mannslängen über dem Boden geriet er ins Stocken. Die nackten Füße gaben ihm keinen Halt mehr. Er schwitzte und stöhnte. Dann ging es plötzlich abwärts. Den Rock zerrissen, Hände und Füße blutig zerkratzt, erntete er schadenfrohes Gelächter. Auch der Geberin und der lange dünne Hans Obrost bemühten sich umsonst. Die Freunde schoben den sich wehrenden jungen Erlewin heran. Wie ein nasser Sack klebte er zwei Fuß über dem Boden am Stamm, bekam ein rotes Gesicht, schnaufte und stöhnte und plumpste dann auf seinen gut gepolsterten Hintern. Die Zuschauer lachten. Der Bursche jammerte ein wenig, zeigte seine Hand, in der ein dicker Spreißel steckte, doch außer Spott hatten die Feiernden nichts für ihn übrig. Nun schob sich ein kleiner, drahtiger Bursche heran. Jos, der Sohn des Wüstenmüllers, legte Rock und Schuhe ab. In seiner weiten Bruech stand er einige Augenblicke mit geschlossenen Augen da, dann umschlang er den Stamm und

schob sich langsam und gleichmäßig nach oben. Nichts schien ihn aufhalten zu können. Oben angekommen, zog er ein kleines Messer hervor, schnitt sich einen mächtigen Blutwurstring ab und erntete begeisterten Applaus. Nach und nach verschwand manch leckerer Preis vom Ring hoch oben. Die Ritter und Damen tranken Schlehenwein und Met, sahen zu und scherzten fröhlich.
»Nun, Walger, möchtet Ihr Euch nicht auch versuchen?«, forderte ihn Salome von Ringelstein-Killer auf.
Der Ritter nagte an einer knusprigen Rippe und antwortete mit vollem Mund: »Warum mich plagen, wenn das Essen hier auf dem Tisch liegt?«
»Ich verstehe schon, dass Ihr Euch nicht blamieren wollt, nachdem ein so schmächtiges Bauernbübchen es vorgemacht hat, wie es geht«, schlug Benigna von Hölnstein in die Kerbe.
Otto von Ringelstein-Killer lachte dröhnend. »Jetzt seid Ihr dran, Alter!«
Doch Walger nagte weiter an seinem Fleischstück.
»Ich werde für ihn hochklettern«, meldete sich der Knappe des ältesten Zollernsohnes und erhob sich. »Was soll ich Euch bringen, Ritter?«
»Hol dir, was du magst«, antwortete Walger nebenbei, doch Diemo ließ sich nicht entmutigen.
»Wenn Ihr keinen der Preise für Euch wollt, dann werde ich mir selbst etwas holen.« Sprach's, warf den edlen farbigen Rock von sich, zog die ausgetretenen Schuhe aus und versuchte sein Glück. Eitelfriedrich von Zollern sah seinem Knappen voll Stolz zu, wie er sich ein Paar Schlupfschuhe aus weichem Leder nahm.
»Nun müsst Ihr es ihm nachmachen, Ritter Walger!«, bohrte Salome weiter, doch sie hatte keinen Erfolg.
Der Ritter Otto prostete seiner Schwester zu. »Weißt du, was

uns von dem Bauernpack unterscheidet? Dass wir auch unseren Kopf gebrauchen!«

Er setzte den Becher ab, zog ein Messer vom Gürtel und schleuderte es über die Köpfe der Menschen in die Luft. Die lange Klinge blitzte im Schein der zahlreichen um den Platz gesteckten Fackeln und fuhr dann in eine graue Griebenwurst. Kurz schien es, als wollten Wurst und Messer oben bleiben, doch dann fiel die Klinge zu Boden, eine halbe Wurst folgte ihr nach und plumpste in den Morast. Flink sprang Diemo auf, um dem Ritter seine Waffe und die Trophäe zu bringen. Ein paar der Bauern klatschten, die Damen lachten dem Ritter zu, doch der Meier sprang empört von seiner Bank auf.

»Herr Ritter, das ist gegen die Regel!«, eiferte er sich.

Doch Otto von Ringelstein-Killer zeigte ihm nur seinen Rücken. Mit einem breiten Grinsen rutschte er zu Tilia hinüber, legte ihr seine Pranken um die Taille und feixte den jungen Zollerngrafen an.

»Nun, Merkenberger, nachdem die Burschen nur an Speck und Schinken interessiert sind, wäre es an Euch, das Rittertum zu retten und für die edle Jungfrau ein seidenes Tuch herabzuholen. Vielleicht schenkt Euch die Spröde dann ja ihre Gunst.«

Kunigunde von Baden klatschte begeistert in die Hände. »O ja, das wäre doch etwas!«

Bevor der Zollernsohn etwas sagen konnte, stand Heinrich von Husen schon an der glatten Stange. Sein erster ungestümer Versuch endete im Schlamm, doch beim zweiten Mal ging er ruhiger zur Sache. Die Augen der Damen folgten ihm bis zum Ring hoch. Triumphierend schwenkte er ein rotes Seidentuch, steckte es dann in sein Hemd und machte sich an den Abstieg. Auf halber Höhe etwa rutschte er mit den Füßen ab. Hilflos hing er einige Augenblicke da.

Das Holz umklammert, suchte er mit den Beinen wieder Halt zu finden, doch dann ließen seine Hände plötzlich los, und er fiel in die Menschenmenge herab, die kreischend zur Seite stob. Geschickt rollte er sich im weichen Morast ab, doch der Fuß, der zuerst den Boden berührt hatte, knickte jäh zur Seite. Der Schmerz nahm ihm den Atem. Er musste die Zähne zusammenbeißen, um nicht laut zu schreien. Neugierige fremde Gesichter starrten ihn an. Langsam erhob er sich und humpelte unter Schmerzen zu den zollerischen Mannen hinüber. Schon jetzt schwoll sein Knöchel zu einem unförmigen Klumpen an. Mit einem schiefen Lächeln überreichte er Tilia das Tuch, fand in ihrem Blick aber nur Missbilligung.

»Das sieht böse aus«, schimpfte sie den Wehrsteiner Vasallen und beugte sich zu seinem Fuß hinab. »Ihr solltet Euer Bein Bruder Tragebott zeigen.«

»Das hat Zeit. Der braucht mindestens drei Tage, bis er sich vom Weingeist wieder befreit hat«, lachte Otto von Ringelstein-Killer und zeigte auf den dicken Mönch, der an den Stamm der Linde gelehnt schnarchte.

»Ich werde den Bader holen«, mischte sich die Kammerfrau Agnes ein, schüttelte ärgerlich den Kopf, machte sich jedoch gleich auf die Suche. Das Interesse an dem verletzten Edlen ebbte schnell ab, denn nun waren die Ochsen am Spieß dunkel gebräunt und rochen gar herrlich. Die Spielleute stimmten eine lustige Weise an, doch die Hechinger wandten ihre Aufmerksamkeit der Tafel zu. Mit dem aufsteigenden Mond wurden die Stimmen lauter und die Sprüche derber. Es dauerte nicht lange, und am anderen Ende des Platzes kam die erste Prügelei in Gang. Außer einem ausgeschlagenen Zahn und einer blutigen Nase kam nichts dabei heraus, doch es war abzusehen, dass dies nur ein Vorgeplänkel war. Williburgis erhob sich.

»Wir sollten nach Zollern zurückkehren«, sagte sie unsicher und sah fragend in die Runde. Salome und Benigna machten enttäuschte Gesichter, doch die anderen Damen nickten.

»Ich werde Euch begleiten«, bot Heinrich von Husen großzügig an, dem der Bader inzwischen eine Schiene und einen dicken Verband verpasst hatte.

»O welch beruhigender Schutz«, hänselte das Fräulein von Ringelstein-Killer. »Da werden alle Straßenräuber vor Angst ihre Kittel besudeln, wenn unser Kleiner kommt, der nicht einmal auf seinen eigenen Füßen stehen kann.«

Heinrich von Husen lief vor Scham rot an, doch bevor sich Tilia für den Wehrsteiner Vasallen einsetzen konnte, trat der Graf hinzu und beendete die Frotzelei.

»Wir brechen auf. Ich habe zwei Knechte nach den Pferden gesandt. Die Boller werden uns begleiten.« Er reichte seiner Tochter den Arm. »Dies ist nicht mehr der Ort und die Zeit für keusche Jungfrauen.« Das Mädchen lief puterrot an, doch der Graf schien dies nicht zu bemerken. Erschreckt zuckte Tilia zusammen, als sich der völlig betrunkene Fassbinder aus der oberen Stadt hinter ihr geräuschvoll erbrach. Er rülpste erleichtert, wischte sich den Mund ab und widmete sich dann wieder dem Essen und Trinken.

»Kommt!«, sagte Tilia bestimmt und hakte sich bei Williburgis unter. »Dort bringt der Boller die Pferde.«

Heinrich von Husen stützte sich schwer auf Grets Schulter, humpelte mit ihrer Hilfe zu seinem Ross und schwang sich dann, ein Stöhnen unterdrückend, in den Sattel.

»Kommst du nicht mit?«, fragte Tilia irritiert, als Gret zurücktrat.

Die Magd schüttelte den Kopf. »Wenn ich bleiben darf? Rüdger hat sich mit Sofie irgendwo ins Gedränge gestürzt.«

Tilia zuckte die Schultern. »Wenn du meinst«, antwortete

sie spitz und trieb ihr Pferd an. Sie sah nicht mehr, wie der älteste Zollernsohn zu Gret trat und der Magd den Nacken küsste. Er wartete noch, bis Vater und Eheweib in der Dunkelheit verschwunden waren, dann nahm er Gret bei den Händen und zog sie mit fort.
»Wohin entführt Ihr mich?«, protestierte die Magd lachend.
»Zum Tanz, meine Hübsche, zum Tanz!«, rief er mit einem ungewohnt jungenhaften Grinsen auf den Lippen und drängte sich voll Übermut zwischen die tanzenden Paare. Die am Anfang getragene Musik war nun zu einer wilden Folge von Tonsprüngen geworden, und so wie die Töne sprangen auch die Burschen in die Höhe. Sie wirbelten ihre Mädchen durch die Luft, dass die Röcke nur so flogen und die Zuschauer sich genüsslich an weißen Schenkeln und noch mehr erfreuen konnten. So manchem war der kurze Blick nicht genug. Hände wanderten verstohlen zu Stellen, an denen sie nichts zu suchen hatten, und ab und zu fiel, gar nicht so unabsichtlich, eines der Paare ins Gras, um dann ganz umständlich die Gewänder wieder zusammenzuraffen. Der Zollernsohn war nicht der einzige Edle im bunten Gewühl. Eberhard von Ringingen umfasste eine dicke Bäuerin, und auch die Röcke der Ritter von Zell-Andeck und von Bisingen blitzten ab und zu auf. Otto von Ringelstein-Killer zog sich mit einer drallen Magd hinter eine Scheune zurück. So manches Paar nutzte die Dunkelheit, den Augenblick des Rausches und den lauen Frühling aus. In einem Heuhaufen zeugte der jüngere Zollernsohn einen weiteren Bastard, die Wüstenmüllerin lockte einen jungen Pater in die Nacht, und nicht nur eine Unschuld ging an diesem ersten Abend im Mai verloren. Man lästerte oft hinter vorgehaltener Hand darüber, dass so manches Kind, das zwischen Dreikönig und Aschermittwoch zur Welt kam, sein Leben lang so gar keine Ähnlichkeit mit dem Gatten der Mutter aufweisen wollte.

Vom Hof des Loofelpeter klang Geschrei herüber. Das wütende Brüllen eines trunkenen Mannes und das Keifen eines Weibes. Neugierig zogen einige mit Fackeln in den Händen hinüber, um zu sehen, was dort los war. Gehörnt war er worden, der Bauer! Gerade kam er aus dem Stall, wo er mit einer gar lieblichen Magd ein Päuschen von dem anstrengenden Gehopse auf der Wiese eingelegt hatte, da bemerkte er einen Weiberrock hinter den Hecken, und als er nachsehen ging, erwischte er seine Bethe mit dem jungen Meierbert. Da brüllte er los, dass die Kühe im Stall erschreckt muhten, riss sein ungetreues Weib aus ihrem Liebesnest und schlug ihr ins Gesicht. Die Bethe war aber keineswegs auf den Mund gefallen, und so keifte sie zurück, dass es den Engeln im Himmel die Schamesröte ins Gesicht trieb. Ein zweiter Schlag traf sie ins Gesicht. Blut schoss aus ihrer Nase, doch sie kreischte nur noch lauter und trat ihren Gatten heftig ans Schienbein, krallte sich in sein Haar und zerrte an seinem Bart. Fast hätte sich der Liebesdieb davongeschlichen, doch der Gehörnte bemerkte ihn noch rechtzeitig. Er riss sich von seinem Weib los und sprang dem Flüchtenden in den Rücken, dass er zu Boden ging. Eine Prügelei! Das war die Gelegenheit. Mit wildem Gejohle stürzten Burschen und Männer herbei, schlugen und traten, brüllten und schrien. Auch ein paar Weiber mischten sich ein, und so mancher schöne Rock wurde ruiniert.

Es waren die Weiber, die sich als Erstes bewaffneten. Tonkrüge zerbarsten, abgenagte Knochen wurden zur Keule. Als dann auch noch Messer blitzten, war der Spaß zu Ende. Der Schultheiß und der Meier versuchten, die Kämpfenden zu trennen, doch das war gar nicht so einfach. Von den Stadtwachen war keine Hilfe zu erwarten. Entweder lagen sie irgendwo betrunken unter dem Tisch, oder sie waren bereits in dem Knäuel von Leibern begraben. Es dauerte eine

ganze Weile, bis den erhitzten Gemütern die Kräfte schwanden und sie voneinander abließen.
Der Bader hatte stundenlang zu tun, die blutigen Gesichter, Arme und Beine zu verbinden. Auch einige Brüche mussten geschient werden. Den jungen Erlewin hatte es bös erwischt. Der gesplitterte Unterarmknochen bohrte sich spitz durch das Fleisch. Den Tränen nahe starrte er vor sich hin. Zum Glück war er so betrunken, dass die Schmerzen nur langsam durch die dicke Nebelwand zu ihm drangen.
Erst am Morgen stellten die Hechinger fest, dass die Prügelei auch einen Toten gefordert hatte. Halb unter einer Hecke versteckt fanden sie den jungen von Steinhofen mit blutig verschwollenem Gesicht und einem tiefen Stich im Rücken. Es war nicht ungewöhnlich, dass solch ein ausschweifendes Fest mit einem Begräbnis endete, doch meist traf es nur einen der unfreien Bauernburschen. Bedauerlich, doch zu verschmerzen. Dieses Mal jedoch war es der Sohn eines zollerischen Vasallen, von niederem Adel zwar, doch immerhin ein Freier. Mit finsterer Miene standen der Meier, der Schultheiß und der Bader um den Toten herum.

✠ ✠

Das Fest war noch in vollem Gange, als sich Swenger von Lichtenstein davonmachte. Unbemerkt sattelte er sein Ross, führte es vom Festplatz weg und schwang sich dann in den Sattel. Eine breite Mondsichel wies ihm seinen Weg. Seine Hände fühlten sich klebrig an. Ärgerlich wischte er sie am Fell des Pferdes ab, doch die rötlich braunen Flecken auf seinen Handflächen ließen sich nicht entfernen. Swenger von Lichtenstein zog sich seine Handschuhe über und trieb sein Pferd weiter an. Er musste sich beeilen. Der Nachtwind trug schon das Geläut zur Mette von Stetten herüber. Ob er noch da war?, fragte er sich immer wieder und ärgerte sich, dass er solche Unruhe empfand. Es war schließlich nicht das erste Mal, dass er eine Nachricht in des Kaufmanns Hände legte. War es der Tote, der dort hinten beim Festplatz an einer Hecke lag, der ihm die Ruhe raubte? Unsinn! Er war zwar ein hübscher Kerl gewesen und sie hatten manch aufregende Stunde zusammen verbracht, daher war sein Tod bedauerlich, doch alles Leben lag in Gottes Hand. Swenger hatte trotz seiner jungen Jahre schon viele blühende Leben verlöschen sehen.

Der Ritter entdeckte die verhüllte Gestalt, noch bevor er sein Pferd die Böschung zur Starzel hinuntertrieb.

»Da seid Ihr ja endlich, Ritter«, raunte der Kaufmann und trat an das Ross heran, das unwillig schnaubte. »Gebt mir die Nachricht.«

Swenger beugte sich ein wenig nach vorn, doch er konnte trotzdem nur eine Ahnung von einer knolligen Nase und einem verwilderten Bart erhaschen. Die Augen blieben unter dem tief ins Gesicht gezogenen Hut verborgen. Seiner Unruhe wegen schalt er sich einen Narren. Betont langsam zog er das versiegelte Pergament aus dem Ärmel und reichte es dem düsteren Mann, der das Schreiben schnell unter dem weiten Umhang verschwinden ließ.

»Gott zum Gruße, Ritter«, raunte er, drehte sich um und hastete in der Dunkelheit davon.

Swenger wendete sein Pferd und trabte durch die Nacht dem Zollernberg zu. Er hatte den Kaufmann bereits wieder aus seinen Gedanken gedrängt, doch das Bild des sterbenden Edelknechts begleitete ihn beharrlich.

KAPITEL 26

Ein junger Mann wurde zu Grabe getragen. Die schweren, dumpf brummenden Köpfe gesenkt, lauschten die Burgbewohner Vater Laurenz' Worten. Tilia hatte Kopfschmerzen und spürte ihren Magen, doch das hatte wenig mit dem Begräbnis zu tun. Nur mit Mühe konnte sie das Gefühl der Unruhe unterdrücken. War das nicht derjenige gewesen? Schnell verdrängte sie die in ihr aufsteigenden, abscheulichen Bilder. Sie warf Swenger verstohlen einen Blick zu. Er hielt den Kopf gesenkt und hatte die Hände gefaltet, doch was verbarg seine unbewegliche Miene? Bewegte ihn tiefe Trauer um eine verlorene Liebe? Das Wort schmeckte bitter. Oder hatte das mit Liebe nichts zu tun? Konnten Männer überhaupt so lieben wie Frauen, mit all diesen schönen, schrecklichen Gefühlen, die durch den Leib zuckten und einen heiß und kalt werden ließen?
Tilia wandte ihren Blick trotzig ab und starrte auf das offene Grab. Sie wollte diesen Schmerz nicht fühlen, wollte nicht leiden für so einen, und doch schaffte sie es nicht, ihn mit Gleichmut zu betrachten. Verzehrende Sehnsucht wechselte mit glühendem Hass. Würde es sich auch so anfühlen, wenn er sich einer anderen Frau hingegeben hätte? Die Frage beschäftigte die Wehrsteinerin auch noch, als sie eine Hand voll Erde über den toten Benz von Steinhofen warf. Grübelnd schritt sie hinunter zum Tor und wieder zurück. Sie fand Gret im Kräutergarten. Mit verschränkten Armen stand Tilia eine Weile da und sah ihr beim Unkrautzupfen zu.

»Was gibt es?« Gret sah fragend zu ihr hoch, erhob sich dann stöhnend und legte beide Hände in ihren schmerzenden Rücken. Der Leib wölbte sich unter ihrem Rock. Tilia stutzte, und das Gesicht des Ritters verschwand ganz plötzlich. Sie trat zu Gret und legte ihre Hände auf die Wölbung.

»Du bist ja guter Hoffnung, Gret. Warum hast du mir das nicht gesagt?«, wunderte sich die Wehrsteintochter. »Rüdger wird sich freuen!«

Die Magd murmelte etwas Undeutliches. Ein Verdacht nahm in Tilia Gestalt an. »Es ist doch von deinem Gatten, oder?«

Gret gab keine Antwort, sondern ging in die Knie und riss mit übertriebener Wildheit die kleinen Pflänzchen aus.

»Wer ist der Vater deines Kindes, Gret?«, fragte Tilia betont ruhig.

»Woher soll ich das wissen«, fauchte sie und zerknüllte das frische Grün in ihren Händen. »Seit die Ritter des Zollern auf Wehrstein waren, habe ich meine unreinen Tage nicht mehr gehabt.«

Tilia streichelte Grets Hand. »Ich kann mit Graf Eitelfriedrich sprechen und ihn bitten, sich eine andere Magd für sein Lager zu suchen.«

Gret seufzte tief. »Lass es, Liebes, lass mich in meiner Welt leben und lebe du in deiner. Ich habe nichts dagegen, Eitelfriedrichs Bastard aufzuziehen.«

Die Ritterstochter war verwirrt. »Aber warum? Ich verstehe das nicht.«

»Weil ich ihm mehr Gefühle entgegenbringe als meinem Gatten. Ist das so schwer zu verstehen?«

Tilia grübelte eine Weile schweigend darüber nach. »Wir werden es wahrscheinlich nie erfahren.« Ein schelmisches Lächeln huschte über ihr Gesicht. »Es sei denn, es hat die Zollernnase.«

»Da ich noch auf Wehrstein meine letzten unreinen Tage hatte, kann ich mir wenigstens sicher sein, dass es von Eitelfriedrich ist« – Abscheu mischte sich in Grets Ton – »und nicht von seinem Bruder.«
In raschem Wechsel spiegelten sich Tilias widerstreitende Gefühle in ihrem Antlitz, sie öffnete den Mund, doch Gret fiel ihr ins Wort.
»Deine Vorwürfe und Fragen kannst du dir sparen. Ich habe ihn bestimmt nicht verführt, das kannst du mir glauben, und ich lege auch keinen Wert darauf, seine Aufmerksamkeit zu erregen. Wenn du willst, schwöre ich dir das auch.«
Tilia schüttelte nur den Kopf und ging stumm davon. Wenn es eine andere Magd gewesen wäre, hätte sie sie einfach der Lüge bezichtigt, doch es war Gret. Hatte auch der Merkenberger eine Seite, die sie noch nicht kannte und die sie in Schmerz und Verzweiflung stürzen konnte? Sie verdrängte den Gedanken und ging in die Küche, um zu sehen, was Hanna für das Spätmahl vorbereitete.

✠ ✠

»Ich habe gehört, die blonde Katze trägt einen Zollernbastard unter dem Herzen«, hörte Rüdger Otto von Ringelstein-Killer sagen.
Der Merkenberger zog ein finsteres Gesicht. »Ich fürchte, dieses Mal ist er mir zuvorgekommen, doch ich werde meine Gelegenheit schon noch bekommen.«
Der Ritter von Ringelstein-Killer lachte dröhnend. »Das ist aber ungewöhnlich, dass Ihr mit Eurem Bruder so friedlich teilt.«
Rüdger hämmerte wie wild auf das Eisen vor sich ein. Er musste diese Stimmen übertönen, die Worte verjagen, die

wie giftige Schlangen an seinem Fleisch fraßen, doch die verderbliche Brut war bereits geschlüpft, wand sich um seine Beine und trug ihr Gift bis in sein Herz. Entschlossen warf Rüdger das Eisen in den Wassertopf, stürmte in die Schmiede und holte aus Jos' geheimem Versteck einen prall gefüllten Weinschlauch. So schnell er schlucken konnte, schüttete er das säuerliche Nass die Kehle hinunter. In seinem Kopf begann es zu rauschen. Nur noch von fern vernahm er des Ritters Lachen, die Worte konnte er nicht mehr verstehen.

✠ ✠

Gret saß mit Sofie auf dem Schoß am Tisch im Gesindeschlafraum und teilte sich mit ihrer Tochter einen schrumpeligen Apfel. Eine Fackel an der Wand verbreitete nur spärlich Licht, und etliche der Mägde und Knechte hatten sich bereits in ihre Umhänge gewickelt und auf ihren Strohsäcken zur Ruhe gelegt. Plötzlich wurde die Tür heftig aufgestoßen, die Flamme des Kienspans bäumte sich im Luftzug auf. Rüdgers Gesicht war rot, sein Atem ging stoßweise, er schwankte leicht. Hart hieb er mit der Hand auf Grets Rücken.
»Na, warst du den hohen Herrn wieder zu Diensten? Klebt die gräfliche Soße noch zwischen deinen Beinen?« Er packte sie an den Haaren und zog sie von der Bank hoch.
»Rüdger, du hast zu viel getrunken. Lass mich los, du tust mir weh.« Ihr Tonfall war beschwichtigend, doch gerade das schien ihn noch mehr in Wut zu bringen.
»Ach, nun willst du mir auch noch Vorschriften machen, du falsche Schlange, du liederliches Weib«, schrie er und schlug ihr ins Gesicht. »Trägst du einen Zollernbastard in deinem Schoß? Los, sag es mir! Oder weißt du nicht mehr,

wer es war, da du anscheinend für jeden gern die Beine breit machst.«
Inzwischen waren alle hellwach und beobachteten das Ehedrama gespannt. Sofie weinte. Die Köchin eilte herbei und zog sich mit dem Mädchen in eine Ecke zurück.
»Nur mir allein gehörst du, verdammt, der Priester hat uns rechtmäßig verheiratet, und nur mein Prügel gehört zwischen deine Beine!« Unbeholfen nestelte er an seiner Bruech, bis sie zu Boden rutschte. Er hob seinen Kittel und drängte sich an seine Frau heran.
»Verdammt, knie dich hin und heb deinen Rock, damit ich denen allen zeigen kann, wer hier dein rechtmäßiger Hengst ist.«
Gret versuchte ihn wegzustoßen. »Du besoffenes Schwein!«, schrie sie und zog ihn schmerzhaft an seinem Bart. »Wenn du glaubst, dass ich das aus Spaß mache, dann bist du noch blöder, als ich dachte.« Sie trat nach ihm, doch er erwischte ihr Bein und zog es mit einem Ruck hoch, so dass sie nach hinten fiel. Mit Schwung warf er sich auf sie und versuchte, ihre Beine auseinander zu drücken, doch sie zog so rasch die Knie an, dass er voller Schmerz aufheulte. Die Zuschauer johlten und klatschten begeistert in die Hände.
»Pass auf, sonst zeugst du nie wieder ein Balg«, zischte Gret und erntete dafür einen Faustschlag ins Gesicht. Sie biss ihn dafür so heftig in den Arm, dass sich der Leinenkittel rot färbte.
»Schlampe, Schlange, Hurenweib«, brüllte er und schlug mit seinen Fäusten auf sie ein, bis sie zusammensackte. Selbst dann ließ er nicht von ihr ab.
»Er schlägt sie tot«, kreischte Ella und gab dem Knecht Jakob einen Tritt. »Nun tut doch was und glotzt nicht nur wie die Ochsen! Merkt ihr denn nicht, dass der Rüdger völlig von Sinnen ist?«

Jos zog den Tobenden von seiner Frau weg und verpasste ihm ein paar derbe Hiebe zur Beruhigung. »Das war genug Spaß«, sagte der Schmied in einem Tonfall, der keine Widerrede duldete. »Du weißt genau, dass sie gegen die Herrschaft nicht aufbegehren kann. Es gibt zwei Möglichkeiten. Entweder du hast ein ansehnliches Weib, dann ist halt die Herrschaft ab und zu zwischen ihren Beinen, oder du suchst dir gleich so ne alte, hässliche Wachtel, wie ich eine hab, dann brauchst du nicht zu teilen.«
Die Mägde und Knechte johlten vor Begeisterung, und selbst die bucklige Schmiedin mit ihrer Hasenscharte lachte herzlich mit.
»Außerdem, vielleicht ist es ja doch von dir, wenn du nicht versäumt hast, dir regelmäßig deine ehelichen Rechte zu nehmen.«
Rüdger starrte Jos finster an, doch dann zuckten seine Mundwinkel, und er fiel in das Gelächter mit ein.
»Na, wenigstens weiß ich, dass das Sofielein mein Fleisch und Blut ist«, beruhigte er sich selbst und tätschelte seiner Tochter das Haar. Unwillig kreischte das Mädchen auf.
»Nun hör schon auf zu weinen, Kleines«, lockte er unsicher, doch Sofie strampelte und schrie und weigerte sich, in die ausgestreckten Arme zu kommen.
»Rüdger, lass sie bei mir, bis Gret wieder aufwacht«, beschwichtigte Hanna, die sah, wie sich des Knechtes Miene schon wieder verfinsterte.
»Steck deinen Kopf erst mal in die Pferdetränke«, empfahl ihm Jos und zerrte den streitbaren Ehemann mit sich fort.
Mit einem Stöhnen kam Gret wieder zu sich. Ella tupfte ihr das Blut von der Stirn und half ihr zu ihrer Schlafecke.
»Das wird schon wieder«, beschwichtigte sie die Schmiedin und legte eine zweite Decke über sie. »Nun schlaf mal. Der Jos passt solange auf deinen übereifrigen Kerl auf.«

Trotz der dumpfen Schmerzen schlief Gret sofort ein. Wie tot lag sie die ganze Nacht da, ohne sich zu rühren, doch als der Morgen graute, krampfte sich ihr Körper zusammen. Schlaftrunken stöhnte sie auf und umschlang ihren Leib. Wie durch dichten Nebel merkte sie, dass sie in ihrem Blut lag. Gebückt wankte sie hinaus und verlor ihr Kind zwischen dem Gesindehaus und der Latrinegrube. Mit unbeweglicher Miene saß sie auf dem Boden, Rock und Haut blutverschmiert, und starrte auf das winzige, weißliche Wesen in ihren Händen. Mehr Fisch denn Mensch, war es ihr dennoch, als sehe es sie aus sterbenden Augen an.
»Wirf es weg«, sagte die alte Schmiedin sanft und streichelte Grets Rücken. »Noch ist es nur ein Klumpen Fleisch ohne Seele.«
Die Magd nickte, erhob sich zitternd, hinkte am Arm der Alten zur Grube und ließ das Stückchen Mensch in den stinkenden Morast fallen.
»Leg dich wieder hin, die Ella soll die Wäsche heute machen«, sagte die Schmiedin und begleitete Gret zu ihrem Strohlager zurück.

✠ ✠

Wie immer sprachen sich Neuigkeiten auf Zollern schnell herum. Tilia ließ es sich nicht nehmen, zum Gesindeschlafraum zu eilen, auch wenn sie dadurch ein Kopfschütteln von Williburgis und gehässiges Flüstern der anderen Damen erntete.
»Wie konnte das nur geschehen!«, jammerte sie und ließ sich am Lager der Halbschwester nieder.
Gret, die ihre Ruhe bereits wiedergefunden hatte, zuckte nur die Schultern. »Dass er mich schlug, lag an seiner Eifersucht, dass ich das Kind verlor, an seinen Schlägen.«

Tilia wischte sich Tränen aus dem Gesicht. »Das hört sich gerade so an, als wolltest du ihn in Schutz nehmen.« Mit einem Schauder strich sie zart über Grets blutunterlaufenes Gesicht.

»Ich entschuldige es nicht, doch auch wenn ich ihn nun brennend hasse, kann ich ihn dadurch loswerden? Hast du mir nicht erst gestern gesagt, dass er mein angetrauter Mann ist?«

»Das schon«, grollte Tilia, »doch ich habe ihm nicht gestattet, dich zu schlagen.«

Gret kicherte, zuckte dann jedoch vor Schmerz zusammen. »Ach, er muss sich vorher die Erlaubnis bei dir holen, wenn er mir in den Leib treten will.«

»Spotte nicht!«, eiferte sich die Wehrsteintochter. »Ihr seid Eigenleute von Wehrstein. Hier auf Zollern bin ich eure Herrin, und deshalb bestimme ich darüber, was erlaubt ist und was nicht. Dich zu Tode zu prügeln gehört ganz bestimmt nicht zu den Dingen, die ich gestatte, und daher wird Rüdger seine verdiente Strafe bekommen.«

»Du willst ihn züchtigen lassen?«, fragte Gret erschrocken, auch wenn die Vorstellung in ihr eine gewisse Befriedigung auslöste. »Er wird dich dafür hassen«, gab die Magd zu bedenken.

»Ja und? Soll das mein Tun in Zukunft leiten, ob ein Knecht mich hasst oder nicht? Glaubst du, mein Vater würde auch nur einen Gedanken daran verschwenden?«

»Nein, sicher nicht«, seufzte die Magd, doch ein ungutes Gefühl blieb zurück, als Tilia, die Reitpeitsche in der Hand, sich auf die Suche nach dem Wehrsteiner Knecht machte.

Sie fand ihn vor der Schmiede. Tilia war blass vor Wut und zitterte leicht, als sie ihn anschrie. Noch nie in ihrem Leben hatte sie ihre Stimme so erhoben, doch nun schallte sie über den Hof, dass Mägde und Knechte, Wächter und Ritter neugierig kamen, um zu sehen, welch Spektakel dort vor der Schmiede geboten wurde.

»Wie konntest du dich erdreisten, dein dir angetrautes Weib so zu schlagen?«, schrie Tilia und ließ die Peitschenschnur durch die Luft sausen.

Über Rüdgers Nase und Wange bildete sich ein roter Striemen. Die Hände in die Hüfte gestützt, baute er sich in voller Größe vor Tilia auf und starrte sie trotzig an.

»Gret ist mein Weib, und es ist mein Recht, mein Weib zu züchtigen, wenn sie es verdient hat!«

Die Wehrsteintochter zog ihm die Peitsche noch einmal durchs Gesicht. »Gar kein Recht hast du. Du bist Wehrstein zu Eigen, und hier auf Zollern bin ich deine Herrin. Was denkst du dir eigentlich? Der Vater hat dich hoch ausgezeichnet und nun behandelst du Gret so schlecht?«

»Es war kein Geschenk, es war eine Strafe, dass Euer Vater sie mir zum Weib gegeben hat«, brüllte der Knecht erbost und zuckte unter einem weiteren Hieb zusammen.

»Ich verspreche dir, wenn du sie noch einmal anrührst, dann lasse ich dich hier im Hof nackt auspeitschen, bis du keinen Flecken Haut mehr auf deinem Rücken hast!«

Sie funkelten sich gegenseitig an. Trotz der schmerzhaften Schläge senkte der Knecht sein Haupt nicht, blieb aufrecht vor ihr stehen und forderte sie weiter heraus. Die zollerischen Mannen flüsterten aufgeregt miteinander und zogen den Kreis um das spannende Schauspiel immer enger. Tilia spürte Panik in sich aufsteigen. Sie hatte sich vorgewagt, nun musste sie das Spiel auch weiterführen, bis zum Ende. Sich jetzt dem bockigen Leibeigenen zu beugen, das würde ihren Ruin bedeuten.

»Knie nieder und schwöre mir, dass du sie in Ruhe lässt!«, schrie Tilia, dass ihr die Stimme kippte.

Aus der Menge löste sich eine Gestalt. Gemächlich schlen-

derte der Merkenberger heran, blieb breitbeinig stehen und zog dann langsam sein Schwert aus der Scheide. In den Augen des Knechtes mischte sich Furcht unter den Trotz. Er sank auf die Knie und senkte das Haupt.
»Ich werde Gret nicht wieder schlagen«, brummte er mürrisch. »Ich schwöre es bei den Heiligen.«
Erschöpft ließ Tilia die Peitsche sinken. Sie wusste nicht, ob sie dem Zollernsohn zürnen oder ihm dankbar sein sollte. Noch immer zitternd, ließ sie sich von ihm zum Palas bringen. Erst als sich die Tür zum Gemach der Damen hinter ihr geschlossen hatte, warf sie sich weinend auf ihr Lager.

KAPITEL 27

Der Bote wartete nun schon drei Tage auf eine Antwort. Einerseits war es bequem, die frühen Sommertage, einen vollen Becher in der Hand, dösend auf einer Bank zu verbringen, andererseits fürchtete er den Zorn des Württembergers. Wer konnte schon wissen, an wem er seine Wut ausließ, wenn der Zoller ihn warten ließ. Unruhig rutschte der Bote auf dem nur grob entrindeten Baumstamm hin und her. Er beobachtete die Mägde, die das kleine Gärtchen harkten, Wasser schleppten oder mit frischen Hemden und Linnen in den Händen zum Palas eilten. Ein paar Kinder spielten Fangen. Der Württemberger Bote verscheuchte eine Biene, die um seinen Kopf herumbrummte, und blinzelte in die Sonne. Mittag war schon wieder vorüber, und seit dem frühen Morgen saß der Zoller mit seinen Söhnen zusammen. Schon das dritte Mal. Warum konnten sie sich nicht schneller einigen? Es genügten doch ein paar Worte. Sie mussten nur dem Württemberger ihr Bündnis bestätigen. Seufzend lehnte er sich wieder zurück und schloss die Augen.

✠ ✠

Der Graf streckte beide Hände aus, um das hitzige Streitgespräch seiner Söhne zu beenden. »Ich bleibe dabei, wir halten dem Württemberger die Treue und versuchen, uns so lange wie möglich aus der Fehde herauszuhalten.«

Der Merkenberger ließ sich nicht so schnell den Mund verbieten. »Eitelfriedrich ist ein Verräter! Wer weiß, was er hinter Eurem Rücken treibt. Ich schätze, wenn man unserem Herrn Kaplan entsprechend zusetzt, kann man sehr interessante Dinge erfahren.«
Verräterische Röte schoss dem alten Gottesdiener ins Gesicht. »Ich sage nichts!«, wehrte er ab und duckte sich unter Eitelfriedrichs flammendem Blick.
»Friedrich, unterlasse solche Beleidigungen und Anschuldigungen!«, erhob der Graf nun doch seine Stimme. »Dein Bruder hat das Recht auf eine eigene Meinung, doch solange ich noch auf Gottes Erde weile und nicht kalt in einer Gruft in Stetten liege, zählt meine Entscheidung.«
»Und danach wird Eitelfriedrich zu Euren Feinden überlaufen, kaum dass der Sargdeckel sich über Euch geschlossen hat«, ereiferte sich der jüngere Sohn.
»Aber nur, falls es dann noch eine Grafschaft Zollern gibt, für die es sich zu kämpfen lohnt!«, schrie Eitelfriedrich erbost.
Der alte Graf ließ den Kaplan die erwarteten Worte an Eberhard von Württemberg schreiben und schickte ihn dann samt seiner Söhne hinaus. Er fühlte sich müde, und in seinem Kopf hämmerte es wie in einer Schmiede. Seufzend ließ er sich in seinen Sessel fallen, als er merkte, dass der jüngere Sohn im Raum geblieben war.
»Was willst du noch? Es ist alles gesagt«, stöhnte der Graf.
»Nein, es ist längst nicht alles gesagt«, widersprach der Merkenberger störrisch. »Ich fordere die Grafschaft von Euch. Gebt sie mir, und ich mache sie stark und mächtig.«
»Ich habe dir meine Entscheidung bereits mitgeteilt. Sie hat sich nicht geändert.«
Der Merkenberger trat ganz nah an seinen Vater heran. »Sie wird sich aber gleich ändern. Was glaubt Ihr wohl, was

der Bischof oder der König von gewissen Dingen halten würde?«

Der alte Graf sah seinen Sohn überrascht an. »Was meinst du damit?«

»Nun, ich könnte mir vorstellen, dass man Euch in ein Büßerhemd stecken und mindestens bis nach Canossa schicken würde, um Eure große Schuld zu büßen. Oder soll Williburgis stattdessen ein Schweigegelübde ablegen, so wie unsere Mutter?«

Der Graf erbleichte. »Glaubst du, du könntest mich erpressen?«

Der Merkenberger nickte. »Ja, das glaube ich. Überlegt nicht zu lange, denn sonst seid Ihr die längste Zeit hier auf Zollern gewesen!« Er warf seinem Vater noch einen drohenden Blick zu, dann ließ er ihn mit seiner schweren Gedankenlast allein.

✠ ✠

»Wartet auf mich«, rief Vater Laurenz und eilte Eitelfriedrich hinterher.

»Was ist?«, fauchte der Zollernsohn. »Habt Ihr noch nicht genug Unheil angerichtet? Wolltet Ihr in die ganze Welt hinausschreien, was nur für uns und den Hohenberger bestimmt ist?«

Vater Laurenz zog den Kopf ein. Schuldbewusst senkte er den Blick. Die Angst zehrte an ihm und raubte ihm nächtelang den Schlaf. Selbst im Gebet fand er keinen Trost mehr.

»Es ist eine Botschaft aus Haigerloch gekommen!«, raunte er, nach einem vorsichtigen Blick in alle Richtungen, und griff sich an sein wild klopfendes Herz. »Ich bin für die Politik nicht geschaffen«, seufzte er, als er Eitelfriedrich in dessen Gemach folgte.

»Nun lest schon!«, raunzte der Zollernsohn unfreundlich, sobald die Tür sich geschlossen hatte. Schweigend hörte er zu, doch sein Gesicht rötete sich mit jedem Wort mehr vor Zorn.

»Was will er?«, schrie Eitelfriedrich unvorsichtig laut, als der Kaplan geendet hatte, und riss ihm das Pergament aus der Hand. »Mühlheim und Schömberg? Und in Erzingen will er sich in der Feste vor unsere Tore setzen? Er muss betrunken gewesen sein, als er dies Schreiben aufsetzte. Oder er ist verrückt. Nie, niemals werde ich mich auf dieses Spiel einlassen. Schreibt ihm, ich werde ihm mit dem Schwert in der Hand begegnen. Blankes Eisen ist das Einzige, was er von mir zu erwarten hat!«

Der Kaplan nickte und wandte sich zur Tür, doch Eitelfriedrich hielt ihn zurück. »Nein, schreibt ihm nicht. Er wird schon merken, dass sich die Dinge geändert haben.«

Wortlos ging der Kaplan hinaus, doch die Verwirrung spiegelte sich in seinem Gesicht wider. Der Grafensohn sah ihm nach und nagte grübelnd an seiner Unterlippe. Konnte der Beichtvater ihm gefährlich werden? Er wusste zu viel, und er war schwach.

✠ ✠

Ruhelos schritt der Merkenberger draußen in der Dunkelheit auf und ab. Hatte er es falsch angepackt? Warum war er nicht zu seinem Ziel gekommen? Vielleicht musste der Vater erst ein paar Tage nachdenken – oder sollte er noch ein paar Drohungen hinterherschicken? Hätte er nur die halbe Grafschaft für sich fordern sollen?

Vater Laurenz und sein merkwürdiges Verhalten fielen ihm wieder ein. Nun, vielleicht sollte er wirklich ein ernsthaftes Gespräch mit dem Alten führen. Er würde die Wahrheit

schon aus ihm herausbekommen. Wenn Eitelfriedrich Verrat begangen hatte, dann lag die Grafschaft zum Greifen nahe.
»Wir haben Euch vermisst, Friedrich. Ohne Euch will im Saal nicht so recht Stimmung aufkommen. Habt Ihr Lust auf eine Würfelpartie?«
Otto von Ringelstein-Killer kam durch die Dunkelheit herangeschlendert. Der Merkenberger knurrte nur unwirsch. Otto lachte.
»Wer hat es gewagt, Euch zu erzürnen? Möge seine Seele in der Hölle braten.«
»Der Alte war's, und wie üblich ging es um das Erbe. Doch so leicht lass ich mich nicht aus meinem Land jagen.«
Der Ritter von Ringelstein-Killer lehnte sich neben den Grafensohn an einen Holzstoß.
»Wartet ab. Nicht lange, dann werden die Kämpfe wieder aufflammen. Dann schwirren die Pfeile und blitzen die Schwerter. Wer weiß schon, ob sich nicht eine Klinge in den Rücken des ältesten Zollensohnes verirrt? Dann wärt Ihr Eure Sorgen mit einem Mal los. Vielleicht bringt der Kummer den alten Herrn dann auch noch in die Gruft…«
Friedrich sah den Ritter an seiner Seite scharf an, doch in der Dunkelheit konnte er dessen Züge nicht erkennen.
»Ihr meint aber nicht zufällig ein zollerisches Schwert?«, fragte er vorsichtig.
Der andere zuckte die Schultern. »Kann man das im Kampfgewühl hinterher so genau sagen? Auch sind die Straßen in diesen Zeiten alles andere als sicher. Es ist ein weiter Weg zum Hoftag nach Ulm. Sicher sind nicht nur der König und sein Gefolge oder der streitbare Württemberger unterwegs. Gibt es nicht auch Straßenräuber im Hinterhalt?«
Der Merkenberger atmete schwer. Gier glomm in seinen Augen. »Euer Vorschlag gefällt mit.«

Otto von Ringelstein-Killer erhob sich. »Welcher Vorschlag? Ich habe keinen Vorschlag unterbreitet. Ich habe nur die Fantasie angeregt.« Mit diesen Worten verschwand er in der Dunkelheit. Der Merkenberger schritt langsam zum Saal zurück und gesellte sich zu den Rittern. Er war wohl nicht ganz bei der Sache, denn an diesem Abend verlor er im Spiel, ohne sich darüber zu ärgern.

Der Hof lag verlassen da, als sich hinter dem Holzstoß plötzlich etwas regte. Verstohlen spähte Tilia in die Nacht und huschte dann mit klopfendem Herzen in die Kapelle hinüber. Sie hatte nicht lauschen wollen, hatte bereits dort hinter dem Holz gesessen und nachgedacht, als sich der Merkenberger auf den Scheiten niederließ.

Nun saß Tilia in der hintersten Kirchenbank und presste sich die Hände auf die Ohren, doch die Worte hallten höhnisch kichernd in ihrem Kopf wider. Vielleicht gab es eine andere Möglichkeit, diese Worte zu deuten? Es konnte doch nicht sein, dass er so einfach einen Brudermord billigte? Hatte sie sich so in ihm getäuscht? In ihr rumorte es.

Warum hat er dich wohl umworben? Weil du so schön und unwiderstehlich bist?, höhnte es in ihrem Innern gehässig. Denke nach, du dummes Ding, denke nach, was in den Botschaften stand, die du für den Merkenberger geschrieben hast. Welche Worte von der Schalksburg hast du ihm vorgelesen? Bist du so naiv? Denkst du, dass das in des Grafen Sinn war? Der Merkenberger hat dich umschmeichelt, weil du seiner Machtgier dienlich warst!

Tilia begann das Paternoster zu murmeln. Immer schneller, immer wieder, um die Stimme in ihrem Innern zum Schweigen zu bringen.

Der Abreisetag war herangekommen. Im Hof standen schon die kräftigen Rösser mit ihren langen, schwarz-weiß gewürfelten Schabracken und den kostbaren Sätteln. Die Mägde und Knechte schnürten Bündel, packten Kisten und luden sie auf die Rücken der kräftigen, kleinen Packpferde und Esel. Vater Laurenz schlich schon seit dem Vortag jammernd durch den Palas und erzählte jedem, der es hören oder nicht hören wollte, dass er das Reißen in den Gliedern hätte, seine Säfte gehörig in Unordnung seien und er des Morgens Blut und Wasser gespuckt hätte. An einen solch anstrengenden Ritt bis ins ferne Ulm wäre gar nicht zu denken.
»Ein böses Fieber muss auf Zollern herrschen«, bestätigte der Merkenberger und legte seine Arme um den Leib. »Meine Därme entleeren sich unter Schmerzen und Getöse und meine Innereien sind bös verkrampft. Ihr müsst an meiner Stelle den Ritter von Ringelstein-Killer mit Euch nehmen, Vater«, sagte er mit schwacher Stimme.
Der alte Graf runzelte besorgt die Stirn. »Du solltest zu Bruder Tragebott gehen, damit er dich zur Ader lässt«, empfahl er. »Es wird doch nicht das Sommerfieber nach Zollern gekommen sein?«
Noch herrschte nicht die brütende Hitze des August, in der die braune Brühe des Grabens zu einem stinkenden Morast eindickte, über dem Wolken aus Mücken in der flirrenden Hitze schwirrten. Nicht selten begann dann das große Sterben. Erst das Vieh und dann die Menschen. Doch im Juni schon? Das hatte auf Zollern noch keiner erlebt.
»Geh zurück auf dein Lager, mein Sohn, ich werde für dich beten.«
Friedrich von Zollern wandte sich ab und merkte nicht, mit welch selbstzufriedener Miene sein Jüngster ihm nachsah.
»Na, dann werde ich dem lieben Vater Laurenz mal auf den

Zahn fühlen, wenn der Rest der Zollernbrut aus dem Weg ist«, murmelte der Merkenberger vor sich hin, als er sich in sein Gemach begab.

Eitelfriedrich zog ein finsteres Gesicht, als der Vater ihm vom Fernbleiben seines Bruders berichtete. »Der Ritter von Ringelstein-Killer wird uns dafür begleiten.«

Tilia, die gerade mit Williburgis herantrat, um die Ritter zu verabschieden, horchte auf. Was hatte das zu bedeuten? Sollte der Zollernerbe auf diesem Ritt gemeuchelt werden? Wollte sich der Merkenberger vom Ort des Frevels fern halten? Konnte sie es zulassen, dass Eitelfriedrich so ahnungslos in die Falle tappte? Wie gejagt schritt sie über den Hof. Noch immer tat sie sich schwer, das Gehörte zu glauben. Tilia fand Gret in der Küche und zerrte die erstaunte Magd in den Garten hinaus.

»Sag mir ganz ehrlich. Wie sind deine Gefühle Eitelfriedrich von Zollern gegenüber?«

»Das musst du jetzt in diesem Augenblick wissen, da ich alle Hände voll zu tun habe, die letzten Befehle der Ritter vor dem Aufbruch auszuführen?«

Tilias Miene blieb ernst. »Ja, jetzt sofort. Hat er dich geschlagen? Hat er dich verletzt?«

»Aber nein!«, rief Gret aus. »Ich mag ihn gern leiden. Er ist zarter als mein Gemahl, das kannst du mir glauben.«

»Gut, dann hat er den Tod nicht verdient.« Ohne Gret eine weitere Erklärung zu geben, eilte Tilia zum Hof zurück. Die Magd sah ihr fassungslos hinterher.

Nach und nach sammelten sich die Ritter und Edelknechte im Hof und saßen auf. Das Gesinde, das zur Bequemlichkeit der Herrschaften mitreiste, schwang sich auf die breiten Rücken der Gäule und Esel und nahm die Lasttiere an den Zügeln, die prächtige Rüstungen, farbige Gewänder und Geschenke für den Herrscher sauber verpackt auf ihren

Rücken trugen. Da trat Tilia an das Streitross des Zollernerben heran und griff nach dem Zügel. Erstaunt sah er zu ihr herunter, doch dann beugte er sich vor, um zu hören, was sie ihm zu sagen hatte.
»Gebt Acht auf Euren Rücken, Herr Ritter, damit Ihr gesund wiederkehrt«, flüsterte sie ihm zu.
Der älteste Zollernsohn lächelte verwirrt zu der Wehrsteinerin hinunter, die ihm bisher kaum Beachtung geschenkt hatte. »Es rührt mich, dass Ihr solch Sorge um mich in Eurem Herzen tragt, doch seid beruhigt. Der Herr im Himmel wird uns auf unserer Reise beschützen.«
»Dann braucht Ihr vielleicht einen ganz besonderen Schutzengel, der die Pfeile Eurer Feinde fehllenkt und ihren Schwertarm lähmt, wenn Ihr schlaft.«
»Habt Ihr schlecht geträumt, Fräulein von Wehrstein? Wir führen keinen Krieg. Wir ziehen zum Hoftag nach Ulm.«
»Ich spreche auch nicht von den Feinden, die sich Euch offen entgegenstellen. Ich spreche von denen, die ihre Füße abends unter denselben Tisch mit Euch strecken. Hütet Euch!«
Eitelfriedrichs Miene erstarrte. Er umklammerte Tilias Handgelenk so fest, dass sie vor Schmerz das Gesicht verzog. »Sagt mir, wer ist es?«
Sie wand sich und versuchte, seinem Griff zu entkommen. »Ich werde seinen Namen nicht aussprechen, denn Ihr würdet mich der Lüge bezichtigen. Ich sage Euch nur, er ist Euch vertraut, denn Ihr kennt ihn dreiundzwanzig Sommer und Winter lang. Hütet Euch vor seinem Busenfreund!«
Ihr Blick schweifte umher und blieb dann am Tor hängen, durch das der Merkenberger gerade mit lässigem Schritt in den Hof trat. Tilia versteifte sich, riss sich mit einer hastigen Bewegung von dem Zoller los und eilte davon. Eitelfriedrich von Zollern drehte sich um, um zu sehen, wer dem

Fräulein solch einen Schrecken eingejagt haben könnte, doch er erblickte nur seinen Bruder, der langsam näher kam. Ein leichtes Lächeln spielte um seine Lippen, als er sich von Eitelfriedrich verabschiedete.

✠ ✠

Vater Laurenz streckte wohlig seufzend die Beine von sich. Die letzten Sonnenstrahlen, die am Bergfried vorbei über die Mauer rutschten, ließen das Pergament vor den Fensterschlitzen golden aufleuchten. Der Kaplan gähnte ungeniert und bettete den Kopf in das Polster. Er fühlte das Leder seines bequemen Sessels unter den Händen, spürte die mit weichen Daunen prall gefüllten Kissen hinter seinem wehen Rücken und dachte mit einem Hauch von Schadenfreude an den langen Ritt, den die anderen noch immer nicht hinter sich hatten, und an das harte Lager unter Gottes freiem Himmel, das in dieser Nacht auf die Reisenden wartete.
Womöglich verhüllten dichte Wolken den Sternenglanz, kam ein kalter Wind von Westen auf, der Regen auf die ungeschützten Schläfer herabpeitscht. Für eine Pilgerreise, Gott zu Ehren, wäre er bereit gewesen, solche Strapazen auf sich zu nehmen, doch nicht für die politischen Machtspiele der Grafen. Nun würde ihm erspart bleiben, zu sehen, wie all die edlen Männer in sündhafter Eitelkeit und Völlerei schwelgten. Voll Abscheu verzog er den Mund, als er an gebratene Ochsen und Schweine, an Geflügel und Wildbret dachte. In der Entsagung lag das Heil! Der Kaplan blinzelte. Rasch verdunkelten sich nun die Schatten in seinem kleinen Gemach. Nur noch undeutlich erkannte er den Weinkrug, den Eitelfriedrich ihm mit ein paar guten Wünschen überbracht hatte. Vater Laurenz lächelte zufrieden. Der junge Zoller wusste, dass der Kirche Respekt gebührte. Die

Kehle war trocken. Immer öfter wanderte sein Blick zu dem Krug mit dem verlockenden Inhalt. Vater Laurenz verabscheute Völlerei und Maßlosigkeit, Spiel und Zügellosigkeit, denn sie waren vom Satan geschickt, die Schwachen vom rechten Weg abzubringen. Der Wein jedoch war das Blut des Herrn. Jesus selbst hatte die Jünger aufgefordert, ihn zu trinken. Nehmet und trinket, denn dies ist mein Blut. Nehmet und trinket zu meinem Gedächtnis.
Feierlich rutschte der Kaplan ein Stück in seinem Sessel vor, griff nach dem Krug und goss den tiefroten Wein in seinen Becher. Andächtig ließ er den Traubensaft im Becher kreisen und gedachte der Leiden des Gottessohnes, ehe er erst einen kleinen Schluck nahm und dann den edlen Tropfen durstig hinunterstürzte.
Er dachte an den Merkenberger. Ob ihn wirklich das Fieber in seinem tödlichen Griff hielt? Vater Laurenz beschloss, für ihn zu beten – später, denn jetzt fühlte er sich müde und schwer und konnte sich nicht aufraffen, in die Kapelle hinüberzugehen, um auf dem Stein seine schmerzenden Knie zu beugen. Oder hatte der Merkenberger gelogen, um nicht mit nach Ulm ziehen zu müssen? Ein Verdacht stieg in Vater Laurenz auf, der ihn übel in den Gedärmen zwickte. Würde der jüngere Zollernsohn zu ihm kommen, ihn ausfragen und bedrängen, ihm ungestört tagelang zusetzen, bis er all das erfahren hatte, was er zu wissen trachtete?
Dem Kaplan brach der Schweiß aus. Es war ihm, als rege sich dort drüben etwas in der düsteren Ecke. Ein Kopf schälte sich aus der Wand, eine Fratze, so scheußlich, wie sie kein Albtraum erschaffen konnte. Vater Laurenz stöhnte, wagte jedoch nicht, sich zu bewegen. Überall schienen Wände, Boden und die hölzerne Decke grässliche Wesen zu gebären. Wie aus dichtem Nebel hervor, nahmen sie immer deutlicher Gestalt an, schlüpften, glitten und krochen lautlos und

unaufhaltsam näher. Vater Laurenz klammerte sich an den Armlehnen fest. Die Augen traten ihm aus den Höhlen. Er konnte sich nicht mehr bewegen und starrte nur fassungslos auf die höllischen Dämonen, die ihn einkreisten. Ein glänzend glitschiger Körper am anderen. Schon hatten sie seine Beine erreicht. Er spürte die höllische Hitze, den stechenden Schmerz und ein Brennen, wie selbst das Fegefeuer nicht schlimmer sein konnte. Gequält schrie er auf, wand sich, schlug die Arme vors Gesicht, doch er war bereits verloren.

☩ ☩

Der Merkenberger schritt unruhig über den dunklen Hof. Er passierte das Tor und die Zugbrücke, ging zum Stall und sah nach seinem Ross. Auf dem Rückweg traf er eine Magd, zog sie zum Stall, hob ihren Rock, doch auch das brachte keine Erleichterung. Im Saal hielt er es nicht aus. Bis auf seine Schwester und ihre Damen trieben sich dort nur die Hunde herum und warteten auf ein paar Knochen. Die wenigen Männer, die als Wächter zurückgeblieben waren, saßen unten am vorderen Tor und spielten mit Würfeln.
Der Merkenberger schlenderte zum inneren Hof zurück und blieb dann vor der dunklen Kapelle stehen. Sollte er zu dem alten Miesepeter gehen und ihm das Geheimnis entreißen? Entschlossen stieß Friedrich die Tür zur Kapelle auf. Seine Schritte hallten von den Wänden wider, als er den Raum durchquerte. Das winzige Flämmchen, das neben dem Altar flackerte, konnte die Finsternis nicht vertreiben, doch der junge Zoller war schon so oft in der Kapelle gewesen, dass er die Tür zu Vater Laurenz' Gemach auch so fand. Knarrend öffnete sie sich und schlug dann gegen die Wand. Unschlüssig stand der Zollernsohn in der

Tür und versuchte, die Dunkelheit mit den Blicken zu durchdringen.
»Vater Laurenz?«
Keine Antwort. Der Merkenberger lauschte, konnte jedoch keine Atemzüge hören. Alles blieb totenstill, dennoch fröstelte er plötzlich. Er hatte das Gefühl, nicht allein zu sein. Noch einmal lauschte er. Nichts. Mit einem Ruck drehte sich Friedrich um und eilte zum Altar. Er entzündete eine der Kerzen, nahm den schweren, silbernen Leuchter in die Hand und schritt dann zur Kammer des Beichtvaters zurück, die Flamme sorgsam mit der Hand vor dem Luftzug schützend. Als er stehen blieb und sich das Flämmchen in das Wachs fraß, kroch der Lichtschein durch die Kammer und enthüllte die zusammengesunkene Gestalt im Lehnstuhl.
»Vater Laurenz«, zischte der Merkenberger scharf, trat zu ihm heran und fasste ihn bei der Schulter. Der Kopf des Beichtvaters sank zur Seite und wandte sich in grotesker Verrenkung dem Ritter zu, der bläuliche Mund halb geöffnet, die Züge zu einer Fratze entstellt, die blicklosen Augen weit aufgerissen. Der Merkenberger fuhr zurück und stieß einen halblauten Fluch aus.
»Verdammt, nun seid Ihr mir doch entwischt«, fluchte er, besann sich dann aber und murmelte ein kurzes Gebet, ehe er die Kammer wieder verließ und den Leuchter an seinen Platz zurückbrachte. Er schloss gerade die Kapellentür und wollte zum Palas hinüber, als er auf Tilia und Gret stieß.
»Was tut Ihr zu dieser Zeit noch hier draußen?«, fuhr er die beiden Frauen an. »Ihr könnt Vater Laurenz jetzt nicht stören.«
»Aber wir wollten doch gar nicht zu ihm«, erwiderte Tilia erstaunt, doch der Zollernsohn war bereits in der Dunkelheit verschwunden.

»So habe ich ihn ja noch nie erlebt. Nicht einmal gegrüßt hat er«, sagte Tilia und hakte sich bei Gret unter. »Wie konnte ich mich nur so in ihm täuschen«, murmelte sie und schüttelte den Kopf.

»Ich möchte den Merkenberger nur ungern in Schutz nehmen«, erwiderte Gret, »doch dass er einmal nicht richtig grüßt, bedeutet nicht das Ende der Welt.«

Tilia blieb stehen und umfasste Gret. »Das ist es nicht, was mir wie ein Fels auf der Seele liegt. Er ist der Kain, auch wenn er kein Mal auf der Stirn trägt.« Stotternd erzählte sie, was sie belauscht hatte.

»Du hast Eitelfriedrich gewarnt. Ich danke dir dafür«, sagte Gret warm.

Tilia brummte nur und zog sich in die Kammer der Damen zurück. Die halbe Nacht wälzte sie sich hin und her, so dass das Fräulein von Zell-Andeck zweimal erwachte.

»Was ist mit Euch?«, flüsterte die keusche Rothaarige und tastete nach der Hand der Bettgenossin. »Sagt, was quält Euch so?«

»Die Ritter – sie sind alle so roh, bar jeder Liebe, und sie lügen, wie es ihnen zum Vorteil gereicht«, platzte die Jungfrau heraus.

Eleonora von Zell-Andeck nickte. »Ja, ich habe das früh erkannt, und wenn es nicht gegen Vaters Wille gewesen wäre, dann trüge ich heute den Schleier als Braut Christi. Ich bete jeden Abend darum, dass der Vater ein Einsehen hat und mich nicht an einen groben Kerl verkauft, sondern mich ein gottesfürchtiges Leben in der Stille der Klostermauern von Stetten verbringen lässt.« Ihre Stimme klang verzückt.

Tilia schwieg und dachte über das Kloster nach. Ob Dorothea irgendwann auch so dachte? Welches war das bessere Schicksal? Einen wie Swenger von Lichtenstein hätte sich die Wehrsteintochter wohl als Gatten vorstellen können, doch nun wusste sie, der Ritter war nicht besser als ein Tier. Nein, schlechter, denn ein Tier musste seiner Bestimmung folgen. Es konnte nicht zwischen Gut und Böse wählen. Lautlos vergoss Tilia heiße Tränen in ihr Kissen.

KAPITEL 28

All die Grafen und Edelfreien hatten sich im großen Saal der prächtigen Burg in Ulm versammelt, um mit ihrem Oberhaupt den Hoftag abzuhalten. Auch die kirchlichen Würdenträger waren angereist. Schließlich galt es auch für sie, die Pfründe zu bewahren und aufzupassen, dass sich der Habsburger nicht an kirchlichen Rechten vergriff.
Eberhard von Württemberg ließ den Blick schweifen. Ganz oben, wie es seinem Rang gebührte, hatte König Rudolf auf einem prächtig geschmückten Sessel seinen Platz eingenommen. Ganz in Rot und Gold gekleidet, ein mächtiges, edelsteinbesetztes Kreuz an einer langen Kette auf seiner Brust. Den Rücken gestrafft, den Kopf hoch erhoben, wirkte der König noch größer, als er eh schon war. Seine Adlernase zeichnete sich scharf im Fackelschein ab, die schmalen Lippen waren fest geschlossen.
Ein Mann, der weiß, was er will, dachte der Württemberger und kaute nachdenklich am Schenkel eines zarten Kapauns, der leicht nach Honig und Rosmarin schmeckte.
Plötzlich blickte der König auf und sah Eberhard über die lange Tafel hinweg an.
Er ist fest entschlossen, sich durchzusetzen, der Habsburger, doch an meinem Willen wird er sich die Zähne ausbrechen!
Der Württemberger ließ den Blick weiterwandern. Bischof Rudolf von Konstanz lehnte sich gerade zu seinem Vetter, dem König, hinüber, um etwas zu sagen. Auf der anderen

Seite saßen des Königs Söhne Albrecht und Rudolf, sein Schwager aus Hohenberg und einige dem Württemberger unbekannte Ritter, die der Adlernase nach zu schließen das Erbe Habsburgs in sich trugen. Eberhard von Württemberg beobachtete den Zollerngrafen. Warum er nur den ältesten Sohn mitgebracht hatte? Eberhard wusste wohl, dass dieser das Bündnis mit Württemberg nicht gut hieß. Missmutig runzelte er die Stirn. Später würde er sich vergewissern müssen, auf welcher Seite der Zoller wirklich stand.
Nun erhob der König seine Stimme. Ohne mit der Wimper zu zucken, stand Eberhard von Württemberg da und hörte sich an, was sein König ihm zu sagen hatte. Der Habsburger erhob nicht die Stimme, doch eine gewisse Strenge in ihr war nicht zu leugnen. Er bot dem Württemberger die Hand zum Bund, schlug die ersten Pfosten für eine Brücke in den schlammigen Grund. Es schien ihm nicht daran gelegen, den Gegner zu demütigen, er wollte ihn ins Reich holen. Und doch – bei der Forderung nach den Krongütern blieb er unerbittlich.
Eberhard von Württemberg spielte die Posse mit ernster Miene, unterzeichnete den Sühnevertrag und setzte sein Siegel darunter, doch in Gedanken zählte er die Ritter zusammen, auf deren Hilfe er zählen konnte. Keinen Heller würde der Habsburger aus seinen Händen bekommen!
Rudolf von Habsburg war mit seinem Gefolge noch nicht am Horizont verschwunden, da saß der Württemberger bereits mit Graf Konrad von Gruningen-Landau, Graf Ulrich von Helfenstein, denen von Zollern und von Montfort-Sigmaringen zusammen, um weitere Pläne zu schmieden.

✠ ✠

Lange stand Tilia in der offenen Tür und starrte auf den Toten. Sein Antlitz war zu einer bläulich angelaufenen Teufelsfratze verzerrt, die die schlimmsten Albträume widerspiegelte, die man sich denken konnte, und doch war Tilia nicht in der Lage, sich abzuwenden. Gestern hatte sie noch heimlich über sein Gejammer und Gestöhn gelächelt, und nun hatte der Tod ihn in tiefster Nacht geholt. Ob er wohl im Fegefeuer briet? Oder kam ein Mann Gottes sofort in den Himmel, um die Herrlichkeit Gottes und der Heiligen Jungfrau Maria zu schauen? Warum seine Lippen so seltsam schwärzlich waren, wo er doch erst eine halbe Nacht und den Morgen über hier lag? Er war kalt und steif, aber schließlich musste er noch gelebt haben, als der Merkenberger gestern aus der Kapelle kam.
Tilia erschrak. Herr im Himmel, wie lange stand sie schon hier und gaffte einen Toten an? Hastig lief sie hinaus, überquerte den Hof und eilte die gewundenen Stufen in die Kellergewölbe hinab.
»Bruder Tragebott, kommt schnell, Vater Laurenz ist tot!«
Der Bettelmönch sah mit ernster Miene auf seinen ewigen Widersacher hinab. Er empfand keine Schadenfreude oder Hass, aber auch nur wenig Bedauern.
Da liegt Ihr nun, Ihr, der Ihr Euch immer für besser hieltet, für einen Heiligen, der hier auf Erden nur noch ein paar Prüfungen zu bestehen hat. Seid Ihr nun an Eurem Ziel? Ist es das, was Ihr Euch erträumt habt? Sicher nicht zu Euren Träumen gehört es, von einer Magd in ein Linnen genäht und von mir, dem verderbten Sünder, in Euer Grab gebracht zu werden.
»Ist es das Sommerfieber, Bruder Tragebott?«, unterbrach die Wehrsteintochter seine Gedanken.
Der dicke Mönch schüttelte den Kopf. »So wie er jammerte und klagte, hätte es das Fieber sein können, doch sein Kör-

per war gestern nicht heißer als sonst – und diese schwarzen Lippen? Nein, Jungfrau Tilia, ich glaube nicht, dass wir uns vor dem Fieber fürchten müssen.«
»Aber was hat Vater Laurenz dann so plötzlich aus unserer Mitte gerissen?«
Der Barfüßer wand sich und druckste herum. »Es könnte sein, dass er etwas zu sich genommen hat, das ihm nicht bekam und...«
»Ist er vergiftet worden?«, erklang da laut und deutlich die Stimme des Merkenbergers. Bruder Tragebott zuckte zusammen.
»Vielleicht. Ich möchte es nicht ausschließen.«
Tilia stieß einen erstaunten Ruf aus. Den Merkenberger schien dies nicht zu überraschen.
»Oder er hat selbst Hand an sich gelegt«, fügte der Mönch hinzu.
»Es schien mir, als wäre er in den letzten Tagen sehr nervös, gar ängstlich.« Bruder Tragebott sah den Merkenberger scharf an. »Was war es wohl, das den guten Beichtvater so in Aufregung versetzt hat?«
Der Merkenberger hob abwehrend die Hände. »Woher soll ich denn das wissen?«
»Schien er denn ungewöhnlich erregt, als Ihr letzte Nacht bei ihm wart?«, mischte sich Tilia ein. »Ihr wart vielleicht der Letzte, der ihn gestern nach dem Spätmahl noch lebend gesehen hat, als Ihr ihn hier aufsuchtet.«
Bruder Tragebott warf dem Zollernsohn einen raschen Blick zu. Es entging ihm nicht, dass Friedrich dem Mädchen zürnte, doch seine Stimme blieb teilnahmslos, als er antwortete: »Ich habe nichts Ungewöhnliches bemerkt.«

✠   ✠

Leise betrat Tilia die Kemenate, einen schlichten dunkelgrauen Surcot und ein zartgrünes Seidenhemd unter dem Arm, um Williburgis beim Ankleiden zu helfen, denn die Kienspäne brannten bereits in ihren Leuchtern, und im Saal wurde das Essen aufgetragen. Schon als sie die Tür hinter sich schloss, sah sie, dass mit der Grafentochter etwas nicht stimmte. Die Beine untergeschlagen, ein Federkissen mit beiden Armen umschlungen und an den Leib gedrückt, saß sie mit rot geweinten Augen auf dem Bett und wiegte den Oberkörper in einem nur für sie hörbaren Takt vor und zurück.
»Vater Laurenz ist tot«, wimmerte sie vor sich hin.
Tilia ließ sich auf die Bettkante sinken und strich ihr leicht über den Arm.
»Ja, er ist tot, doch er war ein gottesfürchtiger Mann und ist nun sicher bei unserem Herrn im Himmel.« Sie wunderte sich, dass der Tod des Kaplans die Grafentochter so sehr grämte. Mein Verdacht war also falsch, dachte sie beschämt und bat den Toten für diese ungeheuerliche Unterstellung um Verzeihung.
»Wer soll mir nun die Beichte abnehmen, wer mich strafen, damit ich Buße tun kann?«
Tilia dachte an die nächtlichen Schläge. Sie musste sich beherrschen, die Hände nicht zu Fäusten zu ballen. Es war gut, dass dieser Spuk ein Ende hatte.
»Ich muss nach Stetten, jetzt sofort. Tilia, ich bitte Euch, bringt mich hin und bleibt bei mir, denn ich kann nicht mehr. Wenn ich warte, bis der Vater zurück ist, dann finde ich wahrscheinlich nicht mehr die Kraft dazu.«
»Williburgis, wollt Ihr ewig Euer Leben so versteckt mit einer Lüge führen? Warum geht Ihr nicht zu Eurem Vater und erzählt ihm von dem Ritter, der in Liebe zu Euch entbrannt ist? Ich habe Eures Vaters Blick gesehen. Vielleicht

wird er Euch erst zürnen, doch das vergeht. Nur er kann Euch helfen. Er liebt Euch aus tiefstem Herzen. Ich bin mir ganz sicher. Er wird eine Lösung finden.«
»Ich liebe ihn auch, wie es Gottes Gebot vorschreibt. Doch ein Vater muss seine Tochter wie sein Kind lieben und nicht wie sein Weib, wenn er nicht auf ewig seine Seligkeit verlieren will. Seine und meine Seligkeit.« Williburgis schluchzte und wiegte sich vor und zurück.
Tilia saß nur da. Die Hände im Schoß gefaltet, sah sie die Grafentochter an, fühlte ihre tiefe Pein und fragte sich fassungslos, wie sie so lange so blind hatte sein können.
»Ihr wollt vor Eurem Vater nach Stetten fliehen?«, sagte sie mehr zu sich als zu der Grafentochter. Williburgis nickte heftig.
»Ja, mit Eurer Hilfe werde ich es schaffen.« Das junge Mädchen sah so verletzlich aus, wie es da zwischen den Seidenkissen saß, die rot verquollenen Augen flehend auf Tilia gerichtet.
Tilia zog Gret hinter das Waschhäuschen. »Es ist noch viel schlimmer, als ich geglaubt habe.« Sie atmete schwer. »Es ist der Graf selbst! O Gret, wir müssen ihr helfen und sie von hier wegbringen. In Stetten wird sie hinter den Klostermauern vor ihm in Sicherheit sein. Heilige Jungfrau, es ist entsetzlich, einfach unfassbar.«
Gret wiegte nachdenklich den Kopf hin und her. Sie verdrängte das Bild des eigenen Vaters vor ihren Augen. »Habe ich das richtig verstanden? Du willst Williburgis gegen den Willen ihres Vaters und der Brüder nach Stetten bringen?«
Tilia nickte heftig. »Ja, sattle du nur die Pferde. Ich werde ein paar Gewänder einpacken. Wir müssen noch vor dem Dunkelwerden durch das Tor.«
Die Magd packte Tilia am Ärmel. »Das ist ein sehr gefährliches Spiel, auf das du dich da einlassen willst. Unterschätze

den Zorn der Männer nicht! Glaubst du wirklich, wir sind in des Grafen Hauskloster vor ihm sicher? Die Oberin wird weder Williburgis noch dich ohne Genehmigung des Grafen aufnehmen. Willst du dich dein Leben lang in einer Kirche verstecken und um Asyl bitten?«

»Dann reiten wir morgen eben weiter«, maulte Tilia, die sehr wohl wusste, dass Gret Recht hatte. »Wir werden schon ein Kloster finden, das uns aufnimmt.«

»Ja, ganz bestimmt, wenn wir so weit kommen. Überlege dir gut, ob du für Williburgis ein Leben als Laienschwester führen willst. Es ist das Leben einer Magd, bedenke es wohl. Ich weiß, wovon ich spreche.«

»Es wäre unchristlich, ihr nicht zu helfen«, brauste Tilia auf.

»Mag sein, dennoch solltest du den Schritt gut überlegen. Vielleicht gibt es noch andere Möglichkeiten? Wenn ihr den Merkenberger auf eure Seite bekommen könntet.«

»Diesen kaltherzigen Brudermörder? Nein! Wir reiten noch heute Abend.«

Seufzend machte sich Gret zum Stall auf. Mit Rüdgers Hilfe sattelte sie die Pferde. Es dämmerte bereits, als Williburgis und Tilia auftauchten. Rüdger half ihnen in den Sattel.

»Soll er uns begleiten?«, fragte Tilia, doch die Grafentochter schüttelte den Kopf.

»Und das Kind bleibt auch hier. Wer weiß, wie weit wir reisen.«

Gret zog Sofie in die Arme und sah flehend zu Tilia hoch.

»Entweder kommen wir alle drei mit oder keiner«, sagte die Wehrsteinerin fest.

Williburgis schob schmollend die Lippen vor. »Redet nicht in solch einem Ton mit mir.«

»Verzeiht mir meine Offenheit, doch wenn Ihr diesen Weg wählt, dann müsst Ihr noch ganz anderes ertragen und viel Demut lernen!«

Die Grafentochter riss die Augen auf und sah ihre Dame ungläubig an, dann rollten ihr Tränen über die Wangen.
»Tilia, verzeiht, Ihr habt Recht. Ich will mich Euch anvertrauen und Euch folgen.«
Wortlos wendete Tilia ihr Pferd und trieb die Stute zum Tor hinaus. Die Wächter riefen den Frauen erstaunt nach, doch sie erhielten keine Antwort.
Am Fuß des Zollers holten der Merkenberger und seine Knechte die Frauen ein. Williburgis begann hemmungslos zu weinen und bat ihn ohne Unterlass um Verzeihung, doch Tilia blitzte ihn nur trotzig an. Der Ritter drängte sein Pferd an das ihre und riss ihr die Zügel aus der Hand.
»Macht so etwas nie wieder!«, schrie er sie an und schlug ihr hart ins Gesicht.
»Ich wollte Eure Schwester nur schützen! Ihr habt ja keine Ahnung, was auf Zollern vor sich geht…«
Der Merkenberger unterbrach sie. »Ich weiß es sehr genau, und Ihr tut gut daran, Euch herauszuhalten und den Mund zu verschließen.«
Tilia protestierte. »Aber Ihr könnt dem doch nicht tatenlos zusehen. Helft mir, sie in einem Kloster in Sicherheit zu bringen.«
Der Merkenberger zügelte sein Pferd und näherte sein Gesicht dem der Ritterstochter.
»Mischt Euch nicht in meine Politik ein. Ich weiß sehr gut, was ich tue. Soll der Alte in seiner Sünde gefangen sein. Gut! Es wird Zeit für einen Wechsel auf Zollern. Wenn ich ihrer nicht mehr bedarf, mag sie sich von mir aus hinter Klostermauern zurückziehen.«
»Wollt Ihr, dass sie die Frucht der Sünde aus ihrem Leib treibt und dabei zugrunde geht?«, schnappte Tilia zurück.
»O nein, wir werden ihr einen passenden Ehemann besorgen. Was haltet Ihr von Swenger von Lichtenstein? Er gäbe

einen guten Vater für die Bälger, und der Alte könnte sicher sein, dass der Gatte sich nicht selbst im Ehebett einfindet.«

Tilia klappte den Mund zu und ließ sich widerstandslos zur Burg zurückbringen. Der Merkenberger schloss Williburgis und Tilia in der Kemenate ein, mit nichts als einem Krug Wasser.

»Ihr werdet lernen, Euch zu fügen«, sagte er höhnisch lachend.

Endlich, nach drei Tagen und drei Nächten, durften die Frauen, schmutzig und hungrig, das stinkende Gemach verlassen. Gret leerte die überquellenden Nachttöpfe und verteilte Rosenblätter, um den Geruch zu vertreiben.

✠ ✠

Williburgis hatte viel Zeit, darüber nachzudenken, wie sie der Woge entkommen könnte, die sich über ihr auftürmte und sie jeden Moment zu verschlingen drohte. Sie wollte Swenger nicht heiraten, es war ihr unmöglich, die Kinder der Sünde zur Welt zu bringen, wie es ihr Bruder so leichthin vorgeschlagen hatte. Wenn sie nicht auf eines Pferdes Rücken zum Tor hinaus fliehen konnte, dann musste sie einen anderen Weg finden.

Williburgis wartete, bis der Franziskanermönch zu seinem abendlichen Spaziergang aufbrach, dann schlüpfte sie in sein Kellergelass hinunter. Fläschchen und Krüge, Dosen und Schachteln verbargen die heil- und todbringenden Ingredienzien. Ratlos ließ Williburgis den Blick über die mit steilen Buchstaben beschrifteten Behältnisse wandern. Ein paar Schriftzeichen kamen ihr bekannt vor, doch sie hätte unmöglich sagen können, was welchen Inhalt barg. Verzweiflung machte sich in ihr breit. Nicht einmal das brachte sie zustande! Als ihr Blick auf einen Weinkrug und einen Becher fiel, wusste sie, was sie zu tun hatte. Entschlossen goss sie den Becher voll, öffnete dann wahllos einige Dosen und Schachteln und streute farbige Pülverchen, zerstoßene Kräuter und Wurzeln in den Becher. Sie wusste nicht, was sie mit dem Wein verrührte, daher konnte der Herr im Himmel ihr auch nicht vorwerfen, sie würde sich selbst das Leben nehmen und damit ihre Seligkeit verwirken.

Nun kann Gott der Herr entscheiden, ob er mich zu sich nehmen oder mich weiter in dieser Welt lassen will, dachte sie zufrieden und stürzte das graubraune Gemisch hinunter. Sie hustete und würgte, doch sie atmete tief ein und aus, bis die Übelkeit verging. Dann kniete sie sich nieder und begann zu beten. Sie empfand keine Angst. Sie hatte ihr Leben in Gottes Hände gelegt.

Als Bruder Tragebott zurückkehrte, fand er die Grafentochter auf dem Boden liegen. Ihre Augen waren geschlossen, ihr Atem ging unregelmäßig. Er schüttelte sie und rief ihren Namen, doch seine Stimme schien ihren Geist nicht mehr zu erreichen. Gehetzt blickte er sich um, sah die offenen Dosen und den leeren Becher auf der Erde. Voll Entsetzen stöhnte er auf.

»Verflu..., äh, bei der Heiligen Jungfrau!«, ächzte er. Sollte sie sterben, war sein Leben ebenfalls verwirkt. Er lauschte ihren Herzschlägen. Vielleicht war es noch nicht zu spät? Er überflog die Aufschriften auf den geöffneten Behältern, mischte dann rasch den Rest Wein mit Salz und flößte es der Bewusstlosen ein. Erst geschah nichts, doch dann hustete sie, verkrampfte sich und erbrach den giftigen Trank. Bruder Tragebott war unerbittlich. Erneut zwang er Salzwasser in sie hinein, bis sie sich ein zweites Mal übergeben musste. Dann mischte er feinen Ton und gemahlene Asche mit Wasser und gab es ihr Schluck für Schluck zu trinken. Noch immer war ihr Geist nicht zurückgekehrt, doch nun stöhnte sie und schlug um sich.

»Bruder Tragebott, ich wollte ...«

Was der Zollernsohn von ihm wollte, das erfuhr der dicke Barfüßer nicht. Obwohl er sich instinktiv vor das ohnmächtige Mädchen gestellt hatte, war dem Merkenberger die auf dem Boden liegende Gestalt nicht entgangen.

»Was ist hier los? Tragebott, was macht Ihr mit meiner Schwester?« brüllte der Zollernsohn und stürzte herbei.

Dem Mönch stieg die Zornesröte ins Gesicht. »Ich versuche mit Gottes Hilfe, die Folgen ihrer Torheit zu mildern«, fauchte er den verdutzten Zollernsohn an. »Ich habe sie bestimmt nicht zu diesem Schritt getrieben. Den Grund müsst Ihr schon oben im Palas suchen.«

Hätte die Sorge um das Leben seiner Schwester ihn nicht abgelenkt, hätte er für diese Worte den Unverschämten niedergeschlagen, auch wenn er eine Kutte trug.

»Was habt Ihr ihr gegeben?«, fragte der Merkenberger.

»Ich? Nichts! Sie hat sich wahllos aus meinen Vorräten bedient. Ich kann Euch nicht sagen, welch Gift durch ihren Körper kreist.«

Der Zollernsohn brauste auf. »Warum habt Ihr auch solch Teufelszeug hier unten?«

Der Kräuterkundige verzichtete darauf, dem Grafensohn zu erklären, wie nah Heil und Verderben im selben Kraut beieinander lagen.

»Ich habe alles, was in meiner Macht steht, getan, um ihr Leben zu retten. Nun bleibt uns nur noch, sie warm zu halten und abzuwarten.« Bruder Tragebott schob seinen Arm unter Williburgis' Kopf, doch der Merkenberger stieß ihn grob zur Seite.

»Rührt sie nicht an. Ihr und Eure Gifte haben schon genug Unheil angerichtet.« Der Zollernsohn hob seine Schwester

auf und trug sie zur Tür. »Und wagt nicht, Euch im Palas zu zeigen!«, fügte er noch hinzu, ehe er hinter der Treppenbiegung verschwand.
»Ihr müsst ihr kräftige Brühe geben«, rief der Franziskanermönch dem erzürnten Bruder hinterher, ohne zu wissen, ob seine Worte ankamen. Der Gestank von Erbrochenem stieg ihm in die Nase. Erbost verzog Bruder Tragebott sein entstelltes Gesicht und stemmte die Hände in die Hüften.
»Egal, was ich tue, ich bin in jedem Fall schuld. Wenn ich ihr helfe, das sündige Balg zu entfernen, bin ich des Todes, mache ich es nicht, versucht sie sich selbst zu töten, und ich bin wieder der Schuldige. Mir vorzuwerfen, hier Gifte zu sammeln! Wie viele Eurer Leute wären denn schon tot, wenn ich all die Kräuter und Mixturen nicht hätte, Herr Graf? Habt Ihr darüber auch mal nachgedacht? Was treibt denn Eure Schwester so um, dass ihre Seelenpein so übergroß ist, dass sie nur den Tod als Ausweg sieht? Bin daran etwa auch ich schuld? Es ist leicht, in die Tiefen des Verlieses herabzusteigen und den Teufel zu suchen, doch ich sage Euch, sucht ihn bei Euch im Palas oben, denn da werdet Ihr ihn finden!«
Seine Wut hinauszuschreien erleichterte. Noch eine Weile schimpfte und brummte er vor sich hin, während er mit einem vor Schmutz starrenden Lappen die stinkende Brühe vom Boden aufwischte.

✠ ✠

Als der Zollerngraf von Ulm zurückkehrte, wurde ihm bereits am äußeren Tor die schreckliche Neuigkeit zugetragen. Er zögerte keinen Augenblick, gab seinem Ross die Sporen und jagte es bis hinauf vor den Palas. Er nahm sich nicht die Zeit, seine schlammbespritzten Reisekleider und das Kettenhemd abzulegen. Mit großen Schritten rannte er die Treppe hinauf und stürmte ohne anzuklopfen in die Kemenate. Er hatte keinen Blick für Tilia und Gret, die bei der Kranken saßen, grüßte nicht einmal, sondern sank vor dem Bett auf die Knie und griff nach den schlaffen, bleichen Händen.

Die beiden Frauen, die sich taktvoll in die Fensternische zurückzogen, konnten nicht verstehen, was er vor sich hin murmelte, doch seine tiefe Erschütterung war nicht zu übersehen. Tilia unterdrückte das in ihr aufsteigende Mitleid. Sie zürnte dem Grafen aus tiefem Herzen. Wie konnte er sich an der eigenen Tochter vergreifen? Er, er allein war schuld an ihrem Zustand! Plötzlich blickte der Graf auf, erhob sich, straffte den Rücken und trat zu den Frauen.

»Wie steht es um sie?«

Tilia konnte ihren Zorn nur mühsam zähmen. »Das Gift der Kräuter, die sie zu sich genommen hat, scheint ihren Körper wieder verlassen zu haben. Ihr Herz schlägt regelmäßig, ihre Haut ist trocken und warm, und manches Mal scheint sie zu erwachen, doch das andere Gift, das ihre Seele zu ersticken droht, kreist noch in ihrem Körper.«

Sie sah den Grafen scharf an. Eine ganze Weile war es totenstill in der Kemenate, bis die Kranke leise aufstöhnte und damit die Anspannung brach. Tilia eilte zum Bett und setzte den Becher mit warmer Brühe an die Lippen der Grafentochter. Friedrich von Zollern sah ihr schweigend zu. Die Augen der Tochter flatterten, doch sie schien niemanden zu erkennen.

»Bleibt bei ihr und sorgt dafür, dass ihr die beste Pflege zukommt«, befahl der Graf barsch und verließ dann das Zimmer.

✠ ✠

Tilia machte sich sorgsam zurecht, ehe sie den Grafen in seinem Gemach aufsuchte. Sie klopfte stürmisch und wartete kaum ab, bis er sie hereinrief.
»Herr Graf, ich möchte mit Euch sprechen!«
Er lächelte freundlich und bot ihr einen Schemel an. »Friedrich hat mir davon erzählt, Ihr braucht Euch nicht entschuldigen, auch wenn ich ein wenig böse mit Euch sein müsste. Ohne Schutz in die Dunkelheit hinauszureiten! Wie leicht hätte etwas geschehen können. Wenn Ihr mir versprecht, Williburgis nicht mehr in Gefahr zu bringen, dann können wir diese Eskapade getrost vergessen.«
Tilia lief rot an. »Ich bin nicht gekommen, um mich zu entschuldigen! Hat Euer Sohn Euch nicht erzählt, warum wir die Burg verließen? Ich wollte Eure Tochter in Sicherheit bringen. Ich wollte sie retten – vor Euch!«, schrie sie.
Der Graf sprang auf, sank jedoch gleich wieder in seinen Sessel zurück. »Was hat Williburgis gesagt?«
Tilia räusperte sich und fuhr mit ruhigerer Stimme fort. »Dass Ihr sie liebt, zu sehr liebt, nicht so, wie ein Vater seine Tochter lieben soll.«
Friedrich von Zollern stöhnte gequält. »Sie ist ihrer Mutter so ähnlich, und, bei Gott, wie habe ich sie verehrt. Nun hat sie mich hier einsam zurückgelassen.« Er barg sein Gesicht in den Händen.
»Und dennoch dürft Ihr Euch nicht an Eurer Tochter vergreifen. Wenn Ihr schon keine Rücksicht auf Euer eigenes Seelenheil nehmt, dann denkt doch wenigstens an sie. Sind Eure Augen blind für ihre Qual?«
»Ich habe ihr nie etwas zuleide getan, nie«, jammerte der Graf.
Verachtung stieg in Tilia auf. »Nein, aber Ihr seid schuld, dass sie Hand an sich gelegt hat!«

Er stöhnte auf, doch als er die Pein nicht mehr ertragen konnte, straffte er sich und herrschte Tilia an: »Wer seid Ihr, dass Ihr so mit mir zu sprechen wagt?«
Die Wehrsteintochter erhob sich. »Ich bin nur eine Jungfrau aus einem sterbenden Rittergeschlecht, doch fragt Euer Gewissen, was es Euch sagt.« An der Tür drehte sie sich noch einmal um. »Wenn Ihr sie wirklich aus tiefstem Herzen liebt, dann gebt ihr ihren Frieden. Lasst sie nach Stetten gehen.«

✠ ✠

Das Spätmahl war bereits vorüber, als Eleonora von Zell-Andeck Gret für die Nacht ablöste. Die Magd warf einen Blick ins Gesindequartier, wo ihre Tochter sich mit zwei anderen Mädchen in einem engen Knäuel zum Schlafen gelegt hatte, sah dann in die Küche, ergatterte dort einen Kanten Brot und etwas Speck und schlenderte kauend zum Palas zurück. Sie dachte an Eitelfriedrich, an seine warmen Hände, seine verlangenden Küsse. Leise huschte Gret zu der vertrauten Eichentür. Sie klopfte einmal, zweimal, dann öffnete sie die Tür einen Spalt. Ein brennender Kienspan steckte in seinem Halter in der Wand und beleuchtete matt den leeren Raum. Unschlüssig blieb Gret stehen, doch dann huschte ein Lächeln über ihr Antlitz. Rasch zog sie sich Rock und Hemd aus, warf die Schuhe von sich und schlüpfte dann unter die Daunendecke. Der Kienspan brannte herunter, Gret wurde schläfrig und nickte für einige Augenblicke ein, als die Tür aufgestoßen wurde und die beiden Zollernsöhne eintraten. Gret rührte sich nicht.
Wie dumm!, dachte sie und lugte unter der Decke hervor. Hoffentlich bleibt er nicht lang.
»Du scheinst dich von deinem Unwohlsein erholt zu

haben«, begann der Ältere das Gespräch und schenkte die großen Zinnkrüge voll.
»O ja, danke der Nachfrage. Ich hatte da mehr Glück als Vater Laurenz«, antwortete der Merkenberger scheinbar lässig, beobachtete seinen Bruder jedoch scharf. War er zusammengezuckt?
»Ich gehöre wohl auch zu den Glücklichen«, nahm Eitelfriedrich den Faden auf. »Ich bin noch immer wohlauf, obwohl es doch jemanden geben soll, der mir ganz dringend nach dem Leben trachtet.«
Nun war es an dem jüngsten Zollernsohn, seine Miene zu beherrschen. »Bruder, wie schrecklich! Ich hoffe, du hast dem Strolch ein Schwert durch die Rippen gejagt.«
»Nein, noch nicht«, erwiderte Eitelfriedrich mit drohendem Unterton. Gret hielt vor Anspannung den Atem an. Die Männer umkreisten sich wie zwei Wölfe, vorsichtig abschätzend, nach des Gegners verletzlicher Kehle suchend, aufmerksam und hellwach, um jede Schwäche des anderen sofort zu nutzen.
»Ist es für dich sehr ungeschickt, den Schreiber deiner verräterischen Nachrichten verloren zu haben?«, fragte der Merkenberger süßlich.
Eitelfriedrich zuckte nachlässig die Schultern. »Für den Vater ist es sicher ein Verlust. Ich selbst bedarf keines Schreibers – und du hast dich ja erfolgreich an die kleine Wehrsteinerin herangemacht. Was glaubst du, wie schnell sie alles erzählen würde, wenn man sie etwas härter anfasst?«
Gret unterdrückte ein Stöhnen. Die Miene des Merkenbergers blieb unbeweglich. »Sie kann sicher weniger berichten, als der gute Vater Laurenz hätte ausplaudern können. Wie geschickt, dass ihn das Fieber geholt hat. Oder war es doch Gift, wie Bruder Tragebott vermutet?«
Eitelfriedrich von Zollern ließ sich in seinen Lehnstuhl fal-

len und trank genüsslich einen Schluck. »Dazu kann ich nichts sagen. Schließlich war ich auf dem Weg nach Ulm, als es passierte. Du allerdings bist mit einer durchscheinenden Ausrede hier auf Zollern geblieben.«
Zornesröte stieg in des Merkenbergers Gesicht. »Wir wissen doch beide, dass du den Alten zu seinen Vätern geschickt hast, damit ich ihn mir nicht vorknöpfe«, behauptete er fest, obwohl er bisher nur einen Verdacht hegte, doch Eitelfriedrich stritt diese ungeheuerliche Unterstellung nicht ab. Er setzte dem sogar noch etwas drauf, indem er sich drohend vor seinem jüngeren Bruder aufbaute.
»Ja, ich dulde keine Schwätzer, die uns schaden. Trude, das alte Weib, musste das auch auf die schwere Art lernen. Du siehst also, ich weiß mich zu wehren, wenn der Name Zollern oder meine Rechte bedroht sind. Und glaube ja nicht, dass ich mich von einem deiner gedungenen Mörder so leicht aus dieser Welt befördern lasse!«
Der Merkenberger brauste auf. »Du bist doch derjenige, der Zollern an den Hohenberger verkaufen will! Man muss die Grafschaft vor dir und deiner Verblendung schützen.«
»Das war keine Verblendung, sondern eine kühle, politische Überlegung«, entgegnete Eitelfriedrich. »Sie ist nun Vergangenheit, denn der Hohenberger hat zu gierige Finger, auf die es sich mit Württembergs Hilfe zu schlagen lohnt.«
Der Merkenberger hob erstaunt die Augenbrauen. »Welch Sinneswandel, mein lieber Bruder. Dann können wir ja vernünftig miteinander reden.«
»Ja, das können wir«, fiel der ältere Bruder ihm ins Wort. »Wir sollten nicht nur reden, sondern auch zusammenarbeiten. Findest du nicht auch, dass der Vater – nun sagen wir mal – vom Pfad eines gottesfürchtigen Fürsten abgekommen ist?«
Begierig nahm der Merkenberger den Faden auf. »Ja, er

sollte sich nicht mehr mit der Grafschaft beschäftigen, sondern lieber seine alten Tage in der Kemenate zubringen. Ich habe ihm bereits angedeutet, dass der Bischof sich nicht erfreut über solch sündiges Verhalten zeigen könnte.«
»Du hast ihn damit erpresst?« Erstaunt sah Eitelfriedrich den jüngeren Bruder an. »Du überraschst mich. Wie lautet deine Forderung?«
»Den Süden und die Schalksburg für mich, den Norden und Zollern für dich und die Kemenate für den alten Grafen«, fügte der Merkenberger gehässig hinzu.
Der zweite Kienspan war bereits heruntergebrannt, als Eitelfriedrich den Bruder zur Tür begleitete. Als der ältere Zollernsohn sich mühte, ein kleines Binsenlicht zu entzünden, nutzte Gret die Gelegenheit, aus dem Bett zu schlüpfen und sich unter dem schweren, bis zum Boden herabhängenden Betthimmel zu verbergen. Ihre Kleider unter dem Arm, kauerte sie angespannt da und tastete vorsichtig nach ihren Schuhen, konnte sie aber nicht finden.
Eitelfriedrich trank seinen Becher leer, schnürte sich Rock und Hemd auf und warf sie dann achtlos über seinen Lehnstuhl. Die Binsen knisterten unter seinen nackten Füßen, als er gähnend zum Bett trat. Gret hörte die Bretter unter seinem Gewicht knarren, die Strohmatratze und die Daunendecke rascheln. Der Grafensohn warf sich ein paarmal hin und her, murmelte etwas Undeutliches, doch dann wurden seine Atemzüge ruhiger. Erst jedoch, als seine Schnarchtöne durch das Gemach zogen, wagte die Magd, sich wieder zu bewegen. Ihr war nun lausig kalt, die Glieder schmerzten vom langen Kauern in dieser unbequemen Stellung, und ihre Schuhe hatte sie auch nicht wiedergefunden. So leise wie nur möglich tastete sie sich auf allen vieren voran. Ihr Atem rauschte wie ein Wasserfall in ihren Ohren, und die Binsen unter ihren Händen und

Knien hätten das Knirschen von Wagenrädern auf felsigem Grund übertönt.

Es verging eine Ewigkeit. Gret hatte die Tür schon fast erreicht, als das Schnarchen aussetzte. Die Magd hielt inne und betete inbrünstig, es möge wieder beginnen, doch stattdessen rauschten die Kissen, und eine scharfe Stimme ließ Gret zusammenzucken.

»Wer ist da?«

Weglaufen oder antworten? Sie hörte den Feuerstein auf den Stahl schlagen.

»Ich bin es, Gret, ich konnte nicht schlafen und wollte Euch überraschen«, sagte sie schnell, als das Flämmchen bereits aufflammte.

»Das ist dir gelungen«, brummte der Grafensohn, ließ aber seinen Blick mit Wohlgefallen über die gut gewachsene, nackte Gestalt wandern.

Erst jetzt sah Gret das lange Messer in seiner Hand.

»Dann komm ins Bett«, forderte er sie auf, legte die Klinge beiseite und blies das Binsenlicht wieder aus.

»Du musst lange umhergewandert sein, so eisig kalt, wie du bist«, bemerkte er erstaunt, als er sie an seine Brust zog.

KAPITEL 29

Oft bekamen Tilia und Gret in den nächsten Wochen die Sonne nicht zu Gesicht. Tilias Platz war an Williburgis' Seite, wenn sie nicht gerade vor Erschöpfung schlief und sich von Eleonora ablösen ließ. Gret pendelte zwischen Kemenate und Küche oder Waschhaus und Kleiderkammer hin und her, damit es in den Gemächern der leidenden Grafentochter an nichts fehle.
»Immer noch keine Besserung?«, fragte der Graf mit Sorgenfalten auf der Stirn, als er abends Tilia auf der Treppe traf. Die Wehrsteinerin schüttelte voll Bedauern den Kopf und versuchte, an dem Zoller vorbeizuschlüpfen, doch er versperrte ihr den Weg.
»Ihr habt mich lange nicht mehr besucht, um mit mir das große Spiel zu spielen. Wenn nun das Fräulein von Zell-Andeck bei der Kranken ist, wollt Ihr da nicht eine Partie wagen?«
Tilia kniff die Lippen abweisend zusammen. »Wie wollt Ihr das Spiel gewinnen, wenn die Dame fehlt? Ist sie nicht die wichtigste Figur nach dem König? Warum hat der König nicht auf sie Acht gegeben?«
Der Graf zuckte zusammen und wirkte plötzlich sehr zerbrechlich. »Tilia, seid Ihr nicht meine weiße Dame?«
Die Wehrsteinerin schüttelte energisch den Kopf. »Nein, die weiße Dame liegt mit schwerer Pein danieder, weil der König starrsinnig ist und kein Erbarmen kennt.«
Der Graf nahm bestimmt ihren Arm. »Die Pflege hat Euch

schwer zugesetzt, Euch müde und reizbar gemacht. Kommt mit mir in die laue Nacht hinaus und lasst Eure Gedanken auf freundlicheren Pfaden wandern.«
Widerstrebend folgte ihm die Rittertochter.
»Ihr Geist ist heute wieder für einen kurzen Moment zurückgekehrt.« Tilia sah den Grafen scharf an. »Sie bettelte darum, nach Stetten gehen zu dürfen.«
Der Graf seufzte leise, sagte aber nichts.
Nach einer Weile versuchte Tilia es noch einmal. »Gerade weil Ihr Eure Tochter so sehr liebt, müsst Ihr sie gehen lassen. Um ihrer und um Eurer Seele willen. Es ist wider Gott und wider die Natur. Kehrt um, ehe es zu spät ist.«
»Wir werden bald in den Krieg hinausziehen«, antwortete der Graf scheinbar zusammenhanglos. »Der Württemberger gibt keine Ruhe. Ich habe seine Botschaft empfangen. Dieses Mal wird es ein harter Kampf, Jungfrau Tilia. Wir werden lange von Zollern fort sein.« Tilia wartete geduldig, bis er weitersprach. »Bringt meine Tochter nach Stetten. Dort kann ihr Körper und ihr Geist genesen. Auch wenn Ihr nur die Tochter aus einem sterbenden Ritterhaus seid, schwöre ich Euch, Willburgis nie wieder zu berühren.«

✠   ✠

Die Ritter lungerten bei den Ställen herum. Einige lagen im frischen, nach Sommer duftenden Heu, andere hatten sich im kühlen Gras ausgestreckt. Die Becher kreisten, und das Lachen erhob sich in den klaren Sternenhimmel. Aus dem Heuhaufen an der Stalltür erklangen hier und dort auch ganz andere Töne, die darauf schließen ließen, dass der Ritter, der es sich dort bequem gemacht hatte, in weiblicher Begleitung war.
»Nun, Friedrich, habt Ihr die blonde Wehrsteinhexe be-

zwungen?«, fragte Otto von Ringelstein-Killer, als er Gret mit Sofie an der Hand vom Tor her kommen sah.
»Glaube ich nicht«, mischte sich Walger von Bisingen ein. »Sie trägt den Kopf noch viel zu hoch. An ihrem Blick könnt Ihr es sehen. Stolz, ungebeugter Stolz!«
Otto sah den Zollernsohn mitleidig an. »Ja, wenn Ihr sie mir überlassen hättet, dann sähe das heute ganz anders aus.«
Die Augen des Merkenbergers glänzten trüb. »Ich kann es Euch gerne zeigen, wie ich die Stute schon eingeritten habe.« Er wartete keine Antwort ab, sondern erhob sich schwankend, straffte sich und schritt dann auf Gret zu.
Ein schneller Blick in die Runde. Die Magd seufzte. »Sofie, lauf schnell in die Küche«, sagte sie leise, doch der Merkenberger hatte die Worte verstanden.
»Nein, Sofie, lauf lieber zu Rüdger, der vielleicht dein Erzeuger ist, und sag ihm, dass es hier gleich großen Spaß geben wird.« Friedrich griff nach Grets Arm. »Das würde dir doch sicher gefallen, wenn wir deinem lieben Rüdger einen flotten Ritt vorführen.«
Die Magd blitzte ihn für einen Moment böse an, wandte sich dann jedoch an das kleine Mädchen an ihrer Seite. »Sofie, lauf in die Küche«, sagte Gret streng, doch das verwirrte Mädchen fing zu weinen an und klammerte sich an Grets Rock. Mit einer heftigen Bewegung riss Gret sich von dem Ritter los und nahm ihre Tochter in die Arme. »Komm, mein Schatz, geh zu Hanna in die Küche. Vielleicht gibt sie dir ein Stück Latwerge.«
Sofie trocknete sich die Tränen und nickte, doch ehe sie sich auf den Weg machen konnte, stand plötzlich der Ritter von Ringelstein-Killer neben ihr und hob sie hoch. Da half kein Strampeln und kein Schreien.
»Ritter, lasst sie los!«, schrie Gret. »Ihr werdet Euch doch wohl noch einen Moment gedulden können!«

Otto von Ringelstein-Killer umklammerte das sich wehrende Mädchen noch ein wenig fester. »Ah, da scheinen wir ja einen Schwachpunkt der stolzen Magd gefunden zu haben. Seht Ihr, Friedrich, Ihr hättet Euch gleich an mich wenden sollen. Ich finde, die Kleine sollte frühzeitig fürs Leben lernen und zusehen, was wir jetzt Schönes mit ihrer Mutter machen werden.«
Gret knurrte böse, versuchte, den Merkenberger zu beißen, trat ihm gegen das Schienbein, doch sein Griff war wie aus Eisen.
»Ihr wollt sehen, wie sie auf dem Boden kriecht, Friedrich? Ich werde es Euch zeigen!« Otto von Ringelstein-Killer trat einen Schritt näher und sah die sich wehrende Magd spöttisch an. »Ich habe nicht vergessen, dass wir beide noch ein Hühnchen rupfen wollten. Also runter auf die Knie, kriech für mich im Staub und küsse mir meine Stiefel.«
Er drückte Sofie so fest an sich, dass das Mädchen aufschrie. Gret tobte, spuckte vor ihm aus und kreischte mit verzerrtem Gesicht: »Lasst mein Kind los! Ihr seid kein Ritter! Kein Stückchen Ehre ist in Euch, Ihr grober Klotz!«
Doch die Ritter lachten nur über sie. Der Merkenberger schüttelte die Rasende wie eine nasse Ratte. »Los, willst du dein Haupt nicht vor uns beugen?«
»Packt Euch fort!«, schrie sie und biss ihm in das Handgelenk.
Von dem Lärm angelockt, kamen immer mehr Burgbewohner herbei.
»Da habt Ihr es, Otto, sie ist eine Teufelin. Deshalb macht es solchen Spaß mit ihr.«
Ottos graue Augen verengten sich zu schmalen Schlitzen. »Um was wettet Ihr mit mir, dass ich sie in wenigen Augenblicken winselnd vor mir im Staub liegen habe?«
Grets Magen krampfte sich zusammen, die Angst drohte sie

zu ersticken. Gehetzt irrte ihr Blick umher, streifte die neugierigen Gaffer und blieb dann an Rüdger hängen, der aus der hell erleuchteten Schmiede getreten war.
»Die Wette gilt um eine Mark Silber!«, rief der Merkenberger übermütig.
Das letzte Stück Glauben an ein wenig Ordnung und Gerechtigkeit in Gottes Welt zerbrach in Gret, als der grobe Kittel ihrer Tochter unter den Händen des Ritters zerriss. Sofie kreischte in Todesangst.
»Ist es nicht genau das richtige Alter für eine Jungfrau, ihre Unschuld zu verlieren?«, höhnte der Ritter von Ringelstein-Killer, löste seinen Schwertgurt und machte sich an seinem Gewand zu schaffen.
»Nein!« Ein Schrei der Verzweiflung schwang sich auf und griff nach den Herzen der Umstehenden, doch keiner rührte sich.
Der Merkenberger ließ die Magd los. Mit zwei Schritten war sie bei dem Ritter.
»Mami!«, schrie Sofie in den höchsten Tönen.
Gret sank auf die Knie, flehte, weinte, küsste ihm die Stiefel. Grinsend hob der Ritter Otto seinen Fuß, stellte ihn in Grets Nacken und drückte die Magd mit dem Gesicht in den Schmutz.
»Nun, Friedrich? Habe ich mir die Mark Silber verdient?«
»Ja, ja, Ihr könnt sie haben«, antwortete der Zollernsohn mürrisch.
»Und das leckere Häppchen nehme ich mir noch dazu!«
»Nein!«, schluchzte die Magd.
Niemand hatte ihn kommen sehen, doch plötzlich stand der alte Graf mitten in dem Kreis der Gaffer, das Fräulein von Wehrstein an seinem Arm. Er sah mit erhobenen Augenbrauen in die Runde. Stille kehrte ein. Nur das Kind wimmerte leise.

»Gibt es irgendeinen Grund für diesen Aufruhr? Hat die Magd etwas getan? Was ist mit dem Kind?«

»Wir hatten nur ein wenig Spaß miteinander, Herr Graf«, murmelte der Ritter von Ringelstein-Killer und stellte das nackte Mädchen auf den Boden. Gret rappelte sich hoch und schloss Sofie in die Arme. Atemlos, mit verquollenem Gesicht, saß sie da und wiegte das verstörte Kind. Tilia sah mit offenem Mund von einem zum anderen. Sie fühlte die Angst und tiefe Pein noch in der Luft schweben.

Da drängte sich Rüdger in den Kreis. Seine Augen waren blutunterlaufen, er verströmte Weindunst, als er auf die beiden Ritter zustürmte und sie anschrie:

»Ich habe genug von Eurer Art von Spaß! Auf Wehrstein wurden Gottes Gebote geachtet, doch hier ist es schlimmer, als es je in Sodom gewesen sein kann!« Plötzlich hatte der Knecht einen Dolch in der Hand und fuchtelte damit in der Luft herum.

»Nicht nur, dass Ihr mir mein Weib schändet, wann immer es Euch beliebt, Ihr, die Ihr Euch von Zollern nennt. Ihr duldet, dass Eure Vasallen sich wie wilde Tiere gebärden.« Drohend stieß er die Klinge in des Merkenbergers Richtung. Der Ritter zog sein Schwert, doch der Knecht wandte sich dem von Ringelstein-Killer zu.

»Ein Ritter wollt Ihr sein?«, brüllte er. »Ehrloser Hurensohn, Ihr werdet Euch nicht an meiner Tochter vergreifen!«

»Rüdger, halt ein«, brüllte Gret, doch der Rasende war nicht zu stoppen. Den Dolch zum Stoß erhoben, stürzte er sich auf Otto von Ringelstein-Killer, doch dieser wich dem trunkenen Knecht geschickt aus. Walger von Bisingen warf Otto ein Schwert zu, der Ritter fing es auf und ließ dann die Klinge durch die Luft zischen. Glatt trennte er den Arm des Angreifers kurz hinter dem Handgelenk ab. Die Hand zuckte noch immer um den Griff des Dolches, als sie

schon im Staub lag. Blut spritzte aus dem Stumpf. Rüdger brüllte wie ein wildes Tier, Tilia schlug sich die Hände vors Gesicht, Gret sprang auf und umschlang ihren Mann, um ihn wegzuziehen, doch da sauste das Schwert noch einmal herab und schlitzte Rüdgers Leib auf, bis zu den Lenden.
»Kein Unfreier wagt es, ungestraft meine Ehre anzutasten«, sagte der von Ringelstein-Killer ruhig, wischte das Blut von der Klinge und gab dann Walger das Schwert zurück.
Gret konnte Rüdger nicht halten und stürzte mit ihm zusammen zu Boden. Er schien geradezu auseinander zu platzen. Verzweifelt drückte Gret ihre Hände auf seinen Leib, doch die Wunde war viel zu lang und viel zu tief, als dass sie das hervorschießende Blut hätte stoppen können. Rüdger warf den Kopf wild hin und her. Die Laute, die er ausstieß, hatten nichts Menschliches mehr an sich.
»Lass ihn los, Gret«, sagte der Merkenberger scharf und hob sein Schwert. »Du kannst ihm nicht mehr helfen!«
Langsam rückte Gret von ihrem Gatten ab. Mit weit aufgerissenen Augen verfolgte sie die Klinge, die sich langsam hob und dann blitzschnell nach unten fuhr. Die Schreie brachen ab, als der Kopf des Unglücklichen in den Staub fiel und vor Sofies Füße rollte. Das Mädchen sah den Kopf des Toten aufmerksam an.
»Armer Rüdger«, sagte sie ernst und strich ihm über die Wange.
Da fiel die Starre von Tilia ab. Sie stürzte auf den Ritter Otto zu und schrie ihn an: »Was fällt Euch ein, meinen Knecht so abzuschlachten!«
»Ihr habt doch selbst gesehen, dass er mich mit einem Dolch angegriffen und mich beleidigt hat«, antwortete der von Ringelstein-Killer schleppend.
»Er war viel zu betrunken, um Euch zur Gefahr zu werden.

Es hätte genügt, ihm die Klinge aus der Hand zu schlagen! Es wäre an mir gewesen, ihn zu strafen.«
»Mir drängt sich der Eindruck auf, Ihr habt Eure Eigenleute nicht recht im Griff?«
»Es gibt nichts, das Euch das Recht gibt, Euch an meinem Knecht zu vergreifen oder gar an meiner Magd und ihrem Kind!«, schrie das Fräulein von Wehrstein außer sich vor Wut.
Der Merkenberger griff nach ihrem Arm. »Jungfrau Tilia, nun beruhigt Euch. Es steht Euch gar nicht zu Gesicht, solch wüste Worte zu benutzen und in solchem Ton auf dem Hof herumzuschreien. Eurer Magd ist nichts geschehen, und wenn Euer Knecht einen Ritter angreift, dann muss er mit dem Tod bestraft werden, das wisst Ihr genau.«
Tilia riss sich los und funkelte den Zollernsohn böse an.
»Auf Wehrstein herrschten andere Sitten. Ihr habt Euren Gefolgsmann geschädigt.«
Der alte Graf bot ihr den Arm, um sie zum Palas zurückzubringen. »Wir werden Euch den Schaden ersetzen und die einhundert Solidi für Euren Mann bezahlen.«
Tilia sah zu Gret. Blutverschmiert und staubbedeckt saß sie bei dem Getöteten auf der rot getränkten Erde, Sofie fest an sich gedrückt.
»Es ist nicht nur wegen Rüdger, Graf, was ist mit Gret und dem Kind?«
Der Graf hob entschuldigend die Hände. »Wenn Euch das lieber ist, dann kann ich Euch einen neuen Mann für die Magd geben.«
Tilia wusste nicht mehr, was sie den Rittern und dem Grafen hätte sagen können. Sah denn niemand die große Pein? Angst und Schmerz einer Magd hatten keinen Wert. Mit starrer Miene ging Tilia zum Palas zurück.

✠ ✠

Bei Bruder Tragebott besorgte Tilia einen starken Schlaftrunk, der die Geister der Nacht vertreiben sollte und ein helles Gemüt versprach.

Mit einem mulmigen Gefühl im Herzen trat sie in die Gesindestube und kauerte sich an Grets Lager. Die Schwester hatte sich gewaschen und ein sauberes Hemd übergezogen, doch der seltsame Glanz in ihren Augen verriet ihren inneren Aufruhr. Sofie war in ihren Armen in einen unruhigen Schlaf gefallen.

»Hier ist ein Trunk von Bruder Tragebott«, sagte Tilia und schob der Magd den Becher hin.

»Tilgt er Angst und Schmerz und macht er die Toten wieder lebendig?«

Die Wehrsteintochter schüttelte den Kopf und griff verstohlen nach Grets Hand. Die edle Jungfrau spürte die Blicke der Mägde und Knechte. Sie wusste, dass sie hier nichts zu suchen hatte und dass weder die Herrschaft noch das Gesinde den Verstoß gegen die Sitten billigte.

»Keiner kann die Toten ins Leben zurückrufen, doch er ist für dich gestorben, für dich und Sofie.«

»Das ist es ja gerade, was mich so wütend macht!«, begehrte die Magd auf. »Ich wurde mit ihm verheiratet und habe meine Pflicht an ihm getan, doch sonst waren keine warmen Gefühle für ihn in mir. Doch er konnte nicht aus seiner Haut, war nicht bereit, die Augen zu verschließen vor dem, was er nicht ändern konnte. Sein Tod ist völlig sinnlos.«

»Sag das doch nicht«, flüsterte Tilia.

»Es ist so! Oder hat sich dadurch etwas geändert? Es ist mir egal, was sie mit mir machen. Ich habe mich daran gewöhnt, den Männern zu Diensten zu sein, doch jeden Tag muss ich nun um Sofie fürchten. Ich weiß, irgendwann muss es sein, doch jetzt ist sie noch ein Kind – hat gerade vier Mal das Jahr

kommen und gehen gesehen. Nicht einmal du kannst sie schützen.«
Die Ritterstochter brauste auf. »Sofie wird nichts geschehen und dir auch nicht. Wir reisen morgen nach Stetten und werden uns dort längere Zeit um Williburgis kümmern. Und wenn unsere Zeit dort um ist, dann werde ich einen Weg für uns finden.«
Sie sprach fest und voller Überzeugung, und dennoch konnte die Magd nicht an die Worte glauben, die sie hörte. Tilia war die Tochter eines Ritters, ja, sie war edelfrei, doch auch sie war ein Weib, auf deren Meinung die Männer keinen Heller gaben.

✠ ✠

Draußen vor dem Gesindehaus stieß Tilia fast mit Swenger von Lichtenstein zusammen.
»Gegrüßt sei Jesus Christus, Jungfrau Tilia von Wehrstein«, grüßte er und verbeugte sich tief. Es war das erste Mal, dass sie ihn an diesem Abend zu Gesicht bekam. Sie empfand Dankbarkeit, dass sie ihn bei diesem furchtbaren Erlebnis nicht unter den Zuschauern hatte entdecken können, doch wer konnte schon sagen, wo und mit wem er sich stattdessen herumgetrieben und welch Sünden er in dieser Stunde auf sich geladen hatte. Die Wehrsteinerin nickte knapp und ging mit schnellem Schritt in Richtung Palas, doch er ließ sich durch ihre Miene nicht abschrecken.
»Wie lange wollt Ihr mich noch wie einen Aussätzigen behandeln? Seht her, ich habe weder schwarze Flecken noch Beulen, meine Glieder sind wie Gott sie geschaffen hat. Ich muss mich nicht in Lumpen hüllen und nicht mit der Klapper die Menschen vor mir warnen.«

»Nicht jeder Aussatz bricht hervor und zeigt sich schon von außen«, antwortete Tilia, ohne ihn anzusehen.
»Welch grausame Antwort, meine schöne Jungfrau. Wisst Ihr eigentlich, wie viel Ihr mir genommen habt, Jungfrau Tilia?«, sagte Swenger in ernstem Ton.
Die Ritterstochter blieb stehen und sah zu Boden. »Ihr habt es Euch selbst genommen«, antwortete sie leise.
»Tilia, bitte seht mich an. Ich verstehe ja, dass Ihr Abscheu empfindet, doch seid Ihr nicht ein wenig hart in Eurem Urteil?«
»Ihr treibt üble Sünde gegen die Natur und Gottes Schöpfung!«, erwiderte sie kalt.
»Seid Ihr ohne Sünde? Werft Ihr darum den ersten Stein?«
Röte stieg in ihr Antlitz. »Nein, auch ich bin eine Sünderin wie alle Menschen.«
»Dann überlasst es Gott dem Herrn, mich zu strafen, und lasst mich wieder in Eurer Sonne weilen, denn ich vermisse unsere Spaziergänge, unser heiteres Geplauder und Euer Lachen.«
Nun glühten ihre Wangen. »Ich habe Euch auch vermisst, Swenger, der Ihr mir die einzige Sonne zwischen diesen grauen Mauern wart«, platzte sie heraus.
»Es könnte sein, dass ich die Zollerntochter zum Weibe nehmen muss«, sagte er leise.
Sie nickte.
»Glaubt mir, ich würde es nicht tun, wenn mich die Umstände nicht dazu zwängen. Wenn ich mir mein Weib wählen dürfte, dann würde ich den Wehrsteiner um seine Tochter bitten.«
Schüchtern reichte sie ihm ihre Hand, die er warm umschloss, und lächelte den Ritter an.
»Dann lebt wohl und passt auf, dass der Krieg Euch nicht Euer Blut raubt.« Sie zog eine Grimasse. »Ich werde derweil Eure Braut gesund pflegen.«

KAPITEL 30

Es war das erste Mal, dass Willinburgis von Zollern ihr Lager in der Krankenstube verließ, um zur sechsten Stunde mit den Nonnen das warme Essen zu teilen. Die Schwestern hatten für die Gäste hinten im Refektorium einen zusätzlichen kleinen Tisch aufgestellt, so dass auch sie sich an der erbaulichen Lesung während des Essens erfreuen konnten. Wortlos löffelte Tilia die graugrüne Masse aus ihrer Schale, denn auch die Gäste waren angehalten, sich an die Schweigepflicht während des Essens zu halten. Der dicke Eintopf aus verschiedenem Grüngemüse und Hülsenfrüchten schmeckte an diesem Tag noch fader, denn freitags musste er nicht nur ohne Fleisch, sondern auch noch ohne Eier und Milch auskommen.
Verstohlen beobachtete die Wehrsteinerin ihre jüngere Schwester, die mit den Novizinnen unten an der langen Tafel saß. Den Rücken gerade, das Haupt demütig gesenkt, aß das Mädchen langsam und manierlich. Die Augen blickten starr geradeaus. Kein Lächeln huschte je über die blassen Lippen, das lebhafte Mienenspiel von früher schien für immer aus ihrem Antlitz gewichen. Hatte sich Dorothea überhaupt gefreut, die Schwester wiederzusehen, Gret und Sofie um sich zu haben? Tilia war sich nicht sicher. Vielleicht machte das alles nur noch schwerer; wenn das kleine Mädchen stundenlang heilige Gesänge üben, immer wieder die lateinischen Verse wiederholen musste und, die Feder in der Hand, bei trübem

Licht über alten Pergamentfetzen gebeugt saß, während vor dem Fenster Sofie lachend über eine Sommerwiese tollte. Tilia seufzte leise. War diese ernste Person wirklich ihre Schwester, die mal trotzig, mal übermütig fröhlich, doch niemals ruhig und beherrscht gewesen war? Dorothea war kein Kind mehr. Sie war eine kleine Braut Christi geworden.

✠ ✠

Auf dem Marktplatz zu Hechingen standen die Menschen in dichten Trauben zusammen. Ein Händler war von Norden gekommen und hatte Neuigkeiten zu berichten.
»Die Bauern fliehen in Scharen in die befestigten Kirchen oder in die nahen Burgen und Städte, während die schwäbischen Grafen wie das Jüngste Gericht über die Landschaften fegen«, rief er laut und ruderte mit den Armen, um seinen Bericht dramatischer zu gestalten.
»Der Klang der Sturmglocken hängt Tag und Nacht in der Luft, doch ich sage euch, dies ist erst der Anfang. Ich habe sie selbst gesehen, die Tränen in den Augen der Bauern, wenn die Früchte ihrer Arbeit verdarben. Die Kornspeicher werden geplündert oder abgebrannt, die Gärten und Felder unter dem Tritt der Hufe verwüstet. Nun ziehen die Ritter des Württembergers durch den Schönbuch. Ich habe die verkohlten Leichen von Mensch und Tier gesehen, die zerstörten Häuser und verwüsteten Kirchen, die die edlen Ritter hinter sich zurücklassen.«
»Was geht uns das an?«, schrie Huber, der Weinhändler.
Der Händler aus dem Norden trat nahe an ihn heran. »Du verkaufst nicht nur gepantschten Wein, du bist auch noch dumm. Glaubst du, dass der König dem tatenlos zusehen wird? Der Hohenberger ist schon angerückt mit all seinen

Rittern, und der König ist nicht mehr weit.« Er streckte die Arme in die Höhe. »Gnade euch Gott, wenn der König und sein Gefolge über euch kommen und den Frevel rächen, der den Seinen angetan wurde!«
Weiter kam er nicht, denn der beleidigte Weinhändler trat hinter seinem Verkaufstand hervor und krempelte drohend die Ärmel hoch.
»Was hast du über meinen Wein gesagt?«
Er schlug dem untersetzten Kaufmann die Faust vor die Brust.
Der ließ sich nicht lange bitten, und so rauften sich die beiden Geschäftsleute wie die Buben im Straßenschmutz.

✠   ✠

»Es ist so still hier, so friedlich«, seufzte Tilia von Wehrstein, ließ ihre Stickarbeit sinken, schloss die Augen und genoss die warmen Sonnenstrahlen auf ihrer Haut. Von drinnen aus der Kirche erklangen die reinen Stimmen der Schwestern, die sich emporschwangen, um den Schöpfer allen Lebens zu preisen.
»Die Gräfin hat sicher recht daran getan, sich nach ihrem unruhigen Leben für die letzten Jahre, die ihr bleiben, an diesen friedlichen Ort zurückzuziehen, um für ihre Seligkeit zu beten. Ich glaube, ich möchte dereinst auch zwischen diesen Mauern wandeln, im Gebet versunken, im Frieden mit mir und der Welt.«
Gret lächelte spöttisch. »Dann hättest du dich heute mitten in der Nacht zur Vigilie von deinem harten Lager erhoben, eine Ewigkeit in der kalten Dunkelheit der Kirche zugebracht, stundenlang im Kapitelsaal vor dich hingebrütet, um dann den nahenden Morgen mit deinem Lied zu preisen, wenn die Dämmerung sich über den Waldrand schiebt.

Aber nach ein paar Jahren würdest du den harten Stein unter deinen Knien sicher nicht mehr spüren.«
Tilia warf ihren Schlupfschuh nach der Magd. »Du bist unverbesserlich. Statt mir die Schönheit der Stunde zu gönnen, drückst du meine Nase in das letzte bisschen Schmutz, das du hier finden kannst.«
Gret warf den Schuh zurück. »Du willst doch nicht etwa die göttlichen Übungen der Nonnen als Schmutz bezeichnen. Aber Tilia!«
Die jungen Frauen lachten unbeschwert. Sie saßen auf einem umgestürzten Baum vor dem Kloster am Rand einer frischgrünen Wiese, auf der Sofie nach Grashüpfern jagte. Die Grillen zirpten ihr Lied, in das die Lerchen hoch oben in der blauen Sommerluft jubelnd mit einfielen.
»Ach hier seid Ihr, Tilia. Ich habe Euch überall gesucht«, unterbrach die Zollerntochter das Idyll. In eine grobe Büßerkutte gehüllt, das prächtige Haar unter einem schwarzen Schleier verborgen, trat sie gebückt aus der Seitenpforte. Kein Lächeln huschte über das junge Antlitz.
»Ich fühle mich nun stark genug, in der Kirche zu beten. Ihr wolltet doch mitkommen!«
Tilia unterdrückte einen Seufzer, faltete ihre Arbeit sorgsam zusammen und schenkte der Grafentochter ein freundliches Lächeln. »Natürlich werde ich mit Euch um Euren Seelenfrieden beten.«
Gret blieb schweigend in der Sommersonne zurück. Mit zusammengekniffenen Augen beobachtete sie Sofie, die sich mit einem kleinen Mischlingshund balgte, der wohl zu dem Hof auf der anderen Seite des Reichenbachs gehörte. Vielleicht hatte Tilia Recht. Vielleicht könnten sie alle hier ihren Frieden finden. Doch seit die Schwestern dem Dominikanerorden unterstellt waren, erledigten Laienschwestern die anfallenden Arbeiten. Sie wuschen und flickten, schrubb-

ten die Steinböden und polierten die hölzernen Chorstühle, schnitten Gemüse und kochten, jäteten Unkraut im Gemüsegarten und bauten Heil- und Würzkräuter an. Nein, sie würden die Magd nicht behalten, sondern sie zu einem Bauern auf einen ihrer Höfe schicken. Zu einem anderen Herrn.
Sofie kam mit wehenden Zöpfen angerannt und umschlang Gret mit ihren Ärmchen, die mit jedem scheidenden Mond mehr von ihrem Kinderspeck verloren. Gret küsste ihre Tochter. Sie roch den süßen Kinderduft, sog ihn in sich auf und fühlte für einen Moment das ungetrübte Glück. Wer weiß schon, was Gott der Herr noch für uns bereithält, dachte sie und zog Sofie in ihre Arme.

✠ ✠

»Wacht auf, Tilia, die Schwestern sammeln sich schon im Kreuzgang.«
Die Wehrsteinerin unterdrückte ein Gähnen. Es war stockfinster in dem kleinen Raum, wo normalerweise die Kranken gepflegt wurden, in dem die Mutter Oberin nun aber ihre Gäste von Burg Zollern untergebracht hatte.
»Ich fühle mich zwischen diesen heiligen Mauern mit jedem Tag besser. Kommt schon, wir müssen uns eilen, damit wir nicht zu spät in die Kirche kommen.«
Tilia rieb sich den Schlaf aus den Augen und griff nach ihrem Umhang. Hier im Kloster war es der Brauch, in Hemd und Kutte oder Rock zu schlafen.
Zumindest ist man dann schneller fertig, dachte Tilia, als sie, ihr Haar notdürftig unter ein Schleiertuch schiebend, der Grafentochter durch den Kreuzgang folgte.
Wie spät mochte es sein? Irgendwann zwischen Mitternacht und Dämmerung. Die Sterne prangten hell glänzend am

samtenen Nachthimmel. Tief am Horizont hing ein schmaler Mond. Eine der Schwestern hatte die ganze Nacht wachen müssen, um rechtzeitig zur achten Sternenstunde ihre Mitschwestern zu wecken.

Nun darf ich also noch vor den Mägden meinen dünnen Strohsack verlassen, um frierend in der Kirche den rauen Stimmen der Schwestern zu lauschen, huschte es Tilia durch den Sinn, als Schwester Ruth ihre Psalmlesung zum dritten Mal hustend und sich räuspernd unterbrach. Als sich aber die Stimmen der Schwestern zum Halleluja und Laudes vereinten, senkte die Wehrsteintochter beschämt den Kopf. Wie an jedem Morgen folgten Apostellesung, Responsorium, Hymnus, ein Stück aus dem Evangelium und dann das Bittgebet, bei dem Tilia trotz aller Anstrengung vom Schlaf überwältigt wurde. Ihr Kopf sank nach vorn. Erst als die Bräute Christi die abschließenden Lobgesänge anstimmten, schreckte die Ritterstochter wieder hoch.

Schweigend schritten die Schwestern in Zweierreihen aus der dunklen Kirche und versammelten sich im Kapitelsaal. Die Grafentochter folgte ihnen. Sie wollte wie die Nonnen die Stunden bis zum Morgenlob, das die erste Dämmerung begrüßte, in stiller Einkehr verbringen. Mit kleinen Handarbeiten oder nur still die Hände gefaltet, saßen die Nonnen im trüben Schein zweier Binsenlichter beisammen. Möglichst unauffällig drückte sich Tilia in den Schatten, ließ die Schwestern passieren und machte sich dann gähnend zu ihrem Lager auf.

Sie hat nicht gesagt, dass ich bei ihr bleiben soll, beruhigte sie ihr schlechtes Gewissen, als sie die Augen schloss und die raue Decke bis zum Kinn zog. Ob so ein Leben im Kloster etwas für mich ist, dachte sie beim Einschlafen. In ihren Träumen tauchte ein gut aussehender Ritter mit einer Laute auf und eine festlich gedeckte Tafel mit knusprigem

Braten und süßem rotem Wein. Tilia biss herzhaft in das Fleisch, genoss das freche Lied und das laute Lachen, und sie schämte sich sogar im Traum dafür.

KAPITEL 31

Es dämmerte bereits, als Tilia die Seitenpforte öffnete und sich verstohlen umsah. Das wie üblich kärgliche Nachtmahl war vorüber. Nun strebten die Schwestern zum Vespergottesdienst in die Kirche. So groß und himmelwärts strebend Tilia das Haus Gottes einst erschienen war und so sehr sie den Kreuzgang und seine Gewölbe bewundert hatte, heute schien es ihr, als seien die Pfeiler geschrumpft, als laste der Decke Druck auf ihren Schultern. Was war es nur, das ihr hier in diesen Mauern die Luft zum Atmen nahm?
Leise schloss die Rittterstochter die eisenbeschlagene Tür und schritt dann, den Rock gerafft, über die frisch gemähte Wiese weit aus. Die Regenwolken, die das Tageslicht in sich aufgesaugt hatten, schien die Kraft zu verlassen. Lautlos zerfielen sie in kleine graue Häufchen und verschwanden dann im Nichts, machten dem gläsernen Abendhimmel Platz, der sich von Westen her in Purpur hüllte.
Tilia atmete tief durch, roch die feuchte Erde. Längst waren ihre Schuhe durchnässt, doch das störte sie nicht. Warum waren diese Mauern ihr ein Kerker? Tilia ließ den Blick über die düstere, quadratische Anlage wandern, über den aufragenden Kirchenbau mit den hohen, spitzbogigen Fenstern und seinem schlanken Dachreiter. War sie eine Ketzerin, dass sie nicht die gleiche Seligkeit verspürte wie die Zollerntochter, wenn die Schwestern und die Gäste nachts geweckt wurden? Wenn sie Stunde um Stunde bei Gesang und Gebet

in der düsteren Kirche zubringen mussten? Wenn sie die immer gleichen Mahlzeiten ohne Fleisch bekamen? Wenn sie die harte Arbeit verrichteten, von der keine der Schwestern verschont wurde? Doch das war es nicht. Arbeit war Tilia gewöhnt und scheute sie auch nicht. Tilia bedrückte die ständige Überwachung durch die Mitschwestern. Zum Glück war sie nur zu Gast hier. Jeden Tag versammelten sich die Bräute Christi nach der Prim im Kapitelsaal, damit jede ihre eigenen oder die Verfehlungen der anderen kundtun und die Mutter Oberin dann die gerechte Sühne verhängen konnte. Es schmerzte der Rittertochter die Seele, wenn sie Dorothea dort stehen sah, wie sie sich ihre Sünden anhörte. Eine zerbrechliche kleine Gestalt, den Kopf gesenkt, die Augen demütig niedergeschlagen. Wieder war sie durch den Kreuzgang gerannt, wieder war sie bei der Vigilie eingeschlafen, wieder hatte sie das Schweigegebot missachtet und mit dem Gast aus Zollern, dem Fräulein von Wehrstein, gesprochen. Heiße Wut stieg in Tilia auf, und sie ballte die Fäuste. Schläge hatte das Kind bekommen, weil es mit seiner eigenen Schwester gesprochen hatte! Konnte Gott der Herr das wollen? War das der Jungfrau Maria Wunsch? Wollte sie solch strengen Gehorsam? Waren Lachen und Fröhlichkeit eine Sünde?
Ohne es zu merken, war Tilia zum Bach hinunter und dann unter den Weiden weitergegangen, bis der Reichenbach in einer weiten Schlinge das Gehöft am anderen Ufer umfloss. Das weiche Gras dämpfte den Hufschlag, die tief hängenden Zweige nahmen den Blick, so dass Tilia den Reiter erst bemerkte, als sein Streitross schon fast vor ihr stand. Das Tier schnaubte erschreckt, der Ritter zog sein Schwert. Das Mädchen fuhr mit einem leisen Schrei zurück. Einen Augenblick waren alle wie erstarrt, doch dann schob der Ritter sein Schwert zurück in die Scheide, schwang sich vom Pferd und verbeugte sich schwungvoll.

»Seid gegrüßt, Tilia von Wehrstein.«
Noch immer klopfte ihr Herz wild vor Schreck, doch ein Lächeln huschte über ihr Antlitz, als sie seine Stimme erkannte.
»Ritter Swenger, Ihr habt mich fürchterlich erschreckt. Was tut Ihr hier, so ganz ohne Farben und Wappen?«
Er nahm den Helm ab und strich sich das dunkelblonde Haar aus der Stirn. »Die Frage könnte ich auch Euch stellen. Was tut Ihr fern des Klosters so ganz allein?« Er sah sich rasch um. »Oder doch nicht allein? Ich möchte natürlich keinem heimlichen Stelldichein im Wege stehen.«
Tilia errötete und schüttelte heftig den Kopf. »Es ist niemand hier. Ihr habt natürlich Recht, dass es ungehörig ist.« Sie seufzte tief. »Sonst kommt meist Gret mit mir, doch sie muss heute Holz hacken, und ich müsste eigentlich in der Kirche sein.«
»Und warum seid Ihr es nicht?« Fragend hob er die Augenbrauen.
Tilia suchte nach den richtigen Worten. »Es ist nicht so, dass ich Gott den Herrn und die Heilige Jungfrau nicht preisen wollte, aber ich habe das Gefühl, hinter diesen Mauern erstarre ich wie das Wasser eines Sees im Winter. Es ist dann kein Leben mehr in mir, aber tot bin ich auch nicht.« Sie sah zu ihm hoch, erleichtert, dass er verstehend nickte.
»Doch was treibt Euch hierher? Ich dachte, die Herren Ritter haben alle Hände voll zu tun, den König und seinen werten Schwager in Schach zu halten.«
Er lachte leise, band sein Pferd an einer umgeknickten Weide fest und bot dem Fräulein seinen Arm.
»Ja, alle Hände voll zu tun haben sie«, griff er ihre Worte auf, »die Beutestücke an sich zu raffen, denn der Kampf lohnt bisher nicht, sich Kampf zu nennen.«
Er blickte sich rasch um und führte die Jungfrau dann unter

die Bäume, so dass sie vom Kloster aus nicht gesehen werden konnten.

»Ich schließe aus Euren Worten, dass Ihr noch nicht auf des Königs Ritter gestoßen seid.«

»Welch großer Scharfsinn unter diesem wundervollen Blondhaar. Ihr habt ganz recht geschlossen. Der König ist mit seinen Mannen nach Nürtingen gezogen und hält es in eisernem Griff umklammert. Man hört, dass die Bürger sich auf den Kirchhof zurückgezogen haben und noch immer Widerstand leisten. Der Württemberger hat es dagegen vorgezogen, die Weiler der Tübinger Pfalzgrafen zu verwüsten. Mit Wurfmaschinen und Feuer hat er Weil im Schönbuch genommen, dass kein Stein auf dem anderen blieb.«

Tilia hörte nur halb zu. Sie lächelte zu ihm hoch. Es war herrlich, wieder mit ihm zu plaudern und nach all den Wochen in Andacht und Gebet am festen Arm des Ritters zu spazieren.

»Werdet Ihr den Nürtingern zu Hilfe kommen?«

»Sicher, wenn die Saufbolde einmal nüchtern sind und es im Schönbuch nichts mehr zu rauben gibt, dann werden wir dem König in die offenen Arme laufen.«

Es war schon zu düster, um in seiner Miene zu lesen. Seine Stimme verriet nicht, ob er es ernst meinte oder spottete.

»Der Württemberger ist zwar jung und heißblütig, doch er versteht etwas von Kriegskunst. Auch hat er erfahrene Ritter um sich geschart.« Es war mehr eine Frage, denn eine Feststellung. Swenger lachte kurz auf.

»Ja, ja, der wilde Eberhard hat einen klugen Kopf, doch er überschätzt sich und seine Kräfte. Um es mit einem Rudolf von Habsburg aufzunehmen, muss er schon noch ein wenig üben.«

Tilia blieb stehen und sah Swenger ernst an. »Glaubt Ihr, dass der König siegt? Was wird dann aus Zollern? Was wird

mit uns passieren?« Die Furcht in ihrer Stimme schien ihm unangenehm. Er schlug einen leichten Ton an und schritt langsam weiter, ihre Hand an seinem Arm festhaltend.
»Wir haben doch den furchtlosen Merkenberger und den so klugen Eitelfriedrich bei uns. Wenn die beiden die grimmigen Blicke, die sie sich gegenseitig zuwerfen, einmal unseren Gegnern zukommen lassen, dann haben die Königstreuen überhaupt keine Chance.«
Tilia lachte pflichtschuldig, doch ihr entging nicht, dass der Ritter ihre Frage unbeantwortet ließ.
»Ihr habt Euch noch gar nicht nach Eurer Braut erkundigt«, wechselte sie das Thema.
Der Ritter schnitt eine Grimasse. »Wenn Ihr es wollt. Wie geht es der holden Williburgis?«
»Sie betet, beichtet und singt und übergibt ihre sündige Seele der Heiligen Jungfrau.«
Swenger stöhnte und verdrehte die Augen.
»Es tut ihr gut, und sie lebt richtiggehend wieder auf«, rügte Tilia den Ritter und kniff ihn in den Arm. »Sie hat ihren Frieden hier in Stetten gefunden, und das sollte Euch viel wert sein. Ihr müsst Geduld mit ihr haben, denn sie trifft keine Schuld.«
»Ist der Heiltrank, der ihrer Seele Frieden schenkt, das Kloster oder weit weg von Zollern zu sein? Am besten wäre es, wenn sie für immer den Schleier nehmen würde. Am besten für sie und am besten für mich.«
Die Wehrsteinerin schwieg. Wie viel wusste der Ritter über die schrecklichen Sünden, die auf Zollern geschehen waren?
Vor ihnen tauchte das Kloster als düsterer Schatten in der Dämmerung auf. Swenger von Lichtenstein blieb stehen und nahm Tilias Hände in die seinen. Er hatte die Handschuhe abgelegt. Es war dem Mädchen, als müssten ihre Hände an der rauen Männerhaut verglühen.

»Geht nun zurück, Tilia. Geht zu den Nonnen und betet für mich, doch erzählt keinem, dass Ihr mich getroffen habt.«
Er beugte sich vor und küsste sanft ihren Mund, dann ließ er ihre Hände los und verschwand mit großen Schritten unter den schwarz werdenden Schatten.
Eine ganze Weile sah Tilia ihm nach, obwohl er ihren Blicken bereits entschwunden war. Plötzlich merkte sie, dass die Nacht längst angebrochen war. Nur ein paar Sterne durchbrachen die Finsternis. Rasch raffte Tilia ihre Röcke und schritt zur Pforte. Sie hoffte, dass ihr Fehlen unbemerkt geblieben war.

✠ ✠

Mit großen Schritten eilte der Ritter zu seinem Ross zurück. Er spähte in die Dunkelheit, doch es waren nur die Schatten der Weiden, die ihm Trugbilder von riesenhaften Männern vorgaukelten. Schweigend stand er da und lauschte. Endlich vernahm er das Schnauben eines Pferdes.
»Seid Ihr es?«, flüsterte er in die Dunkelheit.
»Ja, Herr Ritter. Graf Burkhard ist noch in Haigerloch und erwartet Eure Botschaft.« Pergament raschelte, als es von einer Hand in die andere wechselte. Der Mann wollte schon gehen, doch Swenger von Lichtenstein hielt ihn zurück.
»Wir können uns hier nicht mehr treffen. Ich kann nicht so lange vom Lager wegbleiben. Habt Ihr nicht in Stuttgart zu tun? Auch dort gibt es Bürger mit Geld und Geschmack, die Eure Waren gern mit guten Münzen vergüten.«
Der Kaufmann zögerte. »Ja, schon, doch man sagt, dort herrschen strenge Zünfte. Nicht jeder kann dort mit seinem Karren vorfahren und seine Waren feilbieten. Außerdem – verzeiht mir, Ritter –, es ist nicht ratsam, den Rittern und Grafen in ihrem Rausch der Fehde zu nahe zu kommen. Zu

gern nehmen sie sich die Ware als Beute und meinen Beutel noch dazu.«
Swenger überlegte. »Vielleicht habt Ihr Recht. Bringt die Nachricht nach Hedelfingen. Hinter der Kirche ist ein kleiner Friedhof. Dort hinter der großen Gruft nach Einbruch der Dunkelheit« – er rechnete die Tage mit den Fingern nach – »am Tag der Heiligen Kosmas und Damian.«
Der Kaufmann überlegte kurz. »Ja, das müsste gehen.« Der Ritter nickte, band sein Pferd los, schwang sich in den Sattel und verschwand in der Nacht.

✠   ✠

»Wo warst du?«, begrüßte die Magd Tilia leise. Im düstern Lichtschein einer Öllampe flickte Gret Sofies Kittel. Alle außer der Schwester, die die Stunden zählen musste, um ihre Mitschwestern rechtzeitig zur Vigilie zu wecken, hatten sich bereits in ihren schmalen Betten zur Ruhe gelegt. Auch die Grafentochter schien schon zu schlafen. Tilia ließ sich neben Gret auf deren Strohsack sinken.
»Ich war ein wenig draußen«, sagte sie schlicht und starrte dann schweigend in die im Luftzug tanzende Flamme.
Gret nähte einen kleinen Riss zu und biss dann den Faden ab. »Wenn du eine der Damen auf Zollern wärst, dann würde ich sagen, du hast dich dort draußen heimlich mit einem Ritter getroffen.«
Tilia spürte, wie ihr die Röte ins Gesicht schoss. Sie hoffte nur, dass Gret es im düstern Licht nicht bemerken würde. Schweigend saßen sie da. Tilia ließ den Blick über die karge Gästekammer wandern, die sie zu viert bewohnten, seit Williburgis kein Krankenbett mehr benötigte. Die Grafentochter schlief in der einen Bettstatt, Tilia in der anderen, Gret und Sofie teilten sich einen Strohsack auf dem Boden. Ihr Blick

wanderte durch den Raum, doch sie sah nur die dunkelblauen Augen, von langen Wimpern umrahmt, das bartlose, weiche Gesicht, das blonde Haar und das Lächeln vor sich. Gret faltete das Hemd zusammen und sah Tilia fragend an.
»Willst du nicht schlafen? Du weißt, es ist nicht mehr lange, bis die Schwestern sich wieder erheben.«
»Meinst du, dass ein Mann, der mit einem anderen Mann gesündigt hat, durch die Liebe geheilt und gereinigt werden kann? Ich meine, dass auch er in ehrlicher Liebe entbrennt und nicht mehr sündigt?«
Gret stöhnte leise. »Er war hier, nicht?«
»Ich wusste es nicht, glaube mir! Es war eine Fügung Gottes.« Sie überhörte Grets unwilliges Schnauben. »Aber ich musste versprechen, es niemandem zu erzählen.«
»Ich bin niemand, nur eine Magd«, seufzte Gret. »Warum kam er, wenn nicht, dich zu sehen?«
Tilia knetete ihre Finger. »Ich weiß es nicht. Ich glaube, er wollte es mir nicht sagen. Die Kämpfe jedenfalls sind längst noch nicht vorüber. Vielleicht hat der Graf ihn mit einer Botschaft hergeschickt?«
Gret nickte. »Ja, das könnte sein, doch heute Nacht wirst du es ganz sicher nicht mehr erfahren, darum leg dich nun in dein Bett, denn ich muss bei Tagesanbruch zum Bach runter, mit den Laienschwestern zusammen Wäsche waschen.«
Ohne Widerspruch streifte sich Tilia ihren Rock ab und schlüpfte, mit ihrem langen Hemd bekleidet, unter die dünne, raue Decke. Lange nachdem Gret das Licht gelöscht hatte, starrte sie noch in die Dunkelheit. Ihr war es, als spüre sie noch immer die heißen Lippen auf den ihren.
»Sie hat sich während der Vesper unten am Bach mit einem Ritter getroffen und ist bis nach der Komplet weggeblieben«, klagte Schwester Anna mit lauter Stimme und riss Tilia mit diesen Worten aus ihrer angenehmen Träumerei.

»Sie ist Gast hier und Dame auf Zollern, doch liebe Mutter Oberin, ich finde, das geht zu weit, wenn das Fräulein in unserer Obhut hier in Stetten weilt.«
»Ich habe deine Worte vernommen, du kannst dich wieder setzen.« Die Stimme der alten Äbtissin verriet keine Gefühle, doch ihre klaren Augen waren streng auf Tilia gerichtet. Der Ritterstochter wurde es unter den anklagenden Blicken abwechselnd heiß und kalt. Keiner fragte, woher die Schwester davon wusste. Alle warteten nur, wie die Mutter Oberin diese Verfehlung strafen würde. Doch sie ließ sich Zeit. Die Äbtissin war seit ihrem zwölften Lebensjahr im Kloster, hatte Gott erst im Orden der Augustinerinnen gedient und lebte nun nach den Regeln der Dominikaner, doch das Leben hinter den Mauern hatte sie der Welt nicht völlig entfremdet. Sie konnte es an ihren Händen nicht abzählen, wie viele Kinder sie hinter den Klostermauern schon das Licht der Welt hatte erblicken sehen. Die Mütter waren nicht nur Gäste, auch Novizinnen, und selbst Schwestern brachten immer wieder sehr lebendige Beweise ihrer Sünden zur Welt. Selbst hier in dieser Runde war eine, die hier geboren worden war. Dennoch konnte und wollte die alte Ordensfrau solch sündiges Verhalten nicht ungestraft lassen. Wäre die junge Frau einer ihrer Schützlinge, dann würde sie sie hart züchtigen, für mindestens eine Woche auf dem Boden schlafen und auf den Knien den Kreuzgang und den Kirchenboden schrubben lassen, doch Tilia von Wehrstein war eine Dame des Grafen.
»Ist das wahr, was Schwester Anna dir vorwirft, mein Kind?«, fragte die Äbtissin mit klarer Stimme.
Tilia errötete heftig. »Nein, ja«, stotterte sie. »Ich habe ihn nur zufällig getroffen und ein paar Worte mit ihm gewechselt.«
»Wer ist er?«

Das Mädchen wehrte ab. »Das kann ich nicht sagen!«
Die Mutter Oberin faltete ihre knochigen Hände. »Du bist in einem Haus Gottes. Hier kannst du alles sagen.«
Doch Tilia schüttelte trotzig den Kopf. Die alte Frau seufzte und dachte einige Augenblicke nach.
»Wenn du einer meiner Schützlinge wärst, dann wüsste ich dich zu strafen. Du bist hier Gast, dennoch lebst du hier unter den Bräuten Christi und solltest daher die Gebote Gottes und die Regel des heiligen Dominikus befolgen...«
»Ehrwürdige Mutter«, unterbrach Willburgis die Äbtissin, sprang auf, trat vor und sank dann auf die Knie. »Tilia von Wehrstein ist meine Dame. Wir sind gekommen, um Euer Leben zu teilen und Gottes Gnade zu erlangen. Wenn sie gefehlt hat, so straft sie wie die Euren auch, denn wir sind alle Kinder Gottes. Keiner soll sich erheben über den anderen. Vor Gott dem Schöpfer, dem Allmächtigen, sind wir alle gleich. Ist es nicht unsere Pflicht, auf unseres Nächsten Heil zu achten? Ihn vor sich selbst zu schützen, wenn er seine Seele in Gefahr bringt?«
Erwartungsvoll sah sie zu der Äbtissin hoch. Tilia riss entsetzt die Augen auf. Die Oberin runzelte unwillig die Stirn. Sie liebte es nicht, unterbrochen zu werden. Noch weniger mochte sie es, von Laien in Fragen des Glaubens belehrt zu werden, doch sie bezähmte den in ihr aufsteigenden Unmut, schickte die Grafentochter auf ihren Platz zurück und verkündete dann die Strafe, die die Ritterstochter demütig zur Sühne annehmen musste.
Kein Laut entrang sich Tilias Lippen, als die Rute auf ihren nackten Rücken klatschte und hässliche Striemen auf die weiße Haut schrieb. Ohne zu klagen rutschte sie auf den Knien über den Steinboden und bearbeitete jeden Fleck mit einer Bürste und scharfer Lauge. Die Zähne fest zusammengebissen, wollten ihr die Lobpreisungen zu Ehren

Gottes und der Heiligen Jungfrau nicht so recht über die Lippen kommen.
Gret bot ihr keine Hilfe an und sprach nicht mit ihr darüber. Doch wenn die Lichter gelöscht worden waren und alle sich zur Ruhe gelegt hatten, dann rutschte sie zu Tilias Lager und strich ihr die wunden Hände mit einer wohltuenden Paste ein.

KAPITEL 32

»Was wollt Ihr?«, fragte die Schwester mürrisch, die schon mehr als zehn Jahre das Amt der Pförtnerin ausführte. Sie musterte misstrauisch den eher ärmlich gekleideten Händler und die beiden Bewaffneten durch die kleine Luke in der Tür. Da, seit ihr Haar ergraut war, auch die Kraft ihrer Augen merklich nachgelassen hatte, erkannte sie die Männer des Grafen nicht.
»Wir haben einen Verletzten auf dem Karren, der hier im Kloster bleiben soll.«
»Einen Mann? Geht nach Hechingen rüber, da gibt es einen Bader«, wehrte sie unfreundlich ab.
Da mischte sich Berchtolt von Steinhofen ein. Er trat so nah an das Fensterchen heran, dass die Alte seinen Atem spüren konnte.
»Jetzt hört mal gut zu, Schwester«, sagte er hart. »Auf dem Karren da liegt Eitelfriedrich von Zollern, der beim Angriff auf Nürtingen schwer verletzt wurde und nur mit Gottes gnädiger Hilfe die lange Fahrt bis hierher überlebt hat. Also öffnet uns gefälligst die Pforte!«
»Woher soll ich wissen, dass Ihr die Wahrheit sagt – Ritter«, fügte sie noch hinzu und kniff ihre kurzsichtigen Augen zusammen.
Der Edelknecht stöhnte. »Geht zu Eurer Äbtissin oder wie Ihr sie nennt. Vielleicht ist sie ein wenig schlauer als Ihr.«
Das Fenster klappte zu. Es schien den Männern eine Ewigkeit zu vergehen, ehe die Tür weit aufgerissen wurde und

eine andere Schwester in Begleitung von Williburgis und Tilia heraustrat. Die Zollerntochter eilte mit gerafften Röcken zu dem Karren des Händlers und schlug die Plane zurück.
»Herr im Himmel!«, entfuhr es ihr, als sie die totenbleiche Gestalt sah.
»Wie steht es um ihn?«, fragte Tilia den von Steinhofen leise, doch der alte Haudegen zuckte nur die Schultern.
»Ist nicht immer ganz da und sehr schwach. Die Wunde habe ich nicht gesehen. Soll ein Pfeil gewesen sein, doch ich verstehe nicht viel davon. Der Graf hat nur gesagt, wir sollen ihn bis hierher begleiten.«
Tilia hatte genug gehört. Da Williburgis damit beschäftigt war, über das große Unglück zu jammern und herzerweichend zu weinen, wies Tilia die Männer des Grafen an, den Verletzten hineinzutragen.
Die gefährliche Fracht endlich los, schickte sich der Händler sofort an, seinen Weg fortzusetzen, während die Männer des Grafen sich im Schatten des Klosters niederließen und Brot und Käse auspackten.

✠ ✠

»Ich helfe Euch gern bei der Pflege, Schwester«, sagte Gret und schlug die Augen nieder.
Schwester Maria, die das Amt des Infirmarius innehatte, nickte.
»Dann lauf und hol mir heißes Wasser, dass ich die Wunde auswaschen und neu verbinden kann.«
Im Laufschritt eilte die Magd davon. Tilia stand mit gefalteten Händen da und ließ den Blick über die bleiche Gestalt wandern. Blass war er, der älteste Zollernsohn, unrasiert und schmutzig, die Wangen eingefallen, die Lippen rissig. Er

hatte die Augen geschlossen. Schlief er? War er ohnmächtig?

»Beten ist gut, doch besser noch, Ihr helft mir, ihn auf den Bauch zu drehen, dass ich mir die Wunde ansehen kann.«

Die dunklen Äuglein der Nonne blitzten. Ungeduldig schob sie eine graue Strähne unter ihren Schleier zurück, ehe ihre kräftigen Hände den Grafensohn packten. Nicht grob, aber energisch drehte sie ihn um, ohne sein Stöhnen zu beachten. Mit einem scharfen Messer trennte sie den verschmierten Verband auf. Bei dem fauligen Geruch, der ihr entgegenschlug, rümpfte sie die Nase.

»Das sieht nicht gut aus. Gar nicht gut. Heilige Jungfrau, steh uns bei.«

In diesem Moment kam Gret mit dem heißen Wasser. Ihre Hände zitterten, als sie die Schüssel auf einen Schemel stellte, so dass das Wasser in Bewegung geriet und überschwappte. Die Nonne warf der Magd einen tadelnden Blick zu, sagte aber nichts. Sie reichte Gret stattdessen ein Leinentuch.

»Hier, schneide es in handbreite Streifen.«

Den Blick auf die eiternde Wunde gerichtet, hantierte Gret fahrig mit dem Messer, während die Nonne geschickt die Wunde auswusch. Tilia legte Gret die Hand auf die Schulter.

»Er wird doch wieder genesen, Schwester; wenn es Gottes Wille ist?« Sie suchte nach den rechten Worten, um die Nonne nicht zu kränken. »Als Infirmarius habt Ihr sicher die nötige Erfahrung und auch die Medizin, die Wunde zu heilen.«

Schwester Maria kniff die Augen zusammen, so dass auf ihrer Stirn eine steile Falte erschien. Die Hände in die Hüften gestemmt, sah sie die Ritterstochter prüfend an.

»Um all Eure gefragten und ungefragten Zweifel zu beant-

worten: Ja, ich bin schon lange in diesem Kloster für die Kranken zuständig, und nein, ich habe noch nie eine solch schwere Wunde behandelt. Ja, ich habe solch eiternde Wunden schon gesehen, an Armen und Beinen. Der Bader hat die Glieder dann abgetrennt. Manche überlebten, manche nicht. Doch hier im Rücken kann man nichts abtrennen, deshalb lautet die Antwort auf Eure Frage: Er wird sterben, wenn kein Wunder an ihm vollbracht wird.«
Das Aufstöhnen des Grafensohns mischte sich mit einem Schluchzen aus Grets Kehle. Tilias Finger gruben sich in Grets Arm.
»Auch ich habe schon schwärende Wunden gesehen – und wie sie sauber verheilten und vernarbten. Es gibt ein Mittel und einen Mann, der damit umzugehen weiß.«
Der Mund der Heilkundigen war nur noch ein Strich. »Und wer ist es, der diese Wunder vollbringen kann?«
»Bruder Tragebott, der Franziskanermönch, der auf Zollern lebt!«, antwortete Tilia und sah die Nonne herausfordernd an.
»Der verbrannte Teufel?«, keuchte sie und bekreuzigte sich. »Der soll keine Hand an den Zollernsohn legen!« Schützend streckte sie ihre Hände über dem nackten Männerrücken aus.
»Aber Ihr sagtet doch, dass Ihr nicht glaubt, ihn selbst heilen zu können. Dann kann es wohl nicht schaden, den Franziskaner es versuchen zu lassen«, bemühte sich Tilia, die starrsinnige Nonne zur Vernunft zu bringen.
»Und seine Seele? Habt Ihr einmal an seine Seele gedacht? Lieber soll sein Leib hier in Stetten bei unseren Gebeten sterben denn seine Seele von diesem Dämon verdorben werden!«
»Er ist weder ein Teufel noch ein Dämon!«, verteidigte Tilia den Mönch. »Er sieht zum Erschrecken aus und ist manches

Mal ein wenig seltsam, das gebe ich gerne zu, doch er ist ein großer Alchimist und ein großer Medicus!«

Ohne ein weiteres Wort zu sagen, verteilte die Nonne eine graugrüne, schlammige Masse auf der Wunde und verband sie dann sorgfältig.

»Ich werde mit der Mutter Oberin sprechen«, sagte Tilia leise und versuchte, zumindest ein wenig Demut und Respekt in ihre Stimme zu legen. Mit einem Kopfnicken verließ sie die Krankenkammer. Gret folgte ihr.

»Danke, das werde ich dir nicht vergessen«, sagte die Magd leise.

»Er ist der Sohn des Grafen! Es ist meine christliche Pflicht, alles zu tun, dass er am Leben bleibt.« Tilia spürte den traurigen Blick und die stumme Anklage in ihrem Rücken. Unvermittelt blieb sie stehen, drehte sich herum und griff nach Grets Händen.

»Ja, ich habe es verstanden, dass er dir Freude, nicht Pflicht bedeutet, und ich würde alles tun, um dir Kummer zu ersparen.«

»Danke«, sagte Gret noch einmal, denn sie fühlte, wie schwer es Tilia fiel, ihre Meinung über den Grafensohn und seine sündige Beziehung zu der Magd zu ändern.

In Begleitung des Edelknechts von Steinhofen und des jungen Bollers ritten Tilia und Gret nur kurze Zeit später den Zoller hinauf. Tilia trieb ihr Pferd zur Eile an. Nicht nur, dass der Zustand des Grafensohnes keine Trödelei zuließ, sie fühlte auch den unbändigen Drang nach Freiheit. Der Wind ließ ihre Haut prickeln und zerrte an ihren Haaren. Tilia atmete tief durch. Hätte der Ritt nicht solch einen unglückseligen Anlass gehabt, sie hätte vor Freude jauchzen mögen.

»Jungfrau Tilia, reitet das Pferd nicht zuschanden!«, rief Berchtolt von Steinhofen ihr nach, denn der Hals der schwar-

zen Stute war bereits von Schweiß durchnässt, und die ersten Schaumflocken tropften ins Gras.
Nur widerwillig zügelte Tilia das Ross und ließ die anderen aufholen. Gemächlich trabten sie die letzten steilen Serpentinen bis zum Burgtor hoch.
Wie nicht anders zu erwarten, fanden sie Bruder Tragebott in seinem Kellerverlies mit seinen Experimenten beschäftigt. Der Edelknecht blieb an der Tür stehen und bekreuzigte sich hastig, doch Tilia schritt beherzt an den Tisch mit den seltsamen Apparaturen heran. Es roch nach Hölle und verbranntem Holz, nach Mist und betäubendem Rauch. Noch immer hatte der Mönch seine Besucher nicht bemerkt, so sehr nahm ihn das Mischen mehrerer Pulver in einem kleinen Schälchen in Anspruch.
»Bruder Tragebott!«
Die Stimme dicht hinter ihm riss den Mönch mit einem solchen Schreck aus seiner Arbeit, dass er herumfuhr. Der Ärmel seiner weiten Kutte wischte das Schälchen samt dem Binsenlicht vom Tisch. Erst zischte es kurz, dann erleuchtete ein Lichtblitz die Gewölbe. Mit einem Schrei nahm der Edelknecht Reißaus. Tilia fühlte sich von einer kräftigen Gestalt zu Boden gerissen, dann erst hörte sie den Donnerschlag. Alle Luft wurde aus ihrer Lunge gepresst, so schwer drückte sie der Körper zu Boden. Als der Druck nachließ, war die Luft, die sie in sich aufsog, von beißendem Rauch erfüllt. Tilia hustete, und Tränen schossen ihr in die Augen.
Bruder Tragebott, der sich schützend über sie geworfen hatte, rollte sich zur Seite. Als er sich davon überzeugt hatte, dass die Ritterstochter unverletzt geblieben war, sprang er auf und stieß einen triumphierenden Schrei aus.
»Jetzt habe ich es! Habt Ihr das gesehen? Es war nur eine winzige Menge, und dann dieser Feuerblitz und dieser

Knall!« Dass sie beide um ein Haar von diesem teuflischen Gemisch in Stücke gerissen worden wären, schien ihn nicht im Geringsten zu stören. Er führte einen Freudentanz auf, hustete und lachte im Wechsel und erinnerte nun wirklich an einen Dämon der tiefsten Hölle. Etwas missmutig betrachtete Tilia die rußigen Flecken auf ihrem zartgelben Rock, doch dann musste auch sie lachen.
Der Qualm trieb den Mönch und die Jungfrau schließlich nach oben ans Tageslicht, wo sie den von Steinhofen und eine aufgeregte Gret antrafen, die sich gerade anschickte, in das Verlies einzudringen.
»Ich habe es geschafft!«, jubelte der Mönch noch einmal. »Nun wird Zollern unbesiegbar sein. Der Name wird erblühen, und alle Feinde werden zittern. Der König soll sich nur in Acht nehmen, wenn wir mit meiner Wunderwaffe seine Ritter in Stücke reißen. Ein Blitz und ein Donner, eine alles verzehrende Flamme, und nur noch Asche wird von ihnen bleiben...« Tilia legte ihm die Hand auf seinen Arm und unterbrach seine Triumphrede. »Lieber Bruder Tragebott, bevor Ihr die Königstreuen in Flammen aufgehen lasst, solltet Ihr versuchen, den Zollernerben zu retten, damit er seinen Sieg noch miterleben kann.«
Die Mundwinkel des Franziskaners sackten herab. »Was ist geschehen?«
Rasch beschrieb ihm Tilia die Wunde. Der Mönch nickte, hastete in seine Gemächer zurück und packte einen großen Beutel voll mit Dosen und anderen Behältern. Inzwischen ließ der von Steinhofen ein Pferd satteln. Es war ein kleines, gutmütiges Tier, und dennoch schimpfte und jammerte der Mönch den ganzen Ritt nach Stetten hinunter und wäre ein paarmal beinahe aus dem Sattel gefallen, wenn er sich nicht rechtzeitig an der Mähne des Wallachs festgeklammert hätte. Endlich erreichten sie das Kloster am Reichen-

bach. Stöhnend rutschte Bruder Tragebott vom Pferd und folgte Tilia und Gret steifbeinig durch die Pforte, vorbei an einer alten Nonne, die ihr Missfallen gar nicht zu verbergen suchte.

Als der Mönch eintrat, verließ Schwester Maria beleidigt die Krankenkammer. Lieber wollte sie auf den Knien die ganze Nacht hindurch zur Buße beten, als diesem Teufel bei seinem unheiligen Werk behilflich zu sein, auch wenn sie damit gegen die Anordnungen der Mutter Oberin verstieß.

Schnell waren die Leiden des unbequemen Ritts vergessen, als Bruder Tragebott die Wunde des Zollernsohnes sah. So als hätten sie ihr Leben lang nichts anderes gemacht, arbeiteten Tilia und der Franziskaner zusammen. Seine Anweisungen waren knapp, aber nicht unfreundlich. Die Jungfrau reagierte schnell und hantierte geschickt, ohne sich zimperlich anzustellen. Kein unnötiges Geplapper, kein hysterisches Gekicher, keine Ohnmachtsanfälle.

Bruder Tragebott wusch die Wunde aus, die bereits wieder Eiter angesetzt hatte. Ohne sich um das Stöhnen des hohen Herrn zu kümmern, drückte er an den blutigen Rändern herum.

»Da ist noch ein Stück des Pfeiles drin! Solche Pfuscher! Kein Wunder, das die Wunde schwärt. Ein Messer, gebt mir ein scharfes Messer aus meinem Beutel und rückt die Lampe näher.«

Als Bruder Tragebott das Messer in einer Schüssel mit gebranntem Wein wusch, wurde es Tilia doch ein wenig mulmig. Hilfe suchend sah sie sich nach Gret um, die stumm die blutigen Lappen aufsammelte.

»Haltet den Arm fest«, gebot er barsch und stach dann blitzschnell in die tiefe Wunde. Eitelfriedrich schrie und versuchte, sich aufzubäumen, doch das kräftige Knie des Mönches in seinem Kreuz drückte ihn nieder. Er brauchte noch einen zweiten Versuch, doch dann förderte er einen schwarzen Metallsplitter hervor. Blut schoss aus der Wunde, doch Bruder Tragebott schien mit seiner Arbeit zufrieden zu sein.

»Da, Jungfrau Tilia, seht, das hätte ihn sein Leben gekostet.«

Er hielt die Schneide des Messers in die Flamme des Binsenlichts, bis sie rötlich zu glühen begann. Mit einer flinken Bewegung drückte er das Eisen in die blutende Wunde. Der Verletzte stöhnte und gab gurgelnde Geräusche von sich. Der Gestank nach verbranntem Fleisch zog durch das Gemach.

Die Wehrsteintochter schluckte. Sie war ein wenig blass, doch sie reichte dem Mönch die Leinenstreifen, ohne zu zittern. Eitelfriedrich von Zollern sagte gar nichts mehr. Eine Ohnmacht hatte ihn vorübergehend von seinen Schmerzen befreit.

»Und, wie kommt Ihr voran, Bruder?«, erklang eine Stimme von der Tür her.

Tilia und Gret fuhren herum. Der Mönch verknotete erst noch den letzten Leinenstreifen, ehe er sich dem alten Weiblein unter der Tür zuwandte.

»Wird der Erbe überleben?«

Mit gebeugtem Rücken stand sie da, die eine Hand fest auf ihren Stock, die andere auf Schwester Ruths Arm gestützt, doch keiner würde zweifeln, dass sie noch immer das Oberhaupt des Klosters war. Ihre hellen Augen musterten aufmerksam den ungehorsamen Mönch in seiner schmutzigen, löchrigen Kutte.

»Auch mir ist Gottes Wille nicht bekannt, Mutter Oberin, aber wenn es nach mir geht, dann soll er sein Erbe gern antreten.«

Falls die Ordensfrau die Antwort für respektlos hielt, ließ sie es sich nicht anmerken.

»Wir danken Euch, dass Ihr sogleich gekommen seid«, fügte sie hinzu, ohne ihn aus den Augen zu lassen.
»Dankt mir, wenn sich Kruste über die Wunde gelegt hat und wenn sie nicht mehr nässt. Dankt mir, wenn ich Tage und Nächte an seinem Lager gesessen bin.«
Schwester Maria, die neugierig über der Mutter Oberin Schulter linste, schnaufte empört. »Er kann nicht hier bleiben! Ich werde den Platz an der Seite des Kranken einnehmen.«
Tilia sah den Kampf, den die alte Ordensfrau ausfocht. Für einige Augenblicke schloss sie die Augen.
»Bruder Tragebott, ich werde Euch ein Lager richten lassen. Ihr könnt Eure Mahlzeiten hier einnehmen. Ihr werdet nicht das Necessaria der Schwestern benutzen. Ihr könnt Eure Notdurft außerhalb unserer Mauern verrichten.«
Der Mönch grinste anzüglich. »Ich verspreche Euch, mich nur dem Kranken zu widmen und nicht einmal einen Blick auf Eure Schäfchen zu richten.«
»Das habe ich nicht anders erwartet«, antwortete die Äbtissin scharf, wandte sich brüsk um und ließ sich von Schwester Ruth in ihre Kammer zurückgeleiten.

✠ ✠

Es war schon dunkel, als Tilia die Pforte öffnete, um die beiden Edelknechte aufzusuchen, die unter einer Linde ein kleines Feuer angezündet hatten. Das Mädchen hatte mit Erlaubnis der Äbtissin eine Schüssel mit dickem Eintopf und dunkles Brot aus der Küche geholt. Es war nicht das, was die Männer von Zollern gewöhnt waren, doch wenigstens der kleine Weinschlauch, den sich Tilia unter den Arm geklemmt hatte, würde ihnen gefallen.
Berchtolt sprang auf und griff nach seinem Dolch, als er die

Gestalt bemerkte, die sich dem Lager näherte. Auch die beiden Pferde schnaubten unruhig, wandten sich jedoch wieder dem saftigen Gras zu, als sie Tilias beruhigende Stimme vernahmen.

»Ich bin es, Tilia von Wehrstein. Ich bringe Euch Essen und Wein aus der Klosterküche.«

Da die Männer auf ihrem Ritt von Stuttgart her drei Tage nichts Warmes in den Magen bekommen hatten, stopften sie das fleischlose und verkochte Durcheinander wortlos in sich hinein. Tilia beobachtete sie schweigend. Erst als Wetzel, der Boller, herzhaft rülpste, erhob sie wieder ihre Stimme.

»Was ist passiert? Ich habe gehört, Ihr habt im Schönbuch gekämpft. Ist der Graf dort verletzt worden?«

Wetzel schüttelte den Kopf und flegelte sich ins Gras.

»Nein, im Schönbuch gab es nichts mehr zu holen.« Er kicherte leise. »Die Tübinger werden dort lange keine Freude mehr haben. Kein Haus steht mehr. Die Bauern sind tot oder in die Wälder geflohen, die Zehntscheuern mit all den Feldfrüchten des Jahres abgebrannt.«

Tilia trat unruhig von einem Fuß auf den anderen. »Und dann? Was habt Ihr dann getan?«

»Der Habsburger, dieser Hund, hat Nürtingen eingenommen, bevor wir mit den Karren und den Wurfmaschinen dorthin gelangen konnten. Wir haben einen Angriff versucht, doch er hatte seine Ritter im Wald versteckt.« Er hob die Hände, so als wolle er sich entschuldigen. »Wir mussten uns nach Stuttgart zurückziehen.«

»Und dabei haben die Mannen des Königs Eitelfriedrich mit einem Pfeil getroffen? Aber warum habt Ihr ihn die weite Strecke in einem Karren herbringen lassen? Hat der Württemberger in Stuttgart keine Heilkundigen?«

Der Edelknecht zuckte gelangweilt die Schultern. »Der Graf

selbst schickte uns los, einen Händler zu suchen, der gen Süden fährt. Er wollte, dass sein Sohn nach Stetten reist, und befahl uns, ihn sicher herzugeleiten. Er fürchtete, Eitelfriedrich sei in Stuttgart nicht sicher.«
Tilia nickte langsam. Sie wünschte noch eine angenehme Nacht und schritt dann, tief in Gedanken versunken, zur Klosterpforte zurück. Noch immer fragte sich Tilia, was der Merkenberger bereit war, für Land und Macht alles zu tun.

✠ ✠

»Keine weiteren Ausflüchte. Ich will wissen, ob du etwas damit zu tun hast!«, schrie der alte Graf, und seine Hände zitterten.
Der Merkenberger strich sich die Haare zurück. »Da seht her, kein Mal auf der Stirn. Außerdem bin ich nicht hinter ihm geritten.«
Friedrich von Zollern ließ sich auf einen samtbezogenen Sessel sinken. Eberhard von Württemberg hatte den Zollerngraf und seinen Sohn in einem zugigen, doch prächtig eingerichteten Gemach in seiner weitläufigen Stuttgarter Burg untergebracht.
»Ich habe auch nicht angenommen, dass du selbst den Bogen gespannt hast, doch ich möchte wissen, ob du etwas mit der Sache zu tun hast. Du wirst das Zimmer erst verlassen, wenn ich eine zufrieden stellende Antwort erhalten habe.«
Der Merkenberger lachte verächtlich. »Wie wollt Ihr das erreichen?«
Müde schloss der Graf die Augen. »Du meinst also, wenn du mir die Grafschaft nicht abpressen kannst, dann lässt du deinen Bruder töten?«
»Nein«, erwiderte der jüngste Sohn mürrisch, »so war es

nicht. Es war nicht mein Einfall, und außerdem habe ich ihn längst zurückgepfiffen. Wer weiß, vielleicht war es ja doch ein Pfeil der Königlichen.«

»Wer ist es?«, fragte der Graf leise.

Der Merkenberger warf sich in die Brust. »Das werde ich nicht sagen. Glaubt Ihr, ich bin ein Verräter? Glaubt Ihr, ich bin ehrlos?«

Friedrich von Zollern lachte bitter. »Du lieferst deinen Bruder einem Meuchelmörder, einem Verräter aus seinen eigenen Reihen aus, deckst ihn und nennst das dann Ehre? Heiliges Römisches Reich, wohin bist du gekommen! Wo sind Ehre und Mut, Freundschaft und Treue geblieben?«

Mit einem Ruck sprang der Graf hoch und baute sich mit funkelnden Augen vor seinem Sohn auf. »Du wirst dieses Problem beseitigen, und zwar schnell! Ich befehle es dir und dulde keine Widerrede. Wie du das machst, ist mir gleich, doch du erledigst es.«

Der Merkenberger duckte sich ein wenig. So energisch hatte er den Vater lange nicht erlebt, doch dann wallte Wut in ihm auf.

»Ihr, ausgerechnet Ihr wagt es, von Ehre zu reden? Wo sind Eure hohen Ideale in den Nächten, in denen Ihr Blutschande treibt?« Er spuckte dem Vater vor die Füße.

Der Graf hob die Hand zum Schlag. Alle Farbe war aus seinem Gesicht gewichen.

»Ja, schlagt zu, Alter, Eure Zeit ist abgelaufen. Denkt immer daran, an allem, was passiert, tragt Ihr selbst Schuld, denn Ihr seid es, der mir meinen Anteil an der Grafschaft vorenthält.«

Nach diesen Worten drehte sich der Zollernsohn um und stürmte aus dem Gemach. Er würde den von Ringelstein-Killer nicht opfern. Wozu einen ergebenen guten Kämpfer aufgeben, für den es sicher noch viel Verwendung gab?

KAPITEL 33

Der September neigte sich dem Ende zu. Die Bäume begannen bereits, ihr sattes Grün aufzugeben, und Gelb- und Rottöne mischten sich ins Laub. Auch wenn die Sonne mittags noch warm vom blauen Himmel schien, zeigte die abendliche Kühle, dass der Herbst den Sommer aus dem Land zu jagen gedachte. Gedankenverloren zupfte Heinrich von Husen ein paar Blätter von einem verwilderten Rosenstrauch, der in einer Ecke des Hofes der Stuttgarter Burg, ungeachtet des Unrates ringsherum, seine herrlichen Blüten der Sonne entgegenreckte. Heinrich dachte an Tilia. Sah ihr Gesicht vor sich, die Lippen, die Augen, die rosigen Wangen. Er sehnte sich danach, sie zu berühren.
»Träumt Ihr von einem Weiberrock? So seht Ihr gerade aus!« Mit einem kräftigen Schlag auf die Schulter riss Otto von Ringelstein-Killer den Jüngling aus seinen süßen Träumen.
»Ihr wollt Euch in diesem Krieg doch sicher Eure Sporen verdienen?«
Heinrich sah den Ritter misstrauisch an. »Ja, natürlich möchte ich das«, sagte der Wehrsteiner Vasall vorsichtig und versuchte, seine Abscheu vor dem groben Kämpfer zu verbergen.
»Was haltet Ihr davon, zu Eurem Herrn zurückzukehren, ihm ein wenig um den Bart zu schleichen und zuzusehen, dass Ihr etwas davon mitbekommt, was der König und die Herren Grafen vorhaben.«

Heinrich straffte sich entrüstet. »Ich bin weder ein Verräter noch ein Spion. Und ich werde mich nie dazu herablassen, meine Ehre mit so etwas zu beschmutzen.«
Otto von Ringelstein-Killer lachte verächtlich. »Ihr reitet in des Königs Lager. Seht zu, dass Ihr unbeschadet hinkommt.« Er fasste Heinrich bei seinem Rock. »Ich weiß sehr wohl, dass Ihr die Wehrsteinerin anschmachtet. Also, wenn Ihr wollt, dass es ihr auf Zollern weiterhin gut geht – jetzt, wo ihr Vater um den Hohenberger herumschwänzelt –, dann solltet Ihr genau das machen, was ich Euch sage.«
Bereits am Abend traf der junge von Husen im Lager des Königs ein und fragte nach seinem Herrn, Hildebolt von Wehrstein.

✠   ✠

Ächzend und stöhnend ließ sich der dicke Franziskanermönch neben Tilia auf den Baumstamm sinken. Er rekelte sich, ließ die Finger knacken und gähnte herzhaft. »Es wird Zeit für ein ausgiebiges Nickerchen.«
Tilia nickte. »Ja, das habt Ihr bestimmt nötig. Wie viele Nächte habt Ihr an Eitelfriedrichs Lager gewacht?«
Der Mönch winkte ab. »Halb so schlimm. Es sieht gut aus. Gestern hat er bereits nach einem anständigen Essen verlangt. Er wollte mir gar seine Schüssel nachwerfen, als ich ihm sagte, dass es in seinem Kloster nur solchen Fraß gebe.«
Tilia lächelte. »Dann ist er wirklich über das Schlimmste hinweg.«
»Er wünscht, nach Zollern gebracht zu werden – und ich hätte gegen einen deftigen Braten auch nichts einzuwenden, wenn Ihr mir diese Offenheit verzeiht.«
»Ah, Eure Schwäche fürs Essen hat Euch Freiburg den Rücken kehren lassen«, frotzelte Tilia.

Kurz umwölkte sich Bruder Tragebotts Stirn, doch dann grinste er und kratzte sich den Bart.

»Ich muss Euch gestehen, wir nahmen es in dieser und in mancher Hinsicht mit den Regeln nicht so genau, doch solch einen Braten, wie Hanna ihn macht, seit Ihr der Guten in den Allerwertesten getreten habt, das hatten wir in Freiburg nicht.«

Tilia seufzte leise. »Dann ziehet hin in Frieden, wenn Ihr meint, dass der Zollernsohn bereits ohne Gefahr ein Pferd besteigen kann. Ich werde Euch vermissen.«

»Soll ich Euch einen Korb mit Leckereien füllen und zum Kloster bringen lassen?«, fragte der Mönch, um das leibliche Wohl der Jungfrau besorgt.

»Du liebe Güte, nein. Wenn sie mich dabei erwischen, dann muss ich wieder wochenlang die Böden schrubben.«

Der Mönch sah sich die Hände des Fräuleins an, die die weiße Zartheit der hohen Damen vermissen ließen.

»Ich weiß schon, warum ich diesen Haufen verlogener und scheinheiliger Drückeberger verlassen habe«, knurrte er.

Am Abend nahm Tilia Gret zu sich und erzählte ihr von der kurz bevorstehenden Abreise der beiden Männer. Gret nickte nur, sagte aber nichts dazu. Sie wollte schon gehen, um sich den letzten Arbeiten des Tages zuzuwenden, aber Tilia hielt sie fest.

»Ich wollte dich noch fragen, ob du mitgehen möchtest. Ich meine, du musst nicht hier im Kloster bleiben, wenn du mit ihm auf die Burg zurückkehren willst.« Es war ihr sichtlich schwer gefallen. Nun stand sie da und sah die Magd fragend an.

»Das ist nett von dir, doch ich bleibe hier. Ich bin deine Schwester und deine Magd. Mein Platz ist hier an deiner Seite.«

Sie packte den Wäschekorb und klemmte ihn unter den

Arm. »Der Krieg kann ja nicht ewig dauern, und dann kehren wir nach Zollern zurück.«
Tilia sah ihr nach. Eine Welle der Zuneigung überflutete sie. Welch guter Mensch wohnt in dem Gewand dieser Magd, dachte sie. Meine Schwester!

✠   ✠

Es war früh am Morgen, doch in der Küche klapperte und raschelte es bereits.
»Darf ich Euch begleiten, Schwester Katherina?«, fragte Tilia, kniete sich zu ihr auf den Boden und half der Küchenmeisterin, Bündel von getrockneten Kräutern in einen Korb zu packen. Sie verstauten sorgsam Salbei und Schafgarbe, Dill und Liebstöckel.
»Ich kann Euch tragen helfen«, bot die Wehrsteinerin an.
Die trotz der kargen Kost recht rundliche Nonne dankte der Ritterstochter und lächelte freundlich. »Ihr müsst Euch nicht den weiten Weg nach Hechingen plagen. Ich nehme Eure Magd mit, dass sie mir die Töpfe auf dem Rückweg trägt.«
Nur mühsam konnte Tilia ihre Ungeduld zügeln. »Gret hilft heute bei der Wäsche. Ich bin gut zu Fuß, Schwester, und ich gehe Euch wirklich gern zur Hand.«
Schwester Katherina erhob sich und zwinkerte Tilia verschwörerisch zu. »Ihr wollt doch nicht etwa auf dem Markt heimlich Süßigkeiten kaufen? Oder seid Ihr am neuesten Klatsch vom Händel und Geschrei der Großen interessiert?«
Errötend sah Tilia zu Boden. Die braunen Äuglein der Nonne blitzten.
»Ja, dann müssen wir sehen, ob der alte Gerot an seinem Platz ist. Er handelt mit Garn und Löffeln, Schüsseln und

Gürteln, geheimnisvoller Medizin und mit Geschwätz.« Sie lächelte verschmitzt. »Da werdet Ihr mehr zu hören bekommen, als Eure Ohren aushalten. Ich sage der Mutter Oberin Bescheid, dann können wir gleich losgehen. Es wird schon hell. Wenn wir hier noch länger schwatzen, ist der Markt vorbei, ehe wir nach Hechingen gelangen.« Geschäftig eilte sie davon.
»Erzählt mir von Eurer Heimat. Wo seid Ihr aufgewachsen?«, fragte die Schwester, als sie mit dem Korb unter dem Arm am Reichenbach entlangschritt. Katherina war ein Oblatus, ein Geschenk ihrer Eltern an das Kloster. Einige Wiesen unterhalb der Wüstenmühle und Äcker am Reichenbach in Richtung Boll hatten die reichen und angesehenen Hechinger Bürger Walch der Tochter mitgegeben, um Gott und die Mutter Oberin zu erfreuen. Seit ihrem zehnten Lebensjahr war es also Katherinas Aufgabe, für ihre Familie, deren Geschäfte und ihr Wohlergehen zu beten. Mittlerweile schon Jahre über ihre blühende Jugend hinaus, hatte sie sich inzwischen an die Regeln und das karge Leben gewöhnt. Gern hatte sie die Aufgabe der Küchenmeisterin übernommen, kam sie so doch wenigstens ab und zu aus dem Kloster hinaus, um in Hechingen die Dinge einzutauschen, die die Schwestern nicht selbst herstellen konnten.
Tilia erzählte von Wehrstein, während die beiden Frauen über eine gemähte Wiese gingen. Trotz ihrer geringen Körpergröße und ihrer Leibesfülle schritt die Nonne frisch drauflos, so dass Tilia in ihren Lederschuhen wunde Füße hatte, noch bevor sie die Starzel erreichten. Dort, wo der Reichenbach in die Starzel fließt, trafen die Frauen auf den Weg, der über die Furt die neue Stadt auf dem Sporn mit dem alten Hechingen verband. Obwohl die Staig steil den Berg hoch führte, plapperte die Nonne ohne Unterlass und

erzählte von ihrer Kindheit im Hause des Vaters in Hechingen. Sie genoss es sichtlich, dem strengen Schweigegebot für eine Weile entflohen zu sein. Was machte es da schon, dass sie dies am anderen Tag bei der Congregatio eingestehen würde und dafür zur Strafe auf dem Boden schlafen oder einige Nachtwachen übernehmen musste.
Die beiden Frauen passierten das untere Tor und folgten dann der von Kot und Unrat dick bedeckten Straße, die, weiter steil ansteigend, zum Haus des Schultheißen und zur Marktgasse führte. Katherinas Kopf war glühend rot, als sie die ersten Stände der Händler und Bauern erreichten, und auch Tilias Atem ging schnell. Nach der Stille im Kloster schien der Lärm auf dem Markt ohrenbetäubend. Die Bauern priesen Kohl und Bohnen an, die Fleischer fetten Schweinehals, die Händler, von Nord und Süd angereist, ihre Tuche und Garne. Dicht drängten sich die Leiber zwischen den Ständen, die Bürger feilschten und lachten oder tauschten Neuigkeiten aus. Tilia reckte sich und sah sich um.
»Welch herrliche Gewänder die Bürger von Hechingen tragen«, sagte Tilia erstaunt zu der Nonne, als zwei prächtig gekleidete, junge Frauen lachend und schwatzend an ihnen vorübergingen.
»O ja, sie stehen den Geschlechtern in nichts nach.«
Ein Stück weiter oben, schräg gegenüber ihres Elternhauses, steuerte die Nonne zielstrebig auf einen Karren zu, auf dessen Kutschbock ein kleines Männchen stand. Sein Rock war abgewetzt und mit Flicken versehen, sein Bart war lang und ungepflegt, und auf dem fransigen Kopfhaar thronte ein von Sonne und Regen gebleichter Hut. Mit ausladenden Gesten pries er in einem seltsamen Singsang seine Waren an.
»Gottes Segen mit Euch, Gerot«, rief die Nonne, winkte ihm fröhlich zu und schob mit dem Ellenbogen eine Bauersfrau beiseite, die zwei Hühner unter die Arme geklemmt hatte.

»Ah, liebste Schwester Katherina.« Er zog schwungvoll seinen Hut. »Seid Ihr wohlauf? Was bringt Ihr für ein schönes Kind mit her? Soll es gar wie Ihr für immer hinter den Mauern des Schweigens verschwinden?«
Schwester Katherina lachte. »Nein, nein, sie ist eine Ritterstochter von Wehrstein und weilt mit der Zollerin in unseren Mauern, solange die Kämpfe toben.«
Der Händler kletterte vom Kutschbock herunter und verbeugte sich vor den Damen. Während er die Kräuter beroch und die Bündel aussortierte, für die er Verwendung finden konnte, begann er zu erzählen.
»Das Glück scheint auf des Königs Seite zu stehen. Er hat Nürtingen eingenommen und konnte es gegen die tapferen Ritter von Württemberg und Zollern halten. Vorläufig haben sie sich nach Stuttgart zurückgezogen. Doch der König scheint zu allem entschlossen. Er rückte ihnen nach und zog einen Ring um die Stadt. Im Osten, hinter der nächsten Bergkuppe, lagert er nun, lässt Bäume fällen und Palisaden aufrichten, Wurfmaschinen und Türme bauen. Eine ganze Wagenburg soll er zusammengezogen haben. So wie es aussieht, meint er es dieses Mal ernst.«
Der kleine Händler bemerkte die ernsten Mienen der Damen. Das war keine gute Voraussetzung, Geschäfte zu machen. Schnell ließ er ein Grinsen den dichten Wildwuchs teilen und entblößte seine schwarzen Zähne.
»Ihr müsst nicht glauben, dass alles schon entschieden ist.« Er trat näher an die beiden Frauen heran, so dass sie der Dunst von altem Schweiß einhüllte. »Es gab einen Verräter in ihren Reihen, der mit den Königlichen Kontakt hielt. Ein Kaufmann war sein Bote.« Gerot spuckte auf den Boden, um den Frauen deutlich zu zeigen, was er von solch einem Verhalten hielt.
»Bei Hedelfingen haben sie den Kaufmann erwischt und

nach Stuttgart gebracht, und da der nicht nur ehrlos, sondern dazu auch noch feige war, zeigte er auf den Ritter, um sein Leben zu retten. Es hat ihm aber gar nichts genutzt. Sie wurden beide vor drei Tagen auf dem Marktplatz in Stuttgart hingerichtet. Ich war selbst dabei. Das war ein Spektakel!«

Verzückt verdrehte er die Augen. »Dem Kaufmann, dem weinerlichen Lappen, haben sie nur den Kopf abgeschlagen, doch den Ritter haben sie vorher noch ordentlich mit heißen Zangen gezwickt. Man flüstert auch, er habe dem Zollernerbe in den Rücken geschossen. Immerhin hat er sich tapfer gehalten.« Der Händler nickte anerkennend mit dem Kopf. »Hätte ich diesem Schönling mit dem Gesicht eines Weibes gar nicht zugetraut.«

Tilia fühlte, wie sich ihr die Nackenhaare sträubten. Eiskalt kroch es ihr über den Rücken. Der Name, sagt mir den Namen, schrie es in ihr, doch sie brachte keinen Laut über ihre Lippen.

»Kennen wir den Ritter?«, fragte die Nonne an ihrer Seite.

»Das könnte schon sein. Er war einer der Zollerischen.« Nachdenklich zog Gerot die Stirn kraus. »Von Lichtenstein, glaube ich, ja, Swenger von Lichtenstein!«

Ein Sturm brach los, schickte Eis und Schnee, die Erde bebte, Flammen loderten empor. Als sie erloschen, versank die Erde in tiefster Finsternis. Ohne einen Laut von sich zu geben, sank Tilia zu Boden. Mit einem Aufschrei kniete sich die Nonne in den Unrat und bettete Tilias Kopf in ihren Schoß. Gerot beugte sich mit besorgter Miene zu den Frauen herab.

»Was ist mit ihr? Ich hätte nicht gedacht, dass die Jungfrau so zartfühlend ist. Oder kannte sie den Ritter?«

Schwester Katherina wehrte ab. »Nein, nein, gebt Euch

keine Schuld. Es war wohl der weite Weg, den sie nicht gewöhnt ist. Lauft rasch zum Hubert rüber und holt einen Becher Wein.«
Gerot eilte davon. Er schalt sich einen Narren. Das Geschäft war vertan! Eine immer größer werdende Menge von Gaffern scharte sich um die Frauen. Nun, vielleicht würde einer von denen Garn oder Töpfe brauchen?, dachte er, als er sich zwischen den Leibern hindurchdrängelte, doch die Bürger und Bauern verliefen sich schnell wieder, als sie sahen, dass nichts wirklich Aufregendes geschehen war.
Der Wein brachte Tilia wieder zu sich. Mit Katherinas und Gerots Hilfe erhob sie sich. Sie bemerkte nicht, dass ihr Gewand von oben bis unten beschmutzt war, konnte sich später auch nicht mehr daran erinnern, dass die Nonne dem Krämer ihre Kräuter überließ und schnell zwei Töpfe auswählte, fühlte nicht, dass Katherina sie am Ellenbogen nahm und die Marktstraße hinunterführte, zur Starzel hinabstieg und sie den langen Weg zum Kloster zurückbrachte.

✠ ✠

»Du musst etwas essen!«, durchbrach Grets Stimme sanft die Stille.
»Warum?«, fragte Tilia geistesabwesend.
Seit drei Tagen saß sie auf einer kleinen Bank im Innenhof des Klosters und starrte schweigend vor sich hin. Vermutlich säße sie auch nachts noch dort, wenn keiner sie zu ihrem Lager führen würde, dachte Gret und setzte sich zu ihr.
»Ich wusste nicht, dass du solch tiefe Gefühle für ihn gehegt hast«, sagte Gret leise und legte scheu den Arm um die Halbschwester. »Doch willst du nun vor Gram sterben, weil er den Kopf verloren hat?«

Langsam schüttelte Tilia den Kopf. »Sind denn alle Männer, denen ich die Hand reiche, des Teufels?«
Gret grunzte verächtlich. »Dann muss dieser Fluch wohl auf unserer ganzen Familie lasten.«
Tilia dachte an Graf Eitelfriedrich und an Rüdgers grässlichen Tod. Ihr Blick wurde klar, als sie nach Grets Hand griff.
»Du hast Recht. Ich darf mich nicht so gehen lassen. Gott wird mich zu sich rufen, wann er es für richtig hält. Ich werde nun in die Kirche gehen und bis zum Abend für des Ritters Seele beten. Jeden Tag bitte ich Gott dafür, ihm gnädig zu sein und ihn aus dem Fegefeuer zu entlassen. Er war ein guter Mensch, egal, was seine Richter sagen. Er hat den Pfeil auf Eitelfriedrich nicht abgesandt. Von nun an werde ich jedoch auch meine Pflichten wieder übernehmen. Du kannst Schwester Katherina sagen, dass ich nach dem Mahl die Schüsseln und Becher abwasche.«
Mit gestrafftem Rücken schritt Tilia über den Hof und verschwand dann hinter den Säulen des Kreuzganges. Erleichtert nahm Gret ihre Arbeit wieder auf.

✠ ✠

Sechs Tage und sechs Nächte jagten graue Wolken von Westen her über den Himmel und rauschte der Regen herab. Ein kalter Wind heulte um die Mauern, wirbelte durch den Kreuzgang und kroch in Fenster und Ritzen. Die Nonnen machten sich daran, die Fensteröffnungen mit Häuten und Wolldecken zu verschließen. Dennoch kroch die kalte Feuchtigkeit in die Räume und ließ die frommen Schwestern nachts unter ihren dünnen Decken frösteln. Erst der Tag der heiligen Ursula brachte die Sonne zurück. Die Schwestern atmeten auf. Gern folgten

sie dem Befehl der Mutter Oberin, auf der Obstwiese hinter dem Kloster die letzten Äpfel und Birnen, die der Sturm ihnen gelassen hatte, von den Bäumen zu pflücken und nach Brombeeren und Nüssen zu sehen. Die Schwestern holten lange Stangen und zwei Leitern aus dem Schuppen, klemmten sich Körbe unter den Arm und machten sich auf den Weg, die wärmende Herbstsonne im Rücken. Geschickt kletterte Gret auf einen knorrigen Apfelbaum. Den Rocksaum mit einem Gürtel hochgebunden, balancierte sie einen waagerechten Ast entlang, um an die gelben Früchte heranzukommen.
»Fall nur nicht hinunter«, rief Tilia ihr zu, die unten im Gras mit einem Weidenkorb stand, den Kopf weit zurückgebogen.
»Ich habe es nicht vor«, lachte Gret und zupfte die ersten kleinen Äpfelchen. »Fang sie auf!«
Den Rocksaum schwer vom nassen Gras, eilte Tilia umher, um die Äpfel aufzuklauben, die um sie herabprasselten. Plötzlich hörte das leise Ploppen auf. Die Wehrsteintochter sah zum Baum hinauf.
»Was ist los? Dort drüben sind noch Äpfel.«
»Da kommen Reiter von Hechingen her auf uns zu«, rief Gret vom Baum herunter. »Ein ganzer Haufen ist es, und sie sind bewaffnet.«
Ein heißer Schreck fuhr Tilia durch Herz und Magen.
»Komm runter, schnell, wir müssen die Schwestern warnen. Wir müssen zum Kloster zurück.«
Einen Augenblick lang war sie hin und her gerissen, sah zu den Schwestern weiter unten am Hang hinunter und dann zu den schützenden Mauern. Der innere Kampf war rasch entschieden. Sie raffte ihre Gewänder und rannte laut schreiend die Wiese hinunter. Noch ehe sich die Schwestern zu einem Grüppchen geschart und alle verstanden

hatten, was los war, preschten gut ein Dutzend bewaffneter Reiter heran. Ängstlich rückten die Nonnen zusammen und starrten auf die Männer, die halsbrecherisch auf sie zustürmten und erst kurz vor den Ordensfrauen ihre Pferde zügelten.

»Es sind die Mannen des Zollers«, seufzte Schwester Juliana erleichtert, als sie das Wappen auf den Mänteln erkannte. Da nahmen die beiden Ritter, die die bewaffneten Knechte anführten, auch schon ihre Helme ab und grüßten höflich.

»Heinrich! Was tut Ihr hier?«, fragte Tilia erstaunt und sah von dem jungen von Husen zu dem Ritter von Zell-Andeck und dann wieder zu dem Wehrsteiner Gefolgsmann.

»Sie wollen Balingen nehmen! Während wir in Stuttgart den Königlichen gegenüberstehen, plant Burkhard von Hohenberg, Balingen zu überfallen!«

Heinrich von Husen schnaufte empört. »Doch ich habe davon erfahren, und nun rufen wir in Windeseile Männer zusammen, um nach Balingen zu stürmen. Der Hohenberger wird Augen machen! Wir jagen ihn bis an das Ende der Welt!«

»Aber Stuttgart ist doch eingeschlossen«, stotterte die Wehrsteintochter verwirrt.

Heinrich von Husen winkte verächtlich ab. »So gut kann der die Wälder gar nicht bewachen, dass man nachts nicht einen Ausfall wagen kann.« Er hob die Hand zum Gruß. »Doch die Zeit drängt. Wir holen die letzten Männer vom Zoller. Die anderen eilen direkt nach Süden.«

»Nehmt doch Bruder Tragebott und seine Erfindung mit«, rief Tilia ihm nach, als die Männer ihren Rössern die Sporen gaben und zum Zoller hin davon jagten, doch sie wusste nicht, ob Heinrich von Husen sie gehört hatte.

Erst in der Abenddämmerung, als die Frauen mit vollen Körben in den Schutz der Klostermauern zurückkehrten, keimte in Tilia die Frage auf, auf welchem Weg Heinrich von dem Hohenberger Plan erfahren habe mochte.

✠   ✠

Drei Tage später saß Tilia auf einem Baumstumpf beim Tor, einen Schleier zum Säumen auf dem Schoß, doch ihre Hände ruhten, Nadel und Faden lagen unbeachtet da. Ihr Blick war in die Ferne gerichtet, dorthin, wo sich die Sonne verabschiedete, wo die Wolken in loderndem Abendfeuer brannten, dort, wo irgendwo Wehrstein lag, steil über dem Weiler Fischingen aufragend.
»Wohin sind deine Gedanken gewandert?«, fragte Gret, die unbemerkt hinter sie getreten war.
»Heim, zu meinem – unserem Vater. Wie lange habe ich nichts mehr von ihm gehört? Seit dem Tod der Mutter weiß ich nicht mehr, wie es um Wehrstein bestellt ist. Nun ist sicher auch er ausgezogen und kämpft – ja, mit wem?« Tilia drehte sich um und sah in Grets blaue Augen, die den ihren glichen.
»Auf wessen Seite kämpft er gerade? Wen zu schützen führt er sein Schwert? Was geschieht, wenn die Fehde vorüber ist? Wir werden nach Zollern zurückkehren müssen, und dann? Was werden sie mit Williburgis machen, jetzt, da Swenger tot ist? Wird der Graf zu seinem Versprechen stehen? Wird sie in Stetten bleiben? Was passiert dann mit mir? Werden sie mich mit einem Ritter verheiraten, der mir seinen Willen und seinen Körper aufzwingt? Der dann in die nächste Fehde zieht, Feuer und Tod bringt und sich ein Schwert ins Herz stoßen lässt?« Sie seufzte tief. »Vielleicht sollte ich dem ein Ende setzen und den Graf bitten, auch mich den Schleier nehmen zu lassen. Wenn er für mich spricht, dann kann die Mutter Oberin nicht nein sagen.«

Gret legte ihre Hände auf Tilias Schultern. »Willst du das denn?«

Tilias Augen verengten sich. »Nein, aber es ist sicher das Beste für mich.« Gret erwiderte trocken: »Wenn du es nicht willst, dann ist es auch nicht das Beste für dich. Weißt du denn, was du willst?«

Tilia zwinkerte heftig, um die aufsteigenden Tränen zurückzudrängen. »Ich möchte nach Wehrstein zurück.«

KAPITEL 34

Die Sonne stand hoch am Himmel und ließ die Luft über den abgemähten Feldern und Wiesen noch einmal flirren. Sie sandte ihre Strahlen durch das glühend rote Laub und rief noch einmal einen Hauch von Sommer wach. Die Nonnen gönnten sich nur selten den Luxus eines Bades, so machten sich Tilia und Gret zum Reichenbach auf. Ein Stück den Bach hinauf, nach einer weiten Schlinge, zweigte ein Teil des Wassers ab, um sich in einem kleinen Teich zu sammeln. Ruhig lag er im Schutz der dichten Weiden, die ihre Zweige im klaren Wasser badeten, und obwohl man an diesem Tag den Heiligen Krispin und Krispinian gedachte, war das Wasser noch warm. Die letzten grellbunten Libellen summten zwischen grünem Schilf. Rasch zogen die Frauen ihre Gewänder aus und ließen sich ins Wasser gleiten. Sorgsam wuschen sie sich, kämmten sich gegenseitig das lange Haar und ließen sich dann in der Mittagssonne trocknen.
Träge drehte sich Tilia auf den Rücken, schloss genießerisch die Augen und gähnte. Durch die geschlossenen Augen sah die Welt so warm und rosig aus. Sie fröstelte ein wenig, als die Sonne die letzten Wassertropfen von ihrer Haut leckte. Ein Schatten fiel auf ihr Gesicht. Tilia knurrte unwillig.
Gret kicherte und ließ sich neben der Schwester ins Gras sinken. »Ich wollte gerade sagen, welch lieblicher Engel hat sich hier im Schilf zur Ruhe gebettet, doch Engel knurren nicht wie wilde Tiere!«

»Wie kannst du es wagen, dich zwischen mich und die Sonne zu stellen.«

Gret reckte ihr Gesicht der Sonne entgegen. »Vielleicht wollte ich ausprobieren, wie es so ist, aus dem Schatten zu treten und im Licht zu stehen.«

»Ich stehe nicht, ich liege«, verbesserte Tilia sie und musste dann auch kichern. Sie spürte Grets raue Hand in der ihren, doch dann machte sich die Hand los und wanderte langsam den Arm hinauf. In einem spielerischen Tanz, mal schreitend, mal springend, glitten die Fingerkuppen über die straffen Schultern, den schlanken Hals, zwischen den festen Brüsten hindurch, über den flachen weißen Bauch. Tilia lief ein Schauder über den Rücken. Sie fing die wandernde Hand mit der ihren und hielt sie fest. Die beiden Hände rieben sich sanft aneinander. Tilia spürte Grets nackte Haut an ihrer Seite, warm, heiß, glühend. Wieder verdunkelte ein Schatten die Sonne. Zwei volle, feuchte Lippen legten sich auf die der Ritterstochter. Lagen dort leicht wie eine Feder und bewegten sich dann ganz sanft. Tilia fuhr hoch. Sie saß nackt und puterrot im Gras und starrte Gret verlegen aus großen Augen an. Die Magd erwiderte den Blick, die Lippen zu einem verschmitzten Lächeln geöffnet. Sie setzte sich auf und verschränkte die Beine.

»Wie schade, wenn du den Schleier nimmst, werden deine Lippen ungeküsst ihr Leben beenden.«

Tilia lächelte unsicher zurück. Die Hände fanden wieder zueinander, spielten ein zärtliches Spiel. Da beugte sich Tilia nach vorn, um Grets Lippen mit den ihren zu berühren. Die Augen geschlossen, fühlte sie wunderliche Dinge in sich vorgehen. Sie schickte ihre Hände auf eine unbekannte Reise. Gret ließ sich wieder ins Gras sinken und zog Tilia mit sich. So lagen sie im Schein des scheidenden Sommers eng umschlungen, die Gesichter aneinander gepresst,

dass sie einen Atem miteinander teilten, mit wogenden Gefühlen in Herz und Bauch.
Der Hufschlag mehrerer Pferde ließ sie aufschrecken. Sofort war Gret auf den Beinen und zerrte Tilia ins dichte Schilf. Keinen Augenblick später bogen die Ritter um die dichten Büsche am Ufer. Walger von Bisingen, Hans von Zell-Andeck, Otto von Ringelstein-Killer, der junge Friedrich von Zollern und auf einem weißen Zelter seine Schwester Williburgis. Der junge Edelknecht von Boller hatte Sofie vor sich im Sattel und führte zwei Pferde am Zügel.
Gret unterdrückte einen Fluch. Sie konnten unmöglich an ihre Gewänder herankommen, ohne das schützende Schilf zu verlassen. Und da hatte der von Bisingen das Kleiderbündel unter einer Weide auch schon entdeckt. Ritter Walger schwang sich vom Pferd, zog sein Schwert und hob damit ein zartes Seidenhemd vom Gras.
»Sehr schön! So ganz ohne sind sie sicher nicht weit.«
Sie würden nicht wieder gehen, das war klar. Gret holte tief Luft und straffte die Schultern.
»Nicht!«, flüsterte Tilia, doch die Magd schüttelte ihre Hand ab, trat zwischen dem Schilf hervor und schritt entschlossen auf den grinsenden Ritter zu, der sich breitbeinig zwischen sie und die Kleidungsstücke stellte.
»Sieh da, welch hübsches Fleisch hier frei herumläuft. Ist dort noch mehr von dieser Art im Grün verborgen?«
Sie funkelte den Ritter strafend an. »Ihr wisst genau, dass ich mit dem Fräulein von Wehrstein hier zum Baden bin, also gebt mir die Gewänder, dass sie sich ankleiden kann.«
Nun stieg auch Otto von Ringelstein-Killer von seinem Ross.
»Kommt heraus, Jungfrau Tilia. Habt Ihr etwas zu verbergen, dass Ihr Euch scheut, uns unter die Augen zu kommen?«
Gret versuchte noch einmal, an die Kleider heranzukom-

men, doch der Ritter richtete die Spitze seines Schwertes auf ihren weißen, straffen Bauch.
Otto von Ringelstein-Killer rief noch einmal nach Tilia, doch nichts regte sich.
Gemächlich nahm der Merkenberger seinen Bogen vom Sattel, legte einen Pfeil an, spannte die Sehne und richtete die Spitze eine Hand breit über die Stelle im Schilf, an der er einen blonden Haarschopf zu erkennen glaubte. Gret schrie auf, als der Pfeil von der Sehne schnellte. Fast gleichzeitig schallte es entsetzt aus dem Schilf hervor. Die Ritter lachten. Das dichte Grün wogte und teilte sich dann.
»Was fällt Euch ein? Ihr hättet mich fast getötet«, herrschte Tilia den Ritter an. Das Haar offen herabfallend, so dass es ihre Blöße notdürftig bedeckte, stand sie mit geröteten Wangen vor den Männern, den gierigen Blicken schutzlos ausgesetzt, doch noch war sie zu wütend, um sich dessen voll bewusst zu sein.
»Ich grüße Euch herzlich, Jungfrau Tilia von Wehrstein«, sagte der Ritter Otto und verbeugte sich spöttisch. »Ich hoffe doch sehr, Ihr seid es noch, denn bei den Nonnenklöstern kann man nie wissen. Sagt man doch, in manchen ginge es schlimmer zu als bei den fahrenden Weibern.«
Tilia ignorierte diese Unverschämtheit und wandte sich stattdessen an Walger von Bisingen. »Würdet Ihr nun Euer Schwert einstecken und zur Seite gehen?«
Doch der schien plötzlich taub geworden.
»Wollt Ihr nicht von unserem glorreichen Kampf vor Balingen hören?«, fragte Otto von Ringelstein-Killer mit gespieltem Erstaunen. »Ihr habt noch gar nicht gefragt, welch Heldentaten wir dort vollbracht haben.«
»Das ist wohl nicht der richtige Ort und die richtige Zeit dazu«, keifte Tilia, weiß vor Zorn.
»Oh, ich finde den Ort sehr recht, und gegen die Zeit kann

ich auch nichts einwenden. Interessiert es Euch gar nicht, dass Euer Vater vor Balingen war? Auch noch dort ist – oder sagen wir besser, das, was von ihm noch übrig ist.«
Tilia fror plötzlich jämmerlich. Sie wollte nicht glauben, was der Ritter ihr da kalt lächelnd sagte.
»Was redet Ihr da? Wollt Ihr einen bösen Scherz mit mir treiben?« Sie lachte unsicher, um den Kloß in ihrem Hals zu vertreiben.
»Nein, nein, es war ganz sicher der Ritter von Wehrstein, der dort so selbstbewusst neben dem Hohenberger ritt.«
Gret sackte in sich zusammen, doch Tilia schien noch immer nicht verstehen zu wollen.
»Nur merkwürdig, dass Euer Vater den kleinen von Husen mit seinem Schwert spalten wollte. Was wohl passiert wäre, wenn ich da nicht eingeschritten wäre?«
Tilia dachte, der Boden unter ihren Füßen würde schwanken.
»Aber das kann nicht sein. Da irrt Ihr Euch sicher.«
Der Ritter von Ringelstein-Killer trat einen Schritt auf sie zu und packte sie mit der Linken rüde an ihrem Haar.
»O nein, ich irre mich nicht! Wäre er nicht gewesen, dann hätte ich den Hohenberger gehabt! Verflucht, doch der Wehrsteiner musste sich ja einmischen. Es ist seine Schuld, wenn mein Schwertarm für immer dahin ist«, brüllte er außer sich vor Zorn.
Erst jetzt bemerkte Tilia, dass er seinen rechten Arm unter dem Umhang seltsam steif hielt.
»Doch er hat dafür bezahlt, Tilia von Wehrstein, er hat dafür bezahlt! Ich habe ihm eigenhändig den Bauch aufgeschlitzt und ihm die Eier abgeschnitten. In Stücke habe ich ihn gehackt, den elendigen Verräter. Sein Ohr habe ich mir als Andenken mitgenommen. Wollt Ihr meine Beute sehen?« Er griff an seinen Gürtel. Es war eine Kette mit ei-

nem schweren, goldenen Kreuz, das vor die Tochter des Wehrsteiners ins Gras flog.

Tilia erkannte das Schmuckstück sofort. Dass sie es auf solch eine Weise wiedersehen sollte! Die Welt begann, sich um das Mädchen zu drehen, sie taumelte und sank auf die Knie. Mit dem Zeigefinger strich sie über die in der Sonne funkelnden Edelsteine.

»Die Beute gehört dem Sieger, Jungfrau Tilia, ist es nicht so?«

Sie umfasste das Kreuz und warf es dem Ritter vor die Füße. Doch Otto von Ringelstein-Killer trat achtlos mit seinem Stiefel darauf.

»Ich habe mir sein Leben genommen, sein Schwert und sein Gold, und nun nehme ich mir seine Tochter! Das Weib gehört dem Sieger.«

Sie hatte die Worte noch nicht einmal richtig erfasst, da warf sich der hünenhafte, stinkende Kerl auch schon auf sie, presste ihren Rücken ins Gras und drückte ihr die Beine auseinander.

Tilia gab keinen Laut von sich. Der Boden unter ihr öffnete sich, und sie fiel, fiel in die tiefe Schwärze, in die Unendlichkeit der Unterwelt.

Gret schrie auf und wollte sich auf den Ritter stürzen, doch der von Bisingen hielt sie zurück. Gehetzt blickte sie von einem zum anderen. Irgendjemand musste ihn doch aufhalten! Doch von dem Merkenberger und dem von Bisingen war keine Hilfe zu erwarten. Der Ritter von Zell-Andeck sah nur abweisend zu Boden. Da drängte Williburgis von Zollern ihren Zelter an das Streitross ihres Bruders heran.

»Du setzt dem sofort ein Ende! Sonst werde ich dich verfluchen mit jedem Gebet, das ich zum Herrn in den Himmel schicke. Dein Leib soll verfaulen, deine Seele verdorren, nichts soll dir auf dieser Erde mehr gelingen!«

Der wilde Glanz in ihren Augen jagte ihm einen ungekannten Schauder über den Rücken. Er schwang sich vom Pferd und trat dem Hünen unsanft in die Seite.
»Lass sie in Ruhe!«
Es war noch ein zweiter Tritt nötig, dass der Rasende von seinem Opfer abließ. Fluchend, nicht zum Ziel gekommen zu sein, ordnete er sein Gewand, schwang sich auf sein Pferd und jagte davon.
Nicht gerade sanft zog der Zollernsohn die Wehrsteintochter hoch. Da stand sie im schmeichelnden Abendlicht, das ihr Haar wie Flammen leuchten ließ, doch der Glanz in ihren Augen war erloschen. Mit kalter Miene schob der Merkenberger Walgers Schwert beiseite, griff nach Tilias Umhang und legte ihn ihr um die Schultern, dass die weiten Falten des zartgrünen Schamlots die mit Schürfwunden übersäte Haut verbargen. Noch immer war ihr Blick in weite Ferne gerichtet und die Lippen fest geschlossen. Friedrich hob Tilia auf sein Pferd, schwang sich hinter ihr in den Sattel und gab seinem Ross die Sporen. Rasch schlüpfte Gret in ihren Rock, raffte die anderen Gewandstücke unter den Arm, kletterte mühsam auf eines der gesattelten Pferde und folgte dann den Rittern zur Zollernburg hoch.

✠   ✠

Tilia saß auf ihrem Lager und starrte vor sich hin. Seit sie, spät am Abend des anderen Tages, auf die Burg zurückgekehrt waren, saß sie nun schon reglos da. Eleonora von Zell-Andeck und Gret hatten es freundlich versucht, die Kammerfrau Agnes barsch. Die Tochter des Wehrsteiners reagierte nicht. Ihr Geist schien in weiter Ferne zu weilen.
Der Tag neigte sich dem Ende zu, und um sie herum ging

alles seinen gewohnten Gang. Die Damen kamen, um sich von Agnes beim Umkleiden helfen zu lassen. Sie kicherten und tratschten, und sie freuten sich, dass die Ritter endlich zurückgekehrt waren. Neugierig warteten sie auf die Geschichten über Kämpfe und Heldentaten, die der gähnenden Langeweile der letzten Wochen nun ein Ende setzen würden. Gret trat an die Kleidertruhe und nahm ein bodenlanges, blassgelbes Seidenhemd und den neuen blauen Surcot mit den modisch tiefen Armausschnitten heraus und breitete die Gewänder neben Tilia auf dem Bett aus.
»Wirst du heute in den Saal gehen? Darf ich dich umkleiden?«
Keine Reaktion.
»Gut, heute wirst du hier sitzen. Morgen auch? Den ganzen Winter über? Im Frühjahr und im Sommer?«
Vor Tilia stieg das Bild ihrer Mutter auf. Gebrochen, schweigend, mit Gott und ihrem Schicksal hadernd. Tilias Blick kehrte aus der Ferne zurück und wanderte durch den schwach erleuchteten Raum. Ihr Vater war im Kampf gefallen, Swenger von Lichtenstein als Verräter grausam hingerichtet, ein Ritter hatte sie entehrt, doch um sie herum ging alles den gewohnten Gang. Warum blieben Sonne und Mond nicht stehen? Sollte sie selbst stattdessen stehen bleiben? Erstarren, wie ihre Mutter es gemacht hatte? Etwas geschah in ihr. In allen Teilen ihres Körpers regte es sich, floss durch ihre Adern und sammelte sich in ihrer Mitte. Es war ein Gemisch aus Stolz und Wut, Trotz und eisernem Willen. Plötzlich blitzten ihre Augen, die Hände ballten sich zu Fäusten.
»Löse mir endlich die Bänder, damit ich nicht zu spät in den Saal komme«, herrschte sie Gret an. Mit ernster Miene half Gret der Halbschwester beim Ankleiden, doch in ihrem Innern lächelte sie erleichtert.

Die Stimmen schwirrten bereits durch die rauchige Luft, als die Wehrsteinerin auf der Bank Platz nahm. Sie aß von den in Honig gebratenen Hühnern, vom Kohl mit Zwiebeln und Speck und vom weißen Brot, und sie trank den schweren süßen Wein, den die Zollernbrüder zu dem heutigen Festtag aufmachen hatten lassen. Wortfetzen drangen an Tilias Ohr. Benigna von Hölnstein hing an des Merkenbergers Lippen, der mit ausladender Geste von seinem Kampf berichtete. Von den Gegnern, die er wie junge Bäume gefällt hatte, und von den Gefangenen, die in Balingen zurückgeblieben waren und nun den Bürgern helfen mussten, die zerstörten Häuser wieder aufzurichten. Salome von Ringelstein-Killer saß zwischen ihrem Bruder und dem Ritter von Bisingen, die ebenfalls jede Menge Heldentaten zu berichten hatten.
»Nun, wollt Ihr gar nicht wissen, wie wir unseren Sieg errangen?«, fragte Bruder Tragebott und ließ sich ungefragt neben die Wehrsteinerin auf die Bank fallen.
Sie schenkte ihm ein leichtes Lächeln. »Doch, erzählt. Wie hat Eure Erfindung funktioniert?«
Er grinste über das ganze Gesicht. »Ich habe die Hohenberger wie die Schafe den Rittern entgegengetrieben. Sie sahen die Blitze und hörten den Donner, ohne dass ein Wölkchen am Himmel zu sehen war.« Er riss die Arme in die Luft. »Sie dachten, das Jüngste Gericht wäre über sie hereingebrochen. Die einfachen Männer, die der Hohenberger unter Waffen hatte, flohen in Scharen oder ließen sich ganz einfach gefangen nehmen.«
Obwohl seine Nase schon gefährlich rot leuchtete, stürzte er noch einen Becher Wein hinunter.
»Trinken wir auf Heinrich von Husen. Erhebt Euch!«, übertönte der Merkenberger das Gebrumm. Errötend stand der junge Mann von seiner Bank auf.

»Wenn er dem alten Wehrsteiner nicht Honig um den Mund geschmiert und dann die Nachricht so schnell nach Stuttgart gebracht hätte, dann wäre Balingen nicht zu retten gewesen. Ich werde für ihn sprechen, dass er zum Ritter geschlagen wird!«
Die anderen nickten zustimmend, erhoben sich und tranken dem jungen Mann zu. Es war sein Lebenstraum, der nun endlich wahr werden sollte, doch er fühlte kein Glück. Es war ihm stattdessen, als solle er zur Schlachtbank geführt werden. Ängstlich wanderte sein Blick durch die Runde zu Tilia. Ihre Verachtung traf ihn bis ins Mark.
Bereits am nächsten Morgen machten sich die Ritter auf, um nach Stuttgart zu gelangen, doch der König hatte den Belagerungsring verstärkt. Es gab kein Durchkommen mehr, ohne erhebliche Verluste zu riskieren. Ernüchtert kehrten die Ritter nach Zollern zurück.

✠ ✠

Tilia drückte Gret eine raue Holzdose in die Hand. »Du wirst den Ritter von Ringelstein-Killer pflegen!«, sagte sie streng.
»Was soll ich?«, begehrte die Magd auf und blinzelte Tilia ungläubig an.
»Du wirst seine Wunden damit bestreichen!«
Gret hob vorsichtig den Deckel des Gefäßes und rümpfte dann die Nase. »Was ist das?«
»Die Heilpaste einer zollerischen Bäuerin.« Ohne ein weiteres Wort ließ Tilia die Magd stehen.
Zweimal am Tag versorgte Gret Ritter Ottos Wunden, doch die Heilung wollte nicht einsetzen. Er fühlte sich mit jedem Tag schlechter.
»Das muss so sein«, sagte die Magd und lächelte ihn an, wäh-

rend sie die übel riechende Paste auf die klaffende Wunde strich.

Er knurrte zornig, stöhnte vor Schmerz und biss fest auf das Holzstück, das die Magd ihm gegeben hatte, um nicht laut zu schreien. Nach drei Tagen stieg das Fieber in solch Schwindel erregende Höhen, dass der Ritter sich nicht mehr von seinem Lager erheben konnte. Sein Geist irrte umher. Besorgt eilte Bruder Tragebott an sein Lager, um sich die Wunde anzusehen. Er hatte schon viel erlebt und war nicht leicht aus der Fassung zu bringen, doch der Anblick und der Geruch des faulenden Fleisches drehte ihm fast den Magen um. Der Mönch zerrte die Magd grob beiseite.

»Was hast du gemacht? Hast du nicht den gebrannten Wein genommen und die Kräuter, die ich dir gegeben habe? Siehst du denn nicht, wie es um ihn bestellt ist?«

Tilia trat zu den beiden. »Ich habe ihr die Paste gegeben. Wenn seine Wunden nicht heilen, dann liegt die Schuld bei dem Dämon, den er in sich trägt. Unser Leben liegt allein in Gottes Hand.« Unschuldig sah sie zu dem Mönch hoch.

Bruder Tragebott stöhnte leise. »Der Arm muss sofort abgenommen werden, wenn der Ritter überhaupt noch eine Chance haben soll, zu überleben.«

Tilia verzog keine Miene. »Dann sollten wir ihn fragen, sobald sein Geist klar ist. Gret reitet sicher gern nach Hechingen, um den Bader zu holen.«

»Was tuschelt ihr da?«, rief der Kranke plötzlich und fluchte dann fürchterlich.

Der Mönch rieb sich nervös die Hände und musste dreimal ansetzen, ehe er die schwere Frage über die Lippen brachte. Otto von Ringelstein-Killer stemmte sich ein Stück von seinem Lager hoch.

»Was?!«, brüllte er, doch seine Stimme zitterte. »Niemals!

Niemals! Ich brauche meinen Schwertarm. Lieber sterbe ich!«

Gret packte die alten Leinenstreifen zusammen.

»Ihr habt es gehört, Bruder Tragebott«, sagte Tilia und verließ mit der Magd den Saal. Auf dem Hof holte der Mönch sie ein.

»Was habt Ihr getan?«

Tilia sah ihm in die Augen. »Bruder Tragebott, lasst mich gehen, denn es ist für uns alle besser, wenn ich Euch auf diese Frage keine Antwort gebe.«

Der Mönch ließ die Arme sinken. »Dann bringt zu Ende, was Ihr begonnen habt.« Er sah der großen, schlanken Frau nach, wie sie über den Hof schritt, das Haupt hoch erhoben. »Ich werde für Eure Seele beten«, murmelte er, als er die ausgetretenen Stufen in sein Verlies hinunterstieg.

Otto von Ringelstein-Killers Zustand verschlechterte sich mit jedem Glockengeläut. Er fantasierte, er schrie, schien mit Dämonen zu kämpfen, dann lag er wieder reglos da, die Augen in die Ferne gerichtet. Während sich die Burgbewohner am nächsten Sonntag zum Gebet versammelten, starb der Ritter. Noch einmal schrie er und verfluchte den brennenden Schmerz, der inzwischen von seinem ganzen Körper Besitz ergriffen hatte. Dann wurde sein Blick starr und verlor sich für immer.

Es dauerte fünf Tage, bis der Pfarrer von Zimmern den weiten Weg zum Zoller auf sich nahm, um zum Begräbnis des Ritters eine Messe zu lesen. Alle Bewohner der Burg versammelten sich um den verhüllten Leichnam, der einen Übelkeit erregenden Geruch verströmte. Der Priester murmelte die lateinischen Rituale und versprengte Weihrauch, die Frauen und Männer beteten für seine Seele. Auch Tilia verschränkte die Hände und senkte den Blick, doch die Worte der Fürbitte wollten nicht kommen. Stattdessen durchflutete

sie Erleichterung und Zufriedenheit, ihn tot zu ihren Füßen zu sehen. Sie haderte mit sich, solch unchristliche Gefühle zu hegen, doch sie konnte nicht anders. Der Gedanke an den brutalen Hünen trieb ihr noch immer die Schamesröte ins Gesicht. Dann wieder loderte glühender Hass in ihr auf. Für Fürbitten blieb in diesem Meer der Gefühle kein Platz.
Herr im Himmel, Heilige Jungfrau Maria, betete sie im Stillen, ich weiß, dass ich sündige, wenn mich sein Tod mit Befriedigung erfüllt, doch ich kann nicht anders. Ich werde auf Knien in Eurem Haus liegen und beten – für die Seelen von Hildebolt von Wehrstein und für Swenger von Lichtenstein!

KAPITEL 35

Kalt und grau zogen die Novembernebel über die Burg auf dem Zollernberg, legten sich wie ein weißes Grabtuch über den Berg, dass man kaum drei Schritte weit sehen konnte. Die Ritter und Damen hüllten sich in warme Wollstoffe und Pelzumhänge, die Mägde und Knechte warfen sich einen Kittel mehr aus grober Kotze über und arbeiteten schneller, damit ihnen warm wurde. Zum ersten Mal nach diesem Sommer wurde schon am Tag ein großes Feuer im Saal entfacht. Als am Nachmittag sich die Nebelschleier lichteten, sahen die Männer auf den Wehrgängen einige Reiter ameisengleich den Zollernberg erklimmen. Sie strengten ihre Augen an und starrten nach Westen, bis sie das Wappen endlich erkannten.
»Der Graf! Der Graf kehrt mit seinen Männern zurück!«
Lange bevor die verschmutzten, müden und hungrigen Männer das Tor erreichten, hatte sich die Nachricht in der ganzen Burg verbreitet. Schweigend standen die Burgbewohner auf beiden Seiten im vorderen Hof, als die geisterhaften Gestalten an ihnen vorüberzogen. Einige trugen schmutzige Verbände, anderen hatte sich Erschöpfung und Fieber ins Antlitz gegraben. Im Geist zählten die Zurückgebliebenen die, die nicht bei den Heimkehrenden waren.
Trotz seiner tiefen Erschöpfung saß der Graf aufrecht im Sattel. Kaum ließ er sich Zeit für ein Bad, um frische Kleider anzulegen und ein wenig Brot und Wein zu sich zu nehmen, dann rief er alle im Saal zusammen. Erwartungsvoll waren

mehr als drei Dutzend Augen auf den alten Grafen gerichtet, als er sich von seinem Platz erhob. Ungeduldig rutschte Tilia auf der Bank hin und her. Sie fühlte die schwere Hand des Mönches auf ihrer Schulter und lächelte kurz zu ihm hoch, bevor sie ihren Blick wieder auf den Graf richtete. Schweigend sah er in die Runde und wartete, bis es ganz still geworden war. Dann erst erhob sich seine Stimme.

»Der Sieg war nicht unser!« Mit einer Handbewegung schnitt er das erregte Gemurmel ab. »Sieben Wochen lang hat der Habsburger seinen Ring um Stuttgart immer enger gezogen, und Gott weiß, er hat es gewissenhaft gemacht. Vor drei Tagen nun hat der Württemberger des Königs Bedingungen, die Fehde zu beenden, angenommen. Vorerst bleiben alle Ansprüche, wie sie zuvor waren, Stuttgart muss seine Mauern brechen, der Württemberger alle Schulden bei Christen und Juden bezahlen. Um den Schaden zu begleichen, den Eberhard von Württemberg der Hohenberger Grafschaft bereitet hat, muss er die Burgen Wittlingen und Remseck geben. Der König hat die Mauern Stuttgarts nicht bezwungen, und der Winter steht vor der Tür. Lange hätte er die Belagerung also nicht mehr durchgehalten, und das weiß er, doch die Bürger waren den Hunger leid. Das Fieber griff immer mehr um sich. So ist es kein ganzer Sieg und keine ganze Niederlage.«

Friedrich von Zollern räusperte sich.

»Wir werden mit dem Hohenberger Frieden schließen.« Die Zwischenrufe missachtend, fuhr er fort. Er wandte sich an seinen Enkel und rief den achtjährigen Knaben zu sich. »Du, mein Fleisch und Blut, bist das Unterpfand.«

Der Knabe sah ihn mit großen Augen an. »Was ist das, Großvater?«

»Du wirst Albert von Hohenbergs Tochter Euphemia heiraten.«

Der Junge schürzte unwillig die Lippen. »Die kenne ich ja gar nicht, und außerdem sind Mädchen blöd. Ist die so eine Heulsuse wie Sophia?«
Er zeigte anklagend auf seine vierjährige Schwester, die, den Daumen im Mund, auf Agnes' Schoß saß.
Der Graf schmunzelte und hob seinen Enkel auf die Knie. »Nein, sie ist keine Heulsuse«, berichtete er ernst. »Sie ist bereits dreizehn Jahre alt und bald eine richtige Frau.«
»Was? So ein altes Weib soll ich heiraten?« Er machte sich frei und rannte zu seiner Mutter. »Nie, nie mache ich das!«, schrie er entrüstet. Die Ritter und Damen lachten, doch Tilias Miene blieb ernst. Warmes Mitgefühl mit dem zornigen Knaben durchflutete sie.

✠ ✠

Es war eine kalte Nacht. Der Nebel schlug sich an den Wänden nieder und bildete eine glänzend feuchte Schicht. Später frischte der Wind auf und pfiff durch die Ritzen des Mauerwerks und durch die Fensterschlitze. Die Flammen der Fackeln tanzten. Der Wind drückte den Rauch des Kaminfeuers in den Saal zurück und trieb ihn dann die Treppe hinauf in die Gemächer. Fröstelnd zogen die Menschen ihre Umhänge enger um sich. Der Graf ließ Tilia zu sich rufen. Auch in seinem Gemach war es empfindlich kalt. Zwei rußende Kienspäne verbreiteten nur wenig Licht.
»Ich habe auf Euch gewartet. Vergeblich! Wollt Ihr mich nicht begrüßen? Zürnt Ihr mir noch immer? Ich habe mein Versprechen nicht vergessen, und ich werde mich daran halten.«
Tilia seufzte schwer. »Ach, Herr Graf. So vieles ist geschehen, seit wir uns sahen. Im fernen Stuttgart, in Balingen

und hier. Nichts ist, wie es einmal war. Unsere Welt – meine Welt – ist in der Fehde untergegangen.«

Er sah, dass sie zitterte, erhob sich und legte ihr behutsam eine wollene Decke um die Schultern.

»Ich habe vom Tod Eures Vaters gehört und bedaure dies. Er war ein tapferer Mann. Ein Jammer, dass er sich für den Hohenberger entschieden hat. Doch da Gott den Ritter von Ringelstein-Killer zu sich geholt hat, ist er gerächt.«

»Ja«, stieß Tilia heftig aus, »er und ich sind gerächt.«

Der Graf hob fragend die Augenbrauen, sagte aber nichts. Er würde auch so herausbekommen, was geschehen war.

»Warum musste Swenger sterben?«, fragte die Wehrsteinerin unvermittelt.

»Er hat mich und die Grafschaft verraten, hat hinter meinem Rücken mit dem Hohenberger ein falsches Spiel getrieben und Eitelfriedrich einen Pfeil in den Rücken geschossen. Ist das nicht Grund genug?«

»Wie könnt Ihr da so sicher sein?«, begehrte Tilia auf.

»Friedrich und der Ritter von Ringelstein-Killer haben den Kaufmann erwischt, der die Botschaften zu dem Hohenberger brachte. Er entlarvte den Verräter, Euren Ritter.«

»Aber ein gedungener Mörder war er nicht!«, rief Tilia leidenschaftlich aus.

»Otto von Ringelstein-Killer hat geschworen, er habe gesehen, wie Swenger den Pfeil anlegte.«

Ein Schrei der Entrüstung entschlüpfte ihrem Mund. Sie sprang auf und ließ die wärmende Decke achtlos zu Boden gleiten. »Er selbst hat diese Idee geboren. Er selbst wird auch den Bogen gespannt haben. Warum habt Ihr ihm so einfach geglaubt?«

Der Graf hob entschuldigend die Hände. »Den Verrat jedoch hat Ritter Swenger begangen. Der Kaufmann trug die Nachricht noch bei sich. Das allein wäre Grund genug gewesen.«

»Wenn Ihr alle hinrichten lassen wollt, die Euch hintergehen und hinter Eurem Rücken intrigieren, dann habt Ihr keine Erben mehr, denen Ihr Eure Grafschaft hinterlassen könnt!« Zornig stürmte sie aus dem Gemach und schlug die Tür hinter sich zu.
»Ich weiß, Jungfrau Tilia, ich weiß«, murmelte der Graf und schüttelte sorgenvoll das Haupt. »Es wäre nicht so gekommen, wenn der Württemberger nicht so getobt hätte, wenn er nicht ein deutliches Zeichen unserer Treue gefordert hätte. Ach, Tilia, eine dunkle Wolke schwebt über mir und betrübt meine Seele. Sie birgt Unheil in sich. Noch weiß ich nicht, welcher Art es ist, doch ich spüre es, meine Zeit neigt sich dem Ende zu.«

✠ ✠

Der Winter kam mit einem ersten Schauer eisiger Schneeflocken, die vom stürmischen Wind vorangetrieben wurden. Mit dem Winter kehrte auch der Alltag auf Zollern wieder ein. Williburgis verbrachte ihre Tage beim Gebet, ihre Damen schnatternd, eng um die Kohlenpfanne in der Kemenate versammelt, Tilia spielte mit dem Grafen Schach, die Ritter übten Gefechte, würfelten und tranken, Gret arbeitete hart mit den anderen Mägden und Knechten. Und doch war manches anders.
»Hast du bemerkt, dass sie sich nicht mehr zanken?«, fragte Tilia die Magd und nickte in Richtung der beiden Zollernbrüder, die einmütig auf einer Bank am Kamin saßen.
»Ja, sie scheinen nun zusammen an einem Strick zu ziehen. Doch wer steht am anderen Ende?«
Tilia ließ den Blick zum Hausherrn schweifen, der allein stumm dasaß, die Hände im Schoß gefaltet.
»Es ist der Graf, der am anderen Ende steht, und er weiß es auch.«

Gret zuckte die Schultern. »Was können die beiden ihm schon anhaben? Sie werden kaum ihren Vater ermorden.«
Tilia wiegte den Kopf hin und her. »Nein, das glaube ich auch nicht, doch irgendetwas haben sie vor, das dem Graf gar nicht gefallen wird.«
Bis zu ihrer Abreise am vierten Advent hielt der ungekannte neue Friede zwischen den beiden Brüdern. An diesem Tag machten sich die Zollern, der Graf, seine Söhne und sein Enkel mit einigen Männern Begleitung nach Rottenburg auf, um dort mit dem König und den Hohenbergern Weihnachten zu verbringen und mit der Hochzeit der beiden Kinder das Bündnis zu besiegeln. Auch der Bischof trat den langen Weg von Konstanz her an, um bei den Friedensverhandlungen dabei zu sein, die sich wohl bis Dreikönig hinziehen würden.

✠ ✠

»Darf ich mich zu Euch setzen?«, fragte Heinrich von Husen schüchtern.
Das Nein lag Tilia schon auf den Lippen, doch sie riss sich zusammen. Ohne von dem Schleiertuch aufzusehen, das sie mit winzigen silbernen Zweigen bestickte, sagte sie kaum höflicher: »Wenn Ihr nichts anderes zu tun habt, dann setzt Euch meinetwegen.«
Nicht gerade ermutigt, ließ sich der Jüngling auf die äußerste Kante der Bank nieder und starrte auf die Nadel, die flink über den glänzend weißen Stoff wanderte. Noch immer sah Tilia ihn nicht an. Er räusperte sich dreimal, ehe er leise seine Stimme erhob.
»Ihr zürnt mir.«
Da es keine Frage zu sein schien, reagierte Tilia nicht.
»Seit meiner Rückkehr geht Ihr mir aus dem Weg.«

Auch das war eine Feststellung.

»Ich werde zum Ritter geschlagen. Graf Friedrich ist einverstanden.«

»Gratuliere«, fauchte sie. »Ihr habt meinen Vater hintergangen, ihn verraten und seinen Feinden ausgeliefert, unter deren Schwertern er elendig starb. Wollt Ihr, dass ich Euch dafür herze und kose?«

Nun wurde auch seine Stimme lauter. »Könnt Ihr mir denn sagen, wo ich hingehöre? Es war Euer Vater, der mit Zollern ein Bündnis schloss und uns hierher sandte. Er war es, der dann die Seiten wechselte. Was sollte ich denn tun, als der Ritter von Ringelstein-Killer mich zu den Königlichen schickte, um ihre Pläne zu erkunden? Es war nicht mein Wunsch, doch er machte mir klar, dass mein Trotz Euch treffen würde! Nur deshalb habe ich ihm gehorcht. Ich wollte Euch schützen, Tilia.«

»Das habt Ihr ja großartig hingekriegt!« Sie sah ihn mit funkelnden Augen an. »Ihr wolltet mich schützen? Wo wart Ihr denn, als der von Ringelstein-Killer sich auf mich stürzte, um mir meine Unschuld zu rauben? Als die anderen Ritter um mich standen, sich an meiner Nacktheit erfreuten und keinen Finger für mich rührten?« Ihre Augen weiteten sich, die Wangen wurden totenblass, als die schreckliche Erinnerung nach ihr griff und ihr die Luft zum Atmen nahm. Das Entsetzen in ihrem Blick traf den jungen Mann tief ins Herz.

»O Tilia!« Er griff nach ihren Händen und stach sich schmerzhaft an der Nadel, als ihm Tilia mit einem Ruck die Hände entzog.

»Tilia, ich hatte keine Ahnung. Ich…« Wut flammte über sein Antlitz, das den ersten Bartflaum zeigte. »Ich würde ihm die Seele rausschneiden, wenn er nicht schon tot wäre!«

»Ja, mich zu rächen ist es zu spät. Gott der Herr hat ihn sich

geholt und ihn in die tiefste Hölle gestoßen. Möge er dort brennen und leiden!«, stieß die junge Frau rachedurstig aus.
»Bis in alle Ewigkeit«, stimmte ihr Heinrich von Husen zu. Dann wurde sein Tonfall wieder zaghaft.
»Würdet Ihr mir die Ehre erweisen, bei meinem Ritterschlag dabei zu sein?« Er zögerte kurz und suchte nach Worten. »Jeder Ritter hat eine Dame. Ihr wisst, dass ich Euch verehre, darum flehe ich Euch an, gebt mir einen Schleier oder einen Handschuh von Euch, den ich immer an meinem Herzen tragen kann, damit ich weiß, für wen es sich zu kämpfen lohnt.«
Wortlos stand Tilia auf, durchquerte den Saal und stieg zu den Frauengemächern hinauf. Mit hängenden Schultern sah er ihr nach, bis sie seinen Blicken entschwand.

✠ ✠

Es war bereits spät am Abend, als Tilia wieder in den Saal herunterkam. Sie setzte sich neben Bruder Tragebott und aß ein Stück Brot und ein wenig Apfelkompott. Der Mönch neben ihr ließ sich durch ihre abweisende Miene und das Schweigen nicht beirren.
»Ihr kommt spät! Dann wollen wir keine Zeit verlieren und sehen, was Ihr Euch alles gemerkt habt. Nun, was ist das?«
Tilia seufzte schwer und warf Bruder Tragebott einen leidenden Blick zu, nahm aber dennoch die Dose, die er ihr entgegenstreckte, aus seiner Hand, roch daran, rieb eine kleine Prise zwischen den Fingern und rückte dann ein wenig näher ins Licht, um das getrocknete Kraut besser zu sehen.
»Nachtschatten?«
Bruder Tragebott klatschte erfreut in die Hände. »Ja, schön. Und wofür ist es gut?«

Tilia legte grübelnd die Stirn in Falten. Sie fror trotz ihres dicken Wollumhangs, und der dichte Rauch im Saal reizte ihre Augen. Müde und zerschlagen fühlte sie sich, hatte sie doch den ganzen Tag im Saal und in den Gemächern nach dem Rechten gesehen, die Mägde zur Arbeit angehalten und fest mit angepackt, wenn es galt, die Tische zu polieren, den Kamin zu reinigen und die Kammern zu fegen. Und dann auch noch das Gespräch mit Heinrich, das all den verdrängten Kummer wieder zur Oberfläche hatte steigen lassen.

Doch trotz der vielen Arbeit genoss sie es, dass der Mönch nun schon seit Wochen abends aus seinem Verlies auftauchte, um den Platz neben ihr einzunehmen. Die Leere in ihr füllte sich mit Kräutern und anderen Ingredienzien, mit Rezepten für Tinkturen, mit Dutzenden Namen von Steinen, Wurzeln und Früchten und mit deren Auswirkungen für oder gegen zahlreiche Leiden. Ihre Neugier war geweckt, doch Bruder Tragebott war ein ungeduldiger Lehrer und ein unnachgiebiger Dickkopf. Aber auch Tilia wusste ihren Eigensinn zu wahren, so dass mancher Abend damit endete, dass der Mönch sich schimpfend in seinen Keller oder Tilia sich hochmütig schweigend in das Frauengemach zurückzog.

»Los, sagt, überlegt nicht so lange. Ich habe erst letzten Sonntag davon gesprochen.«

»Für die Augen und bei Frauenleiden?« Fragend sah sie zu ihm hoch.

»Ja, was noch?«

»Die roten Beeren schenken ruhigen Schlaf«, fügte Tilia noch hinzu, lächelte triumphierend und reichte ihm das Gefäß zurück.

»Nicht schlecht«, gab der Mönch zu und griff nach dem nächsten Behältnis. Abwehrend hob Tilia die Hände, doch ehe der Mönch seine Schmährede über die mangelnde

Ausdauer der Weiber anbringen konnte, ging die Tür zum Saal auf, ließ Gret zusammen mit einem Schwall winterlicher Kälte ein und verschaffte zwei köstliche Atemzüge lang frische Luft.
»Der Graf ist zurück!«, rief sie über das Stimmengemurmel hinweg.
Und da traten auch schon die Zollernbrüder ein. Die Nasen und Wangen vor Kälte gerötet, die Mäntel eng um die Körper geschlungen. Hinter ihnen folgten zwei Männer mit dem Wappen des Königs. Erst dann betrat der Graf den Saal: ein gebrochener alter Mann.
Der Ältere der beiden Königlichen trat an die Tafel, nahm wie selbstverständlich den dem Grafen gebührenden Ehrenplatz ein und entrollte ein mit blutrotem Siegel versehenes Pergament. Eitelfriedrich und der Merkenberger setzten sich an des Herolds Seiten, während der Graf sich abseits an die raue Wand lehnte. Atemlose Stille senkte sich herab, als der Bote sich räusperte und des Königs Beschluss verlas.
Erst ging es um den Württemberger, um Stuttgart und die Burgen, die er dem Hohenberger geben musste, dann verlas er die Hochzeitsvereinbarung zwischen dem kleinen Friedrich VII. von Zollern und Euphemia von Hohenberg. Nichts davon unerwartet. Doch dann spitzten alle plötzlich die Ohren, als der Herold mit erhobener Stimme fortfuhr:
»Der König befiehlt, die zollerischen Lande noch heute in eine südliche und eine nördliche Grafschaft aufzuteilen. Das Siegel des Friedrich des Fünften von Zollern, genannt der Erlauchte, ist null und nichtig, als wäre er tot. Statt seiner wird Eitelfriedrich von Zollern Herr über den Zoller, Hechingen und den nördlichen Teil der Grafschaft. Der junge Friedrich von Zollern sei von nun ab Friedrich der Erste von Schalksburg und Herr über die südliche Graf-

schaft. Die Dame Williburgis von Zollern ist sofort nach Stetten zu bringen, wo sie den Schleier nehmen wird.«
Als der Bote das Schreiben wieder zusammenrollte, erhoben sich aufgeregte Stimmen, so dass Eitelfriedrich sich kaum Gehör verschaffen konnte. Er rief die Knechte und trug ihnen auf, den besten Wein von der Mosel zu bringen. Jeder solle an diesem Festtag so viel bekommen, wie er wolle.
Während sich die Ritter und Damen zuprosteten, stieg der Graf langsam zu seinem Gemach hinauf. Jeder Schritt war ihm eine Zentnerlast. Er fühlte sich wie in einem bösen Traum gefangen und wusste doch, dass dies die Wirklichkeit war. Wie betäubt saß er in seinem Sessel, als es an der Tür klopfte. Er ließ sich Zeit, den Besucher hereinzubitten. Tilia betrat leise das Gemach, schloss die Tür hinter sich und zog sich ungefragt einen Schemel heran.
»Warum? Ich verstehe das nicht. Was ist geschehen?«
Der Graf sah in die klaren blauen Augen, ließ den Blick über das junge verwirrte Gesicht streifen, das sich ihm zuwandte.
»Es war nicht der König, der Zollern zu zerschlagen suchte.« Er lachte bitter. »Meine Söhne waren es in ihrer grenzenlosen Gier nach Macht.«
»Aber wie konnten sie den König überzeugen?«
»Sie sind zum Bischof gegangen, haben ihm meine Sünden ausgebreitet. Unendlich viele Sünden können einem Grafen der Christenheit verziehen werden, Blutschande nicht. Darum bin ich nun dazu verdammt, als lebender Toter zuzusehen, wie meine Söhne und die Grafschaft zugrunde gehen.«
Sie fühlte Mitleid, obwohl sie das Unrecht, das er Williburgis angetan hatte, niemals entschuldigen würde.
»Seht nicht so schwarz, Herr Graf«, versuchte sie Worte des Trostes zu finden. »Nutzt die Gelegenheit, Frieden mit Gott zu machen. Vielleicht unterschätzt Ihr Eure Söhne. Sie

haben viel von Euch gelernt. Vielleicht dürft Ihr erleben, wie Zollern erblüht.«

»Es ist nicht der Zweifel an ihnen, Tilia von Wehrstein. Ein geteiltes Zollern wird nicht in der Lage sein, sich gegen Hohenberg zu behaupten.«

»Aber es herrscht doch Frieden! Euer Enkel wird eine Hohenbergerin heiraten. Wenn sich alle verbünden...«

Das traurige Lächeln ließ sie innehalten.

»Ich wünsche mir, dass Ihr Recht behaltet«, seufzte er.

»Wann werdet Ihr Williburgis nach Stetten bringen lassen?«, fragte Tilia leise.

»Morgen, Ihr habt den Boten doch gehört.«

Sie versuchte, den Schmerz, den er ausstrahlte, zu ignorieren.

»Dann ist meine Aufgabe hier beendet. Ich bitte Euch, Graf, lasst mich nach Wehrstein zurückkehren.«

Er zuckte zusammen. »Jetzt, mitten im Winter wollt Ihr reisen? Was hofft Ihr, in Wehrstein zu finden? Irgendein Onkel oder Vetter wird das Rittergut erben. Glaubt Ihr, Ihr seid dort willkommen?«

Trotzig presste Tilia die Lippen aufeinander. »Und dennoch möchte ich zurückkehren und bitte Euch, es zu erlauben.«

»Ich habe hier gar nichts mehr zu erlauben oder zu verbieten. Habt Ihr nicht zugehört, was der Herold gesprochen hat? Fragt meine Söhne!«

»Dann werde ich mich an Eure Söhne wenden.« Sie wollte sich erheben, doch Friedrich von Zollern legte seine Hände auf die ihren.

»Geht nicht, Tilia von Wehrstein. Man hat mir alles genommen, mein Reich, meine Macht und meine Tochter. Darum bitte ich Euch, bleibt bei mir. Seid meine Tochter...«

»Niemals!«, rief sie, riss sich los, sprang auf und lief zur Tür.

»Tilia, nein! Was denkt Ihr von mir? Ich würde Euch nie berühren!« Das Antlitz des Grafen verzerrte sich, als habe ihm jemand ein Messer ins Herz gestoßen.

Die Klinke schon in der Hand, drehte sich Tilia noch einmal um.

»Verzeiht, dass mir der Gedanke kam«, sagte sie leise. »Wisst Ihr, auf dieser Burg ist die Ehre eines Weibes nicht viel wert. Ich glaube Euch, dass Eure Bitte ehrbar gemeint war, und ich bedaure sehr, dass Ihr nicht mehr der Herr von Zollern seid. Gerade deshalb muss ich gehen. Ich habe es bereits erlebt, was es bedeutet, die Tochter eines gefallenen Feindes zu sein. Der Ritter von Ringelstein-Killer ist tot, doch es werden andere kommen, die nach dem edelfreien Rock gieren, den Eure Söhne nicht beschützen werden. Darum, mit oder ohne Erlaubnis, ich werde gehen!«

KAPITEL 36

Rastlos schritt Tilia vom Frauengemach in den Saal, überquerte den Hof, lief über die Zugbrücke, sah in den Ställen und in den Scheunen nach, schritt bis zum unteren Tor, doch Heinrich von Husen war nirgends zu finden. Endlich, als sie in die Hauptburg zurückkehrte, entdeckte sie ihn in der Kapelle vor dem Kruzifix kniend.
»Wir reisen morgen ab, und wenn Ihr nur einen Hauch der Leidenschaft für mich in Euch habt, von der Ihr immer sprecht, dann werdet Ihr uns begleiten und mit Eurem Schwert beschützen.«
Heinrich von Husen erhob sich, drängte Tilia, auf einer der hölzernen Kirchenbänke Platz zu nehmen, und setzte sich dann in züchtigem Abstand zu ihr hin.
»Ich verstehe Euch nicht. Wohin wollt Ihr reisen und warum morgen? Wisst Ihr denn nicht, dass ich morgen zum Ritter geschlagen werde? Die ganze Nacht werde ich hier im Gebet auf meinen Knien verbringen, um, wenn die Sonne aufgeht, gereinigt und im glänzenden Licht vor Gott zu stehen. Eitelfriedrich und der junge Friedrich von Schalksburg werden den Ritterschlag vollführen. Ihr werdet doch dabei sein?«
»Wenn es für Euch so wichtig ist, dann reisen wir eben gleich anschließend. Ich will zurück nach Wehrstein, jetzt, da meine Aufgabe erledigt ist.«
Heinrich von Husen riss die Augen auf. »Nach Wehrstein?«, stotterte er. »Aber warum denn? Jetzt, da Eure Eltern tot sind, gibt es nichts, das Euch dort erwartet.«

»Und was erwartet mich hier?«, fauchte Tilia erzürnt. »Hier behandeln mich die Ritter wie eines der fahrenden Weiber!«

Er hob die Hand, als wolle er nach der ihren greifen, ließ sie dann jedoch wieder sinken.

»Das war nur im Kampfesrausch, weil der Ritter verletzt war. Ich schwöre, so etwas wird Euch nicht noch einmal widerfahren.«

»Ach, Ihr könnt mir das versprechen? Ihr könnt auf mich Acht geben und Euch gegen die neuen Grafen und seine Ritter stellen?«

Der sarkastische Tonfall trieb ihm die Röte ins Gesicht. Rasch wechselte er das Thema. »Habt Ihr mit Eitelfriedrich gesprochen?«

»O ja!«, stieß sie aus, und es hörte sich an, als habe sie auf den Boden gespuckt. »Eitelfriedrich ist es egal, ob ich komme oder gehe, er will nur Gret weiterhin in seinem Bett. Der junge Friedrich dagegen greift gleich nach meinem Rock. Eine Ehe zur linken Hand würde er mir bieten, wenn er nicht schon eine Braut gewählt hätte. So bleibt ihm leider nur, mich zu bitten, sein Kebsweib zu sein!«

»Ihr wollt ohne die Erlaubnis der Grafen nach Wehrstein zurückkehren, und ich soll Euch begleiten?« Er wurde abwechselnd blass und rot. Tilia konnte nicht sagen, ob ihn das unverschämte Angebot des jüngeren Zollernsohnes so erregte oder die Aussicht, gegen den Willen seiner neuen Herren zu verstoßen.

»Er würde Euch sicher zu nichts zwingen«, sagte er schließlich lahm.

»Denkt noch einmal nach, Tilia, es ist Winter. Keine Dame reist in dieser Jahreszeit. Wartet, bis der Frühling kommt, dann fragt die Grafen ein zweites Mal. Mehrere Ritter könnten Euch dann sicher nach Hause geleiten.«

Erregt sprang sie von der glatt polierten Kirchenbank auf. »Ist das Eure Antwort?«
Heinrich von Husen erhob sich ebenfalls und trat zurück. »Ich bitte Euch, denkt erst in Ruhe nach, dann sprechen wir noch einmal darüber«, beschwor er sie, doch sie hatte ihm schon den Rücken zugekehrt und stürmte aus der Kapelle hinaus.
Der junge Edelmann lag die ganze Nacht auf den Knien, um zu beten und sein Gewissen reinzuwaschen, doch immer wieder schweiften seine Gedanken ab und wanderten verstohlen zu den Frauengemächern hoch, wo Tilia von Wehrstein ebenfalls wachte.
Gleich nach der Zeremonie werde ich noch einmal mit ihr reden, dachte er, als das Grau des Morgens durch die Fensterscheiben kroch. Und wenn sie darauf besteht, dann werde ich ihr folgen! Mein Schwert gehört ihr! Mein Leben gehört ihr!
Während Heinrich von Husen dem Pfarrer von Zimmern seine Sünden beichtete und die heilige Kommunion empfing, schnürte Tilia ein paar Habseligkeiten zu einem Bündel.
Angetan mit einem weißen Gewand, unschuldig rein wie ein Täufling, schritt der junge Edle zwischen den Burgbewohnern hindurch, die sich zu beiden Seiten aufgestellt hatten, um ihm die Ehre zu erweisen und die feierliche Zeremonie zu beobachten. Sein Blick wanderte über die Gesichter, doch er suchte die Tochter des Wehrsteiners vergeblich.
Ihre Kleider in einer Decke verschnürt, eilte Tilia die Stufen hinunter. Der Saal und der Hof waren leer. Aus der Kapelle drang Gesang. Nun würde sein Lebenstraum wahr werden, wenn er vor dem Altar kniend aus der Hand des Priesters das gereinigte Schwert empfangen und im Kreis

der Ritter und Damen sein Gelübde ablegen würde. Einen Moment zögerte Tilia. Sollte sie in die Kapelle gehen? Nein, die Zeit war günstig, unbemerkt den Zoller zu verlassen. Mit großen Schritten eilte sie zum Stall hinunter, in dem Gret sie schon erwartete. Die schwarze Stute der Wehrsteinerin war bereits gesattelt.

Tilia trat zu Gret. »Ich habe dich bisher noch nicht gefragt, ob du mitkommen möchtest, deshalb tue ich es jetzt. Wenn du lieber bei deinem Zoller bleibst, dann reite ich allein. Ich zwinge dich nicht, denn es kann gefährlich werden.«

Die Magd schnaubte durch die Nase. »Eben deshalb lasse ich dich nicht allein. Ein Ritterfräulein ohne Begleitung? Da möchte ich den Vater hören, was der dazu sagen würde. Also rede keinen Unsinn. Sag mir lieber, was wir mit den Maultieren machen. Soll ich den Alten nehmen?«

Tilia schüttelte den Kopf. »Die Maultiere und der Alte bleiben hier, sonst kommen wir nie voran. Traust du dir zu, Heinrichs Braunen zu reiten?«

Gret riss die Augen auf. »Du willst ihm sein Pferd stehlen?«

»Unsinn!«, fauchte die Rittertochter. »Es hat meinem Vater gehört, und ich kann mich nicht erinnern, dass er es ihm geschenkt hat.«

Gret zögerte, doch Tilia ließ sich nicht beirren. »Kannst du es nun reiten oder nicht?«

Die Magd nickte und griff seufzend nach dem Sattel, der einst Rüdger nach Zollern gebracht hatte. Während sie die Sattelgurte straff zog, legte der angehende Ritter Heinrich von Husen sein Gelübde ab.

»Und ich schwöre, die Kirche nach Kräften zu ehren und zu verteidigen, meinem Lehensherrn treu, hold und gewärtig zu sein, keine unrechte Fehde zu führen, Witwen und Waisen zu schützen...«

Gret schnürte ihr Bündel fest und half Tilia in den Sattel ihres

Rosses. Sie hob Sofie auf den Braunen, führte ihn dann zu einem Baumstumpf und kletterte selbst auf seinen Rücken.
»Los jetzt«, winkte Tilia, deren Stute nervös tänzelte. »Auf nach Wehrstein!«
Dreimal hob Graf Eitelfriedrich das blanke Schwert und ließ es abwechselnd auf die linke und rechte Schulter des vor ihm knienden jungen Ritters niedersinken.
In flottem Trab ritten die Frauen aus Wehrstein durch das Tor und folgten dem gewundenen Pfad den Zollernberg hinunter.

✠ ✠

Es war einer der milden Tage im Januar. Die Sonne lugte ab und zu zwischen den dünnen, weißen Wolken hervor, der kalte Ostwind hatte sich gelegt. Munter ritten die Frauen durch den lichten Wald nach Westen. Gret hatte immer wieder Schwierigkeiten mit dem großen Streitross, das, nicht an Frauen und Kinder auf seinem Rücken gewöhnt, lieber seinen eigenen Kopf durchsetzen wollte, als Grets Führung zu gehorchen. Die Magd fluchte, zerrte wild an den Zügeln und stieß dem Ross die Fersen in die Flanken, bis es Tilias Stute zu folgen bereit war.
»Nicht so schnell!«, keuchte Gret, als sie Tilia endlich einholte. »Wir müssen aufpassen, dass die Pferde nicht zu sehr schwitzen. Wenn sie sich erkälten, sind sie verloren. Außerdem braucht Sofie eine Pause – und mir würde eine kleine Stärkung auch nicht schaden.«
Seufzend zügelte Tilia ihre Stute. Sie war so in dem erregenden Gefühl der Vorfreude gefangen, dass sie weder Hunger noch Durst, weder die Kälte noch die Anstrengung fühlte.
Langsam trabten sie bis zum Rand des Waldes. Gret lenkte den Braunen an einen umgestürzten Baum heran, schwang

sich aus dem Sattel und hob dann Sofie herunter. Sie wickelte ein kleines Päckchen mit Brot und Speck aus, das sie in der Küche entwendet hatte, bot Tilia zuerst an, gab Sofie davon und schob sich dann selbst einen Kanten Brot zwischen die Zähne. Die Pferde scharrten lustlos und zupften die kargen Reste braunen Grases, das sie noch finden konnten.
»Wo werden wir schlafen?«, fragte Gret, löste eine Wolldecke vom Sattel und legte sie Sofie um die Schultern.
Tilia, die kauend auf und ab schritt, hielt einen Moment inne.
»In Haigerloch! Schließlich hat mein Vater für Graf Albert gekämpft. Wir kommen schnell voran, also sollten wir die Stadt noch vor der Dunkelheit erreichen.«
Zweifelnd betrachtete Gret die tief stehende Wintersonne. Dort irgendwo lag Haigerloch, doch die Magd hätte nicht sagen können, wie weit die Stadt noch entfernt war, geschweige denn, wie genau sie die Richtung eingehalten hatten. Tilia schien die Gedanken zu lesen.
»Schau, Gret, wir sind immer nach Westen geritten. Irgendwann müssen wir auf die Eyach stoßen, und dann folgen wir ihr bis zur Stadt. Wir können Haigerloch gar nicht verfehlen.«
Gret sah noch einmal zur Sonne hoch und nickte, ohne überzeugt zu sein. Doch plötzlich spitzte die Magd die Ohren, sprang auf und sah sich gehetzt um.
»Was ist?« Noch während die Ritterstochter die Worte aussprach, hörte auch sie das Geräusch.
»Schnell zu den Pferden!« Sie raffte den Rock und lief los, löste mit fahrigen Fingern die Zügel. Die Stute wieherte nervös und wich zur Seite. »Bleib stehen, du Biest«, beschwor sie das Tier panisch. Gret warf die Decke auf den Boden und riss Sofie in ihre Arme. Mit der schweren Last hastete

sie zu ihrem Pferd. Sie hatte es noch nicht erreicht, als ein Dutzend wild aussehender Gestalten durch das Dickicht brach. In Felle und Lumpen gekleidet, mit Keulen, Messern und Spießen bewaffnet, quollen sie auf die Lichtung. Ein triumphierender Schrei entrann ihren Kehlen, als sie die beiden Frauen und ihre Rösser entdeckten. Voll Angst bäumten sich die Pferde auf, rissen die Zügel los und suchten das Weite.

»Lauf! Lauf!«, kreischte Tilia und rannte los, Gret mit der vor Angst weinenden und zappelnden Sofie hinterher. Mit Gebrüll nahmen die wilden Gestalten die Verfolgung auf. Tilias Brust schmerzte, ihr Atem ging pfeifend. Sie sah sich nicht um, hoffte nur, dass Gret noch hinter ihr war, und versuchte, sich dem Gedanken zu verschließen, dass sie keine Chance hatten. Grets Aufschrei, als sie über ihren Rocksaum fiel und mit Sofie im Arm zu Boden stürzte, war wie ein Dolchstoß in ihrem Herzen. Sofort waren fünf Männer über ihr. Ein einziger Keulenschlag streckte Sofie nieder. Gret wehrte sich wie eine Wildkatze, schlug, biss und kratzte. Messer blitzten, Stoff zerriss. Noch einmal schrie Gret voll Verzweiflung auf.

Die Wehrsteinerin hastete weiter dem anderen Ende der Lichtung zu. Schon hörte sie den Atem ihrer Verfolger und sah die Schatten sie überholen, noch ehe sie ihre groben Hände nach Tilia ausstreckten.

Herr im Himmel, war es das?, schoss es ihr durch den Kopf, als eine Hand ihr den Ärmel zerriss. Da brach ein Pferd durch das Gehölz. Der junge Ritter auf seinem Rücken war nur mit einem beschlagenen Lederwams gerüstet, doch sein Schwert glänzte in der Sonne.

»Tilia!«, schrie er, als sich ein Arm um ihren Hals legte. Sie konnte ihm nicht antworten, konnte nur noch ächzen. Sie trat und schlug um sich, sah in zwei gierige Gesichter, riss an

einem Bart, dass der schmutzige Kerl aufschrie. Das weiße Ross kam auf sie zugeprescht, ein Schwert sauste direkt vor ihr nieder, Blut spritzte ihr ins Gesicht und schmeckte salzig auf ihren Lippen. Das Schwert blitzte noch einmal. Der Arm an ihrem Hals war plötzlich verschwunden.
»Nimm meine Hand«, brüllte Heinrich. Er riss ihr beinahe den Arm aus, als er sie auf sein Pferd hinaufzog. Bäuchlings lag sie vor ihm im Sattel, während er dem Pferd die Sporen gab.
»Gret!«, schrie Tilia voll Verzweiflung. Heinrich von Husen zögerte einen Moment, sah die Männer, die keulenschwingend auf ihn zurannten, sah Spieße und lange Dolchklingen, sah das Mädchen reglos im Gras liegen. Tilia bäumte sich auf.
»Liegt still!«, befahl er ihr barsch und trieb sein Pferd wieder an.
»Nein!«, kreischte Tilia, dann stöhnte und schluchzte sie nur noch. Verzweifelt krallte sie sich am Sattelgurt fest und versuchte, ihr Gesicht vor Zweigen und Gestrüpp zu schützen.
»Da sind die Pferde!«
Heinrich ließ sich von dem geliehenen Streitross gleiten und fing Tilias Stute ein. Sein Brauner trabte freiwillig zu ihm und rieb die Nüstern an der Schulter seines Herrn.
Tilia rutschte vom Pferd und schlug hart auf dem Boden auf. Sofort rappelte sie sich hoch, stürmte auf den Ritter zu und trommelte ihm mit den Fäusten auf den Rücken.
»Gret! Ihr müsst Gret retten! Warum seid Ihr geflohen, Ihr Feigling?«
Heinrich von Husen drehte sich um und griff nach Tilias Handgelenken. »Weil ich mit Euch auf meinem Sattel und noch dazu auf einem fremden Ross mein Schwert nicht richtig führen konnte.«

Unsanft hob er Tilia auf ihre Stute und drückte ihr die Zügel des fremden Pferdes in die Hand. »Ihr rührt Euch nicht von der Stelle!« Ohne ein weiteres Wort schwang er sich in den Sattel und galoppierte zur Lichtung zurück.
Tilia weinte vor Angst, Zorn und Kummer und ritt ihm dann langsam nach.
Wie der rächende Gott kam Heinrich von Husen über die Bande hungriger Gesetzloser, geflohener Kämpfer und landloser Bauern. Vier Männer schlug er nieder. Die anderen entkamen im Dickicht der Wälder. Als Tilia die Lichtung wieder erreichte, war alles vorüber. Der metallische Geruch nach Blut und der Gestank des Kots der Gefallenen ließen sie würgen. Langsam näherte sie sich dem Ritter, der mit verschränkten Beinen im Gras saß und Sofie in seinen Armen wiegte.
Er würdigte die Wehrsteinerin keines Blickes. Vor ihm lag Gret mit geschlossenen Augen, eine Decke sorgsam über ihren geschundenen Körper gebreitet. Rasch ließ sich Tilia vom Pferd gleiten, kniete nieder und lüftete die blutgetränkte Wolldecke.
»Heilige Jungfrau, wir müssen etwas tun, diese entsetzlichen Wunden! Wir müssen sie zurück nach Zollern zu Bruder Tragebott bringen, das Blut stillen und sie verbinden und« – sie blitzte den Ritter böse an – »nun tut doch etwas!«
Als er seinen Blick hob, bestürzte sie die Traurigkeit, die darin lag.
»Seht Euch die Wunden an! Ihr Blut wird nicht mehr lange fließen. Wir können nichts für sie tun.«
»Nein!«, heulte Tilia auf und grub ihr Gesicht in Grets Hand, als die Magd noch einmal die Augen öffnete.
»Tilia, kannst du mich hören?«
»O Liebes, du wirst wieder gesund, alles wird wieder gut«, weinte die Ritterstochter.

»Unsinn!«, stöhnte die Magd. »Was ist mit Sofie?« Sie versuchte, sich aufzurichten, sank aber sofort wieder stöhnend zurück.

»Sie hat einen Schlag auf den Kopf bekommen, wird aber bald wieder in Ordnung sein«, antwortete Heinrich an Tilias Stelle.

Die Wehrsteinerin bettete den Kopf der Magd in ihren Schoß. »Bleib ganz ruhig liegen.«

Grets Hand suchte nach der von Tilia. »Du musst dich um Sofie kümmern, versprich es.«

»Ja, ich schwöre es bei der Heiligen Jungfrau. Ach, Gret, warum bist du mitgekommen? Warum bist du nicht in Eitelfriedrichs sicherem Bett geblieben.«

Erstaunen schlich sich in das schmerzverzerrte Antlitz. »Warum? Weil du Heimweh nach Wehrstein hattest, weil meine Schwester bist, und weil ich dich liebe.«

Ihr letzter Blick galt Sofie, die geschützt in des Ritters Armen lag, dann verlor sie sich in der Ewigkeit.

»Ich habe sie getötet«, weinte Tilia und drückte die Tote an sich. »O Heinrich, sie könnte noch leben, wenn ich nicht so starrköpfig gewesen wäre.«

Der Ritter nickte. »Ja, Ihr wart starrköpfig. Ihr hättet auf mich warten sollen. Und nein, Ihr habt sie nicht getötet, denn alles, was auf Erden geschieht, ist Gottes Wille.«

Behutsam legte er den Arm um Tilias Schulter, und sie ließ es geschehen. Eng aneinander gepresst verbrachten sie, gemeinsam bei der Toten wachend, die lange Winternacht.

Am Morgen trafen der junge Friedrich von Schalksburg und der Ritter von Zell-Andeck auf der Suche nach den Frauen auf der Lichtung ein. Tilia jammerte, tobte und bettelte, bis die Männer endlich bereit waren, die Leiche der Magd mitzunehmen. Langsam ritt die kleine Gruppe nach Zollern zurück. Sofie vor sich im Sattel, folgte Tilia den

Männern. Da drängte der Merkenberger sein Ross an das ihre.
»Nun, habt Ihr über mein Angebot noch einmal nachgedacht?«
Heinrich von Husen spitzte ängstlich gespannt die Ohren.
»Ich sage Nein! Lieber verbringe ich mein Leben hinter Klostermauern denn in Eurem Bett.«
»Gut, wenn das Euer Wunsch ist, dann setzen wir Euch gleich in Stetten ab.« Ohne ein weiteres Wort trieb er sein Pferd an und setzte sich wieder an die Spitze der Gruppe.

KAPITEL 37

Tilia half der Sakristanin, die heiligen Gefäße mit einem weichen Tuch zu polieren. Energisch rückte sie mit einer grauen Paste den Flecken auf dem Silber zu Leibe, als Schwester Elisabeth zu ihr trat.
»Ihr habt Besuch. Friedrich von Zollern möchte Euch sprechen.«
Die Lippen aufeinander gepresst, folgte Tilia der Schwester. Sie erwartete, den Merkenberger zu sehen, traf stattdessen jedoch den alten Zollerngrafen in der kleinen Gästekammer an.
»Gegrüßt sei Jesus Christus, Tilia von Wehrstein.«
»In Ewigkeit, amen, Herr Graf. Was führt Euch hierher?«
Er deutete auf das Bündel, das er auf den Tisch gelegt hatte.
»Ich habe nicht mehr sehr viel zu tun auf der Burg, wisst Ihr. Auch ist mein Rat nicht mehr gefragt, und keiner will das Spiel des Lebens mit mir fortführen, das so viele Monate unberührt in meinem Gemach stand.«
Er zog das schwarz-weiß karierte Brett hervor und begann, die Figuren wieder so anzuordnen, wie sie gestanden hatten, als Tilia und der Graf zum letzten Mal miteinander spielten.
Tilia griff nach dem schwarzen Läufer und zog ihn auf den Turm des Grafen zu. »Wie ist es um Eure Burg bestellt?«
Der Graf tippte mit den Fingerspitzen ein paarmal auf den bedrohten Turm und zog dann einen Bauern vor. »Friedrich ist nach Süden gezogen, um die Schalksburg in Besitz

zu nehmen. Walger von Bisingen und die Boller sind ihm gefolgt. Er wird nun seine Braut heimführen. Das Fräulein von Ringelstein-Killer wird Dame auf der Schalksburg sein. Eleonora von Zell-Andeck wird nach Stetten kommen und den Schleier nehmen.« Er schwieg eine Weile und wartete, bis Tilia einen Bauern gesetzt hatte.
»Meine Söhne suchen Ritter, die ihnen dienen, doch ihre Ländereien geben nicht genug her. Sie sind von der langen Fehde ausgeblutet. Der Hohenberger hat im Süden schon probiert, welch Unverschämtheiten er sich leisten kann.« Mit einem Knall zog er sein Pferd an Tilias Dame heran.
»Werdet Ihr Williburgis besuchen?«, fragte sie und nahm sich das Pferd mit der Dame.
»Nein«, antwortete er gepresst. »Ich werde sie in diesem Leben nicht wiedersehen.«
»Es geht ihr gut«, sagte Tilia lahm und starrte dann wieder auf das Spielfeld.
»Ich rate ihm, doch er hört mir nicht zu. Ich warne ihn, und er geht hin und tut es doch. Ich erkenne Eitelfriedrich nicht wieder.«
Tilia zog ihren Läufer auf langer Bahn zurück. »Er muss nun selbst die Macht kosten und sich eine blutige Nase holen. Daran könnt Ihr nichts ändern. Das wäre irgendwann sowieso gekommen.«
»Ja, aber dann hätte ich es nicht mit ansehen müssen! Er zerstört, was ich mühsam aufgebaut habe. Er verjagt die Kaufleute, statt sie herzuholen, presst die Städte aus, statt sie zu fördern, schlägt die Hand des Hohenbergers, die er ihm reicht.«
»Der Geschlagene ist verbittert«, sagte Tilia leise und zog ihre Dame vor. »Schach, Herr Graf.«
Eine Weile starrte er schweigend auf das Spielbrett. »Ja, Schach, Tilia von Wehrstein. Es ist zu Ende.« Müde erhob er

sich, stand vor ihr, den Rücken gebeugt, den Blick getrübt, doch dann sah er sie an und hob den Arm.
»Macht mir die Freude, ein wenig mit mir zu gehen.«
Sie lenkten ihre Schritte zum Reichenbach hinunter.
»Wann werdet Ihr den Schleier nehmen?«
»Gar nicht!«, erwiderte Tilia bestimmt. »Ihr könnt mich zwingen, hier zu bleiben, doch nicht, ein Gelübde abzulegen.«
»Niemand zwingt Euch…« Er ließ den Satz unvollendet und seufzte schwer. »Wie geht es dem kleinen Mädchen Eurer Magd«, fragte er stattdessen.
Tilia ließ es sich nicht anmerken, wie sehr sie die Frage nach einer Unfreien wunderte. »Am Körper gut. Sie hat den Schlag auf den Kopf besser überwunden als den Tod der Mutter.«
Die tief herabhängenden Zweige der Weide schmückten sich bereits wieder mit zartem Grün. Tilia führte den Graf zu einer kahlen Stelle. Es würde noch eine Weile dauern, bis die Natur den Erdhügel wieder begrünen würde. Keine Blumen schmückten das Grab, nur ein schlichtes, aus zwei Ästen zusammengebundenes Kreuz. Tilia kniete nieder, um zu beten. Der Graf wartete geduldig.
»Ich habe nie einen Menschen wie Euch gekannt«, sagte er mit Verwunderung in der Stimme, als Tilia sich wieder erhob und den Staub von ihrem Rock klopfte.
»Weil ich um eine Unfreie weine? Sie ist ohne Schuld gestorben. Sie war eine kluge, herzensgute Frau, und sie war meine Schwester.«
Der Graf nickte leicht mit dem Kopf, doch schien die Antwort sein Erstaunen nicht zu mildern.
»Darf ich Euch wieder besuchen?«, fragte er mit flehender Stimme, als er ihr die Hand zum Abschied reichte. »Werdet Ihr mir gestatten, mein Reich das nächste Mal zu verteidigen?«

»Es wird mir ein Vergnügen sein.«
Er schwang sich auf sein Ross und lächelte noch einmal warm zu ihr herunter.
»Dann bis bald, Tilia von Wehrstein.« Langsam lenkte er sein Pferd dem Zoller zu.

✠   ✠

Der Frühling kam und ging, und nach ihm der Sommer. Während das Land über Reichstage und Kirchenversammlungen sprach, die Hohenberger sich mit den Markgrafen von Baden schlugen und der Württemberger die Zollern in eine neue Fehde gegen den König verwickelte, spielten der alte Graf und Tilia von Wehrstein Schach. Nur noch selten sprachen sie von der Politik, doch Tilia spürte, wie sehr der Graf unter seiner Entmachtung litt. Es schien, als würde die geteilte Grafschaft mit jedem Wechsel der Jahreszeiten schwächer, der Rücken des Grafen gekrümmter und sein Blick trüber. Im Herbst musste er sich bereits auf einen Stock stützen, im Winter hatte er Schwierigkeiten, sein Pferd zu besteigen. Dennoch wiederholten sich seine Besuche regelmäßig, und Tilia freute sich auf ihn. Es war, als gehörten sie beide nicht zu der Grafschaft um sie herum, nicht zum Reich, nicht zu dieser Welt. Es war, als lebten sie für sich auf einem Stern weit weg im blauen Nachthimmel. Auch als er einen Knecht brauchte, der ihm in den Sattel half, und sein Augenlicht nachließ, war er in seinen Besuchen nicht zu beirren. Es war im Mai des Jahres 1289, als ihm beim Spiel der König aus den zitternden Händen glitt. Tilia sank auf die Knie, um die Figur aufzuheben, doch der Graf wehrte resignierend ab.
»Lasst ihn liegen, den Geschlagenen, wir benötigen ihn nicht mehr. Ich werde nicht wiederkommen.«

»Aber Herr Graf.« Sie nahm seine kalten Hände in die ihren. »Ich brauche Euch und unser Spiel.«

Friedrich von Zollern strich der jungen Frau sanft über ihre Wangen.

»O nein, Ihr braucht mich nicht. Ihr braucht Leben um Euch. Das bunte, satte, pralle Leben. Nicht einen sterbenden Greis.« Sie wollte protestieren, doch er schnitt ihr das Wort ab. »Ich spüre, dass es mit mir zu Ende geht, darum hört mir gut zu.«

Er nötigte sie, auf der Bank Platz zu nehmen, und setzte sich dann dicht neben sie. Ihre Hände fest in den seinen, redete er eindringlich auf sie ein.

»Der Hohenberger, dieser Hund, hat in seiner Machtgier endlich mal etwas Gutes getan. Damit seine Güter in der Hand seiner Sprosse bleiben, selbst wenn seinen Söhnen etwas passiert, hat er bei dem Habsburger durchgesetzt, dass auch Töchter Ländereien und Titel erben können.« Tilia sah den Graf verständnislos an. »Denkt nach, mein Kind, was dies bedeutet, denn es betrifft nicht nur den Hohenberger selbst.« Er machte eine kurze Pause. »Wehrstein ist Euer! Ich habe einen Boten Erkundigungen einziehen lassen. Ein junger Vetter von Euch sitzt mit dem Kebsweib Eures Vaters auf der Burg, doch ich habe mir sagen lassen, er würde lieber an Alberts Hof nach Rottenburg zurückkehren. Ihr dürftet keine großen Schwierigkeiten mit ihm bekommen, sonst wendet Euch direkt an Graf Albert.«

»Ich soll nach Wehrstein zurückgehen?«, fragte Tilia fassungslos. »Aber Ihr wisst doch, wie es beim letzten Mal ausging...« Er schnitt ihr das Wort ab und drückte ihr ein Pergament in die Hand.

»Ihr könnt jederzeit reisen. Wartet, bis ein Kaufmann gen Westen zieht.« Er zog ein Beutelchen mit Münzen hervor. »Oder nehmt Euch zwei Männer aus Hechingen mit.«

»Aber Herr Graf, warum?«
Er verzog seine Lippen zu einem Lächeln.
»Weil Ihr eine kluge Frau seid und die Freude meiner Tage. Bleibt hier, bis sich der Deckel meines Sarges über mir geschlossen hat. Betet eine Nacht für meine Seele. Dann zieht hin, Herrin von Wehrstein.«
Als der Knecht ihm auf sein Pferd geholfen hatte und Tilia ihm zum letzten Mal die Hände reichte, fiel ihr noch eine Frage ein: »Wann, wann hat der König das Recht der Frauen zu erben, verkündigt?«
»Es muss im Sommer gewesen sein. Im letzten Jahr? Vielleicht auch das zuvor? Ich weiß es nicht mehr. Verzeiht, ich wollte auf Eure Gesellschaft nicht verzichten.«
Sie sah ihm mit gerunzelter Stirn nach, doch sie zürnte ihm nicht. Als sie das Pergament aufgefaltet und die verschnörkelten Buchstaben entziffert hatte, stieß sie einen leisen Schrei aus. Eine Verfügung ihres Vaters. Sollte es je möglich sein, eine Tochter als Nachfolger zu bestimmen, dann würde er das Gut der Dame Tilia von Wehrstein hinterlassen. Geschrieben von einem Franziskanermönch aus Freiburg, gesiegelt von Ritter Hildebolt von Wehrstein, bezeugt von Graf Friedrich von Zollern und Ritter Heinrich von Husen. Kopfschüttelnd faltete Tilia das wertvolle Schreiben wieder zusammen und verstaute es unter einer losen Steinplatte bei ihrem Lager.
Nur eine Woche später wälzte sich ein bunter Zug aus Menschen und Pferden den Zoller hinunter nach Stetten, um dem toten Graf die letzte Ehre zu erweisen. Es wurde eine Messe gelesen und seiner Seele gedacht. Die Kirche war erfüllt von Weihrauch und von schwerem Blütenduft. Die Hände gefaltet, lag der Tote in seinem steinernen Sarg, die Gesichtszüge friedlich entspannt.
»Ich werde für Eure Seele beten«, versprach ihm Tilia von

Wehrstein, als die beiden Glocken auf dem Dach erschallten und der schwere Deckel sich über Friedrich V. von Zollern für immer schloss.

✠ ✠

»Willst du mit mir nach Wehrstein zurückkehren und den Schleier für immer ablegen?«
Dorothea legte den Kopf in den Nacken und sah ihre Schwester ernst an. Sie dachte lange nach, wog das Für und Wider ab.
»Wird Sofie mit uns reisen?«
»Ja. Wir werden uns vom Geld des Grafen in Hechingen zwei Bewaffnete suchen, die uns nach Hause begleiten.«
Das Kind nickte bedächtig. »Damit uns nicht so etwas wie Gret widerfährt.«
Tilia zuckte zusammen. War das Kind wirklich erst sieben Jahre alt?
»Ja, damit wir Wehrstein sicher erreichen.«
Das Mädchen nahm den Schleier von ihrem Kopf, faltete ihn sorgfaltig zusammen und legte ihn dann neben sich ins Gras.
»Ich werde der Mutter Oberin Lebewohl sagen und dann mein Lager aufsuchen. Weck mich auf, wenn wir reisen.«
Die Sonne versank blutrot hinter den Wäldern, und Tilia sah ein letztes Mal von diesem Platz vor dem Kloster in Stetten dabei zu.

✠ ✠

»Gret, nun ist es also soweit, wir werden heimkehren. Was würde ich dafür geben, dich an meiner Seite zu wissen. Ich brauche dich, deinen Rat und deine Schelte, wenn ich wieder

einmal nicht richtig nachgedacht habe. Ich muss für die beiden Mädchen sorgen und weiß nicht, was mich auf Wehrstein erwartet. Vielleicht ein Vetter, der mich hasst und das Gut nicht hergeben will.« Tilia kniete an dem blumenbedeckten Erdhügel nieder. »Ach, Gret, ich brauche einen Freund!«
»Wenn es auch ein alter, verrückter Franziskaner tut, dann würde ich mich gern zu Eurer Verfügung stellen, Fräulein Tilia.«
»Bruder Tragebott!« Sie sprang auf und streckte ihm beide Hände entgegen. »Der Keller auf Zollern wurde mir schon etwas klein, und ich habe gehört, dass Wehrstein ein üppiges Gemäuer ist, in dem ich alles unterbringen kann.« Er nickte in Richtung Kloster, vor dessen Pforte drei beladene Maultiere angebunden waren.
Tilia lachte. »Wir werden genug Platz für Eure Sammlung finden, wenn Ihr mir versprecht, nicht die Mauern von Wehrstein in Feuer und Rauch aufgehen zu lassen.«
»Darüber kann man reden«, nickte der Mönch und stapfte zu seinem Reittier zurück. Er half Tilia auf ihre Stute und schwang sich dann brummelnd und stöhnend selbst in den Sattel.
»Dann auf nach Wehrstein!«, rief Tilia und trieb ihre Stute an.
Unter den Bäumen löste sich eine einsame Gestalt und ritt auf die seltsame Karawane zu, die sich langsam nach Westen bewegte. Tilia beschirmte ihre Augen. Erst als er sie schon fast erreicht hatte, fügten sich die Schatten zu festen Konturen zusammen. Der Ritter hielt sein Ross dicht neben dem ihren an.
»Ich habe gehört, Ihr sucht zuverlässige Männer, die Euch nach Hause begleiten. Wenn Ihr außerdem noch einen Freund gebrauchen könnt, der Euch hilft, Eure Güter beisammenzuhalten, so stehe ich zu Euren Diensten.«

Mit einem warmen Lächeln streckte sie beide Hände nach ihm aus. »Ich danke Euch, Heinrich von Husen, mein Vasall und lieber, treuer Freund.«

GESCHICHTSÜBERBLICK

Wie es der alte Zollerngraf vorausgesehen hatte, hielt der Friede zu Rottenburg nicht lange an. Schon im nächsten Jahr kämpften die Hohenberger gegen die Badener und der Württemberger gegen die Anhänger des Königs. Daraufhin nahm Rudolf von Habsburg dem wilden Eberhard von Württemberg sieben Burgen ab, zerstörte sie zum Teil, zog von seiner Stadt Esslingen los und nahm dem Württemberger Cannstatt. Wieder fehlte dem König die Zeit, den Streitsüchtigen endgültig in die Knie zu zwingen. So vergriff sich der Württemberger, kaum hatte der König ihm den Rücken zugewandt, an Esslingen und richtete bei Türkheim ein Blutbad an. Dennoch unterlag der Württemberger mit seinen Gefolgsleuten, und der Merkenberger geriet in Gefangenschaft. Am Ende des Jahres wurde mal wieder ein Friedensschluss ausgehandelt.
Um die wilden Schwabenlande zu befrieden, belehnte der König seinen Sohn Albrecht mit der Grafschaft Löwenstein und seinen Sohn Rudolf mit einem Teil des Hausbesitzes im Süden Schwabens. Die Rechnung ging nicht auf. Im gleichen Jahr wie der alte Zollerngraf starb des Königs Sohn Rudolf. Doch der Habsburger gab nicht auf und zog von einem Raubritternest zum anderen. Vor der Weißenburg lagerten die Königlichen sechs Wochen lang. Sie untergruben deren Mauern, bis sie zusammenstürzten. Eine Weile holten die Aufständischen Atem und leckten ihre Wunden, bis der König 1291 in Speyer starb. Dann standen sie wieder

auf. Der Württemberger und mit ihm die Tübinger zogen gen Rottenburg und gen Haigerloch, doch sie konnten weder die Städte noch des Hohenbergers Burgen einnehmen. Also ließen sie ihre Zerstörungswut mal wieder an Dörfern, Feldern und Weinbergen aus. Der neue König Albrecht führte den Weg seines Vaters fort. Eine Doppelhochzeit zwischen dem Hause Württemberg und dem Hause Hohenberg konnte die Feindschaft endlich beenden.

Graf Albert von Hohenberg fand bei einer Schlacht gegen Otto von Bayern 1298 den Tod. Sein Überraschungsangriff wurde verraten. Otto gab seinen Männern den Befehl, Graf Albert zu fangen oder zu töten. Als die Ritter des Hohenbergers sahen, wie sehr sie in der Minderheit waren, ließen sie den Grafen im Stich. Nur die Bauern blieben an seiner Seite, doch der Kampf war verloren. Albert von Hohenberg starb an unzähligen Wunden in der Schlacht bei Oberndorf.

Eitelfriedrich von Zollern überlebte seinen Vater nicht einmal um zehn Jahre, doch er hinterließ drei Söhne, von denen der zweite die Zollernlinie fortführte. Der Merkenberger und seine Nachfahren konnten sich nicht lange an der Grafschaft Zollern-Schalksburg erfreuen. Der Zweig erlosch wenige Generationen später. Die große Zeit der schwäbischen Zollernlinie war für immer vorbei.

Die späteren preußischen Könige und Kaiser von Hohenzollern stammen von der Linie der Burggrafen von Nürnberg ab, die sich schon zu Beginn des 13. Jahrhunderts von der schwäbischen Zollernlinie abgespalten hatte.

Mit den Wehrsteinern, die bereits 1101 Edelfreie genannt wurden und damals zum Hochadel gehört hatten, ging es weiter abwärts. Im Jahre 1100 Hochadel, 1300 nur noch ein kleines Rittergut. Ende des 14. Jahrhunderts heiratete ein Wehrsteiner, der den Titel Ritter nicht mehr führen durfte, eine Bürgerstochter. Eine Generation später wurden sie gar Leibeigene der Zollern, als ein Junker Benz von Wehrstein die unfreie Hechinger Bürgerstochter Else Müller heimführte.

DICHTUNG UND WAHRHEIT

König Rudolf von Habsburg, Eberhard von Württemberg, die Zollerngrafen und Grafen von Hohenberg sind geschichtliche Personen, deren Zank und Fehden, deren Belagerungen und Kämpfe, Verträge und Friedensschlüsse in der Geschichtsschreibung zu finden sind. In der Zimmerschen Chronik werden die Zollern als hochfahrend und unfriedlich beschrieben. Dennoch sind die Intrigen der beiden Brüder und die »Beziehung« von Graf Friedrich V. mit seiner Tochter erfunden. Ich möchte den historischen Figuren keinesfalls diese Verhaltensweisen unterstellen.

Fritz Kallenberg schreibt in seinem Buch über die Hohenzollern: Mit den Grafen von Hohenberg entwickelte sich eine Rivalität, die beiden Häusern zum dauernden Schaden gereichte. Der Konflikt wurde in einer Fehde ausgetragen. In den Begegnungen vor Haigerloch 1267 und vor Balingen 1286 sollen die Zollern gesiegt haben. Da aber Graf Albert II. von Hohenberg, der Minnesänger, Statthalter des Königs und dessen Schwager war, schaltete sich Rudolf von Habsburg persönlich in die Beilegung des Konfliktes ein, zumal sich Friedrich der Erlauchte auch an Aktionen der Grafen von Württemberg gegen die habsburgische Klientel beteiligt hatte. Es wird vermutet, dass die Teilung des zollerischen Besitzes 1288 in die Linien Zollern-Zollern und Zollern-Schalksburg im Zusammenhang mit einer Sühneleistung steht, mit der die Schwächung des Hauses Zollern beabsichtigt war.

Friedrich der Erlauchte, unter dem die Stellung der Zollern ihren Höhepunkt erreichte, hat die Aufspaltung unter seinen beiden Söhnen, die den Niedergang einleitete, noch erlebt.
Diese Sühneleistung, deren Grund nicht überliefert ist, hat meine Fantasie angeregt.
Udelhild von Dillingen und ihre Tochter Williburgis von Zollern sind unter den Nonnen im Kloster Stetten zu finden, das der Zoller als Hauskloster gegründet hat. Wahrscheinlich hat sich jedoch die Gattin Friedrichs des Erlauchten erst nach seinem Tod ins Kloster zurückgezogen.
Eitelfriedrich hieß übrigens ebenfalls Friedrich. Erst mehrere Generationen später taucht regelmäßig der Name Eitelfriedrich auf. Ich habe den Namen geändert, um die Brüder und den Vater einfacher unterscheiden zu können.
Die Rittergeschlechter von Husen, von Ringelstein-Killer, von Lichtenstein, von Ringingen und von Zell-Andeck sind in der Gefolgschaft ihrer jeweiligen Herren überliefert. Auch gibt es typische Familienvornamen, doch sind die niederen Adligen als einzelne Personen und Charaktere geschichtlich selten zu fassen. Noch schwieriger ist es bei den Frauen, die nur als Witwen oder Nonnen in den Klöstern auftauchen. Keine Zeugnisse gibt es über das Gesinde, die Hörigen und Leibeigenen der Grafen und Ritter. Bei der Beschreibung der Feste, der Sitten und Gebräuche, Heilkunde, Glaube und Aberglaube, dem Verhältnis zwischen Herren und Unfreien habe ich mich, soweit möglich, an Sozialstudien über diese Zeit und über die Grafschaften gehalten.
Ein kleiner Ausflug zu dem Franziskaner Tragebott und seinen explosiven Experimenten. Ende des 13. oder Anfang des 14. Jahrhunderts soll im Freiburger Franziskanerkloster ein Mönch namens Berthold Schwarz gelebt haben, der ein

Pulver erfand, das noch heute seinen Namen trägt und die Waffentechnik des späten Mittelalters beflügelte.

Doch nun zu den Rittern von Wehrstein. Ende des 13. Jahrhunderts ist ein Ritter Hildebolt von Wehrstein bezeugt. Über seine Familie ist nichts bekannt. Später tauchen im Kloster Stetten drei Töchter von Wehrstein auf. Anna, Gret und Dorothea, daher habe ich diese Namen verwendet. Tilia ist ein Name, der in dieser Zeit in Klosterlisten vorkommt, nicht aber für das Geschlecht der Wehrsteiner typisch ist.

Die Herrschaft Wehrstein war zuerst ein Lehen von den Pfalzgrafen von Tübingen und ging dann durch eine Heirat auf die Hohenberger über.

Die Burg Wehrstein gibt es historisch verbürgt seit dem 11. Jahrhundert, doch wahrscheinlich reicht ihre Geschichte bis ins 8. Jahrhundert zurück. Damals wurde sie von König Pippin besucht.

Tilia von Wehrstein ist sicher keine typische Frau des 13. Jahrhunderts. Man mag berechtigt zweifeln, ob es überhaupt ein solch emanzipiertes und selbstständiges Ritterfräulein gegeben haben mag. Dennoch ist die folgende Überlegung erlaubt:

Wer sah auf den Burgen nach dem Rechten, wenn die Ritter oft monatelang unterwegs waren? Wer kümmerte sich um die Abgaben, um Hörige und Leibeigene und um Gäste? Sicher auch die Frauen. In manchen Häusern mussten daher auch die Frauen in der Lage sein, Entscheidungen zu treffen und über lange Zeiten hinweg ein Rittergut oder eine Grafschaft zusammenzuhalten.

Zum Schluss noch die Frage: Ist es realistisch, dass eine Tochter von Wehrstein das Rittergut erbte? Vermutlich nicht, doch es ist immerhin möglich. Eugen Stemmler schreibt, König Rudolf gestattete die weibliche Erbfolge wahrscheinlich auf Bestreben des eifersüchtigen Hohenbergers. Somit war es rechtlich möglich, wenn kein männlicher Erbe in der direkten Linie da war, eine Tochter als Nachfolgerin zu wählen.

WICHTIGE PERSONEN

Edelfreie von Wehrstein

Ritter Hildebolt von Wehrstein
Edelfrau Sibylla von Wehrstein   Ehefrau von Hildebolt von Wehrstein
Anna von Wehrstein   Tochter von Hildebolt und Sibylla von Wehrstein
Tilia von Wehrstein   Tochter von Hildebolt und Sibylla von Wehrstein
Dorothea von Wehrstein   Tochter von Hildebolt und Sibylla von Wehrstein

Ritter auf Burg Wehrstein

Wolfram von Husen
Heinrich von Husen   Neffe von Wolfram von Husen

Gesinde auf Burg Wehrstein

Gret   Tochter von Hildebolt von Wehrstein und der unfreien Magd Hailwig
Rüdger   Unfreier Knecht und Schmied, Ehemann von Gret
Sofie   Tochter von Gret und Rüdger

Grafen von Zollern

Graf Friedrich V. von Zollern	genannt der Erlauchte
Udelhild von Zollern	geb. von Dillingen, Ehefrau von Friedrich V. von Zollern
(Eitel) Friedrich VI. von Zollern	Sohn von Friedrich V. von Zollern
Kunigunde von Zollern	geb. von Baden, Ehefrau von Eitelfriedrich von Zollern
Friedrich von Zollern	genannt der Merkenberger, später Friedrich I. von Zollern-Schalksburg, Sohn von Friedrich V. von Zollern
Williburgis von Zollern	Tochter von Friedrich V. von Zollern

Grafen von Hohenberg

Albert II. von Hohenberg	genannt der Minnesänger
Margarete von Hohenberg	geb. von Fürstenberg, Ehefrau von Albert II. von Hohenberg
Burkhard von Hohenberg	Bruder von Albert II. von Hohenberg

Ritter auf Burg Zollern

Walger von Bisingen	Sohn des Truchsessen
Swenger von Lichtenstein	
Eberhard von Ringingen	
Otto von Ringelstein-Killer	
Hans von Zell-Andeck	Sohn des Schenken
Diemo von Melchingen	Knappe von Eitelfriedrich von Zollern

Damen auf Burg Zollern

Benigna von Lichtenstein	geb. von Hölnstein, Schwägerin des Ritters Swenger von Lichtenstein
Salome von Ringelstein-Killer	Schwester des Ritters Otto von Ringelstein-Killer
Eleonora von Zell-Andeck	Schwester des Ritters Hans von Zell-Andeck
Agnes	Kammerfrau der Damen auf Zollern
Trude	Kinderfrau von Williburgis von Zollern

Geistliche auf Burg Zollern

Pater Laurenz	Beichtvater und Schreiber der Zollern
Bruder Tragebott	Franziskanermönch

GLOSSAR

Achmardi: grünes, arabisches Seidengewebe
Atlas: glänzender Seidenstoff mit einheitlicher Lichtreflexion
Barchent: Mischgewebe nach arabischen Mustern aus Baumwolle (Schuss) und Leinen (Kette)
Blialt: golddurchwirkte Seide in Purpurbraun bis Violett
Bliaud: Obergewand, wird über dem Hemd getragen, ist an den Seiten geschnürt, um möglichst straffen Sitz zu erreichen, besteht aus kostbarem Material
Brokat: gemustertes Gewebe aus Seide, zu dessen Musterbildung auch Gold- und Silberfäden verwendet wurden
Buntwerk: nicht einfarbiges Fell, speziell: Fell nordischer Eichhörnchen, schwarz, weiß, grau
Diasper: meist zweischüssiges, damastartiges Seidengewebe mit Goldfaden
Eigenleute: Sammelbegriff für Unfreie, Leibeigene und Hörige
Gebende: entwickelte sich im 12. Jh. aus dem Kopfschleier und umschließt Oberkopf, Ohren und Kinn fest mit einer weißen Binde, die zusammen mit einem gesteiften, leinenen schmalen Stirnreif oder in Verbindung mit einem Schappel – einem kranzförmi-

gen Kopfschmuck – oder einer Krone getragen wird. Das Gebende war für verheiratete Frauen und beim Kirchgang für alle weiblichen Personen vorgeschrieben.

Gugel: kurzer Überwurf mit Kopfloch und Kapuze, hat sich aus dem Cucullus entwickelt

Hortularius: Mönch im Kloster, der für den Garten und die Heilkräuter zuständig ist

Hospitarius: Mönch im Kloster, der sich um Gäste kümmert

Infimarius: Mönch im Kloster, der für die Kranken und die Medizin zuständig ist

Interregnum: kaiserlose Zeit von 1254 bis 1273

Kebsweib: oder Kebse stammt aus dem Mittelhochdeutschen und bedeutet Nebenfrau oder Geliebte. Der genaue Ursprung des Wortes ist nicht geklärt. Evtl. hat sich der Begriff aus dem mittelniederländischen Kevese entwickelt, das Küchenmagd, aber auch Ehebruch heißt, oder er steht im Zusammenhang mit dem niederländischen Kevie, was Hütte oder Nachtlager bedeutet.

Kemenate: geheizter Aufenthaltsraum der edlen Frauen in einer Burg

Kotze: grob gewebtes Wollzeug

Latwerge: eingedickter Fruchtsaft mit Honig und Gewürzen in dünnen Scheiben, luftgetrocknet

Leilachen: Leinentuch

Linnen: Leinentuch

Manichord: Trumscheit

Necessaria:	Abort im Kloster
Oblatus:	Kind, das nicht freiwillig ins Kloster geht, sondern von den Eltern dem Kloster, zusammen mit Grundbesitz, geschenkt wird
Palas:	Hauptwohngebäude auf einer Burg oder Pfalz. In der Neuzeit – als die Mauern und Türme um die Adelssitze wegfielen – wurde daraus dann der Palast und im 17./18. Jh. das (franz.) Palais.
Pheller:	kostbarer Seidenstoff
Refektorium:	Speisesaal im Kloster
Rotte:	Harfenzitter
Samit:	Seidengewebe mit zwei Kettsystemen
Schamlot:	feines, immer einfarbiges Wollgewebe aus dem Haar vorderasiatischer Angoraziegen
Schappel:	kranzförmiger Kopfschmuck der Jungfrauen höherer sozialer Schichten
Scharlach:	feines Wollgewebe, das infolge der Drehung seiner Fäden und der Art des Webens sehr dehnbar ist; wurde für Strümpfe und Beinlinge verwendet
Tambur:	Trommel
Tassel:	paarig angeordnetes, rundes oder rosettenförmiges Schmuckstück im Bereich der Halsöffnung des Mantels zur Befestigung
Tasselmantel:	Schnurmantel, bei welchem die Schnürung oder das Band an zwei, an beiden Brustseiten befindlichen, scheibenförmigen Tasseln befestigt wird
Vasall:	verpflichteter Lehensmann, der selbst wieder eigene Männer haben kann
Welschen:	heute Italiener

Zendal: leichtes Gewebe aus Seide
Ziklat: zweifarbiger Seidenstoff oder Seide mit Gold durchwirkt

LITERATURAUSWAHL

1200 Jahre Hechingen, Beiträge zur Geschichte und Kultur der Stadt Hechingen, Hechingen 1987

Angelus Walz, P., *Dominikaner und Dominikanerinnen in Süddeutschland (1225–1966),* Meitingen, Freising 1967

Baur, *Geschichte der Hohenzoller Staaten Hechingen und Sigmaringen, 1834*

Beckmann, L., *Konstanzer Bischöfe im 13.–14. Jahrhundert,* Dissertation Universität Freiburg, Bocholt 1995

Berner, F., *Baden-Württemberg Portraits, Gestalten aus tausend Jahren, 800–1800,* Stuttgart 1985

Bibliographie Hohenzollern, in: Zeitschrift für Hohenzollerische Geschichte 10/11, Sigmaringen 1974/75

Brüggen, E., *Kleidung und Mode in der höfischen Epik des 12. und 13. Jahrhunderts,* Carl Winter Universitätsverlag Heidelberg 1989

Bumiller, C., *Studien zur Sozialgeschichte der Grafschaft Zollern im Spätmittelalter,* Sigmaringen 1990

Decker-Hauff, H., *Die Genealogia Reuthinensis, Neue Quellen zur Geschichte des Hauses Zollern-Hohenberg, in:* Zeitschrift für Hohenzollerische Geschichte, Band 9, Sigmaringen 1973

Die Kunstdenkmäler Hohenzollerns, Band: Kreis Hechingen, Hechingen 1939

Dirlmeier, U. (Hrsg.), *Geschichte des Wohnens, Band 2, 500–1800, Hausen, Wohnen, Residieren,* Dt. Wüstenrot Stiftung

Eglers, L., *Chronik der Stadt Hechingen,* Hechingen 1906

Eisele, K.-F., *Arbeiten zum Historischen Atlas von Südwestdeutschland, Heft II, Studien zur Geschichte der Grafschaft Zollern und ihrer Nachbarn*, Stuttgart 1956

Erkens, F.-R., *Rudolf von Habsburg 1273–1291, Eine Königsherrschaft zwischen Tradition und Wandel*, Boshof, E. (Hrsg.), Köln, Weimar, Wien 1993

Feldhaus, F. M., *Museum der Weltgeschichte, Die Technik der Antike und des Mittelalters*, Wildpark-Potsdam 1931

Großmann, *Genealogie des Gesamthauses Hohenzollern*, in: Mitteilungen des Vereins für Geschichte Hohenzollerns 1867 ff., Sigmaringen 1905

Haug, F., Kraus, J. A., *Urkunden des Dominikanerinnenklosters Stetten in Gnadental bei Hechingen 1261–1802*, Beilage zum Hohenzollerischen Jahresheft 1955 ff.

Heyne, M., *Fünf Bücher Deutscher Hausaltertümer von den ältesten geschichtlichen Zeiten bis zum 16. Jahrhundert, Körperpflege und Kleidung bei den Deutschen*, Leipzig 1901

Heyne, M., *Fünf Bücher Deutscher Hausaltertümer von den ältesten geschichtlichen Zeiten bis zum 16. Jahrhundert, Das deutsche Nahrungswesen*, Leipzig 1901

Hodler, X., *Geschichte des Oberamtes Haigerloch*, Hechingen 1928

Kallenberg, F., *Hohenzollern*, Landeszentrale für politische Bildung, Stuttgart 1996

Kraus, J. A., *Die Herren von Wehrstein*, in: Hohenzollerische Heimat 22, Sigmaringen 1972

Quanter, R., *Kulturgeschichte des deutschen Volkes*, Stuttgart, Berlin, Leipzig 1924

Quanter, R., *Sittlichkeit und Moral*, Aalen 1970

Scherr, J., *Deutsche Kultur und Sittengeschichte*, Stuttgart 1948

Schmid, L., *Geschichte der Grafen von Zollern-Hohenberg und ihrer Grafschaft nach meist ungedruckten Quellen*, Stuttgart 1862

Schöntag, W., *Hohenzollern, Handbuch der Baden-Württembergischen Geschichte, Band 2*, Stuttgart 1995

Schöntag, W, *Die Herausbildung der Grafen von Zollern vom 12. bis zur Mitte des 16. Jahrhunderts, in:* Zeitschrift für Hohenzollerische Geschichte, Band 32, Sigmaringen 1996

Stadt und Herrschaft Haigerloch im Mittelalter, in: Arbeiten zur Landeskunde Hohenzollern, Band 11, Sigmaringen 1974

Stehle, B. (Hrsg.), *Hohenzollern, Ein Heimatbuch,* Liehner's Hofbuchdruckerei Sigmaringen

Stemmler, E., *Zollern und Hohenberg vom 12. bis 16. Jahrhundert,* In: Hohenzollerische Jahreshefte, Band 21, Sigmaringen 1961

Theiss, K., Baumhauer, H. (Hrsg.), *Der Kreis Hechingen,* Aalen, Stuttgart 1962

Württemberg im Spätmittelalter, Ausstellung im Hauptstaatsarchiv Stuttgart 1985

Zingeler, K., *Vom Fels zum Meer, vom Meer zum Fels,* Berlin 1908

Zingeler, K., *Zollerische Burgen, Burg Wehrstein,* Blätter des Albvereins, 1898

DANKSAGUNG

Ich möchte mich ganz herzlich bei Alf Müller vom Heimatkundemuseum in Hechingen für seine Mithilfe bedanken. Dank auch meinen ersten Lesern und Kritikern: Renate und Dietmar Jaxt und Peter Speemann. Meinem Mann Peter auch herzlichen Dank dafür, dass er mir immer die modernste Technik zur Verfügung stellt und mir hilft, wenn diese mal wieder versagt. Dass das Buch nicht ungelesen in einer Schublade verschwindet, ist das Verdienst meines Agenten Thomas Montasser und meiner Lektorin Christine Steffen-Reimann. Beiden möchte ich dafür danken, und nicht zuletzt auch Ilse Wagner, die – im Eiltempo – den Feinschliff übernommen hat.

Außerdem bei Weltbild erschienen:

**Ulrike Schweikert
Das Kreidekreuz**

720 Seiten, Format 13 x 19 cm,
gebunden mit Schutzumschlag
Best.-Nr. 772 017
ISBN 3-8289-7745-6
Originalausgabe € 19,90
als Sonderausgabe nur 9,95 €

Zwischen Pflicht und Liebe!

Schwäbisch Hall zur Zeit der Bauernkriege: Vor 13 Jahren hatte Anne Katharina den Salzsieder und Ratsherren Michel geheiratet - aus Vernunftgründen, nicht aus Liebe. Als ein Heer aufständischer Bauern nach Schwäbisch-Hall zieht, nimmt ihr Leben eine dramatische Wende. Denn unter den Rebellen trifft Anne ihre Jugendliebe Rugger wieder. Die Gefühle der beiden entflammen aufs Neue.

Außerdem bei Weltbild erschienen:

**Iny Lorentz
Die Wanderhure**

606 Seiten, Format 14 x 22 cm,
hochwertige Klappenbroschur
mit Leinenprägung
Best.-Nr. 683 741
ISBN 3-8289-7293-4
Originalausgabe € 19,90
als hochwertige Broschur nur 10,95 €

Prächtiger Mittelalter-Roman

Konstanz, 1410: Die junge Marie wird von ihrem adeligen Verlobten der Hurerei bezichtigt. Das unbescholtene Bürgermädchen landet im Kerker und wird dann mit Schimpf und Schande aus der Stadt vertrieben.
Nun muss sie sich tatsächlich als Hure durchschlagen. Doch die Stunde ihrer Rache kommt.

Außerdem bei Weltbild erschienen:

**Iny Lorentz
Die Kastellanin**

589 Seiten, Format 14 x 22 cm,
hochwertige Klappenbroschur
mit Leinenprägung
Best.-Nr. 771 395
ISBN 3-8289-7747-2
Originalausgabe € 16,90
als hochwertige Broschur nur 10,95 €

Die Fortsetzung des Erfolgsromans

In "Die Wanderhure" kämpfte Marie hart um ihr Glück. Nun scheint sie am Ziel. Doch dann erhält sie die Nachricht, dass ihr Mann im Krieg gefallen ist. Eine seltsame Ahnung sagt ihr aber, dass er noch lebt, und Marie macht sich auf die Suche.
Als Ehefrau des Burghauptmanns Michel Adler führt Marie ein respektables Leben. Doch ihr geliebter Mann muss nach Böhmen in den Krieg. Bald darauf ereilt die schwangere Marie die Nachricht von seinem Tod. Eine seltsame Ahnung sagt ihr aber, dass Michel noch lebt. Und so begibt sie sich als Marketenderin verkleidet wagemutig auf eine gefährliche Reise, um ihn zu suchen.